魯迅

루쉰전집

8

루쉰전집 8권 차개정잡문 / 차개정잡문 2집 / 차개정잡문 말편

초판 1쇄 발행 _ 2015년 4월 5일

지은이 · 루쉰 | 옮긴이 · 루쉰전집번역위원회(박자영, 서광덕, 한병곤)

펴낸곳 · (주)그린비출판사 | 등록번호 · 제313-1990-32호
주소 · 서울시 마포구 동교로 17길 7, 4층(서교동, 은혜빌딩) | 전화 · 702-2717 | 팩스 · 703-0272

ISBN 978-89-7682-239-0 04820 978-89-7682-222-2(세트)
이 도서의 국립중앙도서관 출판예정도서목록(CIP)은 서지정보유통지원시스템 홈페이지(http://
seoji.nl.go.kr)와 국가자료공동목록시스템(http://www.nl.go.kr/kolisnet)에서 이용하실 수 있습니
다.(CIP제어번호 : CIP2015008624)

루쉰(魯迅). 1935년.

1937년 7월에 출간된 『차개정잡문』(且介亭雜文), 『차개정잡문 2집』(且介亭雜文二集), 『차개정잡문 말편』(且介亭雜文末編).
1934, 35, 36년에 쓴 잡문을 각각 수록하고 있다.

1936년에 후펑(胡風), 샤오쥔(蕭軍) 등이 창간하고 루쉰이 발간을 도운 월간 『바다제비』(海燕).

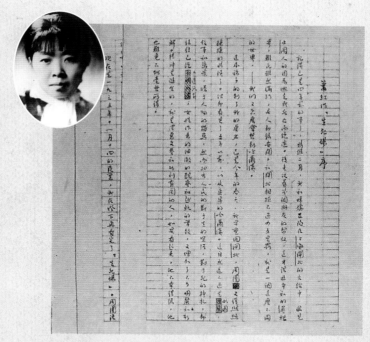

샤오훙(蕭紅, 1911~1942) 소설 『삶과 죽음의 자리』(국역본 제목은 '생사의 장')에 대한 루쉰의 서문 수고.

1935년 루쉰은 청년 작가들을 돕기 위해 노예사(奴隷社)를 창설하여 그들의 작품을 편집 간행하였고, 샤오훙의 『삶과 죽음의 자리』 외에도 예쯔(葉紫)의 『풍성한 수확』(왼쪽), 톈쥔 (田軍)의 『8월의 향촌』(오른쪽) 등 여러 작품에 서문을 써주었다.

『케테 콜비츠 판화 선집(凱綏·珂勒惠支版畫選集)』. 모두 21편의 작품을 수록하고 있으며, 루쉰이 편집하여 1936년 5월 '삼한서옥(三閑書屋)' 명의로 출판되었다. 오른쪽은 루쉰이 직접 만든 책 광고다. 광고 아래 "많이 찍지 않았으니 구매 희망자는 서두르십시오!"라는 글귀가 보인다.

『케테 콜비츠 판화 선집』에 수록된 「빵!」(Brot!). 루쉰은 이 작품에 대해 이렇게 말했다.
"어미의 어깨가 치들린 것은 사람 눈을 피하여 울음을 삼키고 있는 게다. 그녀가 등을 보이고 있는 것은, 도울 생각이 있는 사람들은 자기와 마찬가지로 힘이 없고, 힘이 있는 사람들은 도울 생각이 없기 때문이다."

취추바이(瞿秋白)와 루쉰은 나이 차에도 불구하고 막역한 사이였다. 중화소비에트공화국 중앙집행위원회 위원, 중화소비에트공화국 중앙정부 교육부 장관 등을 맡으며 활동한 취추바이는, 그러나 1935년 2월 국민당에 체포되어 1935년 6월 18일, 36세의 나이로 처형당했다.

취추바이 사후 루쉰이 수집·편집한 취추바이의 번역문집 『해상술림』(海上述林). 『해상술림』 상권은 1936년 5월에, 하권은 6월에 발행되었다. 루쉰이 쓴 상·하권 서문에는 고인에 대한 루쉰의 그리움과 감사의 정이 기록돼 있다. 루쉰은 삶의 마지막 1년을 대부분 이 책을 편집하고 교정하는 일에 바쳤다.

취추바이가 1934년 1월 상하이를 떠날 때 루쉰이 그에게 써준 시.
"사람 삶에 지기 한 사람 있으면 족하다. 이 세상을 같은 가슴으로 대할지니."

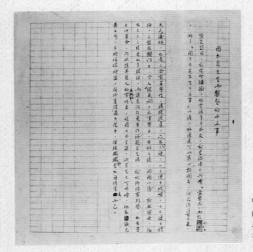

「타이옌 선생으로 하여 생각나는 두어 가지 일」
(因太炎先生而想起的二三事) 수고.
루쉰이 타계하기 이틀 전에 쓴 미완성 원고로, 스승
장타이옌의 역사적 공적에 대한 회고 형식의 글이다.

1936년 10월 8일 제2회 전국목판화운동 전시회에서 청년 예술가들과 대화를 나누고 있는 루쉰. 타계 열흘 전의 모습이다.

루쉰전집

8

차개정잡문 且介亭雜文

차개정잡문 2집 且介亭雜文二集

차개정잡문 말편 且介亭雜文末編

루쉰전집번역위원회 옮김

ㅎB
그린비

| 일러두기 |

1 이 책은 중국에서 출판된 『魯迅全集』 1981년판과 2005년판(이상 北京: 人民文学出版社) 등을 참조하여 번역한 한국어판 『루쉰전집』이다.

2 각 글 말미에 있는 주석은 기존의 국내외 연구성과를 두루 참조하여 옮긴이가 작성한 것이다.

3 단행본·전집·정기간행물·장편소설 등에는 겹낫표(『 』)를, 논문·기사·단편·영화·연극·공연·회화 등에는 낫표(「 」)를 사용했다.

4 외국의 인명이나 지명, 작품명은 〈국립국어원〉에서 펴낸 '외래어 표기법'에 근거해 표기했다. 단, 중국의 인명은 신해혁명(1911년) 때 생존 여부를 기준으로 현대인과 과거인으로 구분하여 현대인은 중국어음으로, 과거인은 한자음으로 표기했으며, 중국의 지명은 구분을 두지 않고 중국어음으로 표기하는 것을 원칙으로 했다.

『루쉰전집』을 발간하며

루쉰을 읽는다, 이 말에는 단순한 독서를 넘어서는 어떤 실존적 울림이 담겨 있다. 그래서 루쉰을 읽는다는 말은 루쉰에 직면直面한다는 말의 동의어가 되기도 한다. 그런데 루쉰에 직면한다는 말은 대체 어떤 입장과 태도를 일컫는 것일까?

2007년 어느 날, 불혹을 넘고 지천명을 넘은 십여 명의 연구자들이 이런 물음을 품고 모였다. 더러 루쉰을 팔기도 하고 더러 루쉰을 빙자하기도 하며 루쉰이라는 이름을 끝내 놓지 못하고 있던 이들이었다. 이 자리에서 누군가가 이런 말을 던졌다. 『루쉰전집』조차 우리말로 번역해 내지 못한다면 많이 부끄러울 것 같다고. 그 고백은 낮고 어두웠지만 깊고 뜨거운 공감을 얻었다. 그렇게 이 지난한 작업이 시작되었다.

혹자는 말한다. 왜 아직도 루쉰이냐고. 이에 대해 우리는 이렇게 대답할 수밖에 없다. 아직도 루쉰이라고. 그렇다면 왜 루쉰일까? 왜 루쉰이어야 할까?

루쉰은 이미 인류의 고전이다. 그 없이 중국의 5·4를 논할 수 없고 중국 현대혁명사와 문학사와 학술사를 논할 수 없다. 그는 사회주의혁명 30년 동안 누구도 건드릴 수 없는 성역으로 존재했으나 동시에 사회주의 이데올로기의 금구를 타파하는 데에 돌파구가 되었다. 그의 삶과 정신 역정은 그가 남긴 문집처럼 단순하지만은 않다. 근대이행기의 암흑과 민족적 절망은 그를 끊임없이 신新과 구舊의 갈등 속에 있게 했고, 동서 문명충돌의 격랑은 서양에 대한 지향과 배척의 사이에서 그를 배회하게 했다. 뿐만 아니라 1930년대 좌와 우의 극한적 대립은 만년의 루쉰에게 선택을 강요했으며 그는 자신의 현실적 선택과 이상 사이에서 끝없이 방황했다. 그는 평생 철저한 경계인으로 살았고 모순이 동거하는 '사이주체'間主體로 살았다. 고통과 긴장으로 점철되는 이런 입장과 태도를 그는 특유의 유연함으로 끝까지 견지하고 고수했다.

　　한 루쉰 연구자는 루쉰 정신을 '반항', '탐색', '희생'으로 요약했다. 루쉰의 반항은 도저한 회의懷疑와 부정否定의 정신에 기초했고, 그 탐색은 두려움 없는 모험정신과 지칠 줄 모르는 창조정신에서 비롯되었다. 또한 그의 희생정신은 사회의 약자에 대한 순수하고 여린 연민과 양심에서 가능했다.

　　이 모든 정신의 가장 깊은 바닥에는 세계와 삶을 통찰한 각자覺者의 지혜와 존재하는 모든 것들에 대한 허무 그리고 사랑이 있었다. 그에게 허무는 세상을 새롭게 읽는 힘의 원천이자 난세를 돌파해 갈 수 있는 동력이었다. 그래서 그는 굽힐 줄 모르는 '강골'强骨로, '필사적으로 싸우며'(쩡자掙扎) 살아갈 수 있었다. 그랬기에 '철로 된 출구 없는 방'에서 외칠 수 있었고 사면에서 다가오는 절망과 '무물의 진'無物之陣에 반항할 수 있었다. 그는 자신을 둘러싼 모든 것과 대결했다. 이러한 '필사적인 싸움'의 근저에는 생명과 평등을 향한 인본주의적 신념과 평민의식이 자리하고 있다. 이것이 혁명인으로서 루쉰의 삶이다.

우리에게 몇 가지 『루쉰선집』은 있었지만 제대로 된 『루쉰전집』 번역본은 없었다. 만시지탄의 감이 없지 않지만 이제 루쉰의 모든 글을 우리말로 빚어 세상에 내놓는다. 게으르고 더딘 걸음이었지만 이것이 그간의 직무유기에 대한 우리 나름의 답변이 될 수 있기를 희망해 본다.

번역저본은 중국 런민문학출판사에서 출판된 1981년판 『루쉰전집』과 2005년판 『루쉰전집』 등을 참조했고, 주석은 지금까지의 국내외 연구성과를 두루 참조하여 번역자가 책임해설했다. 전집 원본의 각 문집별로 번역자를 결정했고 문집별 역자가 책임번역을 했다. 이 과정에서 몇 년 동안 매월 한 차례 모여 번역의 난제에 대해 토론을 벌였고 상대방의 문체에 대한 비판과 조율의 과정을 거쳤다. 그러므로 원칙상으로는 문집별 역자의 책임번역이지만 내용상으론 모든 위원들의 의견이 문집마다 스며들어 있다.

루쉰 정신의 결기와 날카로운 풍자, 여유로운 해학과 웃음, 섬세한 미학적 성취를 최대한 충실히 옮기기 위해 노력했지만 많이 부족하리라 생각한다. 독자 제현의 비판과 질정으로 더 나은 번역본을 기대한다. 작업에 임하는 순간순간 우리 역자들 모두 루쉰의 빛과 어둠 속에서 절망하고 행복했다.

2010년 11월 1일
한국 루쉰전집번역위원회

| 루쉰전집 전체 구성 |

•차개정잡문 2집(且介亭雜文二集)

• 차개정잡문 말편(且介亭雜文末編)

1936년

차개정잡문 且介亭雜文

且介亭雜文

『차개정잡문』(且介亭雜文)은 1934년에 쓴 잡문 36편을 실었다. 1935년 말 작가가 직접 목차를 정했고 1937년 7월에 상하이 삼한서옥(三閑書屋)에서 출판했다.

서언[1]

최근 몇 년 동안 이른바 '잡문'이 이전보다 더 많이 발표되고 한편으로 공격도 더 거세게 받고 있다. 가령 자칭 '시인'인 사오쉰메이[2]라든지 이전에 '제3종인'[3]이었던 스저춘[4]과 두헝 곧 쑤원[5] 그리고 아직 수박겉핥기 수준에도 도달하지 못한 대학생 린시쥐안[6] 같은 이들이 잡문과 철천지원수를 진 양 갖가지 죄명을 갖다 붙이고 있다. 그런데도 별다른 효과가 없는 모양이다. 잡문을 쓰는 사람이 줄지 않고 독자도 더 늘어났으니 말이다.

사실 '잡문'은 새롭게 등장한 물건이 아니라 '자고로 있었던'自古有之 것이다.[7] 글은 분류를 하면 어느 한 종류로 귀속된다. 편년編年이라면 문체와 상관없이 글을 쓴 연도와 월에 따라서 각 종류가 한데 뒤섞여 있게 되어 '잡'이 된다. 분류는 글을 탐구하는 데 도움이 되고 편년은 시대의 추세를 아는 데 유리하다. 만약 인물을 평가하고 시대를 연구하려면 편년으로 된 문집을 보지 않으면 안 된다. 요즈음 옛사람의 연보를 새로 엮어서 출간하는 것이 유행이다. 이는 여기에 담긴 정보의 가치를 깨달은 사람들이 적지 않다는 것을 증명한다. 하물며 지금은 얼마나 급박한 때인가. 작가의 임무는 민감하게 반응하는 신경이 되고 공격과 수비를 담당하는 수족이 되어 유해한 사물에 대하여 즉각적으로 반응을 보내거나 싸우는 데 존재한다. 물론 장편 대작에 몰두하여 미래를 위한 문화적인 구상을 세우는 것도 좋다. 그러나 현재를 위하여 싸우는 것은 현재를 위한 것이자 또한 미래를 위하여 싸우는 것이기도 하다. 현재를 잃어버리면 미래도 없기 때문이다.

전투는 반드시 경향성이 있다. 이는 사오쉰메이와 스저춘, 두헝, 린시쥐안 등의 원수이다. 사실 알고 보면 그들이 증오하는 것은 내용이다. 그들은 문예라는 법복法服을 걸치고 있지만 이 가운 아래에는 '죽음의 설교자'[8]를 숨기고 있다. 이는 삶과 양립할 수 없다.

이 문집과 『꽃테문학』花邊文學은 지난 한 해 동안 관방과 민간에서 알게 모르게, 때로는 부드럽고 때로는 강경한 펜과 칼날로 '잡문'을 포위 공격하던 시절에 쓴 글을 모은 것이다. 그동안 쓴 것은 모두 다 여기에 실렸다. 당연히 시사詩史[9]라고 말할 정도까지는 안 된다. 그렇지만 이 안에는 시대의 모습이 담겨 있다. 그렇다고 해서 뚜껑을 열자마자 광채가 쏟아져 나오는 영웅의 보석 상자도 아니다. 나는 다만 깊은 밤 거리에 자리 하나 펴서 작은 못 몇 개, 기와와 접시 몇 조각을 늘어놓았을 따름이다. 그러나 그 속에 자기에게 쓸모 있는 물건을 찾아가는 사람들이 있기를 바라고 또 반드시 있으리라고 생각한다.

1935년 12월 30일
상하이의 차개정에서 쓰다[10]

주)_____

1) 원제는 「序言」.

2) 사오쉰메이(邵洵美, 1906~1968). 저장 위야오(余姚) 사람. 영국과 프랑스에서 공부했으며 1928년 상하이에서 진우서점(金屋書店)을 창설했으며 『진우월간』(金屋月刊)의 주편을 역임하고 유미주의 문학을 제창했다. 이 간행물 제1권 제3기(1934년 3월)에 루쉰이 일본어로 쓴 「중국에 관한 두세 가지 일」 가운데 감옥에 관한 장을 번역 게재하면서 글의 말미에 '편집자 주'를 실었다. 여기에서 그는 루쉰의 잡문이 "합당하지 않은 이유로 억지를 쓰"고 "감정적인 말이 의견보다 많고 날조가 실증보다 많다"고 공격했다. 이에 대해서는 『풍월이야기』의 「후기」를 참고하시오.

3) 1932년 7월 쑤원(蘇文; 곧 두헝杜衡)이 월간 『현대』 제1권 제3기에서 「『문예신문』과 후추위안의 문예논쟁에 관하여」(關于「文新」與胡秋原的文藝論辯)를 발표하여 '제3종인'을 자칭하면서 좌익문예운동을 비난했다. 이 글에 다음과 같은 기술이 나온다. "'지식계급 자유인'과 '자유롭지 않고 당파적인' 계급이 문단의 패권을 다투는 때 가장 고생하는 것은 이 양자 바깥에 있는 제3종인이다. 이 제3종인이 이른바 작가 그룹이다." 루쉰은 1934년 4월 11일 마스다 와타루(增田涉)에게 보내는 편지에서 이른바 '제3종인'이 '초당파적인 것으로 자칭하지만 사실은 우파'라는 점을 지적했다.

4) 스저춘(施蟄存, 1905~2003)은 저장 항저우(杭州) 출신의 작가이다. 월간 『현대』과 『문반소품』(文飯小品) 등의 주편을 역임한 바 있다. 『문반소품』의 제3기(1935년 4월)에 발표한 「볼테르」(服爾泰)에서 루쉰의 잡문이 "선전의 기능은 있으나 문예의 가치는 결여된 것"으로 묘사했다.

5) 두헝(杜衡, 1906~1964)의 본명은 다이커충(戴克崇)으로 두헝, 쑤원을 필명으로 사용했다. 저장 항현(杭縣; 지금의 위항余杭) 출신이다. '제3종인'론을 주장한 대표적인 인물이다. 월간 『현대』의 편집을 맡은 바 있다. 상하이 『성화』(星火) 제2권 제2기(1935년 11월 1일)에 발표한 「문단의 비방 바람」(文壇的罵風)이라는 글에서 '잡문의 유행'은 문단이 '엉망진창인 혼전'이 된 '가장 중요한 원인 중에 하나'이며 "그리하여 촌평(短論)이나 잡문이라는 이름은 남을 욕하는 글의 '우아한 명칭'이 되었다. 그러자 남을 비방하는 바람이 사방에서 일어나서 수습할 수 없는 현재의 국면에 이르렀다"고 썼다.

6) 린시쥐안(林希雋)은 광둥 차오안(潮安) 출신으로 당시 상하이 다샤(大夏)대학의 학생이었다. 『현대』 제5권 제5기(1934년 9월)에 발표한 「잡문과 잡문가」(雜文和雜文家)라는 글에서 잡문은 "작가가 자신을 망가뜨리고 교활하고 기회주의적인 수완으로 문예 작가의 엄숙한 작업을 대체"했기 때문에 왕성하게 창작되었다고 썼다.

7) 남조 양대(梁代)의 유협(劉勰)의 『문심조룡』(文心雕龍) 제3권 「잡문」(雜文)을 참고하시오. "한대 이래 잡문을 자세히 보면 이름이 여러 가지이다. 전(典), 고(誥), 서(誓), 문(問)이라고도 했고 남(覽), 약(略), 편(篇), 장(章)이라고도 불렀고 곡(曲), 조(操), 농(弄), 인

(引)이라고도 했으며 음(吟), 풍(諷), 요(謠), 영(詠)이라고도 했다. 이름을 총괄하면 잡문 (雜文)이라는 구분으로 귀속된다."

8) 원래 니체의 『차라투스트라는 이렇게 말했다』 제1권 제9편에 나오는 편명이다. 여기에 서는 이 말의 표면적인 의미를 빌려 왔다.

9) 역사로 읽을 수 있는 시를 의미한다. 『신당서』(新唐書)의 「두보전」(杜甫傳)에 이 단어가 나온다. "두보는 시사를 거론하기를 즐겨했는데 모두 깊이가 있으면서 핵심을 꿰뚫었 기 때문에 천 년이 가도 말이 쇠하지가 않아서 세상에서는 '시사' (詩史)라고 불렀다." 나 중에 한 시대를 잘 반영한 작품을 가리키는 것으로 확대하여 사용하기도 한다.

10) 당시 작가는 상하이 베이쓰촨로(北四川路)에 거주했는데 이 지역은 '월계축로'(越界築 路; 제국주의자들이 조계지 경계선 너머 만든 길) 구역인 이른바 '반조계지'였다. '차개' (且介)란 '조계'(租界) 두 글자에서 반을 따온 것이다.

중국에 관한 두세 가지 일[1]

1. 중국의 불에 관하여

그리스인이 쓰는 불은 아주 먼 옛날에 프로메테우스[2]가 하늘에서 훔쳐 온 것이라고 한다. 그러나 중국의 불은 이와 달리 수인씨[3]가 발견했다(혹은 발명한 것이라고 해야 하겠다). 도둑이 아니었기 때문에 산에 묶여서 독수리에게 쪼이는 재난은 면했지만 프로메테우스처럼 이름이 널리 알려지거나 숭배의 대상이 되지도 못했다.

중국에도 불의 신[4]이 있다. 그러나 이 신은 수인씨가 아니라 마음 내키는 대로 불을 지르는 정체불명의 녀석이다.

수인씨가 불을 발견 혹은 발명한 이후에 정말 맛있게 훠궈火鍋를 먹을 수도 있게 되었고 불을 켜서 밤에도 일을 할 수 있게 되었다. 그러나 정말 선현이 말한 대로 "좋은 것이 있으면 나쁜 것도 있는 법", 이와 동시에 화재란 것도 생겨났다. 일부러 불을 질러서 유소씨[5]가 발명한 집을 태우는 대단한 인물이 나타난 것이다.

선량한 수인씨는 잊혀지게 마련이다. 설사 음식을 먹다가 탈이 나더라도 이번에는 신농씨[6]의 영역인 것이다. 그래서 그 신농씨는 아직까지 사람들에게 기억되고 있다. 화재에 관해서라면, 그 발명가가 도대체 누구인지는 알 수 없지만 처음 한 이는 어쨌든 있을 터이므로 하는 수 없이 불의 신이라고 마음대로 부르면서 공경하면서 두려워한다. 그를 그린 그림을 보면 붉은 얼굴에 붉은 수염을 하고 있는데 제사를 지낼 때에만 붉은색을 피해야 하므로 초록색으로 바꿀 뿐이다. 그는 스페인의 투우처럼 붉은색만 보면 극도로 흥분하여 무서운 행동을 하는 것 같다.

그는 이런 까닭으로 숭배받고 제사를 받는다. 중국에서 이같이 악한 신은 수두룩하다.

그러나 세상은 오히려 그들 때문에 활기를 띠는 것 같다. 마을잔치[7]에서도 불의 신은 모시지만 수인씨는 모시지 않는다. 불이 나면 불이 난 집이나 불이 안 난 이웃이나 모두 불의 신에게 제사를 지내서 감사의 뜻을 표시해야 한다. 화재를 당하고도 감사를 표하는 것이 이상하게 들릴지 모르겠지만, 제사를 지내지 않으면 또 불이 날 수 있으므로 감사를 드리는 편이 안전하다. 그리고 때로는 불의 신뿐만 아니라 사람에게도 똑같이 이렇게 처리해야 할 때가 있다. 이것이 아마도 일종의 예의라는 것이지 싶다.

사실 방화는 무서운 일이지만 밥하는 것과 비교하면 훨씬 더 재미는 있는 것 같다. 나는 외국의 사정은 잘 모르겠다. 중국에서 역사를 아무리 살펴보아도 밥 짓고 등불 켠 사람들의 열전列傳은 찾아낼 수 없다. 아무리 밥을 잘 하고 등불을 잘 켜더라도 사회에서 유명한 사람이 될 가능성은 털끝만큼도 없다. 그러나 진시황[8]은 책을 불태워서 그 이름이 지금까지도 유명하며, 그 결과 히틀러 분서 사건의 선례로 인용되기까지 했다.[9] 만약 히틀러 부인이 전등을 잘 켜고 빵을 잘 구워서 역사에서 선례를 찾으려 했다면 찾기 굉장히 어려웠을 것이다.

그런데 그런 일이 세상을 뒤흔들 수는 없으므로 다행이다.

집을 불태운 사건은 송나라 사람들의 기록에 따르면 몽고인이 시작한 것이라고 한다. 몽고인은 텐트에서 지내고 집에서 살 줄 몰랐기 때문에 침략하는 길 내내 집을 불살랐다고 한다.[10] 그러나 이는 거짓말이다. 몽고인 중에 한문을 아는 이가 극소수여서 사실을 바로잡지 않았던 것이다. 사실 진나라 말기에 방화의 명수 항우[11]가 있었다. 그는 아방궁을 불태워 천하에 이름을 날렸다. 이 일은 지금까지 연극 무대에 오르곤 하는 소재로 일본에까지 알려져 있다. 그러나 불태우기 이전에 아방궁에서 매일 등불을 켜던 사람들의 이름은 누가 알고 있을까?

지금은 폭탄이며 소이탄이며 이런 종류의 물건이 벌써 세상에 나왔으며 비행기도 꽤 발달하여 유명인이 되고자 한다면 훨씬 더 쉬워졌다. 그뿐만 아니라 불을 이전보다 더 크게 지르면 더욱 존경받는 사람이 되어서 멀리서 보면 마치 구세주처럼 보일 것이며, 그 불빛은 광명으로 생각될 것이다.

2. 중국의 왕도에 관하여

재작년에 나카자토 가이잔 씨[12]의 대작 『지나와 지나 국민에게 보내는 편지』를 읽은 적이 있다. 그 속에서 기억나는 대목은 주나라와 은나라는 침략자의 자질을 갖고 있다는 언급이다. 그런데도 지나인은 그를 찬양하고 환영했으며 심지어 북쪽의 원과 청에 대해서도 칭송했다는 것이다. 그러한 침략이라도 국가를 안정시키는 힘이 있고 민생을 보호하는 실속을 가지고 있으면 이것이야말로 지나 인민이 바라마지 않는 왕도였다는 것이다. 그리하여 그는 지나인의 어리석음에 대해서 대단히 분개했다.

그 '편지'는 만주에서 출판하는 잡지에 번역되어 실렸다. 그러나 중국에 소개되지 않아서 회신 비슷한 글은 아직까지 한 편도 보지 못했다. 다만 지난해 상하이의 신문에 실린 후스[13] 박사의 이야기에서 한 대목 언급된 바 있다. "한 가지 방법만이 중국을 정복할 수 있다. 곧 침략하는 것을 철저하게 멈추면 거꾸로 중국 민족의 마음을 정복할 수 있다." 물론 우연의 일치겠지만 이 말은 어쩐지 그 편지에 대한 답신 같다는 느낌이 든다.

중국 민족의 마음을 정복하는 것, 이것이 중국의 이른바 왕도王道에 대해서 후스 박사가 내린 정의이다. 그러나 나는 그 스스로조차 자신의 말을 믿지 않을 것이라고 생각한다. 중국에서 사실 왕도가 존재한 적이 한 번도 없다는 것을 '역사벽과 고증벽이 있는'[14] 후박사가 모르지는 않을 것이다.

그렇다. 중국에서도 원과 청을 칭송하는 사람들이 있긴 했다. 그러나 이는 불의 신에게 감사하는 것과 비슷하다. 절대로 마음까지 완전히 정복되었다는 증거는 아니었다. 칭송하지 않으면 더 심하게 괴롭힐 것이라는 암시를 준다면 조그만 학대만으로도 사람들을 찬양하게 만들 수 있다. 사오 년 전에 나는 자유를 요구하는 단체[15]에 가입한 적이 있었는데 그때 상하이 교육국장 천더정 씨[16]는 삼민주의의 통치 아래인데도 불만스럽냐고, 그렇다면 지금 주어지고 있는 일말의 자유까지도 거두어들이겠다고 불같이 화를 냈다. 뿐만 아니라, 정말로 거둬 갔다. 이전보다 더 부자유스럽다고 생각할 때마다 나는 한편으로는 왕도에 정통한 천씨의 학식에 감탄하면서도, 다른 한편으로는 정말로 삼민주의를 칭송했어야 했다는 생각이 들었다. 그러나 이미 너무 늦었다.

중국에서 왕도는 패도霸道와 대립하는 것처럼 보이지만 사실상 둘은 형제[17]이다. 왕도의 이전과 이후에는 어김없이 패도가 따라오고 있다. 인민이 구가하는 이유는 패도가 약화하기를 바라거나 더 가중되지 않기를 바라기 때문이다.

한 고조[18]는 역사가들의 말에 따르면 용의 아들이라고 하지만, 사실 건달 출신이므로 침략자라는 말은 맞지 않는 것 같다. 주 무왕[19]은 정벌의 명목으로 중국에 들어왔고 은과 민족도 다른 것 같으므로 현대적인 용어로 표현하자면 그야말로 침략자이다. 그러나 그 당시 민중의 목소리는 이제 남아 있지 않다. 공자와 맹자는 확실히 왕도를 대대적으로 선전한 바 있다. 그러나 선생들은 주 왕조의 신민일 따름이며, 이뿐만 아니라 여러 나라를 주유하였으므로 이 모든 것은 관리가 되고자 한 활동일지도 모르겠다. 좀더 근사하게 말하자면 "도를 행"하기 위해 그렇게 한 것이다. 관리가 되면 도를 행하는 데 수월하고, 관리가 되고자 한다면 주 왕조를 칭찬하는 것보다 더 손쉬운 일은 없다. 그러나 다른 기록을 보면 왕도 전문가이자 창시자인 주 왕조일지라도 토벌 초기 백이와 숙제가 있었으니 말을 막으며 간언하는 이들을[20] 끌어내지 않을 수 없었다. 또 주紂의 군대가 저항하자 그들의 피로 방망이가 떠다닐[21] 정도였다. 이어서 은의 백성이 또 반란을 일으키자 이를 '완민'頑民[22]이라고 따로 호칭하면서 왕도 천하의 인민에서 제외하긴 했지만 결국 결점 같은 것이 생겨난 것 같다. 좋은 왕도는 완민 하나만 있어도 그 근거가 없어지는 것이다.

유사儒士와 방사方士는 중국 고유의 명물이다. 방사의 최고 이상은 선도仙道이며 유사의 그것은 왕도이다. 그러나 애석하게도 이 두 가지는 중국에 존재하지 않았다. 오랜 역사적 사실이 증명하듯이, 이전에 진정한 왕도가 있었다고 말한다면 망언이며 현재에도 있다고 말하는 사람이 있으면 신약 처방[23]이라 할 만하다. 맹자는 주나라 말기에 태어났기 때문에 패도를 논하는 것을 수치스럽게 생각했다.[24] 만약 오늘날에 태어났다면 인류의 지식 범위의 발전에 따라 왕도를 논하는 것을 부끄럽게 생각했을 것이다.

3. 중국의 감옥에 대하여

나는 확실히 사람들은 사실에서 새롭게 깨닫는 것이 있으며 사실 또한 여기에서 변화가 발생한다고 생각한다. 송대에서 청대 말기에 이르는 수년 동안 성현의 훌륭한 말씀을 대신해서 읊조리기만 하면 되는 '팔고문'[25]이라는 까다로운 문장으로 관리를 등용하는 방법이 프랑스와의 전쟁에서 지고 나서야 잘못되었다는 것을 깨달았다.[26] 그리하여 유학생을 서양으로 파견하여 병기 제조국을 창설하여 개정의 수단으로 삼았다. 이것으로 충분하지 않다는 것을 알게 된 것은 일본과의 전쟁에서 지고 난 다음이었다.[27] 이번에는 학교를 세우는 데 온 힘을 쏟았다. 그러자 학생들이 해마다 크게 소란을 일으켰다. 청조가 망하고 국민당이 정권을 장악한 다음부터 이 잘못을 깨달았는데 개정의 수단으로는 감옥을 많이 만든 것 말고 아무 것도 하지 않았다.

중국에서 국수적인 감옥은 일찌감치 여기저기에 존재했다. 청 말기에 이르러서 서양식 감옥을 짓기도 했는데 이른바 문명 감옥이 그것이다.

이는 중국에 여행 온 외국인에게 보여 주기 위해서 건설한 것이었다. 따라서 외국인을 잘 응대하기 위해서 특별히 파견되어 문명인의 예의를 배워 온 유학생과 같은 종류의 것이어야 했다. 이 덕분에 범인의 대우도 덩달아 좋아져서 목욕도 할 수 있게 되었으며 일정한 양의 밥도 줘서 오히려 행복한 곳이 되었다. 그런데도 이삼 주 전에 정부는 어진 정치를 실시하기 위하여 죄수 식량을 떼어먹는 것을 금지하는 명령까지 내렸다. 이다음부터 더 행복할 것이다.

구식 감옥은 불교의 지옥에서 본보기를 구한 듯 범인을 감금하고 그에게 고통을 견디는 직분까지 주었다. 금전을 갈취하여 범인의 가족을 빈털털이로 만드는 직분도 있었는데 때로는 둘을 겸비하기도 했다. 그러나 다들 그러는 것이 당연하다고 생각했다. 반대하는 사람이 있으면 그것은 범인을 변호하는 것과 다름없으며 악당[28]이라는 혐의까지 받아야 했다. 그러나 문명은 특별한 진보이기 때문에 지난해에도 범인을 매년 한 차례 석방하고 귀가시켜서 성욕을 해결할 기회를 제공할 것을 제창하는 다소 인도주의적인 냄새가 나는 논리를 펴는 관리가 등장했다.[29] 사실 그도 범인의 성욕에 대해서 특별히 동정심을 드러낸 것이 아니라, 실시될 것이라는 생각을 하지 않았기 때문에 큰소리로 한판 부르짖어서 관리로서의 자신의 존재를 드러냈을 뿐이었다. 그런데 여론이 물 끓듯이 일어났다. 어떤 비평가는 이렇게 한다면 아무도 감옥에 가는 것을 겁내지도 않고 신나서 들어갈 것이라며 도덕과 인심에 대해 분개했다.[30] 이른바 성현의 가르침을 받은 지 이렇게 오래되었으나 의외로 그 관리처럼 원만한 사람은 여태껏 나오지 않았던 것이다. 물론 그도 성실하고 믿을 만하다는 느낌을 줬으나 그의 의견이란 것이 범인을 더 학대하지 않으면 안 된다는 것이니 그 사정이 어떤지는 마찬가지로 짐작할 수 있다.

다른 경로로 생각해 보면 감옥은 '안전제일'을 표어로 삼는 사람들에게 이상향과 같은 장소이다. 화재가 일어나는 일이 거의 없으며 도둑이 없고 토비가 들이닥쳐서 훔쳐 가지도 않는다. 전쟁이 일어난다 하더라도, 감옥을 목표로 폭격을 실시하는 바보는 없다. 혁명이 일어나더라도 죄수를 석방했다는 예는 있어도 학살했다는 사례는 들어 본 적이 없다. 푸젠 독립[31] 초기에, 죄수는 석방되었다고 하지만 바깥에서는 오히려 그들과 의견이 다른 사람들이 실종되었다는 소문이 나돌았는데 이런 예는 이전에는 있을 수 없었다. 요컨대, 아주 나쁜 곳은 아닌 것 같다. 가족만 데리고 갈 수 있다면 지금과 같은 홍수와 기아, 전쟁, 테러의 시대가 아니더라도 들어가 살게 해 달라는 사람들이 반드시 없다고 할 수 없다. 그리하여 학대는 필수불가결하게 됐다.

뉴란[32] 부부가 적화를 선전했다는 이유로 난징의 감옥에 갇혀 있는데 서너 차례 단식도 했으나 아무런 효과도 없었다. 이는 그가 중국 감옥의 정신을 모르는 까닭에서 비롯되었다. 어떤 관원은 놀라며 "자기가 밥을 안 먹는 것이 다른 사람과 무슨 관계가 있느냐?"고 말했다. 인정仁政과도 하등 상관없을 뿐만 아니라 식량까지 아끼므로 오히려 감옥에 이익이 되는 것이다. 간디의 연극도 흥행장[33]을 제대로 고르지 않으면 아무 성과도 없는 것이다.

그러나 거의 완벽한 이러한 감옥에서도 결점이 남아 있다. 지금까지 사상적인 일에 대해서는 주의하지 않는 것이다. 이러한 결점을 보완하기 위하여 최근에 새롭게 '반성원'이라는 특수 감옥을 발명하여 여기에서 교육을 실시하고 있다. 나는 아직 여기에 가서 반성해 본 적은 없어서 자세한 사정은 알 수 없지만, 요약하면, 삼민주의를 범인에게 가르쳐서 자신의 잘못을 뉘우치게 하는 것 같다. 이밖에도 공산주의를 배격하는 글을 써야 한다는 이야기도 들려온다. 만약 쓰기 싫어하거나 쓸 수 없다면 당연히 평생 동안 반성하지 않으면 안 된다. 그리고 글을 잘 쓰지 못해도 마찬가지로 죽을 때까지 반성하지 않으면 안 된다. 지금 여기에 들어가는 사람도 있고 여기에서 나오는 사람도 있는데 반성원을 더 짓는다고 하므로 들어가는 이가 많을 것이 틀림없다. 시험을 치르고 석방된 좋은 국민을 가끔 만날 수도 있을 것이다. 그러나 대부분은 기가 죽고 위축되어 있는데 반성하고 졸업논문을 쓰는 데 기력을 다 써 버려서 그런 것 같다. 그 앞길에는 희망이라는 한 면이 없다.

주)_____

1) 이 글은 1934년에 일본에서 발간된 월간 『가이조』(改造) 3월호에 최초 발표되었다. 이 책의 「부기」를 참고하시오.

2) 그리스 신화 중의 신. 그는 주신 제우스에게 불씨를 훔쳐 인류에게 가져다준 대가로 코카서스 산의 바위에 못 박혀 콘도르에게 그의 간장을 쪼아 먹히는 벌을 받았다고 전해진다.

3) 중국 전설에서 가장 먼저 나무를 문질러 불씨를 얻은 사람이다. 상고시대의 삼왕 중 한 명이다.

4) 이에 대해서는 전하는 말들이 각각 다르다. 일설에는 축융(祝融)이라고 하는데 이러한 기록이 나비(羅泌)의 『노사(路史)·전기(前紀)』 8권에 보인다. 다른 한편 회록(回祿)이라는 설도 있는데 이는 『좌전』(左傳) '소공(昭公) 18년'과 관련 주와 소에 나온다. 나비는 남송대(1131)에 지저우 루링(吉州庐陵; 지금의 장시성江西省 지안吉安)에서 태어났다. 과거를 보지 않았으나 역사에 해박했다. 특히 역사서에 아주 적게 언급되어 있는 상고사를 연구했는데 각종 전적에서 도장(道藏), 위서(緯書)에 이르기까지 폭넓게 취했다. 그리하여 남송 건도(乾道) 연간(1165~1173)에 『노사』를 지었다. 『노사』는 상고에서 양한대에 이르는 일을 기록했다.

5) 유소씨(有巢氏). 중국 전설에서, 새가 나무 위에 둥지를 짓고 사는 것을 보고 사람들에게 집을 짓는 것을 가르쳤다고 하는 사람이다. 상고시대 삼왕 중 하나이다.

6) 신농씨(神農氏). 중국 전설에 농기구를 제작하고 사람들에게 씨뿌리고 경작하는 법을 가르친 사람이다. 상고시대 삼왕 중 하나이다. 한편 그는 백초를 다룰 줄 알며 약재를 발견하여 사람들의 병을 고치기도 했다고 전해진다.

7) 원문의 표현은 '賽社'이다. '賽神'이라고 표현하기도 한다. 이전에 있었던 미신 풍습이다. 깃발 등의 의장과 북, 연극 등으로 신을 맞이하여 사당에서 나와서 거리를 행진하며 신에게 감사하고 복을 빌었다.

8) 진시황(B.C. 259~210)은 성은 영(嬴)이며 이름은 정(政)이다. 전국시대 진나라 군주로 B.C. 221년 중국 역사상 최초로 중앙집권 봉건왕조를 세웠다. 진시황 34년(B.C. 213년)에 승상인 이사(李斯)의 건의를 받아들여 진나라 이외의 각국 역사서뿐 아니라, 민간이 소장하고 있는 농사 관련 책과 의서를 제외한 모든 서적을 불태우라고 명령을 내렸다.

9) 히틀러(Adolf Hitler, 1889~1945)는 1933년 내각 총리를 맡은 뒤 진보적인 서적과 이른바 '독일사상이 아닌' 책을 모두 불태웠다. 히틀러 분서의 선례로 진시황을 인용한 논조는 작가가 『풍월이야기』(準風月談)의 「중·독의 분서 이동론」(華德焚書異同論)에서 분석한 바 있다.

10) 송대 장계유(庄季裕)가 쓴 『계륵편』(鷄肋編) 중권에 이 표현이 나온다. "정강(靖康)의 난 이후 금나라 오랑캐가 중국을 침입하였는데 거주에 다른 풍속을 드러내어 지나가는 곳마다 모두 불질렀다." 정강의 난은 북송 정강 연간(1126~1127)에 금에 의해 멸망된 사건으로 이후에 남송이 이루어졌다.

11) 항우(B.C. 232~202)는 하상(下相; 지금의 장쑤성 쑤첸宿遷) 사람으로 진나라 말기 농민 반란군의 영수이다. 진나라가 망한 다음 서초패왕으로 스스로 칭했으나 나중에 유방에게 패한다. 『사기』(史記)의 「항우본기」(項羽本紀)에 따르면 그가 함양을 공격하여 함락시킨 다음 "진나라 궁전을 불태웠는데 석 달 동안 불길이 꺼지지 않았다"라고 한다. 아방궁은 진시황 때 건설된 궁전으로 지금의 시안시(西安市) 서아방촌에 유적지가 남아 있다.

12) 나카자토 가이잔(中里介山, 1885~1944)은 일본의 통속소설가로 역사소설 『대보살고개』(大菩薩峠)를 남겼다. 『지나와 지나 국민에게 보내는 편지』(給支那和支那國民的一封信)는 1931년(쇼와6년) 일본 슌요도(春陽堂)에서 출판되었다.

13) 후스(胡適, 1891~1962)의 자는 스즈(適之)이며 안후이성 지시(績溪) 사람이다. 어린 시절에 미국으로 유학을 가 컬럼비아대학에서 철학 박사학위를 받았고, 귀국 후에 베이징대학 교수를 역임했다. 그는 당시 국민당 정부의 국내외 정책을 적극적으로 지지했다. 여기에서 인용한 말은 그가 1933년 3월 18일 베이핑에서 기자에게 한 말로 같은 해 3월 22일 『선바오』(申報)의 '베이핑 통신'에 실렸다.

14) 이는 1920년 7월에 쓴 『『수호전』 고증』에서 한 말이다. "나는 중국 역사가가 말하는 '역사쓰기 필법'이라는 것을 가장 싫어한다. 그러나 나도 얼마간 '역사벽'이 있다. 나는 다른 사람이 글자를 파고 따지는 비평을 가장 혐오하나 나도 얼마간은 '고증벽'이 있다!'

15) 중국자유운동대동맹(中國自由運動大同盟)을 가리킨다. 중국공산당을 지지하고 여기에서 영도하는 혁명 대중 단체로 1930년 2월 상하이에서 결성되었다. 이 단체의 주요 목적은 언론, 출판, 결사, 집회 등의 자유를 쟁취하고 국민당의 반동 통치에 반대하는 데 있다.

16) 천더정(陳德征)은 저장 푸장(浦江) 출신이다. 1923년 후산위안(胡山源), 첸장춘(錢江春)과 '무사사'(彌麗社)를 창립하여 월간 『무사』(彌麗)를 출간했다. 1927년 이후 국민당 상하이시 당부 주임위원과 상하이시 교육국장 등의 직책을 맡았다.

17) 왕도와 패도에 관한 것은 『맹자』 「공손추상」(公孫丑上)편의 맹자의 말에 나타나 있다. "힘에 의거하여 인자함을 베푸는 것을 패(霸)라고 하는데 패는 대국에 있게 마련이다. 덕으로 인의를 행하는 것을 왕(王)이라고 하는데 왕은 클 필요가 없다.…… 힘으로 남을 복종시키는 것은 마음이 복종하는 것은 아니며 힘이 넉넉하지 않아서이다. 덕으로 남을 복종시켜야 마음이 기뻐서 성실히 따르는 것이다." 그리고 『한서』(漢書)의 「원제기」(元帝紀)에는 다음과 같은 기록이 있다. "한대는 고유의 제도가 있었는데 원래 패도와 왕도를 뒤섞은 것이다."

18) 유방(劉邦, B.C. 247~195)을 가리킨다. 페이(沛; 지금의 장쑤성 페이현) 출신으로 진나라 말기 농민 반란군의 지도자로 한조(漢朝)를 창시했다.

19) 무왕(武王). 성은 지(姬)이며 이름은 파(發)로 은(殷) 말기의 주(周) 민족 지도자이다. B.C. 11세기에 그는 서북과 서남 지역의 민족들과 연합하여 병사를 일으켜 중원을 침략하여 은을 멸망시킨 다음 주 왕조를 세웠다.

20) 『사기』의 「백이열전」(伯夷列傳)에 다음과 같이 기재되어 있다. "백이, 숙제는 고죽군(孤竹君)의 두 아들이다.…… 서백창(西伯昌; 주문왕)이 늙은이를 존중한다는 이야기를 듣고 이에 어찌 거기로 가지 않았겠는가? 도착하니 서백은 죽었고 무왕이 위패를 싣고 문왕을 위해 곡을 하면서 동으로 주를 정벌하러 가고 있었다. 백이와 숙제는 못 가게 말을 막으며 '아비가 죽었는데 장사도 지내지 않고 바로 정벌하러 가는 것이 효(孝)라고 할 수 있겠습니까? 신하가 임금을 시해하면 인(仁)이라고 할 수 있겠습니까?'라고 간언했다. 좌우 사람들이 그들에게 무기를 대려 하자 태공(太公)이 말했다. '이들은 의인이다. 부축하여 비키게 하거라.'"

21) 『상서』의 「무성」(武成)에 기록되어 있다. "갑자일 동틀 무렵 수(受; 주紂)가 숲같이 많은 군대를 이끌고 오다가 목야(牧野)에서 만났다. 우리 군대에 대적할 수 없게 되자 앞에 있는 군사들이 창을 뒤쪽으로 겨눠서 뒤를 공격하여 배신하였는데 피가 흘러 방망이

가 둥둥 떠다녔다."

22) 『사기』의 「은본기」(殷本紀)에 나오는 표현이다. "주 무왕이 죽은 다음 무경(武庚: 주왕 紂王의 아들)이 관숙(管叔), 채숙(蔡叔)과 함께 반란을 일으켰는데 주 성왕은 주공에게 그들을 죽이라고 명령했다." 또 『상서』 「다사」(多士)에는 다음과 같은 기록이 나온다. "성주(지금의 뤄양)가 만들어지자 은나라의 완민(頑民)을 이전시켰다." 당대의 공영달 (孔穎達)는 다음과 같이 소를 달았다. "완민은 은나라의 대부, 선비가 무경을 따라 배반한 것을 가리킨다. 그 무지 때문에 완민(頑民)이라고 불렀다."

23) 루쉰이 1933년 5월 7일 『선바오』의 「자유담」에 발표한 「신약」에서의 표현을 참고하시오. 루쉰은 9·18 이후 일본군의 만주 침략 대책에 대해 언급한 우즈후이(吳稚暉)의 연설을 비꼬며 이러한 처방을 '신약'을 파는 것이라고 표현했다. 이와 관련한 자세한 서술에 대해서는 『거짓자유서』(偽自由書)의 「신약」을 참조하시오.

24) 『맹자』의 「양혜왕상」(梁惠王上)에 다음과 같은 기록이 있다. "제선왕이 물었다. '제환공과 진문공의 일을 들어볼 수 있는가?' 맹자가 대답하였다. '중니(仲尼)의 무리는 환공과 문공의 일을 말하지 않습니다. 이후에 전해진 바가 없으므로 신은 이에 대해서 아직 들어본 적이 없습니다.'" 송대의 주희의 『집주』에 따르면 다음과 같다. "중니의 문하는 오척동자도 오패왕을 부끄러워하며 이야기했다. 먼저 힘을 빌려서 인의(仁義)를 행했기 때문이다."

25) 원문의 표현은 '制藝'이다. 이는 제의(制義)라고도 말하는데 과거시험에서 규정한 문체이다. 명청 양대에 '사서'와 '오경' 중의 문구에서 따서 제목을 정하고 입론을 하는 팔고문을 가리킨다.

26) 1884년에서 1885년까지 진행된 중불전쟁을 가리킨다. 이 전쟁의 결과 청 정부와 프랑스는 불평등한 '중불조약'을 맺었다.

27) 1894년에서 1895년에 있었던 중일전쟁(갑오전쟁)을 가리킨다. 전쟁의 결과 청 정부는 패전 후 일본과 굴욕적인 '시모노세키조약'을 맺었다.

28) 여기에서는 반어적으로 쓰였다. 당시 국민당 반동파가 '공비당'(匪黨) 등의 글자로 중국공산당을 모독적으로 칭했다.

29) 1933년 4월 4일 『선바오』 '난징 특별 송고'에서 다음과 같은 기사가 실렸다. "사법계의 어떤 요인은 중년 죄수의 성욕 문제는 논리적으로 따지자면 인민은 죄를 지어서 자유를 잃을 수 있으나 성욕을 박탈할 수는 없다. 구미 문명국가는 죄인에게 휴가를 줘서…… 매년 오일 혹은 일주일 귀가하는 휴가를 청구하여 성욕을 해결할 수 있게 했다."

30) 1933년 8월 20일 출판된 『십일담』(十日談) 2기에 궈밍(郭明)이 쓴 「자유감옥」(自由監獄)을 가리킨다.

31) 1933년 11월 푸젠에서 일어난 정변을 말한다. 1932년 1월 28일 상하이에서 일본침략

군을 대항했던 19로군이 장제스에 의해 푸젠으로 이동되어 반공내전을 치렀다. 이 군대의 상당수 군인들은 중국공산당 항일론에 영향을 받아서 일본에 투항하는 장제스의 정책에 반대하여 홍군과 싸우기를 원하지 않았다. 1933년 11월 19로군의 장군들은 국민당 내 일부 세력과 연합하여 푸젠성에서 '중화공화국인민혁명정부'를 세워서 홍군과 항일 반장제스 협정을 맺었다. 그러나 얼마 후 장제스군의 탄압으로 실패했다.

32) 뉴란(牛蘭, Noulens, 1894~1963)의 본명은 야코프 루드니크(Jakob Rudnik)로 우크라이나 출신이다. 1927년 11월 코민테른에 의해 중국에 파견되어 비밀공작에 종사했다. 이때 사용한 가명이 뉴란인데 공개된 그의 신분은 '범태평양산업동맹' 상하이이사무국 비서였다. 1931년 6월 15일 뉴란 부부는 상하이 공공조계 경무처에 체포되었는데, 8월 국민당 당국으로 이첩되어 난징 감옥에 수감되었다. 이듬해 5월 '민국을 위해 한' 죄로 재판을 받았다. 이에 그는 7월 2일부터 단식투쟁에 들어갔다. 쑹칭링(宋慶齡), 차이위안페이(蔡元培) 등은 '뉴란 부부 구명위원회'를 조직하기도 했다. 1937년 8월 일본군의 난징 폭격이 시작되자 탈옥하여 1939년 귀국했다. 거기서 그는 소련 적십자회 대외연락부 부장, 대학교수 등을 역임했다. 그의 부인 타티아나 모이셴코(Tatiana Moissenko, 1891~1964)도 귀국 후 언어연구와 번역 일에 종사했다.

33) 흥행장(興行場)은 일본에서의 '극장'을 가리킨다.

국제문학사의 질문에 답함[1]

질문

1) 소련의 존재와 성공은 당신에게 무엇을 의미합니까? (소비에트가 일으킨 10월혁명은 당신의 사상의 경로와 창작의 성격에 어떠한 변화를 가져왔습니까?)

2) 당신은 소비에트 문학에 대해 어떤 견해를 갖고 있습니까?

3) 자본주의 국가 가운데 특별히 당신의 눈길을 끄는 사건이나 문화적인 사안이 있습니까?

1) 이전에 구사회의 부패를 나는 깨닫고 있었고 새로운 사회가 일어나기를 희망하고 있었습니다. 그러나 이러한 '새로움'이 어떠해야 하는지 몰랐을 뿐만 아니라 '새로운' 것이 도래한 이후가 반드시 좋은 세상일지 판단할 수 없었습니다. 10월혁명 이후에 이 '새로운' 사회의 창조자가 프롤레타리아계급이라는 것을 알았습니다. 그러나 자본주의 국가의 흑색선전 때문에 10월혁명은 아직까지 사람들에게 제대로 주목받지 못하고 있

을 뿐만 아니라 심한 경우 의혹의 시선마저 받고 있습니다. 지금 소련의 존재와 성공은 나에게 무계급사회가 반드시 출현할 것이라는 확신을 갖게 합니다. 이는 나의 의심을 완전히 사라지게 했을 뿐만 아니라 나에게 용기를 북돋아 줬습니다. 그러나 나는 혁명의 소용돌이 속에 있지 않으며 또 당분간 현지에 가서 살펴볼 수도 없기 때문에, 창작에서는 여전히 구사회의 나쁜 점을 드러내는 데 주력할 수밖에 없을 것 같습니다.

2) 나는 다른 나라——독일, 일본——에서 출간된 번역서만 볼 수 있을 뿐입니다. 현재의 건설을 이야기하는 문학이든 이전의 투쟁을 이야기하는 작품——『철갑열차』와 『훼멸』, 『철의 흐름』[2] 등——이든 모두 나에게 흥미 있고 유익하다고 생각합니다. 내가 소비에트 문학을 보는 주요한 이유는 중국에 소개하고 싶어서입니다. 그런데 지금으로서 중국의 상황에는 전투적인 작품이 더 긴요합니다.

3) 자본주의 국가의 이른바 '문화'라는 것이 중국에서는 눈에 띄지 않습니다. 다만 자본주의 국가와 그 노예들이 중국에서 물리의 역학 및 화학의 방법과 전기 기계로 혁명가를 고문하고 비행기와 폭탄으로 혁명 대중을 학살하고 있다는 것을 알고 있을 뿐입니다.

주)_____

1) 원제는 「答國際文學社問」, 이 글은 1934년에 『국제문학』 제3기와 제4기 합본호에 발표되었다. 발표될 때의 제목은 「중국과 시월」(中國與十月)이었으며 같은 해 7월 5일 소련 신문 『프라우다』지에 전재되었다. 『국제문학』은 격월간지로 국제혁명작가연맹의 기관지이다. 러시아어, 독일어, 영어, 프랑스어 등으로 소련에서 출판되었다. 원래의 명칭은 『외국문학소식』이었는데 1930년 11월 『세계혁명문학』으로 이름을 바꾸었다가 1933년 『국제문학』으로 개명했다.

2) 원명은『철갑열차 14-69』(Бронепоезд 14-69)이다. 이바노프가 지은 소설로 스헝(侍桁)이 번역했다. 이 소설은 루쉰이 엮은 '현대문예총서' 가운데 한 권으로 1932년 신주국광사(神州國光社)에서 출판됐다.『훼멸』(毁滅, Разгром)은 파데예프가 쓰고 루쉰이 번역한 소설로 1931년 삼한서옥(三閑書屋)에서 출간됐다.『철의 흐름』(鐵流, Железный поток)은 세라피모비치가 쓰고 차오징화(曹靖華)가 번역하여 1931년 삼한서옥에서 출판했다. 이들은 모두 소련의 국내전쟁을 소재로 한 장편소설들이다.

이바노프(Всеволод Вячеславович Иванов, 1895~1963)는 소련의 작가로 독창적인 자연주의적 사실주의로 유명하며, 지방색이 뚜렷한 작품을 남겼다. 작품에『철갑열차 14-69』(1922),『파르티잔 이야기』(Сопки. Партизанские повести, 1923) 등이 있다.

파데예프(Александр Александрович Фадеев, 1901~1956)는 소련의 소설가로 1923년부터 문필활동을 시작하여 17년 동안 극동에서 지내며 혁명의 여러 사건을 주제로 한 중편『범람』(Разлив, 1923)과 단편「흐름에 항거하여」(Против течения, 1923) 등을 발표하였다. 이어 1919년의 일본군과 빨치산 부대의 전투에서 취재한 장편『훼멸』(1927)로 일약 문명을 높였다. 이 작품은 러시아 문학의 주요한 이정표가 되었다. 그 외 장편『우데게족(族)의 마지막 남은 자』(Последний из Удэге, 1~4부 1929~1936, 5부 1941, 미완성) 등이 있다.

세라피모비치(Александр Серафимович Серафимович, 1863~1949)는 소련의 소설가로 소련작가협회 창설자 중 한 사람이다.『창작』과『시월』등의 주요 문학잡지를 편집한 바 있다. 대표작『철의 흐름』(1924)은 혁명 당시 캅카스 지방에서의 빨치산 투쟁을 주제로 한 서사시적 산문으로 소련 문학의 초기 사회주의 리얼리즘의 대표작으로 평가된다.

『짚신』서문[1]

중국에서 소설은 대대로 문학이 아닌 것으로 생각해 왔다. 무시하는 분위기 속에서 실제로 18세기 말 『홍루몽』[2]이 나온 이후에 위대하다 할 만한 작품도 창작되지 않았다. 소설가가 문단에 침입한 것은 '문학혁명'운동[3]이 시작되고 나서, 그러니까 1917년 이후의 일이다. 물론 한편으로는 사회의 요구에 기인한 것이고, 다른 한편으로는 서양 문학의 영향을 받았기 때문이다.

그러나 이 새로운 소설은 끊임없는 전투 속에서도 늘 살아남았다. 제일 처음에 문학 혁명가는 인간성의 해방을 요구했다. 그들은 옛 관습을 없애 버리기만 하면 본래의 사람이 남고 좋은 사회가 된다고 생각했기 때문에 보수파의 압박과 중상모략에 시달렸다. 대략 십 년이 지나서 계급의식이 각성되기 시작하고 진보적인 작가가 혁명 문학가가 되자 압박의 수위는 더 높아졌다. 출판 금지, 서적 소각, 작가 살해. 결국에는 수많은 청년들이 암흑 속에서 자신의 생명을 사업에 바치게 되는 일까지 벌어졌다.

이 책은 '문학혁명' 이후 십오 년 동안 창작된 단편소설을 가려 엮은 것이다. 단편소설은 우리에게 새로운 시도였으므로 유치한 구석이 적잖게 눈에 띌 것이다. 그래도 바위에 눌려도 자라는 식물처럼 번성하지는 못해도 구불구불하게 자라나는 걸 볼 수 있을 것이다.

지금까지는 서양인이 중국의 작품에 대해 이야기하는 경우가 중국 인민이 자기의 작품을 이야기하는 것보다 훨씬 더 많았던 것 같다. 그러나 이런 경우는 아무래도 서양인의 관점을 벗어나기 힘들었다. "만약 폐부가 말을 할 수 있게 된다면 의사의 얼굴은 흙빛이 된다"[4]라는 중국 속담이 있다. 폐부가 진짜로 말을 한다 하더라도 다 믿을 만한 말은 아닐 것이다. 그렇지만, 의사가 진찰해 내지 못한 것도 있게 마련이므로 의외로 여기에 상당한 진실이 깃들어 있을지도 모르겠다.

1934년 3월 23일 상하이에서 루쉰 쓰다

주)_____

1) 원제는 「『草鞋脚』(英譯中國短篇小說集)小引」, 이 글은 미발표 원고로 이 문집에 최초로 수록되었다. 이와 관련해서는 이 문집의 「부기」를 참고하시오. 『짚신』은 루쉰이 미국인 아이작스(Harold Robert Isaacs)의 청탁으로 마오둔(茅盾)과 함께 엮은 중국 현대 단편소설집이다. 모두 스물여섯 편의 작품을 수록했으며 아이작스 등이 영어로 번역하였다. 그러나 당시에는 출판되지 못했고 1974년에 미국 MIT출판사에서 출판했다.
영역본의 제목은 다음과 같다. *Straw Sandals: Chinese Short Stories, 1918~1933*, Edited by Harold R. Isaacs, Foreword by Lu Hsün, Cambridge: MIT Press, 1974. 덧붙이자면, 이 영역본은 마오둔에 따르면 1934년 당시 루쉰과 마오둔이 편집하여 아이작스에게 추천한 목차와 다른 곳이 있다고 한다. 그래서 1982년 차이칭푸(蔡淸富)가 수집 및 기록에 따라 처음의 면모로 복원한 『현대중국단편소설선 짚신』(現代中國短篇小說選 草鞋脚; 루쉰·마오둔 편선, 창사長沙: 후난인민문학사湖南人民文學社, 1982년 1월)이 간행되었다.

2) 청대 조설근(曹雪芹)이 지은 장편소설이다. 일백이십회본이 유통되는데 일반적으로 뒷부분의 사십회는 청대 고악(高鶚)이 이어서 쓴 것으로 알려져 있다.

3) 문학혁명운동은 '5·4' 전후에 구문학을 반대하고 신문학을 제창한 운동을 가리킨다. 1917년 2월 천두슈가 『신청년』 제2권 제6호에 「문학혁명론」을 발표하여 최초로 문학혁명 구호를 제기했다. 1918년 5월부터 루쉰이 쓴 「광인일기」, 「쿵이지」, 「약」 등의 소설이 연속으로 발표되어 "문학혁명'의 실적을 드러냈다"(『차개정잡문 2집』, 「『중국신문학대계』 소설 2집 서문」).

4) 명대 양신(楊愼)이 편집한 『고금언』(古今諺)에 수록되어 있는, 방회(方回)가 쓴 『산경』(山經)의 『상총서』(相冢書)에 나오는 구절이다. "만약 산천이 말을 할 수 있으면 풍수가는 밥을 벌어먹을 수가 없으며 만약 폐간이 말할 수 있게 된다면 의사의 낯빛은 흙색이 된다."

'구형식의 채용'을 논의함[1]

'구형식의 채용' 문제는 차분히 토론한다면 현재 매우 의미 있는 토론이 될 것이다. 그러나 개시하자마자 이를 성토하는 얼예耳耶[2] 선생의 글이 발표되었다. "투항하는 거나 다름없다"거나 "기회주의"와 같은 말은 적을 물리치는 주문이었고 최소한 이 일로 말미암아 일신에 오점을 남기게 만드는 것으로, 최근 십 년 동안 '새로운 형식을 탐구'하여 온 결과이다. 그러나 얼예 선생은 정직하다. 왜냐하면 그는 같은 시기에 「예술의 내용과 형식」이라는 글을 번역하기도 했기 때문이다.[3] 이 글을 일단 다 게재하고 나면 거셌던 그의 비난도 어느 정도 수그러들 것이다. 뿐만 아니라 맞는 말도 몇 마디 했는데 신형식의 탐구는 구형식의 채용과 기계적으로 분리되어서는 안 된다는 말이 그것이다.

그러나 이 말은 이제 상식이 되었다고 말할 수 있다. 다시 말하자면 내용과 형식이 기계적으로 나누어져서는 안 된다는 말도 이미 상식이 되었다. 또 있다. 그는 작품과 대중이 기계적으로 분리되어서는 안 된다는 것도 알고 있는데 이것도 당연히 상식이다. 구형식을 '채용' ── 그러나 얼예 선생은 '구예술 전체에 성원聲援을 보낸다'라고 지적했다——만 하는 이유는 신형식의 탐구를 위해서이다. 얼마를 채택하는 것은 '전체'에 성원을 보내는 것과 다르다. 진보적인 예술가는 이러한 생각(내용)이 있을 수 없다. 그런데 그는 구예술을 채용하자는 데 생각이 미칠 수는 있다. 왜냐하면 그는 작품과 대중은 기계적으로 분리할 수 없다는 것을 잘 알고 있기 때문이다. 예술이 예술가가 지닌 '영감'의 폭발이라고 생각하고 코가 간질간질한 사람이 재채기만 하면 온몸이 편해지는 것처럼 중요한 하나가 해결되면 나머지도 한꺼번에 해결되는 시절은 이미 지나갔다. 이제는 대중을 고려하고 그들에게 관심을 가진다. 이는 새로운 생각(내용)으로 여기에서 새로운 형식에 대한 탐구가 진행되고 있다. 가장 먼저 제기한 것이 구형식의 채용인데 이 채용하자는 주장이야말로 새로운 형식의 발단이면서 구형식의 변형이다. 내가 보기에 이것은 내용과 형식을 기계적으로 분리하지 않으면서도 『자매화』[4]가 인기 있다고 따라 하는 투기주의라는 꼬리표를 붙일 수도 없다.

구형식의 채용, 아니 신형식의 탐구라고 해야 할 것인데, 이는 물론 예술을 배우는 이들이 노력을 기울여 실천해야 할 것이지만, 이론가나 평론가도 똑같이 지도하고 비평하며 토론할 책임이 있다. 예술을 배우는 이가 책임을 완수하지 못했다고 비난만 퍼붓고 자기 일이 아니라고 수수방관해서는 안 된다. 우리에게는 예술사가 있다. 게다가 중국에서 태어났으므로 중국의 예술사를 읽어야 하겠다. 무엇을 채용할 것인가? 당대唐代 이전 회화의 진적眞迹은 아직까지 눈으로 확인한 적은 없지만 서사를 소재로 삼았다는 것쯤은 알고 있는데 이것은 취할 수 있다고 생각한다. 당대에는 불화의 찬란함과 선화線畵의 공실空實 및 명쾌함을 가져올 수 있으며, 송의 원화[5]에서는 유약하고 활기 없는 면은 버리고 빈틈없고 세심한 면모는 취할 만하다. 미점 산수[6]는 쓸데가 하나도 없다. 나중에 나온 문인화인 사의화寫意畵가 쓰임새가 있느냐 없느냐에 대해서는 이 자리에서 단언하기 힘들다. 어쩌면, 얼마간 쓸데가 있을지도 모르겠다. 골동품 조각을 늘어놓는 식으로 채용해서는 안 되며 반드시 새로운 작품 속에 녹아들어야 한다. 이는 쓸데없는 말을 덧붙일 필요가 없는 일이다. 소나 양을 먹는데 발굽과 터럭을 버리고 그 정수만을 남겨서 새로운 신체를 길러내고 발달시키는 것과 같아야 한다. 그렇다고 해서 소나 양과 '같은 것'이 될 리가 없다.

다만 위에서 거론한 것 즉 우리들이 지금 볼 수 있는 것들은 모두 소비의 예술이다. 이는 늘 권력자의 총애를 얻어서 남아 있는 것이 많다. 그러나 소비자가 있으면 생산자가 있게 마련이다. 그리하여 한편으로 소비자의 예술이 있으면 다른 한편으로 생산자의 예술도 있다. 고대의 것으로는 보호하는 사람이 없었기 때문에 소설의 삽화 이외에 우리들이 볼 수 있는 것은 거의 없다. 현재의 것이라면 저잣거리에서 파는 새해의 실내에 붙이는 세화歲畵와 멍커[7] 선생이 지적한 연환도화[8]를 거론할 수 있다. 이것이 모두 다 진정한 생산자의 예술이라 할 수는 없지만 분명한 것은 상층 유한자의 예술과 대립한다는 점이다. 그렇다 하더라도 이들은 여전히 소비자 예술에 상당 부분 영향받고 있다. 예를 들어 문학에서 민가民歌는 대부분 칠언의 범위를 벗어나지 못하고 그림에서 소재의 대다수는 사대부와 관련된 일이지만 이미 잘 정련되어 명쾌하고 간결한 것으로 변했다. 이것도 변화라고 할 수 있는데 이제까지 이를 '속俗하다'라고 표현했다. 대중을 주목하는 예술가가 이런 부분에 주의하는 것이 틀린 것은 아닐 것이다. 여전히 더 정련해야 하는가에 대해서도 더 이상 말할 필요가 없다.

그러나 중국에서 양자의 예술에는 겉으로는 비슷하나 알고 보면 그 내용이 다른 부분도 있다. 가령 탱화에서 화폭 가득히 그려진 구름과 안개는 화려한 장식이다. 세화에도 흰 종이가 거의 보이지 않을 정도로 빽빽하게 그려진 것이 있다. 그러나 이는 종이를 아끼는 절약 때문에 이뤄진 것이다. 당백호[9]가 그린 섬섬옥수에 가느다란 허리를 지닌 미인은 백호와 같은 류의 사람들이 얻고자 하는 대상이었다. 세화에서도 이런 미인이 등장하지만 감상자에게는 세상에 이런 사람도 있구나, 라고 생각만 하며 이야깃거리로 삼거나 상식을 넓히거나 혹은 호기심을 만족시키는 데 지나지 않는다. 대중을 위한 화가는 거리낄 게 없다.

연환도화가 도화의 한 종류에 불과하다는 의견에 대해서는, 문학에서 시, 희곡, 소설이 있는 것과 마찬가지로 당연한 말이다. 그러나 이런 종류의 구분조차도 사회적인 조건과 관련된다. 시가 유행하는 때가 있는가 하면 소설이 많이 나오는 때가 있으며 단편만 수두룩하게 창작되는 때가 있다는 것은 역사적인 사실을 보기만 해도 알 수 있다. 이 때문에 이는 곧 내용과 관계있다는 것도 알 수 있다. 지금 사회적으로 연환도화가 유행하는 것은 이것이 유행할 가능성이 있을 뿐만 아니라 유행할 필요도 있기 때문이다. 이 점에 착안하여 지도하는 것이 진보적인 예술가가 수행해야 할 분명한 임무이다. 대중들이 이해하기 쉽도록 만드는 것도 진보적인 예술가가 틀림없이 기울여야 할 노력이다. 구형식을 채용하면 삭제되는 곳이 있게 마련이며 삭제되는 곳이 있으면 덧붙여진 부분도 있다. 이 결과가 신형식의 출현이며 이는 변혁이기도 하다. 뿐만 아니라 이 작업은 방관자가 생각하는 것처럼 결코 수월한 일이 아니다.

그러나 설사 신형식을 수립했다고 하더라도 이것이 바로 당연히 높은 수준의 예술이 될 리 없다. 다른 문화적인 작업의 도움이 있어야 예술은 진보한다. 어떤 문화 부문에서 전문가 한 명에게 독각희[10) 수준을 높여 달라고 요구했다면, 빈말이라면 괜찮지만 제대로 하려면 어렵다. 그리하여 개인을 질책하는 논리는 환경 탓을 하는 것과 마찬가지로 불공평하다.

5월 2일

주)_____

1) 원제는 「論"舊形式的採用"」, 이 글은 1934년 5월 4일 상하이에서 발행되는 『중화일보』(中華日報)의 「동향」(動向)에 창경(常庚)이라는 필명으로 발표되었다.

2) 본명은 녜간누(聶紺弩, 1903~1986)이다. 후베이 징산(京山) 출신의 작가로 좌련 성원이었다. 당시 『중화일보』의 부간 「동향」의 주편이었다. 1934년 4월 24일 「동향」에 「신형식의 탐구와 구형식의 채용」(新形式的探求與舊形式的採用)이라는 글을 발표하여 4월 19일 같은 신문에 실린 멍커(猛克)의 「채용과 모방」(採用與模倣)을 반박했다. 멍커는 이 글에서 "사회제도가 개혁하기 전에 연환도화의 구형식과 기술은 조건부로 수용되어야 한다.…… 그런데도 이것이 구예술에 완전히 투항하는 것이라고 여기는 이가 있다"라고 썼다. 또 새로운 연환도화의 "형식과 거리에서 유행하는 연환도화는 조금 다르다. 어떤 것은 기술 면에서 입체파를 모방하기도 하는데 아이들이 이를 알아볼 수 없을 뿐만 아니라 설사 지식인이라도 내용을 이해할 수 없다"고 기술했다. 얼예는 이런 진술이 "거의 '투항'하는 것이나 다름없는 것이며", "내용과 형식을 이렇게 기계적으로 분리하는 것은…… 구예술 내면에 대중에 가까운 것이 한두 가지 있다고 해서 이렇게 구예술 전체에 성원을 보낸다"고 인식했다. 뒤이어서 "구예술의 일부분이 대중에게 '이해'되고 '익숙'하며 '좋아'할 수 있는 데에는 복잡한 다양한 원인이 존재한다.…… 구형식의 채용을 이야기한다면서 우선적으로 이러한 결정적인 원인에 대해 자세히 연구하지 않고 소설인 『울음과 웃음의 인연』(啼笑因緣)이 잘 팔리고 영화 「자매화」(姊妹花)에 관객이 몰리는 데만 주목한다면 이는 기회주의적인 방법이다"라고 하며, 마지막으로 이렇게 말했다. "예술을 대중화하려면 한 갈래 길밖에 없다. 새로운 형식의 탐색이 그것이다.…… 오로지 새로운 형식을 탐구하는 데 노력하는 가운데 구형식을 조건부로 채용하는 것을 논의할 수 있다." 『울음과 웃음의 인연』은 장헌수이(張恨水, 1895~1967)가 쓴

대중소설이다. 1929년에서 1930년까지 『신문보』(新聞報)에 연재되었다.

3) 「예술의 내용과 형식」(藝術底內容和形式)은 일본의 비평가 구라하라 고레히토(藏原惟人)가 쓴 논문이다. 번역문은 1934년 4월 24일부터 5월 1일까지 「동향」에 연재되었다. 구라하라 고레히토(1902~1991)는 일본의 평론가이다. 일본의 쇼와 초기(1927~32)에 있어서 프롤레타리아 문학운동의 지도적인 이론가 가운데 한 명이다. 저서로 『예술론』(芸術論; 中央公論社, 1932) 등이 있다.

4) 「자매화」(姉妹花)는 정정추(鄭正秋)가 쓴 무대극인 「귀인과 범인」(貴人與凡人)을 각색한 영화이다. 상하이 스타영화사에서 제작하여 1934년 2월 상하이에서 상영되었다.

5) 송대의 원화(院畵)는 송대의 한림도화원(翰林圖畵院)에 소속된 궁정화가의 작품을 가리킨다. 그들의 작품은 형식적으로 세밀한 것이 특징이었다.

6) 미점 산수(米點山水)는 송대 미불(米芾)과 미우인(米友仁) 부자가 그린 산수화를 가리킨다. 미불(1051~1107)과 미우인(1074~1153)은 룬저우(潤州; 오늘의 장쑤 전장鎭江) 출신으로 그들은 새로운 준법(皴法)을 창안하였는데 세밀하게 그리는 것이 아니라 붓 끝으로 마구잡이로 점을 찍어서 그려서 이를 미점 산수화라고 부른다.

7) 웨이멍커(魏猛克, 1911~1984)로 후난 창사(長沙) 출신의 작가이자 화가이다. 중국좌익작가연맹의 성원이었다. 그는 예쯔(葉紫)의 소개로 좌련에 가입했다. 1935년 봄, 일본에 건너가서 메이지대학에 입학했다. 중국 좌련 도쿄지부 서기를 지냈으며 천신런(陳辛人), 런바이거(任白戈) 등과 『잡문』(雜文)을 편집했다.

8) 원문은 '連環圖畵'이다. 룽정창(容正昌)의 「연환도화 사십년」(連環圖畵四十年)에 의하면 연환도화는 상하이가 발상지로 상하이에서는 그림책(圖畵書)이라고 했으며 북방에서는 어린이책(小人書)이라고 불렀으며 저장(浙江)에서는 보살서(菩薩書), 한커우(漢口)에서는 옹알이책(牙牙書)이라고 했으며 남양에서는 만화책(公仔書)이라고 불렀다. 1907년에서 1908년경 상하이의 『선바오』(申報), 『스바오』(時報)에서 그날 뉴스를 이어지는 그림으로 신문에 실어 발송했던 것이 연환도화의 맹아라고 한다. 장징루(張靜廬)의 집주에 따르면 연환도화라는 명칭은 1921년 상하이의 세계서국(世界書局)이 대량의 도화서를 출판했을 때 처음으로 사용했던 것 같다고 한다(『중국출판사료보집』中國出版史料補輯, 北京: 中華書局, 1957년 5월).

9) 당백호(唐伯虎, 1470~1523)의 이름은 인(寅)이고 자는 백호(伯虎)로 우현(吳縣; 지금의 장쑤성에 속함)에서 태어났다. 명대 문학가이자 화가로 산수화와 인물화를 잘 그렸다.

10) 원문은 '獨脚戲'로 '滑稽'라고도 한다. 대중연예의 일종이다. 1920년 이후 상하이와 장쑤, 저장의 일부 지역에서 유행한 시사풍자와 웃기는 말을 하는 이야기나 만담 등에서 발전하여 '문명희'(文明戲), '상성'(相聲)까지 적잖은 영향을 받았다. 한 사람이 하거나 두 사람으로 상연하는데 때로는 세 사람 이상인 경우도 있다. 여기에서는 홀로 하는 연극을 가리킨다.

연환도화 잡담[1]

'연환도화'의 옹호자는 지금의 논의 구도에서 살펴보자면 '계몽'의 의도를 지니고 있는 이가 대다수이다.

이전에는 "왼쪽에 그림이 있고 오른쪽에 역사가 씌어져"左圖右史 있었다고 하는데 지금은 이 말만 남아 있어서 원래의 모습이 어떠했는지 가늠할 수 없다. 송원대 소설 중에 한쪽 윗면에 그림이 있고 아래에 설명이 있는 소설이 있는데 이것이 이른바 '출상'出相이다. 명청대 이후에는 소설 속 인물상을 권두에 그린 게 있었는데 이를 '수상'繡像[2]이라고 했고, 매회의 이야기를 그린 것이 있었는데 이는 '전도'全圖라고 불렀다. 그 목적은 아직 읽지 않은 이들의 구매를 유인하고 독자의 흥미와 이해를 높이는 데 있었을 것이다.

그러나 민간에는 별도로 『지혜의 등불 아래 어려운 글자 익히기』智燈難字나 『일일 잡자』日用雜字[3]와 같이 한 글자에 그림 하나가 있어서 그림과 글자를 대조해 볼 수 있는 책이 존재했다. 그림이 있긴 했지만 주요한 목적은 글자를 익히는 것을 도와주는 데 있었기 때문에 이를 조금 변통하면 바로 현재의 『그림을 보며 글자 익히기』看圖識字인 것이다. 글자가 좀 많은 것으로는 『그림으로 해설한 황제의 칙교』⁴⁾ 와 『스물네 가지 효 그림』⁵⁾ 등이 있는데 모두 다 그림을 빌려 계몽하고자 한 것이자 중국의 글자가 너무 어렵기 때문에 어쩔 수 없이 그림으로 문자의 어려움을 덜어 보려 한 산물이었다.

'연환도화'는 '출상' 형식을 취하여 『지혜의 등불 아래 어려운 글자 익히기』의 효과를 거뒀는데 계몽을 하는 데 실제로 상당히 유용하게 쓰인 도구이기도 하다.

그렇지만 계몽을 하려면 무엇보다 이해할 수 있어야 한다. 이해의 기준을 지능이 떨어진 아이나 백치에게 맞출 수는 없는 노릇이다. 그러나 일반 대중에게는 맞춰야 한다. 예를 들어 보자. 중국화에는 그림자가 없다. 내가 만난 농민은 열에 아홉은 서양화와 사진에 탐탁지 않아 하며 다음과 같이 반문했다. "세상에 좌우의 얼굴색이 다른 사람이 어디 있단 말이오?" 서양인은 일정한 장소에 서서 그림을 보지만 중국에서 그림을 감상하는 사람은 고정된 자리를 고집하지 않는다. 따지고 보면 그의 말도 일리가 있다. 그렇다면 '연환도화'를 그리는데 그림자가 없는 것도 가능하다고 생각한다. 인물 옆에 이름을 쓰는 것도 가능하다. 꿈을 꾸는 것이나 사람의 머리 위에서 퍼져 나오는 빛 줄기를 표현하는 것도 불가능하지 않다. 감상자가 내용을 이해한 다음 이해를 도왔던 기호를 알아서 없애 버릴 수 있는 것이다. 이것도 진실과 다르다고 말할 수 없다. 왜냐하면 감상자는 내용을 다 이해한 이상 예술적인 진실을 얻은 것이다. 만약 실물 그대로여야 진실하다고 한다면 사람은 두세 치밖에 안 되니 진실이 아니요, 지구와 같은 크기의 종이가 없기 때문에 지구도 그릴 수 없다.

아이쓰치⁶⁾ 선생은 다음과 같은 말을 한 적이 있다. "진정으로 대중에게 절실한 문제를 건드릴 수만 있다면, 새로울수록 더 잘 유행할 수 있을 것이다." 이 말도 맞는 말이다. 그러나 논의해야 할 대목은 어떻게 해야 제대로 건드릴 수 있는지, 그 접촉하는 방식에 대한 것이다. '이해하는 것'이 가장 중요하다. 뿐만 아니라 이해를 잘 할 수 있도록 그린 그림이야말로 예술이라고 할 수 있다.

5월 9일

주)_____

1) 원제는 「連環圖畵瑣談」, 이 글은 1934년 5월 11일 『중화일보』의 「동향」에 발표되었다. 필명은 옌커(燕客)이다.

2) 청대에 유행한 수상소설(繡像小说)을 가리킨다. 권두(卷頭)에 자세히 그린 화상의 삽화가 들어 있는 통속소설이다.

3) 잡자(雜字)는 상용자로 된 여러 사물의 이름으로 하나의 운문을 지어 암송하기 편리하게 한 것이다. 육언잡자(六言雜字) 따위로 과거에 어린이가 글을 익히는 데 사용되었다.

4) 원문은 '聖諭像解'으로 청대 양연년(梁延年)이 스무 권으로 엮은 책이다. 청대 강희제 9년(1670)에 '곽효제(敦孝弟), 매종족(篤宗族), 화향당(和鄕黨), 중농상(重農桑)……' 등 '조칙'(上諭) 16개조를 반포하여 '백성을 감화시키는 풍속의 본으로 삼게 했다'. 『그림으로 해설한 황제의 칙교』는 이 '조칙'에 근거하여 그림과 해설을 덧붙인 책이다. 엮은 이는 서문에서 다음과 같이 서술하고 있다. "조칙 아래에 고인의 사적을 그리고 원문을 그 뒤에 붙이며 …… 간략하게 해설하여 쉽게 이해하게 한다."
청대 강희제가 반포하여 백성들의 교화에 이용한 조칙 16개조의 원문은 다음과 같다. "부모에게 효도하고 형제에게 우애 있게 지내 돈독히 하여서 인륜을 중시하고, 종친과 가족에게 충실히 대하여 화목하고, 고향과 소속된 집단의 사람들과 화합하여 논쟁을 불식시키고, 농상을 중시하여 의식을 풍족하게 하고, 근검절약을 숭상하여 재화를 아끼고, 학교를 홍성시켜 사대부의 풍속을 존중하고, 이단을 제거하고 바른 공부를 계승하고, 법률을 논의하여 우매함을 경계하고, 예의를 밝혀서 풍속을 도탑게 하고, 본업에 힘써 백성의 뜻을 정하고, 자제를 가르쳐 학문이 아닌 것을 금지하고, 모함을 금지하고 선량함을 보전하며, 범죄 은닉 등을 피하여 연좌를 면하며, 돈과 식량을 완비하여 세금 독촉을 당하지 말고, 민병제도인 보갑을 연합하여 도적과 강도를 방비하고, 원한을 풀어 목숨을 중시해라."(教孝弟以重人倫, 篤宗族以昭雍睦, 和鄉黨以息爭訟, 重農桑以足衣食, 尚節儉以惜財用, 隆學校以端士習, 黜異端以正學, 講法律以儆愚頑, 明禮讓以厚風俗, 務本業定民志, 訓子弟以禁非學, 息誣告以善良, 誠匿逃以免誅連, 完錢糧以省催科, 聯保甲以弭盜賊, 解仇忿以重身命)

5) 원문은 '二十四孝圖'. 원대 곽거경(郭居敬)이 고대로부터 전해 오는 효자 스물네 명의 이야기를 수록했다. 나중에 인쇄한 책에는 모두 그림이 실려 있어서 '이십사효도'라고 불렀다.

6) 아이쓰치(艾思奇, 1910~1966). 윈난 텅충(騰沖) 사람으로 철학자이다. 『대중철학』(大衆哲學), 『사상 방법론』(思想方法論) 등의 저서가 있다. 그는 1934년 5월 6일 「동향」에 발표한 「연환도화는 크게 이바지할 수 있다」(連環圖畵還大有可爲)라는 글에서 다음과 같이 언급하였다. "나는 새로운 내용과 새로운 소재에 대담하게 새로운 수법을 응용하여 가능한 한 최대한의 완벽을 추구하다 보면 대중을 매혹시키지 않을 수 없다고 생각한다. 진정으로 대중에게 절실한 문제를 건드릴 수 있다면, 새로울수록 더 잘 유행할 수 있을 것이다. 예술의 소중함은 군중의 인식을 높일 수 있느냐에 달려 있다. 그들의 통속에 영합해야 한다는 착각과는 거리가 멀다."

유가의 학술[1]

원유산[2]은 금대 말 원대 초 문장의 대가이자 유헌[3]이며 야사를 편찬하고 옛 제도를 보존하고자 하는 뜻을 지닌 사람으로 명청 이래 일부 인사들에게 존중을 받았다. 그런데 그의 평생에 한 가지 의문스러운 사건이 있었다. 반역한 장수인 최립[4]의 공덕을 칭송한 것이 그와 관련이 있는지, 혹은 그가 직접 쓴 글인지 여부가 그것이었다.

금대 천흥 원년(1232년) 몽고군이 뤄양을 포위하였다. 이듬해 안평도 위이자 경성서면 원수인 최립은 승상 둘을 죽이고 스스로를 정왕鄭王으로 봉하고 원에 항복하였다. 오명을 뒤집어쓰는 것이 두려운 소인들은 교지를 받아 공덕을 칭송하는 비를 세우기로 의논하였다. 그리하여 문신 간에 크나큰 공황이 발생했다. 왜냐하면 이것은 평생의 명예 및 절개와 관련된 것이어서 개인에게 매우 중요했기 때문이다.

당시의 상황을 『금사』「왕약허전」[5]에서는 이렇게 말하고 있다.

천흥 원년에 애종哀宗은 귀덕歸德으로 도망쳤다. 이듬해 봄 최립이 반역하자 소인들이 곁붙으며 공덕비를 세울 것을 청하였다. 적혁瞿奕은 상서성尙書省의 명으로 약허若虛를 불러 비문을 짓게 했다. 그 당시 적혁 무리는 세도를 부리면서 어느 누가 조금이라도 거역하기만 하면 당장 참소하여 죽여 버렸다. 약허는 자기가 죽으리라는 것을 짐작하고 좌우사원외랑인 원호문元好問[원유산]에게 가만히 말하였다. "오늘 저를 불러다가 비문을 지으라고 하는데 순종하지 않으면 죽을 것이고 비문을 지으면 명예와 절개가 땅에 떨어질 터이니 차라리 죽기보다 못한가 합니다. 이렇기는 하지만 한번 이치로써 깨우쳐 볼까 하고 있습니다." …… 그의 의지를 꺾지 못하게 된 적혁 무리는 태학생인 유기劉祁와 마혁麻革 등을 불러서 성으로 보냈다. 호문과 장신지張信之는 비를 세울 일에 대하여 다음과 같이 알렸다. "중의는 두 군에게 부탁하기로 정했소. 이미 정왕에게도 아뢰었소이다! 두 군은 사양하지 마시오." 그러나 유기 등은 굳이 사양하고 돌아왔다. 수일이 지나 너무도 재촉이 심하므로 유기는 비문 초고를 작성하여 호문에게 보내었다. 호문은 그것이 미흡하여 자기가 직접 지었는데 다 작성하자 약허에게 보이고 같이 몇 글자를 고쳤으나 그 일을 직접 서술하는 데 그쳤을 뿐이다. 그 후 군사가 성안에 들어와서 비는 결국 세우지 못하고 말았다.

비는 "결국 세우지 못"했지만 '명예와 절개'의 문제는 당시에 벌써 발생하였다. 원호문이 썼다고도 하고 유기[6]가 썼다고도 하는데 그 증거는 청대의 능연감[7]이 엮은 『원유산 선생 연보』에 소략하게 기록되어 있다. 검토를 해보자면, 앞서 인용한 「왕약허전」 상반부는 원호문의 「내한왕공묘표」에 근거했으며, 그 후반부는 유기가 쓴 『귀잠지』에서 전부 취한 것으로 무고설은 기만이라는 것을 알 수 있다. 능씨는 이를 변호하며 다음과 같이 말했다. "당시 비를 세우고 글을 지은 것은 최립의 화가 두려워 그런 것에 불과하다. 이는 글을 잘 지으려고 했던 것이 아니며 경숙[유기]의 비문 초안으로도 최립의 청을 막을 수 있었는데 어찌 더할 필요가 있었겠는가?" 그런데 유기가 왕약허처럼 죽음을 불사하지 않아서 일생에 오점을 남겼던 것이다. 그러나 책임을 회피할 수 없어서 결국 '책임을 막는' 도구가 되었으니 또한 굉장히 불운하다고 말할 수 있다.

그런데 원유산의 생애에 또 한 가지 큰일이 있었으니 『원사』의 「장덕휘전」[8]에 기록이 나온다.

세조는 잠저潛邸에서 …… 중국의 인재를 찾아다녔다.[9] 덕휘德輝는 위번魏璠, 원유元裕[원유산], 이야李冶 등 이십여 명을 천거했다.…… 임자년에 덕휘와 원유가 북상하여 세조를 뵙고 세조에게 유교의 대종사大宗師로 되어 달라고 간청하자 세조는 기뻐하며 응하였다. 이에 그들은 역대의 왕조가 유생의 병부를 면제하라는 조서를 내린 바 있으니 관청에서 이를 준수하라는 명령을 내려 달라고 삼가 아뢰었다. 세조는 그 말을 들어주었다.

탁발 위나라拓拔魏의 후손인 덕휘와 더불어 몽고의 작은 추장에게 '한인'의 '유교 대종사'가 되어 달라고 청했다는 것인데 지금 보면 웃기는 감이 없지 않아 있지만 당시에는 비난하는 이도 없었던 듯하다. 병부가 면제되어 '유생' 모두가 이익을 봤고 공평한 논의라는 것도 사대부 손에 의해 조종되는데 비록 '유교'를 갖다 바치기는 했지만 이익을 본 이상 다시 나서서 입을 열고 싶지 않았던 것이다.

이로써 사대부는 점점 출세하게 되었지만 결국 실용적이지 않았기 때문에 또다시 버림을 받았다. 그런데 벼슬길이 나날이 막히자 남북의 사대부 다툼도 점점 더 심해졌다. 여궐[10]의 『청양선생문집』 4권의 「양군현민 시집 서문」楊君顯民詩集序에는 다음과 같이 씌어져 있다.

우리나라 초기에 금과 송이 있었는데 세상 사람들 가운데에서 재주가 있으면 등용되었고, 독점적인 지배자는 없었다. 그렇지만 유학자를 등용하는 일이 더 많았다. 지원至元[11] 이후부터 점차 관리를 등용하기 시작했고 집정 대신도 관리가 담당하였다.…… 그리고 중원의 사대부 중에서 등용된 자는 점점 적어졌다. 더욱이 남방은 멀리 떨어져 있어서 많은 경우에 사대부들이 서울에 올라올 수 없었고 그들 가운데서 재주가 있는 자들은 또 관리가 되기를 싫어하는 경우가 많아서 등용되는 자가 더욱 적었다. 이런 상태가 오래 지속됨에 따라 남북의 사대부들은 경계를 긋고 서로 방해했다. 심하게는 진晉이 진秦을 대하던 것과 같았고, 같이 중국에서 지내지 못할 정도였다. 그래서 남방의 사대부는 쇠락하게 되었다.

그러나 남방에서 사대부는 사실 쇠락한 것이 아니었다. 같은 책에 실린 「양양으로 가는 범립중을 송별하면서 쓴 시 서문」送範立中赴襄陽詩序에 다음과 같은 기록이 있다.

송 고종이 남으로 천도하자 허페이合淝는 마침내 변경이 되었고 이를 지키는 신하는 많은 경우에 무신들이었다.…… 그런 까닭으로 백성들 가운데 호걸스러운 자는 모두 가서 장교가 되고 누차 공을 세운 자는 지휘자가 되었다. 군郡의 명문 귀족으로는 오로지 범範씨, 상商씨, 갈葛씨 세 가문뿐이었다.…… 원조의 황제는 명을 받아 군사권을 쥐었다.…… 여러 무신의 자제들은 자기 재능을 발휘할 길이 없어서 나서지 않고 들어앉아 있는 사람이 많았다. 일년 매월 초에 군의 태수가 학교에 가서 제사를 지낼 때 짙은 색의 옷을 입고 검은 각건角巾을 쓰고 제기인 변邊, 두豆, 뢰罍, 작爵을 들었다. 노래하고 찬탄하면서 안내하는 자는 모두가 세 가문의 자손들이었다. 그런 까닭으로 그들의 자질이 모두 성취된 바가 있어서 학교관이 된 자도 수다했다.…… 비록 천도天道는 가득 찬 것을 꺼리고 넘치는 것을 싫어했지만 유학자의 은택은 웅숭깊고도 오래갔다. 이는 예로부터 그러했다.

이는 '중국 인재'들이 유교를 헌납하고 경서를 팔아넘긴 이후에 '유생'이 거둔 맛 좋은 과일이다. 왕의 스승이 될 수 없고 또 관리보다 몇 등급 아래였지만 결국 장군과 평민보다는 한 등급 높아서 "노래하고 찬탄하면서 안내"했다. 이는 "나서지 않고 들어앉아 있는" 자는 감히 바랄 수도 없는 일이었다.

중화민국 23년 5월 20일과 그 다음 날, 상하이 라디오 방송국에서 평밍취안馮明權 선생이 우리에게 진귀한 책 이야기를 해주었다. 『포경당 면학 가훈』抱經堂勉學家訓이 (『대미만보』對美晚報에 따르면) 책 제목이다. 이는 들어본 적이 없는 책이지만 '안지추'라는 이름이 아래에 서명되어 있는 것으로 보아서 안지추[12]가 쓴 『가훈』의 「면학편」이라는 것을 알 수 있었다.

'포경당'이라는 것은 노문초가 인쇄하여 '포경당총서'[13]에 넣은 까닭에서 비롯되었으리라. 이 이야기에는 다음과 같은 한 단락이 있다.

학예가 있는 사람은 어디에 가나 편안하다. 사회가 어지러워짐에 따라 포로가 많이 생기는데 대대손손 소인小人이라도 『논어』나 『효경』을 읽을 줄 아는 사람은 여전히 남의 스승이 되었다. 오랜 세월 벼슬을 했다 하더라도 글을 모르면 농사를 지으며 말이나 기를 수밖에 없다. 이로 보건대 어찌 스스로 노력하지 않겠는가? 수백 권의 책을 늘 지닐 수 있다면 천년이 지나면 소인이 되지 않을 것이다.…… 속담에 이르기를 "엄청난 재산을 쌓고 있는 것보다 얕은 재주를 갖고 있는 것이 훨씬 낫다"고 했다. 재주 중에서 배우기 쉬우면서도 귀한 것으로 독서 이상의 것이 없다.

여기에서 이야기하는 것은 분명하다. 배우기 쉬운 재주로 독서만 한 것이 없다. 『논어』와 『효경』을 읽을 줄만 안다면 포로가 되어도 스승이 될 수 있으며 다른 모든 포로 위에 거할 수 있다. 이 교훈은 당시의 사실에서 추론해 낸 것이지만 금원대에 적용해도 틀림없으며 명청 시대에 의거하더라도 마찬가지로 들어맞는다. 지금 갑자기 방송에서 '가르침'을 대중에게 들려준 것은 연설자가 곧 닥쳐올 미래에 대한 감이 와서 이를 예비한 것이 아니겠는가?

"유학자의 은택은 웅숭깊고도 오래갔다." 작은 것에서 큰 것을 보아야 한다. 우리는 여기에서 '유가의 학술'을 알고 '유교의 효용'을 깨달을 수 있다.

5월 27일

주)_____

1) 원제는 「儒術」이다. 1934년 6월 베이핑에서 발간하는 월간지 『문사』(文史) 1권 2호에 탕쓰(唐俟)라는 필명으로 발표했다.

2) 원유산(元遺山, 1190~1257)은 원호문(元好問)이다. 자는 유지(裕之)이고 호는 유산(遺山)이다. 슈롱(秀容; 오늘날 산시山西 신신忻)현 출신으로 금대 문학가이다. 북위 척발(拓拔)씨의 후손으로 상서성(尚書省) 좌사원외랑(左司員外郎) 등의 관직을 지냈다. 금이 망하자 원의 벼슬을 거부하고 출사하지 않았다. 저서로 『유산집』(遺山集)이 있다.

3) 유헌(遺獻)은 현자인 유신(遺臣)을 가리킨다.

4) 최립(崔立, ?~1234)은 금대 장링(將陵; 지금의 산둥 더저우德州) 출신으로 금 천흥(天興) 원년(1232)에 몽고군이 볜징(汴京)을 포위할 때 서측 원수를 맡았다. 이듬해 반역하여 감국(監國)의 양왕(梁王)과 황족을 몽고군 병영으로 보내 투항하게 했다. 나중에 부장에게 살해됐다.

5) 왕약허(王若虛, 1174~1243)의 자는 충즈(從之)이고 가오청(藁城; 오늘날 허베이성) 출신으로 금대문학가이다. 한림원 직학사(直學士)를 지낸 바 있다. 금나라가 망한 이후 출사하지 않고 스스로 후난(滹南) 유로(遺老)라고 불렀다. 저서로 『후난유로집』(滹南遺老集)이 있다.

6) 유기(劉祁, 1203~1250)의 자는 경숙(京叔)으로 산시 훈위안(渾源) 출신이다. 금대 태학생(太學生)이자 원대 복시(復試; 2차시험)에 합격한 후 정남행성벽치막부(征南行省辟置幕府)에 들어갔다. 저서로 『귀잠지』(歸潛志, 14권)가 있는데 금대 말기의 이야기를 많이 싣고 있다. 『최립의 비문에 대한 일을 기록하다』(錄崔立碑事)는 이 책 23권에 수록되어 있다.

7) 능연감(凌延堪, 1757~1809)은 안후이 시(歙)현 출신으로 자는 차중(次仲)이다. 청대 경학가이다. 저서로 『교례당문집』(校禮堂文集), 『원유산 선생 연보』(元遺山先生年譜) 등이 있다.

8) 장덕휘(張德輝, 1195~1274)의 자는 요경(耀卿)으로 금 말기 이닝 자오청(翼寧交城; 현재 산시성 소속) 출신이다. 원 세조 때 허둥 남북로선무사(南北路宣撫使)를 지냈다. 『원사』(元史) 163권에 그의 이야기가 전해진다.

9) 원나라의 시조인 황제 쿠빌라이(1215~1294)를 말한다. 잠저(潛邸)란 황제에 오르기 전에 살던 집을 가리킨다.

10) 여궐(余闕, 1303~1358)의 자는 연심(延心)이다. 색목인으로 아버지가 루저우(廬州; 지금의 안후이 허페이合肥)에서 관직을 지낸 바 있어서 여주인(廬州人)이라 한다. 원 순제 때 진사가 되었고 관직은 준남행성좌승(准南行省左丞)까지 올랐다. 『청양선생문집』(青陽先生文集)은 그의 시문집으로 모두 9권이다.

11) 원 세조 쿠빌라이의 연호(1264~1294)이다.

12) 안지추(顏之推, 531~591)의 자는 개(介)이며 랑예 린이(琅邪臨沂; 지금은 산둥성 소속)
  출신으로 남북조시대의 문학가이다. 양, 북제, 북주, 수 등의 왕조에서 벼슬을 했다. 저
  서로 『안씨가훈』(顏氏家訓) 20편이 있다.

13) 노문초(盧文弨, 1717~1796)의 자는 초궁(弨弓)이고 호는 포경(抱經)으로 저장 항저우
  에서 태어났다. 청대 경학가이자 교감학자이다. 그가 펴낸 '포경당총서'(抱經堂叢書)에
  는 그가 교감한 고적 17종과 그가 쓴 『포경당문집』 등이 부록으로 실려 있다.

『그림을 보며 글자 익히기』[1]

아이와 친해지기만 하면 중년 혹은 만년의 나이 든 사람일지라도 오랫동안 잊고 지냈던 아이들 세계의 변방에 금방 발을 디딜 수 있다. 그래서 달은 왜 사람을 따라올까, 별은 어떻게 하늘에 박혀 있게 되었을까를 궁금하게 여기게 된다. 그러나 아이들의 세계에서 아이들은 고기가 물에서 노니는 것처럼 모든 것을 잊고 자유롭게 헤엄치는 것같이 지낸다. 그러나 어른은 사람이 물에서 헤엄치는 것마냥 비록 물이 부드럽고 시원하다고 느끼지만 결국에는 힘들고 괴로워서 땅으로 올라오지 않을 수 없다.

달과 별이 어떻게 만들어진 것인지에 대해서 어떻게 한 번에 잘 이야기할 수 있겠는가. 집안 형편이 괜찮은 편이라면 이른바 교육이라는 것을 좀 받아 보게 할 것인데 이때 가장 먼저 배우는 것이 글자이다. 상하이에는 여러 나라 사람이 거주하고 각 나라의 서점들이 있으며 각국에서 발간한 아동용 책도 있다. 그렇지만 우리는 중국인이므로 중국 책을 봐야 하며 중국 글자를 알아야 한다. 당연히 이런 내용을 담고 있는 중국 책도 있다. 종이와 그림, 색, 인쇄와 제본 모두 다른 나라의 수준에 한참 뒤떨어졌지만 없는 것은 아니다. 내가 시장에 가서 아이 것으로 사온 것은 민국 21년 11월에 인쇄된 '국난國難 후 6쇄'[2]인 『그림을 보며 글자 익히기』였다.

우선 색깔이 굉장히 탁하지만 이 정도 흠결은 일단 제쳐 두겠다. 그림도 얼마나 천편일률적으로 그렸는지…… 하지만 이것도 그냥 넘어가겠다. 이상한 것은 출판지는 상하이라고 씌어져 있는데 양초 그림에 램프 그림은 있으면서 정작 전등 그림은 없다는 사실이다. 궁중 신발도 있고 구름무늬를 수놓은 신발도 있는데 가죽구두 신발 그림은 찾아볼 수 없다. 이것은 무릎을 꿇고 총을 쏘는데 한쪽 다리가 바닥에 질질 끌리는 형국이요, 서서 활을 쏘는데 두 어깨가 나란하지 않아서 영원히 표적을 맞출 수 없는 상황이다. 최악인 것은 낚싯대, 풍차, 방직기 같은 것조차도 실물과 다르게 그려졌다는 점이다.

나는 가볍게 한숨을 내쉬었다. 어릴 때 보았던 책인 『일용잡자』日用雜字 생각이 났다. 이 책은 부녀자와 하녀들이 장부에 기록을 할 수 있도록 그네들에게 글자를 가르치는 책이었다. 어휘의 종류는 많지 않고 그림도 꽤 조잡했지만 그림에 생기가 감돌았으며 무엇보다 실물과 꽤 닮았었다. 어떻게 된 것일까? 그림을 그린 사람이 그린 물건에 익숙하기 때문이다. '무' 한 개나 닭 한 마리가 그에게 모호할 리가 없었으므로 그림은 당연히 사실과 부합했다. 지금 『그림을 보며 글자 익히기』에 그려진 생활의 모습——세수, 식사, 공부——을 보기만 해도 이것이 작가가 생각하는 독자의 생활이면서 작가 자신의 생활이라는 것을 알 수 있다. 그는 조계에서 일층 집을 세내어 여기에 온 가족을 쑤셔 넣고 머리를 싸매고 하루 종일 고된 일을 하면서 사치스럽지도 않지만 또 궁핍하지도 않은 채로 하루의 생활을 근근이 유지하는 사람일 것이다. 아이는 학교에 가야 하고 자신은 장삼을 입어야 하는 탓에 온정신을 쏟아부어 가며 체면치레하기 급급한 사람인데, 참고서를 사고 사물을 살펴보고 실력을 갈고닦을 여력은 어디에 있겠는가? 이것만이 아니다. 그 책의 마지막 면에는 다음과 같이 인쇄되어 있었다. "무신년戊申年 7월 초판." 연표를 검토해 보니 이는 청대 광서 34년, 곧 1908년이라는 것을 알 수 있었다. 재작년에 다시 인쇄했다고 하나 책은 이십칠 년 전에 나온 것이다. 일찌감치 고서古籍로 분류될 만한 책이므로 숨이 곧 끊어질 듯 활력이 느껴지지 않는 것도 이상한 일은 아니다.

아이는 감탄을 잘 한다. 아이는 달과 별 위의 세계를 상상하고 땅 속 세상을 궁금해하고 꽃나무가 어디에 쓰일지 곰곰이 생각해 보고 곤충의 언어를 상상하기도 한다. 아이는 하늘을 날아다니고 싶어 하고 개미구멍에 들어가 보고 싶어 한다.…… 그래서 아동에게 보여 줄 책은 신중해야 하며 창작하기에도 꽤 까다롭다. 『그림을 보며 글자 익히기』와 같은 두 권짜리 소책자가 천문에서 지리, 인사, 물정 등에 이르기까지 다루지 않는 것이 없는 것처럼. 정말이지 위로는 우주의 창대함에서 아래로는 파리와 같은 미미한 것에 이르기까지, 사실에 부합하는 지식을 두루 알고 있는 화가가 아니라면 절대로 감당할 수 없는 일이다.

그런데 우리들은 자신이 아이였을 때의 기억을 까맣게 잊어버리고 아이들을 바보라고 생각하고 신경을 쓰지 않는다. 시대적인 추세를 쫓아 교육이란 걸 좀 시켜 줘야 했지만 바보에게 돈을 써서 가르친 셈이었다고 생각한다. 그리하여 아이들은 자라서 정말 바보가 되었다. 우리와 똑같은.

그러나 우리 이 바보들은 전보다 더 심하게 아이들을 바보취급한다. 최근 이삼 년 동안의 출판계에서 '소학생'과 '어린 친구들'을 위한 간행물이 굉장히 많아진 것만 봐도 알 수 있다. 갑자기 중국에 이렇게 많은 '아동 문학가'가 나타났단 말인가? 그건 아닌 것 같다.

5월 30일

주)_____

1) 원제는 「『看圖識字』」, 이 글은 1934년 7월 1일에 베이핑의 『문학계간』(文學季刊) 제3기에 실렸다. 필명은 탕쓰(唐俟).
2) 1932년 1월 28일 일본군대가 상하이에서 1·28사변을 일으켰는데 상우인서관의 편역소와 인쇄소 그리고 필사본과 귀중본을 소장한 한펀루(涵芬樓)가 이 전화로 불탔다. 이후 이 출판사의 출판물의 판권 면에는 '국난후 제×쇄'로 출판횟수를 계산했다.

가져오기주의[1]

중국은 늘 이른바 '쇄국주의'였다. 자기도 안 가고 다른 사람도 못 오게 하는. 대문이 대포와 총으로 부서진 다음에 또 잇달아 난관에 부딪히자 이제는 무엇이든 '보내주기주의'가 되었다. 다른 것은 말할 것도 없다. 학예에 관한 것만 봐도 최근에 골동품을 먼저 파리에 보내 전시해 놓고 결국 '나중에 어찌 되었는지 알 수 없다'가 되었다. 그리고 몇 분의 '대가'들이 옛 그림과 새 그림 몇 장을 받쳐 들고 유럽 각국을 순회하여 걸어둔 것을 두고 '나라를 빛냈다'라고 했다.[2] 얼마 뒤에는 메이란팡梅蘭芳 박사를 소련에 보내서 '상징주의'를 촉진하고[3] 그 김에 유럽까지 가서 전도한다는 소식이 들렸다. 여기에서 메이란팡 박사의 연기가 상징주의와 무슨 관계인지 따지고 싶지 않다. 어쨌든 살아 있는 사람이 골동품을 대체했으니 얼마간 진보한 셈이라고 할 수 있다.

그렇지만 우리들 가운데 '오는 정이 있으면 가는 정이 있다'라는 예의에 근거하여 '가져와라!'라고 하는 사람은 없다.

물론 보내주기만 할 수 있다면 그것도 나쁘지 않다. 첫째 넉넉한 듯

보이며 둘째 호방한 듯 보이기 때문이다. 니체가 자신은 태양이므로 빛이 무궁무진하여 주기만 하고 받을 생각이 없다고 허풍을 떤 적은 있다.[4] 그런데 니체는 결국 태양이 아니므로 미쳐 버렸다. 중국도 태양이 아니다. 비록 땅 속에 묻힌 석탄을 캐면 전 세계가 수백 년 쓸 수 있을 것이라고 말하는 사람이 있기는 하다. 그러나 수백 년 이후에는? 수백 년 이후 당연히 우리는 천당으로 올라가든 지옥으로 떨어지든 간에 귀신이 되었겠지만 우리 자손은 아직 살아가고 있다. 그러므로 여전히 그들에게 얼마간의 선물을 남겨야 한다. 그렇지 않으면 명절이나 잔치 때 그들은 내놓을 물건이 없어서 빈 절로 인사치레를 하고 죽 찌꺼기와 식은 고깃덩어리를 구해 와서 상으로 삼을 수밖에 없다.

이런 상을 '던져 온' 것으로 오해해서는 안 된다. 이는 '던져 준' 것으로 조금 더 고상하게 말하자면 '보내온' 것이라 할 수 있다. 여기에서 구체적인 실례를 들고 싶지는 않다.[5]

또한 나는 이 자리에서 '보내준' 것에 대해서도 더 말하고 싶지 않다. 그러면 너무 '모던'하지 않을 테니까. 나는 다만 우리가 조금만 더 인색하여 '보내준' 것 말고도 '가져온' 것이 있어야 한다고 생각한다. 이것이 '가져오기주의'이다.

그런데 우리는 '보내온' 것에 혼난 기억이 있다. 우선 영국의 아편이 있었고 독일의 고물 대포와 총이 있었다. 그 다음에 프랑스의 분, 미국의 영화, '백퍼센트 국산품'이 찍혀 있는 일본의 각종 잡화들이 있었다. 그리하여 각성된 청년들조차도 서양 물건이라면 공포심이 든다. 사실 이는 그것이 '보내온' 것이고 '가져온' 것이 아닌 까닭이다.

그리하여 우리는 머리를 쓰고 눈길을 던져서 스스로 가져와야 한다!

예를 들어 우리 가운데 한 가난한 청년이 조상의 음덕(일단 이렇게 말해 놓자) 덕분에 대저택을 하나 얻었다 치자. 이것이 남을 속여서 얻어 온 것인지, 빼앗아 온 것인지, 아니면 합법적으로 계승한 것인지, 데릴사위가 되어 맞바꾼 것인지를 잠시 따지지 말자. 그렇다면 이것을 어떻게 할 것인가? 나는 어찌 됐건 일단 '가져온다'. 예전 저택 주인을 반대하여 그의 물건에 오염될까 봐 바깥에서 빙빙 돌기만 할 뿐 집으로 들어가지 못한다면 겁쟁이이다. 화를 노발대발 내며 불을 놓아 저택을 다 태워 버리면 자신의 결백은 입증한 셈이지만 머저리라고 할 수 있다. 그렇다고 원래 이 저택의 이전 주인을 부러워했기 때문에 이 김에 모든 걸 받아들여 희희낙락하며 침실에 비척거리며 걸어 들어가 남은 아편을 실컷 피운다면 이는 말할 필요도 없는 폐물이다. '가져오기주의'자는 이렇게 하지 않는다.

그는 점유하고, 선택한다. 상어 지느러미를 보면, 이를 거리에 내다 버려서 자신의 '평민화'를 드러내지 않고, 양분이 있기만 하다면 마찬가지로 벗들과 더불어 무와 배추를 먹는 것처럼 먹어 치운다. 이것으로 제후를 모셔 큰 잔치를 여는 데 쓰지 않는다. 아편을 보면 사람들 앞에서 뒷간으로 내던져서 철저한 혁명성을 드러내지 않고 약방으로 보내 병을 치료하는 데 쓰이게 한다. '재고 약 판매, 소진 시까지'와 같은 휘황한 농간을 부리지 않는다. 다만 아편 담뱃대와 아편 등만은 형태가 인도, 페르시아, 아랍의 아편 도구와 달라서 국수國粹라고 할 수 있다. 그리하여 만약 이를 지고 세계를 돌아다닌다면 틀림없이 구경하는 사람이 있을 것이다. 그러나 나는 일부를 박물관에 보내는 것 이외에 나머지는 다 버려도 좋다고 생각한다. 그리고 한 무리의 첩들에게도 뿔뿔이 흩어지라고 하는 것이 좋다. 그렇지 않으면 '가져오기주의'는 위기를 맞지 않을 수 없을 것이다.

요컨대, 우리는 가져와야 한다. 우리가 사용하든 내버려두든 불태우든 간에. 그렇다면 주인은 새로운 주인이고 저택도 새로운 저택이 될 것이다. 그렇지만 이 사람이 먼저 침착하고 용맹스럽고 분별력이 있어야 하며 이기적이지 않아야 한다. 가져오는 것이 없으면 사람은 스스로 새롭게 될 수 없으며 가져오는 것이 없으면 문예도 스스로 새로워질 수 없다.

6월 4일

주)_____

1) 원제는 「拿來主義」, 이 글은 1934년 6월 7일 『중화일보』의 「동향」에 발표되었다. 서명은 훠충(霍沖)이다.
2) 원문은 '發揚國光'이다. 1932년에서 1934년 사이에 미술가 쉬베이훙(徐悲鴻)과 류하이쑤(劉海粟)가 각자 유럽의 몇 개국에서 중국미술전람회나 개인미술작품전람회를 열었다. '나라를 빛낸다'라는 표현은 1934년 5월 28일 『다완바오』(大晚報)에서 이 뉴스를 전할 때 사용한 용어이다.
3) 1934년 5월 28일 『다완바오』에서 다음과 같은 소식을 전했다. "소련과 러시아 예술계는 지금까지 사실파와 상징파 두 파로 나뉘어 있었다. 지금은 사실주의가 점차 몰락하고 상징주의가 정부나 재야에서 일제히 제창되어 활발하게 번영하는 기풍을 이끌어 나가고 있다. 그 나라의 예술가가 우리나라의 서화작품이 상징파에 잘 어울린다고 생각하자, 중국의 연극도 상징주의를 취하고 있을 것이라고 생각하게 되었다. 그리하여 …… 중국의 유명한 연극인인 메이란팡 등을 초청하여 연기하게 할 계획이다." 루쉰은 『꽃테문학』의 「누가 몰락 중인가?」에서 『다완바오』의 이러한 왜곡 보도를 비판한 바 있다.
4) 여기에서 언급한 니체(F. Nietzsche, 1844~1900)의 말은 『차라투스트라는 이렇게 말했다』의 「머리말」에 나온다.
5) 1933년 6월 4일 국민당 정부와 미국은 워싱턴에서 오천만 위안의 '면화와 소맥 차관' 협정을 맺어 미국의 밀과 밀가루, 면화를 구매하기로 했다. 본문의 언급은 이와 관련된 일인 듯하다.

간극[1]

청대 초반의 필화사건^{文字獄}은 청대 말년에 가서야 처음 제기되기 시작했다. 가장 흥이 난 것은 '남사'[2]의 몇 사람으로 피해자를 위한 유고집을 출판했다. 그리고 유학생 몇 명도 앞 다투어 일본에서 증거가 되는 글을 가져왔다.[3] 멍썬의 『신스 총간』[4]이 출간되자 우리들도 비교적 자세한 사정을 알게 되었다. 이제까지 모두의 의견은 필화사건이 청조를 비난하고 비웃은 데에서 비롯되었다는 것이었다. 그런데 사실 다 그렇지는 않았다.

최근 일이 년 동안 고궁박물관에서 일어난 일은 사람들을 실망시키는 일이 적잖은 것 같다.[5] 그러나 『청대 필화사건 문서』[6]라는 제목의 괜찮은 책 하나를 출간했는데 지난해 벌써 8집까지 나왔다. 그 속에 실린 사건은 정말 다양한데 가장 흥미로운 것은 건륭 48년 2월 '풍기염이 『역경』과 『시경』을 주해한 것을 상소하려 한 사건'^{馮起炎註解易詩二經欲行投呈案}이다.

풍기염은 산시 린펀^{臨汾}현의 생원으로 건륭이 태릉[7]을 찾아뵙는다는 소식을 듣고 자신이 쓴 글을 품고 길을 배회하면서 기회를 엿봐서 헌상하려 했다. 그런데 '행적이 수상하다'는 혐의로 그 전에 체포되고 말았다. 그 글은 『역경』으로 『시경』을 해석한 것인데 입에서 나오는 대로 지껄인 것에 불과하여 여기에서 따로 옮겨 적는 우를 범할 것까지는 없다. 그러나 말미에 '자전'과 비슷한 글이 한 단락 있는데 이것만은 꽤 특별하다.

그리고 신이 온 것은 이마저마한 것을 바라지도 않고 또 청하는 일도 없사옵니다. 다만 유일하게 해결되지 못한 일이 있어서 폐하께 그 연유를 말씀해 올리고자 합니다. 신……의 이름은 풍기염이고 자는 남주南州이옵나이다. 일찍이 신은 장씨의 셋째 이모집에서 한 여자를 만나서 장가갈 수 있었으나 아쉽게도 힘이 닿지 못하여 이를 이룰 수 없었습니다. 이 여자의 이름은 소녀小女이며 나이는 열일곱으로 시집갈 나이가 찼으나 아직 시집가지 않았습니다. 원적이 둥관東關 춘뉴창春牛廠 창싱호長興號인 장수변張守忭의 차녀이옵니다. 신이 또 두씨의 다섯째 이모집에서 한 여자를 만났는데 결혼하려 했으나 원통하게도 이를 이루지 못했습니다. 이 여자의 이름은 소봉小鳳이고 나이는 열세 살이옵니다. 나이가 아직 차지 않았지만 시집갈 수는 있는 나이이옵니다. 원적이 서울 둥청東城의 나오스구鬧市區 루이성호瑞生號인 두월杜月의 차녀이옵니다. 만약 폐하께서 관원 한 명을 파견하고 날쌘 말 한 필을 골라 서둘러 린읍臨邑으로 보내 린읍의 지방관에게 다음과 같이 묻게 해보십시오. "둥관 춘뉴창 창싱호에 장수변이라는 사람이 있는가?" 그렇다고 한다면 이 일은 해결될 것입니다. 다시 "둥청 나오스구 루이성호에 두월이라는 사람이 있는가?"라고 말하면 이 일은 성사됩니다. 이 두 일이 이루어지면 신의 소원이 성취된 것이옵니다. 그러나 신이 여기에 왔지만 폐하께서 신의 말을 들어줄지 알 수 없습니다. 또 이런 일로 무리할 수 있겠나이까? 말씀을 올리는 즈음에 함께 특별히 말씀드렸을 뿐이옵니다.

여기에 어디 실오라기만 한 악의라도 있는가? 다만 당시에 유행하는 재자가인 소설에 빠져서 한순간에 유명해져 천자의 중매로 사촌누이를 품에 안아 보려 했을 뿐이었다. 그러나 생각과 달리 실제 결말은 그다지 좋지 않았다. 즈리直隸 총독인 원수동8)이 상주하려 한 죄명은 다음과 같다. "상소문의 첫머리를 읽어 보니 대담하게도 성스러운 황제 앞에서 엉터리로 경서에 대해 지껄이고 있으며 말미의 말들은 더욱 망령스럽습니다. 그 죄질을 따져 보면 의장儀仗 충돌죄보다 더 중합니다. 풍기염이 저지른 죄는 무겁게 다스려 헤이룽장黑龍江 등으로 유배 보내는 벌을 내려서 갑옷을 입은 병사들의 종으로 삼아야 합니다. 부에서 답을 하는 날을 기다렸다가 관례대로 상부로 보내어 자자刺字 형벌을 가하고 유배 보내려 합니다." 이 재자는 결국 독신으로 관문 바깥으로 쫓겨나 뽀이西崽가 되었을 것이다.

그 밖의 사건은 이 정도로 풍류스럽지 않지만 반동이 아닌 것도 꽤 많다. 어떤 이는 경솔했고 어떤 이는 미치광이였고 어떤 이는 촌구석의 융통성 없는 선비여서 피할 줄을 몰랐고 어떤 이는 초야의 어리석은 백성이어서 사실은 황가皇家에만 관심이 있었다. 그러나 운명은 대개 비참하여 능지처참이나 멸족을 당하지 않으면 그 자리에서 참수되었다. 혹은 "참형을 받고 조정의 재심을 기다리게 되었"9)어도 여전히 살아남지 못했다.

이런 일들을 처음 대강 살펴봤을 때 가장 먼저 드는 생각은 청조가 흉악하다는 것이고 그 다음으로 죽은 자가 불쌍하다는 생각이다. 그러나 다시 한번 생각해 보면 사정은 그렇게 단순하지 않다. 이런 학살 사건의 유래는 오로지 '간극' 때문이었던 것이다.

만주인은 주인과 노예의 구분을 엄격히 하여 대신이 상소를 올릴 때 '종'이라고 칭했어야 했으나 한인은 '신'이라고 칭하기만 하면 되었다. 이는 '염제와 황제의 후예'[10]여서 특별 대우하여 아름다운 이름을 내린 것은 아니다. 사실 만주족의 '종'과 구별되었으므로 그 지위는 '종'보다 한참 아래 등급이었다. 노예는 명령을 받들어 행할 수만 있을 뿐 의견을 내는 것이 허용되지 않았다. 평론은 당연히 할 수 없었으며 경거망동하여 찬양하는 것조차 허락되지 않았다. 이것이 바로 '생각이 신분을 벗어나면 안 된다'[11]이다. 가령 주인님, 옷자락이 해어졌으니 더 너덜너덜해지지 않도록 벗어서 깁는 것이 좋겠습니다, 라고 말했다 하자. 말을 올린 자는 충성을 다했다고 생각할 수 있지만 사실은 죄를 범한 것이다. 이러한 말을 하도록 허용된 사람이 따로 있어서 아무나 말할 수 있는 것이 아니기 때문이다. 허투루 말을 하면 '월권행위를 한 것'[12]으로 당연히 '죄가 있으니 벌을 받아 마땅하다'. 만약 '충성을 다했는데 비난을 받았다'라고 여긴다면 자기가 어리석은 것일 따름이다.

그러나 청조의 개국 황제들은 머리가 비상했다. 그들은 그렇게 작정을 했음에도 입으로는 절대로 이렇게 말하지 않고 '백성을 자식처럼 사랑한다'愛民如子라든지 '차별 없이 대한다'一視同仁와 같은 중국의 옛 교훈을 인용했다. 일부의 대신과 사대부는 이 오묘한 이치를 알고 있어서 이 말을 믿지 않았다. 그러나 일부 단순하고 어리석은 사람들은 속아 넘어가 진짜로 '폐하'가 자신의 아버지라고 생각하고 가까운 사이인 듯 어리광을 피우고 눈에 들려고 했다. 그가 이 피정복자를 아들로 삼을 생각이 있었겠는가. 그리하여 죽었다. 오래지 않아 아들들은 너무 놀라서 입을 옴짝달싹하지도 못했으니 계획은 성공적이었다. 광서 때 캉유웨이康有爲 등이 상서를 하면서부터[13] '선조의 법규'가 파괴되었던 것이다. 그런데 이 오묘한 이치는 지금까지도 아무도 해명하지 않은 것 같다.

스저춘 선생은 『문예풍경』 창간호에서 '충성을 다했으나 비난을 받은' 사람을 위해 불평의 소리를 드높였는데[14] 이것도 아무래도 얼마간 '간극'이 있다는 느낌을 면하지 못하겠다. 이는 『안씨가훈』顔氏家訓이나 『장자』, 『문선』에는 없는 것이다.[15]

6월 10일

주)_____

1) 원제는 '膈膜', 이 글은 1934년 7월 5일 상하이에서 발간되는 반월간지인 『신어림』(新語林) 창간호에 발표했다. 서명은 두더지(杜德機)이다.

2) 남사(南社)는 문학단체로 1909년 류야즈(柳亞之) 등이 쑤저우(蘇州)에서 발기하여 이루어졌다. 이 단체는 시로 반청혁명을 선전하였는데 신해혁명 이후 단체 성원 사이에 분화가 발생하여 1923년 소리 소문 없이 해체되었다. 남사 성원이 수집하여 인쇄한 청대 필화사건의 피해자의 유집으로 오염(吳炎)의 『오적명집』(吳赤溟集), 대명세(戴名世)의 『대갈부집』(戴褐父集)과 『혈유록』(孑遺錄), 여유량(呂留良)의 『여만촌수사가훈』(呂晚村手寫家訓) 등이 있다. 나중에 대부분이 덩스(鄧實)과 황제(黃節)가 엮은 '국수총서'(國粹叢書)에 수록되었다.

3) 청말에 일부 일본 유학생은 일본의 도서관에서 명말 유민의 저작을 수집했다. 대표적으로 『양저우에서 십일간의 기록』(揚州十日記), 『자딩 도시 학살 기록 개략』(嘉定屠城記略), 『주순수집』(朱舜水集), 『장창수집』(張蒼水集) 등이 있다. 출판 후 국내에 수입되어 반청혁명을 선전하는 데 쓰였다.

4) 멍썬(孟森, 1868~1937)의 자는 춘쑨(蓴蓀)이고 호는 신스(心史)로 장쑤 우진(武進) 사람이며 역사학자이다. 일본에 유학한 바 있으며 나중에 베이징대학 사학과 교수로 재직했다. 『신스 총간』(心史叢刊)은 모두 3집으로 1916년에서 1917년까지 출판되었다. 내용은 고증과 관련된 찰기이다. 그 가운데 청대 필화사건에 대한 기록으로 주광단(朱光旦) 사건, 세 곳의 과거장(科場) 사건(허난, 산둥, 산시山西 시험장), 『자관』(字貫) 사건, 『한한록』(閑閑錄) 사건 등이 있다.

5) 고궁박물관(故宮博物院)의 문화재가 도둑맞아 매매된 일을 가리킨다. 고궁박물관이란 청조의 고궁 및 그 부속 건축물과 고문물 및 도서를 관리하는 기구이다. 1932년에서 1933년에 이르는 기간 동안 이페이지(易培基)가 원장으로 있을 때 이 박물관의 고문물을 훔쳐 팔아치우는 자가 매우 많았는데 이페이지는 이 때문에 고발을 당했다.

6) 『청대 필화사건 문서』(淸代文字獄檔)는 고궁박물관 문헌관(文獻館)이 편찬하고 국립베이핑연구원에서 출판했다. 여기에 수록된 자료들은 모두 고궁박물관에서 소장하고 있는 군기처 서류, 궁내에 보존하고 있는 황제가 직접 회사한 상주문, 실록 등 청조 때의 세 가지 문서로부터 뽑아서 편집한 것이었다. 모두 9집으로 되어 있는데 제1집은 1931년 5월에 출판했다. 풍기염사건은 제8집(1933년 7월 출판)에 있다.

7) 태릉(泰陵)은 청조 옹정황제(擁正皇帝)의 능묘로서 허베이성 이(易)현에 있다.

8) 원수동(袁守侗, 1723~1783)의 자는 집충(執冲)이며 산둥 창산(長山; 오늘날 저우핑鄒平) 사람이다. 건륭대 거인이었으며 형부의 시랑과 호부의 상서, 즈리 총독 등을 역임한 바 있다.

9) 원문은 '斬監候'로 청조의 법제이다. 사형에 처하고 당장 집행하지 않는 범인을 일시 감금해 두고 가을 심리를 기다려서(매년 8월경에 형부에서 각 관리들을 소집하여 각 성의 심판 명부를 상세히 심의하고 황제에게 보고하여 결재를 받았다) 다시 결정하는 것을 '감후'(監候)라고 한다. 참형에 처하기로 하고 재심리를 기다리게 하는 것(斬監候)과 교수형에 처하기로 하고 재심리를 기다리게 하는 것(絞監候) 두 가지가 있다.

10) 원문은 '炎黃之胄'로 한족을 가리킨다. 염제와 황제란 전설에 나오는 중국의 고대 제왕이다.

11) 원문은 '思不出其位'로 이 말은 『역경』(易經)의 「간」(艮)에 나오는데 거기에는 "군자는 그 생각이 지위를 벗어나서는 안 된다"(君子以思不出其位)라고 씌어 있다.

12) 이 말(越俎代謀)의 유래는 『장자』의 「소요유」에서 나온 '越俎代庖'에서 찾을 수 있다. "요리사가 요리사 구실을 하지 못하더라도 제사를 지내는 사람이 제사도구를 넘어서 요리사 일을 대신할 수 없다."(庖人雖不治庖, 尸祝不越俎而代之矣) 곧 자기 권리를 초월하여 일을 처리하거나 도맡아 처리하는 것을 가리킨다.

13) 캉유웨이(康有爲, 1858~1927)의 자는 광샤(廣夏)이고 호는 창쑤(長素)이며 광둥성 난하이(南海) 사람으로 청조 말기 유신운동의 지도자이다. 갑오전쟁에서 패배한 뒤 청정부는 1895년 일본에 주권을 빼앗기고 굴욕적인 '시모노세키조약'을 맺었다. 캉유웨이는 당시 베이징에서 회시(會試)에 참가한 각 성의 거인(擧人) 1천 3백여 명과 함께 연명으로 광서 황제에게 글을 올려 '강화 거부, 수도이전, 변법'을 요구하였는데 이것이 나중에 일어난 무술변법운동의 서곡이 되었다.

14) 스저춘(施蟄存)은 『문예풍경』(文藝風景) 창간호(1934년 6월)에 실린 「서적금지와 사상좌경」(書籍禁止與思想左傾)이라는 글에서 다음과 같이 쓴 바 있다. "얼마 전에 정부는

공산주의 문화를 척결한다는 정책에 의거하여 갑자기 문예서적 백여 종의 발행을 금지시켰다.…… 선충원(沈從文) 선생은 일찍이 톈진의 『국문주보』(國聞週報) 제11권 제9기에 이 서적 금지 문제와 관련된 글 한 편을 발표하였다.…… 그러나 상하이의 『사회뉴스』(社會新聞) 제6권 제27호와 제28호에는 선충원 선생의 이 글에 대한 반박문 한 편이 연재되었다.…… 선충원 선생은 나와 마찬가지로 분서갱유의 사실을 인용하여 비유하였는데 원래의 의도는 정부 측에서 역사적인 사실을 거울로 삼아 주도면밀하고 신중하게 행동해 달라는 것을 희망한 것일 따름이었다.…… 정부가 좌경 서적을 금지시킨 것은 부득이한 사정이었다는 것을 그가 이해하지 못하는 바는 아니었으나 그는 정부가 이보다 더 타당하고 더 효과적인 방법을 취할 수 있기를 바란 것이다. …… 그럼에도 불구하고 『사회뉴스』의 작가의 펜에서는 이렇게 판결되어 있다. '우리는 선충원의…… 말투를 통하여 선충원의 입장이 도대체 어떤 입장인지를 이미 알고 있었다. 선충원이 반혁명적 입장에 서 있는 바에야 선충원의 이러한 주장이 도대체 무슨 주장인가 하는 것에 대해 우리가 판단을 내릴 필요가 또 어디에 있겠는가?'"

15) 『문선』(文選)은 곧 『소명문선』(昭明文選)으로 모두 삼십 권이다. 남조 양(梁)의 소명태자 소통(蕭統)이 골라 편집한 것으로 진한(秦漢) 시기부터 제나라와 양나라 시기까지의 시문이 수록되어 있다.

1933년 9월 『다완바오』에서 이른바 '추천서적'을 모집할 때 스저춘은 청년들에게 이 책들을 읽으라고 제창했다. 이에 대하여 루쉰은 『풍월이야기』의 「33년에 느낀 과거에 대한 그리움」(重三感舊) 등의 글에서 비판한 바 있다.

『목판화가 걸어온 길』 머리말[1]

중국 목판화는 당대唐代에서 명대明代에 이르기까지 꽤 괜찮은 역사를 갖고 있었다. 그러나 현재의 새로운 목판화는 이 역사와 관련이 없다. 새로운 목판화는 유럽의 창작 목판화에서 영향을 받은 것이다. 창작 목판화를 소개한 것은 조화사朝華社가 출판한 '예원조화'[2] 네 권에서 비롯되었다. 비록 선별과 인쇄 상태가 정교하지 못하고 예술계의 유명 인사들에게는 묵살당했지만, 청년학도들에게 상당히 큰 주목을 받았다. 1931년 여름에는 상하이에서 중국 최초로 목판화 강습회가 열렸다.[3] 또한 이로부터 유행하여 무링사木鈴社가 생겨났고 『무링 목판화집』 두 권을 냈다. 그리고 예수이사野穗社에서 『목판화』 1집을 낸 일도 있었고 무명목판화사[4]가 『목판화집』을 내기도 했다. 그러나 무링사는 일찍 궤멸되었고 뒤의 두 단체도 지속되었거나 발전했다는 소식이 없다. 얼마 전까지 상하이에 M. K. 목판화연구사[5]가 남아 있었는데 이는 역사가 상당히 오래된 작은 단체로 여러 차례 작품 전시회를 열었을 뿐만 아니라 『목판화 선집』을 출간할 계획을 갖고 있었다. 그러나 애석하게도 올 여름에 사적인 원한을 가진 이에 의해 밀고

당했다. 모임의 성원들은 대다수 체포되거나 수배되었고 목판화도 공부국[6]에 몰수당했다.

우리들이 알고 있는 바에 의하면 이제 목판화를 연구하는 단체는 하나도 없는 것 같다. 그러나 아직 목판화를 연구하는 개인은 있다. 가령 뤄칭전[7]이 『칭전 목판화집』淸楨木刻集 두 집을 냈으며 또 여우춘[8]이 최근에 『랴오쿤위 이야기』廖坤玉故事의 연환화를 출판했다. 이는 모두 특별히 기록할 만한 가치가 있다.

뿐만 아니라 작가들이 지금까지 기울여 온 노력과 작품의 질이 나날이 좋아짐에 따라 지금은 중국 독자들에게 공감을 얻었을 뿐만 아니라 세계를 향한 첫걸음을 내디디고 있다. 아직 건실하지는 않지만 어쨌든 세계를 향한 발걸음을 내디디려 하고 있다. 그러나 이와 동시에 정체라는 위기도 마주했는데, 왜냐하면 제대로 된 격려와 연구가 없다면 자기만족에 빠지기 쉬울 것이기 때문이다. 이 책은 목판화의 이정표가 되고자 하는 생각에서 지난해부터 배포되어야 한다고 여겨진 작품을 계속 모으고 인쇄하여서 독자들이 종합적으로 보고 작가가 거울로 삼는 데 도움을 주고자 했다. 그러나 물론 수집하는 사람의 한계가 있으므로 중국의 우수한 작품이 여기에 다 실린 것은 아니다.

다른 출판 편집자들도 한편으로 구미의 신작을 계속 소개하고 있고, 다른 한편으로 중국의 고대목판화를 번각飜刻하고 있는데, 이 또한 중국의 새로운 목판화를 도와주는 세력이다. 외국의 좋은 규범을 받아들이고 발전시켜 우리 작품을 더 풍부하게 하는 것은 한 가지 길이다. 그런가 하면 중국의 유산을 선택하여 새로운 계기新機를 융합하고 장래의 작품에 새로운 국면을 개척하는 것도 한 가지 길이다. 작가가 끊임없이 분발하여 이 책을 한 구간 한 구간씩 앞으로 더 나아가게 한다면, 위에서 말한 것이 지나친 기대가 아니라는 것을 알게 될 것이다.

1934년 6월

쇠나무예술사에서 쓰다

주)_____

1) 원제는 「『木刻紀程』小引」이다. 『목판화가 걸어온 길』(木刻紀程)에 처음 수록되었다. 이 책은 루쉰이 편집하고 쇠나무예술사(鐵木藝術社)에서 출판되었는데 목판화 스물네 점을 실었다. 목판화 작가로 허바이타오(何白濤), 리우청(李霧城; 천옌차오陳烟橋), 천톄경(陳鐵耕), 이궁(一工; 황신보黃新波), 천푸즈(陳普之), 장즈핑(張致平; 장왕張望), 류셴(劉峴), 뤄칭전(羅淸楨) 등으로 초판 인쇄는 120부였다. 표지에 1934년 6월이라고 찍혀 있으나, 루쉰의 일기에 따르면 이해 8월 14일에 편집이 끝나 인쇄에 넘어갔다고 한다.

2) 조화사(朝花社)는 루쉰, 러우스(柔石) 등이 조직한 문예단체로 1928년 11월 상하이에서 만들어졌으며 1930년 봄에 해체되었다. '예원조화'(藝苑朝華)는 미술 총간으로 루쉰이 편집하였는데 5집까지 출간되었다. 제1집은 『근대목판화선집(1)』이었고 제2집은 『후키야 고지(蕗谷虹兒) 목판화 선집』, 제3집은 『근대목판화선집(2)』, 제4집은 『비어즐리 목판화 선집』으로 모두 1929년 조화사에서 출판했다. 제5집 『러시아의 새로운 목판화 선집』은 1930년에 광화서국(光華書局)에서 출판했다.

3) 목판화 강습회는 이바이사(一八藝社)가 1931년 8월 17일부터 22일까지 일주일 동안 상하이에서 개최한 강습회이다.

4) 무링사(木鈴社)는 1933년 초에 항저우 예술전문학교에서 창립되었다. 주요 성원은 하오리췬(郝力群), 차오바이(曹白) 등이다. 그해 10월 주요 성원이 체포되는 바람에 소리 소문 없이 해체되었다. 예수이사(野穗社)는 1933년 겨울 상하이신화예술전문학교(上海新華藝術專門學校)에서 창립되었으며 주요성원은 천옌차오, 천톄경 등이었다. 무명목판화사(無名木刻社; 후에 미명목판화사未明木刻社로 개칭했음)는 1933년 말 상하이미술전문학교에서 창립되었으며 주요성원은 류셴, 황신보 등이다.

5) M. K. 목판화연구사는 1932년 9월 상하이미술전문학교에서 창립되었다. 'M. K.'는 목

판화의 중국어 '木刻'의 라틴화병음인 'Muke'의 두 글자의 첫머리 자모이다. 주요 성원으로 저우진하이(周金海), 왕사오뤄(王紹絡), 장왕, 진펑쑨(金逢孫), 천푸즈 등으로 목판화전람회를 네 차례 개최한 바 있다.

6) 공부국(工部局)은 영국, 미국, 일본 등 제국주의자가 상하이와 톈진 등의 조계지 안에 설립한 통치기관이다.

7) 뤄칭전(羅淸楨, 1905~1942)은 광둥 싱닝(興寧) 사람으로 목판화가이다.

8) 여우춘(又村, 1906~1970)은 천톄겅으로 광둥 싱닝 사람이며 목판화가이다.

행하기 어려운 것과 믿기 어려운 것에 대하여[1]

중국의 '어리석은 백성'愚民, 그러니까 배운 게 적은 하등인은 사람들에게 주목받을까 봐 안절부절못했다. 당신이 다짜고짜 그에게 나이가 얼마이고 어떤 생각을 가지고 있으며 형제가 몇이며 가정 형편이 어떤지를 물으면 그는 한바탕 얼버무리고 나서 안 보이는 데로 몸을 숨긴다. 학식이 있는 대인물은 그의 이러한 성격에 불쾌해한다. 그런데 이러한 성격은 쉽게 고쳐지지 않는다. 왜냐하면 이는 정말 경험에서 나온 것이기 때문이다.

　가령 당신이 누군가의 눈길을 끌었을 때 자칫 방심하다 보면 최소한 작은 속임수에라도 걸리지 않기 어렵다. 예를 들어 보자. 중국은 개혁을 해서 아이들은 당연히 일찌감치 '맹종이 대나무 숲에서 울었다'느니 '왕상이 얼음판에 누웠다'[2]는 교훈에서 벗어났는데 생각지도 않게 이번에는 참신한 '아동의 해'[3]가 돌아왔다. 이에 애국지사는 다시 '어린 벗'을 떠올려서 혹자는 펜으로, 혹자는 입으로 고생도 마다 않고 아이들을 가르치느라 여념이 없다. 열심히 해야 한다고 말하면서 이전에 '형설지공'이니 '벽에 구멍을 뚫어 남의 불빛을 빌려 공부'[4]했던 지사志士가 있었다고 이야기한다. 또 애국해야 한다고 말하면서 이전에 열 몇 살에 포위망을 뚫고 구조를 요청하고, 열네 살에 맨 앞에 나서서 적을 죽인 비범한 아동에 대해 이야기한다. 이런 이야기를 잡담거리로 듣는 것은 나쁘지 않다. 그러나 만일 누군가 이를 믿고서 그대로 따라 한다면 젖비린내가 가시지 않은 돈키호테가 될 것이다. 한번 생각해 보자. 매일 4호 활자 크기의 글자를 비춰 볼 수 있을 정도로 반딧불이를 한가득 잡아 오는 것이 어디 쉬운 일이겠는가. 그러나 이건 그냥 어려운 일일 따름이다. 벽을 뚫는 일에 이르면 문제는 더 커진다. 어떤 경우이든 최소한 욕을 잔뜩 얻어먹을 것이고 바로 아빠 엄마가 나서서 사과하고 사람을 불러 수리를 해줘야 한다.

구조 요청과 적을 죽이는 일은 더 큰 일로 외국에서는 다 서른, 마흔 살 된 어른들이 하는 일이다. 외국 아동들은 먹고 놀고 글자 익히는 아주 일반적이고 꼭 필요한 상식을 아는 데 치중한다. 모두가 중국의 아동을 중시하는데 물론 좋은 일이다. 그런데 이 때문에, 나오는 문제란 문제는 족족 어려운 문제이다. 가령 비검飛劍을 배우는 것처럼 우당산5)에 가서 스승을 찾지 않으면 안 되는 방법이 없는 류이다. 이십 세기에 이르러 옛사람이 공상했던 잠수정과 비행기는 실제로 성공했지만 『용문편영』이나 『유학경림』6)의 모범적인 이야기는 아직까지도 따라 하기 어렵다. 가르치는 사람 스스로도 다 믿지 않을 것이라 생각한다.

그리하여 듣는 사람도 믿지 않게 된다. 천여 년 동안의 검객과 협객의 이야기를 들어 왔지만 지난해 우당산에 간 사람은 겨우 세 명이다. 전 인구의 오백조 분의 일에 불과하니 알 만한 상황이다. 과거에는 사람이 더 많았을지도 모르겠지만 지금은 경험이 생겨서 크게 믿지 않게 되었다. 그러자 따라 하는 사람도 적어졌다. 그러나 이것은 나의 개인적인 추측이다.

본인도 하지 않고 따라 할 수도 없는 교훈이 많아지면 이를 믿는 사람은 적어진다. 자신에게만 이롭고 남을 해치는 교훈이 많아지면 믿는 사람은 더 적어진다. '믿지 않는 것'이야말로 '우민'이 해를 멀리할 수 있는 참호이면서 이와 동시에 그들을 흩어진 모래로 만드는 독소이기도 하다. 그러나 이런 성격을 가진 이는 비단 '우민'뿐만이 아니다. 설교하는 사대부일지라도 자신과 남을 믿는 사람은 지금 얼마 되지 않을 것이다. 공자를 존경한다면서 또 살아 있는 부처에게도 절하는 이[7]는 자기 돈으로 각종 복권을 사고 은행에 분산하여 저금하는 일과 비슷하게, 사실은 아무것도 믿지 않는 것이다.

7월 1일

주)＿＿＿＿

1) 원제는 「難行和不信」, 1934년 7월 20일 반월간 『신어림』 제2기에 실렸다. 서명은 궁한(公汗)이다.

2) '맹종이 대나무 숲에서 울었다'(孟宗哭竹)는 표현은 당대 백거이(白居易)가 엮은 『백씨육첩』(白氏六帖)에 나온다. 삼국시대 오나라 사람 "맹종의 계모는 죽순을 좋아했는데 맹종에게 겨울에 죽순을 구해 오게 했다. 맹종이 대나무 숲에 들어가 통곡하니 죽순이 자라났다."

'왕상이 얼음판에 누웠다'(王祥臥氷)는 『진서』(晋書)의 「왕상전」에 나온다. 왕상의 계모가 "자주 신선한 고기를 얻고자 했는데 때는 겨울이라 얼음이 얼었다. 왕상은 옷을 벗고 얼음을 깨뜨려 이를 구하려 했다. 그러자 갑자기 얼음이 저절로 녹으면서 두 마리 잉어가 튀어나와 이를 가지고 집으로 돌아갔다."

이 두 이야기는 나중에 『이십사효』(二十四孝)에 수록되었다.

3) 1933년 10월 상하이 아동행복위원회가 국민당 상하이시정부에 제출한 것으로 비준을 통과하여 1934년이 아동의 해(兒童年)가 되었다.

4) 형설지공의 원문은 '囊螢照讀'으로 『진서』의 「차윤전」(車胤傳)에 나온다. '벽에 구멍을 뚫어 남의 불빛을 빌려 공부하다'는 구절의 원문은 '鑿壁偸光'으로 『서경잡기』(西京雜

記) 권2에 나온다.

5) 우당산(武當山)은 후베이 쥔(均)현에 소재하는 산으로 산에 자소궁, 옥허궁 등 도교 사원이 있다. 『태평어람』 권43에서 남조 송의 곽중산(郭仲産)이 쓴 『남옹주기』(南雍州記)를 인용하여 다음과 같이 기술했다. "우당산은 너비가 삼사백 리 되는데 …… 배우는 자가 끊이질 않고 왔으며 늘 백여 명이 되었다."

6) 『용문편영』(龍文鞭影)은 명대 소량우(蕭良友)가 편저한 것으로 내용은 고서에서 발췌한 역사전고로 이루어진 사언 운문이다. 『유학경림』(幼學瓊林)은 명말 정윤승(程允升)이 편저한 것으로 각 집이 천문(天文), 인륜(人倫), 용기(器用), 기예(技藝) 등의 성어 전고로 내용을 이루고 있고 문장은 변문이다. 두 책은 모두 서당에서 읽던 초급 독서물이었다.

7) 원문은 '既尊孔子, 又拜活佛者'이다. 국민당 정부의 고시원 원장 다이지타오(戴季陶)를 가리킨다. 그는 1934년에 공자묘를 재건하는 데 돈을 기부한 바 있다. 같은 해 또 당시에 하야한 베이양 군벌 돤치루이(段祺瑞) 등과 함께 발기하여 항저우 링인쓰(靈隱寺)에서 제9대 판첸 라마를 초청하여 '시륜금강법회'(時輪金剛法會)를 개최하고 '불법'을 선전했다.

『소학대전』을 산 기록[1]

선장서線裝書는 정말이지 너무 비싸 살 수가 없다. 건륭시대 각본의 가격은 그 당시의 송본의 그것과 비슷할 정도이다. 명대 판본의 소설은 5·4운동 이후 가격이 천정부지로 올랐다. 그리하여 올해부터 행운이 소품문小品文에 깃들게 되었다. 청조의 금서[2]는 민국 원년 혁명 이후 보물이 되었다. 볼만하지 않은 저작이라도 수십 위안에서 백여 위안까지 들곤 했었다. 헌 책방을 자주 다니지만 이런 보물 같은 책은 살 엄두조차 내지 못했다. 그런데 단오절 전에 쓰마루[3] 일대를 돌아다니다가 생각지도 않게 『소학대전』小學大全이라는 다섯 권으로 이루어진 책을 하나 사게 됐다. 가격은 7자오角인데 목차를 훑어보니 사람들이 좋아할 만한 것은 아니었다. 그러나 의외로 청대의 금서였다.

이 책의 편찬자는 윤가전尹嘉銓으로 보예博野 사람이다. 그의 부친은 윤회일[4]로 유명한 효자로서 건륭황제가 표창하는 시를 하사한 바 있다. 그도 효자이면서 또 도학가로 관직도 대리사경·계찰각라학을 지냈다.[5] 또 기적[6]에 초청받아서 주자의 『소학』을 강독하여 "주필로 비평어를 받는 은혜를 입고 책을 올리고, 이에 마친" 바 있다. 이 책은 2년 뒤에 황제에게 진술한 소疏를 덧붙인 『소학』 여섯 권과 『고증』考證과 『석문』釋文, 『혹문』惑問 각 한 권씩과 『후편』後編 두 권을 합쳐 한 질로 만들고 이를 『대전』이라고 했다. 또 상소를 올려서 결국 건륭 42년 9월 17일에 임금의 명을 받게 되었다. "좋다! 알았다. 이에 마친다." 이는 분명 황제의 허락을 받았다는 것을 의미한다.

건륭 46년에 그는 벌써 사직하고 고향에 돌아가 있었다. 그러나 정말 이른바 '늙었어도 조심해야 한다'[7]는 말이 맞나 보다. 얻고자 하는 것은 '이름'이었을 따름이나 마찬가지로 큰 화를 불러일으켰다. 이해 3월에 건륭의 행동이 보증한 바가 있으므로 윤가전은 아들에게 상주문을 올리게 하여 자신을 위한 시호를 청했다. 주필로 쓴 비평어는 다음과 같다. "시호를 내리는 것은 국가가 주관하는 것인데 어찌 망령되게 이를 구하는가. 이 상주문은 부部에 넘겨줘서 죄를 다스려 벌을 주어야 하나 그대가 아비를 위한 사사로운 정을 위해 한 짓을 감안하여 벌을 면한다. 만약 다시 자신의 생활에 만족하지 않으면 그대의 죄는 벗어날 길이 없으렷다! 이에 마친다." 윤가전은 생각지도 않게 이러한 난관에 부딪히자 이어서 상주문 한 편을 더 써서 '우리 조정'의 이름난 신하인 탕빈, 범문정, 이광지, 고팔대, 장백행[8] 등을 공자묘에 배향配享하게 해 달라고 청했다. "신의 아비 윤회일은 황제가 시를 지어 주며 효자라는 아름다운 칭호로 칭찬을 내린 은혜를 입었으니 이미 덕행이라는 과에서는 당연히 배향될 만하오나 신은 감히 청하지 않겠습니다." 이번에는 정말 큰 사고를 냈다. 3월 18일 내려온 비평어는 다음과 같았다. "제멋대로 떠들어 대니 용서할 수 없다! 이에 마친다."

건륭 시대의 한 가지 방법은 문자로 죄를 지으면 한편으로 범죄자를 체포하고, 다른 한편으로는 압수수색했다. 이는 그의 가산을 중시하는 것이 아니라 장서와 다른 문자를 조사하여 만약 다른 '제멋대로 떠든 것'이 발견되면 같이 처벌할 수 있기 때문이다. 건륭의 의견은 감히 '제멋대로 떠들'은 이상 한두 마디에 그치는 것이 아닐 것이므로 철저하게 뿌리를 캐내면 안 된다는 것이었다. 윤가전은 당연히 예외일 수 없었고 자신이 체포됨과 동시에 보예의 고향 집과 베이징의 거처가 모두 다 들쑤셔졌고 몰수되었다. 장서와 다른 저작이 정말 적지 않았지만 사실 또 무슨 연루된 글은 없었다. 그러나 그 당시 이렇게 하고 끝낼 수 없어서 대학사 삼보[9] 등이 재삼 심문한 끝에 처벌이 "윤가전이 대역했음에 따라 능지처참형에 처하는 것으로 명령을 청하여야 한다"로 정해졌다. 다행히 결과는 관대했다. "윤가전은 황제의 은혜를 받아 능지의 죄는 면하고 교수형에 즉결 처형되는 것으로 바꾸고 그 가족도 은혜를 입어서 연좌를 면한다"로 되어 끝났다.

이것도 이름난 유학자이자 효자인 윤가전이 생각지 못한 일이었다.

이번의 필화사건은 한 사람만을 교살시켜서 다른 건에 비하면 그렇게 큰 필화사건이라고 할 수 없다. 그러나 건륭황제는 꽤 신경을 써서 몇 편의 글을 발표했다. 이런 글과 상주문(이는 모두 『청대 필화사건 문서』 6집에 나온다)을 봤을 때 이번 화의 계기는 그의 '분수를 모르는 것'에서 발단했지만 큰 원인은 이름난 유학자로 자처하면서 또 이름 높은 신하를 배향해 달라고 청한 데 있다. 이는 모두 절대로 '용서할 수 없는' 점이다. 청조는 주자를 존경하지만 이는 '존경'에 그쳐야지 '모방'하는 것까지는 절대 허락하지 않았다. 한 번 따라 하기 시작하면 강학을 해야 하고 그러다 보면 학설이 생기고 학설이 생기면 제자가 생기고 제자가 생기면 파벌이 생기고 파벌이 생기면 파벌 간에 다툼이 발생하니 이는 '태평성세'에 누를 끼치는 것이다. 게다가 이러한 '이름난 유학자'로서 관직에 있는 자가 '이름 높은 신하'를 자처하며 '함부로 잘난 체를 한 것이니 말이다'. 건륭은 청조에 '이름 높은 신하'가 있는 것도, 자신이 '영명한 황제'이거나 '뛰어난 황제'인 것도 인정하지 않았다. 그리하여 그의 통치 아래에서는 간신奸臣이 있을 수 없었다. 특별히 나쁜 간신도 없으면서 특별히 좋은 뛰어난 신하도 없었고 일률적으로 나쁘지도 않고 좋지도 않은, 좋든 나쁘든 상관없는 노비였다.

도학선생을 특별히 공격한 까닭은 그 당시의 조류였으며, 또한 '황제의 의도'였다. 기윤이 편찬한 『사고전서총목제요』와 그가 쓴 『열미초당필기』[10]에서 때때로 이들이 배격되고 있는 것을 우리는 자주 본다. 이는 이런 조류에 영합한 것이었다. 그의 천성이 겸손하고 온화하며 남과 잘 어울려서 도학선생의 각박함을 증오했다고 생각한다면 이는 오해이다. 대학사의 삼보들도 이 조류를 잘 알고 있어서 윤가전을 공동 심의할 때 다음과 같이 아뢴 바 있다. "이 범인이 이렇게 분별없이 법을 어겼다는 것을 조사했습니다. 만약 죄를 언도하여 사형 집행을 바로 실시한다면 대중들이 분노를 터뜨려서 마음을 통쾌하게 하는 데 불충분합니다. 이 범인은 삼품 대원을 지낸 바 있으므로 관례에 따라 분명히 상주하노니 이 범인에게 주리를 더 심하게 틀어서 형벌을 강화하여 어떤 마음을 먹고 비롯된 것인지를 심문하고 자백 내용을 녹취하여 상주문을 준비하여 재차 교지를 청하오니 전형적인 형벌을 내려주셔서 분명한 경계를 밝혀주시기를 바랍니다." 나중에 주리를 틀었는지 어떤지는 조사하지 못했으나 자백을 기록한 글을 보면 그의 '추행'醜行으로 그의 도학적인 책략을 타도하는 데 신이 났던 것으로 보인다. 지금 아래에 그 가운데 세 가지 조목을 옮겨 적는다.

심문: 윤가전! 너는 「이효녀가 말년에 결혼을 승낙하지 않은 일」이라는 글에서 "나이가 오십이 넘었는데 아직도 과년하게 처녀로 있었다. 나의 아내 이공인李恭人이 그가 어질다는 소식을 듣고 숙녀를 구하여 도와주려 했는데 중녀仲女는 이를 고사하고 시집가지 않았다"고 기록했다. 이 처녀는 시집가지 않을 뜻을 세운 데다 나이도 오십이 넘었는데 왜 이 여인에게 매파를 보내 중매를 서서 첩이 되도록 했느냐? 이렇게 염치없는 일이 도대체 점잖은 사람이 할 수 있는 일인가? 자백한 내용에 따르면 "내가 말하는 이효녀는 나이가 오십이 넘었는데도 여전히 시집갈 생각이 있었다. 평소에 슭嶰현에 이씨 성을 가진 여자를 알고 있었는데 결혼하지 않고 처녀로 남아 있는 탓에 나의 아내가 그에게 결혼하여 첩이 되도록 권유했던 것이다. 나는 그때 베이징에서 후보를 지낼 때여서 이 사실을 알지 못했다. 나중에 나의 아내가 나에게 말해서 알게 되었고 이 때문에 이 글을 지어 그를 칭찬하려 했지 그의 얼굴 한 번 본 적이 없다. 그런데 글을 쓰는 동안에 그의 나이가 오십이 넘었음에도 내가 그에게 첩이 되라고 했다면 이것이야말로 내가 염치를 잃은 것으로 어찌 변명할 수 있겠는가"라고 했다.

심문: 너는 당시에 황제의 앞에서 영자[11]를 상으로 내려 달라고 할 때 영자가 없으면 너의 아내와 자식들의 얼굴을 볼 낯이 없다고 했다. 너 이 가짜 도학자가 마누라를 겁내다니, 황제가 너에게 영자를 내리지 않으

면 어떻게 돌아가려 했단 말인가? 자백은 다음과 같다. "내가 당초 집에 있을 때 나의 아내에게 황제를 만나 영자를 내려 달라고 한다는 이야기를 했다. 그리하여 나는 이번에 무례함을 마다 않고 은혜를 내려 주실 것을 외람되게 청하고 영자를 얻고 집에 돌아오면 과시할 수 있겠구나 생각했었다. 나중에 황제가 나에게 상을 내리지 않자 집에 돌아와서 정말 부끄러웠고 아내를 뵐 면목이 없었다. 이는 다 내가 가짜 도학자이고 마누라를 두려워하는 탓이다. 이는 사실이다."

심문: 너의 아내는 평소에 질투가 심하여 너를 대신하여 첩을 들였으며 이 오십 세 된 여인도 너의 첩으로 얻으려 했다. 이 여인이 절대로 시집 가지 않으려는 것을 알자 그는 또한 질투가 없다는 이름을 얻었다. 네 이 가짜 도학자는 늘 세상을 기만하고 명예를 훔치는 일을 하는 데 길들여져 있어서 네 여인도 너를 따라서 세상을 속이고 명예를 훔쳤다. 너는 이 사실을 모른단 말인가? 자백 내용은 다음과 같다. "나의 여인은 나를 대신하여 첩을 얻으려 했다. 이 오십 세 된 이씨 여자는 이미 시집가지 않겠다는 뜻을 세워 나의 첩이 되지 않으려 했다. 나의 여인은 이를 알고 이 기회를 빌려 시기심이 없다는 이름을 얻고자 했다. 어쨌든 내가 평소에 하는 일이 세상을 기만하고 명예를 훔치는 일과 관련되어 있다. 그리하여 나의 여인도 세상을 속이고 이름을 훔치는 일을 따라 하였으니 황제의 명찰을 벗어날 수 없다."

그리고 또 한 건의 중요한 일은 그와 관련 있는 책을 소각한 것이다. 그의 저서도 너무 많아서 '소각'한 것만 서적 86종, 석각 7종으로 모두 저서였다. '해체'한 것은 서적 6종으로 모두 고서였다. 그리고 또 그의 서발 문이 있었다. 『소학대전』은 주소를 단 것에 불과하지만 '소각'의 대상에 포함되었다.[12]

그런데 내가 구한 『소학대전』은 광서 22년에 판각하기 시작하여 25년에 판각을 마치고 '선통 정사년'(실제로 중화민국 6년)에 새로 낸 유로본遺老本이었다. 장석공張錫恭이 발문을 썼다. "세상의 풍파가 이전만 같지 않아 이 책을 읽고자 하는 이도 달라졌다.……" 또 유안도劉安燾의 발문도 있다. "최근 오랑캐를 멸시하는 풍조가 나날이 심해지고 있다. 또 다른 이 야기가 분분한데 이 책과는 상당히 배치된다. 하나가 노래하면 백 명이 화답하니…… 순치되어 가문과 나라가 모두 해를 입었고 당우 삼대 이래의 성현들이 남긴 올바름을 갈고 닦자는 뜻이 남김없이 파괴되었다. 없어지는 것이 극하면 반드시 돌아오고剝極必復, 하늘과 땅의 마음이 드러나는 것이다.……" 필화사건 때문에 사대부들은 역사를 제대로 다스리지 못했고 특히 근대사에 대해서는 잘 언급하지 못했다. 그런데 다른 한편 의외로 일화에도 밝지 못하여 건륭황제 때 진력 '소각'하고자 했던 책은 유로일지라도 잘 몰랐는데 130년이 못 되어 다시 정전으로 봉해졌다. 이것도 '없어지는 것이 극하면 반드시 돌아온다'는 것이 아닌가.[13] 이는 아마 유로들이 모시는 건륭황제가 예상하지 못한 것일 테다.

그러나 청의 강희, 옹정과 건륭 셋, 특히 뒤의 두 황제는 '문예정책' 혹은 좀더 거창하게 이야기하자면 '문화 통제'[14]에 정말 대단한 노력을 기울였다. 필화사건은 이의 소극적인 측면일 따름이다. 적극적인 측면으로는 사고전서[15]를 황제의 명으로 제정한 일을 들 수 있다. 한인의 저작에 취사 선택을 하여 선택한 책에서 금과 원대를 언급한 곳이 있으면 대폭 수정을 가하여 이를 정본으로 삼았다. 그밖에 '7경'과 '24사', 『통감』,[16] 문사의 시문, 화상의 어록 등도 놓치지 않고 감정하거나 평가 선별하여서 문단에서 사실상 유린되지 않은 데가 없었다. 뿐만 아니라 그들은 한문에 통달한 이민족의 군주였다. 승자의 견해로 정복한 한족의 문화와 인정을 비판하고 경시하면서도 두려워하고 각박하게 논의하면서도 합당하게 평가하기도 했는데, 필화사건은 여기에서 나온 지독한 수단 중에 하나였다. 만주족의 입장에서 보자면 확실히 효과가 없었다고 말할 수 없는 것이다.

지금 이 영향은 엷어지고 있는 것 같다. 유로들이 『소학대전』을 재인쇄한 것이 그 증거이다. 그렇지만 우롱당한 정신들은 결국 다시 못 깨어난다는 것을 알 수 있다. 최근 명대의 소품과 청대 금서의 시중 가격이 높아져서 가난한 독서인은 훔쳐볼 수조차 없을 정도이다. 그러나 『동화록』, 『황제가 통감집람을 비평하다』, 『상유팔기』, 『옹정황제가 비평어를 내리고 교지를 알리다』[17] 등은 아무도 가격을 물어보는 이가 없어서 다른 책을 모두 합쳐도 안 될 정도로 저렴한 것 같았다. 만약 이를 수집할 생각을 품은 이가 하나하나 조사하여 그 속에서 한족 통제와 문화 비판, 문예 이용과 관련된 것을 순서에 따라 별도로 배열하여 책 한 권으로 만든다면 우리는 그 책략의 폭넓음과 악랄함을 알 수 있다. 뿐만 아니라 우리가 어떻게 이민족 군주에게 길들여졌으며 지금까지 남아 있는 노예근성이 어디에서 유래했는지를 잘 알 수 있게 될 것이라고 생각한다.

물론 이는 성령 문자[18]만큼 재미있지는 못하다. 그렇지만 이를 빌려서 지금의 이른바 성령의 역사가 어떻게 이뤄졌는지를 아는 데에는 정말 유익하다.

7월 10일

1) 원제는 「買『小學大全』記」, 이 글은 1934년 8월 5일 반월간지 『신어림』 3기에 실렸다. 필명은 두더지(杜德機)이다.

2) 청 정부는 문화통제를 실행하기 위하여 『사고전서』를 편찬할 때 내용이 '도리에 벗어나고' '통치에 저촉되는 자구'가 있다고 여겨지는 책을 각각 '전체삭제'하고 '부분삭제' 했다. '금서'란 이러한 삭제되어야 하는 책을 가리킨다. 금서 목록에 관해서는 이후 『전체삭제부분삭제서목』(全毀抽毀書目)과 『금서총목』(禁書總目), 『위반서목』(違碍書目) 등 여러 종이 있다(모두 청대 요근원姚覲元이 엮은 『지진재총서』咫進齋叢書에 수록되어 있다).

3) 쓰마루(四馬路)는 지금의 푸저우루(福州路)이다. 당시 상하이에서 서점이 모여 있던 구역이었다.

4) 윤회일(尹會一, 1691~1748)의 자는 원부(元孚)로 청대 도학가이다. 관직으로 이부시랑을 지냈다. 저서로 정주이학(程朱理學)을 해석한 서적 몇 종류와 『현모연보』(賢母年譜) 등이 있다.

5) 대리사경(大理寺卿)은 중앙심판기관의 장관이다. 청조의 관직 제도에 의하면 '정삼품'이다. 계찰각라학(稽察覺羅學)은 곧 청조 황족의 방계 자제가 다니는 학교의 주관자이다. 『청회전』(淸會典)에 기록된 바에 따르면 '현조선황제'(곧 청 태조 누르하치의 아버지인 타커스, ?~1583)의 직계 자손을 '종실'이라고 칭하고, 현조선황제의 사촌형제 등의 방계 자손을 '각라'라고 했다.

6) 원문은 '旗籍'이다. 군사와 생산이 합일된 청대 만주족의 호구편제단위이다. 모두 팔기로 나뉘어 있다. 이외에 몽고족과 한족에도 별도의 팔기가 설치되어 있다.

7) 원문은 '及其老也, 戒之在得'이다. 『논어』의 「계씨」(季氏)편에 나오는 말이다. "군자에게는 삼계가 있다……늙으면 혈기가 쇠약해지는바 이에 욕심을 경계해야 한다."

8) 탕빈(湯斌, 1627~1687)의 자는 공백(孔白)이고 수이저우(睢州) 출신이다. 관직으로 예부상서까지 지냈다. 범문정(范文程, 1597~1666)의 자는 헌두(憲斗)이고 선양(沈陽) 출신이다. 관직은 대학사와 태부(太傅) 겸 태자태사(太子太師)까지 지냈다. 이광지(李光地, 1642~1718)의 자는 진경(晋卿)이고 푸젠 안시(安溪) 출신이다. 관직은 문연각대학사(文淵閣大學士)를 역임했다. 고팔대(顧八代, ?~1725)의 자는 문기(文起)이고 만주 양황기인(鑲黃旗人)이다. 관직은 예부상서까지 지냈다. 장백행(張伯行, 1651~1725)의 자는 효선(孝先)으로 허난 이펑(儀封; 지금의 란카오蘭考) 출신이다. 관직은 예부상서까지 지냈다.

9) 삼보(三寶, ?~1784)는 만주 정홍기인(正紅旗人)으로 건륭 때 동각대학사(東閣大學士) 겸 예부상서까지 관직을 지냈다.

10) 기윤(紀昀, 1724~1805)의 자는 효람(曉嵐)이고 즈리(直隸; 지금의 허베이) 셴(獻)현 출신이다. 청대 문학자이다. 건륭 때 진사를 지냈으며 예부상서 관직을 지냈고 사고전서관(四庫全書館) 총편찬관(總纂官)을 역임했다. 『사고전서총목제요』(四庫全書總目提要; 2

백권)는『사고전서』의 서목해제로 건륭 47년(1782)에 완성했다.『열미초당필기』(閱微草堂筆記)는 필기소설로 5종 24권이다. 기윤은『사고전서총목제요』의 자부(子部) 유가류의 '이끄는 말'에서 다음과 같이 기술했다. "당시의 이른바 도학자는 다시 두 파로 나누어져 필설로 공방을 전개했다. 이후에 천하에는 주자와 육상산(陸象山)의 논쟁만이 존재했다. 문호가 나뉘고 붕당이 일어나서 은원이 오가며 수백 년 동안 퍼졌다."『열미초당필기』에 도학자에 대해 불만스러워하는 논의가 더 많다.

11) 영자(翎子)는 청대 황제가 관원에게 상으로 하사하는 관장식이다. 남령(藍翎)과 화령(花翎) 두 종류로 나뉜다. 남령은 남색인 산새 깃으로 장식했는데 지위가 낮으면서 공이 있는 자에게 하사했다. 화령은 공작 깃털로 장식한 것으로 공작깃의 눈모양이 몇 개인가에 따라 등급을 나눴다. 보통은 눈이 하나였고 특별한 은혜를 입은 대신은 눈이 두 개, 친왕과 세습귀족이어야지 눈이 세 개인 관을 받을 수 있었다.

12)『소학대전』을 훼손한 일에 대해서는 건륭 46년(1781) 5월의 '조령'을 참고하시오. "『소학』과 같은 책은 본시 과거의 저술이므로 원래는 삭제할 필요가 없다. 다만 그 가운데 이 범죄자(윤가전을 가리킨다)의 해석 및 편집과 서발을 한 것이 있으므로 모조리 삭제한다."

13) 원문은 '剝極必復'이다. '박'(剝)과 '복'(復)은『역경』의 괘명이다. '박괘' 다음이 '복괘'이므로 "없어지는 것(剝)이 극하면 반드시 돌아온다(復)"라고 말한 것이다.

14) '문화통제'는 당시 국민당 정부가 시행한 '공산주의 토벌' 정책을 염두에 둔 표현이다. 국민당은 간행물에 이를 대대적으로 선전했다. 가령 1934년 1월 월간『피땀』(汗血) 2권 4기는 '문화토벌특집호'(文化剿匪專號)였고 같은 해 8월 월간『전도』(前途) 2권 8기에 다시 '문화통제특집호'(文化統制專號)를 만들었다. 루쉰은 여기에서 '문예정책'과 '문화통제' 등의 표현을 드러내 놓고 했으나 발표할 때 이는 삭제되었다.

15) 사고전서(四庫全書)는 청대 건륭 37년(1772) 편찬관을 설치하여 편찬을 시작하여 10년 후 완성했다. 모두 3,503종, 79,337권이 수록되어 있고 경(經), 사(史), 자(子), 집(集) 4부로 나뉘어 있다.

16) '7경'은『역』(易),『서』(書),『시』(詩),『춘추』(春秋),『주례』(周禮),『의례』(儀禮),『예기』(禮記)를 가리킨다.
건륭 시기에『사기』에서『명사』(明史)에 이르는 24부의 기전체 사서를 '정사'로 규정했는데 이를 '24사'라고 부른다.
『통감』(通鑑)은 송대 사마광(司馬光) 등이 편찬한 편년체 사서이다. 전국에서 시작하여 오대에서 끝난다.『자치통감』(資治通鑑)이라고 이름 붙였다. 건륭제는 상고시대에서 명대 말기에 이르는 별도의 편년체 역사서를 편찬하도록 신하에게 명령을 내리고 황제가 직접 '상세히 평가하고 판단했는데' 이를『어비통감집람』(御批通鑑輯覽)이라고 칭했다.

17) 『동화록』(東華錄)은 청대 장양기(蔣良驥)가 편찬한 것으로 32권이다. 청 태조 천명(天命)에서 세종 옹정까지 여섯 조에 이르는 실록과 기타 문헌을 골라 옮겨 적은 것이다. 이후 왕선겸(王先謙)이 증보하여 195권으로 확대편찬하고 건륭, 가경, 도광 3조의 사료를 덧붙여 『구조동화록』(九祖東華錄, 425권)을 만들었다. 얼마 후 그는 『함풍조동화록』(咸豐祖東華錄)과 『동치조동화록』(同治祖東華錄) 1백 권을 각각 더 보충하여 엮었다. 이후에도 주수붕(朱壽朋)이 편집한 『광서조동화록』(光緒祖東華錄) 220권이 있다.

『상유팔기』(上諭八旗)는 옹정 시기 팔기정무에 관한 교지(諭旨)와 주의(奏議) 등의 문건을 담은 것으로 모두 3집 35권이다.

『옹정황제가 비평어를 내리고 교지를 알리다』(擁正朱批諭旨)는 360권으로 옹정이 비평한 '군신'(臣工) 2백여 인의 상주문을 싣고 있다.

18) 성령문자(性靈文字)는 당시 린위탕(林語堂)이 제창한 '성령' 문장을 가리킨다. 그는 『논어』 2권 15기(1933년 4월)에 '유불위재 수필'(有不爲齋隨筆)이라는 제목으로 발표한 장편문장 가운데 「글을 논함」(論文)이라는 글에서 다음과 같이 기술했다. "문장이란 개인의 성령의 표현이다. 성령이 내용이 되는 것을 오직 나만이 안다. 나를 낳은 부모도 모르고 나와 같은 침대를 쓰는 아내도 모른다. 그러나 문학의 생명은 기실 여기에 기탁한다."

웨이쑤위안 묘비명[1]

웨이군 쑤위안의 묘.

군은 1902년 6월 18일에 태어나 1932년 8월 1일 생을 마쳤다.

오호라, 뛰어난 재능과 원대한 뜻을 가졌으나 단명하였구나. 문단은 재능 있는 자를 잃었고 현명한 벗들은 영원히 슬퍼하도다. 동생 충우, 벗 징눙, 지예[2]가 이 묘비를 세우고 루쉰이 쓰다.

주)_____

1) 원제는 「韋素園墓記」. 이 글은 1934년 4월에 씌어졌으며 작가가 1934년 3월 27일 타이징눙(臺靜農)에게 보낸 편지에 따르면 "쑤(素)형의 묘비명은 사나흘 내에 써서 보내겠다"라고 했다. 또 작가는 같은 해 4월 3일의 일기에서 다음과 같이 기록했다. "웨이쑤위안 묘비를 쓴 것을 징눙에게 보냈다."

웨이쑤위안(韋素園, 1902~1932)은 안후이 훠추(霍邱) 출신으로 웨이밍사(未名社) 성원이었다. 번역서로 고골(Николай Гоголь, 1809~1852)의 중편소설 『외투』(Шинель; 外套)와 러시아 단편소설집 『최후의 빛』(最後的光芒), 북유럽 시가소품집 『국화집』(黃花集) 등이 있다.

2) 충우(叢蕪)은 웨이충우(韋叢蕪, 1905~1978)이다. 안후이 휘추 출신으로 웨이밍사 성원이다. 도스토예프스키의 장편소설『가난한 사람들』과『죄와 벌』등을 번역했다.

징눙(靜農)은 타이징눙(臺靜農, 1902~1990)이다. 안후이 휘추 출신으로 웨이밍사 성원이다. 저서로 단편소설집『땅의 아들』(地之子)과『탑을 세우는 사람』(建塔者) 등이 있다.

지예(霽野)는 리지예(李霽野, 1904~1997)이다. 안후이 휘추 출신으로 웨이밍사 성원이다. 저서로 단편소설집『그림자』(影)가 있고, 번역서로 안드레예프의『별을 향해』(往星中)와『검은 가면을 쓴 사람』(黑假面人) 등이 있다.

웨이쑤위안 군을 추억하며[1]

나에게도 기억이 있다. 그렇지만 아주 단편적인 기억들이다. 내 기억은 칼로 긁어낸 비늘처럼 일부는 몸에 남아 있고 일부는 물에 떨어져 물을 휘저으면 몇 조각이 일렁이며 떠올라 반짝거린다. 그렇지만 사이사이에 핏자국이 섞여 있다. 그래서 나조차도 보는 사람의 눈을 버리게 할까 걱정된다.

지금 몇 명의 친구가 웨이쑤위안 군을 기념하려 하는데 나도 몇 마디 해야겠다. 그렇다. 나는 그렇게 해야 할 의무가 있다. 나는 그저 주변의 물이라도 한번 휘저어서 뭔가 떠오르는 것이 없는지 잘 살펴볼 수밖에 없다.

아마 십여 년 전의 일일 것이다. 내가 베이징대학에서 강사를 할 때의 일이다. 어느 날 강사실에서 머리와 수염이 꽤 긴 청년 하나를 만나게 되었다. 그가 리지예이다. 내가 쑤위안을 알게 된 것도 아마 지예가 소개한 것일 터이다. 그러나 그때 상황은 잊어버렸다. 내 기억에 남아 있는 그는 이미 여인숙의 작은 방에 앉아 출판을 계획하고 있는 모습이다.

이 작은 방이 웨이밍사이다.[2]

그때 나는 두 종의 소형 총서를 편집 출간하고 있었는데 하나는 '오합총서'烏合叢書로 창작물을 주로 수록했고 다른 하나는 '웨이밍총간'으로 주로 번역물을 실었는데 모두 베이신서국에서 출판했다. 출판사와 독자가 번역서를 좋아하지 않는 것은 그때나 지금이나 마찬가지여서 '웨이밍총간'은 특히 푸대접을 받았다. 때마침 쑤위안 네는 외국문학을 중국에 소개하고 싶어서 리샤오펑[3]과 논의하여 '웨이밍총간'을 출판사에서 독립시켜 몇 명의 동인끼리 자비 출판하고자 했다. 샤오펑은 단번에 승낙하여 이 총서는 베이신서국에서 떨어져 나왔다. 원고는 우리가 직접 썼고 인쇄비도 따로 모아서 일을 시작했다. 이 총서의 이름에서 연유하여 출판사 이름도 '웨이밍'未名——그러나 '이름이 없다'는 의미가 아니라 어린이가 '아직 성년이 되지 않'은 것과 같이 '아직 이름을 짓지 않았다'는 의미이다——으로 붙였다.

웨이밍사의 동인은 야심이나 큰 뜻을 품고 있지는 않았다. 그러나 한발 한발 착실하게 일을 해나가고자 하는 의지만은 모두 같았다. 그리고 그들 중에 중심이 바로 쑤위안이었다.

그리하여 그는 누추한 작은 방에 앉아 있게 된 것이다. 그는 웨이밍사에서 일을 하게 되었다. 그러나 거의 절반은 그가 병을 앓아서 학교에 가서 공부를 할 수 없었기 때문에 자연 그가 방을 지키게 되었던 것 같기도 하다.

내가 제일 처음 쑤위안을 만난 것은 이 누추한 방이었던 것으로 기억한다. 그는 작고 마르고 똑똑하며 단정한 청년이었다. 창가에 꽂힌 낡은 중고 외국서적들은 그가 가난에 쪼들리더라도 문학을 버리지 않을 것이라는 것을 말해 주고 있었다. 그러나 이와 동시에 그에게 안 좋은 인상도 받았다. 그는 굉장히 사귀기 힘든 사람일 것이라는 느낌이었다. 그는 거의 웃지 않았다. 하긴 '웃음기가 적은 것'은 웨이밍사 동인들의 특징이었지만 쑤위안의 경우는 특히 심해서 단번에 사람들에게 이런 느낌을 갖게 했다. 그러나 나는 나중에 나의 판단이 틀렸다는 것을 알게 되었다. 그는 사귀기 힘든 사람이 아니었던 것이다. 그가 잘 웃지 않은 것은 나와 나이 차이가 많이 나서 나를 특별하게 대했기 때문이었을 것이다. 내가 청년으로 변하여 서로의 나이를 잊게 하지 않는 한 확인을 할 수 없다는 점이 아쉽다. 실제로 어떠한지 진상은 지예 네들이 잘 알고 있으리라고 생각한다.

그러나 나는 오해를 깨닫는 것과 거의 동시에 그의 치명상을 발견했다. 그는 너무 진지했다. 조용한 사람인 것 같지만 격정적이었다. 진지한 것이 치명상이 될 수 있을까? 적어도 그 당시에 그리고 지금까지는 그렇다. 진지하기 시작하면 격정적이 되기 쉽고 이게 더 심하면 자기 생명을 버리게 된다. 거기에다 또 차분하면 자기의 마음을 갉아먹게 된다.

여기에 작은 예가 있다.──우리에게는 작은 사례밖에 없다.

그때 나는 돤치루이[4] 총리와 그의 식객들의 압박으로 일찌감치 샤먼으로 도피했지만 베이징에서 호가호위하는 위세는 여전히 진행 중이었다. 돤 일파인 여자사범대학교 총장 린쑤위안[5]은 군대를 끌고 와서 학교를 접수하고 군대 사열을 한 다음에 남아 있던 몇 명의 교원을 '공산당'으로 지목했다. 이 명사名詞는 일부에게 '일을 처리하는' 데 편리하게 사용됐을 뿐만 아니라 낡은 수법으로 이전부터 자주 사용되는 수법이었다. 그러나 쑤위안은 감정이 격해진 듯 이 다음부터 나에게 보내는 편지에 '쑤위안'素園이라는 두 글자를 증오하며 한동안 이 이름을 안 쓰고 '수위안'漱園으로 바꿔 썼다. 비슷한 시기에 웨이밍사 내부에서도 문제가 생겼다. 가오창훙[6]이 상하이에서 편지를 보내왔는데 쑤위안이 샹페이량向培良의 원고를 묵히고 있다며 나에게 한 마디 해달라는 내용이었다. 그러나 나는 한마디도 하지 않았다. 그러자 『광풍』狂飆 지면을 통해 비난의 소리가 쏟아졌다. 우선 쑤위안을 욕했고 그 다음은 나였다. 베이징에 있는 쑤위안이 페이량의 원고를 보류했는데 상하이에 있는 가오창훙이 불만을 품고 샤먼에 있는 나에게 판단을 내려 달라니, 상당히 웃기는 일이라고 생각했다. 게다가 아무리 작은 문학단체일지라도 상황이 어려울 때 내부에서 문제를 일으키는 사람이 나오는 것도 드문 일은 아니었다. 그러나 쑤위안은 정말 진지했다. 그는 나에게 편지를 써서 상세하게 상황을 설명했을 뿐만 아니라 잡지에 해명 글을 싣기까지 했다. '천재'들의 법정에서 평범한 사람이 무엇을 분명하게 해명할 수 있단 말인가? ―나도 모르게 길게 탄식이 나왔다. 그는 일개 문인에 불과한 데다 병을 앓고 있다. 그런데 이렇게 필사적으로 내우외환을 갈무리하다 보면 오래갈 수 있겠는가 하는 불길한 생각이 들었다. 물론 이 우환은 작은 것일 뿐이지만 진지한 데다 격정적인 사람에게는 꽤 큰 것이었다.

오래지 않아 웨이밍사가 활동을 금지당했고[7] 몇 명은 체포되기까지 했다. 쑤위안은 이미 각혈을 시작하여 병원에 입원했을 무렵이었는지 그는 체포자 속에 끼지 않았다. 그러나 나중에 체포된 이들이 석방되었고 웨이밍사도 다시 활동을 시작하였다. 폐쇄되었다가 갑자기 재개하고 체포

되었다가 갑자기 석방되고, 나는 지금도 여기에 어떤 꿍꿍이가 있는지 잘
모르겠다.

내가 광저우에 온 다음 해, 그러니까 1927년 초가을에도[8] 계속해서
그의 편지 몇 통을 받았다. 시산병원에서 의사가 못 앉게 해서 베개에 엎
드려 쓴 편지였다. 그의 어조는 또렷했고 생각도 더 분명하고 폭도 넓어졌
지만 나는 그의 병세가 더 걱정스러워졌다. 어느 날 나는 한 권의 책을 받
았다. 쑤위안이 번역한, 천으로 표지를 장정한 『외투』[9]였다. 나는 보자마
자 가슴이 철렁 내려앉았다. 이것은 분명 그가 기념품으로 나에게 보낸 것
이었다. 그가 살날이 얼마 남지 않았다는 것을 자각한 것은 아닌가?

나는 차마 이 책을 펼쳐 보지 못했다. 그러나 나에게는 아무 방법도
없었다.

이 일로 나는 옛일이 생각났다. 쑤위안의 친한 친구도 각혈을 한 적이
있었는데 하루는 쑤위안 앞에서 각혈을 하기 시작하자 그는 당황하여 어
쩔 줄 몰라서 근심과 조급함과 사랑이 어린 목소리로 친구에게 "각혈해서
는 안 돼!"라고 명령했다. 그 상황에서 나는 입센의 『브란』이 기억났다.[10]
그는 과거의 사람에게 새롭게 시작하라고 명령했지만 결국에는 그렇게
할 수 있는 비범한 힘이 없어서 자신을 무너지는 눈 아래 묻고 말지 않았
던가?

허공에 브란과 쑤위안이 보였다. 그러나 나는 아무 말도 하지 못했다.

내가 가장 다행으로 생각하는 것은 1929년 5월 말 시산병원에 가서
쑤위안을 만났던 일이다. 그는 일광욕을 해서 피부가 까맣게 탔으나 정

신만은 활기찼다. 우리는 몇 명의 친구들과 즐겁게 시간을 보냈다. 그러나 즐거운 분위기 속에서도 때때로 슬픈 생각이 끼어들곤 했다. 그의 동의를 얻어서 다른 사람과 약혼한 그의 아내를 생각할 때, 그리고 외국문학을 중국에 소개하고자 하는 조그마한 바람도 이루어지기 힘들다는 것을 생각할 때, 그리고 앞에서 기다리는 것이 완치인지 죽음인지도 모르고 여기에서 조용히 누워 지내는 그를 생각할 때, 또 그가 왜 나에게 고급 장정의 『외투』를 보냈을까를 생각할 때마다.

벽에는 한 폭의 도스토예프스키 초상화가 걸려 있었다. 나는 이 선생에 대해서 존경하고 감탄하지만, 또 한편으로는 그의 냉혹하다 못해 차분한 문장에 몸서리를 친다. 그는 정신을 고문하는 기계를 배치하여 불행한 사람을 하나하나 끌어와 고문을 가하면서 우리에게 보여 준다. 지금 그는 우울한 눈초리로 쑤위안과 그의 침대를 응시하면서 흠, 이 사람도 작품의 불행한 사람으로 넣을 수 있겠군, 이라고 우리에게 말하는 것 같았다.

물론 이것은 자그마한 불행에 지나지 않지만 쑤위안 개인에게는 상당히 큰 불행이었다.

1932년 8월 1일 새벽 5시 반, 쑤위안은 베이핑 퉁런同仁병원에서 병사했다. 모든 계획과 모든 희망도 함께 사라졌다. 원통한 것은 내가 화를 피하느라 그의 편지를 모두 불살랐다는 사실이다.[11] 나는 『외투』 한 권을 유일한 기념으로 삼아 영원히 내 곁에 둘 수밖에 없다.

쑤위안이 죽고 난 다음 순식간에 2년이 지났다. 이 기간 동안 문단에서 그에 대해 이야기하는 사람은 없었다. 이것도 당연하다고 할 수 있는 것이 그는 천재도 아니었고 호걸도 아니었으며 살아 있을 때 묵묵히 살아간 것에 지나지 않았으니 죽은 다음에도 묵묵히 사라져 갈 수밖에 없었다. 그러나 우리에게는 기념해야 할 청년이었다. 그가 웨이밍사를 묵묵히 꾸려 나갔기 때문이다.

웨이밍사는 지금 거의 없어진 것이나 다름없으며 존재했던 기간도 그리 길지 않다. 그러나 쑤위안이 일을 맡고 난 다음부터 고골과 도스토예프스키, 안드레예프를 소개했으며 반 에덴을 소개했고 예렌부르크의 『담배쌈지』煙袋와 라브레뇨프의 『마흔한번째』四十一를 국내에 알렸다.[12] 그리고 '웨이밍신집'未名新集을 출간했는데 그 안에 충우의 『군산』君山, 징눙의 『땅의 아들』地之子과 『탑을 세우는 사람』建塔者,[13] 그리고 나의 『아침 꽃 저녁에 줍다』朝花夕拾가 포함되어 있다. 그때에도 다 상당히 괜찮은 작품들에 속했다. 진실은 경박하고 음험한 소인배에게 냉정한 법이어서 그들은 몇 년 뒤에 연기처럼 사라지겠지만 웨이밍사가 낸 번역서는 지금까지도 문단에서 고사하지 않고 살아남아 있다.

그렇다. 쑤위안은 천재가 아니며 호걸도 아니며 고층 건물의 첨탑도 아니며 이름난 정원의 아리따운 꽃은 더더욱 아니었다. 그러나 그는 건물 아래에 고여진 돌덩이였으며 정원에 흩뿌려진 한 줌의 진흙이었다. 중국에서 가장 필요한 것은 그와 같은 사람이다. 그는 감상하는 사람들의 눈에는 띄지 않는다. 그러나 건축가와 원예가는 결코 그를 도외시할 수 없다.

문인에게 재앙이란 살아 있을 때 공격을 받거나 냉대를 받는 것이 아니라 죽어서 말과 행동이 사라진 다음 하릴없는 치들이 지기입네 나타나서는 옳으니 그르니 공론을 일으키면서 자신을 돋보이게 하고 시체까지 그들의 명예를 추구하고 이익을 얻는 도구로 삼는 데 있다. 이는 정말 슬픈 일이다. 지금 나는 이 몇 자로 내가 알고 있던 쑤위안을 기념하는데, 이 글에 내 잇속을 차리는 곳이 없기를 바랄 뿐이다. 이밖에 달리 더 할 말은 없다.

　　다음에 다시 기념할 자리가 있을지 모르겠다. 만약 이번이 마지막이라면 쑤위안, 이로써 영원히 이별이오!

1934년 7월 16일 밤, 루쉰 씀

주)＿＿＿＿

1) 원제는 「憶韋素園君」, 이 글은 1934년 10월 상하이에서 발간되는 월간『문학』3권 4호에 실렸다.

2) 웨이밍사(未名社)는 1925년 가을 베이징에서 만든 문학단체이다. 주요 성원으로 루쉰, 웨이쑤위안, 차오징화(曹靖華), 리지예, 타이징눙 등이 있다. 웨이밍사는 반월간『망위안』(莽原),『웨이밍반월간』, '웨이밍총간', '웨이밍신집' 등을 차례로 출판했다. 1931년 가을 경제적인 문제로 소리 없이 해산됐다.

3) 리샤오펑(李小峰, 1897~1971)은 장쑤 장인(江陰) 출신으로 베이징대학을 졸업하고 신조사(新潮社)와 위쓰사(語絲社)에 참가한 바 있으며, 나중에 베이신서국(北新書局)의 책임자가 되었다.

4) 돤치루이(段祺瑞, 1865~1936)는 안후이 허페이(合肥) 출신으로 베이양(北洋)의 환(皖) 계열 군벌이다. 베이양정부 국무총리와 베이징임시정부 집정 등을 역임했다.

5) 린쑤위안(林素園)은 푸젠인이다. 1926년 8월 교육부에서 베이징여자사범대학을 폐교시키고 베이징여자학원 사범부로 변경하라는 명령을 내렸는데 그 당시 사범부학장으로 임명되었다. 같은 해 9월 5일 그는 군경을 이끌고 가서 여사대를 무장으로 접수했다.

6) 가오창훙(高長虹, 1898~약 1956)은 산시 위(盂)현 출신으로 작가이다. 1925년 망위안사(莽原社)에 참가했으며 주간『망위안』을 편집하는 데 참여했다. 1926년 10월 상하이에서 광풍사(狂飆社)를 조직하여 주간『광풍』을 출판했다. 이 잡지의 2기에 발표한 「루쉰 선생에게」(給魯迅先生)라는 통신에서 다음과 같이 썼다. "페이량(培良)의 편지를 받았는데 그가 웨이쑤위안 선생과 의견 충돌이 일어났다고 합니다. 원인은 웨이선생이 가오형이 쓴 원고 「면도칼」(剃刀)을 반환한 데다가 그가 쓴 「겨울」(冬天)까지 게재 보류하고 있기 때문이라고 합니다. …… 지금『망위안』을 편집할 뿐만 아니라 심지어 편집을 집행하는 권위자가 웨이쑤위안 선생이 된 것입니다. …… 그러나 권위는 다른 사람에

게 사용할 수 있지만 동료에게 휘둘러서는 안 됩니다. …… 지금 태도는 분명합니다. 공공연히 '원고 반환'으로 우리들에게 이를 사용하고 있는 것입니다! 칼이 머리 위에 와 있는 것입니다! 이때 나는 어떻게 시비를 따지지 않을 수 있겠습니까?" 마지막에 그는 또 루쉰에게 다음과 같이 말했다. "당신이 말하기를 원한다면 저 또한 당신의 의견을 듣고 싶습니다."

7) 1928년 봄 웨이밍사가 출판한 트로츠키의 『문학과 혁명』(文學與革命; 리지예·웨이쑤위안 옮김)이 지난 산둥성 제1사범학교에서 압류당했다. 베이징 경찰청은 산둥군벌 장쭝창(張宗昌)의 전보 통지에 의거하여 3월 26일 웨이밍사를 수색 및 활동금지조처 하고 리지예와 타이징눙 두 사람을 체포했다. 10월에 활동금지가 해제됐다.

8) 루쉰이 광저우에 간 것은 1927년 초(1월 18일)이다.

9) 『외투』(Шинель). 러시아 작가 고골이 쓴 중편소설. 웨이쑤위안의 번역본이 1926년 9월 '웨이밍총서' 중 하나로 출간되었다. 루쉰의 일기에 따르면 웨이쑤위안이 보낸 책을 받은 것은 1929년 8월 3일이다.

10) 노르웨이 작가 입센(Henrik Ibsen, 1828~1906)이 쓴 『브란』(Brand)은 시극이다. 브란은 개인의 힘으로 인민이 일어나 세속의 구습에 반대하기를 선동하고자 한 인물이다. 그는 일군의 신도를 이끌고 산으로 올라가 이상적인 세계를 찾으려 했는데 도중에 사람들이 산을 오르는 고통을 견디지 못하고 그의 이상에 대해 회의하여 그를 공격하여 쓰러뜨리고 최후에 그는 눈사태 속에서 생을 마감한다.

11) 1930년 루쉰은 중국자유운동 대동맹에 참가했기 때문에 국민당 당국의 지명수배를 받았고, 이듬해 러우스(柔石)가 체포되어 또다시 도피생활을 했다. 도피 전에 갖고 있던 편지를 소각했다. 『먼 곳에서 온 편지』(兩地書)의 「서언」을 참고하시오.

12) '웨이밍총서'에 수록된 번역서는 다음과 같다. 러시아 고골의 소설 『외투』(웨이쑤위안 옮김), 도스토예프스키의 소설 『가난한 사람들』(웨이충우 옮김), 안드레예프(Леонид Николаевич Андреев, 1871~1919)의 극본 『별들에게』와 『검은 가면을 쓴 사람』(리지예 옮김), 반 에덴(Frederik van Eeden, 1860~1932)의 동화 『작은 요하네스』(De kleine Johannes, 루쉰 옮김), 소련 예렌부르크(Илья Григорьевич Эренбург, 1891~1967) 등 7인 단편소설집 『담배쌈지』(차오징화 엮고 옮김), 소련 라브레뇨프(Борис Андреевич Лавренёв, 1891~1959)의 중편소설 『마흔한번째』(Сорок первый, 차오징화 옮김).

13) '웨이밍신집'은 웨이밍사가 간행한 창작작품을 수록한 총서이다. 『군산』은 시집이고 『땅의 아들』과 『탑을 세우는 사람』은 단편소설집이다.

류반눙 군을 기억하며[1]

이는 샤오펑이 나에게 청탁한 제목이다.

　이는 나에게 결코 과분한 제목이 아니다. 반눙[2]도 나의 오랜 벗이니 내가 그의 죽음을 애도하는 것은 당연하다. 그러나 오랜 벗이라는 것은 십여 년 전의 이야기이고 지금은 그렇다고 말하기가 곤란한 사이가 되었다.

　내가 그와 어떻게 처음 만나게 되었는지, 그리고 그가 어떻게 베이징에 오게 되었는지는 벌써 다 잊어버렸다. 그가 베이징에 온 것은 아마 『신청년』[3]에 투고한 다음에 차이제민[4] 선생이나 천두슈[5] 선생이 불러서 온 것이리라. 베이징에 온 다음 그가 『신청년』의 투사가 된 것은 말할 것도 없다. 그는 활달하고 용감하여 몇 차례의 큰 전투를 멋지게 치러 냈다. 가령 편집부에서 왕징쉬안이라는 이름으로 썼던 편지에 답신을 쓰고[6] '그녀'他 글자와 '그것'牠 글자를 만든 것[7]이 대표적이다. 이 두 사건은 지금 보자면 정말 하잘것없는 일인 것 같지만 신식 구두점을 제창하는 것만으로도 한 떼의 사람들이 '부모 초상이라도 난 듯' 달려들었고 제창한 이들의 '고기를 먹고 가죽을 베고 자지 못해' 난리이던 십여 년 전이고 보니 이는 확실히 '큰 전투'였다. 지금의 스물 남짓한 청년 가운데 변발을 자르는 것만으로도 감옥에 가거나 목이 잘릴 수 있었던 삼십 년 전의 일을 알고 있는 이는 극소수일 것이다. 그러나 이는 엄연한 사실이었다.

그러나 반눙의 활달함에는 경솔한 면이 없잖아 있었고 용감함에도 무모함이 묻어 있었다. 그렇지만 적을 공격할 계획을 논의할 때 그는 역시 좋은 동료였다. 일을 진행할 때 말과 행동이 다르거나 몰래 동료의 뒤통수를 치는 일을 절대로 하지 않았다. 만약 일이 잘못되었다면 그것은 제대로 계산하지 못한 탓이었다.

『신청년』은 한 호를 출간할 때마다 편집회의를 열어서 다음 호 원고를 기획했다. 이때 나의 주의를 가장 많이 끌었던 이는 천두슈와 후스즈였다. 가령 책략을 창고에 비유하여 말한다면, 두슈 선생은 바깥에 큰 깃발을 세워 놓고 '안에 무기가 가득 들어 있으니 들어오는 자는 조심하라!'라고 큰 글자로 써 놓았으나 정작 문을 활짝 열어 놓아서 안에 창과 칼이 몇 개 들어 있는지가 환히 다 보여 경계할 필요가 전혀 없었다. 이에 비해 스즈 선생은 문을 꼭 닫아 놓고 문에 '안에는 무기가 없으니 걱정하지 마시오'라고 쓴 자그마한 종이 한 장을 붙여 놓는 격이었다. 이는 물론 정말일 수도 있으나 사람에 따라서 ─ 최소한 나 같은 사람은 ─ 고개를 갸웃거리며 한번 곰곰이 따져볼 때가 있었다. 반눙은 이들처럼 '무기고'를 가지고 있는 사람이라는 느낌이 들지 않았다. 그래서 나는 천두슈와 후스즈 선생에 대해 탄복했지만 친하기는 반눙과 더 친하게 지냈다.

친하다고 해봤자 한담을 더 나누는 정도에 불과했고 이야기를 좀 길게 하다 보면 그의 결점은 금방 드러났다. 상하이에서 묻어 온 '아리따운 여자가 곁에서 향기를 더해 주는 밤에 독서한다'는 재자才子의 여복에 대한 관념을 거의 일 년 반 동안이나 없애지 못해 우리에게 욕을 먹고서야 겨우 떨쳐 냈다. 그러나 그는 가는 곳마다 이런 이야기를 떠들고 다녀서 일부 '학자'들의 눈살을 찌푸리게 만드는 것 같았다. 가끔 『신청년』에 투고한 원고도 채택되지 않았다. 그는 용감하게 글을 썼지만 예전 잡지를 들춰 보면 그의 원고가 빠진 호도 꽤 되었다. 그 사람들은 그의 사람 됨됨이를 문제 삼았다. 가볍다는 것이었다.

그렇다. 반농은 확실히 가벼웠다. 그러나 그의 가벼움은 밑바닥이 환히 보이는 맑은 시냇물과 같아서 찌꺼기와 썩은 풀이 조금 섞여 있다 하더라도 전체를 흐리게 하지는 못했다. 만일 그 안이 진흙으로 가득 차 있다면 단번에 깊이를 가늠할 수 없을 것이다. 진흙으로 가득 찬 깊은 못보다는 차라리 얕은 물이 낫다.

그러나 등 뒤에서 하는 이런 비판이 반농의 마음을 상하게 했던 것 같다. 그가 프랑스 유학을 떠난 이유는 이 때문이 아니었을까 의심한다. 나는 편지를 주고받는 데 가장 게으른 사람 중에 하나였다. 이때부터 우리는 소원해지기 시작했다. 그가 돌아왔을 때 나는 그가 외국에서 고서를 필사했고 나중에 『하전』(何典[8])에 구두점을 찍는 작업을 했다는 것을 알게 되었다. 나는 그때까지 친구로 자처하고 있었기 때문에 서문에 솔직한 말을 몇 마디 썼다. 반농이 불쾌해했다는 것을 나중에 알았으나 '한 번 입 밖에 내놓은 말을 거둬들일 수 없'[9]는 노릇이니 방법이 없었다. 그밖에 『위쓰』와 관련하여 남들은 잘 모르는 유쾌하지 않은 일이 있었다.[10] 오륙 년 전에는 상하이의 연회에서 한 번 만난 적이 있었는데 그때 우리는 할 이야기가 거의 없을 정도였다.

최근 몇 년 사이에 반농이 요직에 오르자 나도 점점 더 그를 잊어 갔다. 그러나 신문에서 그가 '미스'라는 칭호를 금지시켰다는 류의 소식을 보면 반감이 일었다.[11] 나는 이런 일을 반눙이 나서서 할 필요가 없다고 생각했다. 지난해부터 또 그가 끊임없이 해학적인 시를 지으며 고문을 희롱하는 것을 보고[12] 예전의 우정을 생각하면서 나도 모르게 자주 긴 한숨을 쉬곤 했다. 만약 마주친다면 내가 아직도 친구로 자처하고 있어서 "오늘 날씨가 …… 하하하" 하고 말 것은 아니므로 분명히 서로 부딪칠 것이라고 생각했다.

그러나 반눙의 충직함은 여전히 나를 감동시켰다. 재작년 나는 베이핑에 갔을 때 반눙이 나를 보러 오려 했으나 누가 그에게 으름장을 놓는 바람에 찾아오지 못했다는 이야기를 전해 들었다. 이 일은 나를 부끄럽게 만들었다. 내가 베이핑에 갔을 때 반눙을 찾아갈 생각을 한 적은 없었기 때문이다.

지금 그는 세상에 없다. 그에 대한 감정은 그가 살아 있을 때와 별반 다르지 않다. 나는 십 년 전의 반눙을 사랑하며 최근 몇 년의 그를 증오한다. 이 증오는 친구의 증오이다. 나는 그가 늘 십 년 전의 반눙이기를 바란다. 그의 투사적인 면모는 비록 '가볍'다고 여겨지더라도 중국에 유익하기 때문이다. 나는 분노의 불길로 그의 전적戰績을 밝혀서 물귀신이 그의 과거의 영광을 시체와 함께 진흙탕의 심연으로 끌고 들어가지 못하기를 기원한다.

8월 1일

1) 원제는 「億劉半農君」, 이 글은 1934년 10월 상하이에서 발간된 월간 『청년계』(靑年界) 제6권 제3기에 실렸다.

2) 류반눙(劉半農, 1891~1934)을 가리킨다. 이름은 푸(復)이고 장쑤 장인(江陰) 출신이다. 베이징대학 교수와 베이핑대학 여자문리학원 원장 등을 역임했다. 그는 『신청년』의 편집진이었으며 신문학운동 초기의 주요 작가였다. 후에 프랑스에 유학하여 어음학을 연구했다. 저서로 『반눙 잡문』(半農雜文)과 『중국문법통론』(中國文法通論), 『사성실험록』(四聲實驗錄)과 시집 『양편집』(揚鞭集) 등이 있다.

3) 『신청년』(新靑年)은 종합 월간지로 '5·4' 시기 신문화운동을 제창하고 맑스즘을 전파하는 주요 간행물이었다. 1915년 9월 상하이에서 천두슈의 주편으로 창간되었다. 첫 권을 냈을 때 명칭은 『청년잡지』(靑年雜誌)였으나 2권부터 『신청년』으로 이름을 바꾸었고 1916년 말에 베이징에서 장소를 옮겨서 발간했다. 1918년 1월부터 리다자오(李大釗) 등이 편집진에 참여했다. 1921년 4월 제8권 제6호부터는 광저우에서 발간했다. 1922년 7월 9권을 다 낸 다음 휴간하였는데 모두 9권까지 발행되었으며 각 권은 6호씩 발간했다. 1923년 6월에는 계간으로 발행 기간을 변경하여 1926년 7월까지 모두 9권의 계간지가 출간되었다.

4) 차이제민(蔡子民, 1868~1940). 차이위안페이(蔡元培)를 가리킨다. 자는 허칭(鶴卿)이고 호는 제민(子民)으로 저장 사오싱(紹興) 출신인 근대 교육가이다. 반청 혁명조직인 광복회의 창시자 중 한 명이며, 나중에 동맹회에도 참가했다. 중화민국 정부에서 교육부장관, 베이징대학 총장 등을 역임했으며, '5·4' 시기 신문화운동을 지지했다.

5) 천두슈(陳獨秀, 1879~1942)의 자는 중푸(仲甫)이고 안후이 화이닝(懷寧) 출신이다. 베이징대학 교수였으며 『신청년』지의 창간인이자 '5·4' 시기 신문화운동을 제창한 주요 인사 중 한 명이다. 1921년 중국공산당이 결성된 다음 당 총서기를 역임했다. 제1차 국내혁명전쟁의 후기에 우경 투항주의 노선을 견지하여 혁명 실패의 책임이 있다. 이후 그는 트로츠키파의 관점을 받아들여 당내에서 반당 소그룹을 결성하였는데 이 때문에 1929년 11월 출당되었다.

6) 1918년 초 『신청년』이 문학혁명운동을 추진하기 위하여 복고파를 겨냥한 투쟁을 전개했는데 편집자 중 한 명인 첸쉬안이 왕징쉬안(王敬軒)이라는 필명으로 당시 사회에 존재하던 신문화운동을 반대하는 논조를 모아 봉건복고파의 필치로 『신청년』 편집부에 편지를 써 보냈다. 류반눙이 이를 통렬히 비판하는 답신을 썼다. 두 편지는 모두 그해 3월 『신청년』 제4권 제3호에 실렸다.

7) 류반눙은 1920년 6월 6일 쓴 「'그녀' 글자 문제」(她字問題)라는 글에서 3인칭 여성대명사로 '그녀'(她)라는 말을 창조할 것을 주장했다. 이에 덧붙여 "'그'(它)자를 취하여서 무생물 대명사로 사용해야 한다"라는 주장을 제기했다. 이후에 궈모뤄는 『시사신보』

(時事新報)의 「학등」(學燈; 1920년 9월 11일)과 타이둥(泰東)도서국에서 출간한 『새로운 소설』(新的小說) 제2권 제2기(같은 해 10월 1일)에서 '타'(牠)자 문제를 제기하며 "이것은 내가 만든 새로운 글자로 삼인칭 중성대명사를 표시하고자 한다"라는 통신을 발표했다.

8) 『하전』(何典)은 청대 장남장(張南庄; 필명은 '나그네')이 쓴 장회소설로 속담을 운용하여 해학과 풍자가 넘친다. 모두 10회로 구성되어 있으며 청 광서 4년(1878)에 상하이에 소재한 선바오관(申報館)에서 출판했다. 1926년 6월 류반눙은 이 책에 구두점을 찍어 재출간했는데 루쉰이 이 책의 제기를 쓴 바 있다. 루쉰의 글은 『집외집습유』(集外集拾遺)에 실려 있다.

9) 원어는 '駟不及舌'이다. 『논어』의 「안연」(顏淵)편에 나오는 말로 주희의 『집주』(集注)에 따르면 이 구절은 "말은 혀에서 나오는 것으로 네 필의 말이 끄는 빠른 수레도 이를 쫓아갈 수 없다"로 해석된다.

10) 『위쓰』 제4권 제9기(1928년 2월 27일)에 류반눙이 「임칙서가 영국 국왕에서 보낸 공문」이라는 글을 발표했는데 이 글에서 임칙서가 영국인에게 포로로 잡혔고 이뿐만 아니라 "법에 따라 극형에 처해져서 인도에서 시체를 메고 거리를 돌아다녔다"라고 했다. 얼마 후 뤄칭(洛卿)이라는 독자가 이는 역사적인 사실이 아니라는 지적을 담은 편지를 보내오자 『위쓰』 제4권 제14기(같은 해 4월 2일)에 이 편지를 실었다. 이 다음부터 류반눙은 『위쓰』에 기고하지 않았다.

11) 이는 1931년 4월 1일 베이핑 『세계일보』에 실린 류반눙이 기자의 질문에 대답한 인터뷰에 나온다. 그는 학생들이 '미스'(密斯)라고 호칭하는 것에 반대하여 1930년 베이핑대학 여자문리학원 원장으로 있을 때 이 호칭을 금지했다고 한다. 또 '노예적인' 미스라는 호칭을 폐기하고 기존 국어에 있던 처자(姑娘), 아가씨(小姐), 여사(女士) 등으로 대체해야 한다고 주장했다.

12) 류반눙이 1933년부터 1934년 사이에 『논어』와 『인간세』 등의 간행물에 발표한 「동화지두당시집」(桐花芝豆堂詩集)과 「쌍봉황전재소품문」(雙鳳凰磚齋小品文) 등을 가리킨다. 이에 대해서는 『풍월이야기』의 「과거에 대한 그리움' 이후(하)」('感舊'以後 下)를 참조하시오.

차오쥐런 선생에게 답신함[1]

쥐런[2] 선생에게

대중어 문제가 제기된 지는 꽤 오래되었지만 나는 이에 대해 연구하지 않아서 한 번도 언급한 적이 없습니다. 그러나 지금 발표되는 몇 편의 글에서 '고담준론'이 적잖은 것 같습니다. 글은 훌륭하지만 말로 할 수 있을 뿐 실행할 수 없는 것이어서 금방 잊혀지나 문제는 여전히 남아 있게 됩니다.

지금 여기에서 나의 간단한 생각을 적어 보고자 합니다.

① 한자와 대중은 양립할 수 없습니다.

② 그리하여 대중어문을 추진하려면 알파벳으로 발음을 표기해야만 합니다[3](곧 라틴화를 가리킵니다. 이 두 가지를 구분하는 사람이 있는데 나는 왜 그렇게 하는지 이유를 잘 모르겠습니다). 뿐만 아니라 몇 개의 구로 나누고 또 구마다 소구小區로 다시 나누어서 보급해야 합니다(가령 사오싱 같은 지역은 적어도 4개의 소구로 나누어야 합니다). 처음에는 순수하게 그 지역의 방언으로 쓰게 합니다. 그러나 사람은 발전하고자 하는 마음이 있

어서 방언으로는 불충분하여 백화와 유럽 글자, 심지어 어법까지 받아들이지 않을 수 없을 때가 올 것입니다. 그렇지만 교통이 발달하고 여러 언어를 사용하는 지역에서 한 종류의 어문을 더 보태는 것은 일반적이며, 이것이 새로운 자전을 채용하면 '대중어'의 초보적인 형태를 갖추는 것이라고 생각합니다. 대중어의 어휘와 어법은 산골마을과 산간벽지로 들어갈 수 있습니다. 어쨌든 중국인은 장래에 몇 종의 중국어로 소통하지 않으면 안 될 운명입니다. 이 일은 교육과 교통이 해결할 수 있습니다.

③ 라틴화는 대중이 교육을 주관할 때를 기다렸다가 보급해야 합니다. 지금 우리들이 할 수 있는 것은, ㉠ 라틴화 방법을 연구한다, ㉡ 광둥말 등과 같이 독자가 많은 언어를 사용하여 시험적인 방안을 만들어 본다, ㉢ 백화를 최대한 평이하게 바꿔서 이해하는 사람을 늘려 본다, 입니다. 그러나 말이 정밀하려면 기존의 중국 어법으로는 불충분하고 중국의 대중어문도 마찬가지로 계속 모호한 표현을 쓸 수 없으므로 정밀한 이른바 '유럽화'된 어문을 폐지해서는 안 됩니다. 예를 들어 유럽화를 반대하는 사람이 말하는 유럽화란, 중국에 있던 글자가 아닙니다. 새로운 글자와 새로운 어법은 사용되지 않으면 안 되는 때가 있게 마련입니다.

④ 산골마을에서 대중을 계몽시키고자 하는 대중어는 순수 방언을 사용해야 합니다만, 다른 한편 여기에는 여전히 개선되어야 할 부분이 있습니다. '제기랄'媽的이라는 말을 예로 들어 보면, 시골에서 이 말은 여러 가지 뜻이 있는데 어떤 때는 욕을 할 때 사용되며, 어떤 때는 탄복할 때, 어떤 때는 찬탄할 때 사용됩니다. 말하는 사람이 뾰족한 표현이 생각나지 않을 때 이 말을 쓰기 때문입니다. 선구자의 임무는 사람들에게 더 많이 표현하게 하고 더욱 명확하게 의미를 전달하게 하는 동시에 더 정확하게 뜻

을 알아들을 수 있게 하는 데 있습니다. 만약 똑같이 한다고 '제길, 날씨가 정말 제기랄하네. 제길, 계속 이러면 모든 게 다 제기랄하게 되잖아'라고 쓴다면 대중에게 무슨 이득이 있겠습니까?

⑤ 기존에 존재하던 대중어의 초보적인 형태에 대해서, 나는 이에 근거하여 개선할 데가 있다고 생각합니다. 너무 심한 사투리는 쓸 필요가 없습니다. 가령 상하이에서 '때리다'打를 '츠 성훠'吃生活라고 표현하는데 상하이 사람이 대화할 때는 사용할 수 있지만 작가의 글에서 이렇게 표현할 필요는 없습니다. 그냥 '때리다'라고 말하면 노동자도 알아들을 수 있기 때문입니다. 어떤 사람은 가령 '그럴듯하다'像煞有介事 같은 종류의 말이 이미 널리 사용되고 있다고 생각하지만 마찬가지로 정확성이 떨어집니다. 이 말에 대한 북방 사람들의 어감은 장쑤 사람들의 그것과 다릅니다. 어감이 '흡사하다'儼乎其然라는 말보다 불분명하게 전달됩니다.

어문과 구어는 완전히 같을 수 없습니다. 말할 때는 '저'나 '그'와 같이 의미 없는 말들을 사이사이에 자주 끼워 넣습니다. 그러나 글을 쓸 때는 시간적인 이유나 종이를 아끼기 위하여, 그리고 의미를 분명히 전달하기 위하여 이 말들을 뺍니다. 그리하여 글은 구어보다 간결해지지만 명료해지면서 의미가 조금 바뀌는데, 이는 결코 글의 단점이 아닙니다.

그리하여 제 생각으로 지금 실행할 수 있는 것으로 다음과 같은 것을 거론할 수 있습니다. 첫째, 알파벳 발음표기를 제정한다(자오위안런의 것은 너무 번잡하여 쓰기 힘듭니다).[4] 둘째, 좀더 평이한 백화문을 쓰고 보편적인 방언을 채용하는 것을 대중어로 향하는 작품이라고 생각하자. 사상은 말할 것도 없이 '진보'적이어야 한다. 셋째, 보조적으로 유럽화된 문법을 여전히 지지한다.

그리고 한 가지 더 있습니다. 문언의 옹호자들이 지금도 대중어의 깃발을 내세우면서 한편으로는 고담준론을 펴서 대중어를 실질적으로 아무 것도 못 하고 허공에 매달려 있게 하고, 다른 한편으로는 이 기회를 빌려 눈앞의 적——백화——을 공격하고 있습니다. 이 점도 주의해야 합니다. 그렇지 않으면 우리들은 스스로 무장해제될 것입니다. 이로써 답신을 보내오니 평안하시기를 바랍니다.

8월 2일, 쉰 올림

주)_____

1) 원제는 「答曹聚仁先生信」, 1934년 8월 상하이에서 발간된 『사회월보』(社會月報) 제1권 제3기에 발표되었다.

1934년 5월 중앙정치학교 교수 왕마오쭈(汪懋祖)는 난징에서 발간되는 주간지 『시대 공론』 제110호에 「문언 금지와 시경 강제 명령」(禁習文言與强令詩經)이라는 글을 발표 하여 초등학교 5, 6학년이 '문언을 배워야 하고' 중학생이 『맹자』를 읽어야 한다고 주장 했다. 당시 우옌인(吳硏因)이 난징과 상하이의 신문지상에 동시에 「초등학교 문언 교육 과 중학교 맹자 읽기를 반박함」(駁小學參敎文言中學讀孟子)이라는 글을 발표하여 반론 을 폈다. 그 결과 문화계에서 문언과 백화에 대한 논쟁이 전개되었다. 같은 해 6월 18일 과 19일 『선바오』의 「자유담」에서 천쯔잔(陳子展)의 「문언-백화-대중어」(文言-白話-大 衆語)와 천왕다오(陳望道)의 「대중어문학 건설에 대하여」(關于大衆語文學的建設) 두 글 이 앞뒤로 실려서 어문개혁과 관련된 대중어 문제를 제기했다. 이후에 각 신문 잡지는 적잖은 글을 연속으로 실어서 대중어 문제에 대한 토론을 전개했다. 7월 25일 『사회월 보』의 편집인이었던 차오쥐런은 대중어에 대한 의견을 구하는 공모 편지를 공개했는 데 여기에 다섯 가지 문제가 제기되었다. "첫째, 대중어문의 운동은 당연히 백화문운동 과 국어운동을 계승하여 온 것이다. 그렇다면 지금 새로운 단계를 구분하여 대중어를 제창할 필요가 있는 것인가? 둘째, 백화문운동은 왜 활발하게 전개되지 못했는가. 왜 새로운 문인(5·4운동 이후의 문인)은 복고 경향을 암암리에 지니게 되었는가? 셋째, 백 화문이 특수 계급(지식인)의 독점적인 도구가 되고 일반 민중과는 관련이 없게 되었다. 그렇다면 어떻게 해야 백화문을 대중의 도구가 되게 할 수 있는가? 넷째, 대중어문의 건설은 표준적인 하나의 국어를 미리 정해 놓고 방언을 사라지게 해야 하는가? 아니면 각 지역의 방언을 우선적으로 취하여 다원적인 대중어문을 건설하고 차차 일원적인 국어를 만드는 것으로 집중해야 하는가? 다섯째, 대중어문 작품은 어떤 방식으로 쓰여지는가? 민중이 관습적으로 사용하는 방식을 우리들은 어떻게 취사선택해야 하는가? 루쉰의 이 글은 다섯 가지로 나눠서 답했지만 차오쥐런이 보낸 편지가 제기한 문제를 겨냥한 것은 아니었다. 그는 같은 해 7월 29일 차오쥐런에게 보내는 다른 편지에 이 다섯 문제에 대답하는 답을 쓴 바 있다.

2) 차오쥐런(曹聚仁, 1900~1972)은 저장 푸장(浦江) 출신으로 작가이다. 지난대학(暨南大學) 교수와 『파도소리』(濤聲) 주간의 주편을 역임했다. 저서로 『나와 나의 세계』(我與我的世界)와 『루쉰 평전』(魯迅評傳) 등이 있다.

3) 알파벳 병음은 라틴자모(곧 로마자모)로 발음 표기하는 것을 가리킨다. 1928년 국민당 정부 교육부(당시 명칭은 대학원大學院으로 차이위안페이가 원장을 역임했다)는 '국어 알파벳 병음법'을 공포하였다. 이 문자개혁방안은 '국어 알파벳 연구위원회'의 일부 회원과 류푸(劉復) 등이 제정한 것으로 자오위안런(趙元任)이 주요 입안자였다. 이 방안은 표음 방식의 변화로 성조를 표기하고 복잡한 성조표기 규칙이 있어서 배우기가 꽤 어려웠다. 1931년 우위장(吳玉章) 등이 '라틴화 신문자'를 입안하였는데 이는 성조를 표시하지 않아서 비교적 간단했다. 1933년부터 각 지역에서 여러 단체들이 결성되어 보급되기 시작했다.

4) 자오위안런(趙元任, 1892~1982)은 장쑤 우진(武進) 출신으로 언어학자이다. 미국에 유학한 바 있으며 칭화대학 중국문학과 교수와 중앙연구원 언어연구소의 전임연구원을 역임했다. 저서로 『현대영어의 연구』(現代英語之研究)와 『국어로마자 상용자표』(國語羅馬字常用字表) 등이 있다.

아이 사진을 보며 떠오르는 이야기[1]

오랫동안 아이가 없었기 때문에 대가 끊어질 것이고 이것은 나의 사람 됨됨이가 못된 벌을 받는 것이라고 말하는 사람이 있었다. 집주인 아주머니도 내가 미울 때 아이들을 우리 방에 놀러 가지 못하게 하면서 "저 사람은 한번 쓸쓸해 봐야 해. 죽을 만큼 쓸쓸해 봐야 해!"라고 쏘아붙였다. 그러나 지금 아이가 하나 있다. 잘 키울 수 있을지 어떨지는 모르겠지만 어쨌든 제법 말을 할 줄 알고 자기 생각을 이야기할 정도가 됐다. 그러나 말을 잘 못할 때가 차라리 나았던 것이 말을 할 줄 알자 아이도 나의 적처럼 느껴지는 것이다.

아이가 나에 대해 불만이 가득할 때가 있다. 한번은 나를 앞에 두고 "내가 아빠가 되면 백 배 더 잘할 거야……"라는 말을 하기도 했고 심지어 '반동'스럽게 "이런 아빠가 무슨 아빠람!"이라며 신랄하게 나를 비판한 적도 있었다.

나는 아이의 말을 믿지 않는다. 아이일 때는 나중에 좋은 아버지가 될 것이라고 장담하지만 스스로 아이를 갖게 될 때쯤이면 어릴 때의 선언 같은 것은 까맣게 잊어버릴 것이다. 게다가 나는 내가 그렇게 나쁜 아비라고 생각하지도 않는다. 가끔 꾸중할 때도 있고 때릴 때도 있지만 다 아이를 사랑해서 그런 것이다. 그런 탓에 아이는 건강하고 활달하고 개구쟁이이며, 기를 못 펴서 반응이 굼뜬 것과는 거리가 멀다. 정말 '무슨 아빠'였다면 대놓고 이렇게 반동적인 선언을 할 수 있겠는가.

그러나 그 건강함과 활달함 때문에 아이가 손해를 볼 때도 있다. 9·18사건[2] 이후 동포에게 일본 아이로 오해받아서 몇 번이나 욕을 먹었고 한 번은 맞는 일도 일어났다 — 물론 심하지는 않았다. 그런데 이 자리에서 말하는 사람과 듣는 사람 양쪽 다 불편할 말 한 마디를 덧붙여야겠다. 최근 일 년여 동안은 이런 일이 한 번도 발생하지 않았다.

중국 아이와 일본 아이가 다같이 양복을 입고 있으면 보통은 분간하기가 어렵다. 그러나 우리 중 일부는 다음과 같이 잘못된 속단을 내린다. 온화하고 예의 바르고 모범적이며 자주 웃거나 말하지 않고 움직이지 않으면 중국 아이, 건강하고 활달하고 낯을 가리지 않고 크게 소리치며 뛰어다니면 일본 아이라고 보는 것이다.

그러나 이상한 것은 일본인 사진관에서 아이 사진을 찍은 적이 있었는데 만면에 개구쟁이 티가 완연한 것이 완전히 일본 아이 같았다. 나중에 중국인 사진관에서도 사진을 찍었는데 비슷한 옷이었는데도 조신하고 온순한 것이 영락없는 중국 아이였다.

이 일에 대해 생각을 해본 적이 있다.

이렇게 서로 다른 가장 큰 원인은 사진사에게 있었던 것이다. 사진사는 아이를 잘 서 있게 한 다음 눈을 부릅뜨고 카메라를 들여다보면서 가장 좋다고 생각하는 찰나의 모습을 찍는데, 서거나 앉도록 지시하는 자세부터 양국의 사진사는 달랐던 것이다. 카메라 렌즈에 들어오는 아이의 표정은 변화무쌍하다. 활달한 표정을 짓다가 장난기 가득한 얼굴로 바뀌고 또 금세 얌전한 얼굴이 된다. 조신한 표정이다가 지겨워하는 얼굴로 바뀌고 의아한 표정을 짓다가 씩씩한 표정으로 변하고 또 금세 피곤한 얼굴이 된다. 얌전하고 온순한 순간일 때 찍으면 중국 아이 사진이 된다. 활달하거나 개구쟁이 같은 순간을 포착하면 일본 아이와 비슷한 사진이 된다.

온순한 것이 악덕은 아니다. 그러나 확대하여 모든 사물에 대해서 온순하다면 결코 미덕이라고 할 수 없고 오히려 장래성이 없다고 해야 할 것이다. '아빠'와 선배의 말은 물론 귀담아 들어야겠지만 또 그 말은 반드시 합리적이어야 한다. 가령 모든 일에서 남들보다 못하다고 여겨 고개를 푹 숙이고 뒤로 물러나는 어린아이나 만면에 웃음을 짓지만 실제로는 음모를 꾸미고 뒤통수를 치는 어린아이보다는, 차라리 나에게 '무슨 놈'이냐고 대놓고 비판하는 소리를 듣는 편이 훨씬 낫다. 그리고 그가 그런 놈이 되기를 바란다.

그러나 중국에서 일반적인 추세는 온순한 유형──'정'적인 방향으로 발전하는 데 머물고 있다. 눈을 내리깔고 부드러운 표정을 짓고 그저 예예 하고 순종해야 좋은 아이라고 여기고 '사랑스럽다'고 말한다. 활달하고 건강하며 고집 세고 가슴을 펴며 고개를 꼿꼿이 들고 다니는 '동'적인 아이에게 사람들은 고개를 절레절레 젓고 '서양풍'이라는 딱지까지 붙인다. 오랫동안 침략을 당하고 있기 때문에 이런 '서양풍'이라면 이를 바득바득 갈고 한 발 더 나아가 일부러 이 '서양풍'에 엇서서 행동하기도 한다. 그들이 움직이면 우리는 일부러 가만히 앉아 있고 그들이 과학을 이야기하면 우리는 점을 치고[3] 그들이 짧은 옷을 입으면 우리는 장삼을 꺼내 입으며 그들이 위생을 중시하면 우리는 파리라도 잡아먹을 판이고 그들이 건장하다고 하면 우리는 없는 병도 앓을 채비를 한다.…… 이것이야말로 중국 고유의 문화를 보호하는 것이고 나라를 사랑하는 것이요 노예근성이 아니라고 한다.

사실상 내가 보기에 이른바 '서양풍' 가운데에 좋은 점도 적잖으며 중국인이 원래 가지고 있는 성격도 있다. 그러나 역대 왕조가 억눌러 온 탓에 위축되어 버려 자신도 어떻게 된 것인지 알지 못한 사이에 이 성격을 몽땅 서양인에게 넘겨주고 말았던 것이다. 이것은 되가져와야 하는 것 ─ 회복해야 하는 것이다. 물론 한바탕 신중하게 선택해야 하겠지만.

설사 중국에 원래 없던 것이라 하더라도 좋은 점이라면 우리는 따라 배워야 한다. 설령 그 선생이 우리의 적이라 할지라도 마찬가지로 우리는 선생을 따라 배워야 한다. 이 자리에서 모두 다 기분 나빠할 일본 이야기를 꺼내야겠다. 일본이 모방을 잘하고 창조를 잘하지 못한다고 중국의 많은 논자들이 경멸한다. 그러나 일본의 출판물과 공예품만 보더라도 중국이 따라갈 수 없는 솜씨를 갖고 있다. 따라서 '모방을 잘 한다'라는 것이 결코 단점이 아니며 우리는 바로 이러한 '모방을 잘하는' 것을 배워야 한다는 것을 알게 된다. '모방을 잘하'고 창조도 한다면 더 좋은 것이 아닌가? 그렇지 않으면 '한을 품고 죽을' 수밖에 없다.[4]

여기에서 군더더기 같은 성명을 한 마디 덧붙여야겠다. 나의 주장은 절대로 '제국주의자의 사주를 받'고 중국인에게 종이 되라고 유혹하는 것이 아니다.[5] 그리고 설사 말끝마다 애국을 부르짖고 온몸을 국수國粹로 치장하더라도 실제로 종이 되는 데 하등 지장이 없다는 사실도 같이 알린다.

8월 7일

주)_____

1) 원제는 「從孩子的照相說起」, 이 글은 1934년 8월 20일 반월간 『신어림』 제4호에 루뉴 (孺牛)라는 필명으로 발표되었다.

2) 1930년 9월 18일 일본이 중국의 동북지역을 침략한 사건을 가리킨다. 이후 일본은 이 지역에 만주국을 세운다.

3) 원문은 '扶乩'로 신을 부르는 미신 활동이다. 두 사람이 정(丁)자 형태의 나무틀을 잡고 아래에 늘어뜨린 나무 막대기가 모래판에 글자를 그리는 것으로 신의 계시로 삼는 활동이다.

4) 불공평한 것에 대해 분개하면서 실제적으로 바꾸는 작업을 하지 않는 것을 가리킨다. 『열풍』(熱風)의 「62. 분에 겨워 죽다」(隨感錄 62. 恨恨而死)를 참고하시오.

5) 1934년 7월 25일 루쉰은 『선바오』의 「자유담」에 「농담은 그저 농담일 뿐(상)」(玩笑只當它玩笑上)을 발표하여 당시 유럽화 문법을 반대한다는 핑계로 백화문을 공격하는 사람을 비판했다. 8월 7일 원공즈(文公直)는 같은 지면에 루쉰에게 보내는 공개 편지를 발표하여서 유럽화 문법을 채용하자는 루쉰의 주장은 '제국주의자의 사주를 받은 것'이라는 언급을 했다. 이에 대해서는 『꽃테문학』(花邊文學)의 「농담은 그저 농담일 뿐(상)」의 부록을 참고하시오.

문밖의 글 이야기[1]

1. 들어가며

올해 상하이의 더위는 육십 년 만에 온 무더위였다고 한다. 낮 동안 바깥에서 밥벌이를 하러 나갔다가 밤에 어깨가 축 처져서 집에 돌아왔지만 집 안은 아직까지 더운 데다 모기까지 들끓고 있다. 이쯤 되면 문밖이 오히려 천국이다. 바다가 가까이에 있는 까닭에 늘 바람이 불어서 부채를 부칠 필요가 없기 때문이다. 얼굴을 익힌 정도일 뿐 자주 마주치지 못하는 계단참 방亭子間이나 다락방에 사는 이웃들도 다 나와 앉아 있다. 그들 중에 점원도 있고 출판사書局의 교정자도 있으며 제도製圖 숙련공도 있다. 모두 다 지쳐서 힘들다는 불평을 늘어놓지만 이때가 그래도 가장 느긋한 시간인 셈이다. 그래서 한가하게 세상 이야기를 꽃피운다.

　세상 이야기의 범위는 꽤 넓다. 가뭄 이야기에서 기우제 이야기, 여자를 꾀는 이야기, 가뭄을 일으키는 난쟁이 이야기, 수입쌀 이야기, 다리 노출에 대한 이야기[2]에 고문과 백화문, 대중어 이야기까지 나온다. 내가 백화문을 몇 편 쓴 적이 있기 때문에 그들은 특히 고문에 대한 나의 생각을 듣고 싶어 했다. 나도 마다할 수 없어서 고문에 대한 이야기를 꽤 많이 늘어놓았다. 이렇게 이삼 일을 이야기하다가 다른 화제가 끼어들어서야 이야기를 끝낼 수 있었다. 그런데 며칠 뒤 이 이야기를 글로 써 달라는 사람이 나타났다.

그들 가운데 내가 고서를 몇 권 읽은 연유로 인하여 나를 믿는 이가 있는가 하면, 서양 책을 좀 읽었다고, 혹은 고서와 서양 책을 다 읽었다고 나를 신뢰하는 이도 있었다. 그러나 이와 정반대로 같은 이유로 나를 박쥐라고 하면서 믿지 않는 사람도 있었다. 내가 고문에 대해 이야기하면 당송팔대가[3]도 아닌데 믿을 수 있겠냐고 비웃었고 내가 대중어를 이야기하면 노동대중도 아니면서 무슨 말도 안 되는 소리를 하느냐고 빈정댔다.

이것도 맞는 말이다. 우리는 가뭄 이야기를 하다가 어떤 나리 이야기까지 나왔다. 이야기인즉 나리 하나가 현지에 가서 조사를 하다 보니 어떤 지방은 재해를 입지 않을 수도 있었는데 농민이 게을러서 논밭에 물을 제대로 대지 않아서 재해를 입게 되었다는 것이었다. 그러나 한 신문은 예순된 노인의 아들이 힘에 부쳐서 물을 대다가 죽었는데도 가뭄이 풀릴 기미가 안 보이자 노인은 어떻게 할 방법이 없어서 자살했다는 뉴스를 실었다. 나리와 촌사람의 의견은 이렇게 다른 것이다. 그렇다면 나의 저녁 이야기도 기껏해야 문밖에서 한가한 사람이 한 헛소리에 지나지 않으리라.

태풍이 지나가자 날씨가 좀 선선해졌다. 그래도 글을 쓰기를 바랐던 몇 명의 희망에 부응하여 결국 글을 써냈다. 말로 했을 때보다 많이 간단해졌지만 내용은 대동소이하다. 우리와 비슷한 생각을 하는 사람들을 위해 썼다고 여기면 좋겠다. 그 당시에는 기억나는 대로 고서를 인용했는데 말은 귓전으로 흘러가므로 조금 틀려도 괜찮지만 글로 쓰려고 하니 꽤 주저되었다. 그러나 정작 대조할 원서를 가지고 있지 않아서 골머리를 앓기도 했다. 독자 제위께 틀린 곳이 있을 때마다 지적해 주시기를 부탁드릴 수밖에 없다.

····· 1934년 8월 16일 밤 탈고 후에 씀

2. 글자는 누가 만들었나?

글자는 누가 만들었나?

우리가 귀에 못이 박히도록 들어 온 종류의 이야기가 있는데 옛날 옛적에 성현이 뭔가를 만들었다는 이야기가 그것이다. 문자도 당연히 이 질문이 있어야겠다. 누가 처음으로 말했는지 잊어버렸지만 이에 대한 대답은 바로 나온다. 글자는 창힐이 만든 것이다.[4]

이는 보통 학자의 주장인데 물론 여기에는 출전이 있다. 나도 이 창힐의 화상을 본 적이 있는데 그는 눈이 네 개인 늙은 행각승이었다. 그러니 문자를 만들려면 외모가 우선 특이해야 하는데 우리같이 눈이 두 개밖에 없는 사람은 능력이 안 될 뿐만 아니라 외모도 어울리지 않는다는 사실을 알 수 있다.

그러나 『역경』[5]을 지은 사람(나는 누가 지은이인지 모른다)은 꽤 똑똑하여 "옛날 새끼를 꼬아서 다스렸는데 후세 성인이 이를 서계書契로 바꾸었다"라고 언급하였다. 그는 창힐이라고 말하지 않고 단지 '후세 성인'이라고만 말했고 창조라고 말하지 않고 바꾸었다, 라고만 말했으니 정말 신중하기 그지없다. 그는 무의식중에 고대에 혼자서 그렇게 많은 글자를 만든 사람이 있을 수 있다고 생각하지 않은 것이다. 그래서 이렇게 애매하게 뭉뚱그려 한 마디 할 수밖에 없었을지도 모르겠다.

그러나 세계로 새끼 꼬는 것을 대신한 사람은 또 어떤 역할을 한 것인 가? 문학가일까? 맞다. 지금 소위 문학가들이 문자 아는 걸 과시하여 붓을 빼앗아가 놓고서는 정작 아무것도 못하는 사실로 비춰 봤을 때, 확실히 문학가가 가장 먼저 떠오른다. 분명히 그도 자신의 밥그릇을 위하여 힘을 좀 썼을 것이다. 그러나 사실 그렇지 않다. 선사시대 사람들은 노동할 때도 노래하고, 구애할 때도 노래했지만 글로 남기거나 원고를 남기지 않았다. 왜냐하면 시 원고를 팔고 전집을 엮을 수 있을 것이라고는 꿈에도 생각지 못했으며 당시 사회에 신문사와 서점은 존재하지도 않았고 문자는 쓸데 가 없었기 때문이었다. 일부 학자들이 우리에게 알려 준 말에 따르건대, 문자에 공을 들인 사람은 사관史官이 틀림없는 것 같다.

원시사회에서는 아마 제일 먼저 무당만 있다가 점차 진화하고 복잡 해져서 제사와 수렵, 전쟁과 같은 일을 기록할 필요가 생기자 무당은 본업 인 '신 내림' 이외에 다른 한편으로 일을 기록할 방법도 생각하지 않을 수 없었을 것이다. 이것이 '역사'의 시작이다. 하물며 '하늘에 올라가는 일'[6] 이라는 그의 본업상, 추장과 그의 치하에서 일어난 큰일을 기록한 책을 써 서 이를 불살라 상제에게 보여 줘야 했다. 이 때문에 마찬가지로 글을 써 야 했다──비록 이는 나중에 일어난 일이지만 말이다. 시간이 더 지나자 직무가 더 분명하게 나누어져 전문적으로 일을 기록하는 사관이 생겼다. 문자는 사관에게 필요한 도구이므로 옛사람은 "창힐은, 황제의 사관이 다"라고 말했던 것이다.[7] 첫 구절은 믿을 만하지 않지만 사관과 문자의 관 계를 지적한 점만은 꽤 흥미롭다. 나중의 '문학가'가 문자로 쓴 "아아, 나의 사랑이여, 나는 곧 죽노라!"라는 멋진 문구는 이미 있는 것을 잘 사용한 것일 뿐이다. 그러니 "어찌 입에 올릴 만한 것인가!"

3. 글자는 어떻게 만들어졌나?

『역경』에 따르면 세계 이전에는 분명히 매듭짓기가 있었다. 우리 고향 사람은 내일 중요한 일이 있을 때 잊어버릴까 봐 "허리띠에 매듭을 하나 지어라!"라고 말하곤 했다. 그렇다면 우리의 옛 성인도 긴 밧줄로 일이 있을 때마다 매듭을 하나 지은 것은 아닐까? 아마 그렇게 할 수는 없었을 것이다. 매듭 몇 개 정도는 기록할 수 있으나 많아지면 엉망이 된다. 아니면 이는 복희황제의 '팔괘'[8]와 같은 것으로 새끼 세 줄을 한 조로 해서 매듭을 짓지 않으면 '건'이고, 중간마다 하나씩 매듭을 지으면 '곤'인 것일까? 이것도 아닌 것 같다. 8조 정도 되면 아직 괜찮지만 64조는 기록하기 어렵고 하물며 512조가 가능하겠는가. 페루에 남아 있는 '결승문자'(Quippus)[9]만이 가로로 놓인 밧줄 하나에 세로로 밧줄을 많이 걸어서 이리 저리 매듭 지어 그물 아닌 그물을 만들었는데 비교적 많은 의미를 표현할 수 있었던 것 같다. 우리 상고시대의 결승도 아마 이와 비슷했으리라. 그러나 이것은 세계로 대체되었고 또 세계의 선조도 아니므로, 우리도 결승을 논외로 해도 무방할 것이다.

하 왕조 우임금의 '구루비'岣嶁碑[10]는 도사들이 위조한 것이다. 지금 우리가 실물로 볼 수 있는 가장 오래된 문자는 상 왕조의 갑골과 종정문鐘鼎文이다. 그러나 이들은 많이 발전한 글자로 원시적인 형태를 거의 찾아보기 힘들다. 가끔 동 그릇에서 사슴이나 코끼리 같은 사실적인 도형을 볼 수 있을 따름이다. 이 도형에서 문자와 관련 있는 실마리를 발견할 수 있다. 중국문자의 기초는 '상형'인 것이다.

스페인의 알타미라(Altamira) 동굴의 들소 그림은 유명한 원시인의 유적으로 예술사가들은 이것이 '예술을 위한 예술'로 원시인들이 재미로 그린 것이라고 한다. 그러나 이 해석은 지나치게 '모던'하다고 하지 않을 수 없다. 원시인은 19세기의 문예가들처럼 시간이 남아돌지 않아서 소 그림을 그린 것은 들소를 잡기 위한 것이든 액막이 주문을 외우는 일을 위해서든 이유가 있었기 때문이다. 지금 상하이의 벽에 붙어 있는 담배와 영화 광고 그림조차도 입을 헤벌리고 보는 사람이 있다. 그런데 신기한 일이 적은 원시사회에서 이런 기적이 일어났으니 이 일이 사회를 뒤흔들었을 것이라는 것은 짐작할 수 있다. 그들은 한편으로 이 작가의 재능에 탄복하고, 다른 한편으로 들소라는 동물을 평면에 선으로 옮겨질 수 있다는 걸 보고 아는 동시에 '소^牛'라는 글자를 알게 된 것 같다. 하지만 아무도 이 작가에게 자서전을 써서 돈을 벌게 하지 않아서 그의 성씨조차도 묻혀 버렸다. 그러나 사회에 창힐도 한 사람이 아니었다. 어떤 이는 칼 자루에 그림을 새기고 어떤 이는 문에 그림을 그려서 마음으로 새겨지고 입으로 전해져서 문자가 많아지자 사관이 채집하여 자세히 설명하여 일을 기록할 수 있었다. 중국문자의 유래도 이 예에서 벗어나지 않을 것이다.

물론 나중에 끊임없이 보충해야 했는데 이는 사관이 알아서 할 수 있는 것이었다. 새 글자를 기존의 글자에 끼워 넣은 데다가 상형이었으므로 다른 사람도 새 글자의 뜻을 쉽게 추측했다. 지금까지도 중국은 여전히 새 글자가 생기고 있다. 그러나 새로운 창힐을 억지로 만들려고 하면 실패할 것이다. 오대의 주육과 당대의 무측천은 괴상한 글자를 만든 바 있으나[11]

모두 다 헛수고였다. 요즈음 글자를 가장 잘 만드는 사람은 중국의 화학자이다. 원소와 화합물의 명칭들 가운데 알아보기도 힘들며 심지어 어떻게 읽는지조차 어려운 글자들이 상당하다. 솔직히 말하자면 나는 이 글자를 보면 머리가 아파 온다. 그럴 바에야 차라리 만국에서 통용되는 라틴어 명칭을 사용하는 것이 훨씬 낫다. 라틴어의 이십여 개의 자모도 어렵다면, 내가 솔직히 말하는 것을 용서해 주시기를, 화학 공부 하기는 더 어려울 것이다.

4. 글자를 쓰는 것은 그림을 그리는 것

『주례』와 『설문해자』[12]는 문자의 구성법에 여섯 가지 종류가 있다고 했는데 여기에서 다른 것은 접어 두고 '상형'과 관련 있는 것만 이야기하도록 하겠다.

상형은 "가까이에 몸을 취하고 멀리서 사물을 취한다"[13]인데 눈을 그리고 '목'(目)이라고 하고 동그라미를 그리고 가는 빛 몇 줄기를 발하게 하고 '일'(日)이라고 한다. 이는 당연히 알아보기 쉽고 편리하다. 그러나 가끔 문제에 부딪히기도 하는데 가령 칼날을 그리려면 어떻게 해야 하는가? 칼등을 그리지 않고서는 칼날을 드러낼 수 없다. 이때 다른 방법을 써서 칼날 부분에 짧은 막대를 덧붙여 '이곳'이라는 것을 밝혀서 '칼날 인'(刃) 자가 만들어졌다. 이는 표시하기 난처한 모양을 얼마간 처리할 수 있었다. 거기에 형태는 없고 상象만 있는 사물은 '뜻을 본뜰' 수밖에 없는데[14] 이것을 또 '회의'라고 부른다. 한 손을 나무 위에 놓으면 '모을 채'(採)가 되고 마음을 집과 밥그릇 사이에 두면 '편안할 녕'(寧)자인데 먹을 것도 있고 지낼 곳도 있으니 안녕하다. 그러나 '차라리'(寧可)의 녕을 쓰려면 그릇 아래에 선 하나를 더 넣어야 했는데 이는 '녕'의 발음을 쓴다는 의미를 드러낸다. '회의'는 '상형'보다 더 번거로운데 최소한 두 가지를 그려야 한다. 가령 '보물 보'(寶)와 같은 글자는 지붕 하나(宀)에 구슬(玉), 그릇(缶)과 조개(貝) 글자 모두 네 가지를 그려야 한다. 내 생각에 '그릇 부'(缶)자는 절구 공이 저(杵)와 절구 구(臼)가 합쳐진 것인데 이렇게 본다면 모두 다 합치면 다섯 가지이다. 단 한 글자를 쓰기 위해서 상당한 품을 들여야 하는 것이다.

그러나 여전히 안 되는 것이 있다. 그려 낼 수 없는 사물도 있으며 그릴 필요도 없는 물건도 있기 때문이다. 가령 송백松柏은 나뭇잎이 달라서 원래는 구분할 수 있으나 글자는 어디까지나 글자이므로 회화처럼 세밀할 수 없어서 결국에는 억지로 나눌 수 없다. 이 교착상태를 타개하는 것이 '형성'이다. 의미는 형상과 관계가 없다. 이는 '발음을 기록'한 것으로 어떤 사람은 이를 중국문자의 진보라고 말했다. 그렇다. 진보라고 말할 수 있다. 그러나 그 기초는 여전히 그림 그리기에 있다. 가령 "채(菜)는 풀을 의미하고 '차이'(采)가 소리이다"라고 하는데 풀(草), 손톱(爪,) 나무(木) 세 가지로 그려진다. "해(海)는 물이 의미이고 '메이'(每)가 소리이다"라고 하는데 그림은 강(河), 모자 쓴(?) 아주머니, 이렇게 마찬가지로 세 가지이다. 요컨대 당신이 글자를 쓰려고 한다면 영원히 그림을 그리지 않으면 안된다.

그러나 옛사람은 어리석지 않았다. 그들은 일찌감치 형상을 간단하게 고쳐서 사실과 동떨어지게 했던 것이다. 전서의 둥근 글자체는 그림의 흔적이 남아 있는데 예서에서 현재의 해서까지는 형상과 차이가 상당히 많이 난다.[15] 기본은 변하지 않았지만 많이 달라진 후 상형 같지 않은 상형자가 되었는데 이 글자를 쓰는 것은 비교적 간단하지만 글자를 알아보는 것은 어렵다. 별다른 근거 없이 하나하나 기억해야 한다. 게다가 어떤 글자는 지금까지도 간단하지 않아서 가령 '鸞'이나 '鑿'과 같은 글자를 아이에게 쓰게 하려면 반년 동안 연습하지 않으면 조그마한 네모 칸에 써넣기도 매우 힘들다.

또 한 가지 문제가 있는데 '형성'자는 지금과 예전의 발음이 달라져서 '소리'와 그다지 '어울리지' 않는 것도 꽤 있다. 지금 누가 '화'(滑)를 '구'(骨)라고 읽고 '하이'(海)를 '메이'(每)라고 읽겠는가?

옛사람이 우리에게 문자를 전해 준 것은 원래는 중대한 유산이고 감사해야 할 일이다. 그러나 상형 같지 않은 상형자와 소리에 어울리지 않는 형성자가 있는 지금으로서 감사해야 할지 잠깐 주저된다.

5. 이전에는 언문일치였나?

여기까지 이야기하고 보니 나는 옛날에 언문은 일치했는가 하는 문제를 생각해 보고 싶어진다.

이 문제에 대해서 현재 학자들은 분명한 결론을 내리고 있지 않지만 그들의 말투로 보건대 대강 합의에 도달한 것 같은데, 과거로 올라갈수록 일치했다는 것이다.[16] 그렇지만 나는 이 말에 얼마간 회의적이다. 글자는 쓰기 쉬울수록 구어와 일치하기 쉽다. 그런데 중국은 쓰기 어려운 상형자이므로 우리의 고인은 중요하지 않은 말을 없애 버리지 않았을까 하는 의구심이 든다.

『서경』[17]이 그렇게 어려운 것은 바로 구어에 따라 썼다는 것이 증거가 되는 것 같다. 그런데 그것이 확실하게 상대와 주대 사람이 쓴 구어인지 지금까지 밝혀진 바 없고 또 글자가 그렇게 번잡했는지도 미지수이다. 주·진대의 고서에 관해서라면 작가도 현지의 방언을 쓰고 문자는 대체로 비슷하며 구어와 그럭저럭 비슷한 편이라 보고 사용한 것도 주·진대의 백화라 할지라도, 결코 주·진대의 대중어는 아닌 것이다. 한대는 더 말할 필요도 없다. 『서경』에 나오는 이해하기 어려운 글자를 당시의 글자로 바꾼 사마천[18]조차도 특별한 상황에서 속어를 일부 사용했다. 가령 진섭의 벗이 진섭이 왕이 된 것을 보고 놀라서 "대단하다. 섭이 왕이 되다니 정말 오묘하구나"라고 말했다는 대목이 대표적이다.[19] 여기에서 '섭이 왕이 되다'涉之爲王라는 네 글자는 태사공[사마천]이 고친 것이 아닌가 의심스럽다.

그렇다면 고서에서 채록한 동요와 속어, 민가는 그 당시의 이름난 속어라고 봐야 할까? 내 생각에 그럴 가능성은 높지 않아 보인다. 중국 문학가는 다른 사람의 문장을 잘 바꾸는 버릇이 있다. 가장 대표적인 예는 한대 민간에서 쓴 「회남왕가」[20]이다. 같은 지방의 같은 노래인데도 『한서』와 『전한기』에 기록된 것은 딴판이다.[21] 각각 다음과 같다.

한 자 되는 천은 아직 마르지 않았네. 한 되 되는 밤은 아직 으깨지 않았네. 형제 둘이 서로 마음이 맞지 않네.

한 자 되는 천은 따뜻해서 민숭민숭하네. 한 되 되는 밤은 옹골차서 단단하네. 형제 두 사람이 서로 맞지 않네.

비교하자면 후자가 본래의 상황인 것 같지만 일부를 삭제한 것인지 마찬가지로 불확실하다. 그저 상황의 핵심이 제시되었을 뿐이다. 나중에 송대의 어록과 화본, 그리고 원대의 잡극과 전기의 동작 및 대사도 모두 요점을 제시하여 비교적 일상적인 글자를 사용했고 삭제한 글자도 비교적 적어서 사람들에게 '말 그대로 잘 알겠다'는 느낌을 주었다.

나의 억측은 중국의 언문은 늘 불일치했는데 큰 원인은 쓰기 어려운 글자여서 얼마간 뺄 수밖에 없었을 것이라는 것이다. 당시 구어의 요점만 적은 것이 옛사람의 문文이었다. 고대의 구어의 개요를 쓴 것이 후인의 고문이다. 그리하여 우리가 짓는 고문은 이제는 모양이 닮지 않은 상형자와 이제는 소리가 꼭 맞지 않을 수 있는 형성자를 쓰고 있는 것이자, 지금 이렇게 말하는 사람도 없고 이해하는 사람도 적은, 옛날 사람이 말한 구어의 핵심을 종이에 베끼고 있는 것이다. 당신이라면 이것이 어렵지 않겠는가?

6. 그리하여 문장은 진기한 물건이 되었다

문자는 사람들 사이에서 싹텄으나 나중에 특권층에게 장악되었다. 『역경』의 작가가 추측한 것에 따르면 "상고시대에 매듭을 지어서 다스렸다"고 하는데 결승조차도 사람을 다스리는 물건이었던 것이다. 점성술사의 손에서는 더 말할 필요도 없었는데 그들은 모두 추장의 아래, 만민의 위에 있는 사람이었다. 사회가 바뀌고 문자를 배우는 사람들의 범위도 넓어졌으나 대부분 특권층에 한정되어 있었다. 평민에 대해서라면 글자를 모르는 것이 학비가 없어서가 아니었다. 자격에 제한이 있어서인데 평민은 문자에 어울리지 않는다고 배제되었다. 뿐만 아니라 서적도 볼 수 없었다.

판목에 새기는 것이 아직 발달하지 않은 때 좋은 책이 하나 있으면 종종 "비각秘閣이나 삼관三館에 수장되어"[22] 있어서 사대부일지라도 뭐가 씌어져 있는지 모르곤 했다.

문자는 특권층의 것이기 때문에 존엄성이 있었고 신비감이 있었다. 중국의 글자는 지금까지도 존엄하다. 우리는 담벼락에 "글씨 쓴 종이를 소중히 아끼시오"라고 씌어진 대바구니가 걸려 있는 것을 자주 본다. 부적으로 귀신을 쫓고 병을 낫게 하는 것은 글자의 신비감에 기댄 것이다. 문자가 존엄성을 지니고 있다면 문자를 아는 사람도 존엄을 갖게 되는 것이다. 새로운 존엄자가 끊임없이 나타나는 것은 기존의 존엄자에게 불리할 뿐만 아니라 글자를 아는 사람이 많아지면 신비감을 손상시킬 수 있다. 부적의 위력은 글자라는 것을 도사 이외에 아무도 모르는 까닭에서 비롯된 듯하다. 그리하여 문자에 대해서 그들은 틀어쥐려 했다.

유럽의 중세에 글과 학문은 모두 수도원에 거했다. 크로아티아에서는 19세기까지 글자를 아는 사람은 선교사밖에 없었고 인민의 구어는 생활에 사용할 수 있을 정도까지만 발달했다. 그들이 혁신할 때는 어쩔 수 없이 외국에서 새로운 말을 많이 빌려 올 수밖에 없었다.

우리 중국의 문자는 대중에게 신분과 경제라는 제한 이외에 높은 문지방이 또 하나 있다. 그것은 바로 어렵다는 것이다. 이 문지방은 십여 년 동안 공을 들이지 않으면 쉽게 넘을 수 없다. 이를 넘어가면 바로 사대부가 된다. 그런데 이 사대부는 또 죽을 등 살 등 문자를 어렵게 만드는 데 힘을 쏟는다. 이는 그를 더 존엄하게 하고 다른 모든 평범한 사대부를 능가하는 것으로 만들 수 있기 때문이다. 한대의 양웅은 괴상한 글자를 좋아했는데 이런 결점이 있어서 유흠이 그의 『방언』 원고를 빌리려고 했을 때 그는 거의 황푸강에 뛰어들 정도였다.[23] 당대唐代를 살펴보면 번종사의 글은 끊어 읽는 곳이 어디인지 모를 정도였고,[24] 이하의 시는 보고도 이해하지 못할 정도였다.[25] 이것도 다 이런 연유에서 비롯된 것이다. 또 다른 방법이 있었는데 글자를 못 알아보게 쓰는 것으로 최근의 일로는 『강희자전』[26]에서 고대 글자 몇 개를 찾아내어 문장 속에 끼워 넣은 일을 거론할 수 있다. 또 오래된 사례로는 전서 글자로 유희의 『석명』을 쓴 전점錢坫을 거론할 수 있다.[27] 가장 최근의 일로는 첸쉬안퉁 선생이 『설문』 글자 모양을 따라 타이옌 선생에게 베껴 준 『소학답문』을 들 수 있다.[28]

글자가 어렵고 글이 어렵다는 것까지는 원래 그렇다. 여기에 사대부가 고의로 만든 어려움까지 더해졌는데 그런데도 이를 대중과 인연이 닿게 하고자 하니 어떻게 가능한 일이겠는가? 그런데 사대부들도 이렇게 하기를 원하고 있다. 글자가 배우기 쉽고 모두 이를 쓸 줄 안다면 문자는 존엄하지 않게 되고 따라서 그도 존엄하지 않게 된다. 백화가 문언보다 못하다고 말하는 사람은 여기에서 나온 것이다. 지금 대중어를 논의하는데 대중은 '천자문 과목'[29]을 가르쳐 주기만 하면 충분하다고 말하는 사람의 의도 또한 여기에 있다.

7. 글자를 모르는 작가

그렇게 어려운 글자로 쓴 고어의 개요를 우리는 예전에 '문'文이라고 불렀다. 현재 좀더 신파新派스럽게 부른다면 '문학'文學이라고 하겠다. 이는 '문학자유자하'文學子游子夏[30]에서 뽑아온 구절이 아니라 일본에서 수입한 것으로 영어 Literature에 대한 번역어이다. 이러한 '문'을 쓸 줄 아는 이를——지금은 백화로 써도 된다——'문학가' 혹은 '작가'라고 부른다.

문학의 우선적인 존재조건은 글자를 쓸 줄 알아야 한다는 것이다. 그러면 글자를 모르는 문맹그룹에서 당연히 문학가가 나올 수 없다. 그러나 작가는 나올 수 있다. 나는 아직 할 말이 남아 있으니 당신들은 미리 나를 비웃지 말기를. 인류에게 문자가 있기 전에 창작이 있었다. 그러나 아쉽게도 기록을 남기는 사람이 없었고 기록을 남길 방법도 없었다. 우리의 조상인 원시인은 말도 못 했으나 공동의 노작을 위하여 자기 생각을 이야기해야 하자 점점 복잡한 소리를 연습하기 시작했다. 예를 들어 그 당시 모두 나무를 운반하는 데 힘이 들어도 이야기할 생각을 못 했는데 그중 한 사람이 '영차영차'라고 소리쳤다. 그렇다면 이것이 창작이다. 모두 감탄하면서 응용하는데 이는 출판과 같다. 만약 어떤 기호를 써서 남겼다면 이것이 문학이다. 그는 당연히 작가이자 문학가로 '영차영차파'이다.[31] 웃지 마시길. 이 작품은 분명 상당히 유치하다. 그렇지만 옛사람이 요즘 사람에게 못 미치는 곳이 한두 군데가 아닌데 이것이 그중 하나이다. 주대의 "꾸룩꾸룩 물수리가 물 가운데 섬에 있네. 요조숙녀는 군자의 좋은 짝일세"는 『시경』의 첫번째 시이다.[32] 그리하여 우리는 고개를 숙이고 감탄하며 놀랄 수밖에 없다. 만약 이전에 이런 시가 없었더라면 지금 신시를 쓰는 시인이 이 의미로 백화시를 써서 어떤 부간副刊이든지 간에 한번 투고했다고 치자. 아마 십중팔구 편집자는 원고를 휴지통에 집어던졌을 것이다. '아름다운 아가씨여, 도련님의 좋은 짝일세!' 도대체 무슨 말이야, 하면서.

『시경』의 '국풍'國風에 실린 시도 마찬가지로 글자를 모르는 무명씨의 작품이 허다한데 꽤 뛰어나기 때문에 입으로 전해졌다. 왕관[33]들은 이 가운데 골라서 행정적인 참고가 되는 것을 기록했고 나머지는 없애 버렸는데 이 수가 얼마나 되는지 알 수 없다. 그리스인 호머 ── 우리는 이런 사람이 실존했다고 치자 ──의 2대 서사시[34]도 원래는 입으로 읊은 것이었지만 현존하는 것은 다른 사람이 기록한 것이다. 동진東晉에서 제齊·진陳에 이르기까지 「한밤의 노래」子夜歌와 「독곡가」[35] 같은 것과 당대의 「댓가지 노래」와 「버들가지 노래」[36] 같은 것은 다 무명씨의 창작이었는데 문인의 채록과 윤색을 거친 다음 전해진 것이다. 이렇게 한번 윤색하자 전해지기는 전해졌지만 틀림없이 원래의 면모를 많이 잃어버렸을 것인데 이 점이 아쉽다. 지금까지 도처에 민요와 산 노래, 고기잡이 노래 등이 남아 있는데 이는 글자를 모르는 시인의 작품이다. 그리고 동화와 이야기도 전해지는데 이것은 글자를 모르는 소설가의 작품이다. 그들은 모두 글자를 모르는 작가인 것이다.

그러나 작품을 기록하지 않은 것은 또 소실되기 쉽고 전해지는 범위도 확대될 수 없으며 아는 사람도 적어진다. 간혹 가다 몇 편이 문인에게 발견되어 문인이 놀라서 자신의 작품 속에 흡수하여 새로운 자양분으로 삼는 일이 일어나기도 한다. 구문학이 쇠퇴할 때 민간문학이나 외국문학을 섭취하여서 새로운 전환이 일어나기도 하는데, 이 사례는 문학사에서 종종 일어난다. 글자를 모르는 작가는 문인의 세밀함을 따를 수 없지만 그에게는 강건하고 청신한 맛이 있다.

이런 작품이 모두에게 공유되려면 우선 이 작가가 글자를 쓸 수 있어야 하는 동시에 독자들이 글자를 알고 글자를 쓸 수 있어야 한다. 한마디로 문자를 모두에게 나눠야 하는 것이다.

8. 어떻게 나눌 것인가?

문자를 대중에게 나누는 일은 청말부터 이미 존재했다.

"북을 치지 마라. 징을 치지 마라. 내가 태평가를 부르는 것을 들어라
……"는 대중교육을 위해 황제가 반포한 가요이다.[37] 그밖에 사대부들도
백화신문을 발간한 바 있지만[38] 그 주장은 모두 듣고 이해하기만 하면 되
는 것이었으므로 반드시 쓸 수 있어야 하는 것은 아니었다. 『평민천자문』
이 쓰는 능력의 성격을 조금 띠긴 했지만 단지 장부기록을 하고 편지를 쓰
는 데 제한될 따름이었다. 마음속으로 생각하는 것을 쓰려면 이 한정된 글
자 수로는 충분히 표현할 수 없었다. 이는 감옥과 비슷하다. 확실히 사람
들에게 땅 한 뼘을 주지만 한계가 있어서 이 범위 내에서 걷고 멈춰서고
앉았다 누웠다만 할 수 있고, 절대로 설치된 철책 밖으로 벗어날 수 없다.

라오나이쉬안과 왕자오[39] 두 사람은 간자簡體字를 주장하였는데 발음
에 따라 글자를 쓸 수 있어서 상당히 진보한 주장이었다. 민국 초년에 교
육부가 자모를 제정하려 할 때 두 사람 다 이 위원회의 회원이었다. 라오
선생은 대리를 파견했고 왕 선생은 직접 참석했는데 입성入聲의 존폐 문제
때문에 우즈후이[40] 선생과 일대 대전을 치른 바 있다. 어느 정도냐 하면
우선생의 배가 쑥 들어가고 바지까지 흘러 내려갈 정도로 싸웠다. 그래도
몇 차례의 숙고를 거쳐서 결국 '주음자모'라는 결과를 만들어 냈다. 그 당
시 많은 사람들은 이것이 한자를 대체할 수 있으리라고 기대했지만 실제
로는 불가능했다. 왜냐하면 이것은 일본의 '히라가나'처럼 간단한 네모글
자에 불과했기 때문이다. 몇 개를 끼워 넣거나 한자 옆에 음을 다는 것은
가능하지만 이를 주요 요소로 삼기에는 부족했다. 쓰려고 하니 혼잡하고

보기에도 어지럽다. 그 당시 회원들이 이를 '주음자모'라고 칭한 것은 이 능력의 범위를 잘 알고 있었던 것이다. 일본의 경우를 다시 살펴보자. 한자 사용을 줄이자는 주장이나 라틴어로 발음 표기를 하자는 주장은 있지만 '히라가나'만 사용하자는 주장은 없었다.

조금 더 나은 것은 알파벳으로 표기하자는 것인데 연구가 가장 뛰어난 것은 자오위안런 선생인 것 같은데 여기에 대해서 나는 잘 알지 못한다. 세계에서 통용되는 로마자로 표기하여 한 단어에 한 꿰미로 되는 것은 매우 분명해서 좋다. 그러나 나 같은 문외한에게 이러한 표기법은 너무 번잡하다. 정밀하려면 복잡하지 않을 수 없겠지만 너무 복잡하다 보면 '난해'해져서 보급하는 데 방해가 된다. 가장 좋은 것은 별도로 간단하면서도 정밀한 것을 마련하는 것이다.

여기에서 우리는 새로운 '라틴화' 방안을 검토해 볼 수 있다. 『매일국제문선』에 있는 작은 책자인 『중국어 글자체의 라틴화』[41]와 『세계』 두번째 해 6·7호 합본호 부록의 일부인 『언어과학』[42]은 이에 대해서 소개하고 있다. 가격이 비싸지 않으니 관심 있는 사람은 구입해 볼 만하다. 이는 28개 자모만 구비되어 있고 표기법도 쉽다. '사람'(人)은 Rhen으로 '집'(房子)은 Fangz, '나는 과일을 먹는다'(我吃果子)는 Wo ch goz, '그는 노동자이다'(他是工人)는 Ta sh gungrhen이다. 지금 화교 사회에서 실험 중인데 성과가 있는 것은 아직까지 북방말 정도이다. 그러나 중국은 어찌 됐건 북방말 ─ 베이징 말이 아니라 ─ 을 쓰는 사람이 많아서 장래에 정말 어디서나 통용되는 대중어가 생긴다면 그 주력은 아마 북방말일 것 같다. 현상황을 감안하여 조금 증감하기만 하면, 이를 각 지역의 특유한 발음에 맞출 수도 있고 어떤 두메산골 벽지에서도 사용할 수 있다.

그렇다면 28개 자모를 알고 병음자모 표기법과 쓰는 법을 조금 배우기만 하면 게으르거나 지능이 낮지 않는 한 누구든지 쓸 수 있고 보고 이해할 수 있다. 게다가 이는 또 다른 장점이 있는데 빨리 쓸 수 있다는 것이다. 미국인은 시간이 돈이다, 라고 말했으나 나는 시간은 생명이다, 라고 생각한다. 다른 사람의 시간을 헛되이 소모하는 것은 사실상 재산을 탐내고 생명을 죽이는 것과 다를 바 없다. 그러나 우리같이 더위를 피하러 앉아서 시원한 바람을 쐬면서 한갓진 이야기를 하는 사람들은 예외이다.

9. 특수화냐, 보편화냐?

여기까지 이야기하다 보니 다시 큰 문제에 부딪혔다. 중국의 언어는 각지가 다른데, 거칠게 구별하면 북방말, 장저江浙말, 후베이·후난·쓰촨·구이저우 말, 푸젠말, 광둥말 다섯 가지 종류가 있고, 이 다섯 종류는 또다시 세분된다. 지금 라틴어로 쓴다면 표준어를 쓸 것인가 방언을 쓸 것인가? 표준어로 쓰면 사람들은 쓸 수 없다. 만약 방언으로 쓴다면 다른 곳의 사람들은 이해하지 못하고 오히려 어색해져서 전국에서 통용되는 한자가 될 수 없다. 이것은 큰 병폐이다!

　내 생각은 초기의 계몽 시기에는 각 지역의 방언을 쓰는 것이다. 다른 지방과 뜻이 통하지 않을까 봐 신경 쓸 필요는 없다. 라틴어로 표기하기 이전부터 글자를 몰랐던 사람들은 애초부터 한자로 소식을 나누지 않았기 때문에 보태지는 단점은 없고 새로운 장점만 존재한다. 적어도 동일한 언어를 사용하는 구역에서 서로 의견을 나눌 수 있고 지식을 흡수할 수 있다. 물론 한편으로는 유익한 책을 쓰는 사람이 있어야 한다. 문제는 오히려 이 각지의 대중어문이 장래에 특수화할 것인가 보편화할 것인가에 놓여 있다.

방언과 사투리에는 의미심장한 말이 많다. 우리 지방에서는 이를 '다 듬어진 말'諫話이라고 부르는데 사용하다 보면 정말 재미있다. 문언에서 고전을 사용하는 것처럼 듣는 사람을 흥미진진하게 만든다. 각 지역마다 방언이 있는데 어법과 어휘를 더욱 다듬어서 발전시키면 이것이 특수화이다. 이는 문학에서 특히 유익한데 평범한 말로만 쓴 글보다 훨씬 더 흥미롭다. 그러나 특수화는 나름의 위험이 있다. 언어학을 잘 모르지만 생물을 보자면 일단 특수화하면 멸망하는 일이 다반사이다. 인류가 있기 이전에 출현했던 많은 동식물이 너무 특수화되어서 가변성을 잃고 환경이 바뀌자 적응하지 못하고 멸망한 경우가 많았다. 다행히 우리 인류는 아직 특수화되지 않은 동물이니 걱정하지 마시라. 대중에게는 문학이 있고 그들은 문학을 원하지만 그렇다고 문학을 위하여 그들을 희생시켜서는 안 된다. 그렇지 않으면 이 황당함은 한자를 보존하기 위하여 십 중의 팔의 중국인을 문맹으로 만들어 희생시키는, 살아 있는 성현이 하는 소행과 다를 바가 없다. 따라서 계몽 시기에는 방언을 사용하면서 다른 한편으로는 점점 더 보통의 어법과 어휘를 덧붙여야 한다고 생각한다. 먼저 고유의 것을 사용하자. 이것이 한 지방에서 일어나는 어문의 대중화이다. 거기에 새로운 것을 덧붙이는 것이 어문의 전국적인 대중화이다.

독서인 몇 명이 서재에서 상의한 방안은 당연히 대체로 통하지 않지만 그렇다고 모든 일을 순리에 내맡기는 것도 좋은 방법이 아니다. 지금 부두와 공공기관, 대학교에서 확실히 표준어 비슷한 것이 이미 쓰이고 있다. 모두 '국어'는 아니지만 또 베이징 말도 아니고 고향말씨와 악센트가 남아 있지만 또 방언도 아닌 말을 한다. 말하는 데도 힘들고 듣는 것도 힘들지만 어찌 됐건 말할 수 있고 알아들을 수 있다. 좀더 갈무리를 하고 발전시키면 대중어의 한 갈래이자 장래의 주력이 될 수 있을지도 모른다. 나는 방언에서 '새로운 것을 가미'해야 한다고 했는데 '새로움'의 내원이 여기에 있는 것이다. 자연적이면서도 인공을 가미한 말이 보편화되면 우리의 대중어문은 대체로 통일되는 셈이다.

물론 노력은 이후에도 여전히 계속되어야 한다. 세월이 지난 다음에 어문이 더욱 일치되고 '의미심장하고 다듬어진 말'처럼 되며 '고전'보다 더 생생한 것이 형성되면 문학은 더욱 근사해진다. 금방 이루어질 수는 없는 일이다. 국수가가 보물처럼 애지중지하는 한자는 3, 4천 년의 세월이 걸렸는데도 이렇게 괴상한 결과이지 않은가?

처음에 누가 시작할 것인가 하는 문제에 관해서라면 말할 필요가 없다. 각성한 독서인이 해야 한다. 어떤 사람은 "대중의 일은 대중이 해야 한다!"[43]고 말하는 사람이 있다. 이는 물론 맞는 말이지만 이 말을 하는 사람이 어떤 인물인지를 살펴봐야 한다. 말하는 사람이 대중이면 일부분은 맞다. 대중 자신이 해야 한다는 면에서는 맞지만 도움의 손길을 뿌리친다는 면에서는 틀렸다. 말하는 사람이 독서인이라면 완전히 다른 이야기이다. 그는 그럴듯한 말로 문자를 독점하면서 자신의 영예를 지키려는 것이다.

10. 두려워할 필요 없다

그러나 이를 실행할 필요까지도 없이 그저 말을 꺼내기만 했는데도 무서워서 벌벌 떠는 사람들이 있다.

우선, 대중어문을 제창하는 이는 곧 "쏭양 일파와 같은 문예의 정치 선전원"[44]으로서, 반역造反하려는 의도가 있다고 떠드는 사람이 있다. 색깔론을 덧씌우는 것은 가장 간단한 반대 방법이다. 그러나 다른 한편으로 보자면 이는 자신의 안녕을 위해서 중국에 문맹이 팔십 퍼센트 있는 것이 낫겠다는 이야기이다. 그렇다면 말로 하는 선전宣傳의 경우라면, 중국에 귀머거리가 팔십 퍼센트 있도록 해야겠다. 다만 이는 '문文을 이야기하는' 이 글의 범위를 벗어나므로 이에 대해서 여기에서 길게 논의하지 않겠다.

애오라지 문학 때문에 걱정하는 사람들로 말하자면, 나는 지금까지 두 종류를 봤다. 하나는 대중이 다 읽고 쓸 줄 알아서 모두 문학가가 될까 봐 걱정하는 류이다.[45] 이들은 정말 하늘이 무너질까 봐 전전긍긍하는 호인好人이다. 앞에서 이야기했듯이, 글자를 모르는 대중 가운데에도 작가는 늘 있었다. 나는 오랫동안 고향에 내려가지 못했지만 이전에는 농민들도 한가할 때가 있었는데, 가령 더위를 피해 바람을 쐴 때가 그렇다. 그런데 이때 이야기를 해주는 사람이 있는데 이 이야기꾼은 대개 특정한 사람이 곤 했다. 이 이야기꾼은 아는 것도 많은 편이고 말솜씨도 좋아서 사람들에게 계속 듣고 싶고 알기 쉽게 이야기할 뿐만 아니라 재미있게 해줬다. 이 사람이 바로 작가이다. 그의 말을 그대로 옮겨 적으면 바로 또 작품이다. 재미없으면서 말만 많은 사람의 말은 모두 듣기 싫어할 뿐만 아니라 그 사람에게 가시 돋친 말——풍자——을 던지기까지 한다. 우리들은 수천 년 동안 문언과 십여 년 동안 백화를 썼지만 글을 쓸 수 있는 사람 모두가 문학인 적이 있었는가? 설사 문학가가 된다고 하더라도 군벌이나 토비가 아닌 데다 대중에게도 해가 없는 일이고 단지 서로 작품을 읽는 정도에 그칠 뿐이다.

다른 하나는 문학의 질이 떨어질까 봐 걱정하는 류이다. 대중은 구舊문학의 수양이 없으므로 사대부 문학의 세밀함과 비교한다면 이른바 '질이 떨어질' 수도 있을 것이다. 그러나 구문학의 고질에 물들지 않았기 때문에 다른 한편으로 건강하고 참신하다. 「한밤의 노래」와 같이 무명씨가 쓴 문학이 구문학에 새로운 힘을 불어넣을 수도 있다는 점을 나는 이전에 이야기한 바 있다. 그리고 지금까지도 민가와 이야기를 많이 소개하는 사람이 있다. 또 연극의 예도 있는데 『아침 꽃 저녁에 줍다』에서 인용한 「목련이 어머니를 구하다」目連救母의 무상귀신의 자전이 대표적이다.[46] 이는 무상귀신이 혼령을 동정하여서 반나절 이승에 다녀오게 했으나 이 일로 염라대왕에게 벌을 받아서 다시는 제멋대로 하지 못했다는 이야기이다.

"설사 네가 동으로 된 담이고 철로 된 벽일지라도! 아무리 네가 황제의 친척이고 국왕의 외척일지라도!……"

어쩌면 그렇게 인정이 넘치며, 또 어쩌면 그렇게 잘못을 제대로 알고 있으며, 또 어쩌면 그렇게 법도를 잘 지키고, 또 어쩌면 그렇게 결단력이 넘치는지. 우리 문학가들은 이렇게 할 수 있을까?

이는 진짜 농민과 수공업 노동자가 공연한 작품으로 그들이 한가한 틈을 타서 연기를 한 것이다. 목련의 순례로 많은 이야깃거리를 꿰었는데 「어린 비구니가 산을 내려가다」小尼姑下山와 판각본인 「목련이 어머니를 구한 이야기」[47]는 완전히 다른 내용을 갖고 있다. 그 가운데 한 단락인 「무송이 호랑이를 때려죽이다」武松打虎는 갑, 을 두 사람이 하나는 튼튼한 사람, 하나는 약한 사람 배역을 맡아 연기를 한다. 먼저 갑이 무송을 연기하면 을이 호랑이 역을 맡는다. 갑이 늘씬하게 을을 때려 을이 불평을 늘어놓으면 갑이 말한다. "너는 호랑이인데 때리지 않으면 너에게 잡아먹히지 않느냐?" 을이 역할을 바꾸자고 요구해서 바꾸나 다시 갑에게 세게 물린다. 을이 불만을 늘어놓으면 갑이 말한다. "너는 무송인데 물지 않으면 네가 나를 때려죽일 게 아니냐?" 그리스의 이솝과 러시아의 솔로구프[48]의 우언과 비교해도 손색이 없다.

전국 각지에서 수집한다면 이런 작품은 숱하게 많을 것이다. 그러나 물론 결점 또한 있다. 어려운 문자와 어려운 글쓰기의 족쇄에 갇혀 지금의 생각과는 많이 동떨어져 있다. 그리하여 중국의 문화를 같이 향상시키려면 대중어와 대중의 글쓰기를 제창해야 할 뿐만 아니라 표기도 라틴화해야 한다.

11. 대중은 독서인이 생각하듯이 우둔하지 않다

그러나 이번에 대중어문을 제기하자마자 일부 맹장들이 이 기세를 틈타 등장했는데 그들이 튀어나온 경로는 서로 달랐다. 그러나 모두 백화와 번역, 유럽화된 문법, 새로운 어휘를 향해 공세를 취했다. 그들은 '대중'이라는 깃발을 들고 이런 것들은 대중에게 이해될 수 없어서 불필요한 것이라고 공격했다. 그 가운데 일부는 원래 문언의 잔당들인데 이 틈을 타 눈앞의 백화와 번역에 선제 공격을 가했다. 곧 선조들의 "먼 나라와 친교를 맺고 가까운 나라는 공격하는" 낡은 수법이다. 또 다른 일부는 게으른 자들이다. 대중어는 아직 완성되지 않았고 백화는 실패하고 있는 즈음에 이 빈터에 나타나서 노력은 기울이지 않으면서 큰소리를 치고 있는 자들이다. 사실상 알고 보면 이들도 문언문의 친구이다. 이 자리에서 그들에 대해 길게 이야기하지 않겠다. 지금 이야기하고자 하는 사람들은 호의를 갖고 있으나 잘못을 저지르고 있는 사람들이다. 그들은 대중을 업신여기거나 아니면 자신을 가볍게 여기기 때문에 여전히 예전 독서인의 고질병에 걸려 있다.

독서인은 곧잘 다른 사람을 경시하곤 한다. 비교적 새롭고 어려운 자구를 자신은 아는데 대중은 모르므로 대중을 위해서 철저하게 없애야 한다고 생각한다. 말과 글은 통속적이면 통속적일수록 더 좋다는 것이다. 이 생각이 발전하면 그는 자신도 모르는 사이에 새로운 국수파가 된다. 혹은 대중어문이 대중 속에서 빠른 속도로 보급되기를 바라면서 대중의 취향에 맞기만 하면 된다고 주장하고 심지어 '대중에 영합'해야 한다고 말하면서 일부러 욕을 많이 해서 대중의 환심을 사기도 한다. 이는 물론 문제를 해결하기 위한 고심에서 나온 것이지만 이렇게 계속 나아가다가는 대중의 새로운 식객이 될 따름이다.

대중에 대해서 이야기하면 범위는 굉장히 넓어져서 그 가운데 각양각색의 사람이 포함된다. 그러나 '낫 놓고 기역자도 모르는' 문맹일지라도 내가 생각하기에 정말 독서인이 추측하는 것만큼 그렇게 우둔하지 않다. 그들에게는 지식이, 그것도 새로운 지식이 필요하며 배워야 하고 흡수해야 한다. 당연히 새로운 문법과 명사를 잔뜩 읊어 댄다면 그들은 아무것도 이해하지 못한다. 그러나 점차적으로 주의해서 필요한 것을 주입하면 그들은 받아들일 수 있다. 그들의 소화하는 힘은 고정관념에 사로잡힌 독서인을 능가할 것이다. 갓 태어난 아기는 문맹이다. 그러나 두 살만 되어도 많은 말을 이해하고 할 줄 아는데 아기에게 이는 전부 새로운 명사이고 새로운 문법이다. 아기가 『마씨문통』이나 『사원』[49]을 뒤져 보고 안 것이겠는가? 또 교사가 아기에게 해석해 준 것도 아니다. 아기는 몇 번 들은 다음 비교하여 의미를 이해하게 된 것이다. 대중이 새로운 어휘와 문법을 섭취하는 것도 이와 같다. 그들은 이렇게 전진할 수 있다. 그리하여 새로운 국수파의 주장은 대중을 위해 생각하는 것 같지만 실제는 정반대로 견제하는 임무를 다하고 있는 것이다. 그러나 대중이 하고 싶은 대로 다 들어줘서도 안 된다. 왜냐하면 일부 지식에서는 그들은 어쨌든 각성된 독서인보다 한 수 아래이기 때문이다. 그들을 위하여 수시로 골라 주지 않으면 무익하고 심지어 유해한 것을 잘못 집을 수도 있다. 그리하여 '대중에게 영합하는' 새로운 식객이란 절대적으로 있어서는 안 된다.

역사가 알려 주듯이 개혁은 처음에는 늘 각성된 지식인의 임무이곤 했다. 그러나 이들 지식인은 반드시 탐구해야 하며 사고하는 힘이 있고 결단력이 있어야 할 뿐 아니라 또 굳센 의지가 있어야 한다. 그도 권위를 사용하지만 사람을 속이기 위한 것이 아니요 유리한 방향으로 이끌기도 하지만 절대 영합하는 것도 아니다. 그는 자신을 모두의 광대라고 가볍게 여겨서는 안 되며 다른 사람을 자신의 졸개로 업신여겨서도 안 된다. 그는 다만 대중 속의 일원일 따름이다. 이런 경우에야 대중의 사업을 제대로 할 수 있다고 나는 생각한다.

12. 맺음말

벌써 이야기를 적잖게 했다. 요컨대 말만 해서는 안 되고 긴요한 것은 실천해야 한다는 것이다. 그것도 많은 사람들이 움직여야 한다. 대중과 선구자가, 그리고 각양각색의 사람들이 움직여야 한다. 교육자, 문학가, 언어학자 등등. 이는 이제 절체절명으로 필요한 일이 되었다. 눈앞에서 아직까지 물을 거슬러 가는 배가 보이면 다른 수 없다. 밧줄을 끌어당기는 방법밖에 없다. 물의 흐름을 타고 가는 배라면 제일 좋지만 그렇다고 키를 잡는 일을 잊어버려서는 안 된다.

뱃줄을 당기거나 키를 잡는 방법을 입으로 이야기할 수도 있지만 주요하게는 실험에 도움이 되어야 한다. 바람을 살피고 물을 따지든 간에 목적은 단 하나, 전진하는 것이다.

각자는 모두 자신의 의견이 있게 마련이다. 이제는 여러분 제위의 고견을 나에게 들려 줄 차례이다.

주)﹏﹏

1) 원제는 「門外文談」, 이 글은 1934년 8월 24일에서 9월 10일까지 『선바오』의 「자유담」에 화위(華圍)라는 필명으로 게재되었다. 이후 작가는 이 글과 어문개혁과 관련된 네 편의 글을 『문밖의 글 이야기』(門外文談)라는 책으로 엮어서 1935년 9월 상하이 톈마서점(天馬書店)에서 출판했다.

이 글의 1절과 10절에 보이는 방점은 「자유담」에 발표될 당시 삭제되었던 부분을 루쉰이 되살려 표시한 것이다. 이 문집의 「부기」를 참조하시오.

2) 이는 당시 상하이의 신문지상에서 자주 나오는 뉴스이다. 1934년 여름 남방에 큰 가뭄이 들어서 국민당 정부는 7월에 제9대 판첸 라마와 안친(安欽) 생불을 초청하여 난징, 탕산 등지에 '기우제'를 지냈다. 8월 초 국민당 정부 행정원 비서장 추민이(褚民誼)는 여자 수영선수 양슈충(楊秀瓊)을 위해 부채를 부쳐 주고 차를 태워 줘서 '여성을 꼬시는 비서장'이라고 불렸다. 상하이 '대세계' 오락장은 가뭄을 이용하여 이른바 '가뭄을 일으키는 괴물'(旱魃)이라는 난쟁이를 전시하여 '삼촌 괴인간(怪人干)'이라고 불러 관객을 끌었다. 5월 미국 정부가 '백은(白銀)법안'을 발표한 뒤 국제 은 가격이 상승하자 국민당의 관료 자본가들은 국내의 양곡가가 상승하는 틈을 타서 대량으로 백은을 수출하고 외국에서 쌀을 수입하여 폭리를 취하였다. 6월 국민당 장시성 정부는 장제스가 '손으로 써서 내린 명령'에 근거하여 '부녀자 복장 단속 방책'을 반포하여 '치마 길이는 무릎 아래 4치를 넘어야 하며 다리와 발이 드러나서는 안 된다'라고 규정하였다. 당시 충칭, 베이핑 등지에서도 '여자가 무릎과 팔꿈치가 드러나는 것'을 금지했다.

3) 당대의 한유(韓愈), 유종원(柳宗元)과 송대의 구양수(歐陽修), 소순(蘇洵), 소식(蘇軾), 소철(蘇轍), 왕안석(王安石), 증공(曾鞏) 등 여덟 명의 고문장가를 가리킨다.

4) 창힐(倉頡)은 황제의 사관으로 한자의 창조자로 전해지고 있다. 동한대의 허선(許愼)의 『설문해자』(說文解字) 「서」(敍)에서는 "황제의 사관 창힐이 …… 처음으로 서계(書契)를 만들었다"라고 기록되어 있다. 『순자』(荀子)의 「해폐」(解蔽)편에서는 "글을 좋아하는 사람이 많았지만 창힐만이 이를 전했다"라고 하여 창힐이 문자의 수집과 정리자 중 하나라고 이해했다. 또한 『태평어람』(太平御覽) 366권의 「춘추공연도」(春秋孔演圖)에서는 "창힐은 눈이 네 개이다. 눈이 밝다는 것을 지칭한다"라고 기재되어 있다.

5) 『역경』(易經)은 곧 『주역』(周易)을 말한다. 중국의 고대의 점복을 기록한 책으로 유가 경전 중 하나이다. 은주 시대 즈음에 한 사람의 손에서 나온 것은 아닌 것으로 추측된다. 여기에서 인용한 두 구절은 이 책의 「계사」(繫辭)편에 나온다.

6) 원문은 '升中於天'으로 『예기』(禮記)의 「예기」(禮器)에 나온다. "하늘에 올라가서 땅을 길하게 하고 이로 인하여 들에서 하늘에 제사를 지낸다."

7) "창힐은 황제의 사관(史)이다"라는 말은 『한서』(漢書)의 「고금인표」(古今人表)에 나온다.

8) 복희(伏犧)는 전설 속의 상고제왕으로 백성에게 그물을 짜는 것을 가르쳐서 고기 잡고 수렵하고 목축 일을 할 수 있도록 했다고 전해진다. '팔괘'(八卦)는 그가 만들었다고 전해진다. 괘는 곧 괘로 물상을 걸어서 사람의 길흉을 드러내는 것으로, 건(乾, ☰), 곤(坤, ☷), 진(震, ☳), 간(艮, ☶), 이(離, ☲), 감(坎, ☵), 태(兌, ☱), 손(巽, ☴)의 여덟 가지 상이 있다. 『역전』(易傳)에서는 팔괘가 하늘, 땅, 천둥, 바람, 물, 불, 산, 못 여덟 가지 자연현상을 상징한다고 본다.

9) 결승문자는 고대 페루의 인디언이 기억을 돕기 위해 매듭을 짓는 결승의 방식으로 날씨와 날짜, 숫자 등의 변화를 기록한 것이다. 선의 색깔, 매듭의 크고 작음과 많고 적음이 각각 다른 의미를 표시한다.

10) 구루비(岣嶁碑)는 우비(禹碑)라고도 부른다. 후난 헝산(衡山)의 구루봉(岣嶁峰)에 하대의 우왕이 치수했을 때 새긴 글이 전해진다. 비문은 모두 칠십일곱 자인데 식별하기 어렵다. 청말 엽창치(葉昌熾)가 쓴 『어석』(語石) 2권에 다음과 같이 기재되어 있다. "'(한유의 시) 구루산 꼭대기 신우비, 자가 푸른 돌과 붉은 모습으로 모양이 괴상하다' 낭영(郎瑛)과 양용수(楊用修) 제자가 각자 글을 해석하였는데 신비하고 괴이하여 까마득하고 분명하지 않아서 신뢰하기 어렵다. 한유의 시인지 모르겠지만 또한 다음과 같은 말이 있다. '어디에 있는지 곳곳을 찾아본다. 무성한 푸른 나무에 원숭이가 슬퍼우네.' 도사의 말에 의지해서는 아직 목격한 바가 없다." 이 비는 명대 이전의 기록에는 등장하지 않는다. 따라서 위조의 혐의를 받고 있다.

11) 주육(朱育)과 무측천(武則天)의 글자 창제에 대해서는 『삼국지』(三國志) 「오사(吳書)·우관전(虞翻傳)」의 주에 따르면 「회계전록」(會稽典錄)에서 다음과 같이 인용하였다고

한다. "손량(孫亮) 시대에 산음에 주육이라는 자가 있었는데 어릴 때부터 특이한 글자를 좋아했으며 이에 특별히 뛰어났다. 모양에 따라 분류를 하여 이체자 천 개 이상을 만들었다."『신당서』(新唐書)의 「후비열전」(后妃列傳)에 "무측천은 재위 초기에 …… 瞾, 丙, 埊 …… 등 열 개의 다른 글자를 만들었다. 태후는 스스로 '瞾'이라고 명명했다"라고 기록되어 있다. 그러나『자치통감』(資治通鑑)의 「당기이십」(唐紀二十)에는 다음과 같이 기재되어 있다. "천수(天授) 원년 '봉각시랑(鳳閣侍郞) 하동종(河東宗) 진객(秦客)이 천(天), 지(地) 등 열두 개 글자를 바꾸어 바쳤으며 정해(丁亥)년에 이를 실행했다. 태후는 스스로 '瞾'이라고 명명했다."

12) 『주례』(周禮)는 유가 경전 중 하나로 주 왕조의 관제와 전국시대 각국의 제도를 기록한 자료모음집으로 전국시대 즈음에 씌어졌다.『설문해자』(說文解字)는 동한 허신이 편찬한 것으로 중국 최초로 체계적으로 한자의 형과 음, 뜻을 소개한 저작이다. 여기에서 논의한 한자의 여섯 가지 구성법이『주례』와『설문해자』에서 말한 '육서'이다. 『주례』에서는 '상형, 회의, 전주, 처사(處事), 가차, 해성(諧聲)'으로 설명했다.『설문해자』에서는 조금 달리 '지사, 상형, 형성, 회의, 전주, 가차'로 설명했다.

13) 원문은 "近取諸身, 遠取諸物"로『주역』의 「계사」에 나온다.

14) 원문은 '象意'이다.『한서』「예문지」(藝文志)에 나온다. "육서는 곧 상형, 상사, 상의, 상성, 전주, 가차로 글자를 만드는 근본이다." 당대 안사(顔師)의 주석에 따르면 "상의는 곧 회의이다".

15) 전서(篆書), 예서(隷書), 해서(楷書)는 한자의 변화 과정에서 선후로 나온 몇 종류의 글자체 명칭이다. 전서는 대전과 소전으로 나뉘는데 대전은 서주에서 전국시대에 통용되는 글자체이지만 각국이 달랐다. 진시황 때 글자체를 통일했는데 이를 소전이라고 부른다. 예서는 진대에 시작했는데 소전의 둥근 필획을 조금 바르게 바꾸었다가 한대에 이르러 반듯반듯한 정식의 예서가 출현했다. 해서는 한대에 시작했는데 이후에 예서를 대체하여 지금까지 널리 쓰이고 있다.

16) 여기에서는 후스(胡適)를 가리킨다. 후스가 지은『국어문학사』(國語文學史)가 1927년에 출판되었을 때 리진시(李錦熙)가 이 책의 「서를 대신하여」(代序)에서 이 문학사가 전국 진한대에서 시작하고『시경』을 포함하지 않은 까닭을 후스가 문학사의 시작을 언어문자가 분기하는 시대부터 써야 한다고 인식했기 때문이라고 설명하고 있다. 「서를 대신하여」는 전국 이전에 어문이 통일되었다는 논리에 동의하지 않았다. 1928년 후스는 이 책의 수정판을 내면서 「서를 대신하여」를 빼고『백화문학사』(白話文學史)라는 이름으로 바꾸어 출판하면서 1장에서 다음과 같이 기술했다. "우리가 고대문자를 연구하면서 전국시대 중국의 문체가 어체와 일치할 수 없다는 것을 미뤄 짐작할 수 있다." 그는 전국시대 이전에 어문이 일치했다는 관점을 여전히 고수하고 있다.

17) 『서경』(書經)은『상서』(尙書)를 말한다. 유가 경전 중 하나이다. 중국의 상고역사 문건

과 고대사적을 진술한 저작을 모은 책이다.

18) 사마천(司馬遷, B.C. 145~86)의 자는 자장(子長)으로 샤양(夏陽; 지금의 산시陝西 한청韓城) 사람이다. 서한대 사학자이자 문학가이다. 태사령을 역임했다. 그가 지은 『사기』(史記)는 중국 최초의 기전체 통사(상고시대에서 한무제까지)이다.

19) 원문은 '夥頤, 涉之爲王沈沈者'로 『사기』의 「진섭세가」(陳涉世家)에 나온 말이다. 당대 사마정(司馬貞)의 『색은』(索隱)에 의하면 '복건(服虔)은 '초나라 사람들은 많다를 과(夥)라고 표현했다. 또한 이(頤)라고 말한 것은 소리를 돕는 말이다'라고 했다"고 한다. 남조의 송배인(宋裴駰)의 『집해』(集解)에 따르면 "응소(應劭)는 '심심(沈沈)은 궁실이 깊은 모양이다'라고 말했다"라고 한다.

20) 「회남왕가」(淮南王歌). 회남왕은 한문제의 아우 유장(劉長)을 가리킨다. 그는 모반으로 문제에 의해 폐위되어 촉군(蜀郡)에서 유배 중 곡기를 끊고 죽음에 이르렀다. 이후 민간에 이 가요가 전해졌다.

21) 『한서』(漢書)는 동한의 반고(班固)가 편찬한 서한의 역사서로 중국 최초의 기전체 단대사이다. 『전한기』(前漢記)는 곧 『한기』(漢紀)로 동한의 순열(荀悅)이 편찬한 편년체의 서한사이다. 내용은 『한서』에서 많이 취했으며 다소 증보되었다. 여기에 인용한 앞의 시는 『한서』의 「회남왕전」(淮南王傳)으로 마지막 구절에 '能'자가 없으며 『사기』의 「회남형산열전」(淮南衡山列傳)에 실린 것과 인용문이 같다. 뒤의 시는 『전한기』에 눈에 띄지 않으며 한대 고유(高誘)의 「회남홍열해서」(淮南鴻烈解敍)에 이 노래가 실려 있다. 첫 구절이 "한 자 되는 명주, 정말 민숭민숭하네"(一尺繒, 好童童)이며 마지막 구절이 "형제 둘이 서로 어우러지지 못하더라"(兄弟二人, 不能相容)이다.

22) 원문은 '藏之秘閣, 副在三館'이다. 비각과 삼관은 책을 보관한 곳이다.

23) 양웅(楊雄, B.C. 53~A.D. 18)은 양웅(揚雄)이라고도 하며 자는 자운(子雲)으로 촉군 청두(成都; 현 쓰촨성 소속) 사람이다. 서한의 문학가이자 문자 언어학자이다. 『방언』의 정식명칭은 『유헌사자절대어석별국방언』(輶軒使者絶對語釋別國方言)이다. 양웅이 지은 것으로 전해지며 모두 13권으로 내용은 중국 각지의 이체자 1만 1천여 자를 수록했다. 유흠(劉歆, B.C. 53~A.D. 23)의 자는 자준(子駿)이며 페이(현재 장쑤 페이沛현) 출신으로 서한대의 학자이다. "황푸강에 뛰어들다"는 것은 당시 상하이에서 유행하는 속어로 자살한다는 것을 의미한다.

24) 번종사(樊宗師, ?~약823)의 자는 소술이고 허중(河中; 지금의 산시山西 수이지水濟) 사람이다. 당대(唐代)의 산문가이다. 몐저우(綿州)와 장저우(絳州)의 자사를 지냈다. 그의 글은 난해하고 끊어 읽기 어렵기로 유명했다.

25) 이하(李賀, 790~816)의 자는 장길(長吉)이고 창구(昌谷; 지금의 허난河南 이양宜陽) 사람으로 당대(唐代) 시인이다. 그의 시는 의미가 정교하고 새로우며 언어 사용이 특이한 걸로 유명하다.

26) 『강희자전』(康熙字典)은 청대 강희연간 장옥서(張玉書)와 진정경(陳廷敬) 등이 황제의 뜻을 받들어 편찬한 대형 자전이다. 42권에 4만 7천여 자가 수록되어 있으며 강희 55년(1716)에 간행되었다.

27) 전점(錢坫, 1744~1806)의 자는 헌지(獻之)이다. 장쑤 자딩(嘉定; 현재 상하이시에 소속) 출신으로 청대 한학자이다. 소전을 쓰는 것에 능했다. 유희(劉熙)의 자는 성국(成國)이며 동한 베이하이(北海; 현재 산동 웨이팡濰坊) 사람으로 훈고학자이다. 그가 쓴 『석명』(釋名)은 8권 27편으로 이루어져 있는데 글자의 뜻을 해석한 책이다.

28) 첸쉬안퉁(錢玄同, 1887~1939)의 이름은 샤(夏)이고 자는 중지(中季)이며 호는 더첸(德濳)이다. 저장 우싱(吳興) 출신으로 문자 음운학자이다. 타이옌(太炎)은 곧 장빙린(章炳麟, 1869~1936)을 가리킨다. 자는 메이수(枚叔)이고 타이옌은 호이다. 저장 위항(余杭) 출신으로 청말 혁명가이자 학자였다. 광복회 발기인 중 한 명으로 후에 동맹회(同盟會)에 참가하고 『민보』(民報)를 주편했다. 그가 쓴 『소학답문』(小學答問)은 『설문해자』에 근거하여 정자와 통가자(通假字)의 변화를 해석한 책이다.

29) 1922년 타오싱즈(陶行知) 등이 창설한 중화평민교육촉진회(中華平民敎育促進會)가 편찬한 『평민천자문』(平民千字課)을 가리킨다. 주징눙(朱經農), 타오싱즈 등이 편저한 것으로 모두 4권이며 매 권은 24과로 구성되어 있어 다 배우면 1천 20여 개 자를 알 수 있다. 성인의 상용한자 보충학습 독본용으로 만들었다. 나중에 일부 출판사에서도 이를 모방하여 유사한 독본을 간행했다. 1934년 8월 15일 『사회월보』 1권 3기에 펑쯔윈(彭子藴)은 「대중어와 대중문화의 수준문제」(大衆語與大衆文化的水準問題)를 발표하여 "현재 시장에 『평민천자문』이라는 책이 있는데 이른바 대중을 교육하는 데 적합하다" 라고 기술한 바 있다.

30) 『논어』의 「선진」(先進)에 나오는 말이다. 송대의 형병(邢昺)은 다음과 같이 주소를 달았다. "'문장박학'이라면 자유와 자하 두 사람을 꼽을 수 있다." 자유, 자하는 공자의 제자인 언언(言偃)과 복상(卜商)이다.

31) '영차영차파'(杭育杭育派)는 대중문학을 가리킨다. 여기에서는 린위탕(林語堂)을 겨냥하여 한 말이다. 린위탕은 1934년 4월 28, 30일과 5월 3일 『선바오』의 「자유담」에 실린 「낡아빠진 습성 연구」(方巾氣硏究)에서 "비평에서 최근 신구 전통사상 수호파가 일치한 바가 있었는데 진부한 습성이 점점 더 심해졌다. 홍얼홍얼 문학이 아니면 영차영차 문학 모두를 경멸하는 것이 그것이다"라고 했다. 또 『『인간세』 출판은 영차영차파의 낡은 습성을 발동시켰는데 우르르 달라붙어 멋대로 소리 지르고 때렸으나 『인간세』를 흔들지는 못했다."

32) 『시경』(詩經)은 중국에서 가장 오래된 시가집으로 춘추시대에 편집되었다. 모두 305편이다. 대체로 주초에서 춘추 중기에 이르는 작품으로 공자가 편집한 것으로 전해진다. 유가 경전 중 하나이다.

33) 왕조의 관직으로 여기에서는 '시를 수집하는 관리'를 가리킨다. 『한서』 「예문지」에 "예전에 시를 수집하는 관리가 있었다. 왕은 이로써 풍속을 관찰하고 득실을 알아 올바르게 생각했다"고 기록되어 있다.

34) 『일리아스』와 『오디세이아』를 가리킨다.

35) 「한밤의 노래」는 『악부시집』(樂府詩集)에서 '오성(吳聲)가곡'으로 분류했다. '진(晋), 송(宋), 제(齊)의 가사'인 「한밤의 노래」 42수와 「한밤 사시의 노래」(子夜四時歌) 75수를 수록했다. 『악부시집』에 「독곡가」 89수가 수록되어 있으며 '오성가곡'으로 분류했다.

36) 「댓가지 노래」(竹枝歌)에 대해 『악부시집』은 다음과 같이 기록하고 있다. "「댓가지 노래」는 쓰촨(巴逾)에서 나왔다. 당 정원 연간에 유우석(劉禹錫)이 위안샹(沅湘)에 있을 때 민간가요를 속되다고 여겨서 「구가」(九歌)에 의지하여 「댓가지 노래」 가사 아홉 장을 새로 지어 마을의 아이에게 가르쳐 노래 부르게 하였는데, 이것이 정원·원화 연간(785~820)에 유행하였다." 「버들가지 노래」(柳枝歌)는 곧 「버드나무가지」(楊柳枝)로 당대 교방곡명이다.

37) 광서 32년(1906)에 청 정부는 이른바 '통속교육'을 추진하기 위하여 정치시사적인 재료를 골라 백화로 통속적인 이야기와 가요를 만들어 선전했다. '태평가'는 '연화락'(蓮花落; 민간의 설창 문예. 대나무 판을 치면서 한 사람 혹은 두 사람이 노래를 하는데, 매 단락마다 '연화락, 연화락' 등의 메기는 소리를 붙인다)의 형식으로 쓰여졌다.

38) 청말 각지에 적지 않은 수량의 백화신문이 발간되었다. 『우시백화신문』(無錫白話報, 1897)과 『항저우백화신문』(杭州白話報, 1903), 상하이의 『중국백화신문』(中國白話報, 1903), 『양쯔강백화신문』(揚子江白話報, 1904) 등이 대표적이다.

39) 라오나이쉬안(勞乃宣, 1843~1921)의 자는 지쉬안(季瑄)이고 호는 위추(玉初)이다. 저장 퉁샹(桐鄉) 출신이다. 청말 경사대학당 총감독 겸 서학부 부대신을 역임했으며 민국 초년에 복벽을 주장하다가 나중에 칭다오로 피신하게 된다. 그의 『간자전보』(簡字全譜)는 왕자오(王照)의 『관화자모』(官話字母)에 의거한 것으로 1907년에 쓰여졌다. 기타 저작으로 『등운일득』(等韻一得)과 『고주산고석』(古籌算考釋) 등이 있다.

왕자오(1859~1933)의 자는 샤오항(小航)으로 허베이 닝허(寧河) 출신이다. 청말 유신운동가로 무술변법 때 일본으로 도주했다가 자수하여 감옥에 갇히게 되었으나 곧 석방되었다. 그의 『관화합성자모』(官話合聲字母)는 1900년에 간행되었다. 기타 저작으로 『수동집상하편』(水東集上下編) 8종이 있다.

40) 우즈후이(吳稚暉, 1865~1953)의 이름은 징헝(敬恒)으로 장쑤 우진(武進) 출신이다. 일찍이 동맹회에 참여하였으며 후에 국민당 중앙감찰위원과 중앙정치회의 위원 등을 역임했다. 1913년 2월 베이양정부 교육부가 소집한 독음통일회(讀音統一會)가 정식으로 개회했을 때 그와 왕자오가 정부의장을 나눠 맡았다. 탁음자모와 입성 존폐 문제 때문에 남북의 회원이 한 달여 동안 논쟁을 벌였다. 나중에 이 회의는 6,500여 자의 독

음을 지정하는 것 이외에 자음의 심사 및 결정에 관한 사안을 정식으로 통과할 때 사용한 '발음표기 자모'를 '주음자모'로 명명했다. 1930년에 '주음자모'는 '주음부호'로 명칭을 바꾸었다.

41) 『매일국제문선』(每日國際文選)은 매일 세계의 뉴스잡지에 각종 논문의 중국어 번역문을 제공하는 간행물로 1933년 8월 1일 창간하였다. 쑨스이(孫師毅), 밍야오우(明耀五), 바오커화(包可華) 등이 엮어서 상하이 중외출판공사(中外出版公司)에서 인쇄했다. 『중국어 글자체의 라틴화』(中國語書法之拉丁化)는 샤오아이메이(蕭愛梅; 샤오싼蕭三)가 쓴 것으로 원래 소련의 세계어 간행물인 『새로운 단계』(新階段)에 실린 것을 자오펑(焦風; 팡산징方善境)이 번역하여 『매일국제문선』 12호(1933년 8월 12일자)에 실었다.

42) 『세계』(世界)는 상하이 세계어자협회(世界語者協會)에서 엮고 인쇄한 세계어 월간지이다. 1932년 12월에서 1936년 12월까지 출간되었다. 『언어과학』(言語科學)은 『세계』의 월간 증간(增刊)물로서 1933년 1월에 창간되었다. 이 잡지의 9, 10호 합간호(곧 『세계』 1934년 6, 7월호를 합한 합간호의 증간물)에 유잉런(有應人; 훠잉런霍應人)이 쓴 「중국어 글자체 라틴화 방안의 소개」(中國語書法拉丁化方案之介紹)라는 글을 게재했다.

43) 당시 진행된 대중어문학 논쟁에서 신문잡지 지면에 이런 류의 논의가 적지 않았다. 가령 우즈후이는 1934년 8월 1일 『선바오』의 「자유담」에 발표한 「대중어만세」(大衆語萬歲)라는 글에서 "대중 스스로 창조하게 해야지 대신해서는 안 된다"라는 논의를 펼쳤다. 장커뱌오(章克標)는 『인언』(人言) 21기(1934년 7월 7일 발행)에서 "대중어문학은 대중이 스스로 창조해 내는 것이어야 진정한 대중어문학이라 할 수 있다"고 했다.

44) 『사회월보』(社會月報) 1권 3기(1934년 8월 15일)에 발표한 리옌성(李焰生)의 「대중어문학에서 국민어문 문학으로」(由大衆語文學到國民語文文學)에 나온 말이다. "이른바 대중어문이란 의미는 모호하며 제창은 처음부터 지금까지 쑹양 일파 같은 문예의 정치 선전원들이 수년 전에 이미 떠들썩하게 토론한 적이 있다." 쑹양(宋陽)은 곧 취추바이(瞿秋白)를 가리킨다. 그는 『문학월보』(文學月報) 1권 1호와 3호(각각 1932년 6월, 10월)에 「대중문예의 문제」(大衆文藝的問題)와 「대중문예를 재론하면서 즈징에게 답함」(再論大衆文藝答止敬)을 발표한 바 있다.

45) 1934년 8월 1일과 2일 『선바오』의 「영화특집」(電影專刊)에 발표된 미퉁(米同)의 「'대중어'의 근본적인 잘못」('大衆語'根本上的錯誤)에 다음과 같은 구절이 있다. "그들이 말하는 대로 '대중어'로 모든 문예작품을 쓴다면, 그때가 되면 모든 사람들이 말할 수 있는 것은 모두 글이고 기록한 것은 모두 작품이 된다. 이는 문학이 훼멸하는 때이거나 그렇지 않으면 모두가 문학가가 되는 때이다."

46) 『우란분경』(盂蘭盆經)에 나오는 불교 서사이다. 부처의 제자인 목련은 특별한 능력이 있었는데 지옥에 가서 어머니를 구한 것이 그것이다. 당대에 「대목건련이 저승에서 부모를 구한 변문」(大目乾連冥間救母變文)이 이미 존재했고 이후에 여러 종류의 희곡

으로 엮어졌다. 여기에서는 사오싱 연극을 가리킨다. 무상귀신(無常鬼)은 미신 전설 속의 '혼을 빼는 사자'이다. 『아침 꽃 저녁에 줍다』의 「무상」(無常)을 참고하시오.

47) 명대 신안(新安)의 정지진(鄭之珍)이 쓴 작품이다. 청 광서 20년(1894)에 쓴 서언에 다음과 같은 구절이 있다. "이 책은 안후이(安徽)에서 나왔거나 운계(云系)의 맹인이 쓴 것이라 하나 나도 그렇다고 단언하지는 못하겠다." 서언에서 「어린 비구니가 산을 내려가다」를 언급하고 있다.

48) 솔로구프(Фёдор Кузьмич Сологуб, 1863~1927)는 러시아의 시인 겸 소설가이다. 장편 소설 『작은 악마』 등이 유명하다. 『역외소설집』(域外小说集, 1921년 상하이 췬이서사群益書社에서 출판했음)에 그의 우언 10편을 번역하여 실은 바 있다.

49) 『마씨문통』(馬氏文通)은 청대 마건충(馬建忠)이 쓴 저서로 모두 10권이다. 1898년에 출판했다. 중국 최초의 체계를 갖춘 중국어 어법 연구서이다. 『사원』(辭源)은 루어쿠이(陸爾奎) 등이 편집하여 1915년 상하이 상우인서관에서 발간하고 1931년 '속편'을 낸 중국어 단어 뜻과 연원 및 변화를 설명한 참고서이다.

고기 맛을 모르다와 물맛을 모르다[1]

올해의 공자 공경식은 민국 이래 두번째로 치러지는 성전盛典[2]으로, 보여 줄 수 있는 것은 거의 다 보여 준 것 같다. 상하이에 있는 중국인 거주지는 오랑캐夷(이彝라고 쓰기도 한다) 거주지[3]에 가까운데도 당시 공자가들은 "3월에 고기 맛을 모르겠다"는 '소악'韶樂[4] 소리를 들었다. 8월 30일자『선바오』[5]는 우리에게 다음과 같은 소식을 보도했다.

27일 본시本市의 각계에서는 문묘에서 공자탄신기념회를 거행했는데 당정기관과 각계 대표 일천여 명이 참석했다. 대동악회大同樂會는 중화中和와 소악 2장을 연주했는데 사용한 악기는 음량을 크게 하기 위하여 고금을 나누지 않고 국악기에 속하는 악기를 다 배합했는데 모두 40종류나 되었다. 악보는 여전히 옛 악보였고 바꾸지 않았다. 그 리듬을 들으니 장엄하고 숙연한 것이 일반적인 소리와 달라서 은연중에 경배하는 마음이 일어났다. 마치 3대 이전의 태평성대의 아름다운 노래처럼 우리 민족이 평화를 열렬히 사랑한다는 것을 드러내는 것 같았다.……

악기에는 고금을 나누지 않고 일률적으로 편입하였으므로 주대周代의 소악과는 아주 달랐어야 한다. 그러나 '음량을 크게 하기 위하여'서는 이렇게 할 수밖에 없었을 것이며 공자를 존중하는 현재의 정신과도 아주 잘 어울리는 것처럼 보인다. '공자는 시대에 맞는 성인',[6] 곧 '모던한 성인'이니 석 달 동안 상어지느러미와 금빛 제비집 맛을 모르려면 악기가 '모두 40종'이 아니면 안 되었을 것이다. 게다가 그 당시 중국에 외우外憂는 이미 있었지만 오랑캐 거주지는 존재하지 않았다.

그러나 이 때문에 시세가 얼마간 달라졌다는 것도 알 수 있다. 아무리 '음량을 크게' 한다 하더라도 결국 이것이 시골까지 미칠 수는 없다. 같은 날짜의 『중화일보』에는 "태평성대의 아름다운 노래는 곧 우리 민족이 평화를 열렬히 사랑한다는 것을 드러냈다"는 보도에 체면을 손상시키는 소식이 실렸다. 가장 절묘한 것은 이 일이 생긴 것도 27일이었다는 점이다.

(닝보 통신) 위야오余姚는 여름이 된 이후 날이 가물어서 하천 물이 바닥이 났다. 주민의 음료는 대부분 강변에서 우물을 뚫어서 마신 까닭에 순서를 다투는 것 때문에 충돌이 생기곤 했다. 27일 오전 야오성姚城에서 사십 리 떨어진 랑샤진朗霞鎮의 허우팡우後方屋 지방에서 주민 양허우쿤楊厚坤과 야오스롄姚士蓮이 우물물 순서 때문에 싸움이 일어나서 서로 구타를 가하는 일이 또다시 일어났다. 야오는 연통으로 양의 머리를 세게 가격하여 양은 그 자리에서 쓰러졌다. 야오는 계속 나무 몽둥이와 돌멩이로 양의 급소를 공격하여 결국 죽음에 이르게 했다. 부근에서 소리를 듣고 구조를 실시했으나 양의 숨은 끊어진 뒤였다. 야오스롄은 사고가 났다는 것을 보고 피할 수 없다는 것을 알고 기회를 엿봐서 도주했다.

소악의 세상이 있는가 하면 목이 마른 또 다른 세상이 있다. 고기를 먹어도 맛을 모르는 세상이 있는가 하면 또한 목이 말라 물싸움을 하는 세상이 있다. 물론, 이 가운데 군자와 소인의 구분이 있게 마련이지만 "소인이 없으면 군자를 봉양할 자가 없는 법"[7]이니 어쨌든 서로 때려 죽이고 목이 말라 죽게 내버려 둘 수는 없는 것이다.

아랍의 어떤 지방에서는 물이 이미 보물이어서 피를 주고 물을 마신다는 이야기가 있다. '우리 나라 민족성'은 '평화를 열렬히 사랑'하는 것이 이 지경에 이르러서는 안 된다고 생각한다. 그러나 위야오의 실례는 어느 정도 겁이 나지 않을 수 없다. 그래서 고기를 먹은 사람이 듣고서 고기 맛을 모를 정도인 '소악' 말고, 물맛을 모르는 사람이 듣고서 물을 마실 생각을 안 하는 '소악'이 필요하다.

8월 29일[8]

주)_____

1) 원제는 「不知肉味和不知水味」이다. 이 글은 1934년 9월 20일 상하이에서 발간되는 반월간지 『태백』(太白) 제1호 제1기에 궁한이라는 필명으로 실렸다. 방점은 발표 당시 삭제된 부분을 루쉰이 표시한 것이다.

2) 1934년 7월 국민당 정부는 국민당 중앙집행위원회 상무회의에서 통과한 「선사 공자 탄신기념 방법」(先師孔子誕辰紀念辦法)에 따라 8월 27일 공자 생일을 '국정기념일'로 삼는다고 공포했다. 당시 난징, 상하이 등지에 성대한 규모의 '공자탄신기념회'가 열린 바 있었다. 베이양정부 시기 위안스카이(袁世凱)가 1914년 2월 공자제사령을 반포하여 9월 28일 베이징에서 성대한 제례를 거행한 바 있다.

3) 원문은 '夷場'으로 상하이 조계를 가리킨다. 중국 고대에 동방의 각 민족을 '이'라고 칭하였으며 명청시대에는 외국인을 지칭하기도 했다. 청조의 통치자가 '이적'(夷狄)이라는 글자를 피했기 때문에 '이장'(夷場)을 '이장'(彝場)이라고 쓰기도 했다.

4) 소악(韶樂)은 우순(虞舜)의 악곡이라고 전해진다. 『논어』의 「술이」(述而)편에 "공자는 제나라에서 소리를 들었는데 삼월에도 고기맛을 몰랐다"라는 기록이 남아 있다.

5) 『선바오』(申報)는 근대 중국 역사에서 가장 오랫동안 발간된 신문이다. 1872년 4월 30일(청 동치 11년 3월 23일)에 영국 상인이 상하이에서 창간하여 몇 차례 주인이 바뀐 뒤 1949년 5월 26일 정간되었다.

6) 원문은 '孔子, 聖之時者也'로 『맹자』의 「만장하」(萬章下)에 나오는 말이다. 맹자가 공자를 칭찬하여 한 말이다.

7) 원문은 '非小人無以養君子'로 『맹자』의 「등문공상」(滕文公上)에 나온다. "군자가 없으면 야인을 다스릴 자가 없고 야인이 없으면 군자를 봉양할 자가 없다."

8) 이 글은 발표할 때 원래 글을 쓴 날짜를 적지 않았는데 이곳에 적은 날짜는 오기이다. 글 속에 인용된 뉴스 두 꼭지는 모두 8월 30일자에 나온다. 또 루쉰의 1934년 8월 31일 일기에 따르면 다음과 같다. "상오(上午)에 왕다오(望道)에게 편지와 원고 한 편을 보냈다." '왕다오'는 당시 『태백』의 편집자인 천왕다오(陳望道)이다. 그에게 보낸 원고가 곧 이 글이다.

중국어문의 새로운 탄생[1]

현재 중국의 이른바 중국 글자와 중국 글은 중국인 모두의 것이 아니었다.

옛날에는 어느 나라를 막론하고 문자를 사용할 줄 아는 이는 소수였다. 그러나 현재까지 교육이 보급되면서 문명국이라고 불리는 곳에서는 문자가 모두에게 공유되었다. 그러나 우리 중국은 글자를 아는 사람은 대략 전 인구의 10분의 2에 지나지 않고 글을 쓸 줄 아는 사람은 당연히 더 적은 상황이다. 그러니 문자가 우리 모두와 무슨 관계가 있다고 말할 수 있겠는가?

아마 어떤 사람은 이 10분의 2의 특별국민이 중국 문화를 가슴에 품고 있고 중국 대중을 대표한다고 말할지도 모르겠다. 나는 이 말이 틀렸다고 생각한다. 이러한 소수는 중국인을 대표할 수 없다. 중국인 가운데 제비집과 상어지느러미를 먹는 사람도 있고 유산 모르핀紅丸을 파는 사람도 있고 커미션을 떼 가는 사람도 있는데 이 때문에 모든 중국인이 제비집과 상어지느러미를 먹고 유산 모르핀을 팔고 커미션을 떼 간다고 말할 수 없는 것과 같다. 그렇지 않으면 정샤오쉬[2] 하나가 '왕도'를 통째로 만주로 빼내 갈 수도 있는 것이다.

우리는 최대 다수를 근거로 삼아서 중국은 지금 문자가 없는 것이나 다름없다고 말해야 한다.

이러한 문자조차도 없는 나라의 법도는 하루가 다르게 나빠지고 있다. 이는 내가 예를 들 필요가 없다고 생각한다.

단지 문자가 없다는 점에서 지식인은 진작 알 수 없는 불안감을 느꼈다. 청말에 백화 신문을 발간하고 5·4 시기에 '문학혁명'을 부르짖은 것은 이 때문이었다. 그러나 글이 어렵다는 것까지만 알았지 중국에 문자가 없는 것이나 다름없다는 점은 깨닫지 못했다. 올해 문언문 부흥을 제창하는 이가 나타난 것도 이 때문이다. 그는 지금의 기관총이 이기利器라는 것을 알고 있지만 게을러서 준비하지 않고 있다가 위기가 닥치자 요행수를 떠올려 큰칼부대가 와서 일을 해결해 주기만을 꿈꾸고 있다.

큰칼부대의 실패는 이제 명약관화하다. 최근 2년만 살펴봐도 아흔아홉 개의 강철 칼을 벼려서 군대에게 보내는 이가 사라졌다.[3] 그런데 문언부대의 칼은 쓸모없는 것으로 드러났는데 속도도 느리고 잘 안 보이는 데다가 수명壽命까지 있다.

시대에 역행하는 문언문 제창과 상반되는 것이 현재의 대중어문의 제창이다. 그러나 아직도 근본적인 문제를 건드리지 않았다. 중국은 문자가 없는 것과 다름없다는 것 말이다. 라틴화 문제가 제기되고 난 다음에 겨우 문제를 해결할 중요한 열쇠를 쥘 수 있었다.

반대는 물론 대대적으로 존재했고 특정 인물의 선입견도 하나도 바뀌지 않았다. 코페르니쿠스가 지동설을 주장하고 다윈이 진화론을 설파하여 종교와 도덕의 기초를 뒤흔들었으므로 공격을 받았다는 것은 하나도 이상하지 않다. 그러나 하비⁴⁾가 혈액이 인체에 흐르는 것을 발견했을 때 이는 사회제도와 아무런 관계도 없는데도 그는 일생 동안 공격받았다. 그러나 결과는 어떠했는가? 혈액이 인체에 흐른다는 것이다!

중국인이 이 세상에서 살아남으려면 『십삼경』의 제목을 아는 학자나 '등홍'燈紅을 '주녹'酒綠에 대구를 맞추는 문인은 쓸데가 없다. 모두의 착실한 지력에 의지해야 한다는 점은 분명하다. 그렇다면 생존하려면 우선 지력을 전파하는 데 방해되는 결함을 제거해야 한다. 곧 말과 맞지 않는 글과 네모 글자가 그것이다. 모두가 구문자에 희생되지 않으려면 구문자를 희생해야 한다. 어느 길을 선택하는가는 냉소가가 지적하듯이 라틴화 제창자의 성패만이 중국 대중의 존망과 관련되는 것은 아니다. 실증되려면 그렇게 오랫동안 기다릴 필요가 없다.

라틴화에 대한 비교적 상세한 의견은 「자유담」에 화위華圍가 연재한 「문밖의 글 이야기」와 대체로 유사하므로 여기에서 길게 이야기하지 않겠다. 모든 냉소가가 조소한 대중어 전도의 간난함에 대해서는 나도 동의한다. 그러나 아무리 간난하더라도 계속해야 한다고 생각한다. 어려울수록 더 실행해야 한다. 개혁은 순풍이었던 적이 없고 냉소가는 성과가 있은 다음에 찬성한다. 못 믿겠으면 백화문을 제창하던 당시를 살펴보시라.

9월 24일

주)_____

1) 원제는「中國語文的新生」이다. 이 글은 1934년 10월 13일의 상하이에서 발간된 주간지 『신생』(新生) 제1권 제36기에 궁한이라는 필명으로 실렸다.

2) 정샤오쉬(鄭孝胥, 1860~1938)의 자는 쑤칸(蘇戡)이고 푸젠의 민허우(民侯) 사람이다. 청 말 광둥 안찰사(按察使), 시정사(市政使)를 역임했으며 신해혁명 후 '유로'(遺老)를 자처 했다. 1932년 3월 만주국이 성립한 후 국무총리 겸 문교부 총장 등의 허수아비 직위를 맡으며 '왕도정치'를 고취했다. 일본 제국주의가 중국을 침략하는 도구가 되었다.

3) 강철을 벼려서 군대에 보낸 일을 가리키는 것으로 1933년 4월 12일 『선바오』에 다음과 같은 기사가 실렸다. "29군의 쑹저위안(宋哲元)이 시펑(喜峰)에서 혈전을 치러 대도로 적을 죽여 국내외를 뒤흔들었다. 이에 왕수쥔(王述君)은 대도 99개를 만들어서 이 군대 에게 하사했다." 『거짓자유서』의 「'이이제이'」(以夷制夷)를 참고하시오.

4) 하비(William Harvey, 1578~1657)는 영국 의학가이다. 실험과 연구에 의거하여 혈액순 환현상을 실증하여 동물생리학과 발생학의 발전을 위해 과학의 기초를 닦았다.

중국인은 자신감을 잃어버렸나[1]

공개된 문자를 한 번 보자. 2년 전에 우리는 우리가 "땅이 넓고 물자가 많다"라고 큰소리 떵떵 친 사실이 있다. 오래지 않아 자기 자랑은 쑥 들어가고 국제연맹[2]에 애오라지 희망을 걸었는데 이것도 사실이다. 지금은 자기를 칭찬하지도 않으면서 국제연맹을 믿지도 않는다. 오로지 신과 불상에만 절을 하면서[3] 과거를 그리워하고 현재를 슬퍼하는 것으로 바뀐 것도 사실이다.

그리하여 어떤 사람은 "중국인은 자신감을 잃어버렸다"라고 개탄했다.[4]

이 현상만 두고 본다면 사실 자신감은 애시당초 없었다. 처음에는 '땅'을 믿었고 다음에는 '물자'를 믿었으며 나중에는 '국제연맹'을 믿었다. 어느 하나 '자기 자신'을 믿은 적은 없었다. 이것도 '믿는 것'에 속한다면 중국인은 '타신력'他信力이 있다고 말할 수밖에 없다. 국제연맹에 실망한 다음에 이 타신력도 잃어버렸다.

타신력을 잃어버리면 회의가 들어서 자기 자신만을 믿는 것으로 완전히 바뀔 수도 있는데 이것도 새로운 살길이다. 그런데 불행히도 중국은 점점 더 허황해지고 있다. '땅'과 '물자'를 믿는 것은 그래도 구체적인 편이다. 국제연맹쯤 되면 막연해진다. 그래도 여기에 의지하는 것이 믿을 만하지 못하다는 사실을 금방 깨달을 수라도 있다. 신령이나 부처에 비는 것은 허황한 것의 극치이다. 유익한지 유해한지 확실한 결과를 금방 알 수 없어서 더욱 오랫동안 사람을 마비시킬 수 있다.

중국인은 지금 '자기기만력'을 발전시키고 있다.

'자기기만'도 새로운 것이 아니다. 다만 나날이 더 분명하게 모습을 드러내고 있으며 모든 것을 뒤덮고 있을 따름이다. 그러나 이러한 분위기에서 우리는 자신감을 잃지 않은 중국인을 찾을 수 있다.

옛날부터 우리에게는 머리를 파묻고 힘들게 일을 하는 사람이 있었고, 죽을힘을 다해 일을 힘겹게 이루는 사람도 있었고, 백성의 목숨을 살리기 위해 뛰어다닌 사람도 있었고, 몸을 돌보지 않고 방법을 알아보는 사람도 있었다.…… 제왕, 장군, 재상을 위해 만든 족보나 다름없는 이른바 '정사'正史5)도 이들의 빛을 가리지 못했다. 이것이 바로 중국의 척추였다.

이런 사람들이 지금이라고 없겠는가? 그들은 확신이 있고, 자기 자신을 기만하지 않는다. 그들은 희생을 겁내지 않고 용감히 싸운다. 다만 한쪽에서 늘 박해받고 살해당하며 어둠 속에서 소멸되어 모두 알지 못할 뿐이다. 중국인이 자신감을 잃어버렸다는 말이 일부를 가리키는 것이라면 이 말을 쓸 수 있다. 만약 전체를 아우른다면 이는 중상모략이다.

중국인을 논하려면, 자기도 속고 남도 속이는 겉에 칠해진 분에 속지 말고 그의 근육과 뼈, 그리고 척추를 눈여겨봐야 한다. 자신감의 유무는 장원과 재상의 글을 근거로 삼아서는 곤란하다. 이는 자기가 딛고 선 땅바닥을 바라볼 일이다.

9월 25일

주)_____

1) 원제는 「中國人失掉自信力了嗎」, 이 글은 1934년 10월 20일 반월간지 『태백』 제1권 제3기에 '궁한'이라는 필명으로 게재되었다. 방점은 발표 당시 삭제된 부분을 루쉰이 표시한 것이다.

2) 제1차 세계대전 이후 1930년에 성립된 국제정부 간 조직. 국제연맹은 1946년 4월 정식으로 해산했다.

3) 당시 일부 국민당 관료와 '사회 명사'는 '국난을 구한다'는 명목으로 여러 차례 대도시에서 '시륜금강법회'(時輪金剛法會)와 '인왕호국법회'(仁王護國法會)를 거행했다.

4) 당시 여론에 이런 논조가 있었다. 1934년 8월 27일 『다궁바오』(大公報)는 사설 「공자탄신기념」에서 다음과 같은 주장을 실었다. "민족의 자존심과 자신감은 이미 사라져 존재하지 않는다. 외부의 모욕을 기다릴 것도 없이 국가는 일찍이 정신적인 환멸의 영역에 다다랐다."

5) 청대 고종(건륭)은 『사기』에서 『명사』에 이르기까지 이십사 부의 기전체 사서를 '정사'(正史)로 지정하였는데 곧 이십사사(二十四史)이다. 량치차오는 「중국사계혁명안」(中國史界革命案)에서 "이십사 역사가 아니다. 이십사 개 성의 가보에 지나지 않는다"라고 말했다.

'눈에는 눈'[1]

두형 선생은 "최근 '새 책 한 권을 읽느니 차라리 헌 책 한 권을 읽는 편이 낫다'는 심정의 발로"로 셰익스피어의 『줄리어스 시저』를 다시 읽었다.[2] 이 독서는 꽤 중요했다. 그 결과 우리는 옛 책 읽기에서 나온 새 글인 「셰익스피어 희곡 『줄리어스 시저』에서 표현된 군중」을 삼가 읽을 수 있게 되었던 것이다(『문예풍경』[3] 창간호 참조).

이 희곡을 두형 선생이 "예전에 2개월의 시간을 들여 번역해 본 적이 있"다고 했으므로 매우 꼼꼼하게 읽었다는 것을 알 수 있다. 그는 우리에게 다음과 같은 사실을 알려 주었다. "이 희곡에서 셰익스피어는 두 영웅──시저와 브루투스──을 묘사했다. 그리고 한 발 더 나아가 두 명의 정치가(선동가)──음험하고 비열한 카시우스와 겉으로는 둔하고 흐리멍덩한 안토니우스──를 창조했다." 그러나 최후의 승리는 안토니우스에게 돌아갔고 "안토니우스의 승리는 확실히 군중의 힘에 빚진 것이었다". 그리하여 "군중이 이 연극에서 보이지 않는 수뇌라고 해도 지나치지 않"는 점은 더 분명해졌다.

그런데 이 '보이지 않는 수뇌'란 무엇인가? 두헝 선생은 이야기와 인용문 뒤에 다음과 같이 끝——결론은 결코 아니다. 이는 작가가 말하고 싶어 하지 않는 바이다——맺었다.

셰익스피어는 많은 곳에서 군중을 하나의 세력으로 표현하는 것을 잊지 않았다. 그러나 이 세력은 맹목적인 폭력일 따름이다. 그들은 이성이 없고, 이해관계가 불분명하다. 또 그들의 감정은 선동가 몇 명에게 완벽하게 통제되고 조종된다.…… 물론 이것이 군중의 본질이라고 경솔하게 인정할 수는 없다. 그러나 이 위대한 극작가가 군중을 이렇게 봤다고 본다면 틀리지 않았을 것이다. 나는 이런 작가의 관점이 군중의 이성과 감정을 다른 방식으로 평가한 많은 친구들에게 노여움을 살 것이라는 것을 안다. 나로 말하자면, 솔직히 말해서 이런 문제에 대한 판단은 여전히 내 능력을 벗어난다고 생각하므로 함부로 말하기 쉽지 않다…….

두헝 선생은 문학가이다. 따라서 이 글은 멋들어지고 겸손이 듬뿍 담겨 있다. 만약 "니미, 군중은 눈깔이 삔 것들이야!"라고 말하면 근거가 아무리 '이성'적일지라도 표현이 거칠어서 쉽게 반감을 살 것이다. 그런데 여기에서 '이 위대한 극작가' 셰익스피어 선배가 '군중을 이렇게 봤'는데 당신은 어떻게 생각하시는지? 라고 물으니 '부드러운 말을 어찌 좋아하지 않으리오'올시다.[4] 최소한 아주 공손한 태도로 머리를 긁적일 수밖에 없다. 만약 당신이 셰익스피어의 『줄리어스 시저』를 번역하거나 꼼꼼히 읽은 적이 없다면, 이렇게 말할 수밖에 없다. 이 판단은 더더욱 '내 능력을 벗어나는' 것이옵니다, 라고.

그래서 우리는 책임을 질 수 없어서 그저 셰익스피어의 희곡 이야기만 하겠다. 셰익스피어 희곡은 확실히 위대하다. 두헝 선생이 소개한 몇 가지만 보더라도 그의 희곡은 문예와 정치가 무관하다는 고담준론을 일찌감치 타파했다. 군중이 세력이기는 하지만 "이 세력은 맹목적인 폭력일 따름이다. 그들은 이성이 없고, 이해관계가 불분명하다"라는 셰익스피어의 표현에 의하면, 적어도 그들은 '민치'民治라는 멋진 간판도 산산조각 내 짓밟고 있는데 다른 것은 말할 필요도 없지 않겠는가? 설사 지금이라도 두헝 선생이 이 문제에 대한 판단을 내리게 할 수 없다. 『줄리어스 시저』를 정론政論으로 읽는다 해도 꽤 효과적이다.

그런데도 두헝 선생은 이 때문에 작가를 대신해서 손에 땀을 한 움큼 쥐고 "작가의 이런 관점이 군중의 이성과 감정을 다른 방식으로 평가한 많은 친구들에게 노여움을 살 것"을 걱정한다. 물론 이는 당연히 두헝 선생의 생각이 미쳐야 할 대목이다. 그는 『줄리어스 시저』로 그에게 지혜를 준 작가를 보호해야 한다. 그러나 그럴 것이라고 분명히 판단했던 그 '친구들'이 사실을 돌아보지 않은 것은 아니었던 것이다. 소련에서 셰익스피어 희곡을 무대에 올리려는 '추태'(『현대』 9월호 참조)[5]를 스저춘 선생은 이미 봤을 뿐만 아니라, 『자본론』도 셰익스피어의 명언을 자주 인용하고 있지 않은가? 그렇다고 그 친구들이 셰익스피어에게 죄가 있다고 말한 적이 없지 않았는가? 장래에 『햄릿』을 인용하여 귀신이 있다는 것을 증명할 사람이 나타날 리 없고 또 『햄릿』 때문에 셰익스피어가 미신을 믿었다고 비난하는 사람이 나올 리 없는 것처럼, "무고한 백성을 위로하고 죄 있는 통치자를 징벌"[6]할 것이라는 점은 두헝 선생과 같은 견식인 것이다.

게다가 두헝 선생의 글은 그와 심경이 다른 사람에게 읽히기 위해 쓴 것이다. 왜냐하면 『문예풍경』이라는 새 책을 읽는 이는 당연히 "새 책 한 권을 읽느니 차라리 헌 책 한 권을 읽는 편이 낫다"고 마음 먹은 친구는 아니기 때문이다. 그런데 새 책을 본다고 하더라도 『문예풍경』 한 권만을 보는 것도 아닐 터이다. 게다가 셰익스피어 희곡을 논하는 책도 널려 있어서 대충 훑어만 봐도 '정치가'(선동가)에게 선동될까 봐 그렇게 덜덜 떨 필요는 없다. 그런 '친구들'은 작가의 시대와 환경에 주목하는 것 말고도 『줄리어스 시저』는 그 소재를 플루타크의 『영웅전』[7]에서 취한 것이며 희극에서 비극으로 경향을 바꾼 셰익스피어의 첫 작품이라는 것도 알고 있을 것이다. 어떤 일인지는 잘 알려져 있지 않지만 이때 작가는 실의에 빠져 있었던 것이다. 그러나 어쨌든 판단할 때는 모든 것에 생각이 미쳐야 하며 두헝 선생이 예언한 것처럼 시원스럽거나 간단한 것만은 아니다.

'셰익스피어 희곡 『줄리어스 시저』에서 표현된 군중'에 대한 견해만 보더라도, 두헝 선생의 시각과 다른 견해가 존재한다. 여기에 10월혁명을 끔찍하게 싫어하여 프랑스로 도망간 셰스토프(Lev Shestov)[8] 선생의 견해만을 옮겨 적어 보겠는데 그는 다음과 같이 결론을 내렸다.

『줄리어스 시저』에 나오는 사람은 이외에도 하나 더 있는데 그는 복합적인 인물이다. 바로 인민 혹은 '군중'이다. 셰익스피어를 사실주의 작가라고 칭하는 것은 의미가 없지 않은 것이다. 어떤 지점에서든지 그는 군중에게 절대로 아부하지 않고 그들의 평범한 성격을 만들어 냈다. 그들은 경박하고 제멋대로이며 잔혹하다. 오늘은 폼페이우스[9]의 전차를 뒤쫓다가 내일은 시저의 이름을 외친다. 그러다가 며칠 안 지나서 그를 배반한 브루투스의 설교에 흔들리다가 또다시 안토니우스의 공격에 찬성하면서 바로 얼마 전에 인기 있었던 브루투스의 머리를 요구한다. 사람들은 군중이란 믿을 게 못 된다고 분개하곤 한다. 그러나 사실상 '눈에는 눈, 이에는 이'라는 예전부터 있었던 정의의 법칙을 여기에 적용하고 있는 것이 아닌가? 따지고 보면 군중은 폼페이우스와 시저, 안토니우스, 시나[10] 무리를 애초부터 멸시했으며 그들도 한편으로 군중을 경멸했다. 오늘 시저가 권력을 잡으면 시저 만세, 하다가 내일 안토니우스가 권력을 잡으면 그의 꽁무니를 뒤쫓아 가면 된다. 그들은 먹을거리를 주고 볼거리를 제공하기만 하면 된다. 그들의 공적 따위는 따질 필요가 없다. 그들도 왕처럼 관용을 베풀면 보답을 거둘 수 있을 것이라는 점을 잘 알고 있다. 이런 허영심이 가득한 사람들이 꽉 차 있는 틈바구니 속에서 간혹 가다 브루투스같이 청렴하고 정직한 인사가 끼어 있기도 하다. 이것도 사실이다. 그렇지만 어느 누구에게 산처럼 쌓인 모래에서 한 알의 진주를 찾아낼 한가한 시간이 있겠는가? 군중은 영웅이 대포로 쏠 재료이며 군중의 관점에서 영웅은 여흥일 따름이다. 그 사이에 정의는 승리를 차지하고 막도 내려진다. (「셰익스피어(희곡)에서 윤리 문제」)

이는 물론 정확한 견해라고 할 수도 없으며, 셰스토프를 철학자나 문학가라고 보는 사람도 많지 않다. 그렇지만 이 정도만 가지고 보더라도, 같은 『시저』에서 그가 서술한 군중이 두헝 선생이 말한 것과 차이가 난다는 것을 알 수 있다. 게다가 두헝 선생이 예측한 것과 달리 "작가가 군중의 이성과 감정을 다른 방식으로 평가한 많은 친구들에게 크게 노여움을 살" 리 없다는 것도 짐작할 수 있다.

따라서 두헝 선생은 셰익스피어를 걱정할 필요가 없는 것 같다. 사실,

피차 잘 알고 있다. "음험하고 비열한 카시우스와 겉으로는 둔하고 흐리멍덩한 안토니우스"도 그 당시의 군중에게는 '단지 여흥에 불과'할 따름이라는 사실을.

9월 30일

_____

1) 원제는 「"以眼還眼"」. 이 글은 1934년 11월 월간 『문학』 제3권 제5호 '문학논단'란에 밍쑨(名隼)이라는 필명으로 실렸다. 루쉰은 같은 해 9월 30일 일기에 다음과 같이 남겼다. "밤에 「기우를 풀이하다」(解杞憂) 글 한 편을 썼다." 이 글의 원래 제목은 「解"杞憂"」이다.

2) 시저, 곧 카이사르(Julius Caesar, B.C. 100~44)는 고대 로마 장군이자 정치가이다. B.C. 48년 종신 독재자로 피선되었으며 B.C. 44년 공화파 지도자 브루투스(Marcus Junius Brutus, B.C. 85~42)에 의해 피살되었다. 브루투스는 카이사르를 살해한 다음 로마의 동방 영토로 도주하고 군대를 소집하여 공화정치를 보위할 준비를 했다. B.C. 42년 카이사르의 부장 안토니우스(Marcus Antonius, B.C. 83~30)의 공격을 받아 자살로 생을 마감했다. 카시우스(Gaius Cassius Longinus, ?~B.C. 42)는 로마 지방장관으로 카이사르 암살의 공모자로 마찬가지로 안토니우스에 패해 자살했다.

3) 『문예풍경』(文藝風景)은 월간지로 스저춘(施蟄存)이 편집을 맡았다. 1934년 6월에 창간하여 두 기만 출간했다. 상하이 광화서국(光華書局) 발행.

4) 원문은 '巽語之言, 能無說乎'로 공자의 말이다. 『논어』의 「자한」(子罕)편에 나온다. '巽語'는 '巽與'이다. 주희의 『집주』(集注)에 의하면 "巽言者, 婉而導之也"라 했으며 '說'은 '悅'과 같다.

5) 스저춘은 『현대』 제5권 제5기(1934년 9월)에 발표한 「나와 문언문」(我與文言文)에서 다음과 같이 말했다. "소련은 최초에 '셰익스피어를 타도하자'라고 했다가 나중에 '셰익스피어를 각색하자'라고 바꿨다. 지금은 희극제에서 '원본 셰익스피어를 리허설하려 했던 것' 아닌가.…… 이러한 정치 계책을 문학에 적용하는 추태를 보이면 남들에게 비웃음을 사지 않겠는가?" 『현대』는 스저춘, 두헝이 편집한 문예월간으로 1932년 5월에 상하이에서 창간하였으며 1935년 5월에 정간되었다.

6) 원문은 '弔民伐罪'이다. 이전에 서당의 초급 읽을거리인 『천자문』에 나오는 구절이다. '弔民'은 『맹자』의 「등문공하」에 최초로 나온다. "군주를 주살하고 백성을 위로한다."

(誅其君, 弔其民) '伐罪'는 『주례』의 「하관(夏官) · 대사마(大司馬)」에 나온다. "무고한 것을 구하고 죄가 있는 것을 벌한다."

7) 플루타크(Plutarch, 약 46~120)는 고대 그리스 작가이다. 『영웅전』은 유럽 최초의 전기 문학작품으로, 나중에 적잖은 시인과 역사극 작가들이 여기에서 소재를 가져다 썼다.

8) 셰스토프(Лев Исаакович Шестов, 1868~1938)는 제정 러시아의 철학자이자 평론가이다. 10월혁명 이후 국외로 망명하여 파리에 거주하였다. 『도스토예프스키와 니체』(Достоевский и Ницше, 1903) 등의 글을 썼다.

9) 폼페이우스(Gnaeus Pompeius Magnus, B.C. 106~48)는 고대 로마의 장군으로 B.C. 70년에 집정했다. 나중에 카이사르와 권력투쟁을 하다가 B.C. 48년 카이사르에게 패한 뒤 이집트로 도망갔다가 그의 부하에게 암살당했다.

10) 시나(L. C. Cinna)는 B.C. 44년에 로마 지방장관으로 재직했다. 카이사르가 암살당했을 때 그는 암살자를 동정했고 공개적으로 찬양했다.

'체면'을 말하다[1]

이야기하다 보면 '체면'이라는 말을 자주 듣는다. 듣자마자 바로 이해가 되는 것 같기 때문에 이를 곰곰이 따져 보는 사람이 그렇게 많지 않다.

그러나 근래에는 외국인의 입에서도 가끔 이 두 음절이 튀어나오는 걸 듣게 되는데 그들은 이것이 뭔지 연구하는 것 같다. 그들은 진상眞相이 잘 이해가 되지 않지만 이것이 중국 정신의 벼리이므로 이것을 제대로 포착하기만 하면 이십사 년 전에 변발을 뽑아낸 것처럼 전신이 따라 끌려올 것으로 생각하고 있다. 청대에 서양인이 총리아문[2]에서 이권을 요구할 때 한바탕 대관들을 위협하고 소리를 치자 대관들은 겁에 질려 바로바로 승낙했지만 돌아갈 때만은 옆문으로 나가야 했다는 이야기가 전해진다. 서양인에게 정문으로 나가지 못하게 한 것은 그가 체면이 없다는 이야기이다. 그가 체면이 없다면 자연히 중국이 체면 있게 되는 것이고 우위를 점하게 되는 것이다. 이것이 사실인지 나는 잘 모르겠지만 이 이야기는 상당수의 '국내외 인사'가 알고 있다.

이 때문에 나는 그들이 '체면'만을 우리에게 차려 주려고 한 것은 아넌지 의심된다.

그러나 '체면'이란 어떤 것인가? 생각하지 않는 것이 차라리 낫다. 일단 생각하면 이것이 무엇인지 헷갈린다. 이는 몇 가지 종류가 있는 것 같다. 지위마다 '체면', 그러니까 이른바 '낯'이 있다. 이 '낯'은 경계선이 하나 있는데 이 선 아래로 떨어지면 체면을 잃는 것이요 '체면이 깎인다'라고도 한다. '체면이 깎'이는 일을 불사하는 것을 '파렴치하다'고 한다. 그러나 이 선 위로 넘어서는 일을 하면, '면목이 서'거나 '낯을 들 수 있다'라고 한다. 그런데 '체면이 깎'이는 길은 사람에 따라 다르다. 가령 차부車夫가 길가에 앉아 윗도리를 벗고 이를 잡으면 아무것도 아니지만, 부잣집 사위가 길가에서 윗도리를 벗고 이를 잡으면 '체면이 깎'이는 일이 된다. 그런데 차부도 '체면'이 없는 것은 아닌데 이는 '잃어버린' 편에 들지 않을 뿐이다. 마누라에게 발로 차여서 고꾸라져 울면 차부의 '체면이 깎'이는 일이 된다. 이 '체면을 잃는' 법칙은 상등인에게도 적용된다. 이렇게 보면 '체면을 잃는' 기회는 상등인에게 비교적 많은 것 같아 보이지만 반드시 그런 것도 아니다. 이를테면 차부가 돈주머니를 훔치다가 사람들에게 발각되면 체면을 잃는 일이지만, 상등인은 금과 진주를 부정하게 취득해도 '체면을 잃는' 것으로 보이지 않는다. 하물며 '해외 시찰'[3]이란, 겉모습만 바꾼 좋은 방법이다.

누구든 '체면'을 원한다. 이는 물론 좋은 일이라고 할 수 있지만 '체면'이라는 것은 정말이지 좀 괴상하다. 9월 30일의 『선바오』는 다음과 같은 뉴스를 전하고 있다.

상하이 서쪽에 도목수인 뤄리훙羅立鴻이라는 사람이 있는데, 모친의 장례식에서 출관하려 하여 장례기물 대여점의 왕수바오王樹寶 부부에게 도움을 요청했다. 내빈이 많았기 때문에 준비한 상복이 넉넉하지 않게 분배되었다. 그때 마침 별명이 싼시쯔三喜子인 왕다오차이王道材라는 이름의 사람이 출관을 하러 왔는데, 상복을 입으려다 뜻을 이루지 못하자 체면을 잃었다고 생각하고 속으로 앙심을 품고서…… 패거리 수십 명을 불렀다. 각자 쇠몽둥이를 들고 심지어 권총을 가진 자까지 몇 명 있었다고 하는데, 왕수바오 네를 마구 때려서 일시에 쌍방에 격렬한 전쟁이 일어나 머리가 깨지고 피가 흐르는 등 다수가 중상을 입었다…….

상복은 가까운 친족이 입는 것인데 지금 '앞다퉈 입으려'다가 '뜻을 이루지 못한 것'에서 친척이 아니라는 것을 알 수 있다. 그런데 의외로 '체면을 잃었다'고 여겨 이런 대전을 벌였던 것이다. 보통과 좀 다르기만 하면 '체면이 서'는 것이고 자기가 어떻게 되든 상관없다는 것처럼 보인다. 이런 성질머리는 '명사와 상인'에게도 튀어나오는 걸 피할 수 없다. 위안스카이⁴⁾가 황제라고 칭할 때 황제로 등극을 권유하는 표表에 자신의 이름이 들어가 있어야 '체면을 세웠다'고 생각하는 사람이 있었다. 또 어느 나라가 칭다오에서 철군⁵⁾할 때에는 만민산⁶⁾에 자신의 이름이 있어야 '체면을 살렸다'고 생각한 사람이 있었다.

그리하여 '체면'을 세우려는 것이 반드시 좋은 일이라고는 할 수 없다. 그렇다고 내가 사람이란 '파렴치해'야 한다고 말하는 것은 아니다. 지금은 말을 하기가 녹록지 않은 시절이어서 가령 '효도를 하지 말자'고 주장하면 당신은 부모를 때리자고 선동하는 것이다, 라고 말하는 사람이 등장한다. 남녀평등을 주장하면 당신은 난교를 제창하고 있는 것이오, 라고 말하는 사람이 나온다. 따라서 이러한 표명은 불가결한 것이다.

게다가 '체면을 세우는 것'과 '염치가 없는 것'이 실제로 잘 분간이 가지 않는 시절임에랴. 이런 우스갯소리가 있지 않은가? 돈도 많고 권세도 있는 한 신사가 있는데 그를 쓰^四 어르신네라고 부르자. 사람들은 그와 이야기를 할 수 있는 것을 영광으로 여겼다. 과시하기를 좋아하는 한 부랑아가 하루는 신이 나서 사람들에게 말했다. "쓰 어르신네가 나와 이야기를 했습죠!" "무슨 이야기를 했는가?" 하고 물으니 다음과 같이 대답했다. "내가 어르신 댁의 문에 서 있는데 쓰 어르신네가 나와서 나에게 '썩 물러나라!'고 말했답니다." 물론 이것은 우스갯소리이다. '파렴치한' 사람을 형용한 것이나 정작 그 자신은 '체면을 세웠다'고 생각한다. 이 같은 사람이 많아지면 또 정말 '체면이 서'는 것이다. 다른 많은 사람들은 쓰 어르신네가 '썩 물러나라'고 하는 말조차 듣지 못하지 않았는가?

상하이에서 '외국인에게 차이는'⁷⁾ 일은 '체면이 선다'까지는 할 수 없지만 '체면을 잃은' 일이라고는 볼 수 없다. 그렇지만 자국의 하등인에게 차이는 일과 비교하면 '체면이 서는' 일에 근사한 것 같다.

중국인이 '체면'을 세우려는 것은 좋다. 아쉬운 것은 이러한 '체면'이 '일시적인 응변법'이고 잘 바뀐다는 점이다. 그래서 '파렴치한 것'과 뒤섞이기 시작했다. 하세가와 뇨제칸은 '도천'^{盜川}에 대해 다음과 같이 말했다.⁸⁾ "옛날의 군자는 그 이름을 꺼려서 물을 마시지 않았다. 오늘날 군자는 그 이름을 바꾸어서 물을 마신다." '오늘날 군자' '체면'의 비밀을 폭로하는 말이기도 하다.

10월 4일

1) 원제는 「說"面子"」, 이 글은 1934년 10월 상하이의 월간 잡지 『만화생활』(漫畵生活) 제2기에 실렸다.

2) 총리아문은 '총리각국사무아문'(總理各國事務衙門)의 약칭이다. 청 정부가 함풍 10년 말(1861년 초)에 창설한 외교 사무 및 여러 가지 외국과의 거래 사무를 처리하던 중앙 국가기관을 말한다. 광서 27년(1901년)에 외교부라고 고쳤다.

3) 이전 군벌과 정객들은 세력을 잃거나 뜻을 이루지 못했을 때 흔히 '출국하여 고찰한다' 라는 것으로 일시 은퇴했다가 기회를 봐 다시 일어나기 위한 수단으로 삼았다. 그중에는 정말 '출국하는 것'이 아니라 이 말을 다만 체면 유지에 이용할 뿐인 이들도 있었다.

4) 위안스카이(袁世凱, 1859~1916)는 허난 샹청(項城) 출신이다. 원래는 청조의 즈리총독 겸 베이양대신이며 내각총리대신이었다. 신해혁명 이후 중화민국 대총통의 직위를 빼앗고 1915년 12월 황제 즉위식을 선포하고 중화제국으로 국호를 바꾸었으나 국민의 반대에 직면했다. 1916년 3월 제제(帝制)가 취소되었고 6월에 병사했다.

5) 1922년 12월 칭다오를 강점하고 있던 일본군이 철수한 사실을 가리킨다.

6) 이전 지방관원이 이임할 때 현지 사람들이 의장(儀仗) 우산을 선사했는데 우산에 선물한 사람들의 성명을 써서 '공경'과 '그리움'을 드러냈다. 이를 '만민산'(萬民傘)이라고 불렀다.

7) 원문은 '吃外國火腿'로 직역하면 '외국 소시지를 먹다'이다. 당시 상하이에서는 '외국인에게 차이는 것'을 이렇게 표현했다.

8) 하세가와 뇨제칸(長谷川如是閑, 1875~1969)은 일본의 평론가이다. 저서로 『현대사회비판』(現代社会批判)과 『일본의 성격』(日本の性格) 등이 있다. 도천(盜川)을 마시지 않는다는 말은 원래 중국의 이야기로서 『시자』(尸子; 청대 장종원 집본章宗源輯本) 하권에 나온다. "공자는 도천을 지나면서 목이 마르면서도 그 이름을 꺼려 물을 마시지 않았다." 『수경주』(水經注)에 의하면 도천은 벤성(卞城; 지금의 산둥 쓰쉐이현泗水縣 동부) 동북쪽에 있다.

운명[1]

어느 날 우치야마 서점[2]에서 한담을 나누다가——나는 자주 우치야마 서점에 가서 한담을 나눈다. 나와 적대적인 가련한 '문학가'는 이것을 빌미로 나에게 '친일파'라는 이름을 붙여 주려고 갖은 노력을 다했다.[3] 그런데 아쉽게도 이제는 그만뒀다——병오년생인 올해 스물아홉 된 일본 여성들은 불행한 사람들이라는 것을 알게 되었다. 병오년에 출생한 여자는 남편을 잃을 운명이라고 모두 믿는다는 것이다. 재혼을 하더라도 남편은 죽고, 많으면 대여섯 명까지 잃을 수 있어서 결혼하기가 정말 힘들다는 이야기였다. 이는 물론 미신이다. 그러나 일본사회에서도 미신은 정말 많다.

나는 "그러면 이런 숙명에서 벗어날 방법이 있습니까?"라고 물었다. 대답은 "없다"였다.

뒤이어서 나는 중국에 생각이 미쳤다.

외국의 많은 중국연구자는 중국인이 숙명론자여서 운명으로 정해진 것은 어쩔 수 없다고 생각한다고 말한다. 중국의 논자 가운데에서도 이렇게 말하는 사람이 있다. 그러나 내가 알기에 중국 여성에게 벗어날 수 없는 이러한 운명이란 없다. '팔자가 사납다'라거나 '팔자가 세다'라는 것은 있지만 어쨌든 방법을 생각해 내는데 이것이 이른바 '액막이'이다. 상극을 이길 수 있는 운명을 가진 남자와 결혼하여 그녀의 '사납'거나 '센' 팔자를 제지할 수 있다는 것이다. 가령 대여섯 명의 남편을 잃게 될 운명이 있다고 하자. 그러면 벌써 도사 비슷한 사람이 나타나서 묘책이 있다고 나서서 복숭아나무로 대여섯 명의 남자를 조각하고 주문을 그려 붙여서 이 운명을 가진 여성과 같이 '결혼식'을 올린 다음 태우거나 묻어 버린다. 그리하여 그 여성과 약혼하려는 남편은 일곱번째 남자가 되므로 액운을 피할 수 있다.

중국인은 확실히 운명을 믿는다. 그러나 이 운명은 바꿀 방법이 있는 운명이다. 이른바 '방법이 없다'라는 말은 다른 길——운명을 바꿀 방법——을 생각하는 것이기도 하다. 이것이 '운명이구나'거나 정말 '방법이 없다'는 확신이 든다면 사실상 벽에 완전히 부딪혔거나 망할 때가 다가왔다는 의미이다. 중국인에게 운명이란 일이 벌어지기 이전에 알려주는 것이 아니라 일이 벌어지고 난 다음에 마음 편하게 행해지는 해석이다.

물론 중국인에게 미신이 있고 또 '믿음'이 있지만 '믿음을 견지하'는 것은 잘 이뤄지지 않는 것 같다. 예전에 우리는 황제를 가장 존경했지만 다른 한편 그를 희롱하고 싶어 했다. 황후를 존중하기도 했지만 다른 한편 마찬가지로 그를 유혹하고 싶어 했다. 신명을 두려워하면서도 종이돈을 불살라 뇌물을 줬고 호걸에 감탄하면서도 그를 위해 희생하고 싶지는 않았다. 공자를 존경하는 이름난 유가는 다른 한편으로 불상에게 절하며, 갑甲을 믿는 전사는 내일 정丁을 믿는다. 종교전쟁이 일어난 적은 없고 북위에서 당송에 이르기까지 불교와 도교 두 종교가 소장기복消長起伏했는데, 이는 몇 사람이 황제 귓가에서 감언이설을 한 탓에 가능했다. 풍수, 주문, 기도,…… 이렇게 큰 '운명'이라도 돈을 좀 쓰거나 몇 번 절을 하면 정해진 운명과 아주 다른 운명으로 바뀔 수 있다. 그러니까 운명으로 정해진 것은 없다.

우리의 선대 철학가들도 '숙명'이란 것이 이렇게 움직일 수 있고 인심이라는 것도 변할 수 있다는 것을 알고 있었다. 그래서 그들은 온갖 방법을 다 쓴 다음 얻은 결과가 진짜 '숙명'이며, 뿐만 아니라 여러 방법을 다 쓰는 것까지 이미 운명에 나와 있다고 말했다. 그러나 보통 사람을 보면 이렇게 생각하지 않은 것 같다.

사람이 '믿음을 견지'하지 않고 의심이 많으면 좋은 게 아닐 게다. 왜냐하면 이것도 이른바 '특별히 지조가 없다'는 것이기 때문이다. 그러나 나는 운명을 믿는 중국인이 운명을 바꿀 수 있다고 믿는 것은 낙관적이라 할 만하다고 생각한다. 그런데 지금까지는 미신을 다른 미신으로 대체하여서 결국 따지고 보면 마찬가지였다. 이후에 정당한 이치와 실천인 과학으로 이 미신을 치환할 수 있다면, 숙명론이라는 생각도 중국인에게서 떨어질 것이다.

정말 이런 날이 온다면, 중, 도사, 무속인, 점성술사, 풍수 선생…… 등의 보좌를 과학자에게 다 내주는 날이 온다면, 우리도 일 년 내내 귀신을 볼 필요가 없게 될 것이다.

10월 23일

주)_____

1) 원제는 「命運」, 이 글은 1934년 11월 20일 반월간지 『태백』 제1권 제5기에 '궁한'이라 는 필명으로 실렸다.

2) 우치야마 서점(內山書店)은 일본인인 우치야마 간조(內山完造, 1885~1959)가 상하이에 연 서점으로 주로 일본 서적을 판매했다.

3) 1933년 7월, 쩡진커(曾今可)가 편집하는 『문예좌담』(文藝座談) 제1권 제1호에 「우치야 마 서점을 잠깐 방문한 기록」(內山書店小坐記)이라는 글이 바이위샤(白羽遐)라는 필명 으로 실렸다. 이 글은 루쉰이 일본의 스파이라는 암시를 담고 있다(『거짓자유서』 「후기」 참조). 또한 1934년 5월 『사회소식』(社會新聞) 제7권 제12기에 밍쓰(名思)라는 필명으 로 실린 글인 「루쉰은 매국노가 되고 싶어 한다」(魯迅愿作漢奸)에서는 루쉰이 "일본 서 국과 밀약을 맺어…… 기꺼이 매국노가 되었다"라고 중상했다.

얼굴 분장에 대한 억측[1]

연극에 대해서라면 나는 완전히 문외한이다. 그러나 중국 연극을 논한 글이 눈에 띄면 가끔 읽곤 한다. 근래 중국 연극이 상징주의냐 아니냐 혹은 중국 연극에 상징적인 수법이 있느냐 없느냐 문제를 흥미 있게 지켜보고 있다.

보홍 선생은 주간 『극』 11기(『중화일보』 부간)에서 얼굴 분장에 대해 이야기하면서 중국 연극에는 가끔 상징적인 수법을 사용한다는 점에 동의하면서 다음과 같이 말했다. "가령 하얀색은 '간사함', 붉은색은 '충성과 용기', 검은색은 '위험과 용맹', 파란색은 '요사스러움', 금색은 '신령스러움' 등을 드러내는데 사실 서양에서 흰색이 '순결과 깨끗함', 검은색은 '비애', 붉은색은 '열렬', 황금색은 '영광'과 '노력'을 표현하는 것"과 비슷한데, 이는 비록 비교적 단순하고 저급하긴 하지만 '색의 상징'이다.[2]

이는 꽤 괜찮은 이야기인 것도 같다. 그러나 곰곰이 생각해 보면 의문이 생긴다. 흰색이 간사함을, 붉은색이 충성과 용기 등을 표현하는 것은 얼굴에만 한정되며, 다른 곳에서는 흰색이 간사함을 상징하는 것이 아니며 붉은색도 충성과 용기를 표현하지 않는다.

중국희극사에 대해서도 마찬가지로 나는 완전히 문외한이다. 다만 예전(남북조시대)에 가면을 쓰고 연기했다는 것 정도는 알고 있다.[3] 이 가면에 역할의 특징을 표시해야 했는데 이것이 한편으로 이 역할의 얼굴상에 대한 규정이기도 했을 것이다. 고대의 가면과 현재 분장의 관계는 아무도 논의한 적 없는 것 같다. 만약 모종의 관계가 있다면 '흰색은 간사함을 표현한다' 등은 인물의 분류일 따름이고 상징 수법은 아닐 것이다.

중국은 이전부터 '관상술'[4]을 좋아했다. 그러나 지금의 '관상'과는 다른 것으로 기색에서 복과 화를 보아 내는 것이 아니라 이른바 "안이 실하면 겉에 드러나게 마련이다"라는 것으로 얼굴상에서 이 사람이 좋은지 나쁜지를 판별하는 방법이었다.[5] 일반 사람들도 이런 생각을 갖고 있다. 우리는 지금도 여전히 "그 사람 꼴을 보니 좋은 사람이 아니야"라는 말을 듣곤 한다. 이 '꼴'의 구체적인 표현이 연극에서의 '얼굴 분장'이다. 부귀한 사람은 양심이 없고 자기 자신만 알고 하얗게 살이 오를 정도로 먹으며 무슨 일이든 해치우는데 흰색으로 간사함을 표현했다. 붉은색은 충성스러움과 용기를 드러내는데 관운장의 "얼굴빛이 홍갈빛 대추 같다"라는 말에서 나왔다. '홍갈빛 대추'란 것이 어떤 대추인지 모르겠지만 어쨌든 붉은색일 것이다. 실제로 충성스럽고 용감한 사람의 사상은 단순한 편이고 신경쇠약에 걸리지 않아서 낯빛도 쉽게 붉게 변한다. 만약 그가 영원히 중립이고 '제3종인'이라고 자칭한다면, 정신적으로 자주 고통스러울 것이고 얼굴이 붉으락푸르락해져서 결국에는 어릿광대의 모습으로 드러난다. 검은색이 위엄과 용맹을 표현하는 것은 이상하지 않다. 일 년 내내 전쟁터에서 달리는데 어떻게 얼굴이 검지 않을 수 있는가. 얼굴에 로션을 바른

공자는 분명히 전장에 나가서 싸우려 하지 않을 것이다.[6]

사대부와 군자는 사람을 하나하나 분류하곤 한다. 평민도 분류를 한다. 나는 이 '얼굴 분장'이 배우와 관객이 같이 논의하고 결정에 이른 분류법이라고 생각한다. 그러나 평민의 판별하는 능력이나 감수성은 사대부와 군자처럼 세밀하지 못하다. 게다가 예전 연극 무대 구성법은 로마와 달라서[7] 관객들이 집중하기 어려워 표현이 도드라지지 않으면 관객들이 알아볼 수 없고 느낄 수 없다. 이렇게 되다 보니 각 인물의 얼굴 분장이 과장되고 만화처럼 표현되지 않을 수 없다. 심지어 나중에는 괴상망측한 지경에까지 이르러 실제와 완전히 멀어진 상징 수법처럼 변했다.

얼굴 분장은 물론 그 자체의 의미가 있다. 그러나 나는 이것이 상징 수법이 아니라는 생각이 든다. 게다가 무대의 구조와 관객의 문화 수준이 고대와 다른 때에 이는 군더더기일 따름이다. 이것이 계속 존재할 이유가 없다. 그러나 재미있는 다른 오락에 사용된다면 지금 나는 이것이 여전히 흥미롭다고 생각한다.

10월 31일

주)_____

1) 원제는 「瞼譜臆測」이다. 『생생월간』에 보냈던 이 글은 발표하지 못하고, 『차개정잡문』을 출판할 때 처음으로 실렸다. 밑줄은 문제가 되었던 부분인데, 이에 대해서는 이 문집의 「부기」를 참고하시오.

2) 『극』(戱) 주간 제11기(1934년 10월 28일)에는 보홍(伯鴻; 톈한田漢의 필명)이 쓴 「소련은 왜 메이란팡을 초청하여 공연하게 되었는가(상)」를 발표하였는데 이 글은 먼저 『선바오』의 「독서문답」란에 실린 「메이란팡과 중국의 구극(舊劇)의 전망(3)」이라는 글에서 "중국 구극의 대다수 소재는 역사상의 전설에서 취하고 있는데, 그 내용은 대체로 '권

'선정악'의 상투적인 것이어서 여기에는 신비한 감정도 들어 있지 않고 보고 느끼는 구체적인 기호로 무엇을 상징할 필요도 없다.…… 상징주의적 의미를 가장 많이 띠고 있다고 여겨지는 얼굴 화장이나 채찍으로 말을 대신하는 방식도 극의 전개에 대한 관중의 이해나 도와줄 수 있을 뿐이지 그것이 곧 상징주의라고는 할 수 없다'라는 말을 인용하고 나서 다음과 같이 썼다. "이것은 아주 지당한 말이다. 그러나 그는 중국의 구극이 상징주의라는 것을 부정하였기 때문에 중국의 구극이 채용하고 있는 일부의 '상징적인 수법'마저 부정해 버렸다. 이를테면 흰색은 '간사함'을, 붉은색은 '충성과 용기'를 표현한다.…… 왜냐하면 '색의 상징' 그리고 '소리의 상징'과 '형태의 상징'도 의식적이건 무의식적이건 간에 사용되고 있기 때문이다.…… 이러한 것들은 비교적 단순하고 저급한 것이기는 하지만 상징적 수법인 것이다."

3) 남북조 시기의 가무극 『대면』(大面)을 가리킨다. 『구당서』(舊唐書)의 「음악지」(音樂志)에 기재된 부분은 다음과 같다. "『대면』은 북제 때 나왔다. 북제의 난릉왕(蘭陵王) 장공(長恭)은 재주와 무예가 뛰어나고 얼굴이 아름다워 흔히 가면을 쓰고서 대적하였다. 금용성(金墉城) 밑에서 주나라 군대와 싸울 때 용맹하기가 삼군에서 으뜸갔으므로 제나라 사람들은 그를 건장하다고 여겨 그가 검을 휘두르며 공격하는 모습을 춤으로 흉내 내었는데 이를 '난릉왕 입진곡(入陣曲)'이라 부른다."

4) 『좌전』 '문공 원년'에 "내사(內史) 숙복(叔服)이 장례식에 왔는데 공손오(公孫敖)는 그가 관상을 볼 줄 안다는 말을 듣고 두 아들을 보게 하였다"라고 씌어 있다. 그리고 『한서』 「예문지」의 '형상법'(形法) 등의 저술로는 『관상 보기』(相人)라는 책이 있다.

5) 원문은 "誠于中, 必形于外"로 『대학』에 나오는 말이다. "사람들은 자기를 보는 데 마치 그 폐와 간을 들여다보는 듯하다.…… 이것은 속이 성실하면 겉에 나타나게 마련이며 따라서 군자는 혼자 있을 때도 신중해야 한다."

6) 밑줄은 원저자 루쉰이 한 것이다.

7) 고대 로마의 극장은 중앙이 원형으로 된 공연 무대이고, 주위로는 계단식 관중석이 있어서 현대의 체육관과 비슷하였다.

되는대로 책을 펼쳐 보기[1]

나는 내가 소일거리로 삼는 독서의 종류인, 되는대로 펼쳐 읽기에 대해서 이야기하려 한다. 잘못 이야기했다가 손해를 볼지도 모를 일이지만.

내가 제일 먼저 책을 읽은 곳은 사숙私塾이었는데 여기에서 처음 읽은 책은 『감략』鑑略[2]이었다. 책상 위에 이 책과 습자용 용지, 대련(이는 시를 쓰기 위해 준비한 것이다) 교재를 제외하고 다른 책은 못 올려놓게 했다. 그러나 나중에 글자를 알게 되었고 글자를 알게 되자 책에 관심이 생겼다. 집에 너덜너덜하게 낡은 책이 든 상자가 두세 개 있어서 꺼내 슬슬 읽어 보게 되었다. 중요한 목적은 그림을 찾아서 보기 위한 것이었는데 나중에는 글자도 읽게 되었다. 이렇게 습관이 되었다. 책이 손에 있으면 그 책이 어떤 책이든 간에 들고 한번 쓱 살펴보거나 목차를 읽거나 내용을 몇 쪽 읽어 본다. 지금까지도 이 모양으로 집중해 읽지 않고 슬렁슬렁 읽게 되었다. 종종 글을 쓰거나 꼭 봐야 하는 책을 읽고 난 다음에 피곤할 때에도 이 장난감을 갖고 소일하는데 이는 확실히 피로를 풀어 준다.

사람을 속이려고 한다면 이 방법은 정말 고상하고 박학한 사람인 척할 수 있게 해준다. 지금 일부 성실한 사람들은 나와 한담을 나눈 다음 내가 책을 많이 읽은 것 같다고 이야기하곤 한다. 잠깐만 이야기해 보면 확실히 내가 책을 꽤 많이 읽은 것같이 보인다. 늘 손 가는 대로 책을 펼쳐 보는 까닭인데 한 권 한 권 꼼꼼히 읽지 않는다는 것을 누가 알리오. 쉽게 입수할 수 있는 비책이 한 권 있다. 『사고전서제요』가 그것이다. 만약 이것도 번거롭다면 『간명차례』3)도 괜찮다. 이 책을 자세히 읽으면 마치 많은 책을 읽은 것처럼 행세할 수 있다. 그러나 나도 예전에 제대로 공을 들여 읽은 적이 있다. 무슨 '국학'류를 배우려고 선생님의 지도를 받은 적도 있고 학자가 만든 참고서적에 주의한 바도 있다. 결과는 만족스럽지 않았다. 어떤 서적은 너무 많이 나열되어 있어서 십여 년이 걸려야 다 읽을 수 있는 것도 있었다. 저자도 다 읽지 않은 건 아닌지 의심스러웠다. 몇 권만 거론한 것은 상당히 괜찮지만 이 목록을 제시한 선생이 어떤 사람인지 살펴봐야 했다. 만약 그가 바보멍청이라면 거론한 몇 권의 책 또한 엉망일 터이므로 따라 읽어 가다 보면 엉망진창이 된다. 그러니 안 보는 것이 차라리 낫다.

나는 세상에 후학에게 공부하는 것을 가르쳐 줄 선생이 없다고 말하는 것이 아니다. 있기는 있다. 그러나 정말 찾기 어렵다.

이 자리에서는 소일거리로 읽는 책 이야기만 하고 싶다.── 일부 성인군자들은 반대하는데 이렇게 하면 '잡스럽다'고 생각한다. '잡스럽다'는 지금까지도 나쁜 것을 형용하는 말이다. 그러나 이것도 좋은 점이 있다고 나는 생각한다. 가령 우리가 한 집안의 여러 해 묵은 장부를 보는데 매일 '두부 3문文, 청경채 10문, 생선 50문, 장醬 1문'이라고 씌어 있으면 예전에 이 몇 푼으로 하루 반찬을 사서 한 가족이 먹고살았구나 하고 알게 된다. 옛 달력을 보는데 "바깥나들이를 해서는 안 되며 목욕을 해서도 안 되고 대들보를 올려도 안 된다"라고 씌어져 있으면 예전에 이렇게 많은 금기가 있었다는 것을 안다. 송대 필기에서 "채식을 하고 마귀를 섬겼다"[4]와 명대 필기에서 '10표 5호'[5]를 보면 "아, 정말 '자고로 있었느니라'였구나"는 걸 알게 된다. 그러나 책 한 권을 읽었는데 내용이 모조리 당시의 유명인의 일화로 어떤 장군이 매 끼니 서른여덟 그릇의 밥을 먹었다느니 어떤 선생의 체중이 175.5근이라느니 하는 이야기와 같이, 또 전부 기괴한 소식과 괴상한 일들로 어떤 마을의 벼락이 지네 요괴에게 내리쳤다거나 어떤 임산부가 사람 얼굴을 한 뱀을 낳았다거나 하는 이야기와 같이 하나도 도움이 되지 않는 것도 있다. 이때는 자기 생각이 있어야 한다. 이것은 식객 문사가 지은 책이구나, 라고 알아차려야 한다. 식객이란 최악의 방법으로 가장 나쁘게 사람을 한갓지게 하는 사람이다. 자칫 잘못하면 그에게 홀려서 함정에 빠진다. 나중에는 머릿속이 온통 모 장군의 식사량과 모 선생의 체중, 지네 요괴나 사람 얼굴을 한 뱀으로 가득 차게 된다.

점이나 창기에 대한 책을 읽을 기회가 있으면 미간을 찌푸리고 싫은 표정을 짓지도 말고 한번 쓱 훑어보는 것도 괜찮다. 또 자기 생각과 반대거나 시대에 뒤떨어진 책도 같은 방법을 쓸 수 있다. 가령 양광선의 『부득이』[6]는 청초의 저작이지만 그의 사상은 살아 있으며 지금 그와 의견이 비슷한 사람이 많은 것 같다. 이것도 마찬가지로 그의 의견에 쏠릴 수 있기 때문에 좀 위험하긴 하다. 살길은 많이 뒤적거리는 것이다. 이것저것 읽어서 많이 읽다 보면 비교할 수 있게 된다. 비교는 속아 넘어가는 것을 고치는 좋은 방법이다. 시골 사람은 황화철을 금광석으로 오해하곤 하는데 입으로 이야기해서는 알아듣지 못하거나 당신이 그를 속여서 보석을 빼앗으려 한다고 의심하여 얼른 숨길 수 있다. 그러나 진짜 금광석을 본다면, 다만 손으로 만져서 무게를 가늠키만 해도 마음이 가라앉는다. 뭐가 진짜인지 알게 되는 것이다.

'되는대로 펼쳐 보기'는 갖가지 다른 광석으로 비교하는 방법으로, 진짜 금광석으로 비교하는 것만큼 분명하거나 단순하지 않으며 꽤 힘이 든다. 지금 청년들이 무슨 책을 읽어야 하는가를 자주 묻는데 그 답은 황화철에 속지 않기 위하여 진짜 금을 봐야 한다는 것이다. 뿐만 아니라 진짜 금을 알게 되면 다른 한편으로 황화철을 제대로 알게 되는 것이기도 하므로 일거양득이다.

그러나 이렇게 좋은 것은 현존하는 중국책 가운데에서 얻기 힘들다. 내가 약간의 지식이라도 얻게 된 과정을 회상해 보면 정말 고생이 이만저만이 아니었다. 어릴 때 나는 중국이 '반고씨가 천지를 개벽'한 다음에 삼황오제가 있고…… 송대와 원대, 명대가 있고 그리고 '우리 대청대'[7]가 있다고 알았다. 열두 살 때 또 '우리'의 칭기즈칸[8]이 유럽을 정복했으며 이것이 '우리'의 가장 흥성한 시대라는 이야기도 들었다. 스물다섯 살 때 와서야 이른바 이 '우리'의 가장 잘나가는 시대가 사실은 몽고인이 중국을 정복한 것이요 우리는 종이었다는 사실을 알게 되었다. 올해 팔월에 내력 故事을 좀 조사해 보고 몽고사 책 세 권을 뒤적거리고 나서야 몽고인이 '아라사'斡羅思[9]를 정복하고 헝가리와 오스트리아를 침입한 것은 아직 중국 전역을 정복하기 전이며 그 당시의 칭기즈칸은 아직까지 우리의 칸이 아니었다는 것을 알게 되었다. 러시아인이 종의 자격을 가진 것이 우리보다 오히려 더 오래되었으므로 그들이 "우리의 칭기즈칸이 중국을 정복했고 이것이 우리의 가장 잘나가는 시대였다"라고 말해야 할 것이다.

현행 역사교과서를 안 본 지 오래되어서 교과서에서 어떻게 이야기하는지 모르겠다. 그러나 신문과 잡지에서 가끔 칭기즈칸을 자랑스러워하는 글을 보곤 한다. 이미 지나간 일이고 원래는 큰 관련이 없는 것이었지만 어쩌면 큰 관계가 있을지도 모르겠고 어찌 됐건 진실을 이야기하는 편이 낫다. 그래서 문학을 배우든지 과학을 배우든지 간에 그는 우선적으로 역사에 관해서 간단하면서도 믿을 만한 책 한 권을 읽어 봐야 한다고 생각한다. 그러나 그가 천왕성이나 해왕성 혹은 두꺼비의 신경세포만을 이야기하거나, 매화만을 읊고 누이만을 외치고 사회에 관해서 논의하지 않는다면 물론 읽지 않아도 좋다.

나는 일본어를 좀 알기 때문에 일역본 『세계사 교정』과 새로 출간된 『중국사회사』[10]를 임시변통하고 있다. 이 책들은 내가 이제까지 본 역사서보다 더 명확하게 설명하고 있다. 전자는 중국에도 번역서가 있지만 앞의 한 권밖에 출간되지 않았고 뒤의 다섯 권은 번역되지 않았다. 번역이 어떤지는 보지 않았기 때문에 모르겠다. 후자는 중국에 먼저 번역서가 나왔는데 『중국사회발전사』라는 제목이다. 그러나 일역자의 말에 따르면 잘못된 곳이 많고 생략한 곳도 있어서 신뢰할 수 없다고 한다.

나는 여전히 중국에 이 두 책이 나오기를 희망한다. 그것도 우우, 하고 몰려들었다가 우우, 하며 금세 사라지지 말고 다 번역하기를 바란다. 생략하지도 말아야 한다. 삭제하려면 독자들에게 이 점을 밝혀야 한다. 그러나 가장 좋은 것은 작가와 독자를 생각하면서 조심스럽고 완전하게 번역하는 것이다.

11월 2일

1) 원제는 『隨便翻翻』, 이 글은 1934년 11월 상하이의 월간 『독서생활』 제1권 제2기에 '궁한'이라는 필명으로 발표되었다.

2) 청초 때 왕사운(王仕雲)의 저서로 예전 서당에서 쓰던 초급 역사 읽을거리였으며 네 자씩 운을 맞추어 고대의 반고(盤古) 때부터 명대 홍광(弘光) 시기까지 썼다.

3) 『사고전서제요』는 곧 『사고전서총목제요』(四庫全書總目提要)를 가리킨다. 기윤(紀昀)이 편찬한 것으로 건륭 47년(1782)에 완성되었다. 『간명목록』(簡明目錄)은 『사고전서간명목록』으로 20권으로 되어 있으며 역시 기윤이 편찬한 것이며 각 권의 요목은 『총목』보다 간략하며 『총목』 중에서 '존목'(存目) 부분의 서목은 수록되어 있지 않다. 『사고전서』는 청초 시기 건륭 37년(1772)에 기구를 설치하고 편찬하기 시작하여 10년 만에 완성되었는데 이것은 당시 전국 서적의 종합본으로 모두 3,503종 79,337권을 수록했으며 경(經), 사(史), 자(子), 집(集) 네 부로 나뉘어 있었다.

4) 5대 양송 시기 농민의 비밀종교 조직인 명교(明敎)는 채식을 주장하며 마니(摩尼; 고대 마니교에서 유래했음)를 빛의 신으로 모셨다. 이 때문에 그들과 관련한 기록에 "채식을 하고 마귀를 섬겼다"라는 구절이 남겨져 있다.

5) '5호 5표'(五虎五彪)인 것으로 의심된다. 명대 계륙기(計六奇)의 『명계북략』(明季北略) 4권에 「5호 5표」한 항목이 있다. "5호 이노룡(李夒龍), 오순부(吳淳夫), 예문환(倪文煥), 전길(田吉) 등은 장물을 돌려주고 변방으로 유배보냈으며, 5표 전이경(田尒耕), 허현순(許顯純)은 처결했고 최응원(崔應元), 양환(楊寰), 손운학(孫雲鶴)은 변방에 유배를 보내 군역을 시켜 권세자에 빌붙는 이에게 경계로 삼도록 했다." 『명사』의 「위충현전」(魏忠賢傳)에는 다음과 같은 기록이 있다. "이때 내외의 대권은 충현에게 장악되어 있었다. …… 외정문신으로는 최정수(崔呈秀), 전길, 오순부, 이노룡, 예문환이 정사를 주관하였는데 그들을 '5호'라 했다. 무신으로는 전이경, 허현순, 손운학, 양환, 최응원이 군사를 주관하였는데 그들을 '5표'라고 했다. 그리고 여부상서 주응추(周應秋), 태복소경(太僕少卿) 조흠정(曹欽程) 등은 '10구'라 불렸으며 또 '10자식', '40손자'라는 말도 있었다."

6) 양광선(楊光先, 약 1595~1669)의 자는 장공(長公)이며 안후이 시(歙)현 출신이다. 순치 원년(1644)에 청조 정부는 독일 천주교 전도사 탕약망(湯若望)을 흠천감감정(欽天監監正)으로 위임하여 역법을 변경하고 새로운 역서를 편찬하도록 하였다. 양광선은 예부에 상서하여 새 역서의 표지에 '서양의 신법을 따름'이란 글자를 쓰지 말아야 한다고 지적했다. 강희 4년(1665)에 또 상소하여 새 역서는 그 해의 일식을 잘못 추산했다고 지적했다. 이 때문에 탕약망 등은 단죄되고 양광선이 흠천감감정에 임명되어 구 역서를 회복시켰다. 강희 7년에 양광선은 윤달을 잘못 추산한 탓으로 투옥되었다가 풀려났다. 『부득이』는 양광선이 여러 번 탕약망을 고발하여 쓴 상주문 등이 포함된 논문집인데 거기에는 봉건적인 배외사상이 농후하였다. 이를테면 「일식천상험」(日食天象驗)에

는 "차라리 중국에 좋은 역서가 없게 되더라도 중국에 서양 사람이 들어 있게 해서는 안 된다"라고 쒸어 있다.

7) 만주족 통치자들이 청조 정권을 세운 뒤 일반 한족 관리들도 새 왕조를 '우리 대청(大清)'이라고 불렀다.

8) 칭기즈칸(1162~1227)은 1219~1223년에 군대를 거느리고 서쪽을 정벌하여 중아시아와 남러시아를 점령했다. 그 후 그의 손자 바투는 1235~1244년에 제2차 서쪽 정벌을 하여 러시아를 정복하고 헝가리, 오스트리아 등 유럽을 침략했다. 이상의 사건들은 1279년 쿠빌라이(즉 원 세조)가 송조를 멸망시키기 전에 발생했다.

9) 즉 러시아이다. 청대 홍균(洪鈞)의 『원사역문증보』(元史譯文証補) 권26에 있다. 『신원사』(新元史)의 「외국열전」에는 '幹羅斯'라고 쒸어 있다.

10) 『세계사 교정』(世界史敎程). 소련의 보차로프 등이 공동편찬한 교과서로서 원명은 『계급투쟁사 교본』(階級鬥爭史課本)이다. 두 가지 중문번역본이 있는데 하나는 왕리시(王禮錫) 등이 번역한 것으로 신주국광사(神州國光社)에서 한 권만 출판했다. 다른 하나는 스룬인(史崘音) 등의 번역으로 낙타사에서 두 권으로 출판했다. 루쉰이 거론한 것은 전자이다.

『중국사회사』는 소련의 사파로프의 저서로서 원명은 『중국사강』(中國史綱)이다. 루쉰은 하야가와 지로(早川二郞)의 일역본(1934년판)을 가지고 있었다. 이 글에서 말한 『중국사회발전사』(中國社會發展史)는 중문번역본으로 리리런(李俚人)이 번역하여 1932년 상하이의 신생명서국(新生命書局)에서 출판했다.

나폴레옹과 제너[1]

나는 의사 한 명을 알고 있다. 그는 바쁘다. 그런데 환자 가족에게 공격을 받는 일도 자주 생긴다. 한번은 한탄하면서 스스로를 다음과 같이 변호했다. 칭찬을 받으려면 사람을 죽이는 것이 가장 낫지. 나폴레옹과 제너(Edward Jenner, 1749~1823)[2]를 한번 비교해 봐…….

나는 이 말이 맞다는 생각이 든다. 나폴레옹의 전적이 우리와 무슨 상관이 있겠냐만은 우리는 늘상 그의 영웅됨에 탄복한다. 심지어 자신의 조상이 몽고인의 노예가 되었음에도 여전히 칭기즈칸을 공경한다. 지금의 뇌[3] 자의 눈으로 보자면 황인종은 열등 인종인데도 우리는 여전히 히틀러를 떠받들고 있다.

왜냐하면 이들 세 사람은 사람을 죽여도 눈 하나 깜짝 하지 않을 대악운이기 때문이다.

그런데 자신의 어깨를 한번 보라. 보통은 몇 개의 흉터가 있게 마련인데 이것은 종두를 맞은 흔적으로서 우리에게 천연두라는 위험한 병을 벗어나게 했다. 이 우두법이 있은 다음 세상에 얼마나 많은 아이가 살아났는지 모른다. 몇몇은 커서도 여전히 영웅들을 위해 총알받이가 된 이도 있겠지만 우리 중에서 누가 이 발명자인 제너의 이름을 기억하는가?

살인자는 세계를 훼손시키고 구세자는 세계를 보수한다. 그런데 총알받이의 자격을 가진 제군들은 늘 살인자를 공경하고 있다.

이러한 생각이 바뀌지 않으면 세계는 더 훼손될 것이고 사람들은 계속 고통을 당할 것이라고 생각한다.

11월 6일

주)_____

1) 원제는 「拿破崙與隋那」, 이 글은 상하이의 생활서점(生活書店)에서 편집출판한 1935년 『문예일기』(文藝日記)에 실렸다.
2) 영국 의학가로서 우두(牛痘)에 의한 천연두의 면역에 대하여 연구하여 1796년에 우두 종두법(種痘法)을 발명하였다.
3) 독일 나치당의 휘장이다.

주간 『극』 편집자에게 보내는 답신[1]

루쉰 선생님, 편지를 봐주시기 바랍니다.

『아Q』의 제1막은 이미 다 완성이 되었습니다. 무대로 옮기는 실험을 바로 할 수 있는 것은 아니지만 우리의 준비 작업은 시작되었습니다. 제1막이 다 게재되었을 때 당신이 견해를 발표해 주시기를 희망합니다. 이는 한편으로 우리의 공연 준비에도 도움이 될 것 같고, 다른 한편 본 잡지의 총서 계획이 실현되면 당신의 의견을 『아Q』 극본과 같이 인쇄하여 서문으로 삼을 수 있습니다. 이는 편집자의 요구이자 작가와 독자 및 연출하는 동지들의 요구이기도 합니다. 건강하시기를 바랍니다!

편집자

편집자 선생님께

주간 『극』[2] 지상에서 나에게 보낸 공개편지를 일찍이 읽었습니다. 나중에 우편으로 보내주신 주간지를 받기도 했는데 이는 아마 나에게 답신을 재촉하는 것이리라 여겼습니다. 연극에 대해서 저는 공부한 적이 없으므로 나의 가장 믿을 만한 답은 한마디도 안 하는 것입니다. 그러나 내가 일개 문외한으로서 마음 놓고 이야기한다는 점을 선생님과 독자들께서 우선적으로 이해해 준다면 당연히 내 개인 의견을 좀 이야기하는 것도 괜찮을 것입니다.

『아Q』는 매 호마다 실리는 것이 많지 않습니다. 매 호는 또 엿새 만에 나오므로 드문드문 읽었는데도 계속 내용을 잊어버립니다. 지금 돌이켜 보면 그 각색에서 『외침』의 다른 인물을 끼워 넣어 웨이좡未庄이나 루전魯鎭의 전모를 드러내는 방법이 훌륭했던 것으로 기억합니다. 그러나 아Q가 말한 사오싱紹興 말을 나는 상당 부분 알아듣지 못했습니다.

지금 나는 몇 마디 이야기를 하고자 합니다. 두 가지 지점입니다.

첫째, 웨이좡은 어디에 있습니까? 『아Q』의 편집자는 사오싱에 있다고 이미 정했습니다. 나는 사오싱 사람이고 내가 쓴 소설의 배경 또한 사오싱인 곳이 많기 때문에 이 결정에 대해서 누구든지 동의할 것입니다. 그런데 나의 모든 소설에서 특정한 곳을 거명한 것은 오히려 굉장히 드문 일입니다. 대부분의 중국인은 고향을 사랑하고 아끼는데 다른 곳을 조롱하는 데 명수인 대영웅 아Q도 그런 성격을 갖고 있습니다. 당시에 만약 폭로 소설을 써서 사건이 어디에서 일어났다고 거명하면 그곳의 사람들은 불구대천의 한을 품게 되고 다른 곳의 사람들은 강 건너 불구경 하는 것과 다름없게 될 것이라고 생각했습니다. 그러면 피차 반성은 않고 한 무리의 사람은 이를 악물고 증오하며 다른 무리는 득의양양해하므로 작품의 의미와 기능을 완전히 상실할 뿐만 아니라 여기에서 무료한 지엽적인 일이 발생하여 모두 한바탕 공연한 분노에 휩싸이게 될 것입니다. ──『양저우

한담』[3])이 최근의 예입니다. 병을 고치기 위하여 인삼을 처방했는데 복용법이 바르지 않으면 오히려 전신이 붓게 됩니다. 무의 씨로 이 증상을 낫게 할 수 있는데 이래서야 원래 마른 몸으로 되돌아가므로 인삼은 괜히 샀으며 무씨로 헛되이 난리를 친 셈입니다. 사람 이름도 마찬가지로 고금의 문단 소식가는 어떤 소설의 근본은 사적인 복수를 하는 것으로 여겨서 책의 누구는 실제로 누구라며 억지로 갖다 붙이기도 합니다. 이런 재자와 학자들이 공연히 머리를 쓰고 문제가 생기는 것을 막기 위하여 나는 '자오趙나리', '첸錢나리'라는 호칭을 썼는데 이는 『백가성』[4]에서 가장 먼저 나오는 두 글자입니다. 아Q의 성씨는 아무도 제대로 모를 것입니다. 그런데도 그 당시에 소문이 나돌았습니다. 또 동기 간의 순서를 따졌습니다. 내가 장남이고 아래에 두 명의 남동생이 있기 때문에 소문가의 독설을 방지하는 차원에서 내 작품에서 나쁜 인물은 장남이 아니면 넷째, 다섯째였습니다.

위에서 언급한 이런 고심은 내가 남의 미움을 살까 봐 그런 것이 아닙니다. 목적은 갖가지 쓸데없는 부작용을 없애서 작품의 역량이 더 강하게 발휘될 수 있도록 집중시키는 데 있습니다. 고골이 쓴 『검찰관』[5]에서 배우는 관객에게 대놓고 말합니다. "당신들 스스로를 비웃어라!"(이상하게도 중국 번역서에는 이 중요한 구절을 삭제했습니다.) 나의 방법은 한순간에 책임을 전가하여 방관자로 만들지 않게 하기 위하여 자기 이외의 누구를 쓰는지 알 수 없게 하는 것입니다. 그리하여 자기를 쓰는 것 같기도 하고 일반인을 쓰는 것 같기도 하게 생각하도록 하는 것입니다. 반성의 길은 여기에서 열립니다. 그러나 역대의 비평가들은 아무도 이 점에 대해 주목한 이가 없었습니다. 이번에 편집자는 주인공인 아Q가 말하는 사오싱 말에 대해서 이렇게 대강 처리하는 태도를 취했습니다. 그의 눈도 세속적인 것에 가려져 있는 것 같습니다.

그러나, 사오싱이라고 지정하는 것도 좋습니다. 그리하여 두번째 문제가 나옵니다.

둘째, 아Q는 어느 지방 말을 해야 하는가? 이는 물을 필요가 없는 것같이 보입니다. 아Q 평생의 사건이 사오싱에서 일어났다고 하면 그는 당연히 사오싱 말을 해야 합니다. 그러나 두번째 의문이 따라 나옵니다.

셋째, 『아Q』는 어디 사람을 위해 공연을 해야 하는가? 만약 사오싱 사람에게 보여 주기 위해 무대에 올린다면 그가 사오싱 말을 해야 한다는 점에는 의문의 여지가 없습니다. 사오싱의 희곡에서는 관원과 수재는 늘 관화官話를 쓰고 심부름꾼 아이와 옥졸은 사투리를 씁니다. 그러니까 생生, 단旦, 정淨은 대략 관화를 사용하고 축丑은 사투리를 사용하는 것이지요. 이것도 전적으로 사람의 상하, 우아함과 속됨, 좋고 나쁨을 구별하기 위해 사용한 것은 아닙니다. 이밖에 큰 원인으로 경구나 표현이 풍부한 방언, 풍자와 해학적인 말은 십중팔구 하등인의 입에서 나온 것입니다. 따라서 그는 반드시 사투리를 써서 현지 관객들이 철저하게 이해할 수 있어야 합니다. 그렇다면 이 관계가 얼마나 중요한지 알 수 있습니다. 사실상 사오싱 사람에게 보여 주기 위해 연기한다면 다른 배역도 대략은 사오싱 말을 사용할 수 있습니다. 왜냐하면 같은 사오싱 말이라도 이른바 상등인과 하등인이 말하는 것은 또 다릅니다. 대체로 전자는 문구가 간단하고 어조사와 감탄사가 적게 사용되며 후자는 문구가 길며 어조사와 감탄사를 많이 쓰며 같은 의미의 말을 장황하게 두 배로 늘리기도 합니다. 그러나 다른 곳의 사람들에게 보여 주기 위해 연기한다면 이 희곡의 기능은 약화되거나 완전히 소실됩니다. 내가 유심히 관찰한 바에 따르면 사오싱 말에 능통하다고 자부하는 외지 사람은 대체로 지금 명대 소품에 구두점을 찍는 유명인과 마찬가지로 잘 이해하지 못하고 있는 것 같습니다.[6] 북방이나 푸젠福建·광둥廣東 사람이 관객이라면 듣고 난 다음에 외국 서커스의 어릿광대가 익살을 부리는 것을 듣는 것보다 더 소득이 있을 것 같지 않습니다.

보편과 영원, 완전함이라는 이 세 가지 보물은 물론 꼭 필요한 것인가 하면, 다른 한편 작가의 관을 박는 못이기도 하다는 생각입니다. 작가를 못 박혀 죽게 할 수도 있습니다. 가령 현재의 중국에 언제 어디서나 무대에 올릴 수 있는 희곡을 한 편 쓴다는 것은 사실 불가능합니다. 이렇게 쓰려고 해도 결국 만들어 내지 못합니다. 그리하여 지금 쓸 수 있는 방법은 대화가 잘 이해되는 희곡 하나를 써서 학교 같은 곳에서 연출할 때에는 고칠 필요가 없고 다른 성이나 현, 다른 마을에 가면 이 희곡을 저본으로 삼아서 그 속의 대사를 현지 사투리로 바꾸고 언어뿐만 아니라 배경, 인명도 고쳐서 관객들에게 더 절실하게 느껴지도록 하는 수밖에 없습니다. 예를 들어 봅시다. 이 연극을 올리는 곳이 수향水鄕이 아니면, 뱃사공은 차부로 바꾸고 칠근[7]도 '변발이'라고 바꿔 부를 수도 있습니다.

나의 의견을 다 이야기했습니다. 한 마디로 총괄하자면 이 희곡은 특수화專化되어서는 안 되며 모두가 활용할 수 있어야 한다는 것입니다.

말미에 꼬리 하나를 덧붙이겠습니다. 물론 발바리군[8]의 꼬리만큼 재미있지 않습니다만 미안하게도 입을 떼지 않으면 안 됩니다. 몇 개월 전에 나는 대중어에 관한 한 친구의 질문에 답신한 바 있습니다. 이 편지는 나중에 『사회월보』지상에 실렸는데[9] 마지막에 양춘런 선생의 글도 실렸습니다.[10] 사오보라는 선생은 「횃불」에서 내가 양춘런 선생과 이미 화해를 했다고 말했을 뿐만 아니라 중국인은 너무 잘 어우러진다며 이 성격에 대해 깊이 개탄하기까지 했습니다.[11] 이번에 내가 쓰고 있는 이 편지도 아마도 발표되겠지요. 그런데 주간 『극』에서 이미 쩡진커와 예링펑[12] 두 선생의 글을 실은 것을 기억하고 있습니다. 예 선생은 아Q 그림까지 그렸습니다. 나의 그 『외침』이 아직 뒷간에서의 용도가 다하지는 않은 것 같긴 합니다. 만약 다년간의 변비가 아니라면 분명 새 책을 이미 샀을 것입니다. 만약 내가 사오보 선생의 판결에 겁을 먹었다면 이번에 뭐라고 감히 쓰지도 못했겠지요. 그러나 그럴 필요까지는 없다고 생각합니다. 다만 이 김에 이 자리에서 한 가지 사실을 밝힙니다. 나에게는 다른 사람이 내 편지를 잡지에 발표하는 것을 금지할 권력이 없습니다. 게다가 나 이외에 누구의 글이 실리는지 미리 알 수는 더더욱 없으므로 같은 잡지의 어떤 작가에 대해서 어울리고 말고 할 뜻을 표하지도 않았습니다. 그러나 같은 진영의 사람이 변장을 해서 등 뒤에서 나에게 칼을 꽂는다면 그에 대한 나의 증오와 경멸은 적보다 더할 것이라는 점은 명백합니다.

이는 결코 개인적인 일이 아닙니다. 왜냐하면 사오보 선생이 낡은 수단을 사용할 시간이 또 다가오기 때문입니다. 만약 내가 이 사항을 밝히지 않으면 내가 말한 구절 구절이 매판의식[13]은 아닐지라도 잘 어울린다는 조화론으로 둔갑할 것입니다. 이것은 또 무슨 의미가 있겠습니까?

이에 답신을 보냅니다.

평안하시기 바랍니다.

11월 14일, 루쉰

1) 원제는 「答『戱』週刊編輯信」, 이 글은 1934년 11월 25일 상하이에서 발간된 『중화일보』
의 부간인 주간 『극』(戱) 제15기에 발표되었다.

2) 『극』 주간은 1934년 8월 19일 창간했다. 편집자는 위안무즈(袁牧之)이다. 그가 위안메
이(袁梅)라는 이름으로 쓴 극본 『아Q정전』은 이 잡지 창간호부터 연재되었다.

3) 『양저우 한담』(閑話楊洲)은 이쥔쭤(易君左)가 지은 것으로 1934년 3월 상하이 중화서국
에서 출간되었다. 양저우에 대한 잡기이다. 책에서 서술한 현지의 풍습과 생활 환경이
일군의 양저우 사람들에게 불만을 샀는데, 그들은 비방죄로 작가를 고소하여 작가의
면직(당시 장쑤교육청 편찬 심의과 주임이었다)과 조사 및 처벌을 요구했다. 이 책은 오래
지 않아 판매 중지 되었다.

4) 『백가성』(百家姓)은 예전 사숙에서 사용한 식자 교본 중 하나로 송대 초기의 사람이 편
찬했다. 읽고 외우기 쉽게 하기 위하여 성씨를 연철하여 사언의 운을 맞춘 구로 만들었
다. '조전손리'(趙錢孫李)가 책 속의 첫번째 구절이다.

5) 고골(Николай Гоголь, 1809~1852)은 러시아의 작가이다. 『검찰관』은 『흠차대신』이라
는 제목으로 번역되기도 한 풍자희극이다. "당신들 스스로를 비웃어라!"는 말은 이 극
본 제5막 제8장에서 시장이 속았다는 것을 발견하고서 웃음을 터뜨리는 관중 앞에서
한 말이다. 1921년 허치밍(賀啓明)이 번역하고 상우인서관에서 출판한 『검찰』(巡按)에
서는 이 말을 다음과 같이 번역했다. "이들은 무엇 때문에 웃고 있는 거지? 당신들 때문
에 웃는 것이 아닌가?"

6) 류다제(劉大杰)가 구두점을 찍은 『원중랑전집』의 구문 나누기 착오를 가리킨다. 『꽃테
문학』의 「욕해서 죽이기와 치켜세워 죽이기」(罵殺與捧殺)를 참고하시오.

7) 루쉰의 소설 「야단법석」의 인물이다. 위안무즈가 개편한 『아Q정전』 극본에서도 이런
인물이 있는데 '뱃사공 칠근'(航船七斤)이라고 불렸다.

8) 원문은 '叭兒君'이다. '叭兒'은 개의 종류인 발바리를 가리키나 루쉰의 글에서는 주구,
하수인을 비유하는 것으로 종종 쓰이곤 했다. 『무덤』(墳)의 「페어플레이」는 아직 이르
다」(論"費厄潑賴"應該緩行) 등을 참고하시오.

9) 곧 이 문집의 「차오쥐런 선생에게 답신함」(答曹聚仁先生信)을 가리킨다.

10) 양춘런(楊邨人, 1901~1955)은 광둥 차오안 출신이다. 1925년 중국공산당에 가입하여
1928년 태양사에 참가하고 1932년 혁명을 배반했다. 여기에서 말하는 양춘런의 글은
「소비에트에서 돌아오다(속편)」(赤區歸來記 續)을 가리키는데 이 문집의 「부기」를 참
조하시오.

11) 사오보(紹伯)의 글은 「조화」(調和)라는 제목으로 1934년 8월 31일 『다완바오』의 「횃
불」(火炬)에 발표됐다. 사오보는 주간 『극』의 편집자 중 한 명인 톈한(田漢)의 필명이
다. 이에 대해서 이 문집의 「부기」를 참고하시오.

12) 쩡진커(曾今可, 1901~1971)는 장시 타이허(泰和) 출신이다. 그는 이른바 '해방사'를 제
창했는데 내용은 저속하고 무의미했다. 그리고 장쯔핑(張資平)과 『문예좌담』을 창간
하여 좌익문예를 공격했다. 이에 대해서는 『거짓자유서』의 「후기」를 참고하시오.
예링펑(葉靈鳳, 1904~1975)은 장쑤 난징 출신이다. 『현대소설』 제3권 제2기(1929년 11
월)에 발표한 그의 소설 「가난에 쪼들린 자전」(窮愁的自傳)에서 소설 속 인물인 웨이르
칭(魏日靑)은 다음과 같이 말했다. "평소 해왔던 대로 아침에 일어난 후 나는 동전 열
두 푼을 주고 고물상에서 사온 『외침』을 석 장 찢어 변소에 가서 똥을 누었다."

13) 매판의식(買辦意識). 린모(林黙; 곧 랴오모사廖沫沙)는 1934년 7월 3일 『다완바오』의 「횃
불」에서 발표한 「'꽃테문학'론」이라는 글에서 루쉰의 잡문 「거꾸로 매달기」(倒提)가
매판의식이 있다고 잘못 판단했다. 『꽃테문학』의 「거꾸로 매달기」와 '부록'을 참고하
시오.

주간『극』편집자에게 보내는 편지[1]

편집자 선생님께

오늘 주간『극』14호의「독백」[2]에서 나에게 회신을 받지 못해서 '유감'이라고 한 글을 읽었습니다. 이 회신은 그저께 이미 보낸 걸로 기억하는데 병중인데도 써서 스스로는 힘 닿는 데까지 노력을 했다고 생각합니다. 호감을 사고 싶은 마음에서 그랬다는 점을 이 자리에서 특별히 밝힙니다.

　이 주간지에서 몇 폭의 아Q상[3]을 보았는데 다 너무 튀고 어딘가 이상한 게 있다는 느낌이 들었습니다. 내 생각으로 아Q는 아주 평범한 외모에 순박하면서도 어리석은 농민 풍이면서도 한량의 교활함도 몸에 배어 있는 서른 살 안팎의 인물이어야 할 것 같습니다. 상하이의 인력거꾼과 일류차부 속에서 아Q의 그림자를 찾아낼 수 있습니다. 그러나 건달이나 뜨내기의 모습은 없습니다. 머리에 참외껍질 모양의 작은 모자를 씌워 주면 아Q가 사라집니다. 내가 그에게 씌운 모자는 펠트모자인 걸로 기억합니다. 이는 검정색 반원형의 모자인데 이 모자의 가를 한 치 남짓 뒤집어서 머리에 씌웁니다. 상하이 근교에서는 아직까지 이 모자를 쓰는 사람이 있을 겁니다.

잡지 지면에 그림이 필요하다고 했는데 저에게 그림 열 장이 있습니다. 천톄경 군[4]의 판화입니다. 오늘 부치오니 만약 필요하지 않으면 되돌려 주시기 바랍니다. 그는 광둥 사람으로 그림 배경의 대다수가 광둥입니다. 두번째, 세번째의 두번째, 다섯번째, 일곱번째 그림, 이렇게 네 폭은 비교적 잘 새겼습니다. 세번째의 첫번째 그림은 본문과 부합하지 않습니다. 아홉번째 그림은 사실과 거리가 상당합니다. 그 당시 언제 오토바이가 있어서 아Q가 탈 수 있었을까요. 짐차여야 합니다. 어떤 곳에서는 판자차라고도 부르는데 말이 끄는 사륜 수레로 평소에는 화물을 싣습니다. 그러나 사오싱에서도 이런 종류의 수레는 없었습니다. 내가 사용한 것은 그 당시 베이징의 풍경이었습니다. 사오싱에서 나는 사실 이런 성전盛典이 벌어지는 것을 본 적이 없습니다.

또 오늘자 『아Q정전』에서 "샤오D小D는 아마 샤오둥小董이겠지?"라고 했는데 그렇지 않습니다. 그의 이름은 '샤오퉁'小同으로 자라면 아Q와 같은 인물이 됩니다.

이에 알리오니 삼가 편안하시기 바랍니다.

루쉰 올립니다.

11월 18일

주)_____

1) 원제는 「寄『戲』週刊編者信」, 이 글은 1934년 11월 25일 『중화일보』의 부간인 주간『극』 제15기에 실렸다.

2) 주간『극』 제14기(1934년 11월 18일)에 실린 편자의 말을 가리킨다. 여기에서 "이 기에 서 우리가 죄송스러운 점은 루쉰 선생이 『아Q』극본에 대한 의견을 보내오지 않아서 다음 기를 기다릴 수밖에 없다는 점이다"라는 말이 있다.

3) 주간『극』은 『아Q정전』 극본을 발표할 때 1934년 9월부터 극중 인물의 화상도 같이 실 었다. "머리에 오이 껍데기 모양의 작은 모자를 씌운" 아Q상은 예링평이 그린 것으로 이 간행물 제12기(11월 4일)에 보인다.

4) 천톄경(陳鐵耕)은 목판화가이다. 이 문집의 「『목판화가 걸어온 길』 머리말」(『木刻紀程』 小引)의 각주를 참고하시오.

중국 문단의 망령[1]

1.

국민당이 공산당에 대해서 합작에서 토벌로 방향을 바꾼 이후에, 국민당이 우선 공산당을 이용한 것에 불과하며 북벌이 성공할 무렵에 토벌을 실시할 계획이었다고 말하는 사람이 있다. 그러나 이 설은 진실이 아니라고 생각한다. 국민당의 상당수 권력자가 공산화를 원했다. 그 당시 그들이 뒤질세라 앞다퉈 자녀를 소련으로 유학 보냈던 것이 하나의 증거가 된다. 중국의 부모에게는 아이가 가장 소중하므로 절대로 자녀를 토벌재료가 되는 연습을 시키려 보낼 리 없기 때문이다. 다만 권력자들은 잘못된 판단을 하고 있었던 것 같다. 그들은 중국이 공산화되더라도 그들의 권력은 더 커지고 재산과 첩의 수도 더 많아질 것이라고, 적어도 공산화되지 않는 것보다 더 나빠지지는 않을 것이라고 여겼던 것 같다.

　　우리에게 전설이 하나 있다. 대략 2천 년 전에 류선생劉先生이라는 사람이 있었는데 각고의 노력 끝에 신선이 되어 부인과 같이 하늘로 올라갈 수 있게 되었다. 그러나 그의 부인은 올라가고 싶어 하지 않았다. 왜 그랬는가? 그녀는 살던 집이며 기르던 닭과 개를 두고 가기가 아쉬웠던 것이다. 류선생은 상제에게 애원을 하여 집과 닭, 개 그리고 그들 부부를 모두 하늘로 올라가는 방법을 강구하고 나서야 겨우 신선이 되었다.[2] 이것도 큰 변화라고는 하나 사실 하나도 변하지 않은 것이나 마찬가지이다. 공산주의 국가에서 권력자의 구태가 하나도 바뀌지 않거나 더 떵떵거리며 살 수 있다면 그들은 분명 찬성했을 것이다. 그러나 나중의 상황이 증명하듯이 공산주의는 상제처럼 모든 일을 융통성 있게 처리하지 않자 토벌할 결심을 한 것이다. 아이는 물론 첫번째로 소중한 존재이다. 하지만 결국에는 자기 자신이 가장 중요한 법이다.

그리하여 많은 청년들이, 공산주의자와 혐의자, 좌경인사와 혐의자 그리고 이들 혐의자의 친구들이 곳곳에서 자신의 피로 자신의 잘못과 권력자들의 잘못을 씻었다. 권력자들의 잘못은 이들에게 속아서 저질러진 것이기 때문에 반드시 이들의 피로 깨끗이 씻어 내야 했다. 그런데 다른 일군의 청년들은 돌아가는 사정을 모른 채 소련에서 학업을 마치고 낙타를 타고 부푼 마음을 안고 몽고를 거쳐서 되돌아왔다. 외국의 여행자 하나가 이 모습을 보고 가슴이 아파서 나에게 "조국에서 기다리는 것이 교수대라는 것을 그들은 모르고 있어요"라고 말했던 것이 기억난다.

그렇다. 교수대이다. 그러나 교수대 정도는 나쁜 축에도 끼지 않는다. 단순하게 밧줄로 목을 매는 것은 양반에 속한다. 게다가 다 교수대에 올라가는 것도 아니다. 그들 중 일부에게는 다른 길이 열렸는데 목에 밧줄이 걸린 친구의 다리를 사정없이 잡아당기는 것이 그것이었다. 그는 실제 행동으로 자신의 참회가 마음속 깊이 우러나왔음을 증명했던 것이다. 참회할 수 있는 사람의 정신이란 더없이 숭고한 것이다.

2.

여기에서 참회를 모르는 공산주의자는 중국에서 죽어야 마땅한 죄인이 되었다. 뿐만 아니라 이 죄인은 다른 사람에게 무궁한 편리를 가져다주기도 했다. 그들은 상품이 되어 돈을 받고 팔릴 수도 있었으니 사람들에게 새로운 직업을 추가하게 해준 것이다. 뿐만 아니라 한쪽에서 공산당이라고 지목만 해도 바로 죄인이 되었기 때문에, 학교 내의 분쟁과 연애 사건도 아주 쉽게 해결되었다. 누가 돈 많은 시인과 논쟁한다면 그 시인의 결론은 다음과 같이 맺어진다. 공산당은 자본가계급을 반대한다. 나는 돈이 있고 그는 나를 반대하므로 그는 공산당이다. 그리하여 시의 신은 금으로 만든 탱크를 타고 개선하게 된다.

그러나 혁명청년의 피는 혁명문학의 싹에 물을 대었다. 문학 영역에서는 혁명성이 이전보다 훨씬 강화되었다. 정부 부처에 외국 유학을 하거나 국내에서 풍부한 지식을 쌓은 청년이 많이 있었으므로 이들도 이러한 징조를 감지했다. 그들이 가장 먼저 쓴 것은 극히 평범한 수단이었다. 서적 판매금지, 작가 압박, 최종적으로는 작가 살육. 좌익 청년작가 다섯 명[3]이 이러한 본보기로 희생되었다. 그런데 이 사건은 공개되지도 않았다. 이런 일을 할 수는 있으나 발설해서는 안 된다는 것을 그들은 잘 알고 있었다. 옛 어른은 일찍이 이런 말씀을 하셨다. "말을 타고 천하를 가질 수는 있지만 말을 타고 천하를 다스릴 수는 없다."[4] 따라서 혁명문학을 토벌하려면 문학이라는 무기를 사용해야만 했다.

이 무기로 출현한 것이 이른바 '민족문학'이다.[5] 그들은 세계 각 인종의 얼굴색을 연구한 결과 얼굴색이 같은 인종은 동일한 행위를 취해야 하므로 황색 프롤레타리아계급은 황색 부르주아계급과 투쟁해서는 안 되며 백인 프롤레타리아계급과 투쟁해야 한다고 정리했다. 그들은 이상적인 표본으로 칭기즈칸을 생각해 내고 그의 손자인 바투 칸이 어떻게 수많은 황색 민족을 통솔했고, 러시아를 침략하여 러시아의 문화를 파괴하고 귀족과 평민을 노예로 삼았는가를 묘사했다.

중국인이 몽고의 칸을 따라 정벌에 나선 것은 사실 중국민족의 영광이라고 볼 수 없다. 그러나 러시아를 박멸하기 위하여 그렇게 하지 않을 수 없었다. 왜냐하면 우리의 권력자는 이전의 러시아 곧 지금의 소련의 주의主義가 자기의 권력과 재부, 첩의 수를 절대로 늘려 주지 않는다는 걸 이제 잘 알고 있었기 때문이다. 그런데, 현재의 바투 칸은 누구인가?

1931년 9월 일본이 동북의 삼성을 점령했다. 이는 확실히 중국인이 다른 이의 뒤를 쫓아 소련을 섬멸할 서곡이었으므로 민족주의 문학가들의 마음에 들 만했다. 그러나 일반 민중은 당장 동북 삼성을 뺏긴 것이 장래에 소련을 궤멸시키는 것보다 더 중요하다고 생각하여 격앙하기 시작했다. 결국 민족주의 문학가는 바람의 흐름에 따라 조타수를 돌릴 수밖에 없어서 통곡하고 소리치는 것으로 이 사건에 대한 태도를 바꾸었다. 많은 열성적인 청년들은 난징으로 청원하러 가서 출병을 요구했다. 그런데 그들은 갖은 신고를 겪어야 했다. 기차를 탈 수가 없어서 며칠 동안 노숙을 해서야 겨우 난징으로 가는 기차를 타는 것이 허용되었으며 상당수는 걸어서 갈 수밖에 없었다. 난징에 도착한 그들을 기다린 것은 생각지도 못하게 훈련받은 대부대의 이른바 '민중'이었다. 그들은 손에 방망이와 가죽채찍, 권총을 들고 정면에서 후려쳐서 그들은 얼굴이나 몸의 일부가 부어오른 것을 청원의 결과로 얻고 풀이 죽어서 돌아갈 수밖에 없었다. 이중 일부는 이후에 종적을 감춰 아직까지 찾지 못했고 몇몇은 물에 빠져 죽었는데 신문은 실족사했다고 보도했다.[6]

민족주의 문학가들의 곡소리도 여기서 끝났다. 그들의 그림자도 보이지 않았다. 그들은 장례를 치르는 임무를 이미 완성한 것이다. 이는 상하이의 장례식 행렬과 마찬가지로 행렬이 나갈 때 소란스러운 악대도 있고 노랫소리 같은 곡성도 있지만 그 목적은 슬픔을 묻어 버리고 다시는 기억하지 않는 데 있다. 그리하여 목적이 일단 달성되면 모두 뿔뿔이 흩어지고 행렬을 이룰 일은 다시 생기지 않게 되는 것이다.

3.

그러나 혁명문학은 동요하지 않고 오히려 더 발전하여 독자들의 신뢰를 얻게 되었다.

그러자 다른 편에서 이른바 '제3종인'이 출현했다. 당연히 좌익은 아니지만 또 우익도 아닌, 좌우를 초월한 좌우 바깥의 인물이었다. 그들은 문학이 영원하고 정치적 현상은 일시적이므로 문학은 정치와 관련이 있어서는 안 되며, 관련되면 바로 문학은 영원성을 상실하게 되고 중국에는 이후 위대한 작품이 존재하지 않을 것이라고 생각했다. 그러나 그들, 문학에 충실한 '제3종인'도 위대한 작품을 써내지 못했다. 왜일까? 좌익평론가는 문학을 쥐뿔도 모르고 사설邪說에 미혹되어 있으면서 자신들의 좋은 작품에 가혹하고도 부정확하게 비판을 가하여 작품을 못 쓰도록 공격을

했기 때문인 것이다. 그리하여 좌익비평가는 중국문학의 도살자라는 것이다.[7]

정부가 간행물을 판금시키고 작가를 살육하는 것에 대해서 그들은 언급하지 않는다. 이는 정치에 관계되는 것이므로 언급하는 순간 그들 작품의 영원성을 잃어버리기 때문이다. 게다가 '중국문학의 도살자'를 진압하고 살육하는 무리가 바로 '제3종인'의 영원한 문학과 위대한 작품의 수호자임에랴, 더 말할 거리가 없다.

쥐어짜는 이러한 억지 울음도 무기이긴 하지만 그 힘은 미약했다. 혁명문학은 이것으로 격퇴되지 않았다. '민족주의문학'은 이미 자멸했다. '제3의 문학'도 흥기하지 못했다. 이제 진짜 무기를 다시 한번 꺼낼 수밖에 없었다.

1933년 11월, 일군의 사람들이 상하이의 이화藝華영화사를 습격하여 엉망으로 만들었다. 그들은 매우 조직적이었다. 호루라기를 불자 동작을 개시했고 다시 호루라기를 불자 동작을 멈췄다가 다시 한 차례 불자 사람들이 흩어졌다. 떠날 때 전단지까지 뿌렸는데 전단지에는 이 영화사가 공산당에 이용당했기 때문에 정벌한다는 이유가 적혀 있었다.[8] 게다가 정벌 대상은 영화사에 그치지 않고 서점까지 확대되었다. 규모가 클 때는 일군의 무리가 난입해 들어가 모든 것을 때려 부쉈고 규모가 작을 때는 어디에서 날아왔는지 모르는 돌이 이백 양위안洋圓 하는 전면 유리창을 박살냈다. 그 이유는 또 당연히 이 서점이 공산당에게 이용되었기 때문이었다. 고가의 유리창이 안전하지 않아서 서점 주인의 가슴은 쓰라렸다. 며칠 후 '문학가'가 나타나 자신의 '좋은 작품'을 서점 주인에게 팔았다. 주인은 출판해도 아무도 안 읽을 것이라는 걸 알았지만 살 수밖에 없었다. 왜냐하면 가격이 고작 유리창 한 장 가격에 불과했고 이것으로 두번째 돌을 피하여 유리 창문을 고칠 일을 덜 수 있기 때문이었다.

4.

서점을 압박하는 것은 정말 가장 좋은 전략이었다.

그러나 돌 몇 개로는 성에 차지 않았다. 중앙선전위원회도 상당량의 책을 판매금지시켰다. 모두 149종의 서적으로 판매량이 꽤 괜찮은 서적 대다수가 여기에 포함되었다. 중국 좌익작가의 작품 대부분이 당연하게도 금지되었고, 뿐만 아니라 번역서까지 금지되었다. 몇 명의 작가를 들어 보자. 고리키(Gorky), 루나차르스키(Lunacharsky), 페딘(Fedin), 파데예프(Fadeev), 세라피모비치(Serafimovich), 업튼 싱클레어(Upton Sinclair), 심지어 마테를링크(Maeterlinck), 솔로구프(Sologub), 스트린드베리(Strindberg)까지 포함되었다.[9]

이는 출판사를 곤혹스럽게 만들었다. 일부는 즉각 책을 내놓아 불살랐으며, 일부는 이 마당에도 구제받고 싶어서 관청과 논의를 한 끝에 일부 책을 면제받았다. 출판하기 곤란한 상황을 줄이기 위하여 관리와 출판사는 회의를 한 차례 소집하기도 했다. 이 회의에서 '제3종인' 몇몇은 좋은 문학과 출판사의 자본을 보호하기 위하여 일본의 방법을 빌려 오자는 제안을 잡지 편집자의 자격으로 제기했다. 곧 인쇄하기 전에 먼저 원고를 검열하여 삭제와 수정을 거쳐서 다른 사람도 좌익작가의 작품에 연루되어 판매금지되거나 인쇄한 후 판금조치가 되어 출판사에 손해를 끼치는 일이 없도록 하자는 내용이었다. 이 제안은 각 방면을 만족시켜 즉각 받아들

여겼다. 비록 영광스러운 바투 칸의 방법은 아니었지만.[10]

뿐만 아니라 그 방법은 바로 시행에 들어가 올해 7월, 상하이에 서적잡지검열처가 설립되어[11] 많은 '문학가'의 실업문제가 해결되었다. 참회한 일부 혁명작가들과 문학과 정치의 관계를 반대하는 '제3종인'들도 검열관 의자에 앉게 되었다. 그들은 문단 사정에 밝았고 머릿속도 순수관료처럼 흐리멍덩하지 않았고 풍자와 반어가 함유하는 의미에 대해서도 비교적 잘 알고 있을 뿐만 아니라 문학적인 붓으로 덧칠하여 이를 지울 줄도 알았다. 어쨌든 창작만큼 복잡하고 어렵지 않았던 것이다. 그리하여 그 성과는 매우 좋았다고 한다.

그러나 그들이 일본을 모범으로 삼았다는 것은 잘못이다. 일본에서도 계급투쟁을 논의하는 것은 금지되어 있지만 계급투쟁이 세상에 존재하지 않는다고 말하지는 않는다. 그런데 중국은 사실상 이른바 계급투쟁이란 이 세상에 존재하지 않으며 모두 맑스가 날조한 것이다, 그러므로 이는 진리를 수호하기 위하여 금지되어야 한다는 논리를 펴고 있다. 일본에서도 서적과 잡지를 삭제 및 수정하고 판매금지하지만 삭제된 곳을 빈칸으로 남겨서 이곳이 삭제된 곳이라는 것을 독자들에게 알린다. 그러나 중국은 빈칸을 남기는 것도 허용하지 않고 앞뒤를 바로 연결해야 한다. 독자들의 눈에 완결된 글인데 다만 작가가 의미가 불분명한 말을 횡설수설하고 있는 것처럼 보일 따름이다. 중국 독자들 앞에서 허튼소리를 하는 이러한 운명을 프리체[12]나 루나차르스키 같은 이들도 벗어나지 못하고 있다.

그리하여 출판사의 자본은 안전해졌고 '제3종인' 깃발도 보이지 않게 되었다. 그들은 여전히 남몰래 교수대에 올라간 동업자의 다리를 있는 힘껏 잡아당기지만, 그들의 진면목을 묘사할 수 있는 간행물은 없다. 그들이 덧칠해 지울 펜촉과 생사를 좌우할 권력을 쥐고 있기 때문이다. 독자에게는 그저 간행물이 생기가 없고 작품이 시원찮으며 늘 진보적이었던 유명 작가가 올해 갑자기 모자란 소리를 하는 이로 변한 것만 눈에 들어올 뿐이다.

그런데 실제로 문학계의 전선은 오히려 더 명료해졌다. 기만은 오래 가지 않는다. 뒤이어 올 것은 또 한 차례의 피비린내 나는 전투일 것이다.

11월 21일

주)_____

1) 원제는 「中國文壇上的鬼魅」, 이 글은 영문으로 출판되는 월간 『현대중국』 제1권 제5기에 발표되었는데, 그 후 독일어와 프랑스어로 재번역되어 『국제문학』에 실렸다.
2) 동진 때 갈홍(葛洪)의 『신선전』(神仙傳) 제4권에는 다음과 같이 기록되어 있다. 서한 때 회남왕 유안(劉安)은 선약을 먹고 신선이 되었다. "그가 떠나갈 때 먹다 남은 약 그릇을 중정에 놓고 갔는데 닭과 개가 그것을 먹고 모두 하늘로 올라갔다." 『전후한문』(全後漢文)의 「선인 당공방 비문」(仙人唐公房碑)에도 당공방이 선약을 얻어서 그의 처와 자식, 집, 가축 여섯 마리와 함께 하늘로 올라갔다는 이야기가 있다.
3) 리웨이썬(李偉森), 러우스(柔石), 후예핀(胡也頻), 펑젠(馮鏗), 바이망(白莽; 인푸殷夫)을 가리킨다. 1931년 2월 7일 그들은 상하이의 룽화(龍華)에서 국민당 반동파에 의해 비밀리에 살해당했다. 『남강북조집』의 「망각을 위한 기념」(爲了忘卻的記念)을 참고하시오.
4) 원문은 '以馬上得天下, 不能以馬上治之'이다. 이는 『사기』 「육가전」(陸賈傳)에 나온 말이다. "육생이 항상 앞에서 시서에 대하여 이야기하므로 고조는 그를 보고 '나는 말을 타고 천하를 얻었는데 어찌 시서만 끼고 있는가?'라고 비난하였다. 육생은 '말을 타고 천하를 얻기는 했으나 말을 타고 천하를 다스릴 수 있습니까?'라고 말했다."
5) 곧 '민족주의문학'을 가리킨다. 1930년 6월 국민당 당국과 문인인 판궁잔(潘公展), 판정보(范爭波), 주잉펑(朱應鵬), 푸옌창(傅彦長), 왕핑링(王平陵) 등이 발기한 문예운동이다. 『전봉주보』(前鋒週報), 『전봉월간』(前鋒月刊) 등을 출판하여 '민족주의'를 중심의식으로 삼을 것을 고취하고, 프롤레타리아 혁명문학에 반대했다. 아래 글에서 바투의 서양 침

입을 찬미한 말은 『전봉월간』 제1권 제7기(1931년 4월) 황전샤(黃震遐)가 지은 시극 「황인종의 피」에 보인다. 이에 대해서는 『이심집』의 「'민족주의문학'의 임무와 운명」을 참고하시오.

6) 1931년 9·18사변 이후 각지의 학생들은 국민당의 무저항 정책에 항의하여 궐기하였으며 난징으로 청원하러 가서 12월 17일 난징에서 총시위를 단행했다. 군대와 경찰은 학생들을 체포, 학살했으며, 창 등으로 찌른 다음 강물에 던져 버리기까지 했다. 이튿날 난징 위수 당국은 기자와의 면담에서 사망한 학생들은 '실족하여 물에 빠졌다'라고 거짓말을 했다.

7) 여기에서 인용한 '제3종인'의 논조는 쑤원이 월간 『현대』 제1권 제3기(1932년 7월)에 발표한 「『문예신문』과 후추위안의 문예논쟁에 관하여」 및 제1권 제6기(1932년 10월)에 발표한 「'제3종인'이 나갈 길」("第三種人"的出路)에서 보인다. 『남강북조집』의 「'제3종인'을 논함」을 참고하시오.

8) 이화영화사(藝華影片公司)와 상하이 량유도서인쇄공사(良友圖書印刷公司) 등의 서점이 파괴를 당한 일에 대해서는 『풍월이야기』의 「후기」를 참고하라.

9) 국민당 중앙선전위원회에서 검사하고 금지시킨 149종의 서적에 대해서는 『차개정잡문 2집』 「후기」를 참고하시오. 판금된 작가와 서적 중에는 소련의 고리키(Максим Горький, 1868~1936)의 『고리키 문집』과 『나의 동년』, 루나차르스키(Анатолий Васильевич Луначарский, 1875~1933)의 『문예와 비평』, 『파우스트와 도시』, 콘스탄틴 페딘(Константин Александрович Федин, 1892~1977) 등의 『과수원』, 파데예프의 『훼멸』, 세라피모비치의 『철의 흐름』, 미국 싱클레어(Upton Sinclair, 1878~1968)의 『도살장』, 『석탄왕』 등, 벨기에의 마테를링크(Maurice Maeterlinck, 1862~1949)의 『죽음』 등, 러시아 솔로구프 등의 『굶주림의 빛』, 스웨덴의 스트린드베리(Johan August Strindberg, 1849~1912)의 『결혼집』 등이 있다.

10) 공무원과 출판업자들 사이에 회의를 연 사실에 대해서는 루쉰이 1933년 11월 5일 야오커(姚克)에게 보낸 편지를 참고하시오.

11) 국민당 중앙선전위원회 도서잡지심사위원회를 가리킨다. 1934년 5월 상하이에서 설립되었다.

12) 프리체(Владимир Максимович Фриче, 1870~1929)는 소련의 문예비평가이며 문학사가이다. 저서로는 『예술사회학』, 『20세기 유럽문학』 등이 있다.

신문자에 관하여 — 질문에 답하며[1]

비교는 세상에서 가장 좋은 일이다. 병음자를 알기 전에는 상형 글자가 어렵다고 생각하지 못했다. 라틴화된 신문자新文字를 보기 전에는 이전의 주음자모와 로마자 발음 표기법이 여전히 번거롭고 실용적이지 않으면서도 전도前途가 없는 문자라고 단정하기 어려웠다.

네모 글자인 한자는 정말 우민정책의 이기利器이다. 고생스럽게 일하는 대중이 배우고 익힐 가능성이 없을 뿐만 아니라 돈 있고 권세 있는 특권계급조차도 일이십 년 동안 배워도 잘 모르는 경우도 정말 많았다. 최근에 고문의 장점을 선전하는 교수조차도 고문에 구두점을 틀리게 찍었다.[2] 이것은 그 스스로도 이해하지 못한다는 증거였다. 그러나 그들은 아는 척하면서 엉터리 말을 늘어놓아 진상을 모르는 사람들을 속일 수 있었다.

그러므로 한자는 중국 노동대중의 몸이 앓고 있는 결핵이기도 하다. 병균이 신체에 잠복해 있어서 이것을 제거하지 않으면 죽는 일밖에 남아 있지 않다. 이전에도 병음자를 만들어 모두 쉽게 배우고 더 쉽게 가르치고, 뿐만 아니라 그들이 복무하는 생명을 연장시키고자 하는 학자가 있었다.[3] 그러나 그런 글자도 여전히 번잡했다. 왜냐하면 그 학자는 관화官話와 4성을 잊지 못했고 그가 창조해 낸 글자는 학자의 냄새가 짙게 배어 있어야 하기 때문이었다. 이번에 만들어 낸 새로운 문자는 아주 쉬우면서도 실생활에 근거하고 있고 배우기도 쉽고 유용하다. 그리하여 이것으로 누구에게나 말을 할 수 있고 모두의 말을 알아들어 이치를 깨닫고 기술을 배울 수 있다. 이것이야말로 노동대중 자신의 것이요, 무엇보다 우선적이고 유일한 살길이다.

지금 중국에서 실험중인 새로운 문자를 남쪽 사람에게 읽어 주면 다 이해하지는 못한다. 현재 중국은 한 종류의 언어로 통일될 수 있는 상황이 아니다. 그래서 별도로 각 지방의 언어에 따라 발음표기를 하여 미래에 다시 소통할 수 있기를 도모해야 할 것이다. 라틴화 문자를 반대하는 사람은 이 점을 최대 결점으로 간주하여 역으로 라틴화 문자가 중국의 문자를 통일시키지 않았다고 판단한다. 그러나 그는 네모 글자인 한자를 대다수의 중국인이 모를뿐더러 지식계급조차도 일부는 제대로 알지 못한다는 사실을 지워 버렸다.

그런데 그들은 새로운 문자가 노동대중에게 유리할 것이라는 것을 잘 알고 있다. 그래서 백색 테러가 난무하는 곳에서 이 새로운 문자는 박해받게 되어 있다. 지금 새로운 문자가 아니고 단지 구어에 가까운 '대중어'조차도 가혹한 억압과 학대를 받고 있다. 중국의 노동대중은 글자를 하나도 모르는데 특권계급은 되려 그들이 총명한 건 아닌지 의심하며 노동대중의 사고기관을 마비시키는 데 진력을 다하고 있다. 가령 비행기로 포탄을 투척하는 것이나 기관총으로 총알을 쏘는 것, 그리고 칼과 도끼로 노동대중의 목을 자르는 것 등이 다 그러한 예이다.

12월 9일

1) 원제는 「關于新文字」, 이 글은 1935년 9월 10일 산둥 지난에서 발간된 『청년문화』 제2권 제5기에 실린 뒤 1935년 9월 상하이 톈마서점에서 출판한 『문밖의 글 이야기』에 재수록되었다.

2) 류다제(劉大杰, 1904~1977)를 가리킨다. 후난 웨양 출신의 문학사가이다. 지난대학 등에서 교수를 역임했다. 그는 상하이에서 발간된 반월간 『인간세』 창간호(1934년 4월 5일)에 발표한 「춘보러우 수필」(春波樓隨筆)에서 다음과 같이 말했다. "이러한 책 ── 『낭환문집』(琅嬛文集), 『원중랑전집』(袁中郎全集) ── 에는 절묘한 소품문이 많다. 그러나 청대 사대부는 판에 박힌 고문을 지을 줄 알고 이러한 절묘한 글을 감상할 줄 몰랐다." 그러나 그가 구두점을 찍은 『낭환문집』과 『원중랑전집』 중에서도 구두점 오류가 상당하다. 이에 대해서는 『꽃테문학』의 「욕해서 죽이기와 치켜세워 죽이기」를 참고하시오.

3) 왕자오(王照)와 라오나이쉬안(勞乃宣) 등을 가리킨다. 이 문집의 「문밖의 글 이야기」의 주 39)를 참고하시오.

아프고 난 뒤 잡담[1]

1.

병을 좀 앓는 것, 이것도 확실히 복이다. 그러나 여기에는 필요조건이 두 가지 있다. 첫째, 소소한 병이어야지 토사곽란이나 흑사병, 뇌막염과 같은 병이어서는 절대로 안 된다. 둘째, 적어도 수중에 현금이 조금이라도 있어야 한다. 하루 드러누웠다고 그날부터 당장 굶어서는 곤란하다. 이 두 가지 가운데 하나만 없어도 속인俗人이다. 병 앓이의 고상한 정취를 논하기에 불충분한 것이다.

　예전에 나는 남의 일 참견하기를 좋아했고 아는 사람도 많았다. 이 사람들은 큰 소망을 하나씩 갖고 있었다. 원래 사람들은 큰 소망을 가지고 있는 법이다. 그런데 이 소망이 굉장히 모호하여 자기도 뭔지 잘 모르고 말로 표현하지도 못하는 이들도 있었다. 그중에 가장 특별한 사람으로 두 명이 기억에 남는다. 한 명은 세상의 모든 사람이 죽고 자신과 아름다운 아가씨와 다빙大餠[2]을 파는 사람 하나만 남아 있기를 소망했다. 다른 한 명은 가을날 땅거미가 질 무렵 소량의 각혈을 하다가 두 시종의 부축을 받으며 쇠약한 모습으로 계단 앞에 가서 추해당秋海棠3)을 구경하는 것이 소원이었다. 이런 희망은 굉장히 이상하게 보이지만 사실은 매우 주도면밀하게 고려한 결과이다. 전자에 대해서는 잠시 제쳐 두자. 후자의 '소량의 각혈을 하는 것'은 정말 일리가 있다. 재자才子는 원래 병치레가 잦다. 그러나 '잦'은 것일 뿐 병세가 중해서는 안 된다. 만약 각혈을 하는데 한 사발이나 몇 되씩 한다면 멋있게 토하는 것이 몇 번이나 가능하겠는가? 며칠 안 지나서 고상과는 거리가 멀어진다.

　나는 이제까지 병을 앓은 적이 별로 없었다. 그런데 지난달에 아주 조금 아팠다. 초반에는 밤마다 열이 나고 힘이 없고 밥맛이 없었는데 일주일이 지나도 낫지 않아 그제야 의사를 찾아갔다. 의사는 유행성 감기라고 했다. 그렇지, 그냥 유행성 감기였던 것이다. 그러나 유행성 감기의 열이 떨어져야 할 때가 지났건만 열은 여전히 높았다. 의사는 큰 가죽가방에서 유리관을 꺼내더니 내 피를 뽑으려 했다. 나는 의사가 내가 장티푸스에 걸린 건 아닌지 의심하고 있다는 걸 알았다. 나도 좀 걱정되던 바였다. 그런데 그 다음 날 의사는 "혈액에 장티푸스균이 하나도 없다"고 알려줬다. 그리하여 청진기로 폐를 주의 깊게 검사했으나 정상, 심장 소리도 괜찮았다. 이 결과는 의사를 곤혹스럽게 한 것 같았다. 피곤해서 그런 걸지도 모르겠습니다, 라고 내가 말했다. 그도 내 의견에 크게 반대하지는 않지만 "그러나 피로해서 열이 났다면 더 낮아야 하는데……"라고 중얼거릴 따름이었다.

　몇 번이나 종합 검진을 했으나 치명적인 증세는 발견되지 않았다. 오호 애재라 할 정도가 아니라는 것은 분명했다. 그러나 매일 밤 열이 오르고 힘이 없고 입맛이 하나도 없는 것이 정말 '소량의 각혈을 하는 것'과 다를 바가 없어서 병 앓이의 호사를 누리는 것이라고 할 수 있었다. 왜냐하면 유서를 쓸 필요도 없으면서 크게 고통스럽지도 않았다. 그러면서도 어려운 책을 안 봐도 되고 생활비 걱정도 없이 며칠 쉬면서 근사하게 '요양'이라는 이름이 붙었기 때문이다. 이날부터 왠지 모르게 스스로가 '고상'해진 것 같이 느껴졌다. 소량의 각혈을 하고 싶어 했던 그 재자도 이렇게 하릴없이 누워 지낼 때 갑자기 떠올랐다.

그냥 이것저것 공상하는 것도 보통 일이 아니었다. 그러느니 가벼운 책을 좀 읽는 것이 나았다. 그렇지 않으면 '요양'이 될 수도 없었다. 이때만큼은 나는 중국 종이로 만든 선장본을 선호하는데 이것도 역시 어느 정도 '고상'해진다는 증거인 것이다. 양장본은 서가에 꽂기에 편리하고 보관에 용이하다. 지금은 양장으로 만든 이십오사와 이십육사가 있을 뿐만 아니라[4] 『사부비요』四部備要까지도 빳빳한 깃에 가죽 장화를 갖추고 있으니, 하긴 전에도 없는 것이 아니었다.[5] 그러나 양장본을 보는 것은 젊고 기력이 왕성해야 한다. 옷깃을 바로잡고 단정히 앉아 엄숙한 태도로 읽어야 한다. 만약 당신이 누워서 읽겠다면 두 손으로 커다란 벽돌을 하나 받치고 있는 것과 같아서 얼마 지나지 않아서 금세 두 어깨가 시큰하고 마비되어 한숨만 쉬다가 책을 내려놓을 수밖에 없게 된다. 그리하여 나는 한숨을 쉬고 난 다음 선장본을 찾았다.

책을 찾다가 오랫동안 읽지 않았던 『세설신어』[6]류가 가득 쌓여 있는 것을 찾아냈다. 누워서 읽어 보니 가벼워서 힘이 하나도 들지 않았고 위진 사람의 호방하고 소탈한 태도도 눈앞에서 떠오르는 것 같았다. 그러자 완사종[7]이 보병 주방장이 술을 잘 빚는다는 소식을 듣고 보병교위를 하고 싫어 했다는 이야기라든가 도연명[8]이 팽택령彭澤令을 할 때 교관의 밭에 수수를 심어 술을 만들려다 부인의 반대로 포기하고 메벼를 심었다는 이야기가 떠올랐다. 이는 정취가 넘치는 이야기로, 지금의 "구름의 끄트머리에서 소리나 외치는"[9] 자들이 도저히 따라갈 수 없는 경지이다. 그러나 '고상함'을 생각하는 것은 적당한 선에서 그쳐야지 지나치면 곤란하다. 가령 완사종이 보병교위를 하고자 하거나 도연명이 팽택령의 공석空席을 맡은 것은 그들의 지위가 일반인과 다르기 때문이다. '고상'하려 해도 지위가 필요한 것이다. "동쪽 울타리에서 국화를 따서 유유하게 남산을 바라보네"는 도연명의 좋은 시구이지만 상하이에서 우리가 이를 따라 하기는 어렵다. 상하이에는 남산이 없기 때문에 우리는 "유유히 양옥을 바라보네" 혹은 "유유히 굴뚝을 바라보네"로 고칠 수는 있다. 그런데 정원에 대나무 울타리가 좀 있고 국화를 심을 수 있는 집을 빌리려면 수도세와 전기세를 빼고도 방세로 매달 1백 량을 내야 한다. 또 방세의 14퍼센트를 경찰巡捕에게 내야 하므로 매달 14량을 내야 한다. 이 두 항목만으로도 매달 1백 14량인데 1량을 1위안 4자오로 계산하면 한 달에 1백 59.6위안이 드는 것과 같다. 최근의 원고료도 너무 낮아서 1천 자당 가장 저렴한 것은 4, 5자오밖에 하지 않는다. 도연명을 따라 배우는 고상한 사람의 원고이므로 구두점, 외국어, 빈칸을 제외하고 원고료를 1천 자당 3다위안大元이라고 쳐 보자. 그러면 단지 국화를 따기 위해서만 매달 5만 3천 2백 자를 쓰거나 번역해야 한다. 밥은? 다른 방법을 강구해야 먹을 수 있다. 그렇지 않으면 "배고픔이 나를 몰아 도대체 어디로 가는지 모르겠나니"라고 할 수밖에 없다.

'고상'하려면 지위가 필요하고 돈도 있어야 한다는 것은 예나 지금이나 다를 바가 없다. 물론 고대의 고상함은 지금보다 훨씬 싸게 살 수 있지만. 그리고 방법도 다를 바 없다. 책이 서가에 꽂혀 있거나 몇 권 바닥에 널브러져 있어야 하고 술잔이 탁자 위에 놓여 있지만, 주판만은 서랍 속에 고이 두거나 가장 좋기로는 뱃속에 모셔 둔다.

이를 일러 '공령空靈하다'라고 한다.[10]

2.

'고상'하기 위하여 원래는 이런 말을 하지 않으려 했다. 나중에 생각해 보니 이런 말은 '고상함'에 손상이 가는 것은 아니며 다만 스스로 '속되다'는 것을 증명하고 있을 따름이었다. 왕이보[11]는 돈이라는 말을 입에 올리지 않았지만 그래도 깨끗한 위인은 아니었다. 그런데 고상한 사람은 주판알을 튕겨도 당연히 그 고상함에 손상을 입지 않았던 것이다. 다만 그에게도 가끔 주판을 거둬들이거나 가장 절묘하게는 잠시 주판을 잊어야 할 때가 있었을 뿐이다. 그러면 그때의 말과 웃음 하나하나에 기지가 자연스럽게 묻어 나왔다. 이때, 세상의 이해관계를 한시도 잊지 못하면 '영차영차파'[12]가 된다. 관건은 한쪽은 홀연히 손을 놓을 수 있는데 다른 한쪽은 영원히 잡고 집착한다는 데 있을 따름이다. 이 차이로 고상함과 속됨, 상등과 하등의 구분이 생기는 것이다. 이는 가끔 가다 '윤리에 힘쓰는'[13] 자는 성현으로 간주될 수 있지만 대낮에도 여자를 생각하는 자는 '호색한'[14]이라고 불리는 논리와 비슷하다고 생각한다.

그리하여 나는 스스로 '속되다'라고 인정할 수밖에 없을 것 같다. 왜냐하면 손 가는 대로『세설신어』를 펼쳐보다 "추우가 맑은 못에서 뛰어놀다"[15]는 대목을 봤을 때 천부당만부당하게 생각이 '요양'에서 '요양비'로 옮겨 가서 결국 후다닥 일어나서 원고료를 독촉하고 인쇄를 요구하는 편지를 쓰고 있었기 때문이다. 편지를 다 쓰고 나니 위진 사람과 뭔가 거리감이 느껴졌다. 완사종이나 도연명이 이때 내 앞에 나타난다면 우리는 분명히 같이 어울리지 못할 사이라는 생각이 들었다. 그리하여 다른 책으로 바꿨다. 대개 명말 청초의 야사들이었는데 시대가 가까운 편이어서 꽤 재미있게 읽었다. 가장 먼저 손에 든 책은『촉벽』이었다.[16]

이는 수빈[17]이 청두에서 가져와서 나에게 선물한 책이었다. 이외에도 『촉귀감』[18]이 있는데 모두 장헌충[19]이 쓰촨 지방에 화를 끼친 이야기를 싣고 있었다. 사실 쓰촨 사람뿐만 아니라 일반 중국인도 한번 읽어 봐야 할 저작인데 인쇄 상태가 나쁘고 오자가 많은 게 아쉬웠다. 한번 죽 살펴보니 3권에서 다음과 같은 글귀가 눈에 들어왔다.

또, 가죽을 벗기는 자는 머리부터 엉덩이까지 죽 갈라놓고 앞부터 벗긴다. 마치 새가 날개를 편 것 같은 모양인데 대개 다음 날이면 죽었다. 만일 즉시 죽으면 사형집행자를 죽였다.

내가 아픈 탓인지 이 대목을 읽자 바로 인체해부가 생각났다. 의술과 잔학한 형벌은 모두 생리학과 해부학적인 지식이 필요하다. 그런데 중국은 정말 괴상한 것이 중국 고유의 의서에 나오는 인체와 장기 그림은 정말이지 조잡하고 틀린 데가 많아서 내놓기 민망할 정도인데 잔학한 형벌 방법은 고대인이 현대 과학을 일찍부터 잘 알고 있는 것 같다. 가령, 누구나 알고 있는 주대에서 한대까지 남자에게 실시하는 '궁형'[20]이라는 형벌이 있다. 이는 '부형'腐刑이라고도 불렸는데 '대벽'大辟 다음가는 중벌이었다. 여자에게 행하는 것은 '유폐'라고 불렸는데 그 방법을 언급하는 사람이 드물었다. 그러나 어쨌든 절대로 여자를 어딘가에 가두거나 그 부위를 꿰매는 것은 아니다. 최근 나는 대강의 방법을 알아냈는데 그 방법이 잔혹하면서도 타당하고 또 해부학에 합치하여서 깜짝 놀라지 않을 수 없었다. 그런데 산부인과 의학서는 어떠한가? 여성 하반신의 해부학적인 구조에 대해서 거의 무지하다. 그들은 배를 커다란 주머니로 생각했으며 그 안에 뭔지 알 수 없는 물건이 들어 있다고만 여겼다.

　사람 가죽을 벗기는 방법만 보더라도 중국에는 여러 가지 방법이 있다. 위에서 옮겨 적은 것은 장헌충식이다. 그리고 손가망[21]식이 있다. 굴대균의 『안룡일사』[22]에 잘 나와 있는데 마찬가지로 이번 병석에서 읽은 책이다. 영력 6년, 곧 청 순치 9년으로 영력제가 이미 안륭安隆(당시에 안룡安龍으로 이름을 바꿨다)에 피신해 있을 때의 일이었다. 진왕 손가망이 진방전 부자를 살해하자 어사 이여월이 "공신을 함부로 죽이는 것은 신하의 도리가 아니다"라며 그를 탄핵했다. 그런데 황제는 이여월에게 40대의 곤장을 때렸다. 그러나 일이 끝나지 않은 것이 이 사정을 손가망 일당인 장응과도 알게 되어 장응과가 손가망에게 보고하러 갔던 것이다.

　가망은 응과의 보고를 듣고 응과에게 당장 여월을 죽이고 가죽을 벗겨 백성들 앞에 전시하라고 명령했다. 이윽고 여월을 결박하여 궁문 앞에 데려오자 어떤 사람이 석회 한 광주리와 짚 한 단을 그 앞에 가져다 놓았다. 여월이 "이것은 무엇에 쓰는 것인가"라고 묻자 그 사람은 "너를 거둘 짚이다!"라고 대답했다. 여월이 "눈먼 종아! 이 포기마다 문장이요 마디마다 충심이다!"라고 꾸짖었다. 이때 응과가 우각문 계단에 나와 서서 가망의 영지를 받들고 여월에게 꿇어앉으라고 명령했다. 여월이 "내 조정의 녹을 먹는 관리이거늘 어찌 역적의 명을 받들까?"라고 일갈하며 중문 앞으로 걸어와서 대궐을 향해 재배하였다.…… 응과는 재촉하여 그를 엎어 놓고 등뼈를 갈라 엉덩이까지 쪼개게 하니 여월이 "내 유쾌하게 죽노라. 온 몸이 상쾌하다!"라고 외치면서 가망의 이름을 부르며 욕하기를 그치지 않았다. 팔다리를 자르고 앞가슴을 벗길 때까지 여전히 가냘픈 소리로 욕을 하더니 목을 자르자 죽었다. 석회에 담궜다가 실로 꿰매서는 짚을 넣어 북성문 통구각通衢閣 위에 걸어 두었다.……

장헌충이 한 것은 물론 '비적' 방식이다. 손가망은 비적 출신이나 이때 이미 청조를 반대하고 명조를 지키는 기둥으로 진왕秦王으로 봉해졌다가 나중에 만주에 투항하여 또 의왕義王으로 봉해졌으니 사실 그가 사용한 방식은 관官의 것이다. 명대 초기 영락황제가 건문제에 충성을 바친 경청[23]의 가죽을 벗겼을 때도 이 방법을 썼다. 대명 왕조는 가죽을 벗기는 것에서 시작하여 가죽을 벗기는 것으로 끝났으니 시종일관했다고 할 수 있다. 지금까지도 사오싱 희곡과 시골사람들의 말에서 가끔 가다 "가죽을 벗겨서 짚을 채워 넣는다"라는 말을 들을 수 있으니 황제가 내린 은혜의 유장함이 어느 정도인지 상상할 수 있다.

정말이지 자비로운 마음씨를 가진 사람이 야사를 읽거나 이야기를 듣고 싶어 하지 않는 것이 하나도 이상하지 않다. 어떤 일은 정말 인간 세상에서 일어난 일이 아닌 것 같다. 사람의 모골을 송연하게 만들어 영원히 치유되지 않을 심리적인 상처를 입히기도 한다. 잔혹한 사실이 정말 많이 등장하므로 듣지 않는 편이 좋다. 그래야 생명을 보전할 수 있다. 그리고 이것이 "군자는 주방을 멀리한다"[24]는 의미이기도 하다. 멸망 직전에 활동했던 명대 말기의 이름난 작가의 자유롭고 소탈한 소품이 지금 대유행하는 것에 정말 아무런 까닭이 없다고 말할 수 없다. 그러나 도량을 빛내는 품위도 필수적으로 괜찮은 자세가 뒷받침돼야 한다. 이여월이 땅에 엎드려 '등이 갈라질' 때 얼굴을 바닥으로 향한 것은 원래 책 읽기 좋은 자세이지만,[25] 그에게 원중랑의 『광장』[26]을 읽게 한다면 그는 분명 안 읽으려 들 것이다. 이때 그의 마음은 정상적이 아니어서 진정한 문예를 이해할 수 없는 것이다.

그런데 중국의 사대부는 어쨌든 고상한 면이 있다. 가령 이여월이 말한 "포기마다 문장이요 마디마다 충심이다"에는 시의가 정말 풍부하다. 죽기 직전에 시를 쓰는 것은 예부터 지금까지 얼마나 많은지 모른다. 근대에 담사동[27]이 처형되기 전에 "문을 닫아걸고 손님이 떠나는 것을 만류하면서 장검을 생각한다"라는 절구를 지었고, 추근[28] 여사도 "가을비 가을바람 죽음을 슬퍼하도다"라는 구절을 남겼다. 그런데도 충분하게 고상하지 않아서 각 시선집에 실리지 않았고 그래서 팔리지도 못했다.

3.

청대에는 멸족과 능지처참이 있었지만 가죽을 벗기는 형벌은 없었다. 이는 한족이 부끄러워해야 할 일이다. 그러나 나중에 인구에 더 회자됐던 학정은 필화사건文字獄이다. 필화사건이라고 말했지만 사실 수다하고 복잡한 원인이 있는데 여기에서 상세하게 이야기하기는 힘들다. 우리는 지금까지도 치명적인 악영향을 직접적으로 받고 있는데 필화사건은 고인의 저작에서 자구를 삭제하거나 수정했으며 명청대의 상당한 책을 금지시켰기 때문이다.

『안룡일사』도 대략 이런 금서 중 한 권이었다. 내가 가지고 있는 것은 우싱 류씨 자예탕[29]에서 새로 나온 판각본이다. 그가 찍은 청대 이전에 발간됐던 금서는 이것 말고도 있는데 굴대균의 『옹산문외』가 있다. 또 채현의 『한어한한록』[30]이 있는데 작가는 이 때문에 '즉시 참형을 당했고' 제자들까지 연루됐다. 그러나 내가 자세히 살펴보았어도 무슨 금기를 어겼는지 찾아낼 수 없었다. 이런 판각 인쇄가에 대해서 나는 정말 감격스럽다. 왜냐하면 그는 나에게 수많은 지식을 전해 주었기 때문이다. 비록 고상한 사람에게는 더할 수 없이 통속적인 지식에 지나지 않겠지만 말이다. 그러나 자예탕에서 책을 사는 일은 정말 어렵다. 올 봄 어느 오후에 아이원이로愛文義路에서 자예탕을 어렵사리 찾아서 철 대문 양쪽을 몇 번 두드렸다. 문에 난 조그마한 네모 구멍이 열렸는데 안에는 중국 수위, 중국 경찰, 백러시아 경호원이 한 명씩 있었다. 경찰이 나에게 왜 왔느냐고 물었다. 나는 책을 사러 왔다고 대답했다. 그는 경리가 외출하여 담당자가 없으므로 내일 다시 오라고 했다. 나는 내가 집이 멀어서 오기 힘들므로 좀 기다려도 되는지 물어봤다. 그가 "안 돼!"라고 대답함과 거의 동시에 작은 구멍이 닫혔다. 며칠 지나서 또 찾아갔다. 이번에는 오전으로 시간을 바꿔 갔는데 오전에는 경리가 외출하지 않을 것이라고 생각했다. 그러나 이번에 들은 대답은 더 절망적이었다. 경찰이 "책 없어! 다 팔렸어! 안 팔아!"라고 했던 것이다.

경찰의 대답이 확고부동했기 때문에 나는 다시 사러 가는 일은 하지 않았다. 지금 가지고 있는 몇 종은 친구에게 부탁하여 건너건너 산 것이다. 아는 사람이나 안면이 있는 서점이어야지 살 수 있는 것 같았다.

각 종류의 책 말미에 자예탕 주인 류청간劉承幹 선생의 발문이 있었다. 그는 명대 말기의 유로遺老들을 동정했으며 청대 초기의 필화에 대해서는 불만이 많았다. 그러나 이상한 것은 정작 자신의 글은 청대 유로의 말투 투성이였다는 점이다. 책은 민국 시기에 찍은 것인데 '의'儀자의 마지막 획이 빠져 있었다.[31] 명대 유로의 저작을 살펴보면 청대에 반항하는 요지는 이민족이 중국 땅을 차지하여 주인노릇을 하는 데 있었다. 왕조가 바뀐 것은 오히려 그 다음 문제였다. 그리하여 명대 말기의 유민을 예를 갖춰 대하려면 그들의 민족사상을 받아들여야 한다. 그래야 생각이 일치하는 것이다. 그런데 지금 명대 유로의 원한을 갖고 있는 만청의 유로를 자처하면서, 오히려 명대 유로를 끌어들여 동조하고 있었다. '유로'라는 두 글자에만 치중할 뿐 어느 민족의 유로인지, 어느 때의 유로인지에 대해서는 일절 묻지 않고 있는 것이다. 이는 정말 '유로를 위한 유로'라고 할 만한 것으로 현재 문단의 '예술을 위한 예술'과 절묘한 쌍을 이루고 있다.

만약 이것이 '옛것을 제대로 소화하지 못한' 탓으로 돌린다면 그것은 그렇지 않다. 중국의 사대부는 소화해야 할 때 소화를 안 하는 것은 아니다. 위에서 언급한 『촉귀감』은 원래 『춘추』의 작법을 모방한 책인데 "성스럽고 인자한 황제 강희 원년 봄 정월"까지 쓰고 다음과 같이 '찬양'했다. "…… 명대 말기에 난이 극심했다. 풍風은 「빈」豳으로 끝나고 아雅는 「소민」召旻으로 끝났다.[32] 여기에는 극심한 난이 다스려지기를 바라는 근심이 뒷받침되어 있다는 것인데 사실 그러한 일은 없었다. 어찌 신의 조상이 친히 본 일이 신이 직접 겪은 것과 같으랴? 이 책은 원년 정월로 끝맺는다.

여기에서 마치는 것은 체원표정體元表正[33]으로 이에 덧붙일 것이 없다는 것을 말하는 것만은 아니다. 신이 태평성세를 만나서 한없는 어려운 이름으로 평생 망극한 은혜에 의탁하고 또 태평한 업적이 여기서 시작됨을 알리려 하는 것이다!"

『춘추』에는 이런 필법이 존재하지 않는다. 만주인인 엄친왕의 화살이 장헌충을 쏴 죽였을 뿐만 아니라[34] 많은 독서인을 감화시키고 그것도 모자라 '춘추 필법'[35]까지 바꾸게 한 것이다.

4.

병중에 이런 책들을 읽다 보니 결국 답답함은 더해졌다. 그러나 일부 명석한 사대부는 여전히 피의 호수에서 한적함을 찾아낼 수 있다는 것도 알게 되었다. 가령 『촉벽』은 잔혹한 책이라고 할 수 있다. 그런데 서문의 말미에 악재樂齋 선생은 "위진시대 문인의 필치는 잔잔하다"라는 비평을 남겼다.

이는 정말 대단한 능력이다! 죽음과도 같은 냉정함이 나의 답답한 기분을 깨뜨렸다.

나는 책을 내려놓고 눈을 감고 누워서 이 재주를 배울 방법을 곰곰이 생각해 봤다. 이것과 '군자는 주방을 멀리한다'의 방법은 천양지차이다. 이때는 군자도 친히 주방에 내려가야 하는 때이기 때문이다. 오래 생각한 끝에 두 가지 태극권을 고안했다. 하나는 세상사에 대해 '스쳐 지나가는 그림자' 초식이다. 언제든 잊어버리고 분명하게 알지 않으며, 관심이 있는 척하지만 진지하지 않다. 둘째, 현실에 대해 '현명함을 꽉 막아 두는' 초식이다. 둔하고 냉정하며 감정이 없는데 처음에는 노력해야 하지만 나중에는 자연스럽게 된다. 첫번째 명칭은 별로 듣기 좋지 않지만 두번째 명칭은 병으로 골골하면서 오래 사는 비결로 과거의 유학자들도 거리낌 없이 말하던 것이었다. 이는 모두 대도大道이다. 그리고 또 빨리 질러가는 소로小道가 하나 있다. 서로 거짓말을 하여 자기도 속고 남도 속이는 방법이 그것이다.

어떤 일은 말을 바꾸면 적절하지 않아지므로, 군자는 속인이 '명확히 말하는 것'을 증오한다. 사실 '군자는 주방을 멀리한다'가 바로 자기도 속고 남도 속이는 방법이다. 군자가 소고기를 먹기는 해야 하지만 그는 자비로워서 소가 죽을 때 벌벌 떠는 것을 차마 못 본다. 그래서 자리를 떴다가 소갈비구이가 되기를 기다렸다가 유유히 씹어 먹는다. 소갈비는 '벌벌 떨' 수 없고 또 자비로운 마음과 충돌하지도 않으므로 그는 안심하고 운치 있게 먹고 이를 쑤시고 배를 두드리면서 "만물이 나에게 다 갖추어져 있다"[36]고 말한다. 서로 거짓말하는 것은 고상함을 손상시키는 일도 아니다. 동파선생이 황저우黃州에 있을 때 손님이 오면 손님에게 귀신 이야기를 해달라고 했다고 한다. 손님이 귀신 이야깃거리가 없다고 하자 동파는 "일부러 만들어서라도 이야기해 주시오!"[37]라고 했다는데 이 일을 지금까지도 고상한 일로 손꼽고 있다.

소소한 거짓말을 하는 것은 심심함을 해소할 수 있고 답답함도 떨쳐낼 수 있다. 그러나 나중에는 진실을 잊어버리고 거짓말을 믿게 된다. 곧 마음이 편안해지고 운치가 넘치기 시작한다. 영락이 무리해서 황제가 되자 이를 좋지 않게 여긴 사대부가 꽤 있었다. 특히 그가 건문제의 충신을 참혹하게 죽인 일에 대해서 불만이 많았다. 경청과 같이 피살된 이로 철현[38]이 있는데 경청은 가죽을 도려냈고 철현은 기름에 튀겼으며 그의 두 딸은 교방敎坊으로 보내 기생으로 만들었다. 이는 사대부를 더더욱 불편하게 만들었다. 그런데 나중에 사람들의 말에 따르면 두 딸이 원문관原問官에게 시를 올린 사실을 영락이 알고 사면하여 선비에게 시집을 보냈다고 한다.[39]

이는 정말 "곡은 끝났는데 주악소리는 아름답도다"[40]이다. 사람들 마음의 무거운 짐을 덜어 천황은 결국 현명하시고 호인도 구제된 느낌이다. 그녀는 관기를 지낸 바 있지만 결국은 시를 잘 쓰는 재녀才女였고 그녀의 부친도 큰 충신이므로 지아비가 된 선비도 당연히 부끄러워할 필요가 없다. 그러나 '스쳐 지나가는 그림자처럼' 반드시 생각이 여기에서 멈춰야지 더 나아가서는 안 된다. 한번 생각해 보면 영락이 내린 조서에 생각이 미치는데[41] 좀 잔혹하면서 야비하다. 장헌충이 재동신梓潼神에게 제사를 지낼 때 "이 몸도 성이 장가요 당신도 성이 장가이니 이 몸과 당신은 종친 관계요. 상향!"이라고 쓴 유명한 글[42]을 영락의 조서와 비교해 보자. 전자는 일약 고상하고 우아한 것이 서양의 고급 잡지에 실릴 만하다. 이는 영락황제가 인재를 아끼고 약자를 긍휼히 여기는 명군과 다르다는 점을 깨닫게 한다. 게다가 그 당시 교방은 어떤 곳이었던가? 죄인의 처와 딸이 조용히 유객들을 기다리는 곳이 아니었다. 영락이 정한 법에 따르면 그녀들을 '병영으로 돌아다니'게까지 했다. 그들을 병영에서 며칠씩 머물게 했는데 그 목적은 다수의 남성에게 능욕을 보이게 하여 '작은 새끼'와 '음탕하고 천한 새끼'를 낳게 하는 데 있었다! 그리하여 지금 이슈가 되고 있는 '수절'은 그 당시에는 사실 '양민'에게만 허용된 특전이었다. 이런 통치 하에서, 이런 지옥 아래에서, 시를 한 수 짓는다고 죄에서 벗어날 수 있었겠는가?

이번에 나는 항세준의 『정와류편』[43](속보 상권)을 읽고 이 아름다운 이야기가 거짓이라는 것을 확실하게 알게 되었다. 그는 다음과 같이 적고 있다.

…… 철현의 장녀의 시를 고증하여 보면 이는 곧 오인吳人 범창기范昌期가 쓴 「노기를 위하여」題老妓卷이다. 시는 다음과 같다. "교방의 연지분은 떨어져 연백분을 썼고 애모하는 마음은 낙화를 마주하네. 옛 노래 들으니 하염없이 한만 생겨나는구나. 고향에 돌아가려 하나 집이 없구나. 탐스럽게 쪽진 머리를 반쯤 풀어헤치고 푸른 거울을 들여다보니 두 눈의 눈물이 뚝뚝 흘러 붉은 옷을 적시누나. 어쩌면 강주사마를 보게 되면 술잔 들고 앞에서 다시 더불어 비파행을 노래한다." 창기昌期의 자는 명봉鳴鳳이다. 이 시는 장사약張士瀹의 『국조문찬』國祖文纂에 실려 있다. 두경용가杜璟用嘉가 쓴 「무제」라는 제목의 차운시次韻詩도 있는 것으로 보아 철씨의 시가 아님이 분명하다. 차녀의 시라고 알려져 있는 "봄에 와서 사랑이 바다만큼 깊나니 원낭군에게 시집가는 것보다 유낭군에게 시집가는 것이 나으리라"는 더욱 말도 안 되는 소리이다. 종정宗正 목결睦檞이 사건을 정리하며 논하기를 건문제가 남서 지역을 유랑할 때의 시들도 일 만들기 좋아하는 문인들의 위작이라고 하니 철씨 딸의 시도 알 만하다.

『국조문찬』[44]을 나는 본 적이 없고 철씨 둘째 딸의 시에 대해서도 항세준은 근거를 찾지 못했지만 나는 그의 말이 믿을 만하다고 생각한다. 비록 그가 구전되는 운치 있는 이야기를 손상시켰다 하더라도, 게다가 첫째 그는 진지한 고증학자인 데다가, 둘째 나는 무릇 분위기를 깨는 고증의 결과가 겉으로 듣기 좋은 소리를 하는 것보다 종종 더 흥미로우며 진실에 가깝다고 생각하기 때문이다.

우선 범창기의 시를 철씨의 장녀에게 덮어씌워서 자기도 속고 남도 속이려 한 자는 누구인가? 그것은 나도 모르겠다. 그러나 '스쳐 지나가는 그림자처럼' 슬쩍 봐도 이상하다. 항세준이 폭로한 이야기를 듣고 다시 살펴보면 이것이 늙은 기녀를 노래한 글이라는 것을 확실히 알게 된다. 첫번째 구절은 현재 관기생활을 하는 이의 말투 같지 않다. 그러나 중국의 일부 사대부는 아니 땐 굴뚝에 연기 내기를 좋아하여 남몰래 바꿔치기하여 없는 이야기를 꾸며 냈다. 그들은 태평성대를 찬송했을 뿐만 아니라 암흑을 치장하기까지 했다. 철씨 둘째딸과 관련된 거짓말은 그래도 작은 일이다. 크게는 오랑캐 원나라가 살육과 약탈을 하고 만주족의 청나라가 시체를 태우는데도 고작 열녀의 절명시니 고난에 빠진 부녀가 벽에 쓴 시니 하며 떠받들며 신나하는 이들도 있었다. 이들은 이렇게 시를 아름답게 표현하고 저렇게 시에 운을 붙이면서 국토가 폐허가 되고 백성이 도탄에 빠져 있는 큰일보다 더 신나했다. 결국 자기들 글을 덧붙이기까지 하여 책 한 권을 인쇄하면서 고상한 일도 마무리됐다.

내가 이런 것들을 쓰고 있을 때 병이 이미 나은 셈이므로 유서를 쓸 필요는 없게 되었다. 그러나 이 자리를 빌려 나를 알고 있는 친구들에게 부탁을 하나 하고자 한다. 장래에 내가 죽은 다음에 중국에서 추도를 할 가능성이 설사 있다 하더라도 절대로 나를 위한 추도회를 열거나 기념 서적을 출판하지 말기를 바란다. 이는 살아 있는 사람의 강연회장이거나 만련挽聯을 잘 지었다고 서로 자랑하는 장소에 불과하기 때문이다. 짜임새 있는 대구對句를 짓는 데 열중하거나 말을 지어내서 사람을 놀라게 하는 풍토에 비춰 보면, 일부 문호들은 개의치 않고 말도 안 되는 소리를 늘어놓을 것이 분명하다. 결과적으로 잘해 봐야 책 한 권을 찍어 낼 따름이다. 누가 읽는다 해도 죽은 나에게나 살아 있는 독자에게나 모두 무익하다. 사실 저자에게도 좋은 점이 없다. 만련을 잘 지었으면 그저 만련을 잘 썼을 뿐인 게다.

지금 의견으로 나는 그런 종이와 묵, 흰 천을 여윳돈이 있으면 명대나 청대 혹은 현재의 야사나 필기 몇 권을 골라서 찍어 내는 편이 모두에게 이익이 된다고 생각한다. 그러나 진지해야 하고, 공을 들여야 하며 구두점 표기가 틀리지 않아야 한다.

12월 11일

주)_____

1) 원제는 「病後雜談」, 이 글의 1절은 1935년 2월 월간 『문학』 제4권 제2기에 발표됐다. 뒤의 세 절은 국민당 검열관에 의해 삭제당했는데 이에 대해서는 이 문집의 「부기」를 참고하시오.

2) 다빙(大餠). 중국인들이 아침이나 간식으로 잘 먹는 밀가루로 만든 전.

3) 베고니아 꽃을 가리킨다.

4) 상하이 카이밍서점(開明書店)에서 출판한 『이십오사』(二十五史: 즉 원래의 『이십사사』에 『신원사』新元史를 첨가한 것)는 모두 양장본으로 아홉 권의 큰 책이다. 상하이 서적신문합작사에서 출판한 『이십육사』(상술한 『이십오사』에 『청사고』를 첨가한 것)는 양장본으로 모두 20개의 큰 책이다.

5) 상하이 중화서국에서 발행한 『사부비요』(四部備要: 경, 사, 자, 집 4부의 고서 336종)는 원래 2,500책으로 되어 있었고 양장본도 있었는데 100책으로 합본했다.

6) 『세설신어』(世說新語)는 남조 때 송나라의 유의경(劉義慶)이 편찬한 것으로 3권으로 이

루어져 있다. 내용은 동한에서 동진까지 문사와 명사의 언담, 풍모, 에피소드 등을 기록했다.

7) 완사종(阮嗣宗, 210~263)의 이름은 적(籍)이고 자는 사종(嗣宗)이며 천류 웨이스(陳留 尉氏; 현재 허난 소속) 출신으로 3국 때 위나라 시인이었으며 한때 종사중랑(從事中郎)으로 있었다. 『진서』(晋書)의 「완적전」(阮籍傳)에는 다음과 같은 기록이 있다. "적은 보병 조리부대원이 술을 잘 빚으며 술 300곡을 저장해 두고 있다는 말을 듣고 보병교위(校尉)를 신청했다." 또 『삼국지』의 「위서(魏書)·완적전」의 주석에 인용된 『위씨춘추』(魏氏春秋)에는 다음과 같은 기록이 있다. "(적은) 보병교위가 부족했는데 주방에 맛있는 술이 많고 부대원이 술을 잘 빚는다는 말을 듣고 교위를 신청했다." 『세설신어』의 「임탄」(任誕)에도 이와 유사한 기록이 있다.

8) 도연명(陶淵明, 약 372~427)은 일명 도잠(陶潛)이라고 하는데 자는 원량(元亮)이며 쉰양(潯陽) 차이상(柴桑; 현재의 장시 주장九江) 출신으로 진조 때의 시인이다. 『진서』의 「도잠전」에는 다음과 같은 구절이 실려 있다. "도잠은 …… 팽택령(彭澤令)이 되었다. 현의 공전(公田)에는 기장을 심으라고 명령하면서 '나에게 늘 술에 푹 취하게 하면 된다'고 했다. 처가 반드시 벼를 심어야 된다고 해서 1경 50무에 기장을 심고 50무에 벼를 심게 했다." 『송서』의 「은일전」과 『남사』의 「은일전」에는 '1경 50무'가 '2경 50무'로 되어 있다. 그 아래에 있는 "동쪽 울타리에서 국화를 따서~", "배고픔이 나를 몰아 도대체 어디로 가는지 모르겠나니"라는 시구는 도잠의 시 「음주」와 「걸식」에 보인다.

9) 원문은 '站在雲端裡吶喊'으로 린위탕이 한 말이다. 반월간 『인간세』 제13호(1934년 10월 5일)에 실린 「어떻게 백화를 세련되게 쓸 것인가」라는 글에서 다음과 같이 말했다. "오늘 대중어란 어떤 것인가를 10~20자로 설명할 수 있는 사람도 없거니와 모범적인 대중어 100~200자를 써내어 우리에게 보여 줄 수 있는 사람도 없고 구름 위에 높이 서서 외치기만 하고 있으니 그것은 대중을 어리둥절하게 만들기에나 맞춤한 것이다."

10) 공령(空靈)하다는 가볍고 유연하여 포착하기 힘들다는 뜻이다. 아름다운 경지를 표현할 때 쓰는 말이기도 하다.

11) 왕이보(王夷甫, 256~311)의 이름은 연(衍)이며 진조 때 랑예 린이 출신이다. 상서령, 태위, 태전군사 등의 직책을 역임했다. 『진서』의 「왕융전」(王戎傳)에 다음과 같은 기록이 남아 있다. "연은 곽씨(즉 왕연의 처)의 탐욕스럽고 야비한 성격에 질색하여 돈이란 말을 한 번도 입 밖에 내지 않았다. 곽씨는 연을 떠보려고 노비를 시켜 돈을 침상에 삥 둘러놓아 다닐 수 없게 했다. 아침에 일어나서 돈을 본 연은 노비에게 '길을 막는 물건은 집어치워라!'고 했다." 그리고 또 "연은 재상의 중책을 맡고 있으면서도 나라를 잘 다스릴 생각은 하지 않고 자기보전책만 생각했다. 동해왕 월(越)에게 '중국이 이미 혼란하므로 방백(方伯)에 의거해야 할 것이니 문무를 겸비한 자가 그 직을 맡아야 하겠다'고 권유했다. 그리고 동생 징(澄)을 형주(荊州)의 수령으로 하고 친척 동생인 돈(敦)을

청주(青州)의 수령으로 삼았다. 그리하여 징과 돈에게 '형주는 장강과 한강이라는 튼 튼한 지세가 있고 청주는 바다를 낀 위험한 지세가 있으니 두 경이 밖에서 지키고 내 가 여기 남아 있으면 세 개의 든든한 굴이라고 할 수 있을 것이다'라고 했다. 식자는 이 를 비웃었다.…… 연은 태위의 신분으로 태부의 군대 사령관을 맡고 있었다. 월이 사 망하자 모두가 그를 원수로 추천하였다.…… 연은 갑자기 군사를 일으켰다가 석륵(石 勒)에게 대패했는데 석륵은 왕공을 불러서 마주했다.…… 연은 자기는 젊어서부터 세 상일에 참여하지 않았으니 스스로 그만두고자 하며 석륵에게 천자가 되라고 권고했 다. 석륵은 격노하면서 '군의 이름은 천하를 뒤덮고 몸으로는 중책을 맡고 있으며 젊 어서부터 조정의 일을 보기 시작하여 백발이 될 때까지 일해 왔는데 어찌 세상 일에 참여하지 않았다 하는가! 천하를 파괴한 것이 바로 군의 죄이다! …… 그리하여 사람 을 시켜 밤에 벽을 넘어뜨려 그를 깔아뭉개 죽였다."

12) 이 문집에 수록된 「문밖의 글 이야기」의 주31)을 참고하시오.

13) 원문은 '敦倫'이다. 부부간의 성관계를 의미한다. '부부'는 오륜의 하나이므로 '윤리를 돈후하게 한다'라고 했다. 청조 때 원매(袁枚)는 「자불어」(子不語) 22권에서 "이강주(李 剛主)는 바르고 성실한 학문을 중요하게 여겼는데 일기에서도 그날 한 일을 사실에 근 거하여 썼다. 아내와 교구할 때 그때마다 몇 월 며칠에 아내와 한 차례 '윤리를 돈후하 게' 했다고 썼다"고 서술했다. 이공(李塨, 1659~1733)은 자가 강주(剛主)로 청대 경학 가이다.

14) 원문은 '登徒子'이다. 송옥(宋玉)이 「등도자호색부」(登徒者好色賦)를 썼는데 나중에 색 을 밝히는 사람을 '등도자'라고 칭했다. 송옥의 글에서 말한 등도자란 초나라의 대부 로서 성이 등도였다.

15) 원문은 '娵隅躍清池'이다. 『세설신어』의 「배조」(排調)에 다음과 같은 기록이 있다. "학 륭(郝隆)은 환공(桓公; 즉 환온桓溫)의 남만 참군이 되었다. 3월 3일 모임에서 시를 지으 며 놀았는데 짓지 못하는 자는 벌주 세 되를 마시기로 했다. 륭은 처음에 시를 짓지 못 하여 벌주를 마셨는데 술을 마시고 나자 붓을 들어 '추우가 맑은 못에서 뛰어놀다'라 는 글을 지었다. 환공이 '추우는 어떤 물건인고?' 하고 묻자 '만에서는 물고기를 추우 라 하나이다'라고 대답했다. 환공이 '시를 짓는데 어째서 만어를 쓰는고?' 하자 륭은 '천리 길을 걸어 공에게 찾아와서 만부 참군을 하기 시작했는데 어찌 만어를 쓰지 않 으리오까?'라고 했다."

16) 『촉벽』(蜀碧)은 청대 팽준사(彭遵泗)가 저술한 것으로 4권으로 되어 있다. 장헌충이 쓰 촨에 있을 때의 일을 기록했다. 책머리에 필자가 강희 21년(1682)에 쓴 서문이 있는데 이 책은 모두 그가 어렸을 때 들은 장헌충에 대한 이야기에 근거하고 있고 다른 사람 의 기록을 여기저기서 모아서 쓴 것이라고 설명되어 있다.

17) 수빈(蜀賓)은 쉬친원(許欽文)의 필명이다. 1934년 12월 1일 루쉰의 일기에 "저녁에 친

원이 왔는데『촉벽』두 권을 선물했다"라고 기록되어 있다.

18)『촉귀감』(蜀龜鑒)은 청조 때의 유경백(劉景伯)이 저술한 책으로 8권으로 되어 있다. 내용은 만명 시기의 이야깃거리를 기록한 것으로『촉벽』과 비슷하다.

19) 장헌충(張憲忠, 1606~1646)은 옌안의 류수젠(柳樹澗; 지금의 산시陝西 딩볜둥定邊東) 출신으로 명조 말기 농민봉기의 지도자이다. 숭정 3년(1630)에 봉기를 일으켜 산시와 허난 등지를 전전하며 싸웠다. 숭정 17년(1644)에 쓰촨성에 들어가서 청두에서 '제'(帝)라고 칭하고 국호를 대서(大西)라고 붙였다. 청 순치 3년(1646)에 쓰촨성을 떠나는 도중 쓰촨성 북부 옌팅제(鹽亭界)에서 청조 군대에게 피살되었다. 역사책에는 그가 사람을 죽인 일이 여러 차례 기록되어 있다.

20) 궁형(宮刑)은『상서』「궁형」의 '궁벽의사'(宮辟疑赦)전에 "궁은 음형이다. 남자는 거세하고 여자는 유폐하는 형으로 사형 다음가는 형벌이다"라고 씌어 있다. 유폐는 명대 유민 서수비(徐樹丕)의『식소록』(識小錄)에 다음과 같이 기록되어 있다. "'전」에서 '남자는 거세하고 여자는 유폐한다'고 말했는데 모두 유폐의 의미를 몰랐으나 지금은 알게 됐다. 곧 여자에게는 그 근육을 제거하여 말과 돼지 류를 만드는 것처럼 욕정을 사라지게 한다. 나라의 초기에 이를 자주 사용했는데 여자들이 많이 죽었기 때문에 행하지 않았다."

21) 손가망(孫可望, ?~1660)은 산시 미즈(米脂) 출신으로 장헌충의 양자이자 부장이었다. 장헌충이 패하여 죽은 다음 그는 부대를 거느리고 쓰촨에서 구이저우, 윈난으로 갔다. 영력(永歷) 5년(1651)에 그는 남명의 영력제에게 청하여 진왕(秦王)으로 봉해졌으며 나중에 군대를 파견하여 영력제를 구이저우의 안룽소(安隆所; 안룽부安龍府라고 개칭함)까지 호송하고 자기는 구이양에 주둔해 있으면서 조의(朝儀)를 확정하고 관제를 설치하였다. 마지막에는 청조에 투항했다.

22) 굴대균(屈大均, 1630~1696)의 자는 옹산(翁山)이고 광둥 판위(番禺) 출신으로 명말 청초의 문학가였으며 청조 군대가 광저우에 들어오기 전후에 청조에 대항하는 활동에 참가했다가 실패하고 나서 머리를 깎고 한동안 중노릇을 했다. 저서로는『옹산문외』(翁山文外),『옹산시외』(翁山詩外),『광동신어』(光東新語) 등이 있다.

『안룽일사』(安龍逸史)는 청조 때 금서 중 하나로 작자는 창주어은(滄洲漁隱)이라고 서명했으며『금서총목』에 의하면 계상초은溪上樵隱이라고 서명한 책도 있다) '군기처에서 황제의 비준에 의하여 전량 없애기로 한 서적'에 들어 있었다. 1916년 우싱(吳興) 류씨(劉氏) 자예탕(嘉業堂)의 판각본『안룽일사』는 상하 2권으로 나뉘고 굴대균 지음이라고 씌어 있었다. 그러나 내용은『잔명기사』(殘明紀事; 작자는 서명되어 있지 않았으며 역시 군기처에서 황제의 비준에 의하여 전량 없애기로 되어 있는 서적 중 하나였다)와 같고 자구가 좀 다를 뿐이었다.

23) 경청(景淸, ?~1402)은 명대 전닝(眞寧; 지금의 간쑤 정닝正寧) 출신으로 홍무진사(洪武進

士)와 편수(編修)를 지냈고 건문제(建文帝) 때 어사대부(御史大夫)를 역임했다. 『명사』(明史) 「경청전」의 기록에 의하면 성조(成祖)가 즉위하자 그는 귀순하는 척하고 나중에 성조를 암살하려 한 탓으로 책살(磔殺)당했다. 그의 가죽을 벗긴 일에 대해서는 곡응태(谷應泰)의 『명사기사본말』(明史紀事本末)의 「임오순난」(壬午殉難)에 다음과 같이 기록되어 있다. "8월 보름날 아침 조회에 경청은 관복을 입고 들어갔다.…… 조회가 끝나고 어문을 나오다가 청은 갑자기 앞으로 뛰어나가 임금의 수레를 덮쳤다. 문황(文皇)은 급히 좌우에 명하여 청을 붙잡고 청의 검을 빼앗았다. 뜻을 이루지 못하게 되었다는 것을 안 청은 바로 일어서서 욕을 퍼부었다. 그의 이를 도려내자 도려지면서도 계속 욕설을 퍼부어 입에 고인 피가 임금의 옷에 뿜어졌다. 이에 그의 가죽을 벗겨 짚에 싸서 장안문에 묶어 놓도록 명령했다."

24) 원문은 '是以君子遠庖廚也'. 이 말은 『맹자』의 「양혜왕」(梁惠王)편에 나온다.

25) 원문은 '看書的好姿勢'이다. 『논어』 제28호(1933년 11월 1일)에는 「논어를 읽는 좋은 자세 몇 가지를 소개한다」(介紹幾個讀論語的好姿勢)는 제목으로 황가음(黃嘉音)이 그린 그림 여섯 점이 실렸다. 그중 하나는 한 사람이 바닥에 엎드려 책을 보는 그림이었는데 이를 "노니는 교룡(游蛟)이 땅에 엎드린 식"이라고 했다. 루쉰은 여기서 이를 풍자하고 있다.

26) 원중랑(袁中郎, 1568~1610)의 이름은 굉도(宏道)이고 자는 중랑(中郎)이다. 호광공안(湖廣公安: 지금의 후베이) 출신으로 명대 문학가이다. 그는 형 종도(宗道), 동생 중도(中道)와 함께 문학에서의 의고주의를 반대하고 '성령을 서술하고 격식에 구애되지 말 것'을 주장하여 '공안파'(公安派)라고 칭해졌다. 당시 린위탕, 저우쭤런 등은 '공안파'의 글쓰기를 제창하면서 명대의 소품을 빌려 이른바 '한적'(閑適)과 '성령'(性靈)을 알렸다. 『광장』(廣莊)은 원중랑이 『장자』의 문체를 모방하여 도가 사상을 논한 작품으로서 모두 7편으로 되어 있다. 나중에 『원중랑전집』에 수록됐다.

27) 담사동(譚嗣同, 1865~1898). 자는 복생(復生)이며 후난 류양(瀏陽) 출신으로서 청조 말기 유신운동의 중요 인물이다. 무술정변으로 희생된 '6군자' 중 한사람이었다. "문을 닫고 손님이 떠나는 것을 만류하며 장검을 생각한다"(閉門投轄思長儉)는 원래 "문을 바라보며 머물 것을 청하며 장검을 생각하노라"(望門投止思長儉)이다. 그가 살해되기 직전에 쓴 7언 절구 「옥중에 벽에 쓰다」(獄中題壁)의 첫 구절이다. 장검(長儉)은 후한대 산양 가오핑(山陽高平: 지금의 산둥 쩌우현鄒縣) 출신으로 영제(靈帝) 때 관동부독우(官東部督郵)로 있었다. 『후한서』의 「당고열전」(黨錮列傳)에 다음과 같은 기록이 남아 있다. 그의 원수가 "글을 올려 검이 같은 군의 24명과 당을 만들었다고 고발하여 그를 체포하라는 방이 나붙었다. 검은 도망가야 했는데 급박하게 달아나면서 문을 바라보며 유숙을 간청했는데 그의 명망과 품행을 중히 여겨 받아들이지 않는 집이 없었다"('閉門投轄'은 한대 진준陳遵이 손님을 잘 맞이했다는 이야기에 나오는 말이다. 『한서』의 「유협열

전_遊俠列傳을 참조하시오).

28) 추근(秋瑾, 1877~1907). 자는 선경(璿卿)이고 호는 경웅(競雄)이며 감호여협(鑑湖女俠)
이라고도 했는데 저장 사오싱 출신으로서 반청 혁명단체인 광복회의 주요 성원 중 한
명이었다. 1907년 7월 그는 봉기를 준비하던 일이 탄로나는 바람에 청 정부에 체포되
어 15일(음력 6월 초엿새) 사오싱 성내의 헌정구(軒亭口)에서 처형되었다. 진거병(陳去
病)은 「감호여협추근전」(鑑湖女俠秋瑾傳)에서 추근이 심문받던 광경을 다음과 같이 서
술하였다. "그를 본 사람의 말에 따르면 시종 아무것도 자백하지 않았고 형장에서 '가
을비 가을바람 죽음을 슬퍼하도다'라는 구절만을 남겼을 뿐이라고 한다."

29) 우싱(吳興) 류씨(劉氏) 자예탕(嘉業堂)은 중국의 유명한 개인 장서 누각이다. 저장성 우
싱 난쉰진(南潯鎭)에 소재한다. 장서 수가 60만 권이나 되었으며 직접 판각을 만들어
책을 찍어 냈다. 『자예탕총서』, 『구서재총서』(求恕齋叢書) 등을 판각으로 찍었다. 자예
탕의 창시자 류청간(劉承幹, 1882~1963)의 자는 한이(翰怡)이고 호는 전이(貞一)이다.

30) 채현(蔡顯, 1697~1767)의 자는 입부(笠夫)이며 장쑤 화팅(華亭; 지금의 상하이 쑹장松江)
출신이다. 『청대 필화 자료』(淸代文字獄檔) 2집에 「채현의 『한어한한록』 사건」(蔡顯『閑
漁閑閑錄』案)이 수록되어 있는데 이 사건은 건륭 32년(1767)에 발생했다. 당시의 상주
문에 의하면 "채현은 옹정 때의 거인으로 나이가 71세였고 호를 한어(閑漁)라고 지었
다. 그의 저서 『한한록』은 비방하는 말이 들어 있고 모반의 의도가 다분했다"고 한다.
후에 채현은 '참형'을 당했고 아들은 '참형을 선고받고 추후처결을 기다리게' 되었으
며 문객 등은 각각 '장형 또는 유형'과 '이리(伊犁) 등지로 보내져 고초를 겪는' 처분을
받았다. 『한어한한록』 9권은 조전(朝典), 시사, 시구 등을 두루 수록한 잡록이다. 류씨
자예탕은 이 책을 1915년에 발간했다.

31) 당대에 시작한 피휘 방법이다. 본 조정의 황제나 어른의 이름을 쓰거나 새길 때 맨 마
지막 획을 생략하곤 하였다. 류청간이 '의'(儀)자의 마지막 획을 생략한 것(儀)은 청조
폐제(廢帝) 부의(溥儀)의 이름자를 기휘하기 위한 것이었다.

32) 『시경』은 '국풍'(國風), '소아'(小雅), '대아'(大雅), '송'(頌) 네 종류로 나누어진다. 「빈」
(豳)은 '국풍'의 마지막에 들어 있으며 모두 7편이다. 『시서』(詩序)에 의하면 이것은 다
주공이 '변고를 당하고' '난을 평정하고' '동쪽을 정벌한 것'에 관하여 쓴 시이다. 「소
민」(召旻)은 '대아'의 마지막 편으로 『시서』에는 다음과 같이 기록되어 있다. "소민은
범백(凡伯; 곧 周大夫)이 유왕(幽王)의 대악무도함을 풍자한 것이다."

33) 체원(體元)은 『춘추』의 '은공(隱公) 원년'에 나온다. "원년, 봄, 왕의 정월"이라고 씌어
있다. 진대(晉代) 두예(杜預)의 주에는 "임금이 즉위하면 자신의 체계를 세우려 하므로
1년 1월이란 말을 쓰지 않는다"고 기록되어 있다. 당대 공영달(孔穎達)의 주소에는 다
음과 같이 기록되어 있다. "원정(元正)이란 처음과 우두머리라는 뜻이지만 그 이름으
로 인하여 더욱 광범위하게 쓰인다. 원이란 기의 바탕이며 선의 으뜸이다. 임금은 근

본을 틀어쥐고 만물의 으뜸이 되어 원과 같은 몸이 되려 하므로 그 첫 해를 원년이라 한다." '표정'(表正)이란 『서경』의 「중훼지고」(仲虺之誥)에 "표정만방"(表正萬邦)으로 나온다. 한대 공안국(孔安國)은 "천하를 올바르게 따르게 하고 만국을 법으로 바로잡는다"고 주를 달았다.

34) 장헌충의 죽음에 대해서는 역사서마다 설명이 다르다. 『명사』의 「장헌충전」에 의하면 청조 순치(順治) 3년(1646)에 청 숙친왕 호격(豪格)이 군대를 거느리고 쓰촨으로 쳐들어가자 "헌충은 청두의 궁전과 집들을 다 태우고 성을 허문 다음 군사를 거느리고 쓰촨성 북부로 나갔다가 …… 한중(漢中)에서 우리 대청군과 마주쳤고, 옌팅제(鹽亭界)에 이르렀을 때 안개가 자욱했다. 헌충은 새벽길을 가다가 펑황포(鳳凰坡)에서 우리 군대와 맞닥뜨렸는데 활에 맞아 말에서 떨어져서 쌓인 짚더미에 기어 들어갔다. 그래서 우리 군대는 헌충을 생포하여 참하였다"라고 기록되어 있다. 그러나 『명사기사본말』「장헌충의 난」(張獻忠之亂)에 따르면 그는 병사했다고 한다.

35) 『춘추』(春秋)는 춘추 시기 노나라의 편년사로 공자가 손을 본 것으로 전해진다. 과거의 경학가들은 이 편년사에서 한 글자 한 글자를 쓸 때마다 '추어올리거나' '깎아내리는' '미미한 말 속에 큰 뜻'이 숨어 있다고 여겼다. 이를 '춘추 필법'이라고 불렀다.

36) 원문은 '萬物皆備于我矣'로 맹자의 말이다. 『맹자』의 「진심」(盡心)상편에 나온다.

37) 동파는 소식(蘇軾, 1037~1101)을 가리킨다. 자는 자첨(子瞻)이고 호는 동파거사(東坡居士)이며 메이산(眉山; 지금의 쓰촨성 소속) 출신으로 송대 문학가이다. 신종(神宗) 초년에 왕안석의 신법을 반대하였기에 황저우(黃州) 등지로 좌천되었다. 그가 손님에게 귀신이야기를 해달라고 했다는 이야기에 대해서는 송대 섭몽득(葉夢得)의 『석림피서녹화』(石林避暑錄話) 1권에 기재되어 있다. "자첨은 황저우와 링뱌오(嶺表)에 있을 때 아침마다 일어나서 손님을 청하여 이야기를 나누지 않으면 나가서 손님이 되곤 했다. 더불어 노는 사람에 대해서도 가리지 않고 지위가 높고 낮음에 따라서 거리낌 없이 익살스러운 이야기를 나누었다. 이야기를 못 하는 사람을 보면 강제로 귀신 이야기를 하게 했고 혹시 없다고 사양하면 '만들어서라도 하시오'라고 했다. 그러면 듣는 이들은 포복절도하고 실컷 흥겹게 놀다가 흩어졌다."

38) 철현(鐵鉉, 1366~1402)의 자는 정석(鼎石)이고 허난 덩저우(鄧州; 지금의 덩현鄧縣) 출신이다. 명대 건문제(建文帝) 때 산둥참정(山東參政)을 지냈다. 연왕(燕王) 주체(朱棣; 즉 후의 영락제永樂帝)가 군사를 일으켜 왕위를 탈취하려 할 때 그는 지난(濟南)에서 수차례 연왕의 군대를 격파했으므로 병부상서(兵部尚書)로 승급했다. 연왕이 즉위하자 사형을 당했다. 곡응태(谷應泰)의 『명사기사본말』의 「임오순난」(壬午殉難)에는 다음과 같이 기록되어 있다. "철현은 서울에 끌려갔다. 폐하가 그를 보자고 했으나 그는 정원에 등을 지고 돌아서서 굴하지 않고 아무리 돌아보라 해도 한 번 돌아보지도 않았다. 그의 귀와 코를 베어 버렸으나 그는 끝내 돌아보려 하지 않았다.…… 그리하여 책살을

당했는데 그는 죽으면서도 욕설을 그치지 않았다. 이에 문황(文皇; 곧 영락제)은 큰 가마를 가져오게 하여 기름 몇 곡을 넣어 끓인 다음 철현의 시체를 그 안에 집어넣었는데 즉각 숯이 되어 버렸다."

39) 철현의 두 딸이 교방에 들어간 일에 대해서는 명대 왕오(王鏊)가 쓴『진택기문』(震澤紀聞)에 실려 있다. "철현에게는 두 딸이 있었는데 교방에 들어간 지가 수 개월이 되어도 끝내 능욕을 당하지 않았다. 철현과 같이 있던 벼슬아치가 이르자 두 딸은 시를 써서 그에게 바쳤다. 문황이 '그들은 끝내 굴하지 않았는가?'고 묻고 그들을 대사면하여 내보냈으므로 그들은 선비에게 시집을 갔다." 교방은 당대 때부터 설치된 여악의 교련을 관리하는 기구이다. 나중에 봉건 통치자들은 흔히 범죄자의 처와 딸을 징벌로서 교방에 들여보냈는데 실지는 관가의 기생으로 만드는 것이었다.

40) 원문은 '曲終奏雅'. 이는『한서』의 「사마상여전」(司馬相如傳)에 있는 말인데 다음과 같이 기록되어 있다. "양웅(揚雄)은 아름다운 부는 권고함이 많고 비난함이 적어 마치 정나라와 위나라의 음악처럼 곡은 끝났는데 주악소리는 아름답다는 격이니 이야말로 희롱거리가 아닌가?"

41) 다음 글「아프고 난 뒤 잡담의 남은 이야기」의 제1절을 참조하시오.

42) 장헌충의 재동신(梓潼神)을 위한 제문은『촉벽』3권과『촉귀감』3권에 있는데 원문은 다음과 같다. "이 몸도 성이 장가요 당신도 성이 장가인데 어찌 이 몸을 위협하는가? 우리와 당신은 종친 관계요. 상향"(두 책 사이에는 낱글자가 좀 다르다) 재동신은『명사』의 「예지(禮志) 4」에 의하면 재동제군(梓潼帝君)으로서 성은 장(張)이고 이름은 아자(亞子)이며 진대(晉代) 사람이다.

43) 항세준(杭世駿, 1696~1773)의 자는 대종(大宗)이고 저장성 런허(仁和; 지금의 위항余杭) 출신이며 청대 고증학자이다. 건륭시대 관어사(官御使)를 지냈다. 저서로는『정와유편』(訂訛類編),『도고당시문집』(道古堂詩文集) 등이 있다.『정와유편』은 6권에『속보』(續補) 2권이 있으며 고서의 진가이동을 고증한 책이다. 그 아래의 인용문은 항세준이 전겸익의『열조시집』(列朝詩集) 윤집(閏集) 4권에 있는 말을 그대로 베껴 낸 것이다.

44) 국조문찬(國朝文纂)은 명대 시문의 모음집이다.『명사』(明史)의 「예문지」(藝文志)와『집류』(集類) 3 「총집류」(總集類)에는 "왕도(王稌)의 국조문찬 40권"이라고 기재되어 있으며 또 "장사약(張士淪)의 명문찬 50권"이라고 기재되어 있다.

아프고 난 뒤 잡담의 남은 이야기
―'울분을 토하는 것'에 대하여[1]

1.

나는 명대 영락황제의 잔혹함이 장헌충을 능가한다고 자주 말하는데 이는 송단의 『입재한록』[2]의 영향을 받은 것이다. 그 당시 나는 만주 치하에서 여전히 변발을 늘어뜨리고 있는 열네다섯 살 된 소년이었지만 이미 장헌충이 어떻게 쓰촨 사람을 학살했는지를 기록한 『촉벽』을 읽고서 이 '비적'의 흉악함을 증오했던 것이다. 나중에 또 우연히 헌책더미에서 페이지가 군데군데 빠져 있는 『입재한록』 한 권을 발견했다. 그것도 명대 필사본이었는데 나는 그 책에서 영락의 조서를 읽었다. 그리하여 나의 증오심은 영락에게로 옮아 갔다.

그 당시 나는 역사적인 지식이 하나도 없었는데 증오심이 옮아 간 원인은 정말 단순했다. 비적은 괜찮지만 황제는 그래서는 안 된다고 생각했던 것이다. 여전히 "예가 서민보다 못해서는 안 된다"[3]는 전통사상이었던 것이다. 『입재한록』은 시중에서 잘 구할 수 없는 책인 것 같았다. 작가는

명대 사람인데 명대에 이미 필사본이 있었으므로 이 판본이 얼마나 적었
는지 알 수 있다. 『회각서목』[4]에서는 명대의 무슨 총서에 수록되어 있다
고 한 것으로 기억한다. 그러나 나는 아직까지 이 총서를 보지 못했다. 청
대의 『사고전서총목제요』는 이 책을 '제목만 수록' 항목에 넣었는데 『사
고전서』에서도 마찬가지로 찾아볼 수 없었다. 우리 집은 장서가가 아닌데
어떻게 이 명대 필사본이 있을 수 있는지 정말 알 수 없다. 나는 이 책을 계
속 갖고 있다가 십여 년 전에 배가 너무 고픈 나머지 이 책을 다른 두 권의
명대 필사본 및 명대에 판각한 『궁규비전』[5]과 함께 장서가이자 학자로 유
명한 푸모씨[6]에게 팔려고 가져갔다. 그는 나를 서너 번 걸음하게 한 뒤에
서야 다 합해서 8위안을 주겠다고 말했다. 나는 울컥해서 안 팔겠다고 대
답하고 싸안고 되돌아와서 베이핑의 집에 던져 놨다. 그러나 돌보지 않은
지 오래되어서 지금 이 책이 어떻게 되었는지 알 수 없다.

　그 책은 사십 년 전에 읽은 것이어서 영락에 대한 증오는 지금도 여
전하지만 책의 내용은 벌써 잊어버렸다. 그래서 며칠 전 「아프고 난 뒤 잡
담」을 쓸 때 영락이 내린 조서의 실례를 한 구절도 들 수 없었다. 나도 『영
락실록』[7]을 너무 보고 싶었지만 상하이에서 또 어떻게 구할 수 있겠는가.
라이칭거來靑閣에서 낙질落帙을 우편 판매하고 있는데 10권의 판매 가격이
160위안이었다. 절대로 우리 같은 이의 서가에 어울릴 책이 아니었다. 그
런데 또 한 번의 우연이 일어났다. 어제 『안후이 총서』[8] 제3집에서 청대
유정섭(1775~1840)의 『계사유고』[9] 개정판을 읽었는데 「악호, 개호의 적
과 여악을 없앤 고증에 첨부한 이야기」에 영락황제의 조서가 인용되어 있
었던 것이다. 이는 왕세정이 쓴 『엄주사료』[10]의 「난징법사소기」에 근거한
것으로 분량은 적고 중요한 내용도 아니었지만 '자그마한 흔적을 보여'

줘 비적 헌충의 작품과 비교할 만했다. 아래에 옮겨 적는다.

영락 11년 정월 11일 교방사敎坊司가 우순문右順門 입구에서 다음과 같이 상주문을 올렸다. 제태[11]의 누이와 생질부 그리고 황자징의 누이동생 등 네 여인은 매일 밤낮 이십여 명의 사나이들이 지키고 있습니다. 젊은 여인은 다 임신을 하여 자식을 낳아 도적 새끼를 만들었습니다. 이외에도 세 살 먹은 계집이 있으니 성지를 내려주시기 바라옵니다. 성지에 이르기를, 내버려 둘지어다. 크면 저절로 천한 것이 될 것이 아닌가? 하는 것이었다.

철현의 처 양씨는 서른다섯에 교방사에게 보내졌고 모대방의 처 장씨는 쉰여섯에 교방사에게 보내졌다. 장씨가 병으로 죽어서 교방사 안정安政이 봉천문奉天文에서 상주했다. 성지에 이르기를 상원현上元縣에 분부하여 성문 밖으로 들고 나가 개 먹잇감으로 던져 줘라! 이를 준수하기 바란다! 라고 했다.

군신 사이의 문답이 이런 말투였던 것이다. 옛 기록을 보지 않았다면 정말 상상조차도 못했을 것이다. 그러나 사실 이것도 하나의 예에 불과하다. 유사 이래 중국인은 늘 동족과 이민족에게 살육, 약탈, 능멸, 억압을 당했고 노예가 되어 왔으며 인간이 참을 수 없는 고초를 겪었다. 이를 알아갈 때마다 정말 인간 세상에 살고 있지 않은 것같이 느껴졌다. 유정섭은 야사를 읽어 봤기 때문에 불의에 대한 분노가 가슴에 가득 차게 된 이였다. 그래서 그는 청조가 천민과 거지를 해방시키고 교방을 폐지하고 여악

을 정지시킨 이야기를 기록한 다음에 다음과 같이 결론을 맺었다.[12]

하, 상, 주 삼대에서 명대에 이르기까지 오직 북주北周의 무제, 당의 고조, 후진後晉의 고조, 금과 원대 그리고 명의 경제景帝만이 법을 관대히 적용했는데 아직 그 흔적이 남아 있다. 나머지는 모두 신분차별을 당연하게 생각했다. 본 조대는 그들의 호적까지 다 없애서 천지에 모든 것이 제거된 것이다. 한나라 유학자들은 조정의 공덕을 노래할 때 '울분을 토한다'[13]라고 표현했다. 악호樂戶를 제거하는 일은 정말 울분을 토한다고 이를 만하다. 그리하여 옛일의 번잡한 일을 열거하는 것은 이처럼 혁신하는 것과 관계있는 것이다.

이 결론은 두 가지 점에서 나를 놀라게 했다. 첫째, 노예를 관대히 봐준 황제 가운데 한족이 정말 소수였다는 점이다. 그러나 나는 유정섭이 여전히 이 부분을 상세하게 고증하지 않은 건 아닌지 미심쩍다. 예를 들면 금·원대는 노예를 관대하게 대우하지 않았다. 다만 그때 노예를 뒀던 중국의 주인도 노예가 되었기 때문에 정복자의 눈에는 지위 고하가 없이 이른바 "차별 없이 대"했던 것이고, 이 때문에 이전의 노예 대우에 비하여 너그러운 것처럼 보였을 따름이다. 둘째, 역사 이래 존재했던 이 학정이 만주족의 청대에 와서 비로소 말끔히 제거되어서 역사를 고증하는 유학자가 책상을 치며 쾌재를 불렀다는 점이다. 그리고 이를 한대의 유학자들이 "울분을 토하는 것"에 견주었는데 이는 명말 청초의 재자들이 말했던 "또한 기쁘지 아니한가!"[14]인 것이다. 그러나 악호를 해방시켜 준 것은 사실이지만 '말끔히 제거'된 것은 아니었다. 가령 사오싱의 천민은 민국 초기까지 여전히 양민과 결혼하지 못했고 대부호 밑에서 일했다. 그러나 보수는 있었다. 이 점이 해방 이전과 많이 다른 점일 것이다. 신해혁명 이후 나는 한동안 사오싱에 돌아가지 않아서 그들이 어떻게 지내는지 잘 모른다. 아마 삼십 년 전과 크게 다르지는 않을 것이라고 짐작한다.

2.

그러나 유정섭이 청조의 공덕을 찬양한 것은 당연한 일이라고 하지 않을 수 없다. 그는 건륭 40년에 태어나 중년에서 만년까지의 시기는 필화사건의 혈흔이 사라지고 만주인의 흉악함도 누그러져 우민정책이 일찌감치 크게 성공을 거두고 '공덕'만 남았을 시기이다. 그 당시의 금서를 그는 읽지 않았을지도 모른다. 다른 것은 제쳐 두고 옹정, 건륭 두 시대에 중국인이 쓴 저작에 대해서 어떤 수법을 썼는지만 살펴봐도 놀라서 가슴이 뛴다. 전체 훼손과 부분 훼손 및 잘라 내는 것은 그나마 나은 편이다. 가장 음험한 수법은 고서의 내용을 뜯어 고치는 것이다. 건륭 시대에 편찬한 『사고전서』를 많은 사람들은 이 시대의 위대한 업적이라고 칭송한다. 그러나 이는 고서의 격식을 흩뜨려 놓았을 뿐만 아니라 고인의 글을 고치기까지 한 것이다. 이를 궁정에서 소장했을 뿐만 아니라 문풍이 성한 곳에 배포하여 세상의 사대부들에게 읽혔던 것이다. 그리하여 우리 중국 작가 중에서도 강직한 기개를 갖춘 사람이 있었다는 것을 영원히 깨닫지 못하게 했다(이 구절은 관의 명령을 받들어 "영원히 내막을 알아볼 수 없게 했다"로 바꾸었다).

　가경과 도광 연간 이후 송·원대 판본을 귀중하게 생각하는 분위기가 점차 짙어졌지만 건륭황제의 '신성한 우려'를 깨닫지는 못했다. 그리하여 송·원대 판본을 영인하거나 교정한 서적이 꽤 많이 출판되었는데 이것이 당시 음모의 마각을 드러나게 했다. 최초로 나에게 계시를 던져 준 것은『임랑비실총서』에 실린『모정객화』[15] 두 권이었다. 하나는 송대 판본의 교정본이고 다른 하나는 사고전서본으로 모두 같은 책이나 두 권에 실린 글은 다른 곳이 많이 발견되었다. 그것도 꼭 '화이'華夷에 대한 부분이었다. 이는 분명 사고본이 고친 것이리라. 현재 송판본의 영인본인『모정객화』까지 이미 출판되어서 분명한 증거를 댈 수 있다. 그런데 사고본과 대조해 보지 않으면 그 당시의 음모를 절대로 알 수 없다. 나는『임랑비실총서』를 도서관에서 읽어서 가지고 있지 않다. 지금 사려면 또 너무 비싸서 구체적인 예문을 들기 힘들다. 그러나 비교적 쉬운 방법이 있긴 하다.

최근에 연이어 출판된『사부총간속편』[16]은 당연히 새로 나온 고서라고 해야 한다. 그러나 그중에 만주족의 청조가 중국 저작을 암살했던 기록이 포함되어 있다. 가령 송대 홍매의『용재수필』에서『오필』[17]까지는 송대 판본과 명대 활자본을 영인한 것으로 장위안지[18]의 발문에 의하면 그중 세 조목은 청대 판각본에는 없었다고 한다. 삭제된 문장은 어떤 내용일까? 종이와 먹을 아끼는 차원에서 지금『용재삼필』3권에 있는「북적 포로의 고통」한 항목만을 여기에 옮겨 적는다.

원위元魏[19]는 강릉을 점령하자 잡은 선비와 백성을 귀천의 구분 없이 모두 노예로 만들었다. 일반적으로 북방 오랑캐의 풍습은 이러했다. 정강[20] 이후에 금에게 포로로 잡힌 자는 제왕의 자손이나 관문 벼슬아치 친족을 막론하고 모두 노비로 만들어 부역을 하게 했다. 사람마다 한 달에 피 다섯 말을 주어 스스로 도정하게 하여 한 말 여덟 되를 만들어 식량으로 삼게 했다. 또 한 해에 마 다섯 단을 주어 그것으로 베를 짜서 옷을 지어 입게 했다. 그밖에는 돈 한 푼, 천 한 쪼가리 주는 것이 없었다. 베를 짤 줄 모르는 남자들은 일 년 내내 알몸으로 지냈다. 가끔 그들을 불쌍히 여겨 부엌일을 시키기도 했다. 그러면 따뜻하게 불을 쪼일 수도 있었으나 밖에 나가 땔나무를 안고 들어와 다시 불 옆에 앉으면 살가죽이 벗겨져 며칠 안 가 죽어 버렸다. 기술이 있는 자들, 이를테면 의술이나 수놓는 일 등의 재주가 있는 자들은 늘 땅바닥에 둘러앉아서 거적때기나 갈대 깔개로 앞을 가렸다. 가끔 손님이 와서 연회가 벌어지면 능한 자를 불러다 연주하게 했다. 술에 거나하게 취하여 손님들이 흩어지면 각자 다시 처음처럼 빙 둘러앉아 수를 놓았다. 그들의 생사를 초개처럼 여겼다.

청조는 자신의 흉악함과 잔인함을 숨겼을 뿐만 아니라 금대 사람을 대신하여 그들의 흉악함과 잔악함을 은폐하기까지 했다. 이 한 조목만 보더라도 유정섭이 금 왕조를 어진 군주의 계열에 넣은 것은 부정확하다는 것을 알 수 있다. 그들은 송조의 주인과 노예의 구분을 없애서 모두 노예로 만들고 스스로를 주인이라고 했을 따름이었다. 그런데 이 교정본은 청대 서방書坊의 판각본을 사용했다. 사고본도 이와 같은지 아닌지 알 수 없다. 더 확실한 증거로 또 한 권의 책이 있다. 『사부총간속편』에 실려 있는, 구 필사본을 영인한 조설지의 『숭산문집』[21]이 그것이다. 이 책 말미에 「부신대」 한 편을 사고본과 비교한 부분이 있다. 이를 통하여 일부분이 실증되는데 지금 아래에 몇 항목을 옮겨 적는다. 대체로 삭제되지 않으면 고쳐졌고 의미도 완전히 달라졌다. 송 왕조의 신하인 조설지가 금대에 죄를 지을까 봐 겁을 먹어서 벌벌 떨며 제대로 말을 못 하는 것처럼 보인다.

구판본

금나라 비적들은 우리 변방의 신하들이 질서가 없고, 척후가 분명하지 않으므로 돼지처럼 하북河北으로 침범하여 하동河東에 뱀처럼 집결했다. 공자 춘추의 큰 금법을 범하였으니

백 명의 기병으로 포악하고 사나운 장수를 물리쳤다.

저 금나라 비적들이 인간이 아니지만 개돼지도 떨어지는 기왓장 보고 놀라서 소리를 지르는데 어찌 두려워하지 않을 수 있겠는가!

우리가 섬멸할 수 있는 것이다.

태종 때 여진이 거란의 삼책三冊으로 곤경에 빠져 구원을 빌었는데 몹시 굽실대며 공손히 굴었다. 오늘에 와서 감히 중국을 얕볼 줄은 몰랐다.

차마 황제의 자손들을 호로에게 버릴 수 있으랴?

어째서인가? 오랑캐는 서로 병탄하고 싸우기를 좋아한다. 그것은 짖어 대고 물어뜯는 짐승犬羊의 본성이다. 이것이 성한 것이 가장 먼저 망한다든 것이다. 고금에 오랑캐족의 장막이 크든 작든 역사책에 보이는 것이 수백 수십 개였는데 지금까지 남아 있는 것은 한둘뿐이다. 모두 그 재물을 탐한 탓에 스스로 망한 것이다. 지금 이 하찮은 놈들도 며칠 못 가서 멸망할 것이다. 이는 천도가 없기 때문이다.

중국의 의관을 벗기니 다시 오랑캐의 태도로 돌아갔다.

예전의 재상가 손녀와 자매들을 붙잡아 말에 매달아 장막 속으로 끌고 가니 원근 간에 낙담하고 한심스럽기가 그지없었다.

사고본

금나라 사람들은 우리 변방을 혼란스럽게 하고 변방의 척후가 분명하지 않으므로 신속하게 하북에 와서 하동에 어울려 들어왔다.

상하신민의 큰 치욕이므로

백 명의 기병으로 요나라의 사나운 장수를 물리쳤다.

저 금나라 사람들이 상당히 강성하지만 위령의 삼엄함을 또렷이 보여 주기만 하면 어찌 두려워하지 않을 수 있겠는가!

그리하여 우리가 가져올 수 있는 것이다.

태종 때 여진이 거란의 삼책으로 곤경에 빠져 구원을 빌었는데 역시 상당히 화기로웠다. 오늘 이렇게 재난을 부르고 화를 일으킬 줄은 몰랐다.

차마 황제의 후손들을 이국 땅에 버릴 수 있으랴?

(내용 빠짐)

그 보복심을 다 해소하고 그 능욕의 뜻을 다하였다.

예전 재상가는 늙은이를 부축하고 아이들을 싸안고 집을 버리고 떠나가고 방화하고 약탈하고 남은 것들이니 원근 간에 낙담하고 한심스럽기가 그지없었다.

이 몇 항목만으로 '비적'賊, '호로'虜, '짐승'犬羊이 기휘되었다는 것을 알 수 있다. 금나라 사람이 음탕하고 노략질을 했다고 말하는 것이 기휘되었다. '오랑캐'夷狄는 당연히 기휘되었지만 '중국'中國이라는 두 글자도 금지되었다. 왜냐하면 이는 '오랑캐'와 대립되는 글자여서 민족 사상을 쉽게 연상시킨다는 이유에서이다. 그러나 이 『숭산문집』의 필사자는 알아서 고치지 않고 독자도 수정하지 않아서 옛 글이 그대로 남아서 지금 우리에게 조씨의 진면목을 볼 수 있게 했다. 지금 말하자면, 사람들에게 크게 '울분을 토하'게 한 것이라 할 수 있다.

청조의 고증가 가운데 "명나라 사람은 고서를 판각하기 좋아하여 고서가 망하였다"[22] 고 말하는 사람이 있다. 그들이 함부로 고서를 교정하고 뜯어고쳤기 때문이었다. 그 이후에는 청나라 사람이 『사고전서』를 편찬하여 고서가 망했다고 나는 생각한다. 그들이 멋대로 옛 격식을 바꾸고 원문을 고치고 삭제했기 때문이다. 지금은 고서에 구두점을 찍어서 고서가 망했다. 지금 사람들은 얼렁뚱땅 표점을 후루룩 찍어서 부처 머리에 똥을 붓고 있다. 이는 고서에게는 물과 불, 전쟁, 벌레를 제외하고 꼽을 수 있는 삼대 재난이다.

3.

청조에 대한 울분이 새로 불태워진 것은 대략 광서 연간에 시작되었다. 그러나 나는 문학계에서 누구를 '원흉'으로 꼽을 것인지 조사해 본 적은 없다. 타이옌 선생은 글로 청조를 배격한 맹장으로 유명하지만 그의 『구서』訄書[23]의 미개정본에서는 만주인이 중국을 지배할 수 있다는 것을 인정하면서 진秦의 '객경'과 비교하여 이를 '객제'客帝라고 불렀다.[24] 그러나 어쨌든 광서 말년에 청조에 불리한 고서를 복각한 서적이 잇달아 선을 보였다. 타이옌 선생도 스스로 '객제'설을 수정하여 재판 『구서』에서는 "삭제하고 이 편의 제목만을 남겨 둔다"라고 했다. 나중에 이 책은 또 『검론』檢論으로 제목을 바꿨는데 여전히 이 방법을 취했는지 모르겠다. 일본에서 유학한 학생들 가운데 몇몇은 혁명을 고취할 만한 명말 청초의 문헌을 도서관에서 찾아내기까지 했다. 그때 큰 판본으로 인쇄한 것으로『한성』漢聲이 있다. 이는『후베이 학생계』[25]의 증간본으로 표지에 사구집四句集『문선』의 구절을 기록했다. "켜켜이 쌓인 옛일을 그리워하는 마음을 나타내고 옛일을 생각하는 유장한 정을 드러내노라." 세번째 구절은 생각나지 않는다. 네번째 구절은 "하늘에서 대한족大漢族의 소리가 울리나니"이다. 예나 지금이나 이런 문헌은 외국의 도서관에서 베껴서 가져오지 않으면 안 된다.

　나는 편벽한 지방에서 태어나고 자라서 만주족이 뭐고 한족이 뭔지 몰랐다. 다만 음식점의 간판에 '만한주석'滿漢酒席이라는 글자를 본 적은 있으나 특별한 의문이 생기지는 않았다. 사람들이 하는 '본조'本朝 이야기는 자주 들었으나 필화사건만은 이제껏 들어본 적이 없었다. 건륭황제가 남쪽을 다녀간[26] 성대한 사업도 이야기하는 사람이 드물었다. 가장 많이 들은 이야기는 '장발적을 잡은' 이야기였다. 우리집에는 나이가 지긋한 하녀가 있는데 장발적이 출몰했을 때가 그녀 나이 열 살 무렵이었다고 한다. 장발적 이야기는 그녀가 나에게 가장 많이 한 이야기에 손꼽히지만 그녀는 옳고 그른 구분을 하지 않고 가장 무서운 것이 세 가지였다는 이야기만 했다. 첫째는 물론 '장발적'이었고, 둘째는 '단발적', 그리고 마지막 셋째가 '화록두'花綠頭였다.[27]

　훗날 뒤의 두 가지가 사실은 관병을 이야기하는 것이라는 사실을 알게 됐다. 그러나 우민의 경험에서는 장발적과 구별되지 않았던 것이다. 나에게 장발적이 가증스럽다는 것을 가르쳐 준 것은 오히려 몇 명의 독서인이었다. 우리 집에는 몇 권의 현지縣志가 있는데 우연히 이를 펴 보다가 그당시 민란에 희생당한 열사와 열녀의 명단이 쓰인 책이 한두 권 있는 것을 발견했다. 같은 가문의 사람 몇 명도 피살되었는데 나중에 '세습운기위' 世襲雲騎尉에 봉해졌다.[28] 그리하여 나는 확실하게 장발적이 나쁘다는 것을 인정하게 되었다. 그런데 이른바 "심사는 파도와 같다"[29]인가 보다. 시간 이 오래되자 나의 독서 이력에 덧붙여 하녀가 한 이야기라는 증거가 있어 서 그 열사·열녀를 죽인 원흉이 장발적인지 아니면 '단발적'과 '화록두' 인지 확정짓지 못하게 되었다. 나는 "사십이 되어 흔들리지 않는다"[30]는 성인의 복이 정말 부럽다.

나에게 가장 먼저 만주족과 한족의 경계를 일깨워 준 것은 책이 아니 라 변발이었다. 이 변발은 우리 선조의 목이 허다하게 잘린 다음에 기르도 록 정해진 것이다.[31] 내가 지식이 생길 무렵, 사람들은 피의 역사를 일찌감 치 잊어버리고 머리를 다 남기면 장발적이고 깨끗이 깎으면 중 같다고 여 겨서 일부를 깎고 일부를 남겼다. 그래야 제대로 된 사람 취급을 받았다. 게다가 변발에 모양을 내기까지 했다. 어릿광대는 머리채를 끌어올려 여 기에 종이꽃을 꽂아 익살을 부렸다. 무사 어릿광대[32]는 변발을 철 난간에 걸고 매달린 채 천천히 담배를 피면서 재주를 보여 줬다. 마술꾼은 손을 댈 것도 없이 머리를 한번 흔들어 휙 소리가 나면 변발이 저절로 정수리 에 올라가서 쪽을 졌다. 그러면 그는 관운장의 칼놀이를 하기 시작하는 것 이다. 게다가 실용적이기까지 했다. 싸울 때 머리채를 쥐면 빠져나오기가 쉽지 않았다. 사람을 잡을 때에도 머리채를 당기면 포승줄을 쓸 필요도 없 었다. 만약 잡을 사람이 많으면 변발의 끄트머리만 잡아도 한 사람이 여러 명을 줄줄이 끌고 올 수 있다. 오우여가 그린 『신강승경도』의 법정에서 심 리를 하는 그림[33]에 경찰이 범인의 변발을 잡는 모습이 있는데 이는 이미 '뛰어난 경치'의 경지에 도달했다.

편벽한 곳에 사는 것은 차라리 나았다. 상하이에 도착하자마자 'Pig-tail', 곧 돼지 꼬리라는 서양말이 종종 귀에 들어왔다. 지금 이 말은 잘 쓰지 않는다. 그 의미는 사람 머리에 돼지 꼬리가 난 것처럼 보인다고 말한 것일 따름이다. 요즈음 상하이에서 중국인끼리 입씨름을 하면서 서로 '돼지새끼'라고 욕하는 것보다는 훨씬 점잖은 것 같다. 그러나 그때 청년은 요새 청년들만큼 내공이 깊지 않아서 '유머'를 잘 이해하지 못해서 굉장히 귀에 거슬리게 들렸던 것 같다. 뿐만 아니라 이백여 년의 역사를 가진 변발의 모양도 점점 고상하지 않게 느껴졌다. 전체가 남겨진 것도 아니고 다 깎은 것도 아니고 동그랗게 깎아서 한 줌 남겨 땋아서 등 뒤로 늘어뜨리니 다른 사람에게 뽑히거나 끌려갈 준비를 하고 있는 손잡이 모양 같았다. 그러니 변발에 대해 좋지 않은 감정을 가지는 것도 인지상정인 것 같다. 다른 지방의 것을 가져왔느니 무슨 스키의 이론에 혹했느니 하며 지적할 필요가 없는 것이다.[34] (이 두 구절은 관의 명령을 받들어 "하나도 이상하지 않다"로 바뀌었다.)

나의 변발은 일본에 있을 때 반은 여인숙의 여급에게 가발하라고 선물했으며 반은 이발사에게 줬다. 그리고 선통宣統 초년에 고향에 돌아가게 되었다. 상하이에 도착하자마자 가짜 변발을 써야 했다. 이때 상하이에 가짜 변발 판매 전문점이 하나 있었다. 정가는 가발 하나에 다양大洋 4위안이었다. 한 푼도 깎아 주지 않았는데 당시 유학생들에게 명성이 자자했다. 정말 비슷해서 유심하게 살펴보지 않으면 알아볼 수 없을 정도였다. 그러나 당신이 유학생이라는 것을 알아차리고 꼼꼼히 따져 보기 시작하면 허점이 많이 드러나는 가발이었다. 여름에 모자를 쓸 수도 없었고 써서도 안 되었다. 사람들 많은 곳에서는 떨어지거나 비뚤어질까 봐 조심해야 했다.

한 달여를 쓰고 나니 혹시 길에서 떨어지거나 남이 당겨서 변발이 없는 원모습보다 더 흉하게 되는 것이 아닌가 하는 생각이 들었다. 그래서 아예 쓰지 않았다. 현인이 말씀하셨다. 사람 노릇을 제대로 하려면 진실하여야 한다고.

그러나 이 진실의 대가는 정말 값비쌌다. 외출할 때 길에서 받은 대우는 이전과 완전히 달랐다. 그 전에 나는 손님으로 친구를 방문할 때에만 대우가 있다고 생각했는데 길에서도 마찬가지로 대우가 있다는 것을 이때 깨닫게 되었다. 제일 나은 것은 멍하게 바라보는 것이었지만 대다수는 비웃거나 욕을 했다. 제일 가벼운 욕은 남의 여인을 탐했냐는 것이었다. 지금도 왜인지는 모르겠지만 당시 간통한 남자를 잡으면 제일 먼저 변발을 잘랐기 때문이다. 심하게는 '외국과 내통한다'고 했는데 지금의 이른바 '민족반역자'인 것이다. 만약 코가 없는 사람이 길거리를 걸어가도 이런 고초를 당하지는 않을 것이요, 그림자가 없는 사람이라도 이렇게 사회적인 벌과 질책을 받지는 않았을 것이라는 생각이 들었다.

중국으로 돌아온 첫 해에 나는 항저우에서 교편을 잡고 있었는데 양놈 취급을 받은 셈이었지만 그럭저럭 양복을 입을 수 있었다. 두번째 해에는 고향으로 돌아가 사오싱중학에서 학감을 지냈는데 양복을 입는 것조차 어려웠다. 많은 사람들이 나를 알고 있어서 아무리 복장을 바꿔 보아도 '외국과 내통'하는 사람이라는 소리를 듣는 것을 면할 수 없었다. 결국 변발이 없어서 겪은 나의 수난은 고향이 처음이었다. 특히 조심해야 하는 것은 만주인이었던 사오싱 지부知府의 눈길이었다. 그는 학교에 올 때마다 나의 단발을 주시했으며 나와 이야기를 많이 나누곤 했다.

학생들 사이에서 갑자기 단발 바람이 일어서 많은 사람이 머리를 자르려 했다. 나는 금지하느라 바빴다. 그들은 대표를 뽑아서 '변발이 있는 것이 나은지 아니면 없는 것이 나은지'를 따져 물었다. 나는 지체없이 대답했다. "변발이 없는 것이 낫다. 그러나 나는 너희들이 단발하지 않기를 권고한다." 그동안 학생들 중에서 내가 '외국과 내통한다'고 말하는 이는 하나도 없었다. 그러나 이때부터 그들은 '언행이 일치하지 않는다'고 결론 내리고 나를 멸시했다. '언행일치'는 물론 아주 가치 있는 행위이다. 그리고 지금의 이른바 문학가 중에서도 이 점에 자긍심을 가지고 있는 이가 아직까지 있다.[35] 그러나 그들은 변발을 자르자마자 모든 가치가 머리로 집중된다는 것을 모르고 있었다. 쉬안팅커우軒亭口는 사오싱중학에서 멀지 않은, 추근 아씨가 희생된 곳으로 그들이 자주 놀러 가는 곳이었다. 그런데도 그들은 이 사실을 까먹은 것이다.

"또한 즐겁지 아니한가!" 1911년의 10월 10일이 되었다. 나중에 사오싱에서도 백기가 걸려 혁명이 일어났다고 할 수 있었다. 혁명이 나에게 가져다준 최대의 그리고 가장 잊기 어려운 좋은 점은 이때부터 이마를 내놓고 고개를 들고서 유유히 거리를 다닐 수 있게 되었다는 점이다. 다시는 비웃거나 욕하는 소리를 듣지 않게 되었다. 마찬가지로 변발이 없었던 친구 몇 명은 시골에 올라와서 만나자마자 자기의 맨머리를 쓰다듬으며 마음속 깊은 곳에 나온 웃음을 터뜨렸다. "하하, 결국 이런 날이 오고 말았어"라고 말하면서.

만약 나에게 혁명의 공덕을 찬송하고 '울분을 토하라'고 한다면, 나는 가장 먼저 변발을 자른 일을 말할 것이다.

4.

그런데 변발에는 작은 사건이 있는데 그것은 장쉰[36)]의 '복귀'였다. 자칫 잘못하면 변발이 또다시 자랄 수 있는 상황이었다. 나는 그의 변발군사가 베이징성 밖에서 방어병력을 배치해서는 변발이 없는 사람에게 기고만장해하는 것을 본 적이 있다. 다행히 며칠 안 돼 실패하여 지금까지도 우리는 여전히 단발을 하고 가르마를 하며 머리를 내리고 또 파마를 할 수 있게 되었다.

장쉰의 성명은 이미 희미해졌고 '복귀'라는 사건도 점차 잊혀 갔다. 나는 「야단법석」風波에서만 이를 언급한 바 있고 다른 작품에서는 다루지 않은 것 같다. 이 점에서 이 사건이 사람들의 주의를 끌지 못했다는 것을 알 수 있다. 이제는 변발조차도 희귀해져서 주대의 정鼎, 상대의 이彝[37)]와 동렬로 외국에 팔려 나갈 자격이 생겨나고 있다.

나는 회화, 특히 인물화를 감상하는 것을 좋아한다. 중국화에서 사람들은 장삼에 방건을 쓰거나 짧은 저고리에 상투를 쪽지고 있다. 내가 기억하는 변발은 하나도 보지 못했다. 서양화에서는 얼굴을 돌린 남자와 뚱뚱한 다리의 여자 그림으로, 마찬가지로 내가 기억하는 변발을 본 적은 한 번도 없었다. 이번에 펜화와 목판화의 아Q상을 몇 점 보았다. 예술에서 변발을 이번에 처음 만난 셈이었지만 제대로 그려진 것은 하나도 없었다. 생각해 보면 당연하기도 하다. 지금 이십 세 전후의 청년은 태어났을 때 이미 민국시대였다. 삼십 세인 청년이라 해도 변발 시대에 네다섯 살에 불과했으니 당연히 변발의 자세한 사정을 알 리가 없는 것이다.

그렇다면, 나의 '울분을 토함'을 다른 사람에게 퍼뜨려서 나와 같이 분격하고 감격하며 기뻐하고 우울해하게 하기란 대단히 어려울 것 같다.

12월 17일

일주일 전, 나는 「아프고 난 뒤 잡담」에서 철씨의 두 딸의 시를 언급했다. 항세준에 따르면 전겸익이 엮은 『열조시집』[38)에 이 시가 실려 있다고 한다. 그러나 나에게는 이 책이 없어서 『정화류편』을 인용하여 마무리했다. 지금 『사부총간속편』에서 명대 유민 팽손이의 『명재집』[39)이 출판되었는데 그 책 뒤에 붙인 「명시초」에 철씨 장녀의 시가 실려 있다. 지금 여기에 옮겨 적으면서 범창기의 원작이 철씨의 딸의 시라고 하는 것과 다른 곳을 비교하기 편리하게 괄호를 쳐서 아래에 써놓겠다. 여기에서 보면 위작자는 한 구만을 고쳤고 매 구절에 한두 글자를 바꿨을 뿐이라는 것을 알 수 있다.

교방헌시

교방의 연지분은 (떨어져) 연백분을 씻고 한갓진 (애모하는) 마음은 낙화를 마주하네. 옛 노래 들으니 (하염없이) 한만 생겨나는구나. 고향에 돌아가려 하나 이미 (그렇지만) 집이 없구나. 탐스럽게 쪽진 머리를 반쯤 걷어 쥐고 (풀어헤치고) 화장 (푸른) 거울을 들여다보니 두 눈의 눈물이 공연히 (뚝뚝) 흘러 붉은 옷을 적시누나. 오늘 백사마를 만나면 (어쩌면 강주사마를 보게 되면) 술잔 들고 앞에서 다시 더불어 비파행을 이야기한다 (노래한다).

그런데 유정섭의 『계사유고』는 다시 모대방의 『희동집』에 근거하여 "철공의 처와 딸은 순사殉死했다"[40]라고 했다. 또 다른 설에 의하면 "철씨는 두 아들이 있고 딸은 없었다"고 했다. 그러면 철현에게 딸이 있었는지조차 의심스러워진다. 근시안을 가진 두 사람이 편액 위의 글자를 논하면서 한바탕 갑론을박하는데 사실 편액조차도 걸려 있지 않은 것과 비슷하다.[41] 있을 수도 있는 일이다. 그렇지만 철씨의 처가 순사했다는 설은 꾸며냈다고 나는 생각한다. 『엄주사료』의 기록에 따르면 상주문과 조서가 다 존재한다. 왕세정은 명대 사람으로 감히 날조하지 못했을 것이다.

만약 철현에게 정말 딸이 없었거나 있었지만 자살했다고 하더라도 이 허구의 이야기에서 사회 심리의 일단을 엿볼 수 있다. 수난자의 가족 중에 딸이 있는 것이 딸이 없는 것보다 더 흥미로우며 교방의 구렁텅이에 떨어지는 것이 자살하는 것보다 더 흥미진진하다는 것이 그것이다. 그렇지만 철현은 어쨌든 충신이므로 그의 딸을 영원히 교방에 떠돌게 하는 것은 마음에 걸렸던 것이다. 그래서 평범한 여자와 다르게 시를 바쳐서 선비의 배필이 되게 했던 것이다. 이는 젊은 선비가 곤경에 빠져 옥에 갇혀서 매를 맞지만 나중에 장원급제하는 공식과 완전히 똑같다.

23일 밤에 부기하다

주)_____

1) 이 글의 원제는 「病後雜談之餘」로 1935년 3월 월간 『문학』 4권 3호에 발표되었다. 발표할 때 제목을 「아프고 난 뒤 남은 이야기」(病後餘談)로 바꾸었고 부제도 뺐다. 본서의 「부기」를 참고하시오.

2) 송단의(宋端儀, 1447~1501)의 자는 공시(孔時)이고 푸젠 푸톈(莆田) 출신으로 명대 성화(成化) 시기의 진사였으며 벼슬은 광둥의 제학첨사(提學僉事)까지 지냈다. 그의 저작으로는 『고정연원록』(考亭淵源錄), 『입재한록』(立齋閑錄) 등이 있다. 『입재한록』은 4권으로서 태조 오(吳) 원년부터 영종(英宗) 천순(天順)까지(1367~1464)의 명대 사람의 비문(碑文)과 설부(說部), 잡록(雜錄)에 대한 필기이다. 루쉰의 집에 소장하고 있는 것은 명대 필사본인 『국조전고』(國朝典故)본으로 상2권이 남아 있다.

3) 원문은 '孔不下庶人'이다. 『예기』의 「곡례」(曲禮)에 나온다.

4) 『회각서목』(匯刻書目)은 청대 왕의영(王懿榮)이 편찬한 것으로 모두 20권이다. 고수(顧修)의 원본과 주징(朱澂)의 수정본을 합쳐 다시 편찬했다. 이는 각종 총서의 상세한 서목인데 모두 560여 종의 총서가 수록되어 있다. 이후 또 『속회각서목』(續匯刻書目), 『속보회각서목』(續補匯刻書目), 『재속보회각서목』(再續補匯刻書目) 등이 나왔다.

5) 『궁규비전』(宮闈秘典)은 곧 『황명궁규비전』(皇明宮闈秘典)으로서 『작중지』(酌中志)라고도 한다. 명대 유약우(劉若愚)의 저작으로서 모두 24권이다. 명대 말기 태감 위충현(魏忠賢)이 권력을 독점하고 있던 시기의 궁정 내부의 사정이 기록되어 있다.

6) 푸모는 푸쩡샹(傅增湘, 1872~1949)을 가리킨다. 자는 완숙(沅叔)이고 쓰촨 장안(江安) 출신으로 장서가이다. 베이양정부의 교육총장을 역임했다. 저서로 『장원군서제기』(藏園群書題記)가 있다.

7) 『영락실록』(永樂實錄)은 명대 때 양사기(楊士奇) 등이 편찬한 것으로 모두 130권이다. 『명사』의 「예문지」에는 『성조실록』(成祖實錄)이라고 되어 있다.

8) 『안후이 총서』(安徽叢書)는 안후이총서편집심의회에서 편집한 것으로 모두 4집이다. 안후이 출신 사람의 저작을 수록했는데 1932년에서 1935년까지 출판되었다.

9) 유정섭(兪正燮)의 자는 이초(理初)이고 안후이 이(黟)현 출신인 청대 학자이다. 저서로 『계사유고』(癸巳類稿), 『계사존고』(癸巳存稿), 『사양재시고』(四養齋詩稿) 등이 있다. 『계사유고』는 15권으로 도광(道光) 계사년(1833)에 찍었다. 경사(經史)를 비롯하여 소설, 의학을 고증한 잡기이다. 「악호, 개호의 적과 여악을 없앤 고증에 첨부한 고사」(除樂戶丐戶籍及女樂考附古事)는 『계사유고』 12권에 실려 있다. 『안후이 총서』에 수록된 이 책은 작가가 만년에 보충하여 수정한 판본이다.

10) 왕세정(王世貞, 1526~1590)의 자는 원미(元美)이고 호는 봉주(鳳洲), 별호는 엄주산인(弇州山人)이다. 타이창(太倉; 지금의 장쑤 산하) 출신인 명대 문학가이다. 난징형부상서(南京刑部尙書)까지 지냈다. 저서로는 『엄주산인사부고』(弇州山人四部稿), 『엄산당별집』(弇山堂別集) 등이 있다. 『엄주사료』(弇州史料)는 명대 동복표(董復表)가 왕세정의 저작 중 조정과 재야와 관련되는 기록들을 모아 엮어 책으로 만든 것이다. 전집(前集) 30권, 후집(後集) 70권으로 되어 있다.

11) 제태(齊泰, ?~1402)는 장쑤성 리수이(溧水) 출신으로 병부상서(兵部尙書)를 지냈다. 아

래의 황자징(黃子澄)은 장쑤성 편이(分宜) 출신으로 태상경(太常卿)을 지냈다. 모대방(茅大芳, ?~1402)은 장쑤 타이싱(泰興) 출신으로 부도어사(副都御史)를 지냈다. 그들은 모두 건문제(建文帝)의 충직한 대신이었다. 영락이 즉위했을 때 살해됐다.

12) '천민'의 원문은 '타민(惰民)'이다. 명대에는 이를 개호(丐戶)라고 불렀다. 청대 옹정 원년(1723)에 타민의 '개적(丐籍)'을 폐지했다. 교방(敎坊)은 청조 옹정 7년(1729)에 폐지됐다. 여악(女樂)은 청조 순치 16년(1659)에 폐지됐다.

13) 원문은 '舒憤懣'이다. 한대 반고(班固)가 조정의 공덕을 노래한 「전인」(典引)이라는 글을 썼는데 서두의 소인(小引)에서 다음과 같은 말을 남겼다. "소인의 글 「전인」은 이름난 대작의 만 분의 일도 담지 못하고 있으나 울분을 불러일으키고 몽매함을 깨우쳐 대한(大漢)을 빛내어 명성이 전대를 뛰어넘었다. 그런 다음 골짜기에 물러나 죽어도 영원할 것이다."

14) 원문은 '不亦快哉!'이다. 김성탄(金聖嘆)은 『서상기』(西廂記)를 비평한 『성탄외서』(聖嘆外書) 7권 「고염」(拷艶)장 첫머리에 다음과 같이 기재했다. "옛날 착산(斲山)과 같은 객점에서 묶었는데 열흘 동안 큰비가 져서 침상을 맞대고 있으니 심심하여 심심파적으로 기쁜 일을 말하는 내기를 했다." 기쁜 일을 33가지 적었는데 일마다 "또한 기쁘지 아니한가!"라는 말로 맺었다.

15) 『임랑비실총서』(琳琅秘室叢書)는 청대 호정(胡珽)이 교열하여 발간했다. 모두 5집에 36종인데 주로 일화(掌故), 설부(說部), 석도(釋道) 방면의 책이 수록되어 있다.
『모정객화』(茅亭客話)는 송대 황휴복(黃休復)이 쓴 것으로 모두 10권이다. 책은 오대에서 송대 진종(眞宗; 약 10세기)까지 촉(蜀) 지역의 여러 가지 일들을 기록했다.

16) 『사부총간속편』(四部叢刊續編)은 상우인서관(商務印書館)에서 편집하여 영인한 총서인 『사부총간』의 속편이다. 모두 81종 500책이다.

17) 홍매(洪邁, 1123~1202)의 자는 경려(景廬)이다. 포양(鄱陽; 지금의 장쑤 보양(波陽) 출신의 송대 문학가이다. 『용재수필』(容齋隨筆), 『속필』(續筆), 『삼필』(三筆), 『사필』(四筆)은 각각 16권이고 『오필』(五筆)은 10권이며 경사, 문예, 일화(掌故) 등에 관해 쓴 필기이다.

18) 장위안지(張元濟, 1867~1959)의 자는 샤오자이(筱齋)이고 호는 쥐성(菊生)이다. 저장 하이옌(海鹽) 출신이며 상하이 상우인서관 편역소 소장이었다. 그의 저작으로는 『교사수필』(校史隨筆), 『섭원서발집록』(涉園序跋集錄) 등이 있다. 『용재수필오집』에는 장위안지가 1934년에 쓴 발문이 들어 있는데 여기에 다음과 같이 썼다. "청대 방각본인데 『수필』 9권에는 「오호란화」(五胡亂華) 한 편이 누락되었고 『삼필』 3권에는 「북적 포로의 고통」(北狄俘虜之苦) 한 편이 빠졌으며 5권에는 「북로가 종왕을 살해하다」(北虜誅宗王) 한 편이 빠졌다. 당시 '胡'자와 '虜'자 등을 기휘하였는데 발간자는 금령 위반죄에 걸려 들까 두려워 모두 삭제했다."

19) 남북조시대의 북위(北魏, 386~534)를 가리킨다. 선비족이 세운 국가이다.

20) 정강(靖康)은 북송(北宋)의 마지막 임금 흠종(欽宗)의 연호이다. 정강의 변(1126~27)
은 북송이 금에 의해 멸망된 사건으로 이전까지의 송을 북송(960~1127), 이후를 남송
(1127~1279)이라 한다.

21) 조설지(晁說之, 1059~1129)의 자는 이도(以道)이고 호는 경우(景迂)이며 청평(淸豊; 지
금의 허베이 산하) 출신으로 송대 문학가이다. 저서로는 『숭산문집』(嵩山文集), 『조씨객
어』(晁氏客語) 등이 있다. 『숭산문집』은 시문집으로서 20권인데 「부신대」(負薪對)는 문
집 3권에 수록되어 있다.

22) 원문은 '明人好刻古書而古書亡'이다. 청대 육심원(陸心源)의 『의고당제발』(儀顧堂題跋)
1권에 있는 「육경아언도변발」(六經雅言圖辨跋)에 나오는 말이다. 명대 사람이 고서를
제멋대로 고쳐서 찍어 내는 것과 관련하여 다음과 같이 서술했다. "명대 사람의 서파
본(書帕本)은 이러하기 때문에 책을 찍어서 책이 망했다고 말하게 되는 것이다"라고
썼다.

23) 『구서』(訄書)는 장타이옌(章太炎)이 초기에 쓴 학술논저로 1899년 목각본이 발간되었
다. 1902년 재출판할 때 필자는 개량주의적인 색채를 띤 「객제」(客帝)를 빼고 반청(反
淸) 혁명을 선전하는 논문을 덧붙여 「원학」(原學), 「원인」(原人), 「서종성」(序種姓), 「원
교」(原敎), 「애청사」(哀淸史), 「해변발」(解辮髮) 등 모두 63편을 수록하고 책머리에 '전
록'(前錄)으로 「객제의 오류를 바로잡는다」(客帝匡謬), 「분진의 오류를 바로잡는다」(分
鎭匡謬)를 넣었다. 1914년 작자는 새로 발간하면서 삭제하고 덧붙였는데 '전록' 2편과
「해변발」 등의 글을 삭제하고 책 이름을 『검론』(檢論)으로 고쳤다.

24) 전국시대 제후국은 다른 나라 사람을 임용하여 관직을 맡겼는데 이를 '객경'(客卿)이
라고 불렀다. 가령 진시황의 재상 이사(李斯)는 초나라 사람이었다.

25) 『후베이 학생계』(湖北學生界). 청대 말기에 일본에서 유학하는 후베이 학생들이 꾸린
월간지이다. 1903년(청 광서 29년) 1월에 도쿄에서 창간되었으며 제4호부터 『한성』(漢
聲)으로 제호를 바꾸었다. 그해 윤오월에 『구학』(舊學)이라는 제목으로 '윤월증간'(閏
月增刊)호를 별도로 편집했는데 속표지 뒷면에 남조 양소통(梁蕭統)의 『문선』(文選)에
나오는 다음의 한 구절을 인쇄했다. "켜켜이 쌓인 옛일을 그리워하는 마음을 나타내
고 옛일을 생각하는 유장한 정을 드러내노라. 조상의 현묘한 영을 빛내면서 한 왕조의
명성을 떨치리라." 앞의 두 구절은 『문선』 1권에 실린 동한 반고의 「서도부」(西都賦)에
있고 뒤의 두 구절은 같은 책 56권에 실린 반고의 『봉연연산명』(封燕然山銘)에 있다.

26) 청대 건륭황제(1735~1795)는 60년 동안 황제로 있으면서 강남을 여섯 차례 순회 유
람했다. 길에서 공급해야 하는 일이 빈번해지면서 백성들의 재력과 노동력을 많이 소
모했다. 그의 두번째 유람 이후 장쑤를 시찰하고 돌아온 대신 윤회일(尹會一)은 다음
과 같이 상주했다. "지난 두 차례의 강남 순회로 인하여 민간에서는 고통스러워하며
도처에 원성이 자자합니다."

27) '장발적'(長髮賊)은 홍수전(洪秀全)이 지도한 태평군을 가리킨다. 머리를 깎고 변발을 남기라는 청 정부의 법령에 대항하기 위하여 그들은 모두 머리를 길렀고 변발을 땋지 않았는데 그래서 '장발'이라고 불렸다. '단발'은 머리를 깎은 청조 관병을 가리킨다. '화록두'(花綠頭)는 청 정부를 도와 태평천국을 진압한 프랑스, 영국의 제국주의 군대를 가리킨다. 청대 허요광(許瑤光)의 『담절』(談浙) 4권 「서양군대에 대하여」(談洋兵)에 "프랑스 군대는 꽃무늬 천으로 머리를 감쌌고 영국 군대는 푸른 천으로 머리를 썼으므로 사람들은 그들을 푸른 머리, 꽃무늬 머리라고 불렀다"고 기재되어 있다.

28) 원문은 '世襲雲騎尉'이다. '운기위'란 관직명이다. 당대, 송대, 원대, 명대에 이 명칭이 존재했다. 청대에서는 이를 세습적 직위로 삼되 세습 관직의 말단 등급으로 삼았다. 전사자에게 작위를 줬는데 운기위에서 경차도위(輕車都尉)에 운기위를 겸하는 것까지 여러 등급이었다.

29) 원문은 '心事如波濤'이다. 당대 시인 이하(李賀)의 「신호자필률가」(申胡子觱篥歌)에 나오는 말이다.

30) 원문인 '四十而不惑'은 공자의 말이다. 『논어』의 「위정」(爲政)에 나온다.

31) 옛날 만주족의 풍속은 남자는 이마 쪽의 머리를 깎고 머리를 땋아서 드리웠다. 1644년(명대 숭정 17년, 청대 순치 원년)에 청 군대는 관내로 들어와 베이징을 수도로 정하자 머리를 깎고 변발을 하라는 명령을 내렸다가 각지 인민들이 반대하고 국세가 안정되지 않았기 때문에 그 명령의 집행을 중지했다. 이듬해 5월에 난징을 모두 점령하자 또 머리를 깎으라는 엄령을 내려 포교가 내린 10일 안으로 "모두가 머리를 깎아야 하는바 그대로 준행하는 자는 우리나라 백성이고 지체하는 자는 명령을 거역하는 역적이다. 만일 이미 평정된 지방의 인민으로서 여전히 명조의 제도를 보존하고 청조의 제도에 따르지 않는다면 용서 않고 죽여 버린다"고 하였다. 이 일은 각지 인민의 광범위한 반항을 불러일으켰으며 많은 사람들이 살해당했다.

32) 전통 희곡에 나오는 나졸을 가리킨다.

33) 오우여(吳友如, ?~약 1893)의 이름은 유(猷) 또는 가유(嘉猷)라고 하며 자가 우여(友如)이다. 장쑤성 위안허(元和; 지금의 우현吳縣) 출신으로 청대 말기 화가이다. 『신강승경도』(申江勝景圖)는 상하 두 권으로 나뉘어 있으며 청대 광서 10년(1884)에 출판됐다. 법정은 곧 회심공해(會審公廨)를 말한다. 청대 말기 민국 초기 상하이 조계지 내의 재판기관이었으며 중외 재판관들이 모여서 조계지 내에서 일어난 중국인과 외국인 간의 소송 사건을 심리했다.

34) 이는 진보적 인사가 루블을 받았다거나 러시아인의 학설을 믿는다고 중상한 것을 가리킨다. '스키'란 러시아 사람의 성씨에서 자주 보이는 말이다.

35) 스저춘(施蟄存)을 가리킨다. 그는 월간 『현대』 제5권 5호(1934년 9월)에 발표한 「나와 문언문」(我與文言文)에서 "내가 세상에 태어난 이래 30년 동안, 유치하고 무지했던 어

린 시절을 제외하고는 사상과 언행이 일치했다고 자신한다"라는 말을 남긴 바 있다.

36) 장쉰(張勛, 1854~1923)은 장쑤 펑신(奉新) 출신으로 베이양군벌이다. 원래 청대 제독이었으며 민국 이후 안후이 도독(都督)을 맡았다. 그와 소속 부대 장병은 청 왕조에 대한 충성을 표시하기 위해 변발을 그대로 늘어뜨리고 다녔다. 1917년 7월 1일 베이징에서 청의 폐위된 황제인 푸이(傅儀)를 도와 복벽을 시도했으나 실패했다.

37) 주대의 정(鼎), 상대의 이(彝). 정(鼎)은 중국 고대 제기(祭器) 겸 예기(禮器)이다. 3개 혹은 4개의 다리가 붙고 양쪽에 귀가 달린 형태를 띠고 있다. 이(彝)는 고대 제례 때 쓰는 술그릇이다. 밑바닥에 굽이 있는 모양이다.

38) 전겸익(錢謙益, 1582~1664)의 자는 수지(受之)이고 호는 목재(牧齋)이며 창수(常熟; 지금의 장쑤 산하) 출신이다. 명대 만력 연간에 진사로 나섰으며 숭정(崇禎) 때 예부시랑(禮部侍郎)을 지냈다. 청 군대가 난징을 점령할 때 그는 제일 먼저 투항했기 때문에 사람들의 멸시를 받았다. 저작으로 『초학집』(初學集), 『유학집』(有學集) 등이 있다.
『열조시집』(列朝詩集)은 그가 엮은 명대 시의 총집으로 모두 6집, 81권으로 구성되어 있다. 철씨의 두 딸의 시는 윤집(閏集) 4권에 들어 있다.

39) 팽손이(彭孫貽, 1615~1673)의 자는 중모(仲謀)이고 호는 명재(茗齋)이며 저장 하이옌(海鹽) 출신이다. 명대 때 공생(貢生)으로 선발됐는데 명이 망한 후에 두문불출했다. 저작으로 『명재집』, 『명향당사론』(茗香堂史論) 등이 있다. 『명재집』은 그의 시사집(詩詞集)으로서 모두 23권이다. 부록한 『명시초』(明詩鈔)는 모두 9권인데 철씨 맏딸의 시는 5권에 들어 있다.

40) 유정섭은 「악호, 개호의 적과 여악을 없앤 고증에 첨부한 고사」라는 글에서 영락의 조서를 인용하고 다음과 같은 주를 달았다. "대방(大方)에게는 『희동집』(希董集)이 있는데 그의 처 장씨와 딸, 며느리가 모두 우물에 빠져 죽어 체포되지 않아서 책은 그 집에 간직되어 있다고 한다. 그리고 철공의 처와 딸도 순사하여 이와 다르다."

41) 이 우스갯소리의 자세한 내용에 대해서는 루쉰전집 5권에 수록된 『삼한집』(三閑集)의 「편액」(扁)을 참고하시오.

차오선생의 가르침을 기리는 비문¹⁾

격동의 시기란 기회를 타기에 유리하고 센 바람이 하늘을 맴돌며 쑥과 깃 촉이 날아다니는 고로 호걸로 한때 불려진 자는 많으나 품행과 절개가 뛰어난 사대부는 하나라도 얻기 어렵다. 루스盧氏 출신의 차오즈푸曹植甫 선생의 이름은 페이위안培元으로 어렸을 때 뜻이 바르고, 자라서 큰 뜻을 품었는데 성정이 너그럽고 후하고 행실이 곧고 올발랐다.²⁾ 그는 산취山曲에서 학교를 세워 학생을 받았는데 한마음 한뜻으로 후진을 이끌었다. 혹시 미진한 것이 있으면 차근차근 타일러 가르치는 것이 오랫동안 변하지 않아서 그에 대한 존경이 사방에 넘쳐났다. 또 옛것에 얽매이지 않았고 나날이 새로운 것을 배웠으며, 시세를 선도하는 사람이 되어 아이들과 더불어서 같이 나아갔다. 그리하여 고향을 크게 변화시켜 나날이 좋아졌다. 군자는 자강自彊하여 자기 주장을 고집하는 적이 한 번도 없었다.³⁾ 그런데도 재주를 세간에 숨기고 이를 즐거워했다. 이는 어찌 천박하고 어리석은 무리가 도달할 수 있는 경지이던가. 중화민국 20년 하고도 3년이 지난 가을, 연세가 일흔이 되어서도 온화하고 소박하게 처음과 같이 묵묵히 실천하고 계셨다. 문하의 사람들이 우러러 존경하고 같은 마음으로 표表를 세워 숨은 덕을 드러내기를 희망하였는데 이 또한 스승의 은혜에 보답하는 것일 따름이다. 비문은 다음과 같다.

중화의 땅은 깊고 넓다. 대대로 영웅과 현자가 태어나 살았거나 일을 행했다. 사천 년의 역사에 문물이 혁혁하니 중천에 우뚝 솟았다. 바다 물결의 겉이 메마르고 황제의 신이 이러저리 배회하다가[4] 공교롭게 때를 맞춰서 재빠르게 일어나서 회오리바람처럼 아침에 사라졌을 따름이었다. 탁월하도다! 선생이시오. 홍함을 남기고 실질을 숭상하며 새로운 흐름을 개척하여 문술文述을 발전시키고 남을 가르치는 데 게으리하지 않고 전심으로 정진하신다.[5] 고고하게 혼자 하실 때도 있으나 오래가지는 않으셨다. 가르침을 베풀고 변화를 도와주어 나라의 글을 충실하게 하였으니 비문을 새겨서 후손에게 장려한다.

콰이지會稽 후학 루쉰이 삼가 쓰다

주)_____

1) 원제는 「河南廬氏曹先生教澤碑文」, 이 글은 1935년 6월 15일에 베이핑에서 발간하는 잡지 『시류』(細流) 5, 6호 합간호에 처음 실렸다. 게재 당시의 제목은 「허난 차오즈푸 선생 교택비 비문」(河南曹植甫先生教澤碑文)이었다. 1934년 11월 29일 루쉰의 일기에 "오후에 징화의 아버지를 위하여 교육의 은택을 기리는 비문 한 편을 썼다"라고 기록되어 있다.
2) 차오페이위안(曹培元, 1869~1958)은 차오징화(曹靖華)의 아버지로 만청 수재이다. 시골의 교육 사업에 헌신하여 빈곤 자녀들을 가르치는 데 평생을 바쳤다.

3) 원문은 '영무의필'(永無意必)로 『논어』의 「자한」(子罕)편에 나오는 말이다. "공자에게는 네 가지가 없었다. 마음대로 하지 않았으며, 반드시 해야 하는 것도 없었고, 고집하지 않았고, 아집도 없었다."(子絶四, 毋意, 毋必, 毋固, 毋我)

4) '황제의 신'(黃神)은 『회남자』(淮南子)의 「남명훈」(覽冥訓)에서 "황제의 신이 울부짖는 다"(黃神嘯吟)라는 구절에서 처음 나왔다.

5) 원문은 '惟精惟一'이다. 『상서』(尙書)의 「대우모」(大禹謨)에 나오는 말이다. "인심은 오직 위험하기만 하고 도심은 오직 미약하기만 하니 오직 전심으로 정진하여야 중심을 잡을 수 있다."(人心惟危, 道心惟微, 惟精惟一, 允執厥中)

※ 『차개정잡문』 초판 출간 당시에는 이 글 다음에 「『집외집』 서문」이 있었지만, 여기서는 생략하고 전집 9권 『집외집』에 실었다.

아진[1]

요새 나는 아진阿金이 제일 밉다.

그녀는 하녀이다. 상하이에서는 하녀를 냥이娘姨라고 부르고 외국인은 '아마'阿媽라고 부르는데 그녀의 주인도 외국인이다.

그녀는 여자 친구가 아주 많다. 저녁이 되면 그녀의 창 아래에 속속 모여서 "아진, 아진!" 하고 큰소리로 부른다. 이러다 보면 어느새 한밤중이 된다. 그녀는 애인도 몇 명 있는 것 같다. 이전에 그녀는 뒷문 입구에서 자기의 주장을 선포한 적이 있다. "애인을 안 사귀려면 상하이에 뭐하러 왔어?"

그러나 이것은 나와 상관없는 일이다. 불행한 것은 그녀의 주인집 뒷문이 우리 집 앞문과 대각선으로 마주하고 있어서 "아진, 아진!" 하고 부르기 시작하면 내가 늘 영향을 받는다는 점이다. 글을 못 쓸 때도 있고 심지어 원고에 진짜로 '진'金자를 쓰고 있을 때도 있다. 더 불행한 것은 내가 출입하려면 그녀 집의 베란다 아래로 지나가야 한다는 것이다. 그런데 그녀는 계단을 오르내리는 것을 좋아하지 않는 듯 대나무 장대, 나무판 그리고 다른 이것저것을 자주 베란다에서 아래로 내던지곤 한다. 그래서 나는 지나갈 때 굉장히 조심한다. 우선 아진이 베란다에 나와 있는지부터 둘러보고 있으면 멀리 돌아가야 했다. 물론 이것은 내가 담이 작고 목숨을 너무 아끼는 바람에 빚어진 일이다. 그러나 우리는 그녀의 주인이 외국인이라는 사실을 고려해야 한다. 머리가 깨지고 피가 흐를 정도로 맞아도 하등 문제가 안 된다. 설사 내가 죽어서 동향회를 소집하고 전보를 치더라도 아무 소용이 없다. 하긴 나는 내가 동향회를 열 것 같지도 않다.

한밤중이 지나면 다른 세상이다. 낮에 난 화가 아직 남아 있으면 안 되는 시간이다. 어느 날 밤이었다. 이미 세시 반이 지날 무렵이었다. 나는 글을 하나 번역하고 있어서 아직 자고 있지 않았다. 갑자기 길가에서 낮은 목소리로 누군가를 부르는 소리가 들렸다. 잘 들리지는 않았지만 아진을 부르는 것은 아니었고 물론 나를 부르는 소리도 아니었다. 이렇게 늦었는데 도대체 누가 사람을 부르고 있는 거지, 라고 생각하면서 일어나 창문을 열어 내다보았다. 그런데 남자 하나가 아진 규방의 창을 쳐다보며 서 있었다. 그는 나를 보지 못했다. 나는 나의 경솔한 행동을 후회하며 창문을 닫고 들어가려고 할 때였다. 대각선 쪽의 작은 창이 열린 곳에서 아진의 상반신이 나왔다. 뿐만 아니라 아진은 바로 나를 봤다. 그녀는 남자에게 뭐라고 한 마디 말하고 손으로 나를 가리키면서 또 손을 휘두르자 그 남자는 바로 큰 걸음으로 도망가 버렸다. 나는 내가 나쁜 일이라도 저지른 듯 마음이 불편했다. 번역을 계속 해나가지 못했다. 속으로 '다음에는 남의 일에 참견하지 말아야지. 불이 나서 눈앞에서 태산이 무너져도 안색 하나 까닥하지 않고 폭탄이 바로 옆에 떨어져도 꼼짝하지 말아야지!'라고 생각했다.

그러나 아진은 아무런 영향도 받지 않은 것 같았다. 그녀는 여전히 희희낙락했기 때문이다. 그렇지만 이는 곧 저녁이 될 무렵에서야 얻은 결론이었기 때문에 나는 정말 새벽 내내, 그리고 하루 종일 불안했다. 이때 나는 아진의 도량에 감사했다. 그러나 이와 동시에 다시 그녀가 큰소리로 사람을 모아놓고 떠들고 희희낙락하는 것이 싫어졌다. 아진이 오고 난 다음 주위의 공기도 소란스럽게 되었다. 그녀는 이렇게 큰 힘을 갖고 있는 것이다. 이런 소동에 대해 내가 한 경고는 아무런 효험도 없었다. 그녀는 나를 쳐다보지도 않았다. 한번은 이웃하는 서양인이 몇 마디 서양말로 이야기했는데도 그녀는 대꾸도 하지 않았다. 그러나 그 서양인이 뛰어나와서 사람들을 마구 차자 그제야 그녀들은 뿔뿔이 흩어지고 회의도 끝냈다. 이 발차기의 효력은 대략 대엿새 갔던 것 같다.

그 다음은 이전과 똑같이 시끄러웠다. 게다가 소란은 확장되기까지 했다. 아진과 큰길 맞은편의 담배 가게의 늙은 여인이 싸우기 시작했는데 남자까지 싸움에 가세한 것이다. 그녀의 목소리는 원래 컸는데 이번에는 더 우렁찼다. 스무 가구 건너의 사람들도 들을 수 있을 정도라는 생각이 들었다. 잠시 후 한 무리 사람들이 몰려들었다. 논전이 곧 끝나 갈 무렵 당연히 '서방질한다'는 등의 이야기가 나왔을 것이다. 그 늙은 여인의 소리는 잘 들리지는 않았는데 아진은 "이 늙은 x는 아무도 안 찾을걸! 나는 찾는 사람이 있단 말이야!"라고 대답하는 것이었다.

이는 아마 사실이었는지 구경꾼들은 대체로 그녀에게 동의하는 것 같았다. '아무도 찾는 사람이 없'는 늙은 x는 싸움에서 진 것이다. 이때 서양 경찰이 뒷짐을 진 채 느릿느릿 걸어오더니 잠시 둘러보다가 구경꾼들을 쫓아냈다. 아진은 재빨리 경찰을 맞이하러 가더니 그에게 뭐라고 서양말로 한바탕 떠들었다. 서양 경찰은 주의 깊게 듣고 난 다음 미소 지으며 말했다. "내가 보기에 당신도 만만치 않은걸!"

그는 늙은 x를 잡지 않고 또 뒷짐을 지고 느긋이 걸어갔다. 이번 골목 싸움은 이렇게 끝난 셈이었다. 그러나 인간세상의 분규는 이렇게 산뜻하게 해결될 수 없는 법, 그 늙은 x도 일정한 세력을 갖고 있는 것 같았다. 이튿날 새벽 아진 집에서 멀리 떨어지지 않은 곳의 외국인 집에 뽀이가 살고 있는데 그가 갑자기 아진 집으로 도망쳐 온 것이다. 뒤에는 우람한 체격의 큰 사내 셋이 쫓아오고 있었다. 뽀이의 셔츠는 이미 갈가리 찢어져 있었다. 그는 밖으로 유인당했다가 뒷문이 막혀 도망갈 곳이 없게 되자 애인의 집으로 도망 올 수밖에 없었던 것 같았다. 애인의 겨드랑이 아래는 원래 몸을 의탁할 수 있는 곳이다. 입센 연극의 페르 귄트[2]는 실패한 직후 결국 애인의 치맛자락에 몸을 숨겨 자장가를 부르는 대인물이었다. 그러나 아진은 무정하고 패기도 없는 것이 노르웨이 여자보다 못한 것 같았다. 다만 감각만은 영험했던지 그 남자가 도착할 무렵 그녀는 뒷문을 걸어서 잠가 버렸던 것이다. 남자는 그리하여 막다른 골목에 뛰어 들어와서 멈춰 설 수밖에 없었다. 이는 우람한 체격의 사내들도 의외인 듯 멈칫했다. 그러나 결국 같이 주먹을 치켜들고 두 사람이 그의 등과 가슴팍에 주먹을 세 번 날렸다. 그렇게 아픈 것 같아 보이지 않았는데 한 사내가 그의 얼굴을 한 번 갈기자 얼굴이 바로 붉어졌다. 이번 골목 싸움은 매우 신속한 데다 새벽에 일어났기 때문에 관전자도 많지 않고 승부가 갈리자 모두 사방으로 흩어져서 세계는 또 잠시 평화로워졌다. 그런데 나는 여전히 마음을 놓지 못했다. 왜냐하면 예전에 "이른바 '평화'란 전쟁들 사이에 긴 시간일 뿐이다"라고 말하는 것을 들은 적이 있기 때문이다.

그런데 며칠이 지나도 아진의 모습은 눈에 띄지 않았다. 그녀의 주인에 의해 원래 있던 곳으로 되돌아간 것으로 짐작했다. 그녀의 빈자리를 메운 것은 뚱뚱하고 얼굴에 복과 품격이 넘치는 하녀였다. 이십여 일이 지났는데도 꽤 조용하다. 다만 가난한 거리의 가수 둘을 불러 "치거룽奇葛隆은 겨울에 강하다"는 「열여덟 번 더듬다」[3]와 같은 노래를 부르게 했을 뿐이었다. 이 노래는 그녀가 '자기 힘으로 생활하는' 여가를 틈타서 유유자적하는 행복을 누리는 것으로 아무도 뭐라고 하지 않았다. 그때 일군의 남녀가 몰려왔는데 아진의 애인도 그 틈에 끼어 있어서 언제 또 골목 싸움이 벌어질지 모른다는 점이 걸리긴 했다. 그러나 감사하게도 남자 목에서 낮은 바리톤(barytone)의 노랫소리가 나왔는데 아주 자연스러운 것이 목매달아 죽은 고양이 소리 같은 「이슬비」[4]보다는 하늘과 땅 차이로 듣기 좋았다.

아진의 용모는 매우 평범했다. 이른바 '평범'은 아주 보통이었다는 말로, 기억하기 힘든 용모였다. 그래서 한 달도 못 가서 나는 그녀가 도대체 어떻게 생겼는지 말할 수 없게 되었다. 그러나 나는 여전히 그녀가 싫다. '아진'이라는 두 글자를 떠올리는 것조차 끔찍하다. 이웃이 잠시 시끄러웠다고 해서 이렇게 심하게 원수질 리는 없다. 내가 그녀를 싫어하는 것은 그녀가 불과 며칠 만에 삼십 년 동안 지켜 온 나의 신념과 주장을 뒤흔들어 놓았기 때문이다.

나는 왕소군의 변방행[5]으로 인하여 한 왕조가 안전할 수 있었고 목란의 종군[6]이 수나라를 지켰다는 이야기를 믿지 않았다. 달기가 은 왕조를 망하게 했고[7] 서시가 오 왕조를 멸망의 늪에 빠지게 했고[8] 양귀비가 당 왕조의 혼란을 가져왔다[9]는 옛이야기도 믿지 않았다. 남성의 권위가 우선하는 사회에서 여자는 절대로 이런 큰 힘을 가질 수 없으며 흥망의 책임은 남성이 져야 한다고 생각했다. 그런데 이제까지 남성이었던 작가가 패망의 대죄를 여성에게 뒤집어씌웠는데 정말 말할 가치도 없는 싹수가 노란 남자라고 생각했다. 지금 아진이 출중하지 못한 용모에 재주도 평범한 하녀인데도 이렇게 한 달도 안 됐는데 내 눈앞에서 사 분의 일 리里를 흩뜨려 놓을 줄은 생각지도 못했던 것이다. 만약 그녀가 여왕이거나 황후, 황태후라면 그 영향이 어떨지는 짐작할 만하다. 크나큰 혼란을 일으키고도 남을 것이다.

옛날에 공자는 "오십에 천명을 안다"[10]고 했는데 나는 보잘것없는 아진 때문에 사람 일에까지 새롭게 의문이 생겼다. 성인과 범인을 비교할 수는 없지만 아진의 위력이 어떠한지 알 만한데 나는 절대로 당해낼 수 없는 것이다. 나는 내 글의 퇴보를 아진의 시끄러움 탓으로 돌리고 싶지는 않다. 게다가 이상의 논의는 화풀이에 가까운 것이다. 그렇지만 요즈음 내가 아진을 제일 싫어하는 이유는 나의 길을 가로막은 것같이 느껴지기 때문이라는 것은 확실하다.

아진이 중국 여성의 표본이 아니기를 바랄 뿐이다.

12월 21일

주)_____

1) 원제는 「阿金」, 이 글을 완성했을 당시에는 발표할 수 없었다(이 문집의 「부기」를 참고하시오). 나중에 1936년 2월 20일 상하이에서 발간되는 월간지 『바다제비』(海燕) 2호에 발표했다.
2) 노르웨이의 극작가 입센의 시극 『페르귄트』(Peer Gynt)에 나오는 주인공이다. 상상력

이 풍부하고 의지가 박약한 인물로 나중에 애인인 솔베이지의 노래를 들으면서 죽음을 맞이한다.

3) 「열여덟 번 더듬다」(十八摸)는 당시에 유행하던 외설적인 곡이다.

4) 1930년 전후에 유행한 리진후이(黎錦暉)가 지은 노래이다.

5) 왕소군(王昭君)은 한 원제(元帝) 궁녀로 이름은 장(嬙)이다. 경녕(竟寧) 원년(B.C. 33년) 화친정책으로 변방의 흉노족 선우(單于)인 호한사(呼韓邪)에게 시집을 갔다. 중국문학에서 비련의 여인으로 그려지고 있다. 『한서』의 「흉노전」(匈奴傳)을 참고하시오.

6) 북조시대의 민간 서사시인 「목란시」(木蘭詩)에 나오는 이야기다. 목란이 남장하고 아버지를 대신하여 군대에 간 이야기를 가리킨다. 『악부시집』(樂府詩集)의 「고각횡취곡」(鼓角橫吹曲)에 나온다.

7) 달기(妲己)는 은 주왕(紂王)의 후궁으로 주 무왕(武王)이 은을 멸망시킬 때 살해되었다. 무왕은 은을 정벌하면서 『태서』(太誓)에 "지금 은왕 주는 부인의 말을 중용하고 천명을 듣지 않지 않는다"(今殷王紂乃用其婦人之言, 自絶于天)라는 말을 남겼다. 나중에 일부 문인들은 은 멸망의 책임을 달기에게 씌웠다. 이에 대해서는 『사기』의 「은본기」(殷本紀)를 보시오.

8) 서시(西施)는 춘추시대 월(越)나라의 미녀이다. 월왕 구천(勾踐)이 오(吳)나라에 패하고 그녀를 오왕 부차(夫差)에게 바쳤다. 나중에 오왕은 실정을 하여 월에게 멸망당했다(『오월춘추』吳越春秋 참조). "오왕조를 늪에 빠지게 하다"(沼吳)라는 말은 『좌전』 '원공 원년'에 나오는 말이다. 구천이 전쟁에서 패하여 오에게 화친을 요청했을 때 오자서(伍子胥; 이름은 원員)는 화친하지 말 것을 간하였으나 부차는 이 말을 듣지 않았다. 오자서는 "물러서며 아룁니다. 월은 십 년 동안 결혼을 시키고 자식을 낳을 것이며 또 십 년 동안 가르치고 훈련시켜 20년 이후에 오나라는 늪에 빠지고 말 것입니다"라는 말을 남겼다.

9) 양귀비는 당 현종(玄宗)의 후궁인 양옥환(楊玉環)을 가리킨다. 그녀의 사촌오빠인 양국충(楊國忠)은 현종의 양귀비 총애에 힘입어 관직을 독점하는 등 나라를 쇠망시키는 데 일조했다. 천보(天寶) 14년(755) 안록산(安祿山)이 국충을 주살한다는 명의로 반군을 일으키자 현종은 촉 지방으로 피난을 가게 됐다. 마웨역(馬嵬驛)에서 군대가 국충을 죽이자 현종은 장수들의 양귀비 처형에 동의하게 된다.

10) 원문은 '五十而知天命'으로 『논어』의 「위정」편에 나오는 구절이다.

속인은 고상한 사람을 피해야 한다는 데 대하여[1]

잡지를 읽다가 우연히 떠오른 생각이다.──

　혼란한 세상에서는 '고상한 사람'을 만나기 힘들고 '운치 있는 일'도 잘 안 생긴다. 그런데 혼란이 철저하지 않은 시절이라면 고상한 사람이 완전히 사라진 것은 아니다. 다만 '무례'한 사람이 늘어나서 그들이 더 철저하게 '고상'해지는 걸 방해할 따름인 정도이다.

　도학자 선생은 '어짊과 너그러움'을 몸소 실행했다. 그렇지만 어질지도 않고 너그럽지도 않은 사람들을 만나면 그도 어질거나 너그러워질 수 없었다. 그래서 주자는 현자였지만 관리직에 있을 때 괴로운 처지를 하소연할 데 없는 관기에게 곤장을 때리지 않을 수 없었다.[2] 신월사新月社의 작가들은 욕하는 것을 증오했지만 욕하는 사람을 만나면 그들도 욕하지 않을 수 없었다.[3] 린위탕 선생은 '페어플레이'를 신봉했지만[4] 항저우에서 국화를 감상하면서 "입에 소련 담배를 한 가치 물고 손에 무슨 스키의 번역서를 끼고 있는" 청년을 만나자마자 "국가 걱정에 미간이 펴지지 않고 진이 빠진"(자세한 내용은 『논어』 55기를 보시오)[5] 척하지 않을 수 없었던 것이다. 평소와는 완전히 다른 모습이다.

뛰어난 인물은 가끔 다른 종류의 사람과 비교를 해주어야 돋보이는 법이다. 가령 상등과 하등, 좋음과 나쁨, 고상과 속됨, 도량이 좁은 것과 넓은 것 등등이 그러하다. 비교할 사람이 없으면 이쪽의 좋은 점이 도드라지지 않는다. 이른바 "상반되면서도 서로 보완한다"[6]는 말은 바로 이런 것을 가리킨다. 그러나 다른 사람은 분위기를 띄울 줄 알아야 하며 이것도 못 하면 최소한 눈치 있게 굴어야 한다. 식객질帮閑까지는 못한다 하더라도 적어도 사실을 폭로하여 호인들이 다시는 좋은 일을 할 수 없게까지 해서는 안 된다. 가령 조맹덕은 "사소한 것에 구애받지 않고 스스럼없는 것을 숭상"[7]했지만 예정평이 매일같이 찾아와서 그를 비난하자 그도 화가 나서 예정평을 황조黃祖에게 보내어 '황조의 칼로 죽'이게 할 수밖에 없었다.[8] 예정평은 정말이지 '자업자득'인 것이다.

이른바 '고상한 사람'이란 원체부터 아침부터 저녁까지 고상하게 지내는 것은 아니다. 설령 보석비단 휘장을 드리운 잠자리에, 향긋한 쌀밥을 먹는다 하더라도 근본적으로 잠자리와 먹을거리는 속인과 별다를 바 없다. 돈벌이와 지위를 속으로 계산하는 일도 당연히 절대로 없다고 할 수 없다. 다만 그가 출중한 점은 가끔 갑작스럽게 '고상'해질 수 있다는 점에 있다. 이 비밀을 들춰 버리면 이른바 '분위기를 깨는' 것이요 속인俗人이 된다. 게다가 고상한 사람에게 누를 끼쳐 더 이상 고상하지 못하게 하니 '속됨을 면할 길이 없게' 된다. 이런 무리가 없다면 어떻게 이 지경에까지 이르렀겠는가? 따라서 잘못은 애오라지 속인에게 돌아간다.

예를 들어 보자. 지현知縣[9] 둘이 있다고 하자. 그들은 하루 종일 공무를 집행하고 사건을 심리한다. 그러나 그중 하나가 우연히 매화 구경을 갔다면 이것은 고상한 관리의 반열에 오르게 된다. 천지에 고상한 사람이 난 것이요 풍류를 아는 이가 탄생한 것이다. 그는 공경을 받는다. 당신이 공경하지 않아도 괜찮다. 그러나 당신이 이맛살이라도 찌푸리면 그 순간 속되고 만다. 농담이라도 던진 날에는 좋은 일이 엉망으로 변한다. 그런데 세상에는 꼭 미친 아비와 속된 아들이 있게 마련이다. 중국의 무슨 옛 '유머'[10] 책에 '경박한 아들'이 지현인 할아버지가 공무의 여가시간에 매화를 보러 간 것을 읊은 칠언 절구 시 한 수가 실려 있다.

붉은 모자, 검은 모자, 풍류 태수가 매화를 구경하네.
매화는 머리를 숙이며 말하기를, 하찮은 매화, 나리를 맞이하나이다.

이는 정말 짓궂은 장난이다. 풍류를 엉망으로 망쳐 버렸다. 게다가 매화를 대신해 그가 한 말은 격식에도 맞지 않는다. 이때는 옴짝달싹 소리도 내지 말아야 한다. 입을 떼는 순간 '무례'해져서 '나리'는 더 이상 고상해질 수 없게 된다. 그러면 나리는 바로 환속하여 곤장밥 먹는 것을 감상하거나 최소한 무슨 죄를 뒤집어씌워야 한다. 왜 그러냐고? 당신의 속됨으로 인하여 나리는 다시는 고상한 법도에 거할 수 없게 되었기 때문이다.

조심성이 많고 신중한 사람이 인자한 군자나 고상한 학자를 우연히 만났을 때, 아첨을 하거나 맞장구를 쳐줄 수 없다면 멀리 피해 가야 한다. 멀리 갈수록 더 좋다. 그렇지 않다면 그들의 입버릇과는 완전히 다른 얼굴 표정과 수완에 부딪히게 될 것이다. 운수가 사나울 때는 루블설[11]이라는 상투적인 수법에 걸려 막대한 피해를 입기까지 한다. 당신에게 "입에는 소련제 담배를 물고 손에는 무슨 스키의 번역서를 끼고 있다"라는 말만 선사한 정도는 양반이다. 그렇지만 역시, 위험하다.

"현자는 속세를 피한다"[12]는 말을 모두 알고 있다. 지금의 속인은 고상함을 피해야 한다고 생각한다. 이것도 역시 '명철보신' 중 하나이다.

12월 26일

주)_____

1) 원제는 「論俗人應避雅人」, 이 글은 1935년 3월 20일 반월간 『태백』 제2권 제1기에 실렸다. 필명은 체제(且介)이다.

2) 주자(朱子)가 관기에게 곤장을 친 일은 송대 주밀(周密)의 『제동야어』(齊東野語) 20권에 보인다. "천대(天臺)의 병영 소속 기생 엄예(嚴蕊)는 …… 미모와 재주가 뛰어나 일세를 풍미했다.…… 당여정(唐與正)이 천대를 지키는 날 술자리에서 엄예에게 붉고 흰 복숭아꽃을 노래하라고 명령했는데…… 여정은 생사 비단을 상으로 주었다.…… 그후 주회암(朱晦庵; 즉 주희)은 사절로서 천대에 순회를 나갔다가 여정에게 죄를 씌우려고 그가 예와 방탕한 짓을 했다고 지적하며 한 달여 감옥에 가두었다. 예는 죽도록 채찍을 맞으면서도 당여정에 대해서는 한 마디도 하지 않았다. 그런데도 여전히 곤장을 맞는 걸 모면하지 못했으며 적을 사오성으로 옮겼다. 그리고 다시 그곳에 옥을 설치하여 그를 심문했으나 끝내 그 내막을 알아내지 못했다.…… 그래서 또다시 곤장을 때리고 옥에 가뒀다. 두 달 동안 거듭하여 곤장을 맞으려 축 늘어져 거의 죽을 지경에 이르렀다."

3) 작가에 대한 량스추(梁實秋) 등의 비난과 조소를 가리킨다. 량스추는 『신월』 2권 8기(1929년 10월)에 발표한 「'현 상태에 불만스러워'하면 어쩌란 말인가」('不滿于現狀', 便怎樣呢?)에서 다음과 같이 썼다. "이런 사람들이 있다. 늘 '현 상태에 불만스러워'하는 사람들이다. 오늘은 이게 잘못됐어, 내일은 저게 틀렸어. 그들에게는 사방 천지에 온통 그른 것만 널려 있다. 그러니 자연히 무궁무진한 잡감이 쏟아진다. 사람들이 처방을 내놓으면 이 약은 냉하다, 저 약은 열이 너무 많다, 이 약은 너무 세다, 저 약은 너무 약하다 늘어놓으며 불만의 강도가 더해진다. 그는 온갖 처방이 한 푼의 가치도 없는 것으로 깎아내리고 일말의 여지도 없이 샅샅이 파헤친다. 이건 마치 현 상태에 만족하면 쓸 잡감이 없을까 봐 걱정해서 그러는 것 같다." 그는 또 다음과 같이 썼다. "'현 상태에 불만스러워'하면 어쩌란 말인가? 우리에게 요구되는 것은 현 상태를 점진적으로(혹은 갑작스럽게) 호전시킬 적극적인 진단이다. 현 상태가 이렇듯 불만스럽다면, 뜻이 있는 사람이라면 한때의 즐거움을 위해 입과 펜을 놀리고 욕설을 퍼붓고 있을 수는 없겠지?" 『삼한집』의 「신월사 비평가의 임무」(新月社批評家的任務)를 참고하시오.

4) 린위탕(林語堂, 1895~1976)은 푸젠성 룽시(龍溪) 출신으로 작가이다. 미국과 독일에 유학했고 귀국한 후에 베이징대학 등에서 교수로 재직했다. 1930년대 상하이에서 『논어』(論語), 『인간세』(人間世), 『우주풍』(宇宙風) 등의 잡지 편집인으로 지내면서 이른바 성령(性靈)과 유머 문학을 제창했다. 1925년 12월 린위탕은 『위쓰』(語絲) 57호에 발표한 「위쓰의 문체―온건, 욕설 및 페어플레이에 대하여」(挿論語絲的文體―穩健, 罵人, 及費厄潑賴)라는 글에서 '페어플레이' 정신이라는 것을 주장했다. 『무덤』(墳)의 「'페어플레이'는 아직 이르다」(論"費厄潑賴"應該緩行)와 이 글의 주석을 참고하시오.

5) 린위탕은 『논어』 44기(1923년 12월 16일)의 「항저우 방문기를 다시 쓰다」(遊杭再記)에서 다음과 같이 썼다. "입에 소련 담배를 한 가치 물고 손에 무슨 스키의 번역서를 끼고 있는 청년 둘을 만나자 그들이 내가 '한가'하게 국화나 감상하는 것으로 알고 망국이라는 죄상을 씌울까 봐 나는 국가 걱정을 하다가 진이 다 빠지고 미간이 펴지지 않으며 걷다가 길을 잘못 든 것이지 국화를 감상하러 온 것이 아닌 듯 걸어 나왔다."

6) "상반되면서도 서로 보완한다"(相反而實相成)는 『한서』의 「예문지」에 나오는 말이다. 다음과 같이 기재되어 있다. "그 말은 비록 다르지만 물과 불처럼 서로 소멸되기도 하고 서로 낳기도 한다. 인(仁)은 의(義)에 대하여, 경(敬)은 화(和)에 대하여 상반되면서도 서로 보완한다."

7) 조맹덕(曹孟德, 155~220)은 조조(曹操)이다. 자는 맹덕이고 패(沛)국 페이현(沛縣; 지금의 안후이 하오현亳縣) 출신이다. 동한 말에 벼슬을 승상까지 했고 위왕(魏王)으로 책봉되었다. 아들 조비(曹丕)가 황제가 되자 그를 무제(武帝)로 추숭했다. 그는 처세에 있어서나 사람을 대하는 데 비교적 소탈했으며 소소한 일에 구애되지 않았다.

8) 예정평(祢正平, 173~198)은 곧 예형(禰衡)으로 자는 정평이었으며 핑위안꾼(平原般; 지금의 산둥 린이臨邑) 출신이며 한대 말기 문학가였다. 『후한서』의 「예형전」에 의하면 예형은 성격이 강직하고 오만하여 여러 차례 조조를 욕보였는데 조조는 그를 죽이려다가 꺼리는 바가 있어서 그를 형주자사(荊州刺史) 류표(劉表)에게 보냈다고 한다. 나중에 류표를 모욕한 탓으로 또 강하태수(江夏太守) 황조(黃祖)에게 보냈는데 결국 황조한테 죽임을 당했다.

9) 명청대 현의 일급 행정수장이다.

10) 옛날 '유머' 책은 청대 예훙(倪鴻)의 『동음청화』(桐陰淸話) 1권에 실린 시이다. '머리 숙이다'(低首)는 '갑자기'(忽地)로 되어 있다.

11) 루블설은 진보적인 문화계 인사가 소련에 매수되어 루블을 수당으로 받고 있다고 중상한 소문을 가리킨다. 『이심집』의 「서언」을 참고하시오.

12) "현자는 속세를 피한다"(賢者避世)는 『논어』의 「헌문」(憲問)편에 나온 공자의 말이다. 주희는 『집주』에서 '속세를 피한다'는 것을 '천하에 도가 없어 은거한다'(天下無道而隱)는 뜻으로 풀이했다.

부기[1]

첫번째 글인 「중국에 관한 두세 가지 일」은 일본의 가이조사改造社의 청탁으로 쓴 것이다. 원문은 일본어로 「불, 왕도, 감옥」火, 王道, 監獄이라는 제목으로 올해 3월에 『가이조』[2]에 실렸다. 중국 북방에서 출판되는 간행물에서 이 세 편을 번역하여 실은 적이 있던 것으로 기억한다. 그러나 남방에서는 린위탕, 사오쉰메이, 장커뱌오 세 사람이 주편하는 잡지인 『인언』人言에서 작가를 공격하는 도구로 이 글을 이용한 적이 있을 뿐이다. 자세한 내용은 『풍월이야기』의 후기에 나와 있으니 여기에서 덧붙이지 않겠다.

『짚신』은 현대 중국 작가의 단편소설집이다. 아이작스(H. Isaacs)[3] 선생의 청탁으로 나와 마오둔 선생이 가려 뽑은 것을 아이작스 선생이 추려서 영문으로 번역했다. 그러나 지금까지 출판되지 않은 것 같다.

「차오쥐런 선생에게 답신함」은 원래 개인 서신이지만 생각지도 못하게 『사회월보』[4]에 실리는 바람에 적지 않은 화를 불러일으킨 글이다. 나는 졸지에 "양춘런 씨를 위해 개막의 징을 쳤는데 누가 루쉰 선생의 도량이 넓지 않다고 이야기하는가"의 주인공이 되었다. 9월 31일 『다완바오』의 부간 「햇불」[5]에 실린 글이 그 증거이다.

조화—『사회월보』 8월호를 읽고

사오보紹伯

"중국인은 남과 잘 어우러지는 민족이다"——이 말을 나는 이전에 별로 믿지 않았다. 그 당시 나는 아직 젊고 경험이 부족했으며 나 스스로 잘 어울리려 하지 않았고 다른 사람도 나와 마찬가지로 잘 어울리는 것을 기꺼워하지 않는다고 생각했기 때문이다.

이 생각은 나중에 조금씩 바뀌었다. 나에게 친척이 하나 있었는데 고향에서 벌어진 두 군벌 간의 정권 쟁탈전 중에 희생되었다. 그 당시 나는 모 군벌에 대해 좋게 생각하지 않았지만 친척의 죽음으로 인하여 공동의 적에 대해 같이 적개심을 불태우게 되었다. 나중에 그 두 군벌이 상하이에 와서는 금방 잘 어울리더니 서로 꽤 친밀하게 내왕하여 나는 이 때문에 어리벙벙했었다. 우리 친척이 그의 '정치적인 벗'을 위해서만 죽었더라면 정말 개죽음이었을 것이라는 생각이 들었다.

시간이 더 지난 다음 광둥의 A군에게서 양광전쟁[6] 뒤에 전사들의 백골이 들판에 나뒹굴고 피 냄새가 아직 가시지 않은 때인데 두 군대를 지휘하는 부인이 홍콩의 집에서 자주 만나서 마작을 하면서 보통 이상으로 친하게 지낸다는 이야기를 들었다. 이 이야기로 나는 더 철저하게 깨닫게 됐다.

지금 나는 더 잘 알게 되었다. 이는 당연한 일이다. 군벌전쟁이 이와 같을 뿐만 아니라 제국주의의 나눠먹기 전쟁도 이와 같다고 본다. 백성들이 수천만 명이 대포의 재가 되는데 각국의 자본가는 한자리에 모여서 샴페인 잔을 들고 서로 웃으며 만날 수 있는 것이다. '군벌주의'나 '민주주의' 나부랭이는 모두 사람을 기만하는 말이 되었다.

그러나 이는 그 군벌 자본가들이 '무원칙의 투쟁'을 한다는 것을 알려주고 있다. 만약 진리를 추구하는 이의 '원칙 있는 투쟁'이라면 이렇지 않아야 한다!

최근 몇 년 동안 청년들은 사상계의 지도자들 뒤를 추종하면서 참담한 노력들을 기울였다. 심지어 이 때문에 귀중한 생명을 희생한 이까지 있었다. 개인의 생명은 귀중하다. 그러나 한 세대의 진리는 더 귀중하다. 생명이 희생되었으나 진리가 온 세상을 밝히니 가치 있는 죽음이라고 할 수 있다. 물을 흐리게 하여 사람들에게 뭐가 뭔지 모르게 만들어서는 안 된다.

후자의 예는 『사회월보』에서 찾을 수 있다. 이 월간지는 요즈음 발행되는 잡지 중에서 가장 완벽한 '잡'지로 손꼽을 수 있다. 그리고 가장 재미있게 '잡'스러운 호는 '대중어 특집'이라는 제목이 붙은 8월호이다. 독자들은 이 호의 목차를 한번 훑어보시라. 제일 처음 개막의 징을 두드리는 것은 루쉰 선생(대중어에 대한 의견)이고 '끝에서 두번째 프로그램'은 「소비에트에서 돌아오다」赤區歸來記를 쓴 양춘런 씨이다. 건망증이 있는 독자라도 루쉰 선생과 양춘런 씨 사이에 '원칙'적인 충돌이 적지 않게 있었다는 것을 기억할 것이다. 루쉰 선생은 양춘런 씨를 '우우' 야유를 보내며 내쫓은 적까지 있었던 것 같은데 이번에는 양춘런 씨를 위해 개막의 징을 쳤으니 누가 루쉰 선생의 도량이 넓지 않다고 이야기하는가?

고생하는 것은 독자다. 루쉰 선생의 편지를 읽고 우리는 '한자와 대중이 양립하지 않는다'는 것을 알고 우리는 '교통이 발달하고 언어가 뒤섞이는 곳'의 '대중어' 초기 형태의 어휘와 어법을 두메산골로 내보내야 한다'는 것을 안다. 우리들은 '선구자의 임무'란 대중에게 많은 말을 줘서 '더 명확하게 발표하'는 동시에 '더 정확한 의미를 알게' 하는 데 있다는 것을 안다. 우리들은 지금 실행할 수 있는 것은 '진보적'인 사상으로 '대중어 방향을 취하는 작품'을 쓰는 것이라는 것을 안다. 그러나 마지막에 실려 있는 양춘런 씨의 글을 읽고서야 비로소 대중으로 향하는 것은 막다른 길이며 그곳에서는 수재水災와 적의 포위 공격으로 남아 있는 것이 하나도 없이 파탄 났으며…… '유지하기는 힘들고 생산한다는 헛소리는 더더욱 안 되어'서 차라리 도회로 '되돌아와서' 프티부르주아계급 문학의 깃발을 드는 것이 훨씬 믿을 만하다는 것을 알게 되었다.

그리하여 우리가 얻은 지식은 앞뒤가 안 맞고 흐리멍덩하며 도통 영문을 알 수 없다.

이는 중국민족이 잘 어우러지는 민족이라는 것을 드러내는 것일지도 모른다. 그러나 너무 잘 어우러져서 사상 투쟁의 원칙도 점점 사라져 가는 것이 아닌지 의심스럽다. '고관대작집 앞에서 치는 장난'으로 변한 것이다. 이러한 진용陣容에 비춰 보면, 일부 사람들은 정말 영문도 모르고 죽은 것이다.

징을 친 이후 '끝에서 두번째 프로그램' 사이에 실린 '중간 작가'들의 글, 특히 대중어 문제에 관한 거창한 논의에 대해서 원래는 비루한 의견이나마 간단하게 서술하려 했지만 다음에 논의하기를 기약할 수밖에 없을 것 같다.

이 안건에 대하여 나는 11월의 「주간 『극』 편집자에게 보내는 답신」에서 몇 마디 대답했다.

「문밖의 글 이야기」는 '화위'^{華圍}라는 필명을 사용하여 「자유담」⁷⁾에 투고한 것으로 매일 한 장씩 실었다. 그러나 어떤 이유에서인지 모르겠지만 첫번째 장의 마지막 행이 삭제되었고 열번째 장의 서두에서도 이백여 글자가 빠졌다. 지금 원래대로 보충하여 채우면서 방점으로 이를 표시했다.

「고기 맛을 모르다와 물맛을 모르다」는 『태백』⁸⁾을 위해 쓴 글인데 게재될 때 후반부가 사라졌다. 나는 이것이 '중앙선전부 서적신문검사위원회'의 공적이라고 여긴다. 그때 『태백』에 실린 이 글을 읽고 나에게 "도대체 무슨 말을 하고 있는 겁니까?"라고 물은 사람이 있었다. 지금 원래대로 보충하고 방점으로 이를 표시해 두어서 내가 원래 무슨 말을 했는지를 독자들에게 알리는 바이다.

「중국인은 자신감을 잃어버렸나」도 『태백』에 기고한 것이다. 신이나 부처에게 비는 것에 대해서는 불경한 데가 있었는지 모조리 삭제되었다. 이 게재에 우리의 '상전'이 부처와 신에게 빌 것을 주장하고 있다는 것을 알 수 있다. 지금 원래대로 보충하여 점으로 표시하여 잠시 한때의 풍습이 어떠했는지 보존해 두고자 한다.

「얼굴 분장에 대한 억측」은 『생생월간』⁹⁾에 쓴 것으로 '발표 금지'라는 관의 견해를 받들어 수행했다. 그 당시 나는 매우 의아하게 생각했다. 그러나 원고를 되돌려 받고 붉은 연필로 밑줄을 그은 곳을 보고서야 '제3종인' 나리들에게 죄를 지었다는 것을 알게 되었다. 이 자리에서 검은색 밑줄을 그어 붉은 색연필 표시를 대신하여 신진 작가들에게 경계로 삼게 하고자 한다.

「주간 『극』 편집자에게 보내는 답신」의 말미는 사오보 선생이 쓴 글 「조화」에 대한 답이다. 당시 선씨 성을 가진 우리 '전우'[10]가 이 글을 보고 "이 늙은이가 또 투덜대는구먼"이라며 껄껄 웃었다고 한다. '형님'이 '늙었으면서' '투덜'대기를 '또' 했으니 정말 웃기는 일이 아닐 수 없다. 그러나 나로 말하자면 진지했다.

그런데 주간 『극』 편집자에게 가서 '투덜댔으니' 다른 사람들은 이상하다고 생각할 것이다. 그러나 절대 그렇지 않다. 편집자 중 하나가 톈한[11] 동지이고 톈한 동지가 바로 사오보이다.

「중국 문단의 망령」은 『현대중국』(*China Today*)에 기고한 글이다. 누가 번역했는지 모르겠지만 제1권 5호에 실렸다가 나중에 영어로 번역되어 독일어와 프랑스어의 『국제문학』에 게재됐다.

「아프고 난 뒤 잡담」은 『문학』[12]지에 투고한 것으로 모두 다섯 단락이다. 4권 2호에 실렸을 때는 첫번째 단락만 나왔다. 나중에 어떤 작가가 이 한 단락에 근거하여 "루쉰은 병 앓이를 찬성한다"고 나를 비판한 적이 있다. 그는 검사관의 검열을 털끝만치도 생각하지 못한 것이다. 그러고 보니 문예의 암살 정책이 때로는 얼마간 효과가 있다는 것을 알 수 있다.

「아프고 난 뒤 잡담의 남은 이야기」도 『문학』지에 투고한 것이다. 그러나 이번에는 어찌 된 것인지 괴상망측하게도 검사관은 실어도 된다고도, 실으면 안 된다고도 말하지 않고 또 손수 삭제하시지도 않고 꾸물대고 있었다. 발행인이 방법이 없어 나를 찾아와 알아서 삭제하고 수정해 달라고 했다. 그래서 수정을 봤는데도 여전히 게재할 수 없다고 하여 결국 발행인이 펜을 드니 검사관님께서 입을 여시기를 다시 한바탕 손을 보면 4권 3호에 실을 수 있다고 하셨다. 제목은 반드시 「아프고 난 뒤 남은 이야기」病後餘談로 고쳐야 했고 '울분을 토하는 것에 대하여'라는 부제도 빼야 했다. 수정된 두 곳에 대해서 나는 본문에 주석을 달았다. 삭제된 다섯 곳은 마찬가지로 점으로 표시했다. 독자가 이 금기를 한번 따져 보면 정말 재미있다는 생각이 들 것이다. '언행일치' 운운을 못 쓰게 한 이유만은 독자들이 잘 알 수 없을 것 같은데 이는 역시 '제3종인'을 건드렸기 때문이라는 점을 지금 밝혀야겠다.

「아진」은 『만화생활』[13]을 위해 쓴 것이다. 그러나 게재불가 판정을 받았을 뿐만 아니라 난징의 중앙선전회까지 송부됐다고 한다. 이는 정말 만담漫談일 따름이고 깊은 뜻이 없었는데 어떻게 이렇게 큰 문제를 건드렸는지 아무리 생각해도 알 수 없었다. 나중에 원고를 되찾고 보니 첫번째 페이지에 두 개의 붉은 도장이 찍혀 있는 게 눈에 띄었다. 하나는 크고 하나는 작은 도장이었는데 '뺄 것'이라고 씌어져 있었다. 작은 것은 상하이 도장인 것 같았고 큰 것은 수도의 도장인 것 같았으니 '빼'야 한다는 것은 의심의 여지가 없었다. 계속 넘겨 보니 붉은 밑줄도 숱하게 발견되었다. 지금 검은색 밑줄로 바꾸어서 마찬가지로 본문 아래에 남겨 놓았다.

밑줄을 살펴보니 몇 군데는 이유가 무엇인지 깨달을 수 있었다. 가령 '주인은 외국인이다', '폭탄', '골목 싸움'과 같은 종류는 왜 그랬는지 말하지 않아도 알 만했다. 그러나 아무리 생각해도 알 수 없는 것은 내가 죽으면 '동향회를 열 것 같지도 않다'라는 말을 못 하게 한 이유이다. 정부는 설마 내가 죽으면 동향회를 소집할 것이라고 생각했던 것은 아니겠지?

우리는 이런 곳에 살고 있다. 우리는 이런 시대에 살고 있는 것이다.

1935년 12월 30일 책을 엮고 난 다음에 쓰다

주)____

1) 원제는 「附記」이다.

2) 『가이조』(改造)는 일본의 종합월간지로 1919년 창간되어 1955년 36권 2호까지 낸 뒤 정간되었다. 일본 도쿄 가이조출판사가 출간했다. 아래에 나오는 '한 간행물'은 톈진에서 나온 격주간지 『천하편』(天下篇)을 가리킨다. 루쉰은 1934년 3월 28일 팡천(方晨)의 번역원고를 이 간행물에 발표하였다. 1934년 3월 16일 『천하편』에 보낸 편지를 참고하시오.

3) 아이작스(Harold Robert Isaacs, 1910~1986)는 미국인으로 상하이에서 출판한 중문과 영문이 같이 실린 『중국 논단』(매월 한 호 혹은 두 호가 발행되었다)의 편집자였다. 저서로 『중국혁명의 비극』이 있다.

4) 『사회월보』(社會月報)는 종합 간행물로 주편은 천링시(陳靈犀)였다. 1934년 6월에 창간하여 1935년 9월에 정간되었다. 상하이사회(上海社會)출판사에서 발행되었다.

5) 『다완바오』(大晚報)는 1932년 2월 12일 상하이에서 창간되었다. 창간인은 장주핑(張竹平)이었다. 1935년 국민당 재벌 쿵샹시(孔祥熙)에게 팔렸으며 1949년 5월 25일 정간되었다. 부간인 「햇불」(火炬)은 추이완추(崔萬秋)가 편집을 맡았다.

6) 양광전쟁(兩廣戰爭)은 1928년 1월, 광둥과 구이린의 두 파 군대가 둥장(東江) 쯔진(紫金) 둥베이 지역(東北地區)의 단뤄위(潭落圩)에서 사흘 동안 벌인 전쟁이다. 구이린 계열 군

대가 승리한 다음 이 전쟁은 끝이 났다.

7) 「자유담」(自由談)은 상하이 『선바오』(申報)의 부간 중 하나이다. 1911년 8월 창간되었다. 원래는 원앙호접파 작품을 주로 실었으나 1932년 12월 혁신호 이후에 리례원(黎烈文), 장쯔성(張梓生)이 차례로 주편을 맡으며 지면 성격이 변화했다. 1933년 1월부터 루쉰은 이 간행물에 자주 글을 발표했다.

8) 『태백』(太白)은 소품문을 싣는 격주간지이다. 천왕다오(陳望道)가 주편으로 1934년 9월 20일 창간하여 이듬해 9월 5일 2권 12호까지 내고 정간당했다. 상하이생활서점에서 발행했다.

9) 『생생월간』(生生月刊)은 문예잡지로 리후이잉(李輝英), 주루위안(朱葇園)이 편집을 담당했다. 1935년 2월 창간하여 한 호만 내고 정간되었다. 상하이도화(圖畵)서국에서 발행했다.

10) 선돤셴(沈端先, 1900~1995)을 가리킨다. 필명은 샤옌(夏衍)이며 저장 항저우 출신으로 문학가이자 희극가이다. 중국좌익희극가연맹 지도자 중 한 명이다.

11) 톈한(田漢, 1898~1968)의 자는 서우창(壽昌)이다. 후난 창사 출신의 희극가로 화극단체인 남국사(南國社)을 창설하기도 했다. 중국좌익희극가연맹 지도자 중 한 명이다.

12) 『문학』(文學)은 월간지로 정전둬(鄭振鐸), 푸둥화(傅東華), 왕퉁자오(王統照)가 편집을 맡았다. 1933년 7월에 창간하여 1937년 11월에 정간되었다. 상하이생활서국에서 출판했다.

13) 『만화생활』(漫畵生活)은 만화와 잡문을 싣는 월간지이다. 우랑시(吳朗西), 황스잉(黃士英) 등이 편집을 맡았다. 1934년 9월에 창간하였다. 상하이미술생활잡지사에서 발행했다.

차개정잡문 2집 且介亭雜文二集

且介亭雜文二集

『차개정잡문 2집』(且介亭雜文二集)은 루쉰이 1935년에 쓴 잡문 48편을 수록하고 있다. 같은 해 말에 저자 자신의 편집을 거쳐 1937년 7월 상하이 삼한서옥(三閑書屋)에서 초판이 나왔다.

머리말[1]

어제는 작년에 쓴 글 가운데 신문지상에 발표했던 짧은 평론을 뺀 나머지를 모아서 『차개정잡문』且介亭雜文이라는 이름의 문집을 엮었다. 오늘은 다시 올해 쓴 것을 묶었는데, 몇 편의 '문학논단'文學論壇[2]을 쓴 것 말고 단문短文은 많이 쓰지 않아서 모두 여기에 수록해 『이집』二集이라고 할 참이다.

해가 바뀌는 것이 원래 무슨 특별한 의미가 있는 것은 아니니 어떤 날이든 큰 상관없는 것인 까닭에 내년의 설이 올해의 그믐과 결코 다른 것일리 없다. 다만 사람들이 이날을 계기로 시간상 하나의 단락을 짓고 몇 가지 일들을 마무리 짓는 데 편리한 점은 있다. 벌써 한 해가 끝나는구나 하고 생각하지 않았다면, 내가 두 해에 걸쳐 쓴 잡문도 이 한 권으로 묶일 수는 없었을 것이다.

엮고 난 뒤 뭐 대단한 느낌은 없다. 느낄 것을 느꼈고, 쓸 것을 썼다. 예를 들어, '이화제화'以華制華[3] 같은 말의 경우, 내가 재작년의 「자유담」自由談에 발표했을 때, 푸훙랴오傅紅蓼 같은 선생님네들이 심하게 공격을 가했는데, 올해도 또 누군가가 제기했으나 아무런 반응도 없이 잠잠하기만

하다. 꼭 "불행이 닥쳐오면 내 말이 맞는데", 이래서 대다수 사람들은 아무 말도 못하게 되지만, 그때는 이미 늦어 버려 피차 모두 대단히 슬픈 일이 돼 버린다. 나는 차라리 사오쉰메이邵洵美[4] 등이 『인언』人言에서 말한 것처럼, "감정적인 말이 의론보다 많고, 날조가 실증보다 많다"라고 하는 편이 더 낫다고 생각한다.

　　나는 결코 언론계에서 승리를 얻고자 한 적은 없었다. 그 이유는 나의 언론이 간혹 올빼미가 우는 것처럼 극히 불길한 일을 얘기하고, 내가 말한 것이 맞아서 많은 사람들을 종종 불행하게 만들기 때문이다. 올해는 내심의 평정과 외부의 압박 때문에 나랏일을 거의 거론하지 않았다. 간혹 언급한 몇 편, 이른바 「'풍자'란 무엇인가?」나 「조력자에서 허튼소리로」 같은 글은 모두 금지당했다. 다른 작가의 경우도 대체로 이와 같을 터이다. 하지만 세상은 태평이라 화북자치[5]에까지 이르렀고, 한 신문기자는 정당한 여론을 보호할 것[6]을 간청한 적도 있었다. 나의 정당하지 못한 여론은 오히려 국토와 마찬가지로 날마다 망해 가고 있지만, 나는 보호를 요청할 생각이 없다. 왜냐하면 그 대가가 사실 너무 크기 때문이다.

　　단지 이 글들을 남겨, 잠시 올해 필묵의 기념으로 삼고자 한다.

　　　　　　　　　　1935년 12월 31일, 상하이의 차개정에서 루쉰 씀

주)＿＿＿＿

1) 원제는 「序言」.
2) '문학논단'. 월간 『문학』(文學)의 전문코너, 제2권 제1호(1934년 1월)부터 시작하여 제6권 제6호(1936년 6월)에 끝났다.

3) 이화제화(以華制華). 작가는 1933년 4월 21일『선바오』(申報)「자유담」(自由談)에 「'이이제이'」(以夷制夷)라는 글을 발표하여 제국주의의 '이화제화'(以華制華) 책략을 비판했는데, 푸훙랴오 등은『다완바오』(大晩報)「횃불」(火炬)에 문장을 발표하여 공격했다.『거짓자유서』(僞自由書)「'이이제이'」(以夷制夷)와 부록 참고.

4) 샤오쉰메이(邵洵美, 1906~1968). 저장 위야오(余姚) 사람. 영국과 프랑스에서 공부했으며 1928년 상하이에서 진우서점(金屋書店)을 설립했으며『진우월간』의 주편을 역임하고 유미주의 문학을 제창했다. 이 간행물 제1권 제3기(1934년 3월)에 루쉰이 일본어로 쓴「중국에 관한 두세 가지 일」가운데 감옥에 관한 장을 번역 게재하면서 글의 말미에 '편집자 주'를 실었다. 여기에서 그는 루쉰의 잡문이 "합당하지 않은 이유로 억지를 쓰고" "감정적인 말이 의론보다 많고 날조가 실증보다 많다"고 공격했다. 이에 대해서는『풍월이야기』(准風月談)의 「후기」참고.

5) 화북자치(華北自治). 1935년 일본제국주의는 소위 '화북오성자치운동'(華北五省自治運動)을 책동하여, 11월 매국노 인루경(殷汝耕; 전 국민당 기동행정독찰전문위원冀東行政督察專員)으로 하여금 통현(通縣)에 '기동방공자치위원회'(冀東防共自治委員會)를 설립토록 명령했다. 국민당 정부는 일본의 압력에 굴복하여, 쑹저위안(宋哲元)을 파견해 일본화북주방군(日本華北駐防軍)이 추천한 왕이탕(王揖唐), 왕커민(王克敏) 등과 함께 12월 18일 '기찰정무위원회'(冀察政務委員會)를 설립토록 하고, 일본의 '화북정권특수화'(華北政權特殊化)의 요구에 응했다.

6) 1935년 말 중국의 언론계는 수시로 국민당정부에 전보를 보내, "여론의 보장"을 요구하였다. 예를 들어, 베이징(北京)과 톈진(天津)의 신문사들이 12월 10일에 보낸 전보에는 "무릇 무력과 폭력을 배경으로 하지 않는 언론은 정부가 반드시 보호를 해주어야 한다"라고 했다. 12월 12일, 난징(南京)의 신문학회가 보낸 전보는 "정당한 여론을 보장하라"와 "신문 종사자의 자유"를 요구하였다.

예쯔의 『풍성한 수확』서문[1]

작가가 창작을 할 경우 그 작품 속의 사건이 꼭 직접 해본 일일 필요는 없지만, 그래도 경험해 본 것이 가장 좋다. 이 말에 대해서 비난하는 자는 "그럼, 살인에 대해서 쓴다면 직접 살인해 보아야 하고, 기녀를 그린다면 매춘을 해봐야 한다는 말인가?"라고 따지고 들 것인데, 나의 대답은 그렇지 않다. 내가 말한 경험이란 것은 만나고, 보고, 들은 것이지, 반드시 해본 것은 아니다. 하지만 해본 것도 자연히 그 속에 포함될 수 있다. 천재들이 어떤 대단한 얘기를 한다손 치더라도 결국 근거 없이 창조할 수는 없는 것이다. 신이나 귀신을 그릴 경우 확인해 볼 방법이 없으니 전적으로 상상력에 의지해서 소위 "천마天馬가 하늘을 날아가듯이"[2] 그려 낸다. 그러나 그들이 그려 낸 것은 단지 눈 3개와 긴 목일 뿐이니, 즉 일상 보는 인간의 몸에 눈 하나를 더 붙이고, 목을 두세 자로 늘인 것일 따름이다. 이것이 무슨 능력이며, 무슨 창조인가?

지구상에는 단지 하나의 세계만 있는 것이 아니다. 실제상의 차이는 인간의 상상 속에 있는 음양陰陽의 두 세계에 비해 심하다. 이 세계의 사람들은 다른 세계의 사람들을 경멸, 증오, 압박, 공포, 살육한다. 하지만 알려고 하지 않으니 써내지 못하고, 그래서 스스로 '제3종인'이라 부르며, '예술을 위한 예술'을 한다. 그들이 써낸다 하더라도 3개의 눈과 긴 목일 뿐이다. "좀더 밝게"?[3] 사람을 속이지 마라! 그대들의 눈은 어디에 있는가?

위대한 문학은 영원하다고 많은 학자들은 말한다. 맞다. 영원할 것이다. 허나 나는 보카치오, 위고의 책을 읽기보다는 차라리 체호프, 고골의 작품을 읽고 싶다. 그것이 보다 청신하고 우리들의 세계에 더 가깝기 때문이다. 중국에는 분명 아직도 『삼국지연의』와 『수호전』이 성행하고 있는데, 이것은 사회에 『삼국지』와 『수호전』의 기풍이 여전하기 때문이다. 『유림외사』儒林外史를 쓴 작가의 능력이 어찌 나관중羅貫中보다 못하겠는가. 그러나 유학생이 천지에 가득하게 된 이래, 이 책은 영원하지도, 위대하지도 않게 된 것 같다. 위대함도 누군가 이해해 주는 사람이 필요한 것이다.

『풍성한 수확』의 단편 6편은 모두 태평한 세계의 진기한 이야기奇聞이지만, 지금은 극히 일상적인 사건이다. 극히 일상적이기 때문에 우리들에게는 아주 절실하고, 관련 또한 매우 깊다. 작가는 나이 어린 청년에 불과하지만, 그의 경험은 태평한 세상의 순민順民 백 년의 경험과 맞먹는다. 험난한 삶 속에서 그에게 '예술을 위한 예술'을 하라고 하는 것은 불가능한 일이다. 하지만 우리들 가운데 이러한 예술을 이해하는 사람이 있고, 그러니 누구든 조금도 걱정할 필요는 없을 것이다.

이것이 바로 위대한 문학인가? 아니다. 우리 자신 결코 그렇게 말하지 않았다. "중국에는 왜 위대한 문학이 탄생하지 않는 것인가?"[4] 우리는 많은 지도자들의 교훈을 들어 보았지만, 애석하게도 그들은 한편으로 작가와 작품을 파괴했던 일에 대해서는 잊어버리고 있었다. '제3종인'은 우리들에게 훈계하며 말하기를, 그리스 신화에 나오는 어떤 요괴는 침대 하나를 가지고 있었는데, 사람을 잡아 와서 그 침대에 잠을 자게 하고는 짧으면 당겨서 늘리고, 너무 길면 그를 잘라 짧게 만들었다고 한다.[5] 좌익비평은 바로 이러한 침대이고, 그 결과 그들은 써내는 것이 없게 되었다고 하였다. 지금 그 침대가 정말로 놓여졌는데,[6] 뜻밖에도 '제3종인'만이 누워 자는데 길지도 짧지도 않고 규격에 잘 맞았다. 고개를 젖히고 하늘에 침을 뱉으면 자기 눈에 떨어지는데, 세상에는 정말 이런 일이 있을 수 있는 것이다.

하지만 우리의 어느 작가는 무언가를 써냈고, 작품은 파괴 속에서도 더욱 견실해졌다. 다수의 중국 청년 독자들의 지지를 받았을 뿐만 아니라, 「철조망의 바깥」電網外이 「왕아주머니」王伯伯[7]라는 제목으로 『문학신지』文學新地에 발표된 뒤, 세계의 독자를 얻었다.[8] 이것은 곧 작가가 이미 당면한 임무를 완수한 것이고, 또 억압자에 대한 대답이었다. 즉 문학은 전투적인 것이다! 라고.

나는 앞으로 작가의 더욱 훌륭한 작품을 볼 수 있게 되기를 희망한다.

1935년 1월 16일, 상하이에서 루쉰 씀

주)_____

1) 원제는 「葉紫作『豊收』序」, 이 글은 예쯔의 단편소설집 『풍성한 수확』(豊收)에 처음 수록되었다. 예쯔(1910~1939)의 본명은 위허린(俞鶴林)이며, 후난성(湖南省) 이양(益陽) 사람으로 작가이다. 『풍성한 수확』은 단편소설 6편을 수록하고 있으며, '노예총서'(奴隷叢

書) 중 한 권이다. 1935년 3월 노예사에서 출판되었다. 상하이 룽광서국(上海容光書局)에 기탁하여 발행했다.

2) 원문은 '天馬行空'. 원(元)대 유자종(劉子鍾)의 「『살천석시집』(薩天錫詩集) 서(序)」에 나오는 말이다.

3) 원문은 '再亮些'. 두헝(杜衡)의 장편소설 『좀더 밝게』(再亮些)는 1934년 5월부터 『현대』(現代) 제5권 제1기와 제6권 제1기(미간)에 연재되었다. 단행본 출판 당시 서명은 『판투』(叛徒)였고, 소설 첫머리의 '제해'(題解)에 괴테가 임종 시에 말한 "좀더 밝게, 좀더 밝게"를 인용했다.

4) 정보치(鄭伯奇)가 월간 『춘광』(春光) 창간호(1934년 9월)에 「위대한 작품의 요구」라는 문장을 발표했다. 그 속에 "중국은 근 수십 년간 많은 위대한 사건이 발생했다. 왜 아직 위대한 작품은 탄생되지 않는 것인가"라고 했다. 이어서 같은 잡지 제3기에 또 「중국은 현재 왜 위대한 작품이 나오지 않는가」라는 제목 하에 요구에 응한 15편의 문장을 게재했다.

5) 그리스 신화에 '프로크루스테스의 침대'라는 얘기가 있다. 강도 프로크루스테스는 길이가 다른 두 개의 침대를 가지고 있었다. 그는 키가 큰 사람을 작은 침대에 눕히고 톱으로 잘라서 짧게 하고, 또 작은 사람을 큰 침대에 눕히고 두들겨서 길게 늘렸다. 그런데 프로크루스테스가 길이가 다른 두 개의 침대를 가지고 있었다는 이런 설이 있는 반면, 그리스 신화에는 그가 하나의 침대를 가지고 있었고, 그 길이에 맞추어 사람들을 길게 혹은 짧게 만들었다는 설도 있다. 루쉰은 후자에 근거한 듯하다.

6) 1934년 6월 국민당 '중앙선전위원회 도서잡지심사위원회' 성립을 가리킨다.

7) 소설 「철조망의 바깥」(電網外)의 주인공 왕궈류(王國六)의 통칭.

8) 「철조망의 바깥」이 월간 『문학신지』(文學新地) 창간호(1934년 9월)에 발표되었을 때, 제목을 「왕아주머니」(王伯伯)라고 했고, 저자는 양징잉(楊鏡英)이라는 이름이었다. 발표 뒤 러시아어로 번역되고, 국제혁명작가연맹의 기관지 『국제문학』에 게재되었다.

은자[1]

은자는 종래 듣기 좋은 이름美名이었으나, 가끔 웃음거리가 되기도 했다. 그 가장 두드러진 예가 진미공陳眉公을 풍자한 "구름 속을 날아다니는 한 마리 학은 재상의 관저에서 이리저리 나네"라는 시인데, 지금도 언급하는 사람이 있다.[2] 하지만 나는 이것은 하나의 오해라고 생각한다. 왜냐하면 한쪽이 "자신을 너무 높게 평가"했기 때문에 그래서 다른 쪽에서도 "더욱 높은 것을 요구하고", 피차 "그렇게 된 까닭을 잊어버려" "서로 헤아릴 수" 없게 되고 또 "있는 그대로 말하지 않을 수" 없다. 그래서 자그락거림도 많아지게 되었다.

비非은자가 생각하는 은자는 아주 조용히 산중에 은거하는 인물이다. 하지만 이런 인물은 세간에서는 알 수 없다. 일단 은자라는 간판이 걸려야 그가 "이리저리 날지" 못한다고 할지라도 반드시 입을 열어 떠벌리지 않을 수 없게 된다. 아니면 그의 졸개幫閑들이 징을 치며 길이라도 열어야 한다——은자들의 집에도 졸개들이 있다고 말하면 도리에 맞지 않다고 하겠으나, 간판이 생계의 수단이 된다고 하자 바로 졸개들이 몰려드는데, 이를 두고 "간판의 테두리를 갉아먹는다"라고 한다. 이 또한 비은자의 사람들에게 책망을 받을 일인데, 은자들의 신상에서 이득을 보는 것이라면, 은자들의 호사스러움은 가히 짐작할 수 있다고 보기 때문이다. 사실 이것 역시 "더욱 높은 것을 요구하는" 오해인데, 유명한 은자는 산속에서 늙어죽는 사람이라고 억지로 우기는 것과 동일하다. 무릇 유명한 은자는 반드시 이미 "한가롭게 노닐다 어느새 생을 마감했네"[3]라는 행복을 누리고 있다. 그렇지 않다면 아침에는 땔감을 하고 낮에는 밭을 갈며 저녁에는 채소에 물을 주고 밤에는 누에를 짜는데, 어찌 담배를 피우고 차를 음미하며 시를 읽고 글을 짓는 한가한 시간이 있겠는가? 도연명陶淵明 선생[4]은 우리 중국의 그 이름도 거룩한 대은자라서 '전원시인'이라고 불리는데, 물론 그는 잡지를 발행하지도 않았고 또 '경자배상금'[5]을 받는 것도 놓쳐 버렸으나, 그에게 노예는 있었다. 한漢과 진晉나라 시대의 노예는 주인의 시중을 들 뿐만 아니라 주인을 대신해 씨도 뿌리고 장사도 했으니 바로 생산도구였다. 그래서 연명선생이라 하더라도 역시 약간의 생계 수단은 가지고 있었던 것이다. 그렇지 않았다면 노인은 술을 못 마시는 것은 말할 것도 없고, 밥도 먹지 못했을 터이니 일찍이 동쪽 울타리 곁에서 아사했을 것이다.

그래서 우리들이 은군자풍을 살피려고 해도 실제로는 단지 이와 같은 은군자를 볼 수 있을 뿐으로, 진정한 '은군자'隱君子[6]는 볼 수 없는 것이다. 고금의 저작은 족히 한우충동汗牛充棟[7]이라고 하지만, 나무꾼이나 어부의 저작을 찾을 수 있을까? 그들의 저작은 땔나무를 베고 물고기를 잡는 것이다. 이러한 문사文士와 시옹詩翁은 자칭 무슨 낚시꾼이나 나무꾼이라고 하지만, 대체로 유유자적하는 제후 혹은 귀공자이지 그들이 낚싯대를 잡거나 도끼자루를 잡은 적은 없었다. 그들의 몸에서 은일한 풍격을 감상하려고 하는 것은 자신의 어리석음을 한탄하는 수밖에 없다고 나는 감히 말하겠다.

관리가 되는 것은 밥을 먹는 길이고, 은자가 되는 것 또한 밥을 먹는 길이다. 밥을 먹을 수 없다면 그것은 '은'隱조차도 성립되지 않는 것이다. "이리저리 나는" 것은 바로 '은자'가 되고 싶기 때문이고, 또 밥을 먹지 않으면 안 되기 때문이다. '은자'의 간판을 어깨에 메고, "도시라는 산중"에 걸어 두는 것이야말로 곧 소위 '은자'이고 또 밥을 먹는 길이었다. 졸개들이 징을 치거나, 혹은 길을 여는 것은 자신이 아직 '은자'의 자격을 갖지 못하기 때문이고, 그래서 어쩔 수 없이 '은자'에게 기대는 것이지만, 사실은 역시 밥을 먹는 길에 다름 아니었다. 한당漢唐 이래 실제로 관리가 되는 것이 비천한 일로 간주되지 않았고, 은거하는 것 또한 고상한 일로 생각되지 않았고 또 빈궁한 것으로 여겨지지도 않았다. 반드시 '은자'가 되겠다고 했으나 되지 못한 경우만이 선비士人의 말로로 간주되었던 것이다. 당말에 좌언左偃[8]이라는 시인이 있었는데, 자신의 비참한 처지를 "은자도 관리도 둘 다 되지 못했네"라고 적었다. 이것은 일곱 글자로서 소위 은자의 비밀을 적나라하게 보여 주고 있는 것이다.

"은자가 되고자" 했으나 되지 못한 것이 바로 타락이다. 분명히 '은자'는 늘 복을 누리는 것과 연관되어 있다. 적어도 생활을 위해 필사적으로 노력할 필요가 없고 꽤 빈둥거릴 여유가 있다. 하지만 빈둥거리며 여유가 있는 경지를 찬양하고, 담배와 차를 품평하는[9] 생활을 선전하는 것도 노력하는 것의 일종이다. 단지 조금 사람들의 눈에 띄지 않게 노력하는 것일 뿐이다. '은자'가 되어도 여전히 밥을 먹지 않으면 안 되고, 그래서 간판에 기름칠을 할 필요가 있고, 보호할 필요가 있는 것이다. 태산이 무너지고, 황하가 범람해도 은자들의 눈에 보이지 않고, 귀에 들리지 않는다. 하지만 자신들 혹은 자신의 무리들에게 비평이라도 있으면 수천 리 밖이라도, 반구절의 작은 소리도 밝은 귀와 눈으로 감지해서는 마치 우주의 멸망보다도 훨씬 더 큰 사건으로 보고 분연히 일어나는 것도 그 때문이다. 사실 파리하고도 아무런 상관이 없는 일인 텐데 말이다.[10]

이 점을 분명히 안다면, 소위 '은자'에 대해서 조금도 놀라지 않을 것이다. 마음으로 이해하여 말할 필요가 없으면 피차 모두에게 수고를 더는 일이다.

1월 25일

주)_____

1) 원제는 「隱士」, 1935년 2월 20일 상하이 『태백』(太白) 반월간 제1권 제11기에 발표되었다. 서명은 창경(長庚).

2) 진미공은 진계유(陳繼儒, 1528~1639)로 자는 중순(仲醇), 호는 미공(眉公)이며, 화정(華亭; 현재 상하이 쑹장松江) 사람으로 명대 문학가, 서화가이다. 일찍이 소곤산(小昆山)에 은거했으나, 또 자주 관리, 신사들과 교제했다. "구름 속을 날아다니는 한 마리 학은 재상의 관저에서 이리저리 나네"(翩然一隻雲間鶴, 飛去飛來宰相衙)는 청대 장사전(蔣士銓)이 지은 전기(傳奇) 『임천몽』(臨川夢) 「은간」(隱奸)에 있는 출장시(出場詩)의 마지막 두 구이다. 시의 전문은 다음과 같다. "산림을 장식하여 크게 차리고 용속한 풍아(風雅)로 작은 명사 되었네. 출세의 빠른 길을 갈 생각은 없고 처사(處士)라는 허명을 힘껏 자랑하네, 달제시(獺祭詩)를 저작으로 가득 채우고 부끄럼도 없이 고동기(古銅器)에 세공해서 산수를 꾸미는구나. 구름 속을 날아다니는 한 마리 학은 재상의 관저에서 이리저리 나네." 설에 의하면 쑹장의 옛이름이 운간(雲間)이다. 그래서 이 시는 진미공을 풍자한 것으로 간주되었던 것이다. 1935년 1월 16일 『선바오』 「자유담」에 실린 짜이칭(再青; 아잉阿英)의 「명말의 반산인문학(反山人文學)」이란 글에 이 시가 인용되었다.

3) 원문은 "悠哉游哉, 聊以卒歲". 이 말은 『좌전』(左傳) '양공(襄公) 21년'에 나온다. "시에 말하길, '유유자적하다 보니 어느새 생이 끝났네'(優哉游哉, 聊以卒歲)." 현재 통용되는

『시경』판본 중에는 "聊以卒歲"라는 구절은 없고, "優哉游哉"는 「소아(小雅)・채숙(采菽)」에 보인다.

4) 도연명(陶淵明). 남조(南朝)의 양(梁)나라 종영(鍾嶸)의 『시품』(詩品)에서 그를 "고금 은일시인의 대표"라고 했다.

5) 원문은 '庚款'. 영, 미 등이 반환한 경자(庚子) 배상금을 가리킨다. 1900년(경자년) 8개국 연합군이 중국을 침략하고, 다음 해 청 정부에게 '신축조약'(辛丑條約)을 체결토록 강요했다. 조약에는 각국에 배상금 4억 5천만 냥을 지급하도록 규정했다. 뒤에 영, 미 등의 국가는 배상금 가운데 미지급분을 '반환'하고, 중국에 학교, 도서관, 병원 등을 짓고 각종 학술문화장려금의 경비로 사용토록 했다.

6) 은군자(隱君子)는 은자(隱士)로서 『사기』(史記) 「노장신한열전」(老莊申韓列傳)에 나온다. 즉 "노자는 은군자이다."(老子, 隱君子也)

7) 한우충동(汗牛充棟). 유종원(柳宗元)의 『육문통선생묘표』(陸文通先生墓表)에 보면, "그 책들은 머물 때는 집의 천장(棟宇)까지 차고, 외출할 때는 소와 말이 땀을 흘리게 한다"라고 했다.

8) 좌언(左偃). 남당시인(南唐詩人)으로 진링(金陵: 지금의 난징)에 오래 살았고, 평생 관직에 나가 본 적 없이 죽었다. 『종산집』(鍾山集)이 있으나 유실되었다. 『전당시』(全唐詩)에 그의 시 10수가 실려 있다. "謀隱謀官兩無成"은 원래 "謀身謀隱兩無成"이고, 그의 칠언율시(七言律詩) 「기한시랑」(寄韓侍郎)의 한 구이다.

9) 원문은 '贊頌悠閑, 鼓吹煙茗'. 저우쭤런(周作人), 린위탕(林語堂) 등은 오랫동안 유한(悠閑)한 생활의 정취를 제창했다. 1934년 린위탕은 반월간 『인간세』(人間世)를 창간하고, 대대적으로 "한적(閑寂)으로 격조를 삼는" 소품문(小品文)을 주장했다. 그가 발간했던 『인간세』, 『논어』(論語) 등에는 항상 한적한 생활을 반영하는 담연설명(談煙說茗)과 같은 문자들이 게재되었다.

10) 『인간세』의 발간사에서 이 간행물의 내용은 "일체를 포괄하여, 우주의 광대함과 파리의 미세함까지 모두 재료로 취한 까닭에 이름하여 인간세라고 한다"라고 말했다.

"광고를 붙이면 바로 찢어 버린다"[1]

안달복달하는 사람은 정말로 끊이지 않는 모양이다. 정월 연초에도 고금의 모든 인물들을 매도罵倒한 뒤 자신만이 남았다는 무료함을 걱정하는 사람이 나타났으니 말이다.[2] 고금내외古今內外를 막론하고 진정 이런 일이 있다면 그것이야말로 희귀하다고 불러야겠지만, 실제로는 결코 있지 않았고, 미래에도 없을 것이다. 고금의 모든 사람들은커녕 한 사람도 매도당한 적이 없었다. 대체로 내쳐졌던 것은 결코 욕을 먹어서가 아니라, 가면이 벗겨졌기 때문이다. 가면을 벗기는 일은 바로 실제를 지적하는 것이다. 이것을 욕하는 것과 혼동해서는 안 된다.

　하지만 세상에는 종종 혼동이 일어난다. 현재 가장 유행하는 원중랑袁中郎[3]을 예로 들어 보자. 이미 원중랑을 추대하여 간판으로 삼은 이상, 관객이 이 간판에 관해 어떻게 옷을 찢고, 어떤 형태로 얼굴을 왜곡해서 그리고 있는지 논의하는 것을 피하기 어렵다. 이것은 사실 중랑 자신과는 무관하고, 스스로 그의 후손이라고 자처하는 무리들의 필치를 가리키는 것이다. 그런데 후손들은 자신의 중랑 할아버지를 욕했다고 여겨 분개하고 낭패한 모습을 보여 주며, 지금 세상이 5·4 시대보다 더 망령되다고 생각한다. 그러나 현재의 원중랑 얼굴은 필경 어떻게 그려지고 있는가? 시대는 가깝고, 문헌적인 증거도 갖추어져 있다. 소품문 선생, '방건기'[4]의 원수가 된 일 외에 어떤 것이 있는가?

원중랑과 동시대 중국에 살았던 인물로 우시無錫에 고헌성顧憲成[5]이 있다. 그의 저작은 입을 열면 "성인", 입을 닫으면 "우리 유자儒者"여서 어떤 페이지든 온통 '방건기'로 가득했다. 게다가 악을 원수처럼 미워해서 소인小人에 대해서는 결코 용서하는 법이 없었다. 말하기를, "나는 이렇게 들었다. 무릇 인물을 논할 때는 그 방향의 기본원리를 고려해야 한다고. 방향이 바르다면, 세세한 일에 무관심하더라도 군자로서 간주된다. 방향이 잘못되었다면 세세한 일을 고려할 수 있다고 하더라도 결국은 소인이 된다. 또 이렇게 들었다. 국가를 운영하는 자는 무엇보다도 우선 양陽을 원조하고 음陰을 억제하는 것이 중요하다. 군자는 불행히 과오가 있더라도 보호하고 애석하게 여겨 성공토록 해야 한다. 소인은 조그만 잘못도 있다면 빨리 배제하고 단절하여 후일의 화가 없도록 해야 한다.……"(『자반록』自反錄) 부연하자면, 원중랑을 논한다면 그의 방향의 기본원리를 봐야 한다는 것이다. 방향이 올바르면 그가 간혹 공허한 것을 말하고 소품문을 지었다고 하더라도 너그럽게 봐주어야 한다. 왜냐하면 그에게는 보다 중요한 면이 있기 때문이다. 마치 이백李白[6]이 시를 지었기 때문에 그의 음주는 책망을 받지 않은 것과 같다. 만약 음주밖에 할 수 없으면서 이백이 되려고 하거나, 혹은 이백의 후손이라고 자처한다면, 급히 그들을 배제하고 단절해야만 하는 것이다.

중랑에게 여전히 보다 중요한 면이 있을까? 있다. 만력萬曆 37년 고헌성이 관직에서 물러났다. 그때 중랑은 "산시陝西 향시의 시험관이 되었다. 책문이 발표되었는데, '소부巢劣와 허유許由가 너무도 적구나'過劣巢由라는 말이었다. 감독하는 자가 '의미가 무엇입니까'라고 묻자, 중랑은 '지금, 오중吳中의 대인물도 은둔하였으니, 세상의 기풍은 무엇을 근거로 삼아야 좋을까? 그래서 이러한 감상을 품어 보았습니다'라고 말했다"(『고단문공연보』[7] 하) 중랑은 바로 세상의 기풍에 관심을 갖고 '방건기'의 인물에 감복했던 사람이었다. 『금병매』[8]를 찬미하고, 소품문을 지었던 것이 그의 전부가 아니었다.

중랑을 매도하는 것은 그를 왜곡하여 그릴 수 없는 것처럼 불가능하다. 하지만 이 때문에 그의 빈대들의 영원한 소굴이 될 수 없는 것이다.

1월 26일

주)_____

1) 원제는 「"招貼卽扯"」, 1935년 2월 20일 반월간 『태백』 제1권 제11기에 처음 발표되었다. 서명은 궁한(公汗).
   옛날에 도시의 어떤 집에서는 길가에 면한 담벼락에 "招貼卽扯", "不許招貼" 등의 글자를 써서, 다른 사람들이 광고 붙이는 것을 방지했다.

2) 린위탕(林語堂)은 『논어』(論語) 제57기(1935년 1월 16일)에 발표한 「글을 쓰는 것과 사람이 되는 것」(作文與作人)에서 이렇게 말했다. "우즈후이(吳稚暉), 차이위안페이(蔡元培), 후스즈(胡適之)의 늙음을 매도한다면, 자신도 우즈후이, 차이위안페이, 후스즈의 지위를 갖고 그렇게 평소의 품위를 유지할 수 있는지 생각하지 않으면 안 된다. 원중랑의 무기력을 매도한다면, 자신도 거울에 비춰 보고서 관리가 되어 원중랑처럼 청렴하게 자신을 지키고, 민중의 이익을 도모하며 적폐를 일소하는 것이 가능한지를 분명하게 하지 않으면 안 된다. 그렇게 하지 않는다면 온 세상 사람들이 욕을 먹은 뒤에 남은 사람은 자기 혼자뿐이다. 이것은 아주 비관적인 현상이 아니겠는가?"

3) 원중랑(袁中郞)은 곧 원굉도(袁宏道, 1568~1610)로 명나라의 시인. 자는 중랑(中郞), 호는 석공(石公)이다. 명나라 말기 의고주의(擬古主義) 풍조를 비판하고, 작품의 독창적인 창조 정신을 중히 여겼다. 성령설(性靈說)을 주장했다.

4) 원문은 '方巾氣', '두건기'(頭巾氣)라고도 부른다. 도학(道學)의 기질을 의미한다. 방건은 명대의 학자와 선비들이 늘 쓰던 모자로서 명대 왕기(王圻)의 『삼재도회』(三才圖會) 「의복」(衣服) 권1에 보면, "방건, 이것은 즉 옛날의 소위 각건(角巾)이다. …… 전하는 바에 따르면, 본조(本朝)의 초에 이것을 착용했던 것은 사방평정(四方平正)의 의미를 취한 것이라고 한다." 린위탕은 「방건기 연구」(方巾氣研究)라는 글(1934년 4월 28, 30일, 5월 3일 『선바오』「자유담」)에서 "방건기와 도학기는 유머의 악마이자 대적이다"라고 썼다.

5) 고헌성(顧憲成, 1550~1612). 자는 숙시(叔時), 우시(無錫; 지금의 장쑤江蘇) 사람이다. 명대 만력의 진사(進士). 관직은 이부랑중(吏部郞中)에 이르렀다. 일찍이 "왕의 명령을 거역한" 일로 인해 면직되었다. 만력 36년(1608)에 비로소 남경광록사소경(南京光祿寺少卿)에 기용되었지만, 고사했다. 그는 만력 32년 우시의 동림서원(東林書院)을 재건하고 고반룡(高攀龍) 등과 함께 강학했다. 명말 동림당의 중요 인물이며 사후 단문(端文)이란 시호를 받았다. 저작으로 『경고장고』(涇皋藏稿), 『소심재자기』(小心齋劄記), 『자반록』(自反錄) 등이 있다. 아래 문장에서 고헌성이 인용한 것은 송대 조변(趙抃)의 말로서 『송사』(宋史)「조변전」(趙抃傳)에 보인다.

6) 이백(李白, 701~762). 당(唐)대의 시인으로 자는 태백(太白), 조적(祖籍)은 농서 성기(隴西成紀; 지금의 간쑤甘肅 친안秦安)이다. 뒤에 면주 창륭(綿州昌隆; 지금의 쓰촨四川 장유江油)으로 이주했다. 현종(玄宗) 초 한림공봉(翰林供奉)에 임명되었으나, 오래지 않아 사직했다. 저서로 『이태백집』(李太白集)이 있다.

7) 『고단문공연보』(顧端文公年譜). 전 4권으로, 고헌성의 아들 여목(與沐), 손자 추(樞), 증손 정관(貞觀)이 이어서 편정하고 청 강희(康熙) 33년(1694)에 완성되었다.

8) 『금병매』(金瓶梅). 명대 난릉(蘭陵)의 소소생(笑笑生)이 쓴 장편소설로서 총 일백 회. 명대 사회의 세태와 생활을 널리 반영하였는데, 그 가운데는 음란한 묘사가 적지 않다. 명대 심덕부(沈德符)의 『야획편』(野獲編) 권25 『금병매』조에 "원중랑의 『상정』(觴政)은 『금병매』를 『수호전』과 더불어 외전(外典)으로 삼았다는데, 나는 그것을 보지 못한 것이 한스럽다. 병오(丙午, 1606)년 우연히 중랑을 수도의 집에서 만났을 때, '전질이 있었던가'라고 물었더니 '몇 권을 보았을 뿐인데 아주 훌륭하더라!'라고 말했다." 원중랑은 『상전』 10의 「장고」(掌故)에서 『주경』(酒經), 『주보』(酒譜), 자사시문(子史詩文), 사곡전기(詞曲傳奇)를 나누어 내전, 외전, 일전으로 하고, 또 "전기로는 『수호전』, 『금병매』를 일전(逸典)으로 한다"라고 말했다.

책의 부활과 급조[1]

큰 편폭의 총서를 인쇄하여 독자들에게 선보인 것은 일찍이 송宋대에 시작되어[2] 지금에 이르고 있다. 결점은 분량이 너무 많아서 가격이 비싼 것이고, 장점은 학문을 연구하는 책들을 한 군데 모아 놓아서, 한 권 한 권 수고스럽게 찾는 것보다 힘이 덜 든다는 것이다. 혹은 수가 적고 희귀한 저작을 보존함으로써 소실되는 것을 막는 것이다. 하지만 이 두 가지 장점도 분량이 많고 가격이 비싸서 사람들이 이로 인해 각별히 소중히 여기는 폐단을 낳는다.

그러나 총서에도 흠이 있기 마련이다. 명말청초明末淸初에 이미 때로 사람을 속이는 총서가 등장했었다. 그 방법 가운데 하나는 내용을 삭제하고 비용을 줄이는 것인데, 목록은 오히려 죽 늘어놓아서 구매자들로 하여금 그 종류가 많다고 느끼게 하는 것이다. 다른 하나는 원제를 사용하지 않고 따로 제목을 붙이고 심지어 새로이 편찬자를 집어넣어서, 구매자들이 그 수록한 바의 넓음을 알도록 한다. 예를 들어, 『격치총서』格致叢書, 『역대소사』歷代小史, 『오조소설』五朝小說, 『당인설회』唐人說薈[3] 등은 모두 이런 것이다. 지금은 대부분 사라졌으나, 마지막 것만은 『당대총서』唐代叢書라는 이름으로 남아서 여전히 해독을 뿌리고 있다.

하지만 시대가 바뀌면 새로운 형태도 따라서 나오기 마련이다.

새로운 형태를 추측해 본다면, 하나는 미리 총서의 큰 이름을 설정하고 목록을 열거해 두는 것이다. 크게는 우주에서, 작게는 파리 몸에 있는 세균에 이르기까지 넣지 않는 것이 없다. 그리고 분담하여 적당한 사람을 물색한 뒤, 그 사람에게 저술과 번역을 맡기고 시일을 정해서 반드시 완성케 한다. 저·역자가 반드시 전문가는 아니라고 할지라도, 요컨대 많은 손들이 동시에 원고지 상에 글을 써넣기 때문에, 오래지 않아서 하나의 눈부신 대작이 출현한다. 다른 하나는 원래 보잘것없는 낡은 저술과 번역이 있으나 줄곧 유행하지 않았거나, 혹은 일찍이 유행은 했으나 지금은 이미 시간이 경과해 버린 것으로, 이것을 다시 모아 분류를 한 다음 다종다양한 목록을 만들어서 하나의 큰 역작을 탄생시킨다.

출판인은 독자들의 마음을, 즉 일부 독자들은 무엇이 필요한 책인지 몰라 곤란을 겪고, 그래서 종종 총서에 수록되어 있는 것은 분명히 중요한 서적이라고 간주한다는 사실을 알고 있다. 게다가 총서 속의 각 권은 가격도 단행본에 비해 싸고 그래서 보기에 마치 수지가 맞는 듯하다. 게다가 대소가 일률적인 것도 가지런한 것을 좋아하는 사람들의 심리와 잘 맞는다. 권수가 또 많으면 단번에 몇 칸의 서가를 채울 수 있으니, 규모가 크지 않은 도서관은 이러한 총서 몇 부만 있으면, 사서는 늘 신서를 선택해서 구매하는 데 들이는 수고를 안 해도 된다. 그런데 출판인은 구매자들의 경제상황도 잘 알아서, 지금 구매자들의 수중에 그렇게 많은 돈이 없음을 깊이 헤아려, 그래서 이러한 책은 반드시 염가로 책정하여 구매자들로 하여

금 무슨 수를 써서라도 사게 만들거나 할부로 계약하여 그들이 조금씩 납입하도록 한다.

신작新作을 모아서 인쇄하는 것은 당연히 좋은 일이다. 하지만 신작은 반드시 내용이 충실한 것이어야 하고, 그래야만 독자들의 지식에 대한 갈증을 풀어 줄 수 있다. 구작舊作을 복간하는 것도 나쁘다고 할 수는 없다. 그러나 이 구작은 반드시 문헌적인 가치를 지닌 책이지 않으면 안 된다. 그래야만 독자들의 연구에 족히 도움을 줄 수 있다. 만약 단지 급하게 지은 초고이거나 창고 귀퉁이에 있던 재고를 장정을 새롭게 바꿔 시장에 내놓고, 단지 '대작'大 혹은 '다종'多 혹은 '염가'廉란 말로 사람들을 유혹해 독자들로 하여금 적지 않은 돈을 낭비케 하고서 실제로는 커다란 쓰레기를 얻은 것에 불과하게 만든다면, 독서계에서 이것의 악영향은 대단히 심각하다.

무릇 문화의 전진에 관심을 갖고 있는 사람은 이러한 책들에 대해 마땅히 검토를 가해야만 할 것이다!

2월 15일

주)_____

1) 원제는「書的還魂和趕造」, 이 글은 1935년 3월 5일 반월간 『태백』 제1권 제12기에 처음 발표되었다. 당시 서명은 창경(長庚).

2) 중국에서 가장 먼저 발행된 총서는 남송(南宋) 영종(寧宗) 가태(嘉泰) 원년(1201) 태학생 유정손(兪鼎孫)과 그 형 유경(兪經)이 편한 『유학경오』(儒學警悟)이다. 이 안에 송대 사람들의 저작 여섯 종을 수록하여 모두 41권이다. 도종(度宗) 함순(咸淳) 9년(1273)에 좌규(左圭)가 『백천학해』(百川學海) 10집, 전부 100종을 발간했는데, 이 안에 한(漢), 진(晋), 육조(六朝), 당, 송 각 조대의 저작을 수록했다. 그 가운데 송인의 저작이 80% 이상

을 차지한다.

3) 『격치총서』(格致叢書). 명대 만력 연간 호문환(胡文煥)이 편했다. 『휘각서목』(彙刻書目)에서는 "여러 책을 마구 채록하고, 이름을 바꾸고, 고서는 글자를 고쳐서 사람들이 보기 어렵다. 열거한 서적들도 정해진 수가 없고, …… 세간에 통용되는 판본이 각각 다르니 전체 책이 몇 종류인지 알 수 없다"라고 했다. 수록한 각 서적은 주(周)대부터 명대까지 모두 있고, 명칭이 비교적 많은 1부는 37류로 나뉘어, 모두 346종이다. 현존하는 것은 168종뿐이다.

『역대소사』(歷代小史). 명대 만력 연간 이식(李栻)이 편한 것으로, 육조에서 명대까지의 야사(野史)와 잡기, 합계 106종이며, 각 종이 한 권으로 수록되어 있다.

『오조소설』(五朝小說). 편자의 이름을 기술하지 않았다. 위(魏)와 진(晋) 114종, 당 104종, 송과 원(元) 144종, 명 109종을 수록하였다.

『당인설회』(唐人說薈). 원래 도원거사(桃源居士)의 편각본(編刻本)이 있는데, 소설과 잡기 144종을 수록하였다. 청대 건륭(乾隆) 연간에 진연당(陳蓮塘)이 일찍이 164종으로 편하였다. 뒤에 방각본(坊刻本; 민간 서점에서 나온 판본)이 또 『당대총서』(唐代叢書)로 이름을 바꾸었다.

'만화' 만담[1]

아이들끼리 다투자, 한 아이가 목탄──상하이에서는 대체로 연필을 사용한다──으로 담벼락에 "셋째놈은 극악무도하니 삼천삼백 번 찌르자"[2]라고 썼다. 이것은 정치 등과는 아무런 상관이 없다. 하지만 소품문으로 간주하기도 어렵다. 그림의 경우도 마찬가지다. 행인이 대문에 대고 볼일 보는 것을 싫어하는 주인이 담에 거북이 한 마리[3]를 그려 넣고 몇 마디 적더라도, 이것을 '만화'라고 부를 수는 없다. 왜냐하면 그것은 그려진 사람의 형체 혹은 정신과는 아무런 관계가 없기 때문이다.

　만화의 첫번째 요건은 진실이다. 사건이나 인물의 자태, 정신까지도 정확하게 드러내는 것이다.

　만화漫畵는 Karikatur[4]의 번역어지만, 여기서 만漫은 중국 전통적 문인학사들이 말한 소위 '만제'漫題, '만서'漫書의 만이 아니다. 물론 깊이 생각할 것 없이 한 번에 그려 내는 수도 있겠지만, 아무튼 진실한 마음에서 나온 것이기 때문에 그 결과 또한 히죽히죽 웃어 버릴 것만은 아닐 터이다. 이런 그림은 과거 중국의 회화에서는 보기 어려운데,『백축도』나『삼십육성분탁도』⁵⁾가 조금 가깝긴 하지만, 애석하게도 연극의 어릿광대丑脚를 묘사한 것에 불과했다. 나양봉의 『귀취도』⁶⁾는 어쩔 도리 없을 때 집어넣을 수는 있겠지만, 이것 역시 인간세계라고 하기에는 너무 멀다.

만화를 누구라도 일목요연하게 볼 수 있도록 하려면 가장 일반적인 방법은 '과장'이다. 하지만 엉터리여서는 안 된다. 아무 이유 없이 공격하거나 폭로할 대상을 당나귀로 그리는 것은, 아첨하는 사람이 아첨하는 대상을 신의 형상으로 그리는 것과 마찬가지로 전혀 효과가 없다. 그 대상은 사실 당나귀 냄새와 신의 기미가 없는 것이지만. 그런데 만약 정말 당나귀 냄새가 조금이라도 난다고 한다면 낭패다. 그 이후로는 보면 볼수록 당나귀와 닮아서 두꺼운 한 권의 전기를 읽는 것보다 더 분명해진다. 사건에 관한 만화의 경우도 마찬가지다. 그래서 만화는 과장을 하더라도 진실하지 않으면 안 되는 것이다. "옌산의 눈꽃은 크기도 하여 자리를 깐 것 같네"燕山雪花大如席⁷⁾는 과장이다. 하지만 옌산에는 필경 눈꽃이 있고 그 속에 약간의 진실을 담고 있으니, 우리들은 바로 옌산은 원래 그처럼 춥구나라고 생각한다. 만약 "광저우의 눈꽃은 크기도 하여 자리를 깐 것 같네"廣州雪花大如席라고 한다면, 이것은 웃음거리가 되고 말 것이다.

'과장'이라는 두 글자에 어폐가 있을 수 있다. 그렇다면 '확대'라고 해도 좋다. 하나의 사건이나 인물의 특징을 확대하는 것은 확실히 만화를 통해 쉽게 효과를 볼 수 있다. 그런데 특징이 아닌 곳을 확대했는데 오히려 더욱 쉽게 효과를 보기도 한다. 뚱뚱이와 홀쭉이와 같은 이런 사람들에게는 만화적 형상이 있다. 여기에 대머리와 근시안을 덧붙여 다시 뚱뚱이와 홀쭉이를 보다 강조해서 그려 낸다면 분명 독자들의 웃음을 터뜨리게 할 것이다. 하지만 피부가 하얗고 날씬한 미인은 다루기가 아주 어렵다. 어떤 만화가는 해골과 여우 등으로 그렸는데, 자신의 무능을 알렸을 뿐이다. 어떤 만화가는 이런 미련한 방법을 사용하지 않고, 확대경으로 그녀가 노출한 분을 바른 팔을 보고, 피부의 주름을 보고 이런 주름 가운데 분과 땀의 흑백화를 보았다. 이렇게 하면 만화의 초고는 성공적이다. 그리고 이것은 또 진실이다. 못 믿겠다면 모두 각자 확대경을 들고 비추어 보라. 그러면 그녀도 하는 수 없이 진실을 인정할 것이다. 깨끗하게 하려고 비누와 브러시로 한바탕 씻을 것이다.

진실이기 때문에 힘도 있다. 하지만 이러한 만화는 중국에서는 생존하기 아주 힘들다. 나는 작년에 한 문학가가 자신은 사람을 논할 때 현미경을 사용하는 것을 가장 싫어한다고 말한 것을 기억한다.

유럽도 이전에는 사정이 같았다. 만화가 폭로와 풍자, 심지어 공격적이라고 해도 독자가 상류층의 고상한 사람들이 대다수였기 때문에 만화가의 필봉은 종종 이처럼 힘없고 의지할 데 없는 사람들로만 향하였다. 그들의 우스움이 신사들의 완벽함과 고상함을 두드러지게 하여, 그 값으로 한 자루의 시가를 얻어 피는 장사는 되었다. 스페인의 고야(Francisco de Goya)와 프랑스의 도미에(Honoré Daumier)[8]와 같은 만화가는 아무래도 역시 많지 않다.

2월 28일

주)_____

1) 원제는 「漫談"漫畵"」, 이 글은 『소품문과 만화』(小品文和漫畵)에 처음 실렸다. 이 책은 반월간 『태백』 1권 기념 특집으로 소품문과 만화에 관련된 문장 58편을 수록했는데, 1935년 3월 생활서점(生活書店)에서 출판했다.

2) 원문은 "小三子可乎之及及也, 同同三千三百刀". '乎'는 '惡', '及'은 '極'이고, '同同'은 칼로 찌르는 소리이다.

3) 이 말은 '개같은 놈'이나 '오쟁이진 남자' 등의 뜻을 지닌 욕으로도 사용된다.

4) Karikatur는 독일어로서 '풍자화'라고도 번역한다.

5) 『백축도』(百丑圖)는 백 회의 축각(丑角) 연극을 그린 그림으로 작자는 미상이다. 『삼십육성분탁도』(三十六聲粉鐸圖)의 완전한 명칭은 『천장선씨삼십육성분탁도영』(天長宣氏三十六聲粉鐸圖咏)이며, 곤극(昆劇) 36회 축각 연극의 그림이다. 청대 선정(宣鼎)이 지었고, 『신보관총서』(申報館叢書)의 하나이다.

6) 나양봉(羅兩峰, 1733~1799)은 이름이 빙(聘)이고, 자는 둔부(遁夫), 호는 양봉이다. 장쑤 간취안(甘泉; 지금의 장두江都) 사람으로 청대 화가. 가경(嘉慶) 연간에 양주(揚洲)에 살아서 '양주팔괴'(揚州八怪)의 한 사람이다. 『귀취도』(鬼趣圖)는 8폭의 세태풍자화이다.

7) "燕山雪花大如席"은 이백(李白)의 「북풍행」(北風行) 가운데 한 구절이다. 옌산은 허베이 성(河北省) 제(薊)현 동남쪽에 있다.

8) 고야(Francisco José de Goya y Lucientes, 1746~1828). 스페인의 풍자화가. 작품은 주로 민간생활에서 소재를 취한 것이 많고, 동판화 연작 『기상집』(奇想集)과 판화집 『전쟁의 재난』 등이 있다.

도미에(Honoré Daumier, 1808~1879). 프랑스의 화가. 만년에 파리코뮌에 참가하였고, 작품으로는 석판화 「입법부의 배」 등이 있다.

만화 그리고 또 만화[1]

현대 독일의 화가 게오르게 그로스(George Grosz)[2]는 중국에 이미 몇 차례 소개되었던 관계로 생소한 인물은 아니다. 어떻게 말하면, 그도 만화가라고 할 수 있다. 그 작품은 대체로 백지白地에 흑선黑線이다.

그가 중국에서 받는 대우는 아직은 좋다. 번인飜印된 그림은 제판製版 기술이 너무 떨어지고, 또 축소된 것도 있지만, 백지에 흑선은 분명 여전히 백지에 흑선이었다. 뜻하지 않게 중국 '문예'가의 머리에 올해 이상이 생겼다. '문예'라는 간판을 내건 잡지[3]에 그로스의 흑백화가 소개되었는데, 선은 모두 흰색으로 변했고, 땅은 남색이 있고, 홍색이 있어 정말 가지각색인 것이 아주 화려했다.

물론 우리들이 본 석각石刻의 탁본은 대체로 흑지黑地에 백자白字이다. 하지만 번인된 회화가 청록靑綠의 산수를 홍황紅黃의 산수로 바꾸고, 수묵水墨의 용을 수분화水粉畵의 용으로 만들어 버린 것은 아직 본 적이 없다. 있다고 한다면 20세기도 25년이 지난 상하이의 '문예'가에게서 시작된 것이다. 나는 비로소 화가가 그림을 그릴 때 색의 조정, 색의 배합 등이 모두 쓸데없는 일임을 알았다. 중국의 '문예'가의 손을 거친다면 전연 문제가 없다.──응, 응, 마음대로 편하게.

이렇게 번인된 그로스의 화집은 가치가 있다. 만화 그리고 또 만화다.

2월 28일

주)＿＿＿＿

1) 원제는 「漫畵而又漫畵」, 이 글은 『소품문과 만화』(小品文與漫畵)라는 책에 처음 수록되었다. 서명은 체제(且介).

2) 게오르게 그로스(George Grosz, 1893~1959). 독일 화가. 장정(裝幀) 설계사. 뒤에 미국으로 이주했다. 1929년 상하이의 춘조서국(春潮書局)에서 출판된, 쉬샤(許霞; 즉 쉬광핑 許廣平)가 번역하고 루쉰이 교정한 헝가리 동화 『어린 피터』에는 그로스가 그린 삽화 6폭이 수록되었고, 루쉰이 서문을 써서 소개하였다(『삼한집』三閑集 「『어린 피터』 번역본 서문」小彼得』譯本序).

3) 『문예화보』(文藝畵報)를 가리킨다. 월간으로, 무스잉(穆時英), 예링펑(葉靈鳳) 등이 편집했다. 1934년 10월 창간되어 1935년 4월에 정간되었다. 모두 4기를 내었다. 상하이잡지공사에서 출판했다. 이 잡지의 제1권 제3기(1935년 2월)에 그로스의 만화 8폭이 게재되었다. 그 가운데 4폭이 남지(藍地), 홍지(紅地), 흑지(黑地)와 오색(五色)이었다.

『중국신문학대계』 소설 2집 서문[1]

1.

대체로 현대중국문학에 관심을 갖고 있는 사람들은 누구라도 『신청년』[2]이 '문학개량'을 제창하고, 뒤에는 한걸음 더 나아가 '문학혁명'을 외친 반항자임을 안다. 하지만 1915년 9월 상하이에서 발행하기 시작했을 당시에는 전부 문언文言으로 쓰여졌다. 쑤만수[3]의 창작소설, 천샤[4]와 류반눙[5]의 번역소설 모두 문언이었다. 그 다음 해에 후스[6]의 「문학개량추의」文學改良芻議가 발표되었고, 작품도 후스의 시문과 소설만이 백화白話였다. 이후 백화를 쓰는 필자가 점점 늘어났지만, 『신청년』이 사실 의론적인 간행물인지라 창작이 그다지 중요하게 받아들여지지 않았고, 다소간 활발했던 것은 백화시뿐이었다. 희곡과 소설은 여전히 대부분 번역이었다.

여기에 창작 단편소설을 발표한 이가 루쉰이었다. 1918년 5월부터 「광인일기」, 「쿵이지」, 「약」 등을 연속적으로 발표하여 '문학혁명'의 성과를 드러낸 것으로 간주되었고, 또 당시 사람들에게 "표현이 심각하고 격식이 특이하다"고 여겨져 일부 청년독자들의 마음을 격동시켰다. 하지만 이 격동은 종래 유럽대륙문학을 소개하는 데 게을렀던 데서 연유했다. 1834년경 러시아의 고골(N. Gogol)이 이미 「광인일기」[7]를 발표했고, 1883년경에는 니체(Fr. Nietzsche)[8]가 일찍이 차라투스트라(Zarathustra)의 입을 빌려 "너희들은 이미 벌레에서 사람으로의 길을 걸어왔다. 너희들 안에는 아직도 벌레가 많다. 일찍이 너희들은 원숭이였다. 지금도 인간은 어떤 원숭이보다 더 원숭이다"라고 했다. 게다가 「약」의 결말은 분명히 안드레예프(L. Andreev)[9]의 음울陰令을 담고 있다. 하지만 뒤에 나온 「광인일기」는 가족제도와 예교의 폐해를 폭로하는 데 의미를 두었는데, 고골의 울분보다는 더 깊고 넓으나 니체적 초인의 묘망渺茫보다는 못했다. 그 뒤 외국작가들의 영향에서 벗어났고 기교도 좀 원숙해졌으며 묘사 역시 다소 나아졌다. 예를 들어 「비누」와 「이혼」 등의 작품이 그러하지만, 한편으로는 열정이 감소해서 독자들의 주목을 받지는 못했다.

『신청년』은 이외에는 소설 등을 쓰는 작가를 길러 내지 않았다.

작가를 많이 배출한 곳은 오히려 『신조』[10]였다. 1919년 1월 창간되어 이듬해 발기자들이 외국으로 유학을 떠나 사라지기까지 두 해 동안 소설가로는 왕징시汪敬熙, 뤄자룬羅家倫, 양전성楊振聲, 위핑보兪平伯, 어우양위첸歐陽予倩과 예사오쥔葉紹鈞이 있었다. 물론 테크닉은 유치하고 종종 구소설의 기교와 어조를 드러내었으며, 게다가 꾸밈없이 직접적으로 서술하고 단숨에 쏟아내었다. 혹은 우연의 일치가 과도하여 한순간에 한 인물에 일체의 감당하기 어려운 불행을 응축시켰다. 하지만 또 공동으로 전진한다는 목표는 있었다. 이때의 작가들은 누구도 소설을 탈속의 문학이라고 생각하지 않았고, 예술을 위한다는 것 외에 아무것도 하지 않는 이는 없었다.

그들은 한 편씩 지을 때마다 모두 "목적이 있어" 발표했으며, 사회를 개혁하는 도구로서 사용했다.——비록 궁극적인 목표는 설정도 하지 못했지만 말이다.

위핑보[11]의 「꽃장수」花匠는 사람들이 가식적인 것을 버리고 자연에 맡겨야 한다고 생각하고 있으며, 뤄자룬[12]의 작품은 다소 천박한 혐의가 있지만 혼인 부자유의 고통을 호소했는데, 바로 당시 많은 지식청년들의 공통된 생각이었다. 입센(H. Ibsen)[13]의 『노라』와 『유령』을 수입하려는 기운도 바로 이때 성숙했다. 그러나 아직 『민중의 적』과 『사회의 중추』社會柱石에는 생각이 미치지 못했다. 양전성[14]은 민간의 질곡을 묘사하는 데 힘썼고, 왕징시[15]는 짐짓 웃는 얼굴로 모범생의 비밀과 고통받는 사람들의 재난을 폭로하였다. 하지만 결국 상층 지식인이었기 때문에 필묵은 신변의 쇄사와 서민의 생활을 묘사하는 것으로 축소되고 말았다. 뒤에 어우양위첸[16]은 극본을 쓰는 데 힘을 다했고, 예사오쥔[17]은 보다 원대한 발전을 거두었다. 왕징시는 『현대평론』[18]에 창작을 발표하고, 1925년에는 스스로 자선집 『설야』雪夜 한 권을 묶었는데, 그는 끝내 자각을 못했던 것인지 아니면 예전의 분투를 잊어버렸던 것인지, 자신의 작품에 대해 "무슨 인생을 비평할 의미 따위는" 없었다고 생각했다. 서언에서 이렇게 말했다.

나는 이 몇 편의 소설을 쓸 때, 내가 본 바의 몇 가지 인생경험을 충실하게 묘사하려고 노력했다. 나는 묘사의 충실만을 추구했을 뿐 조금도 비평적 태도를 개입시키지 않았다. 어떤 사람이 어느 사실을 서술할 때 그 묘사는 자기 인생관의 영향에서 벗어나지 못하지만, 나는 늘 가능한 범위 내에서 하나의 객관적인 태도를 견지하려고 노력했다.

이런 객관적인 태도를 견지한 까닭에 나의 이 단편소설은 어떤 인생 비평의 의의를 가질 수 없었다. 나는 단지 내가 본 몇 가지 경험을 써서 독자들에게 보여 줄 따름이었다. 독자가 이런 소설을 읽고서 마음속에 이런 종류의 경험에 대해 어떤 평론을 하게 되는 것은 내가 염두에 둔 바가 아니다.

양전성의 문필은 「어부의 집」에 비해 보다 발전했지만, 공교롭게도 예전의 전우 왕징시와는 대척점에 서 있었다. 그는 "주관에 충실하려고" 했으며, 인공적으로 이상적인 인물을 창조하려고 했다. 게다가 자신의 이상에 의거하는 것만으로는 불충분하다고 생각해 또 몇몇 친구들의 의견을 묻고 그것에 따라 몇 회를 삭제했다. 이리하여 중편소설 『옥군』[19]이 완성되었다. 그 자서에서 다음과 같이 말했다.

만약 누군가가 옥군이 실제 인물이냐고 물으면, 나는 실화實話를 얘기하는 소설가는 없다고 대답할 것이다. 실화를 말하는 이는 역사가이고, 거짓말假話을 하는 이가 바로 소설가이다. 역사가가 사용하는 것은 기억력이고, 소설가가 사용하는 것은 상상력이다. 역사가가 취하는 것은 과학적 태도로서 객관에 충실하려고 하지만, 반면에 소설가가 취하는 것은 예술적 태도이며 주관에 충실하려고 한다. 한마디로 말해 소설가 역시 예술가처럼 자연을 예술화하려고 한다. 그 이상과 의지로서 자연의 결함을 보완하려고 한다.

그는 먼저 "자연을 예술화하려고" 결심했고, 그 유일한 방법이 "거짓말을 하는" 것이며, "거짓말을 하는 것이야말로 소설가이다". 그래서 이 정식에 근거하고 또 사람들의 의견을 널리 구해서 『옥군』을 창조하였다. 하지만 이것은 미리 정해진 것이다. 하나의 괴뢰에 불과한 이로서 그녀의 탄생은 곧 죽음이었다. 그 이후 이 작가의 창작을 다시는 보지 못했다.

2.

'5·4'사건이 일어나자 이 운동의 본영인 베이징대학은 명성을 누렸지만 동시에 위험에 처했다. 결국 『신청년』의 편집 중심은 상하이로 복귀하지 않을 수 없었다.[20] 『신조』 그룹의 장수들은 대부분 멀리 구미에서 유학하고 있었다. 『신조』라는 잡지도 요란한 예고는 있었지만, 지금까지 미간인 채로 '명저 소개'에 그치고 있다.[21] 국내에 있는 사원들에게 남겨진 것은 1만 부의 『제민 선생 언행록』[22]과 7천 부의 『점적』点滴[23]이다. 창작은 쇠락했다. 인생을 위한 문학도 자연히 쇠락하였다.

　　그러나 상하이에는 아직 인생을 위한 문학을 견지하는 일군의 무리가 있었고, 한편 문학을 위한 문학의 무리도 굴기하였다.[24] 여기서 언급해야 할 것은 무사사彌灑社[25]다. 이 단체는 1923년 3월에 출판된 『무사』(Musai)에서 후산위안[26]이 쓴 「선언」(무사 강림의 노래彌灑臨凡曲)에서 이렇게 호소했다.

　　우리들이야말로 예문藝文의 신神:
　　우리는 자신이 어디서 나고 자랐는지 모르고,
　　또 무엇을 위해 사는지도 모른다:

....

우리의 모든 행위는 우리의 Inspiration에 따를 줄만 안다!

4월에 출판된 제2기는 첫 페이지에서 이것은 "무목적, 무예술관, 무토론, 무비평의 단지 영감에 따라 창조된 문예작품을 발표하는 월간", 즉 탈속의 문예단체 간행물이라고 분명하게 선언했다. 하지만 사실 무의식 중에 가상의 적을 갖고 있었다. 천더정[27]의 「편집여담」에서 "근래 문학작품은 상품화한 것도 있다. 소위 문학연구자, 문인은 모두 어느 정도 판매자의 색채를 띠고 있다! 이것은 우리들이 아주 싫어하고 또 대단히 통탄해 마지않을 일이다"라고 했다. 이것은 바로 "문단을 농단하는"[28] 자를 토벌하는 대군大軍과 박자가 맞는 격문이었다. 이때 홀로 깃발을 들려고 한 이는 어김없이 '용속'庸俗을 증오한다는 간판을 내걸었다.

모든 작품은 대체로 성실하게 미를 추구하는 데 힘을 다해, "경쾌하게 돌면서" 춤을 추고, "감미롭고 구성지게" 노래를 부르려고 했다. 하지만 그 감각의 범위가 아주 협소해서, 어떻게 해도 신변의 소소한 비환悲歡을 곱씹게 되고 이 작은 비환을 전 세계로 간주한다. 이 간행물에서 소설가로 등장한 이가 후산위안, 탕밍스唐鳴時, 자오징원趙景沄, 팡치류方企留, 차오구이신曹貴新[29]이다. 첸장춘錢江春과 팡스쉬方時旭[30]는 스케치速寫 작가로 분류될 뿐이었다. 이 가운데 가장 두드러진 이가 후산위안인데, 그의 「졸음」睡이라는 작품은 선언을 실천한, 그룹 전체를 대표하는 가작이다. 그러나 「앵두나무꽃 아래」櫻桃花下(제1기)에서 이런 과도한 수면과 마찬가지로 그 반대의 병적인 신경과민증상을 드러내었다. '영감'도 실제로는 목적을 드러내지 않을 수 없었다. 자오징원의 「아메이」阿美는 비록 간단하고 또

'무목적'이라고 할 수는 없지만, 민감한 작가들조차도 망각한 '하녀'의 비참하고 짧은 인생을 힘있게 묘사했다.

1924년 상하이에서 성립된 천초사淺草社[31]는 사실 '예술을 위한 예술'의 작가들 단체이기도 했다. 하지만 그들의 계간은 매 기마다 노력한 흔적이 보이는데, 밖으로는 이역異域의 양분을 섭취하고, 안으로는 자신의 영혼을 발굴하면서 마음의 눈과 혀를 발견하고 이 세계를 응시하며 진眞과 미美를 적막한 사람들에게 노래해 주려고 했다. 한쥔거韓君格, 쿵샹워孔襄我, 후루뤄胡如若, 가오스화高世華, 린루지林如稷, 쉬단거徐丹歌, 구수이顧璱, 사쯔莎子, 야스亞士, 천샹허陳翔鶴, 천웨이모陳煒謨, 주잉 여사竹影女士 모두 소설 분야에서 활동한 이들이다. 훗날 중국의 가장 걸출한 서정시인이 된 펑즈馮至[32]까지도 일찍이 그 기품이 있는 명작을 여기에 발표했다. 다음 해에 이 단체의 핵심들이 베이징으로 이동하여 회원들이 흩어지게 되어서 『천초』淺草 계간은 분량이 적은『침종』沉鐘 주간[33]으로 개편되었다. 그러나 예기銳氣는 조금도 사그라들지 않아서 제1기의 마지막에 기싱(G. Gissing)[34]의 결연한 구절을 인용했다.——

그리고 나는 당신들 모두에게 실증하고 싶다.……
나는 죽는 그날까지 일을 할 것이다.

하지만 당시 각성한 지식청년들의 마음은 대체로 열정적이었지만 그러면서도 비량했다. 약간의 광명, "원주 3에 대해 직경은 1"[35]을 찾아냈으나, 보다 분명히 주위의 끝없는 암흑을 보았다. 섭취한 이역의 양분 또한 "세기말"[36]의 과즙으로, 와일드(Oscar Wilde),[37] 니체(Fr. Nietzsche), 보들레르(Ch. Baudelaire),[38] 안드레예프(L. Andreev) 등이 고안한 것이다. "자신의 배를 침몰시키고"[39] 나아가 절체절명의 상황에서 생을 도모하고, 그 밖의 많은 작품들은 종종 "봄은 나의 봄이 아니고, 가을은 나의 가을이 아니다"[40]로, 검은 머리 붉은 얼굴에 우환을 가득 담고서 분명하게 말할 수 없는 단장의 곡을 노래했다. 펑즈가 시정詩情으로 꾸미고, 사쯔[41]는 소초小草에 구실을 찾았다고 할지라도 역시 숨길 수는 없는 노릇이었다. 무릇 이런 것들은 촉중蜀中의 작가들에서 많이 나왔던 듯하다. 촉중의 수난이 빨랐던 것도 바로 여기서 상상할 수 있다.

그러나 이 그룹의 작가들도 스스로 의기소침했던 적은 없었다. 천웨이모[42]는 그의 소설집 『난롯가』의 'Proem'에서 말하기를,——

하지만 나는 이러고 싶지 않다. 나에게 생활은 막 시작했을 뿐이고, 많은 운명의 맹수가 저쪽에서 이빨을 드러내고 발톱을 세워서 나를 기다리고 있다. 그러나 이 또한 두려워할 필요는 없다. 사람들이 태양을 숭배하지 않아도 좋을지 모르나, 어찌 암야暗夜조차도 피해야 할 만큼 겁이 많아졌는가? 어째서 보잘것없는 문장도 찢어진 종이 위에 쓸 수 없는 것인가? 수년 뒤에 이때의 나를 회상하는 것은 다른 사람은 차치하더라도 자신에게는 그리워할 만한 것이 있을지도 모른다. 회고할 만한 가치가 있다면 마땅히 회고해야 한다.……

물론 이것은 어찌할 수 없어 스스로를 위로하는 상심의 말이다. 그러나 사실상 침종사는 중국에서 가장 강인하고 가장 성실하게 가장 오랫동안 분투해 온 단체였다. 기성이 말한 것처럼 정말 죽는 날까지 일을 했다.

'침종'의 종을 주조한 이들처럼 죽어서도 물속에서 자신의 발을 이용해 종을 쳐 커다란 종소리를 울렸던 것과 다르지 않았다.[43] 하지만 그들은 결코 그렇게까지 할 수는 없었다. 그들은 계속 살아갔다. 시간이 흐르고 세상이 바뀌면서 만사가 모두 나빠졌다. 그들은 노래하려고 했다. 하지만 듣는 이들은 어떤 이는 잠이 들었고, 어떤 이는 말라 죽었으며, 어떤 이는 흩어져서 눈앞에는 망망한 공터만 남았다. 그래서 어쩔 수 없이 끝없이 펼쳐진 풍진 속에서 비량하고 고적하게 그들의 공후箜篌를 놓았다.

뒤에 '페이밍'廢名이라는 이름으로 잘 알려진 펑원빙[44] 역시 『천초』에서 편린片鱗을 드러낸 작가였지만, 그의 특징은 나타나지 않았다. 1925년에 출판된 『죽림竹林의 고사』에서 담백으로 의상을 삼고, 게다가 저자의 말처럼 "그것들 속에서 나의 애수를 뽑아내는" 작품이 나타났다. 애석하게도 작가가 자신의 유한한 '애수'를 너무 아쉬워하고, 얼마 뒤에 예전과 같은 화려함을 더욱 싫어해, 그래서 솔직한 독자들이 볼 때는 단지 일부러 배회하고 그림자를 돌아보며 자신을 가련하게 여기는 태도만 두드러져 보였다.

펑위안쥔[45]은 『권시』卷施라는 단편소설집이 있다.──『권시』는 "마음을 빼앗아도 죽지 않는"拔心不死 풀의 이름으로, 1923년부터 베이징에 살면서 '간여사'淦女士라는 필명으로 상하이의 창조사 간행물에 발표된 작품이기도 하다. 이 가운데 「여행」은 「격절」과 「격절한 뒤」(모두 『권시』에 있다)를 세련되게 만든 정수精髓의 명문이다. 설리說理가 과한 혐의가 있지만 그 자연스러움은 훼손하지 않았다. "나는 그의 손을 잡고 싶었다, 하지만 나는 하지 못하고 단지 이따금씩 차 안의 전등이 흔들려 그 빛을 잃었을 때 그렇게 했다. 승객들의 주목을 끄는 것이 두려웠기 때문이었다. 하지만 우리들은 또 자신들이 아주 도도하다고 생각했으며, 거리낌 없이 차 안에서 가장 존귀한 사람이라고 자부했다." 이 단락은 사실 5·4운동 직후 의연히 전통과 싸우려고 하지만, 또 의연히 전통과 싸우는 것이 두려워 끝내 부득 불 자신의 '애절한纏綿悱惻 정'을 되살린 청년들의 진실한 사진이었다. '예 술을 위한 예술' 작품 속의 주인공이 그 타락을 과시하거나 혹은 그 재능 을 드러내는 것과는 확실히 달랐다. 하지만 이 또한 무사평안無事平安으로 돌아올 것이다. 루칸루[46]는『권시』재판 후기에서 "'간'湔의 훈은 '沈'이다. 『장자』의 '육침'陸沈의 뜻을 취했다. 지금 작가의 사상이 바뀐 까닭에 재판 시에 서명을 위안쥔으로 고쳤다.…… 작가는 천성이 게으른 자라서 위임 을 받은 내가 대신 말하는 바이다." 사실 3년 뒤에 나온『춘흔』[47]은 산문 의 단편斷片만 남았다. 더 뒤에는 문학사에 관한 연구였다. 이것은 나에게 헝가리의 시인 페퇴피(Petőfi Sándor)[48]가 B. Sz. 부인의 사진에 이름 붙인 시를 기억나게 했다.——

당신은 연인을 아주 행복하게 해주었다고 들었어요. 나는 그렇게 되기 를 바라지 않지만 말이에요. 그는 고뇌의 나이팅게일이지만 지금 행 복 속에 침묵하고 있기 때문입니다. 그를 혹독하게 대해 주세요. 그가 늘 감미로운 노래를 부르도록 말이에요.

나는 고뇌가 예술의 근원이며, 예술을 위해서 당연히 작가들은 영원 히 고뇌 속에 빠져 있어야 한다고 말하려는 것이 아니다. 그러나 페퇴피의 시대에 이 말은 어느 정도 진실했던 것이다. 10년 전의 중국에서도 이 말 은 역시 다소 진실했다.

3.

베이징이란 이 지방은──베이징은 '5·4운동'의 진원지임에도 불구하고,
『신청년』과 『신조』를 지지하는 사람들이 바람과 구름처럼 흩어진 이래
1920년부터 1922년까지 3년간 오히려 적막하고 황량한 옛 전장의 정경
이 뚜렷했다. 『천바오 부간』⁴⁹⁾ 뒤에는 『징바오 부간』⁵⁰⁾이 두각을 나타냈지
만, 모두 문예창작을 중시하는 간행물이 아니었고, 소설 분야에서 한정된
작가들을 소개할 뿐이었다. 젠셴아이蹇先艾, 쉬친원許欽文, 왕루옌王魯彦, 리
진밍黎錦明, 황펑지黃鵬基, 상청尚鉞, 샹페이량向培良이 그들이다.

젠셴아이⁵¹⁾의 작품은 소박했다. 그가 소설집 『아침 안개』에서 말한
것처럼.

> ······ 나는 이미 스무 살이 넘었다. 먼 구이저우貴州에서 베이징으로 와
> 회색 모래 위에서 방황한 지도 벌써 7년이 되었다. 7년이란 시간이 짧다
> 고 말할 수는 없지만 어떻게 살아왔는지, 자신도 망연한 것이 잘 모르겠
> 다. 이렇게 총총히 하루하루가 갔고, 어릴 적의 그림자는 점점 모호하고
> 희미해져 아침 안개처럼 하늘하늘 사라져서, 내가 느꼈던 것은 단지 공
> 허와 적막뿐이었다. 이 세월 동안 최근 2년간 붓가는 대로 아무렇게 쓴
> 몇 편의 신시新詩와 사이비 소설을 제외하고 무엇을 썼는가? 회상할 때
> 마다 다소간 처량함이 가슴을 친다. 그래서 지금 과감히 이 소설집을 인
> 쇄한다.······ 오랫동안 떨어져 있었던 사랑스러운 유년을 기념한다.······
> 만약 어린아이의 마음을 잃지 않은 사람들이 의연히 주의를 기울여 준
> 다면, 혹 그 가운데에서 약간의 유치한 풍미를 찾아낼 수 있을까?······

진실로 소박하지만, 혹은 작가가 겸손하게 말한 것처럼 '유치'하기도 하지만, 문장의 꾸밈이 극히 적고 또 그 내심의 애수가 충분히 묘사되어 있다. 그가 묘사한 범위는 협소하여 몇몇 보통 사람들, 약간의 사소한 일이지만, 「수장」水葬처럼 우리들에게 "먼 구이저우" 향촌의 습속의 냉혹함과 그 냉혹함 속에 드러난 모성애의 위대함을 나타내고 있다.── 구이저우는 아주 멀다. 하지만 사람들의 감정의 세계는 똑같다.

이때 ── 1924년 ── 우연히 작품을 발표한 이로 페이원중[52]과 리젠우[53]가 있다. 전자는 대체로 줄곧 창작에 뜻을 둔 사람은 아니었다. 그 「전쟁의 소리 속에서」는 유학 중의 청년이 포화 아래 있는 고향과 부모 때문에 마음이 요동치는 실감을 어지럽게 기록하고 있다. 후자의 「중탸오산終條山의 전설」은 화려한데, 10년이 지난 지금도 구비口碑로 직조한 화려한 의복에 감추어진 신체와 영혼을 볼 수 있다.

장셴아이가 구이저우를 그리고, 페이원중은 유관楡關에 관심을 가졌다. 베이징에서 붓으로 그 마음을 그려 낸 사람들은 자칭 주관에 의한 혹은 객관에 의한 것이라고 해도 사실은 종종 향토문학이었다. 베이징이란 측면에서 말한다면, 교우문학僑寓文學의 작가이다. 하지만 이것은 예를 들어 브란데스(G. Brandes)[54]가 말한 '교민문학'僑民文學과는 달랐다. 교우하고 있는 이는 작가 자신일 뿐, 그 작가가 쓴 문장은 아니었다. 이 때문에 향수가 은현하고 있는 것이 보일 뿐, 이역 정서로 독자의 마음을 개척하거나 혹은 그 사람들의 시야를 눈부시게 하는 것은 어려웠다. 쉬친원[55]은 자신의 첫번째 단편소설집을 『고향』이라고 명명했고, 이로 인해 자신도 모르는 사이에 향토문학 작가가 되어 버렸다. 하지만 향토문학을 하기 전에 그는 이미 고향에서 추방되었고, 그래서 부득이하게 '아버지의 화원'을 회상했지만, 그것은 이미 존재하지 않는 화원이었다. 고향의 이미 존재하지 않는 사물을 회상하는 것은, 분명하게 존재하지만 자신만이 접근할 수 없는 사물보다도 오히려 편안하고 더 자신을 위로하기 때문이다.——

　　아버지의 화원이 가장 풍요로웠던 몇 년, 지금으로부터 얼마 전이었는지 정확히 계산할 수는 없다. 당시의 성황은 사진을 찍어 지금 아버지의 방에 걸어 두었지만 유감스럽게도 시간이 많이 흘렀고, 당시 향촌의 촬영기술 또한 아주 유치하여 지금은 모호해서 분간하기 어렵다. 그 옆에 걸린 아름다운 누이의 유상遺像 역시 그다지 선명하지 않다. 아버지가 유상 위에 쓴 자구만은 분명하다. "집요한 성정에 운명도 가련하다. 갑자기 애통하게도 사랑하는 사람을 잃었으니 나 홀로 어찌 견뎌 낼까!"

　　……

　　나는 아버지의 화원은 여러 종류의 꽃을 다시 심을 수 있으나, 그때의 성황은 끝내 회복할 수 없다고 생각했다. 이미 아름다운 누이가 없기 때문이었다.

　　어찌할 수 없는 비분은 사람들을 단념하게 만든다. 하지만 작가는 여전히 단념하지 못하고, 어쩔 도리 없이 다시 냉정과 익살을 찾아 비분의 옷을 입힌다. 감싸 버리고는 잠시 '간파한 것'으로 삼는다. 게다가 이 수단을 이용해 여러 인물들, 특히 청년들을 묘사한다. 고의적인 냉정이기 때문에 심각하기도 하고, 또 끝내 사람들을 의심케 하는 장난기 가득한 웃음을 초래한다. "마음에 원망이 있지만 바람이 불어서 떨어지는 기와는 원망하지 않는다"[56]라든가, 냉정은 죽음의 고요함이어야 한다. 분격憤激을 포함한 냉정과 해학은 관찰되고 묘사당하는 이가 기꺼이 받아들일 수 있는 바는 아니다. 그들은 작가가 생명이 없고 의견이 없는 일면의 거울임을 인정하지 않는다. 그래서 작가는 종종 풍자문학 작가로 편입되고, 특히 여사들의 미간을 찌푸리게 한다.

이런 냉정과 해학이 커지기 시작하면 작가 자신에게 사실 위험하다. 그는 「채석장」에서처럼 활기차게 민간생활을 그릴 수 있는데, 아쉽게도 많이 쓰지 않았다.

왕루옌[57]은 일부 작품의 제재와 필치를 보면 향토문학 작가인 듯하지만, 그 심정은 쉬친원과 아주 다르다. 쉬친원이 고뇌한 것은 잃어버린 지상의 '아버지의 화원'이었고, 그가 번민한 것은 천상을 떠난 자유로운 낙토였다. 그는 '가을비의 하소연'을 듣고 이렇게 말한다.—

땅은 너무 작고 너무 더럽다. 도처에 암흑이고 곳곳에 증오다. 사람들은 돈만 사랑하고 자유와 미를 사랑할 줄 모른다. 너희 인류는 사랑이란 손톱만큼도 없고 원한만 있다. 너희 인류는 밤에는 돼지처럼 달콤하게 자고 낮에는 개처럼 다투고 싸운다.……

이런 세상이 나는 낯익은 걸까? 나는 왜 울어서는 안 되는가? 야만적인 세상에 야수들이 살아가게 하자. 하지만 나는 싫다. 우리들은 싫다.…… 아아, 나는 지금 이 세상을 떠나 땅속으로 가고 싶다.……

이것은 예로센코(V. Eroshenko)[58]의 비애와 비슷한 듯하지만, 서로 다르다. 그것은 지하의 두더지로 인류를 사랑하고자 하나 할 수 없었고, 이것은 하늘의 가을비로 인간사회로부터 도피하려고 했지만 할 수 없었다. 그는 하는 수 없이 마음을 어머니에게 돌리고 겨우 '사람'이 되어서 어머니의 미소처럼 꾸몄다. 가을의 비, 무심한 '사람'과 인간사회는 정의情誼가 있을 리 없었다. 냉정을 말한다면, 이것이야말로 진정한 냉정이었다. 이것으로 비로소 '톨스토이'托爾斯小의 무저항주의와 함께 '맑스'牛克斯의 투쟁설을 말살할 수 있다. '다윈'達我文의 진화론과 함께 '크로포트킨'克魯屁特金의 호조론[59]을 조롱할 수 있다. 전제專制에 대해 불평하지만, 자유를 향해서는 냉소를 보낸다. 작가는 종종 해학적인 필치로 그것을 표현하려고 했지만, 너무 냉정하기 때문에 또 종종 가시 돋친 말로 변해 인간의 유머를 잃어버렸다.

하지만 '인간'의 마음은 필경 다할 수 없는 것이다. 「유자」에 대해 후난湖南의 작가가 불만을 나타냈지만,[60] 세상을 백안시하는 의상衣裳 아래 지상의 분만憤懣을 반짝이게 했다. 왕루옌의 작품 중에서 나는 가장 열정적이라고 생각한다.

내가 말한 이 후난의 작가는 리진밍[61]으로, 그는 어려서 고향을 떠났다. 작품에는 향토적인 분위기가 극히 적으나 초楚 지방 사람의 감수성과 열정은 가득하다. 그는 일찍이 「사교문제」에서 입센류의 해방론자에 대해 스트린드베리(A. Strindberg)[62]식의 투창을 던졌다. 하지만 정치하고 분명하고 아름답게 어릴 때의 '소소한 인상'을 기술할 수 있었다. 1926년이 되어 그는 자신에 대한 불만을 선고했고, 『열화』재판 자서에서 이렇게 말했다.──

베이징에서 생활하는 사람들이 영혼을 갖고 있다면, 그들의 영혼은 아마도 회색으로 물들지 않은 것이 없을 것이다. 물론 『열화』는 이런 정황에서 쓰여졌다. 내가 작년 봄 상하이에 왔을 때 나의 심경은 완전히 변했다. 그것에 대해 유기遺棄하고 싶은 일념뿐이다.……

그는 과거의 생활을 회색으로 판단하고, 초기의 작품을 유치하다고 간주했다. 과연 그 이후의 『파루집』에서 확실히 무기를 바꾸었다. 풍자적인 경묘輕妙한 소품이 있었지만, 특히 훌륭한 이야기 작가로서의 특색을 드러냈다. 어떤 때는 중국의 '뇌라산방'磊砢山房[63] 주인과 같은 기상천외함을 보였고, 또 어떤 때는 폴란드의 센케비치(H. Sienkiewicz)[64]의 탁절卓絶함을 나타냈으며, 게다가 실망으로 끝나지 않았다. 생기가 넘치고 극적이며 반드시 독자들을 끝까지 즐겁게 했다. 하지만 결점은, 주지는 분명한데 기괴한 형태의 장식에 둘러싸여 있다는 것이다. 때로는 오랫동안 매몰되어 있어서, 만약 나타난다고 하더라도 당돌하게 보였다.

『현대평론』이 신문의 부간과 비교하여 다소 문예를 중시했으나, 그 작가들은 여전히 신조사와 창조사[65]의 베테랑이 많았다. 링수화[66]의 소설은 이 간행물에서 탄생되었다. 그녀는 펑원쥔의 대담하고 솔직한 발언과는 달랐다. 대체로 아주 신중하고 적당하게 구가정의 유순한 여성을 묘사했다. 가끔 궤도를 벗어난 작품도 있었지만, 그것은 우연히 술을 마시고 시를 짓는 기풍에 물들었기 때문으로, 결국에는 그녀 본래의 길로 되돌아왔다. 그것은 좋은 일이었다.──우리들에게 펑원쥔, 리진밍, 찬다오,[67] 왕즈링[68]이 묘사한 이들과 전혀 다른 인물상을 보여 주었다. 세태의 일각이며 명문세가의 정혼精魂이었다.

4.

1925년 10월 베이징에 갑자기 망위안사[69]가 나타났는데, 이것은 기실 『징바오 부간』 편집자에게 불만을 품은 무리들로서 따로 『망위안』 주간을 만들었지만, 여전히 『징바오』의 부록으로 발행되면서 잠시 상쾌함을 주었던 단체였다. 가장 분주했던 이가 가오창홍이며, 중견 소설가로는 황펑지黃鵬基, 상청, 상페이량 세 사람이었다. 루쉰은 편집인으로 추대되었다. 그러나 성원하는 이들이 적지 않아서 소설 분야에서는 원빙文炳, 위안쥔沅君, 지예霽野, 징눙靜農, 샤오밍小酩, 칭위靑雨 등이 있었다. 10월이 되자 『징바오』가 부간 이외의 작은 읽을거리小幅를 줄이고자 하여, 반월간으로 바꾸고 웨이밍사未明社에서 출판했다. 그때 소개된 새로운 작품이 향촌의 침체된 분위기를 묘사한 웨이진즈[70]의 작품 「마을에 남겨진 황혼」이었다.

그러나 얼마 뒤에 이 망위안사 내부에 충돌이 일어났고, 창홍의 무리는 상하이에 광풍사狂飇社를 설립했다. 소위 '광풍운동'은 그 초안이 사실 일찍부터 창홍의 상의 주머니 속에 들어 있어서 언제든지 기회가 있으면 내놓고자 했고 먼저 몇 기의 주간을 인쇄했다. 그 「선언」은 또 1925년 3월의 『징바오 부간』에 발표되었으나, 아직 '초인'超人으로 자임하지 않으며, 결코 스스로에 만족하지 않는다는 소리를 담고 있었다.——

캄캄한 밤에 모두가 잠들었다. 죽음처럼 어떤 소리도 들리지 않으며, 어떤 움직임도 없다. 정적에 무료한 깊은 밤이여!

이렇게 수백 수천 년의 시간이 흘렀으나, 아침 햇살이 비치지 않으며 칠흑처럼 어두운 밤은 멈추지 않았다.

죽음처럼 모든 사람들이 깊이 잠들었다.

그래서 몇 사람이 암흑에서 깨어나 서로 소리친다.

──때가 왔어, 기대하는 이로 이미 넘쳐나.

──그래, 우리는 일어날 거야. 우리는 소리를 지르면서 기대에 불안한 모든 사람들을 일어나게 할 거야.

만약 아침햇살이 끝내 비치지 않는다 해도 일어날 거야. 우리는 등을 들고서 어두운 앞길을 비출 거야.

──연약해서는 안 돼. 희망에 취해서도 안 돼. 우리는 강해져서 장애를 타도할 거야. 혹은 장애에 압도당할 거야. 우리는 결코 유약하지 않아. 또 피하지 않을 거야.

이렇게 소리칠 거야. 미약하더라도 들어라, 동에서, 서에서 남에서 북에서 은은하게 강대한 메아리소리가 오고 있다. 우리보다 더 강대한 소리가.

한 방울의 샘물이 강의 원류가 되며, 한 조각 나뭇잎의 흔들림이 폭풍이 올 것을 알리듯이 작은 기원이 위대한 결과를 낳는다. 이런 연고로 우리들의 주간을 『광풍』이라고 부른다.

하지만 뒤에 자인한 대로 나날이 '초월'해 갔다. 그러나 니체식의 피차 모두 해석할 수 없는 격언식의 문장[71]은 결국 주간의 존재를 곤란하게 만들었다. 잊을 수 없는 이는 역시 소설 분야의 황평지, 상청뿐이지만,──사실은 샹페이량 한 사람뿐이었다.

황평지黃鵬基[72]는 그의 단편소설을 한 권으로 묶고 『가시나무』라고 불렀는데, 두번째로 독자와 만날 때는 이름을 '펑치'朋其로 바꾸었다. 그는 먼저 분명하고 유창하게 문학은 버터와 같을 필요가 없고 마땅히 가시와 같아야 하며, 문학가는 퇴폐적이어서는 안 되고 마땅히 강건한 사람이어야 한다고 주장했다. 그는 「가시의 문학」(『망위안』 주간 28기)에서 "문학은 결코 무료한 것이 아니다", "문학가는 반드시 하늘로부터 후의를 받은 특등 민족이 아니다", "또한 하루 종일 눈물을 흘리는 인어鮫人도 아니다"라고 설명했다. 그에 따르면——

나는 중국현대의 작품이 마땅히 가시덤불이어야 한다고 생각한다. 사막에서는 동경의 꽃도 모두 천천히 사라질 것이기 때문이다. 사회에는 가시가 생긴다. 그것의 잎에 가시가 있고, 그것의 줄기에 가시가 있으며 그것의 뿌리에도 가시가 있다.——식물의 생리를 가져와 나를 반박하지 않기를 바란다.——한 작품의 사상, 구조, 퇴고推敲, 용자用字는 모두 우리들이 항상 느끼고 있는 가시의 의미를 표현해야 한다. 진정한 문학가는…… 먼저 일어나서 우리들을 일어서게 해야 한다. 그는 자신의 힘을 충실하게 해서 사람들이 어떻게 그 자신의 힘을 충실하게 하며, 자신의 힘을 알게 하고, 자신의 힘을 표현하도록 해야 한다. 작품의 성공은 적어도 독자가 한번에 쭉 읽어서 문자의 미추美醜를 판단할 겨를이 없게 할 필요가 있다.——부족한 감각은 당연히 좋지 않고, 미묘한 감각도 실패다.——그러나 구습을 따라서 적당히 얼버무리려고 해서는 안 된다. 어떻게든 그 병의 뿌리를 찾아서 아주 예리하게 한 차례 찌른다. 일반적으로 정련된 구조, 평범한 자구는 목표에서 벗어나게 할 수 있으니 우리는 마땅히 반대해야 한다.

"사막에 온통 가시가 생긴다면 중국인은 인간의 생활을 영위하게 될 것이다!" 이것이 내가 믿는 바이다.

평지의 작품은 확실히 자신의 주장과 그다지 위배되지 않는다. 그는 유창하게 유머가 풍부한 언어로 다양한 인물, 특히 지식인 계층을 폭로, 묘사, 풍자하였다. 그는 바보로 꾸며 청년들의 사상을 말하기도 하고 혹은 충칭重慶햄으로 변하여 부호의 집안으로 뛰어 들어가기도 했다.[73] 그러나 아마도 생동감과 유창함을 추구한 때문인지, 도려내는 곳이 깊지 않고 게다가 결말에 특별히 장치한 골계 역시 종종 전편의 역량을 훼손하였다. 풍자문학은 자신이 고안한 웃음에 의해 쓰러지고 만 것이다. 얼마 뒤 그는 또 "자백"自招(『가시나무』권두)하기를, "'가시의 문학'刺的文學 네 글자를 쓴 것도 단지 매일 선인장을 바라보고 있었던 것과, 자신이 '태어난 해가 나빴던' 탓에 꽃의 향기를 충분히 감상할 수 없었다"라고 했다. 여기에는 크게 주저하고 배회하는 모습이 보인다. 그 이후 다시는 그의 '가시의 문학'을 볼 수 없었다.

상청[74]의 창작도 풍자와 폭로 그리고 타격에 뜻이 있었다. 소설집 『도끼』라는 이름도 자신이 제기한 강령이다. 그의 창작 태도는 평지에 비해 엄숙하고 재료도 넓으며 가끔 풍기가 미개한 지역 ——허난河南 신양信陽——의 인민을 묘사했다. 아쉬운 것은 재능이 부족하고 그 도끼가 너무 작고 가벼운 결과 공과 사 양면에 걸친 타격의 효력이 대체로 기계가 불량하고 수단이 생경함으로 인해 표적에서 벗어나 실패했다는 점이다.

상페이량[75]은 그의 첫번째 소설집 『희미한 꿈』을 발표할 때 첫머리에서 이렇게 말했다.——

시간이 지나갔을 때 나의 마음은 경미한 발자국소리를 들었다. 나는 이것을 아주 서투르게 종이 위에 옮겼다. 이것이 바로 이 작은 책자의 원천이다!

정확히 작가는 우리에게 그의 마음에 들렸던 시간의 발자국소리를 서술하였다. 어떤 것은 아이 때의 천진난만한 사랑과 증오를 빌리고, 어떤 것은 타향에 체류할 때의 적막한 견문을 빌리고 있지만, 그는 결코 "서툴지" 않았다. 오히려 어색하게 꾸미지 않고, 단지 잘 아는 사람을 대상으로 흥미진진하게 말하는 것처럼 해서 그다지 조바심 내지 않고 경청하는 동안 생활의 색상을 느끼게 했다. 그러나 작가의 내심은 열정적이었고, 열정적이지 않았다면 그는 이렇게 평정한 상태로 흥미진진하게 말할 수 없었을 것이다. 그래서 그는 간혹 과거의 "이미 사라진 동심"에 휴식을 취한다고 할지라도, 결국 현재를 사랑하는 "강력한 증오 뒤에 더 강력한 사랑을 발견한" "허무적 반항자"였고, 우리들에게 강력히 『나는 번화가를 떠나며』[76]를 소개하였다. 아래의 인용문은 바로 그 무명의 반항자가 자술한 증오이다.──

왜 나는 베이징을 떠나려고 했던가? 이것은 나 역시 그다지 이유를 댈 수 없다. 요컨대 나는 이미 이 오래되고 허위에 찬 대도시를 싫어하게 되었다. 여기서 4년을 유리된 채 보내고 난 뒤 나는 이미 뼈에 사무치게 이 오래된 허위의 대도시를 증오했다. 이곳에서 나는 옛날식의 인사, 고풍스러운 사의辭意, 황제 쟁탈, 집정에 대한 경의를 보았을 뿐이다. ──비겁한 노예여! 비열, 나약, 간교 그리고 민첩한 도피, 이것은 모두 노예들의 절묘한 기술이다! 깊은 혐오감이 나의 입안, 마치 비린내 나는 활어가 나의 입안에 있는 것처럼 남았다. 나는 구토가 필요했다. 그래서 몽둥이를 들고 나갔다.

　여기서 니체의 소리를 들을 수 있다. 바로 광풍사의 진군의 북과 나팔소리이다. 니체는 사람들에게 '초인'超人의 출현을 준비하라고 가르쳤다. 만약 나타나지 않았다면 그 준비는 공허하다. 하지만 니체는 퇴장하는 법을 알았는데, 발광과 죽음이다. 그렇지 않았다면 공허에 안주했거나 혹은 이 공허에 반항했을 것이다. 고독 속에서 조금도 '말인'末人[77]의 따뜻함을 희구하는 마음은 없었더라도, 일체의 권위를 멸시하고 수축해서 허무주의자(Nihilist)가 되었다. 바자로프(Bazarov)는 과학을 신봉하는 사람이다. 그는 의술을 위해 죽었다. 멸시의 대상이 과학의 권위가 아니라 바로 과학 자체였다면, 그것은 바로 사닌(Sanin)[78]의 무리가 되고, 부득이하게 믿을 바 하나 없는 것을 명名으로 삼고 어떤 일이든 잘 해내는 것을 실實로 삼았다. 그러나 광풍사는 단지 '허무적 반항'에서 멈춘 듯하고, 얼마 뒤에 단체는 해산하고 현재 남은 것은 상페이량의 우렁찬 전투소리뿐으로, 사이비 셰빌로프(Sheveriov)[79]식의 '증오'의 전도를 분명하게 보여 주었다.

　웨이밍사[80]는 반대로 핵심멤버가 웨이쑤위안[81]으로, 차라리 무명의 흙이 되어 기화奇花와 교목을 키우고자 했다. 사업의 중심은 외국문학을 많이 번역하는 것이었다. 『망위안』을 이어받은 뒤 소설 분야에 웨이진즈 외에 리지예[82]가 있었는데 민감한 감각을 갖고 창작하여 어느 때는 깊고도 세밀하여 마치 잎의 한 떨기 한 떨기 엽맥葉脈을 세는 듯했다. 하지만 이 때문에 종종 넓게 될 수가 없었다. 역시 고적한 발굴자는 둘 다 완전할 수 없는 것이다. 타이징능[83]은 처음부터 소설을 쓸 생각이 없었고, 뒤에도 소설을 쓰는 사람이 되고 싶지 않았다. 하지만 웨이쑤위안이 권유하고 『망위안』이 원고를 찾고 있어서 1926년에 할 수 없이 붓을 들었다. 『대지의 아들』 후기에서 스스로 이렇게 말했다.──

> 그때 내가 두세 편을 쓰기 시작했고, 다음 해의 것을 준비했다. 쑤위안이 보고는 내가 민간에서 소재를 취한 것에 흡족해했다. 그는 오로지 내가 이 분야에서 노력하도록 권유하고 많은 작가의 예를 들었다. 사실 나는 이러한 길로 가는 것이 그다지 달갑지 않았다. 인간의 신산辛酸과 고통은 귀로 듣고 눈으로 보아서 이미 감당하기 어려웠다. 지금 또 그것을 나의 심혈로 세세하게 그려 내는 것은 불행한 일이 아니고 뭐란 말인가? 동시에 나 역시 동시대의 소년소녀에게 커다란 환희를 바칠 수 있을 꽃을 피우는 붓을 갖고 있지 않았다.

> 뒤에 『탑을 세우는 사람』이라는 작품이 있다. 그의 작품에서 '위대한 환희'를 흡수하는 것은 정말 쉽지가 않다. 하지만 그는 오히려 문예에 공헌하였다. 게다가 연애의 비환과 도시의 명암을 앞다투어 써내던 그 당시에 향촌의 삶과 죽음, 흙의 정취를 종이 위에 옮겨 오는 데 이 작가만큼 많이 고심했던 이는 없었다.

5.

끝으로 선집에 관해 몇 마디 적는다.──

첫째, 문학단체는 콩꼬투리가 아니다. 그 안에 포함하는 것은 처음부터 끝까지 모두 콩이다. 대체로 집성할 때 본래 이미 각기 달랐지만 뒤에는 더욱 각각 다양하게 변화했다. 여기서는 1926년 이후의 작품은 수록하지 않았고, 그 이후의 작가의 작풍과 사상 등도 논하지 않았다.

둘째, 일부 작가는 자신이 편한 작품집이 있지만, 일찍이 잡지에 발표했던 초기의 문장은 그 작품집에 보이지 않는 경우가 있는데, 아마도 작가 자신이 불만스러워 삭제한 것일 터이다. 하지만 나는 여기에 수록한 경우가 있다. 성현호걸이라고 하더라도 그 유년시절을 부끄러워할 필요가 없다고 생각하기 때문이다. 자괴自愧는 잘못된 것이다.

셋째, 작가 자신이 편한 작품집에 수록된 일부 문장이 예전에 잡지에 발표했던 것과 종종 자구가 다소 차이가 나는 것은 당연히 작가 자신이 첨삭한 것이다. 그러나 여기서는 초고를 채용한 경우가 있다. 나는 수식을 가하더라도 반드시 질박한 초고에 비해 낫지는 않을 거라고 생각하기 때문이다.

이상의 두 가지는 작가들의 혜량을 바란다.

넷째, 10년 동안 발행된 각종 잡지가 얼마나 되는지 알 수 없으며, 소설집도 당연히 적지 않을 것이다. 하지만 견문이 좁아서 진주를 보지 못한 책망을 피할 수 없다. 분명히 작품집을 보면서 취사가 적당하지 못하게 된 것은 편견에 의한 것은 아니지만, 필시 시력이 떨어진 탓이니 힘써 변명할 생각은 없다.

1935년 3월 2일 씀

1) 원문은 「『中國新文學大系』小說二集序」, 이 글은 『중국신문학대계 소설 2집』(中國新文 學大系小說二集)에 처음 실렸다. 『중국신문학대계』는 신문학운동이 시작된 1917년부 터 1926년까지 10년간의 창작과 이론에 관한 선집으로, 문학건설이론, 문학논쟁, 소설 (1, 2, 3집), 산문(1, 2집), 시가, 희극, 사료와 색인 등 모두 10권으로 구성되었다. 자오자 비(趙家璧)가 주편으로 상하이 량유(良友)도서인쇄공사에서 출판되었는데, 1935년과 1936년 사이에 완결되었다. 루쉰이 편찬을 맡은 『소설 2집』은 당시 문학연구회와 창조 사 두 단체 이외 작가의 작품을 1935년 1월부터 선별을 시작해 2월 말에 마치고 5월달 에 마지막으로 산정(刪定)을 하고 나서 7월에 출판했는데, 모두 33명 작가의 소설 59편 을 수록했다.

2) 『신청년』(新青年) 제2권 제5호(1917년 1월)에 후스의 「문학개량추의」(文學改良芻議), 그 리고 제6호에 천두슈(陳獨秀)의 「문학혁명론」(文學革命論)이 실렸다.

3) 쑤만수(蘇曼殊, 1884~1918). 이름 쉬안잉(玄瑛), 자는 쯔구(子谷), 뒤에 승려가 되었고 법 명이 만수(曼殊)이다. 광둥 중산(中山)인이고, 문학가로서 일찍이 남사(南社)에 참가했 다. 저서로는 소설 『단홍령안기』(斷鴻零雁記) 등이 있다. 『신청년』 제2권 제3, 4호(1916 년 11, 12월)에 소설 『쇄잠기』(碎簪記)를 발표했다.

4) 천샤(陳蝦). 당시 번역가. 『신청년』 창간호(1915년 9월)부터 제2권 제2호(1916년 10월) 까지 자신이 번역한 투르게네프(Иван Сергеевич Тургенев, 1818~1883)의 소설 『봄 물 결』(Вешние воды, 1872; 春潮)과 『첫사랑』(Первая любовь, 1860; 初戀)을 연재했다.

5) 류반눙(劉半農). 자신이 번역한 포르투갈 실바(Afonso Henriques Silva)의 소설 『유럽 화원』(歐洲花園)이 『신청년』 제2권 제3호(1916년 11월)에 발표되었다.

6) 후스(胡適)는 당시 『신청년』 잡지 편집자 가운데 한 사람이었다. 그는 『신청년』 제2권 제6호(1917년 2월)에 『백화시 8수』(白話詩八首)를 발표했고, 제3권 제1호(1917년 3월) 에는 모파상(Guy de Maupassant, 1850~1893)의 소설 「두 친구」(Deux Amis; 二漁夫) 등을 번역하여 발표했다.

7) 고골(Николай Гоголь, 1809~1852)의 「광인일기」(Записки сумасшедшего)는 단편소설 로서 그 내용은 한 젊은 직원이 상사의 딸을 흠모한 나머지 발광하는 얘기다.

8) 여기서 인용한 니체의 말은 『차라투스트라는 이렇게 말했다』 서문 제3절에 있다.

9) 안드레예프(Леонид Николаевич Андреев, 1871~1919). 러시아 작가. 10월혁명 이후 국 외를 떠돌았다. 작품은 인생의 어두운 면을 많이 묘사했고, 또 비관주의적 분위기가 있 다. 저서로는 중편소설 『붉은 웃음』(紅的笑) 등이 있다.

10) 『신조』(新潮). 종합성 월간. 신조사 편. 5·4신문화운동 초기의 중요한 간행물 가운데 하나. 1919년 1월 베이징에서 창간되었으나, 오래지 않아 주요 멤버인 푸쓰녠(傅斯年), 뤄자룬(羅家倫) 등이 구미로 유학을 떠난 후 1922년 3월에 제3권 제2호를 끝으로 정

간되었다.

11) 위핑보(兪平伯, 1900~1990). 이름은 밍헝(銘衡), 자는 핑보, 저장성 더칭(德淸) 사람,
문학가. 베이징대학 교수를 지냈다. 단편소설 「꽃장수」(花匠)를 『신조』 제1권 제4호
(1919년 4월)에 발표했다.

12) 뤄자룬(羅家倫, 1897~1969). 저장성 사오싱(紹興) 사람. 5·4신문화운동 참가자. 뒤에
칭화(淸華)대학, 중앙대학 교장 등을 역임했다. 여기서 말한 그의 단편소설 「애정인가
고통인가」는 『신조』 제1권 제3호(1919년 3월)에 발표되었다.

13) 입센(Henrik Ibsen, 1828~1906)은 노르웨이의 극작가이다. 그는 『노라』(Et Dukkebjem,
1879; 娜拉, 『인형의 집』이라고도 함)와 『유령』(Gengangere, 1881; 群鬼)에서 혼인과 가
정의 개혁문제를 제기했다. 『민중의 적』(En Folkefiende, 1882; 『국민의 적』이라고도 함)
등에서 사회개혁 문제를 제기했다. 『노라』와 『민중의 적』은 『신청년』 제4권 제6호 '입
센특집호'(1918년 6월)에 실렸다.

14) 양전성(楊振聲, 1890~1956). 산둥 펑라이(蓬萊) 사람. 소설가. 베이징대학, 우창(武昌)
대학 교수 역임. 단편소설 「어부의 집」(漁家)은 『신조』 제1권 제3호에 발표되었는데,
어부의 보스에게 납치당하고, 경찰에 강요당하는 어민의 비참한 처지를 묘사했다.

15) 왕징시(汪敬熙, 1897~1968). 장쑤(江蘇) 우셴(吳縣) 사람. 소설가. 광저우 중산(中山)대
학 교수 역임. 여기서 말한 "모범생의 비밀"은 단편소설 「어느 근면한 학생」(一個勤學
的學生)을 가리키는데, 『신조』 제1권 제2호(1919년 2월)에 발표되었다. "고통받는 사람
들의 재난"은 단편소설 「설야」(雪夜)를 말하는데, 『신조』 제1권 제1호에 발표되었다.
뒤에 그는 『현대평론』 제1권 제23, 24호(1925년 5월)에 단편소설 「절음발이 왕얼의 당
나귀」(瘸子王二的驢) 등을 발표했다. 그의 단편소설집 『설야』에는 9편의 작품이 수록
되었고, 1925년 10월 상하이 야둥(亞東)도서관에서 출판되었다.

16) 어우양위첸(歐陽予倩, 1889~1962). 후난 유양 사람. 희극 작가. 『신조』 제1권 제2호에
그의 단편소설 「손목을 자르다」(斷手)가 발표되었다.

17) 예사오쥔(葉紹鈞, 1894~1988). 자는 성타오(聖陶), 장쑤 우셴(吳縣) 사람. 작가. 문학연
구회 발기인의 한 사람. 저서로는 동화집 『도초인』(稻草人), 장편소설 『예환지』(倪煥之)
와 단편소설집 『격막』(隔膜)과 『화재』(火災)가 있다.

18) 『현대평론』(現代評論). 종합성 주간지. 후스, 천위안(陳源), 왕스제(王世杰), 쉬즈모(徐志
摩) 등이 주관한 동인지. 1924년 12월 베이징에서 창간되었고, 1927년 7월 상하이로
옮겨 출판되었으며, 1928년 말 제8권 제209기를 마지막으로 정간되었다. 이 잡지의
주요 성원을 '현대평론파'라고 부른다.

19) 『옥군』(玉君). 1925년 2월 현대사에 발행되었다. '현대총서'의 하나다. 작가는 이 책
「자서」의 말미에서 이렇게 말했다. "우선 덩수춘(鄧叔存) 선생에게 감사한다. 그의 비
평 덕분에 처음으로 고쳐 쓸 수 있었다. 또 천퉁보(陳通伯) 선생에게 감사한다. 그의 비

평 덕분에 나는 두번째 고쳐 쓸 수 있었다. 마지막으로 후스 선생에게 감사드린다. 그의 비평 덕분에 나는 세번째 고쳐 쓸 수 있었다." 여기서 덩수춘은 덩이저(鄧以蟄), 천통보는 천위안이다.

20) 『신청년』월간은 제8권 제1호(1920년 9월)부터 편집부를 상하이에 차리고, 신청년사(新靑年社)에서 출판되었다(이전에는 상하이 췬이서사群益書社에서 발행했다).

21) 『신조』최종호인 제3권 제2호는 '1920년 명저소개 특집호'로서 1922년 3월에 출판되었다.

22) 『제민 선생 언행록』(子民先生言行錄). 신조사 편, 잡문 84편과 부록 3편을 수록했다. 1920년 10월에 출판되었다. 차이제민(蔡子民)은 차이위안페이(蔡元培)이다.

23) 『점적』(点滴). 저우쭤런(周作人)이 번역한 외국 단편소설집. 신조사 '문예총서'의 하나. 1920년 8월에 출판되었다.

24) '인생을 위한 문학' 집단은 '문학연구회'를 가리킨다. '문학을 위한 문학' 집단은 '창조사' 등을 가리킨다.

25) 무사사(彌灑社). 문학단체, 후산위안(胡山源), 첸장춘(錢江春) 등이 조직했다. 1923년 3월 상하이에서 『신청년』월간을 창간하여 모두 6기를 발행했다. '무사'는 그리스 신화에 나오는 문예의 여신 무사(Mousa; 영어로는 Muse)의 번역어이다.

26) 후산위안(胡山源, 1897~1988). 장쑤 장인(江陰) 사람, 세계서국(世界書局) 편집장을 역임했다. 단편소설 「졸음」(睡)과 「벽도나무꽃 아래」(碧桃花下; 본문에는 「櫻桃花下」라고 오기했다)를 『무사』 제1기와 제3기(본문에는 제1기라고 오기했다)에 나누어 발표했다.

27) 천더정(陳德征). 저장 푸장(浦江) 사람. 1927년 이후 국민당 상하이시 당부 주임위원, 국민당 정부 상하이시 교육국장 등의 직책을 맡았다.

28) 원문은 '壟斷文壇'. 창조사가 『창조계간』(創造季刊) 출판을 위해 실은 광고에 이런 말이 있다. "문화운동이 일어난 이후, 우리 신문예는 한두 우상에 의해 농단되었다."(『시사신보時事新報, 1921년 9월 29일)

29) 탕밍스(唐鳴時, 1901~1982). 저장 자산(嘉善) 사람, 번역가.
자오징원(趙景沄, ?~1929). 저장 핑후(平湖) 사람. 단편소설 「아메이」(阿美)는 『무사』 월간 제1기에 발표되었다.
팡치류(方企留)는 장치류(張企留)이고, 저장 쑹장(松江; 지금의 상하이) 사람.
차오구이신(曹貴新, 1894~1966). 장쑤 창수(常熟) 사람.

30) 첸장춘(錢江春, 1900~1927). 장쑤 쑹장 사람. 무사사의 발기인이자 주요 성원.
팡스쉬(方時旭). 필명은 원랑(雲郞), 저장 사오싱(紹興) 사람.

31) 천초사(淺草社). 1922년 상하이에서 설립된 문학단체로 주요 성원으로는 린루지(林如稷), 천웨이모, 천샹허, 펑즈 등이 있다. 1923년 3월 『천초』 계간이 창간되었고, 1925년 2월 제4기를 끝으로 정간했다.

32) 펑즈(馮至, 1905~1993). 허베이(河北) 줘셴(涿縣) 사람. 시인. 저서로는 시집『어제의 노래』(昨日之歌),『북유 및 기타』(北游及其他) 등이 있다.『천초』 계간 제1권 제3기(1923년 12월)에 그의 단편소설 「매미(蟬)와 만도(晩禱)」가 실렸다.

33)『침종』(沉鐘) 주간. 문예 간행물, 침종사가 편함. 1925년 10월 베이징에서 창간되었고 모두 10기를 발행했다. 1926년 8월 반월간으로 다시 발간했고 중간에 정간과 복간을 거쳐서 1934년 2월 제34기를 마지막으로 정간했다. 주요 저자는 천초사의 동인이며, 이외에 양후이(楊晦) 등이 있었다.

34) 기싱(George Gissing, 1857~1903). 영국소설가, 산문가. 저서로는『신 삼류문인의 거리』(New Grub Street, 1891; 文苑外史),『헨리 라이크로프트의 사적인 이야기』(The Private Papers of Henry Ryecroft, 1903; 四季隨筆) 등이 있다.

35) 원문은 "徑一周三". 직경과 원주의 비율.『주비산경』(周髀算經) 권상(卷上)의 한(漢)대 조군경(趙君卿)의 주에 "원은 직경이 1이고, 원주는 3이다"라고 했다.

36) '세기말'은 19세기 말을 가리킨다. 당시 서구 자본주의 국가가 제국주의로 나아가는 단계로서 사회생활과 문화사상 등의 방면에서 퇴폐적인 현상이 나타났다. 이 시기에 출현한 이런 경향을 지닌 문학작품을 '세기말' 문학이라고 불렀다.

37) 오스카 와일드(Oscar Wilde, 1854~1900). 영국 유미파 작가. 저서로는 희곡『살로메』(Salome, 1891),『윈드미어 부인의 부채』(Lady Windermere's Fan, 1892) 등이 있다.

38) 보들레르(Charles Baudelaire, 1821~1867). 프랑스 시인. 저서로는 시집『악의 꽃』(Les Fleurs du mal, 1857) 등이 있다.

39) 원문은 "沉自己的船".『천초』 제1권 제3기(1923년 12월)에 실린 가오스화(高世華)의 단편소설 제목. 소설은 수부들이 선상의 베이양정부 사병들의 흉악한 폭행을 참지 못해 배를 충돌시켜 침몰시키고 다함께 죽는 것을 묘사했다. 여기서 절체절명의 상황에서 생(生)을 도모하는 것은 소설의 결말에서 배가 침몰할 때 수부들이 "차라리 여기서 함께 물속으로…… 함께 죽어 삶을 도모하세……"라고 노래한 것을 가리킨다.

40) 원문은 "春非我春, 秋非我秋".『한서』(漢書) 「예문지」(藝文志)의 「교사가」(郊祀歌) 9에 있다. 즉 "해가 뜨고 지는 것이 끝이 없고, 시와 세는 사람과 다르네. 그렇다면 봄은 내 봄이 아니고, 여름은 나의 여름이 아니며, 가을은 나의 가을이 되지 않고, 겨울도 나의 겨울이 되지 않네."(日出安窮, 時世不如人同, 故春非我春, 夏非我夏, 秋非我秋, 冬非我冬)

41) 사쯔(莎子). 본명은 한더장(韓德章)으로 톈진(天津) 사람이다. 여기서 말한 소초(小草)에 기댄다는 것은 그가『침종』 주간 제9기(1925년 12월)에 발표한 단편소설 「백두옹(白頭翁)의 고사」에서 백두옹이라는 이름의 작은 풀이 꽃이 핀 뒤 비바람에 아프고 상처를 입고 화관이 흩어져 떨어지고 백색의 융모(絨毛)만 남은 것을 묘사하여, 스스로 아직 청춘의 소년이라고 생각하고 있지만, 동료들로부터는 '백발노인'이라고 조롱을 받고 있기에 비상(悲傷)함을 느끼고 있다고 적은 것을 가리킨다. 전하는 바에 의하면

침종사에는 쓰촨(四川) 출신 작가가 두세 명 있었지만 펑즈와 사쯔는 아니었다.

42) 천웨이모(陳煒謨, 1903~1955). 쓰촨 뤼셴(瀘縣) 사람으로 소설가이다. 『난롯가』(爐邊)는 그의 단편소설집으로 1924년부터 1926년까지 지은 소설 7편을 수록했다. 권두에 'Proem'(영어로 서언 혹은 소인(小引의 의미) 1편이 있다. 1927년 베이신서국(北新書局) 출판.

43) 이것은 독일 작가 하웁트만(Gerhart Hauptmann, 1862~1946)의 극본 『침종』(*Die versunkene Glocke*, 1896; 沈鍾)의 고사다.

44) 펑원빙(馮文炳, 1901~1967). 필명은 페이밍(廢名), 후베이(湖北) 황메이(黃梅) 사람. 소설가. 『죽림의 고사』(竹林的故事)는 그의 단편소설집으로 14편의 작품을 수록했고 1925년 10월 신조사에서 출판했다. 그는 「자서」에서 "내가 소설을 쓰기 시작한 것은 1922년 가을인데, ……모두 현재의 산물이라고 할 수 있다. 나는 독자들이 그 속에서 나의 애수를 뽑아내기를 희망한다"라고 썼다.

45) 펑위안쥔(馮沅君, 1900~1974). 허난(河南) 탕허(唐河) 사람. 소설가, 문학사가. 『권시』(卷施)는 『卷葹』이며, '오합총서'(烏合叢書)의 하나. 1927년 1월 베이신서국에서 발행되었다. 여기에 수록된 소설 4편은 모두 『창조주보』(創造週報)와 『창조』 계간에 발표된 것이다.

46) 루칸루(陸侃如, 1903~1978). 장쑤 하이먼(海門) 사람. 문학사가. 펑위안쥔의 남편으로 그녀와 함께 『중국시사』(中國詩史)를 썼다.

47) 『춘흔』(春痕). 중편소설, 펑위안쥔 저. 내용은 "한 여자가 자신의 애인에게 부친 50통의 편지에 가탁"한 것으로, 1928년 10월 베이신서국에서 출판되었다.

48) 페퇴피 샨도르(Petőfi Sándor, 1823~1849). 헝가리의 혁명가이며 시인이다. 1848년 오스트리아의 침략에 반대하는 헝가리 민족혁명에 참가하였고, 1849년에는 오스트리아를 돕는 러시아 군대와 전쟁을 하던 중에 희생되었다. 『용사 야노시』(*János Vitéz*), 「민족의 노래」(*Nemzeti Dal*) 등을 썼다.

49) 『천바오 부간』(晨報副刊). 베이징 『천바오』(晨報)의 부간으로 1921년 10월 20일 창간되었고, 1928년 6월 5일 정간되었다. 『천바오』는 연구계(研究系)의 기관지로 정치상 베이양군벌정부를 옹호했다. 하지만 이 부간은 쑨푸위안(孫伏園)이 편집하던 기간(1924년 10월 이전)에는 신문화운동을 찬양한 중요한 간행물 가운데 하나였다. 1925년 10월 이후 신월파(新月派)의 쉬즈모(徐志摩)가 편집을 맡았다.

50) 『징바오 부간』(京報副刊), 『징바오』는 사오퍄오핑(邵飄萍)이 창간한 신문이다. 『징바오 부간』은 쑨푸위안이 편집했고, 1924년 12월에 창간되었으나 1926년 4월 24일 펑계(奉系)군벌 장쭤린(張作霖)에 의해 『징바오』가 봉쇄당했을 때 정간되었다.

51) 젠셴아이(蹇先艾, 1906~1994). 구이저우(貴州) 쭌이(遵義) 사람. 소설가. 『아침 안개』(朝霧)에는 「수장」(水葬) 등 단편소설 11편이 수록되었고, 1927년 8월 베이신서국에서 출

판되었다. 「수장」은 구이저우 향촌의 한 가난한 사람이 절도를 하여 마을 사람들에 의해 물속에 처박혀 익사했는데, 그의 노모는 날이 저문 뒤 문에 기대어 그가 돌아오기를 기다린다는 얘기를 쓰고 있다.

52) 페이원중(裴文中, 1904~1982). 허베이 펑룬(豊潤) 사람. 고고학자. 단편소설 「전쟁의 소리 속에서」(戎馬聲中)는 1924년 11월 19일 『천바오 부간』에 실렸다.

53) 리젠우(李健吾, 1906~1982). 산시(山西) 안이(安邑; 지금의 윈청運城) 사람. 문학가. 단편소설 「중탸오산(終條山)의 전설」은 1924년 12월 15일 『천바오 부간』에 발표되었다.

54) 브란데스(Georg Brandes, 1842~1927). 덴마크 문학비평가. 그의 『19세기 문학 주류』 (Hovedstrømninger i det 19de aarhundredes litteratur, 1872~90; 十九世紀文學主流) 제1권은 『교민문학』(Emigrantlitteraturen)이라는 제목이 붙어 있는데, 해외에서 유랑하는 몇 명의 프랑스 작가에 대한 평론이다.

55) 쉬친원(許欽文, 1897~1984). 저장 사오싱 사람, 소설가. 『고향』(故鄕)은 '오합총서'의 하나로, 「아버지의 화원」(父親的花園) 등 27편의 소설을 수록했다. 1926년 4월 베이신서국에서 출판되었다. 단편소설 「채석장」(石宕)은 『고향』 이후의 작품으로 『망위안』(莽原) 반월간 제13기(1926년 7월 10일)에 발표되었는데, 몇 명의 석공이 산의 돌이 무너져 목숨을 잃는 참극을 그렸다.

56) 원문은 "雖有忮心, 不怨飄瓦". 이 말은 『장자』(莊子) 「달생」(達生)에 나온다.

57) 왕루옌(王魯彦, 1901~1944). 저장 전하이(鎭海) 사람, 소설가. 단편소설집 『유자』(柚子) 에는 「가을비의 하소연」(秋雨的訴苦), 「등불」(燈), 「유자」, 「화려한 두발」(華麗的頭髮) 등 11편의 소설이 수록되었으며, 1924년 베이신서국에서 출판되었다.

58) 예로센코(Василий Яковлевич Ерошенко, 1889~1952). 러시아 시인이자 동화작가. 어릴 때 병으로 두 눈을 실명했다. 그가 지은 동화극 『연분홍 구름』(桃色的雲)은 루쉰이 중국어로 번역했는데, 이 작품의 주인공은 지하에 사는 한 마리 쥐다.

59) 여기서 말한 것은 모두 왕루옌의 소설에 보인다. 예를 들어, 「등불」에는 "별수 없네, 별수 없어. 어머니여, 나는 이 마음을 당신에게 돌려주려네…… 어머니여, 나는 더 이상 단념하지 않을 거야. 나는 '인간'이 되고 싶어", 또 「유자」에는 "톨스토이 선생은 말했다. '자유의 대가는 피와 눈물이다'" 등이다. 또 「화려한 두발」에는 "그녀는 상당한 학문을 갖췄다. 그녀는 계속해서 다윈의 진화론의 원리를 이렇게 저렇게 말했다. 나아가 맑스, 크로포트킨 등등 서구의 유명인들의 말을 이래저래 들어서 증거로 삼았다." 이 소설들 원문에 나오는 '托爾斯小', '達我文', '牛克司', '克魯屁特金' 등은 톨스토이(托爾斯泰), 다윈(達爾文), 맑스(馬克思), 크로포트킨(克魯泡特金)에 대한 조롱일 것이다.

60) 리진밍(黎錦明)은 자신의 단편소설 「사교문제」(1924년 12월 『천바오 부간』에 발표)에서 "『소설월보』(小說月報)의 「귤」(橘子)이라는 작품은 온통 골계조만 느껴지고, 전혀 충실한 흥미를 맛볼 수 없다.…… 후난 사람의 머리는 귤이다! 사람을 살해하는 사건을 골

계파의 소설로 그리는 것은 정말 시니컬하다!" 여기서 말한 「귤」은 왕루옌의 「유자」를 가리킨다. 이 소설은 1924년 10월 『소설월보』 제15권 제10기에 처음 발표되었다.

61) 리진밍(1905~1999). 후난 샹탄(湘潭) 사람, 소설가. 단편소설집 『열화』(烈火)에는 「소소한 인상」 등 소설 10편이 실렸다. 1925년 카이밍서점(開明書店)에서 출판되었다. 또 『파루집』(破壘集)에는 소설 8편이 수록되었고 1927년 카이밍서점에서 출판되었다.

62) 스트린드베리(Johan August Strindberg, 1849~1912). 스웨덴 작가. 여성해방론을 경시한 인물로, 단편소설집 『결혼』(結婚)은 여성해방에 대한 조롱과 풍자의 태도를 나타냈다. 리진밍의 「사교문제」(社交問題)는 한 젊은 여성이 허영을 쫓고, 애정에 대해 경솔한 태도를 갖는 것을 묘사한 소설이다.

63) 뇌라산방(磊砢山房). 청대 문학가 도신(屠紳, 1744~1801)의 서재 이름이다. 도신은 자가 현서(賢書), 별호는 뇌라산인(磊砢山人)이며 장쑤 장인(江陰) 사람이다. 저서에는 장편소설 『담사』(蟫史), 필기소설 『육합내외쇄언』(六合內外瑣言) 등이 있다.

64) 셴케비치(Henryk Sienkiewicz, 1846~1916). 폴란드 소설가. 저서에는 『쿼바디스』(Quo Vadis, 1895), 『불과 검』(Ogniem i mieczem, 1884) 등이 있다.

65) 창조사(創造社). 1921년 6월 설립된 문학단체로 주요 멤버는 궈모뤄(郭沫若), 위다푸(郁達夫), 청팡우(成仿吾) 등이다. 1929년 2월 국민당 정부에 의해 폐쇄되었다.

66) 링수화(凌叔華, 1900~1990). 광둥(廣東) 판위(番禺) 사람, 소설가. 저서에 단편소설집 『화지사』(花之寺), 『여인』(女人) 등이 있다. 본문에서 말한 "궤도를 벗어난 작품"은 『현대평론』 제1권 제5기(1925년 1월 10일)에 발표된 「술 마신 뒤」(酒後)를 가리키는데, 이것은 한 젊은 부인이 술을 마신 뒤 남편한테 취객에게 키스를 해도 되는지 동의를 구하는 내용을 담고 있다.

67) 촨다오(川島)는 장팅첸(章廷謙, 1901~1981)의 필명이다. 저장 상위(上虞) 사람으로 작가이며, 저서에 단편소설집 『달밤』(月夜)이 있다.

68) 왕즈링(汪之靜, 1902~1996). 안후이 지시(績溪) 사람. 시인. 저서에는 시집 『혜초(蕙)의 바람』과 중편소설 『예수의 분부』 등이 있다.

69) 망위안사(莽原社). 문학단체. 주요 멤버는 루쉰, 가오창훙(高長虹), 웨이쑤위안(韋素園) 등이다. 1925년 4월 24일 『망위안』 주간을 창간했고, 루쉰이 편집을 맡았으며 11월 27일 제32기를 끝으로 휴간했다. 다음 해 1월 10일부터 반월간으로 바꾸고 웨이밍사(未名社)에서 발행했다. 8월 루쉰이 샤먼(廈門)으로 떠난 후 웨이쑤위안이 편집을 맡아서 1927년 12월 25일 제2권 제24기를 마지막으로 정간했다.

70) 웨이진즈(魏金枝, 1900~1972). 저장 성셴(嵊縣) 사람. 작가. 단편소설 「마을에 남겨진 황혼」(留下鎭上的黃昏)은 『망위안』 반월간 제12기(1926년 2월 25일)에 발표되었고, 뒤에 단편집 『7통의 서신의 자전』(七封書信的自傳)에 수록되었다.

71) "니체식의 피차 모두 해석할 수 없는 격언식의 문장"은 가오창훙이 『광풍』 주간에 발

표한 전체의 제목을 「환상과 꿈」(幻想與做夢)이라고 한 소품을 가리킨다.

72) 황펑지(黃鵬基, 1901~1952). 필명은 펑치(朋其), 쓰촨 런서우(仁壽) 사람, 소설가. 단편집 『가시나무』(荊棘)에는 소설 11편이 수록되었는데, '광풍총서'의 하나로서 1926년 8월 카이밍서점에서 출판되었다. 그는 「가시의 문학」(刺的文學)이라는 글에서 "문학가……의 작품은 밥 먹고 아무 일도 하지 않는 보통 사람들에게 감상을 제공할 뿐인 빵 위의 버터는 아니다"라고 말했다.

73) 여기서 말한 황펑지의 두 단편은 「나의 연인」(我的情人)과 「햄선생, 사람들 속으로 달린다」(火腿先生在人海中的奔走)이다. 각각 『망위안』 주간 제31기와 제25기에 발표되었고, 뒤에 『가시나무』에 수록되었다.

74) 상청(尙鉞, 1902~1982). 허난 뤄산(羅山) 사람으로 소설가이자 역사학자이다. 단편집 『도끼』(斧背)에는 소설 19편이 실렸다. '광풍총서'의 하나로서 1928년 5월 타이둥도서국(泰東圖書局)에서 출판되었다.

75) 상페이량(向培良, 1905~1959). 후난 첸양(黔陽) 사람. 광풍사의 주요 멤버 가운데 하나. 『희미한 꿈』(飄渺的夢)은 소설 14편을 수록하고 있다. '오합총서'의 하나로 1926년 6월 베이신서국에서 출판되었다. 인용된 문장은 이 소설집의 제사(題詞)다. 그는 「들꽃」(野花)이라고 이름한 단편에서 이렇게 말했다. "나는 깊이 참회한다. 이미 잃어버린 동심에 지나가 버린 옛일, 어릴 때의 회상, 어린아이의 슬픔과 기쁨을 참회한다."

76) 『나는 번화가를 떠나며』(我離開十字街頭). 상페이량의 중편소설. '오합총서'의 하나로 1926년 10월 광화서국(光華書局)에서 출판되었다. 그는 이 책의 「전기」(前記)에서 이렇게 말했다. "나는 알고 있다. 그가 반항자, 허무적 반항자라는 것을.…… 하지만 나는 그를 매우 사랑한다. 강력한 증오 뒤에 더 강력한 사랑을 발견하기 때문이다."

77) '말인'(末人). 니체의 저작에서 사용된 용어로 '초인'(超人)의 반대말로서 평범하면서도 천박하고 어리석은 인물을 가리킨다. 니체의 『차라투스트라는 이렇게 말했다』「서언」 제5절에 보면 "'우리는 행복을 발견했다'고 말인들이 말하고 눈을 깜박거렸다. 그들은 그 땅을 떠났다. 그곳은 생활하기 어려운 곳이었다. 사람들은 따뜻함을 필요로 했기 때문이었다"라고 했다(번역문은 독일어 원문을 루쉰이 중역中譯한 것을 참조함).

78) 바자로프는 러시아 작가 투르게네프의 소설 『아버지와 아들』(Отцы и дети, 1862)의 주인공이다. 문학작품 중 최초로 허무주의자의 전형이다.

사닌은 러시아 작가 아르치바셰프(Михаил Арцыбашев)의 소설 『사닌』(Санин, 1907)의 주인공으로 허무주의자이다.

79) 셰빌로프는 아르치바셰프의 소설 『노동자 셰빌로프』의 주인공으로 허무주의자이다.

80) 웨이밍사(未名社). 1925년 가을 베이징에서 설립된 문학단체로 주요 성원은 루쉰, 웨이쑤위안(韋素園), 차오징화(曹靖華), 타이징눙(臺靜農) 등이다. 『망위안』 반월간, 『웨이밍 반월간』, '웨이밍총간', '웨이밍신집'(未名新集) 등을 출판했다. 1931년 경제적 곤란

으로 해체되었다.

81) 웨이쑤위안(韋素園, 1902~1932). 안후이(安徽) 훠추(霍邱) 사람. 웨이밍사 성원. 역서로 고골의 중편소설『외투』, 러시아 단편소설집『최후의 빛』(最後的光芒), 북유럽 시가소품집『황화집』(黃花集) 등이 있다.

82) 리지예(李霽野, 1904~1997). 안후이 훠추 사람. 웨이밍사 성원. 저서에 단편소설집『그림자』(影)가 있고, 역서로 안드레예프의 극본『별을 향해』(往星中)와『검은 가면을 쓴 사람』(黑假面人) 등이 있다. 단편소설집『그림자』는 1928년 카이밍서점에서 출판되었다. 그중에「부드러운 황과」(嫩黃瓜)에는 이런 말이 있다. "등나무 잎을 쓰다듬으면서 나는 그 엽맥(葉脈)을 분명하게 구별할 수 있었다."

83) 타이징눙(臺靜農, 1902~1990). 안후이 훠추 사람. 웨이밍사 성원.『대지의 아들』(地之子)에는 소설 14편이,『탑을 세우는 사람』(建塔者)에는 소설 10편이 수록되었는데, 두 권 모두 '웨이밍신집'에 포함돼 웨이밍사에서 1928년 11월, 1930년 8월에 차례로 출판되었다.

우치야마 간조의 『살아있는 중국의 자태』서문[1]

이것도 내 자신의 발견이 아니라, 우치야마서점에서 만담하던 중에 주워들었던 것인데, 이른바 일본인처럼 그렇게 '결론'을 좋아하는 민족, 즉 논의를 듣든지 책을 보든지 간에 결론을 얻지 못하면 심리상 불안한 민족은 오늘날의 세상에서 극히 보기 힘들 것이라는 말이었다.

이런 결론을 받아들이고 난 뒤에 종종 아주 잘되었다고 느끼게 되는 일이 있다. 예를 들어, 중국인에 대해서도 그렇다. 메이지明治시대의 지나支那[2] 연구의 결론은 대체로 영국의 뭐라고 하는 사람이 쓴 『지나인의 기질』[3]의 영향을 받았던 듯하지만, 근래에는 면목을 일신한 결론도 나왔다. 어느 여행자가 은퇴한 한 돈 많은 대관大官의 서재에 들어가서 아주 비싼 벼루가 많이 있는 것을 보고 중국은 "문아文雅한 나라"라고 말했다. 또한 관찰자는 상하이에 한 차례 와서는 몇 가지 외설猥褻적인 책과 그림 몇 종을 사고, 재차 기괴한 전시품을 살펴본 뒤, 중국은 "색정色情의 나라"라고 말했다. 장쑤와 저장 등지에서는 죽순을 먹고 사는 일까지도 색정심리를 표현하는 하나의 증거[4]라고 간주하였다. 하지만 광둥과 베이징 등지에는 대나무가 적기 때문에 죽순을 그다지 먹지 않는다. 빈궁한 문인의 집이나 하숙집에 가 보면 서재가 없는 것은 말할 것도 없고, 벼루조차도 하나에 두 푼 하는 것을 사용하는 것이 고작이다. 이러한 일을 한번 보자 지금까지의 결론이 통하지 않기 때문에 관찰자도 궁해져 어쩔 수 없이 다른 무언가 적당한 결론을 뽑아낼 수밖에 없다. 이래서 이번에는 지나는 알기 너무 어렵다느니, 지나는 "수수께끼의 나라"라고 말하게 된다.

내 생각에는 지위 특히 이해가 서로 다르면 나라와 나라 사이는 말할 것도 없고, 같은 나라 사람들 사이에서도 상호 이해가 쉽지 않다고 본다.

예를 들어 보자. 중국은 서양에 많은 유학생을 파견했다. 그중에 한 선생이 서양을 연구하는 것이 그다지 내키지 않는 듯해 그래서 중국문학에 관한 무슨 논문을 제출했는데, 그쪽 학자들을 깜짝 놀라게 하고 박사학위를 취득해 귀국하였다. 하지만 오랜 기간 외국에서 연구했기 때문에 중국의 사정을 잊어버려 귀국한 뒤에 서양문학을 가르치지 않으면 안 되었다. 그는 중국에 걸인이 많은 것을 보고 이상하게 여기며 개탄하여 말하기를, "그들은 왜 학문을 연구하지 않고, 스스로 타락하고 있는가? 그래서 하등한 인간은 실로 구할 방법이 없는 것이다"라고 했다.

그러나 이것은 극단적인 예다. 오랫동안 한 지방에서 생활하며, 그 지방 사람들을 접촉하고, 특히 접촉을 통해 그 정신을 느끼고서 절실하게 생각해 본다면, 그 나라에 대해 아마도 이해 못 하지는 않을 것이다.

저자는 20년 이상 중국에서 생활하고 여러 곳에 여행을 다니면서 각 계급의 사람들을 접촉했기 때문에 이러한 만문漫文을 쓰는 데 정말로 적합한 인물이라고 생각한다. 사실은 웅변을 이기는 법, 이러한 만문은 분명히 하나의 색채를 발하고 있지 않은가? 나 자신도 늘 만담을 들으러 갔기 때문에 사실 칭찬해 줄 권리와 의무를 갖고 있기도 하지만, 이미 긴 세월 동안 사귄 '오래된 벗'이기 때문에 여기서 몇 마디 듣기 싫은 소리도 해야 겠다. 그 하나는 중국의 좋은 점을 많이 언급한 경향이 있는데, 이것은 내 생각과는 반대다. 하지만 저자의 입장에서는 자신의 생각을 갖고 언급한 것이니 어쩔 수가 없다. 다른 하나는 싫은 소리가 아닐지도 모르겠으나, 바로 그 만문을 읽으면 종종 사람들이 "과연 그랬구나"라고 느끼게 하는 곳이 많다. 이 사람들을 "과연 그랬구나"라고 느끼게 하는 곳이 결국 결론 이다. 다행히 권말에 "제몇 장:결론"이라고 명기하지 않아서 만담임을 잃 지 않고 있는 것이 괜찮았다.

하지만 만담이라고 역설할지라도 저자의 용심用心은 여전히 중국의 일부 진상을 일본의 독자들에게 소개하는 것이다. 하지만 지금은 의연히 다양한 독자들로 인해 그 결과 또한 달라졌다. 이것은 할 수 없는 일이다. 내 생각에는 일본과 중국의 인민들 간에 반드시 서로 이해할 날이 올 것이 다. 최근 신문에서는 또 힘써 '친선'을 이야기하고, '제휴'를 얘기하고 있 지만,[5] 내년이 되면 또 무슨 말을 할지 알 수 없다. 아무튼 결론적으로 지 금은 그때가 아니라는 것이다.

차라리 만문이라도 읽는 것이 재미있을 듯하다.

1935년 3월 5일 상하이에서 루쉰 씀

1) 원제는「內山完造作『活中國的姿態』序」, 이 글은『살아있는 중국의 자태』에 처음 수록되었다. 이 책은 일본의 우치야마 간조(內山完造)가 1935년 11월 도쿄학예서원(東京學藝書院)에서 출판한 책으로, 여우빙치(尤炳圻)의 중역본이 있다.『어느 일본인의 중국관』(一個日本人的中國觀)으로 고쳐서 1936년 8월 카이밍서점에서 발행되었다.

   이 글은 원래 일본어로 쓰여졌는데, 저자가 중국어로 번역하였다. 본 문집의 후기 참조. 우치야마 간조(1885~1959). 일본인. 1913년 중국에 건너온 뒤 처음에는 약품을 팔았으나, 뒤에 상하이에서 우치야마서점을 열어 일본서적을 판매했다. 1927년 10월 루쉰과 알게 된 뒤 항상 왕래하였고, 1945년에 귀국하였다.

2) 군국주의 시대 일본이 중국을 폄하하여 불렀던 명칭.

3)『支那人氣質』(Chinese Characteristics, New York, 1894). 중국에 오랫동안 거주했던 미국의 선교사 스미스(A. H. Smith, 1845~1932)가 쓴 책으로, 일본에 시부에 다쓰오(澁江保)의 번역본이 있다. 1896년 도쿄박문관(博文館)에서 출판되었다.

4) 일본의 야스오카 히데오(安岡秀夫)가 쓴『소설로 본 지나민족성』(1926년 4월 도쿄 聚芳閣 출판)에 나오는 중국인에 대한 제멋대로의 멸시를 가리킨다. 이 책의「향락에 빠지고 음풍(淫風)이 성한 것」이라는 편에서는 "그 나라 사람들이 죽순을 좋아하는 것은 …… 그 꼿꼿한 듯 발돋움한 듯한 자세에서 충분히 상상할 수 있을 것이다"라고 말했다.

5) '친선', '제휴'. 1935년 1월에 일본 외상 히로다 고키(廣田弘毅)가 의회에서 '중일친선', '경제제휴' 등의 연설을 하여 중국과 일본의 인민을 기만했다. 장제스(蔣介石)는 2월 1일 담화를 발표했는데, "이번에 일본의 히로다 외상이 의회에서 우리나라에 대해 발표한 연설은 나로서는 성의를 갖고 있다고 생각하고, 우리 정부는 이것에 대해 깊이 인식하여 …… 일체의 흥분 및 반일행위를 억제하여 신의를 보일 것이다"라고 했다. 이 전에 1934년 5월 일본공사 아리요시 아키라(有吉明)가 이미 황푸(黃郛)와 상하이에서 '중일친선' 교섭을 진행했고, 6월에는 또 난징에 가서 왕징웨이(汪精衛)를 만나 '중일제휴' 문제에 관해 협의했다.

'조롱하는 것'[1]

나는 한때 성실한 독자 혹은 연구자가 우연히 두 부류 사람들의 문장을 읽는다면, 억울함을 당하고 고통을 겪을 것이라고 생각했다. 하나는 진부하고 기괴한 시와 니체식의 단구短句, 그리고 몇 년 전의 소위 미래파의 작품이다. 이것은 대개 괴상한 글자를 사용하고 생경한 구를 무의미하게 늘어놓고, 게다가 몇 행의 아주 긴 점선을 덧붙였다. 작가가 본래 난삽하게 써서 자신도 무슨 의미인지 잘 모른다. 하지만 진지한 독자는 그 속에 무슨 깊은 뜻이라도 있는 듯이 여겨 정성껏 그것을 연구한 결과, 도대체 그 신묘함을 알 수가 없어 부득불 자신의 천박함을 책망할 뿐이다. 작가 본인에게 가서 가르침을 청해 보라. 그는 분명 해석을 하지 못하고 단지 경멸의 웃음만 짓는다. 이 웃음 또한 작가의 깊이를 드러낼 것이다.

다른 하나는 작가가 처음부터 조롱하는 것이다. 본래 진실하게 말하지 않았기 때문에 말한 것도 곧 잊어버린다. 당연히 이전의 주장과 충돌하고, 또 당연히 같은 문장에서 자신과 충돌하기도 한다. 하지만 작가는 원래 글 쓰는 일은 밥 먹는 것과 달라서 항상 진지할 필요는 없다고 생각하고 있다는 사실을 알아야만 한다. 진지하게 읽는다면 자신의 어리석음만을 책망하게 될 뿐이다. 최근에 린위탕 선생이 왜 『야수폭언』[2]을 칭찬했는지에 대해 한루 선생이 연구했던 것이 그 예다. 그렇다, 이 책은 사람을 깔보고 해치는 도학선생의 심리의 결정이며, '성령'性靈과 특히 연이 깊지 않아서, 예를 들어 비교한다면 당연히 그 칭찬의 의외성이 분명하게 드러날 것이다. 그러나 사실 위탕 선생이 '방건기'方巾氣를 싫어하고, '성령'을 얘기하고, '소사'瀟泗[3]를 논하는 것도 진실한 사람을 '조롱하는 것'에 다름 아니다. 하물며 '방건기'류가 어떤 것인지 정말로 모른다. 아마도 줄곧 그가 칭찬한 『야수폭언』도 그다지 읽지 않았을 것이다. 그래서 이 책과 그가 다른 곳에서 한 주장을 비교·연구해 보더라도 영원히 이해할 수 없을 터이다. 물론 이 두 측면이 너무도 다르다는 것은 아주 분명하다. 그런데 어떻게 칭찬하게 되었는지 역시 "알 수 없는" 일이다. 내 생각은 어떤 일은 너무 깊게 생각해서도 안 되고, 너무 성실하게 너무 진지하게 생각할 필요도 없다는 것이다. 우리들이 위탕 선생이 그때 원중랑袁中郎을 숭배하고 있었고, 또 원중랑도 일찍이 『금병매』를 칭찬한 적이 있다는 사실을 안다면 무슨 경탄할 마음도 사라질 것이다.

또 하나의 예가 있다. 경서를 읽는 것은 광둥에서는 옌탕燕塘군관학교가 제창했다고 한다. 작년 관官이 정한 소학교과서 『경훈독본』經訓讀本[4]이 출판되었다. 5학년생용의 제1과는 "공자는 증자曾子에게 이렇게 말했다. 신체발부身體髮膚는 모두 부모님에게 받은 것이니 함부로 상하게 하지 않는 것이 효의 시작이다.……" 그렇다면 "나라를 위해 몸을 다치는" 것은 "효의 끝"인가? 그렇지 않아서, 제3과에는 '모범'模範이 실려 있다. 증자가 공자 선생으로부터 들었다는 설을 악정자춘樂正子春이 기술하고 있다. "하늘이 낳은 것, 땅이 길렀던 것으로서 인간이 가장 위대하다. 부모는 완전한 것을 낳고, 자식은 완전한 것으로서 갚는다. 효라고 할 수 있다. 그 체를 다치지 않게 하고, 그 몸을 상하게 하지 않는 것이야말로 완전하다고 평할 수 있다. 고로 군자는 한순간도 효를 잊어서는 안 되는 것이다.……"

또 한 가지 최근의 예가 있다. 3월 7일 『중화일보』에 실린 것이다. 여기에는 '베이핑北平 대학 교수 겸 여자문리학원 문사文史 계 주임 리지구 씨'가 『일십선언』一十宣言[5] 원칙을 찬성한 담화가 실렸다. 말미에 "민족을 부흥시키는 입장에서 말한다면, 교육부는 마땅히 총괄하여 악비岳飛, 문천상文天祥, 방효유方孝孺 등 절개 있는 충신과 용장을 공시하여 일반 고관과 무장들의 모범이 되게 해야 한다"라고 했다.

무릇 이러한 것은 모두 그다지 크게 연구하지 않는 것이 좋을 것이다. 만약 "완전한 것으로서 되돌리는" 것과 장래 전장에 나갈 경우 충돌을 일으킬 것을 생각하거나, 혹은 악비들의 사실이 실제로 어떠한 결과로 "민족을 부흥"시켰던 것인지를 조사한다면, 반드시 속임을 당해 망연자실해질 것이다. 하지만 이것도 자신이 초래한 번뇌이다. 위탕 선생이 지난暨南 대학 강연에서 이렇게 말했다. "……인간은 성실한 것이 중요합니다. 사도邪道로 달려가서는 안 됩니다.……사도로 달려간다면……반드시 실업하고……하지만 글을 쓰는 것은 유머가 필요합니다. 인간으로서 살아가는 방식과는 달라서 농담을 하고, 조롱하는 것이 필요한 것입니다.……"(『망종』芒種본에 의거함)[6] 이것은 기이한 말처럼 들리지만, 실은 사람을 계발시키는 대단한 예지였다. 이 "농담을 하고, 조롱하는 것"이 바로 중국에서 발생한 많은 기괴한 현상의 자물쇠를 여는 열쇠다.

3월 7일

주)_____

1) 원제는「"尋開心"」, 이 글은 1935년 4월 5일 반월간『태백』제2권 제2기에 처음 발표되었다. 서명은 두더지(杜德機).

2) 린위탕(林語堂)은 반월간『논어』제40기(1934년 5월 1일)에 발표한「어록체거례」(語錄體擧例)에서 "근래『야수폭언』(野叟曝言)을 읽었는데, 백화의 상등문자인 줄 알았다. 몇 구절을 읽었지만 수사학상의 묘어(妙語)의 용례로서 좋았다"라고 말했다. 다음 해 1월에는 또『인간세』(人間世) 반월간 제19기「신년부록: 1934년 나의 애독서적」에서 3권의 책을 제시했는데, 첫번째 책이 바로『야수폭언』으로, 이것은 "유교, 도교에 관한 나의 인식을 높여 주었다. 또 유교, 도교에 대해 어떤 좋은 점이 있는지 알 수 있었다"고 적었다. 얼마 뒤에 한루(悍箐; 즉 녜간누聶紺弩)가『태백』반월간 제1권 제12기(1935년 3월 5일)에 실은「야수폭언에 관해」(談野叟曝言)에서 이 책은 "'가장 방건기(方巾氣)가 강하고', '성령(性靈)이 아니고', '사상의 자유를 부인하고', '정신이 불건전하며', '구어 속의 문어'라는 다섯 가지 점을 열거하여『야수폭언』은 여러 곳에서 린위탕 선생의 주장과 상반되는데, 왜 린선생은 재삼재사 추천하는가"라고 지적했다.

3) 린위탕은『인간세』월간 창간호(1935년 2월)에 발표한「소사에 관해」(講瀟泗)란 글에서 "인품과 문학은 같은 원리이다. 소사(瀟泗)를 말하는 것은 기골을 말하고 성령을 말하고 재화(才華)를 말하는 것이다"라고 했다.

4) 광둥군벌 천지탕(陳濟棠)이 1933년에 성내 모든 학교에 명령을 내려 경서 읽기를 부활시켰다. 옌탕군사정치학교(燕塘軍事政治學校)는 솔선하여 시행했다. 그 후 경서편심위원회(經書編審委員會)가 설립되어 중학교, 소학교 독본을 편집했다. 소학의『경훈독본』(經訓讀本) 전 2권은 광둥성정부교육청이 편집하여 1934년 9월 상우인서관(商務印書館)에서 출판했는데 5, 6학년용이었다. 여기서 인용한『독본』중 본문 "신체발부"(身體髮膚) 등의 구절은『효경』(孝經)「개종명의장」(開宗明義章)에 있다. 또 "천지소생"(天之所生) 등의 구절은『예기』(禮記)「제의」(祭義)에 보인다.

5)『일십선언』(一十宣言). 1935년 1월 10일 왕신밍(王新命), 허빙쑹(何炳松) 등 10명의 교수가 발표한「중국 본위의 문화건설」선언으로, 그 가운데 "문화의 영역에서 우리들은 현재의 중국이 보이지 않는다.……중국을 문화의 영역에서 대두시키려면, 중국의 정치, 사회 그리고 사상의 전부에 중국의 특징을 갖게 하려면, 반드시 중국 본위의 문화건설에 종사해야 한다"라는 말이 있다. 리지구(李季谷, 1895~1968)는 리쭝우(李宗武)로서 저장 사오싱 사람이다.

6) 이것은 린위탕이 지난대학에서 한 강연「글을 쓰는 것과 인간이 되는 것」(做文與做人) 중의 말로서,『망종』(芒種) 반월간 창간호에 실린 차오쥐런(曹聚仁)의「나와 린위탕 선생의 교제의 전말」(我和林語堂先生往還的終始)이라는 글에 보인다. 일설에는 이 강연원고는『논어』(論語) 반월간 제57기(1935년 1월 16일)에 발표되었지만, 그 가운데 여기에

인용된 말은 없었다고 한다. 『망종』은 잡문, 소품문를 실은 반월간으로 쉬마오융(徐懋庸), 차오쥐런이 편집을 담당했다. 1935년 3월 5일에 창간되었고, 같은 해 10월에 정간되었다.

재번역은 반드시 필요하다[1]

작년은 '번역의 해'[2]라고 누군가가 얘기한 듯하다. 사실 무슨 대단한 번역이 있었는가마는 번역자를 위해 잠시 오명을 씻도록 한 것은 사실이다.

아주 애석한 얘기지만, 단지 몇 편의 단편소설이 중국에 번역되었을 뿐인데, 창작자가 나타나서 그것은 매파이고 창작은 처녀[3]라고 말하였다. 남녀의 교제가 자유로운 시대에 누가 매파가 얼씬거리는 것을 좋아하겠나, 몰락하는 것은 당연하다. 그 뒤에 약간의 문학이론이 중국에 번역되자, '비평가'와 유머가 무리들이 또 출현하여, "딱딱한 번역"硬譯이니 "생기 없는 번역"死譯이니 "마치 지도를 보는 것 같네"[4]라고 말하고, 유머가는 자신의 머리에서 재미있는 예[5]를 찾아내어 독자들을 '웃게' 한다. 학자와 대가들의 말은 틀릴 수 없고, '우스개' 또한 성실함에 비해서는 힘이 덜 드는 것이니, 그래서 번역의 얼굴은 그들에 의해 분칠을 당하게 되었다.

하지만 어찌해서 또 '번역의 해'가 왔는가, 무슨 대단한 번역도 없는 시대에 말이다. 과장하거나 우스개가 아니면, 그 자체 본래 대단히 가벼워서 비바람의 시련을 못 견디기 때문일까?

그래서 몇몇 사람들은 또 번역을 생각해 내고 시험 삼아 몇 편을 번역하였다. 그러나 이것 또한 '비평가'의 재료가 되었다. 사실 이름을 정확히 붙이고 역할을 분명히 정한다면, 그들은 마땅히 '트집잡이'라고 해야 할 것이다. 창작가와 비평가 이외의 한 종류로서, 듣기 좋게 말한다면 '제3종'이라고 할 수 있다. 그들은 마치 뒷골목의 노파처럼 큰소리는 아니지만 거기서 수다를 떨며 말하기를, 세계의 명저는 모두 번역이 되지 않았나, 너희들은 단지 다른 사람이 이미 번역한 것을 번역하고 있고, 어떤 것은 벌써 일고여덟 차례나 번역되었다고 하는데, 라고 말이다.

예전에 중국에 있던 어떤 풍조가 생각난다. 즉 외국——대체로 일본——에서 책 한 권이 출판된 것을 우연히 보고, 중국인들도 반드시 봐야겠다고 생각하고는 종종 어떤 이가 신문지상에 광고를 실어, "이미 번역을 시작했으니 절대로 이중으로 번역하지 않았으면 고맙겠습니다"라고 했던 일이다. 그는 번역을 약혼과 같다고, 즉 자신이 먼저 약혼반지를 꼈으니 다른 사람은 분수에 맞지 않는 일을 하지 말아야 한다고 생각한다. 물론 번역본이 꼭 출판되는 것은 아니고, 오히려 슬그머니 해약하는 경우도 적지 않다. 하지만 다른 사람은 이 때문에 감히 번역을 못 하고, 신부도 규중에서 늙어 버리고 만다. 이런 광고를 지금은 오랫동안 보지 못했다. 하지만 우리들의 올해 트집잡이는 이런 무리들의 정통을 계승하고 있다. 그들은 번역을 결혼과 같다고 간주하여, 어떤 이가 번역을 했다면 그 다음 사람이 다시 건드려서는 안 되는 것이다. 그렇지 않으면 남편이 있는 부인을 유혹하는 것과 마찬가지로, 이처럼 그들이 수다를 떨려고 하는 것은 당연히 도덕풍기의 유지를 위한 것이다. 하지만 이러한 트집 속에 그들도 자신의 흉측한 면상을 생생하게 그려 내고 있는 것은 아닐까?

몇 년 전, 번역이 일반 독자들의 신용을 잃었던 것은, 학자와 대가들의 곡설曲說도 분명 그 원인 중 하나였지만, 번역 자체에도 원인이 있었는데 바로 제멋대로 한 번역본이 그것이다. 그러나 이런 엉터리 번역을 물리치려면 중상, 우스개, 트집도 모두 소용이 없다. 유일한 방법은 재번역하는 것이고, 그래도 안 되면 다시 한번 더 하는 것이다. 경주에 비유한다면, 여기에는 적어도 두 사람은 있어야 하는데, 만약 다른 사람의 입장을 허락하지 않는다면, 먼저 있던 한 사람은 그가 절름발이일지라도 영원히 일등이다. 그래서 재번역을 조소하는 이는 표면상 번역계에 관심이 있다 하더라도, 사실은 번역계에 해독을 끼치는 것이다. 이는 모함이나 우스개보다 해가 더 심하다. 그들은 겉은 유순해 보이나 속은 시커멓기 때문이다.

게다가 재번역은 단지 엉터리 번역을 격퇴하는 데 머물 수만은 없다. 비록 이미 좋은 번역본이 있다고 하더라도, 재번역은 여전히 필요한 일이다. 예전의 문언문文言文 번역본은 지금 당연히 백화로 다시 번역해야 하는 것은 말할 필요도 없다. 비록 이미 출판된 백화번역본이 훌륭하다고 하더라도, 만약 후대의 번역자들 자신이 더 좋게 번역할 수 있다고 생각한다면 다시 번역해도 무방하다. 걱정할 필요도 없고 게다가 그런 무료한 트집잡이들의 말에 구애될 필요도 없다. 옛 번역의 장점을 취하고 자신이 새로이 깨달은 바를 덧붙인다면, 이것은 바로 완벽에 가까운 정본定本으로 완성될 수 있다. 하지만 언어는 시대에 따라 변화하기 마련이어서 장래 새로운 재번역본이 또 나올 것이다. 그러니 일고여덟 차례가 어찌 기이하다고 하며, 하물며 중국에는 아직 일고여덟 번 번역한 작품도 없다. 만약 이미 있다고 한다면, 중국의 신문예가 아마도 지금처럼 침체되어 있지는 않을 것이다.

3월 16일

주)_____

1) 원제는 「泌有復譯不可」, 이 글은 1935년 4월 상하이의 월간 『문학』, 제4권 제4호 '문학 논단'이란 코너에 처음 실렸고, 서명은 경(庚)이다.

2) '번역의 해'는 1935년이다. 『문학』 제4권 제1호(1935년 1월) '문학논단' 코너에 「올해는 무슨 해인가」라는 글이 실렸는데, 그 가운데 이런 말이 있다. "지난 1년은 '잡지의 해'였고, 이것은 많은 사람들이 동의하는 바이다. 올해는 무슨 해가 되어야 하나? 일찍이 어떤 사람이 '번역의 해'라고 예측—아니, 축원—했던 것이 기억난다."

3) 궈모뤄(郭沫若)는 1921년 2월 월간 『민탁』(民鐸) 제2권 제5호에 이 간행물의 편집자 리스천(李石岑)에게 보낸 편지를 발표하여, "나는 국내인사들이 매파만 중시하고, 처자를 중시하지 않는다고 생각한다. 즉 번역만을 중시하고 창작을 중시하지 않는다", "처자는 응당 존중을 받아야 하고, 매파는 마땅히 좀 억눌러야 한다"라고 했다.

4) 량스추(梁實秋)를 말한다. 그는 『신월』(新月) 제2권 제6, 7호 합간(1929년 9월)에 발표한 「루쉰 선생의 '딱딱한 번역'에 대해 논함」이라는 글에서 루쉰의 번역은 "딱딱한 번역"(硬譯), "생기 없는 번역"(死譯)이라고 지적하고, "이러한 책을 읽는 것은 마치 지도를 보는 것처럼 손을 뻗어 구법(句法)의 연결 위치를 찾아야만 한다"라고 말했다. 『이심집』(二心集) 「'경역'과 '문학의 계급성'」 참고.

5) 류반농(劉半農)을 가리킨다. 그는 『중국문법통론』(中國文法通論)의 「사판부언」(四版附言)에서 고의로 「논어」 「학이」(學而) 가운데의 "공자 왈, 배우고 때로 익히면 기쁘지 아니한가?"라는 구절을 서구의 문법에 의거해 몇 가지 구법으로 배열하고 조소를 가했다. 『꽃테문학』(花邊文學) 「농담은 그저 농담일 뿐(상)」 참고.

풍자에 관하여[1]

우리들은 여간해서 벗어나기 어려운 하나의 선입관이 있다. 풍자 작품을 보면 바로 이것은 문학의 정도正道가 아니라고 생각하는 것이다. 이것은 먼저 풍자는 결코 미덕이 아니라고 생각하기 때문이다. 그런데 사교장에 나가면 이러한 사실을 종종 볼 수 있다. 그것은 뚱뚱한 두 신사가 서로 허리를 굽히고 두 손을 모아 기름 번지르르한 얼굴로 인사를 시작하고 있는 것이다.——

"성함이?……"

"첸錢이라고 합니다."

"아, 이렇게 뵙게 되어 대단히 영광입니다. 아직 존함은 알려주지 않으셨습니다만,……"

"자는 쿼팅闊亭이라고 합니다."

"대단히 훌륭하십니다. 사시는 곳은……"

"상하이입니다.……"

"아아, 그거 아주 좋습니다. 이 정말로……"

누구라도 이것을 괴이하다고 생각하지 않는다. 그런데 소설에 쓴다면 사람들은 다른 눈으로 볼 것이다. 아마도 풍자라고 생각할 것이다. 사실을 그대로 써내는 많은 작가들은 이런 식으로 '풍자가'의 직함을—좋은지 나쁜지는 말하기 어렵지만—받게 된다. 예를 들어, 중국에서『금병매』에 채어사蔡御史가 겸손하게 서문경西門慶을 추종하며 말하기를, "유감스럽게도 나는 왕안석王安石의 재주에 미치지 못하지만, 그대는 왕우군王右軍의 풍격을 갖추고 있구려!" 또『유림외사』에는 범거인范擧人이 복상 중인 관계로 상아 젓가락조차 사용하는 것을 그만두고, 식사 때 "제비집의 그릇에서 커다란 새우완자를 골라 입에 넣었던" 것을 묘사했지만, 이것과 비슷한 정경은 지금도 볼 수 있다. 외국에서는 근래 이미 중국 독자들에게 주목을 받고 있는 고골의 작품 가운데『외투』[2](웨이쑤위안 역, '웨이밍총간'에 수록)의 높고 낮은 관리,『코』[3](쉬샤許遐 역,『역문譯文』지에 발표)에 나오는 신사, 의사, 한가한 사람閑人 등의 전형은 지금 중국에서도 역시 볼 수 있다. 이것은 분명 사실이고, 게다가 극히 광범위한 사실이다. 하지만 우리는 모두 이것을 풍자라고 부른다.

사람들은 대체로 유명해지기를 원한다. 살아 있을 때 자서전을 쓰고, 죽고 나서는 누군가가 부문訃聞을 나누어 주고, 행실을 기록해서 심지어 "국사관에 명령해서 그 전기를 편찬케 하는" 것까지 해주기를 바란다. 자신의 추한 점을 정말 모르는 것은 아니지만 고치고 싶지 않다. 그래서 다만 흔적이 남지 않도록 수시로 소멸시키고, 굶주린 백성들을 구제하기 위해 죽을 베풀었다는 등의 좋은 점만 남기길 희망한다. 그렇지만 그 전면을 다 드러낸 것은 아니다. "훌륭합니다, 훌륭해요"라고 연발하는 것은 실은 그 낯간지러움을 모르는 것이 아니라, 말해 버리고 나면 그것으로 끝나고, '본전'本傳에 기재할 리가 없다는 것을 잘 알고 있기 때문에 안심하고 "훌륭해요"를 계속해 가는 것이다. 누군가가 기록해서 그것을 소멸시키지 않는다면 즐겁지 않은 일이 될 것이다. 그래서 온갖 궁리를 다해 반격을 가하고, 그것은 '풍자'라고 부르고, 작가의 얼굴에 흙을 발라서, 자신의 진상을 덮어 버린다. 하지만 우리들도 매번 생각이 짧고 늦어서 덩달아 "이런 것은 풍자다!"라고 말한다. 정말로 심하게 기만당하고 있는 것이다.

동일한 예로서 역시 소위 "욕하는" 것이 있다. 가령 쓰마로四馬路에 가서 창녀가 사람을 유혹하는 것을 보고 큰소리로 "창녀가 손님을 잡아끈다"라고 말한다면, 그녀에게 "사람을 욕했다"라고 해서 욕을 먹을 것이다. 사람을 욕하는 것은 악덕惡德이다. 그래서 먼저 나쁜 사람으로 판정된다. 즉 당신은 나쁘고, 상대방은 착한 사람이 될 것이다. 하지만 사실은 분명 "창녀가 손님을 잡아끌고 있었다".[4] 그러나 마음속으로 알고 있을 뿐 입 밖에 내어서는 안 된다. 부득이한 경우라도 "아가씨가 장사를 하고 있습니다"라고 하는 데서 그쳐야 한다. 그 공손하게 허리를 굽힌 무리들의 일을 문장으로 쓸 경우 "겸허하게 사람을 대하는" 식으로 고치지 않으면 안되는 것과 같다.―― 그렇지 않으면 욕하는 것이 되고, 풍자가 되는 것이다.

그러나 지금의 소위 풍자 작품은 대체로 사실을 쓰고 있다. 사실을 쓰는 것이 아니라면, 결코 이른바 '풍자'가 될 수 없다. 사실을 쓰지 않는 풍자, 만약 그러한 것이 있다고 하더라도 날조나 중상에 지나지 않는다.

3월 16일

주)_____

1) 원제는「論諷刺」, 이 글은 1935년 4월 월간『문학』제4권 제4호 '문학논단'란에 처음 발
표되었다. 서명은 아오(敖).

2) 중편소설, 웨이쑤위안(韋素園) 번역. '웨이밍총간'의 하나. 1926년 9월 출판.

3) 중편소설, 루쉰이 쉬샤(許遐)라는 서명으로 번역.『역문』(譯文) 제1권 제1기(1934년 9월)
에 처음 발표되었고, 뒤에『역총보』(譯叢補)에 수록되었다.

4) 원문은 "姑娘勒浪做生意". '勒浪'은 상하이 방언으로 '재'(在)를 뜻한다.

'오자'부터 밝히자[1]

오자를 쓰는 것에 관한 논의[2]에서 지금의 수두자手頭字를 제창하는 것[3]까지 그간 약 1년여의 시간이 흘렀다. 나 자신은 아무 말도 하지 않았다고 기억한다. 이런 일에 반대하지 않았지만, 흥미도 없었다. 방괴자方块字 자체가 죽음의 병이어서, 인삼을 복용하거나 무슨 방법을 생각해 내면 분명 수명을 연장할 수 있을지도 모르지만, 결국에는 구제할 수 없기 때문이다. 그래서 줄곧 이 일에 주목하지 않았다.

며칠 전 「자유담」에 천유친陳友琴 선생이 쓴 「활자活字와 사자死字」[4]라는 글을 보았는데, 이것을 보자 옛날 일이 생각났다. 그는 이 글에서 베이징대학 입학시험에 관해 언급했는데, 수험생이 오자를 썼다고 "류반눙 교수가 해학시를 지어 그를 조롱한 것은 당연히 부당한 일이었고", 하지만 내가 "곡해를 해서 그 변호를 했던 것도 쓸데없는 일이었다"라고 썼다. 그 수험생은 '창밍'(昌明)을 '창밍'(倡明)으로 기록했고, 류교수의 해학시는 '창'(倡)을 '창기'(娼妓)로 해석했으며, 나는 잡감문에서 '창'(倡)을 반드시 '창기'(娼妓)로 해석할 필요는 없다고 말했다. 여전히 "곡"설은 아닐 거라고 스스로 믿고 있다. "대단히 쓸데없다"라는 비평은 참 재미있다. 한 사람의 언행은 타인이 볼 때 "대단히 쓸데없는" 점이 아주 많다. 그렇지 않다면 온 나라 사람들이 다 똑같은 사람이 될 것이다.

나는 공공연하게 오자를 쓰자고 주장한 적이 없다. 만약 내가 국문과 교원노릇을 하고 있어서 학생들이 글자를 잘못 쓴다면 교정을 해주어야 할 것이다. 하지만 한편으로는 이것이 일시적인 해결방법에 불과함을 알고 있다. 작년에 류교수를 비판했던 것은 오자를 보호하는 것과는 조금 다른 것이다. 첫째, 내 생각은 학자 또는 교수인 이상 학생과 연령이 적어도 10년의 차가 있다. 식사를 만 그릇 이상 먹었을 뿐만 아니라, 매일 한 글자를 깨우친다고 하더라도 학생들보다 3천 6백 자를 더 알게 된다. 꽤 현명할 것이라는 것은 당연하다. 답안에서 몇 개의 오자를 발견하고, 마치 무슨 보물을 찾은 것처럼 열에 들떠서 우월감을 느끼는 것은 "대단히 쓸데없는" 일이다. 게다가 둘째, 지금의 학교는 과목이 아주 많아 이전에 팔고八股를 전공하는 사숙私塾과 크게 다르다. 글자가 이전에 미치지 못한다고 해서 적어도 부끄러워할 필요는 없다. 이전에 글자를 잘못 쓴 서생書生은 오대주의 위치와 원소의 명칭을 알고 있을까? 분명 과학에 정통하고 또 문장도 잘 쓴다면 그것은 대단히 훌륭한 일이다. 하지만 이것을 애매하게 일반 학생에게 요구할 수는 없다. 만약 그가 배우려고 하는 것이 공학工學이라면 그는 제방과 도로의 건설, 황허黃河와 화이수이淮水의 수리 공사를 할 수 있으면 충분하다. '창명'(昌明)을 '창명'(倡明)으로 쓰고, '유학'(留學)을 '유학'(流學)으로 틀리더라도 제방이 결코 이로 인해 무너지는 일은 없을 것이다. 다른 나라의 학생들이 자국의 문자에 대해 이처럼 대단히 우스운 얘기로 만들어 떠들어 버리는 일이 없다면, 그것은 당연히 중국 학생이 공부를 싫어한 데에 원인이 있겠지만, 선생의 잘못된 교육방식에도 책임이 있다. 그렇지 않다면 내가 말한 것처럼 방괴자 자체가 죽음의 병이 있음에 다름 아니다.

구어의 개혁에서 수두자의 제창까지는 사실 하나의 장뇌침樟腦針 주사에 불과했다. 기사회생은 불가능했고, 게다가 휘감겨 떨어지지 않는 장해는 지금도 여전히 극복하지 못했다. 구어를 제창할 때 보수파가 개혁파를 향해 쏘았던 제일탄第一彈은 개혁자는 글자를 모르고 문장에 능통하지 않아서 구어의 사용을 주장한다고 했던 말이다. 이처럼 고문의 깃발을 흔드는 적군에 대해서는 고서를 '호신부'로 사용해야 비로소 격퇴할 수 있는데, 이것은 독으로 독을 다스리는 것이며, 거꾸로 구어를 반대하는 자 자신이 글자를 모르고 문장에 능통하지 않음을 증명하였다. 그렇지 않다면 이 고문의 깃발은 아직도 꺾이지 않았을 것이다. 작년에 차오쥐런 선생이 오자를 변호하기 위해 사용한 전법 또한 고서를 운용해서 '정자'正字를 알고 있다고 자인하는 문인 학사들을 울 수도 웃을 수도 없는 궁지로 몰아세웠던 것이다. 이 소위 '정자'에는 상당수의 오자가 있기 때문이다. 이것은 확실히 구진영을 부수는 이기利器였다. 현재 문자가 맞는지 틀리는지——다만 "농치는" 자는 제외하고——오자인지 아닌지를 구별하는 사람은 별로 없는데, 그것은 금문『상서』,5) 갑골문6)까지 끌고 와서 아주 곤란하기 때문이다. 이것은 바로 개혁자의 승리다.——이 개혁의 득실에 관해서는 당연히 별개로 해두자.

천유친 선생의 「활자와 사자」는 바로 이 결전 뒤 진용을 다시 세웠던 최후의 방법이다. 그는 이미 근본적으로 글자의 정오正誤 즉 오자인지 아닌지의 여부를 세세하게 따질 생각은 없었다. 단지 글자가 살아 있는가 아닌가만을 문제로 삼았다. 살아 있지 않다면 잘못된 것이다. 그는 허중잉何仲英 선생의 『중국 문자학 대강』을 인용하여 자신의 대표로 삼았다.[7]

…… 고인이 통차通借를 사용했던 것도 오자를 썼던 것이며, 해서는 안 되는 일이었다. 그러나 오랫동안 답습해서 전해지고 지금까지 통행되어 왔던 것이니 지금 개정을 강요할 방법은 없다. 만약 한 글자 한 글자 모두 개정할 수 있다고 한다면, 이것이야말로 『역경』에서 말한 "아들이 아버지의 잘못을 바로잡다"이다. 그것이 불가능하다고 하더라도 어찌 고인이 썼던 오자 외에 더 많은 오자를 덧붙여도 좋은 것인가. 고인이 쓴 오자가 지금까지 유통되어 전국적으로 동일하기 때문에 아무튼 해석할 수 있다. 오늘날 사람들이 오자를 많이 사용하여 각지에서 그곳의 방언으로 글을 쓴다면, 다른 성, 다른 현 사람들은 이해할 수 없을 것이다. 그 후 전국의 글자는 분명 서로 다르게 될 것이다. 이것은 대단히 큰 장애가 아닐까?……

이 글의 서두에는 솔직히 말해서 웃기는 곳이 있다. 우리가 일단 개정을 강요할 방법이 있을지 없을지는 차치하고, 나 자신이 먼저 어떤 고서의 개정을 시도해 보자. 그렇다면 첫번째 문제는 무엇을 '정자'라고 할 것인가 하는 것이다. 『설문』, 금문,[8] 갑골문 아니면 그야말로 천선생이 말한 '살아 있는 글자'인가? 몇몇 사람들이 의거하기를 원한다고 할지라도, 주장하는 사람 자신이 먼저 고칠 방법이 없으니 "아버지의 잘못을 바로잡는"[9] 것은 불가능하다. 그래서 천선생의 대표가 이미 잘못되었다고 인정된 것은 그 잘못은 그대로 둔다고 하더라도 잘못을 더 늘려서는 안 되고,

장래 문자의 통일을 파괴시키지 않기 위해서라고 주장한 것이다. 시비를 가리지 않고, 오로지 이해利害를 문제시하는 것도 나쁜 일은 아니지만, 솔직히 말한다면, 현상유지설에 지나지 않을 따름이다.

현상유지설은 언제나 반드시 있었다. 찬성하는 사람도 적지 않았을 것이다. 그러나 언제나 실효는 없었다. 실제로 일이 정해지지 않았기 때문이다. 옛날에 이 방법을 사용했더라면 지금의 현상은 없고, 지금 이 방법을 사용한다면 장래의 현상도 없을 것이다. 아주 먼 장래도 일체가 모두 태고太古와 다르지 않다. 문자에 관해서 말한다면, 문자가 없었던 시기는 형태를 모방해서 '문'文[10]을 만들 수 없었고, 더구나 번식하여 '자'字를 만들 수도 없었다. 전篆은 결코 해체하여 예隸로 되지 않았고, 더구나 예는 간단하게 되어 현재의 소위 '진서'眞書[11]로 되지 않았다. 문화의 개혁은 창장長江과 황허가 흘러가는 것과 비슷해서 막을 수 없는 것이다. 막으려고 한다면 고인 물이 되어 말라 버리지 않으면 또 반드시 부패한다. 당연히 유동하고 있을 때 폐해가 없다면 이 이상 좋을 수는 없을 것이다. 그러나 실제로는 결단코 이러한 일은 없었다. 원래의 물길을 회복한 일은 없었고, 반드시 물길이 이동했다. 현상을 유지한 일도 없었다. 반드시 개변改變이 있었다. 백 가지 이익에 한 가지 폐해도 없는 일 역시 없었다. 단지 대소의 차가 있을 뿐이다. 게다가 우리의 방괴자는 옛사람이 오자를 썼고, 오늘날의 사람도 오자를 쓰고 있기 때문에 분명히 오자의 병근은 방괴자 자체에 있었다. 오자병은 방괴자 자체와 공존한 것이다. 이 방괴자의 개혁 외에 완전한 구제 방법은 사실 없다.

복고가 어려운 것은 어떤 선생이라도 인정한다. 그러나 현상을 유지하는 것도 어렵다. 왜냐하면 우리가 지금의 일반 독서인이 말하는 소위

'정자'는 사실 청조의 과거에서 사인±ㅅ 선출상의 규정에 불과하고, 모든 지시는 얄팍한 3권의 소위 '한원분서'翰苑分書의 『자학거우』字學擧隅[12]에 실려 있는 것이기 때문이다. 하지만 20년간 말하지도 듣지도 못하는 사이에 약간의 변화가 있었다. 고대부터 지금까지 어떤 일이든 모두 변하고 있다. 그런데 말하지도 듣지도 못하는 사이에 어떤 규정이 필요했고, 그래서 한마디로 말해 반드시 장애가 발생하고 현상유지설이 나타나고 복고설도 등장했다. 이러한 설은 물론 효과는 없다. 하지만 어느 기간, 일종의 장애라고 받아들여진 것도 사실이다. 그것이 일부 개혁에 뜻을 둔 사람들을 주저하게 하고, 조류를 불러오는 이로부터 조류에 올라타는 이로 변하게 했던 것이다.

여기서 내가 말하고 싶은 것은 현상유지설은 대단히 온건한 것처럼 들리겠지만, 실제로는 잘 행해지지 않으며, 역사적 사실은 부단히 그것은 단지 하나의 '무사안일'無事에 지나지 않음을 증명하고 있다는 것이다. 단지 그것뿐이다.

3월 21일

주)_____

1) 원제는 「從"別字"說開去」, 이 글은 1935년 4월 20일 상하이 『망종』(芒種) 반월간 제1권 제4기에 발표되었다. 서명은 루준(旅隼).

2) 원문은 '議論寫別字'. 1933년 10월 류반눙(劉半農)은 『논어』 제26기에 발표한 「열권(답안 검토) 잡시」(閱卷雜詩(六首))에서 그 해 베이징대학 입학시험 때 학생이 답안에 쓴 별자(別字)에 대해 크게 조롱했다. 루쉰은 같은 해 10월 16일 『선바오』「자유담」에 발표한 「과거에 대한 그리움」 이후(하)」(뒤에 『풍월이야기』에 수록)에서 류반눙의 이런 태도에 대해 비판을 가했다. 이어서 차오쥐런이 '별자' 문제에 관해 10월 22일, 28일 『선바오』

「자유담」에서 「별자」에 관해 말한다」(談"別字")와 「다시 눈을 크게 뜨고―계속 별자에 관해 말한다」(再張目一下―續談別字) 두 편의 문장을 발표했다.

3) 원문은 '提唱手頭字'. 1935년 초 일부 문화교육계 인사와 잡지사가 수두자 운동을 발기하여 추진해, 수두자를 정식으로 출판물에 사용할 것을 주장하고, 또 제1기에 실시할 3백여 자를 발표했다. 그들이 발표한 「수두자 촉진의 유래」에 의하면 "수두자는 사람들이 모두 손을 사용해 이렇게 쓰지만, 책에서는 결코 이렇게 인쇄하지 않는" 그런 글자이다.

4) 천유친(陳友琴, 1902~1996). 안후이 난링(南陵) 사람. 당시 상하이 우번여자중학(無本女子中學) 교원. 그의 「활자와 사자」(活字與死字)는 1935년 3월 16, 18, 19일의 『선바오』 「자유담」에 발표되었다.

5) 금문상서(今文尙書). 『상서』는 중국 고대의 역사문서와 일부 고대의 사적(事迹)을 추기한 저작의 편찬물로서 유가 경전의 하나이며, 금문과 고문의 구별이 있다. 금문 『상서』는 한대 초기 복승(伏勝)이 전하고, 구양씨(歐陽氏) 및 대소하후씨(大小夏侯氏)가 습득한 것으로 한대 당시에 유행했던 예서(隸書)로 초사(抄寫)되었다. 고문 『상서』는 한대 공안국(孔安國)이 공자의 집 벽에서 발견한 것이라고 전해지며, 진한(秦漢) 이전의 고문자로 쓰여져 있다(그 뒤 유전한 고문 『상서』는 동진의 매색梅賾의 위조라고 전해진다). 『한서』 「예문지」에 의하면 "유향(劉向)이 중(中; 천자의 소유)의 고문으로 구양과 대소하후 3인의 경문(經文)을 교감하여……문자가 다른 것이 7백여 자였다."

6) 갑골문(甲骨文字)은 '복사'(卜辭)라고도 부른다. 은상(殷商)시대 갑골과 수골(獸骨)에 새긴 점복(占卜)의 정황을 기록한 문자로 1899년 허난성 안양(安陽; 은대의 고도)에서 발견되었다. 현재 중국의 가장 오래된 문자이다.

7) 천유친은 「활자와 사자」에서 "소위 '활자'는 문자를 아는 대다수의 사람들이 공인하는 글자이다.…… 글자를 너무 많이 아는 친구가 많은 진귀한 글자와 익숙지 않은 글자를 운용한다. 이것은 사실 문자를 운용할 필요와는 아무런 상관이 없다. 나는 이런 유의 문자에 대해 일괄해서 '사자'라는 미명(美名)을 익명으로 삼는다." 마지막에 또 "나는 우리들의 동업자 허중잉(何仲英) 선생(천유친과 허중잉 둘 다 당시 교원이었다고 한다)의 말이 나의 대표라고 해도 좋다고 생각했다." 『중국 문자학 대강』(中國文字學大綱)은 1922년 2월 상우인서관에서 출판되었다.

8) 『설문』은 『설문해자』(說文解字)의 약칭으로 동한의 허신(許愼)이 중국 최초로 한자의 형(形), 음(音), 의(義)를 소개한 저작이다.

금문(金文)은 '종정문'(鐘鼎文)이라고 부른다. 은주(殷周)에서 한(漢)대까지 청동기에 주각(鑄刻)된 기록에 사용된 문자.

9) 원문은 '幹父之蠱'. 『주역』(周易) '고(蠱) 초육(初六)'에 출처가 있다. "아버지의 잘못을 맡아 주관함이니 아들이 있으면 죽은 아비의 허물(咎)이 없다." 삼국시대 위나라 왕필

(王弼)이 주하기를 "아버지의 일을 처리한다. 유능하게 아버지의 적을 이어받고 그 임무를 훌륭하게 처리하는 것이다"라고 했다. 그 뒤 아들이 아버지가 남긴 사업을 완성하고 그것으로 아버지의 과실을 덮어 감추는 것을 '간고'(幹蠱)라고 했다.

10) '문'과 '자'에 대한 이 해석은 원래 『설문해자』「서목」(序目)에 나온다. 원문은 다음과 같다. "창힐(倉頡)이 책을 지었던 당초 다분히 유(類)에 의거하여 형(形)을 그렸(象)을 것이다. 그래서 이것을 문(文)이라고 했다. 그 뒤 형(形)과 성(聲)이 서로 증식했다. 바로 이것을 자(字)라고 했다. 즉 자는 자생해서 점점 많아졌을 것이다."

11) '篆'(전서), '隷'(예서), 진서(眞書; 해서楷書)는 한자의 변천과정에서 차례로 나타난 글자체의 명칭이다. 전서는 대전(大篆)과 소전(小篆)으로 나뉘는데, 대전은 서주(西周)에서 전국시대까지 사용된 글자체이나 각국마다 달랐다. 진시황(秦始皇)이 글자체를 통일하고 소전이라 불렀다. 예서는 진대 소전의 필획을 약간 변형시킨 뒤 한대에 출현한 글자체이다. 해서는 한말에 시작되어 예서를 대신하고 현재까지 통용되고 있다.

12) 『자학거우』(字學擧隅). 청대 용계서(龍啓瑞)가 편한 "통속의 문자를 변증한" 책이다. 변사(辨似), 정위(正僞), 적오(摘誤) 세 부류로 나누었다. 이 책 각본의 자체는 한림 20여 사람이 나누어 써서 완성한 것이기 때문에 '한원분서'(翰苑分書)라고 불렀다.

톈쥔의 『8월의 향촌』 서문[1]

예렌부르크(Ilia Ehrenburg)[2]는 프랑스 상류사회 문학가를 논한 뒤, 이밖에 다른 사람들도 있다고 말했다. "교수들은 조용히 말없이 그들의 서재에서 일을 하고, X광선 치료법을 실험하는 의사는 그들의 직무 때문에 죽어 간다. 몸을 던져 자신의 무리들을 구한 어부는 그림자도 형체도 없이 대양 속으로 가라앉는다. …… 한편에는 숭고한 일, 다른 한편에는 황음荒淫과 무치."

　이 마지막 두 구절은 진실로 현재의 중국을 얘기하는 것 같다. 하지만 중국은 이보다 더 심각하다. 손에 책이 없어 어디에 쓰여 있던 것인지 분명하게 말할 수는 없지만, 이미 번역된 일본의 야나이 와타리[3]의 저작인 듯한데, 그는 일찍이 송대의 인민이 몽골인에게 암살되고 포로가 되고 짓밟히고 노예로서 혹사당한 경과를 하나하나 기술하였다. 그러나 남송의 작은 조정은 여전히 국토가 갈라지고 산천이 상처 입은 사이에 민중에게 위세를 부리고, 향락을 즐기고 있었다. 곧 도망간 곳에서도 기염氣焰과 사치는 변함없고, 퇴폐와 탐욕 역시 여전했다. "관리가 되고자 한다면 살인과 방화를 하고 나서 귀순하라. 부자가 되고 싶다면 행재소^{行在所}를 따라 돌면서 술을 팔아라."⁴⁾ 이 말은 당시 백성들이 조정 정치의 정수를 뽑아낸 결론이었다.

인민이 기만과 압제 하에서 힘을 잃고 소리도 지르지 못해 겨우 몇 구절의 민요를 남겨 두었을 뿐이다. "천하에 도리가 있다면, 서민들은 논하지 않네."⁵⁾ 진시황과 수양제는 자신들이 무도하다고 인정할 수 있을까? 백성은 영원히 입을 다물고 침묵하고, 잇따라 살해되거나, 노예로서 혹사당했다. 이런 정황은 줄곧 계속되어 누구도 입을 여는 것을 잊어버렸다. 아니 입을 열 수 없었을지도 모른다. 청조 말년을 놓고 말한다면, 대사건이 적었던 것은 아니다. 아편전쟁, 중불전쟁, 중일전쟁, 무술정변, 의화단 사건, 팔국연합 그리고 민국원년의 혁명. 그러나 우리는 정리된 역사적 저작 한 권도 없다. 더욱이 문학작품은 말할 것도 없다. "국사를 논하지 마라"는 우리 힘없는 백성이 지켜야 할 본분이었다.

우리네 학자⁶⁾는 이렇게 말했다. 중국을 정복하려면 반드시 중국민족의 마음을 정복해야 한다고. 사실 중국민족의 마음 일부는 일찍이 우리의 성군, 현상^{賢相}, 무장, 졸개라는 무리들에게 정복당했던 것이다. 최근에 동삼성^{東三省}이 점령당한 뒤 베이핑의 부호가 관외의 난민이 집을 빌리는 것을 꺼린다고 들었는데, 이유인즉 그들이 방세를 내지 않을까 두려웠기 때문이라고 한다. 남방에는 아마도 의군^{義軍}에 대한 소식이 토비를 채찍으로 때려죽인 사건, 뼈를 삶아 사체를 검시한 사건, 롼링위⁷⁾의 자살, 야오진빙이 남자로 변했다는 얘기⁸⁾가 사람들의 이목을 끌게 했을 만큼의 반향은 없었던 것이 아닐까? "한편에는 숭고한 일, 다른 한편에는 황음과 무치."

하지만 인민이 진보한 것인지, 아니면 시대가 아주 가까워서 아직 사라지지 않은 때문인지 모르겠으나, 나는 동삼성이 점령당한 사정에 관해 서술한 몇 종의 소설을 읽었다. 이 『8월의 향촌』은 아주 훌륭한 소설이다. 단편의 연속에 가까운 점도 있고, 구성과 인물묘사의 수단 또한 파데예프의 『훼멸』[9]에 비할 수 없지만 엄숙, 긴장, 작가의 심혈과 잃어버린 하늘, 대지, 수난당하는 인민, 그리고 잃어버린 무성한 풀, 수수, 청개구리, 모기 등이 한덩어리로 뒤섞여 선홍색으로 독자들의 눈앞에 전개되고, 중국의 일부와 전부, 현재와 미래, 사로死路와 활로活路를 드러내고 있다. 인간의 마음을 지닌 독자들이라면 다 읽고 나서 또 얻는 바가 있을 것이다.

"중국민족을 정복하려면 반드시 중국민족의 마음을 정복해야 한다!" 하지만 이 책은 오히려 '마음의 정복'을 방해한다. 마음의 정복은 먼저 중국인 스스로에게 대신하게 해야만 한다. 송宋은 일찍이 도학道學으로 금金과 원元을 위해 마음을 지배했고, 명明은 당옥黨獄으로 만청滿淸을 위해 재갈을 물렸다. 이 책은 당연히 만주제국[10]에 용인되지 않을 것이다. 하지만 생각해 보니 이 때문에 당연히 중화민국에서도 용인되지 않을 것이다. 이 사정은 아주 빨리 실증될 것이다. 사실이 나의 추측이 틀리지 않았음을 증명한다면, 그것은 이 책이 아주 좋은 책이라는 점도 증명할 것이다.

좋은 책은 왜 중화민국에 받아들여지지 않을까? 그것은 물론 이미 앞에서 몇 번인가 언급했다.

"한편에는 숭고한 일, 다른 한편에는 황음과 무치!"

이것은 서문이라고 할 수 없다. 하지만 나는 작가와 독자가 결코 이런 것을 두고 나와 이러쿵저러쿵 따지지 않을 것임을 알고 있다.

1935년 3월 28일 밤, 루쉰 읽고 나서 쓰다

주)_____

1) 원제는「田軍作『八月的鄕村』序」, 이 글은『8월의 향촌』에 처음 실렸다.

   톈쥔(田軍, 1907~1988). 소설가. 본래 이름은 류훙린(劉鴻霖)이며 필명은 샤오쥔(蕭軍), 톈쥔 등이 있다. 랴오닝성 이셴(義縣) 사람.『8월의 향촌』은 그의 장편소설이며 '노예총서'(奴隸叢書)의 하나로 1935년 8월 노예사에서 출판했고, '상하이 룽광서국' 이름으로 발행했다.

2) 예렌부르크(Илья Григорьевич Эренбург, 1891~1967). 소련 작가. 여기서 인용한 글은 그의「최후의 비잔틴 사람」(最後的拜占庭人; 리례원黎烈文 역)이라는 글에 보인다. 1935년 3월『역문』(譯文) 월간 제2권 제1기에 실렸는데, 제목을「모로아에 관해 그리고 그밖에」(論莫洛亞及其他)라고 고쳤다.

3) 야나이 와타리(箭內亘, 1875~1926). 일본의 사학자로 저서에『몽고사 연구』(蒙古史硏究),『원조제도고』(元朝制度考) 등이 있다.

4) 남송시대에 유전하던 민요로서 남송 장계유(莊季裕)의『계조편』(雞肋編)에 보인다.

5) 원문은 "天下有道, 則庶人不議". 공자의 말로서『논어』「계씨」(季氏)에 보인다. 주희의『집주』에 의하면 "위에서 실정(失政)하지 않는다면 아래에 사의(私議)가 없다. 그 입을 묶어서 감히 말할 수 없는 것이 아니다"라고 했다.

6) 후스(胡適)를 가리킨다. 1933년 3월 18일 그는 베이핑에서 신문기자와 담화를 하던 중에 이렇게 말했다. "일본이 중국을 정복하는 방법은 한 가지밖에 없습니다. 즉 마음을 바꾸고 돌아서서 중국침략을 철저하게 멈추고, 반대로 중국민족의 마음을 정복하는 것입니다."(3월 22일『선바오』, '베이핑통신')

7) 롼링위(阮玲玉, 1910~1935). 광둥 중산(中山) 사람, 영화배우. 혼인문제로 몇몇 신문의 훼방을 받자 1935년 3월 8일 자살했다. 이 책에 실린「'사람들의 말이 가히 두렵다'에 관해」참조.

8) 1935년 3월 신문에 둥베이(東北)에 스무 살 여자 야오진빙(要錦屛)이 남자로 변했다고 했으나 그 뒤에 의사가 검사했을 때 여전히 여성이었다는 기사가 실렸다. 사후에 그녀는 사람들에게 이렇게 해명했다. "신장(新疆)에 가서 아버지를 찾으려는 마음이 간절한데 여성이 먼 길을 가는 것이 두렵고, 여러 가지가 불편하여 할 수 없이 이렇게 하게 되었다."

9) 파데예프(Александр Александрович Фадеев, 1901~1956). 소련 작가. 그의 장편소설『훼멸』(毀滅, Разгром, 1926)은 루쉰이 번역하여 1931년에 삼한서옥(三閑書屋)에서 출판되었다.

10) 만주제국(滿洲帝國). 일본제국주의는 중국의 동북을 침략하고 점령한 뒤 1932년 3월에 창춘(長春)에 이른바 '만주국'을 세우고, 청의 폐제 푸이(溥儀)를 집정케 했다. 1934년 3월 '만주제국'이라고 고치고, 푸이는 '황제'로 개칭했다.

쉬마오융의 『타잡집』 서문[1]

나는 때때로 중국이 평등을 대단히 사랑하는 국가였다고 생각한다. 무언가 조금 특출난 것이 있다면, 누군가가 칼로 잘라 평평하게 만들어 버린다. 인물을 들어 얘기한다면, 쑨구이윈孫桂雲[2]은 육상 단거리의 명수였는데, 상하이에 오자 웬일인지 맥이 빠지고 힘이 없어 이윽고 일본에 도착했지만 달릴 수가 없었다. 롼링위는 상당히 성공한 배우이지만, "사람들의 입이 두려워서" 한 입에 세 병의 수면제를 마시지 않을 수 없었다. 물론 예외는 있는데, 치켜세우는 것이다. 그러나 이 치켜세우는 것은 연이어 내던져져 가루가 되기 위한 것에 불과했다. '아름다운 인어'美人魚[3]를 기억하고 있는 사람들이 있을 것이다. 그야말로 보는 사람들로 하여금 오싹한 느낌을 갖게 할 정도로 치켜세운 까닭에 이름을 보는 것조차도 골계를 느낄 수 있다. 체호프는 "바보에게 칭찬을 듣기보다 그의 손에 죽는 게 낫다"[4]라고 말했다. 진실로 비통하고 달관한 말이다. 하지만 중국은 중용을 극히 중시하는 나라이기 때문에 극단적인 바보는 없다. 그가 당신과 싸울 일은 없기 때문에 결코 시원스럽게 전사할 수도 없다. 참지 못하겠다면 스스로 수면제를 먹는 것 외에는 방법이 없다.

소위 문단도 당연히 다를 리 없다. 번역이 꽤 많이 나왔던 때에는 누군가가 번역을 깎아내리고는 창작에 해롭다고 말한다. 최근 1, 2년 사이에는 단문을 짓는 사람이 제법 많아졌다. 그러자 또 누군가가 '잡문'을 깎아내리고[5] 말하기를, 이것은 작가의 타락의 표현이라고 했다. 시가와 소설이 아니고, 또 희극도 아니기 때문에 문예의 숲에 들어갈 수 없다는 것이다. 그는 노파심에 사람들에게 톨스토이를 배워서 『전쟁과 평화』처럼 위대한 창작을 하라고 권한다. 이런 부류의 논객을 예의상 물론 다른 사람이 바보라고 말해서는 안 된다. 비평가는 어떤가? 그는 아주 겸손하여 스스로 인정하지 않는다. 잡문을 공격했던 문장 역시 잡문이라고 부를 수밖에 없는데도 그는 결코 잡문 작가가 아니다. 그는 자신도 내던져져 타락했다고는 믿지 않기 때문이다. 만약 그를 시가, 소설, 희곡과 같은 장르의 위대한 창작가로 치켜세운다면, 치켜세운 사람 역시 '바보'가 될 것임에 틀림없다. 결국 밥벌레일 따름이다. 밥벌레들의 말도 '사람들의 수군거림'이었던 것이다. 이것이 약자로 하여금 차라리 수면제가 사랑스럽다고 여기게 했던 이유다. 그러나 이것도 전사戰死한 것은 아니다. 질문은 누군가가 할 것이다. 누구에게 살해당했는가라고. 여러 가지 의론의 결과 살인자는 세 분이 있다. 말하기를 극악한 사회, 이른바 자기 자신, 소위 수면제라고. 끝이다.

우리는 시험 삼아 미국의 '문학개론' 혹은 중국 어느 대학의 강의록을 조사해 보자. 분명하게 Tsa-wen[6]이라고 불리는 것은 아무리 해도 발견할 수 없었다. 이것은 정말로 위대한 문학가가 되기로 마음먹은 청년들을 잡문을 보고 실망하게 만든다. 원래 이것은 고상한 문학의 누각으로 기어 올라가는 사다리가 아니었던 것이다라고. 톨스토이는 글을 쓰려고 할 때, 미국의 '문학개론' 혹은 중국 어느 대학의 강의록을 조사한 연후에 소설이 문학의 정수임을 알고 이에 『전쟁과 평화』와 같은 위대한 창작을 하고자 결심한 것일까? 나는 모르겠다. 하지만 나는 중국의 이 몇 년간의 잡문작가들이 문장을 쓰는 데 있어 누구 한 사람 '문학개론' 규정을 생각지 않았고, 문학사상의 위치를 노리지 않았음을 알고 있다. 그렇게 쓰지 않으면 안 된다고 생각해 그렇게 썼던 것이다. 그렇게 쓰는 것이 다수의 사람들에게 유익하다고 생각했기 때문이다. 농부가 땅을 갈고, 미장이 벽을 세우는 것은 단지 먹을 쌀과 보리를, 살 집을 위해서이고, 자신도 그 유익함으로 조금도 마음에 거리낌이 없는 호구糊口의 자격을 얻을 수 있기 때문이며, 역사상 '시골인 열전', '미장이 열전'이 있는지 여부는 이제까지 생각해 본 적도 없었던 것이다. 뭔가 될 것만 생각하고 있다면, 먼저 대학에 진학하고 다시 외국에 나가고 다음에 교수나 고관이 되고 마지막에 거사가 되거나 혹은 은일하는 것이다. 역사상 은일은 대단한 존중을 받았다. 『거사전』[7]은 역시 전문서가 아니었던가? 어느 정도 이익이 있었을까, 아아!

그러나 잡문은 고상한 문학의 누각에까지 침입하려고 한 듯하다. 소설과 희곡은 중국에서 줄곧 사도邪道로 간주되었다. 그런데 서양의 '문학개론'이 정종으로 인정하자 우리들도 보물로서 떠받들었다. 『홍루몽』, 『서상기』[8]류가 문학사에서 드디어 『시경』, 「이소」와 동렬에 놓이게 되었다. 잡문 중에 하나인 수필은 누군가가 그것이 영국의 Essay에 가깝다고 말했기 때문에, 다른 사람들도 돈수재배頓首再拜하고 조롱하는 것을 그만두었다. 우언과 연설은 비천한 듯했다. 그러나 이솝과 키케로[9]는 그리스·로

마문학사에서 위치를 점하고 있지 않은가? 잡문이 발전하기 시작해, 만약 급히 사라지지 않는다면 문원文苑을 어지럽힐 위험이 있을지 모른다. 예전 처럼 현재가 진행된다면 상당히 가능성이 있고, 정말로 나쁜 소식이다. 하 지만 이상에서 서술한 것은 내가 밥벌레 무리들을 놀린 것으로, 그들로 하 여금 귀를 잡고 볼을 만지며 그 세계가 회색이라고 따끔따끔할 정도로 느 끼게 하고 싶었기 때문이다. 전진하는 잡문 작가는 결코 이러한 것을 계산 하지 않는다.

사실 최근 1, 2년 새 잡문집의 출판은 양적으로는 시가에 미치지 못하 고, 더욱이 소설에는 쫓아갈 수가 없다. 잡문의 범람을 개탄하는 것 역시 허튼소리다. 잡문을 짓는 사람이 이전에 비해 몇 명 늘어난 것은 사실이 다. 몇 명이 늘었다고 하지만 4억의 인구 가운데 어느 정도이며, 누구의 이 맛살을 찌푸리게 하겠는가? 중국에도 중국에 약간의 생기가 생길까 두려 워하는 일군의 무리들이 정말 있을 것이다. 비유적으로 말한다면, 이것을 '호창'虎倀[10]이라고 한다.

이 문집의 작가는 예전에 『불경인집』不驚人集[11]이라는 저서를 냈다. 자 서만을 읽었는데, 책은 어디론가 사라졌다. 이번에는 꼭 출판되어서 중국 의 저술계를 풍성하게 해주기를 희망한다. 나는 이 책이 문예의 정원에 들 어가는지의 여부는 묻지 않고 시를 한 수 암송해서 비교해 보고자 한다.

공자는 무엇 하는 분이기에	夫子何爲者
일생 동안 바쁘게만 살았나.	棲棲一代中
태어난 곳은 여전히 추씨 고을인데,	地猶鄹氏邑
집은 노나라 궁궐에 가깝구나.	宅接魯王宮

봉황이 오지 않아 자신의 신세를 한탄하였는가,	嘆鳳嗟身否
기린이 상처받으매 도가 다함을 원망하였네.	傷麟怨道窮
이제 두 기둥 사이에서 제사 지내니,	今看兩楹奠
공자가 꿈꾸던 그때와 같으리.	猶與夢時同

이것은 『당시삼백수』[12]의 첫 수인데, '문학개론' 중의 시가 항목에 있는 이른바 '시'다. 하지만 우리들과는 관계없다. 어떻게 이러한 시가 현재와 밀착해 있고, 게다가 생동적이며 가시를 내뿜고 있고, 유익하며 그리고 사람들의 감정을 변화시키게끔 하는 이런 잡문에 미칠 수 있겠는가. 사람의 감정을 변화시키는 것은 대단히 죄송하게도 문원文苑을 교란시키는 것을 피할 수 없게 한다. 적어도 밥벌레류가 잡문에 토해 낸 수많은 침을 한 발로 흔적도 없이 밟아 버릴 수 있어, 뒤에는 기름과 크림이 뒤범벅이 된 면상만이 남게 될 것이다.

그 면상은 당연히 아직도 수다를 떨고 있을 것이다. 그 "공자는 어떤 인물인가"라는 시는 결코 좋은 시가 아니고, 시대도 과거라고 말할 것이다. 하지만 문학의 정종이란 간판은 어떻게 되는가? "문예의 영구성"은?

나는 잡문을 애독하는 사람이다. 그리고 잡문을 애독하는 사람이 나 하나만이 아닌 것도 알고 있다. 그것은 "내용이 있는 것을 말하고" 있기 때문이다. 나는 잡문이 더욱 펼쳐져 날마다 그 찬란함을 드러낼 것이라고 낙관하고 있다. 첫째는 중국의 저술계를 떠들썩하게 하고, 활기차게 한다. 둘째는 밥벌레류의 머리를 움츠러들게 만든다. 셋째는 소위 '예술을 위한 예술' 작품을 대비를 통해 바로 그 반생반사半生半死의 모습을 드러내게 한다. 내가 아주 기쁜 마음으로 이 문집의 서문을 쓰고, 이를 빌려 의견을 발표하는 이유는, 우리 잡문 작가들이 호창에 미혹돼 "사람들의 수군거림을 두려워"하여 아주 적은 원고료로 수면제를 사지 않기를 바라기 때문이다.

1935년 3월 31일

상하이의 탁면서재_{卓面書齋}에서 루쉰 씀

주)

1) 원제는 「徐懋庸作『打雜集』序」, 이 글은 1935년 5월 5일 『망종』 반월간 제6기에 처음 발표되었다. 뒤에 『타잡집』(打雜集)에 수록되었다.

쉬마오융(徐懋庸, 1910~1977). 저장 상우(上虞) 사람으로 좌련 소속의 작가이다. 『신어림』(新語林) 반월간과 『망종』 반월간을 편집했다. 『타잡집』은 잡문 48편을 수록했고, 다른 사람의 문장 6편을 부록으로 실었다. 1935년 6월에 생활서점에서 출판되었다.

2) 쑨구이윈(孫桂雲). 당시의 여자육상 단거리 선수. 1930년 4월 상순에 항저우에서 거행된 제4회 전국운동회에서 처음 여자육상 단거리 종목을 추가했는데, 그녀는 '동특구'(東特區) 대표로 참가하여 경기를 했고 50미터와 100미터 종목에서 우승했다. 성적은 각각 7초 4와 13초 8이었다.

3) 아름다운 인어(美人魚). 당시 수영 여자선수 양슈징(楊秀瓊)의 닉네임. 양슈징(1918~1982)은 광둥 둥완(東莞) 사람으로 1933년과 34년에 차례로 중국 제5회 전국운동회, 제10회 원동(遠東)운동회에 참가하여 수영종목 다관왕이 되었다. 한때 신문에 연일 그녀에 관한 뉴스가 실렸고, 그중에는 국민당정부행정원비서장 허민이(褐民誼)가 그녀를 위해 말고삐를 당기고 부채를 부쳤다는 기사가 있다.

4) 이 말은 체호프의 유작 『수필』에 있다.

5) 원문은 "削'雜文". 이것은 린시쥐안(林希雋)을 가리킨다. 그는 「잡문과 잡문가」(1934년 9월 『현대』 제5권 제5기에 발표)란 글에서 이렇게 적었다. 잡문의 "의의는 극단적으로 좁다. 만약 문학의 사회적 효과라는 전반적인 문제에 직면한다면 결코 소설, 희곡과 같이 얘기할 수 없다." 또 "잡문가 무리가 어떻게 해서 잡문을 위해 변호하든지, 주관적으로 어떻게 잡문의 가치를 높이려고 하든지, 타락했다는 사실은 감출 수 없는 것이다." 마지막에는 "러시아는 왜 『전쟁과 평화』라는 이런 위대한 작품을 낳았는가.……그런데도 우리 작가들은 영원히 잡문을 쓰면서 아주 만족스럽다고 느끼고 있는가?"

6) 잡문(雜文; 발음이 '짜원')을 가리킨다.

7) 『거사전』(居士傳). 청대 팽제청(彭際淸) 지음, 56권. 전서는 합계 56편의 전기가 있으며, 3백 명의 이름을 열거하고 있다. 사전(史傳), 사람들의 문집 그리고 불교승려의 잡설에서 채록하고 편집해서 만들었다.

8) 『서상기』(西廂記). 잡극, 원대 왕실보(王實甫)가 지음.

9) 이솝(Aesop, 약 B.C. 6세기)은 고대 그리스의 우화 작가이다.

키케로(Marcus Tullius Cicero, B.C. 106~43)는 고대 로마의 정치가이자 연설가이다.

『이솝 우화』(伊索寓言)와 『키케로 문록』(西塞羅文錄) 모두 중국에 번역본이 출판되었다.

10) 호창(虎倀)은 '창귀'(倀鬼)라고도 한다. 옛 전설로서 사람이 호랑이에게 물려 죽은 후 그 혼귀가 오히려 호랑이를 도와 사람을 잡아먹는데, 이것을 '호창' 혹은 '창귀'라고 불렀다. 당(唐)대 배형(裴鉶)의 『전기』(傳奇) 「마증」(馬拯)에서 "이것은 창귀로 호랑이에게 잡아먹힌 사람이다. 호랑이를 위해 앞에서 꾸짖는다"라고 했다.

11) 『불경인집』(不驚人集). 쉬마오융의 문집. 당시 국민당도서잡지심사위원회의 심의를 통과하지 못해 출판되지 못했다. 뒤에 1937년 7월 상하이 천추(千秋)출판사에서 발행되었다. 그 자서(自序)는 『『불경인집』 전기(傳記)』라는 이름으로 1934년 6월 20일 『인간세』 반월간 제6기에 발표되었다.

12) 『당시삼백수』(唐詩三百首) 8권. 청대 형당퇴사(蘅塘退士) 손수(孫洙)가 편함. 공자에 관한 시는 권5 '오언율시'의 첫 수로서, 「추노를 지나며 공자를 제사 지내고 탄식한다」(經鄒魯祭孔子而嘆之)라는 당 현종(唐玄宗)의 작품이다. 제4구의 '接'자는 '則'으로, 마지막 구의 '猶'자는 '當'으로 쓴다.

글자를 아는 것이 애매함의 시작[1]

중국의 성어에는 "글자를 아는 것은 걱정거리의 시작"[2]이라는 말밖에 없었다. 위의 말은 내가 지어낸 것이다.

아이들은 항상 나에게 교훈을 준다. 그 하나가 말을 배우는 것이다. 그들은 말을 배울 때 선생도 없고, 문법교과서도 없으며, 사전도 없다. 단지 부단한 청취, 기억, 분석, 비교를 통해 마침내 모든 단어의 의미를 이해한다. 두세 살이 되면 보통의 간단한 말은 이해하고 말할 수 있는데 그다지 틀리는 데도 없다. 어린애들은 종종 사람들이 얘기하는 것을 듣기 좋아하고, 손님 접대하는 것은 아주 좋아한다. 그 큰 목적은 분명 함께 차나 과자를 먹는 데 있겠지만, 떠들썩한 분위기를 좋아하기 때문이기도 하다. 특히 다른 사람들의 말을 연구하여 무엇이 자신과 관계가 있는지 ──이해할 수 있는가, 질문해야 할까 혹은 참고가 될까──를 살피는 것이다.

우리들이 일찍이 고문을 배운 것도 똑같은 방법을 사용하였다. 선생은 해석을 해주지 않았고, 단지 혼자서 죽도록 읽고, 기억하고, 분석하고, 비교할 뿐이었다. 그것을 잘하면 마침내 꽤 이해할 수 있게 되고, 의외로 또 몇 구를 쓸 수 있게 된다. 하지만 어떻게 해도 의미가 통하지 않는 것도 꽤 있다. 자신은 의미가 통한다고 생각하고, 다른 사람도 의미가 통한다고 생각하지만, 자세히 보면 역시 별로 통하지 않는다. 명대 사람들의 소품조차 구두점을 잘 찍지 못하는 곳이 적지 않다.[3] 사람들이 말을 배울 경우, 고등의 화인華人에서 하등의 화인까지 귀머거리와 벙어리만 아니라면 배울 수 없는 것은 거의 없다. 글을 배우는 것은 달라서 익히는 자는 아마도 극소수에 지나지 않을 것이다. 소위 문자를 익힌 사람들 가운데, 솔직하게 다시 한번 말하라고 한다면, 대체로 여전히 애매한 채로 있는 이들 역시 적지 않을 것이다. 이것은 물론 고문이 그렇게 만든 것이다. 왜냐하면 우리들이 필사적으로 고문을 읽는다고 해도 결국 시간은 제한되어 있고, 말하는 것처럼 하루 종일 들을 수 있는 것도 아니기 때문이다. 게다가 읽는 책은 아마도 『장자』와 『문선』류,[4] 『동래박의』나 『고문관지』[5]일 것이고, 주대 사람들의 문장에서 명대 사람들의 문장까지 읽다 보니 아주 번잡하여 머리는 고금古今의 각종 기마대에게 한바탕 짓밟힌 뒤 뒤죽박죽이 되어 버린다. 그러나 말발굽의 흔적은 어느 정도 남는 법이다. 이것이 바로 소위 '얻은 것이 있는' 것이다. 이 '얻은 것이 있다'는 당연히 명료할 수 없다. 대체로 알 듯 모를 듯한 것이 많아서 스스로는 문장을 이해했다고 생각하지만 사실은 이해하지 못했고, 자신은 글자를 안다고 생각하지만 실은 알지 못했던 것이다. 자신이 본래 애매하기 때문에 문장을 쓰더라도 자연히 애매해져서 독자가 문장을 읽어 보더라도 도저히 알 수가 없는 것은 당연하다. 하지만 어떤 애매한 문장의 작자라도, 단지 고의로 재능을 과시하려고 하는 강연을 제외하고는, 그 말하는 것을 들으면 대체로 명료해서 사람들이 알아들을 수 없는 것은 없다. 이 때문에 나는 이 '애매'의 내원을 글자를 아는 것과 책을 읽는 것에 있다고 생각한다.

예를 들어, 나 자신은 늘 책에 실린 어휘를 사용한다. 그렇다고는 하지만 무슨 벽자(僻字), 독자가 알기 어려운 그런 벽자는 결코 아니다. 그러나 꼼꼼한 독자가 있어 나를 불러서 내게 연필과 종이를 주고 "당신의 문장에서 이 산은 '崚嶒'[능증]으로, 저 산은 '巉岩'[참암]이라고 쓰여 있는데, 그것은 실제로 어떤 모습을 하고 있는 것입니까? 그림을 그리지 못하더라도 상관없으니 약간의 윤곽이라도 그려서 나에게 보여 주십시오. 자, 반드시, 좀……"이라고 말했다고 한다면, 이때 나는 겨드랑이에서 땀이 흐르고, 구멍이 있다면 들어갈 만큼 한탄할 것이다. 왜냐하면 나는 실제 자신조차도 '崚嶒'과 '巉岩'이 필경 어떤 모습인지 알지 못하기 때문이다. 이 형용사는 옛 책에서 초록한 것으로, 이제까지 분명하게 하지 않아서, 구체적으로 조사해 본다면 틀릴 것이다. 이밖에 '幽婉', '玲瓏', '蹣跚', '囁嚅'……와 같은 것 역시 아주 많다.

백화문은 "말하는 것처럼 이해할 수 있어야 한다"[6]고 하는 것은 이미 아주 신물이 날 정도로 부른 옛 가락이지만, 사실 현재 많은 백화문은 오히려 "말하는 것처럼 이해할 수 있는" 데까지 이르지 못하였다. 만약 쉽게 이해할 수 있으려면, 내 생각으로는 무엇보다도 작자가 먼저 알 듯 모를 듯한 글자를 버리고 살아 있는 사람들의 입에서 생명이 있는 어휘를 채취해 종이 위에 옮겨 놓아야 한다. 즉 아이들에게 배워서 자신이 정확하게 이해할 수 있는 말만을 하는 것이다. 구어의 부활과 방언의 보편화. 이 또한 당연히 필요한 것이지만, 먼저 반드시 선택해야 하고, 둘째 담겨진 의미를 확정하는 자전을 갖추어야 하니, 이것은 또 다른 문제여서 여기서는 다루지 않겠다.

주)_____

1) 원제는 「人生識字胡涂始」, 이 글은 1935년 5월 『문학』 월간 제4권 5호 '문학논단'란에 처음 발표되었다. 서명은 경(庚).

2) 원문은 '人生識字憂患始'. 송대 소식(蘇軾)의 시 「석창서취묵당」(石蒼舒醉墨堂) 가운데 한 구절이다.

3) 린위탕(林語堂)과 류다제(劉大杰)를 가리킨다. 당시 출판된 류다제 표점(標點), 린위탕 교열의 『원중랑전집』(袁中郎全集), 류다제 교점(校點), 장대(張岱)의 『낭환문집』(瑯嬛文集) 등에 많은 단구(斷句)의 착오가 있다. 『꽃테문학』 「욕해서 죽이기(罵殺)와 치켜세워 죽이기(捧殺)」와 이 문집의 「'제목을 짓지 못하고' 초고」의 6장 등 참고.

4) 『장자』(莊子)는 전국시대 도가학파의 대표 인물 장주(莊周)와 그 후학들의 저작집. 『문선』(文選)은 『소명문선』(昭明文選)으로 모두 30권이다. 남조(南朝) 양(梁)나라 소명 태자 소통(蕭統)이 편한 진한(秦漢)에서 제양(齊梁)까지의 시문 총집이다.

5) 『동래박의』(東萊博議). 송대 여조겸(呂祖謙)이 지었는데, 『좌전』 중의 역사적 사실을 취하여 평론을 가한 문집이다. 구 판본의 제목은 『동래좌씨박의』(東萊左氏博議)로 모두 25권 168편이다. 후대에 유통된 것은 명대 사람이 줄인 판본으로 단지 12권 86편이다. 『고문관지』(古文觀止)는 청대 오초재(吳楚材), 오조후(吳調侯)가 편한 고문독본으로 모두 12권, 선진(先秦)에서 명대까지의 문장 222편을 수록하였다.

6) 원문은 '明白如話'. 문학혁명 당시 백화문을 제창한 후스(胡適)가 첸쉬안퉁(錢玄同)과의 왕복 서신에서 내린 백화(白話)에 대한 정의 가운데 하나이다. "백화의 '白'은 …… '明白'의 '白'입니다. 백화는 '명백한 것을 말하는' 것이지 않으면 안 됩니다."

"문인은 서로 경시한다"[1]

늘 같은 말을 하는 것은 싫증이 난다. 소위 문단에서 재작년에는 "문인은 품행이 나쁘다"文人無行[2]로 요란스러웠고, 작년에는 "베이징파와 상하이 파"[3]로 시끄러웠다. 올해는 또 새로운 구호가 출현했는데, "문인은 서로 경시한다"[4]는 것이다.

이런 분위기에 대해 구호 붙이기 좋아하는 꾼들은 아주 분개했다. 그의 "진리가 운다"[5]는 것이다. 그래서 큰소리로 외치며 모든 '문인'들에게 경멸을 던졌다. '경멸'은 그가 가장 싫어하는 것이지만, "서로 경시하고" 이상理想 속의 만인이 서로 화목하는 세상에 상처를 입힌 결과 그 자신도 경멸책을 시행하는 것 외에 다른 방법이 없었다. 물론 이것은 "즉 그 사람의 도리로서 그 사람 자신을 다스린다"[6]는 것으로 고대 성인의 묘안이었지만, "서로 경시하는" 악폐는 사실 쉽게 근절되기 어렵다.

우리가 『문선』에서 어휘[7]를 탐색해 본다면, 대체로 "문인은 서로 경시한다"文人相輕라는 네 글자를 만날 수 있을 것이다. 가져와 사용한다면 역시 훌륭하다. 그러나 차오쥐런[8] 선생이 이미 「자유담」(4월 9일부터 10

일까지)에서 지적한 것처럼, 조비曹丕가 "문인은 서로 경시한다"라고 말한 것은 "문장은 문체가 다양해서 모든 문체에 두루 숙달된 사람은 적다. 그 래서 각자 서로 그 장점으로 상대방의 단점을 경시한다"는 것으로, 지적한 바는 모두 제작의 범위에 한정되었다. 그밖에 신체와 본적에 대한 공격, 중상, 날조 그리고 스저춘[9] 선생식의 "그 자신도 그러하다"라든가 웨이진즈[10] 선생식의 "그의 친척도 나와 같다"라는 류는 일체 포함되지 않았다. 만약 이러한 것을 조비가 말한 "문인은 서로 경시한다"는 것이라고 한다면, 흑백의 혼효이다. 진리가 대성통곡을 한다 해도 문단의 암흑은 늘어날 뿐이다.

우리들이 『장자』에서 어휘를 찾아본다면, 또 다음과 같은 귀중한 교훈을 만날 것이다. 즉 "저것도 하나의 이치이고, 이것도 하나의 이치다"[11]라고. 이 말을 기억해 두고서 위급한 때에 호신부로 삼는다면 훌륭하다고 할 것이다. 하지만 그것은 일시적인 상투어로서는 통용되지만, 영원히 통용시키기는 어렵다. 이런 종류의 격언을 인용하기 좋아하는 사람은 그 정신이 발바리와 노자[12]의 차이 이상으로 장자로부터 멀리 떨어져 있음은 여기서 말할 필요가 없겠다. 장자 자신조차 「천하편」에서 다른 사람의 결점과 과실을 열거하고 "시비是非를 부정하는" 그의 입장에서 "시비가 있는" 일체의 언행을 경시하지 않았던가?[13] 그렇지 않다면 『장자』라는 저작은 "오늘 날씨는 하하하……"라는 말만 쓰는 것으로 그만이다.

하지만 우리가 현재 한漢과 위魏의 교체기에 살고 있는 것이 아니다. 또 그 당시의 문인들처럼 "각기 서로 그 장점으로 상대의 단점을 경시하는" 일은 꼭 하지 않아도 된다. 모든 비평가가 문인에 대해서 혹은 문인들이 서로 평론하여 각각 "그 단점을 지적하고, 장점을 드러내는" 것은 진실로 좋은 일이지만, "그 단점을 감추고, 장점을 칭찬하는" 것 또한 나쁘지는 않다. 그러나 그 한편에서는 반드시 "장점"이 없어서는 안 된다. 다른 한편에서는 반드시 분명한 시비是非의 감각과 열렬한 호오好惡가 있어야만 한다. 만약 올해 새로 나온 "문인은 서로 경시한다"라는 이 모호한 악명에 놀라 정신을 잃고, 풍류끼가 가득한 부자와 고아古雅로 장식한 불량배, 음서를 판매하는 부랑자에 대해 "저것도 하나의 이치고, 이것도 하나의 이치다"라고 해서 일률적으로 공손하게 머리를 숙이고 눈을 내리깔고 발언을 삼가거나 혹은 발언을 할 가치가 없다고 한다면, 그것은 어떠한 비평가 혹은 문인인가?──그야말로 먼저 "경시"를 당하지 않으면 안 된다.

4월 14일

주)_____

1) 원제는 「"文人相輕"」, 이 글은 1935년 5월 월간 『문학』(文學) 제4권 제5호 '문학논단'란에 처음 발표되었다. 서명은 준(隼).

2) 1933년 3월 9일 『다완바오』 부간 「고추와 감람」(辣椒與橄欖)에 장뤄구(張若谷)의 「악벽」(惡癖)이라는 글이 실렸다. 글에는 일부 작가들의 생활상의 어떤 종류의 습벽을 모두 '악벽'이라고 해서 "문인은 품행이 나쁘다"라고 표현했다. 『거짓자유서』 「문인무문」(文人無行)과 비고 참고.

3) 원문은 "京派和海派". 「꽃테문학」 「'경파'와 '해파'」 및 이 문집의 「'베이징파'와 '상하이파'」의 주 2) 참조.

4) 원래는 삼국의 위(魏)나라 조비(曹丕)가 쓴 『전론』(典論) 「논문」(論文)에 "문인이 서로 경시하는 것은 예부터 그러했다"(文人相輕, 自古而然)에서 나온 말이다. 1935년 1월 『논어』 제57기에 게재된 린위탕의 「작문과 작인」(作文與作人)이란 글에 의하면, 문학과 예술계의 논쟁에 대해 모두 "문인은 서로 경시"하는 것이라고 말했다. 문장 가운데 다음과 같이 기술했다. "문인은 서로 경시하기를 좋아하는데, 마치 여성들이 서로 머리 모

양을 비평하고 발을 품평하는 것과 똑같다.…… 그래서 구어파(白話派)는 문어파(文言派)를 비난하고, 문어파는 구어파를 욕하며, 민족문학파는 프로문학파를 비판하고, 프로문학파는 제3종인을 비판하는데, 모두 진지를 다투며 대치하고 그룹이나 당을 만들어 혹은 방패로 혹은 창으로 대로에서 골목까지 신문의 엉덩이에 붙은 부간(副刊)에서 서로 헐뜯고 비방한다.……그 심리를 헤아려 보면 모두가 세상에 아첨하고 싶어 하는 것이다."

5) 원문은 "眞理哭了". 이 말은 출처가 불명이다.

6) 원문은 "卽以其人之道, 還治其人之身". 『중용』(中庸) 제13장에 대한 주희의 주(注)에 있는 말이다.

7) 스저춘은 1933년 10월 8일 『선바오』 「자유담」에 발표한 『『장자』와 『문선』』이란 글을 겨냥한 것이다. 그가 이 두 권의 책을 추천한 까닭은 "이 두 책에서 문장을 짓는 방법을 깨칠 수 있고 동시에 어휘를 다소 확장할 수 있기" 때문이었다.

8) 차오쥐런(曹聚仁, 1900~1972). 저장 푸장(浦江) 사람으로 작가. 지난대학(暨南大學) 교수와 주간 『도성』(濤聲)의 주편을 역임했다. 저서에는 『나와 나의 세계』와 『루쉰 평전』(魯迅評傳) 등이 있다. 여기서 거론한 그의 문장은 제목이 "「문인은 서로 경시한다」에 대해」(論"文人相輕")이고, 그 가운데 조비의 『전론』 「논문」의 말을 인용하였다.

조비(曹丕, 187~226). 조조(曹操)의 둘째아들인 위(魏) 문제(文帝). 자는 자환(子桓), 패국 초(沛國譙; 지금의 안후이 하오셴毫縣) 사람. 건안(建安) 25년(220)에 한 헌제(獻帝)를 폐하고 스스로 황제가 되었다. 그는 문학을 좋아하여 시작(詩作) 외에 비평을 겸했는데, 저서 『전론』 5권은 이미 실전되었고, 「논문」 한 편이 『문선』 권52에 수록되었다.

9) 스저춘(施蟄存, 1905~2003). 저장 항저우 사람으로 작가. 월간 『현대』, 『문반소품』(文飯小品) 등의 주편을 지냈다. 1933년 그는 『다완바오』에서 청년들에게 『장자』와 『문선』을 추천하고 또 자신이 불경을 읽고 있다고 말해 루쉰의 비판을 받았다고 적었다. 그는 반론의 문장에서 루쉰 역시 일찍이 자금을 내서 『백유경』(百喩經)을 복각하고, "목각을 즐기고, 판본을 연구하여 …… 변체문(騈體文)으로 백화서신집에 서(序)를 지었다"라고 썼다. 루쉰 "자신도 그러하다"는 것을 암시했다. 『풍월이야기』 가운데 「'과거에 대한 그리움' 이후(상)」("感舊"以後上), 「헛방」(撲空), 「'함께 보냄'에 대한 답변」(答"兼示") 등의 문장에 첨부된 스저춘의 글 참고.

10) 웨이진즈(魏金枝)는 『문반소품』 제3기(1935년 4월)에 발표한 「다시 '매문'에 관해서」(再說"賣文")에서 이렇게 적었다. 어느 연회에서 마오둔(茅盾)이 "나에게 왜 미션스쿨에 가르치러 갔는가라고 물었다. 말투에서 그다지 좋지 않다는 것을 느꼈다", "하지만 그로부터 얼마 지나지 않았을 때,…… 마오둔의 한 친척이 내가 가르치고 있는 미션스쿨에 일을 찾으러 왔다."

11) 원문은 "彼亦一是非, 此亦一是非". 『장자』 「제물론」(齊物論)에 나오는 말이다. 『장자』와

『문선』에 관한 논쟁에서 스저춘은 1933년 10월 20일 『선바오』 「자유담」에 발표한 「리 례원 선생에게 보내는 편지」에서 "나는 자신을 비자주적으로 소용돌이 속에 휘말려 가지 않으려고 생각하기 때문에 이 이상 어떤 것도 말하고 싶지 않다"라고 성명하고, 마지막에 "이것도 하나의 이치고, 저것도 하나의 이치인데, 이치를 부정해야 이치를 따지는 것에서 벗어날 수 있다"라고 말했다.

12) 원문은 노담(老聃). 즉 노자(B.C. 571~?)로 성은 이(李), 이름은 이(耳), 자는 백양(伯陽), 외호(外號)는 담(聃). 춘추시대 초나라 사람이며, 도가학파의 창시자이다.

13) 『장자』 「천하편」(天下篇)에 의하면, "묵적(墨翟), 금활리(禽滑釐)의 생각은 옳지만, 그 행동은 틀렸다", 또 "송견(宋銒), 윤문(尹文)……그들은 남을 위한 일은 너무 많고, 자 신을 위한 일은 너무 적다", 또 "팽몽(彭蒙)의 스승은……그들이 말하는 시(是)도 결 국 비(非)임을 면하지 못한다"라고 했다.

'베이징파'와 '상하이파'[1]

작년 봄 베이징파의 대선생들이 상하이파의 광대들을 크게 비웃었다. 그러자 상하이파의 광대들도 작게 몇 수[2]를 되돌려 준 적이 있었는데, 그다지 오래가지 않고 끝났다. 매문賣文 시장의 풍파는 쉽게 일어나고 또 쉽게 끝난다. 쉽게 끝나지 않는다면, 사실 불편하다. 나도 소동[3]에 가담한 적이 있었는데, 다양한 구설口舌의 응대 속에서, 그때 내가 한 발언이 그다지 잘못된 분석을 한 것은 아니라고 생각한다. 그중에 이런 구절이 있다.

…… 베이징은 명청明淸 황제의 도시이고, 상하이는 각국의 조계租界다. 황제의 도시에는 관리가 많고, 조계에는 상인이 많기 때문에 베이징에 사는 문인들은 관계官界와 가깝고, 상하이에 거주하는 사람들은 상업계에 가깝다. 관계와 가까운 자는 관리에게 명성을 얻게 하고, 상업계에 가까운 자는 상인에게 이익을 가져다주어 자기 자신도 그것에 의지해 호구로 삼는다. 요약하면, '베이징파'는 관리의 어용문인幫閑이요, '상하이파'는 상인의 졸개幫忙일 따름이다.…… 관리가 상인을 업신여기는 것은

분명 중국의 구습이며, 이에 '상하이파'를 '베이징파'의 눈으로 보고 점차 깎아내렸다.……

하지만 올해 늦은 봄, 그러니까 딱 1년이 지났을 무렵 나는 이전에 말한 것에 부족한 점이 있음을 깨달았다. 현재의 사실이 증명하고 있는 대로, 베이징파는 이미 자신을 낮추고, 다른 말로 하면 상하이파를 자신의 눈앞에 높이 치켜세우고는 자신의 몸을 예로 들어 설명하며, 파派의 상위는 오직 지역과 관련되는 것만이 아니라는 사실을 부연했을 뿐만 아니라, "사랑하기 때문에 미워한다"는 기지에 가득 찬 말을 실천했던 것이다. 애초 베이징과 상하이의 다툼을 "용호龍虎의 싸움"이라고 간주하는 것이 분명 착오이고, 관계와 상업계의 세력권이 있다고 인정하는 것조차 분명하지 않다. 왜냐하면 지금에 와서는 장어와 개구리를 함께 기름에 튀길 뿐인 쑤저우蘇州풍 요리 ── '경해잡회'京海雜燴 ── 한 사발을 내놓은 것에 불과하다는 것이 분명해졌기 때문이다.

실례는 당연히 사소한 것이며, 게다가 중요한 예가 있을 리도 없다. 아무튼 잠깐 예를 들어 보자. 첫째, 명대 사람들의 소품문을 선택해서 간행하는 대권이 상하이파에 주어졌다. 이전에 상하이에서도 물론 명나라 사람들의 소품을 선택해서 간행하는 이가 있었지만, 모조품이라고 할 수 있다. 이번에는 정말 라오老베이징파의 제첨題簽[4]이 있기 때문에 확실히 정통의 의발衣鉢이다. 둘째, 새로 나온 간행물[5]은 정말 라오베이징파가 앞장서고, 정말 샤오小상하이파가 끝을 맺었다. 이전에도 물론 베이징파가 앞장을 선 잡지가 있었지만, 그것은 반半베이징 반半상하이파가 주재한 간행물로서 순수하게 상하이파가 자기 주머니를 털어 창간했다고 하는 것과는 다르다. 요약하면, 현재는 이전과 많이 달라졌고, 베이징과 상하이 두 파 가운데 한 무리가 같은 요리를 만들었던 것이다.

　여기서 좀더 설명을 덧붙여 보자. 나는 고의로 그 새로운 간행물의 명칭을 거론하지 않았다. 이전에 어떤 이가 '모'※라는 글자를 사용한 적이 있었다. 무슨 연고인지는 모르겠지만, 뒤에 이 간행물의 한 필자가 "시장의 사정에 정통한" 친구가 의견을 내어 모※라고 했던 것은 그 잡지를 위해 광고를 해주고 싶지 않아서일 것이다⁶⁾라고 말했다. 정말 총명하고 좋은 친구다. "시장의 사정에 정통하다"고 하기에 걸맞다. 여기서 계발받아 자세히 생각해 보니, 그 친구의 말은 실로 만에 하나의 착오도 없다. 칭찬받는 것은 분명 광고를 대신하는 것이고, 욕을 듣는 것 또한 광고를 대신할 수 있는 것이다. 영광을 떨치는 것이 광고라면, 치욕을 떨치는 것도 광고가 아닐 리 만무하다. 예를 들어, 갑과 을이 결투를 해서 갑이 승리하고 을이 죽었다. 사람들은 물론 사람을 죽인 살인자를 보고 싶을 것이다. 하지만 똑같이 그 쓸모없는 시체도 보고 싶을 것이다. 삿자리로 둘러치고 동전 두 잎씩 받고 구경거리를 만든다면, 분명 돈을 좀 벌 수 있을 것이다. 내가 이번에 이 간행물의 이름을 분명하게 밝히지 않은 진의는 동지의 광고를 하지 않는 데 있다. 나는 어떤 때는 음덕을 쌓기 싫어서, 다른 사람이 시체를 빌려서 돈 버는 일을 온통 방해하려고 했다. 하지만 정직한 구경꾼들이시여, 곧장 내가 각박하다고 책망하지 마시기 바란다. 그들이 이런 기회를 빤히 보면서 날려 버릴까. 그들은 스스로 징을 두드리며 시인할 것이다.

　설명이 너무 길었다. 본래의 주제로 되돌아가자. 내가 말하고자 하는 것은 이제까지의 사실이 증명하듯이 작년 베이징파가 상하이파를 희롱했던 것은 기본적으로는 희롱한 것이 아니고 오히려 멀리서 추파를 던졌다는 것이다.

문호는 분명 참된 재간을 가지고 있다. 아나톨 프랑스가 쓴 『타이스』[7]는 중국에 이미 두 종의 번역본이 있다. 그 속에는 이러한 기미가 새어나온다. 그에 의하면 어느 고승이 사막에서 수행을 하는데 홀연 알렉산드리아의 명기名妓인 타이스가 세상의 인심에 해를 끼치는 인물이라는 생각이 들었다. 그는 그녀를 교화시켜 출가시키고, 그녀 자신을 구하고, 미혹에 빠진 청년들을 구하고, 자기 자신을 위해 무량공덕을 쌓으려고 했다. 일은 순조롭게 진행되었다. 타이스는 마침내 출가했다. 그는 그녀가 속세에 있을 때 입었던 옷과 장식들을 증오하면서 파기했다. 그런데 기괴한 것은 이 고승이 자신의 독방에 돌아와 수행을 계속할 때, 오히려 다시 차분해지지 않고, 요괴가 보이고 나체의 여인이 보였다. 그는 급히 달려가 먼 곳으로도 가 보았지만, 여전히 아무런 효과가 없었다. 사실은 그 자신 타이스를 사랑하게 되었기 때문에 혼이 전도되었다는 것을 알고 있었다. 하지만 우민의 무리들은 그를 성자로 굳게 믿고 있어서 곳곳에서 그를 따르며 기도를 하고 예배를 드린 결과, 그는 "벙어리 냉가슴 앓듯" 괴로워도 말을 못했다. 그는 마침내 고백하기로 마음먹고, 타이스에게 돌아와서 "당신을 사랑합니다!"라고 부르짖었다. 하지만 타이스는 그때 거의 죽음을 눈앞에 두고 있었고, 천국이 보인다고 얘기하더니 오래지 않아 죽고 말았다.

그러나 베이징과 상하이의 다툼이 당면한 결말은 이 책과는 다르다. 상하이파의 타이스는 죽기는커녕 두 팔을 벌리고 "어서 오세요"라고 소리치고, 이렇게 해서 단란하게 모여 앉는다.

『타이스』의 구상은 프로이트[8]의 정신분석학을 응용한 것이 많다. 엄정한 비평가가 있어 "분명 참된 재간을 갖고 있는" 것은 아니라고 생각한다면, 나도 논쟁할 생각은 없다. 하지만 나는 자신도 이 책에 쓰여진 우민愚民과 마찬가지로 "당신을 사랑합니다"와 "어서 오세요"를 듣기 전에는 조롱은 단지 조롱으로, 경멸은 단지 경멸이라고만 생각해 왔다. 지금은 이미 억눌린 것을 발산하는 프로이트의 학설조차도 생각하지 못했다.

여기서 또 약간의 설명을 덧붙이자. 내가 『타이스』를 예로 들었던 것은 그 사실을 선택한 것일 뿐으로, 별의별 궁리 끝에 기녀를 상하이파 문인에 빗댄 것이 아니다. 이런 소설 속 인물은 마음대로 바꾸어도 무방하다. 즉 은사, 협객, 고사高士, 공주, 도련님, 젊은 주인 등등 어떤 인물도 괜찮다. 더구나 타이스는 사실 크게 비난할 수 없다. 그녀가 속세에 살 때 생기를 갖고 살았고, 출가하고 나서는 각고의 수행을 했다. 우리들의 소위 '문인' 무리들이 중년에 이르러 스스로 "나는 기력이 다했다"라고 탄식하며 마치 죽은 사람처럼 살아가는 것과 비교한다면 실로 대단히 인간다운 것이다. 나 역시 한 가지 고백해야겠다. 나는 차라리 활발한 기녀 앞에 똑바로 서 있고 싶지, 죽은 사람처럼 살아가는 문인들에게 농담을 하고[9] 싶지는 않다.

왜 작년에는 베이징에서 추파를 던지고, 올해는 상하이에서 "어서 오세요"라고 소리치는 것인가? 말하자면 또 사전의 추측이라, 맞는지 틀리는지는 단정하기 어렵다. 나는 이렇게 생각한다. 아마도 아첨꾼과 졸개 모두 근래 '불경기'라서 부득이하게 양자가 합쳐서 벽돌 파편, 낡은 양말, 모피 외투, 양복, 초콜릿, 말린 매실,…… 따위를 한곳에 모아 다시 진열하고 마치 새로운 회사를 차린 것처럼 꾸며서 고객들의 주목을 재차 끌려고 한 것이라고.

4월 14일

주) _____

1) 원제는 「"京派"和"海派"」, 이 글은 1935년 5월 5일 반월간 『태백』 제2권 제4기에 처음 발표되었다. 서명은 루쥔(旅隼).

2) 베이징파(京派)와 상하이파(海派)에 관한 논쟁을 가리킨다. 1933년 10월 18일 톈진(天津) 『다궁바오』(大公報)의 「문예부간」(文藝副刊)은 선충원(沈從文)의 「문학가의 태도」라는 글을 발표하여 상하이의 작가들을 조소했다. 12월 1일 쑤원(蘇汶)이 상하이 『현대』 제4권 제2기에 「상하이에서의 문인」이라는 글을 발표하여 반박을 했다. 이어서 선충원은 또 「'해파'를 논함」 등의 문장을 발표했다. 이후 신문과 잡지에는 소위 '베이징파'와 '상하이파' 간의 논쟁이 전개되었다.

3) 「'경파'와 '해파'」라는 글을 가리킨다. 뒤에 『꽃테문학』에 수록되었다.

4) 1935년에 출판된 스저춘 편, 『만명이십가소품』(晩明二十家小品)은 표지에 당시 베이핑(北平)에 살던 저우쭤런(周作人)의 제첨(題簽)이 있었다. 본문에서 말한 "진정한 라오베이징파"는 바로 저우쭤런을 가리킨다.

5) 1935년 2월 창간된 월간 『문반소품』(文飯小品)을 가리킨다. 캉쓰췬(康嗣群)이 편집하고 스저춘이 발행했다. 이 잡지는 스저춘이 자금을 모아서 창간했다. 제3기(1935년 4월 5일) 첫번째 글이 즈탕(知堂) 즉 저우쭤런의 「식미잡영주」(食味雜咏注)이다. 이 글에서 말한 "이전에도 확실히 베이징파가 선도한 잡지"는 린위탕이 주편한 반월간 『인간세』를 가리킨다. 이 잡지 창간호(1934년 4월 5일)의 권두에는 저우쭤런의 「오질자수시」(五秩自壽詩)가 실려 있다.

6) 『문반소품』 제2기(1935년 3월)에 유성(酉生)이라고 서명된 「모잡지」(謀刊物)라는 글이 발표되었다. 이 글에 반월간 『태백』 제11기에 『문반소품』을 비평한 단문 2편이 게재된 것에 관해서 이렇게 말했다. "문장의 서두에 전부 '모잡지 창간호'라는 구절이 있다. 거기에는 '지나친'(太) 바가 있지 아직 '순수'(白)하지 않다고 느꼈다." "시장의 사정에 능통한 친구가 보고서, 그는 이렇게 말했다. '……그들이 문장에 『문반소품』이라고 명기한다면, 그것은 그대를 위해 광고를 실어 주는 것과 같지 않겠는가?'"

7) 아나톨 프랑스(Anatole France, 1844~1924). 프랑스 작가. 그의 장편소설 『타이스』(Thaïs, 1890)는 중국에 두 종의 번역본이 있는데, 하나는 1928년 카이밍서점(開明書店)에서 출판한 두헝(杜衡) 번역의 『타이스』(黛絲), 다른 하나는 1929년 세계서국(世界書局)에서 출판한 쉬위난(徐蔚南) 번역의 『여배우 타이스』(女優泰綺思)이다.

8) 프로이트(Sigmund Freud, 1856~1939)는 오스트리아의 정신병리학자이자 정신분석학의 창시자이다. 그의 학설은 문학, 예술, 철학, 종교 등 모든 정신현상은 모두 사람들이 억압을 받아 무의식에 잠재된 모종의 '생명력'(Libido), 특히 성욕의 잠재력이 산출된 것이라고 생각했다.

9) 원문 '打棚'은 상하이 방언으로 농담을 뜻한다.

가마다 세이치 묘비[1]

이 사람은 1930년 3월 상하이에 와서 도서를 출납하고, 근면·정직하며,
또 회화에 관한 일도 잘 처리하여 훌륭한 성과를 거두었다. 중간에 난관을
만나더라도 착실한 행동은 변함이 없었고, 위험을 무릅쓰고 위급함을 구
하고, 공公과 사私가 모두 정당했다. 해가 바뀌어 33년 7월에 병에 걸려 귀
국한 뒤 휴양하고 바로 재기하여 그 영재를 펼치기를 기대했으나, 약도 그
효험이 없었는지 끝내 일어나지 못했다. 향년 겨우 스물여덟이었다. 아아,
가없는 하늘은 헤아리기 어렵고, 향기로운 풀은 빨리 꺾이는 법, 찬란한
청춘은 영원히 검은 땅으로 돌아갔네. 친구 된 몸으로서 애통함을 머금고
여기에 적는다.

1935년 4월 22일, 콰이지會稽의 루쉰 씀

주)____

1) 원제는 「鎌田誠一墓記」, 이 글은 여기에 수록되기 전에 발표되지 않았다. 가마다 세이
치(鎌田誠一, 1905~1934)는 우치야마서점 직원이다. 이 문집의 「후기」 참고.

골목 행상 고금담[1]

"살구와 연꽃 열매가 든 연밥 죽이오!"

"사탕이 든 장미 카스테라요!"

"새우살이 든 훈둔混沌면이오!"

"오향五香 찻잎 계란이오!"

이것은 4, 5년 전 자베이閘北 일대 골목길 안팎에서 간식을 팔던 상인들이 외치던 소리인데, 그때 기록을 해두었더라면 새벽부터 밤까지 이삼십여 가지는 족히 될 것이다. 주민들은 정말로 푼돈으로 간식을 사 먹고자 했고, 때로는 좀 팔아 주고도 싶었던 듯하다. 소리가 간혹 그치는 것이 그 이유인데, 필경 단골에게 인사하고 있는 것이다. 그리고 그 소리 또한 너무 훌륭해서, 그들이 『소명문선』이나 『만명소품』[2]에서 어휘를 뽑은 것인지 아니면 달리 어떻게 한 것인지는 알 수 없으나, 나처럼 상하이에 처음 온 촌사람은 실제로 한번 들으면 바로 군침을 흘리게 되는데, "연밥과 살구" 또 "연꽃 열매가 든 죽" 이것은 발상이 참신해서 일찍이 꿈에도 생각지 못한 것이었다. 하지만 필묵에 의지해 살아가는 이들에게는 약간 나쁜 점도 있으니, 만약 "마음이 오래된 우물" 정도로 훈련되어 있지 않다면, 하루 온종일 시끄러워서 아무것도 쓸 수 없을 것이다.

지금은 많이 변했다. 큰길가의 작은 식당은 정오와 해질 무렵에는 예전에 장삼을 입은 친구들이 점령했었는데, 근래에는 이미 "침통함을 유한함에 기탁"[3]하고 있다. 옛 단골들은 인력거꾼들 소굴의 간이식당으로 이동했다. 이러니 자연 인력거꾼들은 하는 수 없이 큰길가로 물러나서 배를 곯든지 아니면 운 좋게 거친 빵을 한 입 무는 것이 고작이다. 골목길에서 상인들의 고함소리는 말하는 것도 기괴하고, 옛날과는 큰 차이가 있어서, 간식이야 당연히 팔고 있지만 감람과 훈둔뿐이고, 그 '그윽한 육감'의 '예술'적 취향은 보기 어렵게 되었다. 시끄러운 소리야 물론 변함없이 시끄러운데, 상하이 시민이 하루라도 존재하는 한 시끄러운 소리는 아마 멈추지 않을 것이다. 그러나 지금은 많이 실질적으로 바뀌었다. 참기름, 두부, 머리에 바르는 느릅나무 기름, 옷을 말리는 대나무 장대 정도. 방법도 진보했다. 예를 들어, 한 사람이 양말을 팔면서 직접 노래를 지어 양말의 질김을 칭찬했다. 혹은 두 사람이 공동으로 천을 팔면서 노래를 바꿔 부르며 천이 싸다고 자랑했다. 하지만 대부분은 노래를 부르면서 골목 끝까지 들어왔고, 또 계속 노래를 부르며 돌아서 골목 바깥으로 나갔다. 멈추고 물건을 팔 때는 극히 드물었다.

가끔 고급스러운 물건도 있었다. 바로 과일과 꽃이다. 하지만 이것은 결코 중국인에게 팔 요량은 아니어서 그들은 외국어를 사용했다.

"Ringo, Banana, Appulu-u, Appulu-u-u!"[4]

"Hana 아, Hana-a-a! Ha-a-na-a-a!"[5)]

서양인들 또한 그다지 사지 않았다.

간혹 장님 점쟁이나 동냥하는 화상이 골목에 들어왔는데, 대부분 하녀들의 주머니를 노렸다. 하지만 그들은 비교적 장사를 잘 해서, 때때로 사람의 운세를 봐주고 황색종이의 호신부를 팔았다. 그러나 올해는 장사도 한산한 듯하다. 그래서 그저께는 아주 큰 공연이 등장했다. 처음에는 태고와 바라, 철삭鐵索 소리만 들렸다. 나는 '초현실주의'의 어록체 시를 지으려고 했었는데,[6)] 이 소란으로 시상詩想이 끊기고 말았다. 소리를 찾아 나서 가 보니, 한 화상이 쇠고리를 앞가슴 쪽의 가죽에 걸고, 고리의 자루에는 한 장丈 정도의 줄을 연결해서 땅에 끌면서 골목으로 들어왔고, 다른 두 화상은 북과 바라를 두드렸다. 하지만 하녀들은 모두 문을 걸어 잠그고 몸을 숨겨 한 사람도 보이지 않았다. 이 고행의 고승들은 끝내 동전 한 닢도 손에 넣지 못하고 말았다.

뒤에 나는 그녀들에게 의견을 물어보았는데, 그 대답인즉슨 "이런 광경을 보면 두 푼을 줘도 보낼 수가 없기" 때문이라는 것이었다.

독창, 듀엣, 대공연, 고육책. 상하이에서는 어떤 것도 이미 큰돈을 벌기는 어렵게 되었다. 이것은 한편으로는 확실히 외국 조계의 "인심이 야박함"을 증명하기에 족하다. 하지만 다른 한편으로는 "농촌을 부흥시키는"[7)] 일밖에 할 수가 없는 것도 분명하다. 아아!

주)_____

1) 원제는「弄堂生意古今談」, 1935년 5월 상하이의 월간『만화생활』(漫畫生活) 제9기에 실렸다. 서명은 캉위(康郁).

2) 『소명문선』(昭明文選)은 곧『문선』(文選)으로 모두 30권. 남조(南朝) 양(梁)나라 소명태자 소통(蕭統)이 편한 진한(秦漢)에서 제양(齊梁)까지의 시문 총집이다.
『만명소품』(晚明小品)은 스저춘(施蟄存)이 편한『만명이십가소품』(晚明二十家小品)을 가리키는 듯하다. 1935년 상하이 광명서국(光明書局)에서 출판되었다.

3) 원문은 "寄沈痛于幽閑". 이것은 린위탕의 말이다. 저우쭤런의「오질자수시」(五秩自壽詩)가『인간세』창간호(1934년 3월)에 발표된 뒤, 린위탕은 이어서 4월 26일『선바오』「자유담」에「저우쭤런 시 독법」(周作人詩讀法)이란 문장을 발표했다. 여기서 이런 말을 했다. "어제 저우선생이『인간세』에 투고한 원고를 보았다. 원고에 첨부된 단신에 의하면 '…… 류다제 선생의 편지를 받았습니다. 졸시를 읽고 처연함과 눈물을 금할 수 없었다고 했습니다. 이런 시각에 나는 탄복했습니다'라고 했다. 내가 저우선생에게 보낸 편지는 초고가 남아 있지 않지만, 대략적인 뜻은 이러하다. '…… 이 시는 스스로 이와 같은 시각을 갖고 있고, 침통함을 유한함에 기탁하고 있습니다. 하지만 세상에는 속인들이 너무 많고, 외부에는 많은 비난의 논의가 있습니다만, 귀담아 듣지 않는 것이 좋습니다.'"

4) Ringo, Banana, Appuluu. 모두 영어의 일본식 발음이다.

5) Hana. 꽃(花)의 일본어 발음이다.

6) 초현실주의는 제1차 세계대전 후 서구에서 유행하기 시작한 일종의 반현실주의 문예유파. '어록체'(語錄體)는 중국 고대 문체의 일종으로 도를 전하거나 수업 때의 문답의 구어를 기록하는, 수식을 중시하지 않는 문체이다. 여기서는 린위탕에 대한 풍자이다. 당시 린위탕은 현실을 벗어난 '유머', '성령'(性靈) 문학과 어록체 시문을 제창했다.

7) 1933년 4월 13일 국민당정부 행정원은 '부흥농촌위원회'(復興農村委員會)를 설립할 것을 결정하고, 농촌부흥운동을 일으켰다.

그렇게 쓰지 말아야 한다[1]

창작에 뜻을 둔 청년들이 맨 먼저 생각하는 문제는 대체로 "어떻게 써야할까"라는 것일 터이다. 지금 시장에 나와 있는 '소설작법'이니 '소설법정'등은 바로 이런 청년들의 주머니를 노린 것이다. 하지만 그다지 큰 효과는없었는지 '소설작법'에서 배웠다는 작가는 우리들이 아직 들은 적이 없다. 일부 청년들은 곰곰이 생각한 끝에 이미 명성을 얻은 작가에게 물어보았는데, 그 대답이 발표된 것은 극히 드물다. 하지만 결과는 추측하기 어렵지 않은데, 즉 요령부득이다. 이것도 이상한 것은 아니다. 왜냐하면 창작은 무슨 비결이 있어 소곤소곤 귓속말로 다른 사람에게 한마디로 전수해 줄 수 있는 것이 아니기 때문이다. 만약 그렇다면, 이 비결만 있으면 진실로 광고를 싣고 학비를 받아서 3일 안에 문호를 만들어 주는 학교를 여는 것도 가능할 것이다. 중국이 넓으니까 혹 있을지도 모를 일이다. 하지만 이것은 기실 사기다.

상상할 수 있는 여러 대답 중에는 다분히 "대작가의 작품을 많이 읽어라"라는 것이 있겠다. 이것은 문학청년의 마음을 그다지 만족시키지 못한다. 왜냐하면 너무 광범위하고 막막하기 때문이다. 하지만 도리어 실제적인 것이다. 무릇 이미 정평이 난 대작가의 작품은 전부 "어떻게 써야만 하는지"를 설명하고 있다. 단지 독자가 보아 내기에 너무 어렵고 또 깨닫지 못하는 것일 뿐이다. 학습자의 측면에서는 반드시 "그렇게 써서는 안 된다"를 알아야만 한다. 그래야만 비로소 이것은 원래 "이렇게 써야 하는구나"라는 것을 이해할 수 있기 때문이다.

이 "그렇게 써서는 안 된다"는 어떻게 아는가? 베레사예프[2]의 『고골 연구』[3] 제6장에서 이 문제에 답하고 있다.

이렇게 써야 한다는 것은 반드시 대작가들의 완성된 작품에서 살필 수 있다. 그렇다면 그렇게 써서는 안 된다는 것은 그 동일한 작품의 미완성 원고를 통해 학습하는 것이 가장 좋은 방법일 것이다. 이것은 예술가가 줄곧 우리들에게 실물을 가지고 가르치는 것과 같다. 마치 그가 한 줄 한 줄 손가락으로 가리키면서 직접 우리들에게 "봐요, 음, 이것은 삭제해야만 해요. 이것은 줄이고, 이것은 다시 써요. 부자연스러워요. 여기서는 색을 좀더 가미해야 형상이 보다 선명하게 되지요"라고 말하는 것 같다.

이것은 확실히 유익한 학습법이다. 하지만 우리 중국에는 아쉽게도 이런 교재가 부족하다. 근래 수고의 석판인쇄본이 약간 있었지만, 대체로 학자들의 저술이나 일기이다. 종래 "일필에 완성한다", "문장에 손을 대지 않는다"라는 말을 숭상한 까닭인지, 또 대체로 전본全本이 아주 깨끗해서인지 고심하며 산개한 흔적은 찾아볼 수 없다. 외국에 교재가 있어, 언어에 정통하다고 하더라도 명작의 초판과 개정판의 각종 텍스트를 모으는 것은 어렵다.

독서인의 자제는 필과 묵을 잘 알고, 목수의 아이들은 도끼와 끌을 잘 다루고, 군인의 아들은 일찍부터 칼과 총을 안다. 이러한 환경과 유산이 없는 것이 중국 문학청년들의 선천적인 불행이다.

어찌할 수 없는 상황에서 하나의 구제 방법을 생각했다. 곧 신문의 기사든 졸렬한 소설이든, 동일한 사건을 하나의 문예작품으로도 쓸 수 있다. 그러나 그 기사와 소설은 결코 문예가 아니다. 이것이 바로 "이렇게 써서는 안 된다"의 표본이다. 다만 "그렇게 써야 한다"는 것과는 비교할 수 없다.

4월 23일

주)_____

1) 원제는 「不應該那麼寫」, 1935년 6월 『문학』 월간 제4권 6호 '문학논단'란에 처음 발표되었다. 서명은 뤄(洛).

2) 베레사예프(Викентий Викентьевич Вересаев, 1867~1945)는 소련의 작가이자 문학평론가이다.

3) 『고골 연구』(Гоголь в жизни, 1933). 루쉰이 의거했던 것은 마가미 기타로(馬上義太郎)가 일본어로 번역한 『ゴオゴリ硏究』(도쿄 나우카ナウカ사 발행, 1935년 4월)일 것이다. 『고골 전집』 완성을 기념해서 전집구독자에게 증정했다고 하는데, 인쇄는 4월 13일, 발행이 4월 17일이다. 루쉰의 일기 1935년 4월 22일자에 나우카사에서 이 책을 보내주었다고 기록되어 있으며, 이 글의 집필 시기는 4월 23일이다.

현대 중국의 공자[1]

최근 상하이의 신문은 일본의 유시마^{湯島}[2]에 공자의 성묘가 낙성되어 후 난성 주석 허젠[3] 장군이 줄곧 소장하고 있던 귀한 공자의 화상 한 폭을 기 증했다고 보도했다. 솔직히 말해 중국의 인민들은 공자의 용모가 어떠했 는지 전혀 모른다. 자고이래 모든 현에는 성묘^{聖廟} 즉 문묘^{文廟}가 있었지만 성상^{聖像}은 없었다. 존경할 만한 인물을 그리고 조각할 때 일반적으로 보 통 사람보다 크게 하는 것이 원칙이지만, 공자와 같은 대단한 성인은 오히 려 상을 그리는 것조차도 모독이 되니 차라리 없는 것이 낫다고 생각한 듯 하다. 이 또한 이치에 맞지 않는 것은 아니다. 공자가 사진을 남기지 않았 으니 진정한 모습을 알 수 없는 것이 당연하다. 문헌에 기록된 바는 있지 만 엉터리일지도 모른다. 그 상을 새로 조각한다면, 조각가의 상상에 맡기 는 것 외에 다른 방법이 없으니 더욱 마음을 놓을 수 없다. 그래서 마침내 유자^{儒者}들도 "전부 혹은 전무"라는 브란[4]식의 태도를 취할 따름이었다.

　그러나 화상^{畵像}이라면 나는 일찍이 세 차례 본 적이 있다. 그 하나는 『공자가어』[5]의 삽화이다. 다음은 량치차오[6]가 일본에 망명했을 때 요코

하마에서 출판한 『청의보』의 권두에 실린 그림으로 일본에서 중국으로 역수입한 것이다. 마지막으로 한漢조 묘석墓石상에 공자가 노자老子를 방문한 것을 조각한 화상이다. 이러한 그림들에서 공자의 모습을 본 인상으로 말하자면, 이 선생은 아주 수척한 늙은이로서, 몸에는 큰 소매의 장포를 입고 있었고, 요대에 칼을 차고 있든지 혹은 겨드랑이에 막대기를 끼고 있었다. 게다가 시종 웃지 않았고, 아주 위풍당당했다. 그의 옆에 시좌侍坐한다면, 반드시 허리를 똑바로 세워야 해서 두세 시간만 지나면 뼈마디가 아파서 보통 사람이라면 내빼기에 급급할 것이다.

그 후 나는 산둥山東을 여행하였다. 울퉁불퉁한 도로 때문에 고통을 받고 있을 때, 문득 우리의 공자가 생각났다. 엄연한 도사의 풍모를 갖춘 성인이 이전에 남루한 수레에 올라서 흔들거리며 이곳에서 바쁘게 돌아다녔을 것을 생각하니 대단한 골계로 느껴졌다. 이런 감상은 물론 좋지 않은 것이다. 요약하자면, 불경不敬에 가까워서 공자의 무리들이라면 결코 가져서는 안 되는 일일 터이다. 하지만 그 당시 나처럼 불성실한 마음을 가진 청년은 많았다.

내가 태어난 때는 청말淸末이었다. 공자가 이미 '대성지성문선왕'大成至聖文宣王[7]이라는 이 무시무시한 직함을 갖고서 더 말할 것도 없이 성인의 도道로 전국을 지배하던 시대였다. 정부는 독서인에게 정해진 책 즉 사서와 오경[8]을 읽게 하고, 정해진 주석을 준수케 하며, 정해진 문장, 바로 소위 '팔고문'[9]을 쓰게 하고, 게다가 정해진 의론을 말하도록 했다. 그런데 이러한 천편일률적인 유자들이 네모난 땅에 대해서는 잘 알고 있으나, 둥근 지구에 이르자 아무것도 몰라, 그래서 사서 등에 기재되지 않은 프랑스, 영국과 싸워서 패했던 것이다. 공자를 숭배하면서 죽는 것보다는 차라리 자신을 보존하는 편이 낫다고 생각했던 때문인지는 모르겠지만, 이번에는 열심히 공자를 숭배했던 정부와 관리들이 먼저 동요를 일으켜 공금을 들여 서양귀신들의 서적을 대대적으로 번역하기 시작했다. 과학상의 고전에 속하는 것으로 허셜의 『천문학 강요』, 라이엘의 『지질학 원리』, 대너의 『광물학 수책』[10] 등은 지금도 여전히 그 당시의 유물로서 간혹 고서점에 놓여 있곤 한다.

그러나 반동도 반드시 있었다. 청말의 소위 유자들의 집대성이자 대표자인 대학사 서동徐桐[11]이 출현했다. 그는 수학조차도 서양귀신의 학문으로서 배척하고, 또 세상에는 프랑스와 영국과 같은 나라가 있는 것은 인정했지만, 스페인과 포르투갈의 존재는 믿지 않아서, 그것은 프랑스와 영국이 항상 이익을 탐하러 오는 것을 스스로도 미안해서 아무렇게나 만들어 낸 나라 이름이라고 주장했다. 그는 또 1900년 유명한 의화단의 막후 주동자이자 동시에 지휘자였다. 하지만 의화단은 완전히 실패했고, 서동도 자살했다. 곧 정부도 외국의 정치와 법률 그리고 학문과 기술을 취할 바가 있다고 인정했다. 내가 일본에 유학하려고 갈망한 것도 그때였다. 목적을 달성하여 입학한 곳이 가노嘉納 선생이 설립한 도쿄의 고분학원[12]이다. 여기서 미자와 리키타로三澤力太郞 선생은 물은 산소와 수소가 합성된 것이라고 가르쳐 주었고, 야마우치 시게오山內繁雄 선생은 조개 속의 어느 곳이 '외투'外套라고 불리는지 가르쳐 주었다. 어느 날의 일이었다. 학감인 오쿠보大久保 선생이 모두를 집합시키고 말하기를, 너희들은 모두 공자의 후손들이니 오늘은 오차노미즈[13]의 공자묘에 예를 드리러 가자고 하였다. 나는 너무 놀랐다. 지금도 그때의 놀란 심경이 기억나는데, 공부자와 그의 무리들에 절망하여 일본에 왔건만 또 참배를 해야 한단 말인가?

잠시 아주 기괴하다고 느꼈다. 그리고 이러한 감정을 느낀 이는 내 생각에 결코 나 혼자만은 아니었던 듯하다.

하지만 중국에서 공자의 불우不遇는 20세기에 시작된 것이 아니다. 맹자는 그를 "성인으로서 때를 알아 행했다"[14]라고 평가했는데, 이 말을 현대어로 바꾼다면 '모던 성인'이라고 하는 것 외에 다른 표현이 없다. 그 자신을 위해서는 분명 위험하지 않은 존호尊號이지만 아주 환영할 만한 직함은 아니다. 그러나 실제로는 그렇지 않았던 듯하다. 공자가 '모던 성인' 이 된 것은 죽은 뒤의 일로서 살아 있을 때에는 아주 고통스러웠다. 이곳 저곳을 다니다가 한때 노나라의 경시총감[15]까지 올랐지만, 바로 추락해 실업자가 되었고 또 권신에게 경멸을 당하고 백성들에게 조롱을 받았으며 심지어 폭민에게 포위를 당해 배를 곯은 적도 있었다. 제자들이 삼천 명이 되었지만 중용한 이는 겨우 칠십이 명이었고 게다가 진실로 믿었던 이는 단 한 사람밖에 없었다. 하루는 공자가 분개하여 "도가 행해지지 않아, 뗏목을 타고 바다를 둥둥 떠다닌다면 나를 따를 이는 유由[자로]일 것이 다"[16]라고 말했는데, 이 소극적인 계획을 세운 것으로 그 사정을 짐작할 수 있다. 하지만 그 유도 뒤에 적과의 전투에서 관영冠纓이 끊어지고 말았 는데 역시 '유'였다. 이때도 공부자의 가르침을 잊지 않고 "군자는 죽을 때 도 관을 떨어뜨려서는 안 된다"[17]고 말하고서, 그 끈을 고쳐 매다가 적의 칼에 맞아 육장肉醬이 되고 말았던 것이다. 유일하게 믿었던 제자까지도 잃어버렸으니 공자는 너무도 비통하여 이 소식을 접하자마자 부엌에 있 는 육장을 버리라고 명했다 한다.[18]

공부자는 죽은 뒤에 운이 좀 좋아졌다고 생각한다. 왜냐하면 그가 이 러쿵저러쿵 말할 수가 없으니 각 부류의 권력자들이 여러 가지 분으로 화장을 시켜 줄곧 사람을 놀래킬 정도의 위치로 올려놓았다. 하지만 수입된 석가모니와 비교한다면 사실 아주 불쌍하다. 모든 현마다 성묘 즉 문묘가 있지만, 적막하고 영락한 모습으로 일반 서민들은 결코 참배하러 가지 않는다. 참배하러 간다면 절이나 신묘神廟다. 백성들에게 공자가 어떤 사람이냐고 물으면, 그들은 자동적으로 성인이라고 대답한다. 하지만 이것은 권력자의 유성기에 불과하다. 그들도 글을 쓴 종이를 소중히 여긴다. 하지만 이것은 그렇게 하지 않으면 벼락을 맞아 죽을지도 모른다는 미신 때문이다. 난징의 공자묘는 확실히 떠들썩한 곳이다. 하지만 그것은 각종 오락장과 찻집이 있기 때문이다. 공자가 『춘추』春秋를 지어 난신적자를 두렵게 했다[19]고 하나 오늘날의 사람들은 어느 누구도 그가 글로 비판한 난신적자의 이름을 알지 못한다. 난신적자라고 하면 대체로 조조를 생각한다. 그러나 그 또한 성인이 가르친 바가 아니라 소설과 극본을 쓴 무명작가가 가르쳐 준 것이다.

요약하면, 중국에서의 공자는 권력자들이 떠받든 것이며, 그러한 권력자 혹은 권력자가 되고자 하는 이들의 성인은 일반 민중과 아무런 관계가 없다. 그러나 그 권력자들의 성묘에 대한 열정 역시 일시적인 것에 지나지 않는다. 공자를 숭상할 때는 다른 목적을 갖고 있어서 목적이 달성되자 이 도구는 쓸모없게 되고, 반대로 달성하지 못한다면 더더욱 쓸모없게 되기 때문이다. 30~40년 전에 권력을 쥐고자 한 사람, 즉 관리가 되고자 한 이들은 모두 '사서'와 '오경'을 읽고 '팔고'를 지었는데, 다른 일부 사람들은 이러한 서적과 문장을 '문을 두드리는 벽돌'敲門磚이라고 명명했다. 문관시험에 급제하면 이런 것들은 동시에 망각되는데, 마치 문을 두드릴 때 사용한 벽돌처럼 문이 열리면 이 벽돌도 내던져진다. 공자는 기실 죽은 뒤에 '문을 두드리는 벽돌'의 직무를 맡은 인물인 셈이다.

　　최근의 예를 보면 더욱 분명하게 알 수 있다. 20세기가 시작된 이래 공자의 운명은 더욱 나빠졌다. 그러나 위안스카이[20] 시대가 되자 새로이 기억되었다. 제전祭典을 복원했을 뿐만 아니라 다시 기괴한 제복을 만들어 제사를 받드는 사람들에게 입게 하였다. 이와 함께 등장한 것이 바로 제제帝制였다. 하지만 이러한 문도 끝내 열리지 않았다. 뜻밖에도 위안씨가 죽어 버렸기 때문이다. 남은 것은 베이양군벌, 말로가 다가왔다고 느꼈을 때 역시 그것을 이용해 다른 행복의 문을 두드렸다. 장쑤와 저장에 기반을 두고 길에서 함부로 백성을 살해하던 쑨촨팡[21] 장군은 한편으로는 투호投壺의 예를 부흥시켰으며, 산둥까지 뚫고 들어가 돈과 병사와 첩들을 자신도 알 수 없을 정도로 모았던 장쫑창[22] 장군은 바로 『십삼경』을 복각하였고, 게다가 성도聖道를 육체관계로 전염되는 화류병과 마찬가지로 간주하여 공자의 한 후예를 자신의 사위로 삼았다. 하지만 그러한 행복의 문은 아직 그 누구에게도 열리지 않았다.

　　이 세 사람은 모두 공자를 문을 두드리는 벽돌로 이용했지만 시대가 달라져서 모두 완전히 실패하고 말았다. 비단 실패일 뿐만 아니라, 공자도 연루되어 더욱 비참한 처지에 빠지게 되었다. 그들은 모두 글자도 제대로 알지 못하는 인물들이지만, 기어코 무슨 '십삼경'류를 크게 떠벌리고 있으니 사람들은 웃음을 참지 못했다. 언행 또한 일치하지 않아 더욱 사람들을 증오하게 만들었다. 중이 미우면 가사까지도 보기 싫은 법, 공자가 어떤 목적을 위한 도구로서 이용되고 있다는 것 또한 이로써 한층 명확해졌으니 그를 타도하고자 하는 욕망 또한 더욱 왕성해진다. 그래서 공자를 대단히 위엄 있게 꾸며 낼 때는 반드시 그의 결점을 찾아내는 논문과 작품도 출현한다. 공자라고 하더라도 결점 또한 있기 마련이나 평소에는 누구도 따지지 않는다. 성인도 사람인지라 본래 양해할 수 있는 것이다. 하지만 성인의 무리들이 나타나 성인이 이러저러했으니 너희도 이러저러하지 않으면 안 된다고 한바탕 헛소리를 해댄다면 사람들은 웃음을 참지 못할 것이다. 5, 6년 전에 「공자가 남자를 만나다」[23]라는 극본이 공연되어 문제를 일으킨 적이 있었다. 이 극본에는 공자가 등장했는데, 성인으로 본다면 분명히 다소 진중함이 부족하고 멍청한 부분이 없지 않았으나, 한 인간으로서는 오히려 사랑스러운 착한 사람이었다. 그러나 성인의 후예들은 대단히 분개하여 문제를 관청에까지 가져갔다. 공연된 곳이 공교롭게도 공자의 고향이었고, 그곳은 성인의 후예들이 아주 많이 배출되어 석가모니와 소크라테스는 명함조차 못 내밀 만큼 부러워할 특권계급을 이루고 있었다. 하지만 그것이 아마도 성인의 후예가 아닌 그곳 청년들이 일부러 「공자가 남자를 만나다」를 공연하게 된 이유였을지도 모른다.

중국의 일반 민중들 특히 우민은 공자를 성인으로 부르지만 그가 성인이라고 생각하지 않는다. 즉 그를 공경하지만 친밀하게 느끼지는 않는다. 그러나 나는 중국의 우민들처럼 공자를 잘 아는 사람은 아마도 이 세상에 없다고 생각한다. 확실히 공자는 일찍이 탁월한 치국治國의 방법을 기획하였으나, 그것은 모두 민중을 다스리는 사람들을 위한 것, 즉 권력자를 위해 고안해 낸 것이지 민중을 위한 것은 하나도 없다. 이것이 바로 "예는 서인에게 내려가지 않는다"[24]는 것이다. 권력자들의 성인이 되어, 마침내 '문을 두드리는 벽돌'로 변하였으니 사실 억울하다고 외칠 수는 없다. 민중과 관계가 없다고 말할 수는 없지만, 조금도 친밀한 곳이 없다고 하는 것은 많이 양보한 화법일 거라고 나는 생각한다. 조금도 친밀하지 않은 성인에게 다가가지 않는 것은 너무도 당연한 일이다. 어느 때라도 좋으니 한 번 남루한 옷을 걸치고 맨발로 대성전에 가 보라. 아마도 상하이의 상등 영화관 혹은 일등 전차에 잘못 들어갔을 때처럼 바로 쫓겨날 것이니 말이 다. 누구라도 이것은 어르신네들의 일임을 알아서, '우민'이라 하더라도 어리석게 이런 지경에까지 간 사람은 아직 없다.

4월 29일

주)_____

1) 원제는 「在現代中國的孔夫子」, 이 글은 원래 일본어로 쓴 것으로 월간 『가이조』(改造) 1935년 6월호에 처음 발표되었다. 중국어 번역문은 1935년 7월 일본 도쿄 출판의 월간 『잡문』(雜文) 제2호에 「현대 중국에서 공자」(孔夫子在現代中國)라는 제목으로 처음 발표되었다. 이 문집의 「후기」 참고.

2) 유시마(湯島). 도쿄의 거리명. 일본 최대의 공자묘인 '유시마세이도'(湯島聖堂)가 건설되어 있다. 1923년에 소실되었다가 1935년 4월에 재건되었는데, 낙성 시에 국민당정부는 이를 위해 특별대표를 파견하여 '참배'(參謁)케 했다.

3) 허젠(何鍵, 1887~1956). 자는 이차오(藝樵), 후난 리링(醴陵) 사람. 당시 국민당 후난성정부 주석을 맡고 있었다.

4) 노르웨이 작가 입센(Henrik Ibsen, 1828~1906)이 쓴 시극 『브란』(Brand)의 주인공이다. 브란은 개인의 힘으로 인민이 일어나 세속의 구습에 반대하기를 선동하고자 한 인물이다.

5) 『공자가어』(孔子家語). 원서 27권이 『한서』 「예문지」에 실려 있다. 오래전에 실전되었다. 현재 판본은 삼국시대 위의 왕숙(王肅)이 편한 것이다. 10권의 내용은 공자의 언행에 관한 기록으로 대체로 『좌전』(左傳), 『국어』(國語), 『순자』(荀子), 『맹자』(孟子), 『예기』(禮記) 등의 서적에서 취했다. 공자가전(孔子家傳)이라고도 부른다. 『사고전서총목제요』(四庫全書總目提要)에서는 "그 유전됨이 이미 오래되어, 일문(逸文)과 질사(軼事)가 종종 그 안에 많이 보이는데, 당(唐)대 이후 그 거짓을 알면서도 없애지 못했다"라고 적었다.

6) 량치차오(梁啓超, 1873~1929). 호는 런궁(任公)이며, 광둥 신후이(新會) 사람으로 청말 유신운동의 리더 중 한 명이다. 무술정변 뒤 일본으로 망명했다.
『청의보』(清議報)는 그가 일본 요코하마에 발행한 순간(旬刊)으로 1898년 12월에 창간되었다. 내용은 군주입헌과 보황반후(保皇反后: 광서황제光緖皇帝를 보전하고 서태후西太后에 반대한다)를 고취하였는데, 1901년 12월 100기로 정간했다.

7) 당 개원(開元) 27년(739)에 공자를 '문선왕'(文宣王)이라고 추시(追諡)했는데, 원 대덕(大德) 11년(1307)에 또 시호(諡號)를 덧붙여 '대성지성문선왕'(大成至聖文宣王)이라고 했다.

8) 사서(四書)는 『대학』, 『중용』, 『논어』, 『맹자』이다. 북송 때 정호(程顥)와 정이(程頤)는 『예기』 중의 「대학」, 「중용」 두 편을 특별히 높게 평가하였고, 남송의 주희는 또 이 두 편과 『논어』, 『맹자』를 하나로 합하여 『사서장구집주』(四書章句集注)를 편했다. 그로부터 '사서'라는 명칭이 유행했다. 오경(五經)은 『시경』, 『상서』(尙書), 『예기』, 『주역』, 『춘추』이며, 한 무제 때 처음 이 이름이 사용되었다.

9) 팔고문(八股文). 명청시대 과거시험에서 규정한 일종의 공식화된 문체다. 이것은 사서, 오경의 문구(文句)와 명제(命題)를 사용하고, 각 편은 파제(破題), 승제(承題), 기강(起講), 입수(入手), 기고(起股), 중고(中股), 후고(後股), 속고(束股)의 여덟 가지 부분으로 구성된다. 뒤의 네 부분은 주체이고, 각 부분마다 양고(兩股)의 배비(排比), 대우(對偶)의 문구가 있어서 도합 8고(股)이기 때문에 팔고문이라고 불렀다.

10) 허셜(John F. W. Herschel, 1792~1871). 영국의 천문학자, 물리학자. 『담천』(談天) 즉 『천문학강요』(Outlines of Astronomy)는 전18권, 부표(附表) 1권으로 1849년에 발간되었다.

    라이엘(Charles Lyell, 1797~1875)은 영국의 지질학자. 『지학천석』(地學淺釋) 즉 『지질학원리』(Principles of Geology)는 전38권으로 1871년에 출판되었다.

    대너(James Dwight Dana, 1813~1895). 영국의 지질학자. 광물학자. 『금석식별』(金石識別) 즉 『광물학수책』(Manual of Mineralogy)은 전20권과 부표 1권으로 1871년에 출판되었다.

11) 서동(徐桐, 1819~1900). 자는 음헌(蔭軒), 한군정람기인(漢軍正藍旗人), 광서제 때 대학사(大學士)를 지냈다. 유신정변을 반대하고 의화단 세력을 이용하여 외국공관을 포위하고 공격했다. 8개국 연합군이 베이징에 쳐들어왔을 때 스스로 목매어 죽었다.

12) 고분학원(弘文学院). 전문적으로 중국유학생의 일본어와 기초학과의 학습을 위해 도쿄에 설립한 예비학교. 1902년 1월에 세워졌고, 1909년에 문을 닫았다. 창설자는 가노 지고로(嘉納治五郎, 1860~1938)이고, 학감은 오쿠보 다카아키(大久保高明)였다.

13) 오차노미즈(御茶ノ水)는 일본 도쿄의 지명으로 이 역 부근에 유시마세이도가 있다.

14) 원문은 "聖之時者也". 『맹자』 「만장하」(萬章下)에 있는 말로서, 공자가 일을 행할 때 시(時)와 세(勢)에 따라 행한다는 것을 지적한 말이다.

15) 경시총감(警視總監). 일본의 경찰행정을 주관하던 최고위 장관. 공자는 일찍이 한 번 노나라의 사구(司寇)에 임명된 적이 있다. 형옥(刑獄)을 관할하였기에 일본의 이 관직

에 상응한다.

16) 원문은 "道不行, 乘桴浮于海, 從我者其由也與". 『논어』 「공야장」(公冶長)에 나온다. '桴'
는 대나무로 짠 뗏목이고, '由'는 공자의 제자인 중유(仲由) 즉 자로(子路)이다.

17) 원문은 "君子死, 冠不免". 『좌전』 '애공(哀公) 15년'에 나오는데, 즉 "석걸(石乞), 우염(盂
黶)이 자로를 가로막고 창으로 공격하여 그 관의 끈을 끊었다. 자로가 말하길 '군자는
죽어도 관을 벗지 않는다'라고 말하고는 끈을 묶고 죽었다."

18) 공구(孔丘; 즉 공자)가 자로의 전사(戰死)로 인해 고기와 내장을 버리라고 한 것에 관해
서는 『공자가어』 「자공문」(子貢問)에 보인다. "자로가……위(衛)에서 벼슬을 하고 있
었으나, 괴외(蒯聵)의 난이 있었다.……이윽고 위의 사자가 도착하여 '자로가 죽었다'
고 고했다. 공자는 마당 한가운데서 울었다.……사자에게 나아가 그 까닭을 물으니
사자는 '젓갈을 담글 정도로 베어 잘리어졌다'고 답했다. 그러자 좌우의 사람들에게
분부하여 고기와 내장을 전부 내버리게 했다. '내가 어떻게 이것을 참고 먹을 수 있겠
는가!'"

19) 공자가 『춘추』를 짓고 난신적자(亂臣賊子)가 두려워했다는 말은 『맹자』 「등문공하」(滕
文公下)에 나온다.

20) 위안스카이(袁世凱)가 1914년 2월 전국에 통달하여 '공자의 제사'를 지내게 하고 '숭
성전례'(崇聖典例)를 공포했다. 같은 해 9월 28일 그는 각 부의 총장과 문무관원의 일
부를 이끌고 새롭게 제정한 고대제복을 입고 베이징의 공자묘에서 공자 제사의 전례
(典禮)를 실시했다.

21) 쑨촨팡(孫傳芳, 1885~1935). 산둥 리청(歷城) 사람. 베이양 즈계(直系) 군벌. 그가 동남
(東南)의 다섯 개 성(省)에서 세력을 모으고 있을 때 복고를 제창하기 위해 1928년 8월
6일 난징에서 투호(投壺)라는 고대예식을 거행했다. 투호는 고대 연회 때 하는 오락으
로 주인과 손님이 차례로 활을 호에 던져 지는 자가 술을 마신다. 『예기』 「투호」에 대
한 당(唐)대 공영달(孔穎達)의 주(注)에 후한 정현(鄭玄)의 말을 인용하여 투호는 "주인
과 객이 연회 때 재예(才藝)를 드러내는 예(禮)다"라고 기록했다.

22) 장쭝창(張宗昌, 1881~1932). 산둥 예셴(掖縣) 사람. 베이양 펑계(奉系) 군벌. 1925년 산
둥독군(山東督軍)에 임명되었을 때 존공독경(尊孔讀經)을 제창했다.

23) 「공자가 남자를 만나다」(子見南子). 린위탕이 지은 일막극. 『분류』(奔流) 제1권 제6기
(1928년 11월)에 발표되었다. 1929년 산둥 취푸(曲阜) 제2사범학교 학생들이 이 극을
공연할 때 그곳의 공씨 일족이 "공연히 우리 조상 공자를 모욕한다"는 이유로 연명으
로 국민당정부 교육부에 고발을 하고 그 결과 그 학교 교장은 전근당했다. 『집외집습
유보편』(集外集拾遺補編) 「공자가 남자를 만나다」에 대해」(關于「子見南子」) 참조.

24) 원문은 "視不下庶人". 『예기』 「곡례상」(曲禮上)에 보면 "예는 서인에게 내려가지 않고,
형은 대부에게 올라가지 않는다"(禮不下庶人, 刑不上大夫)라고 했다.

육조소설과 당대 전기문은 어떻게 다른가?[1]
─문학사의 질문에 답함

이 문제는 대답하기 곤란하다.

　당대唐代 전기傳奇는 지금도 볼 수 있는 표본이 있지만, 현재 소위 육조소설六朝小說은 『신당서』「예문지」[2]에서 청대 『사고전서』[3]까지의 판정에 기댈 수밖에 없는데, 여러 종류가 있었으나 육조 당시에는 소설로 간주되지 않았기 때문이다. 예를 들어, 『한무고사』, 『서경잡기』, 『수신기』, 『속제해기』[4] 등은 유후劉昫의 『당서』「경적지」[5]까지 사부기거주史部起居注와 잡전류雜傳類에 속했다. 그때도 신선과 귀신을 숭배했으나 허구라고는 생각지 않았고, 그래서 선仙과 범凡, 유幽와 명明이라는 차이가 기술되어 있지만 모두 사史의 부류였다.

　더구나 진晉에서 수隋대까지의 서목은 현존하는 것이 하나도 없으니, 우리들은 그 당시 소설로 간주된 것이 무엇인지 또 어떤 형식과 내용을 가지고 있었는지 알 수 없다. 현존하는 것으로 유일하며 가장 오래된 목록은 『수서』「경적지」[6]이며, 편찬자 스스로 "멀리는 사마천司馬遷과 반고班固의 사서를 읽었고, 가까이는 왕검王儉과 완효서阮孝緒의 목록을 보았다"라고 했기 때문에, 아마도 왕검[7]의 『금서칠지』今書七志와 완효서[8]의 『칠록』七錄 등의 흔적이 남아 있는 듯하다. 하지만 수록된 소설 25종 가운데 현존하는 것은 『연단자』[9]와 유의경이 선하고 유효표가 주[10]한 『세설』世說 두 종뿐이다. 이밖에 『곽자』, 『소림』, 은예殷藝 『소설』, 『수식』[11] 그리고 당시 수隋 대에 이미 망실되었다고 여겨지는 『청사자』, 『어림』[12] 등은 당송唐宋의 유서類書 속에 일문逸文을 약간 볼 수 있다.

상술한 이런 자료들만 보고 독단적으로 말한다면, 육조인의 소설은 신선 혹은 귀괴鬼怪한 것을 기술하지 않았고, 쓰여진 것은 거의 대부분 인사人事에 대한 것이다. 문체는 간결하고 재료는 우스개笑話나 얘깃거리說話다. 그러나 허구를 몹시 배척한 듯한데, 예를 들어 『세설신어』에 따르면 배계의 『어림』에 기재된 사안謝安의 말이 사실과 달랐기 때문에,[13] 사안이 그것을 말하자 이 책의 평판이 크게 떨어졌다고 운운한 것이 그것이다.

당대 전기문은 크게 달랐다. 신선, 인귀, 요물 모두 자유롭게 구사할 수 있었다. 문체는 정치하고 곡절하여, 고전적 간결을 숭상하는 자들에게 비난을 받을 정도였다. 서술한 것은 대체로 수미首尾가 일관되고 파란波瀾을 갖추고 있으며, 세세하고 단편적인 얘깃거리에 그치지 않았다. 게다가 작가는 종종 일부러 이런 사적事迹이 허구임을 드러내어 상상의 재능을 보여 주었다.

하지만 육조인도 상상과 묘사를 할 수 없었던 것은 아니다. 단지 그들은 소설에 사용하지 않았을 뿐이고, 또 이런 종류의 문장을 그 당시에는 소설이라고 부르지 않았다. 예를 들어, 완적의 『대인선생전』, 도잠의 「도화원기」[14]는 사실 후대의 당대 전기문과 흡사한 편이다. 혜강의 『성현고사전찬』[15](지금은 일문을 모아 놓은 판본만 남아 있다), 갈홍의 『신선전』[16]

또한 당대 전기문의 효시로서 간주할 수 있을 것이다. 이공좌의 『남가태수전』에 이조李肇가 그 찬贊을 썼지만,[17] 이것은 바로 혜강의 『고사전』의 수법이다. 진홍의 『장한전』은 백거이의 장편시 『장한가』 앞에 위치하며,[18] 원진의 『앵앵전』은 『회진시』를 수록하고 또 이공수의 『앵앵가』의 이름으로 결합을 했는데,[19] 이 또한 『도화원기』를 떠올리지 않을 수 없게 한다.

그들이 저작한 이유와 관련해서는 육조인이든 당인이든 모두 그 까닭이 있었다. 『수서』「경적지」에 『한서』「예문지」[20]를 초록해서 소설을 기재한 것은 "꿀과 땔나무芻蕘를 모으는" 것에 비유되었다. 즉 소설임에도 불구하고 목적이 있었다는 분명한 증거다. 그러나 실제로는 목적의 범위가 축소되었을 뿐이다. 진晉나라 사람들은 청담淸談을 숭상하고, 품격에 주목하며, 자질구레한 말로서 높은 관직을 얻는 일이 자주 있었다. 그래서 당시의 소설은 기행과 명언을 기록한 『세설』류가 많았지만, 실제로는 요설로서 명성과 관직을 취하는 입문서였다. 당이 시문으로 사대부를 선발했지만, 사회상의 명성도 고려했기 때문에, 사대부가 입경入京하여 시험을 볼 때 먼저 명사名士를 면회하고 시문을 헌상하여 그 상찬을 기대할 필요가 있었는데, 그 시문을 '행권'行卷[21]이라고 한다. 시문이 범람하자 사람들이 보기를 꺼리게 되고, 이에 어떤 이는 전기문을 사용하여 이목을 일신시키고 뚜렷한 효과를 거두고자 시도했다. 그래서 그 당시의 전기문 또한 '문을 두드리는 벽돌'과 관계가 많았다. 하지만 물론 유행에 떠밀려서 목적 없이 짓는 이들도 전혀 없었던 것은 아니었다.

5월 3일

주)_____

1) 원제는「六朝小說和唐代傳奇文有怎樣的區別?」,『문학백제』(文學百題)에 처음 실렸다. 문학사, 즉『문학』월간사.『문학』월간은 푸둥화(傅東華), 정전둬(鄭振鐸) 편, 1933년 7월 창간. 1936년 7월 제7권부터 황퉁자오(王統照)가 편집을 맡았고, 1937년 11월 정간되었다. 상하이 생활서점(生活書店)에서 출판했다. 이 단체는 문학과 관련된 문제 백 개를 정하고 각각 문제별로 집필을 의뢰하여『문학백제』를 편집하고 1935년 7월 생활서점에서 출판하였다.

2)『신당서』(新唐書)「예문지」(藝文志).『신당서』는 송대 구양수(歐陽修) 등이 지은 것으로, 그 가운데「예문지」4권은 고대에서 당대까지의 서적목록이다.

3)『사고전서』는『사고전서총목제요』(四庫全書總目提要)와『사고전서간명목록』(四庫全書簡明目錄)을 가리킨다.

4)『한무고사』(漢武故事) 1권. 전하는 바에 의하면 한대의 반고(班固) 혹은 남조의 제(齊)나라 왕검(王儉)의 저서라고 한다. 기록된 것은 상당 부분 한 무제와 관련된 전설이다.
『서경잡기』(西京雜記) 6권. 전하는 바에 따르면 한대 유흠(劉歆) 혹은 진(晉)대의 갈홍(葛洪)이 지었다고 한다. 기록된 것은 모두 한 무제 때의 잡사(雜事)다.
『수신기』(搜神記) 20권. 전하는 바에 의하면 진대의 간보(干寶)의 저서라고 한다. 내용은 모두 신괴의 설화이다.
『속제해기』(續齊諧記) 1권. 남조의 양나라 오균(吳均)의 저서다. 내용은 신괴의 설화이다. 일설에 의하면 '제해'의 출처가『장자』(莊子)「소요유」(逍遙遊)의 "제해는 괴(怪)를 적는(志) 것이다"라고 한다.

5) 유후(劉昫, 887~946). 자는 요원(耀遠)이며 줘저우(涿州) 귀이(歸義; 지금의 허베이 슝셴雄縣) 사람이다. 뒤에 후진(後晉) 때 관직이 동중서문하평장사(同中書門下平章事)에 이르렀다. 그가 감수한『당서』(唐書), 통칭『구당서』(舊唐書)는 전부 이백 권이며, 그 가운데「경적지」2권은 고대부터 당대까지의 서적목록으로 내용은『신당서』「예문지」와 비교해 간략하다.

6)『수서』(隋書)「경적지」(經籍志).『수서』는 당대의 위징(魏徵) 등이 지은 것으로, 그 가운데 '십지'(十志) 부분은 장손무기(長孫無忌) 찬(撰)이라고 이름했다.「경적지」4권,『한서』「예문지」의 뒤를 이은 고대문헌 총록이며, 당시 존재하고 있던 저작을 기재하는 것 외에 이미 산실된 서적들도 다소간 실었으며, 또 학술의 원류를 기술하였다. 채택한 경사자집(經史子集)이라는 4부의 도서분류법은 청대까지 계속 답습되었다. "멀리는 사마천(司馬遷), 반고(班固)의 사서를 읽고, 가까이는 왕검(王儉), 완효서(阮孝緒)의 목록을 보고, 그 풍아한 체제를 잡아서, 부잡(浮雜)하고 비리(鄙俚)한 부분을 제거하고, 그 관계가 먼 것은 버리고 가까운 것을 모아서 문장을 간결하게 하고 의미를 풍부하게 했다. 모두 55편이다"라는 것은『수서』「경적지」서론 속의 말이다.

7) 왕검(王儉, 452~489). 자는 중보(仲寶), 랑예 린이(琅邪 臨沂; 지금의 산둥) 사람. 남조 송나라의 목록학자. 예녕후(豫寧侯)란 벼슬을 이어받았다. 송 명제(明帝) 때 비서승(祕書丞)에 임명되었다. 유흠(劉歆)의 『칠략』(七略)에 의거해 『칠지』(七志) 40권을 편찬했다. 고금의 도서를 기록하고, 경전(經典), 제자(諸子), 문한(文翰), 군서(軍書), 음양(陰陽), 예술(藝術), 도보(圖譜)의 7류로 분류하고 도(道)와 불(佛)을 덧붙여 실었다. 이 책은 이미 산실되었다.

8) 완효서(阮孝緒, 479~536). 자는 사종(士宗), 천류 웨이스(陳留尉氏; 지금의 허난에 속함) 사람. 남조 양나라의 목록학자. 은거하고 관직에 나가지 않았다. 『칠록』(七錄)은 그가 집록한 고금의 서적목록으로 모두 12권이며, 내외 두 편으로 나뉜다. 내편은 경전, 기전(記傳), 자병(子兵), 문집(文集), 기술(技術)의 오록(五錄)이며, 외편은 불법, 선도(仙道)의 이록(二錄)이다. 지금은 서언과 분류총목만 남아 있는데, 당의 석도선(釋道宣)이 편찬한 『광홍명집』(廣弘明集)에 실려 있다.

9) 『연단자』(燕丹子). 『수서』「경적지」에 1권이 기록되어 있다. 편찬자는 미상이다. 내용은 전국시대의 연나라의 태자 단(丹)에 관한 이야기다. 대체로 고서적에서 연단자와 형가(荊軻)에 관련된 문장을 집록하여 만든 것이다.

10) 유의경(劉義慶, 403~444). 펑청(彭城; 지금의 장쑤 쉬저우徐州) 사람. 문학가. 남조 송(宋) 무제(武帝) 유유(劉裕)의 조카이며, 벼슬을 이어받아 임천왕(臨川王)이 되었고, 일찍이 남연주자사(南兗州刺史)에 임명되었다. 그가 편찬한 『세설』 즉 『세설신어』(世說新語)는 모두 3권으로 내용은 동한(東漢)에서 동진(東晉) 사이 문인명사들의 이야기를 다루고 있다.

   유효표(劉孝標, 462~521). 이름은 준(峻), 자는 효표, 펑위안(平原; 지금의 산둥) 사람. 남조 양나라의 문학가. 양무제 때 전교비서(典校祕書)가 되었고, 뒤에 무리를 모아 강학(講學)을 했다. 그가 『세설신어』에 붙인 주석은 인증(引證)이 넓은 범위에 걸쳐 있어 세상에서 중시되었다.

11) 『곽자』(郭子). 동진 곽징(郭澄)의 저서로 『수서』「경적지」에 3권이 기재되어 있다.

   『소림』(笑林)은 삼국시대 위의 한단순(邯鄲淳)의 저서로 『수서』「경적지」에 3권이 기록되어 있다.

   은예(殷藝, 471~529)는 남조 양나라의 문학가로 자는 관소(灌蔬)이며 천쥔 창핑(陳郡 長平; 지금의 허난 시화西化) 사람이다. 그의 저서 『소설』(小說)은 『수서』「경적지」에 10권이 기록되어 있다.

   『수식』(水飾)은 수(隋)의 두보(杜寶)의 저서로 『수서』「경적지」에 1권이 기재되어 있지만 편자에 대한 기록은 없다.

   이 네 종의 책은 당 이후 산실되었는데, 루쉰의 『고소설구침』(古小說鈎沈)에 각각 일문(逸文)을 수집해 실었다.

12) 『청사자』(靑史子). 주(周)의 청사자 지음. 『한서』 「예문지」에 57편이 기재되어 있으나, 『수서』 「경적지」에는 이 책이 없다. 『어림』(語林)은 동진 배계(裵啓)의 저서로 『수서』 「경적지」의 자부(子部) 소설류(小說類)의 부주(附注)에 보면, "『어림』 10권은 동진의 처사(處士) 배계가 편한 것이다. 전하지 않는다"라고 했다. 이 두 종류의 책은 루쉰의 『고소설구침』에 각각 일문을 수집해 실었다.

13) 배계의 『어림』에 기재된 사안(謝安)의 말이 사실과 다르다는 것은 『세설신어』 「경저」(輕詆)에 있다. 즉 "유도계(庾道季)가 사공(사안)에게 고했다. '배랑(배계)에 의하면 사안이 배랑을 향해서 무엄하지 않나, 어째서 술을 마셨는가라고 말했다고 합니다. 또 배랑에 의하면 사안은 지도림(支道林)을 비평하고, 구방고(九方皐)가 말을 감정하는 것과 비슷한, 말의 털색을 무시하고 그 준족(駿足)을 주시했다고 말했다고 합니다.' 사공은 '전혀 그렇게 말하지 않았습니다. 배랑 자신이 억지를 부리는 것입니다'라고 대답했다. 유(庾)는 아주 괘씸하다고 생각했다. 그래서 진동정(陳東亭; 즉 왕순王珣)의 『경주노하부』(經酒壚下賦)를 쓸 때 다 읽고 나서도 전연 상찬하지 않고, '그대는 배씨를 따라 하고 있는가'라고 말해 버렸다. 그래서 이 『어림』은 읽혀지지 않았다. 지금 가끔 눈에 띄는 것은 모두 그 이전의 사본(寫本)으로 사안의 말은 아니다."

14) 완적(阮籍)의 『대인선생전』은 청대 엄가균(嚴可均)이 편집한 『전상고삼대진한삼국육조문』(全上古三代秦漢三國六朝文) 권46에 있다. 도잠(陶潛)의 「도화원기」(桃花源記)는 그의 오언고시(五言古詩) 「도화원시병기」(桃花源詩幷記)의 앞부분이다.

15) 혜강(嵇康, 223~262). 자 숙야(叔夜), 초국질(譙國銍; 지금의 안후이 수셴宿縣) 사람. 삼국시대 위나라의 시인. 정시(正始) 때 중산대부(中散大夫)를 지냈다. 그의 『성현고사전찬』(聖賢高士傳贊)은 그 형 혜희(嵇喜)가 지은 『혜강전』에 의하면, "상고 이래의 성인, 현자, 은자로서 마음을 좇고 이름을 남긴 자를 찬록(撰錄)해서 모아 전찬(傳贊)을 지었다. 혼돈(混沌)에서 관녕(管寧)까지 모두 119인이다. 청대 마국한(馬國翰)의 『옥함산방집일서』(玉函山房輯佚書)와 엄가균의 『전상고삼대진한삼국육조문』에 이 서적의 일문이 모여 있다.

16) 갈홍(葛洪, 약283~363). 자는 치천(稚川), 호는 포박자(抱朴子). 동진(東晉) 단양 주룽(丹陽句容; 지금의 장쑤) 사람. 혜제(惠帝) 때 복파장군(伏波將軍)을 모셨다. 신선도양(神仙導養) 및 연단술(煉丹術)을 좋아하고 저작에 『포박자』 등이 있다. 『신선전』(神仙傳) 10권은 고대전설 가운데 80인의 신선의 고사를 기록했다.

17) 이공좌(李公佐, 약770~약850). 자는 전몽(顓蒙), 룽시(隴西; 지금의 간쑤甘肅성의 동남) 사람. 당(唐)대 소설가. 헌종(憲宗) 때 강회종사(江淮從事)를 지냈다. 『남가태수전』(南柯太守傳)은 그가 지은 전기소설로서 편말에 '전 화주참군 이조'(前華州參軍李肇)의 찬(贊) 4구가 있다. 이조는 당대 문학가로 헌종 때 좌사낭중(左司郎中)과 한림학사(翰林學士)를 역임했다. 저서에는 『한림지』(翰林志), 『당국사보』(唐國史補) 등이 있다.

18) 진홍(陳鴻). 자는 대량(大亮). 당대 소설가. 덕종(德宗) 때 태상제(太常第)에 올랐고, 문종(文宗) 대화(大和) 연간에 주객낭중(主客郞中)을 지냈다. 『장한전』(長恨傳)은 그가 지은 전기소설로서 편말에 "낙천은 거기서 '장한가'를 지었다.……노래가 만들어지고 나서 진홍에게 전을 짓게 했다"라고 적혀 있다.

백거이(白居易, 772~846). 자는 낙천(樂天), 타이위안(太原; 지금의 산시山西) 사람, 당대 시인. 정원(貞元)에 진사가 되고 형부상서(刑部尙書)에 올랐다.

19) 원진(元稹, 779~831). 자는 미지(微之), 허난 허나이(河南河內; 지금의 허난 뤄양洛陽) 사람으로 당대 시인. 헌종 원화(元和) 연간에 좌습유(左拾遺)가 되었고, 뒤에 재상에까지 올랐다. 『앵앵전』(鶯鶯傳)은 그가 지은 전기소설로서, 그 가운데 "허난의 원진도 생(生; 즉 장생張生)의 「회진시」(會眞詩) 30운의 속작(續作)을 지었다", 결말에는 또 "정원 연간 9월 집사(執事) 이공수(李公垂)가 나의 정안리(靖安里)의 집에 와서 머물렀다. 이것이 이야기가 되었다. 공수가 훌륭하다고 칭찬하여 『앵앵전』을 짓고 전했다". 최씨(崔氏)의 아이 때 이름(小名)을 앵앵이라고 해서, 공수는 그것을 편명으로 삼았던 것이다.

이공수(李公垂, 772~846). 이름은 신(紳), 자가 공수, 우시(無錫; 지금의 장쑤) 사람으로 당대 시인. 원화 연간에 진사, 뒤에 재상이 되었다.

20) 『한서』(漢書) 「예문지」(藝文志). 『한서』는 동한의 반고 등이 편했다. 그 가운데 「예문지」 한 권은 한대까지의 고대의 서적목록이다. '소설십오가'(小說十五家)라는 편목 뒤에 이렇게 기록하고 있다. "소설을 짓는 사람들은 다분히 하급관리(稗官)에서 나왔다. 세간의 우스갯소리와 사람들 간에 떠도는 소문을 전하는 자가 지은 것이다. …… 고작 마을의 지식이 부족한 자가 지은 얘기도 수집해서 보존시켰다. 즉, 혹 한마디라도 채록할 만한 것이 있다면, 이 또한 적어도 나무꾼(芻蕘)과 광부(狂夫)들의 의견이다." 『수서』 「경적지」에도 자부소설(子部小說)류라는 편목 뒤에 이렇게 적었다. "소설은 세간의 우스갯소리이다. '전'(傳)에는 민중의 노래를 싣고, '시'(詩)에는 나무꾼에게 묻는 것을 칭찬하고 있다." '나무꾼에게 묻는다'는 말은 『시경』 「대아(大雅)·판(板)」에 나온다. 즉 "옛분들 말씀에 나무꾼에게 일을 물으라 하셨네"이다. 이 구절의 의미는 곧 민간에 의견을 구해 묻는다는 것이다.

21) '행권'(行卷). 송대 정대창(程大昌)의 『연번로』(演繁露) 「당인행권」(唐人行卷)에 "당대 사람이 진사가 되려면 반드시 행권이 있어야 하는데, 그 지은 글을 모아 함축(緘軸)으로 만들어서 주사(主司)에게 바쳤다"라는 기록이 있다.

'풍자'란 무엇인가?[1]
—문학사의 질문에 답함

 나는 한 작가가 세련된 혹은 그야말로 다소 과장된 필치로——하지만 물론 반드시 예술적으로——한 무리 사람들의 어느 한 측면의 진실을 그려 낸다면, 이 묘사된 한 무리 사람들은 그 작품을 '풍자'라 부를 거라고 생각한다.

 '풍자'의 생명은 진실이다. 일찍이 있었던 일일 필요는 없지만, 반드시 있을 수 있는 일이어야 한다. 그래서 그것은 '날조'도 아니고 또 '비방'도 아니다. '비밀을 폭로하는 것'도 아니며, 사람들을 깜짝 놀라게 하는 소위 '기문'奇聞 혹은 '괴怪현상'만 기록하는 것도 아니다. 그것이 서술한 일은 공공연한 것이며 또한 흔히 보는 것으로, 평소에는 누구도 기이하다고 생각지 않으며 그래서 당연히 어느 누구도 주의를 기울이지 않는 것이다. 그러나 그 일은 그때 이미 불합리하고 가소롭고 비루한 것이며 심지어 증오스럽기까지 한 것이다. 하지만 그렇게 행해지고 습관이 되다 보니 공개적인 장소와 대중들 사이에 있어도 아무도 기괴하다고 여기지 않았다. 지금 이것에 특별히 문제를 제기하자 사람들을 흥분시키게 된 것이다. 예를 들어, 양복 차림의 청년이 부처에 절하는 것은 지금은 일반적인 일이고, 도학선생이 노발대발하는 것은 더욱 일반적인 일이다. 단지 몇 분 뒤에 이 일은 과거사가 되고 소멸될 것이다. 하지만 '풍자'는 바로 이때 찍은 한 장의 사진이다. 한 장은 엉덩이를 치켜들고, 또 한 장은 미간을 찌푸리는 모습으로, 자신과 다른 사람이 보더라도 그다지 고상하지 않을 뿐 아니라, 자신이 보아도 그다지 고상하지 않다고 느낀다. 게다가 유포되어 훗날 과학을 크게 논하고 도덕의 함양을 고상하게 얘기하는 것에 방해가 되지 않을 수 없다. 찍은 것이 진실이 아니라고 말해도 소용없다. 그것은 이때 모든 사람이 보고 있어서 누구라도 분명히 그런 일이 있었다고 느낄 것이기 때문이다. 그러나 그것을 진실이라고 시인하는 것은 자신의 존엄을 잃기 때문에 꺼려지는 것이다. 그래서 온갖 궁리를 다한 끝에 '풍자'라는 하나의 이름을 만들었다. 그 뜻인즉 이런 일을 기어코 제기하려고 하는 것은 분명 좋지 않다는 것이다.

일부러 이런 일을 한사코 제기하고 또 표현을 세련되게 하며 심지어 과장까지 하는 것은 분명히 '풍자'의 기술이다. 동일한 사건이라고 하더라도 잡다하고 비예술적으로 기록한 것은 풍자가 되지 못하고, 아무도 감동시키지 못한다. 예를 들어, 신문기사 가운데 기억나는 것으로 올해 두 가지 사건이 있었다. 하나는 한 청년이 군관을 사칭하여 여러 곳에서 사기를 치며 돌아다녔고, 뒤에 체포되고 나서 그는 참회서를 썼는데, 이 일은 생계를 도모한 것에 불과하며 다른 뜻은 없었다고 기술했다는 사건이다. 다른 하나는 도둑이 학생을 꾀어내어 도둑질하는 방법을 가르쳤는데, 부모가 그 사실을 알고 자신의 자식을 집안에 가두자 도둑이 집에 쳐들어가서 행패를 부렸다는 사건이다. 꽤 중요한 사건은 신문지상에 종종 특별한 비평문이 실리는 것이 보통인데, 이 두 사건에 대해서는 여태껏 아무런 얘기도 보이지 않는 것으로 보아, 이것은 분명 너무 일상적인 일이라서 주목할 가치가 없다고 생각한 것이다. 그런데 이 소재가 스위프트(J. Swift)[2] 혹은 고골(N. Gogol)의 손에 들어갔다면, 반드시 뛰어난 풍자 작품이 탄생되었을 것이라고 생각한다. 어느 한 시대의 사회에서는 일상적인 일이면 그런 만큼 더 보편적이고 또 풍자하기에 더 적합하다.

풍자 작가는 대체로 풍자당한 사람에게 미움을 받을지라도, 그는 항상 선의를 갖고 있다. 그의 풍자는 그들이 개선되기를 바라는 것이지, 결코 그런 사람들을 물속에 빠뜨리고자 하는 것은 아니다. 하지만 같은 무리들 가운데 풍자 작가가 나타났을 때는 그 사람들은 수습할 수 없게 된다. 더구나 필묵으로 구해 낼 수 없게 되므로 그래서 그 노력은 헛수고가 되고 게다가 역효과를 일으킨다. 실제로는 그 사람들의 결점 내지 추악을 표현하는 데 불과하게 되고, 적대적인 다른 무리들에게는 도리어 유익하게 된다. 다른 무리들이 볼 때, 느끼는 바가 풍자당하는 그 무리들과 달라서, 그들은 '풍자'적이라기보다는 차라리 '폭로'적이라고 느낄 수 있다고 생각한다.

만약 보기에 풍자인 듯한 작품이 선의가 조금도 없으며 열정도 완전히 결여되어 단지 독자들에게 온 세상의 일은 어느 하나도 취할 바가 없고, 또 어느 하나도 가치가 없다고 여기게끔 할 뿐이라면, 그것은 결코 풍자가 아니다. 이것은 바로 소위 '조소'冷嘲다.

5월 3일

1) 원제는 「什麼是"諷刺"?」, 이 글을 썼을 때는 잡지에 발표되지 않았고, 1935년 9월 월간 『잡문』(雜文) 제3호에 실렸다. 이 문집의 후기를 참조하시오.

2) 스위프트(Jonathan Swift, 1667~1745). 영국 작가. 저서로는 장편소설 『걸리버 여행기』(*The Gulliver's Travels*) 등이 있다.

"사람들의 말은 가히 두렵다"에 관해[1]

"사람들의 말은 가히 두렵다"는 영화배우 롼링위[2]가 자살한 뒤 그의 유서 속에 나온 말이다. 한 시대를 떠들썩하게 했던 이 사건은 한바탕의 공론이 지나가고 이미 시들시들해졌는데, 「영옥향소기」[3] 공연이 끝나고 나면 작년의 아이샤[4] 자살사건과 마찬가지로 말끔히 사라지고 말 것이다. 그녀들의 죽음은 끝없는 사람들 무리 속에 소금 몇 알을 던질 것일 따름이고, 허튼소리를 뇌까리는 무리들의 입맛을 좀 돋우어 주기는 했으나 오래지 않아 담담해지고 말았다.

이 말은 처음에는 작은 풍파를 일으켰다. 한 평론가는 그녀를 자살로 몰고 간 죄가 그녀의 소송사건에 대해 떠벌린 신문기사에 있다고 말했다. 얼마 안 있어 한 신문기자가 공개적으로 반박했는데, 현재 신문의 지위와 여론의 위신은 가히 불쌍할 정도로, 거기에 누구의 운명을 좌지우지할 역량은 조금도 없을 뿐 아니라, 기재한 내용 또한 대체로 관청에서 수집한 사실이고 절대 날조한 요언이 아니며 옛날 신문들이 있으니 다시 대조해 볼 수 있다고 하였다. 그래서 롼링위의 죽음은 신문기자와 아무런 관계도 없게 되었다.

이런 말은 모두 진실하다고 할 수 있다. 그렇지만 모두 그런 것도 아니다.

지금의 신문이 신문답지 않은 것은 사실이다. 평론을 마음대로 할 수 없어 위력을 잃고 있는 것 또한 사실이다. 따라서 눈이 있는 사람이라면 결코 신문기자에게 책임을 과분하게 지우지 않을 것이다. 하지만 신문의 위력이 사실 완전히 사라진 것은 아니다. 갑에 대해서 손해를 끼치지 않지만 을에 대해서는 손상을 입힐 수 있는 것이다. 강자에 대해서는 약자이지만, 보다 약한 자에게 그들은 여전히 강자이다. 그래서 어떤 때는 울분을 참고 아무 말 못하지만 어떤 때는 여전히 거들먹거리기도 한다. 이에 롼링위와 같은 부류는 남은 위력을 발휘하는 좋은 재료다. 그녀는 대단히 유명하지만 무력하기 때문이다. 소시민들은 언제나 사람들의 추문, 특히 잘 아는 사람의 추문을 듣기 좋아한다. 상하이의 거리와 골목에 사는 수다쟁이 아낙네들은 이웃에 사는 누구 아주머니 집에 외간남자가 출입하는 것을 알기만 하면 흥미진진하게 수군거리겠지만, 간쑤의 누군가가 서방질을 한다거나, 신장의 누군가가 재혼을 했다고 얘기하면 그녀는 들으려고 하지 않을 것이다. 롼링위는 은막의 스타로서 모든 사람들이 아는 인물이다. 이 때문에 그녀는 신문을 떠들썩하게 만들 아주 좋은 재료이고, 적어도 판매부수를 늘려 줄 수 있다. 이것을 읽고 난 독자들은 "나는 롼링위처럼 그렇게 예쁘지는 않지만 그녀보다 정숙하다"라고 생각하는 사람도 있을 것이고, 또 "나는 롼링위의 재능에는 미치지 못하지만, 그녀보다 출신은 고상하다"라고 생각하는 사람도 있으며, 그녀가 자살한 이후에도 사람들은 "나는 롼링위와 같은 기예는 없지만 자살하지 않았으니 그녀보다 용기는

있다"라고 생각할 수 있다. 동전 몇 개를 쓰고 자신의 우수성을 발견하였
으니 이는 아주 수지맞는 일이다. 하지만 연기를 업으로 살아가는 사람이
앞의 두 가지 감상을 대중들로 하여금 느끼게 한다면 그녀의 인생은 그야
말로 끝이다. 그러니 우리들은 잠시 자신도 잘 알지 못하는 사회조직이라
든가 의지의 강약이니 하는 진부한 말을 늘어놓지 말고, 먼저 입장을 바꿔
놓고 생각해 보자. 그렇다면 아마도 "사람들의 말이 두렵다"라는 롼링위
의 말이 진실임을, 또 사람들이 그녀의 자살이 신문기사와 관계가 있다고
간주하는 것 또한 진실임을 알 수 있을 것이다.

　　하지만 신문기자가 해명했다시피 거기에 기재된 것은 대체로 관청을
통해 수집된 사실이라고 한 것 또한 진실이다. 상하이의 큰 신문과 작은
신문 사이에 끼여 있는 몇몇 신문의 사회면 뉴스는 거의 대부분 이미 공안
국 혹은 공부국[5]에서 다루어진 소송 사건이다. 그런데 약간 나쁜 습성이
있는데, 그것은 묘사를 좀 가하려고 하는 것이다. 특히 여성에게 묘사를
가하는 것을 좋아한다. 이런 종류의 사건에는 중요한 인물이나 유명한 고
급관리들이 끼여 있을 리 만무하니, 이 때문에 한층 묘사를 가하는 데 방
해받는 일이 없다. 사건에 관련된 남자의 나이와 용모는 대체로 정직하게
그려진다. 여자일 경우는 글재주를 발휘하여 "중년부인 우아한 자태 여
전하네" 아니면 "꽃다운 소녀 너무 사랑스럽네"라고 묘사한다. 한 여자애
가 달아나자 스스로 달려갔는지 아니면 유혹을 당해 갔는지 알지 못하면
서, 재자才子들은 단정지어 "젊은 아낙네 홀로 잠드는데 사내 없는 것이 익
숙지 않네"라고 하는데, 그것을 어찌 알았는가? 한 시골 부녀가 두 번 재
가하는 일은 원래 시골벽지에서는 일상적인 일이지만, 재자의 붓아래 한
번 놓이자 "그 음탕함이 무측천[6]에 뒤지지 않네"라는 큰 제목으로 바뀐

다. 이렇게 된다는 것을 또 어찌 알았는가? 이런 경박한 구절이 시골 아낙네에게 덧붙여져도 대체로 아무런 영향이 없을 것이다. 그녀는 글자를 알지 못하고, 또 그녀와 관계가 있는 사람도 신문을 볼 것 같지 않기 때문이다. 하지만 지식인, 더욱이 사회에 나와 활동하는 여성에게는 족히 상처를 입힐 수 있다. 고의로 드러내고 특별히 과장된 글일 경우에는 말할 필요도 없다. 그러나 중국의 습관상 이런 구절은 사색할 것도 없이 붓을 놀리기만 하면 바로 쏟아져 나온다. 이때도 이것이 여성을 희롱하는 것이라고 생각지 않을 뿐만 아니라, 자신이 곧 인민의 대변자임을 생각하지 않는다. 하지만 어떻게 묘사했든지 강자인 경우는 큰일이 아니다. 편지 한 통이면 정오표와 사과의 말이 이어서 게재되지만, 롼링위처럼 권력도 없고 힘도 없는 사람은 고통을 당하는 재료가 되고, 자신이 흉측한 몰골로 가득 그려져도 치욕을 씻을 방법이 없다. 그녀에게 싸우라고 해야 하나? 그녀는 기관지도 없는데 어떻게 싸우나, 억울하고 원통해도 그 장본인을 찾지 못하니 누구와 싸울 것인가? 우리들은 또 입장을 바꿔서 생각을 해볼 수 있다. 그러면 그녀가 "사람들의 말이 무섭다"라고 생각한 것이 진실임을, 또 사람들이 그녀의 자살을 신문기사와 관계가 있다고 생각하는 것도 진실임을 알 수 있을 것이다.

그렇지만 앞에서 말했듯이 지금의 신문이 힘이 없다는 것도 사실이지만, 나는 기자 선생님들이 겸손하게 말하듯이 전혀 가치 없고 전혀 책임이 없는 지경에까지 이르지는 않았다고 생각한다. 그들이 아직 롼링위와 같이 보다 약한 사람들에 대해서는 목숨을 좌지우지할 만한 약간의 힘을 가지고 있기 때문이다. 이것은 또한 그것이 능히 악이 될 수 있으며, 또 당연히 선이 될 수 있음을 말하는 것이다. "들은 바를 반드시 적는다"有聞必

錄 혹은 "아무런 힘이 없다"^{幷無能力}라고 하는 말은 향상의 책무를 진 기자들이 마땅히 채택해야 할 구두선은 아니다. 사실은 이와 같지 않기 때문이다.──신문은 선택을 하고, 영향력이 있는 것이다.

롼링위의 자살에 대해, 나는 그녀를 위해 변호를 할 생각은 없다. 나는 자살을 찬성하지 않으며, 자살할 생각도 없다. 하지만 내가 자살하려고 하지 않는 것은 자살을 경시하는 것이 아니라, 그렇게 할 수 없기 때문이다. 어느 누가 자살을 한다면 지금은 강인한 평론가들의 비난을 받게 된다. 롼링위도 당연히 예외가 아니다. 하지만 내 생각에 자살은 사실 쉬운 일이 아니다. 결코 우리같이 자살할 마음이 없는 사람들이 경멸할 만큼 그렇게 간단히 실행할 수 있는 것은 아니다. 만약 쉽다고 생각하는 사람이 있다면 어디 한번 해보라!

물론 시도해 볼 용기가 있는 사람도 필시 많을 것이다. 하지만 거들떠보지 않는다. 그는 사회를 위해 해야 할 위대한 임무를 갖고 있기 때문이다. 그것은 말할 것도 없이 대단히 좋은 일이다. 그러나 나는 사람들이 모두 한 권의 노트를 마련해서 자신이 수행한 위대한 임무를 기록해 두었다가 증손이 생겼을 때 다시 꺼내어 어떤지 잘 따져 보기를 바란다.

5월 5일

주)_____

1) 원제는 「論"人言可畏"」, 이 글은 1935년 5월 20일 반월간 『태백』 제2권 제5기에 처음 발표되었다. 서명은 자오링이(趙令儀).
2) 롼링위(阮玲玉, 1910~1935). 광둥 중산(中山) 사람으로 영화배우. 그녀는 유서에서 "아, 내가 죽는다 해도 무슨 아쉬움이 있겠는가. 허나 사람들의 말이 두렵다. 사람들의 말이

두려워!"라고 적었다.

3) 「영옥향소기」(玲玉香消記). 롼링위의 자살을 각색한 희곡으로 상하이에서 상연되었다고 한다.

4) 아이샤(艾霞, 1912~1934). 푸젠(福建) 샤먼(廈門) 사람. 영화배우. 1932년 상하이 밍싱(明星)영화공사가 만든 「봄누에」(春蠶), 「시대의 딸」(時代的女兒) 등의 영화에서 주연을 맡았다. 1934년 2월 12일 아편을 먹고 자살했다.

5) 옛날 상하이, 톈진 등에 있던 조계의 행정기구.

6) 측천무후(則天武后)를 가리킨다. 당 고종(高宗)의 황후로서 뒤에 스스로 황제가 되어 국호를 주(周)로 고친 적도 있다. 통속적인 글에는 종종 많은 남자 첩을 껴안고 있는 여성으로 묘사되었다.

"문인은 서로 경시한다"를 다시 논함[1]

올해의 소위 "문인은 서로 경시한다"는 흑백이 뒤섞인 구호로서 문단의 어둠을 가렸을 뿐만 아니라 일부 사람들에게 "양의 대가리를 내걸고 개고기를 팔고" 있게 했다.

　　진실로 "각자 서로 자신의 장점으로 상대의 단점을 경시하는" 경우는 있을 수 있는 일이다! 우리들이 요 몇 년간 보았던 것은 "자신의 단점으로 상대의 단점을 경멸하는" 이들이었다. 예를 들어, 백화문 중에도 어떤 것은 까다로워 읽기 어려운데, 그것은 확실히 하나의 '단점'이다. 그래서 어떤 이는 소품小品 혹은 어록語錄을 들고 나와 이를 향해 의기양양하게 공격했다. 하지만 오래지 않아 꼬리가 드러나는데, 자신이 제창한 글에 대해서조차 종종 구두점을 잘못 찍는 것[2]은 아주 큰 '단점'이다. 심지어 어떤 경우는 그야말로 "자신의 단점으로 다른 사람의 장점을 무시한다". 예를 들어 '잡문'을 경멸하는 이가 자신도 '잡문'을 쓰고 있는데, 그것은 자신이 무시한 다른 '잡문'에 비해 같이 논할 수 없을 정도로 졸렬하다.[3] 이런 훌륭한 학설은 체호프가 지적한 대로 부끄러움도 모를 지경이 되어 모든 것을 깔보고[4] 있고, 경멸을 당한 자는 그들과 비교되는 행운도 얻지 못하는데, 도대체 어디서 '서로'라고 말할 수 있겠는가? 지금 이것을 '서로'라고 하지만, 실은 그들을 조금 칭찬해 주고, 이 '서로' 덕분에 '문인'이 되는 것이다. 하지만 그 '장점'은 어떤가?

더구나 오늘날 문단의 분쟁은 사실 문필상의 장단점 때문도 아니다. 문학적 수양이 결코 사람을 목석으로 바꾸는 것은 아니고, 그래서 문인도 역시 사람이다. 사람인 이상 그의 마음에도 시비가 있고, 애증이 있다. 그러나 또 문인이기에 그의 시비는 더욱 분명하고 애증 또한 더욱 열렬하다. 성현으로부터 사기꾼과 살인자에 이르기까지 존경하고, 미인과 향초로부터 문둥병균까지 모두 사랑하는 문인은 세상에서 찾아보기 어렵다. 옳은 것과 사랑하는 것을 만나면 끌어안고, 나쁜 것과 싫어하는 것을 만나면 반발하는 것이다. 만약 이를 인정하지 않는 제3자가, 그가 악이라고 하는 것은 사실 '선'是이고, 그가 싫어하는 것은 사실 사랑해야 하는 것이라고 지적할 수는 있어도, 그저 두루뭉술하게 "문인은 서로 경시한다"라는 이 공소한 한마디 말로 말살할 수는 없는 것이다. 세상에는 아직 이런 종류의 손쉬운 일은 없다. 문인이 있으면 분쟁이 발생한다. 그러나 훗날 누가 옳고 누가 그른지, 누가 존속하고 누가 사멸했는지는 모두 분명해진다. 시비의 감각과 애증의 감정이 중재자인 평론가들보다 더 분명한 독자들이 있기 때문이다.

그러나 또 어떤 사람이 위협한다. 그는 말한다. 당신은 두렵지 않은가?라고. 옛날 혜강嵇康이 버드나무 아래서 쇠를 두들기고 있었는데, 종회鍾會가 만나러 왔다. 그는 무뚝뚝하게 이렇게 물었다. "무엇을 듣고 와서 무엇을 보고 가는가?"라고. 그래서 종회의 미움을 샀고, 뒤에 그는 사마의

司馬懿 앞에서 시비가 일어나 목숨을 잃었다.[5] 그러니 누구를 만나든지 서둘러 공손히 예의를 차려 청하여 차를 따르고 연신 "존함은 오래전부터 들어서 알고 있습니다"라고 인사하지 않으면 안 된다. 이것은 물론 아무런 이익이 없다고 할 수는 없지만, 문인이 되어 이렇게까지 하는 것은 창녀에 가까운 것이 아니고 무엇이겠는가? 하물며 이 위협자의 예는 사실 맞지 않는 데가 있다. 혜강이 목숨을 잃은 것은 결코 그가 오만한 문인이었기 때문이 아니라, 그가 조씨 가문의 사위였기 때문이다. 종회가 시비를 일으키지 않았다 할지라도, 다른 누군가가 시비를 걸었을 터이다. 이것이야말로 "큰 상에는 꼭 용맹한 자가 있다"라는 것이다.

하지만 나는 여기서 문인이 반드시 오만해야 한다거나 오만해도 무방하다고 주장하려는 것이 아니다. 단지 문인은 타협해서는 안 된다는 것을 말하는 것이다. 아울러 문인은 타협할 수 없고, 타협할 수 있는 이는 중재자뿐이다. 그러나 이 타협하지 않는다는 의미는 옳지 않은 것과 싫어하는 것은 제쳐 놓고, 오직 옳다고 보는 것을 노래하고 좋아하는 바를 칭송하는 것만으로 문제를 회피하는 것과는 다르다. 그는 옳다고 보는 바를 강력히 주장하는 것과 마찬가지로 옳지 않은 바를 강하게 공격하고, 사랑하는 바를 힘껏 끌어안는 것처럼 더 강렬하게 그 싫어하는 바를 포옹해야 한다.──마치 헤라클레스(Hercules)가 거인 안테우스(Antaeus)의 늑골을 끊어 버리기 위해 꽉 껴안은 것과 마찬가지로.[6]

5월 5일

1) 원제는 「再論"文人相輕"」, 이 글은 1935년 6월 『문학』(文學) 월간 제4권 제6호 '문학논
단'란에 발표되었다. 서명은 준(隼)이다.

2) 린위탕(林語堂)을 가리킨다. 그는 『논어』 제26기(1933년 10월)의 「어록체의 효용에 대
해」(論語錄体之用)란 글에서 "나는 백화문의 문어를 싫어하고 문언문의 구어를 좋아한
다. 그래서 어록체를 제창했다.……대체로 어록은 문언문처럼 간결하고 구어문처럼
소박하여 또렷하고 생기가 있는 장점이 있지만 구어의 장황하고 번잡스러움은 없기
때문이다.……구어문의 병폐는 장황하고 번잡스러운 것이다." 그러나 그는 『신어림』
창간호(1934년 7월)의 「개인의 필체를 논함」(論個人筆調)이라는 글에서 인용문의 "有時
過客題詩, 山門系馬, 竟日高人看竹, 方丈留鸞"을 구두점을 잘못 찍어 "有時過客題詩山
門, 系馬竟日, 高人看竹, 方丈留鸞鸞"이라고 했다.

3) 린쉬쥐안(林希隽)을 가리킨다. 이 문집의 「쉬마오융의 『타잡집』 서문」 참조.

4) 이 말은 체호프의 유작 『수필』에 보인다.

5) 종회(鍾會)가 혜강(嵇康)을 방문한 일에 관해서는 『진서』(晉書) 「혜강전」(嵇康傳)에 보인
다. "처음 혜강이 빈궁할 때 일찍이 향수(向秀)와 함께 큰 나무 아래서 대장일(鍛冶)을
해서 스스로 생계를 도모했다. 영천(穎川) 사람 종회는 귀공자이며 민완하고 재기가 넘
치며 언변도 능했으나 일부러 방문했다. 혜강은 이에 인사도 하지 않고 대장일 하던 손
을 멈추지 않았다. 잠시 뒤에 종회가 일어나 가려고 할 때 혜강은 '무엇을 듣고 싶어 왔
는가. 무엇을 보고 가는가'라고 말했다. 종회는 '들은 것을 들어서 왔고, 본 것을 보고서
간다'고 대답했다. 그러고 나서 종회는 이것을 유감으로 생각했다. 일이 이렇게 되자 문
제(文帝; 즉 진공晉公 사마소司馬昭)에게 고했다. '……공은 천하를 근심할 필요는 없지만,
다만 혜강은 생각해야만 합니다.……사건에 구실삼아 제거하고, 세상인심을 바르게
해야만 합니다.' 문제는 종회를 가까이서 믿고 있었기 때문에 결국 혜강을 죽였다."
종회(225~264). 자는 사계(士季), 잉촨 창서(穎川長社; 지금의 허난 장거長葛) 사람. 사마소
의 중요한 모사(謀士). 위(魏) 경원(景元) 3년(262) 진서장군(鎮西將軍)을 제수받고, 다음
해 병사를 이끌고 촉을 정벌하여 평정한 후 모반을 일으켜 살해당했다. 본문의 사마의
(司馬懿)는 사마소라고 해야 한다.

6) "헤라클레스가 거인 안테우스를 꽉 끌어안았다." 고대 그리스신화에 의하면 헤라클레
스는 주신(主神) 제우스의 아들로서 대단한 용기를 지닌 힘센 장사였다. 안테우스는 대
지의 여신 가이아의 아들이며, 그는 발을 땅에 대기만 해도 끝없이 힘이 강해졌다. 격투
의 순간 헤라클레스는 안테우스를 힘껏 끌어안고 땅에서 떨어지게 하여 액사(扼死)시
켰다.

『전국목각연합전람회 전집』서문[1]

목판의 그림은 원래 중국에는 일찍부터 있던 것이다. 당말唐末의 불상, 지패紙牌 그리고 그 뒤의 소설의 수상繡像, 계몽서의 작은 그림까지 지금도 우리는 능히 실물을 볼 수 있다. 또 이로써 이것이 본래 대중적 즉 '속'俗된 것이라는 사실도 알 수 있다. 명나라 사람들이 일찍이 이것을 시전詩箋에 사용하여 고아해졌다. 그러나 결국 문인학사가 그 전체에 대필을 휘두르고 나자, 이는 사실 무시하고 있을 뿐임이 증명되었다.

최근 5년간 급속히 유행한 목판화는 고대 문화와 무관하다고 할 수는 없지만, 결코 매장된 시체의 썩은 뼈가 새로운 옷으로 갈아입고 나온 것은 아니다. 이것이야말로 작가와 사회대중의 마음이 일치된 요구이다. 그래서 몇몇 청년들이 철필鐵筆과 목판 몇 장만으로도 이처럼 왕성하게 발전할 수 있었던 것이다. 그것이 표현한 것은 예술학도의 열성이고, 그 때문에 종종 현대사회의 혼이기도 했다. 실적이 눈앞에 있고, 물론 이것을 '아'雅하다고 말할 수는 없지만, '속'俗이라고 지적하는 것 또한 온당치 않다. 그전에 목판화가 있었지만 이런 수준에는 아직 도달해 본 적이 없었다.

이것이 바로 신흥 목판화로 간주되는 까닭이고, 또 대중에게 지지를 받는 원인이다. 혈맥血脈이 서로 통하고 있으니 무시당할 리는 없다. 그렇기 때문에 목판화는 아속雅俗의 구분을 혼란스럽게 만들었을 뿐만 아니라, 실제로는 더 찬란하고 더 위대한 사업이 그 앞에 놓여 있는 것이다.

일찍이 고상하다고 간주되던 풍경과 정물화는 새로운 목판화에서는 줄어들었다. 하지만 작품들을 보면 이 두 종류가 오히려 꽤 우수한 성적을 내고 있다. 그 이유는 중국의 구화舊畵에 두 가지가 가장 많고, 보고 듣고 하며 모르는 사이에 오랫동안 섭취해 온 장점을 드러내고 있기 때문이다. 그러나 지금 가장 필요한 것은 작가가 가장 공을 들이고 있는 인물과 고사의 그림인데, 여전히 약간의 손색이 있음은 어쩌지 못한다. 일상의 기구와 형태 또한 때때로 실제와 부합하지 않는 면이 있기 때문이다. 이런 사실로부터 고대 문화가 미래에 도움이 될 수도 있으며 또 미래를 속박할 수도 있음을 알 수 있다. 하지만 다른 한편으로는 '속'이 되는 것 또한 쉽지 않음을 알 수 있다.

이 선집은 전국에서 출품된 정수들만을 모은 첫번째 책이다. 하지만 이것은 시작이지 성공이 아니며, 몇 개의 전위적인 전진일 따름이다. 이후 셀 수 없는 깃발이 하늘을 뒤덮는 큰 대오를 형성하기를 기원한다.

1935년 6월 4일 씀

주)＿＿＿＿＿
1) 원제는 「『全國木刻聯合展覽會專輯』序」, 이 글은 1936년 11월 톈진(天津)의 월간 『문지』

(文地) 제1권 제1기에 처음 발표되었다. 목록 서명은 루쉰이고, 문장 끝의 서명은 허간 (何干)이다.

동지(同誌) 제1기에 게재된 편집자 탕허(唐訶)는 「루쉰선생을 애도하며」(哀魯迅先生)라 는 문장에서 "『전국목각연합전람회 전집』은 사십여 폭의 그림을 선하여 …… 진자오 예(金肇野) 군의 집에 놓아 두었다. 불행하게도 작년 12월의 운동(12·9운동을 가리킴) 때 그가 애국의 죄를 범해 체포되어 구속되는 바람에 이 작품들은 산실되었다. 겨우 남 은 것은 루쉰 선생이 집필한 서문의 각판(刻版)뿐으로, 이때의 전국목각연합전람회가 남긴 유일한 기념품이었다!"라고 했다. 『문지』에 실린 원문은 바로 이 각판에 의해 배 인(排印)된 것이다.

전국목각연합전람회는 탕허 등이 평진(平津)목각연구회 명의로 주최하고 1935년 새해 부터 순회전람을 시작하였다. 베이핑(北平), 지난(濟南), 상하이 등 각지에서 전람했다.

문단의 세 부류[1]

20년간 중국에도 작가들이 좀 나오고, 작품도 좀 나왔으며 지금도 나오고 있으니 '문단'이 생겼다고 해도 틀리지 않겠다. 하지만 이것을 가지고 박람회를 개최한다면 마땅히 생각을 해봐야 한다.

글자는 어렵고 학교는 적기 때문에 우리 작가들 가운데 시골처녀가 여류작가가 되었거나 목동에서 문호가 된 사람은 아마 없을 것이다. 옛날 소나 양을 치면서 경서를 읽어 마침내 학자가 된 사람이 있었다는 얘기는 들은 적이 있지만, 지금은 아마 없을 것이다.──나는 방금 두 번이나 "없을 것이다"라고 했는데, 혹시라도 정말 예외적인 천재가 나타나 본보기가 되었다면 다행이라고 생각한다. 요컨대 대체로 필묵을 놀리는 사람들은 이전에 아무래도 기댈 데가 약간 있었는데, 그것은 조상에게 물려받은 지금은 줄어들고 있는 돈이 아니면, 아버지가 벌어놓은 계속 늘어나고 있는 돈일 것이다. 그렇지 않다면 그가 책을 읽거나 글자를 익힐 길이 없었다. 지금 식자운동이 있기는 하지만 여기서 작가가 길러져 나올 거라고 생각하지 않는다. 그래서 이 문단은 부정적인 측면에서 본다면, 당분간은 대략 크게 두 부류의 자제, 즉 '몰락한 집'破落戶과 '벼락부자가 된 집'暴發戶에 의해 점령당했다고 해야겠다.

벼락부자가 된 것도 아니고 몰락한 것도 아닌 사람들 가운데서도 물론 저작을 더러 낸 사람들이 꽤 있다. 그러나 그들은 제3부류의 사람들이 아니라 갑에 가깝지 않으면 을에 가까운 사람들이다. 제 주머니를 털어서 책을 내거나 지참금으로 출판하는 이는 문단상의 매관買官[2]들이니, 본 논의의 범위에 들지 않는다. 그러므로 오로지 필묵에만 의지하는 작가들을 얘기해야겠는데, 그렇다면 먼저 몰락한 집 가운데서 찾지 않으면 안 된다. 선대에는 벼락부자였을 수도 있지만, 지금은 문아함이 주판을 튕기는 것보다 우선하여, 집안 살림이 아주 궁색해졌다. 그렇지만 이로 인해 세태의 변화와 인생의 고락을 보게 되어 진정으로 지난 일을 회상하며 현실과 비교해 "극히 감상적"으로 되었다. 처음에는 천시天時가 나쁘다고 한탄하고, 다음에는 지리地理가 나쁘다고 한탄하고, 마지막에는 자신의 무능을 한탄했다. 하지만 이 무능 또한 정말로 무능한 것이 아니다. 자신이 유능을 하찮게 보는 것으로, 그래서 이 무능은 유능보다 더 고상하다. 그들은 칼을 뽑고 활을 당기며 땀을 비오듯이 흘렸어도 결국 무엇을 해내었는가? 하지만 나의 퇴폐는 "십 년 만에 양주의 꿈에서 깨어 보니"[3]이며, 나의 찢어진 옷은 "옷깃에는 옛날 항주에서 술 마시던 흔적이 남았네"[4]이다. 나태한 모습과 옷의 얼룩에도 역사적으로 깊은 의미가 담겨 있다. 그런데 유감스럽게도 속인들은 이해하지 못한다. 그래서 그들의 걸작에는 대체로 "자신의 그림자를 보고 스스로를 가엾게 여긴다"顧影自怜라는 특별히 신비로운 빛이 발산되고 있는 것이다.

벼락부자가 된 작가들의 작품은 겉으로 보아서는 몰락한 작가들의 그것과 다르지 않다. 그 이유는 그들이 잉크로 돈냄새를 씻어 버리려는 의도하에 몰락한 집이 지배하던 문단에 기어올라가 '풍아風雅의 숲'에 가담하나, 또 다른 깃발을 세울 생각은 없고 그래서 절대로 색다른 것을 내세우지 않기 때문이다. 그런데 좀 자세히 보면, 소속된 호적이 다르다. 결국 그들은 천박함을 드러내고 또 조작하거나 흉내나 낸다. 집안에는 구두점이 찍힌 제자諸子가 있으나 봐도 모른다. 책상에도 석인石印의 변문이 있지만 읽어도 구두점을 찍지 못한다. 또 "옷깃에는 옛날 항주에서 술 마시던 흔적이 남았네" 하고 외치지만, 한편으로는 다른 사람에게 찢어진 옷을 입고 있다고 의심받는 것이 두려워 어떻게 해서든 자신이 입고 있는 것은 주름이 잡힌 매끈한 양복 혹은 최신식의 비단 장삼이라는 것을 드러내려고 궁리한다. 또 "십 년 만에 양주의 꿈에서 깨어 보니"라고 할 수도 있으나, 사실 그것은 낭비를 하지 않는 좋은 품성인 것이다. 벼락부자와 돈의 관계가 나태한 모습과 옷의 얼룩보다 더 역사적으로 깊은 의미가 있다고 생각하기 때문이다. 몰락한 집의 퇴폐는 추락하는 자의 비명이고, 벼락부자의 퇴폐는 오히려 "올라가기" 위한 수단이다. 그래서 그들의 작품이 몰락한 집의 걸작을 비슷하게 모방했다고 하더라도 반드시 약간의 차이가 있기 마련이다. 사실 그는 "자신의 그림자를 보고 스스로를 가엾게 여기는" 것이 아니라 오히려 "스스로 만족해"하고 있는 것이다.

이 "스스로 만족해"하는 표정은 몰락된 집의 눈으로 보면, 이른바 "검소한 집의 모습"이고 또한 소위 '속'이다. 풍아의 정리定理에 의하면, 사람이 '본색'을 벗어나면 바로 '속'이 된다. 글을 모르는 사람은 속되다고 할 수 없으나, 글을 쓰다가 잘못 쓰게 되면 이것이 곧 속이다. 부잣집 도련님도 속되다고 할 수 없으나, 시를 짓다가 잘못 지으면 속되게 된다. 이것은 문단에서는 줄곧 몰락한 집들에 의해 배척당하던 것이다.

그러나 몰락한 집이 어떻게 해도 안 될 정도로 영락한다면, 이 양자는 오히려 교융이 일어나기도 한다. 누구든지 '어휘'를 찾는 『문선』을 가지고 있다면 얼마든지 찾아볼 수 있을 텐데, 그 속에 탄핵의 문장이 한 편 들어 있었다고 기억한다. 거기서 탄핵하고 있는 것은 어느 몰락한 집안이 벼락부자가 되어 세가世家인 체하는 만가滿家의 집에 딸을 시집 보냈다는 얘기였다.[5] 여기서 두 집이 반발하는 모습과 화합에 이르는 경과를 엿볼 수 있다. 문단에도 물론 이러한 현상이 있다. 하지만 작품상의 영향은 크지 않아서 벼락부자가 된 집에 약간 득의한 면을 더해 주었을 뿐이고, 몰락한 집이 '속'에 대해서 소극적으로 바뀌고 다른 면에서 자신들의 풍아를 크게 선전했을 따름이다. 별로 크지도 않지만.

벼락부자가 되어 문단에 올라도 당연히 '속'에서 벗어나기는 어렵지만, 시간이 흘러 오래되면 한편으로는 주판을 튕기면서 다른 한편으로는 시를 읊고 책을 읽은 결과 몇 세대가 지나면 고상해진다. 이윽고 장서가 늘어나고 저금이 줄어들면 비로소 진정으로 몰락한 집안의 문학을 할 자격이 생긴다. 그렇지만 시세가 급속히 변함에 따라 가끔 그들에게 수양을 할 시간을 주지 못할 때가 있다. 그래서 벼락부자가 된 뒤 오래지 않아 몰락해 버려 "스스로 만족해"하기도 하고, 또 "자신의 그림자를 보고 스스로를 가엾게 여기게" 되는 것이다. 그러나 또 "스스로 만족해"하는 확신을 잃어버리고, 게다가 "자신의 그림자를 보고 스스로를 가엾게 여기는" 풍채도 배양하지 못하고, 그저 무료함만이 남아 옛날의 소위 고상함과 속됨을 운운할 여지도 없다. 이런 사람들에 대해서는 종래 일정한 명칭이 없었으나, 나는 잠시 '몰락한 벼락부자'破落暴發戶라고 명명해 둔다. 앞으로 아마도 이런 집이 늘어날 것이다. 하지만 변화도 있을 것이다. 적극적인 방면으로 달려간다면 불량배가 되고, 소극적인 방면으로 나간다면 부랑자가 될 것이다.

중국의 문학에 활기를 불어넣을 수 있는 이들은 이 세 집의 밖에 있는 사람이다.

6월 6일

주)————

1) 원제는 「文壇三戶」. 이 글은 1935년 7월『문학』월간 제5권 제1호 '문학논단'란에 처음 발표되었다. 서명은 간(幹).

2) 원문은 '연반'(捐班). 연납(捐納)이라고도 한다. 즉 재화를 바치고 관직을 얻는 것을 일컫는다. 청대 중엽 이후 경관(京官)은 낭중(郎中) 이하, 외관(外官)은 도부(道府) 이하 모두 이렇게 관직을 얻었다.

3) 원문은 "十年一覺揚州夢". 당대 시인 두목(杜牧)의 「견회」(遣懷) 시 가운데 한 구절이다.

4) 원문은 "襟上杭州舊酒痕". 당대 시인 백거이의 「고삼」(故衫) 시 가운데 한 구절이다.

5) 『문선』권40 '탄사'(彈事)류에 남조 양나라 심약(沈約)의 「왕원의 탄핵을 주청함」(奏彈王源)이라는 문장이 실려 있다. 여기서 말하기를 "소문에 의하면 동해(東海) 사람 왕원이 자신의 딸을 부양(富陽)의 만씨(滿氏)집안에 시집을 보내고……혼인을 빙자하여 집안끼리 우호관계를 맺으며 오직 사리사욕만을 추구하고 있으니 우리 같은 관리를 욕되게 함이 이보다 심한 경우가 없습니다.……어찌하여 육경(六卿)의 자손(胄)이 딸을 창고지기에게 바치는 일이 있으며……이에 마땅히 분명한 법률을 적용하여 유배자의 신세가 되도록 내쳐야 합니다"라고 했다.

조력자에서 허튼소리로[1]

'식객帮閑문학'[2]이란 말은 일찍이 악독한 폄사貶辞로 간주되었다.──허나 사실은 오해다.

『시경』은 후대에 하나의 경전이 되었지만, 춘추시대에는 그중에 몇 편은 술을 권할 때에 사용되었다. 굴원은 '초사'楚辞의 시조이며, 그의 「이소」[3]는 조력자가 되지 못한 이의 불평에 지나지 않았다. 송옥[4]에 와서야 현재 전해지는 작품으로 볼 때, 불평은 사라지고 한 사람의 순수한 식객이 되었다. 그러나 『시경』은 경전이자 또 위대한 문학작품이다. 굴원과 송옥도 문학사에서 역시 중요한 작가다. 왜 그런가?──그들에게는 아무튼 문채文采가 있었기 때문이다.

중국에서 개국의 위대한 군주들은 '조력자'와 '식객'을 구분했는데, 전자는 중신重臣으로서 국가대사에 참여한 반면, 후자는 시와 부를 지어 바치는 "광대로 고용된"[5] 농신弄臣에 지나지 않았다. 후자의 대우에 불만을 품은 자가 사마상여[6]였다. 그는 항상 병을 핑계로 무제 앞에 나아가 비위를 맞추지 않았고, 그러면서도 몰래 봉선封禅에 관한 문장을 지어 집안에 숨겨 두었으니, 이것으로 그도 대전大典을 계획할 능력——조력자의 본령——이 있음을 알 수 있다. 애석하게도 이런 사실이 세상에 알려졌을 때는 벌써 그는 "천수를 다하고 죽어 버렸다". 그런데 봉선의 대전에 직접 참여하지는 못했지만, 문학사에서 사마상여는 여전히 중요한 작가다. 왜 그런가? 그에게 여하튼 문채가 있었기 때문이다.

그러나 문아한 범용한 군주 때에 이르자 '조력자'와 '식객'이 뒤섞이게 되었다. 소위 국가의 주춧돌 또한 늘 부드럽고 아름다운 문인 관료였다. 우리는 남조의 몇몇 왕조의 말기에서 그 실례를 찾아볼 수 있다. 그런데 군주가 비록 '범용'하다고 하나 '비루'하지는 않아서, 그러한 식객들도 결국 문채가 있는 이들로 그들의 작품 가운데 일부는 지금도 사라지지 않고 있다.

누가 '식객문학'이 악독한 폄사라고 하는가?

권문세가의 식객도 바둑을 좀 둘 줄 알고, 글을 쓰고, 그림을 그리고, 골동품을 식별하고, 홀짝 맞추기와 술 권하는 놀이를 할 줄 알며, 그리고 익살을 부리며, 사람을 웃길 줄 알아야 한다. 그래야만 그 식객다움을 잃지 않을 수 있다. 요컨대 식객은 식객의 본령을 가지고 있는 이로서 기개가 있는 자는 행할 가치가 없다고 하지만, 거드름을 피우는 자가 할 수 있는 일도 아니다. 예를 들어, 이어의 『일가언』,[7] 원매의 『수원시화』[8]는 어떤 식객이나 다 써낼 수 있는 것은 아니다. 반드시 식객으로서의 의지와 재주를 가지고 있어야 진정한 식객이다. 만약 그 의지만 있고 재주가 없으며 고서에 아무렇게나 구두점을 찍고, 우스개만 반복해서 베끼고, 명사를 치켜세우며 우스갯소리나 하면서 그러면서도 두꺼운 낯가죽에 크게 으스대면서 오히려 스스로 득의양양해하고 있다면,——물론 재미있다고 생각하는 사람도 있지만——그 실체를 생각해 보면 허튼소리에 불과할 따름이다.

식객의 황금시대는 조력자^{帮忙}일 때이고, 말기에 다다르자 이 허튼소리만 남았다.

6월 6일

주)_____

1) 원제는 「從帮忙到扯淡」, 이 글은 탈고했을 때 게재되지 않아서 뒤에 1935년 9월 월간 『잡문』(雜文) 제3호에 발표되었다. 이 문집의 「후기」 참고.

2) 식객문학(帮閑文學). 저자는 1932년 「조력자문학과 식객문학」(帮忙文學與帮閑文學; 뒤에 『집외집습유』에 수록)이란 강연에서 "책을 읽을 수 있고 바둑을 둘 수 있으며 그림을 그릴 수 있는 사람들은 주인이 책을 읽고 바둑을 두고 그림을 그리도록 돕는데, 이것을 일러 방한(帮閑)이라고 하고 또 바로 식객이다! 그래서 방한문학(帮閑文學)은 식객문학이라고도 한다.

3) 굴원(屈原, 약 B.C. 340~278). 이름은 평(平), 자는 원(原), 또는 영균(靈均). 전국시대 초나라 잉(郢; 지금의 후베이 장링江陵) 사람으로 초나라 시인. 초의 회왕(懷王) 때 좌도(左徒)에 임명되었으나, 정치의 개선 그리고 제(齊)와 연합해서 진(秦)에 저항할 것을 주장했다. 그러나 귀족집단에 받아들여지지 않아 여러 차례 박해를 받다가 뒤에 경양왕(頃襄王)에 의해 추방되어 떠돌다 원(沅), 상(湘) 유역에 다다라 결국 강에 몸을 던져 죽었다. 「이소」(離騷)는 그가 추방당한 뒤에 쓴 작품이다.

4) 송옥(宋玉, 약 B.C. 290~223). 전국시대 초나라 시인. 경양왕 때 대부에 임명되었다. 『사기』 「굴원가생열전」(屈原賈生列傳)에 보면, 그는 당륵(唐勒), 경차(景差)와 함께 "모두 사(辭)를 좋아하고 부(賦)로서 칭찬을 받았지만, 굴원의 숙달된 언어표현을 표본으로 삼았을 뿐 과감히 직간(直諫)하지는 못했다"라고 적혀 있다.

5) 원문은 "俳優蓄之". 『한서』 「엄조전」(嚴助傳)에 나오는데, "삭(東方朔)과 고(枚皐)는 의론에 두서가 없었기 때문에 황제(武帝)는 광대로서 고용했다"라고 했다.

6) 사마상여(司馬相如, 약 B.C. 179~117). 자는 장경(長卿), 촉군(蜀郡) 청두(成都) 사람이다. 한대의 사부가(辭賦家). 무제 때 중랑장(中郎將)에 임명되었다. 『사기』 「사마상여열전」에 그는 "병을 핑계로 한거하면서 관직을 사양하였다". 또 "상여는 병을 핑계로 사퇴하

고 무릉에 살았다. 천자는 '사마상여는 병이 깊으니 가서 그 책들을 하나하나 가져오라. 그렇지 않으면 뒤에 산실될 것이다'라고 말하고, 소충(所忠)을 사자로 보냈을 때 상여는 죽은 뒤라 집에는 책이 없었다. 그 처에게 물으니 말하기를 '장경은 원래 책은 없습니다. 가끔 책을 썼지만 사람들이 또 가져가서 집에는 없습니다. 장경은 죽기 전에 한 권의 책을 만들어 사자가 와서 책을 찾으면 이것을 전해 달라고 했습니다. 이외에는 서물이 없습니다'라고 했다. 그 유찰(遺札)에 쓰인 것은 봉선(封禪)의 일이라고 소충에게 설명했다. 소충은 그 쓰여진 것을 고하자 천자는 이상하다고 생각했다"라고 했다.

7) 이어(李漁, 1611~1680). 자는 입홍(笠鴻), 호는 입옹(笠翁), 저장(浙江) 란시(蘭溪) 사람. 청초의 희곡작가. 난징(南京)과 항저우(杭州) 등지를 떠돌며 살다가 집에 희반(戲班)을 설치했다. 저서에는 『한정우기』(閑情偶寄), 『입옹십종곡』(笠翁十種曲) 등이 있다. 『일가언』(一家言)은 즉 『입옹일가언』으로 그의 시문집이다.

8) 원매(袁枚, 1716~1798). 자는 자재(子才), 저장 쳰탕(錢塘; 지금의 항저우) 사람. 청대 시인. 장닝지현(江寧知縣)을 지냈고, 관직을 사직한 뒤 장닝 성서(城西) 소창산(小倉山)에서 수원(隨園)을 짓고 스스로 수원이라고 불렀다. 저서에는 『소창산방전집』(小倉山房全集)이 있고, 그 가운데 『수원시화』(隨園詩話) 16권과 보유(補遺) 10권이 수록되어 있다.

『중국소설사략』일역본 서문[1]

졸저 『중국소설사략』의 일본어 번역본 『지나소설사』가 출판되었다는 얘기를 들으니 아주 기쁘나 이 때문에 자신이 쇠퇴했다는 느낌도 든다.

기억건대 약 4, 5년 전인 것 같다. 마스다 와타루[2] 군이 거의 매일 내 서재에 찾아와 이 책에 관해 토론을 하고, 가끔은 당시 문단의 상황에 대해서도 얘기를 나눈 적이 있었는데 아주 유쾌했다. 그때는 내게 이런 여가가 있었고 게다가 연구에 대한 야심도 있었다. 하지만 시간은 화살과 같아 근래 아내와 아들로 피곤해지고, 서적을 수집하는 일 등은 아무 의미 없는 일이 되었다. 『소설사략』을 개정할 기회는 아마도 없을 듯하다. 그래서 절필을 준비하는 노인이 자신의 전집이 출판되는 것을 보고 기뻐하는 것처럼 나 역시 이렇게 즐거워한다.

그러나 오랜 습관은 또 잊기 어려운 법인가 보다. 소설사와 관련된 일은 때때로 주의를 기울이고 있다. 그 가운데 좀 관계가 큰 것에 대해 말한다면, 올해 고인이 된 마롄馬廉 교수가 작년에 '청평산당' 잔본[3]을 번각하여 송인宋人 화본話本의 재료를 더욱 풍부하게 했다. 정전둬[4] 교수는 또 『사유기』^{四遊記}에 있는 『서유기』^{西遊記}는 오승은^{吳承恩}의 『서유기』의 적록^{摘錄}이고 또 조본^{祖本}이 아님을 증명했는데, 이것은 졸저 제16장에서 말한 것을 바로잡아야 하는 것으로, 이 정확한 논문은 『구루집』^{痀僂集}에 수록되어 있다. 그리고 또 한 가지는 베이핑에서 『금병매사화』가 발견되었는데,[5] 지금까지 통용되는 이 책의 조본으로서, 문장은 현재 판본에 비해 조잡하지만 대화는 모두 산동의 방언으로 쓰여져 장쑤 사람 왕세정^{王世貞}이 지은 것이 아님이 확실하게 증명되었다.

하지만 나는 개정하지 않고, 그 불완전하고 불비한 채로 내버려 두었다. 그리고 단지 이 일본어 번역본의 출판에 스스로 기뻐하고 있다. 그러나 언젠가 이 나태한 과오를 수정할 기회가 있기를 바란다.

이 책은 말할 필요도 없이 적막한 운명을 짊어진 책이다. 그러나 마스다 와타루 군이 어려움을 무릅쓰고 번역을 하고, 사이렌사 사장 미카미 오토키치[6] 씨가 이해를 돌보지 않고 출판해 주었다. 이에 이 적막한 책을 서재로 가져오게 될 독자 여러분들과 함께 진심으로 감사하는 바이다.

1935년 6월 9일 등불 아래서, 루쉰

주)_____

1) 원제는 「『中國小說史略』日本譯本序」, 이 글은 『중국소설사략』 일역본에 처음 실렸다. 이 책은 1935년 일본 도쿄의 사이렌사(賽棱社)에서 출판되었다. 이 문집의 「후기」 참조.

2) 마스다 와타루(增田涉, 1903~1977). 일본의 중국문학 연구자. 1931년 그가 상하이에 있을 때 자주 루쉰의 집에 가서 『중국소설사략』 번역에 관해 상담했다. 저서로는 『루쉰의 인상』(魯迅の印象), 『중국문학사 연구』(中国文学史研究) 등이 있다.

3) 마롄(馬廉, 1893~1935). 자는 유칭(隅卿), 저장 인셴(鄞縣) 사람. 고전소설 연구자. 일찍

이 베이징 콩트학교 총무장(總務長)과 베이징대학 교수를 역임했다. 그가 1934년에 영인한 청평산당(淸平山堂)의 잔본(殘本)은 그의 고향에서 발견된 것으로『우창기침집』(雨窓敧枕集)이라고 명명했고, 화본은 모두 12편(원본은 3책으로 장정이 되었고,『우창집』상 5편,『기침집』상 2편,『기침집』하 5편이다. 그 가운데 5편은 잔결殘缺이다)었다. 그의 고증에 따르면『우창집』,『기침집』등에 쓰여진 제목은 장서가가 명명한 듯하다. 그 판심(版心)의 각자(刻字) 모양은 1929년 베이핑 고금소품서적인행회(古今小品書籍印行會)의 명의로 영인한 일본 나이카쿠분코(內閣文庫) 소장의『청평산당화본』15편과 같다. 청평산당은 명대 홍편(洪楩)의 서재이다. 홍편(대략 16세기)은 자가 자미(子美)이고 저장 첸탕(錢塘) 사람이다.

4) 정전둬(鄭振鐸, 1898~1958). 필명은 시디(西諦), 푸젠 장러(長樂) 사람. 작가, 문학사가. 옌징(燕京)대학, 지난(暨南)대학 교수를 역임했다.『구루집』(痀僂集)은 그의 문학논문집으로 상하 두 권으로 나뉘어 있으며 1934년 생활서점에서 출판하였다.『서유기』를 고증한 논문은「서유기의 진화」(西遊記的演化)라는 제목으로 같은 책 권상에 수록되었다.

5) 1932년 베이핑 문우당(文友堂)이 산시성 제슈(介休)현에서 명의 만력(萬曆) 연간에 각인(刻印)한『금병매사화』(金甁梅詞話) 1부를 발견했다. 권두에「만력 정사년(1617) 계동(季東), 동오(東吳)의 농주객(弄珠客)"과 흔흔자(欣欣子)의 서문이 각 한 편 있었다. 현재 볼 수 있는『금병매』의 가장 오래된 각본이다. 이 소설보다 앞의 보급본은 명대 숭정(崇禎) 연간의 '신각수상원본'(新刻繡像原本)과 청대 강희 연간의 '장죽파평본'(張竹坡評本)이 있다. 전하는 바에 따르면 명대 타이창(太倉) 사람 왕세정(王世貞)의 작이라고 하지만, 흔흔자의 서문은 '난릉소소생'(蘭陵笑笑生)의 작이라고 했다. 난릉은 지금의 산둥 자오좡(棗庄)이다.

6) 미카미 오토키치(三上於菟吉, 1891~1944). 일본 소설가. 사이타마현(埼玉県) 출신으로 와세다대학(早稲田大学)을 중퇴했다. 하세가와 시구레(長谷川時雨)의 남편이며, 대중문학 작가로 활약했다. 저작으로는「백귀」(白鬼しろおに),「눈의 승변화」(雪之丞変化) 등이 있다. 1933년 사이렌사를 설립했다.

'제목을 짓지 못하고' 초고(1~3)[1]

1.

극히 평범한 예상도 종종 실험에 의해 무너진다. 나는 적어도 구상은 필요가 없기 때문에 줄곧 번역이 창작에 비해 쉽다고 생각했다. 하지만 정말로 번역을 하게 되자 난관을 만났는데, 예를 들어 명사나 동사 하나가 잘 생각나지 않더라도 창작 때는 회피할 수 있지만, 번역의 경우는 그렇게 되지 않으므로 생각하고 또 생각해야만 하니 머리도 어지럽고 눈도 침침해진다. 그것은 마치 머릿속에 서둘러 열지 않으면 안 되는 열쇠를 더듬어 찾았으나 없는 것과 같다. 옌유링[2]이 "하나의 역어를 결정하는 데 열흘도 한 달도 고심했다"라고 했는데, 그의 경험에서 나온 말로서 적확하다.

요즘 예상이 틀리면서 고생을 사서하고 있다. 『세계문고』[3]의 편집자는 나에게 고골의 『죽은 혼』을 번역해 달라고 했는데, 나는 잘 생각해 보지도 않고 단번에 그러겠다고 했다. 이 책은 내가 전에 대충 한번 훑어본 적이 있는데, 그때 글이 평이하고 솔직한 것이 현대 작품처럼 까다로운 부분이 없다고 생각했다. 그 당시 사람들은 아직 촛불 아래서 춤을 추고 있는 형편이었으니 어떤 모던한 명사도 있을 수 없었고, 중국에도 없었으니 역자들이 문을 닫아걸고 만들어 내면 되었다. 나는 신형의 명사를 아주 두려워했다. 예를 들어 전등이 그렇다. 사실 새로운 말이라고 간주할 수 없지만, 하나의 전등을 부품별로 나는 여섯 가지로 부를 수 있다. 코드선, 전구, 전등갓, 모래주머니, 플러그,[4] 스위치가 그것이다. 그러나 이것은 상하이 말이라 뒤의 3개는 다른 지방에서는 아마 통하지 않을 것이다. 『하루의 일』이라는 소설집에는 철공장에 관한 단편[5] 한 편이 수록되어 있는데, 뒤에 북방의 어느 철공장에서 일하는 독자 한 분이 나에게 보낸 편지에서 소설에 기계 부품 이름이 나오는데 실물이 어떤 것인지 하나도 알 수 없다고 했다. 아아,──이 경우 아아라고 말할 수밖에 없다──사실 그 명칭들은 태반이 19세기 말 내가 강남에서 채광에 대해 공부할 때 선생한테 배운 것들이다. 고금古今의 시간이 달랐든지 남북南北이란 지역의 차이인지 잘 모르겠으나 서로 통하지 않게 된 것이다. 청년 문학가들이 수양을 위해 사용하는 『장자』와 『문선』 혹은 명대의 소품에서도 그러한 명칭은 찾을 수 없으니 방법이 없다. "삼십육계, 도망가는 것이 상책", 폐단을 피하는 가장 좋은 방법은 아무것도 손을 대지 않는 것이다.

안타깝게도 내가 너무 자만한 나머지 『죽은 혼』을 얕보았다. 대단한 것은 아니라고 생각해 맡아가지고 와서 정말로 번역하려고 했다. 그때부터 '고'苦 자가 머리에 얹혀졌다. 자세히 읽어 보니 문장은 분명히 평범한데 도처에 가시가 있었다. 어떤 것은 분명한데 어떤 것은 감춰져 있어 중역일지라도 그것의 필봉을 보존하도록 노력하지 않으면 안 되었다. 문장 속에 전등이나 자동차는 나오지 않았지만, 19세기 전반의 요리 메뉴, 도박용 도구, 복장 모두 생소한 물건뿐이었다. 어떻게 해도 사전을 손에서 놓을 수 없었고, 식은땀은 줄줄 흘렀다. 한편으로는 자연스럽게 자신의 어학 실력에 문제가 있음을 원망하지 않을 수 없었다. 하지만 우연히 자만한 결과로 인한 벌주는 마시지 않으면 안 되었다. 머리를 싸매고 계속 번역해 나갔다. 싫증이 나고 지칠 때는 내키는 대로 새로 나온 잡지를 뒤적거리며 휴식을 취했다. 이것은 나의 오랜 습관으로 휴식하는 동안 다른 사람의 불행을 보고 다소 기뻐하고 있었다. 이를테면 이번에는 내 차례다, 느긋하게 당신들이 어떤 식으로 야단법석을 떠는지 보겠노라고 말이다.

화개운華蓋運이 아직 계속되는 듯하다. 여전히 편안할 수 없었다. 손에 잡은 것이 『문학』 4권 6호였다. 한번 훑어보니 권두에 붉은색으로 인쇄된 큰 광고가 실렸는데, 다음 호에 나의 산문이 실릴 예정이고 제목은 '미정' 이라고 적혀 있었다. 돌이켜 생각해 보니 편집자 선생은 분명히 나에게 편지를 보내 글을 투고해 달라고 했던 적이 있었다. 그런데 나는 글 짓기를 가장 두려워하는 까닭에 회신을 하지 않았다. 문장을 지어야 할 때의 고통을 잘 알 것이다. 대답을 하지 않은 것은 즉 글을 쓸 뜻이 없음을 말한 것이다. 그런데 뜻밖에도 광고가 실렸으니 마치 납치를 당한 것 같아 나는 아주 난처해졌다. 그러나 동시에 이것도 내 잘못일지 모른다는 생각이 들었다. 일찍이 나는 내 문장이 솟아 나온 것이 아니라 짜낸 것이라고 말한 적이 있다.[6] 그 편집자는 분명 이 약점을 잡고서 짜내는 방법을 사용하고 있는 듯하다. 게다가 나는 편집자 선생들을 만났을 때 이따금 그들이 쥐어짜 내려고 하는 모습을 보고 오싹한 마음이 들었던 적이 있다. 예전부터 "나의 문장은 쥐어짜도 나오지 않는다"라고 말했더라면 훨씬 안전했을 법했다. 나는 도스토예프스키가 자신에 대해 별로 얘기하지 않은 것과 일부 문호들이 다른 사람들의 일만 거론하는 것에 탄복한다.

　　하지만 오랜 습관은 고쳐지지 않고 원고료도 결국 받을 수 있으니, 좀 쓴다고 해서 "원한을 바다밑에 가라앉히는" 것도 아니다. 붓은 약간 기괴한 데가 있어서, 편집자 선생처럼 "짜내는" 능력이 있다. 팔장을 끼고 앉아 졸고 있다가도 앞에 원고지를 마주하고 붓을 손에 들기만 하면, 종종 무슨 영문인지 모르게 무엇인가를 써내는 것이다. 물론 좋은 글을 바라지만 그렇게 되지는 않는다.

2.

또 『죽은 혼』 번역에 관한 일이다. 서재에 틀어박혀 있는 것은 이런 일밖에 없다. 붓을 들기 전에 먼저 한 가지 문제, 즉 힘껏 번역문을 귀화시킬 것인가 아니면 서양의 냄새를 애써 보존할 것인가를 해결해야 한다. 일본어 번역본의 역자 우에다 스스무[7] 군은 전자의 방법을 주장했다. 그는 풍자 작품의 번역은 우선 쉽게 이해할 수 있어야 하며, 이해하기 쉬우면 쉬울수록 효과도 더욱 크다고 생각했다. 그래서 그의 번역문은 어떤 때는 한 구절을 여러 구절로 늘려서 거의 해석에 가깝게 하기도 했다. 내 생각은 다르다. 이해하기 쉬운 것만을 추구하면 차라리 창작이나 개작을 하는 편이 낫다. 사건은 중국의 사건으로 고치고 인물도 중국인으로 바꾸면 된다. 그렇지만 번역이라면 첫번째 목적은 외국의 작품을 널리 읽고 정감을 변화시키며 또 지식을 쌓게 하여 적어도 어느 때 어느 곳에 그런 일이 있는지를 알아서 외국을 여행하는 것과 아주 비슷하게 하는 것이다. 여기에는 반드시 이국적 정서가 있을 것이니 이른바 서양풍이다. 사실 세상에는 완전히 귀화된 번역문은 있을 수 없다. 만약 있다면 겉은 비슷하지만 속은 달라서 엄밀히 따진다면 번역이라고 할 수 없다. 모든 번역은 양면을 함께 고려해야 하는데, 하나는 당연히 이해하기 쉽도록 해야 하고, 다른 하나는 원작의 매력을 보존해야 한다. 하지만 이 보존은 오히려 종종 이해하기 쉬운 것과 모순을 이루며 낯설다. 그러나 그것은 원래 서양 것이니 누구라도 낯선 것은 당연하다. 좀 보기 쉽게 하기 위해서는 의상을 갈아입히는 수밖에 없지만, 코를 깎아 낮추거나 그의 눈을 도려내서는 안 된다. 나는 코를 낮추고 눈을 도려내자고 주장하는 것이 아니다. 그래서 어떤 곳은 차라리 읽기 어렵게 번역한다. 다만 문장의 조직은 과학이론처럼 꼭 정밀할 필요가 없기 때문에 자유롭게 옮길 수 있다. 다만 부사 "地"는 사용하는데, 현재 이 글자에 익숙한 독자들이 적지 않다고 생각하기 때문이다.

그러나 "다행인지 불행인지" 이 때문에 나는 결국 새로운 직업을 발견했다. 바로 서양의 종놈 노릇[8]이다.

역시 휴식을 위해 잡지를 뒤적거리다가 이번에는 『인간세』 28기에 린위탕 선생의 대문장을 보았는데, 발췌는 기본정신을 손상시킬 것 같아 한 단락을 그대로 베껴 본다.

…… 지금 사람들은 덮어놓고 서양을 모방하고, 스스로 모던이라고 부르며 심지어 중국문법을 무시하고 꼭 영문을 모방하려고 한다. "歷史地"를 형용사로, "歷史地的"은 부사로 구분하여, 영문의 historic-al-ly를 모방하고 서양의 변발을 늘어뜨린다. 그렇다면 "快來"는 "快"자가 부사이니 고쳐서 "快地的來"로 하지 않는 것은 왜인가. 이런 종류의 놀음은 서양 사람이 많이 사는 거리에서나 볼 수 있는 괴물의 요상한 얼굴로서,

문학을 논할 자격이 없음에도 불구하고 서양인의 종노릇을 하는 데는 재주가 있다. 이런 기풍은 그 폐해가 노예에 있고, 구제할 길은 생각함에 있다. (「현대문의 여덟 가지 폐단」중)

사실 "地"자류의 채용은 꼭 고등한 중국인들이 능통한 영어에서 온 것은 아니었다. "영어"요 "영어", 우습다 우스워. 게다가 위 문장의 반문조로 보면 "덮어놓고 서양을 모방하는" "요즘 사람들"이 실제로는 "快來"를 "快地的來"로 고치지 않았고, 이것은 단지 저자의 허구인 모양이다. 그래서 그 명문을 완성함에 도움이 되었고, 소위 "자신의 자주성을 보존할 수 있다면 성격이 원만하고 비할 바 없이 자유분방"한 예이다. 그러나 실제와는 맞지 않는다. 만약 "자칭 모던"이라고 하는 "지금 사람"들의 발언이라면 "그 폐해는 부화浮華에 있다".

가령 내가 지금 고향에 살면서 이 문장을 읽었다면 충분히 이해하고 있다고 믿을 것이다. 우리 고향 동네에는 서양 예배당이 몇 개밖에 없지만, 그곳에는 각각 서양 종놈이 몇 명 있었을 터이다. 하지만 만나기는 꽤 어려울 것이다. 그러니 서양 종놈을 연구하려면 자신을 표본으로 삼을 수밖에 없었을 것이고, 비록 "꽤"頗라고밖에 할 수 없을지라도 유용했을 것이다. 또 "다행인지 불행인지"는 몰라도 뒤에 상하이로 왔는데, 상하이는 서양인들이 많이 살고 있어서 서양 종놈도 많으며 따라서 그들을 만나 볼 기회도 많게 되었다. 만났을 뿐만 아니라, 나는 그들 중 몇 명과 한담할 영광까지 얻었다. 틀림없이 그들은 서양말을 알고 있었다. 아는 것이 대부분 "영어", "영어"였다. 하지만 이것은 그들이 먹고살기 위한 도구로서 서양 주인을 섬기는 데 주로 사용했다. 그들은 결코 서양 변발을 중국어 속에 갖고 들어오지 않았고, 더욱이 중국문법을 혼동스럽게 할 의사도 당연히 없었다. 간혹 '넘버원'(那摩溫), '토스트'(土司)⁹⁾ 같은 몇 개의 음역자를 사용하긴 했지만, 이것 역시 지금까지 습관적으로 쓰던 말이었지, 새로운 것을 내세워서 자신의 모던을 표시한 것은 결코 아니었다. 오히려 그들은 국수파였다. 여가가 있으면 호금을 연주하며 「어머니를 찾아」¹⁰⁾를 불렀다. 출근할 때는 제복을 입고 퇴근해서는 중국옷으로 갈아입는다. 간혹 말미를 얻어 나들이를 떠나게 되면 돈 있는 이들은 비단신에 명주적삼을 받쳐 입는다. 그러나 밀짚모자는 쓰나 안경은 대모테의 낡은 양식을 사용하지 않았다. 중국과 서양의 '파벌적 편견'에서 본다면, 이 두 절충적인 양식은 결함이 아닐 수 없다.

또 다른 직업을 구해야 하고 영어를 할 수 있다면 나도 기꺼이 서양 종노릇을 할 것이다. 일을 해서 돈을 버는 것은 서양 종놈과 중국 노예는 인격상 차이가 없다고 생각하기 때문이다. 외국계 회사 혹은 중국계 회사에서 노동을 하여 돈을 버는 것 그리고 학비를 내고 외국 대학이나 중국 대학에서 자격을 취득하는 것 어느 쪽이든 귀천의 구분이 없는 것과 같은 것이다. 서양 종놈을 싫어하는 것은 그 직업 때문이 아니라 그 "서양 종놈의 모습相" 탓이다. 여기서 말하는 '모습'은 외모를 말하는 것이 아니다. 바로 "마음속에 정성스러움이 있으면 반드시 그 결과가 밖에 드러난다"誠于中而形于外여서 '형식'과 '내용'을 포괄해서 말한다. 그 '모습'은 서양인들의 세력이 일반 중국인들보다 위에 있고, 자신은 서양말을 알고 그들과 가깝기 때문에 일반 중국인들보다 지위가 높다고 생각한다. 그런데 자신 또한 황제의 자손으로 고대 문명을 갖고 있고 중국의 실정에 능통해 서양인들보다 우월하니 그래서 일반 중국인들보다 세력이 큰 서양인들보다 낫다.

이 때문에 서양인들 밑에 있는 중국인 무리보다 더 낫다고 생각하는 것이다. 조계의 중국인 순사들도 자주 이러한 '모습'을 갖고 있다.

중국과 서양 사이를 서성거리며 주인과 노예 사이를 넘나든다. 이것이 곧 현재 조계의 '서양 종놈의 모습'이다. 하지만 결코 형세를 관망하고 있는 것은 아니다. 유동적이며 비교적 "자유자재로 융통"하기 때문에 그래서 그 홍취를 깨버리지 않는 한 그는 즐거움을 향수한다.

3.

앞에서 말한 것처럼 '서양 종놈의 모습'은 그의 직업과 관련이 있기 마련이다. 하지만 또 전적으로 직업과 관계가 있는 것은 아니다. 일부는 서양 종놈이 나타나기 이전부터의 전통에서 유래한다. 그래서 이런 종류의 모습은 때때로 고상한 사대부조차도 피할 수 없었다. '사대'事大[11]는 역사상 있었고, '자대'自大도 기실 항상 존재했다. '사대'와 '자대'는 서로 용납되지 않는 것이지만 '사대'로 인한 '자대'는 실제로는 자주 볼 수 있다.──그러니 그는 '사대'조차도 할 자격이 없는 사람들을 오만하게 깔볼 수 있는 것이다. 어떤 사람은 땅바닥에 엎드릴 정도로 탄복하는 『야수폭언』가운데서 "한 사람 밑에 있어 만인의 위에 서 있네"의 문소신文素臣[12]이 바로 그 본보기다. 그는 중화를 숭배하고 오랑캐를 억압했지만, 실은 '만주 종놈'이었다. 옛날 '만주 종놈'이 바로 지금의 '서양 종놈'이다.

그래서 우리 독서인들은 제딴에는 서양 종놈보다 훨씬 우월하다고 생각하고 있지만, 구석구석 깨끗이 씻어 내지 못한 탓에 말이 많아지자 종종 꼬리가 드러났던 것이다. 다시 명문 한 단락을 베껴본다.

······ 그 문학에 있어서 오늘은 폴란드 시인을 소개하고 내일은 체코의 문호를 소개한다. 이미 이름이 알려진 영국·미국·프랑스·독일의 문인들에 대해서는 오히려 진부하다고 싫어하여, 깊이 탐구해 도대체 어떤 것인지 알아볼 마음이 없다. 이것은 부녀자들이 유행하는 새로운 의상을 좇는 것과 같으니 그 잘못됨은 아첨에 있다 하겠다. 스스로 탄식하건대 여자의 몸은 색으로 사람을 섬기니, 그 고통은 말로 다할 수 없는 것이다. 이런 기풍은 그 폐단이 부화함에 있고, 구제할 길은 배움에 있다. (「현대문의 여덟 가지 폐단」 중)[13]

그러나 이러한 "새로운 의상"의 시작은 생각건대 아주 오래되었다. "폴란드 시인을 소개한 것"도 30년 전으로, 나의 「마라시력설」摩羅詩力說에서 비롯되었다. 그 당시는 만청이 중국을 통치하고 한민족이 지배를 받고 있어서, 중국의 상황이 폴란드와 아주 유사하여 그 시가를 읽는다면 서로 감정이 통하기 쉬웠다. 사대의 의미가 없었을 뿐 아니라 아첨하려는 마음도 있지 않았다. 뒤에 상하이의 『소설월보』[14]는 약소민족의 작품으로 특집호를 내었는데, 이런 기풍은 현재 쇠퇴하여 혹 있다고 하더라도 한 가닥 여파에 불과하다. 하지만 민국에서 태어나고 성장한 행복한 청년들은 알지 못한다. 권세에 아부하는 노예와 돈을 좇는 종놈들은 당연히 알 리가 없다. 그런데 지금 폴란드 시인, 체코 문호를 소개한다고 해서 그것이 어찌 "아첨하는" 것인가? 그들은 이미 "이름이 알려진" 문인이 아닌가? 더구나 "이미 이름이 알려졌다"는 누가 그 "이름"을 들었고 또 어떻게 "들었던" 것인가? 분명히 "영국·미국·프랑스·독일"은 중국에 선교사들이 있었고, 현재 조계지를 갖고 있거나 과거에 조계를 가지고 있었으며, 여러 곳에 군대를 주둔시키고 있고, 또 몇몇 곳에는 군함을 정박시키고 있으며, 그들의 상인도 많고, 서양 종놈을 부리는 이도 많아서, 일반 사람들은 '대영'大英, '화기'花旗, '프랑스'와 '가문'痲門¹⁵⁾만을 알고 있고, 세상에는 폴란드와 체코가 있음은 알지 못한다. 하지만 세계문학사는 문학의 관점에서 보지, 권세나 이익의 관점에서 보지 않기 때문에 문학은 금전과 총포로써 보호할 필요가 없으며, 폴란드와 체코가 8개국 연합군에 가담하여 베이징을 공격한 일은 없지만, 그 문학은 엄연히 존재한다. 다만 일부 사람들만 "이미 이름을 들어 본" 적이 없었을 따름이다. 외국의 문인이 중국에서 이름을 알리자면 작품에 의거해서는 부족한 듯하다. 오히려 경멸을 당하기가 쉬운 모양이다.

그래서 역시 중국을 공격한 적이 없는 나라의 문학, 예를 들어 그리스의 사시史詩, 인도의 우언, 아라비아의 『아라비안나이트』, 스페인의 『돈키호테』¹⁶⁾는 다른 나라에서 "이미 이름이 알려져" 있고, "영국·미국·프랑스·독일 문인"의 작품보다 뒤떨어지는 것이 아니지만, 중국에서는 이미 잊혀져 버렸다. 그들은 나라가 이미 멸망했거나 무능력하니, 이제는 "아첨"을 할 필요가 없게 된 것이다.

이런 상황과 관련해 나는 먼저 앞 장에서 인용한 린위탕 선생의 교훈을 여기에 옮겨 놓는 게 좋다고 생각한다.

"이런 기풍은 그 폐해가 노예에 있고, 구제할 길은 생각함에 있다."

그러나 뒤의 두 마디는 서로 맞지 않는데, 이미 "노예"奴라고 한 이상 "생각함"思 또한 무슨 소용이 있는가. 이리저리 생각해 보았지만, "노예"로서 약간 교묘해졌을 뿐이다. 중국은 차라리 "생각"한 적이 없는 서양 종놈이 있는 편이 낫다. 미래의 문학에 오히려 희망이 있을 것이다.

그러나 "이미 이름이 알려진 영국·미국·프랑스·독일 문인"은 중국에서 분명히 불우했다. 중국에서 학교를 세워 이 4개국의 말을 배운 지도 오래되었다.[17] 처음에는 공사관公使館의 통역譯員을 양성하는 데 목적이 있었지만 뒤에는 확장되어 번성해졌다. 독일어를 배우는 것은 청말의 군사 훈련 개혁 때에 성행하였고, 프랑스어를 배우는 것은 민국의 '근공검학'[18] 때에 활발해졌다. 영어의 학습은 가장 빨랐는데, 첫째는 상무商務, 둘째는 해군 때문이었다. 그리고 영어를 배우는 사람들 수가 가장 많았고, 영어를 배우기 위해 지은 교과서와 참고서 또한 가장 많았다. 영어로 인해 입신을 한 학사와 문인 또한 적지 않았다. 그러나 해군은 군함을 남에게 보낼 뿐이었고, "이미 이름이 알려진" 스콧, 디킨스, 디포, 스위프트…… 를 소개한 이는 한문밖에 모르는 린수林紓였으며,[19] "이미 이름이 알려진" 가장 위대한 셰익스피어 희곡 몇 편을 소개한 이도 영문을 전공하지 않은 톈한田漢[20]을 기다려야 했다. 이런 까닭에 정말로 "생각함에 있다"가 아니면 안되었던 것이다.

그런데 지금 또 "오늘은 폴란드 시인을 소개하고, 내일은 체코의 문호를 소개한다"는 위기가 닥쳐서 약소국의 문인이 중국에 이름을 알리게 되었는데, 영국·미국·프랑스·독일의 문풍은 의외로 그들의 재력 및 무력과 함께 현재의 문림의 심처에 들어가지 못하고 있다. "개가 꼬리를 쫓는"[21] 이들은 이미 항심恒心이 없고, 높은 산에 뜻이 있는 이들은 착수를 꺼려해, 산림에 전등을 밝히고 어록에 외국어 몇 마디를 끼워 넣을 뿐이다. "이미 이름이 알려진 영국·미국·프랑스·독일 문인에 대해서"는 진정 어떤 사람이 어느 때가 되어서야 그 "발본적 고찰을 할"지 알 수 없다. 그런 문인들의 작품은 물론 좋은 것일 터이다. 하지만 갑은 능력이 없는 자가 서양을 바라보며 경탄한다고 말하고, 을은 그대들은 어찌 마음을 가다듬고 탐구하지 않는가라고 말한다. 옛날에 이런 우스운 얘기가 있다. 그 옛날 효자가 있었는데 아버지가 병이 나자 허벅다리살로 치료할 수 있다는 얘기를 듣고, 자신은 아픔이 두려워 칼을 들고 문밖으로 나가 길 가던 사람의 팔을 잡고 서슴없이 베려고 하니, 길 가던 사람이 놀라며 거부하자 효자가 말하기를, "허벅다리를 잘라 아버지를 치료하는 것은 큰 효도인데 당신은 어찌 놀라며 거부하는 것인가. 이 어찌 사람이라 할 것인가!"[22]라고 했다는 것이다. 이것은 좋은 비유다. 린선생이 "말하는 방식은 서로 다르지만 효과는 사실 같다"라고 했는데 좋은 변명이다.

6월 10일

주)_____

1) 원제는 「"題未定"草(一至三)」, 이 글은 1935년 7월 『문학』 월간 제5권 제1호에 처음 발표되었다.

2) 옌유링(嚴又陵, 1854~1921). 이름은 푸(復), 자는 유링, 지다오(幾道), 푸젠 민허우(閩侯; 지금의 푸저우) 사람. 청말 계몽사상가, 번역가. 일찍이 영국에서 유학했고 베이양수사학당(北洋水師學堂) 총교습(總敎習)을 맡았다. 그가 『천연론』(天然論)의 「역례언」(譯例言)에서 '역명 결정의 곤란함'을 언급했는데, "하나의 역어를 결정하는 데 열흘도 한 달도 고심했다. 나의 이 고심을 이해하는 것도, 나의 그 무리(無理)를 비난하는 것도 명철(明哲)에 달렸다"라고 했다.

3) 『세계문고』. 정전둬(鄭振鐸) 편집, 1935년 5월 창간, 상하이 생활서점에서 매달 1권 발행. 내용은 중국 고전문학과 외국 명저의 번역 두 부분으로 나뉜다. 이 총간은 첫해에 12권을 발행한 뒤 다음 해부터 『세계문고』라는 총칭으로 이름을 바꾸고 단행본을 간행했다. 루쉰이 번역한 『죽은 혼』(死靈魂) 1부는 단행본으로 나오기 전, 이 총간 첫해의 제1권에서 제6권까지 연재되었다.

4) 모래주머니의 원문은 '沙袋'. 구식 전등의 소켓이 달린 높이 조절을 위해 설치한 사기(瓷)로 만든 병으로 내부에 모래알(沙粒)이 들어 있다. '撲落'은 영어의 Plug의 음역이

며, 지금은 '揷頭' 혹은 '揷銷'라고 한다.

5) 리아시코(Николай Николаевич Ляшко, 1884~1953)가 지은 「철의 정적」(鐵的靜寂)을 가리킨다. 『하루의 일』(一天的工作)은 루쉰이 번역한 소련 단편소설집으로 작가 10명의 작품 10편(그중 두 편은 취추바이瞿秋白가 번역하고, 서명을 원인文尹이라고 했다)을 수록했다. 1933년 3월 상하이 량유(良友)도서인쇄공사에서 출판했다.

6) "문장은 짜내는 것이다"라는 말에 관해 루쉰은 『화개집』(華蓋集) 「결코 한담이 아니다(3)」에서 이렇게 말했다. "이미 간행된 그 저작들은 쥐어짜낸 것이다. 이 '쥐어짜다'(搾)라는 글자는 소젖을 짜낼 때의 '쥐어짜다'이다. '소젖을 쥐어짜다'고 적은 것은 오직 '쥐어짜다'라는 글자의 설명을 위한 것이지 고의로 내 작품을 우유에 비유하고 유리병에 담아서 무슨 '예술의 궁전'에 보내지기를 바라서가 아니다."

7) 우에다 스스무(上田進, 1907~1947). 일본의 번역가. 러시아문학과 소련문학의 많은 작품을 일본어로 번역했다.

8) 원문은 '西崽'. 서양인에게 고용된 중국인 노복을 무시해 부르는 명칭이다. 린위탕은 『인간세』 제28기(1935년 5월 20일)에 발표한 「현대문의 여덟가지 폐단(중)」(今文八弊中)이란 글에서 "양철통을 팔고 서양 종놈의 말투를 쓴다—현대인들이 유행을 쫓는 이상 낙오는 두렵다. 그래서 새로움(新)을 표방하고 다름(異)을 세워서 모던을 다툰다.……예를 들어 의학에서 서양의 X선과 중국의 음양오행설을 비교한다면……만약 연구를 가한다면 그 가운데 저절로 시비를 가릴 수가 있고……말이 괴상하기는 해도 효능은 사실 똑같다.……만약 파벌의 편견에 사로잡히면 곧 자주성을 잃고 그 고통은 말할 수도 없으며, 자신의 보호를 위주로 하게 되어 원통자재(圓通自在), 비유할 바 없는 자유분방이다." 이 뒤를 이어서 바로 본문에서 인용한 구절이 나온다.

9) '那摩溫'은 영어 Number one의 음역으로, 당시 상하이에서 직공의 우두머리, 감독을 가리키는 의미로 사용되었다. '土司'는 영어 Toast의 음역이다.

10) 「어머니를 찾아」(探母)는 경극 「사랑탐모」(四郎探母)로, 북송 양가장(楊家將)의 고사다.

11) '사대'(事大)는 대국을 받든다는 의미. 이 말은 『맹자』 「양혜왕하」(梁惠王下)에 나온다. "제(齊)의 선왕(宣王)이 물었다. '이웃 나라와 교제하는 데 도가 있습니까?' 맹자는 '있습니다. 인자(仁者)만이 자국보다 작은 나라를 받들 수 있습니다.……지자(智者)만이 자국보다 큰 나라를 받듭니다'라고 대답했다."

12) 문소신(文素臣)은 소설 『야수폭언』(野叟曝言)의 주인공. 관직은 "일인천하, 만인지상"(一人天下, 萬人之上)의 승상까지 올랐다. 여기서 그가 "중화를 숭배하고 오랑캐를 억압했다"라는 말은 같은 책에서 그가 "묘민(苗民)의 정벌, 왜적의 평정"에 관해 묘사하고 있었기 때문이다. 이 책에 기록된 것은 명대 중기의 일로서 그를 "만주 종놈"이라고 한 것은 잘못된 것이다.

13) 이 단락의 인용문은 「현대문의 여덟 가지 폐단(중)」의 '2. 쫓아가도 붙잡지 못하고, 개

가 꼬리를 쫓는다'라는 구절에 있다.

14) 『소설월보』(小說月報). 1910년 상하이에서 창간되었고, 상우인서관에서 발행되었다. 내용은 문언문 소설과 구체 시사(詩詞), 필기(수필) 등을 게재했다. '원앙호접파'(鴛鴦胡蝶派)의 주요한 간행물이었다. 1921년 1월 제12권 제1호부터 차례로 선옌빙(沈雁冰), 정전둬(鄭振鐸)가 편집장을 맡고 개혁을 통해 신문학운동의 중요한 진지 중 하나가 되었다. 1931년 12월 제22권 제12호까지 나오고 정간되었다. 1921년 10월 제12권 제10호에서는 '상처받은 민족의 문학 특집호' 증간을 간행하고 루쉰, 선옌빙 등이 번역한 폴란드, 체코 등의 문학작품과 이 국가들의 문학 상황을 소개한 문장을 실었다.

15) '화기'(花旗)는 옛날 중국 어느 지방에서 미국을 가리키는 속칭. '가문'(茄門)은 영어 German의 음역으로 독일을 가리킨다.

16) 『아라비안나이트』의 원문은 '天方夜談'. 고대 아랍의 민간설화집이다. 『돈키호테』(Don Quixote)는 스페인 작가 세르반테스(Miguel de Cervantes)의 장편소설이다.

17) 청 동치(同治) 원년(1862) 베이징에 통역관 양성을 위해 설립한 학교로 '경사동문관'(京師同文館)이라고 불렀다. 총리각국사무아문(總理各國事務衙門)에 소속되었다. 처음에 영문관(英文館)을 설립하고 다음 해에 프랑스, 러시아문관을 증설하였고, 뒤에 독문, 일문관도 설치하였다. 광서 27년 12월(1902년 1월)에 경사대학당에 귀속되었다.

18) '근공검학'(勤工儉學). 1914년 차이위안페이(蔡元培) 등이 근공검학회를 설립하고 청년들에게 프랑스로 가서 "노동을 성실하게 하고 절약을 생활화하여 학문을 추구하자"라고 주장했다. 한때 프랑스에 가서 학문을 추구한 이가 적지 않았다. 이 단체는 1921년에 활동을 중지했다.

19) 린수(林紓, 1852~1924). 자는 친난(琴南), 호는 웨이루(畏廬), 푸젠 민셴(閩縣; 지금의 푸저우) 사람으로 청 광서제 때 거인(擧人)이었고, 경사대학당의 교육을 담당했다. 그는 다른 사람의 구술에 근거해 문언문으로 구미 문학작품 170여 종을 번역했다. 예를 들어, 영국 월터 스콧(Walter Scott, 1771~1832)의 『아이반호』(Ivanhoe), 찰스 디킨스(Charles Dickens, 1812~1870)의 『데이비드 코퍼필드』(David Copperfield), 대니얼 디포(Daniel Defoe, 약 1660~1731)의 『로빈슨 크루소』(Robinson Crusoe), 스위프트(Jonathan Swift, 1667~1745)의 『걸리버 여행기』(The Gulliver's Travels) 등이다.

20) 톈한(田漢)은 1921년에 셰익스피어의 『로미오와 줄리엣』과 『햄릿』를 번역했고, 중화서국에서 출판했다.

21) 린위탕을 풍자한 말. 이 문장 처음에 인용되어 있는 「현대문의 여덟 가지 폐단」의 소제목 중 '쫓아가도 붙잡지 못하고, 개가 꼬리를 쫓는다'라는 것이 있다.

22) 이 우스개 이야기는 청초 석성금(石成金)이 쓴 『전가보』(傳家寶)의 『소득호』(笑得好) 초집(初集)에 있다. 제목은 「할고」(割股)이다.

명사와 명언[1]

『태백』[2] 2권 7기에 난산南山 선생의 「문언문을 사수하는 제3의 방책」[3]이라는 글이 실렸다. 그는 여기서 첫번째 방책이 "백화문를 짓는 것은 문언문이 잘 되지 않기 때문이다"라고 했다. 두번째는 "백화문를 잘 지으려면 먼저 문언문에 능통해야 한다"고 하였다. 10년이 지나고 나서야 타이옌太炎 선생[4]의 세번째 방책이 나왔는데, "그는 문언문이 어렵다고 하지만 백화문은 더 어렵다고 생각했다. 그 이유는 지금의 구두어에는 고어에서 온 것이 많기 때문에 소학에 통달하지 않으면 현재의 구두어의 어떤 음이 고대의 어떤 음이었는지 알지 못하고, 고대의 어떤 글자였는지 알 수 없는 까닭에 틀리게 쓰게 될 것이다.……"

타이옌 선생의 말은 아주 정확하다. 현재의 구두어는 일조일석에 하늘에서 떨어진 언어가 아니니 그 속에 고어가 많이 들어 있는 것이 당연하다. 고어가 있는 이상 당연히 많은 것이 고서에 있을 것이다. 그런데 백화문을 쓰는 사람이 글자마다 『설문해자』에서 본래 글자本字를 찾아내려고 한다면, 그것은 분명히 가차자假借字를 사용하는 문언문을 쓰는 것보다 몇

배나 더 어려울지 모른다. 하지만 백화문을 제창한 이래 주창자 가운데 백화문을 쓰는 주된 취지가 '소학'에서 원래 글자를 찾는 데 있다고 생각한 사람은 없으며, 우리는 관용적으로 인정된 가차자를 사용하고 있다. 물론 타이옌 선생의 말처럼 "아는 사람을 만나 서로 인사를 나눌 때 '안녕하세요'好呀라고 하는데, '呀'는 즉 '乎'자다. 남의 말에 대답할 때는 '그렇습니다'是哎라고 하는데, '哎'는 곧 '也'자이다'. 그러나 우리가 이 두 글자를 안다고 하더라도 또 '好乎' 혹은 '是也'를 사용하지 않고, 여전히 '好呀'나 '是哎'를 사용한다. 백화문은 현대의 사람들에게 보여 주려는 것이지 상商·주周·진秦·한漢대의 혼령들에게 보이려는 것이 아니니, 고인이 지하에서 일어나 보고 모른다고 하더라도 우리는 전혀 위축될 필요가 없기 때문이다. 그래서 타이옌 선생의 세번째 방책은 기실 맞지 않는 셈이다. 이것은 선생이 자신의 탁월한 학술 방면인 소학을 너무 범위를 확대하여 적용한 까닭이다.

우리의 지식은 유한하여 누구라도 명사의 지적을 받아들이려고 한다. 하지만 이때 하나의 문제가 발생한다. 박식가의 말을 잘 들을까, 아니면 전문가의 말을 잘 들을까? 대답은 아주 쉽다. 모두 좋다고 하면 그만이다. 물론 모두 좋다. 하지만 나는 두 부류 사람들의 이러저러한 지적을 들은 뒤 오히려 상당한 경계심을 가져야겠다고 느끼게 되었다. 왜냐하면 박식가의 말은 너무 천박하고, 전문가의 말은 너무 틀리기 때문이다.

박식가의 말이 많이 천박하다는 것은 자명한 바이지만, 전문가의 말이 많이 틀리는 것은 좀 설명이 필요하다. 그들이 자신들의 전문을 서술하는 데 틀림이 있다는 것이 아니라, 전문가라는 이름에 의지해 자기 전문 이외의 일을 논하는 데 있다. 세상 사람들은 명사를 존경하고, 그래서 명사의 말은 곧 명언이라고 생각해, 그가 유명해진 이유가 그 하나의 학문 혹은 사업이라는 데 있음을 망각하는 경향이 있다. 명사 역시 숭배에 미혹되어 자신의 명성이 높아진 것이 그 하나의 학문 혹은 사업에 있음을 잊어버리고 점차 어떤 것이든 남보다 뛰어나지 않은 것이 없고, 무엇이나 얘기 못할 것이 없다고 생각해 그리하여 틀리기 시작한다. 사실 전문가는 그의 전문적인 방면을 제외하고는 많은 식견이 종종 박식가나 상식 있는 사람에게 미치지 못한다. 타이옌 선생은 혁명의 선각자이고, 소학 방면의 대사大師라 문헌을 얘기하고 『설문』을 강연한다면 마땅히 흥미진진하게 들을 바가 있다. 하지만 현재의 백화문을 공격할라치면 그만 앞뒤가 맞지 않게 되었는데 이것이 곧 그 하나의 예이다. 그리고 또 장캉후5) 박사가 있는데, 그는 일찍이 사회주의에 대해 강연하여 유명해진 명사다. 그의 사회주의가 결국 어떤 것인지 나는 모르겠다. 그런데 올해 자신이 유명해진 이유를 망각하고 소학에 대해 얘기했는데 "'德'의 옛 글자는 '悳'으로, '直'과 '心'으로 이루어졌고, '直'은 직각直覺이란 뜻이다"라고 말했는데, 정말로 얼마나 잘못된 것인지 모른다. 그는 이 글자의 윗부분이 결코 곡직曲直의 직이 아니라는 점조차도 이해하지 못하고 있다.6) 이런 유의 설명은 타이옌 선생에게 들어야만 할 것이다.

그러나 세상 사람들은 대체로 명사의 말이 곧 명언이라고, 또 명사는 무엇이든 능통하지 않은 것이 없고 모르는 것이 없다고 생각한다. 그래서 한 권의 유럽사를 번역할 때는 영어를 아주 잘하는 명사를 초청하여 교열을 맡기고, 경제학 서적을 편찬할 때는 고문을 잘 아는 명사를 청하여 제첨題簽을 한다. 학계의 명사가 의사를 소개할 때는 그의 "기술이 기황岐黃과 견준다"7)라고 하고, 상업계의 명사가 화가를 칭찬할 때는 "육법六法에 정통했다"[8]고 한다.……

　이 또한 현재의 통폐通弊의 하나다. 독일의 세포병리학자 피르호(Virchow)[9]는 의학계의 태두이고 온 국민이 다 아는 명사이며 의학사에 있어서도 아주 중요한 위치를 점했지만 그는 진화론을 믿지 않았다. 헤켈(Haeckel)[10]의 말에 따르면 그는 신도들에게 이용당해 몇 차례 강연을 한 결과 대중에게 나쁜 영향을 적지 않게 주었다. 그는 학문에 깊이가 있고 이름도 널리 알려져서, 스스로 자신을 높이 평가해 자기가 풀지 못하는 것은 이후 어떤 사람도 풀지 못한다고 생각했고, 또 진화론을 깊이 연구하지 않고 한마디로 공을 하느님께 돌려 버렸다. 지금 중국에 누차 소개된 프랑스의 곤충학 대가인 파브르(Fabre)[11] 역시 이런 경향을 갖고 있었다. 그의 저작은 두 가지의 결점이 있었다. 하나는 해부학자를 조롱한 것이고, 다른 하나는 인류 도덕을 곤충계에 적용한 것이다. 그런데 사실 해부라는 것이 없었다면 그 자신이 그와 같이 정밀한 관찰을 할 수 없었을 것이다. 왜냐하면 관찰의 기초는 역시 해부학에 있기 때문이다. 농학자들이 인류에 대한 이해利害에 근거해 곤충을 익충益蟲과 해충害蟲으로 구분하는 것은 일리가 있다. 그러나 당시 인류의 도덕과 법률에 근거하여 곤충을 선충善蟲과 악충惡蟲으로 나누는 것은 부질없는 일이다. 일부 엄정한 과학자들이 파브르에 대해 비평을 한 것도 사실 이유가 없지 않다. 그러나 이 두 가지만 경계한다면, 그의 대저작 『곤충기』 10권은 읽으면 아주 재미있고 또 유익한 책이다.

　그렇지만 명사의 해독은 중국에서 비교적 심한데, 그것은 아마 과거 제도의 여파일 것이다. 그 당시 유생은 사숙에서 경전의 해석에 몰두하고 있어서 천하국가와는 아무런 관계도 없었다. 하지만 급제를 하면 "일거에 세상에 이름을 날리게" 되어서, 그는 역사서를 편찬할 수도 있고, 문장을 판정할 수도 있으며, 백성을 다스릴 수도 있고, 치수治水를 할 수도 있다. 청말에는 학교를 세우고, 광산을 캐고, 신군新軍을 양성하고, 전함을 제조하고, 신정新政을 펼치고, 해외시찰을 할 수 있었다. 그 성취가 어떠했는지는 내가 말할 필요도 없겠다.

이러한 병의 뿌리는 아직도 제거되지 않아서 명사가 되기만 하면 바로 "온 하늘을 날아다니는" 기세를 갖는다. 앞으로 우리는 마땅히 '명사의 말'과 '명언'을 구별해야 한다고 생각한다. 명사의 말이 결코 모두 명언은 아니며, 오히려 많은 명언은 농부와 시골노인의 입에서 나오는 것이다. 이것은 곧 우리가 어떤 사람이 명사로서 유명해졌다면 그 원인이 그 전문분야에 있음을 분별해 보아야 하고, 전문 이외의 것을 얘기하는 것에 대해서는 경계를 해야 한다는 말이다. 쑤저우蘇州의 학생들은 총명하여 타이옌 선생을 청해 국학 강연을 들었지만,[12] 그에게 부기학 혹은 보병조련규정 같은 강연은 청하지 않았다.──유감스럽게도 사람들은 좀더 자세히 생각해 보려고 하지 않는다.

나는 이번에 여러 차례 타이옌 선생을 언급한 것에 대해 매우 죄송스럽게 생각한다. 하지만 "지혜로운 사람도 많이 생각하다 보면 반드시 한 차례 실수가 있는" 법이니, 이것이 선생의 "해와 달과 같은 밝음"에 손상을 주지는 않을 것이다. 내가 말한 바는 생각건대 "어리석은 사람도 많이 생각하다 보면 반드시 한 가지 잘된 것이 있기 마련이다" 정도일 것이다. 아마도 "해와 달에 걸려 있어도 떨어지지 않는"[13] 의론일 것이기 때문이다.

7월 1일

1) 원제는 「名人和名言」, 이 글은 1935년 7월 20일 『태백』 반월간 제2권 제9기에 처음 발표되었다. 서명은 웨딩(越丁).

2) 『태백』(太白). 소품문 반월간으로 천왕다오(陳望道)가 주필이고 상하이 생활서점에서 발행했다. 1934년 9월 20일에 창간되었다가 다음 해 9월 5일에 제2권 제12호까지 내고 폐간하였다.

3) 난산(南山). 즉 천왕다오(陳望道, 1890~1977)이다. 저장 이우(義烏) 사람으로 학자이며, 『신청년』 잡지 편집과 푸단(復旦)대학 문학원 원장 등을 역임했다. 「문언문을 사수하는 제3의 방책」(保守文言的第三道策)은 1935년 6월 20일 『태백』 제2권 제7기에 발표되었다. 그 첫머리에 "문언문을 방어하는 데는 과거 두 종류의 주장이 있었다.……최근에 장타이옌(章太炎)이 구어문은 문언문보다 짓기가 어렵다고 말했기 때문에 억지로 세 번째 방책이 나왔다고 할 수 있다." 그 뒤에 장타이옌의 말을 인용하여 증명했다. "사실의 서술에서 음과 입말이 잘 맞게 하자면 그 지방의 방언을 기록해야만 한다. 문언문이 그러하며, 백화문도 같다.……사용하는 말은 수도(首都)에 국한되지 않고 널리 각지의 방언을 채록하지 않으면 안 된다. 그러나 소학(小學)에 정통하지 않고서 어떻게 백화문을 쓸 수 있을까. 보통 어조사(語助詞) 역할을 하는 글자는 예를 들어, '언(焉), 재(哉), 호(乎), 야(也)'이다. 지금 백화문에서 '焉, 哉'는 사용하지 않지만, '乎, 也'는 아직 사용하고 있다. 예를 들어, 지인을 만나 인사를 나눌 때 '好呀'라고 한다. '呀'는 고어의 '乎'자이다. 상대방에게 대답할 때에 말하는 방법은 '是唉'라고 하지만, '唉'는 고어의 '也'자이다. '夫'는 문언문에서는 구말(句末)에 사용한다.……즉 백화문의 '罷'자이다.……'矣'는 변천하여 '哩'가 되고,……'乎, 也, 夫, 矣' 네 글자는 음성만이 조금 변했을 뿐이다. 당연히 '乎, 也, 夫, 矣'를 사용해야만 하고, '呀, 唉, 罷, 哩'를 사용해서는 안 된다." 장타이옌의 말은 그의 강연 「백화와 문언의 관계」(白話與文言之關係)에 있다.

4) 타이옌(太炎)은 장빙린(章炳麟)으로 『차개정잡문 말편』(且介亭雜文末編) 「타이옌 선생에 관한 두어 가지 일」(關于太炎先生二三事) 참조.

5) 장캉후(江亢虎, 1883~1954). 장시(江西) 이양(弋陽) 사람. 일본에 유학했고, 신해혁명 때 '중국사회당'을 조직하여 '사회주의'를 표방했다. 뒤에 국민당중앙위원을 역임했으며, 항일전쟁 기간에 왕징웨이(汪精衛) 가짜(僞)정부의 고시원(考試院) 원장이 되었다. 1935년 2월 그는 상하이에서 "한자와 문언의 보존을 목적으로 한" 존문회(存文會)를 발기했다. 여기서 그가 "소학(小學)을 말한다"라고 적은 것은 같은 해 3월 상하이에서 강학할 때 말한 것이다.

6) 『설문해자』(說文解字) 권10하(下)에, "悳은, 밖은 남에게서 얻고, 안은 자신에게서 얻는다. 直과 心으로 이루어졌다. 더라고 읽는다." 또 권12하에, "直은 바로 본다는 뜻으로, ㄴ과 十과 目으로 이루어졌다. 서개(徐鍇)는 'ㄴ'은 숨는다(隱)는 뜻이라고 했는데, 지금

은 열 눈(十目)이 보는 것을 直이라 한다. 음은 치라고 읽는다."

7) 기황(岐黃)은 고대의 명의를 가리킨다. 황은 황제(黃帝), 이름은 헌원(軒轅)이며 전설 속 상고의 제왕이다. 기는 곧 기백(岐伯)으로 전설상의 상고의 명의다. 지금 전해지는 의학 고서 『황제내경』(黃帝內經)은 전국, 진한 때 의가(醫家)가 황제와 기백으로부터 이름을 빌려서 지었다. 그 가운데 「소문」(素問) 부분은 황제와 기백의 문답 형식으로 병리(病理)를 토론하고 있다. 그래서 그 뒤 의술에 뛰어난 자를 종종 "술정기황"(術精岐黃)이라 고 불렀다.

8) 육법(六法). 중국화에는 과거 육법이라는 설이 있었다. 남조 제나라 사혁(謝赫)의 『고화품록』(古畵品錄)에 다음과 같은 문장이 있다. "그림에는 육법이 있다.……첫째, 기운의 생동이 그것이다. 둘째, 골법(骨法)과 용필(用筆)이 그것이다. 셋째, 사물에 응한 형상화이다. 넷째, 있는 그대로의 색채이다. 다섯째, 구도의 운용이다. 여섯째, 다양한 모사가 그것이다."

9) 피르호(Rudolf Virchow, 1821~1902). 독일 과학자, 정치가. 세포병리학의 초석을 다졌다. 젊을 때 다윈주의를 옹호했으나, 뒤에 격렬히 반대했다. 저서에는 『세포병리학』(Die Cellularpathologie) 등이 있다.

10) 헤켈(Ernst Haeckel, 1834~1919). 독일 생물학자. 다윈의 진화론을 지지하고 선전했다. 주요 저서로는 『우주의 수수께끼』(Die Welträthsel) 등이 있다.

11) 파브르(Jean H. Fabre, 1823~1915). 프랑스 곤충학자. 그의 『곤충기』(Fabre's Souvenirs entomologiques)는 1910년에 출판되었다. 생동적이고 활달한 필체로 곤충의 생활을 소개한 책으로 당시 중국에는 몇 종의 초역본이 출판되어 있었다.

12) 1933년 전후에 장타이옌은 쑤저우(蘇州)에서 장씨국학강습회(章氏國學講習會)를 조직하여 국학을 가르쳤다. 그는 『제언』(制言) 반월간 창간호(1935년 9월)에서 "나는 민국 21년부터 구도(舊都)에서 돌아와 우중(吳中; 즉 쑤저우)에서 강학한 지 3년이 되었다"라고 적었다.

13) 원문은 "懸諸日月而不刊". 한(漢)대 양웅(揚雄)의 「유흠에 답하며 쓰다」(答劉歆書)에 나온다. 양웅은 이 편지에서 장백송(張伯松)이 그의 『방언』(方言) 초록본을 찬미한 말, 즉 "해와 달에 걸려 있어도 떨어지지 않는 책이다"를 인용했다. '刊'은, 여기서는 떨어진다는 의미다.

"하늘에 의지해 밥을 먹는다"[1]

"하늘에 의지해 밥을 먹는다는 설"은 우리 중국의 국보다. 청대 중엽에 「하늘에 의지해 밥을 먹는 그림」의 비牌[2]가 있었고, 민국 초에는 장원 루룬샹[3] 선생도 한 장을 그린 적이 있었는데, 글자 '천'天을 크게 쓰고 그 마지막 필획의 끝에 한 노인이 기대어 밥그릇을 들고 밥을 먹고 있는 그림이었다. 이 그림은 석인石印의 복제본도 나와서 하늘을 믿는 이들과 괴상한 것을 좋아하는 이들이라면 아직 소장하고 있을지도 모르겠다.

많은 사람들 또한 분명히 이 학설을 실행하고 있는데, 그림과 다른 것은 밥그릇을 들고 있지 않는 것뿐이다. 이 학설은 결국 절반만이 존재하고 있는 셈이다.

지난달 우리들은 "가뭄이다"라고 외치는 소리를 들었는데, 지금은 장마철이고 비가 십여 일째 계속 내리고 있다. 이것은 해마다 늘 있는 일이고, 또 폭풍우는 없었지만 도처에 수재가 발생했다. 식목일[4]에 심은 몇 그루의 나무 역시 하늘의 뜻을 거역하지는 못한다. "닷새에 바람 한 차례, 열흘에 비 한 차례"라는 요순 시절[5]은 지금으로부터 아득히 멀고, 하늘에 의

지하나 밥을 먹을 수 없기에 이르렀으니 대체로 하늘을 믿는 사람들은 예상하지 못한 일일 터이다. 결국 속인들에게 읽히기 위해 지어진 『유학경림』[6]은 총명했다. "가볍고 맑은 자는 위로 떠올라, 그래서 하늘이 된다"라고 했는데, "가볍고 맑아서" 또 "위로 떠오르니" 어떻게 "의지할" 수 있겠는가.

옛날에 진실이라고 간주된 말도 지금은 황당한 말로 변했다. 아마도 서양인들이 말했던가, 세상의 빈곤한 사람들이 갖고 있는 몫은 햇빛과 공기와 물뿐이라고 말이다. 이것은 현재의 상하이에는 적용되지 않는다. 머리와 근육을 사용하는 이들은 하루 중 밤까지 갇혀서 햇빛을 쬐지 못하고, 좋은 공기도 마시지 못한다. 상수도가 설치되지 않아 깨끗한 물도 마실 수 없다. 신문에서는 "근래 천시天時가 이상해 질병이 유행하고 있다"고 보도하고 있지만, 이것이 어찌 "천시가 이상한" 때문이겠는가. "하늘이 무엇을 말하겠는가",[7] 그는 묵묵히 원망을 듣고 있을 뿐이다.

하지만 "하늘"에서 내려가도 "사람"이 될 수는 없다. 사막에 사는 사람들은 한 연못의 물을 위해 우리 여기의 재자才子들이 애인을 두고 싸우는 것보다 훨씬 격렬하게 싸운다. 그들은 목숨을 걸었으며 결코 "아아~시"阿呀詩 한 수를 짓는 것으로 끝나지 않는다. 서양의 스타인[8] 박사는 간쑤성 둔황의 사막에서 수많은 골동품을 발굴해 가지 않았는가? 그 지방은 원래 번성한 곳이었으나, 하늘에 의지한 결과 천풍天風이 불어 모래에 매몰되고 말았다. 미래의 골동품을 제조하는 견지에서 보자면, 하늘에 의지하는 것도 분명 하나의 좋은 방법이다. 하지만 살아가는 사람들을 위해서는 그다지 좋은 것은 아니다.

여기까지 오고 보니 자연을 정복하는 것에 대해 말하지 않을 수 없다.

그러나 지금은 말하지 않고 "그만두는" 것이 낫겠다.

7월 1일

주)_____

1) 원제는 「"靠天吃飯"」, 이 글은 1935년 7월 20일 반월간『태백』제2권 제9기에 처음 발표되었다. 서명은 장커(姜珂).

2) 산둥성 지난(濟南)시 다밍후(大明湖) 톄공츠(鐵公祠)에 이런 비석이 있는데, 여기에는 청대 가경 계유(癸酉, 1813) 위샹(魏祥)의 문장 한 편이 적혀 있다. "나는 전에 오대(五臺)에서 공사를 하여 이 석탁(石拓)을 얻었다. 비속한 말일지라도 실로 도리가 있다.……지금 다시 석비에 새겨 '하늘에 의지하는 것'(靠天論)이라고 지어서 천하의 밥을 먹는 이들과 함께 이것을 묻는다."

3) 루룬샹(陸潤庠, 1841~1915). 자는 펑스(鳳石), 장쑤 원화(元和; 지금의 우셴吳縣) 사람. 청동치(同治) 때의 장원(狀元)으로 관직이 동각대학사(東閣大學士)에 이르렀다.

4) 원문은 '植樹節'. 우리말로 하면 식목일로 1930년 국민당 정부는 매년 3월 20일(쑨중산 서거 기념일)을 식수절로 정했다.

5) 원문은 "五日一風, 十日一雨". 왕충(王充)의『논형』(論衡)「시응」(是應)에 "유자(儒者)는 태평의 상서로움을 논할 때 모두 기(氣)와 물(物)이 훌륭하게 변화하는 것을 말했다.…… 바람은 작은 나뭇가지를 울리지 않고, 비는 땅을 무너뜨리지 않는다. 닷새에 한 번 바람이 불고, 열흘에 한 번 비가 내린다"라고 하였다. 당우지세(唐虞之世)는 중국의 고대 전설 속의 요(堯; 陶唐氏)와 순(舜; 有虞氏) 시대를 말한다. 유가 경전에서는 늘 이 시대를 태평성대의 전범으로 삼았다.

6)『유학경림』(幼學瓊林). 명대 정윤승(程允升)이 편한 책으로, 내용은 천문, 인륜, 기용(器用), 기예(技藝) 등에 관한 성어전고(成語典故)를 수록했고, 변려문으로 쓰여졌다. 옛날 유학과 사숙(私塾)의 초급 교재의 일종이다. 이 책의 첫 두 구절은 "혼돈이 처음 열렸을 때, 건곤(乾坤)이 비로소 제사지낼 때 기(氣)가 가볍고 맑으며 위로 떠오르는 것은 하늘이 되고, 기가 무겁고 혼탁하며 밑으로 내려가 굳는 것은 땅이 된다"라고 적혀 있다.

7) 원문은 "天何言哉". 공자의 말로『논어』「양화」(陽貨)에 "하늘이 무엇을 말할까? 사시(四時)는 변함없이 운행하고, 만물은 여전히 태어난다. 하늘이 무엇을 말할까?"

8) 스타인(Sir Mark A. Stein, 1862~1943). 영국의 고고학자로 1907년과 1914년에 간쑤성 둔황 천불동(千佛洞) 등지에서 중국의 고대문물을 대량으로 훔쳐 갔다. 둔황은 한당(漢唐)시대 중국과 중동, 유럽 간의 교통의 요지로서 당시 경제·문화가 발달한 곳이었다.

아무 일도 일어나지 않는 비극[1]

고골(Nikolai Gogol)의 이름이 점차 중국 독자에게 알려지게 되고, 그의 명저 『죽은 혼』의 번역본도 이미 제1부의 절반이 발표되었다. 그 번역문이 사람들을 만족시킬 수 없다 하더라도 결국 이것으로서 제2장에서 6장까지 전부 다섯 명 지주의 전형이 그려져 있음을 알게 되었다. 풍자는 분명 예리하지만 실은 노부인 한 사람과 인색한 프뤼시킨을 제외하고는 모두 각각 사랑을 받을 만한 요소를 갖고 있다. 그가 그린 농노는 취할 바가 하나도 없고, 그들이 성심으로 신사紳士를 도와 줄 때조차 무익할 뿐 아니라 해가 된다. 고골 자신은 지주였다.

하지만 당시의 신사들은 불만이 아주 많았다. 꼭 늘 공격받는 것은, 작품 속의 전형이 대부분 고골 자신이며 더욱이 작가 역시 대러시아 지주의 상황을 알지 못한다는 것이다. 이것은 일리가 있는 말인데, 작가는 우크라이나인이고, 그가 가족과 주고받은 편지를 보아도 종종 그야말로 작품 속 지주의 의견과 유사하다. 그러나 그가 대러시아 지주의 상황을 모른다고 하더라도, 창출해 낸 성격은 정말 대단히 생동적이어서 지금도 시대와 나라는 다르지만 우리들이 마치 친숙한 인물들을 만나는 듯한 느낌을 준다. 풍자의 본질에 대해서는 여기서 언급하지 않겠으나, 단지 그 독특한 점, 특히 일상적인 일과 말을 사용하여 당시 지주의 무료한 생활을 깊이 있게 묘사하고 있는 것만은 말해 두고자 한다. 예를 들어 제4장에 나오는 노즈드료프는 지방의 악독한 지주로서 떠들썩함을 쫓고 도박을 좋아하며 거짓말을 잘하고 알랑거린다.── 하지만 구타를 당해도 개의치 않는다. 그는 술집에서 치치코프를 만나자 자신의 귀여운 강아지를 과시하며 억지로 치치코프로 하여금 강아지의 귀를 쓰다듬게 한 뒤 또 코를 어루만지게 했다.──

치치코프는 노즈드료프에게 호의를 표시하려고 그 강아지의 귀를 어루만졌다. "그렇군요. 착한 개네요"라고 그는 말했다.

"또 어루만져 봐요, 코가 차갑네, 손을 가져와 보오!" 그의 흥이 깨지게 하고 싶지 않아서 치치코프는 또 그 코에 손을 대고 나서 말하기를, "보통 코가 아니네!"

이런 우악스럽고 우쭐거리기 좋아하는 주인과 세상사에 정통한 손님 간의 매끄러운 응대는 우리들이 지금도 수시로 볼 수 있는 광경이다. 일부 사람들은 그야말로 이것을 일생의 교제술로 생각하고 있다. "보통 코가 아니네." 그렇다면 어떤 코인가? 분명하게 말할 수 없지만, 듣는 자는 이렇게 말한 것만으로도 충분하다. 뒤에 또 함께 노즈드료프의 장원莊園에 가서 그가 소유한 땅과 물건을 두루 구경했다.──

그러고 나서 크리미아산 암캐를 보러 갔다. 이미 눈이 멀었는데 노즈드료프의 말로는 곧 죽을 것 같다고 한다. 2년 전에는 괜찮은 암캐였다. 많은 사람들이 이 암캐를 보러 왔다. 보니 분명 눈이 멀어 있었다.

이때 노즈드료프는 거짓말을 하지 않았다. 그는 눈이 먼 암캐를 칭찬하였다. 보니까 분명히 눈이 먼 암캐였다. 이것이 사람들과 무슨 관계가 있나. 그러나 세상의 어떤 사람들은 확실히 이러한 일을 소리치고 떠들고 칭찬하고 과시하고 또 힘껏 그런 류의 일을 증명하고 있다. 그런 식으로 해서 바쁘고 성실한 사람으로서 그 전 생애를 보내고 있다.

이처럼 극히 평범하고 혹은 실로 아무 일도 일어나지 않는 그런 비극은 소리 없는 언어와 마찬가지로, 시인이 그 형상을 그려 내지 않았다면 상당히 알아보기 어렵다. 하지만 사람들이 영웅적인 특이한 비극에 멸망한 자는 적다. 극히 일상적인 혹은 그야말로 아무 일도 일어나지 않는 그러한 비극에 생명을 소모시키는 이들이 많다.

고골의 소위 "눈물을 머금은 미소"[2]는 그의 나라에서는 이미 쓸모가 없고, 이것을 대신해 건강한 웃음이 생겼다고 한다. 그러나 다른 지역에서는 여전히 유용한데, 그 속에는 살아가는 많은 사람들의 그림자가 역시 감춰져 있기 때문이다. 더구나 건강한 웃음은 웃게 되는 측에서는 비애인데, 그래서 고골의 "눈물을 머금은 미소"가 만약 작가와 입장이 다른 독자의 얼굴에 전해진다면 건강한 웃음으로 바뀌게 된다. 이것이 『죽은 혼』의 위대한 점이자, 또 바로 작가의 비애의 지점이다.

7월 14일

주)_____

1) 원제는 「幾乎無事的悲劇」, 이 글은 1935년 8월 『문학』 월간 제5권 제2호 '문학논단'란
   에 처음 발표되었다. 서명은 팡(旁).
2) 원문은 "含淚的微笑". 이것은 푸시킨이 고골의 소설을 논하면서 한 말로, 그가 1836년
   에 쓴 「『디카니카 근교 농촌 야화』를 평함」에 있다.

"문인은 서로 경시한다" 세번째[1]

『망종』芒種 제8기에 웨이진즈[2] 선생의 「분명한 시비와 열렬한 호오」란 글이 실렸다. 이전의 '문학논단'의 「"문인은 서로 경시한다"를 다시 논함」이 발단이 되어 발표한 것이다. 그는 먼저 원칙적인 측면에서는 거의 전체적으로 찬성해 주었다. "사람은 마땅히 분명한 시비와 열렬한 호오를 가져야 한다. 이것은 틀림없는 사실이다. 문인은 더욱더 마땅히 분명한 시비와 보다 열렬한 호오를 가져야 한다. 이 또한 틀림없는 사실이다." 중간에 "무릇 사람이 곤경에 처했을 때 …… 원숭이나 학과 더불어 무리를 이룰 수 있는 것이 물론 가장 좋다. 그렇지 않다면 사슴이나 돼지와 무리를 이루는 것도 좋은 것이다. 방법이 전혀 없을 때는 허물어진 사당 모퉁이에 누워서 나병균과 무리를 이루게 되더라도 자신의 체력이 자연적인 방어를 할 수 있어서 멸망하여 죽음에 이르지 않는다면, 사실 사기꾼이나 백정의 꼬임에 빠져 죽임을 당하거나 잘리는 것보다는 오히려 낫다"라고 말했다. 보기에는 좀 의미가 담긴 표현 같지만 실상 말하는 것은 그가 사기꾼과 백정을 원숭이와 학, 문둥이 병균보다 더 싫어한다는 것인데, '논단'에서 말한 "성현에서 사기꾼과 백정까지 존경하고, 미인과 향초에서 나병균까지 사랑하는 문인은 이 세상에서 찾을 수 없다"는 말과도 모순되지 않는다. "냉정하게 말한다면 저것도 하나의 시비이고 이것도 하나의 시비라고 말하는 것은 원래 진실이 아니다"라는 견해는 근래의 장자莊子교도들 가운데 군계일학과 같은 탁견이 아닐 수 없다.

그러나 웨이선생의 고상한 논의의 주지는 여기에 있는 것이 아니다. 그가 밝히려고 한 것은 시비를 판단하는 것이 어려우니 그래서 애증을 할 대상을 분별하는 것도 어렵다는 것이다. 왜냐하면, "예를 들어 어떤 부류의 사람들이 있는데, …… 그 자신의 마음속에는 처음부터 시비의 구분이 없다. …… 그래서 이른바 '시'是는 시인 듯하지만 실은 비非인 것이기" 때문이다. 하지만 "비 속의 시에 관해서는, 그 시가 있는 곳은 시와 비슷한 비보다도 낫다. 우의友誼를 중시하고 파벌을 나누지 않기 때문이다." 여기에 이르면 우리 문인은 어쩔 수 없이 횡설수설하며 가짜로 눈물을 훔친다. "시와 비슷한 비"는 사실 '비'라고 이미 간파하고 있다면 열렬한 증오를 쏟기만 하면 되지 않는가? 그러나 "세상의 일은 결코 이렇게 간단하지 않아서", 또 "비 속의 시"를 감싸지 않을 수 없다. 게다가 "비와 비슷한 시"와 "시 속의 비"도 있어 그 큰 것을 취하고 그 작은 것을 버리는 방법은 그래서 통용되지 않는다. 세상에 어둠이 있은 적이 있었는가. 물리학설에 근거해 보더라도 지구상의 어떤 어둠에서도 결국 X분의 일의 빛은 있다고 하지 않는가? 책을 볼 때는 이치상 X분의 일의 글자를 읽었을 터이다.──무엇이 밝고 무엇이 어두운지 우리가 논하는 것은 불가능하다.

이것은 결코 잔혹한 비유가 아니다. 웨이선생은 바로 '시비의 부정'이란 결론으로 달려갔다. 그는 마침내 "요컨대 문인이 서로 경시하는 것은 문장의 우열, 사상의 시비에 다름 아니다. 하지만 문장의 우열은 말할 수 없고, 사상의 시비 또한 따질 수 없으니 공연히 시비를 논하는 것이 사실 무슨 도움이 되겠는가! 아, 손에 아무런 무기도 갖지 않은 맨주먹의 사람들아!"라고 말했다. 완전한 덕을 갖춘 사람은 없고, 완전히 유효한 사상도 없다. 막 "비 속의 시"가 "시와 비슷한 비"보다 낫다고 말해 놓고, 어찌하여 바로 "문장의 우열은 말할 수 없고, 사상의 시비 또한 따질 수 없다"로 변했는가? 문인의 무기는 문장이다. 웨이선생은 왕성하게 문장을 써서 강력하게 공격할 수 있는데 어째서 "손에 아무런 무기도 없다"고 말하는가? 이것은 분명히 "비 속의 시"를 내세우려고 하면서 실제로는 얼마나 어려운지를 명확하게 설명하기를 꺼리기 때문에 그래서 그 대문장에서 상대방에 대해 "배척", "큰소리", "친구 배신" 등의 심한 악명을 열거하더라도, 또 그 대문장에서 거침없이 통용되고 있다고 하더라도, 여전히 "손에 아무런 무기도 없음"을 느끼고, 결국에는 '시비의 부정'이라는 깊은 구덩이 속에 빠져서, 스스로 "원래 정확한 결론이 아니다"라고 생각한 "저것도 하나의 시비이고, 이것 역시 하나의 시비"라는 설과 '친구'가 되고——여기서는 '파벌'이라고 말하지 않겠다——말았다.

더구나 "문장의 우열은 말할 수 없고 사상의 시비 또한 따질 수 없다"에서 웨이선생의 문장은 그 자신의 결론에 의거하여 말한다면 원래 글을 쓸 필요가 없었다. 그러나 결과적으로 보면, 글을 쓸 필요가 없는데 글을 쓴 것은 역시 전투적인 효과를 거두고 있다. 중국의 일부 문인들은 늘 겸손하고, 그래서 때때로 자신부터 먼저 땅바닥에 드러누워서 "만약 시비를 논하려면 패주하는 병사를 추격하는 호걸을 책망해야지, 우리 같은 소인배들에게 그 책임을 물을 수 없다"라고 말하는 것이다. 분명히 논쟁에 가담하고 있으면서도 즉시 "보잘것없는 소인배"란 깃발을 내걸고, 깨끗하게 자취를 감춰 늑골조차도 거기서는 찾을 수 없다. "문인은 서로 경시한다"에 대한 논쟁도 이 지경에 이르렀으니, 이것이야말로 진정 말로라고 할 것이다!

7월 15일

[비고]

분명한 시비와 열렬한 호오

웨이진즈

사람은 마땅히 분명한 시비是非와 열렬한 호오好惡를 가져야 한다. 이것은 틀림없는 사실이다. 문인은 더욱더 마땅히 분명한 시비와 보다 열렬한 호오를 가져야 한다. 이 또한 틀림없는 사실이다. 하지만 세상의 일은 결코 이렇게 간단하지 않아서 시是와 비非를 제외하고 "시에 비슷한 비"의 '시'와 "비 속의 시가 있다"는 비非가 있으며, 바로 그때 우리들이 무엇을 좋아하고 싫어해야 하는지 정하는 것은 다소 어렵게 된다.

예를 들어 어떤 부류의 사람들이 있다. 그들은 이 보기 좋은 간판을 빌려서 제멋대로 하고 싶은 대로 하고 시비를 불문하고 호오를 구분하지 않으며 일률적으로 배척할 대상 속에 놓는다. 이것은 옥석이 뒤섞이게 하는 것으로 그 자신의 마음속에는 처음부터 시비의 구분이 없다. 하지만 그는 부끄러움도 없이 큰소리를 치고 스스로 옳다고 한다. 그래서 이른바 '시'는 시인 듯하지만 실제로는 비다. 이것은 우리들이 시비를 논하기 전에 응당 가장 먼저 그것을 분명하게 밝혀야 하는 것이다. 다음은 재미의 측면에서 본다면, 종종 두 얼굴을 가진 사람들이 있다. 허리뼈가 단단한 사람에 대해서는 땅바닥에 엎드려서 두 손을 맞잡고 절하지만, 조금 약한 사람에게는 한껏 거드름을 피우면서 머리를 냅다 차버리고 곁에 얼씬 못하게 한다. 그때 시비는 순식간에 둘로 갈라져서 각각 그 주인에게 돌아가고 이로 인해 호오가 다른 것은 늘 있는 일이다. 그때 시비를 논하려면 입장을 바꿔 보지 않으면 안 되고, 냉정하게 말한다면 저것도 하나의 시비이고 이것도 하나의 시비라고 말하는 것은 원래 진실이 아니다.

비非 속의 시是에 관해서는, 그 시가 있는 곳은 시와 비슷한 비보다도 나은 것이다. 우의를 중시하고 파벌을 나누지 않기 때문이다. 무릇 사람이 곤경에 처했을 때 친구가 없고 친척도 없으며 게다가 시비와 천도天道를 말할 수 없다면 원숭이나 학과 더불어 무리를 이룰 수 있는 것이 물론 가장 좋다. 그렇지 않다면 사슴이나 돼지와 무리를 이루는 것도 좋은 것이다. 방법이 전혀 없을 때는 허물어진 사당 모퉁이에 누워서 나병균과 무리를 이루게 되더라도 자신의 체력이 자연적인 방어를 할 수 있어서 멸망하여 죽음에 이르지 않는다면, 사실 사기꾼이나 백정의 꼬임에 빠져 죽임을 당하거나 잘리는 것보다는 오히려 낫다. 그래서 만약 시비를 논하려면 마땅히 패주하는 병사를 추격하는 호걸을 책망해야지, 우리 같은 소인배들에게 그 책임을 물을 수 없다. 그러나 근래 시是와 비슷한 사람들이 요란하게 고백을 실어서 "소경少卿이 흉노를 가르쳐서 무기를 만들게 했다"고 말하고 있다. 이 의도는 정말 흉악한데, 영업을 위해 친구를 팔며 심지어 우물에 떨어뜨리고 돌을 던져 영원히 부활하지 못하기를 바란다. 그 시是와 비슷한 달콤한 옷은 설탕에 비상을 섞은 것이 아니고 무엇일까?

요컨대 문인이 서로 경시하는 것은 문장의 우열, 사상道의 시비에 다름 아니다. 하지만 문장의 우열은 말할 수 없고, 사상의 시비 또한 따질 수 없으니 공연히 시비를 논하는 것이 사실 무슨 도움이 되겠는가! 아아, 손에 아무런 무기도 갖지 않은 맨주먹의 사람들아!

7월 1일, 『망종』 제8기

주) _____

1) 원제는 「三論"文人相輕"」, 이 글은 1935년 8월 『문학』 월간 제5권 제2호 '문학논단'란에 처음 발표되었다. 서명은 준(隼).
2) 웨이진즈(魏金枝, 1900~1972)는 저장성 성현(嵊縣) 사람으로 작가이다.

"문인은 서로 경시한다" 네번째[1]

전에 제기하지 않았는데, 웨이진즈 선생의 대문장 「분명한 시비와 열렬한 호오」에는 아주 재미있는 부분이 있다. 그는 지금 "종종 두 얼굴을 가진 사람들이 있다"고 생각해 갑을 중시하고 을을 경시하고 있다. 물론 그는 문인은 누구라도 공손히 인사를 하면서 존함은 오래전부터 들었습니다라고 말해야 한다고 주장하는 것은 아니다. 다만 을군이 원래 크게 존경받는 작가이기 때문이다. 그래서 갑과 을 두 분은 "그때 시비를 논하려면 입장을 바꿔 보지 않으면 안 된다". 갑이 그의 갑의 말을 하고, 을은 "비非 속의 시분……는 시와 비슷한 비보다 낫다. 그것은 우의를 중시하고 파벌을 나누지 않기 때문이다"라고 생각하여, '파벌'을 갑군에게 남겨 주고 자신은 달리 우의를 중시하는 '친구'를 찾는다. 설사 못 찾는다 하더라도 "나병균과 무리를 이루게 되더라도,……실제로는 사기꾼이나 백정의 꼬임에 빠져 죽임을 당하거나 잘리는 것보다는 오히려 낫다".

이렇게 "문인은 서로 경시한다"를 옹호하는 정경은 비장하다. 하지만 현재 일반적으로 말하는 "문인은 서로 경시한다"는 것은 적어도 웨이선생이 옹호한 "문인은 서로 경시한다"는 '문장' 때문이 아니라, '우의' 때문임을 증명하였다. 친구는 곧 오상[2]의 하나이며, 우의는 인간 세상의 미덕인지라 물론 아주 좋은 것이다. 그러나 사기꾼에게는 바람잡이屛風가 있고 백정에게는 조수가 있는데, 그들 사이에서는 서로 '친구'라고도 부른다.

"반드시 이름을 바르게 한다",[3] 좋은 명칭은 당연히 좋은 것이지만 애석하게도 미명美名이 반드시 미덕을 포함하는 것은 아닐 것이다. "손을 뒤집어 구름을 만들고 손을 덮어 비를 만드니, 어지럽고 경박함을 어찌 다 헤아리랴. 그대는 관중과 포숙아의 가난했던 때의 우정을 보지 못했는가, 이 도의를 지금 사람들은 아무렇지도 않게 버리네!"[4] 이것은 이태백 선생이었던가. 일찍이 "감개해 마지않던" 것이지만, 지금 이 조계지—옛 이름은 '이장'彝場—상하이에서야 더 말할 것도 없다. 최근의 『다완바오』 부간에 실린 한 문장[5]은 우리들에게 상하이에서 친구를 사귀는 방법을 알려 주었다. 즉 화술이 우선 스마트해야 한다는 것. 그렇지 않으면 손해를 보게 된다. 사람을 만났을 때 첫마디는 "이 친구분은 성씨가 어떻게 되시는지?"라고 한다. 그때 '친구' 이 두 글자에는 어떠한 이해利害도 들어 있지 않지만, 말을 계속하는 사이에 점점 애증愛憎과 취사取捨가 분명하게 드러나는데, 즉 함께 재미있게 놀 상대인가 아니면 '바보'[6]로 대할까를 결정한다. "친구란 의기로서 뭉친 자"라고 옛사람들은 분명하게 말했다. 하지만 또 어떤 옛사람은 "의義는 이利다"[7]라고도 말했다. 아아!

한적한 길을 걷다가 남자들 여러 명이 땅바닥에 쭈그리고 앉아 노름하는 것을 보게 될 때가 있다. 노름판의 선은 지기만 하고 돈을 건 사람이 이기기만 한다. 하지만 그 남자들은 실은 선의 무리들로서 소위 '바람잡이'다.—그들끼리는 '친구'다—목적은 미련한 놈을 꼬드겨 판에 끼게 한 다음 그의 지갑을 홀랑 베껴먹는 데 있다. 멈춰서서 구경하는 사람이 있어도 이 녀석은 봉이 아니라 그저 호기심에서 쳐다볼 뿐이라 걸려들 것 같지 않으면 바로 "친구, 갈 길이나 가셔, 뭐 볼 게 있소"라고 말한다. 이 경우도 하나의 친구, 사기치는 것을 방해하지 않는 친구다. 넓은 공터에서는 마술사가 돌을 하얀 비둘기^{白鴿}로 변화시키거나 아이를 독에 집어넣는다. 그 기술은 그렇게 대단치 않아서 눈이 밝은 사람은 아주 쉽게 간파할 수 있는 것이다. 그래서 그들은 노상 손을 모으고 큰소리로 "집에서는 부모님께 의지하고, 밖에 나와서는 친구에게 의지한다!"라고 외친다. 이것은 돈을 던져 달라고 요구하는 것이 아니라 폭로하지 않도록 부탁하는 것이다. 이 또한 일종의 친구로서 마술의 핵심을 폭로하지 않는 친구다. 이렇게 뭔가를 아는 친구를 단단히 붙잡아두고서 멍청한 친구의 지갑을 우려낸다. 혹은 손에 창을 잡고 눈치도 없이 가까이 다가와 내막을 살피려는 바보를 내쫓으며 표독스럽게 "…… 눈깔을 파 버린다!"라고 꾸짖는다.

어린아이는 보다 위험한 경우를 당할 것이다. 현재 많은 문장에서 아주 친밀하게 "어린 친구들, 어린 친구들"이라고 부르고 있지 않은가? 이것은 미래의 주인공이 되어서 모든 짐을 그의 어깨 위에 올려놓으려고 하기 때문이다. 적어도 아동용 화보나 잡지 그리고 문고류를 사지 않으면 안된다. 그렇게 하지 않으면 낙오한다고 하면서.

이미 어른이 된 작가들이 점령한 문단에서는 물론 이처럼 아주 이상한 일은 일어나지 않았지만, 아무튼 장소는 상하이다. 한편으로는 큰소리로 친구라고 부르면서, 다른 한편으로는 몰래 5위안을 물리고 "자신의 무대"⁸⁾를 사게 해 비로소 작품을 발표할 권리를 얻게 하는 식의 '우의'가 나타나지 않는다고 할 수는 없다.

8월 13일

1) 원제는 「四論"文人相輕"」, 이 글은 1935년 9월 『문학』 월간 제5권 제3호 '문학논단'란에 처음 발표되었다. 서명은 준(隼).

2) 오상(五常). 오륜(五倫)이라고도 부른다. 중국 봉건사회의 윤리도덕. 『맹자』 「등문공상」에 "계(契)를 사도(司徒)로 삼아 인륜을 가르치게 했다. 즉 부자 간에 친(親)이 있고, 군신 간에는 의(義)가 있으며, 부부 간에는 별(別)이 있고, 장유(長幼) 간에는 서(序)가 있으며, 친구 간에는 신(信)이 있다고 했다." 옛날 군신, 부자, 부부, 형제, 친구 간의 관계를 제약하는 도덕의 준칙이 변할 수 없는 상도(常道)라고 인식했다. 그래서 오상이라고 했다.

3) 원문 "必也正名乎"는 공자의 말로 『논어』 「자로」편에 있다. "먼저 이름을 정확하게 하지 않으면 안 된다.…… 이름이 바르지 않으면 발언 내용을 납득할 수 없다. 발언 내용을 납득할 수 없다면 어떤 일도 이루어지지 않는다."

4) 원문 "翻手爲雲覆手雨" 등은 두보(杜甫)의 「빈교행」(貧交行) 시에 나온다.
관포(管鮑), 즉 관중(管仲)과 포숙아(鮑叔牙)로 춘추시대 제나라의 사람들이다. 두 사람은 어릴 적에 사이가 좋았다. 뒤에 제의 환공(桓公)이 숙아에게 재상이 되라고 명했을 때 숙아는 관중을 추천하여 자신을 대신케 했다.

5) 1935년 8월 4일 상하이 『다완바오』(大晚報) 부간 「전영」(剪影)에 게재된 뤄허우(羅侯)의 「상하이말은 어떻게 하는가」라는 문장에 이렇게 적혀 있다. "상하이에서 …… 그런 상, 중, 하 삼등의 사람들한테 속이기 쉬운 나무인형(木偶)의 멍청이로 보이기 싫다면 상, 중, 하 삼등의 친구들과 사귈 때 사용하는 말을 똑똑히 연구할 필요가 있다. 상하이에서 친구를 사귈 때 알지 않으면 안 되는 것은 소위 '친구 간의 사귐은 친밀하게, 농담을 할 때는 스마트하게' 하는 것이다.…… 예를 들어 처음 만날 때 이름을 묻고, 상대의 성을 묻지만 상하이의 상등 친구들은 반은 말하고 반은 음미하는 화법을 좋아한다. '이 친구분은 성씨가 어떻게 되시는지?'"

6) 원문 '阿木林'은 상하이말로 바보, 멍청이란 뜻.

7) 원문은 "朋友, 以義合者也". 『논어』 「향당」(鄕黨)편의 주희(朱熹) 주에 나온다.
"朋友以義合", "義, 利也"는 『묵자』(墨子) 「경상」(經上)에 나온다.

8) 원문은 '自己的園地'. 1935년 5월 양춘런(楊邨人), 한스헝(韓侍桁), 두헝(杜衡) 등이 '성화'(星火)문예사를 조직하고 『성화』 문예월간을 상하이 잡지공사에서 발행했다. 1936년 1월 제2권 제3기를 낸 뒤 정간했다. 모두 7기였다. 그들은 스스로 이 잡지를 "무명작가 자신의 무대"와 "신진작가 자신의 무대"라고 불렀다. 그때 『문학』 월간 제5권 제2호(1935년 8월) '문학논단'란에 '양'(揚)이란 서명으로 「문예자유의 대가(代價)」라는 글이 발표되어, 상하이 몇몇 문인들이 상인의 수법을 이용하여 문학청년들에게 "5위안을 투자"하여 "자신의 무대"에 "투고하고 게재하는 권리"를 얻도록 한 사실을 비판했다.

양춘런, 한스헝, 두헝 등은 '본사 동인' 명의로 『성화』 제1권 제4기(1935년 8월 20일)에
「『문학』 편집자 푸둥화에게 경고한다」라는 글을 발표하여 자신들의 잡지가 작가들에
게 "5위안을 투자"케 한 것을 부인하고, 단지 "사원들에게 매달 3위안(잠시 석달에 한해
서)의 출판비를 징수했을 뿐"이라고 말했다.

"문인은 서로 경시한다" 다섯번째
―그 방법에 관하여[1]

"문인은 서로 경시한다"는 국외자局外者 혹은 국외자인 체하는 사람들의 말이다. 자신이 이 국면에 속한 사람들 중 한 사람이라면 경시당하거나 아니면 경시하는 둘 중에 하나이니, 결코 이 대등한 "서로"라는 두 글자를 사용하지 않는다. 하지만 어쩔 수 없을 때에는 이 말을 가져와 감출 수도 있다. 그렇게 감추는 것은 도피이지만 이 역시 전술이며 그래서 이 문구는 어떤 사람들에게는 귀중한 것으로 사랑받는다.

그러나 이것은 나중의 일이다. 그 전에는 당연히 "경시"이다.

"경시하는" 방법은 적지 않은데, 대략적으로 세 가지가 있다. 첫째는 자기비하이다. 자신이 먼저 쓰레기통에 누운 뒤 적을 끌어들이는 것으로, 이른바 "나는 짐승이다. 그러나 나는 당신을 아버지라고 부른다. 당신이 짐승의 아버지인 이상 당신 역시 짐승이다"라고 하는 수법이다. 이런 비유는 물론 도가 지나친 바가 있지만, 오히려 문아文雅한 현상으로 문단에서 그다지 드문 일은 아니다. 매복埋伏의 방법은 갑과 을 두 사람의 작품이 사상과 기술이 분명히 다르고 심지어 상반되기까지 하지만, 어떤 을이 어떻게 해서든지 자신의 작품만이 어떤 갑의 적자임을 표명하려는 것이다. 구제補救의 방법은 어떤 을의 결점이 어떤 갑에 의해 지적당한다면, 그런 사정이야말로 진정 어떤 갑이 구비하고 있고, 자신도 어떤 갑으로부터 배운 것이라고 말하는 것이다. 그밖에 이미 다른 사람을 호되게 비판하고 나서 마지막에 아주 겸손하게 자신은 비평가가 아니므로 말한 것이 모두 헛소리일지도 모른다고 성명하는 부류도 이 일파에 속한다.

둘째는 가장 정식으로서 바로 도도하게 구는 것自高이다. 자신에게 불리한 비평을 모두 '함부로 욕하는 것'이라고 말함과 동시에, 다른 한편으로는 자신의 장점을 힘껏 선전하고 다른 사람을 뛰어넘으려고 하는 것이다. 그러나 이 방법은 꽤 번잡하다. '소문을 반박하는 것' 외에 자화자찬은 사실 보기가 좋지 않기 때문에 그런 문장을 지을 때는 자신은 따로 필명을 하나 사용하거나 '우의를 중시하는' '친구'들을 초대하여 서로 도와야만 한다. 그러나 잘 안 되면 그러한 '친구'들이 가마의 호위나 가마꾼으로 바뀌고, 또 그 '친구'를 같은 부류의 인물로 바꾸어 버릴 것이다. 그 경우 이 가마에 타고 있는 이는 가능한 한 돈푼깨나 있는 멋쟁이 남자가 되어야 한다. 어떻게 꾸미든 결국에는 본래의 모습에서 벗어나지 못해 일년이나 반년쯤 뒤 멋쟁이 남자 위에 재차 어떤 꽃송이도 꼽지 못하고, 게다가 호위와 가마꾼은 요컨대 사실 일하는데 먹지 않을 수는 없으니, 주머니가 두둑하지 않는 한 유지하기 어렵다. 만약 죽은 가마꾼, 예를 들어 원중랑이나 '만명이십가'의 무리에게 짊어지게 하고, 나아가 살아 있는 유명인에게 선도先導를 의뢰한다면[2] 물론 보다 쉽게 될 것이다. 하지만 과거의 성적과 효과로 보아 그다지 바람직하지는 않다.

셋째는 자신의 이름도 전혀 드러내지 않고, 단지 익명을 사용하거나

'친구'에게 부탁해 적을 '비평'——유행하는 말로 한다면 '비판'——하는
것이다. 여기서 중요한 것은 일반적인 '별명'처럼 어떤 명칭을 붙이는 것
이다. 독자대중이 어느 작가에 대해 반드시 '비평' 혹은 '비판'을 하는 자
와 똑같은 적개심을 갖고 있는 것은 아니기 때문이다. 문장 제목을 가장
큰 활자를 사용하여 인쇄한다고 하더라도 그들은 그다지 흥분하지 않는
다. 지금 적절한 별명을 하나 만든다면 쉽게 잊어버리지 않게 된다. 최근
10년간 중국 문단에서 이 방법이 자주 쓰였지만 효과는 극히 적었다.

　　이 방법은 원래 아주 대단하고 치명적이다. 고골는 러시아인이 남에
게 별명을 지어주는 데 뛰어나다고 자랑했지만——자만했을지도 모른
다——, 일단 별명이 생기면 하늘과 바다 끝까지 도망간다 하더라도 그것
이 따라다녀서 아무리 벗어나려고 해도 벗어날 수 없다[3]고 말했다. 이것
은 마치 생동적인 스케치寫意畵처럼 눈썹과 수염을 세밀하게 그리지도 또
이름을 써넣지도 않고 그저 붓놀림 몇 번을 한 것뿐이지만, 표정은 생생하
게 그려져서 그려진 인물을 본 적이 있는 사람이라면 한눈에 누구인지 알
았다. 그 사람의 특징——장점이든 약점이든——을 과장하게 되면 그 사
람이 누구인지 더 잘 알 수 있다. 애석하게도 우리 중국인들은 이런 기술
에 능숙하지 않다. 기원은 오래되었다. 한말漢末에서 육조六朝까지 소위 '품
제'品題, 예를 들어 '관동의 강직한 곽자횡',[4] '오경에 능통한 정대춘'[5]이라
는 인물평가 방식이다. 그런데 이 방법은 장점만을 주로 말한다. 양산박梁
山泊의 백팔 호걸이 모두 별명이 있었던 것도 이런 종류다. 하지만 예를 들
어, '화화상 노지심'花和尙魯智深과 '청면수 양지'青面獸楊志와 같이 신체에 주
목하거나 혹은 '낭리백조 장순'浪里白跳張順과 '고상조 시천'鼓上蚤時遷처럼 재
능에 주로 착안해, 그 사람의 전반적인 모습을 파악하지 못했다. 그 뒤 변

호사가 소장을 쓸 때에 종종 피고에 별명을 붙여서, 그가 원래 깡패와 건달 부류임을 드러내 보이려고 한 경우도 있었지만, 곧 속임수임이 드러나 무능한 관리라고 하더라도 이것은 주의해 보지 않게 되었다. 현재의 소위 문인들은 몇 가지 신명사를 고쳐 사용하는 것 외에는 진보한 바가 없다. 그래서 그러한 '비판'은 결국 헛수고에 그쳤다.

실패한 이유는 적절하지 않았기 때문이다. 어떤 사람을 비평하고 결론을 얻어 간략한 명칭을 붙이는 것은 단지 몇 글자에 불과하더라도 명확한 판단력과 표현 능력을 요구한다. 반드시 적절해야 한다. 그래야지만 비판받는 자와 떨어지지 않고, 그가 달려가는 하늘과 바다 끝까지 따라갈 수 있다. 그런데 지금은 대체로 단지 내키는 대로 일시적인 소위 악명을 잡아서 덮어씌울 뿐이다. '봉건 잔재'[6]니, '부르주아'니 '프로'니 '무정부주의자'니 '이기주의자'니…… 등등. 그리고 하나로는 치명상을 입지 않는다고 걱정하여 다시 무슨 '무정부주의 봉건 잔재' 혹은 '부르주아 프로이기주의자' 등으로 연용連用한다. 혼자서 말하는 것은 효과가 없을 거라고 생각해 친구를 끌어들여 각자 하나씩 만든다. 한 번 말하는 것으로는 너무 적다고 생각해 일 년 내내 계속해서 여러 개를 붙였다. 수시로 바꾸고 고쳐서 하나하나 모두 달랐다. 이 포석이 일정하지 않은 것은 관찰이 정밀하지 못하고 그래서 형용品題 또한 적절하지 않았기 때문이다. 따라서 죽을 힘을 다해 노력하고 땀을 한가득 흘리며 써내었지만, 여전히 상대방과는 아무 상관없는 일이 되고, 풀을 사용해 그의 몸에 붙여 보아도 곧 떨어지고 만다. 운전수가 화가 나서 인력거꾼 아사阿四를 '돼지새끼'라고 욕하거나, 개구쟁이 아이들이 재미있어 하며 은행을 볶아 파는 아오阿五의 등에 거북이 한 마리를 그릴 때 장사치들이 웃을지 모르겠지만, 그렇다고 운전

수도 은행장수도 결코 그 때문에 '돼지새끼 아사' 혹은 '거북이 아오'라는 별명을 얻는 것은 아니다. 그 이치는 분명하다. 부적절하기 때문이다.

5·4 시대의 '동성유종'桐城謬種과 '선학요얼'選學妖孽[7]은 "날면서 우는"載飛載鳴[8] 식의 문장을 짓고, 『문선』을 끌어안고 어휘를 찾는 사람들을 가리키는 말이다. 어떤 사람들은 분명히 그와 같은 부류였고, 형용이 적절했던 탓에 이 명칭 역시 꽤 오래도록 지속되었던 것이다. 이것 외에 사람들의 기억 속에 남아 있는 것은 아무것도 없는 듯하다. 현재 이 여덟 글자와 필적할 만한 것은 아마도 '양장악소'洋場惡少와 '혁명소판'革命小販[9] 정도일 것이다. 앞의 것은 옛 '베이징'에서 나왔고, 뒤의 것은 지금의 '상하이'에서 나왔다.

창작은 어렵다. 사람들에게 하나의 호칭 또는 별명을 붙이는 것 역시 쉽지 않다. 누군가 반박할 수 없는 별명을 지을 수 있다고 하자, 그 사람이 평론을 짓는다고 한다면 반드시 엄숙하고 정확한 비평가일 것이며, 창작을 한다면 분명 심오하고 박대한 작가일 것이다.

그래서 호칭 또는 별명을 붙이는 것조차 적절하지 않은 것도 역시 그러한 '친구'들이 '문장'을 잘 짓지 못하기 때문이다.── "더 많은 빛을!"[10]

8월 14일

주)_____

1) 원제는 「五論"文人相輕"―明術」, 이 글은 1935년 9월 『문학』 제5권 제3호 '문학논단'란에 처음 발표되었다. 서명은 준(隼).
2) 류다제(劉大杰)가 표점을 찍고, 린위탕(林語堂)이 교열한 『원중랑전집』(袁中郎全集)과

스저춘(施蟄存)이 편하고 저우쭤런(周作人)이 제첨(題簽)한 『만명이십가소품』(晚明二十家小品)을 가리킨다.

3) 『죽은 혼』(死靈魂) 제5장 말미에 작가가 원명(諢名)에 관해 논의한 구절이 있다. "러시아 국민의 표현법에는 하나의 아주 강한 힘이 있다. 누구에 대해서 한마디 그런 말을 생각해 내면 곧장 하나에서 열로, 열에서 백으로 전해진다. 즉 그는 재직 중에도 퇴직한 뒤에도 페테르부르크까지 세계의 끝까지 그 몸에 짊어지고 가지 않으면 안 된다."

4) '關東航航郭子橫'. 『후한서』「곽헌전」(郭憲傳)에 "곽헌은 자가 자횡(子橫)이고 루난(汝南)의 쑹(宋; 지금의 안후이성 타이허太和) 사람이었다.……(왕망王莽이) 제위를 찬탈할 때 곽헌을 낭중(郞中)에 임명하고 의복을 하사했다. 헌은 옷을 받고는 불태우고 동해의 바닷가로 도망갔다.……광무(光武)가 즉위하고 천하에 도를 가진 자를 구하고 헌을 불러내 박사에 임명했다.……당시 흉노가 자주 변경을 침범하여 제(帝)는 이것을 우려하여 백관을 모아 놓고 조정에서 토의를 했다. 곽헌은 천하가 피폐해지고 있기 때문에 민중을 동원할 수 없다고 주장했다. 간쟁(諫爭)했지만 그 효과가 없었기 때문에 납작 엎드려 현기증이 난다고 하고는 묵묵히 있었다. 제(帝)는 두 명의 낭(郞; 侍徒에 해당함)에게 명해 그를 부축해서 전상(殿上)에 나오게 했으나 헌은 끝내 배례를 하지 않았다. 제는 '이전부터 관동의 강직한 이가 곽자횡'이라고 들었는데 역시 그대로였다, 라고 했다." 꿩꿩(航航)은 강직하다는 뜻이다.

5) '五經紛綸井大春'. 『후한서』「정단전」(井丹傳)에 "정단은 자가 대춘(大春)이고, 푸펑 메이현(扶風郿縣; 지금의 산시성에 속함) 사람이었다. 젊어서 태학(太學)에서 배웠고 오경에 능통하며 의론이 뛰어났다. 그래서 수도에서는 그를 '오경분륜 정대춘'(五經紛綸井大春)이라고 했다. 분륜(紛綸)은 넓고 크다는 뜻이다.

6) 원문은 '封建餘孽'. 1928년 8월 『창조 월간』 제2권 제1기에 두취안(杜荃; 즉 궈모뤄郭沫若)의 「문예전선상의 봉건 잔재」라는 글이 실렸는데, 여기서 루쉰은 "자본주의 이전의 봉건 잔재이다"라고 했다.

7) 원문은 각각 '桐城謬種', '選學妖孽'. 1917년 7월 『신청년』 제3권 제5호 '통신'란에 첸쉬안퉁(錢玄同)이 천두슈(陳獨秀)에게 보낸 편지가 실렸는데, 여기에 "국문과는 옛사람들의 문장을 가려 읽을 수 있지만" "단지 선학요얼(選學妖孽)이 숭배하는 육조문, 동성유종(桐城謬種)이 숭상하는 당송문은 사실 꼭 가려 읽을 필요는 없다"라고 했다. '선학요얼'은 『문선』에서 뽑은 변체문을 모방하고 있던 구파의 문인을 가리킨다. 동성파는 청대 고문유파의 하나로 주요 작가는 방포(方苞), 유대괴(劉大櫆), 요내(姚鼐) 등으로 이들은 모두 안후이 동성(桐城) 사람이어서 동성파라고 불렀다. 첸쉬안퉁은 그들과 그 모방자들을 '동성유종'이라고 했다.

8) 원문은 '載飛載鳴'. 장타이옌은 「『사회통전』(社會通銓) 상태(商兌)」에서 『사회통전』의 역자 옌푸(嚴復)의 문체를 이렇게 비평했다. "옌씨는 당연히 소학에 대한 지식이 좀 있

고, 주·진·양한·당·송의 선유(先儒)의 문사에 관해서도 그 구절을 심득하고 있다. 하지만 그 문질(文質)을 보면, 음성절주(音聲節奏)는 아직 팔고문에서 벗어나지 못하고 있다. 즉 신축(伸縮)하는 교묘함, 왕환(往還)하는 조사(措辭), 날면서 우는 그 모습은 이처럼 분명하다. 아직 동성파라는 길거리에서 서성거리고 있을 뿐 그 깊은 정원에는 들어가지 못했기 때문이다."『타이엔 문록』(太炎文錄) 「별록」(別錄) 권2에 보인다. 『사회통전』은 영국의 에드워드 젠크스(Edward Jenks, 1861~1939)가 썼다고 한다.

9) '양장악소'(洋場惡少)는 스저춘(施蟄存)을 가리킨다.『풍월이야기』「헛방」(撲空) 참조. '혁명소판'(革命小販)은 양춘런(楊邨人)을 가리킨다.『남강북조집』「양춘런 선생의 공개서신에 대한 공개답신」(答楊邨人先生公開信的公開信) 참조.

10) 원문은 '再亮些'. 두헝(杜衡)이 지은 장편소설 이름이다. 또한 괴테가 임종 시에 했던 말이다.

'제목을 짓지 못하고' 초고(5)[1]

5.

M군이 내게 신문을 오려서 부쳐 주었다. 이것은 최근 10년 동안 항상 있었던 일로서 어떤 때는 잡지인 경우도 있다. 한가할 때 뒤적거리는데 그 중에는 대부분 나와 관련이 있는 문장으로 심지어 "뇌막염을 앓고 있다"[2] 라는 등의 나쁜 소식도 있었다. 이 당시 나는 대략 1위안여의 우표를 사 두어야만 했다. 계속해서 문의하는 사람들에게 답장의 편지를 부쳐야 했 기 때문이다. 신문을 오려서 부쳐 주는 사람들은 대체로 두 부류다. 첫째 는 친구다. 이 간행물의 기사가 자네와 관련이 있다는 것만을 말할 뿐이 다. 둘째는 말하기 어려우나 추측해 본다면 아마도 필자거나 혹은 편집자 다. "너 한번 봐라, 우리들이 당신을 욕하고 있지 않나!"라고 하는 것이다. 『삼국지연의』의 "세 번 주유를 격노케 하여 실신케 하다"三氣周瑜 또는 "욕 하여 왕랑을 죽이다"罵死王朗의 방식을 사용한다. 그러나 후자는 근래 조금 줄어들었다. 왜냐하면 내가 잠시 내버려 두고 반응을 하지 않는 전술을 채

택한 결과, 그러한 제군들의 간행물이 나로 인해 떠들썩해질 수 있는 희망을 완전히 사라지게 해서, 나중에는 누군가에게 아첨을 하게 될지도 모른다. 즉 이것은 그러한 제군들에게 아주 불리하기 때문이다.

M군은 첫번째 부류에 속한다. 오려 낸 신문은 톈진 『이스바오』[3]의 「문학부간」文學副刊이었다. 그 가운데 장루웨이[4] 선생이 쓴 「중국문단약론」이라는 글이 있는데, 밑에 "게으름과 노예근성으로 예술을 망각한"이라는 한 줄의 작은 주석이 붙어 있었다. 이 제목을 보기만 해도 저자는 용감하고 한시도 예술을 잊지 않는 비평가임을 알 수 있다. 내용을 읽어 보니 정말 통쾌하기 그지없었다. 나는 다른 사람의 작품을 소개하는 데 있어 절록하는 것은 사실 너무 애석하다고 생각하는 편이다. 절묘한 문장이 있으면 모두가 마땅히 널리 읽는 방법을 강구해야지 결코 절멸시킨 채로 두어서는 안 된다고 생각한다. 하지만 종이와 묵의 형편을 고려하지 않으면 안 되기 때문에 원문의 두번째 문단 즉 '영원히 일본의 추종자인 작가' 항목만을 절록한다. 이 이상은 아무리 해도 줄일 수 없었다. 사실 미련이 남았기 때문이다.——

노예근성은 가장 의식이 정확한 것이다. 그래서 많은 사람들이 다른 사람의 뒤에 붙어서 구호를 모방한다. 특히 소련에 대해서는 현재 중국에서 일반적으로 작가로 불리는 사람들이 모두 호감을 갖고 있다. 그러나 우리는 인간이다. 우리는 자신의 인성人性을 가져야만 한다. 소련의 문학, 특히 일본의 천박한 지식판매업자들로부터 받아들인 수박 겉 핥기식의 소련 문예이론가와 비평가들의 말에 대해서 결코 추종자와 같은 태도를 취해서는 안 된다. 우리는 전적으로 열정에 이끌렸을 따름인 소개와 모방(실제로는 표절과 맹목적인 추종만 있다) 방식은 결코 필요치 않다. 주관은 사물에 대한 선택이고, 객관은 바로 사물에 대한 방법이다. 우리에게는 일반적으로 노예근성이 강한 작가들이 있고, 그래서 무수히 많은 공허한 표어와 구호를 만들고 있다.

그러나 우리에게는 소련문학을 잘 이해하고 있는 사람은 없고, 일군의 맹목적인 찬미자와 수준 낮은 번역자만 있을 뿐이다. 찬미자는 종종 앞뒤가 맞지 않는 헛소리를 하고, 번역자는 격에 맞지 않는 작업에 손을 댄 탓에 부득불 조잡하고 '경역'硬譯을 할 수밖에 없어 알송달쏭한 말을 하고 있다. 한마디로 그들의 능력은 영원히 그들의 사상에 값하지 못한다. '의식'이 정확하다고 해도 그들의 작업은 영원히 부정확하다.

소련에서 중국까지는 아주 가깝다. 하지만 왜 일본인의 손을 거치지 않으면 안 되는가? 우리는 일본인들 가운데 진정으로 소련문학의 새로운 정신을 이해하고 있는 사람을 발견하지 못했다. 그런데 왜 굳이 천박한 일본 지식계급 가운데에서 우리의 양식을 구하려고 하는가? 이것은 진정 치욕적인 사실이 아닐 수 없다. 우리는 왜 직접적으로 이해하려고 하지 않는가? 왜 순수하고 객관적인 작업 태도를 갖지 못하는가? 왜 남들이 '신사실주의'를 외치면 우리도 그것을 따라서 외치고, 남들이 '사회주의적 사실주의'로 바꾸면 우리는 또 그것을 따라서 외치는가. 남들이 지드를 소개하면 우리도 지드, 남들이 발자크를 소개하면 우리도 발자크, 하는 것인가.[5] 하지만 나는 감히 예언한다. 천 년 이내에 지드, 발자크를 소개한 사람들이 중국의 독자에게 한두 권이라도 지드, 발자크의 중요한 저작을 번역해 주는 것을 보는 일은 절대로 없을 것이라고. 전집은 말할 것도 없고 말이다.

우리는 한 발 물러나서 그러한 소위 '문학유산'에 대해, 남들의 뒤를 따라서 '문학유산'을 부르짖는 사람들에게 그 '문학유산'을 중국의 '대중'들에게 넘겨줄 책임을 지라고 요구하지 않는다. 다만 우리는 그런 사람들이 그 '유산'을 계승해야 할 의무가 있다고 요구하는 것이지만, 이 또한 말을 꺼내기 어렵다. 우리는 고리키의 40년 창작생활을 경축할 때 중국에도 루쉰, 딩링과 같은 사람들이 축하 전보를 보냈던 일을 기억한다. 이것은 물론 당당하고 훌륭한 일이다. 그러나 서명을 한 일군의 사람들 가운데 고리키의 작품 10분의 1이라도 읽어 본 이가 몇 사람이나 될까? 고리키의 위대함이 어디에 있는지 알고 있는 사람은 몇이나 될까? …… 중국의 지식계급은 이처럼 천박하다. 따라하는 데는 뛰어나지만, 충실하고 소홀하지 않으며 이성을 가진 문학창작가와 연구자로서는 부족하다.

5월 29일 톈진 『이스바오』

나는 여기서 "노예근성은 가장 '의식이 정확한' 것" 그리고 "주관은 사물에 대한 선택이며, 객관은 바로 사물에 대한 방법"이라는 어려운 문제에 대해 연구를 해볼 생각은 없다. 나는 단지 장루웨이 선생이 말한 바와 같이 문예상에서 우리 중국이 분명하게 너무 낙후되어 있다는 점을 말하고 싶을 뿐이다. 프랑스에는 지드와 발자크가 있고, 소련에는 고리키가 있지만 우리한테는 없다. 일본이 고함을 지르자 우리들은 바로 뒤따라서 소리친다. 이것은 정말 "추종"이며 또 "영원"할지도 모르고, "노예근성"이며 아울러 "가장 '의식이 정확한' 것"일 터이다. 하지만 "추종"하지 않은 외침도 사실 약간 있었으니, 린위탕 선생이 말하기를 "……그 문학에 있어서 오늘은 폴란드 시인을 소개하고 내일은 체코의 문호를 소개한다고 하지만, 이미 이름이 알려진 영국·미국·프랑스·독일의 문인들에 대해서는 오히려 진부하다고 싫어하여, 깊이 탐구해 도대체 어떤 것인지 알아볼 마음이 없다. …… 이런 기풍은 그 폐단이 부화^{浮華}함에 있고, 구제할 길은 배움에 있다"(『인간세』 28기 「현대문의 여덟 가지 폐단」 중)라고 했다. 남과 북의 두 사람은 눈이 모두 사시여서 일면만을 보고, 각각 다른 일면을 매도했다. 혼자 춤추는 것은 괜찮지만 나란히 춤추기 시작한다면, 그 "용감"은 흥미로운 것이 되지 않을 수 없다.

그런데 린선생은 "핵심을 찾는" 것을 주장하고, 장선생은 "직접적으로 이해할" 것을 요구했다. 이 '실사구시'의 정신은 두 분이 대체로 일치한다. 하지만 장선생은 꽤 비관적인데, 왜냐하면 그는 "예언"가로서 "천 년 이내에 지드, 발자크를 소개한 사람들이 중국의 독자에게 한두 권이라도 지드, 발자크의 중요한 저작을 번역해 주는 것을 보는 일은 절대로 없을 것이다. 전집은 말할 것도 없다"라고 단언했기 때문이다. 이 "예언"에 비추어 보면 "직접적으로 이해하는" 장루웨이 선생 자신은 당연히 번역을 하지 않을 것이다. 그렇다면 다른 사람은, 나는 의문으로 남겨 둘 생각이다. 하지만 애석하게도 나는 천 년 동안 살아 있을 수 없을 것이니 목도할 희망은 전혀 없다.

예언은 참 어려운 점이 많다. 좀 가까운 미래의 일을 이야기해도 쉽게 허점이 드러난다. 우리들의 비평가 청팡우⁶⁾ 선생이 쌍도끼를 휘두르며 『창조』의 큰 깃발 아래 일약 뛰쳐나왔을 때 이렇게 말했던 것이 기억난다. 유행하는 작품은 볼 가치가 없다. 사람들이 돌아보지 않는 데서 작가를 부각시켜야 한다고. 지당한 말이다. 브란데스가 일찍이 사람들이 돌아보지 않는 책 속에서 입센과 니체를 부각시켜 내었으나, 우리들은 그를 추종자로서 또 노예근성으로 배척하는 것은 어렵다. 다만 그다지 좋지 않은 것은 그가 발행한 한 장의 수표다. 10여 년이 지난 지금도 아직 현금화하고 있지 않다. 그렇다면 좀 먼 미래의 일을 얘기해 보자. 이 역시 웃기는 말이 되기 쉽다. 장쑤와 저장 사람들은 풍수를 믿어서, 부자들은 종종 미리 묻힐 곳을 찾아 놓는다. 시골 사람들은 이런 얘기를 알고 있다. 풍수선생이 사람들에게 묘지를 찾아주고 서약하기를 "당신이 백 년 뒤에 안장되고 나서 3대째가 될 때까지 번창하지 않으면 나의 입을 때리시오!"라고. 하지만 그가 약속한 기한은 장루웨이 선생의 기한보다 약 10분의 9가 줄어든 것이다.

그러나 이미 지난 사소한 일을 얘기하는 것도 쉽지 않다. 장루웨이 선생은 고리키의 40년 창작을 축하한 일에 관해서 말할 때 "중국에도 루쉰, 딩링과 같은 사람들이 축하 전보를 보냈던 일을 기억한다. 이것은 물론 당당하고 훌륭한 일이다. 그러나 서명을 한 일군의 사람들 가운데 고리키의 작품 10분의 1이라도 읽어 본 이가 몇이나 될까?"라고 했다. 이 질문은 아주 훌륭하다. 나는 자백할 수밖에 없다. 읽은 것은 아주 적고, 게다가 고리키의 10분의 1의 작품이 사실 몇 권인지도 알지 못한다. 그러나 고리키의 전집은 그의 모국에서조차 아직 출판되지 않아서 사실 계산할 방법이 없다. 축전에 대해서는 보내는 것은 당연한 일이지 중국인의 치욕도 아니며 또 인간성을 잃는 일도 아니라고 생각한다. 그런데 실제로 나는 전보를 보내지도 않았고, 또 어떠한 전문電文의 원고에도 서명하지 않았다.[7] 이 또한 '노예근성'을 두려워해서가 아니라 단지 요청하는 사람도 없었고 자신도 미처 생각하지 못하고 지나가 버렸던 것이다. 전보를 보내도 상관없고 보내지 않더라도 큰일은 아니라고 생각한다. 보냈더라도 아마 고리키는 나를 '일본인 추종자 작가'라고 말하지는 않았을 것이고, 보내지 않았더라도 나를 '장루웨이 추종자 작가'라고 생각하지 않았을 것이다. 하지만 세라피모비치[8]의 축하날에는 한 통의 축전을 보냈는데, 내가 중국어로 번역한 『철의 흐름』鐵流을 교정했기 때문이다. 이것은 정리상의 일이지만 또 생각해 내기는 좀 어려운바, 차라리 고리키에게 전보를 보냈다고 추측하는 편이 자연스럽겠다. 물론 마음대로 얘기하는 것이야 큰 문제는 아니다. 그러나 "중국의 지식계급은 바로 이처럼 천박하다. 따라하는 데는 뛰어나지만, 충실하고 소홀하지 않으며 이성을 가진 문학창작가와 연구자로서는 부족하다"라는 말은 일부 사람들에게는 대체로 진실일 것이다.

장루웨이 선생은 물론 지식계급이다. 그는 같은 계급에서 이처럼 많은 노예를 발견했고 채찍으로 때렸다. 나는 그의 심정을 이해한다. 그러나 그와 그가 말하는 노예들과는 종이 한 장의 차이가 있을 뿐이다. 아프리카의 흑인 노예들의 십장이 오만하게 채찍을 잡고 고된 노동을 하고 있는 흑인 노예를 마구 때리는 영화를 본 사람이라면, 누구라도 그것과 「중국문단약론」이라는 대문장과 비교해 보고 회심의 미소를 짓지 않을 수 없을 것이다. 그 한 사람과 한 무리는 그처럼 가깝지만 또 그렇게도 다르다. 이 종이 한 장의 차이는 정말로 크다. 노예奴隸와 노복奴才[9]의 구분이 분명해졌다.

나는 이것으로 새로운 위대한 인물 —— 1935년도 문예의 '예언'가 ——의 얼굴 윤곽이 그려졌다고 생각한다.

8월 16일

주)_____

1) 원제는「"題未定"草(五)」, 이 글은 1935년 10월 5일『망종』(芒種) 반월간 제2권 제1기에 처음 발표되었다. 발표 당시 제목 아래에 "1에서 3까지는『문학』에 실렸고, 4는 발표하지 않았다"라는 작은 주석이 붙어 있었다.

2) 원문은 "生腦膜炎". 1934년 2월 25일 위만주국(僞滿洲國)의『성경시보』(盛京時報) 제3판에「루쉰, 집필 10년간 중지. 머리에 병이 있어 중태, 원고 집필도 불가능」이란 뉴스를 게재했다. "상하이 통신에 따르면 좌익작가 루쉰이 최근 뇌에 병이 있어 집필 작업도 불가능하며, 의사의 진단에 의하면 뇌막염 증상으로 만약 급히 치료하지 않으면 위험할 수도 있다고 한다. 씨는 이제부터 붓을 내려놓고 어떠한 문장도 쓰지 않도록 권유받았다. 치료에는 10년간 휴양이 필요하다고 한다." 같은 해 3월 10일 톈진『다궁바오』(大公報)가 이것을 전재(轉載)했다.

3)『이스바오』(盛世報). 천주교 계열의 신문. 벨기에 신부 뱅상 레브(Frédéric-Vincent Lebbe, 1877~1940; 雷鳴遠, 뒤에 중국 국적 취득)가 주편, 1915년 10월 톈진에서 창간했고, 1949년 1월 톈진이 해방될 때 정간되었다.

4) 장루웨이(張露薇, 1910~?). 본명은 장원화(張文華)이며 허즈위안(賀志遠)으로 개명. 지린(吉林) 닝안(寧安; 지금의 헤이룽장黑龍江) 사람. 일찍이 베이핑(北平)의『문학도보』(文學導報) 주편을 역임했다. 뒤에 한간(漢奸)이 되었다.「중국문단약론」(略論中國論壇)은 세 단락으로 나누어져 있는데, 첫번째 단락과 세번째 단락의 제목은 각각 '의식이 정확한 문마(文魔)들의 새로운 꿈'과 '마오둔(茅盾) 선생의 주문(呪文)'이다.

5) 앙드레 지드(André Gide, 1869~1951)는 프랑스 작가로『지상의 양식』(Les nourritures terrestres, 1897),『좁은 문』(La porte étroite, 1909),『전원 교향곡』(La symphonie pastorale, 1919) 등의 소설을 썼다. 발자크(Honoré de Balzac, 1799~1850)는 프랑스 작가로『외제니 그랑데』(Eugénie Grandet, 1833),『고리오 영감』(Le Père Goriot, 1835) 등의 소설을 썼다. 그의 작품을 묶어서『인간희극』(人間喜劇)이라고 한다.

6) 청팡우(成仿吾, 1897~1984). 후난 신화(新化) 사람. 문학평론가. 창조사의 주요 멤버.

7) 고리키의 창작생활 40년 축하와 관련해서 상하이의『문화월보』제1권 제1기(1932년 11월 15일)에 루쉰, 마오둔, 딩링(丁玲), 차오징화(曹靖華), 뤄양(洛揚, 馮雪峰) 등이 서명한「고리키의 창작생활 40년—우리들의 축하」라는 문장이 발표되었다. 축전은 아니었다.

8) 세라피모비치(Александр Серафимович Серафимович, 1863~1949)는 소련의 작가이며, 그의 장편소설『철의 흐름』(Железный поток)은 차오징화에 의해 중국어로 번역되었다. 루쉰은 '편교후기'(編校後記)를 썼다. 1931년 11월 삼한서옥 명의로 출판되었다.

9) 노예와 노재(奴才)는 같은 의미다. 하지만 노재에는 명대의 환관, 청대의 신하가 황제에 대해서 자신을 부르는 명칭이기도 했다. 그래서 노재에는 자기비하(그 반대로서의 자기만족)의 감정이 붙어 다니는 면이 있다.

필기구에 관하여¹⁾

국산품을 제창한 지도 꽤 오래되었다. 상하이의 국산품 회사가 발전하지 못하고, '국화성'²⁾도 이미 성문을 닫고 이어 성벽도 철거되었지만, 신문지 상에서는 여전히 국산품과 관련한 특집호를 볼 수 있다. 여기서 권유와 질책을 받는 주인공은 예전처럼 학생과 아이 그리고 부녀자들이다.

며칠 전 붓과 먹에 관해 쓴 한 편의 글을 읽었다. 중학생들이 한바탕 훈계를 들었는데, 얘기인즉슨 이들 가운데 열에 아홉이 만년필과 잉크를 사용하고 있어, 이에 중국의 필묵은 미래가 없다고 하는 것이었다. 물론 이런 사람들이 무슨 매국노라고 말한 것은 아니다. 다만 적어도 모던한 부녀자들이 애용하는 외제 화장품과 향수처럼 '수입초과'에 대한 일말의 책임을 져야 한다는 것이었다.

이것도 틀린 말은 아니다. 하지만 나는 외제 필묵을 사용하고 안 하고는 우리들이 한가한지 그렇지 않은지를 봐야 한다고 생각한다. 나 자신은 일찍이 사숙私塾에서 붓을 사용했고, 뒤에 학교에서 만년필을 사용했으며, 그 뒤 고향으로 돌아와 다시 붓을 사용한 사람이다. 그런데 우리들이 한가롭고 여유로워서 벼루를 닦고 종이를 펴서 먹을 갈고 글을 쓸 수 있다면, 양털 붓과 송연 먹도 응당 나쁘지 않다. 그러나 일을 빨리 해야 하고 글을 많이 써야 한다면 적절치 않은데, 이것은 바로 붓이 만년필과 잉크를 당해 낼 수 없음을 일컫는 것이다. 예를 들어, 학교에서 강의를 베낀다고 할 때, 먹통을 다시 사용해 잠깐 먹을 가는 번거로움을 줄인다고 하더라도 오래 지 않아 먹물이 붓을 굳게 해 글을 못 쓸 수도 있다. 그러면 붓을 씻는 물통 을 가져와야만 하고 끝내 조그만 책상 위에 '문방사우'[3]를 펼쳐야만 한다. 게다가 붓끝이 종이에 닿는 정도가 바로 글자의 크고 작음이라, 전적으로 손목에 의해 좌지우지됨으로 쉽게 피로해져 점점 쓰는 것이 느려진다. 한 가한 사람은 괜찮지만, 바쁘면 어찌 되었건 결국엔 잉크와 만년필이 편리 하다는 것을 깨닫는다.

청년들 가운데 양복에 한 자루 만년필을 꽂고 장식인 양 꾸미는 이들 도 있지만, 이런 사람들은 역시 소수이고, 쓰는 이가 많은 것은 편리한 데 이유가 있는 것이다. 사용하기 편리한 도구의 힘은 권유나 풍자 그리고 비 난 같은 공허한 말로 제지할 수 없다. 믿지 못하겠다면 자동차를 타는 사 람들에게 가서 북방이라면 노새가 끄는 수레를 타라고 하고, 남방이라면 푸른 가마를 타라고 권해 보라. 이 제안이 우스갯소리로 들린다면 학생들 에게 붓을 다시 사용하라고 권해 보면 어떨까. 지금 청년들은 이미 '동네 북'이 되었고, 누구라도 거리낌 없이 북을 두드려 댄다. 한쪽에서는 복잡 하고 과중한 학과學科와 고서古書의 제창이 있고, 다른 한쪽에서는 학생들 의 성적이 나쁘고 신문을 보지 않아 세상의 흐름에 어둡다는 교육가의 탄 식소리가 있다.

하지만 필묵조차도 외국에 매달린다면 그것은 당연히 옳지 못하다.

이 점은 오히려 청조 관료들의 총명함을 본받아야겠다. 그들은 상하이에 제조국을 세워서 필묵보다 요긴한 기계를 만들고자 했다. 비록 구폐를 고치기 어려웠기 때문에 종래 어떤 물건도 만들어 내지 못하긴 했지만 말이다. 유럽인도 총명하여 키나quina, cinchona는 원래 아프리카의 식물인데, 종자를 훔쳐 오기 위해 몇 사람이 죽긴 했지만, 마침내 손에 넣고 자신들의 땅에 심어서, 우리들이 지금 말라리아에 걸린다면 간단히 키니네quinine 알약을 삼킬 수 있고, 또 '당의'糖衣도 있어 약 먹기 싫어하는 아리따운 아가씨들도 맛있게 먹을 수 있게 되었다. 잉크와 만년필을 제조하는 방법을 입수하는 것은 키나를 훔치는 것보다 위험하지 않다. 그래서 사람들에게 잉크와 만년필을 사용하지 못하게 하는 것보다 스스로 잉크와 만년필을 만드는 것이 낫다. 그런데 반드시 잘 만들어서 겉은 좋은데 속은 형편없는羊頭狗肉 것이 되지 않도록 해야 한다. 만약 그렇지 않다면 이 노력도 헛수고일 뿐이다.

하지만 나는 붓 옹호자들 가운데 대체로 나의 제안이 헛된 얘기라고 여길 수밖에 없는 사람들이 있을 거라고 믿는다. 왜냐하면 이 일이 쉽지 않기 때문이다. 이 또한 사실인데, 그래서 전당포는 시가時價가 아침저녁으로 변동하는 것을 막기 위해 기이한 복장을 금지토록 신청할 수밖에 없고, 필묵업자도 국수國粹가 점차 소실되는 것을 막기 위해 먹과 붓의 사용을 주장할 수밖에 없다. 자신을 개조하는 일은 다른 사람들을 못 하게 하는 것보다 어렵다. 그러나 이 방법은 좋은 결과는 얻지 못했다. 효과가 없었든가 아니면 일부 청년들을 구식의 고상한 사람들로 바꾸어 놓았다.

8월 23일

주)_____

1) 원제는「論毛筆之類」, 이 글은 1935년 9월 5일 반월간『태백』제2권 제12기에 처음 발표되었고, 서명은 황지(黃棘).

2) 국화성(國貨城). 1935년 상하이의 몇몇 제조업자들이 국산품 애용을 대대적으로 선전하기 위해 임시적으로 국산품 판매시장을 설립하고 '국화성'이라고 명명했다. 6월 5일(음력 단오절)에 오픈했다. 같은 해 6월 13일『선바오』(申報)「국화주간」(國貨週刊)은 "우리 시의 국화성이 오픈한 이래 영업이 아주 잘되어 매일 여기에 와서 물건을 사고 구경하는 이들로 대단히 붐빈다"고 보도했다.

3) 문방사우(文房四寶). 붓, 먹, 종이, 벼루를 가리킨다. 이 말은 송대에 이미 통용되어, 북송의 소역간(蘇易簡)은『문방사보』(文房四譜)라는 책을 썼고, 남송의 우우(尤袤)는『수초당서목』(遂初堂書目)에서『문방사보보』(文房四寶譜)를 지었다.

이름에서 달아나다[1]

요 며칠 상하이의 신문에 광고가 하나 실렸는데, 제목은 한 글자가 사방 1
촌寸인 커다란 '구명 구경'看救命去이란 네 글자였다.

제목만으로 본다면, 아마도 이것은 외과의사가 중환자에게 큰 수술
을 하였거나 혹은 익사한 사람에게 인공호흡을 했거나 아니면 좌초한 배
에서 사람을 구조하였거나 무너진 괭도 속에서 인부를 구출했음을 알리
는 것이라고 추측할 것이다. 하지만 사실은 전혀 그렇지 않다. 예전과 같
은 '수재의연금 자선공연'이었다. 천피메이陳皮梅와 선이다이沈一呆[2]의 일
인극과 월광月光가무단의 가무와 같은 공연을 보는 것이다. 정말 광고에서
말한 것처럼, "은화 닷냥으로 한 사람의 생명을 구하고,…… 일거양득, 훌
륭하도다"이다. 돈은 사람을 구하는 데 사용되는 것이지만, '보는' 것은 사
실 연예演藝이지 결코 '목숨을 구하는 것'이 아니었다.

어떤 사람은 중국이 '문자의 나라'라고 하나, 약간 비슷하긴 하지만
꼭 그렇진 않고, 차라리 중국은 가장 문자를 중시하지 않는 '문자유희의
나라'라고 부르는 것이 마땅하다. 일체 실제 이상으로 꾸며서 노는 것을

좋아해 문자와 단어의 정의에 혼란을 일으켜, 잠시 '해방'解放을 '노륙'孥戮이라고 풀고, '춤'跳舞을 '구명'救命이라고 풀이하지 않으면 안 되던 적도 있었다. 작은 소란을 피울 수 있으면 위인이고, 한 권의 교과서를 편찬하면 학자이며, 문단의 뉴스를 몇 가지 만들어 내면 작가다. 그래서 비교적 자신을 아끼는 사람은 이런 당당하고 훌륭한 명성을 들으면 놀라서 힘껏 도망친다. 이름에서 달아나는 것은 기실 이름을 소중히 여기는 것이다. 이 말썽 많은 이름이 그 속에 절여지지 않도록 바라기 때문에 도망치는 것이다.

톈진의 『다궁바오』[3]의 부간 「소공원」小公園은 근래 글을 중시하지 이름을 중시하지 않음을 표방하였다. 이런 생각은 아주 타당하다. 그런데 때마침 '노작가'의 작품이 실린 것은 분명 작품이 좋기 때문이지 이름 때문은 아닐 것이다. 하지만 8월 16일자 그 신문지면에 '다수의 선배작가들이 기고한 뒤에 덧붙인 당부'라는 아주 재미있는 것이 발표되었다.

나의 이 글이 평일에 실리도록, 나는 그렇게 원하고 그것을 자랑한다. 나와 친숙한 사람의 이름이 나란히 놓이는 것은 싫고, 나는 원기왕성한 신인들 사이에 들어가기를 희망한다. 대다수의 경우 그들의 작품이 보다 신선하기 때문이다.

이런 '선배작가'들은 모두 거짓말을 하는 듯하다. '익숙'하다고 해서 '싫증'이 나는 것은 아니다. 우리들이 엄마 젖을 떼고 밥과 국수를 먹기 시작해서 지금까지 너무 익숙해졌다고 말할 수 있지, 싫증났다고 할 수는 없다. 이런 당부는 편집자가 일인이역의 술수를 부리는 것이 아니라면, 또 선배작가들이 이 기회를 빌려 '기력을 회복하려는' 수작이 아니라면, 이것이 증명하는 바는 이런 것이다. 즉 '선배작가'들 가운데에도 이름을 훔치는 무리가 있어, 이로 인해 다른 무리들은 한패가 되는 것을 부끄럽게 생각해서 '친숙한 사람들의 이름과 나란히 놓이는 것은 싫다'고 느끼고 반드시 내빼려고 시도하는 것이다.

그 이후 그들은 단지 '원기왕성한 신인들 사이에 끼어' 있기만 하면 아주 편안한 것인지 아니면 작품 역시 '더욱 신선하게 되는 것인지', 이것은 지금 추측하기 어렵다. 이름에서 달아나는 것은 물론 호탕하다고 말할 수는 없지만, 거취去就와 애증을 갖고 있어 그래도 자신의 순결을 지키는 선비라고 할 만하다.「소공원」에 이미 자신의 경험을 예로 들어 말한 이가 있는데, 상하이탄上海灘에서는 의연히 어떤 사람이 '사재를 내놓아'[4] 뉴스를 만들고, 혹은 스스로 '언행일치'[5]라고 부르고, 또는 '억울하다'고 크게 외치고, 혹은 명조의 시체를 끌고 가서 대纛를 세우거나 현존하는 고인古人을 청해 가르침을 받고, 혹은 스스로 자신의 큰 이름을 사전에 수록해서 '중국작가'[6]라고 정의하고, 혹은 자신의 작품을 편집해 화집에 수록하여 '현대걸작'[7]이라고 명명하였다. 아득바득 부산하고 남몰래 수상한 것이 아주 볼만하다.

작가들이 한 줄 한 줄 앉아서, 앞으로 사람들을 웃게 할까 두렵게 만들까 아니면 '싫증나게' 할지 지금으로서는 추측하는 것도 어렵다. 하지만 만약 '앞사람의 실패'를 교훈으로 삼는다면, "미래에서 현재를 보는 것은 역시 현재에서 옛날을 보는 것과 같으니" 대체로 '슬픔'[8]을 벗어날 수 없을 것이다!

8월 23일

주)_____

1) 원제는 「逃名」, 이 글은 1935년 9월 5일 반월간『태백』 제2권 제12기에 처음 발표되었다. 서명은 두더지(杜德機).

2) 천피메이(陳皮梅), 선이다이(沈一呆)는 모두 당시 상하이 연예장(演藝場)에서 골계희(滑稽戲)를 연기하던 예인(藝人)이다.

3) 『다궁바오』(大公報). 1902년(청 광서제 28년) 6월 17일에 톈진에서 창간되었고, 발기인은 잉롄즈(英敛之). 1926년 9월부터 우딩창(吳鼎昌), 장지롼(張季鸞), 후정즈(胡政之)가 이어서 운영하고 뒤에 국민당정권과 관계를 맺었다. 상하이, 한커우(漢口), 충칭(重慶), 구이린(桂林), 홍콩 등지에서 차례로 나왔다.

4) 원문은 '掏腰包'. 양춘런(楊邨人)과 두헝(杜衡) 등이 창간한 월간『성화』(星火)의 자아고백을 가리킨다. 창간호(1935년 5월)에 실린 「『성화』치사」(『星火』前致詞)에서 그들은 이 잡지가 "몇십 명의 동인들은 아주 절실한 생활비에서 3위안, 5위안씩 모아서 창간한 것이다"라고 쓰고 있다. 이 문집의 「"문인은 서로 경시한다" 네번째」 참조.

5) 언행일치(言行一致). 스저춘(施蟄存)은『현대』(現代) 제5권 제5기(1934년 9월)에 발표한 「나와 문언문」에서 "내가 태어난 지 30년, …… 사상과 언행이 모두 일치한다고 자신한다"라고 했다.

6) 구펑청(顧鳳城)은 자신이 편집한『중외문학가사전』(中外文學家辭典; 1932년 樂華圖書公司 출판)에서 외국문학가를 제외하고 중국문학가 270명을 수록하였는데, 그 가운데 자신의 이름도 넣었다.

7) 류하이쑤(劉海粟)가 펴낸『세계명화』(世界名畵; 중화서국 출판)는 근대 외국의 유명한 화가의 작품을 수록하고 있다(푸레이(傅雷 편집). 전집 한 권당 한 명의 화가의 작품을 수록했는데, 그 가운데 제2권에는 자기 자신의 작품을 실었다.

8) 원문은 "后之視今, 亦猶今之視昔". 이 말은 진대(晉代) 왕희지(王羲之)의『난정집서』(蘭亭集序)에 나온다. 즉, "옛사람이 말했다. 죽음과 생도 또한 크다고. 어찌 아프지 않겠는가! …… 뒤에서 현재를 보는 것 또한 현재에서 과거를 보는 것이다. 슬프도다!"

"문인은 서로 경시한다" 여섯번째
—두 종류의 매물[1]

올해 문단의 전술 가운데 몇 수는 5, 6년 전 태양사의 방식[2]을 부활시킨 것인데, 나이가 많은 것을 하나의 죄로 만들어 "나이를 판다"倚老賣老[3]라고 했다.

　기실 죄는 '늙음'老에 있지 않고 '파는'賣 데 있다. 그가 마작을 하거나 아미타불이나 외치며 글을 한 자도 쓰지 않는다면, 결코 청년작가들이 말과 글로써 욕설을 퍼붓지는 않을 것이다. 이 추측이 틀리지 않다면 문단에는 각종 죄인이 추가될 것이다. 지금 작가 몇 분은 자신의 '작품' 외에 특산의 증정품을 동봉해서 보내고 있기 때문이다. 어떤 이는 부富를 팔면서 원고를 파는 문인의 작품은 모두 용서할 수 없다고 한다. 어떤 사람이 그의 시상이 부인의 지참금에서 나왔을 뿐이라고 지적하자, 그의 식객幇閑이 나와 그런 것을 말하는 것은 포도를 얻어먹을 수 없었던 여우가 포도가 시다라고 말할 수밖에 없었던 것처럼 그러한 부인을 얻을 수 없었기 때문에 그렇게 말하는 것이라고[4] 썼다. 어떤 사람은 가난 또는 질병을 팔고 있다. 자신의 작품은 3일간 배고픔을 참고 피를 열 번이나 토한 뒤에 나온 것이어서 보통 사람들과는 다르다고 말한다. 어떤 이는 가난과 부를 팔고 있다. 이 간행물은 문벌과 문인관료들에게 배척을 당해서 자비를 들여 고통스럽게 출판한 것이므로 다른 사람들과 다르다고 한다.[5] 어떤 이는 효도를 매물로 삼고 자신이 이러한 문장을 지은 것은 아버지가 앞으로 고생을 할까 걱정이 되어서[6]라고 말한다. 이렇게 되자 더욱 대단하여 그 가치는 이밀李密의 「진정표」[7]와 쌍벽을 이룬다. 어떤 이는 담배파이프를 물고 양복을 차려입고 한숨을 쉬며 자기 몸의 그림자를 보고 스스로를 가엾게 여기며, 언제나 자신의 화려한 날 아름다운 용모의 소년이었을 때를 추억하고 있다. 이것은 "나이를 판다"賣老와 반대로, 잠시 "미모를 판다"賣俏라고 부르자.

그러나 중국 사회에는 "나이를 파는" 사람이 특히 많다. 여자가 바늘에 실을 꿸 수 있는 것이 뭐 그리 진귀한 일일까마는 백 살이 넘어도 바늘에 실을 꿸 수 있으면 대회를 열어 그것을 사람들에게 보여 주고[8] 그 참에 기부금을 모을 수도 있다. 중국인은 "처음에는 개를 따라 배워야 한다"라는 말이 초등학생의 작문에 나타난다면 선생에게 매를 맞았을 것이다. 하지만 수십 살이나 먹은 어른이라면 신문에 대서특필되고 나아가 "백발의 우즈후이 노인이 옛 도읍에 이르렀고, 그의 말 천하에 들린다"[9]라는 큰 표제가 붙게 된다. 기근 구제를 위해 주머니를 열라고 외치는 문장은 적지 않지만, 그 문장들 가운데 스스로 나이를 기록하여 "내 나이 구십여섯이오"라고 말한 이는 마샹보[10] 선생뿐이다. 그러나 보통 이것을 "팔아 먹는다"라고 누구도 말하지 않는다. 대신 "가치가 있다"라고 아주 정중하게 부른다.

"노작가"의 '노'老자는 하나의 죄다. 이 법률은 문단에서는 이미 몇 년간 시행되어 왔다. 하지만 낙오라고 지적하든가 또는 독점하고 있다고 말할 뿐…… 분명하게 나쁜 점을 지적하지는 않았다. 이번에 가까스로 상하이의 청년작가가 요점을 들춰내어 자신의 "나이"를 "팔고" 있다고 했던 것이다.

이것은 고려할 가치도 없다. 쉽게 소탕될 것이니 말이다. 중국의 각종 상행위에서는 오래된 상표가 적지 않다. 그런데 문단은 그렇지 않다. 몇년 창작을 하고 나면 그들은 관리가 되거나 업종을 바꾸거나 교사가 되거나 공금을 훔쳐 달아나거나 장사를 시작하거나 반란을 일으키거나 죽거나 하여…… 전부 사라지고 만다. 창작을 계속하여 "나이가 든" 자는 원래 아주 드물어서 몇 명도 안 된다. 기영회耆英會[11]에 초청된 백 살이 넘은 할머니가 의외로 지금까지 살아 있어 "백성의 어버이"[12]조차도 신기하게 생각할 정도다. 게다가 그 할머니는 아직도 바늘에 실을 꿸 수가 있으니 더더욱 진귀하고 기이하여 그래서 거리와 골목 곳곳에서 왁자지껄하게 소동이 일었다. 그러나 아아, 그것도 사실은 관명官命을 받들어 표창하기 위한 것이었다. 16, 17세의 아름다운 처녀가 무대에 올라 바늘에 실을 꿴다고 해도 보는 사람이 결코 적지 않을 것이다.

누가 "나이를 팔고" 있는가? 젊고 아름다운 이가 나타나면 바로 무너지고 만다.

그런데 중국의 문단이 비록 유치하고 어둡지만 아직 그렇게 단순하지는 않다. 비록 독자가 "'구경꾼'적인 정취가 양성"[13]되었다고 말하더라도 변별력을 지닌 이 또한 적지 않고 또 더욱 많아지고 있다. 그래서 "나이를 파는" 것만으로는 안 된다. 문단은 결코 양로원이 아니기 때문이다. 또 "미모를 파는" 것만으로도 안 된다. 문단은 뭐라고 해도 기원妓院이 아니기 때문이다.

파는 것 두 가지는 다 옳지 않지만, 옳지 않은 것에서 옳은 것을 보아 낼 수 있는데도 혼돈의 무리들만 두 가지 모두 틀렸다고 한다.

9월 12일

주)_____

1) 원제는 「六論“文人相輕”─二賣」, 이 글은 1935년 10월 『문학』 월간 제5권 제4호 '문학 논단' 란에 처음 발표되었다. 서명은 '준'(隼).

2) 태양사(太陽社). 문학단체. 1927년 하반기 상하이에서 성립되었다. 주요 멤버는 장광츠(蔣光慈), 첸싱춘(錢杏邨), 멍차오(孟超) 등이며 혁명문학을 제창했다. 혁명문학에 관한 논쟁에서 이 단체와 창조사는 모두 루쉰의 나이 많음을 조롱했다.

3) 『성화』(星火) 제1권 제4기(1935년 8월)에 양춘런은 바산(巴山)이라는 서명으로 「문단삼가」(文壇三家)라는 문장을 실었다. 「문단의 세 부류」(文壇三戶; 이 문집에 실려 있음)에 빗대어 루쉰을 공격했는데, "이런 부류의 인세 작가는 명성과 이익 모두를 손에 넣었고 나이를 팔고 있다"라고 했다.

4) 사오쉰메이(邵洵美)를 가리킨다. 그는 자신이 주관하는 『십일담』(十日談) 순간(旬刊) 제2기(1933년 8월 20일)에 문장을 발표해, 어떤 사람들은 "결국 밥 먹을 게 없고, 먹어도 배부르지 않아서" 글을 지어 판다라고 말했다. 이에 루쉰은 「등용술 첨언」(登龍術拾遺; 『풍월이야기』에 실림)에서 그가 "부자 처가, 부자 부인을 둬서 지참금으로 문학의 밑천을 삼았다"고 풍자하자, 곧 『중앙일보』(국민당 기관지)에 '셩셴'(聖閑)이라는 서명으로 「사위의 만연」(“女婿”的蔓延)이라는 글을 실고 "여우는 포도를 먹지 못하자 포도가 시다고 말하고, 자신이 부잣집 아내를 얻지 못하자 부자 처갓집을 둔 모든 사람을 질시하고 있다"고 공격했다. 『풍월이야기』 「후기」 참고.

5) 양춘런, 한스헝(韓侍桁), 두헝 등이 발간하던 『성화』 월간을 가리킨다. 이 잡지의 창간호에 실린 「『성화』 머리말」에 의하면 당시 "문단은 이미 융단을 맞았고", "현재 이 암흑으로 둘러싸인 문단, 군벌할거와 같은 국면을 형성한 문단에서는 성실하게 문학예술을 위해 노력하는 청년들이 모두 각각 적합한 근거지를 얻지 못하고 있다"라고 했다. 이 때문에 그들은 "전적으로 자신의 간행물"을 내고자 했고, "처음 몇 기의 인쇄비를 충당하기 위해 우리 몇십 명의 동인들은 아주 절실한 생활비에서 3위안, 5위안 정도 돈을 절약하고 매달 모아서 반년에 가까운 긴 시간 적립해 마침내 우리의 예산에 이르자 바

로 대담하게 창간호를 인쇄했다"라고 했다.

6) 여기서는 양춘런을 가리킨다. 그는 『독서잡담』(讀書雜誌)』 제3권 제1기(1933년 1월)에 발표한 「정당생활의 전장을 떠나며」라는 글에서 이렇게 말했다. "나 자신을 돌아보니 아버지는 늙고 집안은 가난해지고 동생은 어리고 반평을 떠돌다가 지금 뭐 하나도 되는 일이 없고, 혁명은 언제 성공할 것인지, 내 가족은 지금 굶주려 생활을 할 수 없으니 장래 혁명이 성공하더라도 후난, 후베이, 서소비에트의 상황으로 가늠하건대 나의 가족도 굶어죽거나 걸식하는 것을 피할 수 없다. 결국 푸른 산들이 있는 한 자신의 것을 보살피도록 하자! 병중에 이래저래 여러 가지로 생각해 보고 마침내 이지(理智)로 판정하여 우리들은 중국공산당을 이탈했다."『풍월이야기』「청년과 아버지」 참조.

7) 이밀(李密, 224~287). 자는 영백(令伯), 진초(晋初) 젠웨이 우양(犍爲武陽; 지금의 쓰촨 펑산彭山) 사람.『진서』(晋書) 「이밀전」(李密傳)에 의하면 "진시(秦始)의 초에 태자세마(太子洗馬)로서 임명되었다. 그러나 이밀은 조모가 연로하고 부양할 사람이 없었기 때문에 부름에 응할 수 없었다. 그래서 상소하였다……" 이 상주문은『문선』에서는 「진정사표」(陳情事表)라는 제목으로, 『고문관지』(古文觀止)에서는 「진정표」(陳情表)라고 이름하였다. 그 속에 "신은 조모가 없었다면 오늘에 이르지 못했을 것이며, 조모는 신이 없었다면 나머지 여생을 마치지 못할 것입니다" 등의 말이 있다.

8) 1934년 2월 15일 국민당정부는 광저우시장 류지원(劉紀文)이 신축 시청사 낙성을 기념하여 경로회를 거행했다. 80세 이상의 노인 2백여 명이 참석했는데, 그중 106세인 장쑤(張蘇) 씨는 아직 바느질을 할 수 있었다. 그녀가 바느질하는 것을 찍은 사진이 3월 19일자『선바오』「도서특간」(圖畵特刊) 제2호에 실렸다.

9) 우즈후이(吳稚暉)는 베이핑(北平)에서 발표한 담화에서 이렇게 말했다. "중국인이 호랑이나 사자인 양 꾸미고 싶은 것은 당연히 어렵겠지만, 처음에는 개한테 배워야만 한다. 그 이유는 한 마리의 개를 죽이고자 할 때 적어도 상당한 희생을 각오하지 않으면 안 되기 때문이다." 이것은 1935년 9월 24일 상하이『시사신보』(時事新報) '베이핑 특전'(北平特電)의 보도에 의거한다.

10) 마샹보(馬相伯, 1840~1939). 이름은 젠창(建常), 자는 샹보, 장쑤 단투(丹徒) 사람. 청대 거인(擧人), 교육자. 일찍이 상하이에서 진단(震旦)학원, 푸단공학(復旦公學)을 설립했다. 민국 시기 베이징대학 교장이 된 적이 있다.

11) 1934년 2월에 광저우(廣州)시의 주최로 열린 경로회.

12) 이 말은『시경』「소아·남산유대(南山有臺)」에 있다. 거기에는 "낙지군자(樂只君子)는 백성의 어버이"라고 씌어 있는데, 이전에는 흔히 지방관리를 이렇게 불렀다.

13) 원문은 "養成一種'看熱鬧'的情趣". 이것은 중즈(炯之; 沈從文)의 「상하이의 간행물을 말함」이란 문장에 있는 말이다. 이 책의 「문인은 서로 경시한다」 일곱번째 이야기―쌍방의 상처받음」의 인용문 참고.

"문인은 서로 경시한다" 일곱번째
—쌍방의 상처받음[1]

소위 문인이 서로 경시하는 일이 끊이지 않기 때문에 다른 작가들이 고개를 가로저으며 탄식하고 문단이 유린되었다고 개탄한다. 이것은 물론 납득할 수 있다. 도연명 선생이 "동쪽 울타리 밑에서 국화를 땄는데", 그 심경은 조용하고淸幽 여유로웠閑寂을 것이다. 그래서 비로소 "유연히 남산을 볼" 수 있었던 것이다. 만약 울타리 안이나 밖에서 어떤 사람이 크게 소리치고 높이 뛰고 욕을 하고 싸움을 했다면, 남산이 있어도 그는 '유연'할 수 없고, 그래서 부득이 "놀라서 남산을 보네"라고 했을 것이다. 지금은 진송晉宋 교체기와는 달라서 '상아탑'[2]까지도 거리로 옮겨져서 크게 '불격'不隔[3]의 의미가 있지만, 그러나 역시 여유悠閑를 갖지 않으면 안 된다. 그렇지 않으면 그 침통을 기탁하지 못해 문단은 퇴색하고 소란을 피운 이의 죄가 클 것이다. 이리하여 서로 경시하는 문인들의 경우는 점점 곤란해지고, 거리에서도 더 이상 큰소리로 떠들 수 없게 되니 진실로 앞길이 막히는 것이다.

그러나 그럼에도 서로 경시한다면 어떻게 될까? 지난 청대에 전례가 있었는데, 지현知縣 나리가 시찰을 하러 나갔을 때 길에서 두 사람이 서로 싸우는 것을 보았다. 누가 옳은지 누가 그른지 시비를 가리지 않고 각각 곤장 5백 대를 치고 결말을 지었다. 서로 경시하지 않는 문인들이 '고요'와 '회피'의 간판을 걸고 있었어도, 작은 몽둥이가 없어서 자연히 때리는 것까지는 할 수 없었다. 그 대신에 '필벌'筆伐의 수단을 사용해 쌍방 모두 나쁜 이들이라고 단정지었다. 여기서 중즈4) 선생의 「상하이의 간행물에 대해」라는 문장을 예로 들어 보자.

> 이런 투쟁의 말은 우리들에게 『태백』, 『문학』, 『논어』, 『인간세』 등 여러 잡지들이 행한 수년간의 투쟁의 성과를 기억나게 했다. 그 성과는 욕하는 자와 욕을 먹는 자 모두가 어릿광대가 된 것이다. 인형극의 인형이 맞붙어서 서로 때리거나 머리와 머리를 서로 부딪히는 것과 똑같이 독자들에게 '구경꾼'의 호기심을 충족시켰던 것 외에 달리 얻은 것이 없었다. 독자들에게 '연극'戲을 보기 좋아하고 '책' 읽는 것을 좋아하지 않는 습관을 심어 준 결과 '문단 가십'의 다과多寡가 간행물 판매부수를 좌우하는 주요한 원인이 되었다. 투쟁의 연장, 소득 없는 연장은 정말로 중국 독자들의 큰 불행이라고 할 것이다. 우리는 어떤 방법으로 이런 '사적인 공격'이 지면을 점하는 폭을 작게 할 수 있을까? 한 시대의 대표작이 감정을 해서 매듭을 지어 보니 이런 정교한 상호비방만 있었다고 한다면, 이 문단은 너무 불쌍할 것이다. (톈진 『다궁바오』의 「소공원」, 8월 18일)

"이런 투쟁"에 대해 중즈 선생은 스스로 하나의 정의를 내리고 있다. "곧 자신과 생각이 다른 이에게 하나의 번쇄한 방법으로 연민도 없이 무절제하게 욕을 퍼붓는 것(하나의 술어가 바로 '투쟁'이다)이다" 운운.

그리하여 이 중즈 선생은 동정하는 마음과 절제된 필치로 쌍방 모두 어릿광대라는 말로 정의해 문단의 애처로움을 드러냈던 것이다. "우리가 『태백』, 『문학』, 『논어』, 『인간세』 등 여러 잡지의 수년간을 기억"하지만, "'문단 가십'의 다과가 간행물의 판매부수를 좌우하는 주요한 원인이 되지" 않았을 뿐만 아니라, "문단 가십" 등은 전혀 게재되지 않았다. 다만 "욕하는" 일은 있었다. "구경꾼" 노릇만 하는 독자도 분명 있었을 것이다. 길거리에서 두 명의 남자가 싸우는 것을 보면, 그들 사이에 시비곡직是非曲直이 없는 것은 아니지만 구경꾼들은 곧잘 재미있다고 느낄 따름이다. 즉 형장으로 끌려갈 때도 죄상에는 무관심하고 구경꾼의 기분만을 생각하는 사람이 많다. 이런 상황을 확대하여 문단에 적용해 보면, 진정 사람들로 하여금 모욕을 당하더라도 순순히 받아들이고 얼굴에 묻은 침은 혼자서 닦는 편이 낫다는 생각을 갖게 한다. 여기서 '그러나'를 넣어 보자. 관점을 바꾸면 구경꾼이나 독자는 사실 중즈 선생이 상정한 것처럼 전적으로 영문을 모르는 것은 아니다. 어떤 사람들은 스스로 자신만의 판단을 하고 있다. 그래서 옛날 고전주의자와 낭만주의자는 서로 욕하고, 심지어 싸웠으나,[5] 그들은 어느 쪽도 어릿광대가 되지는 않았다. 졸라는 문필과 회화로 인해 극렬한 조소와 조롱[6]을 받았지만, 끝내 어릿광대가 되지는 않았다. 생전에 몸은 망가지고 명성도 실추되었던 와일드[7]조차 이제는 어릿광대가 아니다.

물론 그들에게는 작품이 있다. 그러나 중국에도 있다. 중국의 작품은 너무나 초라하다. 정말 그렇다. 하지만 그것은 문단만이 초라한 것이 아니다. 시대도 초라하고 게다가 이 초라함 속에는 "구경꾼" 독자와 논객까지도 포함되어 있다. 초라한 작품은 바로 초라한 시대를 대표한다. 옛날의 명사는 "서"恕자의 신조를 얘기했다.——다만 그들은 용서恕의 도리를 모르는 사람은 용서하지 않았다.[8]——오늘날의 명사들은 "인"忍자의 신조를 말하고, 봄의 논객은 "문인은 서로 경시한다"로써 흑백을 뒤섞어 버리고, 가을의 논객은 "사람을 욕하는 자나 욕을 먹는 자나 모두 어릿광대가 되었다"고 하여 선악을 말살했다. 냉랭하고 음산하고 평안한 옛 무덤 속에서 어떻게 해야 인간의 생명의 기운이 생길 수 있을까?

"우리들은 어떤 방법으로 이런 '사적인 공격'이 지면을 점하는 폭을 좀 작게 할 것인가?"——중즈 선생은 이렇게 묻고 있다. 방법이 있기는 하다. 예를 들어, "사적인 공격"私罵이라고 이름하더라도 하나하나가 모두 한편으로는 2 더하기 2와 같고, 다른 한편으로는 1 더하기 3과 같은 것은 결코 있을 수 없을 것이다. '사'私 가운데 어떤 것은 '공'公에 가깝고, '공격'罵 가운데 어떤 것은 '리'理에 더 가깝다. 따라서 비평을 하는 사람은 마땅히 '구경꾼의 기분'을 버리고 분석을 가해 결국 어느 쪽이 보다 '옳고'是, 어느 쪽이 더 '그른'非지 분명하게 표명해야 한다.

문인은 격한 증오로 "자신과 생각이 다른" 이를 공격할 뿐만 아니라, 격한 증오로 '죽음의 설교자'[9]와 싸우지 않으면 안 된다. 지금 이 '초라한' 시대에는 죽을 수 있는 자만이 목숨을 구할 수 있고, 증오할 수 있는 자만이 사랑할 수 있으며, 생명과 사랑을 주는 자만이 글을 쓸 수 있다. 페퇴피[10]의 말은 아주 적절하다.

　　나의 사랑은 결코 평온한 집이 아니다.

　　화원처럼 평화로 가득 차고,

그 속에서 '행복'이 자애롭게 넘치며,

또 그 '기쁨'과 그 가냘픈 요정을 기르는 곳이 아니다.

　나의 사랑은 황량하고 차가운 사막이다.──

큰 도둑처럼 질투가 거기에 군림한다;

그 칼은 절망의 광분,

찌르고 또 찔러 각양각색의 모살謀殺!

　　　　　　　　　　　　　　　　　　　　9월 12일

주)_____

1) 원제는 「七論"文人相輕"──兩傷」, 이 글은 1935년 10월 『문학』 월간 제5권 제4호 '문학
논단'란에 처음 발표되었다. 서명은 준(隼).

2) 원래 프랑스의 문예비평가인 생트뵈브(Charles Augustin Sainte-Beuve, 1804~1869)가
동시대의 낭만주의 시인인 비니(Alfred Victor de Vigny, 1797~1863)를 비평한 용어인
데, 후에 현실생활에서 벗어난 문예가의 좁은 세계를 비유하는 데 쓰였다.

3) '불격'(不隔)은 왕궈웨이(王國維)의 『인간사화』(人間詞話)에 나온다. "질문: 격과 불격의
구별은 무엇인가? 대답: 도잠(陶潛), 사영운(謝靈運)의 시는 불격이고, 안연년(顔延年)의
시는 다소간 격이다. 소동파(蘇東坡)의 시는 불격이고, 황산곡(黃山谷)의 시는 어느 정
도 격이다." 또 "안개 속의 꽃을 보는 것처럼 마지막까지 한 층을 격하고 있다.…… 한마
디 한마디가 모두 눈앞에 있는 것이 불격이다."

4) 중즈(炯之)는 곧 선충원(沈從文, 1902~1988)이다. 후난 펑황(鳳凰) 사람, 작가.

5) 고전주의자와 낭만주의자의 상호 매도에 관해서는 1830년 2월 25일 위고의 낭만주의
극작 「에르나니」(Hernani)가 파리의 코메디 프랑세즈에서 상연되었는데, 관중 가운데
고전주의 지지자는 발을 구르며 야단법석을 떨었고, 낭만주의 옹호자는 열광적으로 갈
채를 보내 쌍방의 소란한 소리가 한데 뒤섞여 치고받고 싸우는 지경에 이르렀다.

6) 졸라(Émile François Zola, 1840~1902). 프랑스 작가. 1894년 유대인의 혈통을 이어받
은 프랑스 육군장교 드레퓌스가 군사기밀을 누설했다는 모함을 받고 종신형을 선고받

왔다. 졸라는 1897년 이 재판 자료를 연구한 뒤 프랑스 대통령 펠릭스 포르에게 「나는 고발한다」라는 한통의 공개서한을 써서 드레퓌스를 변호하고 프랑스정부, 재판소 및 참모본부가 법률을 위반하여 인권을 침범했다고 고발했다. 그 결과 비방죄로 고발당해 런던으로 망명했다. 이 사건으로 프랑스의 신문들은 계속 그를 공격하는 문장과 만화를 게재했다. 졸라가 죽은 뒤 4년째가 되는 해(1906)에 이르러서 이 사건은 결국 진상이 전면적으로 밝혀졌고 원판결이 파기되고 드레퓌스는 군직을 회복했다.

7) 1895년 퀸즈베리 후작은 와일드가 자신의 아들 앨프리드 더글러스와 동성애를 해서 도덕을 파괴했다고 지적했다. 와일드는 퀸즈베리 후작의 종용하에 더글러스가 자신을 비방했다고 고소했다. 증거는 와일드에게 불리했기 때문에 그 결과 그는 2년간의 징역을 받고 1895년 5월 투옥되었다. 출옥 후 국외를 떠돌다가 파리에서 죽었다.

8) 신월사 사람들을 가리킴. 『삼한집』 「신월사 비평가의 임무」(新月社批評家的任務) 참조.

9) '죽음의 설교자'. 원래는 니체의 『차라투스트라는 이렇게 말했다』 제1권 제9편의 편명이다.

10) 헝가리 시인 페퇴피 샨도르에 대해서는 이 문집의 「『중국신문학대계』 소설 2집 서문」의 주 48) 참조. 여기에 인용한 것은 「나의 사랑은 결코……가 아니다」라는 시의 마지막 2절이다. 루쉰은 일찍이 전문을 번역하여 『위쓰』 주간 제9, 11기(1925년 1월 20일, 26일)에 발표했다.

샤오훙의 『삶과 죽음의 자리』 서문¹⁾

벌써 4년 전 일이다. 때는 2월 나는 아내, 아이와 함께 상하이 자베이閘北의 전화戰火²⁾ 속에 있었다. 거기서 중국인들이 도주와 사망으로 전멸해 가는 모습을 눈으로 목격했다. 뒤에 몇몇 친구들의 도움으로 평화로운 영국조계로 갈 수 있었는데, 난민들이 길에 가득했지만 그곳 주민들은 대단히 평화로웠다. 자베이와의 거리가 4, 5리에 불과하지만, 바로 이처럼 다른 세계였다.──우리가 또 어떻게 하얼빈을 생각할 수 있을까.

이 원고가 나의 책상 위에 도착한 것은 올해 봄이었다. 나는 일찍이 자베이로 돌아왔는데, 주위는 활기에 차서 떠들썩하던 때였다. 그러나 5년 전, 아니 더 이른 시기의 하얼빈을 보았던 것이다. 이것은 물론 아직 스케치에 불과하다. 서사敍事와 사경寫景이 인물의 묘사보다 낫지만, 북방 인민의 삶에 대한 강건함과 죽음에 대한 저항은 지배紙背를 뚫고서 드러나고 있고, 여성작가의 세밀한 관찰과 비상한 필치는 또 많은 명려明麗함과 신선함을 만들어 냈다. 정신은 건전하다. 문예와 공리功利의 관계를 몹시 싫어하는 사람조차도 만약 읽기 시작한다면, 그 사람한테는 불행하지만 또 얻는 바가 없지는 않을 것이다.

문학사가 일찍이 그녀에게 출판하자고 해서 원고를 중앙선전부中央宣傳部 서보검사위원회書報檢査委員會에 제출했지만, 반년간 방치되었다가 결국 허가가 나지 않았다고 한다. 사람들은 늘 사후에 총명해지는 경향이 있는데, 돌이켜 보면 이것은 당연한 일이었다. 삶에 대한 강인함과 죽음에 대한 저항은 분명 '훈정'訓政[3]에 크게 위배되는 것일 터이다. 올해 5월 「황제에 대해」[4]라는 문장 때문에 이 오만불손한 위원회가 갑자기 연기처럼 사라진 것은 바로 '솔선수범'의 실지 대교훈이었다.

노예사[5]가 피땀으로 모은 몇 푼의 돈으로 이 책을 출판하기로 했던 것은 우리들의 상사上司가 '솔선수범'을 행한 반년이 지난 뒤였다. 게다가 내게는 몇 마디의 서문을 써 달라고 했다. 그런데 요 며칠 또 요언이 일어나 자베이에서 희희낙락하던 주민들은 또 머리를 싸매고 급히 도망치고 있었는데, 길에는 짐수레와 사람들이 끝없이 이어졌고, 길가에는 황, 백 두 가지 색의 외국인들이 미소를 머금고 이 예양禮讓 지방의 성황을 감상하고 있었다. 안전지대에 있다고 스스로 생각하는 신문사의 신문은 달아나고 있는 이런 사람들을 "평범한 사람"庸人 혹은 "어리석은 백성"愚民이라고 불렀다. 하지만 나는 오히려 그들도 총명하다고 생각한다. 적어도 이미 경험으로 찬란한 공식발표(관료풍 문장)를 믿을 수 없음을 알고 있었다. 그들도 기억력은 있는 것이다.

지금은 1935년 11월 14일 밤, 나는 등불 아래서 다시 『삶과 죽음의 자리』를 읽었다. 주위는 마치 죽음처럼 적막하고, 귀에 익숙한 이웃집 사람들의 얘기 소리도 들리지 않고, 먹을거리를 파는 장사꾼의 외침도 없고 멀리서 개 짖는 소리가 가끔 들릴 뿐이다. 생각건대 영국 조계와 프랑스 조계의 모습은 이런 상황과는 다를 것이다. 하얼빈 또한 이렇지는 않을 것이다. 나와 거기에 사는 사람들은 서로 다른 심정을 품고서 다른 세계에 살고 있다. 그렇지만 나의 마음은 지금 마치 오래된 우물 속의 물처럼 작은 물결도 일지 않고 마비된 채 이상과 같은 글을 쓰고 있다. 이것은 바로 노예의 마음이다!——하지만 독자의 마음을 어지럽게 했다면? 그렇다면 우리들은 아직 결코 노복奴才이 아니다.

그러나 정좌靜坐한 채로 쏟아 내는 나의 불평을 듣는 것보다 아래의 『삶과 죽음의 자리』를 빨리 읽는 것이 낫다. 그녀야말로 당신들에게 강건함과 투쟁의 힘을 줄 수 있을 테니까.

루쉰

주)＿＿＿

1) 원제는 「蕭紅作『生死場』序」, 이 글은 『삶과 죽음의 자리』(生死場)에 처음 실렸다.
   샤오훙(蕭紅, 1911~1942). 본명은 장나이잉(張迺瑩), 헤이룽장 후란(呼蘭)현 사람으로 소설가이다. 『삶과 죽음의 자리』는 그녀의 중편소설로 '노예총서'(奴隸叢書) 가운데 하나다. 1935년 12월 노예사에서 출판했고 상하이 룽광서국(容光書局)에 위탁하여 발행했다.
2) 1932년 '1·28' 상하이전쟁을 가리킨다.
3) 쑨중산이 1924년 4월에 쓴 「건국대강」(建國大綱)에 의하면 건국 과정은 군정(軍政), 훈정(訓政), 헌정(憲政)의 세 시기로 나뉘는데, '훈정' 시기에는 정부가 민중에 대해 민권을 행사하는 훈련을 행한다. 국민당정부는 1931년 6월 1일 '국민회의'를 통과한 「중화민국훈정시기약법」(中華民國訓政時期約法)을 공포했는데, 여기에 "훈정 시기 중국국민당전국대표대회는 '국민회의'를 대표하여 중앙통치권을 행사한다"라는 규정이 들어 있다. 국민당 독재통치를 헌법의 형식을 빌려 강화했던 것이다.
4) 원문 「略談皇帝」는 「閑話皇帝」라고 하는 것이 맞다. 1935년 5월 상하이 『신생』(新生) 주간 제2권 제15기에 이수이(易水; 아이한쑹艾寒松)의 「황제에 대한 한담」(閑話皇帝)이 실렸는데, 고금내외의 군주제도를 널리 논하고 일본의 천황을 언급했다. 당시 일본의 상

하이 주재 총영사는 바로 "천황을 모욕하고, 국교를 방해한다"는 명목으로 항의를 제기했다. 국민당정부는 압력에 굴복하고 이 틈을 이용해 진보적 여론을 억압하고 『신생』주간을 봉쇄했으며, 재판소는 이 잡지의 편집장 두중위안(杜重遠)을 1년 2개월의 도형(徒刑)에 처하는 판결을 내렸다. 국민당중앙선전위원회 도서잡지심사위원회도 "책임을 다하지 못했다"는 이유로 해산하게 되었다. 이 문집의 「후기」를 참조.

5) 노예사(奴隷社). 1935년 루쉰이 몇 명의 젊은 청년 작가들의 작품을 편집 간행하기 위해 만든 단체의 명칭이다. 노예사의 이름으로 출판한 '노예총서'에는 『삶과 죽음의 자리』 외에도 예쯔(葉紫)의 『풍성한 수확』(豊收)과 톈쥔(田軍)의 『8월의 향촌』(八月的鄕村)이 있다.

도스토예프스키의 일[1]
—일본 미카사쇼보 『도스토예프스키 전집』 보급판에 부쳐

도스토예프스키[2]에 관해 한두 마디 말하지 않을 수 없는 때가 되었다. 무슨 말을 할까? 그는 너무 위대하지만, 나는 그의 작품을 세심하게 읽은 적이 없다.

회상해 보면 청년 시절에 위대한 문학가의 작품을 읽고 그 작품에 감탄하면서도 아무리 해도 좋아할 수 없는 사람이 두 명 있었다. 한 사람은 단테[3]인데, 『신곡』의 「연옥」에 내가 사랑하는 이단이 있었다. 어떤 귀신은 경사면의 암벽에 무거운 돌을 밀어 올리고 있었다. 이것은 아주 고통스러운 일인데, 손을 놓으면 바로 깔리고 만다. 어찌 된 일인지 나도 아주 피곤한 듯했다. 그래서 여기서 멈추고 천국까지는 달려갈 수 없었다.

다른 한 사람이 바로 도스토예프스키다. 그가 스물네 살에 지은 『가난한 사람들』을 읽고서 이미 그의 노년과 같은 적막에 놀라고 말았다. 나중에는 끝내 죄가 무거운 죄인이 되고 동시에 잔혹한 고문관이 되어 나타났다. 그는 소설 속의 남녀를 온갖 참기 어려운 상황에 두고서 시련을 당하게 하고, 그 표면에 있는 결백을 벗겨 내고 내면에 감추고 있는 죄악을

고문할 뿐만 아니라, 또 그 죄악 아래 감춰진 진정한 결백까지도 고문으로 들춰내 버린다. 게다가 시원하게 죽이지 않고, 가능한 한 오랫동안 살려 둔다. 그리고 도스토예프스키 자신은 마치 죄인과 함께 괴로워하고, 고문관과 함께 즐거워하는 듯하다. 이것은 결코 보통사람이 할 수 있는 일이 아니다. 요컨대 그가 위대한 까닭이다. 하지만 나는 항상 책을 덮고 보지 않았다.

의학자는 종종 도스토예프스키의 작품을 병리적으로 해석한다. 이 롬브로소[4]식의 설명은 현재 대다수 나라에서 아주 쉽게 일반인들의 찬동을 얻고 있는 듯하다. 하지만 그가 신경병 환자, 또 러시아 제정시대의 신경병 환자라고 할지라도, 만약 누군가의 몸에 그와 비슷한 중압을 받는다면 그럴수록 더 그의 과장 섞인 진실, 차가울 정도의 열정, 금방 찢어질 듯한 인종忍從을 잘 이해하게 되고, 그래서 그를 사랑하게 될 것이다.

그러나 중국 독자인 나로서는 도스토예프스키식의 인종 ── 즉 횡포한 행위에 대한 진정한 인종에 익숙하지 않다. 중국에는 러시아의 그리스도가 없다. 중국에는 군림하는 것이 '예'禮이지 신神이 아니다. 백분의 백의 인종은 결혼하기도 전에 정혼한 남자가 죽어 여든 살까지 고통스럽게 살아온 이른바 절부節婦에게서 우연히 발견될지도 모르겠다. 그렇지만 일반인들에게서는 찾아볼 수 없다. 인종의 형식은 있다. 하지만 도스토예프스키식으로 파고 들어가면 아마도 허위일 것이라고 생각한다. 억압자가 피억압자의 부도덕 가운데 하나라고 지적하는 허위는 같은 부류에 대해서는 악惡이지만, 억압자에게는 덕德이기 때문이다.

그러나 도스토예프스키식의 인종이 끝내 설교 혹은 항의가 되었던 것만은 아니었다. 이것은 감당할 수 없는 인종, 너무도 위대한 인종이기 때문이다. 어떤 사람들은 마침내 죄를 짓고 곧장 단테의 천국으로까지 돌진해 비로소 모두 합창하며 다시 천인天人의 공덕을 수련한다. 그러나 오직 중용中庸의 사람들만은 지옥에 떨어질 걱정이 없는 대신 천국에 들어갈 희망도 없는 것이다.

11월 20일

주)_____

1) 원제는 「陀思妥夫斯基的事」, 이 글은 원래 일본어로 쓴 것으로 일본 『분게이』(文藝) 잡지 1936년 2월호에 처음 발표되었다. 중국어 번역문 또한 1936년 2월 상하이 『청년계』(青年界) 월간 제9권 제2기와 『바다제비』(海燕) 월간 제2기에 동시에 발표되었다. 이 문집의 「후기」 참조.

2) 도스토예프스키(Фёдор Михайлович Достоевский, 1821~1881). 러시아 작가. 주요 작품으로는 『가난한 사람들』(Бедные люди), 『악령』(Бесы), 『죄와 벌』(Преступление и наказание) 등이 있다.

3) 단테(Dante, 1265~1321). 이탈리아의 시인. 『신곡』(La Divina Commedia, 神曲)은 그의 대표작으로, 작가가 사후의 세계를 편력한 환상을 통해서 중세의 귀족과 교회의 죄악을 폭로한 작품이다. 「지옥」, 「연옥」(煉獄), 「천당」 3부로 나뉘며, '연옥'은 '정계'(淨界)라고도 번역한다. 천주교의 전설에서 사람이 죽은 뒤 천국에 가기 전에 생전의 죄를 씻는 곳이다.

4) 롬브로소(Cesare Lombroso, 1836~1909). 이탈리아의 정신병리학자로서 범죄인류학의 창시자. 저서로 『천재와 광기』(Genio e follia, 1864), 『범죄인론』(L'uomo delinquente, 1876) 등이 있다. 그는 '범죄'는 인류가 존재한 이후 장기간 유전한 결과라고 간주하여 '생래적 범죄자'설을 제기했다. 이런 범죄자에 대해서는 사형, 종신격리, 생식기능 제거 등을 집행하여 '사회의 방위'를 도모해야 한다고 주장했다. 그의 학설은 일찍이 독일의 파시스트에게 채택되었다.

쿵링징 편『당대 문인 서간 초』서문[1]

일기 혹은 서신은 본래부터 얼마간의 독자가 있었다. 옛날 조정의 전장典章과 변고變故 때의 미사여구, 그리고 강조하고 청탁하는 방법을 읽고 나서 두려움을 갖게 된 명사는 일기와 편지조차도 마음대로 쓸 수 없게 되었다. 진晉나라 사람은 편지를 쓸 때 일찌감치 "바빠서 글을 쓸 틈이 없네"[2]라고 성명해야 했고, 지금 사람들은 일기를 쓰면 매일매일 전사傳寫되는 것을 방지하지 않으면 안 되어서 출판할 여유가 없었다. 와일드의 수기는 지금도 일부 공개되지 않은 것이 있고,[3] 로맹 롤랑의 일기도 사후 10년 뒤에야 발표할 수 있다는 제약이 있었다.[4] 이것은 우리 중국에서는 가능할 리 없다.

그러나 현재 문인의 비非문학작품을 읽는 목적은 이미 옛사람과 달라서, 꽤 유럽화되었다. 즉 멀리는 문단의 역사적 사실을 고증하고, 가까이는 작가의 생애를 탐색한다. 후자가 다수를 차지하는 듯하다. 한 사람의 언행은 다른 사람이 알기를 바라거나 혹은 다른 사람이 알아도 무방한 부분도 있지만, 달리 그렇지 않은 부분도 있기 때문이다. 그러나 인간의 본성이 또 다른 사람들이 알기를 바라지 않는 부분을 꼭 알려고 한다. 그래서 서간이 출로가 있게 된다. 이것은 결코 문틈으로 몰래 보고 사람들의 숨겨진 비밀을 까발리는 데 있는 것이 아니라, 사실은 그 사람의 전모 즉 종래 주목하지 않았던 것을 알고 그 사람──사회의 일분자의 진실을 파악하고 싶기 때문이다.

'문학개론'에 항목이 잡혀 있는 창작이라고 하더라도 작가는 본래 자신을 감추지 못하는데, 무엇을 쓰든 그 사람은 역시 그 사람이다. 하지만 수식을 가해 겉치레를 하면 마치 제복을 입은 것처럼 된다. 편지를 쓰는 것이야 물론 마음대로 할 수 있지만, 쓰는 데 익숙해져 버리면 어떡해도 관성을 벗어날 수 없다. 다른 사람들은 이번에는 벌거벗은 채로 등장했다고 생각하지만, 사실은 몸에 딱 붙는 살색의 내의를 입고 게다가 평소에는 잘 사용하지 않는 브래지어까지 하고 있다. 이렇다 해도 의관속대衣冠束帶할 때와 비교한다면 이것은 분명히 보다 진실에 가깝다. 그래서 작가의 일기와 편지로부터 종종 그의 작품을 읽는 것보다 더욱 분명한 의견을 얻을 수 있고, 또 작가 자신의 간결한 주석이기도 하다. 그렇지만 전부가 진실이라고 할 수도 없다. 어떤 작가는 장부조차도 고안한 것으로, 쇼펜하우어는 다른 사람이 알지 못하도록 장부를 기재할 때 범문[5]을 사용했다.

링징 선생이 이 책을 편한 것은 문인의 전모를 드러내기 위해서였다고 생각한다. 다행히 쇼펜하우어 선생과 같이 고전적으로 심원한 배려를 한 인물은 중국에는 아직 없는 듯하다. 다만 내가 쓴 서문은 편지를 쓰는 것과 달리 서문을 쓸 때의 비법서를 사용하지 않을 수 없었다. 이것은 편자와 독자 여러분의 이해를 바라는 바이다.

1935년 11월 25일 밤, 상하이 자베이의 차개정에서 루쉰 적음

주)_____

1) 원제는 「孔另境編『當代文人尺牘鈔』序」, 이 글은 『현대작가서간』(現代作家書簡)에 처음
   발표되었다.
   쿵링징(孔另境, 1904~1972). 저장 퉁샹(桐鄉) 사람으로 작가이다. 그가 편집한 『당대 문
   인 서간 초』는 『현대작가서간』이라는 제목으로 고쳐서 1936년 5월 생활서점에서 출판
   되었고, 작가 58인의 서간 219통을 수록했다.
2) 원문은 "匆匆不暇草書". 『진서』(晉書) 「위항전」(衛恒傳)에 보면, "위항(衛恒)은 초서와 예
   서에 능하고 『사체서세』(四體書勢)를 지었다. 이것에 의하면 '……홍농(弘農)의 장백영
   (張伯英)이라는 자는……집에 있는 모든 비단(衣帛)은 글씨를 쓰고 나니 누임질한 명
   주가 되었다. 연못에 다가가 글씨 연습을 하고 나니 연못의 물이 전부 시꺼멓게 되었다.
   붓을 들면 반드시 법식이고, 바빠서 글을 쓸 틈이 없다고 했다'"라고 적혀 있다. 장백영
   은 이름이 지(芝)이며, 동한(東漢) 둔황 위안취안(敦煌淵泉; 지금의 간쑤 안시安西) 사람으
   로, 초서에 뛰어나 사람들이 초성(草聖)이라 칭했다고 한다.
3) 오스카 와일드가 옥중에서 앨프리드 더글러스에게 쓴 한 통의 장문의 편지를 가리킨
   다. 이른바 『옥중기』(獄中記)이다. 1897년 와일드는 출옥한 뒤 이 편지를 친구 로버트
   로스에게 건넸다. 로스는 와일드가 죽은 뒤 이것을 일부 삭제하여 발표했지만, 1949년
   10월에 와일드의 차남 비비안 홀랜드가 전문을 발표했다.
4) 로맹 롤랑(Romain Rolland, 1866~1944). 프랑스 작가, 사회활동가. 저서로는 장편소설
   『장 크리스토프』(Jean-Christophe), 전기 『베토벤의 생애』(Vie de Beethoven) 등이 있
   다. 1929년 6월 제1차 세계대전 중 스위스에 체류하며 쓴 『전시일기』(戰時日記) 원고(스
   물아홉 분책分冊, 마지막 한 책은 파리에서 썼다)를 스위스의 바젤대학 도서관에 주어 보존
   하고, 또 타이핑 원고 3부를 소련의 레닌도서관, 미국의 하버드대학 도서관, 스웨덴 스
   톡홀름의 노벨아카데미도서관에 각각 주었다. 이들에게 1955년 1월 1일에 처음 개봉
   하고 각 나라의 말로 번역·출판해도 좋다는 조건으로 보관을 요구했다.
5) 쇼펜하우어(Arthur Schopenhauer, 1788~1860)는 독일의 관념론 철학가.
   범문(梵文)은 고대 인도의 문자를 가리킨다.

소품문에 관하여¹⁾

'소품문'이란 명칭이 유행한 이래 서점의 광고를 보니 편지와 논문까지도 모두 소품문류로 분류되었다. 물론 이것은 장사를 위한 것이니 근거가 될 수는 없다. 일반적인 견해로서 으뜸은 편폭이 짧다는 데 있다.

그러나 편폭이 짧은 것이 소품문의 특징은 아니다. 기하幾何의 정리 하나는 단지 수십 자에 불과하고, 『노자』²⁾는 5천 자밖에 안 되지만 어느 것도 소품이라고는 하지 않는다. 그것은 불경의 소승小乘³⁾과 같다고 할 수 있는데, 먼저 내용을 보고 뒤에 편폭을 논하는 것이다. 작은 도리를 논하거나 또는 도리가 없고 장편이 아니라야 곧 소품이라고 한다. 힘이 있는 문장은 '단문'이라고 부르는 것이 나은데, 짧음은 물론 긴 것에 미치지 못하고 또 몇 마디의 구句로는 삼라만상을 다 말하지 못하지만, 그러나 그것은 결코 '작은' 것은 아니다.

『사기』⁴⁾의 「백이열전」과 「굴원가의열전」은 인용의 소부騷賦를 제거하면 사실 소품에 불과하다. 하지만 '태사공'太史公이 쓴 것이고 또 자주 나오기 때문에 뽑아서 번각飜刻하는 사람이 없었을 뿐이다. 진나라에서 당대까지도 몇 명의 작가가 있었다. 송대의 문장은 내가 잘 모르지만, '강호파'[5] 시는 확실히 내가 말하는 소품이다. 지금 많은 사람들이 제창하는 것은 명청대의 것이고, 듣건대 "성령을 표현한다"抒寫性靈[6]가 그 특색이라고 한다. 그 당시 몇몇 사람은 분명히 성령을 표현하는 데만 능했는데, 기풍과 환경 그리고 작가의 출신과 생활을 더더라도 그러한 생각을 갖고 그러한 문장만을 지을 수 있을 뿐이었다. 성령을 묘사한다고 하지만 사실은 나중에 와서는 여전히 상투적인 형식에 사로잡혀서 단지 "성령을 읊는 것"에 지나지 않았고, 예의 상투구를 써내는 것이었다. 물론 미리 위험을 감지한 이도 있어, 뒤에 위험을 경험하고 나서 소품문 가운데 가끔 감동과 분개를 내포할 때도 있었다. 하지만 필화사건文字獄의 시대에는 모두 파기되고 판본도 부수었기 때문에 우리가 본 것은 "천마가 하늘을 난다"天馬行空[7]와 같은 초연超然한 성령뿐이다.

청조의 검열을 거친 이 '성령'은 지금에 이르러 아주 타당한 것이 되었다. 명말의 사탈泗脫은 있지만 청초의 소위 '패류'悖謬[8]는 없고, 나라가 있을 때는 고상한 인물이고, 나라가 없을 때도 여전히 일사逸士로서 받아들여진다. 일사도 자격이 있어야 했는데, 먼저 곧 '초연'하다. '사'士가 하품인 노복에서 벗어난다는 것이고, '일'逸이 책임에서 벗어난다는 것이다. 지금 명대와 청대의 소품을 특히 중시하는 것은 사실 큰 이유가 있는 것이고, 조금도 괴상한 것은 아니다.

하지만 '고상한 인물이면서 일사까지 겸하는 꿈'도 오래가지 못한다. 요 1년 내 큰 파탄이 나타났다. 고상하다고 자부하던 이가 쓴 것은 대체로 공허한 말뿐인 데다 심지어 허튼소리까지 하며, 저급한 자는 시시한 익살을 부리는데 비천한 어릿광대와 다르지 않다. 그들은 부잣집 도련님들의 댄스 자금을 강탈하고 댄서들과 생업을 다투는 일만 노리고 있어, 5·4운동 전후의 원앙호접파[9]보다 저열하고 불쌍한 상태다.

이 소품문의 성행을 위해 올해 또 소위 '진본'珍本[10]이라는 것을 복각하는 일까지 생겼다. 일부 논자는 이것도 우려하고 있지만, 나는 무용한 것은 아니라고 생각한다. 원본이 비싸서 구입할 능력이 없지만, 지금은 일 원 혹은 몇십 전으로도 현대 명인의 조사祖師와 옛 성령이 어떻게 쓸데없이 중복되었는지 그리고 지금의 성령이 어떻게 남을 모방하는지 볼 수 있다. 소뼈를 많이 갉아먹어 보면 소뼈라도 그만큼의 식견이 생겨서 더는 날것으로 볶은 소뿔에 속임을 당하는 일은 없지 않을까?

그러나 '진본'珍本이 결코 '선본'善本은 아니다. 어떤 책은 무료하기 때문에 보려고 하는 이가 없어서, 이에 날로 쇠망하여 줄어들고 있다. 적기 때문에 그래서 '진'珍이 되는 것이다. 고서점에서 높은 가격을 부르는 이른바 '금서'라 할지라도 모두가 강개격앙하여 사람들을 분기케 하는 작품인 것은 아니다. 청조 초기는 단지 작가 탓에 금지당한 일도 있었는데, 내용과는 전혀 관계없는 것이 자주 있었다. 이 점은 독자의 선구안이 요구된다. 식자識者들의 많은 지적을 기대한다.

12월 2일

주)_____

1) 원제는 「雜談小品文」, 이 글은 1935년 12월 7일 상하이 『시사신보』(時事新報) 「매주문학」(每週文學)에 처음 발표되었다. 서명은 루쥔(旅隼).
2) 『노자』(老子)는 『도덕경』(道德經)이라고도 부른다. 춘추시대 노자가 지었다고 한다. 전체 문장은 오천여 자이다.

3) 소승(小乘). 초기 불교의 주요 유파로서 개인의 수행지계(修行持戒)와 자아해탈을 중시한다. 불교의 정통파라고 자처한다. 소승은 중생 구제를 주장하는 대승불교에 상대되는 말이다.

4) 『사기』(史記)는 서한의 사마천(司馬遷)이 지은 것으로 중국 최초의 기전체(紀傳體) 통사다. 사마천은 한 무제 때 태사령(太史令)을 역임했기에 '태사공'(太史公)이라고 부른다. 『사기』「굴원가생열전」(屈原賈生列傳) 전문은 굴원의 「회사부」(懷沙賦)와 가의(賈誼)의 「조굴원부」(弔屈原賦), 「복부」(服賦)를 인용하여 수록했다.

5) 강호파(江湖派). 남송 말기의 시인 진기(陳起; 항저우에 서점을 열고 있었다)는 일찍이 『강호집』을 편각해, 남송 말기의 문인은사와 송 멸망 후의 유민 대복고(戴復古), 유과(劉過) 등의 작품을 수록했다. 이 작가들은 뒤에 강호파라고 불렸다. 『강호집』은 원래 전집(前集), 후집(後集), 속집(續集)이 있었으며, 지금은 『강호소집』(江湖小集, 95권)과 『강호후집』(江湖后集, 24권)을 볼 수 있는데 작가 111인을 수록하고 있으나 이미 원본은 아니다.

6) 당시 린위탕 등이 소품문을 제창하고 명대 원중랑(袁中郎), 청대 원매(袁枚) 등의 "서사성령"(抒寫性靈)의 작품을 추앙했다. 린위탕은 『논어』 제28기(1933년 11월)에 발표한 「논문 하」(論文下)에서 "성령파 문자는 '진'(眞)을 주로 한다. 성령을 표현하여 그 진실을 구한다"라고 했다.

7) 린위탕은 『논어』 제15기(1933년 4월)에 발표한 「논문 상」에서 "진정한 호방은 작위가 아니고, 천마가 하늘을 날고, 김성탄(金聖嘆)의 『『수호전』 서(序)처럼 절무희유(絶無稀有)의 것이라고 평해도 좋다"라고 했다.

8) 청 건륭(乾隆) 연간 『사고전서』(四庫全書)를 편찬할 때, '위애'(違碍)라고 간주된 서물은 판목을 전부 파기하든가 일부를 빼내고 파기했다. 각 성(省)에서 모아 송부된 금서서목 가운데 어떤 것에는 "패류(悖謬)의 말이 있고, 뽑아내서 파기토록 신청해야 한다" 등의 주기(注記)가 있었다. 『차개정잡문』「아프고 난 뒤 잡담의 남은 이야기」 참조.

9) 원앙호접파(鴛鴦胡蝶派). 청말민초에 일어난 한 문학유파. 이 유파의 작품은 문언(文言)으로 재자가인(才子佳人)의 애정고사를 많이 묘사하고 항상 원앙호접으로 이런 재자가인을 비유했기 때문에 원앙호접체(鴛鴦胡蝶體)라고 불렸다. 대표 작가로는 쉬전야(徐枕亞), 천뎨셴(陳蝶仙), 리딩이(李定夷) 등이 있다. 그들이 출판한 간행물은 『민권소』(民權素), 『소설총보』, 『소설신보』, 『토요일』(禮拜六), 『소설세계』 등이 있다. 그 가운데 『토요일』은 백화작품을 게재하여 영향력이 대단했으며, 그런 까닭에 원앙호접파를 '토요일파'라고도 불렀다.

10) 소위 '진본'(珍本)의 번인(飜印) 『중국문학진본총서』(中國文學珍本叢書)와 『국학진본문고』(國學珍本文庫)를 가리킨다. 전자는 스저춘(施蟄存) 주편으로 상하이 잡지공사에서 발행했다. 후자는 금하각(襟霞閣) 주인(平襟亞)이 편찬하고 중앙서국에서 발행했다.

'제목을 짓지 못하고' 초고(6~9)[1]

6.

T군이 언젠가 내게 이런 말을 한 것이 기억났다. 나의 『집외집』^{集外集}이 출판된 뒤 스저춘 선생이 어느 간행물에서 이 책은 인쇄할 정도의 가치는 없고 선별하는 편이 낫겠다라고 비평한 적이 있다[2]는 것이다. 나는 지금 그 간행물을 볼 수가 없다. 하지만 스선생이 『문선』을 상찬하고 『만명이십가소품』을 손수 편찬한 업적, 그리고 스스로 '언행일치'라고 표방했던 미덕으로부터 추측해 보면, 이것 역시 그의 말인 듯하다. 다행히 나는 지금 그의 언행을 연구할 생각이 없고, 이런 일에 관여할 필요도 없다.

　『집외집』이 인쇄할 가치도 없다는 것은 누가 말했든 다 맞는 말이다. 사실 어찌 이 책뿐이랴, 장차 다시 사고관^{四庫館}이 열릴 때 나의 모든 저역서는 모조리 배제 대상이 될 것이다. 지금도 톈진도서관의 목록에 『외침』과 『방황』 밑에 '소'^銷자를 써 놓았는데, '소'자는 '없애 버린다'는 뜻이다. 량스추 교수가 어느 도서관의 주임을 맡았을 때 나의 저역서 다수를 도서관 밖으로 내버리라고 했다고 한다.[3] 그러나 일반적인 상황에서 말한다면, 현재의 출판계는 실제 그다지 엄격하지 않고, 그래서 나의 『집외집』을 인쇄하였는데, 그것이 뭐 특별히 지묵紙墨을 낭비한 것이라고 여기지 않는 듯하다. 나는 선집은 문제가 많고 이익은 적다고 생각하는데, 재작년에 「선집」이란 글을 써서 자신의 의견을 밝혔던 것이 기억난다. 그것은 뒤에 『집외집』에 수록했다.

물론 마음대로 즐길 요량이라면 어떤 선집이든 다 괜찮다. 『문선』도 좋고, 『고문관지』古文觀止도 좋다. 그러나 문학 혹은 어떤 작가를 연구한다면, 이른바 "사람을 알고 세상을 논한다면" 사실 도움이 되는 선집은 아주 드물다. 선집이 드러내는 것은 종종 작가의 특색이 아니라 오히려 편자의 안목이다. 안목이 예리하면 예리할수록 견식이 깊으면 깊을수록 선집은 분명히 보다 정확하게 되지만, 애석하게도 대부분은 시야가 콩알만 하고 작가의 진상을 말살하는 경우가 많다. 이것이 바로 "문인文人의 재앙"이다. 예를 들어 채옹[4]은 편찬자가 대체로 그의 비문에서만 취한 결과 독자는 그를 격식을 갖춘 중후한 문장을 쓰는 작가로만 간주하게 되었는데, 반드시 『채중랑집』蔡中郞集의 「술행부」述行賦(『속고문원』續古文苑에도 보인다)를 볼 필요가 있다. "높이 세운 누각臺榭에 기교를 다했으나 백성은 노천에 살며 습한 땅에서 잠자네. 곡물은 금수에게 내맡기니 일반 서민은 쭉정이와 겨뿐이었다."(지금 손에 책이 없는 관계로 기억에 착오가 있을지도 모르겠다. 뒤에 정정할 생각이다) 이 구절을 보면 곧 그가 단순한 학자가 아니라 뜨거운 피가 흐르는 사람임을 알 수 있고, 그때의 상황을 이해하게 되어 그가 분명히 죽음을 추구하는 길에 있었음을 알 수 있다. 또 편찬자에 의해 「귀거래사」歸去來辭와 「도화원기」桃花源記가 뽑히고, 논객에 의해 "국화를 따는 동쪽 담장 아래서 홀연 남산을 본다"가 감상되고 있는 도잠陶潛 선생은 후세 사람들의 눈에는 실로 너무 오랫동안 표일飄逸하다고 생각되어 왔지만, 전집에서 그는 때때로 아주 모던했다. "원컨대 명주신이 되어 맨발에 붙어서 주유하고 싶네, 슬프게도 행동에 절도가 있어 헛되이 침대 앞에 내던져졌네"라고. 마침내 일변하여 "아아, 나의 연인아"의 신짝이 되고 싶다고 했으나, 그 뒤 "예의에 그친"5) 때문에 깊은 곳까지 진공해 갈 수 없다고 스스로 말했지만, 그 터무니없는 생각을 고백한 것은 정말 대담한 것이었다. 바로 시로도 논객이 탄복한 "홀연 남산을 본다" 외에 "정위精衛는 작은 나무를 물어다 창해滄海를 메우고자 했네. 형천刑天이 간척춤을 추었으니 용맹한 뜻은 언제나 남아 있네"6)라는 류의 "인왕仁王이 눈을 부라리고 있는金剛怒目"7) 식도 있는데, 그가 결코 밤낮으로 초연飄飄한 것이 아니었음을 증명하고 있다. 이 "용맹한 뜻이 언제나 남아 있다"는 "문득 남산을 본다"와 동일한 사람이다. 만약 취사선택한다면 그것은 완전한 인간이 아니다. 더욱이 과장한다면 더더욱 진실에서 멀어질 것이다. 예를 들어, 용사는 싸우기도 하고 또 휴식하기도 하고 먹고 마시기도 한다. 물론 성교도 한다. 용사의 마지막 행위 하나만을 취한다면 초상을 그려 기방妓房에 걸어 두고 성교대사로 떠받든다면, 그것은 아주 근거가 없다고 말할 수는 없을지라도 어찌 원망스럽지 않으랴! 나는 요즘 사람들이 도연명을 상찬하며 인용하는 것을 볼 때마다 고인 때문에 애석해지는 마음을 어쩔 수 없다.

이것은 문학유산을 섭취하고 이용하는 것과 관련된 문제이기도 하다. 실패로 인해 의기소침하고 분별력을 잃은 사람은 대부분 결국 좋은 상태로 되돌아가지 못한다. 며칠 전 『시사신보』의 「청광」靑光8)에서 린위탕 선생의 말을 인용한 것을 보았다. 원문은 잃어버렸지만, 대체적인 내용은 이러했다. 노장老莊은 상류이고 길거리에서 욕을 해대는 무지막지한 여자는 하류인데, 그는 모두 보고 싶지만 중류만은 위에서 뺏고 아래서 뜯어 가장 볼만한 것이 없다는 것이었다. 만약 내 기억이 틀리지 않다면, 이것이야말로 송나라 사람의 어록, 명나라 사람의 소품에서 『논어』, 『인간세』, 『우주풍』 등에 이르기까지 이런 '중류' 작품에 사형을 선고한 것일 뿐만 아니라, 그 자신은 약간의 자신감도 없다는 것을 철저하게 표명한 것이다. 그러나 이것 역시 재주는 없으면서 야심만 큰 것이다. '중류'라고 해도 일률적으로 말할 수는 없기 때문인데, 똑같은 표절이라도 좋은 점을 취할 수도 있고, 도움이 되지 않는 것을 취하기도 하며, 나쁜 것도 취할 수 있다. '중류'의 하류에 이르게 되면 표절조차도 할 수 없다. '노장'은 말할 것도 없고 명청대의 문장이라고 하더라도 진정으로 이해할 수 없다.

고문에 표점을 찍는 것은 시험에 응시하는 학생들을 고통스럽게 할 뿐만 아니라 간혹 유명한 학자들도 추태를 보이게 한다. 사곡詞曲의 구두점을 어지럽게 하고 변려문騈儷文을 찢어 갈라놓은 미담은 이미 진부한 얘기가 되어 회고할 것까지도 없다. 올해 염가의 소위 진본서珍本書가 많이 나왔는데, 모두 유명인의 표점이 있다. 세상에 관심이 있는 사람들은 깊이 우려하여 복고의 불길이 타오른다고 생각하고 있다. 나는 그렇게 비관하지는 않고 국폐國幣 1위안 몇 푼을 들여 이런 책 몇 권을 샀다. 옛 중류의 문장을 읽고 또 지금의 중류의 표점을 볼 수 있어서, 현재의 중류가 옛 중류의 문장을 이해할 수 없을지도 모른다는 결론은 바로 여기서 얻은 것이다.

예를 들어──이런 종류의 예를 드는 것은 아주 위험하지만, 예부터 지금까지 문인이 목숨을 잃는 일은 종종 그의 무슨 '이데올로기'적 오류 때문이 아니라, 개인의 사사로운 원한 때문인 경우가 아주 많다. 그러나 여기서는 역시 예를 들지 않으면 안 되겠다. 여기까지 썼으니 반드시 예가 필요하기 때문이다. 이른바 "화살이 활에 걸려 있다면 쏘지 않을 수 없다"라는 것이 이것이다. 하지만 재삼 생각을 해본 뒤 "잠시 그 이름을 감추기"로 결정했다. 혹 곤란을 피할 수 있을지도 모르고, 이것은 중국인이 공허한 체면에만 집착하는 결점을 이용하는 것이다.

예를 들어, 내가 산 '진본' 가운데 장대[10]의 『낭환문집』이 있는데, "특별 인쇄본으로 가격 4푼"이며, "을해 10월 루첸 지예平盧前冀野父"의 발跋에 의하면 "가파르고 외진 길을 넓고 크게 만든" 것이다. 그러나 표점을 따라 읽어 보면 그다지 "넓고 크지"는 않았다. 표점을 찍자면 오언 혹은 칠언시가 가장 쉽다. 문학가가 아니라 수학가라도 괜찮다. 하지만 악부樂府는 그다지 "넓고 크게" 되지 않는다. 그래서 권3의 「경청의 암살 음모」[11]에는 이해하기 어려운 문구가 나타났다.

…… 佩鉛刀. 藏膝髁. 太史奏. 機謀破. 不稱王向前. 坐對禦衣含血唾.……[12]

소리 내어 낭송하기 적당하고 압운도 있지만, "不稱王向前"이 구절은 다소 이해하기 어렵다. 원서原序를 보면 다음과 같다.

清知事不成. 躍而詢上. 大怒曰. 毋謂我王. 即王敢爾耶. 清曰. 今日之號. 尚稱王哉. 命抉其齒. 立且詢. 則含血前. 淥禦衣. 上益怒. 剝其膚.…… (표점은 모두 원본에 따른다)[13]

그렇다면 시는 마땅히 "不稱王, 向前坐"라고 읽어야 한다. "불칭왕"은 "尚稱王哉"이며 "향전좌"는 "則含血前"이다. 그리고 서문의 "躍而詢上. 大怒曰"도 아마 "躍而詢. 上大怒曰"이 되어야 맞을 것이다. 작문의 초급단계에 의거해 다음의 "上益怒"를 보면 이해할 수 있을 것이다.

명대 사람들의 소품이 '본색'이 어떻든[14] '성령'이 어떻든, 그것을 함부로 다루어서는 안 된다. 자신을 그르치는 것은 별문제지만 남을 망치게 하는 것은 좋지 않다. 예를 들어 권6의 『금조』琴操의 「척령조」鶺令操[15] 서序에 이러한 구절이 있다.

秦府僚屬. 勸秦王世民. 行周公之事. 伏兵玄武門. 射殺建成元吉魏征. 傷亡作.[16]

문장도 알기 쉬우나, 『당서』唐書를 한번 들춰 보면 위징魏徵(魏征)이 실제로 사살射殺되었다는 것은 사실이 아닐 거라고 생각한다. 그는 사실 진왕秦王 이세민이 황제가 된 뒤 17년이 지나서 병사한 것이다.[17] 이에 나는 하는 수 없이 여기서는 "射殺建成元吉, 魏征傷亡作"이라고 구두점을 찍어야 했다. 분명히 장대가 지은 『금조』인데, 어떻게 위징이 지을 수가 있는가. 아예 위징을 아주 깨끗이 사살해 버리는 것도 분명히 도리가 없다고 말할 수 없다. 하지만 '중류'의 문인들은 항상 잘 모방하여 짓는다. 예를 들어, 한유 선생은 주周 문왕을 대신해 "신의 죄는 죽어 마땅하나 천왕은 현명하다"[18]라고 말했다. 그래서 여기서도 역시 "위징이 망자를 슬퍼하여 지었다"魏征傷亡作라고 하는 것이 온당하다.

나는 여기서 또 "문인은 서로 경시한다"라는 죄를 지었다. 그 죄상인즉슨 "생트집을 잡는다"이다. 그러나 "공을 세워 죄를 씻으려는" 생각에 어떤 유명인들이 문장은 읽어도 이해하지 못하며 구두점도 끊지 못하는 주제에 문장을 선하여, 이 편은 좋고 저 편은 나쁘다고 말한다면, 정말로 모골이 송연해지게 하는 것임을 증명한 것이다. 따라서 진실한 독서인은, 첫째 선집에 의거해서는 안 되며, 둘째 표점을 믿어서도 안 된다.

7.

또 똑같이 확실하게 독자들을 미로로 이끄는 방법이 '발췌'摘句이다. 그것은 종종 옷에서 뜯어낸 수놓은 꽃으로, 뜯어낸 이가 허풍을 떨거나 억지로 끌어 붙여, 어떻게 초연하여 속세와 관련이 없는가라고 말하면, 독자는 전체를 본 적이 없어서 그 말에 미혹되어 어리둥절하게 된다. 가장 두드러진 예가 앞의 글에서 말한 적이 있는 "홀연 남산을 보네"라는 것이다. 도잠의 「술주」述酒[19]와 「산해경을 읽고」讀山海經 등의 시가 있음을 잊어버리고, 그를 단지 표연한 사람이라고 간주하게 된 것은 바로 이 구절의 발췌가 원흉이다. 최근 『중학생』[20] 12월호에 주광첸[21] 선생이 쓴 「"노래가 끝나고 사람들은 보이지 않는데, 강 위에 비친 산봉우리들은 푸르도다"에 관해」라는 글을 보았는데, 여기서 이 두 구절을 시의 아름다움의 극치라고 치켜세웠다. 하지만 나는 이 역시 잘라 낸 단편으로 미를 판단하는 결점이라고 생각한다. 그가 상찬한 것은 다음과 같은 것이다.

나는 이 두 구절의 시를 좋아한다. 다소간 그것이 내게 철학적 함의를 계시하기 때문이다. "노래가 끝나고 사람들은 보이지 않는데"가 표현한 것은 소멸이고, "강 위에 비친 산봉우리들은 푸르도다"가 표현한 것은 영원이다. 사랑스러운 음악과 그것을 연주하는 사람은 사라졌어도 청산은 여전히 우뚝 솟아서 영원히 우리들에게 마음을 거기에 기탁하게끔 한다. 사람은 결국 처량함을 싫어하여 반려자를 찾는다. 노래가 끝나고, 사람이 떠났다. 우리들이 잠시 전까지 경치를 둘러보면 정회를 펼치던游目騁懷 세계는 돌연 발아래서 무너지는 것 같다. 이것은 인생에서 가장 견디기 어려운 일이다. 그러나 별안간 우리들은 강 위에 비친 푸른 산봉우리들을 보았는데, 마치 친한 반려자, 발을 붙이고 살 만한 또 하나의 세계를 찾은 듯하고, 게다가 그것은 영원히 거기에 있는 듯하다. 그 흥취는 "산이 막히고 물이 막히어 앞길이 없는 듯하더니, 버드나무의 녹음이 짙고 꽃이 활짝 피어난 마을이 또 나타나도다"山窮水盡疑无路, 柳暗花明又一村라는 것과 흡사하다. 이뿐만이 아니다. 사람과 노래가 과연 정말 사라져 버린 것일까? 이 애절하고 구슬픈 음악이 산의 신령을 놀라게 하지 않았을까? 그것이 강 위에 비친 푸른 산봉우리들의 아름답고 장엄함을 전하지 않았을까? 그것은 이 아름답고 장엄함 속에 깃들어 있지 않았을까? 아무튼 청산靑山과 상수湘水의 정령의 거문고瑟 소리가 이미 이렇게 한 차례 인연을 맺은 이상, 청산은 영원히 존재하고 거문고 소리와 거문고를 타는 사람도 영원히 존재할 것이다.

이것은 분명히 그가 격찬한 이유를 설명하고 있다. 하지만 이것이 진부는 아니다. 독자는 다양하다. 어떤 이는 「강부」江賦와 「해부」海賦를 애독하고, 또 어떤 이는 「소원」小園이나 「고수」枯樹[22]를 좋아한다. 후자는 유有와 무無, 생生과 멸滅 사이에서 배회하는 문인으로, 인생에 대해 소란스러움을 싫어하면서도 또 그것에서 떨어지기는 두렵고, 생을 도모하는 데 나태하면서도 죽기는 싫고, 현실이 너무 무미건조하지만 고독은 너무 공허하고, 피로하여 휴식을 바라지만 휴식은 또 너무 처량하다. 그래서 또 위무慰撫를 필요로 한다. 이리하여 "노래가 끝나고 사람들의 그림자는 사라지고" 외에도, 예를 들어 "이 산에 있을 뿐인데, 구름이 깊어서 사는 곳을 모르겠다"只在此山中, 云深不知處 혹은 "생황과 노랫소리는 마당에서 멀어지고, 등불이 높은 누각 아래로 떨어진다"笙歌归院落, 灯火下楼台23)라는 시구가 종종 사람들에게 상찬된다. 눈앞에는 보이지 않지만, 멀리서는 존재하기 때문이다. 만약 존재하지 않는다면 비애를 느낀다. 이것이 바로 도사가 "마음으로 명을 받들고, 옥황대천존을 숭배한다!"至心归命礼, 玉皇大天尊24)라고 부르짖는 이유다.

피곤한 사람을 위로하는 성약聖藥은 시에서는 주선생이 말한 대로 한다면 '정목'靜穆이다.

예술의 최고 경지는 열렬함에 있지 않다. 시인을 인간이란 점에서 논한다면, 그가 느끼는 기쁨과 슬픔이 보통 사람이 느끼는 것에 비해 더 열렬할 것이다. 시인을 시인이라는 점에서 논한다면, 열렬한 기쁨이나 열렬한 슬픔이 시로서 표현된 뒤에는 마치 여러 해 동안의 저장을 거친 결과 황주黃酒처럼 그것의 매운 맛은 사라지고 순박한 맛만이 남는 것과 같다. 나는 다른 글에서 이미 이런 말을 했다. 즉 "그 이치를 깨달으면, 우리는 고대 희랍인들이 어째서 평화와 정목靜穆을 시의 극치로 보고, 시의 신 아폴론을 울창하고 푸른 산봉우리에 올려놓고 중생의 소동을 부감케 하면서 양미간에 항상 달콤한 꿈을 꾸듯이 조금도 방해받았다는 표정을 드러내지 않게 했는지 알 수 있을 것이다." 여기서 말한 '정목'(Serenity)은 물론 최고의 이상일 뿐이지 일반적인 시에서는 찾아볼 수 없는 것이다. 고대 희랍——특히 고대 희랍의 조형예술——은 늘 우리에게 이런 '정목'의 풍취를 느끼게 한다. '정목'은 하나의 확연한 큰 깨달음이자 귀의해야 할 마음이다. 그것은 눈을 내리뜨고 묵상하는 관음보살처럼 모든 슬픔과 기쁨을 초월하지만 동시에 모든 슬픔과 기쁨을 소멸시킨다고 말할 수 있다. 이런 경지는 중국 시에서는 많이 볼 수 없다. 굴원, 완적, 이백, 두보도 모두 금강金剛의 눈을 부릅뜨고 분노에 가득 찬 모습을 감추지 못했다. 도잠은 혼신 '정목'하여, 그래서 그는 위대하다.

고대 희랍인은 평화와 정목을 시의 극치로 간주했다고 하는데, 이에 대해서 나는 전혀 아는 바가 없다. 하지만 현존하는 희랍의 시가로 논한다면, 호메로스의 서사시는 웅대하고 활발하며, 사포[25]의 연가는 명쾌하고 정열적이어서 모두 정목은 아니다. '정목'을 내세워 시의 극치로 삼았지만 그 경계가 시에 보이지 않는 것은, 아마도 달걀형을 인체의 최고 형태라고 하면서 그 형태가 결국 사람들한테서 볼 수 없는 것과 같은 것이라고 나는 생각한다. 아폴론[26]이 산봉우리에 있는 것은 그가 '신'이기 때문이다. 고금을 막론하고 모든 신상神像은 좀 높은 곳에 있다. 이 상은 내가 일찍이 사진으로 본 적이 있지만, 그것은 눈을 뜨고 상쾌한 표정을 짓고 있어서 "늘 달콤한 꿈을 꾸는 듯한" 것은 아니었다. 하지만 실물을 보고, "우리에게 이런 '정목'의 풍취를 느끼게 했는지" 여부는 나로서는 단정하기 어렵다. 그러나 진정으로 느꼈다고 한다면, 나는 그것이 '고대'의 것인 탓이 아닐까라고 생각한다.

나 역시 늘 아雅와 속俗 사이에서 배회하는 사람이다. 지금 말한 것은 극히 살풍경에 가깝다. 그러나 때로는 스스로 너무 '아'하다고 여기는데, 그래서 간혹 골동품을 보기 좋아한다. 10여 년 전에 베이징에서 한 시골 부자를 알게 되었다. 그런데 어찌 된 일인지 모르겠으나 그가 돌연 '아'하게 되어 세발솥鼎 하나를 샀다. 듣자 하니 주周대의 세발솥으로 녹이 슬어 얼룩덜룩한 것이 고색창연했다. 그런데 뜻밖에도 며칠이 지나 그는 동세공銅細工 직인을 불러 그것의 녹과 녹청綠靑을 깨끗하게 닦아 내고 거실에 진열해 놓았는데, 반짝반짝 동광銅光을 발하였다. 이처럼 잘 닦은 옛 동기銅器를 나는 일생에 두 번 다시 본 적이 없다. 모든 '고아한 선비'雅人가 이것을 듣고서 웃지 않을 수 없었고, 나도 당시에 놀라서 실소를 금할 수 없었다. 그러나 이어서 마치 하나의 계시를 받은 듯이 숙연해졌다. 이 계시는 결코 '철학적 함의'가 아니라, 이제야 진상에 가까운 주대의 세발솥을 보았다고 생각했다. 주대의 세발솥은 바로 지금의 사발과 같은 것이다. 우리가 사용하는 그릇은 일년 내내 씻지 않을 리가 없다. 따라서 세발솥도 당시에 반드시 깨끗하게 닦아서 반짝반짝 빛이 났을 터이다. 다른 말로 한다면, 그것은 '정목'이 아니라 오히려 '열렬'했을 것이다. 이런 속된 기운을 아직도 벗어던지지 못해 나는 고미술을 평가하는 눈이 달라져 버렸다. 예를 들어 희랍 조각의 경우, 그것이 현재 "순박한 맛만 남았다"라고 생각하는 이유 중 하나는, 그것이 땅속에 묻혀 있어서 혹은 오랫동안 비바람을 맞아서 모가 부서지고 광택을 잃어버렸기 때문이라고 나는 생각한다. 조각할 당시는 분명 참신하고 눈처럼 하얗고 게다가 반짝반짝 빛이 났을 것이다. 그래서 우리가 지금 보는 희랍의 아름다움은 사실 당시 희랍인이 소위 미라고 생각한 것과 다를지도 모른다. 우리는 그것을 새로운 물건이라고 간주해야 할 것이다.

　무릇 문예를 논하면서 '극치'를 상정하는 것은 사람을 '궁지'로 몰아넣기 쉽다. 그래서 예술에서는 녹이나 녹청에 현혹되기 쉽고, 문학에서는 구속을 받아 '발췌'를 하게 된다. 하지만 '발췌'는 사람을 극히 곤란하게 만든다. 그래서 주선생은 전기錢起[27]의 두 구절만을 채택하고, 그 전편을 걷어차 버렸다. 나아가 이 두 구절을 갖고 작가의 전면을 개괄하고, 또 이 두 구절을 이용하여 굴원, 완적, 이백, 두보 등을 죽이고, "모두 금강이 두 눈을 부릅뜨고 분노에 가득 찬 모습을 감추지 못한다"라고 간주했다. 사실 이 네 분은 모두 고상한 주선생의 미학설을 높이기 위해 억울하게 희생된 것이다.

　여기서 먼저 전기의 시 전편을 보도록 하자.

성시의 작, 상강의 신령이 거문고를 타네　　　省試湘靈鼓瑟

잘 타는 운화의 거문고 소리, 제자帝子의 딸이 타는 것이라고. 강의 신 풍이가 헛되이 춤을 추고, 초객은 차마 듣지 못하네. 괴로운 가락은 처연하기 금석 같고, 청음은 아득히 사라지네. 창오는 원망스러운 사모를 불러 일으키고, 백지는 향기를 뿜어낸다. 흐르는 물이 상강 기슭에 전하고, 슬픈 바람은 동정의 호수를 지나간다. 곡이 끝나고 사람의 그림자 보이지 않는데, 강 위에는 산봉우리들만이 푸르도다.
善鼓雲和瑟, 常聞帝子靈. 馮夷空自舞, 楚客不堪聽. 苦調凄金石, 清音入杳冥. 蒼梧來怨慕, 白芷動芳馨. 流水傳湘浦, 悲風過洞庭. 曲終人不見, 江上數峰青.

'순박' 혹은 '정목'을 증명하기 위해서 이 전편을 인용하는 것은 곤란하다. 중간의 4연 8구(즉 풍이에서 동정까지)는 소위 '비량'에 아주 가깝다. 하지만 앞의 두 구가 없다면 마지막의 두 구는 분명히 애매하다. 그러나 이 애매가 인용자의 소위 뛰어난 솜씨일지도 모른다. 지금 제목을 보면 "曲終"이 "鼓瑟"과 연결되고 "人不見"이 "靈"이라는 글자를 가리키며, "江上數峰靑" 구가 "湘"을 가리킨다는 것이 분명하다. 전편이 당唐대 사람들의 뛰어난 시첩시試帖詩로서 손색이 없으나 마지막 두 구는 별로 신기해 보이지 않는다. 게다가 제목에 "성시"省試[28]라고 분명하게 말하고 있어서 당연히 "분노에 가득 찬 모습"일 수는 없는 것이다. 굴원이 초椒, 란蘭[29]과 다투지 않고 상경上京하여 공명을 추구했다면, 내 생각에 그는 시험답안지에 크게 불평을 호소하는 데까지는 가지 않았을 것이다. 그는 먼저 낙제하지 않도록 할 것이다.

그래서 「상강의 신령이 거문고를 타네」의 작가의 다른 시를 보지 않으면 안 된다. 하지만 내 손안에 그의 시집이 없고 『대력시략』[30]만이 있는데, 이 역시 어느 아둔한 선생이 편집한 선집이다. 그러나 편수는 적지 않다. 그 가운데 한 수는 이러하다.

낙제하여 장안의 여인숙에서 씀　　　　下第題長安客舍

청운의 꿈을 이루지 못하고, 나는 황조를 처량하게 바라본다. 이화가 한식의 밤에 폈지만, 객은 아직 봄옷으로 갈아입지 않았네. 세상사는 계절에 따라 변하고, 우정도 내게서 멀어졌다. 공허하게 남아 있는 것은 여인숙의 버드나무뿐, 서로 보며 의지하네.

不逮青雲望, 愁看黃鳥飛. 梨花寒食夜, 客子未春衣. 世事隨時變, 交情與我
違. 空餘主人柳, 相見卻依依.

낙제하여 여인숙의 벽에 시를 쓴 것으로, 울분이 가득함을 어찌할 수
없다. 「상강의 신령이 거문고를 타네」는 사실 제목 때문에, 또 성시로 인
해 어쩔 수 없이 이처럼 매끄럽고 원만하게 지은 것임을 알 수 있다. 그는
굴원, 완적, 이백, 두보 네 사람과 마찬가지로 때로는 노한 눈길을 한 금강
이었던 것이다. 그러나 전체적으로 말하면, 그는 일장 육척의 부처의 신장
에는 미치지 못했다.[31]

세상에는 "사물을 놓고 사물을 논한다"就事論事는 방법이 있다. 이제
시로 시를 논하더라도 지장이 없을 듯하다. 그러나 나는 만약 문장을 논하
려고 한다면 가장 좋은 것은 전편을 살피고, 또 작가의 전 인격과 그가 처
한 사회적 상황을 검토하는 것이다. 이렇게 해야만 비로소 정확하다고 생
각한다. 그렇지 않으면 꿈같은 얘기를 하는 것이 되기 쉽다. 그러나 나도
꿈 얘기를 반대하지는 않는다. 다만 듣는 사람이 마음속으로 듣는 것이 꿈
얘기라고 분명히 알고 있어야 한다고 주장하는 것이다. 이것은 내가 진지
한 독자들이 선본과 표점본에 전적으로 의지해 표본으로 삼고 문학을 연
구해서는 안 된다고 권유한 것과 대체로 일치한다. 스스로 시야를 넓혀
많은 작품을 읽는다면, 역대의 위대한 작가들 중에 "혼신을 다해 '정목'"
한 이는 한 사람도 없다는 것을 알게 될 것이다. 도잠은 바로 "혼신을 다해
'정목'하지 않았기 때문에 위대했던" 것이다. 지금 종종 '정목'으로 존중받
는 까닭은, 그가 선집의 편자와 발췌자들에 의해 축소되고 손발이 잘렸기
때문이다.

8.

지금 유포되고 있는 고인의 문집 가운데 한^漢대 사람의 것은 이미 원상태를 유지하고 있는 것이 없다. 위^魏의 혜강^{嵇康}은 현존하는 문집에 다른 사람과의 증답^{贈答}과 논난^{論難32)}을 담고 있다. 진^晉의 완적은 문집에 복의^{伏義}의 편지가 있다.³³⁾ 이 모두 대체로 아주 오래된 잔본으로 후인들이 다시 편한 것일 터이다. 『사선성집』³⁴⁾은 전반부만 남았지만, 여기에는 그의 동료가 함께 짓고 읊은 시가 있다. 나는 이런 문집이 가장 좋다고 생각한다. 한편으로는 작가의 문장을 볼 수 있고, 다른 한편으로는 그와 다른 사람과의 관계를 엿보며, 그의 작품이 같이 노래한 다른 사람과 비교해서 수준이 어떤지, 그는 왜 그런 말을 했는지…… 하는 것들을 알 수 있기 때문이다. 지금 이러한 편집방식을 취하고 있는 것이, 내가 아는 바에 의하면 『두슈 문존』³⁵⁾인데, 수록된 '문장'과 관련된 다른 사람의 글을 같이 첨부하고 있다.

대단한 작가들은 아주 엄격하고 창작을 신중하게 생각하여, 일생을 바쳐 쓴 작품을 깎고 깎아서 한 자 혹은 서너 개의 글자만 남겨 태산의 정상에 새기고 "그 사람에게 전하려"³⁶⁾ 한다면, 그렇게 하도록 내버려 두면 된다. 그리고 요괴와 같은 '작가들'이 있는데, 분명 천상의 군대에 호위를 받고 있으므로 이름을 공개해도 아무 지장이 없을 터인데 슬슬 피하면서 자신의 작품이 자신의 진상과 관계가 발생할까 두려워서 짓는 즉시 지우고 또 지워서 백지밖에 남지 않게 되는 것 또한 그렇게 하도록 내버려 두면 된다. 만약 다소간 사회와 관계가 있는 문장이라면 모두 묶어서 출판해야 한다고 나는 생각한다. 그 가운데는 쓸모없는 것도 많이 끼어들기 마련이다. 소위 "가시덤불도 자르지 않는"³⁷⁾ 경우이다. 그러나 이렇게 해야 비로소 깊은 산 큰 호수가 되는 것이다. 지금은 이미 고대와 달라서 손으로 베끼거나 나무에 새길 필요도 없다. 단지 활자를 짜기만 하면 된다. 조판해서 인쇄한다고 하더라도 종이와 잉크를 낭비하는 것임에는 틀림없지만, 양춘런과 같은 무리가 쓴 것까지도 인쇄되고 있는 것을 생각하면, 어떤 것이든 덮어놓고 낼 수 있을 것이다.[38] 중국인은 자주 "한 가지 이로움이 있으면 반드시 한 가지 손해가 있다"라고 말한다. 말을 바꾸면 "한 가지 손해가 있으면 반드시 한 가지 이로움이 있다"일 것이다. 부끄러움을 모르는 깃발을 흔든다면, 분명 무치無恥한 무리들이 따라 일어날 것이다. 하지만 그로 인해 겸손한 자들이 떨쳐 일어서게 된다면, 이 또한 한 가지 이로움이다.

겸손을 거둬들인 사람도 실제로는 적지 않다. 하지만 또 소위 "자신을 아끼는" 사람은 많다. "자신을 아끼는" 것은 물론 나쁜 일은 아니다. 적어도 그 사람은 무치하지는 않다. 그런데 어떤 사람은 종종 '꾸미는 것'과 '감추는 것'을 '아끼는 것'이라고 오해한다. 문집에 "젊은 시절의 작품"을 수록하는 이가 있는데, 하지만 억지로 고쳐서 아이들의 얼굴에 한 줌의 하얀 수염을 자라게 한다. 또 다른 사람의 작품을 수록하는 수도 있으나 크게 선별하여 결코 매도, 중상, 경멸의 문장은 수록하지 않는다. 이것들은 가치가 없다고 생각하기 때문이다. 사실 이런 것도 똑같이 본문과 함께 가치가 있는 것으로, 그 역량이 무치한 무리들을 끌 만한 힘은 없더라도 가치가 있는 본문과 관련이 있다면 이것이 바로 당시에 그것의 가치이다. 중국의 역사가들은 일찍이 이러한 점을 알고 있었다. 그래서 역사 속에 대체로 순리전循吏傳, 은일전隱逸傳이 들어 있는가 하면 혹리전酷吏傳과 영행전佞幸傳도 있으며, 충신전忠臣傳이 있는가 하면 간신전奸臣傳도 있다. 이렇게 하지 않으면 전체를 알 수 없기 때문이다.

게다가 요괴의 수법을 소멸시킨 채로 둔다면, 요괴를 반대하는 인물과 그 문장을 통찰할 수 없게 된다. 재야 은일자의 작품은 더 말할 것도 없지만, 이 작가가 인간세상에 몸을 두고서 어느 정도 전투성을 갖고 있다면, 그는 사회에 반드시 적이 있을 것이다. 다만 이런 적들은 결코 스스로 승인하지 않고 때때로 응석을 부리며 "억울하네, 이것은 그가 나를 가상의 적으로 간주한 것이 아닌가!"라고 말한다. 하지만 좀 주의해서 보면, 그렇게 말한 사람은 분명히 암전暗箭을 쏘고 있다. 이렇게 지적을 당하면 그제서야 정면 공격으로 바꾼다. 그렇지만 이것도 '가상의 적'[39]한테 모함을 당한 것에 대한 보복이라고 말한다. 사용한 수법도 그것이 유전流傳하는 대로 내버려 두려고 하지 않는다. 사후事後에 소멸시키려고 하는 것은 말할 것도 없고 그 당시에도 우물우물 발뺌하려고 한다. 문집을 편집하는 사람도 수록할 가치가 없다고 본다. 그래서 이후에는 한쪽의 문장만 남아서 비교하지 못하고, 당시의 전투적인 작품은 마치 표적이 없는데 화살을 쏘는 것처럼 혼자서 공중을 향해 발광하는 것같이 보인다. 나는 사람들이 옛 사람의 문장을 비평하며, 누구는 "창끝을 지나치게 드러냈다"라든가, 또 누구는 "칼을 뽑고 활을 당길" 정도로 너무 긴장하고 있다고 말하는 것을 본 적이 있다. 상대방의 문장이 완전히 사라졌기 때문이다. 만약 존재하고 있다면, 평론가의 어리석음을 어느 정도 줄일 수 있을지 모른다. 그래서 나는 앞으로 소위 다른 사람들의 가치 없는 문장들을 널리 구하여 부록으로 첨부한 문집이 나와야 한다고 주장한다. 예전에는 선례가 없다고 하더라도, 후대에 남겨 줄 보배가 될 것이다. 그 효능은 온갖 괴물들의 형상을 주조한 우禹의 세발솥[40]과 같을 것이다.

근래의 일부 간행물들은 그 무료와 무치와 저열함이 세계에서도 드물 정도다. 하지만 이것 역시 분명 현대중국의 일군의 사람들의 '문학'이다. 지금으로 보면 현재의 상황을 알 수 있고, 미래에는 과거를 알 수 있으므로, 좀 큰 도서관은 모두 반드시 보존하지 않으면 안 된다. 그런데 C군이 일찍이 내게 알려 주었던 것이 기억난다. 이런 것은 고사하고, 착실하고 실속 있는 정기간행물을 보존하고 있는 곳조차 극히 적다. 대체로 외국의 잡지들만 큼직하게 제본하여 배열해 두고 있을 뿐이다. 역시 "옛것을 귀하게 여기고 현재의 것을 하찮게 보며, 가까운 것을 홀시하고 먼 것을 중시한다"라는 옛 폐해가 살아 있는 것이다.

9.

앞에서 말한 적이 있는 소위 '진본총서'의 하나인 장대의 『낭환문집』 권 3의 서한류書牘類에는 「또 여덟째 동생 의유毅儒에게」라는 편지가 있는데, 첫머리에서 이렇게 말했다.

> 전에 자네가 편찬한 『명시존』明詩存을 보았는데, 한 글자라도 종鐘·담譚[41]과 부합하지 않는 것이 있으면 모두 버리고 수록하지 않았더군. 지금 몇몇 단체의 군자들이 왕성하게 왕王·이李[42]를 칭송하며 종·담을 통렬하게 공격하자, 자네의 선하는 방식 역시 이전과 달라져서 한 글자라도 종·담과 비슷한 것이 있으면 모두 버려서 수록하지 않았네. 종·담의 시집은 변하지 않았고, 자네의 기량과 견식도 변화가 없는데, 바뀌기는 비봉飛蓬과 같고 빠르기는 그림자 같네. 어째서 그처럼 가슴에 고정된

인식이 없고, 눈에는 고정된 견해가 없으며, 입에는 고정된 논평이 없는 것인가. 다분히 자네가 종·담을 좋아했을 때에도 종·담에게는 단점도 있고 또 장점도 있었네. 구슬은 언제나 원석을 갖고 있듯이, 처음부터 완전한 보석은 없는 것이네. 자네가 종·담을 싫어했을 때에도 역시 종·담에게는 장점도 있고 단점도 있었네. 아무리 티가 있다고 해도 구슬은 구슬이니 그것을 모두 기와조각으로 보고 내버려서는 안 되는 걸세. 자네는 몇몇 단체의 군자들의 발언만을 가슴에 담아 두지 말게나. 허심하게 자세히 생각한다면 대상의 미추美醜는 저절로 드러날 걸세. 어떻게 다른 사람이 좋아하는 대로 좋아하는가! ……

이것은 바람이 부는 대로 키를 돌리는 선집 편집자의 면목을 선명하게 그려 냈다. 또 선집의 신뢰할 수 없음을 증명하였다. 장대 자신은 선집을 편하거나 역사를 편찬하는 데 있어 반드시 자신의 의견을 제시해서는 안 된다고 인정하였다. 그는 「이연옹에게」與李硯翁라는 편지에서 "나의 『석궤』石匱라는 책은 40년 이상 쓴 것으로, 마음은 고인 물이나 진秦대의 동銅과 같이 결코 자신의 의견을 나타내지 않았다. 그래서 붓을 들어 묘사하자 미추가 저절로 드러났으며, 세세하게 묘사했다고 말할 수 있는 것도 사물의 형상을 그대로 나타냈을 따름이다"라고 말했다. 그러나 마음은 결국 거울이 아니고 공허할 수도 없기 때문에, '허심'虛心을 시를 선할 때의 극치로 삼거나, "자신의 의견을 내지 않는" 것을 역사를 쓸 때의 극치로 삼는 것도 '정목'을 시의 극치라고 주장하는 것과 똑같이 사실상 불가능하다. 수년 전 문단에 나타났던 소위 '제3종인' 두형 무리가 초연超然을 표방했으나, 실제로는 추한 무리들로서 오래지 않아 본색을 전부 드러냈는데, 수

치심이 있는 사람들은 모두 이 칭호를 부끄러워했다는 것은 여기서 더 말할 필요가 없겠다. 다른 뜻이 없다고 스스로 생각하며 버젓이 중립을 지켰다고 생각하는 장대와 같은 사람조차도 사실은 편향적이었다. 그는 같은 편지에서 동림東林[43]을 논하며 이렇게 말했다.

……동림은 고경양顧涇陽이 학문을 연구하기 시작한 이래, 그 이름으로 80~90년간이나 우리나라에 재앙을 초래했다. 그 당파의 부침으로 시대의 성쇠를 판단했는데, 그 당파가 흥성했을 때는 관료가 되는 첩경이며, 그 당파가 쇠락했을 때는 원우元祐의 당비黨碑[44]였다.……동림의 창시자들 중에는 군자가 많았으나 끼어들어 간 자에는 소인들이 없지 않았으며, 떠받드는 자는 모두 소인이었으나 끌어들인 자에는 군자도 있었다. 그 사이의 맥락이 분명하고 파벌이 아주 달랐다.……동림 가운데 평범하고 용렬한 자들에 대해서는 논할 필요가 없다. 탐욕스럽고 횡포한 왕도王圖, 간사하고 흉악한 이삼재李三才, 도적의 재상이 된 항욱項煜, 도적에게 서장書狀을 써서 즉위를 권고한 주종周鐘[45] 등이 동림에 끼어들어 왔다고 해서 이들에게 군자로서 경의를 표하라고 한다면, 내 팔이 잘려 나가도 결코 요구를 따르지 않을 것이다. 동림에서 특히 추악한 이는 시민時敏[46]으로, 역적 이자성에게 항복할 때 "나는 동림의 시민이다"라고 하여 크게 등용될 것을 기대했다. 노왕魯王이 감국監國으로서 손바닥만 한 나라를 유지했을 때 감찰을 맡았던 임공당任孔當[47] 무리는 "동림이 아니면 등용할 수 없다"라고 했다. 그렇다면 동림이란 두 글자는 바로 손바닥만 한 노국과 함께 사라져야만 하는 것이다. 이 손으로 저 무리를 베고 가마솥에 넣어서 땔나무로 한껏 불을 지피고 싶다.……

이것은 정말 "말이 엄하고 의리가 밝은" 것이다. 열거한 소인배들에 대한 묘사도 모두 정확하다. 더욱이 시민 같은 이는 삼백 년 뒤에도 그러한 인물이 나오지 않는다고 할 수 없다. 정말 공포스러운 일이다. 하지만 그가 동림당을 엄하게 책망했던 것은 동림당 가운데 소인배들이 있었기 때문이다. 고금을 통해 불순이 뒤섞이지 않은 순수한 군자 무리는 없다. 그래서 모든 당파와 결사는 반드시 스스로 중립이라고 자부하는 자들의 불만을 사게 된다. 대체로 선인이 많은지 악인이 많은지 그는 무시하고 논하지 않았다. 혹은 한 걸음 더 나아가서 말한다면, 동림은 군자가 많기는 하지만 소인도 있으며, 동림을 반대하는 자들에게는 소인이 많기는 하지만 정의의 용사도 있었다. 그래서 양쪽 모두 선이 있고, 악이 있어서 똑같이 보이지만, 동림은 세상에서 군자라고 불려 왔기 때문에 소인이 있다면 바로 추악한 것이 되었다. 동림을 반대한 자들은 본래 소인들이기 때문에 정의의 용사가 있다면 칭찬을 받게 되는 것이다. 이리하여 군자에게는 가혹하게 요구하고 소인에게는 관대하게 방임하게 된다. 그 결과 자기 스스로는 사소한 일에 대해서까지 세밀하게 살핀다고 자부하지만, 실제로는 오히려 소인들의 발호를 조장했던 것이다. 만일 동림 가운데 소인도 있었으나 대다수는 군자이고, 동림을 반대하는 자 중에는 정의의 용사도 있었으나 대체로 소인이다라고 말했다면 비중이 아주 달라지게 된다.

셰궈전[48] 선생이 지은 『명청대의 당파운동에 관해』는 많은 문헌을 조사하여 공을 들인 저작이다. 그는 위충현[49]이 두 차례 동림당 사람들을 학살한 경과를 서술한 다음 이렇게 말했다. "그때 친척과 친구들은 모두 멀리 도망을 갔고, 무치한 사대부는 일찌감치 위魏의 당파黨派 깃발 아래 투항했다. 솔직하게 말해서 여러 군자들에게 도움을 주려고 했던 이들은 몇

몇 서생들과 백성들뿐이었다."

이것은 위충현이 군사를 보내 주순창을 잡게 했을 때,[50] 쑤저우蘇州 백성들에게 격퇴당한 일을 일컫는다. 진실로 백성들은 『시경』과 『서경』을 읽지 않았고, 역사의 법칙에 밝지 못하며, 아름다운 옥에서 흠을 찾고, 똥에서 도리를 찾는 것은 이해하지 못한다. 하지만 크게 보아 흑백과 시비를 판단하는 점에서는 고상하고 만사에 통달한 사대부조차도 미치지 못하는 바가 종종 있다. 막 오늘자 『대미만보』[51]를 받았는데, 그 '베이핑특약통신'北平特約通信의 기사에 따르면, 학생들이 데모행진을 하다 경찰에게 소방용 호스의 물세례를 받고, 곤봉으로 두들겨 맞거나 칼에 베이고, 일부 학생들은 성밖으로 쫓겨나 추위와 배고픔으로 고통받고 있었는데, "이때 연기燕翼중학, 사대부중과 부근의 주민들이 위문대를 잇따라 조직하여 식수와 전병과 만두 등의 먹을 것을 보내서 학생들은 어느 정도 공복을 해결했다……"라고 했다. 누가 중국의 백성들을 우매하다고 했는가. 지금까지 그들은 우롱과 사기와 압박을 당해 왔음에도 이렇게 사리에 밝다. 장대는 또 이렇게 말했다. "충신과 의사義士는 국가가 망해 갈 때 많이 나타난다. 돌을 쳐서 불이 붙자 반짝하더니 이내 꺼져 버리는 것처럼 군주가 재빨리 보존하지 않으면 불씨는 사라진다."(「월절시소서」越絶詩小序) 그가 지적한 '군주'는 명의 태조로서 현재의 상황과는 부합하지 않는다.

돌이 남아 있는 한 불씨는 사라질 리가 없다. 하지만 나는 9년 전의 주장을 다시 말하고자 한다. 두 번 다시 청원하지 말기를![52]

12월 18일~19일 밤

1) 원제는 「"題未定"草(六至九)」, 이 글의 제6, 7의 두 절은 1936년 1월 상하이 『바다제비』(海燕) 월간 제1기에 발표되었고, 제8, 9의 두 절은 같은 해 2월 『바다제비』 제2기에 처음 발표되었다.

2) 스저춘(施蟄存)의 『집외집』에 대한 비평은 그의 『문반소품』(文飯小品) 제5기(1935년 6월)에 발표된 「잡문의 문예가치」라는 문장에서 "그(루쉰)는 '젊은 시절의 글을 후회할' 것을 주장하지 않는다. 『집외집』과 같은 이런 고만고만한 문장까지도 인쇄하여 다양(大洋) 7자오(角)에 팔고 있다. 나는 작가들이 자신의 작품집을 편집할 때 어느 정도 취사선택을 하는 것이 좋다고 생각한다. 현재 출판물이 홍수를 이루는 상태에서 작가들 각자 다소 기분에 취해 응대한 문장도 있을 것이기 때문이다. 문집을 편찬할 때 엄격하게 산정하면서 자신의 작품에 대해 다소간 정중한 태도를 가져야 한다."

3) 량스추(梁實秋, 1902~1987). 저장성 항셴(杭縣; 지금의 위항余杭) 사람. 작가이자 번역가로 신월사의 주요 성원 중 한 사람이다. 1930년 전후 그는 칭다오(靑島)대학 교수 겸 도서관주임을 맡고 있을 때 도서관에 소장하고 있는 맑스주의 서적을 금지시켰는데, 그 가운데 루쉰이 번역한 『문예정책』도 포함되어 있었다.

4) 채옹(蔡邕, 132~192). 자는 백개(伯喈), 천류위(陳留圉; 지금의 허난 치셴杞縣) 사람. 동한(東漢)의 문학가. 한 헌제 때 좌중랑장(左中郎將)을 역임했다. 뒤에 왕윤(王允)이 동탁(董卓)을 죽일 때 그도 연루되어 하옥을 당하고 옥중에서 죽었다. 그의 저작으로 지금까지 전해지는 것으로는 후인이 편집한 『채중랑문집』(蔡中郎文集) 10권이 있다. 소통(蕭統)의 『문선』에 그의 「곽유도비문」(郭有道碑文)이 실려 있다. 「술행부」(述行賦)는 당시 환관이 권력을 유린하는 것에 분노하여 지은 것이다. 본문의 인용 원문은 "窮工巧於台榭兮, 民露處而寢濕, 委嘉穀於禽獸兮, 下糠秕而無粒"이며, 이 가운데 '工巧'는 원래 '變巧'이고, '委'는 '消'(『채중랑문집』과 『속고문원』에 실린 것이 동일하다)이며, 사부총간(四部叢刊) 본(本) 『채중랑문집』은 '淸'이라고 썼다. 『속고문원』은 20권으로 청대 손성연(孫星衍)이 편했다.

5) 앞의 네 구절은 도잠(陶潛)이 지은 「한정부」(閑情賦)에 보인다. 그는 이 글의 서문에서 "처음 정념을 분방하게 달리게 했으나 결국에는 한아(閑雅)에 돌아왔네. 끝없이 흘러가는 사심(邪心)을 억지하고자 한다"라고 썼다. 여기서 "예의에 그친다"라고 한 것은 이것을 가리킨다. "예의에 그친다"(止於禮義)는 말은 『시경』(詩經) 「관저」(關雎) 서(序)에 있다. "정(情)에서 나아가 예의에 그친다. 정에서 나아가는 것은 민(民)의 성(性)이다. 예의에 그치는 것은 선왕(先王)의 은택이다."

6) 도잠이 지은 「산해경을 읽고」 제10수에 보인다. 정위(精衛)의 일은 『산해경』 「북산경」(北山經)에 보이는데, "발구(發鳩)의 산에 새가 있다. 이름을 정위라고 한다. 그가 울 때는 스스로 부르짖는다. 이것은 염제(炎帝)의 어린 딸로······ 동해(東海)에서 노닐다 빠

져 돌아오지 않아 그대로 정위가 되었다. 늘 서산의 나무와 돌을 입에 물고 그것으로 동해를 메웠다." 형천(形天)에 관한 것은 『산해경』「해외서경」(海外西經)에 보인다. "형천은 제(帝)와 여기에 와서 신(神)을 다투었다. 제는 그의 머리를 잘라 상양(常羊)의 산에 장사 지냈다. 그리하여 그는 유두를 눈으로 하고 팔을 입으로 하며, 간척(干戚)을 쥐고 춤을 추었다."

7) 『태평광기』(太平廣記) 권174에 인용한 「담수」(談藪)에 나온다. "수(隋)의 이부시랑(吏部侍郞) 설도형(薛道衡)은 일찍이 종산(鍾山)의 개선사(開善寺)에 산보하러 나갔을 때 소승(小僧)에게 '인왕(仁王)은 어째서 눈을 부라리고, 보살은 어째서 눈을 감고 있는가'라고 물었다. 소승은 '인왕이 눈을 부라려서 사마(四魔)를 굴복시킵니다. 보살이 눈을 감고서 육도(六道)에 자비를 베풉니다'라고 대답했다."

8) 「청광」(靑光)은 상하이의 『시사신보』(時事新報) 부간. 린위탕의 말은 원래 『우주풍』(宇宙風) 제6기(1935년 12월)에 발표한 「연설」(煙屑)에 있다. "나는 최상류의 서물(書物) 혹은 최하류의 서물을 읽는 것을 좋아한다. 중류의 서물을 읽는 경우는 극히 적다. 상류는 예를 들어, 불교, 노자, 공자, 맹자, 장주 등이며, 하류는 예를 들어, 속요(小調), 동요, 민가, 맹사(盲詞), 닳고 닳은 여인네가 길거리에서 요란하게 떠드는 소리, 뱃사공 마누라의 저주 등이다. 세상의 작품 가운데 95%가 중류지만, 중류에 위치한 작품은 위로 베끼고 밑에서 답습하고 있지만 모두 도둑질하는 방법이 하수다."

9) 『논어』는 문예적 요소를 갖춘 반월간으로 린위탕 등이 편집했다. 1932년 9월 상하이에서 창간되었다. 유머가 있는 문장의 게재를 주로 했고, 1937년 8월 제117기로 정간했다. 『인간세』는 소품문 반월간으로 린위탕이 편집장을 맡았다. 1934년 4월 상하이에서 창간했고, 1935년 12월 제4기로 정간했다. 『우주풍』은 소품문 반월간으로 린위탕, 타오캉더(陶亢德)가 편집했다. 1935년 9월 상하이에서 창간되었고, 1947년 8월 제152기로 정간했다.

10) 장대(張岱, 1597~1679). 자는 종자(宗子), 석공(石公), 호는 도암(陶庵). 저장 산인(山陰; 지금의 사오싱) 사람. 명말청초의 문학가. 항저우에서 오래 살았고 명이 망한 뒤 염계산(剡溪山)으로 옮겼다. 저서로는 『석궤서』(石匱書), 『낭환문집』(琅嬛文集), 『도암몽억』(陶庵夢憶) 등이 있다. 『낭환문집』은 그의 시문잡집으로 6권이다.
여기서 말하는 '특별 인쇄본'(特印本)은 '중국문학진본총서'(中國文學珍本叢書)의 하나로 류다제(劉大杰)가 교점을 했고, 뒷면에 올해(乙亥, 1935년) 10월 루첸(盧前)의 발문이 있다. 그 가운데 이런 말이 있다. "세상은 정말로 공안(公安), 경릉(竟陵)의 문장을 좋아하고, 종자(宗子)가 그 사이에서 나풀나풀 날 수 있었다. 초벽(峭僻)의 길을 넓고 크게 바꾸고, 문장의 승강(昇降)이 원래 그 유래 있음을 알겠다."
루첸(盧前, 1905~1951)은 자가 지예(冀野), 장쑤 난징 사람으로 희곡연구자이며, 광화(光華)대학, 중앙대학 등에서 교수를 역임했다.

11) 원문은 '景淸刺', 경청(景淸)이 영락제(永樂帝) 암살을 모의한 것에 관한 악부시이다.

12) 저자의 지적에 따라 표점을 고치면, "……佩鉛刀. 藏膝髁. 太史奏. 機謀破. 不稱王. 向前坐. 對禦衣含血唾……"이고, 의미는 다음과 같다. "연도(鉛刀)를 차고, 무릎 뒤에 감추었으나, 태사가 흉조(凶兆)를 상주해서 모계(謀計)가 발각되었다. 왕이라고 칭하지 않고, 앞의 어좌(禦座)로 나아가 어의(禦衣)를 향해 입에 피를 담아 뱉았다."

13) 루쉰의 지적에 따라 고쳐서 번역하면 이렇게 된다. "경청은 일이 실패한 것을 깨닫고 뛰어오르며 의문을 제기했다. 상(上)은 크게 노하며 말했다. '나를 왕이라고 부르지 않는다면 왕이 너냐, 이 무례한 놈아.' 경청이 '금일의 칭호로서 왕 따위로 부를 수 있는 것인가'라고 하자, 명하여 그의 이를 도려내게 했다. 왕이 묻고자 하자 피를 담고 뱉아 어의에 쏟았다. 상(上)은 점점 노하면서 그 가죽을 벗겨 내게 했다."

14) 린위탕은『문반소품』제6기(1935년 7월)에 발표한「본색의 미에 관해」(說本色之美)에서 "나는 그 본색의 미를 신뢰한다. 왜냐하면 만들어 낸 미의 최고는 공품(工品), 묘품(妙品)밖에 없지만, 본색의 미는 신품(神品), 화품(化品)이며 천지와 우열을 다투고 도끼와 끌의 흔적이 전혀 없기 때문이다"라고 말했다.

15)『금조』(琴操)는 고대의 금곡(琴曲), 또는 고대의 금곡과 배합한 악가를 가리킨다. 장대의『낭환문집』에「금조」10장이 있는데,「척령조」(脊令操)는 그 가운데 하나이다. 척령은 '鶺鴒'이라고도 썼으며 맹금류의 작은 새이다.『시경』「소아 · 상체(常棣)」에서 "할미새 안절부절 들에 있으니 형제가 어려움을 서로 구제해"(脊令在原, 兄弟急難)라고 했다. 뒤에 항상 형제애를 비유할 때 쓰였다.

16) 본문에 인용된 틀린 구두점에 의거해 번역하면 다음과 같다. 강조한 부분이 원문의 구두점의 착오를 가리킨다. "진왕부(秦王府)의 막료와 부하는 진왕 세민(世民)에게 주공(周公)의 선례에 따르라고 권했다. 현무문(玄武門)에 병사를 잠복시키고 건성(建成), 원길(元吉), **위징(魏徵)**을 사살했다. 죽은 사람들을 슬퍼하며 지었다."

17) 당 태종이 건성(建成), 원길(元吉) 두 사람을 죽인 것에 대해서는『신당서』「태종황제본기」(太宗皇帝本紀)에 의하면 "태자 건성은 폐위될까 걱정되어 제왕(齊王) 원길과 함께 태종(즉 이세민李世民, 당시 진왕秦王에 봉해졌다)의 살해를 도모했지만 미수에 그쳤다. 무덕(武德) 9년(626) 6월 태종은 군사를 이끌고 현무문에 들어가 태자 건성과 제왕 원길을 죽였다." 같은 책「은태자건성전」(隱太子建成傳)에는 "진왕이 건성을 쏘자 즉사했고, 원길은 화살을 맞고 도망쳐 위지(尉遲) 경덕(敬德)이 쫓아가 죽였다"라고 했다. 또 같은 책「위징전」(魏征傳)에는 "위징(580~643)은 자가 현성(玄成), 웨이저우(魏州) 구청(曲城; 지금의 허베이 주루巨鹿) 사람이다.…… 은태자(隱太子; 建成)가 추천하여 세마(洗馬)에 임명되었다. 위징은 진왕의 공적이 높은 것을 보고 몰래 태자에게 빠른 시일 내에 처치할 것을 권했다. 태자가 패배하고 나서 진왕이 책망했다. '너는 우리 형제 사이를 갈라놓으려고 했으나 어떻게 되었는가.' 위징은 '태자가 일찍이 나의 말을

들었더라면 금일의 화(禍)로 죽지 않았을 것이다'라고 대답했다. 정관(貞觀) 17년 병세가 깊어졌다.……제(帝)가 친히 병문안을 가서 측근을 물리고 하루 종일 이야기하다 돌아갔다.……그날 밤 제는 보통과 다르지 않은 위징을 꿈에서 보았다. 날이 밝자 위징은 죽었다. 제는 곡을 하게 되자 통곡을 하고 조견(朝見)의 의(儀)를 5일간 중지했다"고 한다.

18) 한유(韓愈, 768~824). 자는 퇴지(退之), 허양(河陽; 지금의 허난 멍센孟縣) 사람. 당(唐)대 문학가. 덕종(德宗) 정원(貞元)년에 진사가 되었고, 관직이 이부시랑(吏部侍郎)과 경조윤(京兆尹)까지 올랐다. 스스로 군망창려(郡望昌黎)라고 말해 세간에서는 한창려(韓昌黎)라고 불렀다. 저서로는 『한창려집』이 있다. "신이 죄를 지었으니 주살하는 것이 마땅하나 천왕은 성명하여"는 그가 주 문왕(西伯)의 말투를 모방하여 쓴 시 「구유조―문왕 유리에서 짓다」(拘幽操―文王羑里作)에 있는 구절이다.

19) 「술주」(述酒). 도잠의 이 시는, 남송(南宋) 탕한(湯漢)의 『도정절시주』(陶靖節詩注) 권3의 주석에 따르면, 당시 가장 중대한 정치사변(진송晉宋의 왕조교체) 때문에 지은 것이라고 간주되고 있다. "진(晉) 원희(元熙) 2년(420) 6월 유유(劉裕)는 공제(恭帝; 즉 사마덕문司馬德文)를 폐위하여 영릉왕(零陵王)에 봉했다. 다음 해 독주(毒酒) 한 단지를 장위(張偉)에게 주고 왕을 음독케 하여 독살하려고 했으나, 장위는 스스로 그것을 마시고 죽었다. 이어서 또 무기를 가진 자에게 명령해서 울타리 너머로 약을 먹게 했지만, 왕은 마시기를 거부했기 때문에 그대로 질식시켜 죽였다. 이것이 시를 지은 이유이며 그래서 '술주'로 제목을 달았다."

20) 『중학생』(中學生). 중학생을 대상으로 한 종합 월간지. 샤몐쭌(夏丏尊), 예성타오(葉聖陶) 등이 편집하여 1930년 상하이 카이밍서점(開明書店)에서 출판했다.

21) 주광첸(朱光潛, 1897~1986). 안후이 퉁청(桐城) 사람. 문예이론가. 베이징대학 교수. 여기서 말한 문장은 『중학생』잡지 제60호(1935년 12월)에 발표되었다.

22) 「강부」(江賦)는 진(晉)대 곽박(郭璞)의 작품. 「해부」(海賦)는 진대 목화(木華)의 작품. 「소원」(小園)과 「고수」(枯樹) 2부는 북주(北周) 유신(庾信)의 작품이다.

23) 앞의 두 구는 당대 시인 가도(賈島)의 「은자를 찾아가나 만나지 못하고」(尋隱者不遇)이며, 뒤의 두 구는 당대 시인 백거이(白居易)의 「연회가 끝나고」(宴散)이다.

24) 도교 경전에 자주 보이는 말로서, 성심으로 도교에 귀의하여 옥황상제를 모신다는 뜻이다.

25) 사포(Sappho, B.C. 612~580). 고대 그리스의 여류 시인. 현재까지 전해지는 그녀의 작품은 단지 두세 편의 완정한 단시(短詩)와 약간의 단편뿐으로, 내용은 주로 애정과 우의를 노래한 것이다.

26) 아폴론(Apollon)은 그리스신화 가운데 광명, 예술, 음악, 시가, 건강의 신이다.

27) 전기(錢起, 722~약 780). 자는 중문(仲文), 우싱(吳興; 지금의 저장) 사람으로 당 천보(天

實) 연간에 진사가 되었고, 고공랑중(考功郎中)을 역임했다. 당대 시인 가운데 '대력십
재자'(大曆十才子)의 한 사람이다. 저서로는 『전고공집』(錢考功集)이 있다. 대력(大曆)
은 당 대종(代宗) 이예(李豫)의 연호(766~779)다. 루쉰은 1935년 12월 5일 전기의 「상
령고슬」(湘靈鼓瑟)을 써서 펑빈푸(馮賓符; 즉 馮仲足)에 증정했다고 한다.

28) '성시'(省試)는 당(唐)대 각 주(州)와 현(縣)의 공사(貢士)가 경성(京城)에 와서 참가한
고시다. 상서성(尙書省)의 예부(禮部)가 고시를 관장했기 때문에 성시 혹은 예부시라
고 불렀다.

29) 초(楚)의 대부(大夫) 자초(子椒)와 초 회왕(懷王)의 막내아들 자란(子蘭)을 가리킨다.
굴원은 「이소」에서 "나는 난초를 믿을 만하다고 생각했는데, 아 속은 비었고 겉모양
만 길도다.······산초나무는 아첨하고 오만하고, 수유나무도 향주머니 채우려 하니"
라고 말했다. 후한(後漢) 왕일(王逸)은 주석에서 "란(蘭)은 회왕의 막내아들 사마자란
(司馬子蘭)이다.······안으로 성신(誠信)의 실(實)이 없고, 뛰어난 용모로 화려할 뿐이었
다.······초(椒)는 초의 대부 자초이다.······음란하고 게으르고 아첨한 뜻을 행하고, 또
겉만 쫓고 현명하지 않은 무리를 끌고 와 측근에 두려고 했다"라고 했다.

30) 『대력시략』(大曆詩略). 청대 교억(喬億)이 평선(評選)한 당 시선집으로 모두 6권이다.

31) 육장(丈六). 불교 용어로서 부처의 신장을 가리킨다. 진(晉)대 원굉(袁宏)의 『후한서』
「명제기」(明帝紀)에 "부처의 신장은 1장 6척이다"라고 했다.

32) 혜강(嵇康)의 저작으로 현존하는 『혜중산집』(嵇中散集) 10권은 루쉰의 교본이 있다. 문
집 중에 부록으로 혜희(嵇喜), 곽하주(郭遐周) 등의 증답시(贈答詩) 모두 14수와 향자기
(向子期), 장료숙(張遼叔) 등의 논난문(論難文) 모두 4편이 있다.

33) 완적(阮籍)의 저작으로 『완적집』 10권이 현존한다. 문집 중에는 「복의에게 답하여 씀」
(答伏義書)이 있고, 또 복의의 「완사종에게 주는 글」(與阮嗣宗書)을 수록했다. 복의는
자 공표(公表)로 생졸년이 미상이다.

34) 『사선성집』(謝宣城集). 남조 제(齊)의 시인 사조(謝朓)의 시문집으로 5권이 현존한다.
책 뒤에는 송대 누소(婁昭)의 발(跋)이 실려 있다. "소사(小謝) 자신은 전집 10권을 갖
고 있다. 하지만 세상에 전해지는 것이 드물다.······그 가운데 다섯 권을 고찰해 보면
부(賦)와 악장(樂章) 이외에 시가 102수 있지만, 창화(唱和)한 연구(聯句)는 다른 사람
이 □본 것은 이것과 관련이 없고······그 나머지 다섯 권은 모두 당시 사용된 문장이
다. 쇠락한 세상의 일, 그 채록할 만한 것은 이미 본전(本傳)과 『문선』에 실려 있다. 내
가 보건대 시는 조악하니 전하지 않아도 괜찮다."

35) 『두슈 문존』(獨秀文存). 천두슈(陳獨秀)의 문집으로 1922년 11월 상하이 야둥(亞東)도
서관에서 출판했다. 내용은 논문, 수감록, 서간의 세 부류로 나뉘고, 이 속에 다른 사람
의 논문, 서간 14편을 부록으로 싣고 있다.

36) 원문은 "傳之其人". 사마천의 「보임소경서」(報任少卿書)에 나오는 말이다. "이것을 명

산에 담고, 이것을 그 사람에게 전한다."(藏之名山, 傳之其人)

37) 원문은 "榛楛弗剪". 진대 육기(陸機)의 「문부」(文賦)에 보인다. "그 진고(榛楛)를 자르지 않으면 또 꽃이 집취(集翠)에 뒤덮인다." 진고는 마구 나고 있는 가시(荊棘)다.

38) 양춘런은 일찍이 『현대』 월간 제2권 제4기(1933년 2월)에 발표한 「프티부르주아계급 혁명문학의 깃발을 들고」라는 글에서 다음과 같이 성명했다. "프롤레타리아계급은 이미 프롤레타리아 계급문학의 깃발을 들었다. 그리고 또 견고한 진영을 갖추었다. 우리들은 저 광대한 소시민과 농민군중의 계발 공작을 위해 우리 역시 프티부르주아계급 혁명문학의 깃발을 들고 동지들에게 호소하여 대오를 정비하고 우리 진영에 들어오게 하자."

39) '가상의 적'(假想敵). 두헝(杜衡)은 『성화』(星火) 제2권 제2기(1935년 11월)에 발표한 「문단의 매도 풍조」(文壇的罵風)라는 글에서 "잡문은 전투적이다.……하지만 때로는 전투적 대상이 없음에도 이 '전투적' 잡문은 여전히 사람들에게 필요하다. 그래서 어쩔 수 없이 '가상의 적'을 찾는다.……이런 문장을 쓰게 된 동기에 대해서……세 가지로 정리하면 잡문을 제외하면 쓸 수 있는 문장이 없기 때문이고, 사람을 공격하는 것을 제외하면 쓸 수 있는 잡문이 없기 때문이며, 아무렇게나 '가상의 적'을 찾는 것을 제외하면 공격할 만한 사람이 없기 때문이다"라고 적었다.

40) 원문은 '禹鼎'. 전설에 의하면 하(夏)의 우(禹)는 구정(九鼎)을 제조하여 구주(九州)를 상징했다. 『좌전』(左傳) '선공'(宣公) 3년'에 주(周)의 대부 왕손만(王孫滿)의 말이 실려 있다. "옛날 하(夏)에 덕이 있어서 먼 곳의 사물을 그림으로 드러내고, 금(청동)을 구주의 관리에게 바치고, 정을 주조하여 사물을 상징케 하며, 다양한 사물을 정에 구비하게 해서 백성들로 하여금 신(神)과 간(姦)을 알게 했다. 이에 백성은 천택산림(川澤山林)에 들어가 자신에게 불리한 것과 만나지 않았다. 리매망양(螭魅罔兩)은 이것과 만나는 일이 없었다." 진대의 두예(杜預)의 주에 의하면 "'螭'(魑와 같다)는 산의 신이고 짐승의 형상을 하고 있다. '魅'는 괴물이다. 망양(魍魎과 같다)은 물의 신이다."

41) 명대 문학가 종성(鍾惺, 1574~1624)과 담원춘(譚元春, 1586~1637)을 가리킨다. 두 사람은 모두 후광 징링(湖廣竟陵; 지금의 후베이 톈먼天門) 사람이다. 그들은 문학상에서 성령(性靈)의 서사를 주장하고, 의고(擬古)에 반대했다. 원중랑(袁中郎) 등의 공안파(公安派)와 기본적으로 같다. 하지만 공안파의 '부천'(浮淺)을 고치기 위해 유심고초(幽深孤峭)의 풍격을 제창한 결과 냉삽(冷澁)으로 흘렀다. 경릉파(竟陵派)라고 칭했다.

42) '단체'의 원문은 '幾社'. 명대 진자룽(陳子龍), 하윤이(夏允彛) 등이 장쑤(江蘇) 쑹장(松江)에서 조직한 문학사단. 명이 망한 뒤 단체의 주요 성원은 항청(抗淸)운동에 많이 참가했다.
왕(王)과 이(李)는 명대 문학가 왕세정(王世貞, 1526~1590)과 이반룽(李攀龍, 1514~1570)을 가리킨다. 그들은 의고를 제창한 '후칠자'(後七子)의 대표인물이다.

43) 명말의 동림당(東林黨). 주요 인물은 고헌성(顧憲成), 고반룡(高攀龍) 등이다. 그들은 무석(無錫) 동림서원(東林書院)에 모여 강학(講學)을 하고, 시정(時政)을 논하고, 인물을 비평하며 여론에 커다란 영향을 미쳤다. 일부 비교적 정직한 관리도 그들과 서로 정보를 교환하며 상층 지식인을 중심으로 한 정치집단을 형성했다. 명 천계(天啓) 5년 (1625) 환관 위충현(魏忠賢)의 잔혹한 박해와 탄압을 받아 살해된 자가 수백 명에 달했다.

44) 송 휘종(徽宗) 때 채경(蔡京)이 권력을 잡고 송 철종(哲宗; 연호 원우元祐) 때 왕안석(王安石)의 신법(新法)을 반대했던 사마광(司馬光), 소식(蘇軾) 등 309명의 이름을 새긴 비를 태학(太學)의 단례문(端禮門) 앞에 세울 것을 상주하고, 간당이라고 지탄하며 당인비(黨人碑) 혹은 원우당비(元祐黨碑)라고 불렀다. 당인(黨人)의 자손들은 오히려 이것을 인용하여 영광이라 말하고, 당인비가 무너지고 난 뒤에는 새롭게 모각(摹刻)도 했다.

45) 왕도(王圖, 1557~1627). 산시(陝西) 야오저우(耀州) 사람. 명 만력(萬曆) 때 이부시랑(吏部侍郞)이 되었고 뒤에 예부상서(禮部尙書)가 되었다.
이삼재(李三才, ?~1623). 산시 린퉁(臨潼) 사람. 명 만력 때 평양순무(鳳陽巡撫)가 되었고, 뒤에 호부상서(戶部尙書)에 올랐다.
항욱(項煜, ?~1645). 우셴(吳縣; 지금의 장쑤) 사람. 명 숭정(崇禎) 때 첨사(詹事)가 되었고, 이자성(李自成)이 베이징을 점령했을 때 항복했다.
주종(周鍾). 난즈(南直; 지금의 장쑤) 진탄(金壇) 사람. 명 숭정 계미(癸未, 1643) 때 서길사(庶吉士)였고, 이자성이 베이징을 공략했을 때 투항했다.

46) 시민(時敏). 창수(常熟; 지금의 장쑤) 사람. 명 숭정 때 병과급사중(兵科給事中), 강서독조(江西督漕)를 역임했다. 이자성이 베이징을 점령했을 때 투항했다.

47) 원문은 '科道任孔當'. 명청대의 관제로 도찰원(都察院)에 소속된 예(禮), 호(戶), 이(吏), 병(兵), 형(刑), 공(工) 육과급사중(六科給事中)과 십오도감찰어사(十五道監察御使)를 총칭하여 '과도'라고 한다. 임공당은 남명(南明)의 노왕(魯王)의 작은 조정에서 절강도감찰어사(浙江道監察御使)에 임명되었다.

48) 셰궈전(謝國楨, 1900~1982). 호는 강주(剛主), 허난 안양(安養) 사람으로 사학자이다. 베이징도서관, 난징 중앙대학에서 일했다. 저서로는 『만명사적고』(晚明史籍考), 『명청대의 당파운동에 관해』(明淸之際黨社運動考) 등이 있다. 후자는 1934년 8월 상우인서관(商務印書館)에서 출판되었다.

49) 위충현(魏忠賢, 1568~1627). 허젠 쑤닝(河間肅寧; 지금의 허베이) 사람. 명대 천계(天啓) 연간 대단한 위세를 떨치던 태감(太監). 일찍이 특무기관 동창(東廠)을 이용하여 정직하고 강직하며 기개 있는 사람을 여러 명 살해했다. 당시 일부 권력에 빌붙는 후안무치한 무리들이 그에게 아첨을 하고 여러 가지 추태를 보였다. 『명사』(明史) 「위충현전」 (魏忠賢傳)에는 "하찮은 무리들은 더욱더 비위를 맞추며 아첨하고", "함께 충현의 휘

하에 들어가 아들이라고 칭하고", "감생 육만령(監生陸萬齡)은 충현을 공자와 나란히 제사 지내자고 청할 정도였다"라고 했다.

50) 주순창(周順昌, 1584~1626). 자는 경문(景文), 우셴(吳縣) 사람으로 천계 연간 이부문선사원외랑(吏部文選司員外郞)이 되었고, 뒤에 위충현에게 붙잡혀 옥중에서 죽었다. 『명사』 「주순창전」에 "순창은 사람됨이 강직하고 고결하며 악을 원수 보듯 싫어했다.……잡으려고 사람이 왔다고 하자 사람들은 모두 분노하여, 사실이 아니라고 소리지르는 자가 길을 가로막았다. 체포 선고가 행해지는 날이 되자 사전 약속도 없이 모인 자들이 수만 명을 넘었으며, 모두 향을 들고 주이부(周吏部)를 살려 주기를 빌었다.……와 하고 밀어닥쳐 큰소리를 지르고 산을 무너뜨릴 듯한 기세에 여위(旗尉)는 동으로 서로 어지러이 도망가고, 사람들이 종횡으로 뒤쫓아 한 사람이 죽고 그밖에는 중상을 입고 담을 뛰어넘어 도주했다.……순창은 이에 스스로 관리가 있는 곳으로 가서 사흘이 지난 뒤 북으로 출발했다"라고 한다.

51) 『대미만보』(大美晚報). 1929년 4월 미국인 테드 새커리(Ted Thackrey)가 상하이에서 창간한 영자신문으로 1933년 1월에 중국어판도 발행했다. 1949년 5월 상하이가 해방된 뒤 정간되었다. 여기서 말한 학생들의 데모행진은 '12·9'학생운동을 일컫는다.

52) 다시 청원하지 말라는 주장은 『화개집속편』(華蓋集續編) 「'사지'」(死地) 참고.

신문자에 관하여[1]

한자 라틴화[2]의 방법이 세상에 나오자 네모글자 계통의 약자와 주음자
모[3]는 모두 당해 내지 못했으나, 아직 경쟁을 하고 있는 것은 로마자병음[4]
뿐이다. 이 표기법을 고수하는 자들이 그것으로 라틴화자에 타격을 가한
최대의 이유는, 그 방법이 너무 간단하고, 또 많은 글자를 구별하기 쉽지
않다는 것이다.

　이것은 확실히 결점이다. 모든 문자가 배우기 쉽고, 쓰기 쉽다면 늘
정밀한 것은 아닐 것이다. 번잡하고 어려운 문자가 꼭 정밀하다고 할 수는
없으나, 정밀하려면 다소간 번잡하고 어려움을 피할 수 없다. 로마자병음
은 사성四聲을 표시할 수 있지만, 라틴화자는 그렇지 못하다. 그래서 '東'과
'董'의 구분이 어렵다. 그러나 네모글자인 한자는 '東'과 '棟'의 구분이 있
다. 그런데 로마자병음 역시 이를 표시하지 못한다. 단지 한두 글자를 세
밀하게 구분하는가 그렇지 못하는가를 가지고 신문자의 우열을 가리는
것은 타당하지 않다. 게다가 문자는 문장을 짓는 데 사용될 때 그 의미가
분명하게 드러난다. 네모글자라고 하더라도 한두 글자만 취한다면 정확

하게 그 의미를 결정하는 것은 종종 어렵다. 예를 들어, '日者'라는 두 글자는 만약 이 두 글자뿐이라면 '태양이라는 사물'로 해석할 수 있고, '요 며칠'이라고 해석할 수도 있으며, 또 '길흉을 점치는 사람'이라고 해석할 수 있다.[5] 또 '果然'은 대체로 '뜻밖에도'라는 뜻이지만, 또 동물명의 한 종류이며, 또 용기를 형용하는 것이라고도 할 수 있다.[6] '一'이라는 글자는 고립해 있을 때는 그것이 숫자 '하나, 둘, 셋'의 '하나'인지, 아니면 동사 '四海一'[7]의 '하나'인지 결정할 수 없다. 하지만 문장 속에 들어갔을 때는 이런 의심은 사라진다. 그래서 라틴화의 한두 글자를 선택하여 그것이 모호하다고 하는 것은 정당한 지적이 아니다.

로마자병음을 주장하는 자들과 라틴화론자 두 파 간의 논쟁은 사실 정밀과 조잡에 있는 것이 아니라, 그 유래에 있으며 목적이기도 하다. 로마자병음을 주장하는 이들은 고대의 네모글자를 주로 하고 로마자로 바꿔 옮겨서, 사람들은 모두 이 방식에 따라서 쓴다. 라틴화론자들은 현재의 방언을 주로 하고 라틴자로 바꿔 옮기는데, 이것이 방식이다. 만약 『시운』詩韻[8]을 바꿔 옮겨서 경쟁을 한다면 후자는 이기지 못한다. 그러나 살아 있는 사람들의 구어로 쓴다면, 식은 죽 먹기처럼 쉽다. 이것이 바로 그것의 정밀하지 못한 결점을 보완하고도 남음이 있으며, 게다가 뒤에는 실험을 통해 점차 바로잡을 수 있을 것이다.

하기 쉽다는 것과 실행하기 어렵다는 것은 개혁가의 양대 파벌이다. 공히 현상에 불만이지만 현상을 타파하는 수단은 크게 다르다. 하나는 혁신이고, 다른 하나는 복고다. 같은 혁신이라도 그 수단 역시 아주 다르다. 하나는 실행하기 어렵고, 다른 하나는 하기 쉽다. 이 양자는 싸우고 있다. 실행하기 어렵다는 쪽은 완전과 정밀을 구실로 삼고, 이것을 이용해서 하기 쉽다는 쪽의 진행을 방해하지만, 그러나 그 자체는 공허한 계획이기 때문에 결과적으로 성과는 없다. 곧 소용없는 일이다.

이 소용없다는 것이 바로 실행하기 어려운 개혁을 얘기하는 이들의 위로이다. 왜냐하면 그것이 개혁의 열매는 없다고 할지라도 개혁의 이름은 있기 때문이다. 어떤 개혁자는 개혁을 말하기 아주 좋아하지만, 진정한 개혁이 가까이 다가오면 두려워한다. 오직 실행하기 어려운 개혁을 크게 말하는 것이야말로 하기 쉬운 개혁의 도래를 저지할 수 있는 것이다. 힘껏 현상을 유지하면서 한편으로는 그 개혁을 크게 말하는 것이 그가 하고 있는 그 완전한 개혁의 사업이다. 이것은 침대에서 물에 뜨는 것을 배운 뒤에 수영하러 가는 방법을 주장하는 것과 사실 같은 것이다.

라틴화는 이런 공론의 병폐는 없다. 말할 수 있는 것은 쓸 수 있다. 그것은 민중과 연결되어 있지 연구실과 서재의 애완품이 아니다. 길거리와 골목에 있는 물건이다. 그것은 옛 문자와의 관계는 적지만 인민과의 관계는 밀접하다. 만약 사람들이 자신의 의견을 발표할 수 있고, 필요한 지식을 획득할 수 있도록 하려면 이것 외에 더 간단하고 쉬운 문자는 없다.

그리고 라틴화문자만을 아는 사람들이 창작을 하게 됨으로써 중국문학의 신생新生이 가능하게 되고 현대중국의 신문학이 있게 된다. 왜냐하면 그들은 무슨 『장자』와 『문선』류의 독에 조금도 감염되지 않았기 때문이다.

12월 23일

주)_____

1) 원제는 「論新文字」. 이 글은 1936년 1월 11일 『시사신보』(時事新報) 「매주문학」(每週文學)에 처음 실렸다. 서명은 '루쥔'(旅隼).

2) 한자 라틴화. 1931년 블라디보스토크에서 거행된 '중국신문자 제1차 대표대회'에서 우위장(吳玉章) 등이 정한 '라틴화신문자' 방안은 라틴자모를 이용하여 중국어를 쓰는 것으로 성조를 표기하지 않는 것이 특징이다. 1933년부터 국내 각지에서 연이어 단체가 성립되어 보급이 추진되었다. 1935년 12월 상하이 중문라틴화연구회에 의해 「신문자 추진에 관한 우리들의 의견」 서명운동이 일어나 다음 해 5월까지 차이위안페이, 류야쯔(柳亞子), 루쉰, 궈모뤄, 마오둔 등의 문학계와 교육계의 인사 668명이 서명했다.

3) 주음자모(注音字母). 1913년 2월 베이양정부 교육부가 독음통일회를 열고 회원 첸쉬안퉁(錢玄同), 쉬서우창(許壽裳), 루쉰 등이 제출한 한자주음방안을 통과시켰다. 모든 자모는 39개로 주음자모라고 칭했으며 1918년에 공포되었다. 1930년 국민당정부 교육부가 이것을 '주음부호'라고 이름을 고쳐 다시 공포했다.

4) 로마자병음. 대체로 라틴자모(즉 로마자모)를 사용한 병음을 가리킨다. 1928년 국민당정부 교육부(당시 대학원大學院으로 불렸고 차이위안페이가 원장이었다)가 '국어로마자병음법식'을 공포하였다.

5) '일자'(日者). 『사기』(史記)에 「일자열전」(日者列傳)이 있다. 한(漢)대 초기 점치는 사람인 사마계주(司馬季主)의 일을 기록하고 있다.

6) '과연'(果然)은 어떤 동물의 이름으로, 홍매(洪邁)의 『이견속지』(夷堅續志)에 보인다. 즉 "과연 '원숭이처럼 크다'." 용기를 형용하는 말로서는 『장자』 「소요유」(逍遙游)에 보인다. 즉 "여전히 배는 부르다."(腹猶果然)

7) '四海一'은 당대 두목(杜牧)의 「아방궁부」(阿房宮賦)에 나온다. "육왕이 죽고, 사해가 하나가 되었다." '一'은 '統一'로 풀었다.

8) 『시운』(詩韻). 시를 쓸 때 사용하는 운서로서 자음의 오성(陰平, 陽平, 上, 去, 入)에 의해 분류하고 배열했다.

『죽은 혼 백 가지 그림』머리말[1]

고골이 『죽은 혼』 제1부를 쓰기 시작했을 때가 1835년 하반기였으니 지금으로부터 족히 백 년 전이다. 다행인지 불행인지 그중 많은 인물들이 지금까지 생기를 띠고서 우리와 같은 다른 나라와 다른 시대의 독자들에게 마치 자신의 주위를 쓰고 있는 것같이 느끼게 하고, 그가 위대한 사실寫實의 본령임에 탄복하지 않을 수 없게 만든다. 그러나 그 당시의 풍속은 변천을 하였는데, 예를 들어 남자의 의복은 지금과 크게 다르지 않다고 하더라도 규수들의 쪽 지은 머리와 원형 스커트는 이미 보이지 않는다. 그 당시 유행했던 차도 유선형의 모터카는 아니고, 덮개 달린 3두 마차였다. 한밤의 댄스파티를 비추는 소위 현란한 불빛 역시 전등은 아니고, 가지가 많은 촛대 위에 꽂힌 많은 초였다. 대체로 이런 것들은 그림이 없다면 머릿속에 분명하게 떠올리기는 쉽지 않다.

　『죽은 혼』의 유명한 삽화에 대해서는 리스코프에 의하면 모두 세 종류가 있는데, 가장 정확하게 완비된 것은 아긴의 백도百圖[2]이다. 이 그림은 먼저 72폭으로 몇 년에 출판되었는지 알 수 없지만, 아무튼 1847년 이전이며 현재까지 곧 90년이 된다. 뒤에 구하기 어려운 작품이 되었고, 최근 소련에서 출판한 『문학사전』에서 이것을 삽화로 채록한 것으로 보아 이 미 정평이 난 문헌이었음을 알 수 있다. 그 본국에서도 도서관에서나 겨우 볼 수 있을 뿐인데, 하물며 우리 중국에서야 말할 것도 없겠다. 올 늦가을 에 멍스환孟十還[3] 군이 문득 상하이의 고서점에서 이 그림책을 보았는데, 마치 사탕을 발견한 아이처럼 곧장 여기저기 찾아다니며 간신히 손에 넣 은 것이 1893년에 인쇄된 제4판이다. 백도가 완비되었을 뿐만 아니라, 수 집가 에프레모프가 소장한 3폭이 첨부되었고, 게다가 그 당시의 광고 그 림과 초판 표지의 작은 그림 각 1폭까지 더해져 모두 105도였다.

이것은 10월혁명 당시 도망한 러시아인들이 국외로 가지고 나온 것 일 터이다. 그 사람은 문예 애호가임에 틀림없다. 16년 동안 보관하다가 끝내 할 수 없이 그것으로 의식을 해결한 것이다. 중국에 이것 외에 다른 것은 없을 것이다. 소장한다고 해서 자신이나 다른 사람에게 모두 죄업은 아닐 것이다. 그래서 지금 이 책을 인쇄할 생각을 하고 있는데, 외국의 예 술을 소개하는 것 외에 첫째, 문학을 연구하고 문학을 애호하는 중국 사람 들에게 헌상하여, 소설과 서로 보완하여 소위 '좌도左圖 우사右史'로서 19 세기 전반기의 러시아 중류사회의 정경을 이해할 수 있게 할 것이다. 둘 째, 삽화가에게 보여서, 이를 통해 외국의 사실寫實의 전형을 보고, 중국의 종래의 '출상'出相 혹은 '수상'繡像[4]과 어떻게 다른지, 또 배울 바는 없는지 를 알게 한다. 동시에 이 화집을 발매한 사람을 위로하고, 그의 원본을 천 만으로 늘려 세상에 널리 유포해 실로 그 손실을 보상하고도 남음이 있기 를 바라고, 다른 한편으로는 멍스환 군이 분주하게 달려와서 알려 준 노고 가 헛되지 않기를 바란다. 목판화가에게는 큰 이로움이 없을 듯하다. 이것은 목판화라고 하더라도 화가와 조각가는 각기 다른 사람이고, 현재 스스로 그림을 그려서 스스로 판에 조각하고, 판에 조각한 것이 바로 그린 것인 창작목판화와는 이미 큰 차이가 있기 때문이다.

세상에는 정말 뜻밖의 행운이 있는가 보다. 중국어 번역본『죽은 혼』이 발표되기 시작했을 때, 차오징화[5] 군이 나에게 한 권의 화집을 보내주었는데, 역시 10월혁명 뒤 오래지 않은 때 페테르부르크에서 입수한 것이었다. 이것이 바로 리스코프가 말한 소코로프[6]가 그린 12폭이다. 종이는 많이 찢어져 있었지만 그림은 크게 손상을 입지 않았는데, 이것이 나로 인해 사라질까 두려워 지금은 아긴의 백도 뒤에 덧붙여 인쇄해 두었다. 이로써 러시아 예술가가 지은 가장 사실寫實적인, 아울러 서로 보완되는 두 종류의『죽은 혼』삽화가 우리의 이 모음집에 전부 수록되었다.

서문과 각 그림의 제구題句를 번역한 것 또한 멍스환 군의 노력이다. 제구는 대체로 역본을 따랐지만, 몇 군데는 차이가 있다. 지금 일률적으로 고치지 않았다. 가장 마지막 그림의 제구는 제1부에서는 볼 수 없다. 제2부 치치코프가 면죄된 이후의 일일 듯한데, 이것은 그 당시 러시아 문예가의 취향이다. 다소 교훈적인 것을 좋아했던 것이다. 교열과 인쇄 및 장정은 우랑시[7] 군과 그 밖의 몇몇 친구들에 의해 이루어졌다. 이 모두 여기서 고마움을 표하지 않으면 안 되겠다.

1935년 12월 24일, 루쉰

주)──────

1) 원제는 「『死靈魂百圖』小引」, 이 글은 『죽은 혼 백 가지 그림』에 처음 실렸다. 이 책은 루 쉰이 자금을 내어 1936년 7월 삼한서옥(三閑書屋) 명의로 출판했다.

2) 리스코프(Н. С. Лысков)는 러시아 평론가. 『죽은 혼 백 가지 그림』 중에 「원서」(原序; 孟 十還 역) 한 편이 실려 있는데, 안에는 그가 쓴 「『죽은 혼』 삽화에 관하여」라는 문장이 들 어 있다. 여기서 그는 "『죽은 혼』 삽화를 그린 세 명의 러시아 예술가는 아긴, 보크레프 스키 그리고 소코로프이다"라고 했다.

아긴(Александр Алексеевич Агин, 1817~1875)은 러시아 화가이며, 삽화를 판으로 새긴 사람은 그와 동시대 사람인 베르나르드스키(Евстафий Ефимович Бернардский, 1819~ 1889)이다.

3) 멍스환(孟十還)의 본명은 멍쓰건(孟斯根)으로 랴오닝(遼寧) 사람이다. 일찍이 소련에서 유학한 번역가이다.

4) 출상(出相)이나 수상(綉像)은 모두 과거 통속소설에 인쇄된 작중인물의 백묘(白描)의 화상을 가리킨다. 『차개정잡문』 「연환도화 잡담」(連環圖畵瑣談) 참고.

5) 차오징화(曹靖華, 1897~1987). 허난 루스(盧氏) 사람. 웨이밍사(未明社) 성원이며 번역 가. 일찍이 소련에서 유학했고 레닌그라드대학에서 가르쳤다. 귀국 후에 베이핑(北平) 대학 여자문리학원, 둥베이(東北)대학 등에서 가르쳤다. 장편소설 『철의 흐름』(鐵流) 등 의 번역서가 있다.

6) 소코로프(Пётр Петрович Соколов, 1821~1899)는 러시아 화가이다.

7) 우랑시(吳朗西, 1904~1992). 충칭 카이셴(開縣) 사람. 번역가, 출판가. 당시 상하이 문화 생활출판사(文化生活出版社) 사장이었다.

후기

이 문집의 편집방침은 앞의 문집과 동일하며 또 집필순으로 배열했다. 모두 간행물에 발표된 것으로, 상반기에도 모두 기관의 검열을 거친 관계로 대체로 삭제당하는 것을 피할 수 없었다. 그런데 나는 하나하나 비교 대조하고 검은 방점을 붙여서 표시하는 것이 귀찮았다. 앞의 문집을 본다면 기관의 금기를 위반한 것이 어떤 말들인지 알 수 있을 것이다.

전편의 발표가 금지된 것은 두 편이다. 한 편은 「'풍자'란 무엇인가?」로 문학사의 『문학백제』[1]를 위해 쓴 것인데, 인쇄되어 나올 때 '결'缺이라는 한 글자로 바뀌었다. 또 한 편은 「조력자에서 허튼소리로」로 『문학논단』을 위해 쓴 것인데, 지금까지 그림자도 없이 사라져 버렸고 '결'자조차도 없다.

필자와 검열자의 관계 때문에 간접적으로 알게 된 검열관에게 이따금 아주 탄복하게 된다. 그들의 후각은 대단히 발달했다. 나의 「조력자에서 허튼소리로」는 원래 무슨 어린이날, 부녀의 해,[2] 독경구국讀經救國, 경로정속敬老正俗, 중국문화본위中國本位文化, 제3종인 문예 등을 제창한 한 무리의 정객, 거상, 문인, 학사들은 이미 조력자가 될 수 없기 때문에, 허튼소리라는 이 방면에서 보는 것 외에 방법이 없음을 지적한 것인데, 분명히 금지해야 할 것이었다. 왜냐하면 사실 너무 분명하고 너무 시원하게 죄다 말한 때문이었다. 다른 사람들도 대체로 나처럼 탄복했을 것이다. 그래서 어떤 문학가는 검열관이 되었다는 소문이 일찍부터 전해졌는데, 그 결과 쑤원蘇文 선생이 1934년 12월 7일 『다완바오』大晩報에 다음과 같은 공개 서신을 발표하기에 이르렀다.

「횃불」火炬 편집부 앞

방금 이달 4일자 귀 잡지 '문학평론' 특집호를 읽었는데, 문문군悶悶君이라는 서명으로 실린 「문학잡담」이라는 글에 다음과 같은 내용이 있었습니다. "항간에 전하는 바에 의하면 쑤원 선생이 한 달에 70위안의 급료를 받고서 심기일전하여 ××(원문대로 재록)회에 들어갔다는 소문이 있고, 문예가 시공의 제한은 받지 않을지 모르지만, '현금'의 제약을 받는다는 것이 판명되었다." 이것을 듣고서 분개하지 않을 수 없었습니다. 소생은 근 수년래에 결코 어떤 회에 가입해서 일한 적이 없으며, 『현대잡지』편집과 글을 써서 호구로 삼은 것 외에 어떤 조직에서 한 푼의 급료도 받은 적이 없습니다. 소위 ××회 가입 운운하는 것은 ×보에 의한 오보인지 모르겠지만, 모두 일소에 부치고 있습니다. 뜻밖에도 태도가 공평한 것으로 알려진 귀 잡지마저 이 터무니없는 말을 믿고서 지면의 모서리에 게재한 것은 특별히 말하지 않고는 참을 수 없게 하였습니다. 소생은 귀 잡지를 존중하기 때문에 특별히 서면으로 말씀드리는 바입니다. 이 글을 가급적 조속히 귀 잡지에 실어서 진상을 명백하게 밝혀 주시면 대단히 고맙겠습니다.

12월 5일, 쑤원(두형) 삼가 올립니다

먼저 작가가 정당하지 않은 돈을 받았다는 것은 최근 문단에 자주 있는 일이어서 내가 루블을 받았다는 소문이 났던 것도 4, 5년 전 일이다. 9·18 이후 비로소 루블설은 사라졌지만 대신 '친일'親日이라는 보다 신선한 죄상이 붙었다. 나는 여태까지 "귀 잡지를 존중하지" 않았기 때문에 변명을 담은 글은 한 통도 부친 적이 없다. 뜻밖에도 헛소문이 더 범람하여 쑤원 선생의 머리 위에까지 뿌려졌던 것이다. 유언비어가 많은 곳은 또한 "한 가지 이익이 있으면 반드시 한 가지 폐단이 있다"는 것을 알 수 있다. 그러나 내 경험으로 본다면 검열관의 '제3종인'에 대한 '애호'는 진실한 듯하다. 내가 작년에 쓴 문장 중에 두 편이 그들의 심기를 건드려 한 편은 삭제되고(「아프고 난 뒤 잡담의 남은 이야기」), 한 편은 금지당했다(「얼굴 분장에 대한 억측」). 이와 유사한 일이 아직도 있을 것이다. 그래서 사람들이 "××(원문대로 재록)회[3]에 가입했다"고 억측하게 했을지도 모르겠다. 이것은 정말 "분개하지 않을" 수 없는 일이다. 놀림을 당하는 일에 익숙하지 않은 작가가 그런 심경이 되는 것은 이상한 일이 아니다.

하지만 진짜 헛소문에 대해 전혀 이상하게 여기지 않는 사회에서는 진짜 뇌물수수 역시 조금도 이상한 일이 아니라고 생각한다. 만약 뇌물수수가 제재를 받는 사회라면 또한 수뢰라는 헛소문을 함부로 만들어 내는 사람들을 제재할 것이다. 그래서 헛소문을 날조하여 작가에게 상해를 입히는 잡지는 단지 변상하는 것이 고작으로, 실제로는 아무런 효과가 없다.

문집 가운데 4편은 원래 일본어로 쓴 것인데, 지금은 내가 직접 중국어로 번역했다. 아울러 중국 독자에게 마땅히 설명해야 할 점이 있다.——

첫째, 「『살아있는 중국의 자태』 서문」에서 나는 '지나통'에 대해 풍자를 했고 또 일본인이 결론을 좋아한다고 설명했다. 뉘앙스상 그들의 조잡함을 비웃었던 듯하다. 하지만 이런 성격에도 장점은 있다. 그들이 급하게 결론을 찾는 것은 실행을 서두르기 때문이다. 우리는 마땅히 웃어 버리는 것으로 끝나서는 안 된다.

둘째, 「현대 중국의 공자」는 『가이조』 6월호에 발표했다. 이때 우리 '공자의 자손'聖裔들은 바로 도쿄에서 그들의 선조를 참배하고 있으며 기쁨에 넘치고 있었다. 일찍이 이광亦光 군이 중국어로 번역해 잡지 『잡문』[4] 제2호(7월)에 실었던 것이 있다. 지금은 약간 교정을 가해 여기에 옮겨 와 수록했다.

셋째, 「『중국소설사략』 일역본 서문」에서 나는 나의 기쁨을 언명했지만, 그 원인에 대해서는 아직 말한 적이 없다. 그것은 10년의 긴 시간 동안 나는 내 개인의 사적인 원한을 보복했던 것이다. 1926년에 천위안陳源 즉 시잉西瀅 교수가 베이징에서 공개적으로 나에 대한 인신공격을 했고, 나의 이 저작을 거론했다. 즉 시오노야 온鹽谷溫 교수의 『지나문학개론강화』支那文學槪論講話 가운데 '소설' 일부를 훔친 것이라는 말이었다. 『한담』의 소위 "있는 그대로 전부 표절"이 가리키는 것 역시 나였다.[5] 지금 시오노야 교수의 책이 이미 중역中譯되어 나와 있고, 나의 책도 일역日譯이 되었으니 양국의 독자는 일목요연하게 알 수 있을 것이다. 나의 '표절'을 지적하는 사람이 있을까? 아아, "비열하고 저질적인 일을 하는" 것은 가히 인간 세상에서 가장 부끄러운 일이다. 나는 10년간 '표절'이란 악명을 달고 살았다.

하지만 지금은 그것을 내릴 수 있게 되었다. 게다가 "거짓말하는 개"라는 레테르label를 자칭 '정인군자'正人君子인 천위안 교수에 돌려주고자 한다. 만약 그가 씻어 내지 않는다면 어쩔 수 없이 그 레테르를 붙이고서 생활하고 그대로 무덤까지 갖고 들어가는 수밖에 없다.

넷째, 「도스토예프스키의 일」은 미카사쇼보三笠書房의 청탁을 받아 쓴 글로서 독자들을 위해 써준 소개글이다. 나는 여기서 피압박자는 압박자에 대해 노예가 아니라면 적이며, 결코 친구가 될 수 없고, 그래서 상호 간의 도덕은 전혀 다르다는 점을 설명했다.

끝으로 나는 가마다 세이치鎌田誠一 군을 기념하고 싶다. 그는 우치야마서점의 점원으로 회화를 아주 좋아했다. 나의 세 차례 독일과 러시아 목판화전시회는 모두 그가 혼자서 준비한 것이다. 1·28 때는 그가 나와 나의 가족 그리고 다른 사람들, 즉 부녀자와 어린애들을 데리고 영국조계로 피난하게 해주었다. 1933년 7월 병으로 고향에서 세상을 떠났다.[6] 그의 묘지 앞에는 내가 쓴 묘비명이 있다. 지금도 당시 내가 맞았다든지 죽었다든지 흥미 본위로 쓴 신문과, 80위안 때문에 나를 몇 차례나 왕복시키고 결국에는 주지 않았던 서점의 일을 생각하면, 나는 그에게 아주 부끄러운 마음이 든다.

최근 2년간 가끔 내게 호의를 갖고 있는 진보적인 청년들이 내가 지금 문장을 잘 쓰지 않는 것을 안타까워하며 실망을 표현했다. 내가 청년들을 실망시킬 수밖에 없었던 것은 변명의 여지가 없는 일이다. 하지만 약간의 오해도 있다. 오늘 나 스스로 조사를 해보았다. 내가 『신청년』新青年에

「수감록」隨感錄을 쓰기 시작해 이 문집의 마지막 문장까지 모두 18년간 잡 감雜感만으로 대략 80만 자를 썼다. 후반부 9년간 쓴 글은 전반부 9년보다 두 배가량 많다. 그리고 이 후반부 9년 중에 최근 3년간 쓴 글의 분량은 앞 의 6년과 비슷하다. 그렇다면 "지금 문장을 잘 쓰지 않는다"는 말은 사실 적절한 결산이 아닌 셈이다. 게다가 이런 진보적인 청년들은 누구나 언론 에 대한 현재의 압박에 주목하지 않고 있는데, 이 또한 아주 놀라운 일이 다. 나는 작가의 작품을 논하려고 한다면 반드시 주위의 상황도 함께 고려 해야 한다고 생각한다.

물론 이런 상황을 분명하게 아는 것은 쉽지 않다. 만약 공개된다면 작 가는 수난을 받을 것을 두려워할 것이고, 서점은 문 닫는 것을 방비하려고 할 것이기 때문이다. 그러나 자신과 출판계가 서로 어느 정도 관계가 있다 면 이면裏面의 소식 일부는 알 수 있다. 지금 먼저 과거에 공개되었던 일을 회상해 보자. 아직 기억하는 독자가 있을 듯한데, 중화민국 23년(1934) 3 월 14일자 『대미만보』에 이러한 뉴스가 실린 적이 있다.

중앙당부, 신문예작품 금지

상하이滬시 당부는 지난 달 19일에 중앙당부의 전령을 받아, 신경향의 서적을 취급하는 각 서점에 인원을 파견하여 서적을 수색하고 발금하였 는데, 그 수가 149종에 달하고, 관련 서점이 25군데에 이른다. 그 가운데 에는 시당부의 심사를 거쳐 발행이 허가된 것, 혹은 내정부에 저작권을 등기, 취득한 것이 있다. 더욱이 각 작가의 초기 작품, 예를 들어 딩링丁玲 의 『어둠 속에서』 등이 아주 많았기 때문에 상하이 출판업계의 공황을 초래하였고, 신경향의 서적 출판업자가 조직한 중국저작인출판인연합회는 협의한 뒤 2월 25일에 대표를 추대하여 시당부에 청원한 결과, 시당부의 배려를 얻어 중앙에 각 서적의 재심사와 가벼운 처분을 바랐던 바, 같은 날 중앙으로부터 회신 전보를 받았다. 원하는 대로 허가하지만 각 서점은 재심 기간 중에 반드시 금지된 각 서적을 일률적으로 자발적으로 봉해서 보존하고, 다시 발매하지 않는다는 내용이었다. 여기에 각 서점의 금지 서적 목록을 다음과 같이 분류하여 재록한다.

서점	서명	역자(혹은 저자)
신주 神州國光社	정치경제학비판政治經濟學批判	궈모뤄郭沫若(맑스 저)
	문예비평집文藝批評集	첸싱춘錢杏邨
	파우스트와 도시浮士德與城	러우스柔石(루나차르스키 저)
현대 現代書局	중국고대사회연구中國古代社會研究	궈모뤄
	석탄왕石炭王, King Coal	궈모뤄(업튼 싱클레어 저)
	검은 고양이黑貓	궈모뤄
	창조10년創造十年	궈모뤄
	과수원果樹園(소련작가 단편소설집)	루쉰魯迅
	톈한 희곡집田漢戱曲集(五集)	톈한田漢
	틴타질의 죽음檀泰琪兒之死	톈한(모리스 마테를링크 저)
	히라바야시 다이코 선집平林泰子集	선돤셴沈端先
	패잔병殘兵	저우취안핑周全平
	앵두꽃 없이沒有櫻花, Without Cherry Blossom	펑쯔蓬子(로마노프 저)
	투쟁掙扎	러우젠난樓建南
	야회夜會	딩링丁玲
	시고詩稿	후예핀胡也頻
	광부炭礦夫	궁빙루龔冰廬
	광츠 유집光慈遺集	장광츠蔣光慈
	리사의 애원麗莎的哀怨	장광츠
	야제野祭	장광츠
	구어체문작법語體文作法	가오위한高語罕
	후지모리 세이키치 집藤森成吉集	썬바오森堡
	사랑과 증오愛與仇	썬바오

	소비에트문학 중의 남녀新俄文學中的男女	저우치잉周起應
	대학생의 사생활大學生私生活	저우치잉(구밀레프스키 저)
	유물사관 연구唯物史觀研究上下	화한華漢
	열 명의 여인의 슬픔十姑的悲愁	화한
	귀가歸家	홍링페이洪靈菲
	유망流亡	홍링페이
	맹아萌芽	바진巴金
광화 光華書局	유년시대幼年時代	궈모뤄
	문예론집文藝論集	궈모뤄
	문예론속집文藝論續集	궈모뤄
	석유煤油, Oil	궈모뤄(싱클레어 저)
	고리키 문집高爾基文集	루쉰
	이혼離婚	판한녠潘漢年
	작은 천사小天使	펑쯔(안드레예프 저)
	유년시대我的童年	펑쯔(고리키 저)
	결혼집結婚集	펑쯔(스트린드베리 저)
	한 여인의 꿈婦人之夢	펑쯔(구르몽 저)
	병과 꿈病與夢	러우젠난
	길路	마오둔茅盾
	자살일기自殺日記	딩링
	우리 단체와 그我們的一團與他 펑쉐펑馮雪峰	(이시카와 다쿠보쿠 저)
	세 명의 서로 다른 인물三個不統一的人物	후예핀
	현대중국작가선집現代中國作家選集	장광츠
	신문예사전新文藝辭典	구펑청顧鳳城
	궈모뤄론郭沫若論	구펑청
	신흥문학개론新興文學概論	구펑청
	몰락한 영혼沒落的靈魂	구펑청
	문예창작사전文藝創作辭典	구펑청
	현대 명인 서신現代名人書信	가오위한
	문장과 그 작법文章及其作法	가오위한
	두칭 문예론집獨淸文藝論集	왕두칭王獨淸
	단련鍛煉	왕두칭
	암운暗雲	왕두칭
	나의 유럽 생활我在歐洲的生活	왕두칭
후펑 湖風書局	미술고고학 발현사美術考古學發現史	궈모뤄(미하엘리스 저)

청년 문학 독본青年自修文學讀本	첸싱춘
폭풍우 속 7인의 여성暴風雨中的七個女性	톈한
기아의 희미한 빛饑餓的光芒	펑쯔
악당惡黨	러우젠난(콜로렌코 저)
만보산萬寶山	리후이잉李輝英
짝사랑隱秘的愛	썬바오(고리키 저)
한매寒梅	화한
지천地泉	화한
노름꾼賭徒	훙링페이(도스토예프스키 저)
지하생활자의 수기地下室手記	훙링페이(도스토예프스키 저)

난창
南强書局

정글屠場	궈모뤄(싱클레어 저)
신문예묘사사전新文藝描寫辭典(正續編)	첸싱춘
신흥문학을 어떻게 연구할까怎樣研究新興文學	첸싱춘
신흥문학론新興文學論	선돤셴(코간 저)
철의 흐름鐵流	양싸오楊騷(세라피모비치 저)
10월十月	양싸오(야코블레프 저)

대강
大江書鋪

현대신흥문학의 제문제現代新興文學的諸問題	루쉰(가타가미 노보루 저)
훼멸毁滅	루쉰(파데예프 저)
예술론藝術論	루쉰(루나차르스키 저)
문학과 예술의 기술적 혁명文學及藝術之技術的革命	천왕다오陳望道
	(히라바야시 하쓰노스케 저)
예술간론藝術簡論	천왕다오
사회의식학대강社會意識學大綱	천왕다오
숙초宿莽	마오둔
들장미野薔薇	마오둔
웨이후韋護	딩링
현대 유럽의 예술現代歐洲的藝術	펑쉐펑(마차 저)
예술사회학의 사명과 문제藝術社會學底任務及問題	펑쉐펑(프리체 저)

수이모
水沫書店

문예와 비평文藝與批評	루쉰(루나차르스키 저)
문예정책文藝政策	루쉰
은령銀鈴	펑쯔
문학평론文學評論	펑쉐펑(프란츠 메링 저)
유빙流冰(소련 시인들의 시선流)	펑쉐펑
예술의 사회적 기초藝術之社會的基礎	펑쉐펑(루나차르스키 저)
예술과 사회생활藝術與社會生活	펑쉐펑(플레하노프 저)

	쿼바디스往何處去	후예핀(센케비치 저)
	위대한 사랑偉大的戀愛	저우치잉(콜론타이 저)
톈마	루쉰 자선집魯迅自選集	루쉰
天馬書店	소련 단편소설집蘇聯短篇小說集	러우젠난
	마오둔 자선집茅盾自選集	마오둔
베이신	이이집而已集	루쉰
北新書局	삼한집三閑集	루쉰
	거짓자유서偽自由書	루쉰
	문학개론文學槪論	판쯔녠潘梓年
	처녀의 마음處女的心	펑쯔(구르몽 저)
	구시대의 죽음舊時代之死	러우스
	신러시아의 연극과 무용新俄的戲劇與跳舞	펑쉐펑
	일주일간一週間	장광츠
	구름 사이에서 나온 달沖出雲圍的月亮	장광츠
허중	이심집二心集	루쉰
合衆書店	노동의 음악勞動的音樂	첸싱춘
야둥	의총義塚	장광츠[7]
亞東圖書館	소년 표박자少年飄泊者	장광츠
	압록강에서鴨綠江上	장광츠
	기념비紀念碑	장광츠
	백화정 가百花亭畔	가오위한
	백화서신白話書信	가오위한
	두 여성兩個女性	화한
	전변轉變	홍링페이
문예文藝書局	안드레예프 평전安特列夫評傳	첸싱춘
광명光明書局	청년창작사전靑年創作辭典	첸싱춘
	암운暗雲	왕두칭[8]
타이둥	현대 중국문학 작가現代中國文學作家	첸싱춘
泰東圖書局	지화집枳花集	펑쉐펑
	러시아문학개론俄國文學槪論	장광츠
	전선前線	홍링페이
중화	커피숍의 한밤咖啡店之一夜	톈한
中華書局	일본 현대극 선집日本現代劇選	톈한
	한 여인一個女人	딩링
	일막의 비극적 사실一幕悲劇的寫實	후예핀

카이밍開明西店	소비에트러시아 문학이론蘇俄文學理論	천왕다오
	춘잠春蠶	마오둔
	무지개虹	마오둔
	식蝕	마오둔
	삼인행三人行	마오둔
	자야子夜	마오둔
	어둠 속에서在黑暗中	딩링
	귀신과 사람의 마음鬼與人心	후예핀
민지民智書局	미술개론美術槪論	천왕다오
러화樂華書局	세계문학사世界文學史	위무타오餘慕陶
	중외문학가 사전中外文學家辭典	구펑청
	두칭 자선집獨淸自選集	왕두칭
문예文藝書局	사회과학문답社會科學問答	구펑청
아동兒童書局	궁아고구기窮兒苦狗記	러우젠난
량유良友圖書印刷公司	소련동화집蘇聯童話集	러우젠난
상우商務印書館	희망希望	러우스
	개인의 탄생一個人的誕生	딩링
	성도聖徒	후예핀
신중국新中國書局	물水	딩링
화통華通書局	타인의 행복別人的幸福	후예핀
러화樂華書局	동 트기 전黎明之前	궁빙루
중학생中學生雜誌社	중학생 문예사전中學生文藝辭典	구펑청

출판계는 서적으로 이익을 도모하는 사람들에 불과하다. 판로만 따지지 내용은 상관하지 않는다. '반동'에 유의하는 이는 극히 적다. 그래서 이런 청원은 꽤 좋은 결과를 얻었다. "영업상의 곤란을 덜어 주기 위해" 37종을 해금하고, 산개刪改를 한다는 조건을 달고 발행을 허가한 것이 22종이었다. 나머지는 여전히 "금지"와 "잠시 발행 보류"였다. 이 중앙의 훈령과 개정 서목은『출판소식』⁹⁾ 제33기(4월 1일 출판)에 게재되었다.——

중국국민당 상하이특별시 집행위원회 훈령 집자執字 제1592호

(대량의 간행물 금지 폐기 건에 관해 중선회가 재심사하여 관대한 처분과 영업상의 곤란에 대해 배려해 줄 것을 문서로 전달하고 간청하는 취지의 설명서를 첨부하여 신청함)

신청한 취지를 받아들여 동 안건을 조사하여 허가함.

중앙선전위원회의 공식문서와 나란히 다섯 항의 처리 방법 결정. 첫째, 『히라바야시 다이코 선집』 등 30종은 이미 개별적으로 조사하여 금지한 것이며, 이전의 명령을 확실하게 집행하고, 엄격하게 금지, 폐기시켜 유포를 끊을 것. 둘째, 『정치경제학비판』 등 30종은 내용이 프로문예를 선전하거나 혹은 계급투쟁을 도발하거나 또는 본당과 국가당국에 대한 비난과 공격이 있으므로 발매금지할 것. 셋째, 『파우스트와 도시』 등 31종은 프로문학이론의 소개이거나 신러시아작품 혹은 부정확한 의식을 포함하고 있는 것으로, 반동을 선전하는 혐의가 농후하여 비적匪賊 섬멸의 중대한 시기에는 잠시 발매를 금지해야 할 것. 넷째, 『창조 10년』 등 22종은 내용에 간혹 사구辭句가 타당하지 않거나 한 편 한 단락이 적절하지 않은 것이 있어, 산개 혹은 일부 삭제를 조건으로 발매를 허가할 것. 다섯째, 『성도』 등 37종은 연애소설 혹은 혁명 이전의 작품인지 내용에는 모두 지장이 없으므로 금지령은 잠시 집행을 보류한다. 특히 나누어 열거한 각 항의 서적 목록, 문서 전달에 의한 조사 처리, 상부 훈령의 준수 등의 이유를 들어 해당 서점에 지시하여 중앙이 결정한 각 항과 나란히 각종 간행물의 일람표를 준수케 해 개별적으로 제출하여 파기하고 발행 정지케 하여 보고토록 할 것. 지체해서는 안 됨. 이것은 대단히 중요하다. 이상.

"부록문서, 각 항 서적목록 1통을 초록해 송부함."

중화민국 23년 3월 20일

상무위원 우싱야吳醒亞, 판궁잔潘公展, 퉁싱바이童行白

차례로 발매금지한 건의 서적목록(생략)

이런 형태로 대량의 서적이 발매 금지되고 폐기된 사건은 여하튼 일 단락을 고했다. 서점도 더 이상 말하지 않았다.

하지만 곤란한 문제는 아직 남아 있었다. 서점은 계속 신서新書와 잡지를 간행하지 않을 수 없었다. 그래서 영원히 계속해서 차압되고 발행 금지되고 폐쇄되는 위험까지 있었다. 이 위험은 우선 서점주에게는 손해였다. 당연히 구제조치가 필요했다. 이윽고 출판계에 어떤 풍문이 떠돌았다.── 진실로 희미한 풍문에 지나지 않았다.──

몇 월 며칠인지 알 수 없으나, 당관료, 서점주와 서점 편집자들이 회의를 열어서 선후책善後策을 논의했다. 특히 신경향의 서적 잡지 출판이 문제가 되었다. 어떻게 하면 발행금지를 피할 것인가 하는 것이었다. 듣건대 이때 한 잡지의 편집자 어느 갑甲선생[10]이 우선 원고를 관청에 보내 검열을 거쳐 허가를 받은 다음 비로소 인쇄에 들어가자는 의견을 내었다. 문장은 물론 결코 '반동'이 될 리 없고, 서점주의 본전도 보전할 수 있어 정말로 소위 공公과 사私가 함께 이익이었다. 다른 편집자들은 누구도 반대하지 않았던 듯하여 이 제안은 전격 통과되었다. 산회한 후 어느 갑선생의 친구이며 역시 편집자인 어느 을乙선생이 어떤 서점의 대표에게 대단히 감동적인 말투로 말했다. "그는 개인을 희생하고 겨우 잡지 하나를 구했다!"

"그"는 어느 갑선생이다. 어느 을선생의 의향을 추측한다면 대체로 이런 헌책獻策은 명예에 상당히 손상을 주는 것이라고 생각했을 것이다. 사실 이것은 신경쇠약적인 우려에 불과했다. 만약 어느 갑선생의 헌책이 없었더라도 서적과 잡지의 검열은 반드시 실행되었을 것이다. 다른 이유를 들어 시작했을 뿐이다. 게다가 이 헌책은, 당시에는 사람들이 자유로이 얘기하는 것을 꺼리고 신문도 기사로 다루지 않았으며 사람들은 갑선생을 공신功臣으로 인정했다. 그래서 호랑이의 수염은 누구도 감히 잡아채려고 하지 않았다. 기껏해야 귀에다 대고 입을 소곤소곤거릴 뿐이었으므로 국외局外의 사람들은 거의 알지 못했다.──명예와는 무관했다.

요약하면 몇 년 몇 월인지 모르겠지만 '중앙도서잡지심사위원회'는 마침내 상하이에 출현하였다. 그래서 매번 출판물에는 "중선회 도서잡지 심위회 심사 증證……자字 제第……호號"라는 문자가 한 줄 있었고, 삭제해야 할 곳은 이미 삭제했고, 산개할 것은 산개했음을 설명하였고, 게다가 발매의 안전을 보증하였다.──그러나 완전히 유효한 것도 아니었다. 예를 들어, 나의 『이심집』은 삭제되고 남은 것을 서점이 『습영집』[11]이라고 이름을 바꾸고 검열을 마친 것인데도 항저우에서는 여전히 몰수를 당했다. 이러한 혼란은 물론 보편적인 현상으로 결코 이상한 일은 아니지만, 내 생각에는 약간의 사적인 원한을 갖고 있었던 것이 아닌지 모르겠다. 왜냐하면 항저우의 저장성당부浙江省黨部의 유력 인사가 오랫동안 푸단대학 졸업생 쉬사오디[12] 나리 무리이고, 게다가 『위쓰』가 푸단대학을 공격하는 투서를 게재했을 때 내가 바로 편집자였으니 지은 죄가 적지 않기 때문이다. 자유대동맹을 위해 중앙에 신청하여 '타락문인 루쉰'의 체포령을 통달하게 한 것도 역시 저장성당부가 발기한 것이었다. 하지만 지금 조상의 무덤을 파헤칠 것을 청원하지 않은 것은 당의 은혜가 높고 두텁다고 할 것이다.

심사원에 관해서 나는 '문학가'가 꽤 있을 거라고 의심한다. 만약 그렇지 않다면 이 정도로 사람을 감복시킬 수가 없을 것이다. 물론 이따금 삭제, 금지의 결과 어떻게 된 영문인지 모를 경우가 있다. 나는 이것은 대체로 시위를 하고 있는 것이라고 생각한다. 시위하는 성벽性癖은 문학가라도 아주 벗어나기가 어렵다. 게다가 이것은 악덕도 아니었다. 또 한 가지 원인이 있다. 아마 밥그릇 때문일 것이다. 밥을 먹는 것은 결코 악덕이라고 할 수 없다. 하지만 밥을 먹는 일은 심사하는 문학가도 심사를 받는 문학가도 똑같이 곤란하다. 그들에게도 경쟁자가 있다. 결점을 보고 조심하지 않으면 밥그릇을 탈취당할 수 있다. 그래서 반드시 항상 성적을 내지 않으면 안 된다. 즉 부단히 금禁, 산刪, 금, 산, 제3의 금, 산이다. 내가 처음 상하이에 왔을 때 한 서양인이 여관에서 나가는 것을 보았다. 몇 대의 인력거가 그를 향해 나는 듯이 달려갔다. 그는 한 대에 올라타고 갔다. 그때 갑자기 순경이 와서는 손님을 놓친 인력거꾼의 머리를 곤봉으로 때리고, 인력거의 표식을 뜯어냈다. 나는 이것이 인력거꾼이 죄를 저질렀다는 의미라고 알았다. 하지만 왜 손님을 놓친 것이 죄가 되는지 이해하지 못했다. 왜냐하면 서양인은 단지 한 사람뿐이었기에 당연히 한 대의 인력거에 탈 수밖에 없는 법이니 그는 경쟁할 필요가 없었던 것이다. 뒤에 다행히 한 상하이 토박이가 나에게 알려주었다. 순경은 매달 몇 명의 범인을 잡아야만 하는데, 만약 그렇지 못하면 그가 직무태만으로 간주되고 그래서 밥그릇에 지장을 받게 된다는 것이다. 진짜 범죄자는 체포하기 쉽지 않으니 어쩔 수 없이 이렇게 창작을 한다는 것이다. 나는 심사관이 간혹 이상하게 심사하고는 원고지 위에 몇 개의 붉은 선을 긋는 것도 아마 이런 연고일 거라고 생각한다. 만약 정말 그렇다면 그들이 비록 나의 '체호프 선집'[13]을 "파괴된 산하"로 만들려고 한다 하더라도 나 역시 양해할 것이다.

이 심사는 아주 위세 좋게 처리되었다. 신문의 보도에 의하면 관민이 일치하여 만족했다고 한다. 9월 25일자 『중화일보』에 의하면 ——

중앙도서잡지심사위원회의 활동 적극화

중앙도서잡지심사위원회가 상하이에서 설립된 이후 지금까지 4개월이 지났지만 심사한 각종 서적과 잡지는 합계 오백여 종이 넘고, 매일 평균 공작인원 1인당 심사한 자수가 10만 자 이상, 심사과정은 아주 빨라서 두꺼운 대작이라도 겨우 이틀밖에 걸리지 않았다. 그래서 출판계는 모두 예상 외의 속도로 적지 않은 편의를 받았다고 생각했다. 이 위원회의 심사기준은 당과 정부에 대해 절대적으로 분명히 불리한 문구의 경우는 그 삭제, 산개를 요청하는 것 외에 나머지는 대단히 공평하게 적어도 편중되지 않았기 때문에 수개월 후에 서로 평온무사했다. 과거의 출판계는 심사기관이 없었기 때문에 종종 책이 출판된 이후 차압과 발행금지를 받았다. 심사회가 성립된 이후에는 이런 종류의 사건은 더 이상 발생하지 않았다. 중앙에서는 이 심사회의 일처리 성적이 우수하고, 출판계도 이런 조직을 대단히 필요로 하고 있음을 고려하여 내부공작원의 증원을 계획하고 심사활동의 편리를 도모하고자 했다.

이런 선정善政은 실시한 지 아직 1년이 되지 않았는데, 뜻밖에도 『신생』新生의 「황제에 대한 한담」 사건이 발생했다. 다분히 일본영사의 경고를 받은 것일 터이다. 그 단호하고 신속한 처리는 '반동문자'에 대한 것보다 더욱 엄격했다. 즉시 이 잡지는 발행금지되었고, 그 회사는 문을 닫았으며 편집자 두중위안[14]은 스스로 이 원고가 심사를 거치지 않았음을 자인하고 징역의 판결을 받고 상소는 허락되지 않았다. 하지만 심사관 7인을 해임하고, 한편으로는 서점에 가서 일본과 관련된 구서舊書를 대량으로 수색하여 벽 한 켠에 '국교친선'國交親善이라는 고시를 붙였다. 출판계도 외롭고 처량하게 의지할 데 없는 모습을 나타냈다. 들리는 바에 의하면, "공평"한 "중앙선전부 도서잡지심사위원회"가 모습을 감추었기에 원고를 가진 채로 결국 궁지에 빠졌다고 한다.

그렇다면 자유가 반환되었는데도 기쁘지 않다는 말인가? 결코 아니다. 이 위원회가 있기 전에 출판가는 자신의 역량을 약간 갖고 있었다. 그런데 이 위원회가 생겼다가 사라진 뒤에 진실로 다소 동요가 일어났다. 대다수의 농민들은 모두 스스로 생활을 영위할 수 있다, 하지만 오스트리아와 러시아의 농노해방 때 그들 가운데 어떤 사람은 눈물을 흘렸다. 의지할 바를 잃어 자신이 어떻게 살아가야 할지를 몰랐기 때문이었다. 게다가 우리의 출판가들은 "의지할 바를 잃은" 것만이 아니었다. 어느 갑선생의 헌책 이전의 상태를 회복한 것이어서 또 차압, 발행금지, 봉쇄가 있을 수 있고 극히 위험해질 수 있다. 그리고 '반동문자'라고 지목당하는 걱정 외에 '국교친선령'을 위반했다는 두려움도 있었다. 이미 '훈'訓育의 결과 연골병이 났던 출판계에 더 무거운 하중이 가해졌다. 당국은 내교內交에 대해서는 어떤 '친선'을 할 뜻이 없고, "예양禮讓은 국가를 위해서" "영업상의 곤란을 돌보는" 데 열심이지 않을 것이기 때문에, 내 생각에는 '심사회'가 성립되고 또 소멸하고 난 뒤 출판계의 대부분은 오히려 정말 고아[15]가 되고 말았다.

그래서 현재의 서적과 잡지가 먼저 서로 타협하여 특히 격앙激昂의 허가를 얻지 않는 한, 애매하게 하여 과하지 않도록 노력하는 수밖에 없다. 그렇지 않으면 의연히 전과 동일한 위험이 있을 수 있다. 즉 곤봉으로 맞고 표식을 찢기게 되는 것이다.

평론가가 만약 이상의 개요를 이해하지 못한다면, 최근 3년간의 문단을 비평할 수 없다. 비평한다고 하더라도 요점을 잡기는 어렵다.

나는 이 1년간 신문에 투고하지 않았다. 발표했던 모든 것은 자연히 막연한 것이 많다. 이것은 칼과 쇠사슬을 들고 춤을 추는 것이다. 물론 일소에 부칠 정도다. 하지만 나 자신에게는 하나의 기념이다. 일년의 마지막에 기록해서 보존해 둔다. 장점과 단점 그대로 모두 47편이다.[16]

1935년 12월 31일 밤에서 1월 1일 아침까지 씀

주)_____

1) 『문학백제』(文學百題). 1935년 7월 문학사가 문학에 관한 문제 100개를 정하고 각 전문가에게 글을 청탁해서 모은 책이다. 상하이 생활서점(生活書店)에서 출판했다. 이 책은 원래 백제인데, 국민당 심사기관에 의해 26제가 삭제되는 바람에 출판할 때 삭제된 각 제목은 목차에 넣고 아래에 '궐'(闕)자를 주석으로 붙였다.

2) 부녀의 해(婦女年). 1933년 겨울, 상하이시 상회(商會)와 일부 부녀단체가 국산품 제창을 위해 1934년을 부인과 국산품의 해로 정했고, 간단히 '부녀의 해'라고 불렀다.

3) ××회는 국민당중앙선전위원회 도서잡지심사위원회(國民黨中央宣傳委員會圖書雜誌審查委員會)를 가리킨다.

4) 『잡문』(雜文). 문학월간. 1935년 5월 일본 도쿄에서 창간되었다. 두쉬안(杜宣), 보성(勃生)이 차례로 편집을 맡았다. 중국에서는 상하이 군중잡지공사(群衆雜誌公司)가 발행했다. 제3호가 국민당 당국에 조사를 받고 금지를 당했으며, 제4호부터 이름을 『질문』(質文)으로 바꿔 펴냈으며 1936년 11월에 정간되었다. 모두 8기를 발간했다.

5) 천위안(陳源, 1896~1970). 필명은 시잉(西瀅), 장쑤 우시(無錫) 사람. 현대평론파 주요 멤버 중 한 사람. 일찍이 베이징대학 교수를 지냈다. 1926년 1월 30일 『천바오부간』(晨報副刊)에 「즈모에게」(致志摩)라는 글을 발표했는데, 그 속에서 루쉰을 중상하며 이렇게 말했다. "그의 『중국소설사략』은 일본인 시오노야 온(鹽谷溫)의 『지나문학개론강화』(支那文學槪論講話)의 '소설' 부분에 근거하고 있다." 또 『현대평론』 제2권 제50기(1925년 12월)의 「한담」(閑話)에서 루쉰을 "통째로 표절하는 이"라고 했다. 『화개집속편』(華蓋集續編) 「편지가 아니다」(不是信) 참고.

6) 가마다 세이치(鎌田誠一, 1905~1934). 일본인, 상하이 우치야마서점 직원. 그는 1934년 5월에 죽었다. 루쉰은 같은 해 5월 17일 일기에 "오후에 가마다 세이치(鎌田政一/誠一) 군이 어제 병으로 죽었다는 소식을 들었다. 재작년에 도움을 주었던 후의를 생각하니 암연(黯然)하다."

7) 『의총』(義塚)은 첸싱춘(錢杏邨)의 단편소설집이다(1928년 야둥도서관 출판). 국민당중앙당부는 장광츠(蔣光慈)의 저작으로 오인했다.

8) 『암운』(暗雲)은 이미 이 목록의 광화서국 부분에 기재되어 있다. 『출판소식』 제33기의 기록에 의하면 '야둥도서관' 부분에 "『사랑의 분야』(愛的分野) 장광츠" 한 가지를 보충해야 한다.

9) 『출판소식』(出版消息) 반월간은 1932년 12월 1일 창간되었고, 1935년 3월 정간되었다. 모두 48기를 발행했고, 상하이 러화도서공사(樂華圖書公司)에서 편집, 발간했다.

10) 갑(甲)은 『현대』 잡지 편집자 스저춘(施蟄存)을 가리킨다. 1933년 11월 5일 야오커(姚克)에게 보낸 루쉰의 편지 참고.

11) 『습영집』(拾零集). 잡문 16편을 모은 것으로 1934년 10월 상하이 허중서점(合衆書店)에서 출판했다. 이 책의 속표지에 "본서 심사 증 심자 오백오십구호"(本書審査證審字五百五十九號)라는 문자가 인쇄되어 있다.

12) 쉬사오디(許紹棣, 1898~1980). 저장 린하이(臨海) 사람. 국민당저장성 당부당무지도위원, 저장성 교육청장을 지냈다. 1928년 8월 『위쓰』(語絲) 제4권 제32기에 펑야오(馮珧; 시스춰안徐詩荃)가 「푸단대학을 말함」이라는 글을 발표하여, 학교 내부의 일련의 부패상을 폭로하였다. 이 학교 출신인 쉬사오디는 같은 해 9월 국민당저장성 당무지도위원회 명의로 저장성에서 『위쓰』의 발행을 금지했다.

13) '체호프 선집'은 루쉰이 번역한 『나쁜 아이와 그외 이상한 말』(壞孩子和別的奇聞)을 가리킨다. 1936년 상하이 롄화(聯華)서국에서 출판했다. 체호프의 초기 단편소설 8편이

수록되어 있는데, 그 가운데 7편의 역문은 이미 『역문』(譯文) 월간에 발표되었다. 「페르샤의 훈장」 한 편은 국민당중앙선전위원회 도서잡지심사위원회에 의해 게재가 금지되었다.

14) 두중위안(杜重遠, 1899~1943). 지린(吉林) 화이더(懷德) 사람. 일찍이 랴오닝상무총회 회장을 지냈다. '9·18'사변 이후 상하이에서 항일 구국운동에 참가했다. 1934년 『신생』(新生) 주간을 창간하고 편집장을 지냈고, 「황제에 대한 한담」 사건으로 도형(徒刑) 1년 2개월의 판결을 받았다. 뒤에 신장(新疆)에서 성스차이(盛世才)에게 살해당했다.

15) 원문은 '孤哀子'. 『예기』(禮記) 「잡기상」(雜記上)에 "상을 당하면 애자(哀子)와 애손(哀孫)이라고 불렀다." 청대 조익(趙翼)의 『해여총고』(陔余叢考) 「고애자」(孤哀子)에 의하면 당(唐) 이후 아버지를 여의면 고자(孤子)라 부르고, 어머니를 여의면 애자(哀子)라고 불렀으며, 부모를 모두 여의면 고애자(孤哀子)라고 했다 한다.

16) 『차개정잡문 2집』(且介亭雜文二集)은 제목만 있고 내용이 없는 「'제목을 짓지 못하고' 초고(4)」 외에 전부 잡문 48편을 수록했다.

차개정잡문 말편　且介亭雜文末編

『차개정잡문 말편』(且介亭雜文末編)은 루쉰이 1936년에 쓴 잡문 35편을 수록하고 있다. 루쉰 자신이 편집하고, 이후 쉬광핑이 편집하여 1937년 7월 상하이 삼한서옥(三閑書屋)에서 초판이 나왔다.

『케테 콜비츠 판화 선집』 머리말 및 목록[1]

케테 슈미트(Kaethe Schmidt)는 1867년 7월 8일 동東프러시아의 쾨니히스베르크(Koenigsberg)에서 태어났다. 그녀의 외할아비 루프(Julius Rupp)는 그곳 자유종교협회 창립자였다. 아비는 본디 법관 후보였으나 종교적·정치적 견해 때문에 법관 될 가망성이 없었다. 이 가난한 법학자는 이에 러시아인들이 제창한 대로 "인민 속으로" 들어가 목수가 되었고 루프가 죽은 뒤 그 교구의 수령 겸 교사가 되었다. 그는 네 자녀의 교육에 힘썼으나 케테의 예술적 재능을 미처 몰라보았다. 케테는 처음에 동판화 기법刻銅的手藝을 배우다가 1885년 겨울 오빠가 문학을 연구하고 있던 베를린으로 가서 스타우퍼 베른(Stauffer Bern)에게 회화를 배웠다. 나중에 고향에 돌아가 나이데(Neide)에게 배웠으나 "싫증 나서" 나중에는 뮌헨의 헤르테리히(Herterich)에게서 배웠다.

1891년 오빠의 어릴 적 동무 칼 콜비츠(Karl Kollwitz)와 결혼하였다. 그는 개업 의사였다. 하여 케테도 베를린의 '서민'小百姓 틈에서 생활하게 되었으며, 이때 회화를 버리고 판화를 시작했다. 애들이 성장한 뒤에는 조각에도 힘 쏟았다. 1898년 그 이름난 연작 판화 『방직공의 봉기』[2] 여섯 폭을 제작하였다. 1844년의 역사적 사실에서 취재한 것으로, 앞서 나온 하웁트만(Gerhart Hauptmann)[3]의 희곡 작품과 이름이 같다. 1899년 「그레트헨」*Gretchen*을, 01년[1901년] 「단두대 주위에서의 춤」을 제작하였다. 04년 파리를 여행하였고, 04년부터 08년 사이에 일곱 폭짜리 연작 판화 『농민전쟁』을 제작, 그 명성으로 Villa-Romana 상금[4]을 타 이탈리아 유학을 하였다. 이때 여자 친구와 함께 피렌체에서 로마까지 걸어서 갔지만, 그녀 자신에 따르면 자기의 예술에 이렇다 할 영향이 없었다 한다. 1909년 「실업」을, 10년에는 「부인, 죽음에 사로잡히다」와 '죽음'을 주제로 한 소품을 창작하였다.

세계대전[제1차 세계대전]이 나자 거의 창작을 하지 않았다. 1914년 10월 말 그녀의 맏아이가 젊은 나이로 플란데른/플랑드르(Flandern) 전선에서 죽었다. 18년 11월 프러시아 예술원 회원으로 뽑혔는데, 여성으로는 처음이었다. 19년 이후에야 꿈에서 깨어난 듯 다시 판화 작업에 종사하였다. 이름난 작품으로 그 해에 리프크네히트(Liebknecht)[5]를 기린 목판과 석판화와, 02년에서 03년 사이에 낸 목판 연작 『전쟁』이 있다. 훗날 또 세 폭으로 된 『프롤레타리아』가 있는데 이 또한 목판 연작이다. 1927년, 아직까지는 전투적 작가였던 하웁트만[6]은 그녀의 예순 살에 맞추어 보낸 편지에서 이렇게 말했다. "당신의 소리 없는 선묘線描는, 뼛속까지 사무칩니다. 참혹한 외침, 그리스·로마 때에도 들어볼 수 없었던 외침입니다." 프랑스의 로맹 롤랑(Romain Rolland)은 말했다. "케테 콜비츠의 작품은 현대 독일의 가장 위대한 시가詩歌이다. 그것은 가난한 사람, 보통 사람들의 고통과 비애를 비추어 냈다. 음울하고 진한 동정심으로 그것들을 자신의 눈 속, 자상한 어미와 같은 자신의 팔 안에 거두었다. 이것은 목숨 바친 인민의 침묵의 소리이다." 그러나 그녀는 지금, 가르치지도 창작하지도 못한 채로, 참으로 묵묵히 자신의 아들과 함께 베를린에 있다.[7] 그 아들도 남편처럼 의사이다.

여성 예술가 중 예술계를 뒤흔든 사람으로 케테 콜비츠만 한 사람이 없는 듯하다. 혹자는 찬미하고, 혹자는 공격하고, 혹자는 공격에 맞서 그녀를 변호한다. 참으로 아베나리우스(Ferdinand Avenarius)가 말한 것처럼 "새 세기가 되기 몇 해 전, 그녀는 첫번째 전람회 때에 이미 신문·잡지를 뜨겁게 달궜다. 그 뒤로 어떤 이가 '그녀는 위대한 판화가'라 하자 누군가가 '케테 콜비츠는 남자 한 사람밖에 없는 신파新派 판화가'라고 무료하기 짝이 없는 말을 하였다. 또 다른 사람은 '그녀는 사회민주주의의 선전가'라 하였고, 세번째 사람은 '그녀는 비관과 고통을 그린 화공悲觀的困苦的畵手'이라 하였다. 네번째 사람은 또 '종교적 예술가'라 하였다. 요컨대, 사람들이 이 예술을 어떻게 나름 느끼고 사고하고 해석하건 간에, 어떻게 거기에서 단 한 가지 의미를 발견하건 간에, 한 가지 보편적인 것이 있다. 그것은, 사람들이 그녀를 잊지 않는다는 것이다. 누구건 케테 콜비츠라는 이름을 들으면 그의 예술을 눈에 보듯 느낀다. 그의 예술은, 음울하다. 굳세게 꿈틀대고 강인한 힘 가운데에 집중되어 있음에도. 이 예술은 통일적이고 단순하다──아주 박력 있다."

그렇지만 우리 중국에서는 그다지 소개되지 않았다. 나는 이미 정간된 『현대』와 『역문』에서 각각 그녀의 목판화 한 폭을 소개한 바 있다. 원화原畵를 보기 어려웠음은 물론이다. 네댓 해 전 상하이에서 그녀 작품을 몇 폭 전시하였으나 관심 가진 사람이 많지 않았던 듯하다. 그녀의 본국에서 복제한 작품들은, 내가 본 바로는『케테 콜비츠 화첩』(*Kaethe Kollwitz Mappe*, Herausgegeben Von Kunstwart, Kunstwart-Verlag, Muenchen, 1927)이 가장 잘 되었으나 나중 판본에서는 음울한 것이 전투적인 것보다 많아졌다. 인쇄 품질이 떨어지기는 하나 수록 작품이 많은 것으로는『케테 콜비츠 작품집』(*Das Kaethe Kollwitz Werk*, Carl Reisner Verlag, Dresden, 1930)이 있는데, 이것을 들추면 바로, 그녀가 어머니의 깊고 너른 사랑으로 모든 모욕받고 학대받는 사람들을 위해 얼마나 아파하고 항의하고 분노하고 투쟁하였는가 알 수 있다. 작품의 제재는 대체로 고난, 주림, 이별, 질병, 죽음이지만, 외침, 몸부림, 연대連帶, 궐기도 있다. 그 뒤나온 새 작품집(*Das Neue K. Kollwitz Werk*, 1933)은 밝은 작품이 많아졌다. 하우젠슈타인(Wilhelm Hausenstein)은 그녀의 중기 작품을 다음과 같이 논평하였다. 고무적이고 남성적인 판화, 간혹 폭력적 위협이 보이기는 하지만 근본적으로는, 삶과 아주 깊이 연계되어 있고 형식 또한 격렬한 갈등에서 나온 것인 만큼, 세상사의 모습을 단단히 틀어쥐고 있다. 나가타 잇슈永田一脩는 그녀의 중기 작품을 나중의 작품과 함께 논하면서 하우젠슈타인의 논평이 미흡하다고 보았다. 그는, 케테 콜비츠의 작품은 리버만(Max Liebermann)의 작품과 다르다, 그저 제재가 흥미롭다는 것만으로 하층민의 세계를 그린 것은 아니라고 하였다. 그녀는 주위의 비참한 삶에 격동되었기 때문에, 그래서 그것들을 그려 내지 않을 수 없었다. 이는 인간 세상의 착취자를 향한 끝없는 "분노"이다. 나가타 잇슈는 말한다. "그녀는 현재의 감각에 비추어 흑토黑土에서 살아가는 대중을 묘사하였다. 그는 현상을 양식様式의 틀 안에 가두지 않았다. 때로 비극적이고 때로 영웅화하는 경향이 있는 건 어쩔 수 없는 일이다. 그러나 그녀가 아무리 음울하고, 아무리 아파한다 해도, 그것이 곧 비혁명적인 건 결코 아니다. 그녀는 현 사회를 변혁할 가능성을 잊지 않는다. 늘그막에 이를수록 비극적인, 또는 영웅적이고 어두운 형식에서 벗어나고 있다."

게다가 그녀는 자기 주위의 비참한 삶만을 위해 항쟁하는 게 아니다. 중국에 대해서도, 중국이 그녀에 대해 그런 것처럼 냉담하지 않다. 1931년 1월 여섯 청년 작가가 살해된 뒤, 전 세계의 진보적 문예가가 연명으로 항의할 때에 콜비츠도 서명한 사람 중 하나였다. 지금, 중국식으로 세면 그녀 나이가 일흔 살이다. 이 책의 출판은, 비록 편폭은 유한하지만, 그녀를 위한 자그마한 기념으로 칠 수도 있을 것이다.

이 선집에 수록된 작품은 21폭이다. 주로 원판에서 뜬 것에 의거하였고 몇몇 작품은 1927년에 낸 『화첩』에 실린 것을 복제하였다. 다음은 아베 나리우스와 딜(Louise Diel)의 해석에 의거하고 내 견해를 약간 보태 작성한 작품 목록이다.

(1) 「자화상」(Selbstbild). 석판. 제작 연대 미상이나, 『작품집』에 실린 순서를 보면 1910년께의 작품. 원판 탁본에 의거하였다. 34×30cm. 이것은 작가가 여러 자화상 중에서 중국에 소개하기 위해 손수 고른 것으로 은연중에 그녀의 연민과 분노, 자애로움을 볼 수 있다.

(2) 「가난」(Not).[8] 석판. 원작 크기 15×15cm. 원판 탁본에 의거하였다. 다음 다섯 폭도 같다. 이것은 그 유명한 『방직공의 봉기』(Ein Weberaufstand) 중 첫 작품이다. 1898년 작. 그 4년 전에 하웁트만의 희곡 『방직공들』이 베를린의 독일극장에서 처음 공연되었다. 1844년 슐레

지엔(Schlesien)의 삼베 방직 노동자 봉기에서 제재를 가져온 이 작품에서 콜비츠가 영향을 받았을 수 있으나, 깊이 따질 필요는 없다. 하나는 극본이고 하나는 판화이기 때문이다. 이 작품을 통해 우리는 가난한 집 춥고 허름한 방 안에 들어선다. 한쪽 구석에 아비가 아이를 안은 채 대책 없이 앉아 있고, 어미는 근심에 싸여 두 손으로 머리를 감싼 채 위독한 아이를 지켜보고 있다. 그녀 곁에 베틀이 소리 없이 놓여 있다.

(3) 「죽음」(*Tod*). 석판, 22×18*cm*. 『방직공의 봉기』두번째 작품이다. 역시 차가운 방 안. 어미가 지쳐 잠들어 있고, 속수무책인 아비는 방 안에 선 채로 이 같은 처지에 대하여 깊은 생각에 잠겨 있다. 탁자 위의 촛불 빛이 희미하게 비치는데 어느새 다가온 "죽음"이 뼈마디 불거진 손아귀로 어린아이를 붙잡는다. 아이가 눈을 부릅뜨고 우리를 바라본다. 그는 살고 싶다, 사람들이 운명을 개혁할 힘이 있기를 바란다.

(4) 「의논」(*Beratung*). 석판, 27×17*cm*. 세번째 작품이다. 앞 두 작품의 말 없는 인고와 고뇌 끝에 이제 생존을 위하여 싸우는 모습이 나타난다. 우리는, 어둠 속에서 탁자 하나, 잔 하나, 사람 둘을 볼 뿐이다.[9] 하지만 그들은 짓밟힌 운명을 떨쳐 내기 위해 의논을 하고 있다.

(5) 「방직공의 대오」(*Weberzug*). 동판, 22×29*cm*. 네번째 작품. 보잘것없는 무기를 손에 들고 자신들의 고혈을 빨아먹는 공장을 향한다. 이제껏 곯아 왔기에 팔도 얼굴도 비쩍 여위었고, 표정도 생기가 없다. 대열 중에 여인이 있는데 그녀 또한 지친 나머지 몸을 제대로 가누지 못한다. 콜비츠가 묘사한 대중 속에는 대개 여성이 자리한다. 여인은 등에 아이를 업고 있다. 아이는 어깨맡에서 잠들어 있다.

(6) 「돌격」(*Sturm*). 동판. 원작 크기는 24×29*cm*. 다섯번째 작품. 공장

의 철문[10]은 굳게 잠겨 있다. 방직공들은 맨손과 보잘것없는 무기로 철문을 부수려 하고 돌멩이를 던진다. 여자들은 떨리는 손으로 땅바닥에서 돌멩이를 파내는 등 싸움을 돕는다. 울고 있는 아이는, 아까 오는 길에 잠들었던 아이인 듯하다. 이것은 여섯 폭의 연작 중 가장 높이 평가받는 작품이다. 때로는 이 작품을 들어 작자의 『방직공』이 도달한 예술적 수준을 입증하기도 한다.

(7) 「결말」(Ende). 동판, 24×30cm. 『방직공의 봉기』의 여섯번째 작품. 우리는 결국 방직공들과 함께 다시 그들의 집으로 돌아가게 된다. 소리 없이 멈춰 있는 베틀 옆에 주검이 둘 놓여 있고 한 여인이 고개 숙이고 있다. 문으로 또 다른 주검이 운반되어 들어온다. 이것이 40년대, 생존을 추구하였던 독일 방직공들이 맞이한 결말이었다.

(8) 「그레트헨」(Gretchen). 1899년 작, 석판. 『화첩』에서 복제하였다. 원작의 크기는 알 수 없다. 괴테(Goethe)의 『파우스트』(Faust)에서 파우스트는 그레트헨을 사랑하여 그녀를 유혹, 아이를 배게 한다. 그레트헨은 우물가에서 동무한테서 동네 여자가 애인에게서 버림받았다는 이야기를 듣고 자신의 처지를 생각하였다. 그리하여 성모 앞에 꽃을 바치고 고백한다. 콜비츠의 작품은 이 가련한 소녀가 좁디좁은 다리를 건너다가 환각에 빠져 강물에 비친, 미래의 자신의 모습을 보고 있는 것을 묘사하였다. 괴테의 희곡 속에서 그레트헨은 나중에, 자기와 파우스트 사이에서 낳은 아이를 강물에 던져 죽게 하고 옥에 갇힌다. 원작 석판은 파손되고 없다.

(9) 「단두대 주위에서의 춤」(Tanz Um Die Guillotine). 1901년 작, 동판. 『화첩』에서 복제하였다. 원작 크기는 알 수 없다. 프랑스대혁명 시기의 정경이다. 단두대가 세워지자 사람들이 그걸 에워싸고 "우리에게 카르

마뇰 춤을 추게 하라!"(Dansons La Carmagnole)[11]를 노래 부르며 춤을 춘다. 한 사람뿐 아니라, 똑같은 이유로 무섭게 변한 한 무리 사람들이다. 주변의 낡은 층집들이 삶의 고통을 쟁여 놓은 절벽처럼 서 있고, 그 위로 하늘이 있다. 광포한 군중의 팔뚝들이 정죄淨罪하는 화염처럼 어둠을 비춘다.

(10) 「쟁기질을 하는 사람」(Die Pflueger). 원작 크기 31×45cm. 역사를 소재로 한 유명한 연작 판화 『농민전쟁』(Bauernkrieg)의 첫 작품이다. 모두 일곱 폭으로 1904년에서 08년 사이에 창작되었다. 모두 동판화다. 현재 영인한 것도 원본 탁본에 의거하였다. '농민전쟁'은 근대 독일의 가장 큰 사회개혁운동의 하나로, 1524년께 독일 남부에서 시작되었다. 그때 농민들은 노예 상태에 놓인 채 귀족들의 봉건 특권에 시달렸다. 마르틴 루터가 신교를 제창하면서 자유주의적 복음을 전하자 농민들이 각성하기 시작하여 봉건 영주의 가혹한 관행 폐지를 요구하고 선언을 발표하였으며 교회를 불태우고 지주를 공격하여 전국을 뒤흔들었다. 그러나 이때, 루터가 반대하고 나섰다. 그는 이런 파괴적 행위가 인도주의에 어긋나니 진압하여야 한다고 하였다. 제후들이 이에 마음 놓고 토벌하면서 잔혹한 복수를 자행하였다. 이듬해, 농민들은 패배하였고 더욱 비참한 처지에 놓인다. 훗날 농민들이 루터를 '거짓말 박사'라 일컫게 된 게 이 때문이다. 이 작품에서, 해가 보이지 않는 구름 낀 하늘 아래에서 두 농부가 밭을 갈고 있다. 아마 형제일 텐데 소나 말처럼 밧줄을 어깨에 메고 기다시피 쟁기를 끌고 있다. 그들이 흘리는 땀, 그들이 헐떡거리는 숨소리를 보고 듣는 느낌이다. 그 뒤에 쟁기를 잡은 여인이 보인다. 아마 그들의 어미일 것이다.

(11) 「능욕」(Vergewaltigt). 위 연작 판화의 두번째 작품이다. 원작 크

기 35×53㎝. 남자들의 고난이 아직 변란으로 이어지지 않은 때에 한 아낙이 겁탈당한다. 그녀는 두 손이 뒤로 묶인 채 누워 있다. 턱이 하늘을 향하고 얼굴은 보이지 않는다. 죽었는지, 기절한 것인지 알 수 없다. 주변의 풀이 어지러운 걸로 보아 겁탈당하기 전에 몸싸움이 있었던 걸 알 수 있다. 좀 떨어진 곳에 예쁘장한 해바라기 꽃이 보인다.

(12) 「낫을 갈다」(Beim Dengeln). 위 연작 판화의 세번째 작품. 원작 크기 30×30㎝. 겁난을 겪은 여인이 굵고 꺼칠한 손으로 커다란 낫 날을 숫돌에 갈아세우고 있다. 그녀의 작은 눈이 증오와 분노에 차 있다.

(13) 「아치 안에서의 무장」(Bewaffnung In Einem Gewoelbe). 위 연작 판화의 네번째 작품. 원작 크기 51×50㎝. 사람들이 어두운 아치형 문 아래에서 무장하여 좁다란 고딕식 계단을 짓쳐 오른다. 목숨 건 농민 군중들이다. 광선을 위쪽을 향할수록 어둡게 처리하였다. 반쯤 어둡게 처리한 것이 절묘하고, 사람들 낯빛은 음산하다.

(14) 「반항」(Losbruch).[12] 위 연작 판화의 다섯번째 작품. 원작 51×50㎝. 풀밭 위로 누구라 할 것 없이 목숨 걸고 나아간다. 소년이 앞장서고 지휘를 여성이 한다. 전반적으로 복수심과 분노가 넘쳐난다. 그녀는 온몸에 힘이 뻗쳐 있다. 팔 휘두르고 발 구르는 모습이 보는 이로 하여금 용기 있게 전진할 마음을 갖게 한다. 그뿐 아니라 하늘 위 구름도 외침에 호응하여 조각난 듯하다. 그녀의 자태는 모든 명화 가운데에서 가장 힘에 넘치는 것 중 하나이다. 『방직공의 봉기』에서와 마찬가지로 비상사태에는 늘 여성이 참여하며, 그 모습은 힘차다. 이것이 바로 "이 대장부 기개가 있는 부인"의 정신이다.

(15) 「싸움터」(Schlachtfeld). 위 연작의 여섯번째 작품. 원작 41×

53cm. 농민들이 패배하였다. 그들은 관군의 적수가 되지 못했다. 싸움터에 무엇이 남았는가? 거의 모든 사물들이 또렷하게 보이지 않는다. 다만 주검들이 온 들판에 널린 어두운 밤에 한 부인이 노동으로 울퉁불퉁해진 손으로 어떤 주검의 아래턱을 만지는 것이 램프 빛 아래 보인다. 이 작은 부분에 광선이 집중되어 있다. 이건, 아마 그녀의 아들일 것이며, 이곳은 그녀가 전에 쟁기를 붙들고 있었던 곳일 것이다. 지금 여기에 땀이 아니라 선혈이 흐르고 있다.

(16)「포로」(Die Gefangenen). 위 연작의 일곱번째 작품. 원작 크기 33×42cm. 화면에는 사로잡힌 사람들이다. 맨발인 사람도 있고, 나막신을 신은 사람도 있다. 씩씩한 사나이들인데, 어린이도 있다. 저마다 두 손이 뒤로 묶인 채 둘러놓은 동아줄에 옭아매여 있다. 그들의 운명은 짐작할 수 있다. 각자의 표정을 보면, 절망에 빠진 사람, 여전히 꿋꿋하고 분노에 차 있는 사람, 깊은 생각에 빠져 있는 사람 등 여러 가지이지만, 쫄거나 굴종적인 모습은 보이지 않는다.

(17)「실업」(Arbeitslosigkeit). 1909년 작. 동판.『화첩』에서 복제하였다. 원작 크기 44×54cm. 이제 그는 한가해졌다. 그녀의 침대 옆에 앉아서 생각을 해보지만——아무리 해도 뾰족한 수가 생각나지 않는다. 어미와 잠을 자고 있는 아이들의 모습이 아름답고 숭고하다. 이런 모습은 그녀의 작품에서 아주 드물다.

(18)「부인, 죽음에 사로잡히다」(Frau Vom Tod Gepackt).「죽음과 여인」(Tod Und Weib)이라고도 불린다. 1910년 작, 동판.『화첩』에서 복제하였다. 원작 크기는 모른다. 그녀 자신의 그림자로부터 '죽음'이 다가와 등 뒤에서 그녀를 덮치고 뒷결박 짓는다. 어린아이가 자애로운 어미를

붙들어 보지만 되돌리지 못한다. 순식간에 눈앞에 이승과 저승이 놓여 있다. '죽음'은 세상에서 가장 출중한 권법가拳法家이며, 죽는 것은 현 사회에서 가장 감동적인 비극이지만, 이 부인은 모든 작품 가운데서 가장 위대한 사람이다.

(19) 「어미와 아들」(*Mutter Und Kind*). 제작 연대 미상, 동판. 『화첩』에서 복제하였다. 원작 크기 19×13㎝. 『케테 콜비츠 작품집』에 실린 182폭 중 웃음기를 담고 있는 작품은 너덧 폭에 불과하다. 이 작품이 그중 하나이다. 아베나리우스는, 아가의 맹해 보이는 얼굴 측면을 환하게 처리하여 부각시킨 이 작품을 보면 웃음을 머금지 않을 수 없다고 하였다.

(20) 「빵!」(*Brot!*). 석판, 제작 연대가 분명치 않으나, 유럽대전[제1차 세계대전] 뒤의 작품으로 보인다. 원작 탁본에서 복제하였다. 원작 크기 30×28㎝. 굶주린 아이가 먹을 것을 달라고 보채는 것은 어미 된 사람에게 가장 큰 아픔이다. 이 작품에서 아이들은 슬픈, 그러면서도 뜨거운 바람이 담긴 눈을 하고 매달려 보지만 어미는 맥없이 허리를 숙일 뿐이다. 어미의 어깨가 치들린 것은 사람 눈을 피하여 울음을 삼키고 있는 게다. 그녀가 등을 보이고 있는 것은, 도울 생각이 있는 사람들은 자기와 마찬가지로 힘이 없고, 힘이 있는 사람들은 도울 생각이 없기 때문이다. 또한, 자신에게 남아 있는 어미로서의 사랑이 고작 이렇다는 것을 아이들에게 보이고 싶지 않아서이다.

(21) 「독일 아이들이 굶주린다!」(*Deutschlands Kinder Hungern!*). 석판. 제작 연대가 분명치 않으나 유럽대전 뒤의 작품일 것이다. 원작 탁본에서 복제하였다. 원작 크기 43×29㎝. 아이들이 빈 공기를 받쳐 들고 누군가를 바라보고 있다. 수척한 얼굴 동그란 눈에 불꽃처럼 열망이 타오

른다. 누가 손을 내밀어 줄 것인가? 알 길이 없다. 이 작품은 원래 플래카드로, 지금 표제가 된 구절이 적혀 있었다. 아마 당시 모금을 위해 만든 포스터였을 것이다. 나중에 간행할 때에 그림 부분만 남겼다. 작자에게는 또 「더 이상 전쟁은 안 된다!」(Nie Wieder Krieg!)라는 석판화가 있다. 이보다 약간 이른 시기에 나온 작품인데 아쉽게도 손에 넣지 못했다. 그런데 그때 그 어린이들이 지금 살아 있다면 벌써 스무 살 넘은 청년으로 되었을 테지만, 인제는 전쟁의 먹잇감으로 내몰리게 될 것이다.

1936년 1월 28일, 루쉰

주)_____

1) 원제는 「『凱綏·珂勒惠支版畵選集』序目」, 이 글은 『케테 콜비츠 판화 선집』에 처음 실렸다. 선집은 루쉰이 편집하여 1936년 5월 '삼한서옥'(三閑書屋) 명의로 출판되었다.
2) Ein Weberaufstand. 한국에서는 보통 『직조공의 봉기』라 번역한다.
3) 하웁트만(Gerhart Hauptmann, 1862~1946). 독일의 극작가·소설가. 방직공(紡織工)들의 봉기를 다룬 군중극 『직조공들』(Die Weber, 1892)로 극단에서의 지위를 확립하였다. 1912년 노벨 문학상 수상.
4) Villa-Romana는 이탈리아 말로 '로마의 별장'이라는 뜻이다. 이 상금을 받으면 이탈리아에 1년간 거주하면서 창작을 할 수 있었다.
5) 카를 리프크네히트(Karl Liebknecht, 1871~1919). 독일의 사회주의자. 제1차 세계대전에 반대하는 운동을 벌이다 투옥되었다. 석방 후, 독일공산당을 결성하고 독일혁명과의 쿠데타에 참가하였다가 학살당하였다.
6) 하웁트만은 제1차 세계대전 때 독일의 침략전쟁을 옹호하였고, 히틀러가 집권한 뒤에는 나치와 타협하였다.
7) 나치 정권 성립 뒤의 상황을 지적한 것이다.
8) 루쉰이 '窮苦'(가난한 고통, 곤궁, 빈궁)라고 옮긴 데에 따라 '가난'으로 번역하였다. 그러나 작품 제목인 독일어 'Not'에는 '궁핍, 가난' 외에도 '위기, 궁지, 곤경, 비상상황' 등의

뜻이 있다. 정하은은 이 작품이 "가난한 자에게 닥친 사태의 긴급성"을 묘사한 것이라 보아 작품 제목을 '사태의 긴급성'으로 번역하였다(정하은 편저, 『케테 콜비츠와 노신魯迅』, 열화당, 1986).

9) 작품을 보면, 컵이 셋, 사람이 넷이다.

10) 작품을 보면 공장이 아니라 고용주의 저택이다. 이 연작 판화의 첫번째, 여섯번째 작품 모두 노동자의 집 안에 베틀이 놓여 있다.

11) 프랑스대혁명기인 1792년 민중들이 카르마뇰시를 점령했을 때에 부른 노래이다.

12) 국내에서는 '봉기'라는 제목으로 번역된다.

소련 판화 전시회에 부쳐[1]

그러고 보니 한동안 우리는 제 나라의 간행물을 통해 소련 사정을 알 기회가 거의 없었다. 문예인 경우에도 일부 존경스러운 작가와 학자님들은, 마치 콜타르에 마주친 귀한 집 규수처럼, 손을 대려 들기는커녕 멀찌감치 떨어진 데서 콧잔등을 찌푸린다. 요 한두 해 사이에는 좀 달라졌다. 물론, 요즘도 외국 간행물에서 따온 풍자화 같은 것이 어쩌다 보이기는 하지만, 건설의 성과를 진심에서 소개하고자 한 것들이 더 많다. 사람들은 고개를 들어 비행기를 바라보고 댐을 보고 노동자 주택, 집단농장을 보게 되었으며, 더 이상 외곬으로 두 눈 내리깔고 해진 구두에나 눈길 주면서 고개 젓고 탄식하지는 않게 되었다. 소개한 사람들은 소위 무시무시한 정치적 경향성을 지닌 자들이 아니다. 남의 불행을 자신의 낙으로 삼는 짓과도 거리가 먼 사람들이다. 때문에 이웃의 평화와 번영을 보자 아주 기쁜 나머지 그 기쁨을 중국인들과 함께 나누고자 하였다. 내 보기에 이것은 중국과 소련 두 나라를 위해 아주 좋은 현상이다. 소련의 참모습을 알려 이해를 돕고, 더 이상 오해를 하지 않게 한다. 이는 또 "권세에 굴하지 않고 금전에 휘둘

리지 않는",[2] 참말을 하고야 마는 사람들이 우리 중국에 존재한다는 것을, 증명한다.

그렇지만 이런 소개는 모두 글이나 사진으로 된 것들이었다. 올해의 이 판화 전시회는 예술을 우리 눈앞에 직접 펼쳐 보인다. 작자 가운데 몇몇은 복제된 작품을 통해 우리에게도 이름이 잘 알려져 있었다. 원판에서 뜬 작품은 이제 처음 보게 되었는데, 훨씬 친근한 느낌이 든다.

판화 가운데 목판화는 중국에서 오래전에 발명된 것이나 중도에 쇠퇴하였다. 5년 전 새로 흥기한 것은 유럽에서 배워 온 것으로 중국 고대의 목판화와 관계없다. 얼마 안 있어 탄압을 받은 데다 지도해 줄 사람도 없어서 지금껏 특별한 진보가 없다. 우리는 이 전시회에서 비로소 아주 훌륭하고 많은 모범들을 보게 되었다. 먼저 주목할 것은 내전 시기에 벌써 목판화 개혁이 있었고 그때부터, 부단히 전진한 거장 파보르스키(V. Favorsky) 및 그의 유파에 속하는 데이네카(A. Deineka), 곤차로프(A. Goncharov), 에체이스토프(G. Echeistov), 피코프(M. Pikov) 등이 배출되었다. 그들은 각자 작품을 통해 진지한 정신을 표현하였다. 스승이 가리킨 길을 제자들이 따랐지만 방법은 저마다 달랐다. 이는 우리에게, 내용이 같아도 방법은 제각각일 수 있으며 기대고 본뜨는 것으로는 참된 예술을 낳을 수 없다는 사실을 일깨운다.

데이네카와 에체이스토프의 작품은 처음 중국에 소개되는데, 작품이 많지 않은 게 아쉽다. 파보르스키와 비슷한 파블리노프(P. Pavlinov)의 목판화를 우리는 한 점밖에 본 적이 없다. 이제 그간 아쉬웠던 점이 벌충될 것이다.

크라브첸코(A. Kravchenko)의 목판 역시, 운 좋게 중국에까지 전해져 복제·소개된 것이 단 한 점뿐이었다. 이제 보다 많은 원작을 볼 수 있게 되었다. 그의 낭만적 색채가 우리 청년들의 열정을 북돋울 것이고, 배경 처리와 치밀한 표현을 눈여겨보는 것도 보탬이 될 것이다. 우리 회화繪畵는 송대 이후로 '사의'寫意가 성행하였다. 점을 두 개 찍어 눈眼으로 치는데 갸름한지 동그란지 알 수 없다. 획 하나 그으면 새가 되는데 매인지 제비인지 알 수 없다. 앞다퉈 간결함을 숭상하다 보니 공허한 지경에 이르렀고 그 폐단은 지금 청년 목판화가들 작품에서도 볼 수 있다. 크라브첸코의 신작「드네프르 건조建造」(Dneprostroy)는 그 같은 게으른 공상에서 깨어나도록 울리는 경종이 될 것이다. 피스카레프(N. Piskarev)는 아마, 맨 먼저 중국에 소개된 목판화가일 것이다. 그의『철의 흐름』鐵流[3] 삽화 네 점이 일찍부터 청년 독자들의 사랑을 받아 왔는데, 이제 또『안나 카레니나』삽화──그의 판화 기법의 다른 한 면을 보여 주는──를 볼 수 있게 되었다.

여기에 또 미트로킨(D. Mitrokhin), 키진스키(L. Khizhinsky), 모찰로프(S. Mochalov) 등 중국에 알려진 작가들, 그리고 10월혁명 이전에 이미 이름이 났던 예술가로부터 20세기 초에 태어난 청년 예술가에 이르기까지 처음으로 선을 보인 작가들이 허다하다. 이는, 평화로운 건설을 향해 힘을 모아 매진한다는 것이 무엇인가를 우리에게 잘 보여 준다. 다른 작가와 작품에 대해서는 전시회 설명서에 간명한 설명이 있고, 그 말미에 "일반적인 사회주의적 내용과 리얼리즘에 대한 근본적인 노력"이라는 말로 전체적인 요점을 밝혀 놓았으니, 여기서 내가 군말을 보탤 필요는 없을 것이다.

그런데 또 하나 주목할 점이 있다. 그것은 전시 작품 가운데에 우크라이나, 그루지아, 벨라루스(백러시아) 예술가의 작품도 있다는 점이다. 내 생각에, 만약 10월혁명이 없었다면 이 작품들은 우리와 만날 수 없었을 것이다. 뿐만 아니라, 생겨나지 않았을지도 모른다.

지금 200여 점의 작품들이 상하이에 눈부신 모습을 드러냈다. 판화만 놓고 논한다면, 우리가 보기에 러시아 목판화는 프랑스의 섬세함, 독일의 호방함과는 다르다. 그것들은 진지하나 고집스럽지 않고, 아름다우나 요염하지 않고, 유쾌하나 광적이지 않고, 힘차나 거칠지 않다. 또한 정적이지 않아서 일종의 울림震動을 느끼게 한다.——이 울림은 흡사 견실한 걸음걸이로 한 걸음 한 걸음, 견실하고 드넓은 흑토를 밟으면서 건설을 향하여 매진하는, 커다란 우군의 발자국 소리와 같다.

덧붙임 : 전시된 판화는 다섯 종류이다. 하나는 목판화이고, 하나는 고무판화(목록은 '유포각'油布刻이라 번역하였는데, 기이하다)로 이름만 보아도 알 수 있다. 두 가지는 강산强酸으로 부식시킨 동판화와 석판화이다. '동판'銅刻, '석판'石刻으로 옮겨도 되겠고 목록에서 한 것처럼 '식각'蝕刻, '석인'石印이라 옮겨도 안 될 게 없다. 나머지 하나는 Monotype이다. 판때기에 그림을 그린 뒤 종이에 찍어 내는 것으로, 판화라고는 하지만 한 점 찍어 내면 그만이다. 내 생각에는 '한 점짜리 판화'獨幅版畵라고 옮기는 수밖에 없다. 전시회 설명서는 '모노'라고 번역하였지만 이건 번역하지 않은 것이나 다름없고, 때로 '단형학'單型學이라 번역하기도 하였는데 이건 번역하지 않은 것보다 더 난해하다. 사실, 필자의 이름이 밝혀져 있지 않은 그 설명은 아주 간결하면서도 요령이 있었을 텐데, 난해하게 번역된 것이 아섭다. 누군가가 새로 번역한다면 설사 전시회가 끝난 뒤에라도 판화에 관심 가진 사람들에게 쓸모가 있을 것이다.

2월 17일

1) 원제는「記蘇聯版畫展覽會」, 1936년 2월 24일 상하이『선바오』(申報)에 실렸다.

2)『맹자』「등문공」편에 있는 말이다.

3)『철의 흐름』(Железный поток). 소련 작가 세라피모비치(Александр Серафимович Серафимович, 1863~1949)의 장편소설, 피스카레프(Николай Пискарев, 1892~1959)의 삽화 네 점이 루쉰의 추천으로 월간『문학』창간호(1933년 7월)에 실린 바 있다.

나는 사람을 속이려 한다[1]

어찌 해볼 수 없을 만큼 피로할 때면 간혹 현세를 초월한 작가들에게 탄복하고, 그네들 흉내를 내볼까 싶은 생각도 든다. 그러나, 실패한다. 초연한 마음은 조개처럼 단단한 껍질이 있어야 한다. 게다가 맑은 물도 있어야 한다. 아사마야마[淺間山][2] 산 언저리에 여관이 있기는 할 테지만 거기에 '상아탑'을 세우려 할 사람은 없을 것이다.

잠시 마음의 평안을 바라 궁여일책으로, 최근 색다른 방법을 고안하였다. 그것은, 남을 속이는 것이다.

지난해 가을 아니면 겨울, 일본의 한 해군 병사가 자베이[閘北]에서 암살되었다.[3] 이사하는 사람이 숱하게 생겼고 수레삯도 몇 곱절 올랐다. 이사하는 사람들은, 물론 중국인이다. 외국인들은 재미있다는 듯 한길 가에서 구경하였다. 나도 자주 가서 보았다. 밤이 되면 조용하였다. 밤참 사라 외치는 소리도 없고, 먼 데 개 짖는 소리만 들렸다. 그런데 며칠 지나자 이사하는 것도 금지된 모양이다. 경찰이 짐 실은 달구지꾼과 인력거꾼을 죽자 사자 쥐어 팼고, 일본 신문,[4] 중국 신문들은 입을 모아, 이사 가는 사람들을 '어리석은 백성'으로 매도하였다. 이건, 이런 뜻이다. 천하는 태평한데, 이 따위 '어리석은 백성'들이 있어서 꽤 괜찮은 이 세상이 엉망진창으로 되었다는 것이다.

나는 처음부터 끝까지, 아무것도 하지 않았다. '어리석은 백성' 패거리에 끼지 않았다. 그러나 그건, 총명해서가 아니다. 그저 게을러서였다. 5년 전 정월의 상하이上海전쟁[5] ──일본 쪽에서는 그런 것을 '사변'이라고 일컫고 싶어 하는 모양이다── 때에도 나는 전쟁의 불길 속에 놓인 적이 있었다. 게다가 나는 자유를 박탈[6]당한 처지였고 내 자유를 박탈한 권력자는 그걸 가지고 공중으로 날랐다. 그러니 나로서는 어디로 가건 마찬가지였던 것이다. 중국 인민은 의심이 많다. 어느 나라 사람이건 그걸 우스꽝스러운 결점으로 지목한다. 그렇지만 의심을 품는 것 자체가 결점은 아니다. 의심만 하고 결론을 짓지 않을 때 비로소 결점이게 되는 것이다. 나는 중국인이기에 그 비밀을 잘 알고 있다. 실은, 결론을 내리고 있다. 그리고 그 결론이란, 아무래도 믿을 수 없다는 것이다. 하지만 나중에 벌어진 일들은 그 결론이 적확했음을 보여 준다. 중국인은 자신이 의심 많다는 사실을 의심하지 않는다. 그러므로 내가 이사를 하지 않았던 것은, 결코 천하가 태평할 것이라는 확신을 품어서가 아니라 그저, 어디가 되었건 위험하기는 마찬가지이기 때문이었다. 5년 전에 신문을 뒤적이면서 어린이들 주검 수가 얼마나 많았는가를 보도한 것은 보았으나 포로를 교환하였다는 기사는 본 적이 없다. 지금 생각해도 비통한 일이다.

이사하는 사람들을 학대하고 달구지꾼을 쥐어 패는 것은 그래도 작은 일이다. 중국의 인민은 늘 자신의 피로 권력자의 손을 씻어 주어 그들 권력자를 다시금 깨끗한 인물로 만들어 놓는다. 지금 이런 모양새로 일이 일단락되는 것만으로도 참 다행이라 여기는 것이다.

그렇지만, 사람들이 이사를 하던 때에 내게, 하루 종일 길가에 서서 구경을 하거나 집에 들어앉아 세계문학사 따위를 읽을 염사는 없었다. 조금 멀리 있는 영화관으로 가서 울적한 마음을 풀었다. 그곳에 가면 참으로 천하가 태평이었다. 거기야말로 사람들이 이사 가서 살 곳[7]이었다. 거기서 나는 막 문을 들어서는 참에 열두어 살 된 계집아이에게 붙잡혔다. 초등학생으로, 수재의연금을 걷는다는데 추위에 코끝이 빨갛게 얼어 있었다. 내가 잔돈이 없다고 하자 그는 아주 실망한 눈치였다. 나는 미안한 생각이 들어 그를 데리고 영화관으로 들어갔다. 표를 산 뒤 1위안을 주었다. 그는 이 참에는 아주 기뻐하며 '좋은 분'이라고 나를 칭찬하였다. 게다가 영수증도 만들어 주었다. 이 영수증만 있으면 어디를 가건 또다시 의연금을 낼 필요는 없다고 하였다. 그래서 나, 즉 '좋은 분'도 가뿐한 마음으로 영화관 안으로 들어갔다.

어떤 영화를 보았나? 지금은 전혀 기억나지 않는다. 아무튼, 어떤 영국 사람이 조국을 위하여, 인도의 잔인한 추장을 정복하거나, 어떤 미국 사람이 아프리카에서 큰돈을 벌어 절세미인과 결혼한다는 따위의 것이었을 게다. 이런 식으로 한참 소일하고 저녁 무렵 귀가하여 다시금 고요한 환경 속으로 들어섰다. 멀리서 개 짖는 소리가 들렸다. 계집아이의 흡족한 표정이 다시 눈앞에 떠오르고, 나도 좋은 일을 하였다는 생각이 들었다. 그렇지만 이내 마음이 불편해졌다. 비누나 뭐 그런 것을 씹은 기분이었다.

물론, 두어 해 전에 엄청난 물난리가 났다. 이곳의 큰물은 일본과 달라서 몇 달 또는 반년이 지나도 물이 빠지지 않는다. 하지만 나는, 중국에 '수리국'水利局이라는 기관이 있고, 해마다 인민들에게서 세금을 걷어 사무를 보고 있다는 것도 알고 있다. 그런데도 그런 큰물이 진다. 나는 또, 어느 단체에서 연극을 공연하여 모금하였는데 걷힌 돈이 이십 몇 위안밖에 되지 않자 관청에서 화를 내며 그 돈을 받으려 들지 않았다는 것도 알고 있다. 물난리를 당한 난민들이 무리지어 안전한 곳으로 달아나는데, 치안에 방해가 된다 하여 기관총을 쏴 갈겼다는 말도 들은 적이 있다. 진즉에 다들 죽었을 것이다. 그렇지만 아이들은 그런 사실을 모르고 여태껏 그들, 죽은 사람들 생계비를 모금하느라 애를 쓴다. 돈을 받지 못하면 실망하고, 받으면 좋아한다. 그런데 사실, 1위안 정도의 돈은 수리국의 영감이 하루 피울 담배 값도 안 될 것이다. 나는 분명히 알고 있었음에도, 돈이 정말로 이재민 손에 들어가리라고 믿는 것 마냥, 1위안을 냈다. 실은 그 천진난만한 아이의 환심을 샀을 뿐이다. 나는 남이 실망하는 모습을 보고 싶지 않다.

만약 여든 살 된 내 어머니가 나에게 하늘나라가 정말 있는 거냐고 묻는다면, 나는 조금도 망설이지 않고, 정말 있을 거라고 대답할 것이다.

하지만 그날 이후 내 심정은 편치 않았다. 어린이는 늙은이와 다르다. 그러니 그 아이를 속인 것은 온당치 못한 일인 것처럼 여겨졌다. 공개편지를 한 통 써서 오해하지 않도록 내 속마음을 설명하고 싶었으나, 발표할 곳이 없다는 데에 생각이 미쳐 그만두었다. 벌써 밤 열두 시였다. 문밖으로 나가 보았다.

사람 그림자도 보이지 않을 때였으나 어느 집 처마 밑에서 만둣국 파는 사람 하나가 순사 둘과 잡담하고 있었다. 평상시에 보지 못한 가난한 행상꾼인데 남은 재료가 많은 것이 장사가 제대로 되지 않았던 게다. 20전을 주고 두 그릇을 사서 아내와 둘이서 먹었다. 그에게 조금 벌이가 있게 한 셈이다.

장자가 이런 말을 한 적 있다. "수레바퀴에 파인 자리에 붕어들이 있다. 거품을 뿜고 물기를 뿜어 서로 적셔 준다."──그러나 그는 또 이렇게 말했다. 차라리 "큰물江湖에서 서로 잊고 사는 편이 낫다."

슬픈 것은 우리가 서로 잊을 수가 없다는 사실이다. 그렇지만 나는, 더욱 멋대로 남을 속이게 되었다. 만약 남을 속이는 이 학업을 졸업하거나 그만두지 않는다면 제대로 된 글을 쓰지 못할 것이다.

그런데 불행하게도 졸업도 중단도 하지 못한 때에 야마모토山本 사장과 마주치게 되었다. 나에게 뭔가 좀 써 달라고 하기에 예의상 "그러마"고 하였다. "그러마"고 하였기에 뭔가를 써서 그를 실망시키지 않아야 했다. 하지만, 결국은 사람을 속이는 글을 쓰고 만다.

이런 글을 쓰는 것도 마음이 그리 편치 않다. 할 말이야 많지만 '중일 친선'이 더욱 증진될 때를 기다려야 한다. 얼마 안 있으면 그 '친선'이, 우리 중국에서, 반일反日은 곧 반역으로 간주될 정도가 될 것이다.──공산당이 반일 구호를 이용하여 중국을 망하게 만든다고 할 것이므로.──그리고 곳곳에 있는 단두대 위에 둥근 태양[8]이 번뜩일 것이다. 하지만 그렇게 된다 해도 여전히, 진실한 마음을 피력할 때는 아닐 것이다.

단지 나 한 사람의 지나친 염려일지 모르겠다. 그러나, 서로 진실한 마음을 보고 또 이해하고자 할 때, 만약에 펜이나 혀 또는 종교가의 그 이른바 눈물을 가지고 눈동자를 맑게 씻어 내는 것 같은 그런 편리한 방법이 있다면 몹시 좋겠지만, 그렇게 간편한 일은 이 세상에 아주 드물 것이다. 이건 슬픈 일이다. 조리 없는 글을 쓰면서 열성적인 독자들에게 미안함을 느꼈다.

마지막에 개인적 예감 몇 구절을 피血로 써 덧붙인 것으로, 답례를 삼는다.

2월 23일

주)_____

1) 원제는 「我要騙人」, 일본 가이조사(改造社)의 사장 야마모토(山本實彦, 1885~1952)의 원고청탁에 응하여 일본어로 쓴 글이다. 일본『가이조』(改造) 1936년 3월호에 처음 발표되었다. 린샤오(林藐)가「나는 사람을 좀 속이고 싶다」(我愿騙騙人)라는 제목으로 중국어로 번역한 것이 1936년 4월 16일자 베이핑(北平)의 반월간 문예지『화성』(火星)에 실렸다. 루쉰은 이 글을 손수 중국어로 번역하여 상하이의 월간지『문학총보』(文學叢報) 1936년 6월호에 발표하였다.
2) 일본의 활화산. 분화구에 뛰어들어 자살하는 사람들이 있었다.
3) 1935년 11월 9일 한 일본 해군 병사가 상하이에서 피살되었다. 이 일을 빌미로 일본이 중국을 위협하였다.
4) 당시 상하이에서 발행되던 일본어 신문을 가리킨다.
5) 1932년 1월 28일에 일어난 중일 간의 전쟁을 가리킨다. 당시 루쉰은 전쟁 지역 근처에 살고 있었다.
6) 1930년 루쉰은 중국자유운동대동맹 발기인으로 참여하였다. 국민당 저장성 당부는 이 일로 '타락한 문인 루쉰'을 지명 수배할 것을 국민당 당중앙(黨中央)에 요청하였다.
7) 상하이의 '조계' 지역을 가리킨다.
8) 일장기 즉 일본 국기를 가리킨다.

『역문』복간사[1]

먼저 옛날 책에서 몇 마디 인용한다.——정확한 기억은 아니지만——장자가 이런 말을 했다. "수레바퀴에 파인 자리에 붕어들이 있다. 거품을 뿜고물기를 뿜어 서로 적셔 주지만,——큰물에서 서로 잊고 사는 편이 낫다."[2]

『역문』은 1934년 9월 그 같은 상황에서 세상에 나왔다. 그때만 해도『세계문학』[3]이나『세계문고』[4] 같은 홍편거제鴻篇巨制는 아직 없었다. 청황부접靑黃不接의 시절이었으니, 대략 사막 속 오아시스 같은 존재였다고 해도 좋을 것이다. 몇 사람이 짬을 내어, 짧은 글들을 번역해서 돌려 읽었다. 독자가 있다면 그들도 함께 읽으면서 나름대로 즐거움을 얻을 것이었다. 조금이나마 도움 되기를 바랐다.——물론 강호江湖만큼 큰물은 아니었다.

그렇지만 여세무쟁與世無爭한 이 소소한 잡지가 지난해 9월, '종간호'형식으로 독자와 작별을 고해야 했다. 비록 들꽃과 소초小草에 지나지 않는 것이었지만 옮겨 심고 물 주는 데에 적지 않은 힘을 쏟은 터라, 개인적으로 아까운 생각을 지울 수 없었다. 그렇지만 용기와 위안도 얻었다. 많은 독자가 글로 말로『역문』을 애도하였던 것이다.

우리는 감사할 줄 안다. 우리는 분발할 줄 안다.

우리는 복간할 수 있기를 끊임없이 바랐다. 그런데, 그때 풍문으로는 종간終刊 원인이 적자赤字 때문이라 하였다. 출판가란 대체로 '문화를 전파'하는 사람들인데, '적자'는 '문화 전파'의 치명상이다. 그래서 반년이 지나도록, 손 써보지도 못한 채 죽어 있었다. 올 들어 적자설에 동요가 일었다. 덕분에 다시 태어날 기회를 얻었고, 여러분과 다시 만나게 되었다.

내용은 창간사에서 말한 바와 같다. 소재原料에 제한이 없다. 장르도 특정하지 않는다. 글로 된 것 이외에 그림을 많이 싣는다. 글 내용과 관련된 것은 재미를 북돋우자 해서이고, 글과 무관한 그림은 독자에게 바치는 작은 정성이다.

이번에는, 앞날의 운명이 어떠할까? 우리는 알지 못한다. 그렇지만 올해에는 문단 상황이 돌변하여 관용寬容과 금도襟度가 제창되고 있다. 이 관용과 금도의 문단에서 『역문』 또한 비교적 장생長生할 수 있기를 참 바란다.

3월 8일

주)_____

1) 원제는 「『譯文』復刊詞」, 1936년 3월 상하이의 월간지 『역문』 '복간호'에 처음 실렸다. 『역문』은 외국문학을 번역·소개하는 잡지로 루쉰·마오둔(茅盾)이 발기하여 1934년 9월 창간되었다. 처음 3호는 루쉰이 편집하고, 나중에 황위안(黃源)이 편집을 맡았다. 상하이 생활서점에서 발행했으며, 1935년 9월 제13호를 내고 정간되었다. 1936년 3월에 상하이잡지공사 발행으로 복간하였고, 1937년 6월 신3권 제4호를 내고 정간되었다.

2) 『장자』(莊子) 「대종사」(大宗師)편과 「천운」(天運)편에 다음과 같은 말이 보인다. "샘이 말라 물고기가 모두 땅 위에 드러났다. 서로 물기를 뿜어 주고 거품을 내어 적셔 주지

만, 강이나 호수에서 서로를 잊어버리고 사는 것이 훨씬 좋다."(泉涸, 魚相與處於陸, 相呴
以濕, 相濡以沫, 不如「천운」편에는 '不若'」相忘於江湖) 루쉰의 인용은 "涸轍之鮒, 相濡以沫, 相
呴以濕,—不若相忘於江湖"로『장자』원문과 다르다. '수레바퀴 자국 속 붕어'(涸轍之鮒)
는 따로「외물」(外物)편에 보인다.

3)『세계문학』(世界文學). 세계 각국 문학(중국을 포함한)을 소개한 격월간. 우리푸(伍蠡甫)
편집, 1934년 10월 창간, 상하이 여명서국(黎明書局) 발행.

4)『세계문고』(世界文庫). 정전둬(鄭振鐸) 편집으로 1935년 5월 창간. 상하이 생활서점 발
행. 매월 중국 고전문학과 외국 명저 번역으로 이뤄진 책자를 한 권씩 내었다.

바이망 작『아이의 탑』서문[1]

봄이 반이나 지났건만 아직도 춥다. 온종일 추적추적 비까지 내린다. 깊은
밤 홀로 앉아 그 소리를 듣노라니 약간 처량한 심정이 되었다. 오후에 받
은, 먼 데서 온 편지 때문이기도 할 것이다. 내게 바이망白莽의 유작을 위해
서문 같은 걸 써 달라는 것이었는데, 편지 시작이 다음과 같다. "고인이 된
저의 벗 바이망을, 선생님도 아마 아실 겁니다.……"──이것이 나를 더욱
서글프게 한다.

바이망으로 말할 것 같으면,──그렇다, 나는 그를 안다. 4년 전에 나
는「망각을 위한 기념」을 쓴 적이 있다. 그들을 잊고자 해서. 그들이 정의
를 위하여 목숨 바친 것이 벌써 5년은 족히 된다. 내 기억하기에, 그 뒤에
도 숱한 선혈 자국이 그 위를 덮었다. 이 편지로 말미암아, 그의 젊은 모
습이 살아 있는 듯 내 눈앞에 다시 나타났다. 더운 날씨에도 솜두루마기
를 입은 그가 개기름이 번지르르한 낯으로 내게 웃으며 이렇게 말했었다.
"이게 세번째입니다. 제 힘으로 나왔습니다. 처음 두 번은 형이 보증을 서
서 나왔습니다만 그때마다 간섭을 하려 들어서 이번에는 형에게 알리지

않았어요.……"──내가 전에 쓴 글에 잘못 짐작한 것이 있었다. 그의 형은 쉬페이건徐培根으로 항공서航空署 서장인데, 길은 달랐어도 같은 곳에 이른 형제가 되고 말았다.[2] 바이망의 이름은 쉬바이徐白이며, 보통 인푸殷夫라는 필명을 썼다.[3]

벗에게 정을 가진 사람이라면, 죽은 벗이 남긴 원고를 간수하고 있는 게 마치 불덩이를 손에 쥔 것 같아 자나 깨나 안절부절 널리 그것을 퍼뜨리고 싶을 것이다. 그 심정을 나는 잘 안다. 서문 같은 것을 쓸 의무가 있다는 것도 안다. 서글프게도 나는 시를 모른다. 시를 쓰는 동무도 없다. 어쩌다 생겨도 결국은 티격태격 사이가 벌어졌다. 하지만 바이망하고는 티격댄 적이 없다. 그가 너무 일찍 죽어서 그랬을 것이다. 지금, 그의 시에 대해서 나는 아무 말도 하지 않겠다.──내가 할 수 있는 일이 아니므로.

이 『아이의 탑』을 선보이는 것은 지금의 일반적인 시인들과 우열을 견주자는 게 아니다. 다른 의의가 있다. 이것은 동방의 어렴풋한 빛이요, 숲 속의 소리 내는 화살[4]이다. 겨울 끝의 새싹이며, 진군의 첫걸음이다. 선구자를 향한 사랑의 큰 깃발이며 짓밟는 자에 대한 증오의 큰 비석이다. 이른바 원숙하고 세련되고 고요하고 그윽한 저 모든 작품들과 견줄 필요가 없다. 이 시가 다른 세계에 속한 것이기 때문이다.

그 세계에 많고 많은 사람들이 있고 그들에게 바이망은 고인이 된 벗이다. 이것 하나만으로도 이 시집의 존재 의의를 충분히 보증할 수 있는 터에, 나의 서문 따위가 무슨 필요가 있겠는가.

1936년 3월 11일 밤, 상하이 차개정에서, 루쉰

주)_____

1) 원제는 「白莽作『孩兒塔』序」, 이 글은 최초 1936년 4月『문학총보』제1기에 「바이망 유시 서문」(白莽遺詩序)이라는 제목으로 발표했다.

2) 바이망의 형 쉬페이건(徐培根, 1895~1991)은 독일에서 유학하였고, 당시 국민당 정부의 항공서 서장이었다. 1934년께에 항공서가 불에 탄 일로 수감된 적이 있다.

3) 바이망(1909~1931)은 본명이 쉬쭈화(徐祖華)이며 바이망, 인푸(殷夫), 쉬바이(徐白) 등은 그의 필명이다. 저장성 샹산(象山) 사람으로 공산당원, 시인. 1931년 2월 7일 상하이 룽화(龍華)에서 국민당에게 살해되었다.『아이의 탑』은 그의 유작 시집이다.

4) "숲 속의 소리 내는 화살"은 원문이 "林中的響箭"이다. '향전'(響箭)은 '효시'(嚆矢)라고도 하는데 '우는살'이라 번역하기도 한다. 전투를 시작할 때 이런 화살이 사용되었다.

이어 적다[1]

3월 10일에 벌어진 일이다. 모르는 사람이 부쳐 온 한커우漢口 발 편지를 받았다. 자기가 바이망의 퉁지학교同濟學校 동창이라면서 그의 유고『아이의 탑』을 가지고 있고 그것을 출판하려는데 내가 서문을 써줄 것을 출판사가 요구한다고 하였다. 원고는 종이가 너덜거려서 함께 부치지 않았는데 읽어야겠다면 부쳐 주겠노라 하였다. 사실, 바이망의『아이의 탑』원고는 같은 때 희생된 이들의 엉성한 유고와 함께 내 수중에 있었다. 그가 손수 그린 삽화도 있었다. 그렇지만 친구에게 따로 초고初稿가 있을 수 있는 일이며, 출판사가 서문을 요구하는 것은 더더욱 흔한 일이다.

　요 두 해 사이, 유저遺著를 인쇄하여 파는 것이 유행이다. 정기간행물인 경우에도 죽은 이와 산 자가 합작한 작품이 자주 실린다. 이는 예전의 이른바 "해골의 미련"[2]과 달라서, 산 자가 죽은 이의 여광餘光에 기댄다. "죽은 공명孔明으로 산 중달仲達을 쫓"[3]자는 것이다. 나는 이런 산 자를 높이 치지 않는다. 하지만 이번에는 감동을 받았다. 누군가가 희생되거나 한 맺힌 죽음을 맞이했을 때, 이른바 친구였다는 자들이 침묵하는 경우는 물론 있다. 이 틈에 자기가 승리자 쪽에 속함을 표명하는 자도 적지 않다. 그렇지만, 유고를 보듬고 있으면서, 여러 해가 지났는데 그것을 출판하고자 하는 사람, 그렇게 함으로써 죽은 벗에 대한 우의를 다하고자 하는 사람은, 내 과문寡聞의 탓인지는 몰라도, 아주 드물다. 큰 병 앓다 조금 나아 겨우 일어나 앉을 수 있었다. 밤비 척척하고 회포 처연하여 앉은 자리에서 단문 한 편을 써 이튿날 우편으로 보냈다. 책을 내려는 이가 연루될까 염려하여 그의 이름은 적지 않았다. 며칠 지나서 『문학총보』[4]에 투고하였다. 이때도 발행에 어려움 줄까 싶어 시詩의 목록은 숨겼다.

그 뒤 몇 날 안 있어 『사회일보』[5]를 읽었다. 장난질 잘하는 스지싱史濟行이 지금 치한즈齊涵之라 이름을 바꾸었다 한다. 그제야 속은 줄을 알았다. 한구에서 온 발신자 서명이 치한즈였다. 그 자는 속임수로 글을 얻어 내는 예전 수법을 이제껏 써먹고 있었다. 『아이의 탑』은 출판될 리 없으며, 원고를 그가 가지고 있으리란 법도 없다. 그저 바이망과 나 사이의 관계, 바이망의 시집 제목 정도 알고 있었을 게다.

스지싱과 내가 서신 왕래를 한 것은, 오래전 일이다. 여덟아홉 해 전에 내가 『위쓰』[6]를 편집하고 창조사와 태양사[7]가 연합하여 나를 포위토벌 할 때에, 그가 어느 예술전문학교 학생이라며 편지를 보내왔다. 함께 보낸 원고에서는 당시의 이른바 혁명 문호文豪들의 못된 짓 여러 사례를 지적하였다. 편지에서, 그런 종류의 글을 잇달아 보내 줄 수 있다고 했다. 『위쓰』에 '못된 짓 코너'가 없고 나도 이런 따위 '작가'와 사귈 생각이 없었기에 바로 거절하였다. 나중에는 또 '츠추'𡥀丁로 변성명하여 나에 관한 뜬소리를 잡지에 실었고, '톈싱'天行(『위쓰』에 같은 이름으로 된 이의 글이 있으나 전혀 다른 사람[8]이다) 혹은 '스엔'史巖이라는 이름을 써 가며 비루한 언사로 내게 글을 청했지만, '아나 이놈아'置之不理했다. 이번에, 그 자가 한 커우에 있다는 것은 들어 알았다. 그러나 일개 스지싱이라는 자가 그곳에 있다고 해서 한커우에서 온, 알지 못하는 모든 사람의 편지를 비열한 자의 것으로 싸잡아 생각할 수는 없었다. 충후장자忠厚長子들은 의심 많은 것을 나의 허물로 치지만 나 정도의 의심으로는 택도 없었다. 사람은 아무래도 덜렁대서는 안 된다. 어쩌다 방심하고 우정에 흔들린 것이 내게 약점으로 되었다.

오늘 또 이른바 "한커우 출신"漢出『인간세』9) 제2호를 보았다. 맨 끝에 "주필 스지싱"이라 써 있고 다음 호 주요 기사로 나의 「『아이의 탑』서문」이 실릴 거라 예고하였다. 그런데 책머리에서는 또, 다음 호부터 『서북풍』西北風으로 개명할 것이라 알렸다. 그렇다면 나의 서문은 첫번째 '서북풍'에 휘말리리라. 헌데 제2호의 첫 글이 내 글이었다. 제목은 「『중국소설사략』일역본 서문」이다. 내가 일본글로 쓴 것인데 누가 번역했는지 모르겠다. 한 쪽밖에 되지 않는 이 글이 문맥 불통에 착오 투성이였다. 그런데도 글머리에 '알리는 말'이 있다. "이 글은 내가 일역본『지나소설사』支那小說史를 위해 쓴 머리말로……" 내 말투를 본떠 내가 번역한 것이라 하였다. 자기가 일본어로 쓴 것을 번역한 것이 착오 투성이라면, 천하에 괴이한 일 아니겠는가?

중국은 본디 "사람을 사람 취급 않는" 곳이다. 근거 없이 어떤 사람을, 투항하였다느니 변절하였다느니 공공의 적이니 매국노니 씹어도 사회에서 괴이하다 보지 않는다. 그러니 스지싱이 치는 장난은 하찮기 이를 데 없는 짓이다. 내가 각별히 성명聲明하고자 하는 바는, 내 서문을 읽고『아이의 탑』출판을 기다리는 분들께, 기다림을 접으시라는 것이다. 내가 속아 넘어간 결과, 내가 독자를 속인 꼴 되었다.

끝으로, '의심 많은' 데에서 비롯된 몇 마디 결론을 덧붙이고자 한다. 정말로 한커우에서 출판된 『아이의 탑』이 있다면 그건, 수상한 것이라고. 나는 스지싱 따위가 하는 일에 언급할 필요를 못 느껴 왔다. 그런데 이번 에는 내가 서문을 썼고 그것이 발표되었다. 그러하기에, 지금이건 그때 가 서건 참과 거짓을 밝힐 책임과 권리가 있다.

4월 11일

주)＿＿＿＿＿

1) 원제는 「續記」. 1936년 5월 『문학총보』(월간) 제2호에 처음 실렸다. 발표 당시 제목은 「'바이망 유시 서문'에 관한 성명」(關於'白莽遺詩序'的聲明)이다.

2) "해골의 미련"(骸骨的迷戀). 본디 쓰티(斯提; 예성타오葉聖陶)가 쓴 글(1921년 11월 2일 상하이 『시사신보』時事新報 「문학 순간」文學旬刊 제19호에 실렸다)의 제목이다. 그는 이 글에서 당시 언문일치문학(白話文學)을 제창한 사람 가운데 일부가 문언문과 구시사(舊詩詞)를 짓기도 하는 현상을 비판하였다. 나중에 "해골의 미련"은 수구(守舊)적 인물을 형용하는 말로 사용되었다.

3) 원문은 '死諸葛嚇走生仲達'. 장편소설 『삼국연의』(三國演義) 제104회에 나오는 말이다. 제갈량이 우장위안(五丈原)에서 병으로 죽자, 촉나라 군대는 제갈량을 본뜬 나무인형을 가지고서 사마의(司馬懿; 자가 중달仲達)가 이끄는 위나라 군대의 추격을 물리쳤다. 이 때문에 촉 지방에 "죽은 공명이 산 중달을 쫓아 내다"(死諸葛能走生仲達)라는 속담이 생겼다.

4) 『문학총보』(文學叢報). 월간. 왕위안형(王元亨)·마쯔화(馬子華)·샤오진뒤(蕭今度) 편집. 1936년 4월 상하이에서 창간되어 제5호를 낸 뒤 정간되었다.

5) 『사회일보』(社會日報). 당시 상하이에서 발행된 소형 신문. 1929년 11월 창간. 1936년 4월 4일 이 신문에 스지싱이 치한즈라는 이름으로 원고를 편취한 행위를 들춰낸 글 「스지싱의 장난질(상편)」(史濟行醜戲志趣 上)이 실렸다.

6) 『위쓰』. 문예 주간. 쑨푸위안(孫伏園) 등의 편집으로 1924년 11월 베이징에서 창간되었다. 1927년 10월 펑톈파(奉天派) 군벌 장쭤린(張作霖)이 폐간시키자 상하이로 옮겨 속

간(續刊)되었다. 1930년 3월 제5권 제52호를 내고 정간되었다. 루쉰은 주요 집필자, 지지자 중 한 사람이었으며, 상하이에서 출판된 뒤 한동안 편집을 맡은 바 있다.

7) 창조사(創造社). 문학단체. 1921년 6월 설립. 주요 멤버는 궈모뤄(郭沫若), 위다푸(郁達夫), 청팡우(成仿吾) 등. 1929년 2월 국민당 정부에 의해 폐쇄됨.

태양사(太陽社). 문학단체. 1927년 하반기 상하이에서 성립되었다. 주요 멤버는 장광츠(蔣光慈), 첸싱춘(錢杏邨), 멍차오(孟超) 등이며 혁명문학을 제창했다. 혁명문학에 관한 논쟁에서 이 단체와 창조사는 모두 루쉰의 나이 많음을 조롱하며 공격했다.

8) 다른 사람은 웨이젠궁(魏建功, 1901~1980)을 가리킨다. 장쑤(江蘇) 하이안(海安) 사람, 언어·문자학자. 『위쓰』에 톈싱(天行)이라는 필명으로 글을 실었다.

9) '한커우 출신'(漢出) 『인간세』(人間世). 반월간. 1936년 4월 창간, 한커우(漢口) 화중도서공사(華中圖書公司) 발행. 모두 2호를 내었다(제2호를 『서북풍』이라 개명). 당시 상하이에 같은 이름의 간행물(린위탕林語堂 편집)이 있었기 때문에 '漢出' 두 글자를 붙인 것이다.

깊은 밤에 쓰다[1]

1. 케테 콜비츠 교수의 판화가 중국에 들어온 데 대하여

들에, 불에 탄 종이 재가 한 무더기 있고, 오래된 담장에 그림이 몇 개 그려
져 있다. 지나가는 사람들은 대개 눈여겨보지 않았을 테지만 여기에는 저
마다 어떤 의미가 담겨 있다. 사랑, 슬픔, 분노,…… 게다가 이것들은, 왕
왕, 소리쳐 외쳐 대는 것보다 맹렬하다. 그 의미를 몇 사람은 알 것이다.

　1931년——몇 월달인지는 생각나지 않는다——창간된 지 얼마 안 되
어 발행 금지된 잡지 『북두』北斗[2] 창간호에 목판화가 한 점 실렸다. 한 어
미가 슬픈 낯으로 눈을 꼭 감은 채 자기 아이를 건네주는 모습이다. 이것
은 케테 콜비츠 교수(Prof. Kaethe Kollwitz)의 연작 목판화 『전쟁』 중 첫
번째 작품으로, 제목은 「희생」이다. 그녀의 판화 중 중국에 처음 소개된
작품이기도 하다.

　이 목판화는 내가 부친 것이었다. 살해된 러우스柔石[3]를 기리기 위해.
그는 나의 학생이고 벗이었다. 함께 외국 문예를 소개하였다. 목판화를 특

히나 좋아하여 구미 작가의 작품을 세 권[4] 편집하여 펴낸 바 있다. 인쇄 질은 썩 좋지 못하였지만. 그러나 무엇 때문인지 돌연 체포되었고 얼마 안 있어 룽화龍華에서, 다른 청년 작가 다섯 명[5]과 함께 총살당했다. 당시 신문에는 전혀 보도되지 않았다. 엄두를 내지 못하였을 것이고, 실을 수도 없었을 것이다. 그렇지만 많은 사람들은 그가 벌써 인간 세상에 있지 않다는 걸 알았다. 자주 있는 일이기 때문이다. 오직 그의 눈 먼 어머니만, 사랑스러운 자기 아들이 여전히 상하이에서 번역 일을 하고 교열 일을 보고 있을 것이라고 여겼을 것임을, 나는 알고 있었다. 우연히 독일 서점의 도서 목록에서 이 작품을 발견했고 『북두』에 보냈다. 나의 무언의 기념으로 삼아. 나중에, 적잖은 사람들이 거기 담긴 의미를 알아차렸다. 다만, 그들은 그 작품이 살해된 사람 모두를 기념하여 실린 것으로 생각하였다.

그때 콜비츠 교수의 판화집이 막 유럽을 떠나 중국을 향하고 있었다. 상하이에 도착하였을 때에 그 부지런한 소개자는 이미 땅속에 잠들어 있었다. 우리는 묻힌 장소조차 알지 못한다. 좋다, 나 혼자서 작품집을 보았다. 거기에는 궁핍과 질병, 굶주림, 죽음……이 있었다. 물론 몸부림, 투쟁도 있었지만 많지 않았다. 작자의 자화상이, 증오와 분노가 없는 것은 아니나, 사랑과 연민의 정을 더 드러내고 있는 것과 마찬가지이다. 이것은 모든 "모욕받고 상처받은 사람들"[6]의 어머니 마음을 형상화한 것이다. 이런 어머니는, 중국의 아직 손톱에 붉은 물을 들이지 않은 시골에서도 흔히 볼 수 있다. 그런데 사람들은 그녀를 싹수 없는 아들만 사랑한다고, 비웃는다. 그러나 내 생각에, 그녀는 싹수 있는 아들도 사랑한다. 단지 튼튼하고 능력 있는 자식은 안심해도 되기에, "모욕받고 상처받은" 아이에게 더 눈길을 주는 것이다.

이제 복제된 그녀의 작품 스물한 점이 그 점을 증명한다. 이는 또 중국의 젊은 예술 학도들에게도 다음과 같은 점에서 보탬이 될 것이다.

첫째, 최근 5년 사이에, 박해받고 있기는 하나, 목판화가 자못 유행하고 있다. 그러나 다른 종류의 판화의 경우, 소른(Anders Zorn)[7]에 관한 책자 한 권밖에 없다. 지금 소개하는 것은 모두 동판과 석판화이다. 독자들은, 판화 가운데 이런 작품도 있으며, 이것이 유화 따위보다 널리 전파될 수 있다는 사실, 또 소른과는 기법과 내용 면에서 판이하게 다른 작품이 있다는 걸 알게 될 것이다.

둘째, 외국에 간 적 없는 사람 가운데 흔히 백인종이라 하면 다들 예수의 가르침을 말하거나 양행洋行을 열고, 멋진 옷 맛난 음식을 입고 먹으며, 수가 틀리면 제멋대로 구둣발길질을 하는 것으로 아는 경우가 있다. 그러나 이 화집이 나옴으로써 그들은, 세상에는 "모욕받고 상처받은" 사람들이 곳곳에 존재한다는 것, 그들이 우리와 벗이라는 것, 또 이들을 위하여 아파하고 소리치고 투쟁하는 예술가가 있다는 것을 알게 될 것이다.

셋째, 지금 중국 신문들이 입을 크게 벌리고 고함을 치는 히틀러 사진을 즐겨 싣고 있다. 사진 찍을 때 한순간이었을 텐데 사진에서는 언제까지고 똑같은 자세여서, 자주 보게 되니 피로한 감이 든다. 이제 독일 예술가의 화집에서 우리는, 다른 종류의 사람들을 본다. 그들은 영웅은 아니지만 가까이 하고 공감할 수 있는 사람이다. 보면 볼수록 아름답고 사람을 감동시키는 힘이 있다.

넷째, 올해는 러우스가 살해된 지 만 5년이 되고, 작자의 목판화가 중국에 처음 선보인 지 다섯 해째 되는 때이다. 작자는 중국식 나이로 치면 일흔 살이 된다. 이 또한 기념으로 삼을 만하다. 작자가 지금 침묵을 지킬 수밖에 없을 것이나, 그녀 작품은 전보다 더 많이 원동遠東의 하늘 아래 출현하게 되었다. 그렇다. 인류를 위한 예술은 그 어떤 힘으로도 가로막을 수 없다.

2. 아무도 모르게 죽는다는 것에 대하여

요 며칠 새에야 비로소 깨달았다. 아무도 모르게 죽는다는 것이 사람에게는 지극히 참혹한 일이라는 것을.

중국은, 혁명이 있기 전에는 사형수가 형 집행을 당하기 전에 큰 거리를 지나서 갔다. 그리하여 그는 억울함을 호소하거나, 벼슬아치를 욕하거나, 영웅적인 무용담을 늘어놓거나, 나는 죽음이 두렵지 않다고 말할 수 있었다. 그 모습이 멋들어질 때에는 뒤따르는 구경꾼들에게 갈채 받고 뒷날까지 그의 이야기가 전해지기도 하였다. 나는 젊을 적에 그런 이야기를 자주 들었다. 그때는 그런 광경이 야만적이고 그런 방법이 잔혹하다고만 여겼었다.

최근 린위탕[8] 박사가 편집하는 『우주풍』宇宙風에서 주탕鉄堂 선생의 글 한 편을 보았다. 그의 견해는 달랐다. 그는, 사형수를 향해 갈채를 보내는 것은 실패한 영웅을 숭배하는 것이며, 약자를 지원하는 일이라 보았다. "이상은 숭고하다 하지 않을 수 없으나, 인간 무리의 조직이라는 면에서는 실로 가당찮은 것이다. 강자를 누르고 약자를 지원한다는 것은, 강자가 존재하기를 영원히 바라지 않는 것이다. 실패한 영웅을 숭배하는 것은 성공한 영웅을 인정하지 않는 것과 진배없다." 그래서 "예나 지금이나 성공한 제왕은 몇백 년에 걸쳐 위세를 유지하고자 한다. 몇만 몇십만 명의 무고한 사람을 해치고서야 한동안, 겁을 주어 굴복케 할 수 있다."

몇만 몇십만 명을 해치고서도 겨우 "한동안, 겁을 주어 굴복케 할 수 있다"는 것은, '성공한 제왕' 입장에서는 슬픈 일이다. 뾰족한 수가 없다는 것이니 말이다. 그렇지만 나는 그들 성공한 제왕을 위해 계책을 낼 생각은 없다. 내가 이 글을 읽고 깨달은 건 바로, 사형수가 형 집행에 앞서 대중들에게 이야기할 수 있었던 것이야말로 '성공한 제왕'의 은혜이며, 그가 여전히 힘을 가지고 있다고 믿은 증거였다는 것, 그러므로 그는 사형수가 입을 놀릴 수 있게 허용할 만한 자신감을 가지고 있었고, 그래서 사형수에게는 죽음을 앞두고 자아도취에 빠질 수 있게 해줌과 동시에, 대중에게는 사형수의 말로를 보여 주었던 것이다. 전에 나는 그저 '잔혹'하다고만 여겼지만 그건 정확한 판단이 아니었다. 거기에는 은혜라는 게 얼마간 있었던 것이다. 나는 벗이나 제자들이 죽을 때마다, 그들이 언제, 어디서, 어떻게 죽었는지 모를 때면 늘, 그런 것을 알았을 때보다 마음이 아프고 불안하였다. 미루어 생각건대, 어두운 방에서 몇몇 망나니의 손에서 죽는 것은, 사람들 앞에서 죽어가는 것보다 훨씬 적막하였을 것이다.

그렇지만, '성공한 제왕'은 남의 눈을 피해 가며 사람을 죽이지 않는다. 그에게 비밀은 딱 하나다. 처첩들과 시시닥거리는 짓. 몰락할 때에 비밀이 하나 는다. 재산 목록과 그것이 있는 곳. 막판에 이르면 세번째 비밀이 생긴다. 비밀리에 사람을 죽이는 것. 이쯤 되면 그도, 주탕 선생과 마찬가지로, 민중에게는 나름 좋아하고 미워하는 게 있을 뿐, 누가 득세하고 누가 몰락할 것이냐에는 별다른 관심이 없다는 사실이 얼마나 무서운 일인가를, 알게 된다.

그리하여 세번째 비밀스런 방책이 나온다. 책사策士가 일러 주지 않더라도 채택하게 되는 것으로, 몇 곳에서는 이미 채택되고 있을 것이다. 이 때가 되면 길거리는 훨씬 개화되고 민중도 조용하다. 그러나 우리가 죽은 이들의 마음을 헤아려 본다면, 그들의 죽음은, 사람들이 알고 있는 가운데 죽어가는 것보다 훨씬 참혹할 것이다. 나는 전에, 단테의 『신곡』을 읽다가 「지옥」편을 보고, 작자가 너무 잔혹한 상황을 가정하고 있었지 않느냐는 생각을 했다. 그러나 지금, 겪은 게 많아지고 나서야 비로소, 단테가 그래도 무던한 사람이라는 걸 알았다. 그는, 지금 아주 일상적인 일로 되어 있는, 아무도 보지 못하는 지옥의 참상을 생각해 내지 못하였다.

3. 어떤 동화

2월 17일자 『DZZ』[9]를 보니 하이네(H. Heine) 서거 80주년을 기념하여 브레델(Willi Bredel)[10]이 쓴 「어떤 동화」가 있었다. 이 제목이 하도 좋아서 나도 한 편 써 본다.

언젠가 다음과 같은 나라가 있었다. 권력자가 인민을 제압하기는 하였으나 그들이 하나같이 강적으로 느껴졌다. 알파벳은 기관총 같고 목판화는 탱크 같아서 땅을 손에 넣었는데도 지정된 정류장에서 하차할 수 없었다. 땅 위에서 걸을 수 없으니 공중을 오갈 수밖에 없었다. 살갗의 저항력도 약해지기 시작해서 긴한 일만 생겼다 하면 상풍傷風[11]에 걸리는데, 대신들에게까지 전염되어 함께 앓았다.

큰 규모로 사전을 편찬하였다. 한 종류만 출판한 게 아니었지만 어느 것도 실용적이지가 못했다. 진실을 알려면 이제껏 출판된 적이 없는 사전을 참조하여야 했다. 거기엔 신기한 풀이가 많았다. 예를 들면 '해방'은 '총살'이고, '톨스토이주의'는 '도주'이다. '관'官자 밑에 "대관료의 친척·친구·종"이라는 주석이 있고, '성'城자 아래에는 "학생들 출입을 막기 위하여 쌓은 높고 견고한 벽돌 담장"이라 주석 달았다. '도덕'이라는 항목 아래 "여성이 어깨 드러내는 것을 금함"이라는 주석이 있고, '혁명'은 "둑을 터뜨려 논밭을 잠기게 하고, 비행기에 실린 폭탄을 '비적'의 머리 위로 떨어뜨리는 것"이라 되어 있다.

큰 규모로 법전을 내는데, 학자들을 각국으로 파견하여 현행 법률을 조사하여 그 정수만 골라 편찬하였다. 그러므로 어느 나라에도 이처럼 완벽하고 정밀한 법전이 있을 수 없다. 그런데 책머리에 백지가 한 페이지 있다. 출판된 적이 없는 사전을 본 적이 있는 사람만 거기서 글자를 읽어 낼 수 있었다. 맨 앞의 세 조목은, 첫째가 관대하게 처분할 수 있다. 둘째가 엄하게 처분할 수 있다. 셋째가 때로 전혀 적용하지 않을 수 있다.

물론 법원도 있다. 그러나 백지에서 글자를 읽은 적이 있는 범인이라면 결코 법정에서 항변하지 않는다. 악인만이 항변을 하며, 항변했다가는 "엄하게 처분"되기 때문이다. 물론 고등법원도 있다. 그러나 백지에서 글자를 읽어 낸 적 있는 사람은 결코 상소하지 않는다. 악인만이 상소를 하는 것이며, 상소했다가는 "엄하게 처분"되기 때문이다.

어느 날 아침, 수많은 군경이 한 미술학교[12]를 에워쌌다. 학교 안에서 중국옷과 양복을 입은 몇 사람이 뛰고 뒤집고 하면서 무엇인가를 찾았다. 손에 권총을 든 경찰들이 그들 뒤를 따랐다. 잠시 뒤 양복을 입은 친구가 기숙사 안 열여덟 살 난 학생 어깨를 붙들었다.

"정부 명령으로 조사 나왔소. 자,……"

"조사해 보시오!" 젊은이가 침대 밑에서 버들고리짝을 끄집어냈다.

여기 젊은이는 다년간의 경험을 통해 꽤나 영리해졌다. 그래서 쓸데없는 것은 보관하지 않았다. 하지만 그 학생은 필경 열여덟 살이었다. 결국 서랍에서 편지 몇 통이 나왔다. 자기 어머니가 고생 끝에 죽었다는 내용이 있어서, 그래서 잠시 차마 태워 버리지 못하고 간직하였던 게다. 양복 입은 친구가 한 글자 한 글자 꼼꼼히 읽더니 "······세상은 사람이 사람을 먹는 잔치판이야. 자네 모친께서 먹히셨고 천하의 무수한 어머니들도 잡아먹힐 것이네······"에 이르자 눈썹을 치켜세웠다. 연필 한 자루를 꺼내 들고 그 구절에 줄을 치면서 물었다.

"이게 무슨 뜻이지?"

"······"

"누가 네 어미를 잡아먹었다는 거야? 세상에 사람이 사람을 먹는 일도 있나? 우리가 네 어미를 먹었어? 좋아!" 툭 튀어나온 그의 눈알이 마치 총알로 변해 날아드는 것 같았다.

"아니에요! ······ 이건 ······ 아니에요! ······ 이건 ······" 젊은이가 당황하였다.

그는 눈알을 발사하지는 않았다. 그러나 편지를 접어 주머니에 넣었고, 다시 그 학생이 가지고 있던 나무판과 조각칼과 탁본拓本, 『철의 흐름』, 『고요한 돈 강』, 신문 스크랩 등을 챙겨 경찰에게 말했다.

"이걸 간수하게!"

"여기에 뭐가 있다고 가져가시오?" 젊은이는 조짐이 좋지 않은 걸 알았다.

그렇지만 양복 입은 친구는 흘깃 쳐다보더니 들었던 손으로 그를 가리키며 다른 경찰에게 말했다.

"이 자도 데려가!"

경찰은 범처럼 달려들어 젊은이의 뒷덜미를 틀어쥐고 기숙사 문을 나섰다. 문밖에 또래 학생이 둘 더 거대한 손아귀에 목덜미를 잡힌 채 서 있었다. 주위에는 교원과 학생들이 겹겹이 둘러섰다.

4. 또 하나의 동화

어느 날 아침의 스무하루 뒤, 구치소에서 심리가 시작됐다. 작고 어두운 방, 위쪽에 동·서로 나리 둘이 앉았다. 동쪽은 마고자 차림, 서쪽은 양복 차림으로, 세상에 사람이 사람을 먹는 건 있을 수 없는 일이라고 믿는 낙천주의자들이다. 그 둘이 진술 내용 기록을 맡았다. 경찰이 을러대면서 열여덟 살 먹은 학생 하나가 끌려 들어왔다. 창백한 얼굴, 지저분한 옷을 입고 아래에 섰다. 마고자가 그의 성명, 나이, 본적을 물은 뒤, 다시 물었다.

"목판화연구회 회원인가?"

"예."

"누가 회장이지?"

"Ch⋯⋯가 회장, H⋯⋯가 부회장입니다."

"그 자들 지금 어디 있나?"

"학교에서 제적되어서, 나는 모릅니다."

"왜 시위를 선동했나? 학교에서."

"엥!⋯⋯" 젊은이가 놀라 외쳤다.

"흥." 마고자가 목판화로 된 초상화 한 점을 들어 보여 주었다.

"이게 네가 새긴 건가?"

"예."

"누구를 새긴 거지?"

"문학가입니다."

"이름이 뭐야?"

"루나차르스키[13]입니다."

"이게 문학가야? ―어느 나라 사람인고?"

"모릅니다!" 젊은이가 목숨을 건지고 싶은 나머지 거짓말을 했다.

"모른다고? 거짓말 말아! 이게 러시아 사람 아니야? 이게 누가 봐도 분명히 러시아 적군赤軍 장교 아니냔 말야? 나는 러시아혁명사 책에서 이 사람 사진을 봤다구! 그런데도 발뺌을 하려 들어?"

"아니에요!" 젊은이는 철퇴로 머리를 얻어맞은 것처럼 절망적으로 소리쳤다.

"당연하지. 너는 프로 예술가니까. 그래서 적군 장교를 새긴 것이지!"

"아닙니다.…… 그건 전혀……"

"억지 부리지 말아. 아직도 '헛꿈에서 깨어나지 못'하는구만! 우리는 네가 구치소에서 얼마나 고생하는지 잘 알고 있어. 네가 사실대로 말하면 일찍 재판받게 해주마. ―감옥 생활이 여기보다 훨씬 낫다."

젊은이는 아무 말도 하지 않았다. ―그는 말을 하나 하지 않으나 마찬가지라는 것을 알고 있었다.

"말을 해." 마고자가 차갑게 웃으며 말했다. "너, CP야, CY야?"[14]

"둘 다 아닙니다. 그게 뭔지 하나도 몰라요!"

"적군 장교 얼굴은 새길 줄 아는데 CP, CY는 모른다? 어린 녀석이 뺀질뺀질하기는! 가!" 그가 내민 손을 까딱이자 경찰 하나가 영리하고 익숙한 솜씨로 그를 끌고 나갔다.

　　미안하다. 여기까지 써놓고 보니 동화 같지가 않다. 그렇지만 그것을 동화라 부르지 않는다면 무어라 부르겠는가? 특기할 만한 게 있다면 그건 이런 일이 일어난 해가 1932년이었다는 점 정도이다.

5. 한 통의 진실한 편지

경애하는 선생님께

선생님께서 제가 구치소에서 나온 뒤의 일을 물으셨으니 지금 그걸 간략하게 말씀드리겠습니다.——

　　그 해 마지막 달 마지막 날, 저희 셋은 XX성[15] 정부에 의해 고등법원에 보내졌습니다. 도착하자 바로 심문이 있었습니다. 검찰관의 심문 내용이 아주 별났습니다. 딱 세 마디였습니다.

　　"성명은?"——첫번째 물음입니다.

　　"올해 나이는?"——두번째 물음입니다.

　　"본적은?"——세번째 물음이었습니다.

　　이렇듯 특별한 심문이 있고 나서 저희는 군軍 형무소로 보내졌습니다. 누구든 통치자의 통치 예술을 온전하게 알고 싶다면, 군 형무소에 가보면 될 것입니다. 거기는 이색분자를 학살하고 인민을 도륙하는데, 극도로 잔혹하게 굴고서야 쾌재를 부르는 그런 곳입니다. 시국이 긴장될 때마다 이른바 중요한 정치 범죄자를 끌어내 총살합니다. 형기刑期니 뭐니 하는 건 없습니다. 예를 들면 난창南昌이 위급해졌을 때[16] 40여 분 사이에 스물두 명을 죽였습니다. 푸젠인민정부[17)]가 건립되었을 때에도 적잖은 사람들이 총살되었습니다. 사형장은 감옥 안 다섯 마지기 넓이의 채소밭이었습니다. 사형수 시체가 채소밭 진흙 속에 묻히는데 위에 채소를 심으면 거름이 되는 겁니다.

대충 두 달 반쯤 지나서 기소장이 도착했습니다. 법관이 우리에게 세 마디 물었을 뿐인데 어찌 기소장을 작성할 수 있겠습니까? 할 수 있습니다! 원문이 수중에 있지는 않지만 저는 그것을 욀 수 있습니다. 법률 조목을 잊은 게 아쉽습니다만.

……Ch……H……가 조직한 목판화연구회는 공산당이 지휘하고 프로 예술을 연구하는 단체이다. 피고 등은 모두 그 회원으로서,……그들이 새긴 것이 죄다 적군 장교 및 노동자, 굶주린 자의 모습이고 그걸 통하여 계급투쟁을 선동하고 노동계급독재의 날이 필연적으로 오리라는 것을 보인 것을 감안하면……

그 뒤 얼마 지나지 않아 공판이 있었습니다. 법정에는 날일자 모양으로 영감 다섯이 나란히 위엄 있게 앉아 있었습니다. 그렇지만 저는 전혀 쫄지 않았습니다. 그때 제 뇌리에 도미에(Honoré Daumier)의 「법관」[18)]이 떠올랐기 때문입니다. 저는 정말 탄복하였습니다!

공판이 열린 뒤 8일째 되던 날 마지막 판결이 있었습니다. 판결서에 나열된 죄상은 기소장에 있던 대로였습니다. 다만 마지막 단락에 이런 말이 있습니다.──

그 소행을 놓고 보면 마땅히 민국 위해^{危害} 긴급조치법 제X조, 형법 제X 백X십X조 제X항에 따라 각기 유기 도형 5년에 처해야 할 것임.…… 그러나 피고 등이 모두 나이 어리고 무지해서 잘못된 길에 들어선 것을 참작하여 특별히 XX법 제X천X백X십X조 제X항의 규정에 따라 유기 도형 2년 6월에 처함. 이를 받아들일 수 없다면 판결문 송달 후 열흘 이내에 상소할 수 있음…… 운운.

제게 '상소'가 무슨 의미가 있겠습니까? 아주 '받아들'입니다! 어쨌거나 이게 그네들의 법률!입니다.

요컨대, 저는 체포되어 풀려나기까지 인민을 잡아 죽이는 도살장 세 곳을 거쳤습니다. 지금 저는, 그들이 제 목을 자르지 않은 데에 감격하는 것 말고도, 제게 하고많은 지식을 갖게 해준 데에 감사합니다. 형벌 하나만 하여도, 저는 현재 중국에 이런 고문 방법이 있다는 걸 알았습니다. ①채찍질. ②주리 틀기. 이건 그래도 가벼운 편입니다. ③오금 박기. 이것은 범인을 꿇어앉히고 무릎 뒤 움푹한 곳에 쇠몽둥이를 끼워넣고 양쪽 끝에 사람이 올라타는 것입니다. 처음에는 두 사람이지만 나중에는 여덟 놈이 올라탑니다. ④쇠사슬에 꿇어앉히기. 불에 달군 쇠사슬을 동그랗게 벌려 놓고 그 위에 범인을 꿇어앉힙니다. ⑤또 '먹이기'라는 게 있습니다. 코 속에 고춧가루물, 등유, 식초, 소주 등을 부어 넣습니다. ⑥또, 범인의 손을 뒤로 묶은 뒤 엄지손가락을 노끈으로 묶어 거꾸로 매답니다. 매달아 놓고서 때립니다. 이것을 뭐라 부르는지는 모르겠습니다.

저는, 제가 구치소에 있을 때에 저와 한 방을 쓴 젊은 농사꾼이 당한 고문이 가장 참혹했다고 생각합니다. 나리들은 그가 붉은 군대의 우두머리라 하였지만 그는 끝까지 아니라고 하였습니다. 그러자, 아, 그들은 바늘을 손톱 밑에 넣고 망치로 박아 넣었습니다. 바늘 한 개를 박아도 아니라고 하자, 두 개째 박았습니다. 그래도 아니라고 하니 세 개째…… 네 개째…… 결국은 열 손가락 모두 들이박혔습니다. 지금까지도 저는 그 청년의 창백한 얼굴, 움푹 파인 눈자위, 피투성이가 된 손이 눈에 어른거립니다. 잊히지가 않습니다! 괴롭습니다!……

그렇지만, 옥에 갇힌 이유는, 출감한 뒤에야 알았습니다. 저희 학생들이 학교에 불만이 있었습니다. 특히나 훈육주임에게 그랬던 것이 화근이었습니다. 그는 성省 당 지부의 정보원이었습니다. 그는 전체 학생의 불만을 제압하기 위해서 겨우 셋밖에 남아 있지 않던 저희 목판화연구회 회원을 본보기로 삼은 것입니다. 루나차르스키를 적군 장교라고 우긴 그 마고자 영감은 그의 자부姉夫였습니다. 얼마나 편리한 세상입니까!

사정을 대략 적고 나서 고개 들어 창밖을 보니 달빛이 창백합니다. 그에 따라 제 마음도 얼음처럼 차가워집니다. 하지만 저는, 제가 그렇게 나약하지는 않았다고 자신합니다. 그런데도 저의 마음은 얼음처럼 차가워집니다.……

건강하시길 빕니다!

4월 4일 늦은 밤, 런판[19]

(부기: 「어떤 동화」 후반부부터 마지막까지는 런판 군의 편지와 「감옥살이 약술略述」에 근거하여 썼다. 4월 7일.)

주)_____

1) 원제 「寫于深夜裏」, 1936년 5월 상하이 『밤꾀꼬리』(夜鶯) 월간 제1권 제3호에 처음 실렸다. 이 글은 상하이에서 출판된 영문 잡지 『중국의 소리』(中國呼聲, *The Voice of China*)를 위해 쓴 것으로 영역문은 그 잡지 6월 1일자 제1권 제6호에 실렸다.

　　루쉰은, 1936년 4월 1일 차오바이(曹白)에게 이런 편지를 썼다. "문학가의 초상화 하나 때문에 이런 죄를 뒤집어쓰다니, 너무 암담하고 너무 우습습니다. 내가 짧은 글 하나를 써서 외국에 발표하려고 하니 체포되었던 이유, 연월, 공판 당시의 상황, 처벌 기간(2년 4개월?) 등을 알려 주세요. 대략만 써도 무방합니다." 또 5월 4일자 편지에서 "당신의 그 글(「감옥살이 약술」)은 아직 발표할 만한 곳을 찾지 못하였습니다. 내가 그 일부를 베껴서 저번에 보내온 편지(약간 덜어 내고 손보았습니다)와 함께 「깊은 밤에 쓰다」에 실었습니다."

2) 『북두』(北斗). 월간, 문예지. 중국좌익작가연맹 기관지 가운데 하나. 딩링(丁玲)이 편집. 1931년 9월 상하이에서 창간되고 이듬해 7월 국민당 정부에 의해 정간되었다.

3) 러우스(柔石, 1902~1931). 본명은 자오핑푸(趙平復), 저장성 닝하이(寧海) 사람, 공산당원, 작가. 『위쓰』(語絲) 편집을 맡은 바 있으며, 루쉰과 함께 문학단체 조화사(朝花社)를 조직하였다. 중편소설 『2월』과 단편소설 「노예의 어머니」(爲奴隸的母親) 등을 썼다. 1931년 2월 7일 상하이에서 처형되었다.

4) '예원조화'(藝苑朝花) 총서 중 하나인 『근대목각선집』 제1·2집과 『비어즐리 화선』을 가리킨다.

5) "네 명"의 잘못이다. 당시 러우스와 함께 처형된 중국좌익작가연맹 소속 청년 작가들을 일러 '좌련 5열사'라 부른다.

6) 루쉰의 원문은 "被侮辱和被損害的". 도스토예프스키의 소설 제목 "Униженные и оскорблённые"에서 나온 말이다. 영어로 "The Insulted and Humiliated"라 번역하는 이 작품은 한국어로 "모욕받고 상처받은 사람들", 또는 줄여서 "학대받은 사람들"이라 불린다.

7) 소른(Anders Leonard Zorn, 1860~1920)은 스웨덴의 화가, 조각가, 동판화가이다.

8) 린위탕(林語堂, 1895~1976). 중국의 작가, 영문학자, 문명비평가. 가난한 목사의 아들로 태어나 미국과 독일에서 유학하였으며 귀국 뒤 베이징대학에서 강의하였다. 문예주간지 『위쓰』에 기고하는 등 전투적 자유주의자의 면모를 보이면서 1920년대 중후반 루쉰과 가깝게 지냈으나 1930년대 들어 반월간지 『논어』(論語, 1932~7), 『인간세』(人間世, 1934~5), 『우주풍』(宇宙風, 1935~47) 등을 창간하며 유머와 풍자를 중시하는 소품문 창작에 앞장서면서 사이가 멀어졌다. 국내에서는 『내 나라 내 민족』(1935), 『생활의 발견』(*The Importance of Living*, 1938) 등을 수록한 『임어당 문집』(전4권)이 1971년 을유문화사에 나온 이래 꾸준하게 애독자가 있다.

9) 독일어 『*Deutsche Zentral Zeitung*』(독일 중앙 신문)의 약칭. 당시 소련에서 발행된 독일어 일간지이다.

10) 브레델(Willi Bredel, 1901~1964)은 독일 작가이다.

11) 한의학에서 바람을 쏘여서 생기는 병을 이르는 말. 열이 있고 땀이 나며 바람을 싫어하는 증세가 나타난다.

12) 항저우(杭州)국립예술전문학교. 이 글 속의 18세 학생은 차오바이(曹白)이다.

13) 루나차르스키(Анатолий Васильевич Луначарский, 1875~1933). 소련 문예평론가, 작가, 정치가. 소련 교육인민위원을 역임하였다. 루쉰은 1930년을 전후하여 그의 『예술론』을 번역한 바 있으며(1929년 6월 상하이 대강서포大江書鋪 출판), 희곡 『해방된 돈키호테』(Освобожденный Дон-Кихот, 1922)에도 각별한 관심을 표명하였다.

14) CP는 Communist Party(공산당)의 약어이며, CY는 Communist Youth(공산주의청년단)의 약어이다.

15) 저장성(浙江省).

16) 1933년 4월 초 국민당의 제4차 포위토벌전이 무위로 돌아간 뒤 홍군이 장시(江西)성의 신간(新淦)·진시(金溪)현을 함락시키고 난창·푸저우(撫州)를 위협하던 시기를 말한다.

17) 1933년 11월 푸젠성에서 국민당 정부에 반기를 든 정변이 일어나 '중화공화국 인민혁명정부'가 선포되었으나 이내 진압되었다.

18) 오노레 도미에(Honoré Daumier, 1808~1879). 프랑스의 화가, 판화가. 「법관」은 그의 인물화 작품으로 루쉰이 번역한 『근대미술사조론』에 실려 있다.

19) 런판(人凡)은 차오바이(曹白)이다. 본명 류핑뤄(劉平若). 1933년 항저우국립예술전문학교를 수료하였고, 투옥되었다가 1935년에 출감하였다.

3월의 조계[1]

올해 1월 톈쥔田軍[2]이 소품 한 편을 발표하였다. 제목은 「다롄호에서」大連丸上이다. 1년 남짓 전에 그들 부부가 천지가 가시덤불처럼 여겨지던 다롄을 어떻게 운 좋게 빠져 나왔던가를 썼다.──

> 이튿날 칭다오靑島의 짙푸른 산자락을 처음 보고서야 얼어 있던 마음이 꿈틀대기 시작했다.
> "아! 조국이여!"
> 우리는 꿈을 꾸듯 그렇게 외쳤다!

그들이 '조국'으로 돌아온 것이 수행원 자격으로 그랬다면 시비 거는 사람이 없었을 것이며, 비적 소탕을 위해서였다면 더더욱 시비 거는 사람이 없었을 것이다. 그런데 그들은 단지 『8월의 향촌』[3]을 출판하기 위하여 왔다. 이렇게 되면 문단과 관계가 있게 된다. 그렇다면 "얼어 있던 마음이 꿈틀"대는 건 잠시 뒤로 미루자. 3월이 되자 "누군가"가 상하이의 조계에서 차갑게 말했다.——

텐쥔은 둥베이東北에서 일찍 오지 말아야 했다!

누가 한 말인가? "누군가"가 한 말이다. 왜 그렇다는 건가? 『8월의 향촌』에 "얼마간 진실하지 못한 데가 있"기 때문이다. 그렇지만 내가 전하는 말은 "진실"하다. 『다완바오』부간 「횃불」의 이상야릇한 불티 중 하나인 「주간 문단」星期文壇에 실린 디커⁴⁾ 선생의 문장이 그 증거이다.——

『8월의 향촌』은 전체적으로 보면 한 편의 서사시이다. 그러나 거기에는 얼마간 진실하지 못한 데가 있다. 인민혁명군이 한 마을을 공격한 뒤의 상황 같은 것은 진실성이 부족하다. 누군가가 "텐쥔은 둥베이에서 일찍 오지 말아야 했다"고 내게 말했다. 텐쥔에게는 장기간에 걸친 학습이 필요하다고 느꼈다는 것이다. 만약 자신을 더 풍부하게 한 다음에 이 작품을 썼다면 훨씬 좋았을 것이다. 기교와 내용 모두 많은 문제가 있는데, 왜 이 점을 지적하는 사람이 없는가?

이것은 물론, 틀린 말이라고는 할 수 없다. 만약 "누군가"가, 고리키는 일찍 부두노동자 생활을 접지 말았어야 했다. 그랬다면 그의 작품이 훨씬 좋았을 것이다. 키쉬⁵⁾는 일찍 망명하지 말았어야 했다. 만약 히틀러의 강제수용소에 들어갔다면 장차 쓸 르포 작품이 훨씬 좋아졌을 것이다. 저능아가 아니라면 이런 식의 논조에 반론을 제기하지 않을 것이다. 그렇지만, 3월의 조계지에서는 몇 마디 할 필요가 있다. 아직은 우리가 저능아가 되지 않을 정도로 충분히 "자기를 풍부하게" 할 만큼 행복한 시기가 아니기 때문이다.

요즘 같은 때에는 성급해지기 쉽다. 예를 들어 보자. 톈쥔은 소설을 일찍 썼지만 "진실성이 부족"하다. 디커 선생은 "누군가"의 말을 듣자 즉각 동의하면서 남들이 "많은 문제점"을 지적하지 않는다고 나무랐다. "자신을 풍부하게 한 뒤에" "정확한 비평"을 할 만한 참을성이 없는 것이다. 하지만 나는 이것도 괜찮다고 본다. 우리에게 투창이 있으면 투창을 쓰면 되는 것이지, 이제 막 만들고 있거나 장차 만들어질 탱크와 소이탄만 기다릴 필요는 없다. 이렇게 하면, 안타까운 일이지만, 톈쥔에게도 그 무슨, "일찍 오지 말았어야 했다"는 식의 잘못은 없게 된다. 온당하게 논지를 세우는 것도 참 쉽지 않은 일이다.

게다가, 디커 선생의 글을 보면, "진실"을 아는 데에 꼭 둥베이에 오래 머물 필요도 없는 듯하다. "누군가" 선생과 디커 선생은 조계 지역에 머물고 있으니, 둥베이에서 학습을 하느라 톈쥔보다 늦게 돌아오지는 않았을 것이다. 그런데도 그들은 진실성이 충분한가 여부를 안다. 뿐이랴. 작가가 진보하는 데에 "정확"한 비평에 기댈 필요는 없다. 왜냐하면 『8월의 향촌』의 기교상, 내용상의 "많은 문제점"을 지적한 사람이 나오기도 전에, 디커 선생은 다음과 같이 단정하기 때문이다. "나는 누군가가 『8월의 향촌』보다 더 나은 작품을 지금 쓰고 있거나 쓸 준비를 하고 있음을 확신한다. 독자가 필요로 하기 때문이다!"

이 대목에서 생각해 보면, 이건 탱크가 오고 있거나 장차 올 것이니 투창 같은 것은 분질러도 된다는 식이다.

이 대목에서 나는 디커 선생의 문장 제목을 알릴까 한다. 「우리는 자아비판을 집행해야 한다」가 그것이다.

제목이 힘차다. 작자는 이것이 "자아비판"이요 하지는 않았지만, 『8월의 향촌』을 말살하는 "자아비판" 임무를 이미 실행하고 있었다. 그가 바라는 정식의 "자아비판"이 발표될 때 비로소 자신의 임무가 해제될 것인데, 그때가 되면 『8월의 향촌』에도 좀 생기가 돌지 모른다. 이런 식의 모모호호한 부정이야말로 상대에게는, 10대 죄상을 늘어놓는 것보다 훨씬 해가 되기 때문이다. 늘어놓는 글에는 조목이라도 있다. 모호한 지적은 그냥 밑도 끝도 없이, 사람들로 하여금 그것이 한없이 나쁜 것이라고 추측하게 만든다.

물론, 디커 선생의 "자아비판 집행"은 선의에서 나온 것이다. "그 작가들이 우리 편"이라고 하니까. 그러나 나는 동시에 우리는, "우리" 이외의 "그들"을 결코 잊어서는 안 되며, "우리" 가운데의 "그들"을 과녁 삼아서도 안 된다고 생각한다. 비판을 하려면, 피차간에 비판을 하고, 잘잘못을 함께 지적해야 한다. 만약 여전히 "우리"와 "그들"이 존재하는 문단에서 외곬으로 자책을 함으로써 "정확" 또는 공평을 과시한다면 이건, "그들"에게 아첨을 하거나 "그들"을 위해 스스로 무기를 버리는 일이다.

4월 16일

주)_____

1) 완제 「三月的租界」, 1936년 5월 월간지 『밤꾀꼬리』(夜鶯) 제1권 제3호에 처음 실렸다.

2) 톈쥔(田軍, 1907~1988). 소설가. 본래 이름은 류훙린(劉鴻霖)이며 필명은 샤오쥔(蕭軍), 톈쥔 등이 있다. 랴오닝성 이셴(義縣) 사람. 「다롄호에서」는 1936년 1월 상하이 『바다제

비』월간 제1호에 발표되었다. 당시 다롄(大連)은 일본의 조차지였다.

3) 『8월의 향촌』(八月的鄕村), 톈쥔의 장편소설. 둥베이(東北; 만주) 인민들의 항일투쟁을 묘사하였다. 1935년 8월 상하이 룽광(容光)서국에서 '노예총서'(奴隷叢書)의 하나로 출판되었다. 루쉰은 이 작품을 위해 서문을 쓴 바 있다.

4) 디커(狄克)는 문화대혁명(1966~76년) 시기 '4인방' 가운데 하나로 된 장춘차오(張春橋, 1917~2005)의 필명이다. 『8월의 향촌』과 루쉰을 비판한 글 「우리는 자아비판을 집행해야 한다」(我們要執行自我批判)는 1936년 3월 15일자 일간지 『다완바오』(大晚報)의 「횃불」(火炬)에 발표되었다.

5) 키쉬(Egon Kisch, 1885~1948). 체코의 르포 작가. 독일어로 글을 썼다.

「관문을 떠난 이야기」의 '관문'[1]

나의 역사 스케치速寫 「관문을 떠난 이야기」가 『바다제비』[2]에 발표되자마자 적지 않은 비평이 나왔다. 그런데 겸손하게 '독후감'이라 이름 붙인 것이 많았다. 이에 누군가가 "작자의 명성 때문"이라 하였는데, 옳은 말씀이다. 지금 신진 작가들이 공들여 쓴 작품은 이렇듯 비평가의 주목을 받지 못한다. 어쩌다 독자들 눈에 띄어 천 권, 이천 권 팔리면 "명예와 돈을 단번에 얻었다"[3]느니, "돌아오지 말았어야 했다"느니 "수군"대면서, 떼거리로 매질을 한다. 혹시라도 원기가 남을세라, 앞으로 끽소리도 내지 못하게 만들어 놓아야 천하 태평, 문단 만세를 부를 수 있다는 식이다. 그런데 다른 한쪽에서는 강개慷慨 격앙激昻한 선비가 낯을 드러내기도 한다. 그가 삿대질을 하면서 외친다. "우리 중국에 톨스토이가 반半 명이라도 있는가? 괴테가 반 명이라도 있는가?" 부끄러운 일이다. 없는 게 사실이니까. 그러나 실은, 그렇게 격앙할 일도 아니다. 지구 표면이 굳어져 생물이 생겨난 뒤로 현재에 이르기까지, 러시아와 독일에 톨스토이와 괴테는 한 사람씩밖에 없었다.

이런 식의 공격이나 공갈을 겪지 않은 것만으로도 나는 아주 행복하다. 그렇지만 이번에는 비평에 대하여 침묵을 해온 전례를 깨고 몇 마디 하고자 한다. 특별한 이유는 없다. 그저, 평론가가 작품을 가지고 작가를 비평할 권리를 갖듯, 작가 또한 비평을 통하여 비평가를 비판할 권리가 있다는 것, 그러니 우리 쪽에서 한번 이야기해 보는 것도 무방하리라는 생각에서이다.

논평들을 죄다 보았다. 두 가지가 있었다. 그렇잖아도 자질구레한 내 작품을 더욱 자질구레하게 만들거나, [누구도 읽을 생각이 생기지 않도록—옮긴이] 아예 때려막자는 것이었다.

한 가지는, 「관문을 떠난 이야기」가 누군가를 공격한 글이라는 것이다. 친구들끼리 시시덕거리며 하는 이야기라면 그런 말을 못할 것도 없다. 그러나 작품의 영혼을 짚어 내었다고 스스로 여겨 그걸 글로 써서 독자에게 보인다면 이야말로, 뒷골목 개똥이 어멈이 하는 짓과 다름없다고 할 수밖에 없다. 개똥 어멈 눈에는 남들 사생활의 은밀한 구석만 보이고, 그런 것만 귀에 담아 듣는다. 불행하게도 나의 「관문을 떠난 이야기」는 그런 부류 사람들 입맛에 맞지 않았다. 그래 자그마한 신문에 이런 글이 실렸다. "이것은 푸둥화傅東華를 풍자하고 있는 것 같다. 그렇지만 그건 아니다." "그렇지만 그건 아니"라 하였으니 "푸둥화를 풍자하고 있는 것"은 결코 아니라는 말인데, 그렇다면 다른 데에 착안하여야 하지 않을까? 그렇지만 그 글 작자는 바로 이 점 때문에 자신의 말이 하나 마나한 소리라는 것을 알아차린다. 틀림없이 "푸둥화를 풍자하고 있는 것"이라고 하여야 말에 맛탱가리가 있다.[4]

이런 생각을 갖고 있는 사람이 결코 적지 않다. 「아Q정전」을 지었을 때에 변변찮은 정객·관료들이 당황한 나머지 자신을 풍자하였다고 우기던 생각이 난다. 사실 아Q의 모델은 다른 작은 도시[5]에 살고 있었고 실제로 남의 집 쌀을 빻아 살아가던 사람이었다. 그런데, 소설 속에는 현실 속에 존재하는 아무개 갑 또는 아무개 을이 없을까. 결코 그렇지 않다. 없다면 소설이 될 수 없다. 설사 요괴를 쓴 소설인 경우에도, 예컨대 한 번 공중제비에 10만 8천 리를 나는 손오공이나 고태공高太公의 데릴사위가 된 저팔계와 정신적 면모가 닮은 자가 인류 가운데에 없지 않은 것이다. 누군가 닮은 사람이 있는 것은 무의식중에 누군가를 모델로 삼아서이다. 다만 무의식중에 한 일이기에, 아무개가 뜻밖에도 책 속의 아무개와 흡사하다고 하는 것이다. 우리네 옛사람들은 소설에 모델이 있다는 것을 일찍부터 알고 있었다. 어느 필기筆記에 따르면 시내암施耐庵은——이런 작가가 정말 있었다고 치자[6]——화가에게 양산박梁山泊 108 호걸을 그려 달라 부탁하여 벽에 걸어 놓았다. 그런 뒤 그림 속 인물들 표정을 이모저모 따져 가면서 『수호지』를 썼다는 것이다. 그 글을 쓴 사람은 아마 문인이었을 것이다. 그러기에 문인의 기량만 알고 화가의 능력은 알지 못하여, 화가가 모델 없이 그림 속 인물들을 지어냈다고 여긴 것이다.

작가가 모델을 취하는 데에는 두 가지 방법이 있다. 하나는 한 사람만 이용하는 것[7]이다. 말이나 거동은 물론이고 자질구레한 버릇에서 옷차림에 이르기까지 그대로 쓴다. 이렇게 하면 묘사하기가 편하다. 그렇지만 책 속의 인물이 밉살스럽거나 우스꽝스러운 경우, 지금 중국 같은 곳에서는, 작자가 개인적 원한 때문에 사사로이 분풀이를 한 것이라 여겨지기 십상이다.——'개인주의'라는 딱지가 붙고 '연합전선'을 파괴한다는 죄목[8]이 붙어 사람 노릇을 하기 어렵게 되는 것이다. 다른 하나는, 여러 사람에게서 따와서 하나를 만드는 것[9]이다. 이렇게 하면 작자와 관련된 사람 중에서 찾아보아도 딱 들어맞는 사람을 찾아낼 수 없다. 그러나 '여러 사람에게서 따'왔기 때문에 어딘가 닮은 구석이 있어 보이는 사람 수는 더 많아지고, 더 많은 사람들을 당황하게 할 수 있다. 나는 이제껏 두번째 방법을 써 왔다. 당초 어느 한 개인에게 시비를 걸었다는 혐의를 피할 수 있겠다 싶어 그렇게 하였는데 나중에야 그게 한 사람 이상에게 시비를 건 셈이 된다는 것을 알았다. 참으로, '후회해 보았자 돌이킬 수 없'後悔莫及었다. '돌이킬 수 없'는 바에야 후회할 필요가 없다. 게다가 이런 방법은 중국인의 습관과도 맞아떨어진다. 예컨대, 화가들이 인물을 그릴 때에 묵묵히 사람들을 관찰하다가 마음속에 무르익었을 때 한 붓에 그려 내지, 특정인을 모델로 삼지는 않았다.

　그렇다고 내가 지금, 푸둥화 선생이 모델 될 자격이 없다고 말하는 건 아니다. 그 사람도 소설 속에 등장한다면 어떤 종류의 인물을 대표할 자격이 있다. 이 자격이라는 것을 나는 조금도 경시하지 않는다. 소설에 등장하지 못하는 사람이 세상에는 아주 많기 때문이다. 그렇지만 설령 누군가가 소설 속에 온전하게 모습을 드러낸다 하더라도, 작자의 솜씨가 대단하여 작품이 오래도록 살아남는다면, 독자는 실재한 그 사람과는 무관하게, 책 속의 인물만을 볼 뿐이다. 예컨대 『홍루몽』 속 가보옥賈寶玉은 작자인 조점曹霑 자신을 모델로 한 것이며[10] 『유림외사』儒林外史 속 마이馬二 선생 모델은 풍집중馮執中이었지만,[11] 지금 우리 눈에 보이는 것은 가보옥, 마이 선생뿐이다. 오직 특별한 학자, 예컨대 후스즈胡適之[12] 선생 부류나 조점, 풍집중을 오매불망 되뇌인다念念不忘. 인생은 유한하나 예술은 상대적으로 영원하다는 게 바로 이런 걸 두고 나온 말이다.

또 하나는,「관문을 떠난 이야기」가 작자의 처지自況를 빗대어 썼다는 것이다. 자신이 처한 상황을 쓴 이상 내가 중심으로 되어야 한다. 그러니, 내가 바로 노자이다. 추원뒤邱韻鐸[13] 선생이 아주 짠하게 여긴 나머지 이렇게 말했다.

…… 읽은 뒤 뇌리에 남은 게 있었다. 몸과 마음 모두 고독감에 절어 있는 한 노인의 그림자가 그것이다. 나는 정말이지, 독자들이 작자를 따라 고독과 비애 속으로 떨어질 수 있다고 생각한다. 만약 그렇다면, 이 소설의 의의가 무형 중에 삭감되리라. 나는, 루쉰 선생 및 루쉰 선생 같은 작가들의 본의가 거기에 있지는 않았을 거라고 믿는다……. (『매주 문학』每週文學의 『바다제비』독후기海燕讀後記)

이건 정말 예삿일이 아니다. 수많은 사람들이 "고독과 비애 속으로 떨어지"다니. 맨 앞에 노자가 있고 푸른 소 궁둥이 뒤에 작자가 있고, 그 뒤에 "루쉰 선생 같은 작가들"이 있고, 그 뒤에 또 추원뒤 선생을 포함한 수많은 독자가 있어 벌떼처럼 "관문을 나선"다는 것인데, 만약 그렇다면, 노자는 "몸과 마음 모두 고독감에 절어 있는 한 노인"과는 거리가 멀다. 관문을 나서기는커녕 상하이로 돌아와서 우리에게 밥을 사면서 제목을 걸고 글을 모집하여 500만 자짜리 도덕경을 짓지 않을까 싶다.

그러므로 나는 지금, 관문 어귀 노자의 푸른 소 궁둥이 뒤에 서서 "루쉰 선생 같은 작가들" 및 추원뒤 선생을 포함한 여러 독자들을 말리고 싶다. 무엇보다도 "고독과 비애 속으로 떨어지"지 말라고 권하고 싶다. "본의가 거기에 있지 않았을" 것이기 때문이다. 그런데 추선생은, 본의가 어디에 있다는 것인지 알면서도 말하지 않았다. 어쩌면, 어디에 있는지 몰랐을 수도 있다. 만약 전자라면 참으로 "이 소설의 의의가 무형 중에 삭감"된다. 후자라면 그건, 내 글이 잘되지 못해서 "본의"를 충분히 전달하지 못한 셈이 된다. 지금 두 달 전에 "뇌리에 남은 그림자"를 치워드릴 셈 치고 몇 마디 해보겠다.——

노자가 한구관函谷關을 나가 서쪽으로 간 것은[즉 중국을 떠난 것은], 공자의 몇 마디 말에서 비롯된 것이지 내가 발견했거나 지어낸 게 아니다. 그런 이야기를 30년 전 타이옌太炎 선생에게 들은 바 있다. 그가 나중에 쓴 「제자학 약설」諸子學略說에도 이 말이 보이지만 나는 그것이 꼭 사실이라고는 믿지는 않는다.[14] 그러나 공자와 노자의 쟁투, 공자가 이기고 노자가 패하였다는 것은, 나의 견해이기도 하다. 노자는 부드러움을 숭상하였다. "유儒는 유柔이다."[15] 그러므로 공자도 부드러움을 숭상했다. 다만 공자는 부드러움을 통해 전진하였고, 노자는 부드러움을 통해 퇴보하였다. 관건은, 공자는 "안 될 것임을 알면서도 하였"[16]던 사람으로 대소사를 막론하고 허투루 대하지 않은 실천가인 데 반하여, 노자는 "하는 바가 없으면서도 하지 않는 바가 없는",[17] 아무것도 하지 않으면서 큰소리만 친 공담가였다는 데에 있다. 하지 않는 바가 없기 위해서는 하는 바가 없어야 한다. 하는 바가 있으면, 경계가 생겨서, "하지 않는 바가 없"을 수 없게 되기 때문이다. 관문지기[18]가 노자를 장가도 못 든 사람이라고 비웃은 데에 나는 공감한다. 그래서 나는 그가 아무런 미련 없이 노자를 관문 밖으로 떠나보냈다는 식으로 희화화戱畵化하였다. 그런데 웬걸, 추선생에게는 짠한 인상만 심어 주었다. 이건 틀림없이 내 카툰 실력이 미흡해서 생긴 일이다. 그렇다고 해서 내가 노자의 콧잔등에 분필가루를 묻힌다면 "이 소설의 의의가 무형 중에 삭감"되는 정도만은 아닐 것이기에 그 정도로 처리하였던 것이다.

다시 한번 추원둬 선생의 독백을 인용한다.——

…… 나는 그들이 반드시 자기들의 심력心力과 필력筆力을 동원해서 사회 변혁에 보다 유리한 방향으로 노력할 것이며, 그렇게 함으로써 유리한 역량들을 집중시키고 강화함과 동시에, 유리할 가능성이 있는 모든 역량들을 유리한 역량으로 전화시킬 것임을, 그렇게 함으로써 이를 데 없이 거대한 역량을 결성해 낼 것으로 믿는다.

단번에 "이를 데 없이 거대한 역량"을 이루어 낸다는 것은, "하는 바가 없지만 하지 않는 바가 없다"는 것과 진배없다. 우"리"는 이렇게 오묘한 재주가 없지만, 우"리"와 추선생의 다른 점이 바로 여기에 있다. 우"리"는 결코 "고독과 비애 속으로 떨어지"지 않는데, 추선생은 "정말이지, 독자들이 작자를 따라 고독과 비애 속으로 떨어질 수 있다"고 믿는다. 이것이 관건이다. 그는 노자에게 좋은 감정을 가지고 있었기 때문에 "이를 데 없이 거대한" 추상적 구실을 들어 노자에게 불리한 나의 구상적 작품을 봉인하려 하였다. 그런데 나는, 추원둬 선생 및 추원둬 선생 같은 작가들의 본의가 기껏해야 여기에 있지 않은가 의심한다.

4월 30일

1) 원제 「「出關」的"關"」, 1936년 5월 상하이의 월간지『작가』제1권 제2호에 처음 실렸다.

2) 『바다제비』(海燕). 월간지. 후펑(胡風)·녜간누(聶紺弩)·샤오쥔(蕭軍) 등이 창간하였다. 1936년 1월 창간호에 루쉰의 「관문을 떠난 이야기」를 실었다. 2호를 내고 정간되었다.

3) 1935년 11월 24일『사회일보』제3면에 헤이얼(黑二)이라 서명한 「쓰마루 소식 세 꼭지: 유행을 본떠 일단 문단 삼부작이라 이름함」(四馬路來消息三則學學時髦姑名之日文壇三部曲)에 다음과 같은 말이 보인다. "『8월의 농촌』을 루쉰 및 루쉰 계열 사람들이 돌아가며 치켜세운 뒤 작가 톈쥔이 명예와 돈을 단번에 얻었다."

4) 「관문을 떠난 이야기」가 푸둥화를 풍자한 것이라는 글로 1936년 1월 30일 상하이『샤오천바오』(小晨報)에 실린 쉬베이천(徐北辰)의 「『바다제비』평」이 있다. 거기 다음과 같은 말이 보인다. "노자가 억지로 관문에 초빙되어 강의를 하고 교재를 엮는 데에서 부꾸미 등을 선물로 받고 풀려나기까지, 한두 마디씩 건드리는 자질구레한 풍자가 퍽 많다. 하지만 그를 통해 누구를 풍자하고 있는지는 확실치 않다. 푸둥화인 것 같지만 그런 것 같을 뿐으로 그렇게 단정할 근거는 없다." 푸둥화(傅東華, 1893~1971)는 저장성 진화(金華) 사람으로 번역가이다. 당시 월간지『문학』의 주필이었다.

5) 루쉰은 「아Q정전」을 바런(巴人)이라는 필명으로 발표하였다. 시골사람(下里巴人)이라는 말에서 가져온 필명이었으나 독자들은 파(巴)자에 의거하여 이 글의 작자가 쓰촨성(四川省) 사람일 것이라 여겼다. 루쉰이 이 글에서 "다른 작은 도시"(別的小城市)라 한 것은 루쉰의 고향, 저장성 사오싱이다.

6) 시내암(施耐庵)은 원나라 말 명나라 초에 활동한 첸탕(錢塘; 현재의 저장성 항저우) 사람으로『수호전』의 작가라 알려져 있다. 그러나 그가 실존 인물인가에 대해 논란이 있어왔다.

7) 원문이 "專用一個人"이다.

8) 당시 '좌련' 내 일부 사람들이 루쉰을 비난할 때 사용한 말이다. 1935년 말 '좌련'이 해산되고 문예가협회(文藝家協會) 건립이 추진되었다. 이때 루쉰은 새 단체 가입을 거부한 일로 비난받았다. 루쉰은 1935년 4월 23일 차오징화(曹靖華)에게 쓴 편지에서 이렇게 말한 바 있다. "여기서 작가협회라는 걸 매만지고 있는데,……나는 예전에 상처받았던 일을 고려해서 가입하지 않을 생각입니다. 하지만 그게 또 큰 죄상으로 될 텐데, 알아서 하라지요." 차오징화에게 보낸 5월 3일자 편지에서도 자기에게 "통일(전선)을 파괴한다는 죄명"을 들씌우려는 자들이 있다고 하였다.

9) 원문은 "雜取種種人, 合成一個".

10) 조점(曹霑, ?~1763 또는 1764)은 호가 설근(雪芹), 만주 정백기(正白旗)의 '포의'(包衣; 노비)였다. 청대의 소설가, 『홍루몽』(紅樓夢)의 작자. 가보옥은『홍루몽』의 주인공 중 한 사람이다.

11) 『유림외사』(儒林外史). 청대 장편 풍자소설, 오경재(吳敬梓) 저. 소설 속 인물 마이(馬
    二) 선생(馬純上)은 20년 넘게 과거에 응시하였으나 합격하지 못하였다. 과거시험 참
    고서인 팔고문 명문선을 편집하는 일에 종사하면서 연명하였다. 풍집중(馮執中)은 풍
    췌중(馮萃中)이 옳다. 청대 김화(金和)가 『유림외사』 발문에서 "마순상(마이)는 풍췌
    중"이라 하였다.

12) 후스즈는 후스(胡適, 1891~1962)이다. 후스는 1921년에 쓴 『홍루몽 고증』에서 『홍루
    몽』을 조점의 자전적 소설이라 하였다. 소설에 나오는 진(甄＝眞)·가(賈＝假) 두 보옥
    (寶玉)이 다름 아닌 작가 조점의 화신이며, 진·가 두 저택에도 조씨 집안의 면모가 깃
    들어 있다고 보았다.

13) 추원둬(邱韻鐸, 1907~?). 상하이 사람. 창조사의 출판부 주임을 맡은 바 있다. 그의 「『바
    다제비』 독후기」는 1936년 2월 11일 상하이 『시사신보』 「매주문학」 제21호에 실렸다.

14) 타이옌은 장빙린(章炳麟, 1869~1936). 청말 혁명가, 학자. 광복회의 발기인이며 훗날
    동맹회에 참여하였다. 저장성 위항(余杭) 사람. 루쉰이 일본 유학 시절 그에게 사사하
    였다. 「제자학 약설」(諸子學略說) 등에서 장빙린은 공자가 노자에게 예에 대하여 물었
    다는 전설과 그 뒤 노자가 한구관(函谷關)을 통해 중국을 떠났다는 전설 등을 엮어, 공
    자의 학문이 노자에게 크게 빚진 바 있으며, 공자의 권술(權術)이 노자를 능가하였기
    에 노자는 공자의 무리가 없는 곳을 찾아 한구관 서쪽으로 떠나갔다고 하였다.

15) 허신(許愼)의 『설문해자』(說文解字)에 있는 말이다.

16) 루쉰의 원문은 "知其不可爲而爲之". 『논어』(論語) 「헌문」(憲問)편에 "知其不可而爲之"
    라는 말이 보인다.

17) 원문은 "無爲而無不爲". 노자(老子) 『도덕경』(道德經)에 있는 말이다.

18) 원문은 "關尹子". 한구관(函谷關)의 수비대장(關尹).

『외침』 체코어 역본 머리말[1]

세계대전 뒤 여러 신흥 국가가 출현할 때에 우리는 대단히 기뻤다. 우리도 압박 속에서 몸부림쳐 나온 인민이기 때문이다. 체코의 흥기[2]는 말할 것도 없이 우리가 기뻐하는 바이다. 그런데 이상하게 우리는 소원했었다. 예컨대 나는, 알고 지내는 체코 사람이 한 사람도 없고 체코의 책자를 한 권도 본 적이 없다. 몇 년 전 상하이에 와서야 처음으로 체코의 유리그릇을 보았다.

우리는 피차간에 서로를 기억하지 못하는 듯하다. 현재의 일반적 정황을 놓고 보건대 이건, 나쁜 게 아니다. 지금 각 나라가 서로 잊지 못하는 것이 꼭 사이가 좋아서 그런 것은 아닌 것 같기 때문이다. 물론 인류는, 서로 소원하지 않고, 관심을 갖는 것이 가장 좋다. 가장 평탄한 길로 문예를 가지고 소통하는 것밖에 없는 듯하지만 안타깝게도 이 길을 걷는 사람이 꽤 적다.

생각지 않게, 옮긴이가 이런 영광된 임무를 시도하면서 나를 그 안에 넣었다. 나의 작품이 이 때문에 체코 독자의 눈앞에 놓이게 되었다. 나로서는 실로, 쓰는 사람들이 더 많은 다른 나라 언어로 번역되는 것보다 훨씬 기쁘다. 내 생각에 우리 두 나라는, 민족이 다르고 멀리 떨어져 있고 교류가 적지만, 서로 이해하고 가까워질 수 있다. 왜냐하면 우리는 고난의 길을 걸어왔고, 지금도 광명을 찾고 있기 때문이다.

1936년 7월 21일, 루쉰

주)

1) 원제는 「『吶喊』捷克譯本序言」, 체코 학자 프루셰크(Jaroslav Prüšek, 1906~1980)의 요청에 따라 쓴 글이다. 1936년 10월 20일 상하이에서 출간된 반월간지 『중류』(中流)에 처음 실렸다. 체코어 역본은 『외침』 중 8편을 번역한 것으로, 1937년 11월 프라하의 인민문화출판사에서 출판되었다.

프루셰크는 프라하에서 태어났고 1928년에서 1937년 사이에 예테보리(Goteborg, 스웨덴), 라이프치히, 상하이, 도쿄 등지의 대학에서 공부하였다. 중국학자, 동방학자. 문예사회학에 비교연구 방법을 결합시킴으로써 일가를 이루었다. 그가 체코어로 번역한 중국 작품으로, 『외침』(吶喊), 『논어』(論語), 『부생 6기』(浮生六記), 『노잔 유기』(老殘遊記), 『한밤중』(子夜), 『요재지이』(聊齋志異) 등이 있으며, 저서로 『중국문학사』, 『중국현대문학연구』, 『중국의 역사와 문학』 등이 있다.

2) 체코와 슬로바키아는 오랫동안 오스트리아·헝가리 제국의 통치를 받았다. 제1차 세계대전 뒤인 1918년 10월에 체코슬로바키아공화국으로 독립을 선포하였다.

쉬마오융에게 답함,
아울러 항일 통일전선 문제에 관하여[1]

루쉰 선생님께

병환은 다 나으셨는지요? 늘 선생님 생각을 합니다. 선생님이 편찮으신데다 문예계의 분란까지 겹쳐 직접 뵙고 가르침을 들을 기회가 없습니다. 그 생각에 마음이 아픕니다.

지금 저는 생활이 어렵고 몸도 약해져 할 수 없이 상하이를 떠납니다. 시골에 가서 돈이 될 만한 책을 좀 편역編譯한 뒤에 상하이로 돌아올까 합니다. 그 참에 상하이 '문단'의 국외자가 되어 찬찬히 생각해 본다면, 모든 것을 좀더 명확하게 인식할 수 있게 되지 않을까 싶습니다.

현재 저는, 최근 반 년 사이 선생님의 언행이, 본의 아니게 못된 경향을 조장해 왔다고 느낍니다. 선생님은, 꾸며 대기 좋아하는 후펑胡風의 품성, 아첨쟁이 황위안黃源의 행위를 알아차리지 못한 채, 한없이 그들의 사유물私有物이 되어 마치 우상처럼 대중을 현혹하고 계십니다. 이리하여, 그네들의 야심에서 시작된 분리운동이 이제는 수습하기 어려운 지경에 이르렀습니다. 후펑네의 행동은 누가 보아도 사심에서 나온 것이고 극단적인 종파주의 행동입니다. 그네들의 이론은 앞뒤가 모순되고 오류투성이입니다. 예컨대 '민족혁명전쟁의 대중문학'[2]이라는 구호는 애당초 '국방문학'이라는 구호에 맞서기 위해서 후펑이 제기한 것인데, 나중에, 하나는 총괄적總的이요 다른 하나는 부수적附屬的이라 하더니, 나중에는 또 좌익문학이 현 단계에 이르러 제시하는 구호라고 둘러댑니다. 이렇게 오락가락하니 설령 선생님이 직접 나서신다 하더라도 허점을 메우기 어려울 겁니다. 그들의 언행에 타격을 하는 것은 원래는 전혀 어려울 게 없는 일입니다. 다만 선생님이 그들의 방패 노릇을 하시기 때문에, 누가 선생님을 사랑하지 않겠습니까. 그래서 실제 해결이나 문자를 통한 투쟁 두 면에서 모두 아주 큰 어려움을 느낍니다.

저는 선생님의 본의를 잘 압니다. 선생님은 오직 통일전선에 참여할 좌익 전우들이 원래의 입장을 팽개칠까 염려하십니다. 그러던 차에, 모양새로 보면 '좌'左스럽기가 사랑스럽기 짝이 없는 후펑네를 보시고, 그들 손을 들어 주게 된 것입니다. 그러나 이것은, 선생님이 현재의 기본 정책을 이해하지 못하셔서 생긴 일입니다. 지금의 통일전선은——중국이나 전 세계나 다 같습니다——당연히 프롤레타리아가 주체입니다. 그렇지만 그것이 주체로 되는 것은 프롤레타리아라는 명의名義, 프롤레타리아의 특수한 지위 및 역사에 의해서가 아니라, 현실을 파악하는 프롤레타리아의 정확성, 그리고 투쟁 능력의 거대함에서 비롯하는 것입니다. 그러므로 객관적으로, 프로가 주체가 되는 것은 당연한 일입니다. 다만 주관적으로는, 프롤레타리아가 눈에 띄게 배지를 달고 있어서는 안 됩니다. 일을 가지고 해야지, 특수한 자격만 가지고 헤게모니를 요구해서 다른 계층의 전우들을 놀라 달아나게 해서는 안 됩니다. 그러므로 지금 이때, 연합전선에 좌익 구호를 외치며 들어서는 것은 오류입니다. 그건 연합전선을 해치는 일입니다. 그러므로 선생님이 최근 발표하신 글 「병중에 방문자에게 답함」[3]에서 '민족혁명전쟁 시기의 대중문학'을 두고 그것이 현 단계에서 프로문학의 하나의 발전이라 설명한 뒤, 그것이 통일전선의 총괄적總的 구호로도 되어야 한다고 말씀한 것은, 잘못입니다.

또 '문예가협회'에 참여한 '전우'를 놓고 말씀드리자면, 그들은 선생님이 염려하시듯 하나같이個個 오른쪽으로 기울고 타락한 자들은 아닙니다. 선생님 곁에 모여 있는 '전우' 가운데에도 바진巴金·황위안 따위가 있지 않습니까. 설마 선생님께서, '문예가협회'에 참여한 사람들이 하나같이 바진·황위안만 못한 자들이라고 생각하시진 않겠지요. 저는 신문잡지를 보고, 프랑스·스페인 두 나라의 '아나키'가 반동이라는 것, 그들이 연합전선을 파괴한 점은 트로츠키파와 다를 게 없다는 걸 알았습니다. 중국 '아나키'들의 행위는 훨씬 더 비열합니다. 황위안은 사상이라고 할 만한 건 전혀 없이 그저, 명류名流를 떠받드는 것으로 제 생을 영위하는 물건짝입니다. 전에 그가 푸·정[4] 두 사람 문하에 있을 때 아첨하던 낯이 오늘 선생님께 충성을 다하고 존경을 표시하는 것과 다르지 않습니다. 선생님이 이런 무리와 대오를 함께 하면서 다수 사람들과의 합작을 하찮게 여기시는 게, 저로서는 도무지 이해가 되지 않습니다.

일을 살피지 아니하고 사람됨만 따지는 것不看事而只看人이, 최근 반 년 사이 선생님 오류의 뿌리입니다. 게다가 선생님이 사람 보는 눈도 정확하지 않습니다. 예컨대 저 같은 경우, 물론 모자란 점이 많겠지만, 제가 글자를 대충 쓴 것을 가지고 선생님은, 엄청난 결점인 것처럼 몰아세웠었지요.

저는 참 우습다고 생각했습니다. (제가 뭐하러 '추원둬'邱韻鐸라는 세 글자를 일부러 '정전둬'鄭振鐸처럼 보이게 썼겠습니까? 설마, 정전둬가 선생님께서 좋아하는 사람이어서 그랬겠습니까?) 이런 자질구레한 이유로 사람을 천 리 밖으로 배척하는 것은, 저는 정말이지 잘못이라 봅니다.

제가 오늘 상하이를 떠나야 하기에 행색이 바빠行色匆匆 더 쓸 수 없습니다. 어쩌면 너무 많이 썼는지 모르겠습니다. 이상에서 말한 것은 결코 선생님을 공격할 생각이 있어서가 아니라, 정말로 선생님께서 여러 일들을 좀 꼼꼼하게 생각하시기를 바라 쓴 것입니다.

졸역拙譯『스탈린 전』이 곧 출판됩니다. 출판되면 당근 선생님께 한 권 올리겠습니다. 이 책을 선생님이 꼼꼼하게 읽어 보시고 원작 내용과 번역 문장에 대해서 질정해 주시기를 앙망합니다. 삼가,

쾌유를 빕니다.

8월 1일, 마오둥 올림

이상은 쉬마오둥[5]이 내게 보낸 편지인데, 그의 동의를 받지 않고 여기 발표한다. 온통 나를 훈계하고 남을 공격하는 말로 되어 있어서, 발표한대도 그의 위엄이 훼손될 리가 없고, 아마 그 자신이 그것이 발표될 것에 대비하고 있을 것이기 때문이다. 물론, 이로 하여 사람들도 이 편지 발신자가 조금은 '못된' 젊은이(!)라는 걸 알아볼 것이다.

그런데 내게 바라는 바가 하나 있다. 바진·황위안·후펑[6] 선생이 쉬마오둥을 본받지 말기 바란다. 편지에 자기를 공격한 말이 있다고 해서 이에는 이 눈에는 눈 식으로 대꾸한다면 그 자체가 그의 계략에 걸려드는 결과가 되기 때문이다. 나라가 어려움에 처해 있는 지금 대낮에 그럴싸한 말

을 늘어놓고 밤에는 이간질하고, 도발하고 분열을 획책하는 자들이 바로 이 사람들 아닌가? 이 편지는 계획적인 것이다. 아직 '문예가협회'[7]에 들지 않은 사람들을 상대로 새로운 도발을 하는 것이다. 상대가 응전한다면 그들은 당신들에게 '연합전선을 파괴'한다는 죄명, '한간'漢奸이라는 죄명을 들씌울 것이다. 그렇지만 우리는 거절한다. 우리는 결코 붓을 들어 그 몇몇 개인을 상대하지 않을 것이다. "먼저 내부를 안정시킨 뒤 외적을 물리친다"[8]는 것은 우리가 취할 방법이 아니다.

그렇지만 나는 여기에서, 몇 가지 이야기할 게 있다. 첫째는, 항일抗日에 대한 나의 태도이다. 사실, 나는 여러 곳에서 이미 이야기한 바 있다. 하지만 쉬마오융 등은 그것들을 읽어 볼 생각은 하지 않고 외곬으로 나를 물어뜯는다. 내가 '통일전선을 파괴'한다고 모함을 하고, 내가 '현재의 기본 정책을 이해하지' 못하고 있다고 나를 훈계하려고만 든다. 나는 쉬마오융 네에게 무슨 '기본 정책'이 있는지 알지 못한다. (그들의 기본 정책이라는 것이 나를 물어뜯는 것 말고 무엇인가?) 하지만 현재 중국의 혁명적 정당이 중국의 전 인민에게 제시한 항일 통일전선 정책을 나는 보았고, 옹호한다. 나는 조건 없이 이 전선에 참여할 것이다. 그 이유는, 우리가 작가일 뿐 아니라 중국인이기 때문이다. 따라서 이 정책을 나는 아주 정확하다고 생각한다. 나는 이 통일전선에 참여한다. 물론, 나로서는 여전히 붓을 가지고 그렇게 할 것이며, 하는 일도 글을 쓰고 번역을 할 수 있을 뿐이다. 내 붓이 쓸모없을 때가 되면, 나는 다른 무기를 사용할 것이지만 그런 경우라도 결코 쉬마오융 무리 따위보다 못하지 않을 것(!)이라 믿는다.

다음으로, 문예계의 통일전선에 대한 나의 태도. 나는 모든 문학가, 어떤 파별의 문학가라도 항일의 구호 아래 통일되게 하자는 주장에 찬성한다. 나 역시 이런 통일적 단체를 조직하는 문제에 대하여 의견을 낸 적이 있다. 그 의견은, 말할 것도 없이 이른바 '지도자'들에게 단매에 죽임을 당하였으며, 내겐 하늘 바깥에서 날아온 듯한 '통일전선을 파괴'한다는 죄명이 씌워졌다. 이 때문에 나는 잠시 '문예가협회'에 참여하지 않기로 했다. 그 자들이 도대체 어떤 술책을 쓰는가를 보고자 해서였다. 나는 그때, '지도자'라는 자들과 쉬마오융 식의 청년에 대해 의심을 품었다. 내 경험에 따르면, 겉으로 '혁명'적 낯짝을 하고서 걸핏하면 남을 '내부에 스며든 첩자'內奸니, '반혁명'이니, '트로츠키파'니, 심지어는 '한간'이라고까지 모함하는 자들은 태반이, 바른길을 걷는 사람이 아니다. 혁명적 민족적 역량을 교묘하게 때려잡고 있기 때문이다. 혁명적 대중의 이익을 돌보지 않고 혁명이라는 이름으로 사리私利를 꾀하고 있으니, 솔직히 말해서, 이들이 적이 보낸 자들이 아닌가 하는 의심이 들 정도였다. 나는, 아무에게도 도움이 되지 않는 위험은 일단 피하자, 그들의 지휘에 따르지 말자고 생각하였다. 물론, 그들이 어떤 사람인가는 사실이 증명할 것이니, 내가 여기서 단정하고 싶지는 않다. 하지만, 만약에 그들이 참으로 혁명과 민족에 뜻을 두고 있으나, 마음 씀씀이가 떳떳치 못하고 관념이 부정확하고 방식이 어리석어서 이러는 것이라면 나는 그들이 스스로 잘못을 바로잡을 필요가 있다고 본다. '문예가협회'에 대한 나의 태도는 이렇다. ─ 나는 그것이 일본에 저항하는 작가 단체로서, 그중에 쉬마오융 같은 청년이 있더라도 새 사람을 포함시켜야 한다고 본다. 그러나 '문예가협회'가 생겼다고 해서 문예계 통일전선이 달성되는 것은 아니다. 아직은 멀었다. 모든 파벌의 문예가들이 하나로 된 게 아니기 때문이다. 그 원인은, '문예가협회'가 아주 농후한 종파주의와 동업자 조합 행태를 보이고 있기 때문이다. 다른 것은 그만두고 규약만 보아도 그렇다. 참여자의 자격에 대해 너무 까다롭다. 회원이 입회비 1위안에 연회비 2위안을 내야 하는 것부터가 '작가별'作家閥의 경향을 보이는 것으로, 항일 '인민식'人民式이 아니다. 이론 면에서는, 예컨대 『문학계』 창간호에 실린 '연합 문제'와 '국방문학'에 관한 글[9]은 기본적으로 종파주의적이다. 한 작가가 내가 1930년에 한 말을 인용하고 그것을 출발점 삼아, 입으로는 그 어떤 파별의 작가들과도 연합하겠다면서 일방적으로 참여자에 대해 제한과 조건을 달았다. 이것은 작자가 때가 어느 때인가를 잊은 것이다.[10] 나는, 항일이라는 문제에 있어서 문예가에게는 조건이 없다고 본다. 그가 한간만 아니라면, 항일을 바라고 항일에 찬성한다면, 오빠·누이, 지호자야之乎者也, 원앙·호접을 막론하고 누구나 무방하다고 본다. 단지, 문학 문제에서는 우리가 서로 비판할 수 있다. 그 글 작자는 또 프랑스의 인민전선을 예로 들었다. 그렇지만 나는 그가, 나라가 어느 나라인지를 잊었다고 본다. 우리의 항일 인민통일전선은 프랑스의 인민전선[11]보다 훨씬 범위가 크기 때문이다. 다른 작자는 또 '국방문학'을 해석하면서, '국방문학'에는 정확한 창작 방법이 있어야 한다고 하면서, 지금은 '국방문학' 아니면 '한간 문학' 양자택일의 상황이라 하였다. '국방문학'이라는 구호를 가지고, 또 '한간 문학'이라는 이 명사를 가지고 훗날 누군가를 비판할 준비를 하고 있는 것이다.[12] 이는 빼어난 종파주의 이론이다. 나는, 다음과 같이 말하는 게 온당하다고 본다.──작가는 '항일'의 깃발 혹은 '국방'이라는 깃발 아래에서 연합한다고 하여야지, '국방문학'의 구호 아래에서 연합해야 한다고 말해서는 안 된다. 왜냐하면 어떤 작가는 '국방을 주제로 한' 작품을 쓰지 않더라도 각 방면에서 항일 연합전선에 참여할 수 있기 때문이다. 설령 그가 나처럼 '문예가협회'에 참여하지 않았더라도 '한간'은 아니다. '국방문학'이 모든 문학을 포괄할 수 없는 것은, '국방문학'과 '한간 문학' 말고도 이도 저도 아닌 다른 문학이 있기 때문이다. 그들에게 『홍루몽』, 『한밤중』子夜, 「아Q정전」이 '국방문학'인지 '한간 문학'인지 밝혀낼 재주가 없는 한. 이런 문학이 존재한다. 그렇다고 해서 그게 두헝杜衡·한스헝韓侍桁·양춘런楊邨人 부류의 '제3종 문학'을 말하는 건 아니다.[13] 때문에 나는 "국방문예는 광의의 애국주의 문학"이며 "국방문예는 작가들 간의 관계의 표지이지 작품 원칙상의 표지는 아니"라고 한 궈모뤄[14] 선생의 견해에 동의한다. 나는 '문예가협회'가 자신의 이론상 행동상의 종파주의 및 동업자 조합 식 행태를 거두어들여야 하며, 참여 대상에 대한 제한을 넓게 풀어야 한다고 본다. 동시에, 이른바 '영도권'을, 착실하게 일하는 작가와 청년에게 이양하여야지, 쉬마오융 부류의 사람들이 독점하게 해서는 안 된다고 본다. 나 한 사람의 가입 여부는 중요할 게 없다.

다음으로, 나와 '민족혁명전쟁의 대중문학'이라는 구호의 관계. 쉬마오융 부류의 종파주의는 이 구호에 대한 태도에서도 드러난다. 그들은 이것이 '색다른 것을 내놓아 티를 내는' 것이라고도 하고 '국방문학'에 대항하는 것이라고도 말한다.[15] 나는 그들의 종파주의가 이 정도일 줄은 미처 몰랐다. '민족혁명전쟁의 대중문학'이라는 구호가 '한간'의 구호가 아닌 이상 그것은 항일 역량의 일종인 것인데 왜 이것을 두고 '색다른 것을 내놓아 티를 낸다'고 하는가? 당신들은 그것이 어떤 점에서 '국방문학'에 대항한다고 보는가? 우군의 활력소生力 되기를 거부하고 항일 역량을 암암리에 모살謀殺하는 것, 이것이 '백의 수사'白衣秀士 왕룬[16]보다도 속이 좁은 당신 자신들이 하는 짓이다. 나는 항일전선에서는 그 어떤 항일 역량도 환영받아야 하며 문학에서도 응당 각자가 새 의견을 내어 토론하는 것을 허용하여야 한다고 본다. '색다른 것을 내놓아 티를 내는' 것 역시 겁낼 게 없어야 한다. 이것은 상인들의 전매 특권과는 다른 것이다. 사실 당신들이 전에 제기한 '국방문학'이라는 구호도 결코 난징南京 정부나 '소비에트' 정부에 특허 등록을 한 것도 아니지 않은가. 그런데도 지금 문단에는 마치 '국방문학'이라는 상표와 '민족혁명전쟁의 대중문학'이라는 상표가 맞선 것처럼 되어 있는데 이 책임은 쉬마오융 같은 자들이 져야 할 것이다. 나는 병중에 방문자에게 답한 글[17]에서 그것들을 두 패로 보지 않았다. 물론 나는 '민족혁명전쟁의 대중문학'이라는 구호에 오류가 없다는 점, 또 그것과 '국방문학' 구호 사이의 관계에 대해서도 말을 하겠다.──먼저, 앞의 그 구호가 후펑이 꺼낸 것이 아니라는 것을 말해야겠다. 후펑이 글을 쓴 것은 사실이다.[18] 그러나 그건 내가 그에게 쓰라고 청했었다. 그의 글이 해석이 명료하지 않은 것은 사실이다. 그 구호는 또 나 혼자서 '색다른 것을 내놓아 티를 내려'고 한 것도 아니다. 그것은 몇 사람이 논의해서 나온 것이다. 마오둔[19] 선생이 그중 하나이다. 궈모뤄 선생은 멀리 일본에 있고 밀정의 감시를 받고 있었기 때문에 서신을 통하여 논의하기도 불편했다. 유감이 있다면 그건 쉬마오융네가 논의에 참여하지 않았다는 것뿐이다. 하지만 문제는 그 구호를 누가 제기했느냐에 있는 게 아니다. 오직 그것이 잘못된 것이냐 여부를 따져야 한다. 만약 그것이 이제껏 프로혁명문학에만 머물러 있던 좌익작가들을 항일 민족혁명전쟁의 전선으로 달려가도록 추동하기 위한 것이라면, 또 그것이 '국방문학'이라는 이 명사 자체의 문학 사상 면에서의 불명료함을 보완하고 나아가 '국방문학'이라는 이 명사에 스며든 부정확한 견해를 바로잡기 위한 것이라면, 그렇다면 그것은 정당하고 정확한 것이다. 만약 발바닥으로 사고하지 않고 머리를 좀 쓴다면 '색다른 것을 내놓아 티를 낸다'는 말을 되는대로 내뱉고 말 수는 없는 것이다. '민족혁명전쟁의 대중문학'이라는 이 명사는, 그것 자체가, '국방문학'이라는 명사보다 의미가 더 명확하고, 깊이 있고, 알맹이가 있다. '민족혁명전쟁의 대중문학'은 주로 전진적인, 이제까지 좌익 작가라고 일컬어져 온 사람들을 향하여 제창된 것으로 이 작가들이 힘써 전진할 것을 바라는 마음을 담았다. 이런 의미에서, 연합전선을 추진하는 지금 쉬마오융은 이런 구호를 제기해서는 안 된다고 말하는데, 허튼소리(!)이다. '민족혁명전쟁의 대중문학'은 일반 혹은 각파의 작가를 상대로도 제창되고 희망될 수 있다. 그들 또한 힘써 전진하기를 바란다. 이런 의미에서, 일반 혹은 각파 작가들에게 이런 구호를 제기해서는 안 된다고 하는 것도, 허튼소리(!)이다. 그렇지만 이것이 항일 통일전선의 표준은 아니다. 쉬마오융은 내가 "이것이 통일전선의 총구호가 되어야 한다고 말했다"고 하는데 이것은 더욱 허튼소리(!)이다. 나는 쉬마오융에게 묻는다. 도대체 내 글을 읽어 보았는가? 사람들이 만약 내 글을 읽은 적이 있다면, 만약 녜간누聶紺弩 등이 그런 것처럼 쉬마오융네가 '국방문학'을 해석하는 식으로 그 구호를 해석하지만 않는다면,[20] 이 구호는 종파주의나 폐쇄주의와 아무 관련이 없다는 것을 알 것이다. 여기에서 '대중'은 이제까지 사용되어 온 '군중'·'민중'이라는 뜻으로 해석할 수도 있다. 더구나 지금은 당연히 '인민대중'이라는 의미도 갖는다. 내가 '국방문학'이 지금 우리의 문학운동의 구호 가운데 하나라고 말하는 이유는, '국방문학'이라는 이 구호가 꽤 통속적이어서 많은 사람들 귀에 익어 있기 때문이다. 그것은 우리의 정치적·문학적 영향을 확대할 수 있을뿐더러, 작가들이 국방의 깃발 아래 연합하는 것, 광의의 애국주의 문학으로 해석될 수 있기 때문이다. 때문에 그 구호가 부정확하게 해석된 적이 있고 그것 자체가 의미상 결함이 있음에도 여전히 존재해야 한다고 본다. 왜냐하면 존재 자체가 항일운동에 보탬이 되기 때문이다. 나는 두 개의 구호가 병존하는 것이며, 신런¥人 선생이 말한 것처럼 "시기성", "시후성"²¹⁾이라는 식으로 말할 필요가 없다고 본다. 나는 특히 '민족혁명전쟁의 대중문학'에 각종 제한을 가하려는 데에 반대한다. 만약 꼭 '국방문학'이 먼저 제출되었고 그것이 정통이라고 말해야겠다면, 그렇다면, 정통권을 정통을 요구하는 사람들에게 주는 것도 못할 바는 아닐 것이다. 문제가 구호를 두고 다투는 데에 있지 않고 실천에 있기 때문이다. 비록 구호를 외치고 정통을 다투는 것도 '문장'이라고 쳐서 원고료를 받고 그것에 의지하여 생계를 꾸릴 수도 있겠지만, 설령 그렇다 하더라도 오래갈 계책은 아닐 것이다.

　　마지막으로, 내 개인과 관련한 몇 가지를 말해야겠다. 쉬마오융은 최근 반 년 사이의 나의 언행이 못된 경향을 조장해 왔다고 했다. 그래서 나는 내 반 년 사이의 언행을 검사해 보았다. 이른바 '언'言으로는 글을 너덧 편 발표한 적이 있고, 그 외에는 기꺼워야 나를 찾아온 사람과 잡담을 좀 하고, 의사에게 내 증상을 이야기한 것 정도이다. 이른바 '행'行이라 할 만한 것은 약간 많다. 목판화집 두 권, 잡감집 한 권을 인쇄²²⁾하고, 『죽은 혼』을 몇 장章 번역²³⁾하였고, 석 달간 병을 앓았으며, 서명을 한 차례²⁴⁾ 했다. 그밖에, 기생집이나 도박장에 간 적이 전혀 없고, 어떤 회의에도 출석한 적이 없다. 나는 내가 무슨 못된 경향을 어떻게 조장하고 있다는 것인지 참으로 이해가 되지 않는다. 설마 내가 병이 들어서 그런가? 내가 병이 나고도 죽지 않은 것을 탓하는 것 말고는, 내 생각에는 단 한 가지, 내가 아픈 나머지 쉬마오융 따위의 못된 경향에 맞서 격투를 하지 못한 것을 탓할 뿐이다.

다음으로, 나와 후펑, 바진, 황위안 등과의 관계. 나는 그들과 최근에야 알고 지내게 되었다. 모두 문학 업무상의 관계로 만났고, 절친至友이라고까지 할 수는 없어도 벗이라고는 할 수 있는 사이이다. 실재 증거를 대지도 못하면서 나의 벗을 '내부에 스며든 첩자'니 '비열'한 자니 하며 모함하였으니 내가 변증辨證을 해야겠다. 이것은 벗에 대한 도리일 뿐 아니라, 내가 사람됨을 따지고 일을 살핀 결과이기도 하다. 쉬마오융은 내가 사람됨만 따지고 일은 살피지 않는다고 하였는데, 이건 터무니없는 말이다. 나는 먼저 일들을 살피고 그런 뒤에 쉬마오융 따위의 됨됨이를 따졌다. 후펑을 나는, 전에는 잘 알지 못하였다. 지난해 어느 날 유명인사[25]가 나하고 이야기를 하자고 해서 약속한 곳에 갔었다. 자동차가 한 대 다가오더니 그 안에서 사내 넷[26] 즉 톈한田漢, 저우치잉周起應, 그리고 또 다른 둘[27]이 뛰어내리는데, 하나같이 양복 차림에 태도가 헌앙軒昻하였다. 특별히 통지할 게 있어서 왔다면서, 후펑이 내간內奸 즉 관방에서 파견한 첩자라는 것이었다. 내가 근거를 물으니 전향한 것으로 알려진 무무톈穆木天[28] 입에서 나온 말이라 하였다. 전향자의 언담이 좌련에서 성지聖旨로 받들리는 것을 보고 나는 실로 어안이 벙벙하였다. 다시 몇 차례 문답이 오간 뒤 나는 이렇게 대답하였다. 근거가 박약해서 믿을 수 없다! 물론 불쾌하게 헤어졌다. 그 뒤로는 후펑이 '내간'이라는 말이 들리지 않았다. 그러나 이상하게도 그 뒤로 자질구레한 신문들이 후펑을 공격할 때마다 나를 자주 끌어다 대고, 나를 공격할 때에 후펑을 끌어대곤 하였다. 최근 일로는 『현실 문학』에 O.V.가 받아 적은 내 주장이 발표[29]되자 『사회일보』가, O.V.는 후평이며, 문장 내용도 나의 본의와 어긋난다고 하였다. 좀더 이전 일로 저 우원周文이 자신의 소설 내용을 뜯어고쳤다고 푸둥화에게 항의하였을 때에도 『사회일보』는 그 배후에 나와 후평이 있다고 하였다. 가장 음험한 사례로는 같은 신문이 지난해 겨울인가 올해 봄에, 꽃테를 두른 중요 뉴스를 한 꼭지 실은 적이 있는데, 거기에 따르면 내가 난징 정부[30]에 투항하려 하며 거기에는 후평이 다리를 놓고 있다는 것, 빠르고 늦고는 후평의 수완에 달려 있다고 하였다. 나는 또 나 이외의 일도 살펴보았다. 한 젊은이가 '내간'으로 지목되지 않았다면, 그래서 그가 모든 친구들로부터 따돌림 당하지 않았다면, 그가 갈 곳이 없어 길거리에 떠돌다가 끝내 체포되어 혹형을 받는 일이 생겼겠는가? 또 다른 젊은이 역시 마찬가지로 '내간'으로 모함받았다. 그랬지만 그는 영용한 전투에 참여하였다. 그 때문에 쑤저우蘇州 감옥에 갇혔고 지금은 생사도 모르고 있지 않은가? 이 두 젊은이는 사실을 가지고 스스로를 증명하였다. 그들은 무무톈 등처럼 그럴싸한 반성문을 쓰지 않았음은 물론, 톈한처럼 난징에서 연극 공연[31]을 벌이지도 않았다. 동시에, 나는 사람됨도 본다. 설령 후평이 믿음이 가지 않는다고 치자. 그렇더라도 나로서는 이 사람이, 그래도 믿음이 간다. 물론 내가 후평을 통하여 난징에 조건을 의논하라고 한 적은 없다. 때문에 나는, 후평이 강직하여 쉽게 남의 미움을 사기는 하지만 가까이할 만하다고 여기며, 저 우치잉 따위의 함부로 남을 모함하는 젊은이는 오히려 의심을 품고 심지어는 증오하기까지 하게 된 것이다. 물론, 저우치잉에게도 다른 장점이 있을지 모른다. 아마 나중에 달라진다면, 참된 혁명가가 될지도 모른다. 후평에게도 결점은 있다. 신경질적이고 생각이 많고 이론에 얽매이는 경향이 있고, 문장도 대중화하려 들지 않는다. 하지만 그는 분명 장래가 촉망

되는 젊은이이다. 그는 항일운동이나 통일전선에 반대하는 그 어떤 움직임에도 참여한 적이 없다. 이 점은 설사 쉬마오융 따위가 아무리 잔머리를 짜낸대도 말살할 수 없을 것이다.

황위안에 대해서 나는, 그가 진취적이고 착실한 번역가라고 생각한다.『역문』譯文 같은 실속 있는 잡지와 그가 번역한 번역서들이 그 증거이다. 바진은 열정적이고 진보적 사상을 가진 작가로서 손에 꼽을 만한 훌륭한 작가 중 한 사람이다. 물론 그에게 '아나키스트'라는 칭호가 붙어 있기는 하지만, 그는 결코 우리의 운동에 반대하지 않았으며, 문예공작자들이 연명한 전투적 선언서[32]에 서명한 적도 있다. 황위안도 서명했었다. 이러한 번역가와 작가가 항일 통일전선에 참여하는 것을 우리는 환영한다. 나는 왜 쉬마오융 무리가 그들을 "비열"하다고 하는지 모르겠다. 설마,『역문』이 눈에 거슬려서인가? 설마 스페인혁명을 '아나키'가 망친 책임을 바진더러 지라는 것인가?

또 있다. 중국에서 요즘은 대수롭지 않게 여겨지고 있으나 '못된 경향'을 조장하거나 '못된 경향' 그 자체인 것이 있다. 근거 없이 상대방에게 오명을 씌우는 것이 그것이다. 예컨대 쉬마오융이 후펑에게 '꾸며 댄다'誣, 황위안에게 '아첨쟁이'諂라고 딱지 붙인 것이 그렇다. 톈한·저우치잉네는 후펑을 '내간'이라고 하였지만 결국은 아니었다. 그들이 제정신이 아니었던 것이다. 후펑이 간살스럽게 '내간' 노릇을 한 게 결코 아니었다. 사실이 그러하였기에 결국 그들이 거짓말쟁이가 되었다.『사회일보』가 후펑이 내게 전향하라고 꾀었다는데, 지금껏 나는 전향하지 않고 있다. 이는 글 쓴 자가 고의로 모함한 것이다. 후펑이 거짓으로 나를 꾀었다는 게 사실이 아니니 기자가 요언을 날조한 셈이다. 후펑은 결코 "좌左스럽기가 사랑스럽기 짝이 없는" 게 아니다. 나는 오히려 그를 개인적으로 싫어하는 적들이 "좌左스럽기가 무시무시"하다고 본다. 황위안은 글을 써서 나를 떠받든 적 없으며, 내 전기를 써 준 적도 없다. 그저 월간지 하나를 꾸렸는데 아주 책임감이 있었다. 여론도 나쁘지 않다. 어찌 "아첨" 운운하는 것이며, 어찌해서 나에게 "충성을 다하고 존경을 표시"한다고 하는가? 설마 『역문』이 나의 사유물이라고 여기는 건가? 황위안이 "푸·정 두 사람 문하에 있을 때 아첨하던 낯"을 쉬마오융은 칙유를 받들다 보니 알고 있을지 모르나, 나는 알지 못하고, 본 적도 없다. 황위안과 교제하면서 "아첨하는 낯"을 본 적이 없다. 그런데 쉬마오융은 한 번도 자리를 함께 한 적이 없다. 나는 그가 무엇을 근거로 푸·정 문하에 있을 때와 "다르지 않다"고 하는가? 이런 때에는 내가 증인인데 실제로 본 적도 없는 쉬마오융이 현장에 있은 나에게 이렇듯 허튼소리를 되는대로 해대면서 남을 헐뜯다니, 이건 정말 횡포하고 방자하기가 극에 달했다고 할 것이다. 설마 이것이 "현재의 기본정책"을 "이해"하고 있기 때문인가? "전 세계와 마찬가지"인가? 그렇다면 참으로 무서운 일이다!

사실 "현재의 기본 정책"은 결코 이런 식으로, 사방 천지에 그물을 쳐 놓은 것처럼 빡빡하지는 않을 것이다. '항일'을 하기만 하면 전우라고 하지 않는가? '꾸며 대'면 어떻고 '아첨'한다면 어떻다는 건가? 그리고, 어찌하여 반드시 후펑의 문장을 토벌하여야 하고 황위안의 『역문』을 타도해야 한다는 건가? 이것들 속에 '21개 조'[33]와 '문화 침략'이라도 담겨 있다는 것인가? 먼저 소탕하여야 할 것은 오히려 깃발을 호랑이 가죽 삼아 제 몸에 두르고서 남에게 을러대는 자들, 조금만 뜻대로 되지 않으면 세력(!)에 기대 남에게 무시무시한 죄명을 들씌우는 횡포한 자들이다. 물론 전선

戰線은 형성될 것이지만, 을러대어 만들어진 전선을 가지고는 싸워 내지 못할 것이다. 예전에 똑같은 전례가 있었는데도 전철을 밟는 귀신이 죽어서도 잘못을 깨닫지 못하고, 지금 내 눈앞에 쉬마오융의 몸뚱이를 빌려 나타나 있다.

좌련[34]이 결성될 무렵, 일부 이른바 혁명 작가는 실상은 파락호의 떠돌이 자제였다. 그에게도 불평이 있고, 반항이 있고, 전투가 있었다. 하지만 그것들은 대개는 몰락한 가족의 집안싸움 같은 것으로 시아제와 형수가 싸우는 방식을 문단에 옮겨 놓은 것에 지나지 않았다. 주절주절 시비를 걸며 혓바닥을 놀릴 뿐, 통 크게 착안하지를 못했다. 그 의발衣鉢이 끊이지 않고 전해지고 있다. 예컨대 나와 마오둔, 궈모뤄 두 분은, 한 사람은 아는 사이이고 한 사람은 일면식도 없으며 한 사람과는 충돌한 적이 없고 한 사람과는 필묵筆墨으로 서로를 비아냥댄 적이 있었지만, 큰 전투에 임해서는 모두 동일한 목표를 위하였지 결코 밤낮으로 개인적 은원恩怨을 되새기지 않았다. 그런데도 자질구레한 신문들은 한사코 루쉰이 마오둔에 견주어 어떻다느니 궈모뤄가 루쉰에게 어찌하였다느니, 마치 우리가 자리다툼 법보法寶다툼에만 골몰한다는 식이다. 『죽은 혼』은 『역문』이 정간되자 『세계문고』에 제1부가 마저 실렸는데도 신문에서는 "정전둬가 『죽은 혼』의 허리를 베다"라 하거나, 루쉰이 화가 나서 번역을 중단하였다고 하였다. 못된 경향이란 바로 이런 것이다. 뜬소문으로 문예계의 역량을 분산시키는 이런 짓은 '내간'의 행위와 별로 다를 게 없다. 그러나 이것이야말로 몰락한 문학가가 걷게 되는 마지막 길이기도 하다.

내 보기에 쉬마오융도 다름 아닌 주절대는 작가 중 하나로, 자질구레한 신문小報과 관련을 가지고 있다. 하지만 아직은 마지막 길에 떨어진 것 같지 않다. 단지 어리석기가 가관일 뿐이다(그렇지 않다면 방자한 것일 게다). 예컨대 그는 편지에서 말했다. "그들의 언행에 타격을 하는 것은 원래는 전혀 어려울 게 없는 일입니다. 다만 선생님이 그들의 방패 노릇을 하시기 때문에,……그래서 실제 해결이나 문자를 통한 투쟁 두 면에서 모두 아주 큰 어려움을 느낍니다." 수신修身 면에서 후펑의 꾸며 댐, 황위안의 아첨에 타격을 가한다는 것인가, 아니면 작문 면에서 후펑의 논문, 황위안의 『역문』에 타격을 가한다는 것인가?──이건 내가 어서 알고 싶은 바가 아니다. 내가 묻고자 하는 것은 왜 내가 그들과 알고 지내는 것이 "타격"에 "아주 큰 어려움을 느끼"게 하는가이다. 뜬소문을 날조하고 말썽을 일으키는 것이야 내가 부화뇌동할 리 없는 일이다. 그러나 쉬마오융네가 생각이 똑바르다면 내가 한 손으로 천하의 이목을 가려 가면서 그들을 비호할 수 있겠는가? 그리고 "실제 해결"이라는 게 무엇인가? 노역을 보내는 것인가 목을 자르는 것인가? '통일전선'이라는 큰 제목 아래서 이렇게 사람을 단죄하고 위세 부릴 수 있다는 것인가? 나는 '국방문학'이 훌륭한 작품을 내기를 충심으로 바란다. 그러지 못한다면 그 또한 최근 반 년 사이에 내가 "못된 경향을 조장"한 탓이 될 것이기에.

끝으로, 쉬마오융은 나에게 『스탈린 전』을 꼼꼼하게 읽으라고 하였다. 그렇다. 앞으로 꼼꼼하게 읽어 보겠다. 살아 있을 수 있다면 나는 당연히 공부를 계속할 것이다. 그렇지만 나는, 끝으로, 그 자신에게도 몇 차례 더 꼼꼼하게 읽어 보기를 권한다. 그가 번역하면서 얻은 바가 조금도 없으니 다시금 정독할 필요가 있다. 그러지 않는다면, 깃발을 하나 들고 의기 양양出人頭地 노예 총관總管의 틀을 차리면서 채찍이나 날리는 것을 유일한 업적으로 삼게 될 것이다.──이는 완전히 구제불능으로, 중국에 쓸모가 있기는커녕 해롭기만 할 것이기 때문이다.

8월 3~6일

주)_____

1) 원제는 「答徐懋庸幷關於抗日統一戰線問題」, 1936년 8월 월간지 『작가』 제1권 제5호에 처음 발표되었다.

루쉰은 당시 병중이었다. 본문은 펑쉐펑(馮雪峰)이 루쉰의 의견에 의거하여 초고를 썼고, 루쉰의 보충과 수정을 거쳐 발표되었다.

1935년 하반기에 중국공산당은 항일 민족통일전선을 건립하는 정책을 확정하였다. 당시 상하이 좌익문화계에서 중국공산당의 입장을 대변하던 저우양(周揚), 샤옌(夏衍) 등은 코민테른 주재 중국공산당 대표단의 일부 인사가 위임하여 샤오싼(蕭三)이 작성한 서신의 영향을 받았다. 저우양 등은 좌익작가연맹(약칭 '좌련') 내부에 극좌적 폐쇄주의와 종파주의가 존재함을 인정하고, 그와 같은 좌련이 새로운 정세에 부응할 수 없게 되었다고 보았다. 그들은 1935년 말 좌련을 자동 해산하고 항일구국을 목적으로 하는 '문예가협회' 조직을 준비하였다. 그들이 마오둔(茅盾)을 통해 루쉰에게 좌련 해산 방침을 전달하고 의견을 물었고, 루쉰은 그에 동의한 바 있다. 하지만 루쉰은, 이처럼 중요한 조치를 결정하고 실행하는 방식이 거칠고 정중하지 못한 데에 불만을 가졌다. 그 뒤 저우양 등이 '국방문학'이라는 슬로건을 제시하며, 각 계층 각 파별의 작가들에게 항일 민족통일전선에 참여하고 항일구국의 문예작품 창작에 힘을 쏟을 것을 호소하였다. 그런데 '국방문학'이라는 구호를 선전하는 과정에서 일부 인사가 '국방문학'을 공동의 창작 구호로 삼아야 한다고 주장하거나, 통일전선에서 무산계급의 지도적 작용을 소홀히하는 경향이 나타났다. 이런 상황에 주목한 루쉰이, 좌익작가에 대한 요구이자 기타 작가에 대한 희망 사항으로서 '민족혁명전쟁의 대중문학'(民族革命戰爭的大衆文學)이라는 슬로건을 제시하였다. 이리하여 좌익 문예계에서, 이 두 개의 슬로건을 둘러싼 첨예한 대립과 논쟁이 있었다. 루쉰은 6월에 발표한 「트로츠키파에 답하는 편지」, 「현재 우리의 문학운동을 논함」에서 이미 항일 민족통일전선 정책과 당시의 문학운동에 대한 자신의 태도를 표명한 바 있다. 이 글은 자신의 견해를 한 번 더 설명한 것이라 하겠다.

2) 원문이 "民族革命戰爭的大衆文學". 이 말은 '민족혁명전쟁 시기(의) 대중문학'이라고 번역하는 편이 더 적절할 수 있다.

3) 뒤에서 볼 '부집' 속의 글 「현재 우리의 문학운동을 논함」을 가리킨다.

4) 푸둥화(傅東華)와 정전둬(鄭振鐸).

5) 쉬마오융(徐懋庸, 1910~1977). 저장성 상위(上虞) 사람. 좌익작가연맹 소속 작가. 루쉰은 1935년 3월에 쉬마오융의 잡문집을 위한 서문을 써준 바 있다(「쉬마오융의 『타잡집』 서문」徐懋庸作『打雜集』序, 『차개정잡문 2집』 수록).

6) 바진(巴金, 1904~2005). 작가, 번역가, 원명 리야오탕(李堯棠), 자(字)가 페이간(芾甘), 쓰촨성 청두 사람이다. 장편소설 『집』(家), 『봄』(春), 『가을』(秋) 등을 썼다.

   황위안(黃源, 1905~2003). 번역가, 저장성 하이옌(海鹽) 사람. 『문학』(월간)과 『역문』(월간) 편집을 맡은 바 있다.

   후펑(胡風, 1902~1985). 원명 장광런(張光人), 후베이성 치춘(蘄春) 사람. 문학이론가로 좌익작가연맹 회원이었다.

7) 중국문예가협회(中國文藝家協會)를 가리킨다. 1936년 6월 7일 상하이에서 성립하였다.

8) "먼저 내부를 안정시킨 뒤 외적을 물리친다"(先安內而後攘外)는 중국공산당 및 일본 침략과 관련된 국민당 정부의 대내외 정책 기조를 상징적으로 보여 주는 말이다.

9) 허자화이(何家槐)의 「문예계 연합 문제에 관한 나의 견해」(文藝界聯合問題我見) 및 저우양(周揚)의 「국방문학에 관하여」(關於國防文學)를 말한다. 『문학계』(월간)는 1936년 6월 상하이에서 창간되어 제4호를 내고 정간되었다.

10) 허자화이는 루쉰이 1930년 3월에 발표한 「좌익작가연맹에 관한 의견」(關於左翼作家聯盟的意見) 중 다음 대목을 인용하였다. "나는 전선이 확대되어야 한다고 봅니다." "나는 연합전선은 공동의 목적을 필요조건으로 한다고 봅니다."

11) 1935년 프랑스에서 결성된 반파시즘통일전선조직을 말한다. 프랑스 공산당과 사회당, 급진 사회당과 기타 당파들이 참여하였다.

12) 저우양이 「국방문학에 관하여」에서 이렇게 말하였다. "국방이라는 주제가 한간을 제외한 모든 작가들 작품의 가장 중심적인 주제가 되어야 한다." "국방문학의 창작은 반드시 진보적 리얼리즘 방법을 채택하여야 한다."

13) 두헝(杜衡, 1906~1964). 원명 다이커충(戴克崇), 필명 두헝, 쑤원(蘇汶). 1931년 좌우 어디에도 속하지 않는 '제3종인'을 표방한 바 있다. 1935년 5월에 양춘런(楊邨人, 1901~1955), 한스헝(韓侍桁, 1908~1987)과 함께 문예지 『성화』(星火, 월간)를 창간하여 '제3종 문학'을 고취하였다.

14) 궈모뤄(郭沫若, 1892~1978)는 쓰촨성 러산(樂山) 사람. 작가, 역사학자, 사회활동가. 루쉰이 인용한 말은 그가 1936년 7월 『문학계』에 발표한 문장 「국방·더러운 못·연옥」(國防·汚池·煉獄)에 있다. "내 생각에 국방문예는……순수한 사회주의에서 협의의 애국주의에 이르기까지 각양각색의 문예작품을 포함하여야 합니다. 매국적이지만 않다면, 제국주의의 앞잡이 노릇을 하는 것만 아니라면……. 내 생각에 '국방문예'는 작품 원칙상의 표지가 아니라 작가들 간의 관계의 표지여야 합니다. 결코, 말끝마다 애국이고 구구절절 구국이어야 '국방문예'인 게 아닙니다.……나는 '국방문예'를 광의

의 애국 문예로 볼 수 있다고 믿습니다."

15) 쉬마오융이 1936년 6월 10일자 『광명』(光明, 반월간)에 발표한 글 「"인민대중은 문학에 무엇을 요구하는가?"」("人民大衆向文學要求什麼?")에 다음과 같은 구절이 있다. "현단계의 중국 대중이 필요로 하는 문학에 관해서는, 정치 정세와 문화계의 일치된 경향에 근거하여 '국방문학'이라는 구호가 제시되어 있다. 게다가 이 구호는 대중들에게 인지되어 옹호받고 있다. 그런데 후평 선생의 논문에서는 이 구호에 대하여……비평을 하지 않으면서, 같은 운동에 대한 새 구호를 따로 제기하였다.……일부러 색다른 것을 내놓아 티를 내는 것은 아닌가? 대중의 눈과 귀를 헷갈리게 하여 새로운 문예운동의 노선 전체에 분화를 초래하기 위해서 말이다."

16) 백의 수사(白衣秀士) 왕륜(王倫)은 『수호전』(水滸傳)의 등장인물이다. 선비 출신으로 초기 양산박 산채의 우두머리였으나 속이 좁고 시기심이 많아 임충·조개 등을 중용하지 않았다.

17) 이 책 부집에 수록된 글 「현재 우리의 문학운동을 논함」.

18) 후평의 「인민대중은 문학에 무엇을 요구하는가?」(人民大衆向文學要求什麼). 1936년 6월 『문학총보』 제3호에 발표되었다. 이 글에서 후평은 '민족혁명전쟁의 대중문학'이라는 구호를 언급하였다.

19) 마오둔(茅盾)은 선옌빙(沈雁氷, 1896~1981)의 필명. 저장성 퉁샹(桐鄉) 사람으로 저명한 작가, 문학평론가. 문학연구회의 주요 멤버였다.

20) 녜간누(聶紺弩, 1903~1986)는 작가, 좌익작가연맹 멤버. 1936년 6월 『밤꾀꼬리』(夜鶯, 월간) 제1권 제4호에 「창작 구호와 연합 문제」를 발표하였다. 이 글에서 녜간누는 '민족혁명전쟁의 대중문학'이 '국방문학'을 포괄할 수 있는 보다 우월한 구호라는 식의 발언을 하였다. "작가가 제국주의나 한간 매국노를 위해 힘 바치지 않는 한, 그가 봉건적, 색정적인 것으로 대중을 맞춰시켜 대중의 취향을 저하시키지 않는 한, 누구나 '민족혁명전쟁의 대중문학'이라는 이 구호 아래 연합할 수 있다."

21) 신런(辛人)은 천신런(陳辛人)이다. 광둥성 푸닝(普寧) 사람. 당시 도쿄 중국좌익작가연맹 멤버로 『현실문학』 제2호(1936년 8월)에 발표한 글 「지금 문학운동의 여러 문제를 논함」(論當前文學運動底諸問題)에서 '시기성'(時期性)과 '시후성'(時候性)이라는 말을 써가며 두 구호가 공존 가능하다는 주장을 폈다. 관련 발언이 다음과 같다. "나는, 국방문학이라는 이 구호가 제창될 필요가 있다고 본다. 하지만 그것은 민족혁명전쟁의 대중문학의 주요한 한 부분이어야 하며, 민족혁명전쟁의 대중문학의 내용 전체를 아우를 수 있는 게 아니다. 국방문학이라는 구호를 가지고 민족혁명전쟁의 대중문학이라는 구호를 부정하는 것은 후자를 가지고 전자를 부정하는 것과 마찬가지로 문제가 있다. 국방문학이라는 구호의 시후성(時候性)은 민족혁명전쟁의 대중문학이란 구호의 시기성(時期性)을 대체할 수 없다. 마찬가지로 시기성 가운데에도 시후성이 존재하여

야 하는 것이다.……시기성을 갖는 구호 아래 시후성 있는 구호를 제시함으로써 각기
정도가 다른 요구들을 이끌고 충족시킬 수 있어야 한다. 왜냐하면 후자[시후성 있는 구
호]는 흔히 대중들을 쉽게 감화시킬 수 있는 구호로 자리하기 때문이다."

22) 루쉰이 1936년에 출판한 『죽은 혼 백 가지 그림』(死魂靈百圖)과 7월에 출판한 『케테 콜
비츠 판화 선집』을 가리킨다. 이 두 책은 모두 루쉰이 '삼한서옥'(三閑書屋) 명의로 자
비출판 하였다. 잡감집이란 『꽃테문학』(花邊文學)이다. 1936년 6월 상하이 롄화서국
(聯華書局)에서 출판하였다.

23) 러시아 작가 고골(Николай Гоголь, 1809~1852)의 장편소설. 루쉰은 『죽은 혼』 제2부
가운데 일부(지금까지 남아 있는 세 개 장)를 번역하였다.

24) 1936년 6월 「중국 문예공작자 선언」(中國文藝工作者宣言)에 서명한 것을 말한다.

25) 샤옌(夏衍, 1900~1995)은 원명이 선돤셴(沈端先)이다. 저장성 항저우 사람으로 작가,
연극인.

26) 원문은 '四條漢子'. '條'는 기다란 동물, 사물 따위를 헤아리는 단위 명사다.

27) 톈한(田漢, 1898~1968). 후난성 창사(長沙) 사람, 연극인. 저우치잉(周起應)은 저우양
(周揚, 1908~1989), 후난성 이양(益陽) 사람. 또 다른 둘은 샤옌과, 쓰촨성 출신의 극작
가 양한성(陽漢笙, 1902~1993)이다. 이들은 이 무렵 중국공산당을 대표하여 중국좌익
작가연맹을 이끌고 있었다.

28) 무무톈(穆木天, 1900~1971). 지린성 이퉁(伊通) 사람. 시인, 번역가이다. 좌련 멤버였다.
1934년 7월 상하이에서 당국에 체포되었다. 같은 해 9월 26일 일간지 『선바오』(申報)
가 국민당의 통신사인 중앙사(中央社)를 인용하여 좌익작가연맹 성원 셋이 탈퇴 선언
을 하였다고 보도하였다. 무무톈이 출감 전 국민당 당국에 제출하였다는 글도 소개되
었는데 그 일부가 다음과 같다. "현 단계의 중국에서는 민족자본주의가 발달하지 않
은 까닭에 첨예한 계급대립이라 할 만한 게 존재하지 않으며, 계급투쟁이라 할 만한
것은 더더욱 없다. 계급투쟁을 고취하는 것은 민족해방운동의 통일전선을 파괴할 뿐
이고……지금 중국이 필요로 하고 생겨날 가능성이 있는 것은 프로문학이 아니라 민
족통일전선을 공고하게 하는 데에 이바지할 민족문학이다." [인민문학출판사의 2005
년판 『루쉰 전집』은 무무톈에 관해 이상의 주석을 붙인 뒤 다음과 같은 말을 덧붙이고 있다.
흥미로운 일이다.] "(무무톈의 글에) '좌련 탈퇴'라는 말은 전혀 없다."

29) 『현실문학』(월간)은 1936년 7월 상하이에서 창간되었다. 제3호 때 『인민문학』이라 개
명하였으나 바로 정간되었다. 이 잡지 제1호에 「트로츠키파에 답하는 편지」, 「현재 우
리의 문학운동을 논함」 등 O.V.(펑쉐펑)가 받아 적었다고 밝힌 루쉰의 글 두 편이 발
표되었다.

30) 난징(南京)은 국민당 정부의 소재지였다.

31) 톈한은 1935년 2월 체포되었다가 같은 해 8월 보석으로 풀려난 뒤 국민당 정부 소재

지인 난징에서 중국무대협회(中國舞臺協會) 사회를 보는가 하면『회춘의 노래』(回春之
曲),『홍수』,『계투』(械鬪) 등 자신의 작품 여럿을 무대에 올렸다. 나중에 중국공산당 조
직의 비판을 받고서야 활동을 멈추었다.

32)「중국문예공작자선언」을 말한다.

33) '21개 조'(二十一條). '대중국 21개조 요구'라 번역하는 이도 있다. 1915년 일본이 자국
의 이권 확대를 위하여 21개 항목에 이르는 요구 사항을 중국 정부에 제시한 일을 가
리킨다. 일본은 중국 총통 위안스카이를 옥박질러 비밀리에 자신들의 요구를 수용하
게 만들었다.

34) 좌련(左聯)은 중국좌익작가연맹의 약칭이다. 중국공산당의 지도를 받은 문학단체로
1930년 3월 상하이에서 결성되었다. 루쉰, 샤옌, 펑쉐펑, 펑나이차오(馮乃超), 딩링(丁
玲), 저우양(周揚; 즉 저우치잉) 등이 지도적 역할을 한 것으로 얘기된다. 1935년 말 자
진 해산하였다.

타이옌 선생에 관한 두어 가지 일[1]

얼마 전 상하이의 관료·유지들이 타이옌[2] 선생 추도회를 열었는데 참석 자가 100명이 채 되지 않고 적막 속에서 폐막되었다. 이에 누군가가 개탄 하였다. 본국 학자에 대한 청년들의 열성이 외국 사람 고리키를 대하는 것 만 못했다는 것이다. 이 개탄은 그러나 적절하지 않다. 관료·유지가 주최 하는 집회는 소민小民들이 가지 않는다. 게다가 고리키는 전투적 작가였 다. 타이옌 선생은, 처음에는 혁명가로 헌신現身하였지만 나중에는 평온을 찾아 은퇴한 학자로서, 자신의 손으로 또 남의 도움을 받아 쌓은 담장 속 에 스스로를 가두어 시대와 멀어진 상태였다. 기리는 사람이야 물론 있겠 지만 대다수 사람들에게는 잊힐 것이다.

나는 선생의 업적이, 혁명 역사에 끼친 것이 학술사에 남긴 것보다 크 다고 생각한다. 30여 년 전을 돌아다 보면, 목판본 『구서』詬書[3]가 출판되었 을 때 나는 그것을 제대로 끊어 읽지 못했고, 당연히 이해하지도 못했다. 당시 청년들 중에 나 같은 사람이 꽤 많았을 것이다. 내가 중국에 타이옌 선생이라는 분이 있다는 걸 알게 된 것은, 그의 경학經學과 소학小學 때문이 결코 아니라, 그가 캉유웨이[4]를 반박하고, 추용鄒容의 『혁명군』에 서문을 쓴 일로 상하이 서쪽 감옥에 갇혔기 때문이다. 그때 일본에 유학한 저장성 출신 학생들이 잡지 『저장의 조수』[5]를 내고 있었다. 거기에 선생의 옥중시가 실렸는데 그건 난해하지 않았다. 그 시에 나는 감동하였고, 지금도 잊지 않는다. 두 수를 아래에 베낀다.——

옥중에서 추용에게[6]

추용 나의 어린 아우,

더벅머리 때 일본에 건너갔었지.

날선 가위로 변발을 잘랐고,

마른 육포로 끼니를 때웠다.

영웅이 옥에 갇히니,

천지가 슬픈 가을.

죽음 앞에서 두 손 마주 잡을 이,

하늘 아래 오직 그대와 나.

심우희가 살해되었다는 소식을 옥중에서 듣고[7]

심생沈生을 만난 지 오래되었소.

강호江湖에 숨어든 줄을 알고 있었소.

장사壯士를 슬퍼하던 소슬바람이,

베이징 성에 이르렀구려.

두억시니와 광채 다투기를 마다하고,

문장은 보는 이의 넋을 끊었소.

떠도는 혼백이여 나 기다리오,

남과 북에 새 무덤 몇 개런고.

1906년 출옥하여, 그날로 동쪽 도쿄로 갔다. 얼마 뒤 『민보』民報⁸⁾를 꾸렸고 나는 이 『민보』를 즐겨 읽었다. 선생의 문필이 예스럽고 해석하기 어려워서가 아니며, 불법佛法이나 '구분진화'俱分進化⁹⁾를 말해서가 아니다. 그가 군주제 유지를 주장한 량치차오¹⁰⁾와 투쟁하고 "xx"한 xxx¹¹⁾와 투쟁하고 『홍루몽』을 성불成佛의 요도要道라 한 xxx¹²⁾와 투쟁하매, 그 필봉을 당해 내는 적수가 없는 데에 탄복하였다. 그의 강의를 들으러 간 것도 이 무렵이었다. 그가 학자여서가 아니라 그가 학문 있는 혁명가였기 때문이다. 그래서 지금도 선생의 음성과 웃는 모습이 눈에 생생하지만 그가 강의한 『설문해자』 내용은 한 구절도 생각나지 않는다.¹³⁾

민국 원년 혁명 뒤, 선생이 뜻한 바가 이루어졌기에 더 큰 일을 하실 수 있었으나, 뜻을 펼치지 못했다. 이는 고리키가 살아서 존경을 받고 죽어서도 큰 슬픔과 영광을 누린 것과는 딴판이다. 그 원인은, 고리키는 그가 품은 이상이 현실로 되었다는 것, 그 한 몸이 대중과 한 몸이 되어 희로애락이 대중과 소통되지 않는 바 없었으나, 선생은 달랐다는 데 있다. 선생은 배만排滿의 뜻은 펼쳤으나 가장 긴요하게 생각한 것, 즉 "첫째, 종교를 통해서 믿음을 일으켜 국민의 도덕을 증진시키고, 둘째, 국수國粹를 통하여 민족성을 격동시켜 애국적 열정을 증진시킨다"¹⁴⁾는 생각(『민보』 제6권)은 고원한 환상으로 끝났다. 얼마 안 있어 위안스카이가 국권을 탈취하여 사욕을 채우자 선생은 설 자리를 잃어 성과 없는 빈 문장만 남게 되었던 것이다. 지금은 오직 우리 '중화민국'이라는 명칭이 선생의 「중화민국이란」中華民國解(이 또한 『민보』에 처음 실렸다)[15]에서 발원한 것이 커다란 기념으로 남았을 뿐이다. 그러나 이 중요한 사실을 알고 있는 사람도 많지 않다. 민중으로부터 멀어졌을 뿐 아니라 차츰 풀이 죽어 나중에는 투호投壺를 하고 선물을 받아 번번이 논자들의 불만을 샀다. 하지만 이것은 하얀 옥의 티일 뿐, 만년의 지조와는 무관하다. 그 생애를 살펴보면, 대大훈장을 부채에 달아 노리개 삼고 총통부 문 앞에서 위안스카이의 사특함을 꾸짖은 이는 선생밖에 없었다. 일곱 번 수배되고 세 차례 옥살이를 하면서도 혁명 의지를 끝까지 굽히지 않은 것도 따라 하기 힘든 일이다. 이것이야말로 선철先哲의 정신이요 후생後生에 대한 모범이다. 요새, 글을 가지고 노는 자들이 자질구레한 신문과 짜고서 선생을 놀리는 것으로 자랑을 삼고 있는데, 참으로 "소인은 남이 훌륭해지는 것을 못 견뎌 하고" "왕개미가 아름드리 나무를 흔드는" 격이니, 실로 제 주제를 알지 못하는 게 우스울 뿐이다!

그러나 혁명 뒤 선생은 후세를 생각해서 서슬을 감추었다. 저장성에서 목판으로 낸 『장씨총서』章氏叢書는 손수 편집한 것인데, 남을 반박하고 비난하거나 남의 잘못을 폭로한 글과 격분한 나머지 옛날 유가의 기풍에 어긋난 것 등은 선비들의 비난을 받을 수 있다고 생각해서인지, 예전 신문·잡지에 실렸던 투쟁적 문장들이 많이 빠졌다. 앞서 인용한 시 두 수도 『시록』詩錄에 없다. 1933년 『장씨총서 속편』이 베이징에서 목판본으로 나왔으나 수록된 게 많지 않고 근신한 나머지 예전 작품 여러 편을 싣지 않았다. 투쟁적인 글이 없음은 물론이다. 선생은 마침내 순수한 유학자로 되었고 제자 되려는 이가 부지기수여서 창졸간에 '동문록'同門錄까지 만들어졌다. 최근에 일간지를 보니 저작권을 보호한다는 광고가 있고 속편의 속편에 대한 기사가 있는 걸로 보아 그의 유작이 또 나올 모양이다. 그런데 예전의 전투적 문장들이 수록되는가에 대해서는 알 길이 없다. 전투적 문장은 선생의 일생 중 가장 크고 가장 오래 갈 업적이다. 그것들이 수록되지 않는다면 나는, 낱낱이 수집하고 교열·출판해서 선생의 마음이 후생들과 통하고 전투자의 가슴속에 살아 있게 해야 한다고 생각한다. 그러나 지금 이런 시기에 바람대로 할 수 없을지 모른다. 슬프다!

10월 9일

주)_____

1) 원제「關于太炎先生二三事」, 1937년 3월 10일 상하이에서 출판된 '공작과 학습 총간'(工作與學習叢刊) 첫 권인『두어 가지 일』(二三事)에 처음 실렸다.

2) 타이옌(太炎)은 장빙린(章炳麟, 1869~1936)의 호. 저장성 위항(余杭) 사람. 청말의 혁명가·학자이다. 청일전쟁 뒤 강학회(強學會)에 가입했고『시무보』(時務報)에 글을 실었다. 무술정변 뒤 수배되자 타이완으로 피신하였다. 다시 일본으로 건너가 쑨원과 알게 되었고 1899년『구서』(訄書)를 출판하였다. 상하이에 돌아온 뒤 사상이 크게 바뀌어 변발을 자르고 캉유웨이·량치차오와 결별하고 혁명운동에 투신하였다. 1902년 차이위안페이(蔡元培)가 발기한 애국학사(愛國學社)에서 강의하였다. 1903년, 추용(鄒容)의『혁명군』(革命軍)에 서문을 쓴 일로 함께 체포되어 상하이에서 감옥살이를 했다. 옥중에서도 광복회 조직에 나섰고 출옥한 뒤 일본에서 동맹회에 참여하여 기관지『민보』(民報)를 몇 해 편집하였다. 신해혁명으로 난징임시정부가 성립하자 쑨원이 임시 대총통을 한 총통부 추밀고문(樞密顧問)을 맡았고 1913년 쑹자오런(宋敎仁)이 암살되자 위안스카이 토벌을 계획하다가 가택 연금되었다. 위안스카이가 죽은 뒤에야 연금이 풀렸다. 5·4운동 뒤에는 날로 보수화하였다.

추용(쩌우룽鄒容, 1885~1905). 자는 울단(蔚丹)이며 쓰촨성 바(巴)현 사람으로 청조 말기의 혁명가이다. 1902년 일본에 유학 갔고 1903년 귀국하여 5월에 반청 혁명과 중화공화국 건설을 주장한『혁명군』(革命軍)을 출판하였다. 책머리에 장타이옌의 서문이 있다. 이것이 이른바『소보』(蘇報) 사건'을 낳았다.

『소보』는 반청 혁명을 고취한 일간지로 1896년 상하이에서 창간되었다. 이 신문이 『혁명군』을 소개한 글을 게재한 것을 이유로 1903년 6월과 7월에 각각 장타이옌·추용 등이 청 정부 요구에 따라 영국 조계 당국에 체포되었다. 이듬해 3월 선고된 그들의 죄상이 아래와 같다. "장빙린은 『구서』와 『『혁명군』 서문』을 썼고 또 캉유웨이를 반박한 글에서도 조정을 욕보였는바[광서제 이름자를 적시하며 황제를 어릿광대에 견주었다], 그 양상이 패역(悖逆)의 죄에 해당한다. 추용은 『혁명군』을 썼는데 반역을 꾀한 것으로 대역무도(大逆無道)의 죄에 해당한다." 추용은 금고 2년, 장빙린은 금고 3년에 처해졌다. 추용은 1905년 4월, 나이 스물에 옥사하였다.

3) 『구서』(訄書)는 장타이옌의 초기 학술 논저로 1899년 목판본으로 초판이 나왔다. 1902년 개정판을 낼 때 개량주의 색채가 있는 「객제」(客帝) 등을 삭제하고 반청 혁명을 선전하는 논문을 증보하였다. 「원학」(原學), 「원인」(原人), 「서종성」(序種姓), 「원교」(原教), 「애청사」(哀清史), 「해변발」(解辮髮) 등 모두 63편 및 책머리에 '전록'(前錄)이라 하여 실은 「객제의 오류를 바로잡는다」(客帝匡謬), 「분진의 오류를 바로잡는다」(分鎭匡謬) 두 편이 있다. 1914년 다시 책을 펴낼 때에 '전록' 두 편과 「해변발」 등을 삭제하고 책 이름도 『검론』(檢論)이라 바꾸었다.

4) 캉유웨이(康有爲, 1858~1927). 광둥성 난하이(南海) 사람. 청말 유신운동의 지도자. 청일전쟁에서 패배하자 청 정부는 1895년 시모노세키조약을 맺었다. 이때 캉유웨이는 베이징에서 회시(會試)에 참가한 각 성의 거인(擧人) 1,300여 명과 함께 연명으로 광서제에게 글을 올려 "화친을 거부하고, 수도를 옮기고, 변법을 시행"할 것을 주장하였다. 무술변법 실패 뒤 국외로 망명하여 보황회(保皇會)를 조직하였고, 나중에는 쑨원이 이끄는 혁명운동에 반대하였다. 본문에서 "캉유웨이를 반박"했다는 것은 장타이옌이 1903년 5월 『소보』에 발표한 「캉유웨이를 반박하고 혁명을 논하는 글」(駁康有爲論革命書)을 가리킨다. 이 글은 중국은 입헌군주제만 가능하고 혁명은 불가하다고 주장한 캉유웨이의 「남북 아메리카 화상들에게 보내는 글」(與南北美洲諸華商書)을 반박하였다.

5) 『저장의 조수』(浙江潮). 월간, 청말 저장성 출신 일본 유학생들이 1903년 2월 도쿄에서 창간하였다. 여기 인용된 시 두 수는 이 잡지 제7호(1903년 9월)에 발표되었다.

6) 원제 「獄中贈鄒容」. 시 원문이 다음과 같다. "鄒容吾小弟, 被髮下瀛州. 快剪刀除辮, 乾牛肉作糇. 英雄一入獄, 天地亦悲秋. 臨命須摻手, 乾坤只兩頭."

7) 원제 「獄中聞沈禹希見殺」. 장타이옌의 시 원문이 다음과 같다. "不見沈生久, 江湖知隱淪. 蕭蕭悲壯士, 今在易京門. 魑魅羞爭焰, 文章總斷魂. 中陰當待我, 南北幾新墳." 심우희(沈禹希, 1872~1903)는 이름이 진(藎), 자가 우회(禹希), 후난성(湖南省) 산화(善化; 현재 창사長沙) 사람이다. 청말 유신운동에 참여하였다가 무술변법이 실패한 뒤 일본에 유학 갔다. 귀국하여 자립회(自立會)에 참여하였으며 후난성에서 자립군을 조직하였다. 거사가 실패로 돌아가자 베이징에 잠입하여 비밀리에 반청 활동을 하였다. 1903년에 체

· 포되어 베이징 옥중에서 맞아 죽었다.

8) 『민보』(民報). 동맹회(同盟會)의 기관지. 1905년 11월 도쿄에서 창간되었다. 처음에 월 간이었다. 1908년 제24호까지 내고 일본 정부에 의해 정간되었다. 그 중 제6~18호, 23~26호는 장타이옌이 주필을 맡았다.

9) '구분진화'(俱分進化). 장타이옌은 『민보』 제7호(1906. 9.)에 「구분진화론」(俱分進化論) 을 발표하였다. 자신의 불교 철학에 의거하여 사회진화에 대한 낙관적 견해를 비판한 글로, 다음과 같은 말이 있다. "진화가 진화로 될 수 있는 것은 진화가 한 쪽으로만 나아 가지 않고 반드시 양 방향으로 병행하여 나아가기 때문이다.……도덕을 가지고 말하 자면, 선도 진화하고 악도 진화한다. 생계를 가지고 말하자면 즐거움도 진화하고 괴로 움도 진화한다. 양 방향으로 병행하여 나아가는 것은 마치 그림자가 형체를 따르는 것 과 같다.……진화의 실질을 부정할 수는 없으나 진화의 작용은 좋다고만 할 수 없다. 나는 내 이런 주장을 '구분진화론'이라 이름 붙인다."

10) 량치차오(梁啓超, 1873~1929). 청말, 민국 초기의 저명한 사상가, 언론가, 학자. 자는 쥐 루(卓如), 호는 런궁(任公) 또는 음빙실주인(飮氷室主人)이며, 광둥성(廣東省) 신후이(新 會) 사람이다. 1898년 무술정변으로 변법유신운동이 좌절되자 일본으로 망명하였다. 그가 1898년 12월 일본 요코하마에서 창간한 『청의보』(淸議報)는 군주입헌제와 '보황 반후'(保皇反后; 광서제光緒帝를 옹호하고 서태후에 반대)를 고취하였다. 1902년에 요코 하마에서 『신민총보』(新民叢報)를 창간, 계속해서 군주입헌제를 주장하고 한족이 주 체가 되는 공화국 건립을 추구한 혁명파와 대립하였다. 장타이옌이 주필을 맡은 『민 보』는 량치차오의 이런 주장을 비판하였다.

11) "xx"는 "헌책"(獻策; 계책을 바치다), xxx는 우즈후이인 듯하다. 우즈후이 즉 우징헝(吳 敬恒)은 일찍이 『소보』에 참여하였다. 장타이옌은, 『소보』 사건 때 자신이 체포되는 과 정에서 우즈후이의 배신 행위가 있었다고 주장하였다.

12) 란궁우(藍公武, 1887~1957)를 가리킨다. 장타이옌은 1906년 "아무개 족하. 얼마 전 벗 이 족하의 대저(大著)를 보여 주었는데 거기에 「구분진화론 비판」(俱分進化論批評)이 있었습니다. 족하께서 소식(蘇軾)의 「적벽부」를 숭상하고 『홍루몽』을 성불의 요도라 하였습니다. 소견이 이와 같으니 제 어찌 족하와 변론을 하겠습니까." 란궁우는 장쑤 성 우장(吳江) 사람. 일본·독일에서 유학하였다. 신해혁명과 호법(護法)운동에 참여하 였고 언론인, 교수 등으로 활동하였다. 1931년 이후 중국공산당을 지지하였다.

13) 1908년 루쉰은 도쿄에 머물면서 장타이옌의 언어학(小學) 강의를 들었다. 쉬서우창 (許壽裳)에 따르면 "장선생은 출감한 뒤 동쪽 일본으로 건너왔다. 『민보』에 글을 쓰면 서 청년들을 가르쳤다.……나와 루쉰은 가서 듣고 싶었으나 학과 시간과 겹쳐 어려움 이 있었다. 그래 공미생(이름은 보전)에게 부탁하여 따로 설강해 주시기를 청하였더니 선생께서 흔쾌히 허락하셨다.……매주 일요일 아침 일찍 강의를 들으러 갔다.……선

생은 단옥재(段玉裁)의 『설문해자주』(說文解字注)와 학의행(郝懿行)의 『이아의소』(爾雅義疏) 등을 가르쳤다."

14) 『민보』 제6호(1906. 8.)에 실린 그의 「연설 기록」(演說錄)에 다음과 같은 말이 있다. "요즘 일을 처리하는 방법으로……가장 중요한 것은 정감(感情)이다. 정감이 없다면 당신에게 설령 백천만억 명의 나폴레옹·워싱턴이 있다 해도 그들을 한 마음 한 뜻으로 뭉치게 할 수 없다.……정감을 제대로 다루려면 두 가지가 요긴하다. 첫째, 종교를 통해서 믿음을 일으켜 국민의 도덕을 증진시키고, 둘째, 국수(國粹)를 통하여 민족성을 격동시켜 애국적 열정을 증진시킨다."

15) 1907년 7월 『민보』 제15호에 게재되었다.

차오징화 역 『소련 작가 7인집』 서문[1]

일찍이 이런 일이 있던 시기가 있었다. 여러 명인名人들이 『자본론』을 번역할 것이라는 소문이 무성했다. 물론 원문에 의거할 것이라고 하였으나 어떤 사람은 영·불·일본·러시아 등 각국의 번역본도 참조하여야 한다고 했다. 지금 적어도 만 6년이 지났으나 한 챕터도 보이지 않는 걸 보면 이러한 사업이 얼마나 어려운지 짐작할 수 있다. 소련의 문학작품에 대해서도 그때는 마찬가지로 열심이었다. 영역된 단편소설집이 상하이에 도착하면 마치 이리 떼 사이로 떨어진 양의 어깻죽지처럼 즉시로 조각조각 찢겨 '날랜 다리 아시푸'飛脚阿息普가 되거나 '깃털 발 아오쉐보'飛毛腿奧雪伯 같은 제목으로 출판되었으나[2] 두번째 영역본 『쪽빛 도시』蔚藍的城가 수입되었을 때 지사志士들은 이미 그런 열정을 잃었고 일찌감치 '이반'이나 '표트르'가 '일동'一洞이나 '팔색'八索[3]만큼 재미있지 않다고 생각한 사람도 있었다.

그러나 왁자그르르 나서지 않는 사람은 당시에는 뒤떨어진 것 같았지만 왁자그르르 흩어지지도 않기 때문에 훗날 중견中堅이 된다. 징화가 바로 묵묵히 번역을 해온 사람이다. 그는 20년 동안 러시아말을 꼼꼼하게 연구하면서『세 자매』를 내고,『백차』白茶를 내고,『담배쌈지』와『마흔한번째』4)를 내고,『철의 흐름』및 수많은 소책자를 냈지만, 광고하는 것을 좋아하지 않아서 지금껏 혁혁한 이름을 얻지 못하였다. 뿐만 아니라 그는 배척을 당하고 두 차례에 걸쳐 발매 금지되는 상처를 입었다. 그럼에도 그는 의연히, 또 부단히 자신이 전에 번역한 저작을 손보아 왔으며, 그의 번역 작품도 의연히 독자들 마음속에 살아 있다. 이것은 물론 한때 '혁명작가'를 자처하던 사람들이 너무 성의가 없어서 착실한 사람을 돋보이게 한점도 있지만, 보다 더 중국 독서계에 그래도 진보가 있었던 데에서 기인한다. 독자들은 나름 적절한 비판을 하고 있으며 더 이상 속 빈 대가들의 속임수에 넘어가지 않는다.

징화는 웨이밍사 동인 가운데 한 사람이었다. 줄곧 베이징에 소재한 웨이밍사는 실천적으로 일을 하고 시끄러운 것을 마다한 작은 단체였다. 그런데도 대수롭지 않은 일로 화를 입었는데 그 사연이 우습다. 한 차례 판금5)된 적이 있는데 그것은 산둥山東 독군督軍 장쭝창張宗昌의 전보 한 통 때문이었다. 같은 직종에 종사하는 문인이 부추겨 생긴 일이라는데 나중에 별일 아닌 것으로 밝혀져 판금 조처가 해제되었다. 판금된 책자들을 건네줄 때에 징화의 소설 두 종이 타이징능臺靜農 집에 있어서 '신식 폭탄'6)과 함께 몰수되었다. 나중에 이 '신식 폭탄'이 화장품 만드는 기계라는 게 밝혀졌지만 서적들은 돌려받지 못했다. 그리하여 이 두 책이 희귀본으로 되고 말았다. 나의『외침』吶喊이 톈진도서관에서 불태워진 것과, 량스추梁實秋 교수가 칭다오青島대학 도서관을 관장할 때에 내 번역서를 몰아낸 것, 또 웨이밍사가 겪은 횡액 때문에 나는, 북방의 관리들이 남방보다 삼엄하다는 것, 원나라 때 노예를 네 등급으로 나누어 북인北人을 남인南人 위에 둔 것[7]이 나름 이유 있는 일이라 생각했다. 나중에 량 교수가 북방에 살기는 하지만 남쪽 사람이고 징화가 소설을 남쪽 지방에서 내려고 하였지만 여러 날 애를 먹은 것[8]을 보고서야 내 결론이 옳지 않았다는 것을 알았다. 이 역시 "학문에는 끝이 없도다"學問無止境라 할 것이다.

그런데 지금 뜻밖에 출판 기회를 얻었으니 당연히 한담을 그만두어야 하겠다. 본론으로 들어가자면, 이것은 두 가지 단편소설집을 묶어 펴낸 책인데, 두 편을 줄이고 세 편을 늘렸으니 작품 수로 따지면 늘어났다. 제재를 보면 다수가 20년 전 것으로 댐 건설이나 집단농장 이야기는 보이지 않지만 소련에서 여전히 생명력 있는 작품들이다. 중국인인 내가 보기에 죄다 친근하고 재미나는 글이다. 원어原語에 대한 역자의 학식과 번역문의 신뢰성에 대해서는 이미 독서계에 정평이 나 있으니 내가 따로 말을 보태지 않아도 될 것이다.

징화가 내게 뉘를 내지 않고 출판에 즈음하여 몇 구절 서문을 청하였는데 내가 오랫동안 병치레를 하느라 힘이 부쳐 쓰지 못하고 있다가, 이상으로 대충 때운다. 허나 징화의 번역문이 어찌 내 서문을 필요로 하겠는가. 앞으로도 예전처럼 묵묵히 중국 독자에게 보탬이 될 것이다. 오히려 몇 자 적게 된 것이 행운이며 유쾌한 일이다.

1936년 10월 16일,

루쉰이 상하이 차개정 동남쪽 귀퉁이에서 쓰다

주)_____

1) 원제는 「曹靖華譯『蘇聯作家七人集』序」. 『소련 작가 7인집』에 처음 실렸다. 『소련 작가 7인집』은 1936년 11월 상하이 량유도서인쇄공사(良友圖書印刷公司)에서 출판되었다. 단편소설 15편을 수록하였다. 차오징화(曹靖華, 1897~1987)는 본명이 차오롄야(曹聯亞), 허난 성 출신. 1924년 중국 사회주의청년단에 의해 모스크바 동방학원에 파견되었다가 이 듬해에 귀국하였다. 루쉰이 지도한 웨이밍사의 동인. 북벌 과정에서 국민당 우파가 정 변(1927. 4.)을 일으키자 소련으로 가서 모스크바 중산대학, 레닌그라드 동방어학교 등 에서 교편을 잡았다. 1933년 귀국하여 대학에서 가르쳤으며 1939년 충칭(重京)으로 가 중소문화협회 상무이사, '소련문학 총서' 편집자 등을 역임하였다. 1948년 베이징의 칭 화대학 교수로 부임하였고 1956년 중국공산당에 입당하였다.

2) '날랜 다리 아시푸'(飛脚阿息普)와 '깃털 발 아오쉐보'(飛毛腿奧雪伯)는 1929년 뉴욕 인 터내셔널출판사에서 낸 영역 단편소설집 『플라잉 오시프』(Flying Osip: stories of new Russia)를 번역한 것의 제목이다. 「플라잉 오시프」는 이반 카사트킨(Ivan Mikhailovich Kasatkin, 1880~1938)의 단편소설이다.

3) "이반", "표트르"는 러시아에서 흔한 이름. "일동"과 "팔색"은 마작 놀이의 패 이름이다.

4) 『세 자매』(三姉妹)는 체호프(Антон Павлович Чехов, 1860~1904)의 4막극이며, 『백 차』(白茶)는 소련 단막극 5편을 수록하였다. 『담배쌈지』(煙袋)는 소련 단편소설 15편 을 수록한 소설집으로 그중 「담배쌈지」는 예렌부르크(Илья Григорьевич Эренбург, 1891~1967)의 작품이다. 『마흔한번째』(四十一)는 소련의 라브레뇨프(Борис Андреевич Лавренёв, 1891~1959)의 중편소설로 나중에 『소련 작가 7인집』에 수록되었다.

5) 1928년 봄 웨이밍사(未名社)에서 출판한 『문학과 혁명』(트로츠키 저, 리지예李霽野·웨이 쑤위안韋素園 역)이 지난(濟南) 산둥성립사범학교에서 압류되었다. 베이징 경찰청이 산 둥 군벌 장쭝창의 전보에 근거하여 웨이밍사 활동을 금지하고 리지예 등 3인을 체포하 였으나 10월에 조처가 풀렸다.

6) '신식 폭탄'. 1932년 가을 베이징 경찰 당국이 타이징눙의 집을 압수 수색할 때에 화장 품을 만드는 기구를 '신식 폭탄'으로 오인하여 타이징눙을 구금하였다. 그때 차오징화 가 번역한 『담배쌈지』, 『마흔한번째』도 몰수되었다.

7) 몽골이 통치한 원나라 때 시행한 민족 차별 정책. 원나라 때 백성을 네 등급으로 나눠 다스렸다. 첫째는 몽골인, 둘째는 색목인(色目人)으로 몽골인이 중국을 정복하기 전에 정복한 서아시아 사람이다. 다음은 한인(漢人)으로 거란족의 금나라가 통치하던 북중 국의 한족 사람을 가리키는데 여기에는 거란·여진·고려인도 포함된다. 네번째가 남인 (南人)으로, 맨 마지막에 정복된 남송(南宋) 유민이었다.

8) 상하이 현대서국에서 이 책을 내겠다고 하였으나 구실을 달아 원고를 묵혀 놓았다가 루쉰의 요구로 원고를 찾아 『소련 작가 7인집』으로 나오게 되었다.

타이옌 선생으로 하여 생각나는 두어 가지 일[1]

제목을 써놓고 보니 망설여진다. "우렛소리만 컸지 가랑비가 내린다"는 속담대로 빈말만 늘어놓을까 염려되어서이다.

「타이옌 선생에 관한 두어 가지 일」을 쓴 뒤, 한가한 이야기를 더 쓸 수 있겠다 싶었지만 힘이 부쳐서 그만뒀었다. 이튿날 일어났더니 신문이 와 있었고 그걸 보는 순간 나도 모르게 정수리에 손을 대며 경탄하였다. "쌍십절雙十節 25주년이구나! 그리고 보니 중화민국도 벌써 한 세기의 4분의 1이 되었군. 어찌 쾌快하지 않을쏜가!" 여기서 쾌快자는 빠르다는 뜻이다. 나중에 증간호를 뒤적이다 신진 작가가 노인을 증오하는 글을 읽고 머리에 찬물을 반 바가지 뒤집어 쓴 듯하였다. 속으로 생각해 보니 노인이라고 하는 것이 젊은이에게는 참으로 짜증나는 존재인가 보다. 나만 하더라도 성미가 날로 비뚤어져서 25년이라고 하면 될 것을 한 세기의 4분의 1이라고 하여 그 많음을 형용하고 있으니 뭐가 어때서 이러는지 모르겠다. 뿐더러 정수리를 만지는 손 동작도 시대에 뒤떨어진 것이라 할 수 있다.

이 손 동작은 기쁘거나 감동할 때면 나오는 것으로 한 세기의 4분의 1

동안 해왔다. 말로 한다면 "변발을 마침내 잘라 냈다"가 되며 본시 승리를 의미했다. 이런 심정을 지금 청년들은 잘 알지 못할 것이다. 도회지에서 변발을 늘어뜨린 사람을 서른 안팎의 장년이나 스물 안팎의 청년들이 본다면 그저 진기한 일로, 심지어는 흥미롭다고 생각하겠지만, 나는 아직도 그것을 증오하고 분노한다. 왜냐하면 나 자신이 이 때문에 고생을 하였고 변발 잘라 내는 것을 일대 사건으로 여겼기 때문이다. 내가 중화민국을 사랑하여 입이 부르트게 말을 하고 혹시라도 쇠퇴할까 염려하는 것은 거개가 변발 자른 자유를 우리에게 주었기 때문이다. 당초에 옛 자취를 보존한다 하여 변발을 남겨 두었다면 나는 아마 결코 이렇듯 중화민국을 사랑하지 않았을 것이다. 장쉰張勳도 좋고 돤치루이段祺瑞도 좋다는 일부 사군자士 君子를 보면 그들만큼 도량이 크지 못한 내가 정말 부끄럽다.

내가 아이일 적에 노인들이 일러준 말이 있다. 이발 도구를 담은 멜대에 꽂혀 있는 깃대가 300년 전에는 사람 머리를 걸어 놓던 것이라 한다. 만주인이 입관入關해서 변발을 땋을 것을 명하자 이발사들이 길가에서 사람들을 끌어다가 머리카락을 밀었고 누구든 저항하는 사람이 있으면 목을 베어 머리를 깃대에 걸고서 다시 다른 사람들을 붙들었다는 것이다. 그때 이발은 먼저 물을 바르고 칼로 미는 것이어서 숨 막히게 답답하였다. 하지만 머리를 매달았다는 이야기에 내가 놀라 겁먹지는 않았다. 이발하는 게 싫기는 하였지만 이발사는 내 머리를 베러 온 게 아니었고 회유 방법이 바뀌었는지 깃대에 있는 상자에서 사탕을 꺼내 보여 주면서 이발이 끝나면 먹게 해준다고 하였기 때문이다. 눈에 익으면 이상하지 않다고, 변발에 대해서도 그것이 추한 줄을 몰랐다. 변발은 스타일도 다양했다. 형태를 가지고 논할 것 같으면 성기게 땋는 것과 꼼꼼히 땋은 게 있었고, 가닥 수도 세 가닥으로 땋는 것, 여러 가닥으로 땋는 것이 있었다. 앞머리카락을 다 밀지 않고 조금 남겨 두는데 看髮(지금은 '류하이'劉海라고 한다) 이 앞머리도 긴 것과 짧은 것이 있고 긴 것은 또 두 가닥으로 가늘게 땋은 머리를 만들어 정수리 주변에 둘러놓고 자신이 미남자美男子다 싶어 자아도취에 빠지기도 한다. 기능을 가지고 논할 것 같으면 싸움을 할 때에 틀어쥘 수 있고, 간통하였을 때에 잘라 버릴 수 있으며, 연극할 때 쇠기둥에 매달릴 수 있고, 아비 된 자가 아들을 때릴 때에, 곡예를 벌일 때 머리채를 빙빙 돌려 뱀처럼 꿈틀대게 할 수 있었다. 어제 길에서 순사가 사람을 잡아가는데 한 손에 하나씩 혼자서 두 사람을 데리고 갔다. 만약 신해혁명 전이었다면 변발한 머리채를 다발로 움켜쥐어 최소한 10여 명을 연행할 수 있으니 백성을 다스리기에도 아주 편리하였을 것이다. 불행하게도 이른바 "해금海禁2)이 크게 풀려" 선비들이 차츰 서양책을 읽고 비교를 하게 되었다. 설령 '돼지꼬리'라고 서양인들의 놀림을 받지 않았다 하더라도, 머리카락을 다 밀어 버리지도 않고 다 남겨 두지도 않고, 동그랗게 밀어내고 한 줌만 남겨서 뾰족하게 마치 쇠귀나물 순 모양으로 변발을 땋는 것은, 스스로 생각해 봐도, 불합리하고 불필요한 것이었다.

내 생각에 이 점은 민국에서 태어난 청년들이라도 다들 알 것이라고 보는데, 청나라 광서光緖 연간에 캉유웨이라는 사람이 변법유신운동을 벌였다가 실패하였다. 그 반동으로 의화단義和團의 거사가 있었고 이에 8개국 연합군이 서울로 들어왔다. 이 연대가 외우기 쉽다. 딱 1900년으로 19세기의 마지막 해였다. 그리하여 만청滿淸 관민들은 다시 유신을 하기로 하였다. 유신에는 상투적인 수법이 있다. 관례대로 관리를 나라 밖으로 보내 시찰하게 하고, 학생을 나라 밖으로 보내 유학하게 하였다. 나는 바로 그때에 양강[3] 총독이 파견하여 일본으로 갔던 사람들 중 하나였다. 물론, 만주족을 배척하는 학설이나 변발의 죄상, 필화사건文字獄이 어떤 일이었던가에 대해서는 진즉부터 어느 정도 알고 있었지만, 무엇보다도 실제 불편을 느낀 것은 변발이었다.

무릇 유학생이 일본에 가면 대체로 새 지식을 탐색하는 것이 급선무였다. 일본어를 공부하여 전공할 학교에 들어갈 준비를 하는 것 외에, 유학생 회관에 가고, 서점에 가고, 집회에 가고, 강연을 들었다. 내가 처음으로 경험한 것은, 이름이 생각나지 않는 어떤 집회였다. 머리에 하얀 붕대를 싸매고 우시無錫 말씨로 만주족을 배척하는 내용의 강연을 하던 용감한 청년을 보고 저절로 숙연해졌다. 그런데 "내가 여기서 할망구를 욕하는데, 할망구도 틀림없이 거기에서 우즈후이吳稚暉를 욕할 것"이라고 그가 말하는 것이었다. 청중들은 웃음을 터뜨렸지만 나는 흥이 깨졌다. 유학생들 역시 시시덕거리기나 하는 패거리구나 싶었기 때문이다. '할망구'란 청조淸朝의 서태후西太后를 가리켰다. 우즈후이가 도쿄 집회에서 서태후를 욕한 것이야 의심할 수 없는 사실이나, 서태후도 같은 시각 베이징에서 회의를 열어 우즈후이를 욕한다는 것은 믿을 수 없었다. 강연에서는 물론 웃고 욕하고 할 수 있다. 하지만 의미 없는 익살은 무익할 뿐 아니라 해롭다. 그런데 우 선생은 당시 중국 공사公使 차이쥔蔡鈞과 큰 싸움을 벌여 유학생 사회에서 명성을 얻고 있었다. 하얀 붕대 아래 명예로운 생채기가 있었던 것이다. 얼마 뒤 그가 본국에 압송되게 되었는데 일본 황성 앞을 지날 때에 냇물에 뛰어들었다. 하지만 즉각 건져져서 송환되었다. 훗날 타이옌 선생이 그와 필전을 벌일 때 "깊은 물이 아닌 도랑에 뛰어들어 물 위로 얼굴이 드러날 정도였다"고 한 건 바로 이걸 두고 한 말이다. 사실 일본 황성의 해자孩子는 결코 얕지 않다. 다만 경관이 호송할 때였으니 설령 "물 위로 얼굴이 드러날 정도"가 아니었다고 하더라도 건져 올려졌을 것이다. 이 필전은 갈수록 험악해져서 독설까지 오고갔다. 올해 우즈후이가, 타이옌 선생이 국민당 정부의 우대를 받는다고 풍자할 때에도 그때 그 사건이 언급되었다. 30여 년 전의 해묵은 일을 지금껏 잊지 않고 있으니 원한이 얼마나 깊은가를 알 수 있다. 그렇지만 선생은 손수 엮은 『장씨총서』에 이 논쟁과 관련한 글을 싣지 않았다. 선생은 청조의 오랑캐를 극력 배척하였으나 청조의 몇몇 학자는 존경하였다. 아마 옛 현자들을 본받고자 하였고 그래서 그런 글귀로 자신의 저술집을 더럽히고 싶지 않았던 게다.──하지만 내가 보기에 이것은 속임수에 넘어간 것이다. 이런 순박함이야말로 있었던 사실을 감추어지게 하여 천고에 후환을 남긴다.

변발을 잘라 버리는 것은 당시에는 커다란 일이었다. 타이옌 선생이 변발을 잘라 낸 뒤 「변발에 대하여」解辮髮를 썼는데 다음과 같았다.──

……공화 2741년 추秋 7월, 내 나이 서른셋이다. 지금 만주 정부가 무도하여 조정 선비들을 탄압하고 근린 강국을 함부로 도발하여 외교관을 살해하고 무역상인들을 약탈한 탓에 사방에서 공격을 받고 있다. 오랑캐東胡의 무능에도 합당한 지위를 얻지 못하는 한족漢族의 현실에 분개하여 눈물 흘리며 몇 자 적노라. 내 나이 이립而立을 넘겼으나 아직도 융적戎狄의 복장을 하고, 하찮은 것을 어기지 못하여 변발을 잘라 내지 않았으니, 이것은 나의 죄이다. 예전의 옷차림과 머리 모양새로 되돌리려 하나 시대가 그것을 허락하지 않고 옷조차 옛것을 구할 수 없다. 그런 가운데 몇 마디 적는다. 명나라 유민이었던 기반손祁班孫과 승려 은현隱

髡은 둘 다 머리채를 자르고 죽었다. 『춘추곡량전』^{春秋穀梁傳}에 이르기를 "오나라에서는 머리카락을 바짝 깎는다"^{吳祝髮} 하였고 『한서』「엄조전」 ^{嚴助傳}은 "월나라에서는 머리를 바짝 깎는다"^{越斷髮}(진표^{晉灼}에 따르면 전 ^斷자를 장읍^{張揖}은 옛날 전^剪자라고 보았다 한다) 하였다. 내가 옛 오·월 지역 백성이니 머리카락을 자르는 것은 옛 풍습을 실행하는 것이다.……

이 글은 목판본으로 초판을 내고 활자본으로 재판을 낸 『구서』^{舊書}에는 있었으나 나중에 손을 보아 『검론』^{檢論}으로 개명하면서 삭제되었다. 내가 변발을 자른 것은, 내가 월 지방 사람이고 옛날 월나라 사람들이 '머리카락을 밀고 문신을 하였다'고 해서, 그래서 그것을 본받아 옛날 법식대로 돌아가고자 했던 것이 아니었다. 혁명성을 띤 행위도 아니었다. 근본 원인은 그저, 불편했기 때문이다. 첫째 모자를 벗을 때 불편했고, 둘째 체조를 할 때 불편했다. 셋째 둘둘 말아 정수리에 올려놓는 게 영 답답했다. 사실, 변발을 잘랐던 무리들이 귀국하면서 슬그머니 머리카락을 길러 왕조의 충신으로 된 자도 꽤 많았다. 황커창[4]은 도쿄에서 사범학교를 다닐 때 끝까지 변발을 자르지 않았고 소리 높여 혁명을 외치지도 않았다. 그가 초나라 땅 사람의 반항적 기질을 조금 드러낸 적이 딱 한 번 있었다. 일본인 학감이 학생들에게 웃통을 벗지 말라고 했는데 한사코 웃통을 벗고서 사기로 만든 세숫대야를 겨드랑이에 낀 채 목욕탕에서 마당을 지나 슬렁슬렁 자습실로 걸어갔던 것이다.[5]

1) 원제는 「因太炎先生而想起的二三事」, 루쉰이 타계하기 이틀 전에 쓴, 마지막 글이다. 1937년 3월 25일 출판된 '공작과 학습 총간'(工作與學習叢刊)의 둘째 권 『원야』(原野)에 처음 실렸다.

2) 과거 중국에서 해상 교통이나 해외 무역에 제약을 가한 것을 해금(海禁)이라 한다. 1842년 난징조약으로 중국이 문호를 열어 효력을 잃게 되었다.

3) 양강(兩江)은 장쑤성(江蘇省)과 저장성(浙江省)을 합쳐 부르던 말이다.

4) 황커창(黃克强, 1874~1916)은 혁명가 황싱(黃興). 자가 커창이었다. 후난성 산화(善化: 지금의 창사長沙) 사람. 일본 유학 시절 쑨원(孫文)과 함께 혁명 활동을 하였다. 중화민국 건국 뒤 육군총장을 맡았다.

5) 루쉰은 이 글을 마무리 짓지 못하였다.

부집

문인 비교학[1]

제물론齊物論

『국문주보』[2] 12권 43호에 『국학진본총서』의 오류를 지적한 글이 있었다. 인용부호를 잘못 쓰고 끊어 읽기를 잘못하였다는 것이다. 46호에 '주필' 스저춘[3] 선생이 답변하였다. 그는 '생계'[4]를 돌보느라 그렇게 된 것을 인정한다, "자손 복을 닦느라" 그런 것은 결코 아니라 하였다. 또 인정할 것은 인정하되 해명할 것도 해명해야 한다고 하였다. 그 태도가 대단히 뇌락磊落하였다. 마지막에 또 한 단락 해명한 말이 있다.

그러나 비록 실수를 하고 망신을 당하기는 했지만, 다행히 나는, 그 무슨 큰 죄를 저지른 것은 결코 아니다. 기껏해야 책 몇 권을 허투루 찍어 냈지, 다른 몇몇 문인들이 그런 것처럼, 남의 영혼과 혈육을 팔아넘기면서까지 자신의 '생계'를 돌본 것은 아니기 때문이다.

중국의 문인에는 두 가지 '몇몇'이 있다. 몇몇은 "기껏해야 책 몇 권을 허투루 찍어 내"고, "다른 몇몇 문인"은 "남의 영혼과 혈육을 팔아넘기면서까지 자신의 '생계'를 돌본"다. 우리가 "다른 몇몇 문인"들을 잠간 생각해 보면, 스 선생이 "그 무슨 큰 죄를 저지른 것은 결코 아니"지만, 결국은 그 무슨 "자손 복"을 닦으려고 했다는 것 역시 알 수 있다.

스 선생은 "조계 지역 못된 젊은이"洋場惡少의 자화상을 실감나게 보여 주기도 한다.──그러나 이것도 결코 "그 무슨 큰 죄"는 아니다. "다른 몇몇 문인들이 그런 것처럼."

주)＿＿＿＿＿

1) 원제는 「文人比較學」, 1936년 1월 월간 『바다제비』(海燕) 제1호에 처음 실렸다.

2) 『국문주보』(國聞週報). 종합지. 1924년 8월 상하이에서 창간되었다. 1927년 톈진으로 발행처를 옮겼고 1936년 다시 상하이로 옮겼다. 1937년 12월에 정간되었다. 이 잡지 제12권 제43호(1935. 11. 4.)에 덩궁싼(鄧恭三; 즉 덩광밍鄧廣銘)의 글 「중국문학 진본총서 제1집을 평한다」(評中國文學珍本叢書第一輯)가 실렸다. "허투루 기획하고, 작품 선정에 타당성이 없으며, 끊어 읽기에서의 오류" 등 세 가지 문제점을 지적하였다. 루쉰이 『국학진본총서』(國學珍本叢書)라 한 것은 『중국문학 진본총서』가 옳다. 스저춘 주편(主編), 상하이잡지공사(上海雜誌公司) 발행.

3) 스저춘은 1935년 11월 4일자 『국문주보』에 발표한 「중국문학진본총서에 관하여──나의 고백」에서 이렇게 말했다. "지금, 과거의 잘못은 이미 잘못이다. 내가 인정해야 할 것을 나는 인정할 것이다. 해명해야 할 것은, 독자와 덩 선생이 내가 궤변을 늘어놓은 것은 아니라고 믿어 주기를 바란다." "그(덩궁싼)는 내가 '생계'(養生主)를 위해서였지 '소요'(逍遙)를 위해 그런 건 아니라 하였는데, 이는 '내가 이 총서를 기획한 까닭'을 '잘 이해한' 말이다."

스저춘(施蟄存, 1905~2003). 중국 작가, 문학번역가, 학자. 원명 스칭핑(施青萍). 1929년 발표한 소설 『구마라습』(鳩摩羅什), 『장군의 머리』(將軍底頭) 등은 심리 분석을 응용한 점에서 높이 평가받는다. 1930년 그가 주필을 맡은 잡지 『현대』는 모더니즘 사조의 소개에 앞장서면서 널리 영향을 끼쳤다. 중일전쟁(1937~45) 발발 뒤 윈난(雲南)대학, 샤먼(廈門)대학 등에서 교편을 잡았고 1952년 이후 상하이 화둥(華東)사범대학 중문과 교수를 하였다. 젊은 시절 루쉰과 논전을 벌인 일로 인해서 1950년부터 1970년까지 박해받았고 이에 문학 창작과 번역에서 손을 떼고 고전문학 연구에 종사하였다. 1980년대 모더니즘 사조가 다시 중국에 유행함에 따라 그의 문학 창작이 재평가받았다. 그의 일생은 네 시기로 나눌 수 있다. 1937년 이전에 그는 편집 작업 이외에 단편소설과 시 창작 및 외국문학 번역을 주로 하였고, 중일전쟁 시기에 산문창작에 힘썼다. 1950~58년 사이에 200만 자에 이르는 외국 문학작품 번역을 하였고, 1958년 이후에는 중국 고전 문학 연구에 주력했다.

4) '생계'라고 번역한 것의 원문은 '養生主'이다. 본디 『장자』(莊子)의 편명(篇名, 내편 제3)이나 여기서는 '주로 생활을 위해서'라는 뜻으로 쓰였다. 위 주석에서 '소요'(逍遙)라 번역한 것도 『장자』의 편명 '소요유'(小搖游)이다.

크고 작은 기적[1]

허간何干

정초에 신문을 보니 『선바오』^{申報} 제3면에 있는 상우인서관의 '주간 추천서'[2]가 눈에 들어왔다. 이번에는 "뤄자룬[3] 선생이 선정"한 히틀러의 『나의 투쟁』(*A. Hitler: My Battle*)[4]인데 "뤄 선생의 서문을 발췌 수록"하였다.

히틀러가 독일에서 굴기^{崛起}한 것은 근대 역사상의 일대 기적이다.······ 히틀러의 『나의 투쟁』은 자기 당원들을 위하여 쓴 것이다. 바로 이러하기에, 이 기적에 대해 인식하고자 한다면 더욱더 여기에서부터 착수해야 한다. 때문에 이 책을 주간 추천서로 선정하는 것은 지극히 적절하다고 본다.

하지만 설사 번역본을 보지 않고 "여기에서부터 착수"하더라도 세 가지 작은 "기적"을 인식할 수 있다. 첫째, 당당한 국립중앙편역관^{國立中央編譯館}에서 다망한 중에 이 책을 번역한 것이고, 둘째는, 이 "근대 역사상의 일대 기적"이라 하는 것을 영역본에서 중역^{重譯}하였다는 점이며, 셋째는,

당당한 국립중앙대학 총장이 고작, "이 기적에 대해 인식하고자 한다면 더욱더 여기에서 착수해야 한다"고 말했다는 점이다.

참 이상한 기적이다!

주)_____

1) 원제「大小奇迹」, 1936년 1월 『바다제비』 제1호에 처음 실렸다.
2) 원문은 '星期標準書', 상하이 상우인서관이 도서 판매 촉진을 위하여 전문가들을 청하여 1주일에 책 한 권씩 추천하도록 하였다.
3) 뤄자룬(羅家倫, 1897~1969). 저장성 사오싱 사람. 베이징대학을 다닐 때 학생운동에 참여하였으나 5·4운동 이후 신문화운동에 회의적인 입장을 취했다. 프린스턴대학·컬럼비아대학·런던대학·베를린대학에서 유학을 하였고 1926년 귀국하여 북벌에 참여하였다. 1927년 장제스의 쿠데타 이후 칭화대학·중앙대학 총장 등을 역임하였다. 1945년 이후 주로 국민당 당사 편찬에 관여하였다. 타이완에서 타계.
4) 『나의 투쟁』 원서는 1925년부터 출판되기 시작했다. 국립편역관에서 번역한 중국어판(『我之奮鬪』)은 1935년 상하이 상우인서관에서 출판하였다.

대답하기 어려운 문제[1]

허간

아마 '어린이의 해'[2]를 겪어서인지 요 몇 년 사이에 어린이를 상대로 한 간행물이 무척 많아졌다. 타이르고, 이끌고, 격려하고, 권고하고, 그야말로 수선스러워 정력이 어린이만큼 왕성하지 못한 사람은 보기만 해도 어지러울 지경이다.

최근, 2월 9일자 『선바오』의 '어린이 특집'을 보니 어린이를 상대로 쓴 「무훈武訓[3] 선생」이 있었다. 이 글은, 무훈이 거지였고 자기는 상한 음식 더러운 물을 먹어 가면서도 남의 집 일을 해주고 "삯을 받으면 저축을 했다. 누가 돈만 준다면 그는 무릎을 꿇고라도 받았다"고 썼다.

여기까지는 별로 특별할 것이 없다. 특별한 점은, 그가 돈이 생기면 한 푼도 쓰지 않았고 그렇게 모은 돈으로 마침내 학교를 설립하였다는 사실이다.

이어 「무훈 선생」의 작자는 아래와 같은 물음을 던졌다.

"어린이 여러분! 여러분은 이 이야기를 읽고 무슨 생각이 드나요?"

나 또한 아주, 어린이들이 무슨 생각을 할까 궁금하다. 만약 이 이야기를 들은 이가 거지이거나 거지보다는 형편이 좀 나은 경우라면, 그는 아마 무훈만 못한 자신을 부끄럽게 생각하거나, 혹은 중국에 이러한 거지가 너무 적다는 데에 분개할지 모르겠다. 하지만 어린이 여러분은 무슨 생각이 들었을까. 아마 그들은 눈을 동그랗게 뜨고 작자에게 이렇게 물을 것 같다.

"낮살 드신 분!⁴⁾ 당신은 무슨 생각으로 이런 이야기를 하시나요?"

주)_____

1) 원제「難答的問題」, 1936년 2월『바다제비』제2호에 처음 실렸다.

2) '어린이의 해'. 1933년 10월 국민당 상하이시 정부가 상하이 아동행복위원회의 건의에 따라 1934년을 '어린이의 해'(兒童年)로 정했다.

3) 무훈(武訓, 1838~1896)은 산둥 탕이(堂邑; 지금의 랴오청聊城) 사람. 구걸, 이자놀이 등으로 기금을 마련해서 학교(義學)를 세웠다. 청 정부는 그를 '의학정'(義學正)에 봉하였다. '학정'(學正)은 교육 관련 문관의 직명으로 청나라 후기에는 정8품(正八品) 벼슬에 해당했다.

4) '어린이 여러분', '낮살 드신 분'의 원문은 각각 '小朋友', '大朋友'이다.

잘못 실린 문장¹⁾

잘못 실린 문장[1]

허간

지금 소년들 읽으라고 찍어 내는 간행물에 악비岳飛[2]니 문천상文天祥[3]이니를 묘사한 문장이 종종 보인다. 물론, 이 둘은 중국의 체면을 살려 준 분들이다. 하지만 현재의 소년들에게 이 두 사람을 모범으로 제시하는 것은, 현실에 맞지 않은 듯하다.

그들은, 하나는 문관文官이고 하나는 무장武將이었다. 어떤 소년이건 그들에게 감동하여 모방을 하려 한다면, 먼저 보통학교를 졸업한 뒤 혹은 대학에 들어가서 문관고시를 보거나, 아니면 육군학교에 진학해서 장군이 되어야 한다. 그래서 무장이 되면 열두 개의 금패金牌를 받고 소환되어 감옥에서 죽고, 문관이 되면 거병에 실패하여 몽골인의 손에 죽는다.

송宋이 어떤 왕조였던가? 역사가 말하고 있으니 말을 보태지 않겠다.

그렇지만 이 두 분은 확실히, 현임現任 문관·무장들에게 잘하라고 격려하고, 전임前任 항장降將·도관逃官들에게는 수치심을 줄 수 있다. 그래서 나는 이 이야기들이, 원래는 대인 나리들이 보는 간행물에 실으려고 썼는데 소년들 읽을거리로 잘못 실린 게 아닌가 하고 의심한다. 그게 아니라면? 결코 작자가 그렇게까지 저능하지는 않을 것이다.

주)_____

1) 원제 「登錯的文章」, 1936년 2월 『바다제비』 제2호에 처음 실렸다.
2) 악비(岳飛, 1103~1142)는 남송 때 금나라에 저항한 장수. 그는 1140년 허난(河南)에서 금나라 군대를 대파하였다. 기세를 타고 북진하려 하였으나, 재상 진회(秦檜) 등이 극력 화친을 주장하고 송 고종 조구(趙構) 역시 같은 입장(그는 북진이 성공할 경우 금나라에 포로로 잡혀 있는 형 흠종에게 임금 자리를 빼앗길 것을 두려워했다고 한다)이어서 그에게 회군하라는 명령을 하루 사이에 열두 차례 내렸다('금패'란 황금색 글자를 쓴 붉은 칠을 한 나무패). 악비는 수도 린안(臨安; 지금의 항저우杭州)에 돌아온 뒤 모반 혐의로 옥사하였다.
3) 문천상(文天祥, 1236~1283)은 남송의 대신. 원나라 군대가 린안을 함락시킨 뒤에도 그는 남쪽 지방에서 저항하다 사로잡혔다. 다두(大都; 지금의 베이징)로 압송되어 구금된 지 3년 만에 살해되었다.

『해상술림』상권 서언[1]

이 책은 거의 모두 문학에 관한 논설이다. 단지 『현실』[2] 속의 다섯 편은 잡지 『문학 유산』[3]에 근거하여 찬술한 것이며 이것들과 서·발문 두 편을 뺀 나머지는 모두 번역문이다.

이 책을 편집할 때 대체로 원고原稿에 의거하였다. 다만 「세라피모비치 『철의 흐름』 서문」[4]은 인쇄본에 따라 수록하였다. 「15년래의 서적 판화와 단행 판화」[5]는 발췌 번역한 것인데, 남의 손을 탄 것 같다. 역자의 본의와 부합하는지 여부를 알 수 없지만, 예술에 관한 것이 이 한 편뿐이어서 솎아 내지 않았다.

「냉담」冷淡도 인쇄본에 의거하였다. 「고리키 논문 보유」高爾基論文拾補에 실려야 할 것이지만 너무 늦게 찾아냈다. 조판이 끝난 상태라서 책 끝에 부록으로 붙였다.

글귀는 현저한 착오 몇 개와 빠진 글자만 바로잡았다. 인명·지명이 앞뒤가 다른 것 같은, 단속적으로 번역하다 보니 생긴 문제점과, 당시 참고 서적이 없어서 주해註解 중에 어쩌다 분명하지 않은 데가 있는데, 이것들은 본래 면목을 보일 필요에서, 죄다 손보지 않았다.

원고를 수집하고 교열·인쇄한 과정에서 많은 벗들의 도움을 받았다. 이 자리를 빌려 감사드린다.

1936년 3월 하순, 엮은이

주)⎯⎯⎯⎯

1) 원제「『海上述林』上卷序言」,『해상술림』 상권에 처음 실렸다.
   『해상술림』(海上述林)은 취추바이(瞿秋白, 1899~1935)의 번역문집이다. 취추바이가 국민당 당국에게 살해된 뒤 루쉰이 수집·편집하여 출판하였다. 상·하 두 권으로 구성되었다. 상권 『변림』(辨林)의 판권 페이지에 1936년 5월에 출판한 것으로 되어 있고, 맑스, 엥겔스, 레닌, 플레하노프, 라파르그(Paul Lafargue)의 문학 논문과 고리키의 논문 선집 및 그 보유(補遺) 등을 수록하였다. 당시 국민당 당국의 억압 때문에 '제하회상사 교열·인행'(諸夏懷霜社校印)이라고만 하고 역자·편자 이름 등은 밝히지 않았다. 책등에 STR이라 표기하였다. '제하회상사'에서 '제하'(諸夏)는 중국, '회'(懷)는 그리워하다, '상'(霜)은 취추바이의 본명이다. 따라서 '중국의, 취추바이를 그리워하는 모임'이라는 뜻, STR은 스티얼(史鐵兒: 강철)로 취추바이가 사용한 필명 중 하나.
   취추바이는 장쑤성 창저우(常州) 사람, 중국공산당의 초기 지도자 중 한 사람이다. 1927년 겨울부터 이듬해 봄까지 중국공산당 정치국 임시서기를 맡았다. 나중에 왕밍(王明) 세력에게 배척당했다. 폐결핵을 앓던 그는 1931년부터 1933년 사이에 상하이에 머물면서 창작과 번역 활동에 종사하였다. 이때 루쉰과 처음 만났고(1932년 여름) 깊이 사귀었다. 그가 1934년 1월 상하이를 떠날 때 루쉰은 그를 위해 "人生得一知己足矣, 斯世當以同懷視之"(사람 삶에 지기 한 사람 있으면 족하다. 이 세상을 같은 가슴으로 대할지니) 라 써 주었다. 2월에 '중앙혁명근거지' 루이진(瑞金)에 도착, 중화소비에트공화국 중앙집행위원회 위원, 인민교육위원회 위원, 중화소비에트공화국 중앙정부 교육부 장관 등을 맡았다. 국민당의 토벌로 루이진이 함락될 때에 홍콩을 향해 가던 도중 푸젠성에서 체포되어(1935년 2~3월이라는 설도 있다) 1935년 6월 18일 새벽, 36세의 나이로 처형되었다.

2) 『현실』(現實). 취추바이가 소련 공산주의아카데미에서 출판한 『문학 유산』 제1·2호에 있는 자료에 근거해서 편역한 맑스주의 문학예술 논문집. 엥겔스, 플레하노프, 라파르그의 문학예술 관련 논문과 서신 일곱 편과 역자가 편역한 관련 논문 여섯 편, 후기 한

편이 수록되어 있다. 루쉰은 『해상술림』을 편집할 때 당시 정치 환경을 고려하여 부제 '맑스주의 문예논문집'을 '과학적 문예논문집'으로 이름을 바꾸었다.

3) 『문학 유산』(文學的遺産)은 소련 공산주의아카데미가 출판한 부정기 총간(叢刊)으로, 예전 작가들이 간행한 적이 없는 작품 및 그들에 대한 전기 자료를 주로 실었다.

4) 취추바이가 『세라피모비치 전집』의 편집자 네라도프(Г. Нерадов, 涅拉托夫)가 쓴 글(「시월의 예술가」)을 번역한 것이다. 1931년 출판된 『철의 흐름』 중국어 역본에 수록되었다. 세라피모비치(Александр Серафимович Серафимович, 1863~1949)는 카자흐스탄 출신의 소련 소설가. 『철의 흐름』(Железный поток, 1924)은 그의 두번째 장편소설로 혁명 당시 캅카스 지방에서의 빨치산 투쟁을 제재로 하였다. 사회주의 리얼리즘의 대표작 가운데 하나로 평가받는다.

5) 「15년래의 서적 판화와 단행 판화」(十五年來的書籍版畵和單行版畵)는 고그다예프(楷戈達耶夫) 작. 소련 잡지 『예술』 제1·2호 합병호에서 발췌번역한 것이다. 번역문이 1934년 루쉰이 선정·편집하여 삼한서옥 명의로 출판한 『인옥집』(引玉集)에 실린 바 있다.

나의 첫번째 스승[1]

옛날 책 어느 것에서 읽었는지 기억나지 않는데, 대략 이런 내용이었다. 한 도학道學선생 ── 물론 이름난 사람이다 ── 이 불교를 평생, 기를 쓰고 배척하였다. 그런데 제 아들에게는 '중'和尙이라는 이름을 지어 주었다. 어느 날 누군가가 이 일을 가지고 물었더니 "이건 천하게 여긴다는 뜻이오!"라고 대답했다. 물어본 사람은 할 말을 잃고 물러났다.

사실, 그 도학선생의 말은 궤변이다. 아이 이름을 '중'이라고 지은 것은 미신 때문이다. 중국에는 오로지 전도가 양양한 사람, 그중에서도 어린 아이에게 해코지를 하는 요귀妖鬼가 많다. 못나고 천하면 가만 놔두니 안심이다. 중이라는 부류의 사람들은, 중의 입장에서 보면 성불成佛할 수 있으니까 ── 물론 장담할 수는 없다 ── 당연히, 대단한 존재이다. 그러나 선비 입장에서 보면 그들은, 결혼도 하지 않고 가정도 없고 벼슬을 할 리도 없는 미천한 자들이다. 선비 생각에 요귀의 견해도 당연히 자기하고 같을 것이니 '중'이라고 해 놓으면 해코지를 피할 수 있다. 이는 애들 이름을 개똥이·말똥이라고 지어 주는 것과 완전 같은 이치이다. 그러면 탈 없이 자란다.

　요귀를 피하는 방법이 하나 더 있다. 중을 스승으로 모시게 하는 것, 즉 아이를 절에 바치는 것이다. 그렇다고 절간에다 맡기는 것은 아니다. 나는 저우周씨 집안에 태어났고, 장남이었다. "드물면 귀한 법"이라고, 아버지는 내 전도가 양양하지 않을까, 그렇다면 해코지 없이 키울 수 있을까 염려를 해서 한 살이 되기도 전에 나를 창칭사長慶寺로 데리고 가 어느 중을 스승 삼게 하였다. 제자로 들어갈 때의 예를 갖추었는지, 무슨 시주를 하였는지는 전혀 모른다. 내가 아는 것이라고는 그로 해서 내게 창겅長庚이라는 법명이 생겼다는 것뿐이다. 나는 훗날 이것을 필명으로 삼은 적이 있고 소설 「술집에서」在酒樓上에서는 제 조카딸을 을러댄 무뢰배에게 이 이름을 증정하기도 했다. 내게 생긴 것으로 또 백가의百家衣,2) 즉 '납의'衲衣가 있다. 본래 여러 가지 헌 헝겊을 가져다 만들어야 옳지만 내 것은 여러 색깔의 감람열매 꼴 비단 조각을 기워서 만든 것이고, 잔칫날이 아니면 입히지 않았다. 또 하나, '소 노끈'牛繩이라는 것도 생겼다. 거기에는 자질구레한 것들, 예컨대 일력日曆, 거울, 은으로 만든 체銀篩 같은 것이 달려 있었는데, 액을 막아 준다고 했다.

　이런 조처들이 정말 효과가 좀 있었던 모양이다. 내가 지금껏 살아 있으니 말이다.

　그러나 지금, 법명은 남아 있지만 그 두 가지 법보法寶는 없어진 지 오래다. 몇 해 전 베이핑에 갔을 때 어머니가 은으로 만든 체를 보여 주었다. 딱 하나 남아 있던 내 아깃적 기념물이다. 그 체는 직경이 한 치 남짓밖에 되지 않았다. 꼼꼼히 들여다보니 한 가운데에 태극도太極圖가 있고, 위쪽에 책 한 권, 아래쪽에 그림 두루마리, 좌우로는 잣대, 가위, 주판, 저울 따위가 있었다. 이걸 보고 문득 깨달았다. 중국의 못된 귀신들은 딱 부러진 것, 대충 상대해서는 안 되는 것을 무서워하는구나. 탐구심과 호기심 때문에 작년에, 상하이의 금은방에 가서 물어보았다. 결국 두 개를 샀는데 달려 있는 가짓수가 좀 다를 뿐 기본 형식은 내 것과 똑같았다. 참 이상한 일이다. 반세기가 넘게 지났는데도 사귀邪鬼들 성정이 여전하고 액막이하는 법보도 예전 그대로라니. 하지만 또 이런 생각도 들었다. 어른은 이런 걸 쓰면 안 된다, 그랬다가는 아주 위험하다.

하지만 이 때문에 또 반세기 전의 첫번째 스승 생각도 났다. 나는 아직도 그의 법명을 모른다. 사람들은 그를 '룽龍 사부師父'라고 불렀다. 늘씬한 키, 갸름한 얼굴, 튀어나온 광대뼈, 가느다랗게 찢어진 눈에, 중이라면 기르지 말아야 할 수염이 두 갈래 있었다. 사람들을 상냥하게 대했고 내게도 상냥했다. 나에게 불경은 한 구절도 가르쳐 주지 않았고 계율도 가르치지 않았다. 그 자신은 어떤가 하면, 가사를 입고 큰스님 노릇을 하였는데 혹간 방염구放焰口[3] 때가 되어 비로모毘盧帽[4]를 갖추어 쓰고 재齋를 주재하면서 "굶주리는 외로운 넋이여, 단이슬甘露을 맛보시라"[5] 하고 읊조릴 때면 장엄하기가 그지없었다. 평상시에는 그러나 염불을 하지 않았다. 지주였기에 절간의 잔일만 챙겼다. 사실 그는──물론 내가 보기에 그렇다는 것이지만──삭발한 속인에 지나지 않았다.

이리하여 내게는 또 사모師母 즉 그의 마누라가 생겼다. 본래 중한테 마누라가 있어서는 안 되지만, 그에게는 있었다. 우리 집 본채 한가운데에 있던 제단에 절대적으로 존경하고 복종해야 할 다섯 분이 금 글씨로 새겨져 있었다. "하늘·땅·임금·어버이·스승"天地君親師. 나는 제자이고 그는 스승이다. 결코 항의할 수 없었거니와 항의할 뜻도 없었다. 좀 이상하다는 생각은 했다. 그러나 나는 나의 사모를 좋아했다. 내 기억에 처음 만났을 때 그녀는 마흔 살 안팎이었다. 통통했던 사모는 검은색 비단 바지저고리 차림으로 자기 집 뜰에서 바람을 쐬었고 그녀 아들들이 나하고 놀았다. 때로 과일과 과자도 주었다.──이것이 내가 그녀를 좋아한 큰 이유 가운데 하나였음은 물론이다. 고결한 천위안 교수의 말을 빌리자면 "젖을 주면 제 어미"[6]였던 격이라, 인격적으로 참 보잘게없었던 것이다.

그런데 나의 사모는 연애 스토리가 좀 비범하다. '연애'라는 것은 요즘 술어이고 그때 우리가 살던 구석진 지역에는 '좋아지낸다/좋아하다'相好라는 말밖에 없었다. 『시경』에서 "서로 좋아해야지 미워해서는 안 된다"式相好矣, 毋相尤矣[7]라 한 것을 보면 이 말이 생긴 지가 퍽 오래다. 문·무·주공 때로부터 그리 멀지 않은 때에서 유래를 확인할 수 있는데도 훗날 점잖은 말 축에 들지 못했다. 그건 그렇다 치자. 어떻든, 룽 사부는 젊은 시절 꽤나 멋지고 수완 있는 중이었다고 한다. 교제 범위도 넓어서 각양각색의 사람들과 사귀었다. 하루는 시골 마을에서 지신제연극이 있었다. 그때 배우와 친분이 있었던 그가 무대에 올라 징을 쳤다. 반들거리는 민머리에 갓지은 승복을 입고 노는 꼴이 참으로 볼만하였다. 대체로 완고한 게 시골 사람들이다. 그들이 보기에 중은 염불을 하고 부처님께 절이나 올리고 있어야 한다. 무대 아래에서 욕설이 들렸고 사부도 질세라 욕으로 대꾸했다. 이리하여 전쟁이 개막되었다. 단수수 토막들이 빗방울 지듯 날아들었고 몇몇 용사들은 진격을 할 기세였다. '중과부적'이라, 퇴각하는 수밖에. 한쪽이 달아나면 한쪽은 쫓게 된다. 그는 다급한 나머지 한 집에 들어가 숨었고, 그 집에는 젊은 과부 한 사람만 있었다. 뒷이야기는 나도 잘 모른다. 어쨌거나, 그때 그녀가 나중에 지금의 내 사모가 되었다.

『우주풍』宇宙風이 출간된 이래 지금까지 배독拜讀할 인연이 없었다가 며칠 전에야 '봄철 특대호'를 보았다. 거기 「성패를 가지고 영웅을 논하지 않는다」라는 주탕鉄堂 선생의 글이 있었다. 흥미로워 보였다. 그는, "성패를 가지고 영웅을 논하지 않는" 중국인의 습성이 "이상은 숭고하다고 하지 않을 수 없다", "그러나 인간 집단의 조직이라는 면에서 보면 그래서는 안 된다. 강자를 누르고 약자를 돕는 것은 강자의 출현을 마다하는 것이다. 실패한 영웅을 숭배하는 것은 성공한 영웅을 영웅으로 치지 않는 것이다." "요즘 사람들 입에 유행하는 말이 있다. '중국 민족은 동화력이 뛰어나다, 때문에 요·금·원·청은 결코 중국을 정복한 적이 없다'는 것이다. 사실 이것은 새로운 제도를 쉽게 받아들이지 않는, 일종의 타성에 지나지 않는다."——이런 내용인데, 어떻게 이 '타성'을 바로잡을까에 대해서는 잠자코 있어 보자. 우리 대신 방도를 마련할 사람이 아주 많다. 나는 단지, 그 과부가 나의 사모로 된 것이 바로 이 "성패를 가지고 영웅을 논하지 않는" 폐단 때문이었다는 것만 지적하고자 한다. 시골에, 살아 있는 악비나 문천상은 없다.[8] 그러니, 잘 생긴 중이 단수수 토막이 비 오듯 쏟아지는 가운데 무대 아래로 뛰어내려 왔다면, 이야말로 진짜배기 실패한 영웅이다. 그녀에게 조상 전래의 '타성'이 발현되었다. 숭배하는 마음이 생긴 것이다. 추격병에 대해서는 선조들이 요·금·원·청의 대군大軍을 상대할 때와 마찬가지로 '영웅으로 치지 않았다'. 역사에서 그 결과가 어떠했던가. 주탕 선생 말대로 "중국 사회는 위엄을 세우지 않으면 복종시킬 수 없다". 그러니 "양저우 10일"揚州十日과 "자딩 3도"嘉定三屠[9]는 자업자득이었다. 하지만 당시 시골 사람들은 "위엄을 세우지"도 않고 흩어졌다. 물론, 거기에 숨어 있을 줄은 생각지도 못해서 그랬을 것이지만.

이리하여, 내게 세 명의 사형師兄, 두 명의 사제師弟가 생겼다. 맏사형大師兄은 집이 가난해서 절에 바쳐진 ──또는 팔려 온 경우였고, 나머지 넷은 다 사부의 자식들이다. 큰 중의 아들이 작은 중이 되는 것은 그 시절 전혀 이상할 게 없었다. 맏사형은 독신이었다. 둘째 사형은 딸린 식구가 있었으나 그걸 내게 숨겼다. 이걸 보면 그의 도행道行이 나의 사부, 즉 자기 아버지보다 훨씬 못했음을 알 수 있다. 그들은 나하고 나이 차가 커서 교제가 거의 없었다.

셋째 사형은 나보다 열 살 많았을 것이다. 그래도 사이가 좋았고 나는 그 사형 걱정이 많았다. 그가 큰 수계大受戒 받을 때의 일이다. 그는 불경을 그리 읽지 않았다. 대승大乘불교의 교리를 제대로 알지 못했을 것이다. 반질거리는 정수리에 뜸쑥 두 줄을 얹어놓고 한꺼번에 태울 텐데 아픔을 참아내지 못할 게 뻔했다. 선남신녀善男信女들이 참여한 자리에서 사형이 그걸 견뎌 내지 못한다면, 남 보기에 좋지 못하고 사제師弟인 내 체면도 깎일 것이다. 이걸 어찌하나. 마치 내가 수계를 받는 것처럼, 생각만 해도 조바심이 났다. 그러나 내 사부는 필경, 도력이 깊었다. 그는 계율이나 교리에 대해서는 아무 말도 하지 않았다. 당일 새벽, 셋째 사형을 불러 엄하게 분부하였을 뿐이다. "기를 쓰고 견뎌라. 울어도 안 되고, 소리 질러도 안 된다. 울거나 소리 지르면 머리통이 터진다. 그러면, 넌, 죽어!" 사부의 호통 한 마디는 『묘법연화경』이니 『대승기신론』이니 하는 것보다 훨씬 위력이 있었다. 누군들 죽고 싶겠는가. 이리하여 의식은 아주 장엄하게 진행되었다. 평상시와 달리 두 눈에 눈물이 고이기는 하였으나, 뜸쑥 두 줄이 정수리 위에서 다 탈 때까지, 분명 아무 소리도 내지 않았다. 나는 안도의 숨을 쉬었다. 정말이지 '무거운 짐을 내려놓은 듯'하였다. 선남신녀들도 저마다 합장하고 찬탄하면서 기쁜 마음으로 시주를 하고 부처님께 절을 올리고 돌아갔다.

출가한 사람이 큰 수계를 받으면 사미승에서 정식 승려로 된다. 그것은 우리 재가인在家人이 관례冠禮를 통해 동자童子에서 성인으로 되는 것과 마찬가지이다. 성인이 되면 '가정을 이루기'를 바라게 마련인데, 중이라고 여자 생각을 하지 않을 수 없다. 중이 석가모니와 미륵보살만 생각한다는 것은 중을 스승으로 모시지 않았거나 중을 벗한 적이 없는 세속인의, 잘못된 견해이다. 수행을 하고 마누라가 없고 고기를 먹지 않는 중이 절 안에 없었던 건 아니다. 예컨대 내 맏사형이 그랬다. 하지만 그들은 괴팍하고 냉혹하고 오만했고, 늘 우울해 보였다. 자기 부채나 책에 손만 대도 버럭 화를 내는 바람에 가까이 할 엄두가 나지 않았다. 그래서 내가 잘 아는 중은 모두, 마누라가 있거나 있어야겠다고 내놓고 말하는 중, 고기를 먹거나 먹고 싶다고 내놓고 말하는 중들뿐이다.

나는 그때 셋째 사형이 여자 생각을 하는 걸 전혀 의아해하지 않았다. 뿐만 아니라 어떤 여자를 이상적이라 생각하는가도 알고 있었다. 사람들은 그가 비구니를 마음에 두고 있었을 것이라 여길지 모르나, 그건 아니다. 비구가 비구니와 '좋아지내'면 곱절로 불편하다. 그는 부잣집 아씨나 며느리를 염두에 두고 있었다. 그런데 이 '그리움' 또는 '혼자 그리워함'——요즘 말로 하면 '짝사랑'——을 이루어 주는 매개가, '매듭'結이다. 우리 고장의 부잣집에서는 초상이 나면 매 이레마다 불사佛事를 하며, 첫 이렛날에 '매듭을 풀어 주는'解結 의식을 거행한다. 왜냐하면 죽은 사람은 생전에 남에게 지은 죄가 있게 마련이다. 그가 맺어 놓은 원한은 누군가가 풀어 주어야 한다. 방법은 이렇다. 첫 이렛날 독경과 예불을 마치면 영전에 쟁반을 몇 개 놓는다. 쟁반에는 먹을 것, 꽃 같은 것이 담기는데 그중 한 쟁반에는 열 푼 남짓한 동전을 꿰어 놓은, 삼실이나 흰 실로 꼰 노끈으로 만든 나비 모양의 매듭이 놓여 있다. 중들이 위패를 둔 탁자 주변에 둘러앉아 노래를 부르면서 매듭을 푼다. 매듭이 풀리면 돈은 중들 차지가 되지만 죽은 사람이 맺어 놓은 모든 원한이 깨끗하게 풀린다. 좀 이상한 방법이기는 했으나 다들 그렇게 했고 아무도 이상하다고 생각하지 않았다. 하긴 이것도 '타성'일 것이다. 그런데 매듭풀기는 세속 사람들이 추측하는 것처럼 열이면 열 다 푸는 게 아니다. 그중 맵시가 있어서 마음에 들거나 일부러 꼼꼼하게 지어 놓아 풀리지가 않는 매듭은 승복 소매 속으로 슬쩍 사라진다. 죽은 사람이 맺은 원한이야 어찌 되건, 그가 지옥에 떨어져 고생을 하건 말건. 그 매듭은 보물이나 되는 양 절로 가지고 가 간수해 놓고 수시로 감상한다. 이건 우리가 때로 여성 작가의 작품을 편애하는 것과 마찬가지이다. 감상할 때면 작가 생각이 나게 마련이다. 매듭을 만든 사람이 누구일까. 남자나 노비가 했을 리 만무하니 말할 것도 없이 아씨나 며느리가 만든 것이다. 중들은 문학계 인물들처럼 청아하지 않으므로 사물을 보면 사람을 떠올리는 일이 벌어지지 않을 수 없다. 이른바 '상상의 나래를 펴'는 것이다. 그 심리 상태에 대해서는, 내 비록 중을 스승으로 모시기는 했으나 필경은 재가인인지라 속내까지는 다 알지 못한다. 다만, 셋째 사형이 어쩔 수 없이 내게 몇 개를 준 적이 있는데 그중 어떤 것은 아주 맵시 있었다. 물에 담갔다가 가위 손잡이 따위로 다져 놓아 중이 풀 수 없게 해 둔 것도 있었다. 죽은 이를 위해 고안된 매듭풀기가 살아 있는 중을 난감하게 하다니, 참으로 나는 아씨 혹은 며느님들 심사를 알 수 없었다. 이 의문은 20년 뒤 의학을 좀 공부한 뒤에야 풀렸다. 알고 보니 그것은 이성 학대로 병적인 현상이다. 깊은 규방 속 원한이 절간에 있는 중에게 마치 라디오 전파처럼 전해졌던 것인데, 내 생각에 도학선생들은 이런 측면을 짐작도 하지 못할 것이다.

훗날, 셋째 사형에게도 마누라가 생겼다. 아씨 출신인지 비구니인지 아니면 '가난한 집 고운 따님'인지는 모른다. 그 역시 이걸 비밀에 부쳤는데, 도행이 자기 아버지에게 훨씬 못 미쳤던 것이다. 그때는 나도 나이가 좀 들어서 중은 계율을 지켜야 한다는 말을 어디선가 들었다. 그를 궁지에 몰아넣자는 생각에서 그걸 가지고 놀렸더니 뜻밖에도 그는 조금도 꿀리지 않고 즉시 내게 '금강노목'金剛怒目[10]식으로 눈을 부라리며 호통을 쳤다.

"중한테 마누라가 없으면 작은 보살은 어디서 나오냐!?"

이건 정말이지 '사자후'獅子吼로서 내게 진리를 깨우쳐 주었다. 아구무언啞口無言. 나는 확실히 1장丈[열 자] 남짓한 큰 불상과 몇 자 또는 몇 치 크기의 작은 보살들이 있는 줄을 보아서 알고 있었지만, 왜 크고 작은가는 몰랐다가, 그의 호통 한 마디에 모든 의문이 풀렸다. 하지만 그 뒤로 셋째 사형을 만나기가 힘들어졌다. 이 출가인에게 집이 셋이 되어서였다. 하나는 절간이다. 하나는 자기 부모 집이고, 다른 하나는 자기와 마누라가 사는 집이었다.

나의 사부는 40년쯤 전에 이미 세상을 떴다. 사형제들 태반이 절의 주지를 하였다. 우리의 우정은 여전히 존재하나, 오랫동안 서로 소식이 없었다. 하지만 나는, 생각한다. 그들에게 틀림없이 저마다 작은 보살들이 생겼을 것이고, 몇몇 작은 보살에게 또 작은 보살이 생겼을 것이다.

4월 1일

주)_____

1) 원제「我的第一個師父」, 1936년 4월 월간『작가』제1권 제1호에 처음 실렸다.

2) 100집 즉 여러 집에게 얻어 온 천 조각을 가지고 기워 만든 옷. 갓난아이에게 이런 옷을 해 입히면 오래 산다고 여겼다.

3) 원문은 '放焰口'. '염구'(焰口)는 아귀(餓鬼)의 이름으로, 계율을 어기거나 탐욕을 부리다가 아귀도(餓鬼道)에 떨어진 망령이다. 음식이 입에 닿기만 하면 목구멍에서 불길이 뿜어져 나와 먹을 수 없다고 해서 '염구'라고 한다. 지옥에서 매년 음력 7월 초하루에 염구(아귀)들을 풀어 주어 가족·친지들의 공양을 받을 수 있게 하는데 '염구를 풀어 준다'고 해서 '방염구'라 한다. 귀신들은 7월 15일(한국에서는 백중날이라 한다)에 지옥으로 돌아간다. 그날, 백중날 음식을 진설하여 귀신을 위로하는 재를 올리는 것도 '방염구'라 부른다. 불가에서 이를 우란분재(盂蘭盆齋)라 하는데, 우란분재는 백중날 절에서 올리는 재이고, '방염구'는 주로 백중날 재를 올리지만, 필요에 따라 절이 아닌 다른 장소, 백중날이 아닌 다른 날에도 열린다는 점이 다르다. 우란분(盂蘭盆)은 범어 Ullambana의 한어(漢語) 음역, 거꾸로 매달린 망령을 구원한다는 뜻. 현재 전해지고 있는 '방염구'/'우란분재'의 근거가 되는『우란분경』(盂蘭盆經)은 인도에서 원전이 확인되지 않는 경전이다. 중국에서 창작된 것으로 여겨진다.

4) 원문은 '毘盧帽', 승려가 쓰는, 비로자나불 모양을 수놓은 모자.

5) 원문은 '無祀孤魂, 來受甘露味'. '방염구' 때 쌀알과 물을 뿌리는 의식이 있는데 쌀은 먹을 것을, 물은 마실 것을 상징한다. 여기서 "단이슬(甘露)을 맛보시라" 한 것은 물을 뿌릴 때 쓰는 말이다. "무사고혼"은 제사를 지내 줄 후손이 없는 외로운 혼. '방염구'/'우란분재'는 후손들이 올리는 재(齋)이지만 후손이 없는 망령도 함께 초대하여 흠향하게 하였다.

6) "젖을 주면 제 어미"(有奶便是孃). 1925년 8월 베이양(北洋)정부 교육총장 장스자오(章士釗)가 애국운동을 금하고 복고사상을 퍼뜨리자 베이징대학 평의회가 그의 교육총장 지위를 부정하고 교육부와 관계를 끊을 것을 선언하였다. 나중에 일부 교수가 교육부와 관계가 끊겼을 때 대학 경비(經費) 조달이 문제될 수 있다고 하자 일부 진보 교수들이 동료들에게 보낸 공문에서 이렇게 말했다. "장스자오가 부임한 이래 베이징대학에 약간의 경비를 마련해 준 적이 있다는 것은 본교 동인(同人)들이 잘 아는 바이다. 설령 장스자오가 참으로 매월 경비를 지원하거나 밀린 봉급을 줄 수 있다고 하더라도……홀연 태도를 바꾸어…… '젖을 주면 제 어미'주의(主義)를 택한다면, 우리는 베이징대 동인 됨을 부끄러워하지 않을 수 없다." 천위안은『현대평론』제2권 제40호(1925년 9월 12일)에 발표한「한담」(閑話)에서 '젖을 주면 제 어미'란 말을 인용하면서 이 일을 비꼰 바 있다.

7)『시경』「소아」(小雅)의「사간」(斯干)에 있는 말이다.

8) 악비·문천상 같은 실패한 영웅 이야기는 연극 등에 자주 등장한다.

9) 둘 다 여진족이 청나라를 건국하여 중국을 정복하는 과정에서 벌인 대규모 학살이었다. "양저우 10일"은 1645년 청군이 양저우를 함락시킨 뒤 열홀에 걸쳐 대학살을 저지른 것을 가리킨다. "자딩 3도"는 같은 해 청군이 자딩(嘉定)을 점령한 뒤 세 차례에 걸쳐 학살 행위를 저지른 것을 말한다. 청대 왕수초(王秀楚)가 쓴 『양저우 십일기』(揚州十日記)와 주자소(朱子素)의 『자딩도성기략』(嘉定屠城記略)이 각각 그 참상을 기록하였다.

10) 금강역사(金剛力士; 불법을 수호하는 무사)의 부릅뜬 눈. 『태평광기』(太平廣記) 제174권에 「담수」(談藪)를 인용한 다음 구절이 있다. "수(隋) 이부시랑 설도형(薛道衡)이 종산(鐘山) 개선사(開善寺)에 온 적이 있는데, 소승에게 물었습니다. '금강은 왜 부릅뜬 눈이고 보살은 왜 내리 뜬 눈입니까?' 소승이 대답했습니다. '금강이 눈을 부릅뜬 것은 사방 마귀를 항복시키기 위해서이고, 보살이 눈을 내리 뜬 것은 6도 중생에 대한 자비심 때문입니다.'"

『해상술림』하권 서언[1]

이 책에 수록된 것은 시, 희곡, 소설로 모두 문학작품이다. 또 모두 번역문이다.

편집할 때에 『클림 삼긴의 생애』[2]의 잔고殘稿를 제외하고는 대개 인쇄본에 의거하였다. 다만 「욕을 하고 있을 틈이 없다」[3]는 역자가 인쇄본에 손수 교정한 데에 따라 잘못된 글자 몇 개를 바로잡았다. 고리키의 초기 창작 번역도 원고를 찾아 대조하여 주석 몇 개를 보충하였다. 「레르몬토프의 소설에 관하여 제13편」[4]이 아깝다. 보존하고 싶었으나 원고를 끝내 찾아내지 못했다. 인쇄본에 의심스러운 데가 있어도 대조할 길이 없었고 머리말조차도 초고와 동일하지 않은 듯하였다.

역자는 일정한 체계가 없이 번역 저본을 택했던 것 같다. 아마, 첫째 손에 넣을 수 있는 것, 둘째, 발표될 가능성이 있다고 여겨질 때에 번역에 착수한 것으로 보인다. 뿐만 아니라, 때로 삽화에 이끌려 번역하기도 하였다. 예컨대 역자는 레크테레프(B. A. Lekhterev)와 바르토(R. Barto)의 회화를 좋아했다. 마지막 소설 앞에 역자가 붙인 머리말을 보면 이 점을 알 수 있다.[5] 때문에 이 책의 짜임새는 상권과 달리 원본에 있는 삽화를 모두 수록하였다.——이것은, 물론 독자의 흥미를 돋우자 하는 뜻도 있지만 "무덤 앞에 검을 걸어 놓"는 뜻[6]이 있다. 글귀 처리 방침은 상권과 같다.

1936년 4월 말, 엮은이

주)_____

1) 원제 「『海上述林』下卷序言」, 『해상술림』 하권에 처음 수록되었다.

2) 막심 고리키(Максим Горький, 1868~1936)의 장편소설 『Life of Klim Samgin』(Жизнь Клима Самгина, 1926~36).

3) 소련 시인 데미얀 베드니(Демьян Бедный, 1883~1945)의 장시(長詩). 트로츠키를 풍자한 작품이다.

4) 소련 작가 파블렌코(Пётр Андреевич Павленко, 1899~1951)가 쓴, 러시아 시인 레르몬토프(Михаил Лермонтов, 1814~1841)에 관한 중편소설.

5) 『해상술림』에 수록된 고리키의 초기 창작 2편에는 레크테레프의 삽화 여덟 점이 있다. 또 「레르몬토프의 소설에 관하여 제13편」에 바르토의 삽화 네 점이 있는데, 역자는 이 번역문에 붙인 「머리말」(小引)에서 이렇게 말했다. "덧붙여 놓은 삽화 세 점(이 작품이 『역문』에 발표될 때는 삽화가 세 점만 있었다)은 독자 여러분이 한 번 꼼꼼히 봄 직하다. 얼마나 힘이 넘치고 분명한가."

6) 춘추시대 오나라 계찰(季札)의 고사. 『사기』 「오태백세가」(吳太白世家)에 다음과 같은 말이 있다. "오나라가 계찰을 노나라에 사신으로 보냈다. …… 계찰이 서(徐)나라를 지나는데 서나라 군주가 계찰의 검이 탐났으나 차마 말을 하지 못하였다. 계찰은 그 속을 알았으나 큰 나라에 가는 길이어서 바치지 않았다. 돌아올 때 서나라에 와서 보니 서나라 군주가 세상을 뜬 뒤였다. 계찰은 보검을 풀어 무덤 앞의 나무에 걸어 놓고 갔다."

트로츠키파에 답하는 편지[1]

보내온 편지

루쉰 선생

1927년 혁명 실패 뒤, 중국 코뮤니스트들은 퇴각 정책을 취하여 재기할 준비를 하는 대신, 군사적 투기投機로 돌아섰습니다. 그들은 도시에서의 사업을 방기한 채, 혁명이 퇴조하였는데도 곳곳에서 폭동을 일으킬 것을 당원들에게 명령하였습니다. 농민을 토대로 Reds[2]를 만들어 천하를 차지하겠다는 속셈이었습니다. 지난 7, 8년 사이에 용감하고 앞날이 창창한 수십만 청년이 이 정책에 희생되었고, 이 때문에 민족운동이 고조되는 지금 도시 민중에게 혁명을 지도할 사람이 없습니다. 다음 혁명을, 기약할 수 없는 미래로 늦춘 것입니다.

지금 Reds로 천하를 제패하려는 운동이 실패로 돌아가자 중국의 코뮤니스트들은 다시금 맹목적으로 모스크바 관료배들의 명령에 따라 이른바 '새 정책'으로 돌아섰습니다. 그들은 지난날의 행위와 정반대로 계급적 입장을 방기하고 안면을 바꾸어 선언을 발표합네, 대표를 보내 교섭을 합네 하면서 관료·정객·군벌, 심지어 민중의 학살자들과 '연합전선'을 할 것을 요구합니다. 자신의 깃발을 숨기고 민중의 인식을 흐릿하게 만들어 민중으로 하여금 관료·정객·도살자들도 항일을 할 수 있다고 생각하게 만들고 있습니다. 그 결과는 필연적으로, 혁명적 민중을 학살자들에게 보내 또 한 차례 학살당하게 할 것입니다. 이렇듯 낯 두꺼운 스탈린당※의 배신 행위는 중국의 혁명자라면 누구나 부끄러워하는 바입니다.

현재 상하이의 일반 자산계급 자유주의 분자와 소자산계급 상층 분자는 누구라 할 것 없이 스탈린당의 이 '새 정책'을 환영하고 있습니다. 이상할 게 없습니다. 모스크바의 전통적 위신, 중국 Reds의 피 어린 자취와 현존하는 역량──이보다 더 이용할 만한 게 어디 있겠습니까? 그러나 스탈린당의 '새 정책'이 환영을 받을수록 중국 혁명은 더욱 큰 피해를 입을 것입니다.

우리 단체는 1930년 이래 온갖 역경 속에서도 우리의 주장을 실현하기 위하여 꾸준히 투쟁해 왔습니다. 대혁명 실패 뒤 우리는 즉각 스탈린파의 맹동 정책을 반대하여, '혁명적 민주 투쟁'의 길을 제시하였습니다. 우리는, 대혁명이 실패한 이상 모든 것을 처음부터 다시 시작하여야 한다고 생각해 왔습니다. 우리는 끊임없이, 혁명적 간부를 단결시키고, 혁명 이론을 연구하며, 실패의 교훈을 받아들이고, 혁명적 노동자들을 교육하면서, 이 고난에 찬 반혁명 시기에 다음번 혁명을 위해 굳건한 토대를 마련하고자 바라 왔습니다. 지난 몇 년간의 각종 사변은 우리의 정치 노선과 공작 방법이 정확하였음을 증명합니다. 우리는 스탈린당의 기회주의적·맹동주의적 정책과 관료적 당 조직에 반대하여 왔습니다. 지금 우리는 다시금

이 배신적인 '새 정책'에 단호한 타격을 가하고 있습니다. 하지만 바로 이 때문에 우리는 지금, 각종 투기분자와 당 관료들의 질시를 받고 있습니다. 이것이 다행입니까, 불행입니까?

선생의 학식, 문장과 품격을 저는 10년 넘게 흠모하여 왔습니다. 사상思想이 있는 많은 사람들이 개인주의의 구렁텅이에 빠질 때 오직 선생만이 자신의 견해에 입각하여 꿋꿋하게 분투하였습니다! 우리의 정치적 견해를 선생께서 비평해 주신다면 제게는 크나큰 영광입니다. 최근의 간행물 몇 권을 올리오니 일람해 주시길 바랍니다. 답신을 주시려면 X에 맡겨 주십시오. 사흘 안에 와서 수령할 것입니다. 아울러,

건강하시기를 기원합니다!

6월 3일, 천陳XX[3]

답하는 편지

천 선생

선생이 보내온 편지와 『투쟁』, 『불꽃』火花 등 간행물을 잘 받았습니다.

선생의 편지 내용을 개괄하면 다음 두 가지입니다. 하나는, 스탈린 선생 등을 관료배라 매도한 것이고, 다른 하나는, "각파가 연합하여 일치 항전하자"는 마오쩌둥 선생 등의 주장을 혁명을 팔아넘기는 행위라 비난한 것입니다.

나를 아주 '헷갈리'게 하려는군요. 스탈린 선생네 소비에트 러시아 사회주의 연방공화국이 세상에서 일군 그 모든 성공이야말로 왜 트로츠키[4]

선생이 쫓겨나 떠돌다 기가 꺾이고 적의 자금을 받아 쓸 '수밖에 없'는 처량한 만년을 맞게 되었는가를 말해 주지 않습니까? 지금 유랑에서는 혁명 전 시베리아에 유배되었을 때의 풍모를 볼 수 없습니다. 당시에는 빵 한 조각 보내는 사람이 없었을 것입니다. 그래도 심경은 지금과 달랐겠지요. 현재 소련이 거두고 있는 성과 때문입니다. 사실은 웅변을 능가합니다. 지금 이렇듯 무정한 풍자에 직면하게 될 줄은 생각 못했을 것입니다. 다음으로, 당신들의 '이론'은 확실히 마오쩌둥 선생보다 훨씬 빼어납니다. 어찌 훨씬 정도이겠습니까, 한쪽은 하늘 위, 한쪽은 땅 밑이지요. 하지만 빼어난 점은 경탄할 만하나, 어쩔 것입니까, 그 빼어남을 하필이면 일본 침략자들이 반기는 것을. 다시 말해서 그 빼어남도 결국은 천상에서 지상의 가장 더러운 곳으로 떨어질 수밖에 없었습니다. 당신네 빼어난 이론을 일본이 환영하기 때문에 나는 당신들이 찍어낸 반듯한 간행물을 보고, 나도 모르게 손에 땀이 났습니다. 누군가가 대중 면전에서, 일본인들이 자금을 대서 당신들이 간행물을 낸다고 소문을 퍼뜨린다면 당신들이 그 오명을 깨끗하게 씻어 낼 수 있을까요? 이것은 결코 전에, 내가 루블[소련 돈]을 받았다는 소문이 돌 때 지금 당신들 가운데 누군가가 맞장구를 쳤던 데에 앙갚음하느라 하는 말이 아닙니다. 그건 아니지요. 나는 그 정도로 타락하지는 않았습니다. 나는 당신들이 일본 돈을 받아 마오쩌둥 선생 등의 '일치 항일론'을 공격하는 간행물을 낼 정도로 타락하였다고는 믿지 않습니다. 당신들이 그럴 리는 없겠지요. 때문에 나는 당신들에게 그저 한 마디만 말하고자 합니다.──당신들의 빼어난 이론은 중국 대중의 환영을 받지 못할 것이며, 당신들의 행위는 현재 중국인의 도덕에 위배됩니다. 내가 당신들에게 할 말은 이것뿐입니다.

끝으로, 나는 조금 불쾌합니다. 당신들이 아무 이유 없이 갑자기 나에게 편지를 보내고 책자를 보내지는 않았을 것이기 때문입니다. 내 몇몇 '전우'가 나를 가리켜 '무엇'이라고 말한 적이 있기 때문입니다. 하지만 나는 내가 아무리 형편없다고 해도 당신들과는 거리가 멀다는 점을 자각하고 있습니다. 절실하게, 허공이 아닌 땅위에 발을 딛고 서서 지금 중국인의 생존을 위해 피 흘리며 분투하는 사람을, 나는 동지로 삼을 것이고, 그것을 영광으로 느낄 것입니다. 양해를 구할 게 하나 있습니다. 그것은, 사흘 기한이 이미 지나 당신이 거기에 와 수령할지가 불확실해서 이 편지가 공개 답변으로 되었다는 점입니다. 그럼,

평안하시기를 빕니다.

6월 9일, 루쉰

(이 편지는 선생이 구술한 것을 O. V.[5]가 적은 것임.)

주)_____

1) 원제「答托洛斯基派的信」, 1936년 7월에 나온 월간지 『문학총보』(文學叢報) 제4호 및 월간지 『현실문학』 창간호에 동시에 실렸다.

2) 'Reds'는 적색분자. 여기서는 붉은 군대.

3) '陳XX'은 천중산(陳仲山)이다. 본명은 천치창(陳其昌, 1900~1942)으로 허난성 뤄양(洛陽) 사람이다. 1925년 중국공산당에 입당했으나, 훗날 천두슈(陳獨秀)를 따라 트로츠키파의 입장을 취하여 당에서 제명되었다. 중국 트로츠키파 조직의 지도자 중 한 사람으로, 중일전쟁 때 상하이에서 항일 활동에 종사한 혐의로 체포되어 죽었다.

4) 트로츠키(Leon Trotsky, Лев Давидович Троцкий, 1879~1940). 레닌과 함께 러시아 10월혁명을 이끈 볼셰비키 지도자. 레닌 사후 소련공산당의 노선을 놓고 스탈린과 대립하였다. 1927년 당에서 제명되었고 1929년 국외 추방되어 여러 나라를 전전하다가 1940년 8월 멕시코에서 암살되었다. 젊은 시절 그는 맑스주의 운동에 참여한 혐의로 체포되어 1898년부터 1902년까지 시베리아에 유배된 적이 있다.

5) O. V.는 펑쉐펑(馮雪峰, 1903~1976)이다. 작가, 문예이론가로 중국좌익작가연맹의 지도
적 인물 중 한 사람이다. 상하이에서 활동하다가 1933년 말 중앙소비에트 지역인 루이
진(瑞金)으로 갔다. 1934년 10월 장정(長征)에 참여하였으며 1936년 상하이로 돌아와
중국공산당 상하이 판사처(辦事處) 부주임을 맡았다.

현재 우리의 문학운동을 논함[1)]
─병중에 방문자에 답함(O. V. 기록)

'좌익작가연맹'은 지난 5, 6년간 프롤레타리아 혁명문학 운동을 이끌면서 싸워 왔다. 이 문학과 운동은 줄곧 발전해 왔으며 지금 더욱 구체적이고 더욱 실제 투쟁적으로 민족혁명전쟁의 대중문학으로 발전하고 있다. 민족혁명전쟁의 대중문학은, 프롤레타리아 혁명문학의 한 발전이며, 현재 시점에서 프롤레타리아 혁명문학의 진실하고 보다 광대한 내용이다. 이 문학은, 지금 이미 존재할 뿐 아니라, 장차 이 기초 위에서 다시 실제 전투 생활에서 힘을 받아, 찬란한 꽃을 피울 것이다. 때문에, 새 구호의 제시를 혁명문학이 멈춰 섰다거나, '막다른 길에 봉착'했다는 식으로 간주해서는 안 된다. 따라서 이것은, 파시즘에 반대하고 일체의 반동자에 반대하는 지금까지의 피의 투쟁을 멈추는 게 아니라 이 투쟁을, 더욱 깊이 있고 광대하게, 더욱 세밀하고 곡절 있게 하고, 투쟁을 항일·반한간反漢奸 투쟁으로 구체화하여, 일체의 투쟁을 항일·반한간이라는 큰 흐름에 합류하게 하는 것이다. 결코 혁명문학이 자신의 계급적 지도적 책임을 방기하는 것이 아니라, 자신의 책임을, 전 민족이 계급과 당파를 초월하여, 일치하여 외적에 대처할 수 있을 만큼 더 무겁게, 더 크게 하는 것이다. 이런 민족적 입장이 참된 계급적 입장이다. 트로츠키의 중국 도손徒孫²⁾들은 이조차 이해하지 못할 정도로 어리석은 듯하다. 그런데 나의 전우 가운데 일부도 정반대의 '단 꿈'을 꾸고 있다. 이 또한 어리석기 짝이 없는 바보이다.

그렇지만 민족혁명전쟁의 대중문학은, 프롤레타리아 혁명문학이라는 구호가 그랬던 것처럼, 총괄적總的 구호이다. 총괄적 구호 아래에 수시로 응변할 수 있는 구체적 구호, 예컨대 '국방 문학'·'구국 문학'·'항일 문예'…… 등등을 제시하는 것도 무방할 것이다. 무방할 뿐 아니라 유익하다. 물론 구호가 너무 많으면 사람들 머리가 어지럽고 혼란해진다.

그런데, 구호를 제시하고 공론을 말하는 것은 쉬운 일이지만, 비평에서 응용하고, 창작에서 실천할 때 문제가 생긴다. 비평과 창작은 실제 사업이다. 지난날의 경험을 가지고 볼 때 우리의 비평은 늘, 너무 기준이 협애하고 관점이 천박했다. 우리의 창작도 자주, 제목을 걸어 놓고 팔고문을 짓는 것 같은 약점을 드러냈다. 그러므로 내 생각에, 지금은 특별히 다음과 같은 점에 주의하여야 한다. 민족혁명전쟁의 대중문학은 결코, 의용군의 전투, 학생들의 청원 시위…… 등등을 쓴 작품에만 국한되는 게 아니다. 그렇게 하는 것이 물론 가장 좋겠지만 그렇게 협애해서는 안 된다. 그것은 훨씬 광범해야 한다. 갖가지 생활과 투쟁 의식을 묘사하는 현재 중국의, 저 모든 문학을 포괄할 만큼 폭이 넓어야 한다. 민족의 생존이라는 문제는 지금 중국에서 가장 중대한 문제, 누구에게나 공통된 문제이다. 모든 문제(먹고 자는 문제까지 포함해서)가 이것과 관련되어 있다. 예컨대 먹고 사는 것이 연애하고 무관할지 모르나, 지금 중국인에게는 먹고사는 것이 되었건 연애가 되었건, 많건 적건 일본 침략자들과 관련되어 있다. 이것은 만주와 허베이華北의 사정을 보면 알 수 있다. 따라서, 온 나라가 하나가 되어 일본에 맞서는 민족혁명전쟁이 중국의 유일한 활로이다. 이 점을 이해한다면, 작가가 생활을 관찰하고 소재를 처리하는 데에도 실마리가 생길 것이다. 작자는 자유롭게 노동자, 농민, 학생, 강도, 창녀, 빈민, 부자를 쓸 수 있다. 소재가 무엇이건 민족혁명전쟁의 대중문학으로 될 수 있다. 작품 꽁무니에 일부러 민족혁명전쟁의 꼬리, 날개를 달아 깃발로 삼을 필요도 없다. 왜냐, 우리에게 필요한 것은 작품 꽁무니에 첨부된 구호나 그럴싸한 꼬리가 아니라, 작품 전체 속의 진실한 생활, 역동적인生龍活虎 전투, 고동치는 맥박, 사상과 열정 등등이기 때문이다.

6월 10일

주)_____

1) 원제「論現在我們的文學運動─病中答訪問者, O.V.筆錄」, 1936년 7월 월간『현대문학』제1호와 월간『문학계』제1권 2호에 처음 발표되었다.
2) 도제(徒弟) 시스템 아래에서 제자의 제자.

『소련 판화집』 서문[1]
— 「소련 판화 전시회에 부쳐」에 이어 쓴 글('덧붙인 글'은 제외)

앞의 글은 올해 2월에 소련 판화 전시회가 상하이에서 열릴 때 내가 써서 『선바오』에 실었던 것이다. 이 전시회는 중국에 적잖은 도움이 될 것이다. 내 보기에, 이것을 통해 환상에서 벗어나 사실주의의 견실한 길로 들어선 사람들이 꽤 있었을 것이다. 량유도서공사가 화집畵集을 낸다는 말을 듣고 무척 기뻤다. 그래서 자오자비[2] 선생이 나에게 작품 선정과 서문 써줄 것을 희망했을 때 나는 조금도 망설이지 않고 그러마고 했다. 그것은 내가 바라는 바였고, 해야 할 일이었다.

그림 — 특히 판화를 선정하는 데에 참여하는 것은 약속을 지켰다. 그런데 나중에 병이 나 달포 넘게 시달리면서 아무 일도 할 수 없었다. 서문 쓸 기한이 닥쳤지만 종이 한 장 들 힘도 내게 없었다. 인쇄를 늦추고 나를 기다리게 할 수도 없는 일이어서 별수 없이 예전 글을 책머리에 넣도록 해서 대충 넘겼다. 그러나 나는, 거기서 말한 것도 약간 참고는 될 것이라 자신한다. 하필 그때 병이 나서 새 글을 쓰지 못한 데 대해 독자들께서 양해해 주기를 바란다.

지난 한 달 동안 날마다 열이 났다. 열이 난 가운데서도 판화 생각이 났다. 내 보기에 이 작가들은 모두 소쇄瀟灑·우아·영리·영롱한 것과는 거리가 멀다. 그들 각자가 광대한 흑토의 화신 같아서, 때로는 둔해 보이기까지 한다. 10월혁명 이후, 창조적 대가들이 굶주림과 추위 속에서 확대경 하나, 조각칼 몇 자루를 가지고 불굴의 의지로 이 분야의 예술을 개척하였다. 이번에 비록 [원판에서 뜨지 않은] 복제품이기는 하나 작품의 대략적 면모는 볼 수 있다. 어느 것 하나 견실하지 않은 것, 진지하지 않은 것, 혹은 요령을 피우거나 재주를 부린 것이 있는가?

나는 이 화집의 출판이 소련 예술의 성과를 보여 주는 것을 넘어, 중국 독자에게 좋은 영향을 주기를 바란다.

1936년 6월 23일, 루쉰이 말하고 쉬광핑[3]이 적다

주)_____

1) 원제 「『蘇聯版畵集』序」, 1936년 7월 상하이 량유(良友)도서인쇄공사가 출판한 『소련판화집』(자오자비 엮음)에 처음 실렸다.
2) 자오자비(趙家璧, 1908~1997). 작가, 출판인.
3) 쉬광핑(許廣平, 1898~1968). 루쉰의 부인.

반하 소집[1]

1.

　A : 여러분이 어디 한번 판단해 주세요. B가 막무가내로 내 윗옷을 벗겨 갔어요!

　B : A는 윗옷을 입지 않는 편이 보기 좋습니다. 내가 옷을 벗긴 것은 그 사람을 생각해서입니다. 그렇지 않다면 내가 뭐하러 그랬겠습니까.

　A : 그렇지만 나는 입는 편이 좋은데…….

　C : 지금 동북 네 성을 빼앗겼는데도 당신은 나 몰라라 하고 자기 윗옷 타령이나 하다니, 당신은 이기주의자야, 돼지 같은 놈!

　C의 부인 : 저 사람은 B 선생이 합작의 좋은 상대라는 걸 전혀 모르네요. 바보 같은!

2.

펜과 혀를 가지고 이민족의 노예로 전락한 고통을 사람들에게 알리는 것은 물론 괜찮은 일이다. 하지만 사람들이 다음과 같은 결론을 얻지 않도록 조심해야 한다. "그렇다면, 아무래도 우리하고 비슷한 자국민의 노예가 되는 편이 낫겠군."

3.

'연합전선'론이 나오자 전에 적에게 투항했던 '혁명작가'들이 '연합'의 선각자로 자처하면서 차츰 모습을 드러내고 있다. 투항하고 내통했던 음흉한 행위가 지금은 다 '진보'적인 광명한 사업으로 된 듯하다.

4.

이것은 명나라가 망한 뒤의 일이다.

살아남은 사람 가운데 일부는 진심으로 복종하였지만 대다수는 강압에 의해 복종하였다. 그런데 가장 속 편하게 거들먹거리며 산 것은 한간漢奸들이었고, 가장 고결하게 남의 존경을 받으며 산 것은 한간을 질타한 은사隱士들이었다. 그들은, 스스로는 수壽를 다 누리고 숲 속에 몸을 누였고, 자식들은 과거시험을 보는데, 저마다 훌륭한 부친을 가진 자들로 되었다. 정작 묵묵히 적과 싸운 열사들은 자식 하나 남긴 경우가 드물었다.

나는 현재의 문예가들에게는 저 옛날의 은사 끼가 없기를 바란다.

5.

A : B, 나는 당신이 믿을 만한 사람이라고 생각해서 혁명에 관해 몇 가지 말해 주었소. 이제껏 당신을 속인 적이 없었지. 그런데 왜 적에게 까바쳤소?

B : 어찌 그럴 수가! 까바치다니요! 그들이 묻길래 말해 준 것이오.

A: 남의 탓을 해서야 쓰겠소?

B: 무슨 말씀을! 나는 평생 거짓말한 적이 없소. 나는 그런 신의 없는 사람이 아니오!

6.

A: 아이구, B 선생님, 3년 만에 뵙습니다! 제게 실망하셨지요?……

B: 별 말씀을…… 왜요?

A: 제가 그때 선생께 말했었지요. 시후西湖에 가서 2만 줄짜리 장시를 짓겠다고 했는데 이제껏 한 줄도 못 썼습니다. 하하하!

B: 아,…… 전혀 실망하지 않았소.

A: 댁의 '세고'世故²⁾도 발전하였군요. 당신이 기억력이 좋고 '남에게 엄하다'는 것은 누구나 다 아는 사실입니다. 이렇게 내키는 대로 말씀하실 리 없는데 이제 거짓말을 배우셨습니다.

B: 나는 거짓말하지 않았소.

A: 그렇다면 정말 제게 실망하지 않으셨습니까?

B: 음, 실망하고 말고 할 게 뭐 있겠소. 나는 처음부터 당신을 믿지 않았소.

7.

장생莊生[장자]은 "위에서는 새에게 먹히고 아래에서는 벌레에게 먹힌다"고 하였다. 어찌하건 결과는 마찬가지이니 죽은 뒤의 몸뚱아리는 대충 처리해도 된다는 말이다.

나는 그러나 그렇게 통이 크지 못하다. 만약 내 피와 살이 동물에게 먹혀야 한다면 나는 사자·범·매·수리에게 먹히기를 바라지 비루먹은 개에게는 조금도 주지 않고 싶다.

사자·범·매·수리를 살찌우면 그들은 하늘에서 바위 모서리에서 사막에서 수풀에서 장관을 연출할 것이고, 생포되어 동물원에 갇히거나 맞아죽어 박제가 되더라도 보는 이들 마음을 들뜨게 하여 비루한 생각을 씻어 줄 것이다.

반면에 비루한 개떼를 살찌운다면 놈들은 아무 데에서나 설치고 짖어댈 것이니 얼마나 지겹겠는가!

8.
지로[3]가 생트뵈브[4]의 유고遺稿를 편집하면서, 그 가운데 하나를 『나의 독毒』(*Mes Poisons*)이라 이름 붙였다. 일본어로 번역된 데에서 나는 다음 구절을 보았다.

내놓고 아무개를 경멸한다고 말하는 사람은 제대로 경멸하는 게 아니다. 침묵이 최고의 경멸이다. ──내가 이렇게 말하는 것도 군말이지만.

그렇다. "독이 없으면 대장부가 아니다." 필묵으로 그것을 드러내는 건 작은 독에 불과하다. 말이 없는 것이 최고의 경멸이다. 눈 하나 깜박하지 않고.

9.
결점이 많은 인물의 모델로 되어 소설 속에 등장한다면 그 사람은 재수 없다고 생각할 것이다.

그러나 이건 재수 없는 게 아니다. 세상에는 소설 속에 써넣을 수 없는 사람도 있기 때문이다. 만약 써넣는다면 그것도 핍진하게 써낸다면 소설이 망가진다.

예컨대 화가가 뱀·악어·거북이·과일껍질·쓰레기통·쓰레기 더미야 그리겠지만, 송충이·부스럼·콧물·대변을 그리지 않는 것과 같은 이치이다.

내가 소설을 쓴다고 나를 피하는 사람이 있다. 나는 앞의 말로 그럴 필요가 없다고 그에게 말하고 싶지만, 아쉽게도 나는 그럴 만큼 독하지는 못하다.

주)_____

1) 원제 「半夏小集」, 1936년 10월 월간 『작가』 제2권 제1기에 처음 실렸다. '반하소집'은 '한여름에 떠오른 단상(斷想) 모음'이라는 뜻이다.
2) 세고(世故)는 세상물정 혹은 세상물정에 정통하여 노련함을 말한다.
3) 지로(Victor Giraud, 1869~1953). 프랑스 문예비평가.
4) 생트뵈브(Charles Augustin Sainte-Beuve, 1804~1869). 프랑스 문예비평가.

"이것도 삶이다"……[1]

이것도 아플 때 있었던 일이다.

　어떤 일들은 건강한 사람이나 병든 사람은 잘 알아차리지 못한다. 아마 겪지 않았거나 너무 자잘해서 그럴 것이다. 큰 병을 앓다가 막 나을 때에 경험할 수 있는 것으로, 내 경우, 피로가 무섭고 휴식이 좋았던 게 그런 사례이다. 예전에 나는 자주, 피로라는 게 무엇인지 모른다고 자부하였다. 나에게는 책상 앞에 놓인 의자에 앉아서 글을 쓰거나 책을 열심히 보는 게 일이었다. 그 옆에 등나무로 짠 안락의자가 있다. 거기 기대어 한담을 하거나 신문을 뒤적이는 게 휴식이었다. 나는 일과 휴식 사이에 별다른 점이 없다고 생각했고, 왕왕 그걸로 자부하였다. 이제야 그게 잘못된 생각인 줄을 알았다. 둘 사이에 별로 다를 바가 없었던 것은 내가, 정말로 피로해 본 적이 없었기 때문이다. 즉, 온 힘을 쏟아 일을 하지 않았기 때문이다.

　내 친척 아이 하나가 고등학교를 졸업한 뒤에 갈 곳이 없어서 양말 공장에서 일을 했다. 가뜩이나 마뜩잖은 터에 일이 많고 힘들었다. 일 년 내내 거의 쉴 틈이 없었다. 자부심이 강하여 게으름을 피울 생각이 없었던 그는 일 년 남짓 버텼다. 어느 날 갑자기 주저앉았다. 제 형에게 "기력이 하나도 없다"고 하였다.

그 뒤로 그는 일어나지 못했다. 집으로 돌아와 드러누운 채, 아무것도 먹지 않았다. 꼼짝도 하지 않았고 입도 벙긋하기 싫어했다. 예수교회 의사를 청하여 진찰하였더니, 병은 아니지만 온 몸에 피로가 쌓여, 치료할 길이 없다고 하였다. 내게도 이틀간 그런 일이 벌어졌다. 원인은 달랐다. 그는 일에 치였고 나는 병에 치였다. 내게는 정말 아무 욕망이 없었다. 아무것도 나와 상관이 없고 일체의 거동이 부질없는 것으로만 여겨졌다. 나는 죽음을 떠올리지는 않았지만, 살아 있다는 생각도 들지 않았다. 그것은 이른바 '무無욕망 상태'로, 죽음에 이르는 첫 걸음이었다. 나를 사랑하는 사람이 나 몰래 눈물을 흘렸다. 그러다가 병세가 호전되었다. 뜨거운 물을 마시고 싶었다. 가끔 벽이나 파리 등 주변의 사물을 둘러보았다. 그런 뒤 피로하다, 쉬고 싶다는 생각을 하였다.

내키는 대로 드러누워 사지를 뻗은 채 소리 내어 하품을 하고, 온 몸을 적당한 위치에 누인 뒤 힘을 뺐다. 이건 정말이지 큰 향락이었다. 나로서는 이제껏 누려 본 적이 없는 향락이었다. 몸이 튼튼하거나 복 있는 사람들 역시 누려 본 적이 없을 것이다.

몇 해 전, 그때도 병을 앓은 뒤였다. 「아프고 난 뒤 잡담」이라는 글을 썼다. 모두 다섯 단락이었는데 『문학』에 실린 뒤에 보니 네 단락은 보이지 않고 첫 단락만 있었다. 글머리에 분명히 '(1)'이라 되어 있는데도 '(2)·(3)'이 없으니 꼼꼼히 생각해 보면 이상했을 것이지만 모든 독자, 심지어 비평가들에게도 그렇게 생각해 주기를 바랄 수는 없었다. 그러자 누군가가 그 첫 단락을 근거로 "루쉰은 앓는 걸 권장한다"고 단언하였다. 이번에는 당분간 그런 재난을 면할 수 있을 것 같지만, 그래도 미리 알려 둔다. "내 말은 아직 끝나지 않았다."

호전된 지 네댓새 뒤, 밤중에 잠이 깼다. 광핑廣平을 불렀다.

"내게 물을 좀 주시오. 전등을 켜 주시오. 주변을 좀 둘러보고 싶소."

"왜요?……" 그녀가 조금 당황하여 말했다. 내가 헛소리를 하는 것으로 여긴 것이다.

"살아야겠소. 무슨 말인지 알겠소? 이것도 삶이야. 주변을 둘러보고 싶소."

"음……" 그녀가 일어나 차를 몇 모금 주고 서성이더니 슬며시 드러누웠다. 전등은 켜지 않았다.

나는 그녀가 내 말뜻을 알아듣지 못한 것을 알았다.

가로등 불빛이 창을 통해 들어와 방안을 어슴푸레하게 비추었다. 대충 둘러보았다. 낯익은 벽, 그 벽의 모서리, 낯익은 책 더미, 그 언저리의 장정을 하지 않은 화집, 바깥에서 진행되는 밤, 끝없는 먼 곳, 수없이 많은 사람들, 모두 나와 관련이 있었다. 나는 존재하고, 살아 있으며, 앞으로도 살아갈 것이다. 나는 처음으로 나 자신을 더욱 절실하게 느꼈다. 나는 움직이고 싶은 욕망이 생겼다.—하지만 얼마 뒤 다시 잠에 빠져들었다.

이튿날 아침, 햇빛 속에서 보니 과연, 낯익은 벽, 낯익은 책 더미……였다. 이것들은 사실 내가 평상시에 늘 휴식 삼아 바라보던 것이다. 그렇지만 나는 이제껏 그것들을 경시하였다. 그것이 삶 속의 한 조각들임에도 차를 마시거나 몸을 긁는 것만 못한 것으로 쳤고, 심지어는 아무것도 아닌 것으로 여겼다. 우리는 독특한 정화精華에만 주목하고, 가지나 잎에는 눈을 주지 않는다. 유명 인사의 전기를 쓰는 사람도 대개 대상의 특징을 늘어놓는 데만 힘쓴다. 이백李白이 어떻게 시를 지었고 얼마나 거리낌 없이 굴었는지, 나폴레옹이 어떻게 전쟁을 하였고 얼마나 잠을 적게 잤는지를 강조할 뿐, 이백에게 거리낌 없이 굴지 않는 바가 있었고, 나폴레옹이 잠을 자야 했다는 사실은 적지 않는다. 사실 사람은, 한평생 거리낌 없이, 또는 잠을 자지 않으면서 살아갈 수 없다. 사람이 때로 거리낌 없이 굴고 잠을 자지 않을 수 있는 것은, 거리낌 없이 굴지 않을 때가, 잠을 잘 때가 있기 때문이다. 그런데도 사람들은 이런 평범한 것들을 생활의 찌꺼기라고 여겨 거들떠보지 않는다.

이리하여 사람이나 사물을 보는 것이 마치 장님이 코끼리 만지는 식으로 된다. 코끼리 다리를 만져 보고 코끼리가 기둥처럼 생겼다고 생각해 버린다. 옛날 중국인들은 늘 '전체'를 틀어쥐고자 하였다. 여성들이 먹는 '오계백봉환'烏鷄白鳳丸만 하여도 깃털, 피 할 것 없이 닭 한 마리를 전부 알약 속에 집어넣었다. 방법은 우습지만 발상 자체는 나쁘지 않다.

전등을 켜 주지 않은 일로 나는 광핑에게 불만이 컸다. 남이 있는 자리에서 매번 핀잔을 주었다. 스스로 걸을 수 있게 되자 그녀가 보는 간행물을 들춰 보았다. 아니나 다를까, 내가 몸져누운 사이에 오로지 정화精華만을 실은 간행물이 적지 않게 나와 있었다. 어떤 것들은 뒷장에 '미용 묘법', '고목古木이 빛을 뿜다', '비구니의 비밀' 따위가 있기는 여전하였으나, 첫 페이지에는 다들 격앙·강개한 글을 실었다. 글 짓는 데에 벌써 '가장 중심적인 주제'가 등장하여, 의화단 시절 독일인 사령관 발더제[2]와 한동안 잠자리를 함께하였던 싸이진화賽金花까지도 '구천호국여신'九天護國娘娘

으로 봉해져 있었다.

더욱 놀라운 것은, 전에 『어향표묘록』御香漂緲錄을 가지고 청 왕조의 궁중 비화를 흥미진진하게 늘어놓던 『선바오』의 「춘추」조차 이전과 퍽 다를 때가 있다는 점이다. 하루는 그 첫 페이지의 '점적'點滴란에, 수박 한 조각 먹을 때에도 우리 국토가 쪼개져 있다는 사실을 떠올려야 한다고 가르치는 글이 있었다. 물론 이것은, 언제 어디서건 매사에 나라 사랑을 하자는 것이니 흠잡을 수 없다. 하지만 나더러 이런 생각을 하면서 수박을 먹으라고 한다면 나는 그 수박을 삼키지 못할 것이고 억지로 삼키더라도 소화가 되지 않아 뱃속이 반나절은 꾸루룩할 것이다. 그렇다고 이게 내가 병을 앓아 신경쇠약이 된 탓만은 아닐 것이다. 나는, 수박을 가지고 국치國恥에 관한 강의를 하였는데도 강의가 끝나자마자 그 수박을 즐거운 마음으로 먹을 수 있다면, 그렇게 해서 그것을 피가 되고 살이 되게 하는 사람이 있다면 그 사람은 좀 둔한 사람일 것이라고 생각한다. 그런 사람에게는 무슨 강의를 해도 소용이 없다.

나는 의용군이 되어 본 적이 없으니 딱 부러지게 말하지는 못하겠다. 하지만 스스로 묻는다. 전사戰士라고 수박을 먹을 때, 먹으면서 생각을 하는 의식을 치를까? 내 보기에, 그러지는 않을 것이다. 그는 아마, 목마르다, 먹어야겠다, 맛이 좋다고 생각할 뿐, 그 밖의 그럴싸한 큰 이치는 떠오르지 않을 것이다. 수박을 먹고 기운을 내서 싸운다면 혀가 타고 목구멍이 마른 때와는 다를 것이니 수박이 항전抗戰과 전혀 무관하지는 않을 것이지만, 어떤 방식으로 생각하라고 상하이에서 설정한 전략과는 관계가 없다. 그런 식으로 온종일 얼굴 찡그린 채 먹고 마신다면 얼마 안 가 식욕을 잃을 것이니, 적에겐들 어찌 맞설 수 있겠는가.

그런데도 사람들은 왕왕 기이한 말을 늘어놓기를 좋아해서, 수박 하나를 가지고도 보통 때처럼 먹지 말자고 한다. 사실, 전사의 일상생활은 매사가 눈물겹도록 감동적인 건 아니다. 그러면서도 눈물겹도록 감동적인 부분과 관련이 있다. 그것이 실제의 전사이다.

8월 23일

주)_____

1) 원제는 「"這也是生活"……」, 이 글은 1936년 9월 5일 상하이의 반월간 『중류』(中流) 제1권 제1호에 처음 실렸다.

2) 발더제(Alfred von Waldersee, 1832~1904). 독일 장군. 1900년 의화단의 난을 진압하기 위한 8개국 연합군 사령관으로서 중국에 파견되어 왔다.

"훗날 증거로 삼기 위하여"(1)[1]

샤오자오[2]

상하이파海派 『다궁바오』大公報의 「다궁 뜨락」大公園地에 '페이옌 만담'非庵漫話란이 있는데 8월 25일자 글 제목이 「태학생 응시」太學生應試로, 다음과 같은 내용이다.

이번 태학太學 시험의 작문 제목이, 문과는 「선비에게는 도량과 식견이 우선이고 문예는 나중 일이다」士先器識而後文藝였고, 이과는 「남월 왕이 한 문제에게 답하여」擬南粵王復漢文帝書로 한 문제가 남월 왕 조타趙佗에게 보낸 편지 원문을 제목 뒤에 붙였다. 이 시험 제목은 현재 시국과 관련해서 각별한 의미가 없지 않을 것이다. 하지만 책론策論 식의 이런 논제를 두고 태학생들은 갈피를 잡지 못했던 것 같다. 어떤 태학생은 답안지에 큼직한 글자로 다음과 같이 썼다. "한 문제는 알고 있으나 한 고조의 몇 대손인지 모르겠고, 남월 왕 조타趙他의 생애에 대해 아는 바 없으니 답할 길이 없도다. 집에 돌아가 공부할 터, 내년에 다시 보자" 하였다. 어느 감독관이 '타'佗를 '타'他라고 잘못 쓴 것을 두고 다음과 같은 강평을 달았다. "한 고조는 문제의 아비, 조타는 그他가 아닐세. 올해 낙방하였구려, 내년에 다시 오시라." 또 한 학생은 「선비는 도량과 식견이 우선이고 문예는 나중 일이다」라는 제목 뒤에 작문은 하지 않고 "미인을 만나 고개 숙이듯 잘못을 알고 뉘우치노라" 두 구절만 쓴 뒤 붓을 던지고 퇴장하였다. 어느 감독관이 다음과 같이 강평하였다. "북소리를 듣고 장수將帥를 생각하듯, 시험에 임하여 님 생각이 동하였나. 낭떠러지 앞에 두고 고삐 죄었[3]기에 망정, 40대 매를 맞고 시험장서 나갔을 뻔." 이 또한 외로운 성에 해 떨어지는[4] 지금 시국에서 이야깃거리가 됨 직하다.

겨우 3백 글자일 뿐이나 구 학문에 대한 학생들의 무지와 시험관官師의 천박한 태도를 모조리 보여 준다. "정鄭가네 다섯째가 재상이 되었으니, 세상일을 이로써 알 만하도다"[5]라 한 정계鄭綮의 시구를 절로 생각나게 한다. 이 또한 참으로 옛사람이 미치지 못하는 바이다.

하지만 국문國文이 어렵기는 하다. 한나라 때 조타가 없었다면 어찌 중화민국에 '태학생'이 있을쏜가.

주)_____

1) 원제는 「"立此存照"(一)」, 루쉰이 살아 있을 때인 1936년 9월 5일자 『중류』 제1권 제1호에 처음 실렸다. "立此存照"는 계약서 말미에 붙이는 상투적인 말로 "이로써 훗날의 증거로 삼는다"라는 뜻이다.
2) 필명 샤오자오(曉角)는 새벽을 알리는 나팔이라는 뜻이다.
3) 원문은 '현애늑마'(懸崖勒馬). 험한 낭떠러지에 이르러서야 말고삐를 죈다는 뜻으로, 위험에 직면하고서야 잘못을 깨닫고 고침을 비유하는 말.

4) 원문은 '고성낙일'(孤城落日). 외딴 성과 서산에 지는 해라는 뜻으로, 세력이 다하고 남의 도움이 없는 매우 외로운 처지를 이르는 말.

5) 원문은 "헐후정오작재상, 천하사가지"(歇後鄭五作宰相, 天下事可知)이다. 당나라 때 정계는 시를 잘 지었는데 시폐를 풍자한 것이 많았다. "헐후"는 속담이나 어떤 말의 앞부분만 말하고 뒷부분은 생략하는 것인데 정계는 이런 것을 활용한 시를 잘 지었다.

"훗날 증거로 삼기 위하여"(2)[1]

샤오자오

『선바오』(8월 9일)에 따르면 이곳 사람 성아다盛阿大의 열여섯 살 난 양녀 싱전杏珍이 지난 6일 홀연 실종되었다. 성아다가 집에서 옷가지를 살피다가 싱전의 궤짝에서 누군가가 보낸 연애편지를 발견하였다. 원문이 아래와 같다.

"시간이 나는 듯 흘러 벌써 여섯 달 반 되었구려. 그 사이에 나는 답답하였소. 그렇지만 참으로 한없는 즐거움이 눈앞에 닥쳐 있다는 걸 생각하고 꼼꼼히 날짜를 셈해 보오. 얼마 안 있으면 우리의 때가 올 것이오. 만사를 비밀에 부치기 바라오. 가져올 물건이 있으면 틈을 타 챙겨 오시오. 돈을 아끼시오. 얼마 안 있으면 써야 할 데가 있으니 낭비하지 않았으면 좋겠소. 몸조심 하시오. 나는 잠자리에서도 그대 생각을 하고 아침이면 발코니에 서서, 그대가 문을 여는 모습을 보오. 그대의 꽃다운 모습을 볼 때마다, 즐겁소. 여러 생각 마시오. 안녕히. 건강하시오. 이만 줄이오."

성아다가 이 편지를 경찰에 넘겼고 얼마 뒤 유괴범이 잡혔다, 운운.

이 사건에서 달리 교훈 삼을 만한 것은 없다. 다만 이 편지는 진짜배기 어록체語錄體[2]로, 『우주풍』宇宙風에 실어도 가작佳作 축에 들 것이다. 린위탕林語堂 박사가 지금 미국에 강의차 나가 있어서 중국의 문풍文風을 보살피지 못하는 게 아쉽다.

훗날 『중국 어록체 문학사』 저자가 채택하기를 바라 지금 이것을 남겨 둔다. 작자는 『선바오』에 따르면, 프랑스 조계 푸스루浦石路 479호 셰성協盛 과일가게 점원 우시無錫 사람 샹싼바오項三寶이다.

주)_____

1) 원제는 「"立此存照"(二)」, 1936년 9월 5일 『중류』 제1권 제1호에 처음 실렸다.
2) 린위탕이 일찍이 '유머'와 '성령'(性靈) 문학과 어록체 시문(詩文)을 제창한 바 있다. 어록체는 예전 중국에서 사제 간에 묻고 답한 내용을 기록한 문체로, 입말이 섞인 글말을 가리킨다.

죽음[1]

케테 콜비츠(Kaethe Kollwitz) 판화 선집을 인쇄할 때에, 스메들리(A. Smedley) 여사에게 서문을 부탁했었다. 나로서는 이 부탁이 아주 합당했다고 생각했다. 그들이 서로를 잘 알고 있었기 때문이다. 이윽고 서문이 왔다. 그래 또 마오둔茅盾 선생에게 번역을 청해 지금 선집에 실려 있다. 거기 아래와 같은 구절이 있다.

여러 해 동안 케테 콜비츠는——그녀는 자신에게 수여된 칭호를 한 번도 사용한 적이 없다——많은 작품을 창작했다. 스케치로 연필화와 펜화가 있고, 판화로 목판화와 동판화가 있다. 이것들을 가지고 연구해 보면 두 가지 큰 주제가 작품들을 지배하였음을 알 수 있다. 초기에는 반항이 주제였다. 만년에는 모성애——모성 보장과 구제救濟, 죽음이 주된 주제였다. 그런데 그녀의 모든 작품에는 고난과 비극, 그리고 피압박자를 보호하려는 절실하고도 열정적인 의식이 드리워 있다.

언젠가 그녀에게 물었다. "전에는 반항을 주제로 하였는데 지금은 죽

음이라는 관념을 떨쳐 내지 못하는 것 같아요. 왜 그런가요?" 아주 고통
스러운 말투로 그녀가 대답하였다. "하루하루 늙어 가고 있기 때문인가
봐요!"……

그때 나는 이 대목을 읽고 생각을 했다. 셈해 보니 그녀가 '죽음'을 소
재로 삼을 때는 1910년 무렵으로 마흔서너 살밖에 되지 않았다. 내가 올
해 그 "생각을 한" 것은 물론 나이 때문이다. 그런데 10여 년 전의 나를 돌
이켜 보면[2] 죽음에 대해서 그녀만큼 절절한 느낌이 없었다. 오랫동안 우
리의 삶과 죽음이 남들 손에 내맡겨져 있었기 때문인 듯하다. 내키는 대로
처리되고 대수롭지 않게 여긴 나머지 나 자신도 죽음을, 유럽 사람들처럼
진지하게 생각하지 않고, 도나캐나 대했던 것이다. 어떤 외국인들은, 중국
사람이 죽음을 제일로 무서워한다고 말한다. 그건 사실 정확한 관점이 아
니다. 하지만 물론, 애매하게 죽는 경우가 있기는 하다.

사람들이 믿는 죽은 뒤 상태가 더욱이 죽음을 대수롭지 않게 여기는
데에 한몫한다. 다들 알다시피 우리 중국인은 귀신(요즘 와서는 '영혼'이라
고도 한다)의 존재를 믿는다. 귀신이 있는 이상, 죽고 나면 비록 사람은 아
니지만 귀신으로 존재하는 것이니, 아무것도 없는 것은 아닌 셈이다. 그런
데 그 같은 가설 속에서, 귀신 노릇을 얼마 동안 하게 되는가는 그 자 생전
의 빈부에 따라 다르다. 가난한 사람들은 대체로 죽은 뒤에 윤회를 한다고
생각하는데, 불교에 그 근원이 있다. 불교에서 말하는 윤회는 절차가 매우
복잡하다. 하지만 가난한 사람들은 보통 배운 게 없어서 잘 알지 못한다.
죽을죄를 지은 범인이 사형 집행 장소로 가면서도 전혀 무서워하지 않는
낯빛으로 "20년 뒤 다시 사내대장부로 되어 있을 것"이라 부르짖는 것도

그 때문이다. 게다가 전해 내려오는 이야기가 있지 않은가. 귀신은, 죽을 때 입은 옷차림 그대로라고 한다. 가난뱅이에게 좋은 옷이 있었을 리 없으니 귀신이 되어서도 낯이 서지 않는다. 그러니, 바로 환생해서 깨복쟁이 갓난아이로 태어나는 게 상책이다. 뱃속에서 거지 차림 수영선수 복장을 하고 있다가 태어난 아기를 본 적이 있는가? 없다. 그러면 된다. 새시로 사는 것이다. 그럼 이렇게 묻는 이가 있을지 모른다. 윤회를 믿는다면, 다음 생에서 더 고달픈 처지에 빠지거나 축생도畜生道에 떨어질 수 있으니 겁나지 않느냐? 하지만 내 보기에 그들은, 결코 그렇게 생각하지 않는다. 그들은 자기가 축생도에 떨어질 죄업을 지은 적이 없다고, 축생도에 떨어질 수 있는 지위나 권세, 금전을 가져 본 적이 없다고 확신한다.

그러나 지위, 권세, 금전을 가진 사람들은 자신이 축생도에 들 리가 없다고 생각한다. 그들은 한편으로는 거사居士가 되어 성불成佛할 채비를 하면서, 다른 한편으로는 물론, 경서 읽기와 복고를 주장하여 성현 노릇 할 준비도 한다. 그들은 살아 있을 때에 남보다 뛰어난 것과 마찬가지 이유로 죽어서도 윤회를 넘어설 수 있다고 여긴다. 돈이 약간 있는 사람의 경우, 자기가 윤회를 겪을 거라고는 생각하지 않지만 달리 대단한 계책이 있는 것도 아니기에 그냥 마음 편하게 귀신 노릇 할 준비를 한다. 그래서 쉰 전후가 되면 묏자리를 잡고 널을 맞춰놓고, 지전을 태워 저승에서 쓸 돈을 저축한다. 자손이 있으니 해마다 젯밥을 먹을 수 있다. 이건 참, 사람 노릇 하는 것보다 더 복되다. 만약 내가 지금 귀신이 되어 있는데 저승에 있으면서도 효자 효손이 있다면 어찌 짜잘하게 글이나 팔 것이며, 어찌 베이신서국北新書局을 상대로 인세印稅 소송 따위를 벌일 것인가. 녹나무나 음침목陰沈木으로 짠 널 속에 마음 편히 누워 있기만 해도, 명절 때마다, 잘 차려진 음식 하며 돈이 한 상 가득 눈앞에 놓일 것이니, 그 어찌 기쁘지 않겠는가!

대체로, 아주 부귀한 사람이 저승의 룰과 무관한 것을 빼면, 가난한 사람은 바로 환생할 수 있다는 이점이 있고, 그런대로 먹고살 만한 사람에게는 오랫동안 귀신 노릇을 할 수 있다는 이점이 있다. 그런대로 먹고살 만한 사람이 달게 귀신이 되는 것은 귀신의 삶(이 말은 아주 잘못된 것이지만 적당한 낱말이 생각나지 않는다)이 곧 그가 실컷 살아보지 못한, 사람의 삶의 연속이기 때문이다. 저승에도 당연히 주재자主宰者는 있다. 그는 아주 엄하고 공평하다. 하지만 융통성을 발휘하게 할 수 있다. 사람 세상의 좋은 관리와 마찬가지로, 그도 선물을 좀 받는다.

어떤 사람들은 도나캐나이다. 그런 사람들은 죽음 앞에서도 별달리 생각을 하지 않는다. 내가 지금까지 그 도나캐나당黨이었다. 30년 전 의학을 공부할 때 영혼이 있는지 연구해 본 적이 있다. 결과는, 알 수 없다는 것이었다. 또 죽음이 고통스러운가를 연구한 적도 있다. 결과는, 저마다 달랐다. 나중에는 더 연구하지 않아, 까먹었다. 요 10년 새에도 때로 벗들의 죽음 때문에 글을 좀 썼지만 나 자신의 죽음을 떠올린 적은 전혀 없었던 듯하다. 요 두 해 사이에 병치레가 유독 많았고, 한 번 앓았다 하면 꽤 오래 갔다. 그제서야 가끔 내 나이를 생각하게 되었다. 물론 일부 작가들이 호의에서 또는 악의에서 이것을 끊임없이 일러 준 탓도 있다.

작년부터, 매번 앓고 나서 정양할 때면 등나무 의자에 누워 있었다. 그때마다 체력을 회복하면 손댈 일이 떠올랐다. 쓸 글이 어떤 게 있고 어떤 책을 번역하거나 출판할까, '어서 해야지' 하는 생각을 전에는 하지 않았다. 나도 모르게 내 나이를 생각하고 있었던 것이다. 그런데도 '죽음'에 대해서는 생각하지 않았다.

올해 크게 앓고 나서야 죽음을 분명 예감하였다. 처음에 매번 앓을 때와 마찬가지로 일본의 S의사에게 치료를 맡겼다. 그는 폐병 전문은 아니지만 나이가 많고 경험이 많았다. 의학 공부로 치면 내 선배인 데다가 친했고 할 말을 하였다. 물론 의사 입장에서는 친숙한 사이라 하더라도 환자에게 말할 때에 지키는 선이 있다. 그래도 그는 두어 차례 이상 내게 경고를 하였다. 하지만 나는 괘념치 않았고 남에게 그걸 알리지도 않았다. 너무 오래 앓고 병세가 심하자 몇몇 벗들이 짚이는 바가 있었던 모양이다. 그들이 뒷전에서 의논한 끝에 미국인 의사 D에게 진찰해 달라 하였다. 그는 상하이에 하나밖에 없는 유럽 폐병 전문가였다. 손으로 두드려 보고 청진기로 소리를 듣고 난 뒤 그는, 내가 질병에 최고로 잘 견디는, 전형적인 중국 사람이라고 칭찬하였지만, 살 날이 얼마 남지 않았다는 선고를 하였다. 또 그는, 만약 유럽 사람이었다면 5년 전에 죽었을 거라 하였다. 정 많은 벗들이 이 때문에 눈물 흘렸다. 나는 그에게 처방전을 떼어 달라 하지 않았다. 유럽에서 의술을 배운 그가 5년 전에 죽었을 사람에게 어찌 처방해야 할지를 배웠을 리 없다는 생각이 들었기 때문이다. 하지만 그의 진찰은 정확했다. 나중에 엑스레이를 찍고 나서 본 가슴 부위 사진이 그가 진찰한 것과 거의 같았다.

나는 그의 선고에 그다지 마음 쓰지 않았지만 영향은 좀 받았다. 밤낮으로 누워 있었고 말할 기력도, 책 볼 기력도 없었다. 신문지를 들 힘도 없는데 '부동심'不動心을 연마하지도 않은 터이니, 생각 말고는 할 수 있는 게 없었다. 그때, 언젠가는 '죽'겠구나 하는 생각이 들었다. 하지만 그때 들었던 건, "20년 뒤 다시 사내대장부로 되어 있을 것"이라는 생각도, 어찌하면 녹나무 널 속에 드러누워 오래도록 누릴 수 있겠느냐 하는 생각도 아니었다. 나는 죽음을 맞기 전의 자질구레한 일들을 생각하였다. 그때 비로소 나는, 사람이 죽고 나서 귀신이 되는 일은 없다고 확신하였다. 단지 유언장을 쓸 생각은 들었다. 만약에 내가 대단한 직함이라도 있고 엄청난 부자라면 아들 사위들이 어서 유언장을 쓰라 다그쳤을 텐데 지금 아무도 말하지 않는다. 그래도 한 장 남기련다. 그때, 몇 가지 생각을 했었다. 모두 가족에게 남기는 말이었다. 그중 일부가 아래와 같다.

1. 상을 치를 때, 누구에게서건 돈 한 푼 받지 말라.——다만 친한 벗의 것은 예외이다.
2. 바로 널에 넣고 땅에 묻어라.
3. 어떤 기념 행사도 하지 말라.
4. 나를 잊고 제 일을 돌보라.——그러지 않는다면 진짜 바보다.
5. 아이가 자라서 재능이 없으면 작은 일로 생계를 꾸리도록 하라. 절대로 허울뿐인 문학가·예술가 노릇은 하지 말라.
6. 남이 너에게 해주겠다는 것을 참말로 여기지 말라.
7. 남의 이빨과 눈을 망가뜨려 놓고서 보복에 반대하고 관용을 주장하는 사람과는 절대로 가까이 하지 말라.

이것 말고도 있었을 것이지만 생각나지 않는다. 다만 열이 많이 났을 때 유럽 사람들이 치른다는 의식儀式을 떠올린 기억은 있다. 남에게 용서를 빌고 자기도 용서를 한다는 것이다. 나는 적이 많은데, 내게 신식 사람이 묻는다면 뭐라고 답할까? 잠시 생각해 보았다. 결론은 이렇다. 나를 미

위하라고 해라. 나 역시 한 사람도 용서하지 않겠다.

하지만 이런 의식은 없었다. 유언장도 쓰지 않았다. 말없이 누워 있었을 뿐이다. 때론 훨씬 절박한 생각이 들었다. 이렇게 죽는 거구나. 고통스럽지는 않았다. 하지만 죽는 순간에는 다를지 모른다. 그러나 살아서 한 번뿐이니 어떻게든 견뎌 내겠지……. 나중에 좀 호전되었다. 지금에 이르러 나는, 이런 것들은 아마, 정말 죽기 직전의 상황은 아닐 것이다, 정말 죽을 때에는 이런.상념도 없을 것이라 생각한다. 하지만 도대체 어쩌할까는, 나도 모른다.

9월 5일

주)_____

1) 원제는 「死」, 이 글은 1936년 9월 20일 『중류』제1권 제2호에 처음 실렸다.
2) 이 글을 쓸 때 루쉰의 나이는 만 55세였다.

여조[1]

아마 명말 왕사임^{王思任}이 한 말일 것이다. "콰이지^{會稽}[2]는 복수와 설욕^{雪辱}의 고장이며 더러움을 용납하는 곳은 아니다!" 이것은 우리 사오싱 사람들에게는 영광이다. 나도 이 말이 듣기 좋고, 인용하기도 했다. 그렇지만 적확한 말은 아니다. 이런 말은 그 어떤 곳에서건 적용할 수 있다.

그러나 사오싱의 보통 사람들은, 상하이의 '전진^{前進}적 작가'들과는 달라, 보복을 증오하지 않는 것 또한 사실이다. 문예만 놓고 보더라도 그들은 연극에서, 복수를 하는, 그 어떤 귀신^{鬼魂}보다 아름답고 굳센 귀신을 창조하였다. '여조'^{女弔}가 바로 그것이다. 나는 사오싱에 특색 있는 귀신이 두 가지 있다고 보는데, 하나는 무상^{無常}이다. 그는 죽음 앞에서 속수무책이어서 될 대로 돼라 하는 귀신이다. 이에 대해서는 『아침 꽃 저녁에 줍다』를 통해 전국의 독자들에게 소개하는 영예를 얻었다. 이번에는 다른 한 가지에 대해 쓸까 한다.

'여조'는 아마, 방언일 것이다. 보통 말로 번역하자면 '목매 죽은 여자 귀신'이라고 할 수밖에 없다. 사실, 평상시에 우리가 '목매 죽은 귀신'이라고 하면 거기에 이미 '여성'이라는 뜻이 담겨 있다. 목매달아 죽는 사람은 이제껏 부녀자가 훨씬 많았기 때문이다. 거미 가운데 어떤 것은 실 한 오라기로 제 몸을 공중에 매달아 놓는 것이 있다. 일찍이 『이아』爾雅에서 이런 거미를 두고 "현蜆은 액녀縊女[목매 죽은 여자]이다"라 한 것을 보면 주周나라 때 아니면 한漢나라 때 이미 목매어 자살하는 사람은 대개가 여성이었음을 알 수 있다. 그래서 그것을 남성을 뜻하는 '액부'縊夫[목매 죽은 남자]나 중성인 '액자'縊者[목매 죽은 사람]라는 말로 지칭하지 않았던 것이다. 하지만 '큰 굿'大戲이나 '목련 굿'目連戲 때면 우리는 관중들 입에서 '여조'라는 말을 듣는다. '조신'弔神[목매 죽은 신]이라고도 하는데, 횡사한 귀신이 '신'神이라는 존칭을 얻은 것으로는 유일하다. 민중이 그를 사랑하고 받들었음을 짐작할 수 있는 것이다. 하지만 왜 이런 때만 유독 그를 '여조'라 하는가. 간단하다. 무대에 '남조'男弔도 있기 때문이다.

내 알기로는 40년 전의 사오싱에는 큰 벼슬을 한 사람이 없었다. 그래서 사람에게만 보여 주는 연극堂會은 없었다. 연극이라고 하면 모두 마을 굿社戲의 성격을 띤 것이어서 신위神位가 극을 보는 주체이고 사람들은 그저 남의 덕에 구경하는 셈이었다. 그런데 '큰 굿'이나 '목련 굿'이 초대하는 관객 범위는 꽤 컸다. 신神은 물론이고 그밖에도 귀鬼 특히 제 명에 죽지 못한 원귀怨鬼가 있었다. 그래서 의식은 더욱 긴장되었고 엄숙하였다. 원귀를 청하였기에 의식이 각별히 긴장되고 엄숙하였다니, 나는 꽤 재미있는 이치라고 생각한다.

아마 내가 다른 데서 쓴 적이 있는 듯하다.──'큰 굿'과 '목련 굿'은 둘 다 신神, 사람, 귀鬼에게 보여 주는 극이지만 둘 사이의 차이는 컸다. 첫째는, 배우이다. 큰 굿은 전문 배우이지만 목련 굿의 배우는 임시로 모인

Amateur(아마추어) ── 농민이나 노동자였다. 다른 하나는 극본이다. 전자는 여러 종류이지만 후자는 「목련이 어머니를 구하다」 한 가지였다. 그러나 도입부의 '기상'起殤과, 중간에 귀신이 수시로 출현하는 것, 마무리에서 착한 사람은 하늘로 가고 악한 사람은 지옥에 떨어진다는 것은 양자가 동일하다.

　　이것이 평범한 마을 굿이 아니라는 점은, 굿이 시작하기 전에도 알 수 있다. 무대 양쪽에 종이 모자가 가득 걸려 있기 때문이다. 가오창훙高長虹이 나를 두고 말한 적 있는 "종이 모자"가 바로 이것인데, 신령神道과 귀신鬼魂들을 위해 준비한 모자이다. 그래서 경험 많은 사람들은 느긋하게 저녁밥을 먹고 차를 마시고 슬렁슬렁 걸어나오지만 무대에 걸린 모자만 보고서도 어떤 귀신과 신령이 벌써 등장했는가를 안다. 굿은 일찍 시작하고 '기상'은 해가 떨어진 뒤에 한다. 그래서 저녁을 먹고 보러 가면 꽤나 시간이 지나 있는 뒤이지만 그것들은 가장 재미있는 대목은 아니다. '기상'起殤을 사오싱 사람들은 초혼招魂을 뜻하는 '기상'起喪이라고들 오해하지만, 사실 그것은 횡사한 사람만을 대상으로 한다. 『초사』楚辭의 『구가』九歌 중의 「국상」國殤에 "몸은 죽었으나 넋은 건재하네. 굳세도다 그대들 넋 저세상에서도 영용하리"身旣死兮神以靈, 魂魄毅兮爲鬼雄[3]라고 하였다. 여기에는 당연히 전쟁터에서 죽은 사람도 포함된다. 명이 멸망할 때 떨쳐 일어나起義 죽은 사람이 월越 지방에 적지 않았다. 그러니 [만주족의] 청 왕조 때에 반역자라 불린 그들의 영령 역시 이 자리에 초대되었다. 날이 어둑어둑할 때에 말 여남은 마리가 무대 아래 서고 배우는 귀왕鬼王으로 분장한다. 귀왕은 푸른 얼굴에 비늘무늬를 하고 손에 삼지창을 들었다. 귀졸鬼卒도 여남은 수가 있어야 하는데 이건 보통 아이들이 누구나 지원할 수 있었다.

나는 여남은 살 때에 이런 의용귀義勇鬼 역을 맡은 적 있다. 무대 위로 올라가서 지원 의사를 밝히면 그들은 얼굴에 색칠을 해준 뒤 삼지창을 한 자루 건네준다. 귀졸 수가 다 차면 바로 말을 타고 벌판에 버려진 무덤들 있는 곳으로 짓쳐 나아가 세 바퀴를 돌고, 말에서 내려 큰소리로 외친 뒤 삼지창으로 힘껏 무덤을 찌른다. 그런 뒤 창을 뽑아들고 무대 앞으로 돌아와 일동이 함성을 한 차례 지르고 창을 무대 바닥에 내리꽂는다. 우리의 임무는 이렇게 해서 완수되는 것으로, 이젠 얼굴을 닦고 퇴장하여 귀가하면 된다. 하지만 만약 부모가 알게 되면 회초리(대나무 회초리는 사오싱에서 아이를 벌줄 때 가장 흔히 쓰이는 매이다) 맞는 걸 피할 수 없다. 여기에는 첫째, 귀기鬼氣를 접한 데에 대한 징벌이고, 둘째, 말에서 떨어져 죽지 않은 것에 대한 축하의 뜻이 있다. 다행히 나는 발각된 적이 없는데, 아마 악귀의 보우를 받은 탓이리라.

이러한 의식은, 바로[이러한 의식을 거쳐], 갖가지 고혼孤魂과 악귀들이 귀왕과 귀졸을 따라 무대 앞으로 와서 우리와 함께 굿을 본다는 뜻이다. 그렇다고 사람들이 걱정할 건 없다. 이런 날 밤에 그들이 해코지를 하지 않는다는 깊은 이치는 누구나 알고 있다. 이리하여 굿이 서서히 진행된다. 인간세상 이야기에 섞여 가끔 귀신이 출현한다. 불에 타 죽은 귀신, 물에 빠져 죽은 귀신, 과거시험 보다 죽은 귀신, 범에 물려 죽은 귀신……. 이런 역할은 아이들도 자유로이 맡아 할 수 있지만, 이런 시시한 귀신 역할을 맡고 싶어 하는 애들이 많지 않았고 관중들도 대단찮게 여겼다. '도조'跳弔 즉 목매 죽는 역할을 노는 것 ——이때 '도'跳는 동사로, '도가관'跳加官[벼슬아치 역할을 놀대의 '도'와 같다—에 이르면 분위기가 확 바뀐다. 무대 위에 구슬픈 나팔 소리가 울리고 무대 복판 대들보에 놓여 있던 천이

스르륵 내려오는데 그 길이가 무대 높이의 5분의 2쯤 된다. 사람들이 숨을 죽이고 있을 때 흰 얼굴에 검은 눈썹 칠을 한 사내 하나가 잠방이만 걸친 채 뛰쳐나오는데, 그가 바로 '남조'男弔이다. 등장하자마자 늘어진 천으로 달려가는 게 꼭 거미줄을 놓치지 않으려는 거미 같고, 꿰고 걸고 하는 것이 그물을 엮는 것 같기도 하다. 그는, 허리, 옆구리, 허벅지, 팔굽, 오금, 목덜미,…… 7×7은 49, 도합 마흔아홉 군데에 천을 걸어 늘어뜨린다. 맨 마지막은 목인데 정말로 올가미를 씌워 매는 건 아니고 목을 한 번 들이밀고 뛰어내려 달아난다. 이 '남조' 역할이 가장 놀기가 어려워서 목련 굿을 할 때에 이 배역만큼은 전문 배우를 청한다. 당시 노인들이 내게 얘기해 준 데 따르면, 그때가 가장 위험하다. 진짜 '남조'를 불러낼 수도 있기 때문이다. 그래서 무대 뒤에 반드시 왕령관王靈官을 맡은 사람이 한 손에는 부적을, 한 손에는 채찍을 들고 무대 앞을 비추는 거울을 뚫어지게 지켜본다. 만약 거울에 둘이 비치면 그중 하나는 진짜 '남조'이다. 그럴 경우 왕령관은 즉시 뛰쳐나가 가짜 '남조'를 후려갈겨 무대 아래로 떨어뜨린다. 무대에서 밀려난 가짜는 강가로 달려가 분장을 지운 뒤 관객들 틈으로 돌아와 굿을 구경한다. 그런 뒤 느긋하게 귀가한다. 만약 채찍질이 늦으면 가짜는 무대 위에서 목졸려 죽고, 씻는 것이 늦으면 진짜에게 발각되어 귀신이 들러붙게 된다. 이렇듯 관중 틈에 끼어서 자기들이 하던 굿을 구경하는 것은, 정계 요인들이 하야하여 불경을 읽거나 외국에 나가 있는 것처럼, 없어서는 안 될 과도적過渡的 의식儀式이다.

그 뒤에 '여조를 논다'. 물론, 먼저 구슬픈 나팔 소리가 울리고, 이윽고 문에 걸린 막이 걷히면서 그녀가 등장한다. 다홍색 적삼과 검은 색 긴 조끼 차림에 긴 머리카락을 흩뜨린 그녀가 동전꿰미紙錢 둘을 목에 걸고 고

개를 숙이고 손을 늘어뜨린 채 무대 위를 갈지자로 헤집고 걷는다. 이 방면에 정통한 사람들 말로는 이것이 마음 심心자를 그리며 걷는 거란다. 왜 마음 심자를 따라 걸어야 하지? 나는 알지 못한다. 그녀가 왜 빨간 적삼을 입는지는 안다. 왕충王充의 『논형』論衡을 보면 한나라 때 귀신은 빨간색이었다. 그런데 후대의 글과 그림을 보면 정해진 색깔이 없다. 그럼에도 극본들을 보면 빨간 옷 입은 것은 '조신'弔神밖에 없다. 간단하다. 그녀가 목매 죽기 전 악귀로 되어 복수할 작정을 할 때, 빨간색이 양기陽氣가 많아 산 사람에게 접근하기 쉽기 때문이다. …… 사오싱의 부녀자는 지금도 간혹 얼굴에 분칠하고 빨간 옷을 입고서 목을 맨다. 물론, 자살은 비겁한 행위이고 귀신이 복수한다는 것은 더더욱 비과학적이다. 하지만 그네들은 다 어리석은 부녀, 글자를 알지 못하는 사람들이다. 그러니 '전진'적 문학가와 '전투'적 용사들께서 엄청 성내지 말 것을 감히 청하는 바이다. 나는 참으로 그대들이 멍청이가 되고 말까 염려한다.

그녀가 늘어뜨린 머리카락을 젖힐 때에야 얼굴이 보인다. 석회石灰처럼 하얗고 동그란 얼굴, 칠흑같은 눈썹, 시커먼 눈자위, 새빨간 입술. 듣자 하니 저장성 동부 몇몇 곳에서는 목매달아 죽은 신령이 몇 치 길이 혓바닥을 늘어뜨리는 시늉을 한다는데, 사오싱엔 그런 건 없다. 내가 우리 고향을 편드는 게 아니라 그런 게 없는 편이 낫기 때문이다. 그렇게 하는 편이 눈자위를 얕은 회색으로 물들이는 요즘 화장법보다 훨씬 철저하고 훨씬 사랑스럽다. 하지만 입술 가장자리는 살짝 들려 입술이 세모꼴로 되어야 한다. 이것도 추한 모습은 아니다. 만약 밤중에 날이 어둑어둑할 때에 멀리서 얼굴에 분칠을 하고 입술이 빨간 사람이 어른거린다면, 지금 나라고 해도 달려가서 바라볼 것이다. 물론 내가 거기에 혹하여 목을 매지는 않을 것이다. 그녀는 두 어깨를 조금 쳐들고 사방을 돌아보며 귀를 기울인다. 놀란 듯, 기쁜 듯, 노여운 듯 하다가 마침내 구슬픈 목소리로 천천히 노래한다.

저는 본시 양楊씨 집 규수,

아아, 애달파라, 하늘이시여!……

다음 대목은 모르겠다. 이 구절도 얼마 전 커스克士[루쉰의 아우 저우젠런周建人]에게서 들은 것이다. 하지만 대략의 내용인즉, 훗날 민며느리로 들어가서 갖은 학대를 받다가 끝내는 목매어 죽는다는 것이다. 노래를 마치고 멀리서 들려오는 곡소리를 듣는다. 한 여인이 원한에 사무쳐 슬피 울면서 자살을 하려는 것이다. 여조는 몹시 기뻐하면서 '자기를 대신할 사람을 잡으려'討替代 하지만 갑자기 남조가 뛰쳐나와 자기 몫이라고 주장한다. 둘은 입씨름 끝에 주먹질까지 하는데 당연히 여자 쪽이 상대가 되지 않는다. 다행히 왕령관이 등장한다. 그는 생김새는 별로였지만 열렬한 여권 옹호자여서 절체절명의 순간에 나타나 채찍으로 남조를 때려죽이고 여조를 살려 준다. 노인들이 내게 일러 준 데 따르면, 옛날에는 남자 여자 모두 목을 매어 죽었다. 왕령관이 남조신神을 때려죽인 뒤에야 남자가 목을 매는 일이 줄었다. 게다가 옛날에는 7×7은 49, 사람 몸의 마흔아홉 군데가 모두 매어 죽을 수 있었지만 왕령관이 남조신을 때려죽인 뒤로는 목만 치명적인 곳이 되었다고 한다. 중국의 귀신鬼은 좀 이상해서 귀신이 된 뒤에도 죽을 수 있는가 보다. 당시 이런 경우를 사오싱에서는 '귀신 속의 귀신'이라고 하였다. 그런데, 진즉 왕령관에게 맞아 죽은 남조가 어찌하여 지금 '목매어 죽은 역할을 놀면' 살아나서 나타나는가? 그 까닭을 알 수 없어서 노인들에게 물어보았지만 그들도 딱 부러지게 말하지 못했다.

또 중국 귀신에게는 좋지 못한 성깔이 하나 있다. '자기를 대신할 사람을 잡으려' 하는 게 그것이다. 이것은 완전한 이기주의이다. 그것만 없다면 아주 편한 마음으로 그들과 어울릴 수 있을 것이다. 이런 습속이 여조에게도 전해져서 그 역시 오직 '자기를 대신할 사람을 잡으려' 하고 복수에 대해서는 까맣게 잊곤 한다. 사오싱에서 밥을 지을 때 보통 가마솥을 쓰는데 나무나 검불을 땐다. 솥에 검댕이 두텁게 끼면 불을 때어도 제대로 끓지 않는다. 그래서 솥 검댕을 긁어서 내버리곤 한다. 그런데 이 검댕은 사방에 흩뿌려야 한다. 시골 아낙이라면 누구도 힘을 덜 들이자고 솥을 땅바닥에 엎어놓고 박박 긁어대어 검댕이 까만 동그라미 모양으로 되게 하지 않는다. 목매 죽은 귀신이 사람을 유혹하는 올가미가 바로 이 동그란 검댕으로 만들어지기 때문이다. 솥 검댕을 흩뜨리는 것은 소극적인 저항이다. 그러나 그것은 '자기를 대신할 사람을 잡으려' 드는 데에 반대하는 것이지, 복수를 무서워해서가 아니다. 압박받는 사람들은 설령 보복하려는 독한 마음은 없을지라도 남의 보복을 받을까 두려워하는 생각은 결코 하지 않는다. 오직 음으로 양으로 남의 피를 빨고 살을 먹는 악인과 그 조력자들만이 '남에게 당하여도 따지지 말라', '지나간 잘못은 잊자' 따위의 격언을 사람들에게 선물한다.──나는 올해 들어, 사람 낯짝을 한 이런 자들의 속셈을 더욱 잘 꿰뚫어 보게 되었다.

9월 19~20일

주)_____

1) 원제는 「女弔」, 이 글은 1936년 10월 5일 『중류』 제1권 제3호에 처음 실렸다.

2) 콰이지(會稽)는 루쉰의 고향 사오싱의 옛 이름이다. 와신상담(臥薪嘗膽)이라는 성어를 낳은 전국시대 월나라 지역에 속한다.

3) 『구가』(九歌)는 「국상」을 빼고는 모두 천지자연을 경배하고 제사 올리는 내용이다. 「국상」은 나라를 지키다 죽어 간 전몰장병을 기리고 있다.

"훗날 증거로 삼기 위하여"(3)[1]

샤오자오

배부르고 등 따스운 백인들이 화끈한 오락거리가 있었으면 하는데 아프리카 식인종 같은 야만적인 습속이나 야수를 다룬 영화에 뉘가 났다. 하여 누런 얼굴에 콧대 낮은 우리 중국인이 스크린에 등장하게 되었다. 하여 이른바 '중국을 모욕하는 영화' 사건이 생겼고, 우리의 애국자들이 왕왕 의분을 토하게 되었다.

대여섯 해 전, 「바그다드의 도적」 때문에 페어뱅크스[2]와 한바탕 소란을 피우는 찝찝한 일이 있었다. 그런데 그 영화 속의 인물은 몽골 왕자로 우리와는 상관이 없었다는 것을 그쪽이나 이쪽이나 몰랐던 듯하다. 이야기 또한 『아라비안 나이트』에서 취한 것으로, 감독이 아니라 배우일 뿐인 페어뱅크스를 나무랄 일이 아니었다.

그렇다고 내가 여기서 페어뱅크스를 두둔하고자 하는 건 전혀 아니다.

올해 제기된 「상하이 특급」 사건은 심각하기가 「바그다드의 도적」에 견줄 바가 아니다. 그래 나는 한 차례 '가위질 도사'[3] 노릇을 하고자 한다. 사건 자체도 그렇거니와 문장 역시 맛깔나서, 뭉텅이로 인용하지 않으면 제맛이 나지 않을까 보아서이다. 먼저, 9월 20일자 상하이 『다궁바오』大公報의 『다궁 구락부』大公倶樂部에 실린 샤오윈蕭運 선생의 글 「폰 스턴버그, 다시 상하이를 들르다」이다.

이날, 상하이의 영화계는 미국에서 온 귀빈 한 분을 접대하느라 바빴다. 그는 파라마운트 영화사의 유명 감독 요제프 폰 스턴버그(Josef von Sternberg)였다. 몇몇 사람이 그를 열렬히 환영할 때에 많은 사람들이 그를 공격하였다. 그가 영화 「상하이 특급」(Shanghai Express)의 감독으로 중국을 크게 욕보인 적이 있다는 것이다. 그것은 잊을 수 없는 일(!)이었다.

「상하이 특급」은 5년 전의 사건이다. 마침 상하이는 1·28 전쟁 뒤라 일반인의 적개심이 드높을 때였다. 그래 사실을 왜곡한 이 할리우드 영화가 상하이에 출현하자 사람들은 저절로 분노의 함성을 질렀다. 저녁에 지고마는 나팔꽃처럼[4] 이 영화는 겨우 이틀 상영된 뒤 우리 시야에서 영원히 사라졌다. 5년이 지난 지금도 이 영화의 감독은 여론의 비난을 피하지 못하고 있다. 이것을 교훈 삼아 폰 스턴버그가, 무리하게 남을 모욕하는 일은 해서는 안될 일이라는 것을 알게 될지.

「상하이 특급」을 찍을 때에 폰 스턴버그는 중국에 대해 아무것도 아는 바가 없었다고 할 수 있다. 중국이 어떤가에 대해 전혀 알지 못하였다. 그래서 중국을 모욕한 것이 고의가 아니었다고 변명할 수 있었던 것이다. 그러나 이제 그는 중국에 왔고, 중국을 보았다. 만약 할리우드에 돌아가서 또 다시 「상하이 특급」 같은 영화를 만든다면, 그때는 용서받지 못할 것이다. 그는 상하이에 머물 때 중국에 대해 아주 좋은 인상을

받았다고 하였다. 그의 이 말이 참말이기를 바란다. (이하 생략)

그렇지만 과연 그럴까? 불행히도 같은 날치 『다궁바오』의 '연극·영화' 면에 치양桼揚 선생의 「예술인 방문기」藝人訪問記가 실렸다. 내용인즉슨,

「상하이 특급」으로 중국인의 눈길을 끌었던 영화감독 요제프 폰 스턴버그 씨는 틀림없이 이번 중국 여행을 통하여 이른바 중국을 모욕하는 두 번째 영화의 제재題材를 얻었을 것이다.

"중국인은 스스로를 알지 못한다. 이번 중국 방문을 통해서 나는 「상하이 특급」의 묘사가 결코 잘못된 것은 아니었다는 증거를 적잖이 얻었다.……" 중국에 오면 기존 논조를 바꾸는 일반 중국 방문객들과는 달리, 폰 스턴버그 씨는 확실히 예술가로서의 고매한 풍모를 갖추고 있다. 이 점은 우리가 존경할 만하다.

(중략)

작품 「상하이 특급」에 아주 정면으로 항의하지 않고 그저 그가 미국에 있을 때와 중국에 온 뒤의, 중국과 일본에 대한 느낌이 어떠한지만 물었다.

"미국에 있을 때나 중국에 온 뒤로나 달라진 건 없다. 동방의 분위기는 확실히 딴판이다. 일본은 경치가 아름답고, 중국의 베이핑도 좋은데, 상하이는 너무 번화한 것 같다. 쑤저우蘇州는, 신비한 느낌은 있지만, 너무 낡았다. 나를 찾은 많은 사람들이 내게 「상하이 특급」에 관해 물었는데, 사실 그런 문제가 있었다는 걸 숨길 필요가 없다. 지금 더욱더 확실한 느낌을 받았다.…… 나는 촬영기계를 가지고 오지 않았지만 나의 두

눈은 이런 것들을 잊지 않을 것이다." 나는 몇 년 전 난징南京 중산로中山路에서 외국 손님을 모시기 위해 초가집들을 철거했다는 이야기가 떠올랐다.……

알고 보니 그는, 뉘우치기는커녕 훨씬 더 강경해져 있었다. 자기 생각을 거침없이 말하는 게 참으로 게르만 사람들의 좋은 면이라 할 야만적 풍모가 보인다. 나는 "우리가 존경할 만하다"고 한 기자의 말에 동의한다.

우리는 '스스로를 아는' 지혜가 필요하지만 '남을 아는' 지혜도 필요하다. 우리는 그가 중국 여론이 꾸짖어도 전혀 개의치 않는다는 사실을 알아야 한다. 중국의 여론의 권위가 어떤지를 알아야 한다.

"그러나 지금, 그는 중국에 왔고, 중국을 보았다." "상하이에 있을 때 그는 중국이 참 인상이 좋다고 말했다." 「방문기」에 따르면 이것 역시 "참말"인 게 분명하다. 그러나 그가 "좋다"고 한 것은 베이핑 즉 장소이지 중국인이 아니다. 그들이 보기에 중국이라는 장소는 사람들과는 전혀 상관이 없다.

더구나 우리가 그 무슨 좋은 인물·사건을 그에게 보여 준 바도 없다. 나는 폰 스턴버그에 관한 글들을 읽고 나서 하루 전날인 19일치 신문을 뒤적여 보았는데 거기에도 체면이 설 만한 일은 없었다. 지금 전송電送 기사 둘을 아래에 옮긴다.

(베이핑, 18일, 중앙사中央社 전송) 베이핑의 9·18 기념일은 경찰의 경계

가 삼엄하였다. 아침 6시부터 보안·수사 팀 전원이 출동, 각 학교와 공공장소, 주요 거리와 골목 등에 배치되어 감시하였다. 모든 군대와 경찰이 하루 동안 휴식을 취하지 않았다. 전 시의 분위기가 매우 긴장되었으나 평안한 가운데 하루가 지났다.

(텐진, 18일 오후 11시 전송) 금일 저녁, 펑타이豊臺의 일본군이 돌연 같은 곳에 주둔 중인 29군軍의 펑馮의 치안부治安部를 포위하고 무장해제를 요구하여 밤늦도록 대치 중이다. 일본군은 이미 베이핑으로부터 펑타이로 증원부대를 보냈는데 자세한 정황은 알 수 없다. 지난 달부터 일본측은 쑹저위안宋哲元 장군에게 여러 차례 펑 치안부의 철수를 요청하였으나 쑹은 동의하지 않아 왔다.

다음은 하루 건너뛰어, 20일치 신문의 전송 기사이다.

(펑타이, 19일, 동맹사同盟社 전송) 18일의 펑타이 사건이 19일 오전 9시 반에 원만하게 해결되었다. 동시에 포위 태세를 해제한 일본군이 역 앞 광장에 집합하였고 중국군 역시 같은 곳에 정렬하여 서로 간의 오해를 풀었다.

다시 하루 뒤인 21일치 신문의 전송 기사.

(베이핑, 20일, 중앙사 전송) 펑타이에서 중·일 양군 사이의 오해가 풀린 뒤 쌍방 당국은 금후 동일한 사건이 일어나는 것을 방지하기 위해 세심한 논의를 한 뒤 쌍방은 군대를 좀더 떨어진 곳으로 옮기기로 결정하였

다. 이에 따라 본디 펑타이에 주둔하였던 아군 제2대대 제5중대가 이미 펑타이 남쪽 자오자촌趙家村으로 이동하였고, 펑타이 주둔 일본군 근처에는 아군의 자취가 사라졌다.

나는 폰 스턴버그가 지금 어디에 있는지 모른다. 만약 아직도 중국에 있다면 그가, 올해가 '오해의 해'이고 18일은 '학생 반란의 날'이라고 잘못 알지 않을까 싶다.

사실, 중국인은 결코 '스스로를 아는' 지혜가 '없'는 게 아니다. 다만 일부 사람들이 '스스로를 속이는' 데에 안주하면서 '남을 속이'려고까지 드는 게 결점이다. 예를 들어 부종浮腫으로 고생하는 환자가 있다 치자. 그 환자가 자신의 병을 입에 올리기 싫어하고 치료받는 것도 꺼리면서, 그저 남들이 그런 점을 모르고 몸이 나서 통통한 걸로 잘못 알기만을 바란다. 그런 망상에 빠져 있다 보면 제 스스로도 이건 부종이 아니라 통통한 것이라고 여기는 경우가 생기며, 설령 부종임을 부정할 수 없는 경우에도 그게 뚝별나고 훌륭한 부종이어서 남들 경우하고는 다르다고 본다. 만약 누군가가, 그게 통통한 게 아니고 부종이다, 결코 '좋'을 수가 없는 질병일 뿐이라고 지적하면, 그는 실망과 수치심을 느낀 나머지 화가 나서, 지적을 한 그 사람을 바보멍청이라고 욕한다. 그렇게 하고도 또 상대를 을러대어 속일 생각을 한다. 분노와 욕설에 겁을 먹은 상대방이 다시 한번 자신을 꼼꼼히 살펴 무엇인가 좋은 점을 찾아주기를, 말을 바꾸어 이건 확실히 통통한 것이오라고 말해 주기를 바란다.

"중국을 모욕한 영화"를 보지 않는 것이 좋은 건 아니다. 그건 기껏해야 두 눈 꼭 감고서 통통 부은 제 몸을 보지 않는 것일 뿐이다. 그러나 제

눈으로 본다고 해도, 반성이 따르지 않는다면 쓸모가 없다. 나는 아직도 누군가가 스미스의 『중국인의 기질』[5]을 번역하기를 바란다. 이런 것을 읽고, 자성하고 분석하여 그중 어떤 점들이 옳게 말한 것인지 잘 판단해서, 고치고 분발하고 노력하기 바란다. 남의 이해나 칭찬을 바라지 않았으면 한다. 그리하여 중국인이 도대체 어떤 존재인가를 증명하기를 바란다.

주)_____

1) 원제는 「"立此存照"(三)」, 1936년 10월 5일 『중류』(반월간)에 처음 실렸다.

2) 페어뱅크스(Douglas Fairbanks, 1883~1939)는 미국의 영화배우이자 감독, 제작자이다. 1929년 그가 상하이에 갔을 때 『바그다드의 도적』(*The Thief of Bagdad*, 月宮盜寶; 월궁에서 보물을 훔치다)이 중국을 모욕한 영화라고 해서 일부 언론이 그를 비난한 바 있다. 『이심집』 「현대영화와 부르주아」의 '역자 부기'를 참조.

3) '가위질 도사'의 원문은 '문전공'(文剪公). 루쉰이 자주 신문·잡지 기사 내용을 인용하여 글을 쓴 것을 빗대 루쉰을 '가위질 도사'라 비아냥거린 이들이 있었다.

4) 원문은 '피었다가 바로 지는 우담발라 꽃처럼'(像曇華一現地)이다. 우담발라(曇華)는 3천년에 한 번 전륜성왕이 나타날 때 꽃이 핀다고 하는 인도의 전설 속 식물. 우담화(優曇華)라고도 한다.

5) 미국인 선교사 스미스(A. H. Smith, 1845~1932)가 쓴 책 『*Chinese Characteristics*』(New York, 1894, 증정4판). 루쉰이 읽은 일본어 역본(『支那人の氣質』)은 1896년 도쿄에서 처음 출판되었다.

"훗날 증거로 삼기 위하여"(4)[1]

샤오자오

요즘 간행물로 『웨펑』越風[2]이 있다. 필자들이 다 웨越[3] 사람인 것도 아니고, 다루는 내용이 다 웨 땅의 일도 아닌데 왜 잡지 이름을 그렇게 지었는지 모르겠다. 올해는, 당연히, 이신貳臣[4]과 한간을 호되게 꾸짖어야 할 때이다. 제17호에 가오웨톈高越天 선생이 쓴 글 「이신·한간의 추악한 역사와 말로」貳臣漢奸的醜史和惡果가 있었다. 첫 단락 말미가 이러하다.

> 명나라 때는 절의節義를 퍽 숭상하였다. 그래, 나라가 망할 때에 충신 열사 순절殉節한 이들이 헤아릴 수 없이 많았으니, 실로 우리 한족漢族의 영예라 할 것이다. 그러나 한간과 이신도 적지 않았다. 가장 큰 한간은 오삼계吳三桂이며, 가장 큰 이신은 홍승주洪承疇였다. 이 두 염치없는 것들은 지금 그 이름만 들어도 악취가 코를 찌른다. 그들은 청淸 조정의 환심을 사려고 양심을 속였지만 결국 '토사구팽'兔死狗烹 되었다. 실로 어리석기 짝이 없었다 할 것이다. 큰 한간의 말로가 이러하였으니 수많은, 그보다 처진 한간의 비참함이야 말할 나위 없겠다.……

이어 『설암서묵』雪庵絮墨에 근거하여,[5] 청조가 개국 공신을 모두 태묘太廟에 배향配享하였지만 한족인 경정충, 상가희, 오삼계, 홍승주[6] 넷은 거기에 없었고, 홍승주는 건륭乾隆 때, 칙명으로 『이신전』[7] 첫머리에 놓였다고 하였다. 그런 뒤, 다음과 같이 훈계한다.

이처럼 체면 구겨지는 상황에 대해 저승에 있는 홍승주만 놀랐을까. 그러지 않을 것이다. 외적과 내통하여 총구멍을 안으로 겨누는 오늘의 간나위들도 이런 기록을 읽으면 깨닫는 바가 있을 것이다.

나무랄 데 없는 훈계이다. 그런데 시류에 어두운 사람이 만약, "그때 토사구팽이 없고, 한족 사람도 태묘에 배향되고, 홍승주도 『이신전』에 실리는 일이 없었다면, 그랬다면 어떡하지?"라고 묻는다면?

내 보기에는 말품이 꽤 들어가야 할 것 같다.

나라 지키는 것은 장사하는 것과 다르다. 때문에, 해볼 만한가 여부가 판단 기준이 될 수 없다.

주)_____

1) 원제는 「"立此存照"(四)」, 1936년 10월 5일 반월간지 『중류』 제1권 3호에 처음 실렸다.

2) 『웨펑』(越風)은 황핑쑨(黃萍蓀) 등이 1935년 10월 저장성 항저우에서 창간하였다. 반월 간지로 소품문을 주로 실었다. 국민당 중앙선전부의 재정 지원을 받았다.

3) 저장성 동부 지역은 춘추전국시대에 월(越)나라 영토였다. 루쉰이 나고 자란 사오싱(紹興), 그가 일본 유학 뒤 귀국하여 교편을 잡은 항저우(杭州)도 이 지역이다.

4) '이신'(貳臣)은 '두 왕조를 섬긴 신하'이다. '반역자'라 번역하면 될 것 같지만 그렇지 않다. 새 왕조 입장에서는 그들이 충신일 수 있기 때문이다. 청 건륭제가 국사관(國史官)

에 명하여 『이신전』(貳臣傳)을 편찬케 할 때 그는, '섬기던 왕조를 버리고 새 왕조에 투항한 신하' 즉 '이신'들의 행적을 갑·을 두 부류로 나누어 서술하게 하였다. 갑에 속한 '이신'은 명을 섬기다 청에 투항하였으나 새 왕조에서도 충성으로 제 소임을 다한 자들이다. 건륭제 생각에 이들은, 임금에 충성을 다하지 않았다는 허물이 있다. 이 허물은 그러나 천명을 받들지 못한 이전 임금/왕조 탓이지 신하 탓이 아니다. 반면에, 을에 속한 '이신'은 이전 왕조에서나 새 왕조에서나 제 소임을 다 하지 않은 자들, 그저 전 왕조의 천명이 다하였음을 보고 시류에 편승하여 투항한 용렬한 자들이다. 건륭제는 또 『역신전』(逆臣傳)을 짓게 하였다. 이 '역신'이야말로 '반역자'이다. '한간'(漢奸)은 '민족반역자'라는 뜻으로 쓰여 왔다. 단, 한족(漢族) 입장에서 쓰는 말이다.

5) 가오웨텐은 이렇게 썼다. "『설암서묵』에서 이른 것처럼, 청조가 중원에 들어올 때 한족으로서 공이 가장 큰 자로, 무신으로는 경·상·오 세 번왕(藩王)을 들 것이요, 문신으로는 경략(經略) 홍승주가 으뜸이다. 공적에 따라 대우한다면 위에 든 네 사람은 응당 태묘에 배향되거나 사당(祠堂)이 있어야 할 것이다. 그러나 꼼꼼히 살펴보아도 태묘의 동서 두 건물과 현량(賢良)·공신(功臣)·소충(昭忠) 등의 사당에 이 네 분 이름자가 없었다.……홍경략(홍승주)은 국사관 편찬 『공신전』(功臣傳)에 사적이 실렸다. 그러나 강희·옹정을 거친 뒤 건륭제 때가 되자 임금이 그를 『이신전』 중의 첫째가는 인물로 꼽았다." 가오웨텐은 저장성 샤오산(蕭山) 사람, 당시 산시성(陝西省) 『시징일보』(西京日報) 주필이었다. 『설암서묵』은 당시 상하이 『다궁바오』(大公報) 부간에 연재되던 칼럼 명칭.

6) 경정충(炅精忠, ?~1682)은 청(淸) 한군(漢軍) 정황기인(正黃旗人)으로, 강희(康熙) 연간에 정남왕(靖南王)에 봉해져 푸젠(福建)을 통치하였다. 1674년(강희 13년) 오삼계(吳三桂)에 호응하여 청에 반기를 들었다가 훗날 항복하여 처형되었다.

상가희(尙可喜, 1604~1676)는 랴오둥(遼東; 현재의 랴오닝성 랴오양) 사람. 명나라 숭정(崇禎) 때 부총병(副總兵)이었으나 뒷날 청에 투항하여 한군 양람기(鑲藍旗)에 속했다. 청군을 따라 입관(入關)하였고 평남왕(平南王)에 봉해져 광저우(廣州)를 통치하였다. 나중에 그 아들 지신(之信)이 오삼계와 호응하여 반청 기치를 들자 안달하다 죽었다.

오삼계(1612~1678)는 가오여우(高郵; 지금 장쑤성의 고을) 사람. 숭정 연간에 랴오둥 총병(總兵)이었다. 이자성(李自成)이 베이징을 깨뜨린 뒤 청군의 앞잡이가 되어 입관하였다. 평서왕(平西王)에 봉해졌고, 쓰촨, 산시(陝西)의 농민군을 진압하고, 남명(南明) 영력제(永曆帝)를 붙잡아 죽였다. 윈난(雲南)을 통치하였고, 경정충, 상가희와 함께 청나라 초 '삼번'(三藩)의 왕이었다. 1673년(강희 12년) 청 조정이 번국(藩國)을 폐지하자 반청의 깃발을 들었다. 1678년에 헝저우(衡州)에서 황제를 칭했으나 얼마 뒤 죽었다.

홍승주(洪承疇, 1593~1665)는 푸젠 난안(南安) 사람. 숭정 연간에 지랴오(薊遼) 총독을 지내면서 청에 저항하였으나 청에 항복한 뒤 청군을 따라 입관하였다. 난징(南京) 총독으로 강남의 항청(抗淸) 의병을 진압하였고, 1653년(순치 10년) 일곱 성(省)의 경략(經略)으로 임명되어 여러 방면의 농민군을 진압하였다. 청나라 초기의 법률 제도 가운데 그의 방안에 따른 것이 많다.

7) 『이신전』(貳臣傳)은 전 12권. 청 고종 건륭제의 명에 따라 편찬한 것으로, 청나라에 투항한 명나라 관료 125명의 사적을 적었다. 홍승주는 그 책 제3권 첫머리에 놓였고, 상가희는 제2권 여섯번째 자리에 놓였다. 오삼계와 경정충은 각각 『역신전』(逆臣傳) 제1권 첫머리와 제2권 여섯번째에 놓였다.

"훗날 증거로 삼기 위하여"(5)[1]

샤오자오

『사회일보』에 오랫동안 「예인 이사」藝人膩事란이 보이지 않더니, 상하이 『다궁바오』'본 부두 증간'면에 「문인 이사」文人膩事라는 게 보였다. "문"文 과 "이"膩는 발음 차이가 크고, "사"事 또한 전적으로 "느끼"膩하지는 않으 니, 이것이야말로 '세상이 갈수록 못해 간다'에 해당한다.[2] 하지만 뜻밖에 재미있는 글이 실리곤 한다. 예컨대 9월 25일 「여학생 마음속의 장쯔핑[3]」 이란 제목 아래 다음과 같은 말이 있다.

> 비록 연애소설 작가이긴 하지만 그는 꽤 재간 있고 반듯한 사람이다. 결
> 코 여느 문학가들처럼 낭만, 열정, 무책임한 구석이 없다. 그의 유능함은
> 작가들 가운데 버금갈 사람이 없을 정도이다. 통통한 몸집, 작달막한 키
> 에 몸에 맞지 않는 양복이 그의 동그맣고 새까만 얼굴을 도드라지게 한
> 다. 한쪽 팔에 늘상 커다란 가방을 낀 것이 꼭 서양 회사洋行의 지배인 같
> 다. 하지만 그의 큰 가방 속에는 수표첩이 없다. 연애소설 원고와 대학
> 강의안만 들어 있다.

그가 "꽤 재간 있고 반듯한 사람"임을 보여 주자는 게 본래 의도 같은데, 러췬서점樂群書店을 열어 돈 벌던 시절 장쯔핑 사장의 생김새를 맞춤하게 그려 놓았다. 가장 묘미 있는 건 "한쪽 팔에 늘상 큰 가방을 끼고" 있는데 그 속에는 "연애소설 원고와 대학 강의안만 들어 있다"는 것으로, 둘 다 돈벌이가 되는 물건이라는 점이다. "수표첩이 없다"는 건 그가 수표로 지불할 필요가 없게 되었음을 실감나게 묘사한 것이다. 그래서 출판사 문을 닫았을 때, 사장은 여전히 "동그맣고 새까만 얼굴"이었으나 원고를 팔거나 인세를 받아 살아가던 몇몇 작가들은 마르고 어두운 얼굴이었던 게다.

주)_____

1) 원제는 「"立此存照"(五)」, 1936년 11월 5일 『중류』(반월간) 제1권 5호에 영인된 원고 형태로 처음 발표되었다.
2) '藝人膩事'에서 '藝'(yi)와 '膩'(ni)는 발음이 비슷했던 것에 견주어 한 말이다.
3) 장쯔핑(張資平, 1893~1959)은 광둥성 메이현(梅縣) 사람. 일찍이 창조사 동인이었다. 삼각관계를 다룬 연애소설을 여럿 썼다.

"훗날 증거로 삼기 위하여"(6)[1]

샤오자오

숭정 8년(1635) 신정新正에 장헌충[2] 휘하 부대 하나가 안후이安徽의 차오
현巢縣을 함락시킬 때 슈수이秀水 사람 심국원沈國元이 목을 베일 참에 가까
스로 살아나 이름을 바꾸었는데 자字가 존중存仲이다. 그가 『재생기이록』
再生紀異錄을 지었다. 올 봄, 상위上虞 사람 뤄전창羅振常이 그 책을 교열하여
출판하였는데 책 이름을 『유구함소기』流寇陷巢記[3]라 바꾸었다. 장삿속에서
이다. 거기에 다음과 같은 구절이 있다.

대보름 밤 달빛 맑은 것이 하얀 해와 같았다. 읍邑 앞 백성들 사는 곳 서
낭당에서 불길이 치솟자 엄대윤嚴大尹이 그 불을 끄고 저자 사람들에게
등불을 켜지 말라 하였다. 그때 나는 벗 설희진薛希珍, 양자교楊子喬와 함
께 거닐고 있었고 저마다 근심 어린 낯빛이었다. 도적의 예봉이 심히 날
카로운데 아무런 방비가 없으니, 성城을 지켜내지 못하리라는 생각에서
였다. 길거리 사람이 주고받는 말들은 하나같이 도적에 대한 것이었다.
저마다 '왔다'來了고들 하면서 두려워하였다. 들이닥친 도적떼는 하나같

이 '왔다', '왔다'고 소리질렀다. 저잣거리 떠도는 소리가 전조前兆 아니고 무엇인가.

『열풍』熱風에 실은 「왔다」來라는 글을 쓴 적 있다. 그러나 그건 억측일 뿐이었고, 이것이야말로 구상적具象的이고 실제적인 묘사이다. 도적떼 자신도 "왔다"라고 소리치는 건 『열풍』 작자가 생각지 못했던 바다. 그 이치는 별게 아니다. "도적"이 곧 백성이었으니까. 그래서 쫓는 자나 쫓기는 자가 처지가 딴판이었음에도 내는 소리는 같았던 거다. 다른 고장에서도 마찬가지였다.

또 이런 말이 있다.

22일, …… 내가 …… 값진 것들을 감추는데, 서로 보듬고 자빠지는 사람, 아파서 끙끙대는 사람, 포대기를 짊어지고 온 사람들 소리가 들렸고, 도적이 도착했다는 소리를 듣자 죄다 쥐구멍을 찾지 못해 허둥대는 게 인생의 막장에 이른 듯하였다. 도적들이 유유히 다가오자 오직 한 사람만이 칼을 들고 베려는 듯 시위하였으나, 사나운 개가 쫓아오자 그도 두려워 달아났다.……

송宋·원元·명明 세 왕조의 압박과 살육, 마취가 없었다면 이런 지경에 이르지는 않았을 것이다. 민중이 4년 전 봄에 각성하였으나, 송·원·명·청淸의 가르침도 살아났다.

주)_____

1) 원제는 「"立此存照"(六)」, 1936년 10월 20일 『중류』(반월간) 제1권 제4호에 처음 발표되었다.

2) 장헌충(張獻忠, 1606~1646). 명(明)말 농민반란 지도자. 1627~28년에 산시(陝西) 지방에 가뭄이 들어 폭정에 시달리던 농민들이 반란을 일으키자 병사 출신인 그도 반란에 가담하였다. 나중에 큰 세력을 이루었고 1644년 쓰촨(四川) 지방에 터를 잡아 대서(大西) 황제를 칭하였으나, 같은 해 명을 멸망시킨 여진족(만주족) 청나라의 공격을 받아 1646년 전사하였다. 생전에 학살을 자행한 것으로 알려졌다. 이에 대해서는 루쉰이 여러 글에서 언급한 바 있다.

3) 1936년 4월 상하이에서 출판되었다.

4) 일본이 만주를 점령한 뒤인 1932년 1월 28일에서 29일 사이 중국의 19로군이 상하이 조계지역을 지키던 일본 해병대와 충돌한 것을 가리킨다.

"훗날 증거로 삼기 위하여"(7)[1]

샤오자오

요즘 일간지에 특집이 성행하고 있다. 의학·약학에 특집이 있는가 하면 문예를 다룬 것, 춤을 다룬 것 따위가 있고, '대학생 특집', '중학생 특집'이 있으니 '초등생'과 '어린이 특집'이 있을 것임을 말할 것도 없다. 오직 '유치원생 특집'과 '갓난아이 특집'은 아직 보지 못했다.

9월 27일, 우연히 『선바오』^{申報}에서 '어린이 특집'^{兒童專刊}을 보았다. 거기에 「아이들을 구하라!」^{救救孩子!}[2]라는 글과 "어린이의 작품" 한 편이 있었다. 내용인즉슨, 어린이에게 쓸모없는 책은 읽지 말라는 것, 만약 틈이 나면 "몇몇 쓸모 있는 어린이 간행물 또는 『선바오』가 일요일에 내는 '어린이 특집'을 보시라. 그것들은 우리 어린이에게 지식을 늘려 줄 것"이라 하였다.

손안에 이 '어린이 특집'이 있다. 첫번째 글을 읽었다. 아니나 다를까 차마 내버릴 수 없는, 시대의 요구에 부합하는 명문장이 있었다.

초등학생들이 알아야 할 일

멍쑤夢蘇

요즘 한 달 새에 쓰촨의 청두, 광둥의 베이하이, 후베이의 한커우 그리고 상하이의 공동조계 지역에서 잇달아 불행한 사건이 벌어졌어요. 일본 교민과 해군이 살해되어 중일 양국 간의 관계가 몹시 불안해졌답니다.

어린이 여러분은 이런 사건들에 대해 어찌 생각하나요? 우리 민족의 앞날에 아주 큰 영향을 줄 일이랍니다.

나라와 나라 사이의 관계는, 지금 같은 비상 시기에는, 국민 된 사람이라면 누구나 적에 대항하여 나라의 존엄을 지키는 정신을 가져야 합니다. 그렇지만 나라의 외교 관계가 아직 정상적일 때에는 절대로 외국 교민을 해치는 불법 행위가 있어서는 안 된답니다. 만약 개인적인 원한 때문에 외국 교민을 죽인다면 이것은, 우리나라 사람을 죽이는 것보다 죄가 한 등급 올라갑니다. 죽임을 당한 사람 수가 아주 적다고 해도 다른 나라의 오해를 불러일으켜 우리나라 외교를 더 어렵게 만들고, 심지어는 뜻밖의 분쟁을 일으켜 민족부흥운동의 발걸음을 혼란에 빠뜨릴 수 있기 때문이에요. 그러니 이들 소수 사람들이 무의식적으로 저지르는 불법 행위는 실제로는 국법을 어지럽히는 죄악으로서 우리 민족의 타락분자라 할 것이에요. 우리는 이걸 크게 경계해야 해요. 이런 거동은 전사戰士가 전쟁 때에 적을 죽이는 것과 달라요. 공이 되냐 죄가 되냐 하는 점에서, 완전히 반대되는 것이랍니다.

어린이 여러분! 외국에 사는 우리 교민이 만약 그 나라 사람들에게 불법적으로 죽임을 당했다고 생각해 봅시다. 비록 우리가 군함을 보내 교민을 보호한답시고 법석을 떨고, 우리 정부가 엄정한 요구를 들이대었

는데도 조그만 보장조차 받지 못한다 칩시다. 그렇더라도 우리의 공분公
憤은 어쩔 수가 없겠지요.

우리는 다른 나라 인민이 우리 화교를 존중하기를 바랍니다. 그렇다
면 우리도 그 어떤 다른 나라의 교민이라 할지라도 그들을 존중하여야
합니다. 다른 나라 교민을 불법적으로 해치는 행위는 앞으로 다시는 일
어나지 말아야 합니다. 이것이 큰 나라 국민의 기품입니다.

이 "큰 나라 국민의 기품", 참 좋다. 비록 "우리의 공분은 어쩔 수가 없
을 것"이라 한 게 좀 과격한 구석은 있지만, 크게 보면 외교 관계를 돈독히
하는 데에 아주 보탬이 된다. 하지만 우리는, 중국인의 입장에서, 우리는
스스로에 대해서도 "큰 나라 국민의 기품"을 가질 것을 바란다. 자기 나
라 인민의 생명 가치를 외국 교민 생명의 절반으로 평가하여 (외국인에 대
한 범죄에 대한 처벌이) "한 등급 올라가"지 않기를 바란다. 주인이 종을 죽
이면 죄가 안 되지만 종이 주인을 죽이면 가중처벌된다는 형법은 (오호라,
벌써 25년이 지났도다)[3] 진즉 철폐되지 않았던가?

참으로 "아이들을 구해"야 한다. 이것은 "우리 민족의 앞날에 아주 큰
영향을 줄 일"이다!

그런데 이건 우리 자손들의 운명과도 관계된 일이다. 어른 여러분, 사
람 머리가 달렸다면 사람 같은 말을 하도록 합시다!

9월 27일

1) 원제는 「"立此存照"(七)」, 1936년 10월 20일 『중류』(반월간) 제1권 제4호에 처음 발표되었는데, 이때 제목이 「"立此存照"(五)」라고 바뀌었다.
2) 루쉰의 첫번째 구어체 소설 「광인일기」 마지막이 "아이들을 구하라!"였다.
3) 1911년 신해혁명 뒤 중화민국이 성립하였다.

후기

『차개정잡문』(전 3집) 중 1934년과 1935년치 두 권은 선생 자신이 1935년 마지막 날 이틀 새에 편집을 마쳤으나 다시 살펴가며 표제와 격식을 손볼 틈이 없었다. 이것은 당시 건강이 좋지 못하여 해내지 못한 것일 게다.

1936년에 쓴 『말편』은, 선생 스스로 원고를 한데 놓아두었다. 첫 글부터 「차오징화 역 『소련 작가 7인집』 서문」까지가 그것이다. 「타이옌 선생으로 하여 생각나는 두어 가지 일」과 「타이옌 선생에 관한 두어 가지 일」은 자매편인 듯하다. 당시 마무리된 글이 아니어서 한쪽에 밀쳐 두었던 것이나, 지금 한데 놓아 독자들께 보인다.

'부집'^{附集} 속의 글은, 『바다제비』^{海燕}, 『작가』, 『현실문학』, 『중류』 등에 실린 것이다. 「반하소집」, 「이것도 삶이다」, 「죽음」, 「여조」 등 네 편은 선생이 따로 보관했지만 모두 1936년의 글이기에 『말편』에 실었다.

선생은 「바이망 작 『아이의 탑』 서문」에서 이렇게 말했다. "벗에게 정을 가진 사람이라면, 죽은 벗이 남긴 원고를 간수하고 있는 게 마치 불덩이를 손에 쥔 것 같아 자나깨나 안절부절 널리 그것을 퍼뜨리고 싶을 것이다." 그래서 주제넘게 이것들을 출판한다. 인쇄나 장정이 엉성한 것은 급히 펴내느라 생긴 일이다.

여러 벗의 도움을 받아 이 문집을 신속하게 찍어 낼 수 있었다. 또 우치야마 선생의 도움으로 발행할 수 있었다. 이 자리를 빌려 깊은 감사의 뜻을 알린다.

1937년 6월 25일, 쉬광핑

부록

『차개정잡문』에 대하여

"우리는 이런 곳에 살고 있다. 우리는 이런 시대에 살고 있는 것이다."

이는 1935년 말, 그 전 해에 발표한 잡문들을 『차개정잡문』이라는 제목으로 엮고 난 뒤 루쉰이 마지막에 쓴 말이다. 신문화운동이 일어나고 15여 년 뒤 상상하지 못했던 시대와 장소에 처해 있다는 실감이 이 말을 통해 고스란히 전달된다. 루쉰이 만난 '이런 시대'와 '이런 곳'이란 어떤 시대와 어떤 곳인가. 누가 왜 '이런 곳'과 '이런 시대'를 도래시킨 것일까. '이런 시대'와 '이런 곳'을 벗어나거나 이와는 '다른' 시대와 장소로 만들 길은 없는 것인가. 『차개정잡문』은 이러한 질문에 대한 루쉰식 답변과 대응을 담고 있다.

『차개정잡문』은 국민당과 공산당의 합작이 국민당의 배신으로 인해 결렬되고 한때 손을 잡았던 공산당원에 대한 국민당의 체포와 테러가 횡행하던 나날 속에서 씌어졌다. 청년들은 당국에 체포되어 법적인 절차도 밟지 못하고 살해당하거나 구금되었다. 공산당과 관련되거나 혹은 색깔론을 덧씌우기만 해도 청년들과 출판사와 심지어 영화사까지 체포와 구금과 테러의 대상이 되었다. 더 위협적인 것은 물리적인 위협뿐만이 아니라 문화적이고 사상적인 위협이 더 촘촘하고 강압적이고 다양하게 행해졌다는 점이다. 국민당의 서적검열과 발표 및 발행 금지 명령이 하달되어 다수의 서적과 잡지들이 금서 목록에 올랐다. 서적 검열에서 문구 수정 요구는 당연하게 이뤄졌고 더 나아가 삭제한 흔적마저 없애고 그 앞뒤 단락을 짜 맞춰 버리는 조작 행위가 행해졌다. 당국의 검열과 통제로 인해 사상이 있던 작가가 하루아침에 횡설수설하는 작가로 영문도 모르게 전락하게 된 것이다.

어떻게 보면 국민당 당국의 검열 목적은 검열 자체를 넘어서 진보적인 사상을 가진 지식인과 작가를 우스꽝스럽게 만드는 한편 이들을 점점 언로에서 차단시켜 발언할 기회와 공간 자체를 봉쇄하고 고립시키는 것이었다고 할 수 있다.

이러한 검열은 루쉰에게도 예외 없이 행해졌다. 이 책에 수록된 글들이 발표된 1934년 한 해 동안 루쉰은 자구 수정과 삭제, 출판 금지를 다반사로 겪었다. 출판된 잡문집과 번역서들은 거의 대부분 금서 목록에 올랐다. 매체에 기고 혹은 투고된 잡문에는 직접적이고 교묘한 방식으로 검열이 행해졌다. 가령, 「아프고 난 뒤 잡담」은 다섯 장章 가운데 뒤의 네 장이 삭제되고 첫 장만 발표가 허용됐다. 「아프고 난 뒤 잡담의 남은 이야기」는 발표 자체가 유보됐다. 가벼운 소품인 「아진」도 신경증적인 검열 환경 속에서 게재불가 판정을 받았다.

『차개정잡문』은 루쉰이 '이런 시대'와 '이런 곳'에서 살면서 이에 '저항'한 기록과 그 흔적을 모은 잡문집이다. 이런 시대에 살면서 저항하는 루쉰의 대처법은 이렇다. 누가 이런 시대와 장소를 만들었는지, 이는 어떻게 만들어졌는지, 그리고 어떻게 이러한 세계에 저항했는지, 또 이런 세계를 만든 세력은 어떻게 이 저항을 억누르고 있는지 등을 고스란히 기록으로 남기는 것이 그것이다. 루쉰은 1934년에 쓴 잡문 36편을 엮으면서 국민당 당국에 의해 삭제되고 왜곡되며 금지된 말들의 원형을 되살리고 또 그 흔적을 남기면서 이 억압적인 행위가 어떻게 행해졌는지 구체적으로 적시한다.

　이 잡문집이 중요한 것은 게재불가와 유보 및 삭제가 어떤 이유로 어떻게 이뤄졌는지 검열의 맨 얼굴을 보여 줬다는 점에 있다. 『차개정잡문』은 검열 이전 발표된 글의 원래 모습을 되살리면서 동시에 여기에 밑줄이나 방점을 표시하여 검열의 흔적을 남겼다. 그러니까 『차개정잡문』은 검열에 맞선 싸움의 기록 그 자체이자 검열의 흔적을 남김으로써 전투를 지속하는 작업이기도 한 것이다. 사상과 표현의 자유를 침해받고 발표할 지면마저 제대로 주어지지 않는 상황에서(이 해 루쉰의 잡문을 일간지에서는 거의 볼 수 없었다. 대부분의 잡문은 국내 잡지나 외국 매체를 통해 발표되었다) 루쉰은 잡문이라는 무기로 어떻게 악전惡戰하고 있는지 그 상황을 보여 주는 방식으로 잡문집을 엮었다.

　'이러한' 검열과 통제의 '시대'를 묘사하는 관점은 편집방법뿐만 아니라 『차개정잡문』에 실린 잡문의 내용에서도 관철되었다. 국민당 당국의 압력으로 신문사가 필자들에게 '풍월'을 읊을 것을 권장하는 글을 공지했다는 것은 루쉰이 1934년에 출간한 『풍월이야기』에서 밝힌 바대로다. 현실에 대한 직접적인 발언이 점점 더 불가능한 상황이 되자 루쉰은 역사로 우회하여 현실에 대한 비판의 목소리를 지속했다.

이 역사는 중국에서 가장 많은 금서를 만든 시대 중 하나이자 중국인을 절대적인 노예의 상태에 처하게 한 청대이다. 또 황제의 말을 따르지 않은 이를 잔혹하고 야비하게 죽인 한족 황제가 통치한 명대이다. 루쉰은 특히 직전 시대인 청대 황제의 문화통제와 필화사건에 대해서 구체적으로 파고들었다. 청대의 금서와 필화사건을 통해서 루쉰이 무엇을 말하고 싶었는지는 다음의 구절을 통해 짐작할 수 있다.

…… 청의 강희, 옹정과 건륭 셋, 특히 뒤의 두 황제는 '문예정책' 혹은 좀 더 거창하게 이야기하자면 '문화 통제'에 정말 대단한 노력을 기울였다. …… 한족 통제와 문화 비판, 문예 이용과 관련된 것을 순서에 따라 별도로 배열하여 책 한 권으로 만든다면 우리는 그 책략의 폭넓음과 악랄함을 알 수 있다. 뿐만 아니라 우리가 어떻게 이민족 군주에게 길들여졌으며 지금까지 남아 있는 노예근성이 어디에서 유래했는지를 잘 알 수 있게 될 것이라고 생각한다. (『『소학대전』을 산 기록』)

…… 유정섭이 청조의 공덕을 찬양한 것은 당연한 일이라고 하지 않을 수 없다. …… 우민정책이 일찌감치 크게 성공을 거두고 '공덕'만 남았을 시기이다. …… 다른 것은 제쳐두고 옹정, 건륭 두 시대에 중국인이 쓴 저작에 대해서 어떤 수법을 썼는지만 살펴봐도 놀라서 가슴이 뜬다. 전체 훼손과 부분 훼손 및 잘라 내는 것은 그나마 나은 편이다. 가장 음험한 수법은 고서의 내용을 뜯어 고치는 것이다. 건륭 시대에 편찬한 『사고전서』를 많은 사람들은 이 시대의 위대한 업적이라고 칭송한다. 그러나 이는 고서의 격식을 흩뜨려 놓았을 뿐만 아니라 고인의 글을 고치기

까지 한 것이다. 이를 궁정에서 소장했을 뿐만 아니라 문풍이 성한 곳에 배포하여 세상의 사대부에게 읽게 했던 것이다. 그리하여 우리 중국 작가 중에서도 강직한 기개를 갖춘 사람이 있었다는 것을 영원히 깨닫지 못하게 했다. (「아프고 난 뒤 잡담의 남은 이야기」)

이런 의미에서 『차개정잡문』에 담긴 다수의 역사 이야기는 알레고리라고 할 수 있다. 이는 현실의 엄혹한 통제와 통치를 우회하여 가격하는 루쉰식 수사법이 구사된 장면이다. 그런데 루쉰이 『차개정잡문』에서 날선 비판의 목소리만 드높인 것은 아니었다. 이는 『차개정잡문』 곳곳에서 제기되는 대중어와 문자에 대한 논의에서 잘 드러난다. 루쉰은 중국과 중국인의 미래에 대한 대안적인 사고를 문자에 대한 급진적인 재구성 방안을 통해 전개했다. 『차개정잡문』에 실린 또 다른 글인 「가져오기주의」는 이러한 급진적이면서 유연한 대안적 사고가 어떻게 가능한지를 전체적으로 조감하는 글이라고 할 수 있다.

이 시기 루쉰은 한편에서는 검열과 통제의 압박에 맞서서 날카로운 비판의 목소리를 높였으며 다른 한편에서는 '제3종인'의 화살 및 같은 진영인 좌익작가연맹의 교조적이고 권력지향적인 일부 청년들에 대적하면서 여전히 미래의 중국과 중국인에 대한 대안적인 사고를 전개하는 것을 멈추지 않았다. 1934년 말, 양지원楊霽雲에게 보낸 편지에서 표현한 대로 루쉰은 "적과 '전우'의 협공 아래에서 '가로 서서'橫站" 전투를 개진하고 있었다.

루쉰은 이러한 악전을 수행한 곳을 '차개정'且介亭이라고 이름 붙였다. 잡문집의 제목인 '차개정잡문'에 나오는 '차개'且介는 루쉰이 만든 단어로

'조계'租界라는 글자에서 반을 취한 것이다('조계'는 외국이 일정한 사법권과 행정권을 행사하는 조차지를 말한다. 아편전쟁의 패배로 인해 '개항'하게 된 상하이는 중국의 대표적인 조계지 중 하나였다). 그 당시 루쉰은 상하이의 베이쓰촨루北四川路 인근에 거주하고 있었다. 이곳은 공식적인 조계지는 아니었지만 제국주의가 야금야금 경계를 넘어 불법적으로 세력권을 확장한, 조계지나 다름없는 반半조계 지역이었다. 그곳에서 가족과 함께 몸을 깃들인 집을 '정자'亭라고 표현했다. 이는 상하이의 특유한 주택 구조 중 하나인 계단참 방亭子間에서 가져온 것인데, 이를 간략하게 '정자'亭라고 칭한 것이다. 루쉰이 '반半조계지' '정자(간)'에서 '잡문'들을 써 내려가는 장면이 제목을 통해 그려진다.

그런데 '차개정잡문'이라는 제목은 글을 쓰는 환경을 묘사하는 동시에 루쉰의 글쓰기가 처한 조건과 그 성격을 집약적으로 드러내 주기도 한다. 반조계인 '차개'는 다시 말하면 국민당과 조계당국 통치의 경계지이다. 경계지는 느슨한 통치로 인해 자유가 허용되는 장소이기도 했지만 통제와 관리가 이중적으로 가해지는 장소이기도 했다. 반쪽 조계 지역에 머물면서 루쉰은 국민당의 지명수배와 가택수색, 잡문과 서적의 발표금지 등의 위급한 상황에 수시로 처하면서 여러 차례 이곳을 떠나 도피생활을 해야 했다. 여기를 '정자'라고 지칭한 것은 집필이 이뤄진 상하이의 계단참 방을 말하는 것이기도 하지만 다른 한편 무시로 급박하고 위험한 상황에 처하며 정주하지 못한 채 집필 작업을 하던 거처를 아이러니하게 표현한 것으로도 볼 수 있다. '잡문' 글쓰기의 성격 및 조건과 관련하여 '차개정'이라는 제목이 시사하는 바가 적잖게 있다.

'이런 시대'와 '이런 곳'이 지속되지 않기를 바라는 심정에서 엮은 이

잡문집은 루쉰이 편집을 마친 이태 뒤이자 세상을 뜬 이듬해인 1937년 7
월에 출간되었다.

옮긴이 박자영

『차개정잡문 2집』에 대하여

문집의 제목에서 차개정且介亭이란 용어는 상하이의 조계租界라는 말에서 이 두 한자의 일부를 각각 떼어 내어 만든 명칭이라는 사실은 이미 알려진 일이다. 루쉰의 『차개정잡문 2집』역시 당시 조계지의 경계에 위치해 있던 현재 산인루山陰路의 다루신춘大陸新邨이라는, 루쉰이 죽기 전에 마지막으로 살았던 집에서 쓰여진 문장들의 모음이다. 그리고 차개정의 정亭은 전통적인 문인들의 풍아風雅한 장소를 가리키던 명칭과는 전혀 다른, 힘들고 고단한 이들이 모여 사는 협소한 집들 사이의 공간을 지칭하는 말이다. 루쉰은 이런 세상에 몸을 두고서 살아가고 있는 중국 인민들을 응시하면서 신문의 사회면을 채우는 뉴스들에 주의를 기울이고, 이에 대한 자신의 사유를 담아낸 문장들을 '차개정'이라는 이름의 산문집 시리즈에 실었던 것이다.

『차개정잡문 2집』에 실린 문장들은 대체로 1930년대 중국의 문화현상과 문학활동에 대한 비판이 주를 이루고 있다. 신문보도에서 서적출판까지, 만화에서 목판화까지, 풍자에서 고사까지, 문단의 소동에서 개인의 문집에 이르기까지 다루는 분야도 다양하고 의론도 예리하다. 물론 그 중심에는 문단의 건강하지 못한 폐습과 소극적인 경향에 대한 비판이 놓여 있다. 「은자」라는 글에서 낚시꾼이나 나무꾼으로 자처하지만 한 번도 낚싯대나 도끼자루를 잡아 본 적이 없고, 오로지 밥을 먹고 살기 위해서 은자라는 간판을 걸고 있는 자칭 은자들의 허위의식을 폭로한 것이나, 「문단의 세 부류」에서 '몰락한 집'破落戶은 허세를 부리고 '벼락부자가 된 집'暴發戶은 홀로 풍아를 노래하지만, 모두 문인으로서 진실한 문장은 없는 사실을 비판한 것이 그렇다. 아울러 「조력자에서 허튼소리로」에서도 조력자幇忙와 식객幇閑을 개괄하고 또 허튼소리를 하게 되는 역사적 언변에 대해 기술했는데, 여기서 식객의 황금시대는 조력자일 때이고, 각 왕조의 말기에 다다르자 고서에 아무렇게나 구두점을 찍고, 우스개만 반복해서 베끼고, 명사名士를 치켜세우며 우스갯소리나 하면서 그러면서도 두꺼운 낯가죽에 크게 으스대면서 오히려 스스로 득의양양해하고 있는, 결국 허튼소리만 남았다고 지적하여 당시 중국 문단의 허튼소리를 일삼는 이들의 종말을 예고하기도 했다.

문단과 문인에 대한 이와 같은 비판은 「문인은 서로 경시한다」文人相輕 일곱 개의 의론과 「'제목을 짓지 못하고' 초고」題未定草 여덟 편에서 집중적으로 전개된다. 루쉰은 당시 문단에서 유행하던 '문인은 서로 경시한다'는 말이 흑과 백의 구호를 혼동시키고, 문단의 암흑을 가릴 뿐만 아니라, 사람들에게 양머리를 걸고 개고기라고 파는羊頭狗肉 일이라고 비판했다. 아울러 시비를 분명히 하지 않고 단지 조화를 내세우거나 순통한 것이 좋다고 주장하는 것은 결국 '무시비관'無是非觀을 조장하는 오류임을 지적하였다. 이러한 비판은 자연스럽게 당시 문단의 '제3종인'에 대한 공격으로 이어졌는데, 루쉰이 이들을 집요하고 신랄하게 비판한 것은 당시 정치적으로 어느 쪽에도 기울지 않는 중도파를 표방했지만, 실상은 도서잡지에 대한 국민당의 검열에 협력한 인물들이라는 이중성 그리고 이들의 이러한 비非정치성이 지닌 정치성이 결국 많은 사람들을 탄압하는 무기로 사용되었다고 판단했기 때문이다.

이처럼 당시 문단의 폐단과 구습을 비판하는 동시에 문단에 새롭게 등장한 신예들에 대해서는 열정적으로 지지를 보내고 있다. 이 문집에 실린 『풍성한 수확』, 『8월의 향촌』, 『삶과 죽음의 자리』 등 신예 작가들의 작품에 서문을 써준 것이 대표적이다. 또 이런 소설작품에 서문을 써준 것외에, 이 문집에는 쉬마오융徐懋庸이라는 젊은 작가의 산문집에 서문을 써준 것도 있는데, 즉 「『타잡집』打雜集 서문」은 루쉰 자신의 산문을 잡문雜文이라고 불렀고, 이에 반대 진영의 지식인들에게 비판을 받았던 그 잡문의 운명을 쉬마오융이라는 젊은 작가의 잡문을 통해 응원하고 있다.

이밖에도 『차개정잡문 2집』에는 다방면에 걸쳐 있는 루쉰의 문학활동이 담겨 있는데, 목판화운동, 외국 문학작품의 번역 그리고 문학사 연구 등이 그것이다. 「『중국신문학대계』 소설 2집 서문」과 「육조소설六朝小說과 당대唐代 전기문傳奇文은 어떻게 다른가?」는 문학사 연구와 관련된 글인데, 이 가운데 전자 속의 『중국신문학대계』는 중국에 현대문학이 탄생한 1917년부터 1927년까지 최초 10년간의 성과를 결집한 것으로, 1935년부터 다음 해까지 상하이의 량유良友도서공사에서 전 10권으로 간행된 것이다. 루쉰은 편집자 자오자비趙家璧의 청탁으로 소설의 편선編選을 담당했다. 문집에 수록된 서문은 그 도언導言, introduction으로서 쓰여진 것이다. 전체 3권의 소설선집 가운데 소설 1집과 3집은 각각 마오둔茅盾과 정보치鄭

伯奇가 편선한 것이고, 이것이 각각 당시 '문학연구회'와 '창조사'라는 중국 현대문학사의 양대 문학단체의 소설작품에 한정하여 편한 것인 반면, 루 쉰이 편한 소설 2집은 이를 제외한 소그룹 문학가들의 작품을 편선한 것이 다. 이 작업은 루쉰이 자신과의 사적인 관계에 치우치지 않고 공정하게 문 학적 시각에서 각 작품들에 대한 평가를 내렸다는 후대의 평판을 받았다.

또 루쉰은 외국문학의 번역과 소개에도 열심이었고 또 그런 번역계 의 인재를 양성하는 데도 힘을 기울였다. 당시 개인적으로는 고골의 『죽 은 혼』을 번역하는 데 심혈을 기울이고 있었다. 「'제목을 짓지 못하고' 초 고(1~3)」에는 동유럽 즉 약소민족의 문학을 소개하는 것의 의의를 밝히 고 있으며, 「'제목을 짓지 못하고' 초고(5)」에서는 번역의 실행과정과 번 역자의 양성에 대해서, 「'제목을 짓지 못하고' 초고(6)」에서는 고전문학 유산의 감상과 수용에 있어서 선집選集의 폐해에 대해 지적하고 있다.

게다가 이 문집에는 일본어로 쓴 글이 네 편 수록되어 있다. 자타自他 의 저작의 서문과 에세이인데, 저작의 서문 가운데 한 편은 우치야마서점 의 주인이었던 우치야마 간조內山完造가 쓴 책 『살아있는 중국의 자태』의 서문이다. 루쉰은 여러 글에서 중국과 중국인의 결점을 들추어낸 적이 있 고, 이것이 다른 사람들의 오해를 불러오기도 했지만, 이런 결점 들추기는 결국 중국과 중국인에 대한 깊은 애정에서 나온 것이었다. 우치야마 간조 의 책에 써준 서문에서 그의 이런 마음을 읽어 낼 수 있다. 다른 한 편은 마 스다 와타루增田涉 역, 『중국소설사략』 일본어판 간행을 맞이하여 써준 서 문이다. 두 편의 에세이 가운데 한 편은 「현대 중국의 공자」인데, 이것은 다음과 같은 사회적 배경에서 쓰여졌다. 이른바 1935년 4월 도쿄의 유시 마湯島성당 재건 준공식이 열렸을 때, 성대한 공자제와 유교대회가 개최

되었다. 당시 국민당정권은 '신생활운동'을 전개하면서 취푸曲阜의 공자묘를 보수하는 등 유교부흥과 유교경전의 학습을 강화하고 있었고, 이에 일본의 이 행사에 공자와 안연顔淵의 후손들로 이루어진 대표단을 파견하였다. 루쉰은 이를 계기로 민중의 시각에서 본 공자상을 제시했는데, 일본 잡지 『가이조』改造(1935년 6월호)에 실린 이 글을 얼마나 많은 일본 독자들이 읽었는지는 알 수 없지만, 소수의 일본 지식인들에게 공자에 대한 인식을 새롭게 하는 동기는 되었을 것으로 생각할 수 있다. 다른 한 편 「도스토예프스키의 일」은 루쉰이 세계의 위대한 문학가 가운데 도저히 사랑할 수 없는 두 명의 작가 가운데 한 사람인 도스토예프스키의 인종忍從에 대해서 언급하고 있다. 그는 도스토예프스키의 '횡포함에 대한 철저한 진정한 인종'이 중국 독자들에게는 석연치 않다고 인정하고, 오히려 그 인종에서 억압당하는 자의 부도덕의 하나로 간주되는 허위를 읽어 냈는데, 여기서 우리는 루쉰이 즐겨 사용한 노예라는 말을 연상할 수 있다.

마지막으로 루쉰은 당시 중국 국민당의 언론출판에 대한 탄압에 대해서도 언급하고 있는데, 특히 이 문집의 「후기」에 실린 금서목록은 언론출판의 탄압상황과 그 형태를 선명하게 보여 준다. 문집에서 편선한 서문과 에세이의 배경, 집필의 동기를 말하는 것과 함께 독자로부터의 질문에 답하는 형태로 1934년부터 1935년 말까지 2년간의 도서잡지검열의 일반적 상황을 구체적인 예를 들어서 설명하고 있다. 루쉰의 사회평론(곧 잡문)에 관해서 종종 알기 어렵다는 말이 있는데, 그 알기 어려운 측면의 절반이 바로 당시 가혹한 검열에 대응할 필요에서 생긴 것임을 이 후기를 통해서 알 수 있다.

옮긴이 서광덕

『차개정잡문 말편』에 대하여

『차개정잡문 말편』은 루쉰이 1936년에 쓴 잡문 35편을 수록하였다. 본문으로 14편을 실었고 '부집'^{附集}이라 하여 21편을 수록하였다. 1937년 7월, 상하이 삼한서옥^{三閑書屋} 초판.

　『차개정잡문 말편』이 집필된 1936년 벽두부터 루쉰은 지병인 폐병이 악화되어 고생하였다. 그해 10월 19일에 타계하였다. 1936년분 '연보'를 작성하여 이 문집이 집필된 시기 루쉰의 정황을 보기로 한다.

1월 3일　　폐렴, 늑막염으로 번지다.

1월 28일　『케테 콜비츠 판화 선집』 편집을 마치고 서문 집필.

2월 17일　「소련 판화 전시회에 부쳐」.

2월 23일　「나는 사람을 속이려 한다」(일본어로 쓴 글).

2월 29일　차오징화^{曹靖華}에게 쓴 편지에서 '중국좌익작가연맹' 해산에
　　　　　불만을 표시하고 새로 창립된 '문예가협회'에 참여하지 않
　　　　　을 것을 표명. "내가 통일(전선)을 파괴한다고 하는 자가 있

는 모양이나……"

3월 2일   오한과 천식이 한 달 남짓 계속.

3월 11일   「바이망 작 『아이의 탑』 서문」.

3월 하순   「『해상술림』 상권 서언」 집필(하권의 서언은 4월 말).

4월 1일   「나의 첫번째 스승」.

4월 7일   「깊은 밤에 쓰다」.

5월 2일   쉬마오융徐懋庸에게 "이것이 내 마지막 편지가 되기를, (좌
          익작가연맹에서의) 공적 업무는 이로써 끝나기를 바란다"고
          편지.

5월 3일   차오징화에게 쓴 편지에서 푸둥화傅東華, 정전둬鄭振鐸, 마오
          둔茅盾 등을 비난.

5월 14일   차오징화에게 쓴 편지에서 "요즘은 자주 쉬고 싶다"고.

5월 15일   이후 건강 악화로 여러 날씩 누워 지낸다.

5월 31일   아그네스 스메들리의 주선으로 미국인 폐병 전문가의 진찰
          을 받다.

5월에   취추바이瞿秋白의 번역문집 『해상술림』海上述林 상권 출판. 하
          권은 10월.

6월 6일   6월 말까지, 일기를 쓰지 못하다.

6월 9일   「트로츠키파에 답하는 편지」(펑쉐펑馮雪峰).

6월 10일   「현재 우리의 문학운동을 논함」(펑쉐펑)

6월 15일   마오둔, 차오징화 등 63인과 연명으로 「중국 문예공작자 선
          언」 발표.

6월 23일   「『소련판화집』 서문」(루쉰이 구술하고 쉬광핑이 기록).

7월 1일	다시 일기를 쓰다. 타계 전날까지 매일, 주사와 약에 의지.
7월	「반하소집」半夏小集.
8월 1일	병원 진찰 때 체중 38.7㎏.
8월 6일	「쉬마오융에게 답함, 아울러 항일 통일전선 문제에 관하여」
	(펑쉐펑이 대필).
8월 23일	「"이것도 삶이다"……」.
9월 5일	「죽음」.
9월 19일	「여조」女弔.
9월 27일	「훗날 증거로 삼기 위하여(7)」.
10월 9일	「타이옌 선생에 관한 두어 가지 일」.
10월 16일	「차오징화 역『소련 작가 7인집』서문」.
10월 17일	「타이옌 선생으로 하여 생각나는 두어 가지 일」(미완).
10월 18일	천식 발작.
10월 19일	오전 5시 25분 영면.

『차개정잡문 말편』에는, 죽음과 관련된 글이 많다.

「케테 콜비츠 판화 선집」은 루쉰이 편집하여 자비 출판한 독일의 여류 판화가 콜비츠의 판화작품집이다. 여기 싣기 위해 쓴 머리말과 목록에서 루쉰은 전쟁, 실업, 굶주림, 봉기, 죽음을 주제로 한 판화 스물한 폭에 간략한 해설을 붙였다.

「깊은 밤에 쓰다」(4. 7.)는 다섯 단락으로 되어 있다. 앞의 두 단락은 수필, 뒤의 세 단락은 우화 형식으로 되어 있다. 자신이 일찍이 케테 콜비츠의 작품을 가지고 '학생이자 벗'이었던 러우스柔石를 추도한 일이 있었음을 말하면서 정치적 살해와 폭행이 만연한 중국 현실을 고발하였다. 러우스는 1902년생, 중국좌익작가연맹 활동을 한 작가로 1931년 1월 상하이에서 체포되어 2월 7일 총살당했다.

「바이망 작『아이의 탑』서문」(3. 11.)은 스물두 살 나이로 러우스와 같은 날 같은 곳에서 총살당한 바이망白莽의 유고시집에 부친 서문이다. 바이망의 벗이라는 사람 요청에 따라 쓴 것이었다. 「이어 쓰다」는 며칠 뒤, 자신이 그 서문을 써서 발표한 것이 바이망의 벗을 사칭한 자의 농간에 놀아난 결과였음을 알고 나서 쓴 글이다. 중국 출판계에서 어떤 일들이 벌어지고 있었는가를 보여 준다.

3월 하순에 루쉰은『해상술림』상권의 서문을 썼다.『해상술림』은 '바다에서 숲을 말하다'. 루쉰이 매겨 준 취추바이瞿秋白, 1899~1935의 번역문집 이름이다. 취추바이는 제1차 국공합작 결렬 뒤인 1927년 8월부터 한동안 중국공산당을 이끌었다. 기자 출신인 취추바이는 문학적 감수성이 풍부하였다. 1931년 1월 당내 투쟁에서 밀려난 그가 상하이에서 폐결핵을 다스리며 문필활동을 하던 중 루쉰과 속을 터놓는 사이가 되었다. 1933년 상반기의 루쉰 잡감을 수록한『거짓자유서』僞自由書 43편 중 9편이 취추바이의 글이다. 1934년 정월, 장시성江西省의 소비에트 지역으로 가기 위해 작별인사를 하러 온 그에게 루쉰은 다음과 같은 글씨를 써주었다. "인생에 지기 한 사람 있으면 족하다. 이 시대를 같은 가슴으로 볼 것이니."人生有一知己足矣, 斯世當以同懷視之

국민당 정부의 거듭된 토벌에 밀린 홍군이 장시성 소비에트 지역의 포기 및 탈주[長征]를 결정했을 때 취추바이는 함락이 임박한 루이진瑞金에 남겨졌다. 폐결핵으로 기력이 다한 그가 홍콩으로 가던 중 푸젠성福建省의

한 마을에서 민병에게 체포되었고(1935년 2월) 그해 6월에 처형되었다. 폐병으로 기력이 쇠한 루쉰이 이 혁명가의 번역문장을 편집하고 머리말을 써 상·하권으로 출판하였다. '엮은이'라 서명한 머리말은, 정치적 환경 탓에 정情의 드러남이 일체 없는 사무적인 문투로 썼다.

「"이것도 삶이다"……」(8. 23.)는 혼수상태에서 깨어나 돌연히 느낀 '삶에의 의욕'을 이야기하였다.

「죽음」(9. 19.)은 죽음에 대한 예감을 담담하게 써 내렸다. 담담하지만, 마지막 구절이 삶에 대한 미련을 보여 주기도 한다. "정말로 죽을 때에는 이런 생각이 없을 것이다."

병마에 시달리면서도 그는 장난기 있고 정감 넘치는 글을 썼다. 「나의 첫번째 스승」(4. 1.)이 그러하다.

물론 완강하게 자신의 입장, 관점을 고집한 글이 많다. 일종의 유언이라고도 볼 수 있는 「죽음」의 다음 구절을 보라. "열이 많이 났을 때 유럽 사람들이 치른다는 의식儀式을 떠올린 기억은 있다. 남에게 용서를 빌고 자기도 용서를 한다는 것이다. 나는 적이 많은데 내게 신식 사람이 묻는다면 뭐라고 답할까? 잠시 생각해 보았다. 결론은 이렇다. 나를 미워하라고 해라. 나 역시 한 사람도 용서하지 않겠다."

「쉬마오융에게 답함, 아울러 항일 통일전선 문제에 관하여」(8. 6.) 역시 이런 기질의 소산이다.

「쉬마오융에게 답함, 아울러 항일 통일전선 문제에 관하여」는 루쉰이 개요를 말하고 펑쉐펑馮雪峰이 초고草稿를 쓰고 루쉰이 사흘에 걸쳐 가필하여 1936년 8월 6일에 탈고한 글이다. 쉬마오융이 8월 1일자로 보내온 서신에 루쉰이 격분하여 작성되었다.

쉬마오융은 편지에서 "일을 살피지 아니하고 사람됨만 따지는 것"이 루쉰의 잘못이며 그 결과 "다수와의 합작을 하찮게 여기는" 잘못, "연합전선을 파괴하는" 잘못을 루쉰이 하고 있다고 하였다. 거기에 대하여 루쉰은, 자기가, "먼저 일들을 살피고 그런 뒤에" (그런 행위를 하는 자들의) "됨됨이를 따졌다"고 반박하였다.

「쉬마오융에게 답함, 아울러 항일 통일전선 문제에 관하여」 이전에도 펑쉐펑은, 루쉰의 명의로 된 글 두 편을 쓴 바 있다. 「트로츠키파에 답하는 편지」(6. 9.)와 「현재 우리의 문학운동을 논함」(6. 10.)이 그것이다.

두 글 모두 1935년 말에 좌익 문단 내부에서 일었던 논쟁, 이른바 '국방문학' 논쟁의 연장선상에서 나온 것이다.

'국방문학'은 저우양周揚(즉 저우치잉周起應) 등 그간 중국공산당을 대표하여 중국좌익작가연맹을 좌지우지하던 이들이, 전세계적인 반파시즘 연합전선을 구축할 것을 요구하는 코민테른의 입장에 맞추어 1935년 말에 내건 슬로건이었다. 저우양 등은, 일본제국주의의 침략에 맞서 국공國共 양당이 내전을 중지하고 일치 항전하여야 하는 것과 마찬가지로, 문학예술계에서도 광범위한 통일전선이 결성되어야 하며 그러기 위해서 좌익작가연맹의 해체가 필요하다고 주장하였다. '한간을 제외한 모든 문인이 나라를 지키기 위하여 단결'할 것이며 '국방문학'이 그런 목적에 적합한 슬로건이라 하였다.

그러나 좌익작가연맹 내 일부 인사들, 예컨대 루쉰과 가까운 후펑胡風이나 마침 상하이로 파견되어 와 있던 공산당 간부 펑쉐펑 등은, 저우양 등 좌련 지도부의 이런 방침이 마땅히 견지되어야 할 좌익의 헤게모니를 포기하는 게 아니냐는 우려를 하였다. 그들이 '민족혁명전쟁의 대중문학'이라는 슬로건을 제시하였고 평소 저우양 등의 행실을 곱게 보지 않던 루쉰이 이에 적극 동의함으로써 1935년 말 논쟁이 일었다. 이것을 일러 '국방문학' 논쟁, 또는 '두 개의 구호' 논쟁이라 한다.

이 논란은 1936년 여름에 접어들어서도 가라앉지 않았다. 이때, 중국 내 트로츠키파 인사가 루쉰에게 서신과 잡지들을 보내왔다(6. 3.). 스탈린과 마오쩌둥의 통일전선 주장이야말로 사회주의 혁명의 대의를 진즉부터 저버린 그들 기회주의자들이, 새로운 정세 아래 떠벌리고 있는 원칙 없는 망동이라는 것이다. 그렇잖아도 '국방문학' 논쟁과 관련하여 루쉰 등에게는 '통일전선을 파괴'한다는 죄목이 들씌워져 있던 터였다. 펑쉐펑이 보았을 때, 이 시점에서, 루쉰의 분명한 입장 표명이 있어야 했다. 펑쉐펑이 「트로츠키파에 답하는 편지」(6. 9.)를 써서 통일전선을 지지하는 루쉰의 입장이 확고하다 함을 천명하고, 「현재 우리의 문학운동을 논함」(6. 10.)을 써서 자신들의 관점이 정당하다는 점을 거듭 천명하면서도, 통일전선의 조속한 구축이라는 대의를 위해 상당한 양보를 할 준비가 되어 있다는 것을, 좌익문단 안팎에 알렸던 것이다.

1936년 6월, 펑쉐펑이 이 두 편의 글을 루쉰 명의로 발표하였을 때에 루쉰은 수십 년간 매일같이 써 오던 메모식 일기조차 쓰지 못할 정도로 기력이 쇠해 있었다. 두 글 모두 제목 아래 또는 글 말미에 '루쉰이 말하고 O. V.가 받아적었다'고 밝혔으나, 글의 내용 중 어디까지가 루쉰의 생각인지, 루쉰이 두 글을 읽기나 하였는지, 설령 읽었더라도 그 내용에 얼마만큼 동의하였을지가 매우 의심스럽다.

펑쉐펑이 루쉰 명의로 낸 위 두 글은 루쉰의 글답지 않다.

첫째, '스탈린 선생', '마오쩌둥 선생' 운운하는 표현이 등장하는데, 루쉰은 정치인을 두고 이런 식으로 말하지 않았다. 루쉰은 정치인 중 자신이 퍽 드물게 높게 평가하였던 인물인 쑨원孫文을 일컬을 때에도 쑨중산孫中山이라 하였지 '중산 선생'이라는 식으로 말하지 않았다.

둘째, 대상을 풍자하거나 비판하거나 평가할 때에 추상적 관념적 어휘/용어들을 잔뜩 쓰는 것은 루쉰의 글투가 아니다.

똑같이 펑쉐펑의 손을 빌렸지만 「쉬마오융에게 답함, 아울러 항일 통일전선 문제에 관하여」는 위 두 편과 다르다.

루쉰은 몹시 쇠약한 상태이기는 하였으나 7월 1일부터 타계 하루 전인 10월 18일까지 일기를 썼다. 「쉬마오융에게 답함, 아울러 항일 통일전선 문제에 관하여」(8. 6.)는, 비록 루쉰이 손수 글을 쓸 수는 없었으나 자신이 생각하는 바를 펑쉐펑에게 말할 수 있었고 펑쉐펑이 쓴 글을 가필할 수 있었다. 자신이 평가/풍자/비판하는 대상을 글로 표현할 때에, 독자들 또한 논의 대상을 머릿속에 그려 가면서 생각하고 평가하게 만드는 게 루쉰 잡문의 중요한 특징인데 이 글에는, 루쉰 문장의 그런 특징이 잘 살아 있다.

「쉬마오융에게 답함, 아울러 항일 통일전선 문제에 관하여」는 『차개정잡문 말편』의 본문에 수록되었다. 「트로츠키파에 답하는 편지」와 「현재 우리의 문학운동을 논함」은 '부집'에 실렸다.

'부집'에는 또 「문인 비교학」, 「크고 작은 기적」, 「대답하기 어려운 문제」, 「잘못 실린 문장」 등과 「훗날 증거로 삼기 위하여」(1~7) 같은 '자질구레한 글'들이 실려 있다.

독자로서 이런 글을 보는 것은, 흥미로울 수도 있고 따분할 수도 있다. 루쉰 문집에 왜 이런 글들이 이리 많은가 하여 짜증날 수 있다. 하지만 루쉰은, 신문·잡지에서 오려 낸 이런 것들이야말로 자신이 몸담은 시대의 실상을 가감 없이 보여 주는 역사 기록이라고 보았다.

루쉰은, 『사기』 이후의 이른바 '정사'正史 —— 국가권력을 장악한 집단에 의하여 기술되고 공인된 역사 기록의 의의를 완전 무시하지는 않았지만, 그런 기록들은 역사의 속살을 제대로 보여 주지 못한다고 보았다. 어쩌면 '정사'가 아닌, 신화, 전설, 야사, 잡기雜記 속에 역사의 참 모습이 담겨 있다고 여겼다. 「훗날 증거로 삼기 위하여」 따위의 '자질구레한' 기사와 거기에 대한 루쉰의 논평은 자기 시대에 대한 루쉰의 증언이었다.

루쉰이 타계하기 이틀 전에 쓴 「타이옌 선생으로 하여 생각나는 두어 가지 일」(10. 17.)은 미완성으로, 루쉰 생애 마지막 글이다. 그보다 며칠 전에 쓴 「타이옌 선생에 관한 두어 가지 일」(10. 9.)의 자매편이다. 10월 9일의 글이 스승 장빙린章炳麟의 타계에 즈음하여 쓴 추도문이라면 10월 17일 것은 일본에서 그에게 가르침 받던 시절을 떠올리며 이런저런 일들을 되새긴, 회고 산문이다. 고향 사오싱紹興 지방의 연극 속 '목매 죽은 여자 귀신'과 거기에 얽힌 추억담을 엮은 「여조」女弔(9. 19.), 어린 시절 절간에서의 추억을 말한 「나의 첫번째 스승」(4. 1.) 등은, 루쉰이 10년 전에 썼던 『아침 꽃 저녁에 줍다』朝花夕拾 속 산문들을 생각하게 한다.

『차개정잡문 말편』「편집 후기」에서 쉬광핑은, '부집'에 실린 21편 중 「반하소집」, "이것도 삶이다"……」, 「죽음」, 「여조」는 루쉰이 "따로 간수

해 두었던" 것이라 했다. 이에 대해서는, 루쉰이 따로 산문집을 엮을 생각
을 가졌기 때문이라 보는 게 일반적 견해다.

옮긴이 한병곤

지은이 루쉰(魯迅, 1881.9.25~1936.10.19)

본명은 저우수런(周樹人), 자는 위차이(豫才)이며, 루쉰은 탕쓰(唐俟), 링페이(令飛), 펑즈위(豊之餘), 허자간(何家幹) 등 수많은 필명 중 하나이다.

저장성(浙江省) 사오싱(紹興)의 명문가에서 태어나 어린 시절 조부의 하옥(下獄), 아버지의 병사(病死) 등 잇따른 불행을 경험했고 청나라의 몰락과 함께 몰락해 가는 집안의 풍경을 목도했다. 1898년부터 난징의 강남수사학당(江南水師學堂)과 광무철로학당(礦務鐵路學堂)에서 서양의 신학문을 공부했고, 1902년 국비유학생 자격으로 일본으로 건너갔다. 고분학원(弘文學院)에서 일본어를 공부하고 센다이 의학전문학교(仙臺醫學專門學校)에서 의학을 공부했으나, 의학으로는 망해 가는 중국을 구할 수 없음을 깨닫고 문학으로 중국의 국민성을 개조하겠다는 뜻을 세우고 의대를 중퇴, 도쿄로 가 잡지 창간, 외국소설 번역 등의 일을 하다가 1909년 귀국했다. 귀국 이후 고향 등지에서 교원 생활을 하던 그는 신해혁명 직후 교육부 장관 차이위안페이(蔡元培)의 요청으로 난징 중화민국 임시정부의 교육부 관리를 지냈다. 그러나 불철저한 혁명과 여전히 낙후된 중국 정치·사회 상황에 절망하여 이후 10년 가까이 침묵의 시간을 보냈다.

1918년 「광인일기」를 발표하면서 본격적인 작품 활동을 시작한 그는 「아Q정전」, 「쿵이지」, 「고향」 등의 소설과 산문시집 『들풀』, 『아침 꽃 저녁에 줍다』 등의 산문집, 그리고 시평을 비롯한 숱한 잡문(雜文)을 발표했다. 또한 러시아의 예로센코, 네덜란드의 반 에덴 등 수많은 외국 작가들의 작품을 번역하고, 웨이밍사(未名社), 위쓰사(語絲社) 등의 문학단체를 조직, 문학운동과 문학청년 지도에도 앞장섰다. 1926년 3·18 참사 이후 반정부 지식인에게 내린 국민당의 수배령을 피해 도피생활을 시작한 그는 샤먼(廈門), 광저우(廣州)를 거쳐 1927년 상하이에 정착했다. 이곳에서 잡문을 통한 논쟁과 강연 활동, 중국좌익작가연맹 참여와 판화운동 전개 등 왕성한 활동을 펼쳤으며, 55세를 일기로 세상을 등질 때까지 중국의 현실과 필사적인 싸움을 벌였다.

옮긴이 박자영(『차개정잡문』)

중국 화둥사범대학 중어중문학과에서 『공간의 구성과 이에 대한 상상 : 1920, 30년대 상하이 여성의 일상생활 연구』로 박사학위를 받았고, 현재 협성대학교 중어중문학과에 재직 중이다. 지은 책으로 『냉전 아시아의 문화풍경 2 : 1960~1070년대』(공저, 2009), 『동아시아 문화의 생산과 조절』(공저, 2011) 등이 있다. 옮긴 책으로는 『세상사는 연기와 같다』(2000), 『중국 소설사』(공역, 2004), 『나의 아버지 루쉰』(공역, 2008), 루쉰전집 4권에 수록된 『화개집속편』(2014) 등이 있다.

옮긴이 서광덕(『차개정잡문 2집』)

연세대학교 중어중문학과에서 『동아시아 근대성과 魯迅: 일본의 魯迅 연구를 중심으로』로 박사학위를 받았고, 현재는 건국대학교 중어중문학과에서 강의하고 있다. 지은 책으로는 『중국 현대문학과의 만남』(공저, 2006) 등이 있고, 옮긴 책으로는 『루쉰』(2003), 『일본과 아시아』(공역, 2004), 『중국의 충격』(공역, 2009), 『수사라는 사상』(공역, 2013), 루쉰전집 2권에 수록된 『방황』(2010) 등이 있다.

옮긴이 한병곤(『차개정잡문 말편』)

서울대학교 중어중문학과를 졸업하였고 전남대학교에서 『노신 잡문 연구』(1995)로 박사학위를 받았다. 국립 순천대학교 교수. 루쉰 관련 논문으로 「노신에게 있어서의 문학과 혁명」(1988), 「혁명문학논쟁 시기 노신의 번역」(1993), 「노신의 번역관」(1993), 「노신과 지식인—노신은 무엇에 저항하였는가」(2003), 「건국 초기 중화인민공화국 어문 교과서 속의 노신」(2006) 등이 있다. 『노신의 문학과 사상』(공저, 1990)을 썼고, 루쉰전집 3권에 수록된 『들풀』(2011)을 번역했다.

루쉰전집번역위원회 명단(가나다 순)

공상철, 김영문, 김하림, 박자영, 서광덕, 유세종,
이보경, 이주노, 조관희, 천진, 한병곤, 홍석표